HEYNE
BÜCHER

W0023069

Das Buch

Herzog Leto, Oberhaupt des Hauses Atreides, erhält Arrakis zum Lehen, den Wüstenplaneten, eine lebensfeindliche und doch begehrte Welt, denn in ihren Dünenfeldern wird das Gewürz abgebaut. Diese Droge verleiht den Menschen die Gabe, in die Zukunft zu blicken, und bildet damit die Grundlage für die interstellare Raumfahrt. Als Letos Armee einem tödlichen Hinterhalt zum Opfer fällt, flieht sein Sohn Paul in die Wüste und taucht bei den Ureinwohnern Arrakis', den Fremen, unter. Er sammelt die Wüstenbeduinen um sich zu einem gnadenlosen Rachefeldzug.
Mit diesem monumentalen Epos schuf Frank Herbert ein atemberaubendes Panorama der Menschheit in ferner Zukunft und eine Welt, die man nie vergißt. 1965 sowohl mit dem Hugo Gernsback Award als auch dem Nebula Award ausgezeichnet, wird ›Der Wüstenplanet‹ bei Umfragen unter Leserinnen und Lesern regelmäßig zum besten SF-Roman aller Zeiten gekürt.

Der Autor

Frank Herbert wurde 1920 in Tacoma, Washington geboren. Nach einem Journalismus-Studium arbeitete er unter anderem als Kameramann, Radiomoderator, Dozent und Austerntaucher, bevor 1955 sein Romanerstling ›The Dragon in the Sea‹ (dt. ›Atom-U-Boot S 1881‹) zur Fortsetzung in einem SF-Magazin veröffentlicht wurde. Der Durchbruch als Schriftsteller gelang ihm jedoch erst Mitte der sechziger Jahre mit ›Dune – Der Wüstenplanet‹, dem Auftakt zum erfolgreichsten SF-Zyklus der Literaturgeschichte. Frank Herbert starb im Jahre 1986.

Eine Liste der im WILHELM HEYNE VERLAG erschienenen Bücher von Frank Herbert finden Sie am Ende des Bandes.

Frank Herbert

DUNE

der Wüstenplanet

Roman

Überarbeitete Neuausgabe

WILHELM HEYNE VERLAG
MÜNCHEN

HEYNE ALLGEMEINE REIHE
Band 01/20068

Titel der amerikanischen Originalausgabe
DUNE
Deutsche Übersetzung von Ronald M. Hahn
Die Karte am Schluß des Bandes zeichnete Erhard Ringer

Umwelthinweis:
Dieses Buch wurde auf chlor- und
säurefreiem Papier gedruckt

Redaktion: Wolfgang Jeschke und Sascha Mamczak

http://www.heyne.de
Printed in Germany 2001

Umschlaggestaltung: Nele Schütz Design, München
Technische Betreuung: M. Spinola
Satz: Schaber Satz- und Datentechnik, Wels
Druck und Bindung: Ebner Ulm

ISBN 3-453-18567-6

INHALT

Den Menschen, deren Beschäftigung über das Gebiet ›realistischer Projekte‹ hinausgeht; den Trockenland-Ökologen, wo immer sie wirken werden oder zu welcher Zeit, ist dieser Versuch einer Voraussage in Anerkennung und Verehrung zugeeignet.

Erstes Buch

DER WÜSTENPLANET

1

Die größte Sorgfalt zu Beginn eines jeden Unternehmens sollte man auf die gleichmäßige Verteilung der Kräfte legen. Dies ist einer jeden Schwester der Bene Gesserit bekannt. Achte deshalb zu Beginn Deines Studiums über das Leben des Muad'dib darauf, in welcher Zeit er lebte: Er wurde im 57. Herrschaftsjahr des Padischah-Imperators Shaddam IV. geboren. Aber Dein Hauptaugenmerk solltest Du der Umgebung entgegenbringen, in der er lebte: der des Planeten Arrakis. Daß Muad'dib auf Caladan geboren wurde und dort die ersten fünfzehn Lebensjahre verbrachte, sollte zu keiner Selbsttäuschung führen. Arrakis, die Welt, die unter der Bezeichnung ›Wüstenplanet‹ bekannt ist, wurde seine ewige Heimat.

Aus ›Leitfäden des Muad'dib‹,
von Prinzessin Irulan

In der letzten Woche vor ihrem Abflug nach Arrakis, als die allgemeine Aufregung nicht nur zu einem Höhepunkt, sondern beinahe zu einer Unerträglichkeit geworden war, empfing die Mutter des Knaben Paul den Besuch einer Greisin.

Eine warme Nacht lag über dem alten Gemäuer von Burg Caladan, das der Familie Atreides seit sechsundzwanzig Generationen eine Heimstatt gewesen war*. Draußen schwebte feuchter Dunst; er kündigte einen bevorstehenden Wetterwechsel an.

---

* Zu den wichtigsten Personen vgl. ›Der Almanak En-Ashraf‹ im Anhang (Appendix IV).

Man ließ die alte Frau durch einen Seiteneingang ein und führte sie durch einen gruftähnlichen Korridor zu dem Zimmer, in dem der Knabe in seinem Bett lag. Sie warf einen kurzen Blick auf ihn.

Im Halbdunkel der in der Nähe des Bodens schwebenden Suspensorenlampe erblickte der erwachende Junge den Umriß einer korpulenten Gestalt, die einen Schritt neben seiner Mutter stand. Sie wirkte auf ihn wie ein hexenhafter Schatten mit verfilztem Haupthaar unter einer weiten Kapuze und juwelenartig glitzernden Augen.

»Ist er nicht ein wenig klein für sein Alter, Jessica?« fragte sie. Ihre Stimme klang wie das Klirren eines ungestimmten Balisets.

»Die Atreides sind bekannt dafür, daß sie erst spät zu wachsen anfangen, Euer Ehrwürden«, erwiderte seine Mutter mit ihrer sanften Altstimme.

»Ich habe davon gehört«, erwiderte die alte Frau. »Aber immerhin ist er schon fünfzehn.«

»Ja, Euer Ehrwürden.«

»Er ist wach und hört uns zu«, sagte die alte Frau. »Dieser kleine Schelm.« Sie kicherte. »Aber königliches Geblüt muß über eine gewisse Portion an Gerissenheit verfügen. Und wenn er wirklich der Kwisatz Haderach ist... nun...«

In der Dunkelheit seines Bettes öffnete Paul die Augen zu einem kleinen Schlitz. Zwei glänzende Ovale - die Augen der alten Frau - schienen, je länger sie in die seinen starrten, größer und größer zu werden.

»Schlafe gut, du gerissener kleiner Schelm«, sagte die alte Frau. »Wenn du morgen meinem Gom Jabbar begegnest, wirst du alle Register deines Könnens ziehen müssen.«

Dann ging sie hinaus, schob dabei Pauls Mutter zur Seite und schloß die Tür mit einem festen Schlag.

Wach lag Paul da und dachte: *Was ist ein Gom Jabbar?*

Von allen einschneidenden Veränderungen der letzten Zeit war die Bekanntschaft mit der Alten die merkwürdigste gewesen.

Euer Ehrwürden.

Und die Art, in der sie seine Mutter einfach Jessica genannt hatte. Als sei sie eine gewöhnliche Bedienstete. Und das, wo sie eine Dame der Bene Gesserit war und die Konkubine eines Herzogs und Mutter seines Erben.

Ist ein Gom Jabbar etwas von Arrakis? Etwas, von dem ich wissen muß, bevor wir von hier fortgehen? dachte er. Die seltsamen Worte lagen ihm auf der Zunge: *Gom Jabbar... Kwisatz Haderach.*

Er hatte noch so viel zu lernen. Arrakis würde von Caladan so verschieden sein, daß dieses neue Wissen sein bisheriges Bewußtsein völlig verändern konnte. *Arrakis. Der Wüstenplanet.*

Der Befehlshaber der Assassinen seines Vaters, Thufir Hawat, hatte ihm erklärt, daß Arrakis während der letzten achtzig Jahre das Lehen der Harkonnens, der Todfeinde der Atreides, gewesen sei, weil sie mit der MAFEA* einen Vertrag abgeschlossen hatten, der ihnen die alleinigen Schürfrechte beim Abbau des altershemmenden Gewürzes Melange zusicherte. Jetzt, wo Herzog Leto Atreides das Lehen zugesprochen worden war, mußten die Harkonnens Arrakis verlassen. Aber das war für Herzog Leto nur ein scheinbarer Sieg: Sein Erscheinen auf dem Wüstenplaneten würde unzweifelhaft zu bösem Blut führen, auch wenn er unter den Hohen Häusern des Landsraads einige Beliebtheit genoß. »Ein beliebter Mann zieht die Eifersucht der Mächtigen auf sich«, hatte Hawat gesagt.

Arrakis. Der Wüstenplanet.

Paul schlief ein. Er träumte von arrakisischen Höhlen und schweigenden Menschen, die im Halbdunkel von glühenden Kugeln neben ihm gingen. Alles wirkte feierlich, wie im Inneren einer Kathedrale, und aus der Ferne lauschte er einem schwachen Geräusch – dem *Plip plip plip* tropfenden Wassers. Paul wußte genau, daß es ein

---

* MAFEA: Merkantile Allianz für Fortschritt und Entwicklung im All. – Siehe das Glossar im Anhang.

Traum war und daß er sich nach dem Erwachen wieder an ihn erinnern würde. Er erinnerte sich immer an Träume, die seine Zukunft voraussagten.

Der Traum verblaßte.

Halbwach fand Paul sich in der Wärme seines Bettes wieder. Er dachte nach. Die Welt von Burg Caladan, in der es für ihn keine gleichaltrige Gesellschaft gab, verdiente seine im Angesicht des Abschieds zutage tretende Schwermut nicht. Zudem hatte Dr. Yueh, sein Lehrer, ihn darauf hingewiesen, daß das Klassensystem der Faufreluches auf Arrakis weniger strikt gehandhabt wurde. Der Planet war von Menschen bewohnt, die an den Rändern der Wüsten lebten, ohne daß sie von Caids oder Bashars herumkommandiert wurden: das Sandvolk der Fremen, das sich bisher jeder Volkszählung durch das Imperium entzogen hatte.

Arrakis. Der Wüstenplanet.

Die Verkrampfung seines Körpers fühlend, beschloß Paul, eine der Geist-Körper-Lektionen auszuführen, die ihn seine Mutter gelehrt hatte. Drei schnelle Atemzüge entspannten ihn: Er sank hinein in das treibende Wissen... fixiert auf sein Bewußtsein und die aortale Ausdehnung... den unscharfen Mechanismus des Geistes meidend... Bewußtsein erlangen aus eigenem Antrieb... den Blutfluß steigernd und schnellfließend überlasteten Regionen zuführend... *unmöglich, allein durch Instinkte Nahrung/Sicherheit/Freiheit zu erhalten...* animalisches Bewußtsein dehnt sich nicht über gegebene Grenzen hinweg aus, noch tötet die Idee ihre Opfer... Das Tier zerstört und produziert nichts... Tierische Freuden bleiben empfindungsmäßig eintönig und vermeiden jegliche echte Wahrnehmung... Das Menschsein verlangt nach einer Hintertür, durch die man das Universum sehen kann... Das Bewußtsein ist deine Hintertür... Körperliche Integration ist nach dem Nerven/Blutfluß die tiefste Gewißheit zellarer Bedürfnisse... Alles/Zellen/Geschöpfe sind unbeständig... Streben nach innerer Permanenz... Weiter und weiter floß das Wissen durch Pauls Bewußtsein. Als das Morgengrauen die Gardinen seines Fensters mit gelbem Licht berührte, fühlte er dies durch die geschlossenen Lider. Er öffnete die Augen. Das altbekannte Hämmern und Hasten im Inneren der Burg nahm er ebenso wahr wie die reichverzierte Decke seines Schlafgemachs.

Die Tür öffnete sich und seine Mutter schaute herein. Ihr Haar wirkte wie umschattete Bronze, mit einem schwarzen Band, das die Krone hielt. Ihr ovales Gesicht war ohne jegliche Emotion, während ihre grünen Augen ihn mit einem feierlichen Blick musterten.

»Du bist wach«, stellte sie fest. »Hast du gut geschlafen?«

»Ja.«

Paul musterte ihre hochgewachsene Gestalt und bemerkte an ihr Anzeichen von Spannung, als sie seine Kleider von den Bügeln nahm. Jeder andere hätte diesen Ausdruck übersehen – aber sie selbst hatte ihn in der Art der Bene Gesserit erzogen. Sie wandte sich um und hielt ihm ein halboffizielles Jackett, das über der Brusttasche das Emblem der Atreides trug: einen roten Falken, hin.

»Beeil dich mit dem Anziehen«, sagte sie. »Die Ehrwürdige Mutter wartet.«

»Ich habe von ihr geträumt,« sagte Paul. »Wer ist sie?«

»Auf der Bene-Gesserit-Schule war sie meine Lehrerin. Momentan ist sie die Wahrsagerin des Imperators. Und – Paul...« Sie zögerte. »Du sollst ihr von deinen Träumen erzählen.«

»Ich werde es tun. Ist sie dafür verantwortlich, daß wir Arrakis bekamen?«

»Wir haben Arrakis nicht *bekommen.*« Jessica klopfte Staub aus seinen Hosen und legte sie zusammen mit dem Jackett auf den neben dem Bett stehenden Ankleidetisch. »Laß die Ehrwürdige Mutter nicht warten.«

Paul setzte sich auf und umschlang mit den Armen die Knie. »Was ist ein Gom Jabbar?«

Erneut war es ihre eigene Ausbildung, die Paul zeigte, daß sie verunsichert war, nervös und ängstlich.

Jessica ging zum Fenster, zog die Vorhänge zurück und starrte über die am Flußufer liegenden Obstgärten zum Syubiberg hinüber. »Du wirst über das… Gom Jabbar noch früh genug etwas erfahren«, sagte sie.

Paul hörte verwundert die Angst in ihrer Stimme.

Ohne sich umzuwenden, sagte Jessica: »Die Ehrwürdige Mutter wartet in meinem Morgensalon. Beeil dich bitte.«

Die Ehrwürdige Mutter Gaius Helen Mohiam saß in einem Lehnstuhl und wartete auf das Erscheinen von Mutter und Sohn. Die an jeder Seite befindlichen Fenster erlaubten ihr einen Ausblick auf die südliche Flußbiegung und das grüne Farmland der Familie Atreides, doch sie ignorierte ihn. An diesem Morgen fühlte sie ihr Alter deutlicher als jemals zuvor. Verantwortlich dafür war nach ihrer Ansicht der Raumflug und die dadurch unvermeidliche Kontaktaufnahme mit der Raumgilde und deren Geheimniskrämerei. Aber sie hatte eine Mission zu erledigen, die ihre persönliche Anwesenheit verlangte. Nicht einmal die Wahrsagerin des Padischah-Imperators konnte sich ihrer Pflicht entziehen, wenn der Notruf an sie erging.

Verflucht sei Jessica! dachte die Ehrwürdige Mutter. *Konnte sie uns nicht eine Tochter gebären, so wie es ihr befohlen war?*

Drei Schritte vor dem Stuhl hielt Jessica an, deutete eine knappe Verbeugung an und legte sanft ihre linke Hand an die Naht ihres Kleides. Paul führte die knappe Bewegung aus, die ihn sein Tanzmeister gelehrt hatte, jene, die ›die Begrüßung solcher Personen, deren Rang noch nicht feststeht‹ hieß.

Die Sorgfalt in Pauls Gruß war der Ehrwürdigen Mutter nicht entgangen. Sie sagte: »Er ist vorsichtig, Jessica.«

Jessicas Hand legte sich auf Pauls Schulter und drückte sie. Für die Länge eines Herzschlages floß Furcht durch ihre Handfläche, dann hatte sie sich wieder unter Kontrolle. »Er wurde so erzogen, Euer Ehrwürden.«

Was fürchtet sie? fragte sich Paul.

Die alte Frau musterte Paul mit einem kurzen Blick. Er hatte das ovale Gesicht Jessicas, wenn auch knochiger... Sein Haar: tiefschwarz, aber die Augenbrauen wie der Großvater mütterlicherseits, der nicht genannt werden kann, und die gleiche dünne, hochmütig wirkende Nase des alten Herzogs, seines verstorbenen Großvaters väterlicherseits.

Ein Mann, der die Macht der Herausforderung schätzt – selbst im Angesicht des Todes, dachte die Ehrwürdige Mutter.

»Eine gute Ausbildung ist wichtig«, sagte sie, »aber noch wichtiger ist die charakterliche Veranlagung. Wir werden sehen.« Ihre alten Augen musterten Jessica mit hartem Blick. »Laß uns allein. Ich weise dich an, die Meditation des Friedens auszuführen.«

Jessica nahm die Hand von Pauls Schulter. »Euer Ehrwürden, ich...«

»Jessica, du weißt, daß es nicht anders geht.«

Verwirrt sah Paul seine Mutter an.

Jessica straffte sich. »Ja... natürlich...«

Erneut sah Paul auf die Ehrwürdige Mutter. Es war nicht nur reine Höflichkeit: allein die Tatsache, daß seine Mutter sich offenbar vor ihr fürchtete, riet ihm zur Vorsicht. Außerdem ärgerte er sich darüber.

»Paul...«, sagte Jessica nach einem tiefen Atemzug, »...der Test, dem du jetzt unterzogen wirst... Er ist sehr wichtig für mich.«

»Der Test?« Paul sah sie fragend an.

»Vergiß nicht, daß du der Sohn eines Herzogs bist«, mahnte Jessica. Sie verließ den Raum mit wehendem Kleid. Die Tür schloß sich sanft hinter ihr.

Paul musterte die alte Frau mit kaum verhohlenem Ärger. »Behandelt man Lady Jessica wie ein ordinäres Dienstmädchen?«

Ein Lächeln huschte über die Mundwinkel der Ehrwürdigen Mutter. »Lady Jessica *war* mein Dienstmädchen,

Bursche, und zwar vierzehn Jahre lang, während ihrer Schulzeit.« Sie nickte. »Noch dazu ein sehr gutes. Und jetzt *komm her!*«

Die beiden letzten Worte trafen Paul wie ein Peitschenschlag. Bevor er dazu kam, weiter darüber nachzudenken, stellte er fest, daß er ihrer Anweisung gehorchte. *Ihre Stimme hat Gewalt über mich,* dachte er. Auf eine Geste der Ehrwürdigen Mutter hin blieb er stehen.

»Siehst du das?« fragte sie. Sie zog einen grünen Metallwürfel mit einer Kantenlänge von etwa fünfzehn Zentimetern aus den Falten ihres Gewandes. Vor seinen Augen drehte sie ihn hin und her, und Paul konnte erkennen, daß eine Seite des Würfels offen war. Das Innere war schwarz und furchterregend, nicht der kleinste Lichtstrahl erhellte die Öffnung.

»Steck deine rechte Hand hinein«, sagte die alte Frau.

Paul fürchtete sich plötzlich. Als er den Versuch machte, zurückzuweichen, sagte sie: »Gehorchst du so deiner Mutter?«

Paul schaute in ihre glitzernden Augen.

Langsam, wie unter einem spürbaren Zwang, dem man nicht entweichen kann, tat Paul, was sie ihn geheißen hatte. Zuerst spürte er einen kalten Schauer. Die Schwärze umfaßte seine Hand, und langsam fing sie an zu prickeln, als würde sie einschlafen.

Ein erwartungsvoller Blick der Ehrwürdigen Mutter. Sie löste die rechte Hand von dem Würfel und brachte sie in die Nähe von Pauls Nacken. Etwas metallisch Blitzendes gelangte kurz in sein Blickfeld, und Paul versuchte sich umzudrehen.

»Halt!« zischte die Ehrwürdige Mutter.

Schon wieder diese Stimme! Paul lenkte seine Aufmerksamkeit auf ihr Gesicht zurück.

»Was du jetzt an deinem Nacken fühlst«, sagte sie, »ist das Gom Jabbar. Eine vergiftete Nadel, verstehst du? Wenn du einen Fluchtversuch machst, wirst du sie zu spüren bekommen.«

Trotz seiner trockenen Kehle versuchte Paul zu schlukken. Es war ihm unmöglich, den Blick von dem verwelkten Gesicht mit den blitzenden Augen und ihren metallisch leuchtenden Zähnen zu lösen.

»Der Sohn eines Herzogs sollte alles über Gifte wissen«, sagte sie. »Es ist ein Zeichen unserer Zeit, nicht wahr? Musky, das in Getränken verwendet wird. Oder Aumas, das man vorzugsweise fester Nahrung beigibt. Die schnell- und langsamwirkenden Gifte sowie alle Abstufungen dazwischen. Das Gom Jabbar ist ein völlig neues, es tötet nur Tiere.«

Plötzlicher Stolz überflutete Pauls Furcht. Aufbrausend sagte er: »Ihr vergleicht den Sohn eines Herzogs mit einem Tier?«

»Sagen wir lieber, du bist möglicherweise ein Mensch«, erwiderte die Ehrwürdige Mutter. »Vorsicht! Ich habe dich gewarnt. Kontrolliere deine Bewegungen. Ich bin alt, aber dennoch in der Lage, die Nadel in dich zu bohren, bevor du meiner Reichweite entwischst.«

»Wer seid Ihr?« flüsterte Paul. »Wie habt Ihr es fertiggebracht, daß meine Mutter mich mit Euch allein ließ? Haben die Harkonnens Euch geschickt?«

»Die Harkonnens? Himmel, nein! Sei jetzt still.« Ein dürrer Finger berührte seinen Nacken und erzeugte den plötzlichen Impuls, wegzulaufen.

»Gut«, sagte die Ehrwürdige Mutter. »Du hast den ersten Test bestanden. Über das Weitere gibt es folgendes zu sagen: Wenn du die Hand herausziehst, wirst du sterben. Dies ist die einzige Spielregel. Laß sie drinnen und du lebst. Ziehe sie heraus und stirb.«

Um das leise Zittern seiner Glieder zu überspielen, nahm Paul einen tiefen Atemzug. »Wenn ich schreie, werden in einigen Sekunden genügend Bedienstete hier sein, um Euch sterben zu lassen.«

»Kein Bediensteter wird es wagen, eine Tür zu passieren, vor der deine Mutter steht, vergiß das nicht. Deine Mutter hat diesen Test bereits bestanden, jetzt bist du an der Reihe. Du solltest dir dieser Ehre bewußt sein, denn wir unterziehen männliche Kinder nur selten diesem Test.«

Die Neugier reduzierte Pauls Angst auf ein überschaubares Maß. Aus der Stimme der alten Frau klang Wahrheit, unzweifelhafte Wahrheit. Wenn seine Mutter draußen Wache stand… wenn dies wirklich ein Test war… Aber er konnte sowieso nicht mehr zurück: Das Gom Jabbar in seinem Nacken verhinderte es. Er rief sich die Litanei gegen die Furcht ins Gedächtnis zurück. Seine Mutter hatte sie ihm beigebracht, und auch sie gehörte zum Ritus der Bene Gesserit.

Ich darf mich nicht fürchten. Die Furcht tötet das Bewußtsein. Die Furcht führt zu völliger Zerstörung. Ich werde ihr ins Gesicht sehen. Sie soll mich völlig durchdringen. Und wenn sie von mir gegangen ist, wird nichts zurückbleiben. Nichts außer mir.

Er fühlte die Ruhe zurückkehren und sagte: »Mach weiter, alte Frau.«

»Alte Frau!« zischte sie. »Du hast wirklich Mut, das muß ich sagen. Nun, wir werden sehen, *Sirra.*« Sie beugte sich vor, ihre Stimme sank zu einem Flüstern herab. »Du wirst Schmerz in deiner Hand spüren. Aber wenn du sie zurückziehst, genügt ein kleiner Stich mit dem Gom Jabbar – und dein Tod kommt so schnell wie die Axt eines Henkers. Wenn du die Hand zurückziehst, bringt das Gom Jabbar dich um. Verstanden?«

»Was ist in diesem Kasten?«

»Schmerz.«

Ein leichtes Kitzeln in der Hand ließ ihn die Lippen aufeinanderpressen. *Wie kann das ein Test sein?* dachte er. Das Kitzeln wurde zu einem Jucken.

Die alte Frau sagte: »Hast du davon gehört, daß es Tiere gibt, die sich ein Bein abbeißen, um einer Falle zu entrinnen? So etwas bringen nur Tiere fertig. Ein Mensch in dieser Situation würde ausharren, leidend in seinem Schmerz, seinen Tod vortäuschen und darauf hoffen, den

Jäger töten zu können, sobald er erscheint, um seine Beute abzuholen.«

Das Jucken wurde zu einem leichten Brennen. »Was hat das alles zu bedeuten?« fragte Paul.

»Es dient dazu, herauszufinden, ob du ein Mensch bist. Und nun sei still.«

Als das Brennen noch stärker wurde, ballte sich Pauls Linke zur Faust. Jede Faser seines Körpers drängte ihn, die Hand zurückzuziehen... aber... da war noch das Gom Jabbar. Er versuchte, ohne den Kopf zu bewegen, einen Blick auf die vergiftete Nadel zu werfen. Dabei registrierte er seinen stoßweise gehenden Atem und versuchte, dagegen anzukämpfen. Ohne Erfolg.

Schmerz!

Das Universum war eine völlige Leere, in der nichts außer seiner schmerzenden, sich in Agonie windenden Hand existierte – und das faltige Gesicht der alten Frau. Es war nur wenige Zentimeter von dem seinen entfernt und starrte ihn an.

Pauls Lippen waren so trocken, daß er sie kaum mehr auseinanderbekam.

Wie es brannte! Wie es brannte!

Er glaubte zu fühlen, wie sein Fleisch langsam verschmorte, wie es von seiner Hand fiel und nichts als versengte Knochen zurückließ.

Dann hörte es auf!

Der Schmerz verschwand, als hätte jemand ihn einfach abgeschaltet.

Pauls rechter Arm zitterte. Er war schweißgebadet.

»Genug«, murmelte die alte Frau. »Kull wahad! Kein weibliches Kind hätte das ausgehalten. Das hätte ich niemals erwartet.« Sie lehnte sich wieder zurück und nahm das Gom Jabbar von seinem Nacken. »Zieh die Hand nun aus dem Kasten, junger Mensch, und sieh sie dir an.«

Paul kämpfte mit einem Übelkeitsgefühl und starrte auf die lichtlose Leere, in der seine Hand immer noch steckte.

Die Erinnerung an den Schmerz verhinderte die kleinste Bewegung. Irgendwie wurde er den Verdacht nicht los, daß aus seiner Hand ein verkohlter Stumpf geworden war.

»Zieh sie heraus!« zischte die Ehrwürdige Mutter.

Paul tat es. Er war verblüfft, denn seine Hand war unverletzt, zeigte nicht das geringste Anzeichen der Tortur. Er hob sie hoch, drehte sie und bewegte die Finger.

»Schmerzen durch Nerveninduktion«, erklärte die Ehrwürdige Mutter. »Schließlich können wir potentielle Menschen nicht einfach verstümmeln. Es gibt eine Menge Leute, die einiges für das Geheimnis dieses Kastens hergeben würden.« Sie ließ ihn wieder in den Falten ihres Gewandes verschwinden.

»Aber die Schmerzen...«, sagte Paul.

»Schmerzen«, erwiderte sie verächtlich. »Ein Mensch kann jeden körperlichen Schmerz bezwingen.«

Erst jetzt wurde Paul der Pein gewahr, die von seiner anderen Hand ausging. Als er sie öffnete, stellte er fest, daß seine Fingernägel vier blutende Wunden hineingerissen hatten. Er ließ den Arm an seinem Körper herunterbaumeln und sah die alte Frau an: »Und das gleiche habt Ihr auch mit meiner Mutter getan?«

»Hast du schon einmal Sand durch ein Sieb geschüttet?« fragte die Ehrwürdige Mutter.

Der oberflächliche Tonfall ihrer Worte verwirrte ihn. *Ob er jemals Sand durch ein Sieb geschüttet hatte?* Natürlich.

»Wir Bene Gesserit sieben Leute, um unter ihnen Menschen zu finden.«

Paul hob die rechte Hand. Er dachte an den Schmerz zurück. »Und das ist alles, um einen Menschen zu finden? Nichts als Schmerz?«

»Ich habe dich in deinem Schmerz beobachtet, mein Junge. Der Schmerz ist das Kriterium, in dem sich der Mensch beweist. Deine Mutter wird dir sicherlich davon erzählt haben, wie wir vorgehen. Ich erkenne es an deinem Benehmen. Unser Test besteht aus der menschlichen

Krisis und deren Auswertung.« Die Bestimmtheit ihrer Worte sagte ihm: ›Es ist die Wahrheit!‹

Und die Ehrwürdige Mutter sah ihn an und dachte: *Er spürt, daß es die Wahrheit ist! Könnte er es sein? Könnte er es wirklich sein?* Ihre Erregung unterdrückend, erinnerte sie sich: *Die Hoffnung beeinträchtigt die Beobachtung.* Laut sagte sie: »Du weißt genau, wann die Leute auch glauben, was sie sagen, nicht wahr?«

»Ich weiß es.« Die Selbstsicherheit seiner Stimme zeigte, daß er dies nicht erst durch ihren Test herausgefunden hatte.

»Möglicherweise bist du der Kwisatz Haderach«, sagte die Ehrwürdige Mutter. »Setz dich zu meinen Füßen, kleiner Bruder.«

»Ich möchte lieber stehen bleiben.«

»Auch deine Mutter hat einst zu meinen Füßen gesessen.«

»Ich bin nicht meine Mutter.«

»Du liebst uns nicht gerade, wie?« Sie warf einen Blick auf die Tür und rief: »Jessica!«

Die Tür flog auf. Jessica stand in der Öffnung und warf einen entschlossenen Blick in den Raum. Die Härte ihres Blicks schmolz dahin, als sie Paul gewahrte.

»Hast du eigentlich je aufgehört mich zu hassen, Jessica?« fragte die alte Frau.

»Ich liebe *und* hasse Euch«, erwiderte Jessica. »Mein Haß ist eine Folge der Schmerzen, die ich niemals vergessen kann. Meine Liebe...«

»Das sind Grundvoraussetzungen«, warf die alte Frau ein, ohne dabei unfreundlich zu werden. »Du kannst nun hereinkommen, aber mische dich nicht ein. Schließ die Tür und sorge dafür, daß wir von niemandem gestört werden.«

Jessica trat ein, schloß die Tür und lehnte sich mit dem Rücken dagegen. *Mein Sohn lebt,* dachte sie. *Mein Sohn lebt und ist... ein Mensch. Ich wußte, daß er es ist... aber... er lebt. Nun kann auch ich anfangen zu leben.* Die

Türfüllung fühlte sich hart an. Alle Gegenstände dieses Raumes erschienen ihr von einer Kompaktheit, die sich gegen ihre Sinne drückte.

Mein Sohn lebt.

Paul schaute seine Mutter an. *Sie hat die Wahrheit gesagt.* Am liebsten wäre er fortgelaufen, um diese neue Erfahrung in völligem Alleinsein zu überdenken, doch ihm war klar, daß er nicht gehen konnte, ehe man ihn entließ. Die alte Frau hatte eine geheimnisvolle Macht über ihn. *Sie hatten die Wahrheit gesagt.* Seine Mutter hatte sich diesem Test unterzogen. Er mußte einem schrecklichen Zweck dienen... denn auch der Schmerz und die Angst waren schrecklich gewesen. Ohne Zweifel diente all das einem bestimmten Ziel, und obwohl er keine Ahnung hatte, um welches es sich handelte, hatte er das Gefühl, daß er bereits davon infiziert war.

»Eines Tages, Junge«, sagte die alte Frau, »wirst auch du vor solch einer Tür stehen. Und es wird dir eine Menge abverlangen.«

Paul sah auf seine Hand hinab und schließlich wieder zur Ehrwürdigen Mutter hinüber. Der Klang ihrer Stimme hatte sich diesmal radikal von der unterschieden, die sie während des Tests benutzt hatte. Ihre Worte klangen diesmal ausgefeilt. Er hatte das Gefühl, daß, wenn er ihr jetzt eine Frage stellte, sie ihm eine Antwort geben würde, die ihn hinausführte aus seinem fleischlichen Sein, hinaus in eine Welt unbekannter Größe.

»Weshalb sucht Ihr nach Menschen?« fragte er.

»Um sie zu befreien.«

»Um sie zu befreien?«

»Die Menschen haben einst das Denken Maschinen überlassen, in der Hoffnung, daß dies sie befreien würde, aber es hat nur dazu geführt, daß jene, die die Maschinen bedienten, die übrigen versklavten.«

»Du sollst keine Maschine nach deinem geistigen Ebenbilde machen«, rezitierte Paul.

»So sagt es die Losung von Butlers Djihad und die

Orange-Katholische-Bibel«, erwiderte die Ehrwürdige Mutter. »Aber die wahre Bedeutung dieser Worte hätte lauten sollen: ›Du sollst keine Maschine nach dem *menschlichen Bewußtsein* machen.‹ Hast du die Worte des in euren Diensten stehenden Mentat studiert?«

»Ich habe *zusammen* mit Thufir Hawat studiert.«

»Die Große Revolte hat eine Krücke zerschlagen«, sagte die alte Frau. »Sie hat den menschlichen Geist zur Weiterentwicklung *gezwungen*. Nach ihr entstanden Schulen zur Förderung *menschlicher* Talente.«

»Die Schulen der Bene Gesserit?«

Sie nickte. »Es gibt zwei Überlebende dieser alten Schulen: die Bene Gesserit und die Raumgilde. Nach unserer Auffassung spezialisiert sich die Gilde hauptsächlich auf mathematische Begabungen. Die Bene Gesserit haben eine andere Funktion.«

»Politik«, sagte Paul.

»Kull wahad!« entfuhr es der Ehrwürdigen Mutter. Sie warf Jessica einen scharfen Blick zu.

»Ich habe ihm nichts davon erzählt, Euer Ehrwürden«, beteuerte sie schnell.

Die Ehrwürdige Mutter konzentrierte ihre Aufmerksamkeit wieder auf Paul. »Du hast eine ausgezeichnete Kombinationsgabe«, sagte sie. »Es handelt sich tatsächlich um Politik. Die erste Bene-Gesserit-Schule wurde gegründet, weil es ein Bedürfnis nach einer kontinuierlichen Weiterentwicklung menschlichen Zusammenlebens gab. Und man sah voraus, daß dies nur möglich war, wenn man die Menschen von den Tieren trennte. Aus Zuchtgründen.«

Die Worte der alten Frau verloren für Paul plötzlich jegliche Schärfe. Irgend etwas nagte an dem, was seine Mutter den *Instinkt, die Wahrheit zu fühlen*, nannte. Es war nicht so, daß er das Gefühl hatte, von der Ehrwürdigen Mutter angelogen zu werden. Sie glaubte offenbar wirklich, was sie sagte. Aber da war irgend etwas... etwas Tiefes, das ein ungutes Gefühl in ihm erzeugte.

Er sagte: »Meine Mutter hat mir erzählt, daß viele Bene Gesserit gar nicht wissen, von wem sie abstammen.«

»Die genetischen Codes befinden sich immer in unseren Unterlagen«, erwiderte die alte Frau. »Deine Mutter weiß zumindest, daß sie entweder von einer Bene Gesserit abstammt oder von einer Familie, die aus anderen Gründen wertvoll genug war, um Aufnahme zu finden.«

»Und warum darf sie dann nicht erfahren, wer ihre Eltern waren?«

»Manche Bene Gesserit wissen es, andere nicht. Zum Beispiel hätte es erforderlich sein können, sie mit einem nahen Verwandten zu verheiraten, um bestimmte Eigenschaften ihrer Nachkommen verstärkt hervortreten zu lassen. Es kann da vielerlei Gründe geben.«

Erneut wurde Paul von dem ungewissen Gefühl bedrängt. »Ihr nehmt damit eine große Last auf Euch«, meinte er.

Während die Ehrwürdige Mutter ihn musterte, dachte sie. *War da Kritik in seinen Worten?* »Wir tragen wirklich eine schwere Last«, gab sie zu.

Paul fühlte, daß die schockähnlichen Nachwirkungen des Tests langsam von ihm wichen. Er warf der alten Frau einen nachdenklichen Blick zu und sagte: »Ihr sagt, ich sei möglicherweise der... Kwisatz Haderach. Was ist das? Ein menschliches Gom Jabbar?«

»Paul«, warf Jessica ein, »du solltest nicht in diesem Ton mit...«

»Ich schaffe das auch allein, Jessica«, sagte die alte Frau. Paul zugewandt fragte sie: »Hast du je von der Wahrheitsdroge gehört?«

»Ihr benutzt sie, um die Wahrheit besser von der Lüge unterscheiden zu können«, erwiderte Paul. »Meine Mutter hat mir davon erzählt.«

»Hast du schon eine Wahrheitstrance gesehen?«

Paul schüttelte den Kopf. »Nein.«

»Die Droge ist gefährlich«, sagte die Ehrwürdige Mutter, »aber sie hat auch einen Nutzen. Wenn eine Wahrsagerin unter dem Einfluß der Droge steht, ist sie in der Lage, unendlich viele Geschehnisse der Vergangenheit in ihr Gedächtnis zurückzurufen. Wir sehen zurück auf die Straßen der Vergangenheit... allerdings nur auf jene, über die weibliche Wesen geschritten sind.« Ihre Stimme hatte nun einen fast traurigen Unterton. »Aber es gibt auch Vergangenheiten, in die wir nicht sehen können, Vergangenheiten, vor denen wir entsetzt zurückschrecken. Es heißt, daß eines Tages ein Mann kommen wird, der fähig ist, mit Hilfe dieser Droge auch dorthin zu sehen, wo es uns untersagt ist. Daß er sowohl in die männlichen wie auch in die weiblichen Vergangenheiten sehen kann.«

»Der Kwisatz Haderach?«

»Ja, derjenige, der an vielen Orten zugleich sein kann: der Kwisatz Haderach. Viele Männer haben die Droge versucht, aber nicht einer hat Erfolg gehabt.«

»Alle, die es versuchten, haben versagt?«

»O nein.« Die Ehrwürdige Mutter schüttelte den Kopf. »Alle, die es versuchten, sind gestorben.«

2

Der Versuch, den Muad'dib zu verstehen, ohne seine Todfeinde, die Harkonnens, zu kennen, bedeutet das gleiche, als würde man versuchen, die Wahrheit kennenzulernen, ohne je von der Lüge gehört zu haben. Oder das Licht zu suchen, ohne je in der Dunkelheit gelebt zu haben. Es ist unmöglich.

Aus ›Leitfaden des Muad'dib‹,
von Prinzessin Irulan

Der teilweise im Schatten liegende Globus einer Welt drehte sich unter den Bewegungen einer fetten, mit glitzernden Ringen bestückten Hand. Man hatte ihn an eine Wand des fensterlosen Raumes montiert, dessen andere Wände von Regalen bedeckt waren, die ein wirres Durcheinander von verschiedenfarbigen Rollen, Filmbüchern, Tonbändern und Spulen enthielten. Sanft leuchtende Lampen, die dicht unter der Decke hingen, erhellten die Szenerie.

In der Mitte des Raumes stand ein ellipsenförmiger Tisch, sich den Körperbewegungen anpassende Suspensorsessel vervollständigten die Einrichtung. Zwei von ihnen waren besetzt: im ersten saß ein dunkelhaariger junger Mann von etwa sechzehn Jahren, mit rundem Gesicht und mürrischem Blick. In dem anderen: ein schlanker, kleiner Mann mit verweichlichten Zügen.

Beide starrten sie auf den Globus, der sich unter den Händen des im Halbschatten verborgenen dritten Mannes drehte. Der Mann kicherte plötzlich. »Da haben wir sie, Piter – die größte Menschenfalle aller Zeiten. Und der Herzog stürzt sich geradewegs in sie hinein. Ist es nicht genial, was ich, Baron Wladimir Harkonnen, mir ausgedacht habe?«

»Gewiß doch, Baron«, erwiderte der Angesprochene. Seine Stimme klang wie ein süßer, melodischer Tenor.

Die fleischige Hand fiel auf den Globus hinab und stoppte dessen Rotation. Nun, wo er stillstand, konnte man erkennen, daß er ein kostbarer Gegenstand war, hergestellt für reiche Sammler oder die planetarischen Gouverneure des Imperiums. Und er trug in der Tat das imperiale Siegel. Die Längen- und Breitengrade bestanden aus hauchzarten Platindrähten, die Polkappen waren feine Diamanten von milchiger Farbe.

Nun glitt die Hand über die Oberfläche. »Ich lade euch zu einem Ausblick ein«, rumpelte die Baßstimme. »Schau dir das an, Piter; und du auch, Feyd-Rautha, mein Liebling: von sechzig Grad nördlicher bis siebzig Grad südlicher Breite reichen diese herrlichen Wellen. Und ihre Farbe! Erinnert sie euch nicht auch an die Süße von Karamellen? Nirgendwo sieht man das herrliche Blau eines Sees oder Ozeans. Und erst diese lieblichen Polkappen! Wie klein sie sind. Wer könnte diesen Planeten schon mit einem anderen verwechseln? Es ist Arrakis! Der Einzigartige! Ein wirklich begehrenswerter Preis für einen Sieg.«

Ein Lächeln huschte über Piters Lippen. »Und wenn man bedenkt, daß der Padischah-Imperator glaubt, er habe dem Herzog Euren Gewürzplaneten geschenkt... Es ist einfach... pfeffrig!«

»Unterlasse diese nichtssagenden Bemerkungen«, brummte der Baron. »Das tust du sowieso nur, um Feyd-Rautha zu verwirren. Es gibt außerdem auch keinen Grund, meinen Neffen für einen Tölpel zu halten.«

Als hinter ihm an die Tür geklopft wurde, richtete sich der mürrisch dreinblickende junge Mann in seinem Sessel auf und strich eine Falte seines Hemdes glatt.

Piter erhob sich, öffnete die Tür aber nur so weit, daß es reichte, um einen Nachrichtenzylinder entgegenzunehmen. Dann schloß er sie wieder, öffnete den Zylinder und breitete ihn vor sich aus. Er kicherte in sich hinein.

»Nun?« wollte der Baron wissen.

»Der Narr hat uns geantwortet, Baron!«

»Wann hätte sich auch je ein Atreides geweigert, die Gelegenheit einer Geste nicht beim Schopf zu ergreifen?« fragte der Baron. »Was schreibt er denn?«

»Er benimmt sich reichlich unhöflich, Baron. Redet Sie einfach mit ›Harkonnen‹ an. ›Sire und werter Cousin‹, kein Titel, nichts.«

»Harkonnen ist ein ebenso guter Name«, brummte der Baron, aber seine Stimme strafte ihre Aussage Lügen. »Was schreibt Leto genau?«

»Er schreibt: Das von Ihnen vorgeschlagene Treffen ist abgelehnt. Ich weiß, daß Sie ein Verräter sind, und das wissen alle Menschen.«

»Sonst noch was?« fragte der Baron.

»Er schreibt weiter: Auch heute noch besitzt die Kunst des Kanly Anhänger im Imperium. Unterzeichnet hat er mit Herzog Leto von Arrakis.« Piter fing an zu lachen. »Von Arrakis! O je! Das ist einfach zuviel!«

»Sei still, Piter«, sagte der Baron. Das Gelächter erstarb abrupt. »Kanly, wie?« fragte der Baron. »Eine Vendetta, heh? Und er benutzt extra dieses traditionelle Wort, damit ich weiß, daß er es auch ernst meint.«

»Sie waren es, der einen Friedensvorschlag gemacht hat«, sagte Piter. »Damit ist die Form gewahrt.«

»Für einen Mentaten redest du zuviel, Piter«, knurrte der Baron. Und dachte: *Ich muß ihn mir bald vom Halse schaffen. Er ist jetzt zu nichts mehr nütze.* Er starrte ruhig seinen Mentat-Assassinen an, dessen Augen – weiße Schlitze, umgeben von wenigem Blau – seinen Blick ebenso erwiderten.

Ein Grinsen flog über Piters Gesicht. Im Zusammenhang mit seinen höhlenhaften Augen wirkte es wie eine maskenhafte Grimasse. »Aber Baron! Niemals zuvor hat es eine herrlichere Rache gegeben! Es ist das ultimative Hintergehen, Leto zu veranlassen, Caladan für Arrakis herzugeben. Und er hat keine andere Wahl, als diesem kaiserlichen Befehl zu gehorchen. Wie gerissen von Ihnen!«

»Du schwatzt wie ein altes Weib, Piter«, erwiderte der Baron mit eiskalter Stimme.

»Weil ich glücklich bin, mein Baron. Während Sie... eifersüchtig sind.«

»Piter!«

»Aber Baron! Ist es nicht schade, daß Sie diesen Plan nur mit fremder Hilfe ausarbeiten konnten?«

»Irgendwann werde ich dich erwürgen lassen, Piter.«

»Aber selbstverständlich, Baron. *Enfin!*«

»Stehst du unter Verite oder Semuta, Piter?«

»Wer die Wahrheit ohne Furcht ausspricht, verunsichert den Baron«, sagte Piter. Sein Gesicht wurde zur Karikatur einer erstarrten Maske. »Oho, Baron! Sie sollten wissen, daß es ein Mentat stets vorher weiß, wann der Henker zu ihm kommt. Sie werden sich meiner Dienste bedienen, solange ich Ihnen von Nutzen bin. Mich früher umbringen zu lassen bedeutet Vergeudung, und ich bin noch immer für viele Dinge gut. Ich weiß, was Sie von diesem lieblichen Wüstenplaneten gelernt haben: Vergeude nichts! Richtig, Baron?«

Der Baron starrte ihn schweigend an.

Feyd-Rautha bewegte sich in seinem Sessel. *Diese elenden Narren,* dachte er. *Es ist meinem Onkel einfach nicht möglich, mit diesem Mentaten zu reden, ohne gleich Streit anzufangen. Glauben die beiden etwa, ich hätte nichts Besseres zu tun, als ihrem Gewäsch zuzuhören?*

»Feyd«, sagte der Baron, »ich habe dir gesagt, daß du zuhören und lernen sollst, als ich dich hierherbrachte. Lernst du?«

»Ja, Onkel.« Feyds Stimme klang betont unterwürfig.

»Manchmal«, fuhr der Baron fort, »wundere ich mich über Piter. Wenn ich jemandem Schmerzen zufüge, tue ich das, weil es keinen anderen Weg gibt. Aber er... ich glaube, er hat wirklich Spaß daran. Mir selbst tut der arme Leto fast leid. Bald wird Dr. Yueh gegen ihn losschlagen, und das wird das Ende seiner Familie sein. Dann wird Leto erfahren, wer sich dieses gefügigen Mediziners bediente. Dieses Wissen muß schrecklich sein.«

»Warum, wenn Sie schon Mitleid mit ihm haben, wiesen Sie den Doktor nicht an, ihm ein Kindjal zwischen die Rippen zu stoßen?« fragte Piter. »Das wäre doch ein schnellerer Tod...«

»Der Herzog *muß* wissen, daß ich es war, der sein Haus zum Einsturz brachte«, erwiderte der Baron. »Und die anderen Hohen Häuser sollen daraus eine Lehre ziehen. Dieses Wissen wird sie zögern lassen. Um so mehr Zeit habe ich für die Durchführung meiner weiteren Pläne. Die Notwendigkeit meines Handelns dürfte offensichtlich sein, auch wenn ich es verabscheue.«

»Zeit für die Durchführung Ihrer Pläne«, schnarrte Piter in spöttischem Ton. »Merken Sie nicht, daß der Imperator bereits auf Sie aufmerksam geworden ist, Baron? Sie gehen zu schnell vor. Eines Tages wird er eine oder zwei Legionen seiner Sardaukar hierher nach Giedi Primus senden. Und das wird dann das Ende des Barons Wladimir Harkonnen darstellen.«

»Das würde dir gefallen, nicht wahr, Piter?« fragte der Baron. »Es würde dich mit unbändiger Freude erfüllen, zuzusehen, wie die Horden der Sardaukar durch meine Städte toben und meine Burg niederreißen. Natürlich würde es dir gefallen.«

»Ist das nicht verständlich, Baron?« flüsterte Piter.

»Du hättest einen guten Bashar abgegeben«, erwiderte der Baron. »Es käme deiner Freude an Blut und Schmerz sehr entgegen. Vielleicht habe ich dir deinen Anteil an der Arrakis-Beute ein wenig zu schnell zugesichert.«

Piter machte fünf eilige Schritte und blieb direkt hinter Feyd-Rautha stehen. Der junge Mann sah den Mentaten mit einem unguten Gefühl an. Die leichte Spannung, die in der Luft lag, war nicht zu ignorieren.

»Treiben Sie keine Spielchen mit Piter, Baron«, sagte Piter. »Sie haben mir Lady Jessica versprochen. Sie haben sie mir versprochen!«

»Und was stellst du mit ihr an, Piter?« fragte der Baron. »Sie foltern?«

Piter starrte ihn an. Er sagte nichts.

Feyd-Rautha drehte seinen Suspensorensessel und sagte: »Soll ich noch hierbleiben, Onkel? Du sagtest...«

»Mein Liebling Feyd-Rautha wird unruhig«, sagte der Baron. Er bewegte sich innerhalb des Globusschattens. »Immer ruhigbleiben, Feyd.« Er wandte seine Aufmerksamkeit wieder dem Mentaten zu. »Und was soll mit Paul geschehen, lieber Piter?«

»Er wird Ihnen gehören, Baron«, murmelte Piter.

»Danach habe ich nicht gefragt«, sagte der Baron. »Du wirst dich doch noch daran erinnern, daß du voraussagtest, diese Bene-Gesserit-Hexe würde eine Tochter gebären? Hast du dich dabei geirrt, Mentat?«

»Ich irre mich nicht oft, Baron«, entgegnete Piter, zum erstenmal mit Furcht in der Stimme. »Gestehen Sie mir zu, daß ich mich nicht oft geirrt habe. Und daß die Bene Gesserit größtenteils Töchter gebären, ist sogar Ihnen bekannt. Selbst die Gemahlin des Imperators hat nur Mädchen das Leben geschenkt.«

Feyd-Rautha sagte: »Onkel, du sagtest, hier würde etwas von Wichtigkeit beredet...«

»Hör dir meinen Neffen an«, unterbrach der Baron, Piter zugewandt. »Er will einst über meine Ländereien herrschen und ist nicht einmal in der Lage, seine eigenen Emotionen unter Kontrolle zu halten. Nun denn, Feyd-Rautha Harkonnen: Ich habe dich hierhergebeten, weil ich hoffte, dir etwas Weisheit vermitteln zu können. Hast du die Zeit genutzt, um unseren lieben Mentaten eingehend zu beobachten? Hast du aus seinem Verhalten einige Lehren ziehen können?«

»Aber Onkel...«

»Er ist ein reichlich frecher Mentat, würdest du das abstreiten, Feyd?«

»Es stimmt, aber...«

»Aha! Es stimmt, *aber!* Er nimmt zuviel von diesem Gewürz, er frißt es wie Zucker! Schau dir seine Augen an! Er sieht so aus, als käme er geradewegs aus der arrakisischen Arbeiterklasse. Er leistet etwas, neigt aber trotzdem zu emotionellen und unkontrollierten Ausbrüchen. Leistungsfähig ist er, dennoch kann er irren.«

Piter sagte mürrisch: »Haben Sie mich gerufen, um meine Fähigkeiten herabzusetzen, Baron?«

»Deine Fähigkeiten herabsetzen? Du solltest mich besser kennen, Piter. Ich wollte meinem Neffen lediglich die Grenzen eines Mentaten veranschaulichen.«

»Bereiten Sie bereits meine Ablösung vor?« verlangte Piter zu wissen.

»Deine Ablösung? Wo sollte ich schon einen Mentaten mit deiner Geschicklichkeit und Durchtriebenheit hernehmen?«

»Dort, wo Sie mich fanden, Baron.«

»Vielleicht sollte ich das wirklich tun«, grübelte der Baron. »Du wirkst in letzter Zeit ein wenig labil. Und dann die Gewürze, die du verschlingst!«

»Bin ich in meinen Genüssen zu maßlos, Baron? Ärgern Sie sich darüber?«

»Deine Genüsse, mein lieber Piter, sind es, die uns *trennen.* Wie könnte ich darauf wütend sein? Ich wünsche mir lediglich, daß mein Neffe sie an dir kennenlernt.«

»Dann werde ich also hier zur Schau gestellt«, meinte Piter sarkastisch. »Soll ich tanzen? Soll ich eine Vorstellung meiner verschiedenen Fähigkeiten für den ehrenwerten Feyd-Rau...«

»Genau«, sagte der Baron. »Du wirst hier zur Schau gestellt. Und jetzt sei still.«

Er warf Feyd-Rautha einen kurzen Blick zu und stellte fest, daß dessen Lippen, die genau dem Markenzeichen der Harkonnens entsprachen, sich spöttisch verzogen hatten.

»Dies, Feyd, ist ein Mentat. Er wurde dazu ausgewählt und erzogen, die unterschiedlichsten Funktionen zu erfüllen. Daß er sich in einem menschlichen Körper befindet, darf man keinesfalls vergessen, es ist ein ernsthafter Nachteil. Manchmal glaube ich fast, daß unsere Vorfahren mit ihren Denkmaschinen gar nicht ganz so falsch gelegen haben.«

»Das waren Spielzeuge im Vergleich zu mir«, warf Piter ein. »Selbst Sie, Baron, wären diesen Maschinen weit überlegen gewesen.«

»Vielleicht«, gab der Baron zu. »Ah, jedenfalls...« Er zog tief die Luft ein und rülpste. »Erkläre meinem Neffen die wichtigsten Punkte unseres Feldzuges gegen das Haus Atreides. Agiere als Mentat für uns, wenn du willst.«

»Ich habe Sie darauf hingewiesen, Baron, daß es gefährlich sein kann, diese Informationen vor einem so jungen Mann auszubreiten. Meine Beobachtungen...«

»Hier treffe ich die Entscheidungen«, warf der Baron ein. »Dies ist ein Befehl, Mentat! Erfülle eine deiner Pflichten!«

»So sei es«, erwiderte Piter resigniert. Seine Gestalt straffte sich und nahm den Ausdruck von Würde an. Es war natürlich nur eine andere seiner Masken, aber diesmal verhüllte sie seinen ganzen Körper. »In einigen Standardtagen wird der gesamte Hof Herzog Letos ein Schiff der Raumgilde besteigen, das nach Arrakis fliegt. Sie werden nicht in unserer Stadt Carthag, sondern in Arrakeen landen, weil der Mentat des Herzogs, Thufir Hawat, herausgefunden hat, daß Arrakeen leichter zu verteidigen ist.«

»Hör ihm gut zu, Feyd«, sagte der Baron. »Und achte auf die Pläne, die Pläne und wiederum Pläne enthalten.«

Nickend dachte Feyd-Rautha: *Dies ist schon eher etwas, das das Zuhören lohnt. Endlich wird mich der alte Schurke in seine Geheimnisse einweihen. Er hat sich also wohl wirklich entschlossen, mich zu seinem Erben zu machen.*

»Es existieren verschiedene Möglichkeiten«, führte Piter aus. »Nehmen wir uns die vor, nach der das Haus Atreides nach Arrakis zieht. Wir dürfen allerdings nicht außer acht lassen, daß der Herzog möglicherweise mit der Gilde einen Vertrag abgeschlossen hat, der ihm das Recht gibt, außerhalb des Systems einen sicheren Ort aufzusuchen. Andere Familien sind unter ähnlichen Umständen zu Renegaten geworden und flohen über die Grenzen des Imperiums hinaus.«

»Der Herzog ist zu Stolz, um dergleichen zu tun«, gab der Baron zu bedenken.

»Es ist aber eine Möglichkeit«, sagte Piter. »Der Effekt würde für uns jedenfalls der gleiche sein.«

»Nein, das würde er nicht!« grollte der Baron. »Ich will, daß er stirbt – und mit ihm seine Familie.«

»Was natürlich die beste Möglichkeit wäre«, gab Piter zu. »Es gibt meist sichere Anzeichen dafür, wenn ein Hohes Haus einen Renegatenstandpunkt vorbereitet. Der Herzog jedenfalls scheint keine derartigen Pläne zu haben.«

»Eben«, sagte der Baron, »mach nun weiter, Piter!«

»Der Herzog und seine Familie«, fuhr Piter fort, »wird in Arrakeen seine Residenz aufschlagen. Und zwar dort, wo früher Graf und Lady Fenring lebten.«

»Der Gesandte bei den Schmugglern«, kicherte der Baron.

»Welcher Gesandte?« fragte Feyd-Rautha.

»Ihr Onkel beliebte zu scherzen«, sagte Piter. »Er bezeichnet Graf Fenring als Gesandten bei den Schmugglern, weil er damit andeuten will, daß der Imperator ein gewisses Interesse am Schmuggel auf Arrakis hat.«

Verblüfft starrte Feyd-Rautha seinen Onkel an.

»Und warum?«

»Stell dich nicht dümmer an als du bist, Feyd«, knurrte der Baron. »Wie sollte es anders gehen, solange die Raumgilde außerhalb der imperialen Kontrolle steht? Wie sollten sich Spione und Assassinen sonst bewegen können?«

Feyd-Rautha äußerte ein lautloses »Oooohhh.«

»In der Residenz selbst haben wir für einige interessante Abwechslungen gesorgt«, erklärte Piter. »Unter anderem wird es ein Attentat auf den herzoglichen Erben geben, das uns sehr erfolgversprechend scheint.«

»Piter«, grollte der Baron, »du hast gesagt...«

»Ich habe gesagt, daß Unfälle nicht ausgeschlossen werden können. Und das Attentat muß unbedingt echt wirken.«

»Ah«, stöhnte der Baron, »und das, obwohl das Bürschlein einen solch hübschen Körper hat! Aber natürlich ist er potentiell viel gefährlicher als sein Vater... nachdem diese Hexe von einer Mutter ihn ausgebildet hat. Der Teufel soll sie holen. Aber... erzähle ruhig weiter, Piter.«

»Hawat ist wahrscheinlich darauf vorbereitet, daß wir in der Umgebung des Hauses Atreides einen Agenten sitzen haben. Sein Verdacht wird auf Dr. Yueh fallen, der tatsächlich unser Mann ist. Aber Hawat hat bei seinen Nachforschungen herausgefunden, daß Yueh ein Absolvent der Suk-Schule ist und eine kaiserliche Konditionierung besitzt. Und das ist Yuehs Pluspunkt, denn mit dieser Konditionierung könnte er sogar Leibarzt des Imperators werden. Es ist zudem eine altbekannte Tatsache, daß man diese Konditionierung nicht aufheben kann, ohne ihren Träger zu töten. Angeblich findet man eher eine Methode, einen Planeten in eine andere Umlaufbahn zu zwingen, als die kaiserliche Konditionierung zu durchbrechen. Wir haben diese Methode allerdings gefunden.«

»Und wie?« fragte Feyd-Rautha. Diese Geschichte faszinierte ihn. *Jedermann* wußte, daß eine kaiserliche Konditionierung nicht zu zerstören war!

»Das erfährst du ein andermal«, sagte der Baron. »Erzähle weiter, Piter.«

»Um von Yueh abzulenken«, sagte Piter, »richten wir Hawats Aufmerksamkeit auf eine andere Person. Allein die Kühnheit dieser Verdächtigen genügt, Hawats Sinne voll auf sie zu lenken.«

»Ihre?« fragte Feyd-Rautha.

»Es handelt sich um Lady Jessica«, erklärte der Baron.

»Clever, nicht wahr?« fragte Piter. »Hawat wird mit ihr so beschäftigt sein, daß er unfähig sein wird, seine anderen Mentat-Funktionen auszuüben. Möglicherweise versucht er sogar, sie umzubringen.« Piter zuckte mit den Achseln. »Obwohl ich mir nicht vorstellen kann, daß er dazu in der Lage ist.«

»Das würde mit deinen eigenen Plänen kollidieren, wie?« fragte der Baron.

»Lenken Sie nicht vom Thema ab«, sagte Piter. »Während Hawat damit beschäftigt ist, Lady Jessica zu beobachten, verschaffen wir ihm zusätzlich einige Meutereien in den Garnisonsstädten und ähnliches, die natürlich niedergeschlagen werden. Der Herzog muß in den Glauben verfallen, allmählich bekomme er alles unter Kontrolle. Dann, wenn der richtige Moment gekommen ist, geben wir Yueh das Zeichen zum Zuschlagen. Gleichzeitig marschieren wir mit unserer Hauptstreitmacht ein und... äh...«

»Mach weiter, erzähl ihm alles«, verlangte der Baron.

»Unsere Truppen werden bei diesem Unternehmen durch zwei Legionen der Sardaukar unterstützt, die die Uniform der Harkonnens tragen.«

»Sardaukar!« Feyd-Rautha schnappte nach Luft. Vor seinem geistigen Auge marschierten sie auf, die hartgesichtigen, gnadenlosen Mörder, die militaristischen Fanatiker des Padischah-Imperators.

»Du siehst also, daß ich dir vertraue, Feyd«, sagte der Baron. »Nicht die geringste Kleinigkeit von dem, was wir hier besprochen haben, darf je an die Ohren der anderen Hohen Häuser dringen. Wenn etwas davon an die Öffentlichkeit kommt, werden sich die Häuser des Landsraads gegen das Haus des Imperators vereinigen und das Chaos bräche los.«

»Ein wichtiger Gesichtspunkt«, warf Piter ein, »ist dieser: Da das Haus Harkonnen dem Imperator die Schmutzarbeit abnimmt, erringt es einen echten Vorteil. Dieser Vorteil ist nicht ungefährlich, das wissen wir, aber er bringt dem Haus Harkonnen eine größere Machtfülle, als jedes andere Hohe Haus besitzt.«

»Du kannst dir gar nicht vorstellen, welches Vermögen uns damit zufällt, Feyd«, sagte der Baron. »Nicht einmal in deinen kühnsten Träumen. Um nur einen Vorteil zu nennen: Wir erhalten unwiderruflich die Leitung der MAFEA-Gesellschaft.«

Feyd-Rautha nickte. Reichtum war die eine Seite. Und daß die MAFEA der Schlüssel zum Reichtum war, bewies die Tatsache, daß jedes Hohe Haus, das zeitweilig die Leitung innehatte, sein Vermögen beinahe ins Unermeßliche steigern konnte. Wer die Leitung der Gesellschaft übernahm, war von der politischen Macht des Imperiums nicht mehr ausgeschlossen. Damit bekam man eine Machtfülle in die Hand, die im Landsraad eine gewichtige Stimme gegen den Imperator und dessen Getreue darstellte.

»Möglicherweise«, fuhr Piter fort, »wird Herzog Leto den Versuch unternehmen, sich zu den am Rande der Wüste lebenden Fremen durchzuschlagen. Oder er versucht zumindest, seine Familie in die Obhut dieser fragwürdigen Sicherheit zu bringen. Aber auch dieser Weg wird ihm versperrt sein, nämlich durch einen Agenten seiner Majestät, den planetaren Ökologen. Vielleicht kennen Sie ihn. Er heißt Kynes.«

»Feyd kennt seinen Namen«, warf der Baron ein. »Weiter!«

»Sie benehmen sich nicht gerade höflich, Baron«, beschwerte sich Piter.

»Weiter, habe ich gesagt!« brüllte der Baron.

Piter zuckte mit den Achseln. »Wenn alles so läuft, wie wir es geplant haben«, meinte er, »erhält das Haus Harkonnen Arrakis innerhalb eines Standardjahres als weiteres Lehen. Und Ihr Onkel kann darüber frei verfügen. Sein persönlicher Beauftragter wird über Arrakis herrschen.«

»Was den Profit erhöht«, sagte Feyt-Rautha gierig.

»Eben«, stimmte der Baron zu. Und dachte: *Es ist nur recht und billig. Wir waren es, die Arrakis zähmten... bis auf die paar Fremen, die sich in der Wüste verstecken. Und die gezähmten Schmuggler, die genau wie die anderen Eingeborenen mit diesem Planeten verbunden sind.*

»Die Hohen Häuser werden erfahren, daß es der Baron war, der die Familie Atreides zerstört hat«, bemerkte Piter. »Sie sollen es auch wissen.«

»Sie sollen es wissen«, wiederholte der Baron.

»Und das Schönste von allem ist«, fügte Piter hinzu, »daß der Herzog es ebenfalls erfahren wird. Er wird es jetzt schon erfahren haben. Er wird die Falle schon riechen können.«

»Natürlich weiß er, was ihm blüht«, sagte der Baron mit einem traurigen Unterton. »Er muß sie einfach spüren. Und er kann nichts dagegen tun. Das macht es nur noch schlimmer für ihn.«

Der Baron löste sich von dem Globus des Planeten Arrakis. Als er aus dem Schatten heraustrat, gewann seine Figur an Masse. Er war unglaublich fett. Unter seinem Gewand konnte man mehrere Ausbuchtungen erkennen, die anzeigten, daß sein Gewicht durch Suspensoren gemindert wurde. Obwohl er mehr als zweihundert Standardkilo wog, hatten seine Beine auf diese Weise nicht mehr als vielleicht fünfzig zu tragen.

»Ich habe Hunger«, brummte er und fuhr sich mit der beringten Hand über die fleischigen Lippen. Durch die beinahe seine Augen verdeckenden Fettwülste sah er auf Feyd-Rautha hinab. »Laß das Essen auftragen, mein Liebling. Wir wollen tafeln, bevor wir uns für die Nacht zurückziehen.«

3

Und also sprach St. Alia-von-den-Messern: »Die Ehrwürdige Mutter war gezwungen, die verführerische Tücke einer Kurtisane mit der unantastbaren Würde einer jungfräulichen Göttin in Einklang zu bringen, und diese Attribute zum Einsatz zu bringen, solange sie in ihrer Jugend war. Später, als sie alterte und ihre Schönheit verblühte, sollte sie genügend Zeit haben, herauszufinden, daß nichts anderes als diese unter dem Druck der Spannung entstandene Synthese der Ausgangspunkt sowohl ihrer Gewitztheit wie auch ihres Hilfreichtums gewesen war.«

Aus ›Bemerkungen zur Familie des Muad'dib‹,
von Prinzessin Irulan

»Nun, Jessica«, fragte die Ehrwürdige Mutter, »was hast du zu deiner Verteidigung vorzubringen?«

Pauls Prüfung lag hinter ihnen, und die Sonne schickte sich an, unterzugehen. Während Paul in seinem schalldichten Meditationsraum verschwunden war, saßen die beiden Frauen allein in Jessicas Salon.

Das heißt, die Ehrwürdige Mutter saß. Jessica stand an einem der Fenster und schaute, jedoch ohne das geringste draußen wahrzunehmen, über die Wiesen und den daran angrenzenden Fluß. Obwohl sie die Worte der alten Frau deutlich vernommen hatte, drangen sie nicht bis zu ihrem Bewußtsein durch.

Ihre Gedanken waren bei einer anderen Prüfung, die lange zurücklag, und die einem dünnen Mädchen mit bronzenem Haar gegolten hatte, das der Pubertät kaum entwachsen gewesen war. Diese Prüfung hatte ebenfalls unter der Aufsicht der Ehrwürdigen Mutter Gaius Helen

Mohiam stattgefunden, und zwar in der Bene-Gesserit-Schule von Wallach IX. Jessica warf einen Blick auf ihre rechte Hand, öffnete sie und erinnerte sich an den Schmerz, an die Erniedrigung und ihre Wut.

»Der arme Paul«, flüsterte sie.

»Ich habe dir eine Frage gestellt, Jessica«, ertönte ärgerlich und verlangend die Stimme der alten Frau in ihrem Rücken.

»Bitte? Oh...« Jessicas Gedanken lösten sich von den Schrecken der Vergangenheit und fanden zur Ehrwürdigen Mutter zurück, die zwischen den beiden westlichen Fenstern mit dem Rücken gegen die Steinwand gelehnt saß. »Was wolltet Ihr von mir hören?«

»Was ich von dir hören will? Was ich von dir hören will?« äffte die alte Frau ihr nach.

»Mir wurde soeben ein Sohn geschenkt«, erklärte Jessica mit fester Entschlossenheit und stellte gleichzeitig fest, daß der in ihr aufwallende Ärger provoziert zu werden schien.

»Man hat dir aufgetragen, den Atreides Töchter zu gebären!«

»Aber es war so wichtig für ihn...«, verteidigte sich Jessica.

»Und in deinem überheblichen Stolz hast du natürlich sofort angenommen, du würdest dem Kwisatz Haderach das Leben schenken!«

Mit vorgerecktem Kinn erwiderte Jessica: »Ich habe die Möglichkeit zumindest nicht ausgeschlossen.«

»Du hast an nichts anderes als an die Befriedigung gedacht, die der Herzog bei der Geburt eines Sohnes haben würde«, stellte die Ehrwürdige Mutter fest. »Aber die Wünsche, die der Herzog hat, zählen in diesem Falle nicht! Eine Tochter hätte mit einem Harkonnen verheiratet werden können, was das Ende einer Feindschaft nach sich gezogen hätte. Mit dem, was du angerichtet hast, wird die Sache nur noch komplizierter. Es besteht die Möglichkeit, daß wir jetzt beide Blutlinien verlieren.«

»Auch Ihr seid nicht unfehlbar«, sagte Jessica und erwiderte den Blick der Alten ohne Furcht.

Ernüchtert murmelte die Ehrwürdige Mutter: »Was geschehen ist, ist nicht mehr rückgängig zu machen.«

»Ich habe mir geschworen, meinen Entschluß niemals zu bereuen«, fügte Jessica hinzu.

»Wie edel!« knirschte die Ehrwürdige Mutter. »Laß uns noch einmal darüber sprechen, wenn man dich für vogelfrei erklärt hat und eine Belohnung auf deinen Kopf steht! Wenn jedermann danach giert, dein Leben wie auch das deines Sohnes auszulöschen!«

Jessica erblaßte. »Gibt es denn keinen Ausweg?«

»Einen Ausweg? Wie kann eine Bene Gesserit nur eine solch törichte Frage stellen!«

»Ich möchte nur wissen, was Ihr mit Euren Fähigkeiten aus der Zukunft herauslest.«

»Die Zukunft, die ich sehe, ist identisch mit der der Vergangenheit. Du weißt sehr gut, wie ich das meine, Jessica. Die Rasse ist sich ihrer Sterblichkeit bewußt und fürchtet nichts mehr als die Auswirkungen der Stagnation. Das Imperium, die MAFEA, die Hohen Häuser – sie alle fürchten sich davor, das Treibholz zu sein, das die Flut hinwegspült.«

»Die MAFEA«, murmelte Jessica. »Ich nehme an, es ist bereits eine beschlossene Sache, wie sie unser Leben auf Arrakis sabotieren wird.«

»Diese Gesellschaft ist das Barometer unserer Zeit«, erwiderte die Ehrwürdige Mutter. »An dem, was sie tut, kann man die Ströme der Zukunft erkennen. Zur Zeit werden 59,65 Prozent ihrer Aktien vom Imperator und seinen Getreuen kontrolliert. Natürlich riechen sie die dicken Profite. Und ebenso wie die anderen sie riechen, wird dies einen großen Einfluß auf manche Stimmabgabe ausüben. Das ist nun einmal der Lauf der Welt, Mädchen.«

»Und das ist, was ich jetzt am nötigsten brauche«, sagte Jessica. »Eine Lektion in Geschichte.«

»Mach keine Scherze, Mädchen. Du weißt ebensogut

wie ich, welche Mächte uns bedrohen. Unsere Zivilisation basiert auf drei Eckpfeilern: auf dem kaiserlichen Hof, gegen den die Hohen Häuser des Landsraads stehen, und der Gilde, die das verderbliche Monopol des interstellaren Transportwesens besitzt. Was die Politik angeht, so hat sich in ihr ein auf drei Beinen stehendes Kontrollsystem schon immer als das instabilste erwiesen. Und es wäre auch schlimm genug ohne die Komplikationen einer feudalistischen Handelsgesellschaft, die den meisten Wissenschaften ignorantenhaft den Rücken zukehrt.«

Jessica sagte bitter: »Sägespäne, die auf einem Fluß dahintreiben. Und der hiesige Span ist Herzog Leto, mitsamt seinem Sohn und...«

»Ah, sei still, Mädchen! Dir war doch von Anfang an klar, welche Last du dir aufbürden würdest.«

»Ich bin eine Bene Gesserit - und ich lebe, um zu dienen«, rezitierte Jessica.

»Richtig«, erwiderte die Ehrwürdige Mutter. »Und alles, was wir uns erhoffen können, ist, daß es möglich sein wird, eine offene Auseinandersetzung zu vermeiden. Daß wir zumindest die wichtigsten Blutlinien retten können.«

Als Jessica spürte, wie sich Tränen in ihren Augen sammelten, preßte sie die Lider zusammen. Beherzt kämpfte sie gegen das innere und äußere Zittern ihres Körpers, gegen ihren stoßweise gehenden Atem und die schweißfeuchten Handflächen an. Schließlich meinte sie: »Ich werde für meine eigenen Fehler zu bezahlen haben.«

»Und mit dir dein Sohn.«

»Ich beschütze ihn, so gut ich das kann.«

»Beschützen!« stieß die alte Frau hervor. »Aber das klingt nach Schwäche! Wenn du ihn zu sehr beschützt, Jessica, wird er niemals in der Lage sein, über sich hinauszuwachsen und *irgendein* Schicksal zu erfüllen!«

Jessica wandte sich um, warf einen Blick aus dem Fenster und in die heraufziehende Dunkelheit. »Ist es wirklich so schrecklich auf Arrakis?«

»Schlimm genug - aber so schlimm nun auch wieder

nicht. Die Missionaria Protectiva ist bereits dort gewesen und hat einiges ein wenig aufgeweicht.« Die Ehrwürdige Mutter stand auf und glättete die Falten ihres Gewandes. »Und nun ruf den Jungen. Ich werde euch bald wieder verlassen müssen.«

»So bald?«

Die Stimme der alten Frau verlor an Schärfe. »Jessica – Mädchen, ich wünschte wirklich an deiner Stelle zu sein und dein Leid mitzutragen. Aber jede von uns muß ihren eigenen Weg gehen.«

»Ich weiß.«

»Du bist mir ebenso lieb wie meine eigenen Töchter, Jessica; aber auch das darf mich nicht an der Ausübung meiner Pflicht hindern.«

»Ich sehe die... Notwendigkeit ein.«

»Was und warum du es getan hast, Jessica – wir beide wissen es. Aber dennoch: im Angesicht unserer Freundschaft muß ich dir sagen, daß es noch keinen hieb- und stichfesten Beweis dafür gibt, daß dein Sohn der Kwisatz Haderach ist. Du solltest dich nicht zu sehr auf diesen Gedanken versteifen.«

Jessica wischte Tränen aus ihren Augen, und die Bewegung, die sie dabei machte, wirkte ein wenig verärgert. »Ihr behandelt mich wie ein kleines Mädchen, dem man die erste Lektion einbläut.« Und etwas heftiger: »Menschen dürfen sich niemals Tieren unterwerfen.« Ein trockenes Schluchzen schüttelte sie. Leise fügte sie hinzu: »Ich war so einsam.«

»Vielleicht war das auch eine Art Test«, erwiderte die alte Frau. »Menschen sind immer einsam. Aber hole jetzt den Jungen herein. Er hat einen langen, furchterfüllten Tag hinter sich. Aber er hat genügend Zeit gehabt, über das, was ihm heute widerfahren ist, nachzudenken und daraus seine Schlüsse zu ziehen. Du weißt, daß ich ihm noch die Fragen über seine Träume stellen muß.«

Jessica nickte, ging zur Tür des Meditationsraums und öffnete sie. »Paul, komm bitte herein.«

Paul erschien mit einer störrischen Langsamkeit und sah dabei seine Mutter an, als sei sie eine Fremde. Bedächtigkeit lag in seinem Blick, als er der Ehrwürdigen Mutter zunickte. Er tat dies in einer Art, wie es unter Gleichrangigen üblich ist. Jessica schloß die Tür hinter ihm.

»Laß uns noch einmal auf deine Träume zurückkommen, junger Mann«, begann die alte Frau.

»Was wollt Ihr wissen?« fragte Paul.

»Träumst du in jeder Nacht?«

»Die meisten Träume sind es nicht wert, daß man sich ihrer erinnert. Natürlich kann ich mich an jeden Traum erinnern, aber manche sind es halt wert und manche nicht.«

»Und woran erkennst du den Unterschied?«

»Ich weiß es eben.«

Die alte Frau warf Jessica einen raschen Blick zu und sah dann wieder auf Paul. »Und der Traum, den du letzte Nacht hattest? Ist er es wert, daß man sich an ihn erinnert?«

»Ja.« Paul schloß die Augen. »Ich träumte von einer Grotte… und von Wasser… und einem Mädchen, das sich dort befand. Es war sehr mager und hatte große Augen. Ihre Augen waren völlig blau, nichts Weißes war in ihnen. Ich sprach mit ihr und erzählte ihr, daß ich auf Caladan die Ehrwürdige Mutter traf.« Er öffnete die Augen wieder.

»Und du hast diesem Mädchen all das erzählt, was erst heute hier geschehen ist?«

Paul dachte eine Weile nach und sagte dann: »Ja. Ich erzählte ihr, daß die Ehrwürdige Mutter da war und auf irgendeine seltsame Weise einen Einfluß auf mich ausübte.«

»Einen Einfluß«, keuchte die alte Frau. Erneut warf sie Jessica einen Blick zu und konzentrierte sich wieder auf Paul.

»Sag mir die Wahrheit, Paul: Hast du öfter solche Träume, in denen du Dinge siehst, die sich erst später ereignen?«

»Ja. Und von diesem Mädchen habe ich schon vorher geträumt.«

»Wirklich? Du kanntest sie schon?«

»Ich werde sie kennenlernen.«

»Erzähle mir von ihr.«

Wieder schloß Paul die Augen. »Wir sitzen irgendwo in der Geborgenheit einiger Felsen. Obwohl es Nacht ist, ist es sehr heiß, und irgendwo in einer Felsenöffnung erkenne ich Sand. Wir... warten auf etwas... offenbar auf einige andere Leute. Das Mädchen hat Angst, versucht aber, die Furcht vor mir zu verbergen. In mir herrscht Spannung. Sie sagt zu mir: ›Erzähle mir von den Wassern deines Heimatplaneten, Usul.‹« Paul öffnete die Augen und meinte: »Ist das nicht komisch? Mein Heimatplanet ist doch Caladan. Und von einer Welt namens Usul habe ich noch niemals gehört.«

»Geht der Traum noch weiter?« stieß Jessica hervor.

»Ja. Vielleicht hat sie mit dem Wort ›Usul‹ auch mich gemeint. Jedenfalls kann ich es mir vorstellen.« Erneut schloß er die Augen. »Sie fragt mich, ob ich ihr nicht von den Wassern erzählen kann, also nehme ich ihre Hand und trage ihr ein Gedicht vor. Ich sage es auf und muß ihr dabei einige Ausdrücke erklären, die sie nicht kennt. Wie ›Strand‹ und ›Brandung‹ und ›Tang‹ und ›Möwen‹.«

»Was ist das für ein Gedicht?« fragte die Ehrwürdige Mutter.

Mit geöffneten Augen erwiderte Paul: »Nur eines der Gedichte, die Gurney Halleck für traurige Zeiten gemacht hat.«

Hinter Pauls Rücken begann Jessica zu rezitieren:

»Ich erinnere mich an salzigen Rauch
von Feuern,
die brennen am Strand.
Und Schatten unter den Pinien.
Möwen schweben über die Landzunge dahin,
weiß über dem Grün...

Ein Wind geht durch die Bäume,
die Schatten vertreibend.
Die Möwen breiten die Schwingen aus
und steigen auf.
Sie füllen den Himmel
mit schrillem Geschrei.
Und ich höre den Wind,
wie er bläst über das Land,
und die Brandung.
Und ich sehe das Feuer,
das den Seetang verbrennt.«

»Das ist es«, nickte Paul.

Die alte Frau sah ihn an und sagte dann: »Junger Mann, als Sachwalter der Bene Gesserit suche ich nach dem Kwisatz Haderach, jenem Mann, der einer der unsrigen ist. Deine Mutter ist der Ansicht, daß du dieser Mann sein könntest, aber sie sieht dies durch die Augen einer Mutter. Die *Möglichkeit* sehe ich sehr wohl auch – aber nicht mehr.«

Sie schwieg, und Paul merkte ihr an, daß sie ihn mit ihrem Schweigen aufforderte, dazu etwas zu sagen, aber er blieb stumm.

Schließlich sagte die alte Frau: »Nun gut, wie du willst. Es ist Tiefe in dir; das ist mir klar.«

»Kann ich jetzt gehen?« fragte Paul.

»Willst du nicht hören, was dir die Ehrwürdige Mutter über den Kwisatz Haderach erzählen will?« fragte Jessica.

»Sie sagte mir bereits, daß diejenigen, die es versuchten, der Kwisatz Haderach zu sein, versagten und starben.«

»Aber ich kann dir einige Hinweise über den Grund ihres Versagens geben«, warf die Ehrwürdige Mutter ein.

Sie redet von Hinweisen, dachte Paul. *Und im Grunde weiß sie gar nichts.* Laut sagte er: »Dann gebt sie mir.«

Ein dünnes Lächeln huschte über die Züge der alten Frau. »Na gut: Es gilt, sich den Regeln zu unterwerfen.«

Paul war verblüfft. In welch banalen Begriffen sie redete! Nahm sie etwa an, daß seine Mutter ihn überhaupt nichts gelehrt hatte?

»Und das soll ein Hinweis gewesen sein?« fragte er.

»Wir sind nicht hier, um Haarspalterei zu betreiben oder über die Bedeutung von Worten zu debattieren«, erwiderte die Ehrwürdige Mutter. »Die Weiden unterwerfen sich dem Wind so lange, bis sie so zahlreich und kräftig geworden sind, daß sie sich ihm entgegenstellen können wie eine Mauer. Das ist ihr Daseinszweck.«

Paul starrte sie an. Sie hatte einen Zweck erwähnt, und das erinnerte ihn daran, daß all dies einem anderen dienen sollte. Er fühlte, wie der Ärger in ihm hochstieg, wie er sich auf die alte Frau konzentrierte, die in seiner Anwesenheit nichts als Binsenweisheiten von sich gab.

»Ihr schließt die Möglichkeit, ich könnte der Kwisatz Haderach sein, nicht aus«, versetzte er. »Ihr redet über mich, aber verschwendet keinen Gedanken daran, wie wir meinem Vater beistehen könnten. Ich habe Euch mit meiner Mutter reden gehört, und Eure Worte klangen so, als sei mein Vater bereits tot. Aber das ist er nicht!«

»Gäbe es eine Möglichkeit, ihm zu helfen, hätten wir das längst getan«, knurrte die alte Frau. »Aber vielleicht können wir *dich* retten! Es wird schwierig sein, aber nicht unmöglich. Für deinen Vater gibt es keinen Ausweg. Wenn du das begreifen würdest, hättest du bereits *eine* Bene-Gesserit-Lektion verstanden.«

Es war für Paul unübersehbar, daß diese Worte seine Mutter hart trafen. Er musterte die alte Frau. Wie konnte sie sich erdreisten, in dieser Weise über seinen Vater zu sprechen? Was machte sie überhaupt so sicher? Er zitterte vor Wut.

Die Ehrwürdige Mutter wandte sich an Jessica. »Du hast ihn nach Art der Bene Gesserit erzogen, die Anzeichen sind unverkennbar. Ich an deiner Stelle hätte mich nicht anders verhalten und ebenfalls auf die Regeln gepfiffen.« Jessica nickte.

»Aber trotzdem warne ich dich davor«, fuhr die alte Frau fort, »den regulären Anweisungen des Ausbildungsprogramms nicht Folge zu leisten. Er muß ebenfalls lernen, seine innere Stimme unter Kontrolle zu halten. Zwar zeigt er bereits gute Ansätze, aber es dürfte uns beiden klarsein, wieviel mehr an Training er noch benötigt. Und das ist das Wichtigste.« Sie ging einige Schritte auf Paul zu und blickte zu ihm hinunter. »Auf Wiedersehen, junger Mensch. Ich hoffe für dich, daß du es schaffst. Und wenn es dir nicht gelingen sollte – eines Tages werden wir bestimmt erfolgreich sein.«

Sie sah noch einmal zu Jessica hinüber. Es schien, als verstünden sie sich auch ohne Worte. Dann verließ sie das Zimmer, ihre Gewänder raffend und ohne sich noch einmal umzusehen. Sie hinterließ bei den beiden Zurückbleibenden den Eindruck, als seien ihre Gedanken bereits mit anderen Problemen beschäftigt.

Aber Jessica war keinesfalls verborgen geblieben, daß sich die verwelkten Wangen der Ehrwürdigen Mutter mit Tränen bedeckt hatten. Und dies erschien ihr wichtiger als alle Worte, die sie mit ihr gewechselt hatte.

4

Du hast gelesen, daß Muad'dib auf Caladan über keine gleichaltrigen Spielgefährten verfügte. Die Gefahren, denen er ausgesetzt gewesen wäre, konnte niemand tolerieren. Aber es gab wunderbare und kameradschaftliche Lehrer: einmal Gurney Halleck, den troubadurhaften Kämpfer, von dem Du einige Lieder in diesem Buch lesen wirst; und Thufir Hawat, den alten Mentaten und Befehlshaber der Assassinen, der selbst den Imperator das Fürchten lehrte; schließlich Duncan Idaho, den Schwertmeister der Ginaz. Dr. Wellington Yuehs Name haftet die verräterische Finsternis ebenso an wie der Glanz seines Wissens. Sie waren neben Lady Jessica, die ihn in der Art der Bene Gesserit erzog, und natürlich Herzog Leto - dessen väterliche Qualitäten lange Zeit unterschätzt wurden - wichtige Charaktere seiner Umwelt.

Aus ›Die Kindheitsgeschichte des Muad'dib‹,
von Prinzessin Irulan

Thufir Hawat schlüpfte in den Trainingsraum von Burg Caladan und zog leise die Tür hinter sich ins Schloß. Er verharrte eine Weile und fühlte sich in diesem Moment alt und ausgelaugt. Das linke Bein, noch immer an der Verletzung leidend, die er sich während einer Schlacht für den Großvater Pauls zugezogen hatte, begann wieder zu schmerzen.

Jetzt sind es drei Generationen, dachte er.

Er warf einen Blick quer durch den Raum. Unter den hellen Strahlen der Mittagssonne saß der Junge an einem

Tisch. Mit dem Rücken zur Tür. Der gesamte Tisch war mit Büchern und auseinandergefalteten Karten bedeckt.

Wie oft werde ich dem Bürschlein noch sagen müssen, daß er sich nicht mit dem Rücken zur Tür zu setzen hat?

Hawat räusperte sich.

Paul las weiter.

Eine Wolke verdunkelte die Oberlichter. Hawat räusperte sich ein zweitesmal.

Paul reckte sich und sagte, ohne sich dabei umzudrehen: »Ich weiß schon. Ich sitze mal wieder mit dem Rükken zur Tür.«

Seine Amüsiertheit unterdrückend kam Hawat näher.

Paul sah den alten Graukopf an, der an der Tischkante verharrte. In Hawats Gesicht schienen nur die Augen zu leben.

»Ich habe dich schon durch die Halle kommen hören«, erklärte Paul. »Und die Tür öffnen hören.«

»Trotzdem könnte jemand meine charakteristischen Geräusche imitieren.«

»Ich würde den Unterschied schon früh genug herausfinden.«

Vielleicht würde er das wirklich, dachte Hawat. *Schließlich hat diese Hexe von einer Mutter ihm allerlei beigebracht. Aber ich würde gerne wissen, was ihre ehemalige Schule darüber denkt. Vielleicht hat man die alte Sachwalterin deshalb hergeschickt – um unsere liebe Lady Jessica wieder auf den richtigen Weg zu bringen.*

Hawat zog einen Stuhl heran und setzte sich so, daß er Paul gegenüber saß und gleichzeitig die Tür im Auge behalten konnte. Irgendwie kam ihm der Raum plötzlich unsagbar fremd vor, was zweifellos daran lag, daß der größte Teil der Einrichtung sich bereits auf dem Weg nach Arrakis befand. Zurückgeblieben war außer einem Trainingstisch lediglich ein kristallener Fechtspiegel und die Kampfpuppe, die wie ein mittelalterlicher Infanterist in den Seilen baumelte.

Und ich, dachte Hawat.

»Thufir«, fragte Paul, »über was denkst du nach?«

Hawat sah ihn an. »Ich dachte, daß wir bald alle nicht mehr hier sind. Und daß wir diesen Ort möglicherweise niemals wiedersehen werden.«

»Stimmt dich das traurig?«

»Traurig? Aber nicht doch! Es ist traurig, wenn man Freunde verliert. Und dieser Ort hier ist genauso gut oder schlecht wie jeder andere.« Er warf einen Blick über die auf der Tischplatte liegenden Karten. »Und Arrakis oder Caladan, was macht das schon für einen Unterschied?«

»Hat dich mein Vater geschickt, um meine Stimmung zu analysieren?«

Hawat runzelte die Stirn. Es war kaum zu fassen, welche Beobachtungsgabe der Junge besaß. Dann nickte er. »Du glaubst vielleicht, daß es netter von ihm gewesen wäre, hätte er versucht, das selbst herauszufinden, aber du weißt, wie beschäftigt er im Moment ist. Er wird später kommen.«

»Ich habe einige Informationen über die arrakisischen Stürme gesammelt.«

»Die Stürme? Ich verstehe.«

»Sie scheinen ziemlich übel zu sein.«

»Ich glaube, *übel* ist eine Untertreibung. Sie rasen sechs- bis siebentausend Kilometer weit über das flache Land hinweg und nehmen alles mit, was ihnen auch nur den geringsten Aufwind gibt, seien es nun Corioliskräfte oder kleinere Winde, die sich in ihren Weg stellen. Dabei erreichen sie Geschwindigkeiten bis zu siebenhundert Stundenkilometern und reißen alles mit: Sand, Staub, einfach alles. Sie sind fähig, einem das Fleisch von den Knochen zu reißen und die zurückbleibenden Gebeine zu Staub zu zermahlen.«

»Wieso gibt es auf Arrakis keine Wetterkontrolle?«

»Weil der Planet mit ganz speziellen Problemen zu kämpfen hat. Es würde schon allein aus dem Grunde Unsummen verschlingen, weil die Raumgilde ungeheure Beträge für die Vermietung ihrer Wettersatelliten verlangt.

Und wie du weißt, zählt das Haus deines Vaters nicht eben zu den begütertsten des Imperiums, Junge. Aber das brauche ich dir wohl nicht zu erzählen.«

»Hast du je die Fremen gesehen?«

Und so geht es von einem Thema zum anderen, dachte Hawat. »Ich glaube schon«, erwiderte er, »aber es ist nicht viel, was man über sie erzählen kann. Sie sind gewöhnlich mit diesen wallenden weißen Roben bekleidet. Und in einem geschlossenen Raum stinken sie zum Himmel. Das liegt an den Anzügen, die sie tragen, die ›Destillanzüge‹ genannt werden, weil sie dafür entwickelt wurden, die eigenen Körperflüssigkeiten wiederzuverwenden.«

Paul schluckte. Er erinnerte sich an den Traum, in dem er einen schrecklichen Durst verspürt hatte. Daß ein Volk existierte, das zu Zeiten gezwungen war, die eigenen Körperflüssigkeiten immer wieder zu verwenden, erweckte in ihm ein Gefühl der Trostlosigkeit. »Wasser muß dort sehr kostbar sein«, meinte er.

Hawat nickte. Und dachte: *Vielleicht schaffe ich es, ihm klarzumachen, daß dieser Planet einen Gegner für ihn darstellt. Es wäre Wahnsinn, nach Arrakis zu gehen, ohne sich der Probleme und Gefahren bewußt zu sein.*

Ein Blick auf die Oberlichter zeigte Paul, daß es zu regnen begonnen hatte. Er sah das auseinanderspritzende Naß auf der geraden Fläche des Metaglases. »Wasser«, murmelte er.

»Du wirst die Wichtigkeit des Wassers noch kennenlernen«, fuhr Hawat fort. »Auch wenn du als Sohn des Herzogs nicht direkt davon betroffen sein wirst: Die Auswirkungen des Durstes auf deine Umwelt werden dir nicht entgehen.«

Paul befeuchtete mit der Zunge die Lippen und dachte an jenen Tag zurück, an dem die Ehrwürdige Mutter dagewesen war und ihm diesen Test abgenommen hatte. Auch sie hatte etwas über das Verdursten gesagt.

»Auf Arrakis wirst du etwas über die Grabebenen erfahren«, hatte sie erklärt, »und über die Leere der Wildnis und die Wüste, in der nichts lebt und nur die Sandwürmer und das Gewürz existieren können. Du wirst deine Augenhöhlen verdunkeln müssen, um den Sonnenglanz zu reduzieren. Wenn du dem Wind und den Blicken anderer entgangen bist, kannst du das als Unterkunft ansehen. Du bewegst dich auf den eigenen Beinen voran – ohne Thopter, Fahrzeug oder Reittier.«

Es war mehr ihr Tonfall – dieser vibrierende Singsang – gewesen, der Paul gefesselt hatte, weniger ihre Worte.

»Wenn du auf Arrakis lebst«, hatte die alte Frau hinzugefügt, »wirst du sehen, daß das Land – Khala! – völlig leer ist. Deine Freunde werden nur die Monde sein. Die Sonne ist dein Feind.«

Paul hatte gefühlt, wie seine Mutter neben ihn trat, ihren Wachtposten an der Tür mithin aufgab und fragte: »Und Ihr seht keine Hoffnung, Euer Ehrwürden?«

»Nicht für den Vater.« Und während die alte Frau Jessica mit einer Geste zum Schweigen verurteilte, wandte sie sich wieder Paul zu: »Verankere dies in deinem Bewußtsein, mein Junge: Eine Welt ruht auf vier Säulen...« Sie hatte vier gichtkranke Finger erhoben. »...der Gelehrsamkeit der Weisen, der Gerechtigkeit der Mächtigen, den Gebeten der Rechtschaffenen und dem Wagemut der Tapferen. Aber alle zusammen sind sie nichts wert...« Ihre Finger ballten sich zur Faust. »...ohne einen Herrscher, der die Kunst des Herrschens versteht! Erhebe dies zur Wissenschaft künftiger Traditionen!«

Aber mittlerweile war eine Woche ins Land gegangen. Seltsam, daß ihre Worte erst jetzt eine Wirkung zeigten. Jetzt, wo er zusammen mit Thufir Hawat im Trainingsraum saß, kroch leise Angst in Paul hoch. Als er Hawat ansah, stellte er fest, daß dieser ein wenig verblüfft die Stirn runzelte.

»Wo hat dein Bewußtsein die letzten Minuten gesteckt?« fragte Hawat.

»Bist du der Ehrwürdigen Mutter begegnet?«

»Dieser wahrsagenden Hexe des Imperators?« Hawat zog interessiert die Augenbrauen hoch. »Ja.«

»Sie...« Paul zögerte. Er fragte sich, ob es richtig war, Hawat von diesem Test zu erzählen. Aber auch wenn er sich dafür entschieden hätte – er konnte es nicht. Irgend etwas hinderte ihn daran.

»Ja? Was war mit ihr?«

Paul atmete zweimal tief ein. »Sie sagte etwas.« Er schloß die Augen, rief sich die Worte ins Gedächtnis zurück, und als er sie aussprach, übernahm er unbewußt einen beinahe identischen Tonfall: »›Du, Paul Atreides, Abkömmling der Könige, Sohn eines Herzogs, mußt lernen zu herrschen. Das ist etwas, was keiner deiner Vorfahren verstand.‹« Er öffnete die Augen und sagte: »Ich wurde wütend und sagte ihr, daß mein Vater einen ganzen Planeten beherrscht. Und darauf erwiderte sie: ›Er ist dabei, ihn zu verlieren.‹ Als ich losrennen wollte, um meinen Vater zu warnen, meinte sie, er sei bereits gewarnt worden. Von dir, von meiner Mutter und vielen anderen Leuten.«

»Das stimmt«, murmelte Hawat.

»Aber warum gehen wir dann von hier fort?« verlangte Paul zu wissen.

»Weil der Imperator es so befohlen hat. Und weil die alte Hexe auch nicht unfehlbar ist in ihren Voraussagen. Was hat sie noch aus ihrem Schatzkästlein der Weisheit hervorgekramt?«

Paul sah auf seine zur Faust geballte Hand und zwang seine Muskeln, sich langsam zu entspannen. *Sie hatte irgendwie Gewalt über mich,* dachte er. *Aber wie?*

»Sie bat mich, ihr zu erzählen, was es bedeutet, zu herrschen«, erklärte Paul. »Ich sagte ihr: jemand gibt die Befehle. Und sie erwiderte darauf, ich hätte noch sehr viel zu lernen.«

Und da hatte sie nicht einmal unrecht, dachte Hawat. Er nickte Paul zu, um ihn zum Weiterreden zu ermuntern.

»Sie sagte, ein Herrscher müsse überzeugen können.

Die anderen unter seinen Willen zu zwingen, sei keine Schwierigkeit. Nur überzeugte Männer stünden treu zu ihrem Herrscher.«

»Und wie hat ihrer Meinung nach dein Vater Männer wie Duncan und Gurney auf seine Seite gebracht?« fragte Hawat.

Paul zuckte mit den Achseln. »Außerdem sagte sie, ein guter Herrscher müsse unbedingt die Sprache seiner Welt erlernen, die auf jedem Planeten anders ist. Ich dachte, sie meinte damit, daß auf Arrakis kein Galach gesprochen wird und daß wir die Sprache der dort Lebenden studieren sollten. Aber sie meinte die Sprache der Felsen und Pflanzen, die Sprache, die man nicht mit den Ohren hört. Ich sagte darauf, daß sie wohl das meint, was Dr. Yueh als Rätsel des Lebens bezeichnet.«

Hawat kicherte. »Und das hat sie geschluckt?«

»Sie drehte beinahe durch. Sie war der Meinung, das Rätsel des Lebens sei kein Problem, das von Menschen zu lösen sei, sondern eine Wirklichkeit, die man erfahren müsse. Woraufhin ich den ersten Lehrsatz des Mentats zitierte: ›Prozesse können nicht erfahren werden, indem man sie anhält. Das Verständnis muß ihrem Ablauf folgen, sich ihm anpassen und mit ihm fließen, um ihn zu erfahren.‹ Was sie aber zu befriedigen schien.«

Es scheint, als käme er allmählich darüber hinweg, dachte Hawat. *Aber die alte Hexe hat ihn irgendwie erschreckt. Was hat sie damit bezweckt?*

»Thufir«, fragte Paul, »wird Arrakis wirklich so schlimm sein, wie sie sagte?«

»Es gibt überhaupt nichts, was so schlecht ist, wie sie es sich vorstellt«, erwiderte er mit einem freundlichen Lächeln. »Nimm zum Beispiel diese Fremen, die Renegaten aus der Wüste. Ich schätze, daß es von ihnen viel, viel mehr gibt, als das Imperium vermutet. Auf Arrakis leben Menschen, junge, eine große Menge von Leuten, und...«, Hawat hob den Zeigefinger bis zur Höhe seiner Augen, »...sie hassen die Harkonnens mit tiefster Inbrunst. Aber du solltest das für dich behalten, Junge. Ich sage dir das lediglich als Stellvertreter deines Vaters.«

»Mein Vater hat mir von Salusa Secundus erzählt«, sagte Paul. »Weißt du, Thufir, mir scheint, diese Welt muß Arrakis irgendwie gleichen. Sie ist vielleicht nicht ganz so schlimm, aber immerhin...«

»Man erfährt heutzutage nicht mehr viel über Salusa Secundus«, gab Hawat zu. »Unser Wissen ist alt und neue Informationen kommen kaum herein. Aber was man weiß, deckt sich ungefähr mit deinen Vermutungen.«

»Werden die Fremen auf unserer Seite sein?«

»Es wäre möglich.« Hawat stand auf. »Ich werde noch heute nach Arrakis abreisen. Und in der Zwischenzeit wirst du einem alten Mann einen Gefallen erweisen und dich bitte stets mit dem Gesicht zur Tür setzen, nicht wahr? Nicht daß ich denke, hier würde dir eine Gefahr drohen, aber was du hier nicht vergißt, wirst du an anderen Orten auch beherzigen.«

Paul stand ebenfalls auf und umrundete den Tisch. »Du reist heute schon ab?«

»Ja, heute. Und du folgst mir morgen. Wenn wir uns das nächstemal treffen, wird es auf dem Boden einer anderen Welt sein.« Er kniff Paul in den Oberarm. »Und den Messerarm immer frei halten, klar? Und den Schild auf volle Leistung.« Er ließ den Arm fallen, klopfte Paul auf die Schulter, wirbelte herum und ging schnell hinaus.

»Thufir!« rief Paul ihm nach.

Hawat kehrte zurück, blieb auf der Schwelle stehen.

»Und niemals mit dem Rücken zur Tür«, sagte Paul.

Ein Grinsen zog über Hawats faltenreiche Züge. »Das werde ich schon nicht, Junge. Da kannst du Gift drauf nehmen.« Dann war er verschwunden und zog sanft die Tür hinter sich zu.

Paul nahm Hawats Sitzplatz ein und ordnete seine Papiere. *Noch einen Tag auf Caladan,* dachte er. Er sah sich im Trainingsraum um. *Dann gehen wir.* Irgendwie wurde ihm erst jetzt richtig bewußt, daß der Abschied von dieser Welt kurz bevorstand. Und ihm fiel noch etwas ein, was die alte Frau über die Summe dessen, was eine Welt ausmachte, gesagt hatte: die Leute, der Schmutz, die Gewächse, die Monde, die Gezeiten, die Sonnen. All das machte die Summe jener Unbekannten aus, die man *Natur* nannte; eine vage Aufzählung ohne irgendeinen Sinn des *Jetzt*. Und er fragte sich: *Was ist das Jetzt?*

Die Paul nun gegenüberliegende Tür sprang auf, und ein untersetzter, ziemlich häßlicher Mann, bepackt mit einem Arm voller Waffen, trat ein. »Nanu, Gurney Halleck«, rief Paul, »bist du der neue Waffenmeister?«

Halleck trat die Tür mit der Ferse zu. »Du denkst sicher, daß ich gekommen bin, um mit dir ein Spielchen zu machen«, sagte er und schaute um sich, als wolle er sich davon überzeugen, daß Hawats Männer auch alles richtig hinausgetragen und alles Nötige für die Sicherheit des herzoglichen Erben getan hatten.

Paul beobachtete, wie sich der häßliche Mann in Bewegung setzte und die eingesammelten Waffen auf dem Trainingstisch aufstapelte. An einem Band über Hallecks Schulter baumelte ein neunsaitiges Baliset.

Halleck wuchtete die Waffen auf einen Haufen und begann sie zu sortieren: die Rapiere, die Bodkins, die Kindjals, die leichten Lähmer, die Bolzen verschossen, und die Schildgurte. Die rosafarbene Narbe auf seiner Wange glühte, als er lächelte.

»Hast du nicht einmal einen guten Morgen für mich übrig?« grinste er. »Und was hast du mit dem alten Hawat angestellt? Er rannte so schnell an mir vorbei, als sei er drauf und dran, in die Haupthöhle seines Erzfeindes vorzustoßen.«

Paul lachte. Von den Männern seines Vaters mochte er Gurney Halleck am liebsten, und er schätzte seine Eigenarten und seinen Humor über alle Maßen. Halleck war für ihn mehr ein Freund denn ein bezahlter Kämpfer.

Halleck nahm das Baliset von der Schulter und begann

es zu stimmen. »Wenn du keine Lust zum Reden hast, dann laß es eben«, meinte er.

Paul blieb mitten im Raum stehen und rief aus: »Sag, Gurney, ist es der richtige Moment, sich mit Musik auseinanderzusetzen, wenn ein Kampf bevorsteht?«

»Das sind wir unseren Vorfahren einfach schuldig«, gab Halleck zurück. Er entlockte dem Instrument einen Ton und nickte befriedigt.

»Wo ist Duncan Idaho?« fragte Paul. »Sollte er jetzt nicht hier sein und mich in Kampftechnik unterrichten?«

»Duncan leitet die zweite Welle bei der Landung auf Arrakis«, erwiderte Halleck. »Alles, was man zurückgelassen hat, ist der arme Gurney, der eigentlich viel lieber auf seinem Baliset spielen möchte.« Er klimperte auf dem Instrument und grinste. »Außerdem hat die Vollversammlung beschlossen, daß es sowieso vertane Zeit ist, dich in der Kunst des Fechtens zu unterrichten. Statt dessen sollst du Musik studieren, damit wenigstens nicht dein ganzes Leben sinnlos vergeudet ist.«

»Vielleicht«, sagte Paul listig, »solltest du mir dann zuerst eine Zote vorsingen, damit ich wenigstens erfahre, wie man es *nicht* machen soll.«

»Ahaha!« lachte Gurney und wechselte über zu dem Lied der Mädchen von Galacia:

> »Die Mädchen von Galacia
> Die tun es für ein Goldstück, ja...
> Auf Arrakis, das ist kein Stuß,
> Da treiben sie's für'n feuchten Kuß.
> Doch zieht dich wahres Feuer an,
> Dann nimm ein Weib von Caladan.«

»Nicht übel, das Riff, für einen, der zwei linke Hände hat«, meinte Paul, »aber wenn meine Mutter wüßte, was du in diesem heiligen Gemäuer für Schwänke komponierst, würde sie zu Dekorationszwecken deine Ohren an die Außenmauern nageln lassen.«

Gurney zog an seinem linken Ohrläppchen. »Fraglos eine armselige Art der Verschönerung von Burgmauern«, meinte er bedauernd. »Sie sind ziemlich groß geworden während all der Versuche, durch ein gewisses Schlüsselloch die Kompositionsversuche eines jungen Mannes zu erhaschen.«

»Du hast wohl auch vergessen, was für ein Gefühl es ist, Sand in seinem Bett zu finden«, gab Paul zurück. Er nahm einen Schildgurt vom Tisch und schnallte ihn um seine Hüften. »Ha! Laß uns kämpfen!«

Hallecks Augen rollten in gespielter Überraschung. »Aha! Es war Eure freche Hand, die dies mir tat! Seht Euch vor, mein Herr! Seht Euch vor!« Er fischte nach einem Rapier, bog es zwischen beiden Händen und ließ es durch die Luft zischen. »In meiner Wut kann ich ein Schwein sein!«

Paul hob das andere Rapier, bog es ebenfalls durch und nahm eine Verteidigungsposition ein – ganz die Art der Parodie, die Dr. Yueh gar nicht schätzte.

»Welch einen Tölpel schickt mein Vater mir zum Kampfe«, intonierte Paul. »Dieser Bauerntrampel namens Gurney Halleck kennt nicht einmal die erste Faustregel erfolgreichen Fechtens!« Er betätigte den Aktivierungsschalter an der Hüfte und fühlte, wie das Schutzfeld ihn umgab. Die Außengeräusche drangen jetzt nur noch wie durch einen Filter an seine Ohren. »Beim Schildkampf geht man schnell bei der Verteidigung und langsam beim Angriff«, rezitierte Paul. »Der Angriff hat den hauptsächlichen Zweck, den Gegner zu einem Fehltritt zu verleiten und ihn vom Generalangriff abzulenken. Der Schild wehrt den schnellen Stoß ab, im Gegensatz zum langsamen.« Er riß das Rapier hoch, ließ es einige Male wippen und zog es dann zurück, um einen genau vorbereiteten, langsamen Stoß anzubringen.

Halleck schaute ihm zu und drehte sich in letzter Sekunde, um die Klinge haarscharf an der Brust vorbeizischen zu lassen. »Die Geschwindigkeit war exzellent«, gab er zu, »aber du warst für einen heimtückischen Schlag von unten zu ungeschützt.«

Ernüchtert machte Paul einen Schritt zurück.

»Für diese Sorglosigkeit sollte ich dir eigentlich den Hintern versohlen«, stellte Halleck fest. Er nahm ein blankes Kindjal vom Tisch und hielt es hoch. »Eine Waffe wie diese kann in der Hand eines Feindes deinem Leben sehr schnell ein Ende setzen! Du bist ein hervorragender Schüler, aber ich kann dich nicht oft genug davor warnen, nicht einmal im Spiel einen Mann in deine Deckung eindringen zu lassen, wenn seine Hand den Tod bringen kann.«

»Ich glaube, ich habe heute einfach nicht die richtige Lust«, meinte Paul.

»Lust?« Hallecks Stimme klang sogar durch seinen Schild hindurch noch wütend. »Was hat *Lust* damit zu tun? Man hat zu kämpfen, wenn die Lage es erfordert, ob man Lust dazu verspürt oder nicht. Das Lustprinzip kannst du bei der Liebe anwenden oder beim Spielen des Balisets – aber doch nicht beim Kämpfen!«

»Tut mir leid, Gurney.«

»Aber nicht leid genug!«

Den eigenen Schild regulierend, das Kindjal in der ausgestreckten Hand, stürmte er vor. »Wehr dich«, rief er. Er sprang nach links, dann nach vorn und setzte zum Angriff an.

Paul wich zurück und parierte. Er hörte es knirschen, als die Schilde aufeinander prallten, fühlte das Summen elektrischer Entladungen auf der Haut. *Was ist denn plötzlich mit Gurney los? Dies ist doch kein Spiel mehr!* Paul bewegte die linke Hand, und der Bodkin glitt aus der Scheide und legte sich zwischen seine Finger.

»Nun merkst du endlich, wie wichtig eine zweite Klinge sein kann, wie?« ächzte Halleck.

Verrat? überlegte Paul. *Aber doch nicht Gurney!*

Sie bekämpften einander quer durch den großen Raum, angreifend und parierend, ausweichend und erneut aufeinander losgehend. Die Luft unter den Schilden wurde von Minute zu Minute schlechter, was daran lag, daß sie sich nicht erneuern konnte. Nach jedem neuen Zusammenprall der Schilde wurde der Ozonduft stärker.

Paul zog sich langsam zurück und näherte sich dabei dem Übungstisch. *Wenn ich ihn an den Tisch heranlocken kann,* dachte er, *werde ich ihm einen Trick vorführen. Nur noch einen Schritt, Gurney!*

Halleck machte ihn.

Paul ließ sein Rapier nach unten zischen und sah, daß Hallecks Waffe sich am Tischbein verfing. Paul wich zur Seite, riß das Rapier wieder hoch und war im gleichen Moment mit dem Bodkin dicht an Hallecks Kehle. Zwei Zentimeter von seiner Schlagader entfernt.

»Hast du darauf gewartet?« flüsterte Paul.

»Sieh nach unten, Bursche«, keuchte Halleck.

Paul gehorchte. Unter der Tischkante sah er Hallecks Waffe. Sie berührte fast seinen Unterleib.

»Wir wären beide umgekommen«, erklärte Halleck. »Aber ich sehe ein, daß du unter einem gewissen Druck weit besser kämpfst als sonst. Offenbar ist dir die *Lust* inzwischen doch gekommen.« Er grinste wölfisch, und die Narbe an seinem Kinn leuchtete.

»Du hast mir wirklich ganz ordentlich zu schaffen gemacht«, gab Paul zu. »Hättest du mich wirklich verletzt?«

Halleck zog das Kindjal zurück und richtete sich auf. »Ich hätte dir sicherlich eine Narbe beigebracht, wärst du zu faul gewesen, einen vollen Einsatz zu bringen. Ich möchte nicht, daß mein Schützling dem erstbesten dahergelaufenen Harkonnen zum Opfer fällt.«

Paul deaktivierte seinen Schild und lehnte sich gegen den Tisch, um den Atem wieder unter Kontrolle zu bekommen. »Ich verstehe das, Gurney. Aber du hättest meinen Vater sicherlich gegen dich aufgebracht, wäre ich verletzt worden. Ich möchte nicht, daß man dich wegen meines Versagens bestraft.«

»Was diese Sache angeht«, erwiderte Halleck, »wäre

das genauso mein eigenes Versagen gewesen. Außerdem brauchst du dir keine Sorgen über die eine oder andere Narbe zu machen, die man sich beim Training zuziehen kann. Und was deinen Vater betrifft: der Herzog wäre höchstens erbost darüber, wenn ich es nicht schaffen würde, aus dir einen erstklassigen Kämpfer zu machen. Und das wäre mir nicht gelungen, hätte ich so getan, als würden wir hier lediglich herumspielen.«

Paul erhob sich und steckte den Bodkin wieder in die Scheide zurück.

»Es ist wirklich kein Spiel, das wir hier treiben«, fügte Halleck hinzu.

Paul nickte. Er wunderte sich über die ungewöhnliche Ernsthaftigkeit Hallecks. Nachdenklich starrte er auf die breite Narbe am Kinn des Mannes und erinnerte sich daran, wie er zu ihr gekommen war: in einer Sklavenunterkunft der Harkonnens auf Giedi Primus. Und er fühlte einen Moment lang ein Gefühl der Scham, weil ihm während des Kampfes der Gedanke gekommen war, Halleck könne es ernst meinen. Eine solche Narbe konnte einem Menschen nur unter Schmerzen zugefügt werden, unter sehr starkem Schmerz, der zweifellos viel intensiver gewesen sein mußte als der, den er durch die Ehrwürdige Mutter erfahren hatte. Paul schob den Gedanken daran beiseite.

»Wahrscheinlich habe ich wirklich auf ein Spiel gehofft«, sagte Paul. »Seit einiger Zeit sind die Dinge um mich herum ein wenig ernst geworden.«

Um seine Gefühle zu verbergen, wandte Halleck sich ab. Irgend etwas brannte in seinen Augen. Es war Schmerz in ihm, wie in einer Brandblase, und es schien, als sei dies alles, was von seiner Vergangenheit übriggeblieben war.

Dieses Kind muß schnell die Reife eines Erwachsenen erreichen, dachte er. *Und sein Bewußtsein den inneren Zusammenhang brutaler Gefahren.*

Ohne sich umzudrehen, sagte er: »Ich habe gemerkt,

daß du spielen wolltest, Junge, und ich bin wirklich der letzte, der sich weigert, dabei mitzumachen. Aber von nun an wird es kein Spiel mehr sein. Morgen gehen wir nach Arrakis. Und Arrakis ist ebenso real wie die Harkonnens.«

Paul berührte mit der flachen Seite der Rapierklinge seine Stirn.

Halleck wandte sich um, sah die Salutsbezeigung und quittierte sie mit einem Nicken. Er deutete auf die Übungspuppe. »Wir müssen noch etwas an deinem Timing arbeiten. Laß mich einmal sehen, wie du den Pappkameraden angehst. Ich werde es von diesem Platz aus beobachten. Und laß es dir eine Warnung sein: Ich werde heute einige dir neue Gegenangriffe ausprobieren. Eine solche Warnung würde dir ein wirklicher Feind niemals zukommen lassen.«

Pauls Gestalt straffte sich. Er stellte sich auf die Zehenspitzen, um seine Muskeln zu spannen. Irgendwie kam er sich unter dem Eindruck dieser ganzen plötzlichen Wechsel erwachsener vor. Er ging auf die Übungspuppe zu, berührte den Schalter an ihrer Hüfte mit der Spitze seines Rapiers und spürte, wie das sich einschaltende Feld seine Klinge beiseite drückte.

»Angriff!« donnerte Halleck, und die Puppe erwachte zum Leben.

Paul aktivierte seinen Schild, parierte und schlug zurück.

Während Halleck die Kontrollen bediente, ließ er keinen Blick von dem Jungen. Sein Bewußtsein schien sich zu spalten: das eine Auge musterte die Bewegungen Pauls, das andere die der Puppe.

Ich bin wie ein mit Wissen gefülltes Lehrbuch, dachte er. *Voll mit allen existierenden Tricks und Kniffen – und bereit, jedermann davon profitieren zu lassen.*

Aus unerfindlichen Gründen mußte er plötzlich an seine Schwester denken, deren elfenhaftes Gesicht vor seinem inneren Auge erschien. Sie war tot, umgekommen in einem Truppenbordell der Harkonnens. Sie hatte Stiefmütterchen geliebt – oder Gänseblümchen? Er wußte es nicht mehr. Es ärgerte ihn, daß er sich daran nicht mehr erinnern konnte.

Paul konterte einen langsam geführten Schlag der Puppe, riß die linke Hand hoch und durchbrach den Schild.

Wie ein flinker, ausgefuchster Teufel! dachte Halleck. *Er hat garantiert heimlich geübt. Es ist weder Duncans Stil noch der meinige.*

Dieser Gedanke trug noch mehr zu seiner Traurigkeit bei. *Auch ich brauche Lust dazu,* dachte er. Und er fragte sich, ob der Junge je gemerkt hatte, wie er nachts einsam in sein Kissen weinte.

»Wären unsere Wünsche wie Fische, würden wir sie mit Netzen einfangen«, murmelte er.

Es war eine Redensart, die seine Mutter stets benutzt hatte, und Halleck wendete sie an, wenn die Dunkelheit des unbekannten Morgens an ihm nagte. Aber ihm fiel auf, daß diese Redensart überhaupt nicht zu einem Planeten paßte, der weder Meere noch Fische kannte.

5

YUEH (yü'ĕ), Wellington (wĕl'ing-tŭn), Stndrd 10 082–10 191; Arzt der Suk-Schule (grad. Stndrd 10 112); verh. m.: Wanna Marcus, B. G. (Stndrd 10 092–10 186?); haupts. bek. gew. weg. s. Verrats an Herzog Leto Atreides (Cf: Bibliographie, Appendix VII / Kaiserliche Konditionierung / und Betrug, Der).

Aus ›Wörterbuch des Muad'dib‹,
von Prinzessin Irulan

Obwohl Paul deutlich hörte, wie Dr. Yueh den Trainingsraum betrat und gleichzeitig registrierte, daß die Stimmung des Mannes nicht die beste war, blieb er ausgestreckt und mit dem Gesicht nach unten auf dem Übungstisch liegen – so, wie die Masseuse ihn zurückgelassen hatte. Nach der anstrengenden Übungsstunde mit Gurney Halleck fühlte er sich herrlich entspannt.

»Du machst einen zufriedenen Eindruck«, sagte Yueh in der ihm eigenen kühlen, etwas seltsam hoch klingenden Stimme.

Paul hob den Kopf und sah die steife Gestalt nur wenige Schritte von sich entfernt stehen. Ein kurzer Blick zeigte ihm, daß Yueh aussah wie immer: in schwarzer Kleidung, mit purpurnen Lippen, quadratschädeligem Kopf und einem herabhängenden Schnauzbart. Die diamantene Tätowierung der Kaiserlichen Konditionierung prangte auf seiner Stirn. Sein langes schwarzes Haar wurde auf der linken Seite von einem Silberreif der Suk-Schule zusammengehalten.

»Es wird dich vielleicht freuen, daß wir heute keine Zeit für irgendeinen Unterricht haben werden«, fuhr Yueh fort. »Dein Vater wird gleich hierherkommen.«

Paul setzte sich auf.

»Ich habe allerdings dafür gesorgt, daß dir während des Fluges die Filmbücherei zur Verfügung steht.«

»Oh.«

Paul begann sich anzuziehen. Es freute ihn, daß sein Vater kommen wollte. Seit dem Befehl des Imperators, das Lehen auf Arrakis zu übernehmen, hatten sie wenig Zeit miteinander verbracht.

Vom Ende des Tisches aus dachte Yueh: *Was der Junge in den letzten Monaten alles gelernt hat! Welche Verschwendung! Welch traurige Verschwendung.* Und er erinnerte sich daran, was er sich selbst vorgenommen hatte: *Ich darf auf keinen Fall schwach werden! Was ich tue, tue ich nur, um zu verhindern, daß meine Wanna noch weiter von diesen Harkonnen-Bestien gequält wird.*

Paul kam auf ihn zu und schloß sein Jackett. »Was werde ich während der Reise alles erfahren?«

»Mmmmm, etwas über die irdischen Lebensformen auf Arrakis. Es scheint, daß der Planet eine Reihe von Lebensformen angenommen hat, die ursprünglich von der Erde stammten. Man hat noch nicht herausgefunden, wie. Nach unserer Ankunft werde ich den planetaren Ökologen – einen gewissen Dr. Kynes – aufsuchen und ihm anbieten, ihn bei seinen Forschungen zu unterstützen.«

Und Yueh dachte: *Was rede ich denn da? Jetzt belüge ich mich schon selbst.*

»Lerne ich auch etwas über die Fremen?« fragte Paul.

»Die Fremen?« Yuehs Finger trommelten über die Tischplatte. Als er sah, daß Paul seine Nervosität bemerkte, zog er die Hand zurück.

»Gibt es auch Material über die Gesamtbevölkerung von Arrakis?«

»Ja, ich bin ziemlich sicher«, gab Yueh zurück. »Es gibt zwei unterschiedliche Bevölkerungsgruppen. Die einen sind die Fremen, die anderen die Bewohner der Gräben, Senken und Ebenen. Wie ich gehört habe, sind Ehen zwischen Mitgliedern beider Gruppen nicht unmöglich. Die

Frauen der Senken und Ebenen bevorzugen Fremen als Ehemänner, während es bei den weiblichen Fremen genau umgekehrt ist. Es gibt ein Sprichwort bei ihnen, das heißt: ›Die Bildung kommt aus den Städten – die Weisheit jedoch aus der Wüste.‹«

»Gibt es Bilder dieser Leute?«

»Ich werde sehen, was sich machen läßt. Das interessanteste an ihnen sind zweifellos die Augen. Sie sind völlig blau, verstehst du? Es gibt nicht das geringste Weiß in ihnen.«

»Sie sind Mutationen?«

»Nein. Das liegt daran, weil sie ihr Blut mit Melange übersättigen.«

»Die Fremen müssen sehr tapfer sein, wenn sie dort am Rand der Wüste leben.«

»Das sind sie wohl«, bestätigte Yueh. »Sie schreiben sogar Gedichte über ihre Messer. Ihre Frauen sind ebenso stolz wie die Männer. Selbst die Kinder der Fremen sind wild und gefährlich. Ich glaube kaum, daß man dich mit ihnen spielen lassen wird.«

Paul starrte Yueh an. Die wenigen Worte, die der Mann über die Fremen hatte fallenlassen, hatten bereits genügt, um in ihm den Gedanken reifen zu lassen, daß sie als Verbündete geradezu ideal waren!

»Und die Würmer?« fragte er.

»Die – was?«

»Ich würde gerne auch etwas mehr über die Sandwürmer erfahren.«

»Ja, natürlich. Ich habe ein Filmbuch über ein etwas kleineres Exemplar eines Sandwurms. Er ist nicht größer als hundertzehn Meter. Man hat ihn in den nördlichen Breitengraden aufgenommen. Aber es gibt auch glaubhafte Aussagen über die Existenz von Würmern, die länger als vierhundert Meter sind, und es gibt keinen Grund, zu glauben, daß nicht noch größere Exemplare auf Arrakis leben.«

Paul warf einen Blick auf die vor ihm ausgebreitete

Karte, die den nördlichen Teil Arrakis' zeigte. »Der Wüstengürtel und die Südpolarregion gelten als unbewohnbar. Liegt das an den Würmern?«

»Und an den Stürmen.«

»Aber jeder Planet läßt sich bewohnbar machen.«

»Nur, wenn es sich wirtschaftlich vertreten läßt«, erklärte Yueh. »Auf Arrakis gibt es viele Gefahren.« Er zupfte an seinem Schnauzbart. »Dein Vater wird bald hiersein. Aber bevor ich wieder gehe, möchte ich dir noch ein Geschenk übergeben, das mir beim Packen in die Hände fiel.« Er legte einen Gegenstand vor Paul auf den Tisch. Er war schwarz, von rechteckiger Form und nicht größer als Pauls Daumennagel.

Paul sah ihn sich an. Als Yueh bemerkte, daß er nicht gleich danach griff, dachte er: *Wie vorsichtig er ist.*

»Es ist eine sehr alte Orange-Katholische-Bibel für Leute, die durch den Raum reisen. Kein Filmbuch, sondern ein richtig auf Papier gedrucktes. Der Text wird automatisch auf eine lesbare Größe gebracht. Hier.« Er öffnete das Buch und zeigte es ihm. »Auf einen Druck hin öffnet es sich. Du brauchst nur auf den Einband zu drücken, so – und die Seite, die du ausgewählt hast, klappt auf, nachdem das Buch sich geöffnet hat.«

»Es ist wirklich winzig.«

»Und es hat achtzehnhundert Seiten. Du brauchst nur auf den Rand zu drücken – so – und die Seite wechselt, wenn du die nächste lesen möchtest. Du solltest es vermeiden, die einzelnen Seiten direkt mit den Fingern zu berühren. Diese Bibel ist sehr kostbar.« Yueh schloß das Buch wieder und reichte es Paul. »Versuch es einmal.«

Während er darauf achtete, wie Paul daran herumfingerte, dachte er: *Ich versuche, mein Gewissen zu beruhigen. Ich weise ihn auf die Tröstungen der Kirche hin und verrate ihn anschließend. Als würde ich damit meine Schuld von mir abwälzen können.*

»Man muß es hergestellt haben, bevor die Filmbücher erfunden wurden«, meinte Paul.

»Es ist wirklich unglaublich alt. Bewahre es als dein Geheimnis. Möglicherweise werden deine Eltern der Ansicht sein, dies sei ein zu wertvolles Gut für einen Jungen.«

Und Yueh dachte: *Seine Mutter würde sich garantiert über meine Beweggründe, ihm diese Bibel zu schenken, wundern.*

»Nun…« Paul verschloß das Buch und wog es in der Hand. »Wenn es wirklich so wertvoll ist…«

»Vertraue dem alten Mann, der es dir schenkt«, beschwichtigte Yueh den Jungen. »Auch ich habe es geschenkt bekommen, als ich noch ein Kind war.« *Ich muß seine Begierde ebenso fesseln wie sein Bewußtsein.* »Öffne es einmal bei Kalima 4607. Dort heißt es: ›Alles Leben entstammt dem Wasser.‹ Auf dem Umschlag befindet sich genau an dieser Stelle eine Kerbe, die die Seite markiert.« Pauls Finger tasteten über den Umschlag und entdeckten sogar zwei Kerben, eine war flacher als die andere. Er drückte auf die Kerbe eins und das Buch öffnete sich in seiner Hand. Der Vergrößerer schnellte an seinen Platz.

»Lies es laut«, sagte Yueh.

Paul befeuchtete mit der Zunge seine Lippen und las: »Werde dir der Tatsache bewußt, daß ein Tauber nicht hören kann. Bedeutet dies nicht, daß wir alle in gewisser Weise taub sind? Welche Sinne fehlen uns, daß wir nicht in der Lage sind, die andere Welt um uns herum wahrzunehmen? Was befindet sich in unserer Nähe, das wir nicht…«

»Hör auf!« bellte Yueh.

Verwirrt brach Paul ab und starrte ihn an.

Yueh schloß die Augen und kämpfte um seine Selbstkontrolle. *Welch perverse Fügung ist es, die ihn das Buch ausgerechnet an Wannas bevorzugter Stelle aufschlagen läßt?* dachte er. Er öffnete die Augen und sah noch immer Pauls Blick auf sich gerichtet.

»Stimmt irgend etwas nicht?« fragte Paul.

»Es tut mir leid«, entschuldigte sich Yueh. »Es war… die bevorzugte Stelle meiner verstorbenen Frau, nicht die, die du lesen solltest. Als du sie lasest, erweckte sie schmerzliche Erinnerungen in mir.«

»Auf dem Umschlag sind zwei Kerben«, wies Paul ihn darauf hin.

Natürlich, dachte Yueh. *Auch Wanna hat die von ihr geschätzten Worte markiert. Pauls Finger haben einfach mehr Gefühl als meine. Es war ein Unfall, der nicht wieder vorkommen darf.*

»Vielleicht findest du das Buch interessant«, sagte er. »In ihm stecken eine Menge historischer Wahrheiten und philosophische Ethik.«

Paul sah, wie es klein und winzig auf seiner Handfläche lag. Es schien ein Geheimnis zu enthalten, denn irgend etwas war, während er aus ihm vorgelesen hatte, geschehen. Er hatte deutlich gefühlt, wie sein schrecklicher Zweck erwacht war.

»Dein Vater wird jede Minute hiersein«, sagte Yueh. »Am besten steckst du das Buch weg und liest es nur zu deiner Entspannung.«

Paul drückte auf den Rand, genau wie Yueh es ihm gezeigt hatte, und das Buch schloß sich. Er steckte es unter seine Tunika. In dem Augenblick, als Yueh ihn angeschrien hatte, hatte er schon befürchtet, er wolle es zurückhaben.

»Ich danke Ihnen für Ihr Geschenk, Dr. Yueh«, sagte Paul in offiziellem Tonfall. »Es wird unser Geheimnis bleiben. Wenn ich Ihnen jemals einen Gefallen erweisen kann, zögern Sie nicht, mich darum zu bitten.«

»Ich brauche... nichts«, erwiderte Yueh.

Aber er dachte: *Warum stehe ich hier herum und martere mich selbst? Und ebenso diesen armen Burschen - auch wenn er davon nichts merkt? Ach! Diese verfluchten Harkonnen-Bestien! Warum haben sie ausgerechnet mich für ihre schmutzigen Pläne ausgesucht?*

6

Welche Erkenntnis ziehen wir aus dem Studium von Muad'dibs Vater? Herzog Leto Atreides war gleichzeitig ein Mann voller überragender Wärme und überraschender Kühle zugleich. Es gibt viele Anzeichen, die uns dieses Bild von ihm beweisen: seine bleibende Liebe zu seiner Bene-Gesserit-Lady; die Träume, die er in seinem Sohn erweckte; die Verehrung, mit der ihm die ihm dienenden Männer entgegenkamen. Er war ein Mann, der unentrinnbar mit seinem Schicksal verstrickt war, eine einsame Gestalt, deren Glanz verblaßte vor der Glorie seines Sohnes. Und doch sollten wir uns fragen: Was ist der Sohn anderes als das Abbild des Vaters?

Aus ›Bemerkungen zur Familie des Muad'dib‹,
von Prinzessin Irulan

Paul sah, wie sein Vater den Trainingsraum betrat und seine Leibwächter vor der Tür Aufstellung nahmen. Einer seiner Männer schloß die Tür. Erneut hatte Paul das Gefühl der Allgegenwärtigkeit dieses Mannes.

Der Herzog war hochgewachsen, seine Haut hatte die Farbe von Oliven. Das schlanke Gesicht wirkte verhärmt, aber seine tiefgründigen, grauen Augen waren voller Wärme. Er trug eine schwarze Uniform, auf deren Brust der rote Falke leuchtete. Um seine Hüften schlang sich ein Schildgürtel, dessen Abgegriffenheit von ständigem Benutzen zeugte.

»Du steckst tief in der Arbeit, mein Sohn?« Der Herzog näherte sich dem Tisch, registrierte die darauf ausgebreiteten Papiere und suchte Pauls Blick. Er fühlte sich müde und ihm wurde schmerzhaft bewußt, daß er seine wirkliche Stimmung zu unterdrücken hatte. *Ich muß während der Überfahrt jede Chance nutzen, um mich auszuruhen,* dachte er, *denn auf Arrakis wird es keine Gelegenheit mehr dazu geben.*

»Nicht besonders«, meinte Paul. »Es ist alles so...« Er zuckte mit den Achseln.

»Na ja. Morgen sind wir fort von hier. Es wird herrlich sein, wenn wir erst einmal unser neues Heim bezogen haben und die Hast der vergangenen Wochen vergessen können.«

Paul nickte, und im gleichen Augenblick fiel ihm ein, daß die Ehrwürdige Mutter gesagt hatte: *»...für den Vater gibt es keinen Ausweg.«*

»Vater«, begann Paul, »wird es auf Arrakis wirklich so gefährlich werden, wie das alle sagen?«

Der Herzog zwang sich zu einer freundlichen Geste. Er nahm auf dem Tischrand Platz und lächelte. Eine ganze Reihe von Antworten flutete durch sein Gehirn, und ihm fielen die Worte ein, die er seinen Männern sagen würde, bevor sie in eine Schlacht hinauszögen. Und jede Antwort verblaßte, noch ehe er sie aussprechen konnte, vor dem Gedanken:

Dies ist mein Sohn.

»Es wird gefährlich werden«, gab er zu.

»Hawat sagte mir, es gebe einen Plan, nach dem wir uns mit den Fremen zusammentun sollten«, sagte Paul. *Warum erzähle ich ihm eigentlich nicht, was die alte Frau über ihn gesagt hat? Wie hat sie es nur geschafft, meine Zunge daran zu hindern?*

Da die Qual in der Stimme Pauls für den Herzog unüberhörbar war, antwortete er: »Wie immer, so sieht Hawat auch in diesem Fall immer nur das Schlimmste. Aber es gibt auch noch eine Reihe von anderen Möglichkeiten. Etwa die MAFEA. Als Ihre Majestät mir Arrakis gab, gab sie mir auch einen Posten im Aufsichtsrat. Ein kleiner, aber nicht zu unterschätzender Gewinn.«

»Diese Gesellschaft kontrolliert den Gewürzhandel«, sagte Paul.

»Und Arrakis, auf dem ein wichtiges Gewürz wächst, ist genau der Weg, der in das Innere der MAFEA hineinführt.«

»Hat die Ehrwürdige Mutter dich schon gewarnt?« platzte es plötzlich aus Paul heraus. Er ballte die Fäuste und fühlte, wie seine Handflächen feucht wurden. Es war unglaublich, welche Anstrengung ihn diese Frage gekostet hatte.

»Hawat sagte mir, daß sie dich mit irgendwelchen Befürchtungen wegen Arrakis geängstigt hat«, erwiderte der Herzog. »Laß dir von den Ängsten einer alten Frau nicht das Gehirn vernebeln. Keine Frau kann es ertragen, wenn die, die sie gerne hat, sich unbekannten Gefahren aussetzen. Und bestimmt war für diese Warnungen irgendwie auch deine Mutter verantwortlich. Du solltest dies als ein Zeichen ihrer Liebe zu uns werten.«

»Weiß sie etwas über die Fremen?«

»Ja, und noch ein wenig mehr.«

»Was?«

Der Herzog dachte: *Die Wahrheit könnte sich als schlimmer herausstellen, als er jetzt denkt, doch werden selbst die gefährlichsten Tatsachen überschaubar, wenn man sie kennt. Aber auch wenn mein Sohn in dieser Hinsicht nichts versäumt hat, muß ich darauf achten, daß er nicht zu sehr belastet wird, denn er ist noch sehr jung.*

»Nur wenige Produkte unterliegen nicht der Kontrolle der MAFEA«, erklärte er. »Holz, Esel, Pferde, Kühe, Mist, Raubfische, Walpelz – also hauptsächlich prosaische oder sehr exotische Waren – und auch nicht der armselige Pundi-Reis von Caladan. All das wird von der Gilde transportiert, ob es sich nun um Kunstgegenstände von Ecaz oder um Maschinen von Richese oder Ix handelt. Aber all das ist nichts gegen Melange. Eine Handvoll dieses Gewürzes bringt dir auf Tupile einen Palast ein. Es ist unmöglich, dieses Gewürz in einer Fabrik herzustellen. Es muß auf Arrakis abgebaut werden, weil es einmalig ist und echte altershemmende Wirkung besitzt.«

»Und es liegt nun unter unserer Kontrolle?«

»Bis zu einem gewissen Grad. Wie du sicherlich weißt, leben alle Hohen Häuser praktisch nur von den Profiten, die ihnen die Gesellschaft einbringt. Und der größte Teil dieses Profits stammt aus dem Gewürzhandel der Allianz. Man kann sich leicht vorstellen, was passieren könnte, wenn dieser Handel irgendwie eingeschränkt würde.«

»Wer genügend Melange hortet, kann daraus also das Geschäft seines Lebens machen«, sinnierte Paul. »Während die anderen erledigt wären.«

Der Herzog empfand in diesem Augenblick das Gefühl grimmiger Befriedigung. Er blickte seinen Sohn an und stellte fest, wie einmalig treffend, wie unglaublich schnell er begriffen hatte und wie scharf seine Gedankengänge waren. Er nickte. »Und seit mehr als zwanzig Jahren tun die Harkonnens nichts anderes als Melange zu horten.«

»Sie werden versuchen, den Gewürzabbau zum Stocken zu bringen und die Schuld daran dir in die Schuhe zu schieben.«

»Sie haben vor, den Namen Atreides unmöglich zu machen«, erkärte der Herzog. »Bisher war unsere Stellung im Landsraad unangefochten, man sieht in mir sogar einen zukünftigen Sprecher. Und nun stell dir vor, wie all die Hohen Häuser reagieren würden, wenn es so aussieht, als würde ich ihre Profite schmälern! Schließlich kommen die an erster Stelle, und zweitens soll die Große Konvention der Teufel holen! Schließlich kann man doch nicht zulassen, daß man zum Bettler wird!« Ein verbittertes Lächeln grub sich in die Züge des Herzogs. »Wenn es wirklich hart auf hart kommt, werden sie beschäftigt in die entgegengesetzte Richtung starren.«

»Auch dann, wenn wir mit Atomwaffen angegriffen werden?«

»Nein, das ist ausgeschlossen. Niemand würde die Große Konvention *offen* brechen. Aber irgend etwas anderes, etwas, das sich im Dunkel erledigen läßt, vielleicht mit Gift...«

»Und warum gehen wir dann überhaupt nach Arrakis?«

»Paul!« Die Stirn des Herzogs runzelte sich, als er seinen Sohn ansah. »Wenn man weiß, wo die Falle steht – dann ist das schon zumindest *eine* Möglichkeit, ihr aus dem Weg zu gehen. Es ist wie ein Kampf Mann gegen Mann, mein Sohn, nur auf einem größeren Feld. Eine Finte gegen eine Finte gegen eine Finte... und immer so weiter. Die Aufgabe dabei ist, auf keine hereinzufallen. Da wir wissen, daß die Harkonnens Melange horten, lautet die Frage, die wir uns zu stellen haben, folgendermaßen: Wer unterstützt sie dabei? Dann wissen wir, wer unsere Feinde sind.«

»Wer?«

»Es gibt einige Häuser, die uns schon immer offen feindlich gegenüberstanden, aber auch solche, von denen wir dachten, sie seien unsere Freunde. Es hätte wenig Zweck, sie jetzt herausfinden zu wollen, weil es zumindest einen Feind gibt, gegen den alle anderen verblassen, und zwar niemand anderen als unseren geliebten Padischah-Imperator.«

Mit knochentrockener Kehle versuchte Paul zu schlukken. »Könntest du nicht den Landsraad einberufen, um...«

»Sollte man seinem Feind sagen, daß man längst weiß, in welcher Hand er das Messer verborgen hält? Ah, Paul – wir *wissen*, daß er es hat und wo. Aber danach wissen wir es nicht mehr. Wenn wir den Landsraad benachrichtigen, wird dies zuerst einmal eine Wolke der Konfusion erzeugen. Natürlich würde der Imperator die Vorwürfe zurückweisen. Wer würde es dann noch wagen, ihn einer Lüge zu bezichtigen? Alles was wir erreichten, wäre ein kleiner Aufschub. Und aus welcher Richtung der nächste Angriff käme, wäre dann nicht mehr so schnell zu erfahren.«

»Und alle anderen Häuser würden ebenfalls Melange horten.«

»Unsere Feinde haben einen uneinholbaren Vorsprung. Er ist zu groß, um ihn noch aufzuholen.«

»Der Imperator«, sagte Paul. »Das beinhaltet auch die Sardaukar.«

»Die zweifellos in der Uniform der Harkonnens auftreten werden«, fügte der Herzog hinzu, »ohne daß sie auch nur einen Funken ihres militaristischen Fanatikertums einbüßen.«

»Ob die Fremen uns nicht gegen sie beistehen können?«

»Hat Hawat dir von Salusa Secundus erzählt?«

»Dem Gefängnisplaneten des Imperators? Nein.«

»Was würdest du sagen, wenn es mehr als nur ein Gefängnisplanet wäre, Paul? Ist dir eigentlich noch nie aufgefallen, daß niemand weiß, wo diese Sardaukar herstammen?«

»Etwa von diesem Gefängnisplaneten?«

»Irgendwo müssen sie herkommen.«

»Aber es heißt doch, Salusa Secundus sei...«

»Das ist es, was wir *glauben* sollen! Daß sie nichts anderes sind als besonders ausgewählte Freiwillige, die schon in jungen Jahren im Sinne des Imperators erzogen und gedrillt werden. Man hört nur selten etwas über die Trainingskader des Imperators, und überhaupt würden mit den kaiserlichen Truppen nur die Gleichgewichte erhalten. Hier stehen die Truppen des Landsraads der Hohen Häuser - dort die Sardaukar des Imperators.«

»Aber nach allem, was man hört, soll Salusa Secundus die reinste Hölle sein!«

»Das bezweifelt niemand, doch wenn du eine harte, gnadenlose Armee heranziehen willst - in welcher planetaren Umgebung würdest du das tun?«

»Aber wie kann man die Loyalität solcher Männer erlangen?«

»Es gibt eine Reihe von Methoden: etwa indem du ihnen einredest, sie stellten eine Superrasse dar, verbunden mit einer mystischen Philosophie, die durchgesetzt werden muß. Es ist durchführbar. Dies ist zu den verschiedensten Zeiten auf den unterschiedlichsten Welten möglich gewesen.«

Paul nickte. Seine Aufmerksamkeit war ganz auf das Gesicht seines Vaters gerichtet. Irgendwie faszinierte ihn das alles.

»Und nun stell dir Arrakis vor«, erklärte der Herzog. »Wenn du dort das Haus, die Stadt oder die Garnison verläßt, unterscheidet sich die Welt nicht mehr besonders von Salusa Secundus.«

Mit aufgerissenen Augen sagte Paul: »Die Fremen!«

»Sie bilden ein Potential, das kaum weniger stark und tödlich ist als das der Sardaukar. Es wird eine Menge Geduld kosten, ihnen unsere Sache zu eigen zu machen, und eine Menge Geld, sie auszurüsten. Aber die Fremen sind da... und das Geld aus dem Gewürzhandel ebenfalls. Du verstehst jetzt sicherlich, weshalb wir nach Arrakis gehen, obwohl wir sehr wohl wissen, daß der Planet eine Falle für uns ist.«

»Wissen die Harkonnens denn überhaupt nichts über die Fremen?«

»Sie haben sie verachtet und sie aus ihrem Dünkel heraus wie die Tiere gejagt. Sie haben nicht einmal versucht, herauszufinden, wie viele sie sind. Aber die Politik, die die Harkonnens gegenüber den Bevölkerungen ihrer Planeten anwenden, ist uns ja nichts Neues: Nimm sie so wenig wie möglich zur Kenntnis.«

Als der Herzog die Position wechselte, blitzten die Klammern, die den roten Falken hielten, auf. »Ist dir jetzt alles klar?«

»Wir verhandeln also bereits mit den Fremen«, mutmaßte Paul.

»Ich schickte ein Kommando unter der Leitung von Duncan Idaho«, erwiderte der Herzog. »Er ist ein stolzer und unbarmherziger Mann, unser Duncan, aber gleichzeitig ein Wahrheitsfanatiker. Ich nehme an, daß die Fremen ihn mögen werden. Wenn wir Glück haben, werden sie uns an ihm messen: Duncan, der Moralist.«

»Duncan, der Moralist«, wiederholte Paul. »Und Gurney, der Tapfere.«

»Du nennst sie bei treffenden Namen.«

Und Paul dachte: *Gurney ist einer von denen, die die Ehrwürdige Mutter meinte: ›...die Tapferkeit der Mutigen.‹*

»Gurney sagte mir, du seiest beim heutigen Kampf sehr gut gewesen«, sagte der Herzog.

»Mir hat er das nicht gerade gesagt.«

Der Herzog lachte laut. »Ich habe ihn angewiesen, ein wenig sparsam mit jeder Art von Lob zu sein. Er sagte, du wüßtest den Unterschied zwischen einer Schneide und einer Spitze wohl zu schätzen.«

»Gurney sagt auch, daß es keine Kunst sei, jemanden mit der Spitze zu töten. Daß man darauf achten solle, dies auch mit der Schneide fertigzubringen.«

»Gurney ist ein Romantiker«, brummte der Herzog. Es störte ihn ein wenig, daß das Gespräch mit seinem Sohn plötzlich beim Töten angelangt war. »Ich würde mir wünschen, daß du überhaupt niemanden töten mußt. Aber wenn es einmal soweit ist, dann tu es so, wie du es kannst. Mit Schneide oder Klinge.« Er sah zum Oberlicht hinauf, auf das der Regen trommelte.

Dem Blick seines Vaters folgend, erinnerte sich Paul an den feuchten Himmel dort draußen – ein Ereignis, das es auf Arrakis noch nie gegeben hatte. Und der Gedanke daran führte ihn mental in den Raum hinaus. »Sind die Gildenschiffe wirklich so groß?« fragte er.

Der Herzog sah ihn an. »Ich vergaß, daß du Caladan zum erstenmal verläßt.« Er nickte. »Ja, sie sind sehr groß. Sie sind so riesig, daß alle unsere Fregatten und Transporter zusammengenommen nur einen Bruchteil der Ladekapazität eines Heighliners der Gilde beanspruchen.«

»Und wir brauchen unsere Fregatten nicht allein zu lassen?«

»Ihre Sicherheit ist im Preis inbegriffen. Selbst wenn die Schiffe der Harkonnens direkt neben uns lägen, brauchten wir uns keine Gedanken zu machen. Die Harkonnens würden sich hüten, ihre Raumfahrtprivilegien aufs Spiel zu setzen.«

»Ich würde gerne einmal von einem Bildschirm aus versuchen, einen Gildenmann zu sehen.«

»Das wird kaum möglich sein, denn nicht einmal ihre Beauftragten bekommen sie je zu Gesicht. Die Gilde hütet ihr Privatleben ebenso scharf wie ihr Monopol. Ich hoffe, du tust nichts, was unsere Privilegien aufs Spiel setzen könnte, Paul.«

»Hältst du es für möglich, daß sie sich verstecken, weil... weil sie mutiert sind und – nicht mehr *menschlich?*«

Der Herzog zuckte mit den Achseln. »Wer weiß? Auf jeden Fall umgibt sie ein Geheimnis, hinter das noch niemand gekommen ist. Aber im Moment haben wir andere Probleme. Und eines davon bist du.«

»Ich?«

»Deine Mutter wünschte, daß ich es dir sage, Junge. Wir schließen nicht aus, daß du die Fähigkeiten eines Mentaten hast.«

Paul starrte seinen Vater an und war zunächst unfähig, etwas zu erwidern. Dann fragte er überrascht: »Ein Mentat? Ich? Aber das...«

»Selbst Hawat ist dieser Ansicht.«

»Aber... ich habe immer angenommen, daß die Ausbildung eines Mentaten bereits in seiner frühesten Kindheit beginnen muß – und daß er niemals etwas davon erfahren darf, weil dieses Wissen...« Er brach abrupt ab, sich plötzlich bewußt werdend, welche Erziehung er genossen hatte.

»Jetzt wird mir einiges klar«, sagte er schließlich.

»An irgendeinem Tag muß der zukünftige Mentat es schließlich erfahren, was mit ihm geschehen ist. Von da an gibt es keine Heimlichkeiten mehr, und die weitere Ausbildung kann nur mit seinem Wissen weitergeführt werden. Manche setzen sie fort; andere schrecken davor zurück. Nur ein geborener Mentat ist in der Lage, den richtigen Weg für sich zu wählen.«

Paul rieb sich mit der Hand übers Kinn. Die ganze Ausbildung durch Hawat und seine Mutter – das Gedächtnistraining, die ständigen Hinweise auf die Wachsamkeit, die Muskelübungen, die richtige Benutzung seiner Sinne, die Sprach- und Stimmstudien – alles erschien ihm jetzt in einem völlig neuen Licht.

»Eines Tages«, sagte der Herzog, »wirst du der Herzog sein, mein Sohn. Und etwas Nützlicheres als einen Mentat-Herzog kann ich mir einfach nicht vorstellen. Bist du in der Lage, dich jetzt schon zur Weiterausbildung zu entscheiden? Oder brauchst du etwas Bedenkzeit?«

Ohne zu zögern sagte Paul: »Natürlich mache ich weiter.«

»Das freut mich«, murmelte der Herzog. Paul sah, wie sich ein stolzes Lächeln auf das Gesicht seines Vaters stahl. Aber das Lächeln schockierte ihn: es erschien ihm in diesem Augenblick wie das Grinsen eines Totenschädels. Paul schloß die Augen und fühlte erneut, daß er einem schrecklichen Schicksal entgegentrieb. *Vielleicht erfülle ich dieses Schicksal, indem ich Mentat werde?*

Aber noch während des Nachdenkens wurde ihm klar, daß er auf der falschen Fährte war.

7

Durch Lady Jessica und den Planeten Arrakis gelangte das Bene-Gesserit-System der Missionaria Protectiva (die Verbreitung von Legenden betreffend) schnell zu vollster Blüte. Das vorbeugende Ausstreuen von Gerüchten über das Erscheinen des Kwisatz Haderach im gesamten bekannten Universum ist anerkennend gewürdigt worden. Nie hat es eine Kampagne gegeben, deren Verbreitung in bezug auf Vorbereitung besser gewesen wäre. Und im Endeffekt führte dies sogar dazu, daß sich Legenden von selbst zu bilden begannen. Heute steht jedenfalls fest, daß die latenten Fähigkeiten der Lady Jessica weit unterschätzt wurden.

Aus ›Die Analyse der Arrakis-Krise‹,
von Prinzessin Irulan. Privatdruck,
Bene-Gesserit-Archiv, Nr. AR-81088-587

Rings um Lady Jessica herum – in allen Ecken und auf dem Fußboden der größten Halle von Arrakeen* – türmte sich der Ballast ihres Lebens: Kisten, Koffer, Schachteln und Behälter, die erst zu einem kleinen Teil ausgepackt waren. Und von draußen konnte sie die Geräusche der Packer hören, die soeben eine neue Ladung vor dem Eingang abstellten.

Jessica stand im Mittelpunkt der Halle; langsam drehte sie sich um und ließ ihren Blick durch den Raum schweifen. Der Raum war riesig, seine Wände getäfelt, seine Fenster schmal. Der Gigantismus erinnerte sie an den Schwe-

* Vgl. die Karte der nördlichen Polarregion von Arrakis am Schluß des Buches.

sternsaal auf der Bene-Gesserit-Schule. Dort hatte der Raum wenigstens eine gewisse Wärme ausgestrahlt, hier schien es nur kaltes Gestein zu geben.

Irgendein Architekt hatte weit in die Vergangenheit gegriffen, als er diese hölzernen Wände und finsteren Vorhänge hatte anbringen lassen, schien ihr. Die gewölbte Decke befand sich fast zwei Stockwerke über ihr, und daran hingen nun die beiden gewaltigen Kronleuchter, deren Transport nach Arrakis Unsummen verschlungen hatte. Leider gab es auf Arrakis keinen Baum, aus dem man ähnliches hätte herstellen können – auch nicht aus imitiertem Holz.

Jessicas Gedanken drifteten ab.

Dies war also während des Alten Imperiums der Regierungssitz gewesen. Damals konnte man noch weit billiger leben, denn damals hatte die von den Harkonnens neuerbaute Hauptstadt Carthag noch nicht existiert. Arrakeen war ein gemütlicher und nicht zu teurer Ort zweihundert Kilometer nördlich des flachen Landes gewesen. Man konnte Letos Entschluß, seine Residenz hier aufzuschlagen, nur als weise bezeichnen. Der Name der Stadt Arrakeen hatte einen guten Klang und schien von Tradition erfüllt. Und außerdem war sie eine kleinere Stadt als Carthag, leichter zu überschauen und zu verteidigen.

Erneut drangen die Geräusche abgeladener Kisten an ihre Ohren. Jessica seufzte.

Ihr gegenüber, gegen einen Karton gelehnt, stand das Porträt des alten Herzogs, umwickelt von einer Schnur, als hätte jemand vergessen, es mitzunehmen. Und das Ende der Schnur befand sich noch immer in Jessicas Hand. Neben dem Bild lag, befestigt auf einer polierten Unterlage, der Schädel eines schwarzen Stiers. Er wirkte wie eine finstere Insel in einem Meer zerrissenen Papiers. Das kleine Schild, auf dem genauere Angaben über die Trophäe standen, lag auf dem Boden daneben, der aufgerissene Schlund des Stiers ragte zur Decke, als wolle er in der nächsten Sekunde einen brüllenden Protest von sich geben.

Jessica fragte sich, was sie dazu getrieben hatte, ausgerechnet diese beiden Gegenstände zuerst auszupacken. Ausgerechnet den Stier und das Gemälde. Ihr schien, als sei an dieser Handlung irgend etwas Symbolisches. Seit dem Tag, an dem die Beauftragten des Herzogs sie von der Schule geholt hatten, war ihr ihre Furcht und Unsicherheit nicht bewußter gewesen.

Der Stier und das Gemälde.

Ihr Anblick erhöhte den Grad ihrer Verwirrung. Sie schüttelte sich und schaute zu den engen, schlitzähnlichen Fenstern hinüber. Obwohl es früher Nachmittag war, erschien ihr in diesen Breitengraden der Himmel finster und kalt, viel dunkler als der warme und blaue Himmel Caladans. Plötzlich hatte sie Heimweh.

O Caladan…

»Ach, hier sind wir!«

Die Stimme Herzog Letos.

Jessica wirbelte herum, sah ihn in dem gewölbten Gang zum Speisesaal. Seine schwarze Arbeitsuniform mit dem roten Falkenabzeichen war staubig und sah mitgenommen aus.

»Ich hatte schon damit gerechnet, daß du dich in diesem Irrgarten verlaufen hättest«, sagte er.

»Es ist kalt hier«, erwiderte Jessica. Sie schaute ihn an in seiner ganzen Größe, und seine dunkle Haut ließ sie an Olivengewächse und die goldene Sonne auf blauem Wasser denken. Es schien, als sei Nebel in seinen Augen. Sein Gesicht sagte alles: es war abgemagert und voller tiefer Falten.

Plötzliche Furcht um ihn schnürte ihr die Brust zusammen. Seit er zu der Entscheidung gelangt war, sich dem Befehl des Imperators zu beugen, war er ein anderer Mensch geworden: wild und vor Entschlossenheit berstend.

»Die ganze Stadt wirkt kalt«, sagte Jessica.

»Sie ist nun mal eine schmutzige und verstaubte kleine Garnisonsstadt«, gab er zu. »Aber wir werden das irgendwann ändern.« Er warf einen Blick in die Halle. »Dies sind also die Räumlichkeiten für öffentliche Veranstaltungen! Ich habe mir soeben die Familienräume im Südflügel angesehen. Sie gefallen mir schon besser.« Er kam näher und berührte ihren Arm, als bewundere er ihre aufrechte Haltung.

Nicht zum erstenmal fragte er sich, von wem sie abstammen mochte. Vom Haus eines Renegaten vielleicht? Oder war sie das Produkt einer unstandesgemäßen Verbindung? Sie machte einen königlicheren Eindruck als die gesamte kaiserliche Familie.

Unter dem Druck seiner Augen drehte Jessica sich halb zur Seite und wandte ihm ihr Profil zu. Es gab in ihrem Gesicht nichts, das die Aufmerksamkeit eines Betrachters in besonderer Weise auf sich zog. Unter ihrem wie eine Kappe den Kopf umspannenden, wie poliertes Kupfer glänzenden Haar war ein ovales Gesicht. Ihre Augen standen weit auseinander, und sie waren so grün und klar wie der Morgenhimmel Caladans. Die Nase war klein, ihr Mund groß und edel, der Körper ebenmäßig, wenn auch gerade an der Grenze zur Hagerkeit; Jessica war groß und überschlank.

Er erinnerte sich, daß die anderen Mädchen auf der Schule sie ›die Dürre‹ genannt hatten, die Beschreibung hatte sich als Übertreibung erwiesen: Jessica war es gelungen, wieder etwas Schönheit in die Familie Atreides zu bringen. Er empfand Genugtuung darüber, daß Paul in seinem Äußeren eher auf sie herauskam als auf ihn.

»Wo ist Paul?« fragte er.

»Irgendwo im Haus. Yueh unterrichtet ihn.«

»Möglicherweise im Südflügel«, vermutete er. »Einmal glaubte ich sogar Yuehs Stimme zu hören, aber ich hatte nicht die Zeit, um nachzusehen.« Er blickte sie an und zögerte. »Ich bin eigentlich nur herübergekommen, um den Schlüssel von Burg Caladan im Speisesaal aufzuhängen.«

Den Atem anhaltend, unterdrückte sie den Impuls, die Arme nach ihm auszustrecken. Den Schlüssel aufhängen… das war gleichbedeutend mit Endgültigkeit. Aber jetzt war weder die richtige Zeit noch der richtige Ort, sich zu sorgen. »Als ich hereinkam, sah ich unsere Flagge über dem Haus wehen«, bemerkte sie.

Er warf einen Blick auf das Gemälde seines Vaters. »Wo willst du das aufhängen?«

»Irgendwo in diesem Raum.«

»Nein.« Die Art, wie er seine Ablehnung zum Ausdruck brachte, zeigte ihr, daß jeglicher Widerspruch fehl am Platze war. Dennoch mußte sie es versuchen.

»Mylord«, begann sie. »Wenn wir…«

»Meine Antwort heißt nein. Ich bin bereit, dir in vielem anderen etwas zuzugestehen, aber in diesem Fall nicht. Ich komme gerade aus dem Speisesaal, und dort gibt es…«

»Mylord! Bitte.«

»Es geht also darum, was wichtiger ist: mein Familiensinn oder deine Verdauung«, führte er aus. »Das Gemälde kommt dennoch in den Speisesaal.«

Sie seufzte. »Ja, Mylord.«

»Es steht dir allerdings frei, auch weiterhin in deiner Suite zu essen. Ich erwarte lediglich, daß du zu offiziellen Anlässen an meiner Seite sitzt.«

»Vielen Dank, Mylord.«

»Und hör damit auf, mir diese formalistischen Antworten zu geben. Du solltest dankbar dafür sein, daß ich dich nie geheiratet habe, meine Liebe. Denn dann würde es zu deinen *Pflichten* gehören, das Mahl mit mir einzunehmen.«

Ohne auch nur einen Gesichtsmuskel zu verziehen, nickte sie. »Hawat hat bereits unseren Giftaufspürer an der Tafel befestigt«, erklärte er. »In deiner Suite steht ein tragbares Gerät.«

»Du hast diese… Schwierigkeiten also schon vorausgesehen«, sagte Jessica.

»Ich dachte ebenso an deine Bequemlichkeit, meine Liebe, und habe deshalb Personal engagiert. Es sind Eingeborene, doch Hawat hat sie ausnahmslos untersucht. Fremen. Sie werden uns zur Hand gehen, bis wir unsere eigenen Leute von momentanen anderen Pflichten befreien können.«

»Können wir hier überhaupt jemandem vertrauen?«

»Jedem, der die Harkonnens haßt. Vielleicht möchtest du nach einer gewissen Zeit sogar die Haushofmeisterin in deinen Diensten behalten. Sie nennt sich Shadout Mapes.«

»Shadout«, sagte Jessica nachdenklich, »ist das nicht eine Art Titel bei den Fremen?«

»Ich habe gehört, daß es soviel wie ›Wasserholer‹ bedeutet. Ein Wort, das eine wichtigere Bedeutung hat, als man sich vorstellen kann. Sie ist vielleicht nicht die typische Untergebene, aber nach Duncans Berichten spricht Hawat von ihr als von einer ehrenhaften Person. Sie sind beide davon überzeugt, daß sie willig ist zu dienen – ganz speziell dir.«

»Mir?«

»Die Fremen wissen, daß du eine Bene Gesserit bist. Es gibt hier einige Legenden über euch.«

Dafür hat die Missionaria Protectiva gesorgt, dachte Jessica. *Jede Welt ist vorbereitet.*

»Bedeutet das, daß Duncan Erfolg hatte?« fragte sie. »Werden die Fremen mit uns zusammenarbeiten?«

»Es sind noch keine endgültigen Abmachungen getroffen worden«, erwiderte er. »Duncan glaubt, daß sie uns erst eine Weile beobachten wollen. Sie haben allerdings versprochen, unsere weitentlegenen Dörfer nicht mehr heimzusuchen. Das ist ein wichtigerer Gewinn, als es scheint. Hawat meint, die Fremen seien ein hartnäckiger Stachel an der Kehle der Harkonnens gewesen, obwohl es ziemlich geheimgehalten wurde, welchen Schaden sie ihnen zufügten, damit der Imperator nichts von der Hilflosigkeit der Harkonnen-Truppen erfuhr.«

»Eine Haushofmeisterin aus den Reihen der Fremen«, sinnierte Jessica. »Hat sie auch diese blauen Augen?«

»Laß dich von ihrem Aussehen nicht verwirren«, sagte

der Herzog. »Sie verfügen über Kräfte und eine Vitalität, die mir anderswo noch nicht begegnet ist. Ich glaube, daß sie über all das verfügen, was wir gebrauchen können.«

»Es ist ein gefährliches Spiel.«

»Laß uns nicht wieder davon anfangen.«

Sie versuchte ein Lächeln. »Wir sind ihnen ausgeliefert, daran zweifle ich nicht.« Zwei tiefe Atemzüge brachten ihr wieder die Ruhe. Dann fragte sie: »Wenn ich die Privaträume einrichte – soll ich da etwas Spezielles für dich reservieren?«

»Eines Tages«, erwiderte er, »mußt du mir erklären, wie du das schaffst: deine Sorgen einfach beiseitezuschieben und zum sachlichen Teil überzugehen. Irgendein Geheimnis der Bene Gesserit muß damit zusammenhängen.«

»Es ist einfach ein weibliches Geheimnis«, meinte sie lächelnd.

Der Herzog lächelte ebenfalls. »Nun, was die Belegung der Räumlichkeiten angeht, so solltest du dafür Sorge tragen, daß ich in der Nähe meines Schlafgemachs genügend Platz für meine Bürotätigkeiten erhalte. Es wird hier garantiert mehr Papierkram zu erledigen geben als auf Caladan. Und einen Raum für die Wache, natürlich. Das sollte es auch schon sein. Und mach dir keine Sorgen über die allgemeine Sicherheit des Hauses. Hawats Männer haben es einer gründlichen Untersuchung unterzogen.«

»Daran zweifle ich nicht.«

Er warf einen Blick auf seine Armbanduhr. »Ach ja, alle unsere Uhren sollten auf die örtliche Zeit umgestellt werden. Ich habe bereits einen Techniker angefordert. Er müßte bald da sein.« Der Herzog strich ihr eine Haarsträhne aus der Stirn. »Ich muß jetzt zum Landefeld zurück. In wenigen Minuten landet die zweite Fähre mit der Stabsreserve.«

»Wäre es nicht besser, wenn Hawat das übernähme, Mylord? Du siehst erschöpft aus.«

»Der gute Thufir ist noch mehr beschäftigt als ich. Du weißt, daß dieser Planet durch die Intrigen der Harkonnens herabgewirtschaftet wurde. Außerdem muß ich versuchen, einige ausgebildete Gewürzsucher, die wegen des Lehenswechsels Arrakis verlassen wollen, zum Bleiben zu überreden. Sie haben das Recht dazu, zu gehen, und dieser Planetologe, den der Imperator und der Landsraad als Schlichter eingesetzt haben, ist unbestechlich. Er läßt den Leuten die freie Wahl. Es sind achthundert Leute, die Arrakis verlassen wollen, sobald die nächste Fähre zum Schiff der Gilde abgeht.«

»Mylord...« Zögernd brach sie ab.

»Ja?«

Er wird sich nicht davon abbringen lassen, diesen Planeten sicher für uns zu machen, dachte sie. *Und ich kann einfach nicht einen meiner Tricks gegen ihn anwenden.*

»Um welche Zeit werden wir das Dinner einnehmen?« fragte sie.

Das war es nicht, was sie mich fragen wollte, dachte der Herzog. *Ach, Jessica - ich wünschte auch, wir wären nicht hier an diesem schrecklichen Ort, sondern irgendwo weit weg. Wir beide, ganz alleine, ohne sich um irgend etwas Gedanken zu machen.*

»Ich werde auf dem Landefeld essen«, erwiderte er. »In der Offiziersmesse. Erwarte mich nicht so bald zurück. Und... ich sende einen Wagen für Paul. Ich möchte, daß er bei unserer Strategiekonferenz zugegen ist.«

Er räusperte sich, als wolle er noch etwas sagen, drehte sich aber plötzlich und unerwartet um und ging hinaus, in Richtung auf die Vorhalle, wo weiterhin Gepäckstücke abgeladen wurden. Von irgendwo dort draußen hörte sie noch einmal seine Stimme im charakteristischen Tonfall, den er immer anschlug, wenn er in Eile war und mit Bediensteten sprach: »Lady Jessica befindet sich im Großen Saal. Geh sofort zu ihr.«

Die Außentür wurde zugeschlagen.

Jessica wandte sich ab und betrachtete das Gemälde von Letos Vater. Er hatte es anfertigen lassen von einem berühmten Künstler namens Albe, es zeigte den alten

Herzog in seinen mittleren Jahren, bekleidet mit dem Kostüm eines Matadors, einen roten Umhang über dem linken Arm haltend. Sein Gesicht wirkte jung, er mußte damals kaum älter gewesen sein als Leto. Er hatte die gleichen falkenähnlichen Züge und grauen Augen wie sein Sohn. Die Hände in die Seiten gestemmt, betrachtete sie das Bild.

»Ich verfluche dich! Ich verfluche dich!« flüsterte sie.

»Wie lauten Ihre Befehle, Hochwohlgeboren?«

Die Stimme einer Frau. Sie klang dünn und brüchig.

Als Jessica sich ihr zuwandte, sah sie eine knochige, grauhaarige Frau in einem formlosen Sackkleid brauner Farbe. Sie machte den gleichen ausgetrockneten und runzligen Eindruck wie all die anderen Leute, die sie am Morgen ihrer Ankunft in den Straßen gesehen hatte. Obwohl Leto behauptet hatte, sie seien stark und vital, erinnerten sie Jessica in erster Linie an Elendsgestalten. Aber da waren noch diese Augen – unübersehbar – in ihrer schockierenden, völligen Bläue und ohne jegliches Weiß. Geheimnisvoll. Mysteriös. Jessica mußte sich dazu zwingen, die Frau nicht anzustarren.

Mit einem steifen Nicken sagte die Frau: »Man nennt mich Shadout Mapes, Hochwohlgeborene. Wie lauten Ihre Befehle?«

»Du kannst mich mit Mylady ansprechen«, sagte Jessica. »Ich bin keine Hochwohlgeborene. Ich bin lediglich die Konkubine des Herzogs.«

Die Frau nickte erneut in ihrer seltsamen Art und musterte Jessica mit einem fragenden Blick. »Dann gibt es auch eine Ehefrau?«

»Es gibt sie nicht; es hat auch nie eine gegeben. Ich bin die einzige… Gesellschaft des Herzogs und die Mutter seines Erben.«

Während sie sprach, lauschte Jessica dem stolzen Klang ihrer Worte. *Was hat St. Augustine gesagt?* fragte sie sich. *›Das Bewußtsein steuert den Körper, und dieser gehorcht. Wenn das Bewußtsein sich selbst befiehlt, trifft es* *auf Widerstand.‹ – Ja, ich stoße auf ständig größeren Widerstand. Ein kleiner Rückzug könnte mir nicht schaden.*

Von draußen drang ein erschreckender Schrei an ihre Ohren. Dann noch einmal: »Soo-soo-Sook! Soo-soo-Sook!« Dann: »Ikhut-eigh! Ikhut-eigh!« Und schließlich wieder: »Soo-soo-Sook!«

Erschreckt fragte sie: »Was hat das zu bedeuten? Ich habe das bereits mehrere Male gehört, als wir durch die Stadt fuhren heute morgen.«

»Nur ein Wasserverkäufer, Mylady. Es gibt keinen Grund für Sie, sich darüber Gedanken zu machen. Die Zisterne Ihrer Residenz enthält fünfzigtausend Liter, und man trägt Sorge dafür, daß sie niemals leer wird.« Sie sah an ihrer Kleidung herunter. »Ich brauche hier nicht einmal meinen Destillanzug zu tragen.« Sie lächelte. »Und lebe trotzdem noch.«

Jessica zögerte, die Frau noch weiter über sich auszufragen. Im Moment gab es nichts Wichtigeres, als einigermaßen Ordnung in diese Burg hineinzubekommen. Daß Wasser allerdings einen beträchtlichen Teil ihres neuen Reichtums ausmachen sollte, fand sie nicht sehr beruhigend.

»Der Herzog hat mir von deinem Titel erzählt, Shadout«, sagte sie. »Ich kenne die Bedeutung dieses Wortes. Es ist sehr alt.«

»Sie beherrschen die alten Sprachen?« fragte Mapes. Beinahe begierig schien sie auf Jessicas Antwort zu warten.

»Das erste, was die Bene Gesserit lernen, sind Sprachen. Ich kenne die Sprache der Bhotani Jib und die der Chakobsa, aber auch alle Jägersprachen.«

Mapes nickte. »Genau wie die Legende behauptet.«

Jessica fragte sich: *Warum spiele ich überhaupt diese Komödie mit?* Aber die Wege der Bene Gesserit waren rätselhaft und unerforschlich.

»Ich kenne die Dunklen Ereignisse und die Wege der Großen Mutter«, fuhr Jessica fort und erkannte die offen sichtbare Wirkung auf diese kleinen Tricks in Mapes'

Gesicht. »Miseces prejia«, sagte sie in der Sprache der Chakobsa. »Andral t're pera! Trada cik buscakri miseces perakri…«

Mapes machte einen Schritt rückwärts, als bereite sie sich auf eine schnelle Flucht vor.

»Ich weiß viele Dinge«, sagte Jessica. »Ich weiß, daß du Kinder geboren hast und Geliebte verlorst, daß du dich in Furcht versteckt hieltest und daß du Gewalttätigkeiten begangen hast und weiter begehen wirst. Ich weiß viele Dinge.«

Leise erwiderte Mapes: »Ich hatte nichts Böses vor, Mylady.«

»Du bist auf der Suche nach den Antworten auf die Legenden«, fuhr Jessica fort. »Aber sei vorsichtig, welche Antworten du auch finden wirst. Ich weiß, daß du eine Waffe an dir verborgen hältst.«

»Mylady, ich…«

»Natürlich besteht die vage Möglichkeit, daß du mich ermorden könntest«, sprach Jessica ungerührt weiter. »Aber ohne es zu ahnen, würdest du damit ein größeres Unheil heraufbeschwören, als du dir vorstellen kannst. Es gibt schlimmere Dinge als den Tod – auch für dein gesamtes Volk!«

»Mylady!« bat Mapes. Sie fiel beinahe vor Jessica auf die Knie. »Die Waffe sollte ein Geschenk sein, stellte sich heraus, daß Sie die sind, die wir erhoffen.«

»Oder das Werkzeug meines Todes, wenn sich die Hoffnung als falsch erweist.«

Jessica wartete unbeweglich in jener Stellung, die einen offenen Angriff auf eine Bene Gesserit eminent erschwerte.

Jetzt muß sich zeigen, wie ihre Entscheidung ausfällt, dachte sie.

Langsam schoben sich Mapes Finger an ihren Nacken. In ihren Händen lag eine dunkle Scheide, in der sich ein Messer befand, dessen Griff schwarz und von Rillen bedeckt war. Sie zog die Klinge heraus und hielt sie hoch.

Sie war von milchweißer Farbe und schien aus sich selbst heraus zu leuchten. Die Klinge war beidseitig, wie bei einem Kindjal, und etwa zwanzig Zentimeter lang.

»Wissen Sie, was das ist, Mylady?« fragte Mapes.

Es konnte sich nur um eines handeln, das wurde Jessica sofort klar: um eines jener sagenumwobenen Crysmesser von Arrakis, eine Klinge, die man außerhalb des Planeten noch nicht zu Gesicht bekommen hatte. Der Gegenstand vieler Gerüchte und wildester Fantasien. »Ein Crysmesser«, sagte sie.

»Benutzen Sie diesen Ausdruck nicht leichtfertig«, warnte Mapes. »Kennen Sie die Bedeutung dieses Wortes?«

Jessica dachte: *Diese Frage hat einen Haken. Es muß einen bestimmten Grund geben, daß die Fremen mir diese Frage stellen. Möglicherweise kann meine Antwort irgendeine Gewalt heraufbeschwören oder... etwas anderes. Sie wartet darauf, daß ich ihr eine ganz bestimmte Antwort gebe über die Bedeutung dieses Messers. In der Sprache der Chakobsa wird Mapes ›Shadout‹ genannt. Im gleichen Dialekt bedeutet Messer ›Todesbringer‹. Sie wartet. Ich muß ihr jetzt eine Antwort geben. Wenn ich zu lange zögere, kann das die gleichen negativen Auswirkungen haben, als würde ich eine falsche Antwort geben.*

»Es ist ein Bringer«, sagte Jessica.

»Eigheeeee!« jubelte Mapes, und es klang, als sei sie erleichtert und bekümmert zugleich. Sie zitterte so stark, daß das reflektierende Licht die Klinge des Messers zum Aufblitzen brachte.

Jessica wartete gespannt. Eigentlich hatte sie beabsichtigt, ›Todesbringer‹ zu sagen, aber irgendwie hatte sie jeder ihrer Sinne davor gewarnt, die Bedeutung des Messers in seiner Gänze auszusprechen. Der Schlüsselbegriff war – *Bringer.*

Bringer? Bringer.

Immer noch hielt Mapes die Klinge so, als habe sie sich noch nicht entschieden, sie zu benutzen.

Jessica sagte: »Glaubtest du ernsthaft, daß ich, die ich

die Geheimnisse der Großen Mutter kenne, nicht die Bedeutung eines Bringers verstehe?«

Mapes lockerte ihren Griff. »Wenn jemand so lange wie ich mit der Prophezeiung gelebt hat und ihr dann plötzlich gegenübersteht, ist das wie ein Schock, Mylady.«

Jessica dachte an die Prophezeiung – an die Shari-a und die anderen Bestandteile der Panoplia Propheticus –, die eine jetzt schon längst nicht mehr lebende Bene Gesserit der Bevölkerung von Arrakis nahegebracht hatte: einzig und allein zu dem Zweck, eine Legendenbildung voranzutreiben, die eines Tages, in ferner Zukunft, eine andere Bene Gesserit dazu benutzen konnte, im Kreise der Fremen Hilfe zu erlangen.

Und jetzt war dieser Tag gekommen.

Mapes steckte das Messer in die Scheide zurück und sagte: »Dieses Messer ist auf keine bestimmte Person fixiert, Mylady. Behalten Sie es in Ihrer Nähe. Wenn es länger als eine Woche von Ihnen entfernt ist, fängt es an, sich aufzulösen. Es ist für Sie – gemacht aus dem Zahn eines Shai-Hulud –, solange Sie leben.«

Jessica streckte die rechte Hand aus und sagte: »Du hast es in die Scheide zurückgesteckt, ohne daß Blut an ihm haftet, Mapes.«

Mit einem Aufstöhnen ließ Mapes das Messer in Jessicas Handfläche fallen, öffnete über ihrer Brust das Gewand und rief: »Nimm das Wasser meines Lebens!«

Jessica zog die Klinge aus der Scheide. Wie sie glitzerte! Sie richtete die Spitze auf Mapes und sah, wie Todesangst sich auf die Züge der Frau legte. *Ob die Klinge vergiftet ist?* fragte sie sich. Mit der Spitze ritzte sie ganz leicht Mapes Haut über der linken Brust ein. Ein dicker Blutstropfen erschien, das war alles. *Es gerinnt mit unbegreiflicher Schnelligkeit,* dachte sie. *Eine Mutation, die zu große Flüssigkeitsverluste verhindert?*

Sie ließ die Klinge wieder in der Scheide verschwinden und sagte: »Schließe deine Kleider, Mapes.«

Zitternd gehorchte die Frau. Die Augen, in denen sich

nicht das geringste Weiß befand, schienen sich an Jessica festzusaugen.

»Sie gehören zu uns«, murmelte sie. »Sie sind die Erwartete.«

Von der Eingangshalle erklang erneut das Geräusch abgeladener Fracht. Blitzschnell griff Mapes nach der Messerhülle und schob sie unter Jessicas Gewand. »Wer das Messer sieht, muß gereinigt oder erschlagen werden«, keuchte sie. »Denken Sie immer daran, Mylady!«

Ich weiß es jetzt, dachte Jessica.

Aber die Packer verschwanden wieder, ohne den Großen Saal zu betreten.

Mapes riß sich zusammen und sagte: »Die Ungereinigten, die ein Crysmesser erblickt haben, dürfen Arrakis nicht lebend verlassen. Vergessen Sie das nie, Mylady. Ihnen ist heute ein Crysmesser anvertraut worden.« Sie atmete schwer. »Nun müssen die Dinge ihren Gang gehen. Es darf nichts überstürzt werden.« Sie warf einen Blick auf die aufgestapelten Kisten und Schachteln, die fast den ganzen Saal einnahmen. »Und in der Zwischenzeit gibt es hier eine Menge Arbeit für uns zu tun.«

Jessica zögerte. *Die Dinge müssen ihren Gang gehen.* Das war eine der üblichen Beschwörungen der Missionaria Protectiva. *Bis die Ankunft der Ehrwürdigen Mutter euch die Freiheit bringt.*

Aber ich bin keine Ehrwürdige Mutter, dachte sie. Und plötzlich: *Große Mutter! Das haben sie also hier verbreitet! Arrakis muß einem besonderen Zweck dienen!*

In sachlichem Tonfall sagte Mapes: »Was sollte ich Ihrer Meinung nach zuerst tun, Mylady?«

Der Instinkt warnte Jessica, in diesen Worten nichts Zufälliges zu sehen. Sie erwiderte: »Das Gemälde des alten Herzogs muß im Speisesaal aufgehängt werden. Der Schädel dieses Stiers sollte genau gegenüber dem Gemälde befestigt werden.«

Mapes ging zum Schädel hinüber. »Es muß eine riesige Bestie gewesen sein, wenn sie solch einen Schädel hatte«, meinte sie. Sie blieb stehen. »Sollte ich ihn nicht vorher reinigen, Mylady?«

»Nein.«

»Aber die Hörner sind etwas schmutzig geworden.«

»Das ist kein Schmutz, Mapes, sondern das Blut des alten Herzogs. Man hat sie nach dem Tod des Herzogs mit einer transparenten Konservierungsflüssigkeit eingesprüht.«

Mapes sagte erschreckt: »Oh, jetzt verstehe ich.«

»Es ist nur Blut«, sagte Jessica. »Altes Blut. Jemand sollte dir dabei helfen, das Bild aufzuhängen. Es ist schwer.«

»Glauben Sie, das Blut würde mich ängstigen?« fragte Mapes. »Als Kind der Wüste habe ich schon eine Menge davon gesehen.«

»Das kann ich... verstehen«, meinte Jessica.

»Und einiges davon gehörte mir selbst«, fuhr Mapes fort. »Es war meist mehr als das, was Ihr kleiner Kratzer erzeugte.«

»Wäre es dir lieber gewesen, wenn ich fester zugestochen hätte?«

»O nein! Die Körperflüssigkeiten sind zu kostbar, um allzuviel davon zu verschwenden. Wie Sie es taten, war es schon richtig.«

Die Art und Weise, wie sie dies sagte, ließ Jessica die Implikationen der Phrase ›die Körperflüssigkeiten‹ besser verstehen. Wieder wurde ihr die Wichtigkeit des Wassers auf Arrakis bewußt.

»Auf welche Wand des Speisesaals soll ich nun was hängen, Mylady?« fragte Mapes.

Sie ist sehr praktisch veranlagt, diese Mapes, dachte Jessica. *Und das ist es, was die Fremen auszeichnet: der Drang, irgend etwas zu unternehmen.*

Laut sagte sie: »Treffe deine eigenen Entscheidungen, Mapes. Es ist wirklich egal, was wo hängt.«

»Wie Sie wünschen, Mylady.« Mapes bückte sich und nahm den Schädel auf. »Dieser Stier hat den alten Herzog getötet?« fragte sie.

»Soll ich jemanden rufen, der dir beim Anfassen hilft?« fragte Jessica.

»Ich mache das schon, Mylady.«

Ja, dachte Jessica, *sie wird es schon machen.* Sie fühlte die alte Lederscheide des Crysmessers an ihrem Körper und erinnerte sich an die ganze Kette der Bene-Gesserit-Verhaltensweisen, auf die sie hier gestoßen war. Es war diesen Verhaltensweisen zu verdanken, daß sie eine tödliche Krise überstanden hatte. ›Es darf nichts überstürzt werden‹, hatte Mapes gesagt. Aber dennoch war in ihr der Drang, irgendeinen Vorsprung aufzuholen, ein Drang, der ihr zu schaffen machte. Und weder die gesamten Vorbereitungen der Missionaria Protectiva, noch Hawats mißtrauische Untersuchung dieses felsigen Gemäuers konnten dieses Gefühl mindern.

»Wenn du mit dem Aufhängen fertig bist«, sagte Jessica, »kannst du mit dem Auspacken der Kisten beginnen. Einer der Packer in der Vorhalle hat alle nötigen Schlüssel und weiß, wo alles hingehört. Laß dir die Schlüssel und eine Liste geben. Wenn du irgendwelche Fragen hast, findest du mich im Südflügel.«

»Wie Sie wünschen, Mylady«, sagte Mapes.

Jessica wandte sich ab und dachte: *Hawat mag der Meinung sein, diese Residenz sei sicher. Aber irgend etwas stimmt hier nicht. Ich fühle es.*

Das plötzliche Verlangen, ihren Sohn zu sehen, ergriff von ihr Besitz. Sie ging in den gewölbten Korridor hinaus, der in die Richtung des Speiseraums und der Privaträume führte. Sie wurde mit jedem Schritt schneller, zum Schluß rannte sie beinahe.

Hinter ihrem Rücken hielt Mapes für einen Augenblick in der Arbeit inne und sah ihr nach. »Sie ist wirklich die Erwartete«, murmelte sie. »Armes Ding.«

8

»Yueh! Yueh! Yueh!« lautet der Refrain. »Eine Million Tote sind nicht genug für Yueh!«

Aus ›Die Kindheitsgeschichte des Muad'dib‹,
von Prinzessin Irulan

Die Tür war nur angelehnt. Jessica passierte die Schwelle und betrat einen Raum mit gelben Wänden. Ihre linke Hand strich über ein kleines Sofa, das schwarz bezogen war, und zwei Bücherregale, an denen jemand eine Wasserflasche aufgehängt hatte, die staubig aussah. Zu ihrer Rechten, zu beiden Seiten einer zweiten Tür, standen weitere, noch leere Regale, ein caladanischer Tisch und drei Stühle. Am Fenster, ihr direkt gegenüber, stand Dr. Yueh, hielt ihr den Rücken zugewandt und schaute nach draußen.

Jessica machte einen weiteren lautlosen Schritt.

Ihr fiel auf, daß Yuehs Umhang zerknittert war. Weiße Streifen an seinem linken Ellbogen deuteten darauf hin, daß er sich gegen eine gekalkte Wand gelehnt haben mußte. Von hinten wirkte er wie eine fleischlose, hölzerne Figur, die man in übergroße Kleidung gesteckt hatte; eine Marionette, die darauf wartete, daß ihr Akteur jeden Augenblick an den Fäden zog und sie in Bewegung setzte. Lediglich der viereckige Schädel mit dem langen, ebenholzfarbenen, von einem Suk-Ring gehaltenen Haar schien von Leben erfüllt. Er bewegte sich sachte, als verfolge er irgendeine Bewegung, die sich außerhalb des Hauses abspielte.

Erneut warf sie einen Blick durch das Zimmer, ohne eine Spur von ihrem Sohn zu entdecken. Sie wußte, daß die Tür zu ihrer Rechten in einen kleinen Schlafraum führte, der Paul – wie er gesagt hatte – gefiel.

»Guten Tag, Dr. Yueh«, sagte sie. »Ist Paul nicht hier?«
Yueh nickte, als meine er damit jemanden, der draußen stand, und sagte, ohne sich umzudrehen: »Ihr Sohn war müde, Jessica. Ich habe ihn ins Nebenzimmer geschickt, damit er sich etwas ausruhen kann.«

Er richtete sich plötzlich auf, wirbelte herum und sein herabhängender Schnauzbart geriet in Bewegung. »Vergeben Sie mir, Lady Jessica! Ich war mit meinen Gedanken überhaupt nicht bei der Sache... Ich... ich wollte nicht vertraulich werden.«

Lächelnd streckte sie die rechte Hand aus. Einen Moment lang befürchtete sie, er würde vor ihr auf die Knie fallen. »Wellington, ich bitte Sie.«

»Aber ich habe nur Ihren Vornamen gebraucht...«

»Wir kennen uns jetzt bereits seit sechs Jahren«, erwiderte Jessica. »Und es ist eigentlich an der Zeit, daß wir diese Formalitäten fallenlassen – solange wir unter uns sind.«

Yueh versuchte ein mattes Lächeln und dachte: *Ich glaube, es hat gewirkt. Wenn ich mich jetzt weiterhin ungewöhnlich benehme, muß sie annehmen, ich handelte aus Verlegenheit. Sie wird nicht mehr nach Hintergründen suchen, wenn sie meint, die Antwort schon zu kennen.*

»Ich fürchte, ich war etwas geistesabwesend«, entschuldigte er sich. »Immer wenn ich... mir Sorgen um Sie mache, denke ich von Ihnen nur als Jessica.«

»Sorgen um mich? Aber warum denn?«

Yueh zuckte mit den Achseln. Er hatte schon vor geraumer Zeit festgestellt, daß Jessica nicht die gleichen seherischen Fähigkeiten wie seine Wanna besaß. Dennoch sagte er in ihrer Gegenwart tunlichst die Wahrheit. Es war am sichersten so.

»Sie haben die Stadt gesehen, My... Jessica.« Er stolperte über die Anrede und fuhr schnell fort: »Im Vergleich zu Caladan ist hier alles kahl und öde. Und erst die Leute! Die Frauen, an denen wir auf dem Weg hierher vorbeikamen. Wie sie uns angestarrt haben.«

Jessica verschränkte die Arme vor der Brust, als wollte sie sich selbst umarmen. Sie fühlte deutlich das Crysmesser unter dem Gewand, die Klinge, die aus dem Zahn eines Sandwurms hergestellt worden war, wenn es stimmte, was sie erfahren hatte. »Das haben sie getan, weil wir Fremde für sie sind. Andere Leute, andere Sitten. Bisher haben sie lediglich die Harkonnens kennengelernt.« Sie warf ebenfalls einen Blick aus dem Fenster. »Gibt es etwas Besonderes da draußen, dem Sie Ihre Aufmerksamkeit schenken?«

Yueh wandte sich um. »Den Leuten.«

Jessica stellte sich neben ihn und schaute auf die linke Häuserfront, die im Brennpunkt von Yuehs Aufmerksamkeit lag. Eine Reihe von etwa zwanzig Palmen wuchs dort aus dem öden Boden. Ein Maschendrahtzaun trennte sie von der Straße, auf der vermummte Leute sich bewegten. Sie entdeckte ein mattes Schimmern zwischen sich und diesen Leuten mitten in der Luft - ein Hausschild - und wandte ihre Aufmerksamkeit weiter den Leuten zu, die Yuehs Bewußtsein offenbar stark beschäftigten.

Die plötzliche Klarheit der Erkenntnis verwirrte sie so stark, daß sie sich mit der flachen Hand einen Schlag gegen die Wange versetzte. Die Art, in der die Menschen dort draußen die Palmen ansahen! Sie sah Neid - und sogar Haß in ihren Blicken. Und auch ein wenig Hoffnung. Jeder der Vorübergehenden warf einen aussagestarken Blick auf die Bäume.

»Wissen Sie, was die Leute denken?« fragte Yueh.

»Setzen Sie voraus, daß ich Gedanken lesen kann?«

»Sie schauen auf die Bäume und denken: ›Dort sind einhundert von uns.‹ Das denken sie. Es ist nicht schwer zu erraten.«

Verwirrt sah Jessica Yueh an. »Wieso?«

»Es handelt sich um Dattelpalmen«, erklärte er. »Eine einzige von ihnen benötigt vierzig Liter Wasser am Tag. Ein Mensch benötigt auf Arrakis acht Liter. Eine Palme bekommt also soviel wie fünf Menschen. Und da es zwanzig Palmen sind, trinken sie das Wasser von hundert Menschen.«

»Aber einige dieser Leute sehen die Palmen an, als erhofften sie sich etwas.«

»Sie hoffen lediglich darauf, daß einige der Palmen eingehen.«

»Ich glaube, wir sehen diesen Planeten einfach mit überkritischen Augen«, sagte Jessica. »Es gibt neben den Gefahren auch Hoffnung hier. Das Gewürz könnte uns reich machen. Wenn wir erst über das nötige Kapital verfügen, können wir aus dieser Welt das machen, was wir uns erträumen.«

Innerlich lachte sie über sich selbst. *Wem versuche ich eigentlich hier etwas einzureden?* Das Lachen erstarb von ganz allein in ihr. »Aber Sicherheit ist etwas, das man nicht kaufen kann.«

Yueh wandte sich ab, als wolle er sein Gesicht vor ihren Augen fernhalten. *Wenn ich diese Leute doch nur hassen könnte, anstatt sie zu lieben!* In gewisser Weise erinnerte Jessica ihn an Wanna. Aber genau dieser Gedanke war es, der ihn innerlich verhärten ließ und zu seinem Ziel zurückführte. Der Grausamkeit der Harkonnens vermochte er nichts entgegenzusetzen. Vielleicht war Wanna doch noch am Leben, er mußte es ganz sicher wissen.

»Machen Sie sich keine Sorgen um uns, Wellington«, sagte Jessica. »Das ist unser Problem, nicht das Ihre.«

Sie glaubt, ich mache mir Sorgen um sie! Er mußte sich dazu zwingen, die Tränen zurückzuhalten. *Und sie hat damit wirklich nicht unrecht. Aber ich werde eine Möglichkeit finden, mich an dem schwarzen Baron zu rächen – und zwar in der Sekunde seines höchsten Triumphs!*

Er seufzte.

»Würde es Paul stören, wenn ich einen kurzen Blick hineinwerfe?« fragte Jessica.

»Natürlich nicht. Ich habe ihm ein Schlafmittel verabreicht.«

»Hat er die Veränderung positiv aufgenommen?«

»Außer daß er ein bißchen müde war, ja. Er ist ein bißchen nervös, aber welcher fünfzehnjährige Junge würde das unter diesen Umständen nicht sein.« Yueh ging zur Tür hinüber und öffnete sie. »Da ist er.«

Jessica folgte ihm und blickte in den abgedunkelten Raum.

Paul lag auf einem Feldbett. Während ein Arm unter der leichten Decke lag, hatte er den anderen über die Stirn gelegt. Jalousien am Fenster neben dem Bett warfen Schatten über sein Gesicht und den Teppich.

Sie musterte ihren Sohn und bemerkte die ovale Form des Kopfes, der dem ihren glich. Sein Haar war das des Herzogs - tiefschwarz und zerzaust. Lange Strähnen verbargen seine Augen. Jessica lächelte, fühlte wie ihre Ängste schwanden. Sie war plötzlich gefangen von der Idee, noch weitere genetische Spuren an ihm auszumachen, die auf sie hindeuteten. Und sie fand sie: in den Linien um seine Augen und den Zügen seines Gesichtsschnitts sah sie sich selbst, wenngleich sich eine gewisse Ähnlichkeit mit seinem Vater nicht verleugnen ließ.

Sein Aussehen erschien Jessica wie die Essenz einer ganzen Reihe zufälliger Gegebenheiten. Sie konnte sich nur mit aller Gewalt dagegen wehren, neben dem Bett auf die Knie zu fallen und ihr schlafendes Kind zu umarmen. Lautlos ging sie zurück und schloß sanft die Tür.

Yueh, unfähig mit anzusehen, mit welcher Hingabe Jessica ihren Sohn betrachtete, hatte sich wieder ans Fenster zurückgezogen. *Warum hat Wanna mir niemals Kinder geboren?* fragte er sich. *Als Arzt habe ich immer gewußt, daß es keinen physischen Grund dafür gab. Oder steckten irgendwelche Motive der Bene Gesserit dahinter? Hatte man Wanna möglicherweise dazu auserkoren, einem anderen Zweck zu dienen? Und wenn ja, welchem? Dabei hat sie mich ganz sicher geliebt.*

Zum erstenmal übermannte ihn die Vorstellung, daß er nur als Werkzeug benutzt wurde; daß er den Bauern in einem kosmischen Schachspiel darstellte, eine Figur, derer man sich zur Erreichung solch hoher Ziele bediente, daß er sie sich nicht einmal vorzustellen vermochte.

Jessica blieb neben ihm stehen und sagte: »Welch tiefe Unschuld ist doch im Schlaf eines Kindes.«

Mechanisch erwiderte Yueh: »Könnten sich doch auch Erwachsene in einer solchen Weise ausruhen.«

»Ja.«

»Ich frage mich, auf welche Art wir diese Unschuld verloren haben«, murmelte Yueh.

Jessica sah ihn von der Seite an. Sie bemerkte den fatalistischen Tonfall sehr wohl, aber noch immer waren ihre Gedanken bei Paul und der Ausbildung und dem Unterschied, dem sein Leben hier unterworfen sein würde. Sein zukünftiges Leben würde sich radikal von dem unterscheiden, das sie einst für ihn geplant hatte.

»Wir werden in der Tat einiges verlieren«, sagte sie.

Sie sah auf einen Abhang hinaus, der sich zu ihrer Rechten befand. Auf ihm wuchs ein Gewirr von windzerzausten graugrünen Büschen mit staubbedeckten Zweigen und vertrocknet aussehenden Blättern. Der finstere Himmel hing über der Szenerie wie ein Farbklecks. Das milchige Licht der Sonne Canopus gab ihnen einen silbrigen Ton, ähnlich der Farbe des Crysmessers unter ihrem Gewand.

»Der Himmel ist so dunkel«, sagte sie.

»Es liegt an der mangelnden Luftfeuchtigkeit«, erklärte Yueh.

»Wasser!« stieß Jessica hervor. »Jeder Mangel auf dieser Welt läßt sich auf die Wasserknappheit zurückführen!«

»Das köstliche Geheimnis Arrakis'.«

»Und warum gibt es so wenig? Es gibt Vulkangestein hier, und selbst ich könnte Ihnen ein Dutzend potentieller Energiequellen aufzählen. Es gibt Polareis. Angeblich kann man in der Wüste keine Bohrungen vornehmen, da die Stürme und Sandbewegungen die Ausrüstung schneller zerstören, als man sie installieren kann, wenn man nicht vorher den Würmern zum Opfer fällt. Aber man hat ohnedies niemals Wasseradern gefunden. Das Geheimnis, Wellington, das wirkliche Geheimnis bergen die Brunnen, die man in den Senken und Wüstenbecken angelegt hat. Haben Sie davon gehört?«

»Sie gaben einen Wasserstrahl von sich. Dann kam nichts mehr«, erwiderte er.

»Und genau *das* ist das wirkliche Geheimnis, Wellington. Es hat einst Wasser hier gegeben. Dann versiegte es. Gräbt man einen Brunnen in unmittelbarer Nähe des ersten, kommt man zum gleichen Ergebnis: ein Strahl und dann ist es aus. Hat das eigentlich noch nie einen Menschen neugierig gemacht?«

»Merkwürdige Sache«, meinte Wellington. »Vermuten Sie dahinter irgendeine Wesenheit? Hätte sich das nicht irgendwie aus dem Bohrschlamm nachweisen lassen müssen?«

»Was hätte dabei an Auffallendem herauskommen sollen? Pflanzengewebe? Oder tierisches Leben? Wer würde es denn überhaupt als Einflußfaktor erkennen?« Sie wandte sich wieder den Büschen zu. »Das Wasser hört einfach zu fließen auf, irgend etwas hält es zurück. Das ist jedenfalls meine Meinung.«

»Vielleicht sind die Ursachen dieses Phänomens längst bekannt«, gab Yueh zu bedenken. »Die Harkonnens haben uns zahlreiche Informationsquellen über diesen Planeten versperrt. Vielleicht hatten sie einen Grund dafür, uns im Dunkeln tappen zu lassen.«

»Und welchen?« fragte Jessica. »Dann ist da noch das Phänomen der Luftfeuchtigkeit. Praktisch nicht vorhanden, zumindest nicht in meßbaren Mengen, aber sie ist die wichtigste Wasserquelle. Die Feuchtigkeit der Luft wird in Wasserfallen und Verdunstern aufgefangen. Die Frage aber ist: Woher kommt sie?«

»Von den Polkappen?«

»Kaltluft nimmt nur wenig Feuchtigkeit auf, Wellington. Hinter dem Schleier, den die Harkonnens über Arrakis ausgebreitet haben, liegen noch viele andere wichtige

Dinge, die wir erforschen müssen. Und nicht alle haben etwas mit dem Gewürz zu tun.«

»Wir stehen in der Tat vor dem Schleier der Harkonnens«, gab Yueh zu. »Vielleicht können wir...« Als er bemerkte, mit welch interessiertem Blick sie ihn musterte, brach er ab. »Stimmt irgend etwas nicht?«

»Es war die Art, in der Sie den Namen ›Harkonnen‹ aussprachen, Wellington«, sagte Jessica. »Nicht einmal der Herzog spricht ihn mit einer solchen Verachtung aus wie Sie. Ich wußte nicht, daß Sie private Gründe haben, sie zu hassen.«

Große Mutter! dachte Yueh. *Ich habe Mißtrauen erweckt! Jetzt muß ich jeden Trick anwenden, den Wanna mir beigebracht hat. Es gibt nur einen Ausweg: Ich muß ihr die Wahrheit sagen, jedenfalls soweit dies möglich ist!*

Er sagte: »Sie konnten nicht wissen, daß meine Frau Wanna...« Er zuckte mit den Achseln, versuchte den in seiner Kehle sitzenden Kloß hinunterzuschlucken. Dann: »Die Harkonnens...« Er spürte, daß die Worte nicht über seine Lippen wollten. Mit einem Gefühl plötzlich aufkeimender Panik schloß er die Augen und spürte den Schmerz der Agonie, der seine Brust beinahe zerriß. Sanft legte sich eine Hand auf seinen Arm.

»Verzeihen Sie mir«, hörte er Jessica sagen. »Ich hatte nicht vor, an eine alte Wunde zu rühren.« Und sie dachte: *Diese Tiere! Seine Frau war eine Bene Gesserit - die Zeichen sind untrüglich. Und zweifellos waren es die Harkonnens, die sie umgebracht haben. Yueh ist ebenfalls einer ihrer Opfer. Und seine Bindung an die Atreides ein Cherem des Hasses.*

»Es tut mir leid«, brachte Yueh schließlich heraus, »aber ich kann nicht darüber sprechen.« Er öffnete die Augen wieder und gab sich ganz seiner Betroffenheit hin. Dies, zumindest dies, war die Wahrheit.

Jessica sah ihn an und empfand beim Anblick der hervorstechenden Wangenknochen, den dunklen Ringen unter Yuehs Augen und dem traurig herunterhängenden

Schnauzbart ein tiefes Mitgefühl. Die tiefen Falten auf seiner Stirn hatte nicht das Alter, sondern die Sorgen geschaffen. Sie empfand plötzlich herzliche Zuneigung für diesen Mann.

»Es war unverantwortlich von uns, Sie an diesen gefährlichen Ort geholt zu haben«, entschuldigte sie sich.

»Ich bin freiwillig gekommen«, erwiderte Yueh. Und auch das entsprach der Wahrheit.

»Der ganze Planet ist eine Falle der Harkonnens. Sie sollten sich darüber im klaren sein.«

»Es bedarf mehr als einer Falle, um Herzog Leto zu übertölpeln«, gab Yueh zu bedenken. Und auch das war keine Lüge.

»Vielleicht sollte ich ein wenig mehr Vertrauen in ihn haben«, sagte Jessica. »Er ist immerhin ein brillanter Taktiker.«

»Man hat uns entwurzelt«, sagte Yueh. »Und das ist der Hauptgrund für unsere momentane Nervosität.«

»Eine entwurzelte Pflanze ist leicht zu vernichten«, meinte Jessica. »Besonders dann, wenn sie in feindlicher Umgebung weiterleben soll.«

»Ist es sicher, daß die Umwelt uns feindlich gegenübersteht?«

»Als sich herausstellte, wie groß das Gefolge der Atreides ist, hat es einige Unruhe wegen des Wassers gegeben«, erklärte Jessica. »Man konnte sie nur damit beruhigen, indem man ihnen versprach, neue Windfallen und Kondensatoren aufzustellen, um die Versorgung der Bevölkerung sicherzustellen.«

»Sie hat nur eine bestimmte Wassermenge zur Verfügung«, gab Yueh zu bedenken. »Und die Leute wissen, daß, je mehr von einer begrenzten Menge getrunken wird, die Preise in die Höhe schießen und die Armen sterben müssen. Aber offenbar hat der Herzog hier Abhilfe geschaffen. Die Unruhen müssen nicht bedeuten, daß die Leute ihm auch weiterhin feindlich gesinnt bleiben.«

»Aber die Wachen«, gab Jessica zu bedenken. »Überall,

wo man hinsieht, stehen sie herum. Auf Caladan haben wir so etwas nicht nötig gehabt.«

»Geben Sie diesem Planeten eine Chance«, sagte Yueh.

Aber Jessica starrte weiterhin aus dem Fenster. »Ich kann die Tödlichkeit dieser Umgebung förmlich riechen«, sagte sie. »Bevor wir hier ankamen, ließ Hawat alles durch Agenten durchkämmen. Die Wachen dort draußen sind seine Männer, die Packer gehören ebenfalls dazu. Sie haben ungeheure Summen angefordert, die meiner Meinung nach nur einem Zweck dienten: der Bestechung einflußreicher Persönlichkeiten.« Sie schüttelte den Kopf. »Wo Thufir Hawat geht, sind Tod und Täuschung seine Begleiter.«

»Sie machen ihn schlechter als er ist.«

»Ich mache ihn schlecht? Ich lobe ihn. Tod und Täuschung stellen im Moment unsere einzige Hoffnung dar. Ich mache mir nur keine falschen Vorstellungen von seinen Methoden.«

»Sie sollten... sich mit irgend etwas beschäftigen«, schlug Yueh vor. »Verhindern Sie, daß sich in Ihren Gedanken solche morbiden...«

»Beschäftigen? Beschäftigung nimmt mir den größten Teil meines Lebens, Wellington... Ich bin die Sekretärin des Herzogs - und so stark beschäftigt, daß ich jeden Tag neue Dinge fürchten lerne; Dinge, die nicht einmal er bemerkt.« Sie preßte die Lippen aufeinander und sagte spröde: »Manchmal glaube ich, daß er mich nur wegen meiner Bene-Gesserit-Ausbildung erwählt hat.«

»Was wollen Sie damit sagen?« Yueh fühlte sich von dem zynischen Tonfall und der darin enthaltenen Bitterkeit, die er an ihr noch nie bemerkt hatte, tief betroffen.

»Glauben Sie nicht auch, Wellington«, fragte Jessica, »daß man einer Sekretärin, die einen liebt, etwas mehr vertrauen kann?«

»Dieser Gedanke ist Ihrer nicht würdig, Jessica.« Der Tadel glitt wie von selbst über seine Lippen. Es gab für ihn keinen Zweifel, welche Gefühle der Herzog gegenüber seiner Konkubine hegte. Man brauchte nur darauf zu achten, mit welchen Blicken er sie bedachte.

Sie seufzte. »Sie haben recht. Es ist wirklich unwürdig.«

Erneut schlang sie die Arme um die Schultern und fühlte das verborgene Crysmesser, wie es gegen ihr Fleisch drückte und sie daran erinnerte, daß es einer unerfüllten Funktion diente.

»Es wird bald Blutvergießen geben«, fuhr sie fort, »denn die Harkonnens werden nicht eher ruhen, bevor nicht sie oder der Herzog vernichtet sind. Der Baron wird niemals vergessen, daß Leto, sein Cousin, von königlichem Blut ist, egal, welcher Seitenlinie er auch entstammt, während er selbst seinen Titel lediglich der MAFEA zu verdanken hat. Und das Gift, das sich in seinem Bewußtsein ausgebreitet hat, ist das Wissen, daß ein Atreides einen Harkonnen nach der Schlacht von Corrin der Feigheit bezichtigt hat.«

»Der alte Streit«, murmelte Yueh. Einen Moment lang durchzog der Haß seine Adern wie Säure. Der alte Streit hatte auch ihn ins Netz gezogen. Und er hatte Wanna getötet – oder sie der Gewalt und den Folterungen der Harkonnens ausgesetzt, die so lange andauern würden, bis ihr Mann seinen Auftrag erfüllt hatte. Der alte Streit war schuld daran, daß er nun ein Teil dieser Affäre war und ebenso die Atreides. Es war eine ungeheure Ironie des Schicksals, daß sich das Ende dieser Fehde ausgerechnet auf Arrakis abspielen mußte, auf dem Planeten, der hauptsächlich deswegen bekanntgeworden war, weil die auf ihm wachsende Melange das Leben *verlängerte* und die Gesundheit erhielt.

»Woran denken Sie?« fragte sie.

»Ich denke daran, daß das Gewürz auf dem freien Markt zur Zeit sechshundertzwanzigtausend Solaris per Dekagramm einbringt. Das ist eine Summe, für die man viele Dinge kaufen kann.«

»Hat die Habsucht nun auch Sie befallen, Wellington?«

»Es ist keine Habsucht.«

»Was denn?«

Er zuckte mit den Achseln. »Nutzlosigkeit.« Er blickte sie an. »Erinnern Sie sich daran, als Sie zum erstenmal den Geschmack des Gewürzes auf der Zunge spürten?«

»Es schmeckte wie Zimt.«

»Es schmeckt jedesmal anders«, führte Yueh aus. »Es ist wie eine lebende Substanz, die Ihnen jedesmal, wenn Sie es nehmen, ein anderes Gesicht präsentiert. Es nimmt Einfluß auf den Körper, der, wenn er einmal herausgefunden hat, daß das Gewürz gut für ihn ist, seinen Geschmack jedesmal anders empfindet. Das führt bis zu einer leichten Euphorie, und ist, wie das Leben selbst, nicht synthetisch herzustellen.«

»Es wäre vielleicht besser gewesen, wir hätten uns dem Zugriff des Imperiums entzogen und wären abtrünnig geworden«, warf Jessica plötzlich ein.

Sie hatte ihm nicht zugehört, stellte Yueh fest. Aber was sie gesagt hatte, führte ihn zu dem Gedanken: *Sie hat recht. Aber warum hat sie nicht versucht, den Herzog davon zu überzeugen, daß dies der einzig gangbare Weg ist? Es wäre kein Problem für sie gewesen.*

Schnell, bevor sie auf ein anderes Thema überwechseln konnte, sagte er: »Würden Sie es für eine Unverschämtheit halten... wenn ich Ihnen eine persönliche Frage stellte, Jessica?«

Wie unter einem unerklärlichen Schmerz drückte Jessica sich gegen den Fenstersims. »Natürlich nicht. Sie sind... mein Freund.«

»Warum haben Sie nie etwas unternommen, damit der Herzog Sie heiratet?«

Sie fuhr herum, starrte ihn an. »Etwas unternommen, damit er mich heiratet? Aber...«

»Ich hätte Ihnen diese Frage nicht stellen sollen«, entschuldigte sich Yueh.

»Nein.« Sie schüttelte den Kopf. »Das hat politische Gründe. Solange der Herzog unverheiratet bleibt, besteht für eine Reihe anderer Hoher Häuser noch immer die

Möglichkeit, zu einer Allianz zu kommen. Und...« Sie seufzte. »...Leute gegen ihren Willen zu etwas zu zwingen ist ein zynischer Verstoß gegen die Menschenrechte. Es würde jeden Betroffenen entwürdigen. Hätte ich ihn dazu *gebracht*, wäre das nicht aus seinem eigenen Antrieb geschehen. Es hätte alles nach Falschheit gerochen.«

»Diese Worte hätte ebenso Wanna sagen können«, murmelte er. Auch dies war eine Wahrheit. Yueh preßte eine Hand gegen seinen Mund und schluckte schwer. Er war dem Versuch, alles zu verraten und seine geheime Rolle offen auszusprechen, in diesem Moment näher als jemals zuvor.

Aber Jessica verhinderte mit ihren eigenen Worten, daß er es aussprach. »Nebenbei gesagt, Wellington, besteht der Herzog in Wahrheit für mich aus zwei Personen. Eine davon liebe ich sehr, denn sie ist charmant, witzig, aufopfernd und zärtlich und besitzt alles, was eine Frau in ihren Bann schlagen kann. Aber der andere Mann ist... eiskalt, gefühllos, fordernd, ichbezogen; beißend wie der Nordwind. Es ist der Mann, der nach seinem Vater schlägt.« Ihr Gesicht versteinerte sich. »Wäre der alte Herzog nur gestorben nach der Geburt seines Sohnes!«

In der sich nun entwickelnden Stille hätte man eine Stecknadel fallen hören.

Jessica nahm einen tiefen Atemzug und sagte: »Leto hatte recht. Die Räumlichkeiten hier sind viel hübscher als die anderen Sektionen des Hauses.« Sie sah sich um, ließ einen Blick durch das Zimmer schweifen. »Sie werden mich jetzt entschuldigen müssen, Wellington. Bevor ich endgültig festlege, wie die Aufteilung der Räume erfolgt, möchte ich noch einen Blick in die anderen Flügel des Gebäudes werfen.«

Yueh nickte. »Natürlich!« Und er dachte: *Gäbe es doch nur einen Ausweg für mich!*

Jessica ließ die Arme sinken, ging zur Tür hinüber und blieb dort einen Moment lang zögernd stehen, bevor sie hinausging. *Die ganze Zeit während unseres Gesprächs hat er irgend etwas in sich unterdrückt und vor mir verborgen gehalten,* dachte sie. *Vielleicht wollte er mich nicht beunruhigen. Er ist ein guter Mann.* Erneut hielt sie mitten im Schritt inne. Es drängte sie danach, zurückzugehen und ihn offen danach zu fragen. *Aber das würde ihn nur beschämen, wenn er merkt, daß man seine Emotionen so leicht entschlüsseln kann. Ich sollte meinen Freunden mehr Vertrauen entgegenbringen.*

9

Es ist vielen nicht verborgen geblieben, mit welcher Schnelligkeit sich Muad'dib den Erfordernissen Arrakis' anpaßte. Natürlich war die Ausbildung der Bene Gesserit dafür verantwortlich. Was andere Faktoren anbetrifft, so ist dazu zu sagen, daß Muad'dib deshalb so schnell lernte, weil seine Lektion beinhaltete, wie man effektiv Informationen sammelt. Es ist schockierend, festzustellen, wie viele Leute glauben, daß sie lernunfähig seien oder Informationen doch nur unter größten Schwierigkeiten sammeln können. Muad'dib war davon überzeugt, daß jede Erfahrung ihre eigene Lehre enthielt.

Aus ›Die Menschlichkeit des Muad'dib‹,
von Prinzessin Irulan

Paul lag auf dem Bett und stellte sich schlafend. Es war eine Kleinigkeit gewesen, die Schlaftablette Dr. Yuehs in der Handfläche verschwinden zu lassen, anstatt sie zu schlucken. Paul unterdrückte ein Gelächter. Selbst seine Mutter war davon überzeugt gewesen, daß er schlafe. Eigentlich hatte er aufspringen und sie um die Erlaubnis bitten wollen, das Haus zu erforschen, aber er hatte irgendwie gewußt, daß sie das abgelehnt hätte. Die herrschende Unordnung war noch zu groß, die neue Umgebung zu unbekannt und ungefestigt. Na ja, vielleicht hatte sie recht.

Wenn ich mich herausschleiche, ohne jemanden gefragt zu haben, dachte er, *verstoße ich auch nicht gegen einen Befehl. Aber ich werde trotzdem hierbleiben; die Sicherheit geht vor.*

Er hörte seine Mutter im Nebenzimmer mit Yueh sprechen. Ihre Worte waren verwirrend... Sie sprachen über das Gewürz und die Harkonnens. Die Konversation wurde lauter und wieder leiser.

Pauls Aufmerksamkeit wandte sich dem zerkratzten Kopfende des Bettes zu. Es war eine Attrappe, die in Wirklichkeit eine Reihe von Reglern enthielt, mit denen man verschiedene Funktionen des Raumes steuern konnte. In das Holz war ein hüpfender Fisch auf sich kräuselnden Wellen eingeschnitzt, und er wußte, daß, berührte er dessen einzig sichtbares Auge, die Suspensorlampen aktiviert wurden. Wenn er eine der Wellen berührte, würde das die Feuchtigkeit der Luft regulieren, während eine andere für die Zimmertemperatur zuständig war.

Leise setzte Paul sich im Bett auf. Zu seiner Linken stand ein breites Bücherregal auf Schienen, hinter dem sich ein eingebauter Kleiderschrank befand. Die Klinke der Tür zum Flur war einem Ornithopter nachempfunden. Der ganze Raum war so konstruiert, daß er das Herz eines fünfzehnjährigen Jungen im Sturm erobern mußte. Ebenso wie der ganze Planet.

Er dachte an das Filmbuch, das Yueh ihm gezeigt hatte. Sein Titel hatte gelautet: »Arrakis – Seiner Kaiserlichen Majestät botanische Versuchsstation in der Wüste.« Das Buch war bereits geschrieben worden, bevor man das Gewürz entdeckt hatte. Namen schossen durch Pauls Gehirn, und bei jedem einzelnen hatte er das danebenstehende Bild vor seinem geistigen Auge: *Saguaro, Eselsbusch, Dattelpalme, Sandverbena, Abendprimel, Faßkaktus, Weihrauchgebüsch, Rauchbaum, Kreosotbusch... Wüstenfuchs, Falke, Känguruhmaus...*

Namen und Bilder, Bilder und Bezeichnungen aus der irdischen Vergangenheit des Menschen – viele davon gab es außer auf Arrakis nirgendwo mehr.

Und so viele neue Dinge, die man kennenlernen mußte.

Das Gewürz. Und die Sandwürmer.

Paul hörte, wie im Nebenzimmer eine Tür geschlossen wurde. Die sich entfernenden Schritte waren die seiner

Mutter. Paul zweifelte nicht daran, daß Dr. Yueh nebenan genügend zu lesen finden würde, um sich in ein anderes Zimmer zurückzuziehen.

Dies war der richtige Moment, eine Forschungsreise zu unternehmen.

Paul schlüpfte aus dem Bett und griff nach dem Regal, hinter dem sich der Kleiderschrank befand. Ein Geräusch in seinem Rücken ließ ihn mitten in der Bewegung innehalten. Er wandte sich um. Der geschnitzte Kopfteil seines Bettes sank langsam in die Tiefe und hielt genau dort, wo sich soeben noch sein Kopf befunden hatte... Paul hielt den Atem an und verharrte regungslos, was ihm das Leben rettete.

Aus dem Hohlraum hinter dem Kopfende kam ein winziger Jäger-Sucher zum Vorschein. Er war nicht größer als fünf Zentimeter. Paul erkannte ihn sofort: es handelte sich um eine gebräuchliche Waffe von Attentätern, über die adelige Kinder so früh wie möglich aufgeklärt wurden. Das Mordinstrument, das sich in den Körper seines Opfers eingrub und dort wichtige Organe beschädigte, mußte von jemandem gesteuert werden, der sich in unmittelbarer Nähe befand.

Der Sucher stieg etwas höher und schwebte prüfend im Raum hin und her.

Die Funktionsweise des Geräts kam wie von selbst in Pauls Bewußtsein zurück: Das komprimierte Suspensorfeld beeinträchtigte die Sichtweite der eingebauten Fernsehkamera. Da es in seinem Schlafraum ziemlich finster war, würde sich derjenige, der das Instrument steuerte, auf Bewegungen konzentrieren müssen – und zwar auf jede. Ein Schild konnte die Geschwindigkeit des Jäger-Suchers abwehren und einem Menschen die Zeit verschaffen, ihn zu vernichten, aber Paul trug keinen Schild, auch der Schutzgurt lag auf seinem Bett. Hätte er über eine Lasgun verfügt, hätte er den mechanischen Mörder abschießen können – aber Lasguns waren sehr teuer und bedurften einer ständigen Wartung. Außerdem war die Gefahr, eine Lasgun unter der schützenden Hülle eines Schildes abzufeuern, nicht zu unterschätzen. Im allgemeinen vertrauten die Atreides auf ihre Körperschilde und ihre Findigkeit.

Paul blieb reglos stehen. Es war ihm klar, daß nun alles von seiner Geistesgegenwart abhing.

Erneut stieg der Jäger-Sucher um einen halben Meter. Entlang der herabgelassenen Jalousien suchte er den Raum ab.

Ich muß versuchen, ihn irgendwie zu packen zu kriegen, dachte Paul. *Das Suspensorfeld sorgt dafür, daß er nicht leicht zu fassen ist, aber ich habe keine andere Wahl. Ich muß fest zupacken.*

Das Ding sank um einen halben Meter, flog nach links, drehte eine Runde um das Bett. Ein feines Summen ging von ihm aus.

Wer ist es, der es steuert? fragte sich Paul. *Es muß jemand in meiner Nähe sein. Ich könnte nach Yueh rufen, aber wenn er die Tür öffnet, ist er so gut wie tot.*

Die Tür zum Flur – sie lag in Pauls Rücken – knarrte. Jemand klopfte. Dann öffnete sie sich. Der Jäger-Sucher flog an Paul vorbei, in Richtung auf die Tür.

Paul ließ seine Rechte vorschnellen und ergriff das Ding mitten im Flug. Es zuckte und summte in seiner Faust, aber seine Muskeln hielten es eisern fest. Mit einem gewaltigen Schlag rammte er die Nase des teuflischen Geräts gegen die metallene Türfüllung. Das Fernsehauge zersplitterte klirrend und der Jäger-Sucher hauchte in Pauls Hand sein Leben aus.

Er ließ trotzdem nicht locker – nicht, bevor er sich seiner Sache sicher war. Dann hob er den Blick und starrte in die dunkelblauen Augen von Shadout Mapes.

»Ihr Vater schickt nach Ihnen«, sagte sie. »Es sind Männer in der Halle, die Sie eskortieren sollen.«

Paul nickte, während seine Augen erstaunt die seltsame Frau in ihrem braunen, sackartigen Gewand musterten. Erst jetzt bemerkte sie das Ding in seiner Hand.

»Ich habe von solchen Dingen gehört«, sagte sie. »Es hätte mich töten können, nicht wahr?«

Paul mußte schlucken, bevor er fähig war, ein Wort herauszubringen. »Ich war... das Ziel.«

»Aber es ist auf mich zugeflogen.«

»Weil du dich bewegt hast.« Und er fragte sich: *Wer ist dieses Geschöpf?*

»Dann haben Sie mein Leben gerettet«, erwiderte sie.

»Unser beider Leben.«

»Sie hätten mich aber diesem Ding ausliefern und entkommen können«, meinte Mapes.

»Wer bist du?« fragte Paul.

»Die Shadout Mapes. Die Haushofmeisterin.«

»Woher wußtest du, wo ich mich aufhalte?«

»Ihre Mutter sagte es mir. Ich traf sie auf der Treppe.« Sie deutete nach rechts. »Die Männer Ihres Vaters warten dort.«

Es werden Hawats Männer sein, dachte Paul. *Wir dürfen denjenigen, der dieses Gerät gesteuert hat, nicht entwischen lassen.*

»Geh zu den Männern meines Vaters«, sagte er, »und sage ihnen, daß ich einen Jäger-Sucher in diesem Haus gefangen habe und daß sie ausschwärmen und den Attentäter suchen sollen. Sag ihnen, daß sie das ganze Haus auf den Kopf stellen sollen, und zwar sofort. Sie wissen schon, wie sie vorgehen müssen. Der Attentäter kann nur ein Fremder sein.«

Und er fragte sich: *Und wenn sie es nun war?* Aber das war unmöglich. Der Jäger-Sucher hatte unter der Kontrolle eines anderen gestanden, als sie an der Tür stand.

»Bevor ich Ihren Befehl ausführe, junger Herr«, erwiderte Mapes, »muß ich zwischen uns reinen Tisch machen. Ihr habt mir eine Wasserschuld auferlegt, aber ich weiß nicht, ob ich in der Lage bin, sie zu tragen. Doch wir Fremen begleichen unsere Schulden – seien es nun erbetene oder unerbetene. Und es ist uns ebenso bekannt, daß in Ihrer Mitte ein Verräter lebt. Wer es ist, können wir mit

Bestimmtheit nicht sagen, aber wir sind sicher, *daß* es einen gibt. Vielleicht war es seine Hand, die hinter diesem Anschlag steckte.«

Paul nahm das Wort schweigend zur Kenntnis: *ein Verräter.* Bevor er etwas erwidern konnte, hatte sich die seltsame Frau von ihm abgewandt und eilte davon. Er wollte sie zurückrufen, wurde aber den Eindruck nicht los, daß sie seinem Befehl keine Folge leisten würde. Sie hatte ihm ihr Wissen mitgeteilt und war nun unterwegs, seinen Befehl auszuführen. In einer Minute würde es im ganzen Haus von Hawats Leuten nur so wimmeln.

Und was hatte sie sonst noch für seltsame Worte gebraucht? *Wir Fremen.* Sie gehörte also dazu. Er prägte das Abbild ihres Gesichts seinem fotografischen Gedächtnis ein: die ausgetrocknete, faltige Haut, die völlig blauen Augäpfel. Und schließlich diese seltsame Bezeichnung: *die Shadout Mapes.*

Den zerstörten Jäger-Sucher immer noch fest im Griff haltend, trat er in den Raum zurück, nahm den Schildgurt vom Bett, schlang ihn mit der linken Hand um die Hüfte und schloß ihn. Dann rannte er auf den Korridor hinaus, zu der Halle hinunter, die zu seiner Linken lag.

Sie hatte gesagt, seine Mutter sei dort unten...

10

Was hatte Lady Jessica während der Zeit ihrer Prüfung zu ertragen? Wenn Du über das folgende Proverb der Bene Gesserit sorgfältig nachdenkst, wirst Du es erkennen: »Jede Straße, der man konsequent bis zu ihrem Ende folgt, führt unweigerlich ins Nichts. Erklimme einen Berg nur ein kleines Stück, und du wirst ihn in seiner Gänze sehen. Stehst du auf seinem Gipfel, wird er für dich unsichtbar.«

Aus ›Bemerkungen zur Familie des Muad'dib‹,
von Prinzessin Irulan

Am Ende des Südflügels entdeckte Jessica eine metallene Wendeltreppe, die an einer ovalen Tür endete. Sie warf einen Blick zurück in die Halle, dann auf die Tür.

Oval? fragte sie sich. *Welch eine seltsame Form für eine Tür innerhalb eines Hauses.*

Durch die unterhalb der Treppe angebrachten Fenster konnte sie sehen, wie sich die große, weiße Sonne des Planeten Arrakis dem Horizont näherte; sie warf lange Schatten durch die Halle. Erneut wandte Jessica ihre Aufmerksamkeit den Treppenstufen zu. Das einfallende Licht machte sie auf einige Krumen getrockneter Erde aufmerksam.

Jessica legte eine Hand auf das Geländer und ging hinauf. In ihrer schwitzenden Hand fühlte es sich kalt an. Vor der Tür blieb sie stehen und stellte fest, daß diese keine Klinke besaß. Dort, wo sie hätte sitzen sollen, fand Jessica ein abgesetztes Feld.

Sicher ist es kein Handflächenschloß, redete sie sich ein. *Schlösser dieser Art sind nur auf die Handflächenmerk-*

male einer bestimmten Person eingestellt. Aber dennoch sah es wie ein Handflächenschloß aus. Und es gab eine Möglichkeit, ein jedes Schloß dieser Machart zu öffnen. Das hatte sie auf der Schule gelernt.

Jessica blickte sich um, stellte fest, daß niemand sie beobachtete, und legte dann ihre Hand auf das Feld. Ein leichter Druck, um die Linien zu erfassen, ein leichtes Drehen des Handgelenks, noch einer und noch einer.

Sie hörte es klicken.

Plötzlich erklangen aus der Halle die Geräusche sich eilig bewegender Füße. Jessica nahm die Hand von der Tür, drehte sich um und sah, wie Mapes den untersten Treppenabsatz erreichte.

»Es sind Männer in der Halle, die behaupten, der Herzog habe sie geschickt, um den jungen Herrn Paul abzuholen«, sagte sie. »Sie tragen das herzogliche Emblem und die Wache hat sie passieren lassen.« Sie warf einen Blick auf die Tür und dann auf Jessica.

Sie ist mißtrauisch, diese Mapes, dachte Jessica. *Das ist ein gutes Zeichen.*

»Er ist im fünften Raum vom Ende der Halle aus gesehen«, erwiderte sie. »Wenn du Schwierigkeiten hast, ihn wachzukriegen, bitte Dr. Yueh um Hilfe, der sich im Nebenzimmer aufhält. Gelegentlich schläft Paul so fest, daß man ihn mit Schüssen wecken muß.«

Mapes warf erneut einen Blick auf das ovale Tor, und Jessica meinte, darin Abneigung zu entdecken. Bevor sie fragen konnte, was sich dahinter verbarg, hatte Mapes sich bereits abgewandt und eilte in die Halle zurück.

Hawat hat hier alles überprüft, kam ihr zu Bewußtsein. *Ich kann unbesorgt weitergehen.*

Ein leichter Druck öffnete die Tür. Sie schwang nach innen. Dahinter befand sich ein kleiner Raum. An seinem anderen Ende lag eine weitere Tür von ebenfalls ovaler Form, die mit einem Handrad versehen war.

Eine Luftschleuse! durchzuckte es sie. Ein fallender Türbalken, der auf dem Boden landete, erregte ihre Aufmerksamkeit. Der Balken trug Hawats persönliches Kennzeichen. *Hawat hat die Tür also aufstemmen lassen, ohne sie wieder zu verschließen,* dachte sie. *Und irgend jemand, der nicht wußte, daß die Tür sich mit der Handfläche verschließen läßt, hat ihn umgestoßen.*

Sie trat über die Schwelle in den kleinen Raum hinein.

Weshalb eine Luftschleuse innerhalb eines Hauses? fragte sie sich. Plötzlich fielen ihr exotische Geschöpfe ein, die nur in einem speziellen Klima existenzfähig waren.

In einem speziellen Klima!

Das war für eine Welt wie Arrakis, auf der es keine Pflanze gab, die ohne künstliche Bewässerung auskam, nur normal.

Die hinter ihr liegende Tür wollte gerade zufallen, doch Jessica hielt sie fest und legte den Balken, den Hawat zurückgelassen hatte, dazwischen. Sie warf einen erneuten Blick auf das von einem Handrad verschlossene zweite Tor und fand in der metallenen Fläche die in Galach eingeritzten Worte:

»O Mensch! Hier findest Du einen lieblichen Teil von Gottes Schöpfung. Tritt näher und lerne den Perfektionismus Deiner engsten Freundin kennen.«

Jessica legte ihr ganzes Gewicht auf das Handrad. Es drehte sich nach links und die innere Tür öffnete sich. Ein kühler Luftzug drang durch den Spalt und fuhr durch ihr Haar. Sie bemerkte, daß die Luft hier anders war – sie roch reichhaltiger. Entschlossen öffnete sie die Tür ganz und sah gelbes Sonnenlicht über einem Pflanzendschungel, der bis zur Decke wucherte.

Gelbe Sonnenstrahlen? dachte sie. Und dann: *Filterglas.*

Als sie über die Schwelle getreten war, fiel die Tür hinter ihr ins Schloß.

»Ein Treibhaus... Grünpflanzen!« flüsterte sie.

Topfpflanzen und Gewächse aller Art umgaben sie in verschwenderischer Fülle. Sie erkannte Mimosen, blühende Quitten, einen Sondagi, grünblühende Pleniszentien, grün und weiß gestreifte Akarsien... Rosen...

Sogar Rosen!

Sie kniete sich hin, um an einer gigantischen Teerose zu riechen, und sah sich weiter um.

Ein gleichbleibendes Geräusch drang an ihre Ohren.

Jessica bog einen dichten Blättervorhang beiseite und blickte zum Mittelpunkt des Raums. Ein kleiner Springbrunnen, dessen Wasserstrahlen in einem Becken aufgefangen und von dort wieder in ihn zurückgepumpt wurden, erregte ihre Aufmerksamkeit. Der rhythmische Klang wurde von den sanften Fontänen erzeugt.

Sie begann den Raum einer systematischen Untersuchung zu unterziehen. Er schien etwa vierzig Quadratmeter zu messen. Aus verschiedenen Erkenntnissen, die sie aus der Konstruktion zog, gelangte sie zu dem Schluß, daß er erst nach der Errichtung des Gebäudes entstanden war.

An der südlichen Wand, wo sich das Filterglas befand, blieb sie stehen. Der gesamte Raum war mit exotischen und viel Wasser benötigenden Pflanzen bedeckt. Ihre Muskeln spannten sich. Sie sah mit einem flüchtigen Blick auf ein automatisches Wassersprühgerät, dessen Arm sich im gleichen Augenblick hob und mehrere Pflanzen bewässerte. Dann glitt er in das Dickicht zurück, und Jessica erkannte, daß er Farnkraut besprüht hatte.

Überall gab es Wasser in diesem Raum, und das auf einem Planeten, wo Wasser der wichtigste Lebenssaft war. Es wurde hier in so unglaublicher Form verschwendet, daß es sie beinahe schockierte. Sie sah auf die filtergelbe Sonne, die tief über einer wildgezackten Bergkette hing, von der sie wußte, daß man sie als Schildwall bezeichnete.

Filterglas, dachte sie erneut. *Damit die weiße Sonne vertrauter und weniger grell wirkt. Wer kann für die Existenz eines solchen Raumes verantwortlich sein? Etwa Leto? Es würde zu ihm passen, mich mit einem solchen Geschenk zu überraschen, aber er hat nicht die nötige Zeit dazu gehabt. Er hat wirklich zur Zeit mit ernsthafteren Dingen zu tun.*

Sie erinnerte sich daran, daß die meisten Häuser von Arrakeen deshalb mit Luftschleusen versehen waren, weil man verhindern wollte, daß aus ihnen zuviel Feuchtigkeit nach außen drang. Leto hatte sie darauf hingewiesen, daß ihr Palast, der lediglich gegen Staub gesichert war, in den Augen der anderen Einwohner möglicherweise als Provokation wirken könne.

Aber dieser Raum enthielt noch weitaus mehr Provokationen als das Fehlen von Wassersiegeln an Türen und Fenstern. Es war ziemlich wahrscheinlich, daß allein dieses Treibhaus mehr Wasser verschlang als tausend Einwohner von Arrakis – vielleicht sogar viel mehr.

Jessica spazierte an den Fenstern entlang. Ihr Blick hing noch immer an den Pflanzen und Blumen; traf aber plötzlich auf ein kleines Schreibpult, das von einem riesigen Farn fast verdeckt wurde. Am Springbrunnen vorbei trat sie an das Pult heran. Auch dies trug Hawats Kontrollzeichen. Auf der Schreibfläche lag ein Block, auf dem etwas geschrieben stand:

An Lady Jessica!

Möge dieser Ort Ihnen ebensoviel Freude bereiten wie mir. Aber denken Sie dabei an eine Lektion, die wir beide von denselben Lehrern erhielten: Die Nähe einer erstrebenswerten Sache kann zur Übersättigung führen. In dieser Richtung droht Gefahr.

Mit den besten Wünschen
Margot Lady Fenring

Jessica nickte. Sie erinnerte sich wieder, daß Leto ihr erzählt hatte, Graf Fenring sei Gesandter des Imperators auf Arrakis gewesen. Die versteckte Botschaft dieses Briefes war jedoch eher dazu angetan, ihr Interesse zu wecken. Ihr wurde klar, daß die Schreiberin dieser Zeilen ebenfalls eine Bene Gesserit war. Ein bitterer Gedanke kam in ihr auf: *Der Graf hat seine Lady geheiratet.*

Im gleichen Moment beugte sie sich über den Block

und fragte sich, wo Lady Margot ihren Hinweis versteckt hatte. Die *sichtbare* Notiz sagte ihr, daß es eine nähere Erklärung geben mußte. Der Codesatz *In dieser Richtung droht Gefahr*, ein Hinweiszeichen, das jede Bene Gesserit kannte, bewies es eindeutig.

Jessica drehte die Botschaft um und tastete sie mit ihren Fingern ab. Sie rechnete damit, Einkerbungen zu finden, die ihr weiterhelfen konnten. Nichts. Sie legte den Block dorthin zurück, wo er gelegen hatte. Erregung packte sie.

Hat es mit der Richtung zu tun, in der der Block lag? fragte sie sich.

Aber Hawat hatte hier bereits seine Kontrollen durchgeführt. Zweifellos hatte er dabei auch die Lage der Botschaft verändert. Sie sah sich das Blatt an, das über das Pult ragte. Das Blatt! Sie fuhr mit der Fingerspitze über die Unterseite des Farnwedels, dann an seinem Stamm entlang. Dort! Sie spürte die winzigen Erhebungen und entschlüsselte rasch den Text:

Der Herzog und sein Sohn sind in unmittelbarer Gefahr. Einer der Schlafräume wurde absichtlich so hergerichtet, daß er Ihrem Kind gefallen muß. Die H. haben den Raum mit einer ganzen Ladung rasch erkennbarer Todesfallen ausgestattet, deren einziger Zweck es ist, von derjenigen abzulenken, die ihm wirklich gefährlich werden kann.

Jessica konnte das Verlangen, sich auf der Stelle umzudrehen und zu Paul zu eilen, kaum niederkämpfen. Erst mußte sie die komplette Botschaft kennen! Wieder tasteten ihre Finger über die Kerben.

Ich bin nicht genau darüber informiert, wie das Attentat erfolgen soll, aber es hat etwas mit einem Bett zu tun. Des weiteren ist der Herzog stark gefährdet durch den Verrat eines seiner engsten Mitarbeiter oder eines Leutnants. Die H. planen außerdem, Sie persönlich zum Geschenk eines ihrer Vasallen zu machen. Soweit ich weiß, ist dieser Raum sicher. Verzeihen Sie mir, daß ich Ihnen nicht mehr mitteilen kann. Meine Möglichkeiten sind, da mein Graf nicht auf der Gehaltsliste der H. steht, begrenzt. In Eile: M. F.

Jessica ließ den Farnwedel wieder fallen und wirbelte herum, um Paul zu warnen. Im gleichen Augenblick flog die Tür der Luftschleuse auf und Paul kam, etwas in der rechten Hand haltend, hereingestürmt. Er knallte die Tür hinter sich zu, sah seine Mutter und kam durch die Büsche auf sie zu. Der Brunnen erweckte seine Aufmerksamkeit. Er hob die rechte Hand und tauchte sie, mitsamt dem Gegenstand, den sie enthielt, in das Wasser.

»Paul!« Jessica ergriff seine Schulter und starrte auf die Hand. »Was hat das zu bedeuten?«

Ruhig, aber dennoch unter einem Mantel spürbar unterdrückter Erregung, erwiderte er knapp: »Ein Jäger-Sucher. Ich hab ihn mir geschnappt und ihm die Nase zertrümmert. Aber ich muß ganz sichergehen. Das Wasser sorgt für einen Kurzschluß.«

»Steck ihn tiefer hinein«, sagte Jessica.

Paul gehorchte.

»Zieh die Hand jetzt zurück«, sagte Jessica nach einer Weile. »Aber laß das Ding drin.«

Er zog die Hand zurück, schüttelte die Wassertropfen ab und starrte auf das vom Wasser überspülte Metallding. Jessica brach einen Pflanzenstengel ab und berührte es zaghaft.

Es rührte sich nicht.

Sie warf den Stengel in den Brunnen und schaute auf ihren Sohn. Pauls Blick glitt durch den Raum. Er studierte ihn mit einer Genauigkeit, die nur einer Bene Gesserit zu eigen war.

»Hier könnte man allerhand verstecken«, sagte er schließlich.

»Ich habe guten Grund anzunehmen, daß dieser Raum sicher ist«, meinte Jessica.

»Das hat man von meinem Schlafzimmer auch angenommen. Hawat hat gesagt...«

»Es war ein Jäger-Sucher«, versuchte sie ihm klarzumachen. »Und das bedeutet, daß es jemanden im Haus gibt, der ihn steuerte. Die Kontrollstrahlen, um einen Jäger-Sucher zu manövrieren, haben nur eine begrenzte Reichweite. Man kann das Ding ohne weiteres ins Haus gebracht haben, nachdem Hawat seine Kontrollen durchführte.«

Gleichzeitig fiel ihr ein, was Lady Fenring auf der Unterseite des Farnwedels hinterlassen hatte ...*durch den Verrat eines seiner engsten Mitarbeiter oder eines Leutnants. - Das kann natürlich nicht Hawat sein. Natürlich nicht. O nein.*

»Hawats Männer sind gerade dabei, das Haus auf den Kopf zu stellen«, erklärte Paul. »Das Ding hätte beinahe die alte Frau erwischt, die mich wecken wollte.«

»Die Shadout Mapes«, sagte Jessica, die sich jetzt an die Begegnung auf der Treppe erinnerte. »Sie kam, weil dein Vater...«

»Das hat jetzt Zeit«, sagte Paul. »Wieso glaubst du, daß dieser Raum sicher ist?«

Sie zeigte ihm Lady Margots Botschaft, was ihn sichtlich entspannte. Aber Jessica selbst konnte ihre Erregung nur mühsam verbergen. *Ein Jäger-Sucher! Gerechte Mutter!*

Sachlich sagte Paul: »Es waren natürlich die Harkonnens, die dafür verantwortlich sind. Wir werden ihre Meuchelmörder aufspüren und vernichten müssen.«

Jemand klopfte an der Schleusentür. Es war das Codezeichen von Hawats Leuten.

»Herein«, rief Paul.

Die Tür öffnete sich, und ein Mann in der Uniform von Hawats Truppen erschien auf der Schwelle. Auf seiner Mütze trug er die Insignien der Atreides. »Gut, daß ich Sie finde, Sir«, sagte er. »Die Haushälterin sagte mir, wo ich Sie finden kann.« Er ließ seinen Blick durch den Raum schweifen. »Wir haben im Keller eine Höhle entdeckt, in der sich ein Mann befand. Er hatte ein Steuergerät für einen Jäger-Sucher bei sich.«

»Ich möchte an dem Verhör teilnehmen«, verlangte Jessica.

»Das tut mir leid, Mylady. Aber er machte Schwierigkeiten, als wir ihn festnehmen wollten. Er lebt nicht mehr.«

»Gibt es etwas, an dem man ihn identifizieren kann?«

»Wir haben bis jetzt noch nichts gefunden, Mylady«, erwiderte der Mann.

»Ein Eingeborener?« fragte Paul.

Jessica nickte. Genau die Frage hatte sie ihm auch stellen wollen.

»Er sieht zumindest so aus«, erklärte der Uniformierte. »Es hat den Anschein, als hätte man ihn bereits vor einem Monat in diese Höhle eingemauert. Die Steine und der Mörtel der Wand, hinter der er hockte, waren unberührt, als wir sie bei der ersten Sicherheitsüberprüfung untersuchten. Wir haben den Keller sogar noch gestern kontrolliert, dafür garantiere ich.«

»Niemand stellt Ihre Gründlichkeit in Frage«, beteuerte Jessica ernst.

»Ich selbst stelle sie in Frage, Mylady. Wir hätten sonische Tests vornehmen sollen.«

»Ich nehme an, daß Sie das jetzt tun«, sagte Paul.

»Jawohl, Sir.«

»Benachrichtigen Sie meinen Vater. Es wird noch etwas dauern, bis wir von hier wegkönnen.«

»Sofort, Sir.« Der Uniformierte sah Jessica an. »Die Anweisung Hawats lautet, daß unter diesen Umständen der junge Herr an einem absolut sicheren Ort unterzubringen ist.« Er sah sich erneut um. »Wie sieht es mit diesem Raum aus, Mylady?«

»Ich halte ihn für sicher«, erwiderte Jessica. »Hawat und ich haben ihn gründlich inspiziert.«

»Ich werde eine Wache vor der Tür postieren, Mylady. Zumindest so lange, bis wir mit dem Haus fertig sind.« Er machte eine Verbeugung, legte einen Finger an die Mütze und ging, die Tür hinter sich zuziehend, hinaus.

»Hätten wir das Haus vielleicht besser selbst untersuchen sollen?« unterbrach Paul die nachfolgende Stille. »Du hättest bestimmt Dinge wahrgenommen, die andere einfach nicht sehen können.«

»Dieser Flügel war der einzige, in dem ich noch nicht war«, gab Jessica zu. »Ich hatte damit gewartet, weil...«

»Weil Hawat mit seinem Wort für alles einstand«, beendete Paul den angefangenen Satz.

Sie warf ihm einen fragenden Blick zu.

»Mißtraust du ihm?« fragte sie.

»Nein. Aber er wird alt... Zudem ist er überlastet. Wir sollten ihm die Arbeit erleichtern.«

»Das würde ihn nur beschämen und seine Wirksamkeit vermindern. Es wäre nicht einmal einer Fliege möglich, in dieses Haus einzudringen, ohne daß er etwas davon bemerkt. Er würde...«

»Wir müssen nach unseren eigenen Kriterien vorgehen«, warf Paul ein.

»Hawat hat drei Generationen von Atreides ehrenvoll gedient«, sagte Jessica. »Es ist sein Recht, daß wir ihm allen Respekt zollen, dessen wir fähig sind...«

Paul erwiderte: »Wenn mein Vater sich über irgend etwas aufregt, für das du verantwortlich bist, benutzt er die Worte *Bene Gesserit!* wie einen Fluch.«

»Und was ist es, was ihn in Rage versetzt?«

»Wenn du mit ihm streitest.«

»Aber du bist doch nicht dein Vater, Paul.«

Und Paul dachte: *Es wird ihr zweifellos Sorgen bereiten, aber ich kann ihr nicht verschweigen, was Mapes über den Verräter in unseren Reihen gesagt hat.*

»Was verschweigst du mir, Paul?« fragte Jessica. »So etwas ist doch sonst nicht deine Art.«

Er zuckte mit den Achseln, rief sich die mit Mapes gewechselten Worte ins Gedächtnis zurück.

Und Jessica dachte an die Botschaft unter dem Farnwedel. Sie kam zu einer raschen Entscheidung, wies Paul auf die zweite Botschaft hin und wiederholte sie.

»Mein Vater muß sofort davon unterrichtet werden«,

sagte Paul kurzentschlossen. »Ich werde mich über Funk mit ihm in Verbindung setzen.«

»Nein«, widersprach Jessica. »Du wirst warten, bis du ihm persönlich gegenüberstehst. Je weniger davon erfahren, desto besser.«

»Soll das heißen, daß wir überhaupt niemandem mehr trauen können?«

»Es gibt noch eine andere Möglichkeit«, gab Jessica zu bedenken. »Diejenigen, die uns mit dieser Nachricht versorgten, glauben vielleicht wirklich an ihren Inhalt – aber es ist genausogut möglich, daß sie einen ganz anderen Zweck verfolgt.«

Pauls Gesicht verzog sich in plötzlichem Begreifen. »Um Mißtrauen und Zwietracht in unsere Reihen zu tragen und uns auf diese Weise zu schwächen«, vermutete er.

»Vergiß nicht, diesen Aspekt zu berücksichtigen, wenn du mit deinem Vater sprichst.«

»Ich verstehe.«

Jessica ging zu einem der Filterglasfenster hinüber und blickte nach Südwesten, wo die Sonne Arrakis' sich eben anschickte, hinter den Felsen zu versinken – ein großer gelber Ball über den Klippen.

Paul, neben sie tretend, sagte: »Ich glaube auch nicht daran, daß es Hawat ist. Aber was hältst du von Yueh?«

»Er ist weder ein Leutnant, noch ein enger Mitarbeiter«, erwiderte Jessica. »Und ich kann dir versichern, daß er die Harkonnens nicht weniger haßt als wir.«

Paul schaute zu den Bergen und dachte: *Und es kann auch nicht Gurney sein. Oder Duncan. Vielleicht einer der Unterleutnants? Unmöglich. Sie alle gehören Familien an, die uns bereits seit Generationen loyal gegenüberstehen – und aus guten Gründen.*

Jessica strich sich über die Stirn. Sie fühlte sich ausgelaugt. *All diese Bosheit!* Sie betrachtete die Landschaft hinter dem gelben Filterglas. An den Südflügel des Gebäudes schloß sich ein eingezäuntes Lagerhaus an, in dem sich eine Reihe von Gewürzsilos befand. Es war umgeben von Wachttürmen, die es umwoben wie ein Spinnennetz. Andere Silos, zu denen ebenfalls Wachttürme gehörten, reihten sich auf zu einer langen Kette, die über die Ebene bis zum Fuß des Schildwalls reichte.

Langsam näherte sich die gefilterte Sonne dem Horizont, die ersten Sterne tauchten am Himmel auf. Jessica nahm einen von ihnen besonders wahr. Er war dem Horizont sehr nahe und blinkte in einem Rhythmus, der wie ein Zittern wirkte.

Neben ihr stand Paul, doch Jessica konzentrierte sich auf diesen einzelnen, leuchtenden Stern. Plötzlich wurde ihr klar, daß er einfach *zu tief* stand, um ein Stern zu sein, daß das Leuchten direkt aus den Felsen kommen mußte.

Lichtsignale!

Sie versuchte die Botschaft zu entziffern, fand aber rasch heraus, daß sie in einem Code gehalten war, den sie nicht kannte.

Jetzt antwortete jemand aus der Ebene: kleine gelbe Blitze, die sich von der blauen Finsternis deutlich abhoben. Das Licht zu ihrer Linken wurde heller, funkelte. An, aus. An, aus.

Dann erlosch es.

Der falsche Stern in den Bergen hauchte im gleichen Moment ebenfalls sein Leben aus.

Signale... und sie erfüllten Jessica mit dunklen Vorahnungen. *Warum benutzt man eine Lampe, um Botschaften über die Ebene zu schicken?* fragte sie sich. *Warum benutzt man nicht das reguläre Kommunikationssystem?*

Die Antwort war offensichtlich: Das Kommunikationsnetz wurde von den Leuten der Atreides kontrolliert. Lichtsignale konnten nur den Grund haben, daß man sich dieser Kontrolle entziehen wollte. Und das wies auf die Agenten der Harkonnens hin.

Erneut wurde an die Schleusentür geklopft. Einer von Hawats Männern sagte: »Es ist alles klar, Sir... und Mylady. Zeit, den jungen Herrn zu seinem Vater zu bringen.«

11

Es ist gesagt worden, daß Herzog Leto alle auf Arrakis herrschenden Gefahren ignorierte, daß er kopflos in die aufgestellte Falle lief. Wäre es nicht eher möglich, daß sein ständigen Todesgefahren ausgesetztes Leben ihn so gefangennahm, daß die Erhöhung einer Gefahrenintensität für ihn einfach nicht mehr vorstellbar war? Oder ist es möglich, daß er bewußt einen Opfergang antrat, um seinem Sohn ein Leben ohne Schwierigkeiten zu ermöglichen? All diese Eindrücke können nicht darüber hinwegtäuschen, daß der Herzog nicht leicht zu narren war.

Aus ›Bemerkungen zur Familie des Muad'dib‹,
von Prinzessin Irulan

Herzog Leto Atreides lehnte an der Brüstung des Landekontrollturms außerhalb von Arrakeen. Der erste Mond, eine leuchtende Silbermünze, hing voll am nächtlichen Himmel des südlichen Horizonts. Darunter schimmerten die Klippen des Schildwalls wie bizarre Gletscherformationen durch eine Nebelwand. Links von ihm strahlten die Lichter der Stadt: gelb... weiß... blau.

Er dachte an die Proklamationen, die jetzt an allen öffentlichen Plätzen des Planeten ausgehängt wurden und seine Unterschrift trugen: ›Unser Erhabener Imperator hat mich dazu ausersehen, Arrakis zu übernehmen und alle herrschenden Streitigkeiten zu beenden.‹

Der rituelle Formalismus dieser Worte erfüllte ihn mit Einsamkeit. *Wer würde sich schon von diesen lächerlichen Phrasen beeinflussen lassen? Ganz bestimmt nicht die Fremen. Und erst recht nicht die Kleinen Häuser, die den Bin-*

nenhandel von Arrakis kontrollierten... und die bis zum letzten Mann auf der Harkonnen-Seite standen.

Sie haben versucht, meinen Sohn zu ermorden!

Er konnte seine Wut nur mühsam beherrschen.

Von Arrakeen her tauchten die Lichter eines herankommenden Fahrzeugs auf. Möglicherweise war es der Wagen, der Paul brachte. Eine ärgerliche Verzögerung, obwohl er wußte, daß es nur an den Sicherheitsvorkehrungen gelegen hatte, die Hawats Leutnant einzuhalten hatte.

Sie haben versucht, meinen Sohn zu ermorden!

Als wollte er die pochende Wut aus dem Kopf vertreiben, schüttelte Leto Atreides den Kopf. Er sah auf das Landefeld hinaus, wo fünf seiner eigenen Fregatten wie monolithische Figuren aufgereiht standen.

Besser eine Verzögerung, als...

Er erinnerte sich daran, daß der Leutnant ein fähiger Mann war. Er würde ihn bald befördern, das gebot die Loyalität.

›Unser Erhabener Imperator...‹

Er wünschte sich, die Einwohner dieser verstaubten Garnisonsstadt könnten den Brief sehen, den er an seinen ›Edlen Herzog‹ geschickt hatte. Er war voll mit verächtlichen Anspielungen auf die verschleierten Männer und Frauen: »...was kann man schon von diesen Barbaren erwarten, die offenbar der Meinung sind, nichts im Leben sei wichtiger als die Ablehnung der einer Ordnung unterworfenen Sicherheit der Faufreluches?«

Es wurde ihm plötzlich bewußt, daß es in diesem Moment sein größter Wunsch war, alle Klassenunterschiede zu beseitigen und sich nie wieder mit dieser tödlichen Ordnung zu beschäftigen. Er hob den Kopf, sah zu den Sternen auf und dachte: *Um eines dieser kleinen Lichter kreist Caladan... aber ich werde meine Heimat nie wiedersehen.* Die Einsamkeit und das Heimweh erzeugte Schmerzen in seiner Brust. Er hatte das untrügliche Gefühl, daß diese Pein nicht aus ihm selbst kam, sondern von Caladan aus bis zu ihm herüberdrang, und zweifelte daran, daß er fähig war, in Arrakis jemals seine Heimat zu sehen.

Aber ich darf mir nichts anmerken lassen, dachte er. *Allein schon wegen des Jungen. Wenn er jemals eine Heimat haben soll, muß es diese sein. Auch wenn Arrakis für mich die Hölle ist, durch die vor meinem Tod ich noch zu gehen habe: er soll das hier finden, was ihn inspiriert. Irgend etwas muß es hier für ihn geben.*

Eine Welle von Selbstmitleid, für die er sich selbst schämte, überkam ihn, und nicht ohne Grund fielen ihm zwei Zeilen eines Gedichtes ein, das Gurney Halleck ihm oft vorgetragen hatte:

»Meine Lungen schmecken den Wind der Zeit...
der weht über gefallenem Sand...«

Nun, Gurney würde hier große Mengen gefallenen Sandes finden. Das zentrale Ödland hinter den mondbeschienenen Klippen bestand aus Wüste, kahlen Felsen, Dünen und wehenden Staubfontänen. Eine unkartographierte, trockene Wildnis, an deren Rand es da und dort einige Fremen gab. Wenn überhaupt jemand in der Lage war, für die Zukunft der Atreides zu garantieren, dann sie.

Vorausgesetzt, die Harkonnens hatten nicht auch sie mit dem schleichenden Gift der Korruption verseucht.

Sie haben versucht, meinen Sohn zu ermorden!

Das Geländer, gegen das Leto Atreides lehnte, vibrierte plötzlich. Stahlschotten klappten herab, um die Aussichtsterrasse vor den Feuerstrahlen der Triebwerke zu schützen. *Die Fähre landet wieder,* dachte er. *Zeit, hinunter und an die Arbeit zu gehen.* Er ging zu den Treppenstufen hinüber und bemühte sich, so kühl wie möglich zu wirken, damit niemand bemerkte, in welcher Gefühlsverfassung er wirklich war.

Sie haben versucht, meinen Sohn zu ermorden!

Die Männer trafen bereits vom Landefeld her ein, als er den verqualmten Aufenthaltsraum betrat. Sie trugen ihre

Raumsäcke auf den Schultern und begrüßten sich mit der Lautstärke von Soldaten, die soeben aus dem Urlaub zurückgekommen sind.

»He! Das'n Gefühl unter'n Galoschen, was!«

»Das nennt man hier Schwerkraft, Mann!«

»Wieviel Gravos ham'wer denn hier? Fühlt sich nach mächtig viel an.«

»Na komm, 's sind nur neun Zehntel von 'nem richtigen Ge.«

Ein Durcheinander von Worten erfüllte den Raum.

»Hast du das Kaff da unten schon in Augenschein genommen? Da frag' ich mich direkt, wo die ganze Beute geblieben ist, die man da rausgepreßt hat!«

»Das haben die Harkonnens alles auf Seite geschafft.«

»Ich wär' für 'ne heiße Dusche und 'n weiches Bett!«

»Hast du das noch nicht mitgekriegt, du Depp? Hier gibt's keine Duschen. Und deinen Arsch muß du mit Sand abwischen.«

»He! Der Herzog!«

Als der Herzog den Raum betrat, herrschte plötzlich absolute Stille.

Gurney Halleck, der im Mittelpunkt der Menge stand, den Raumsack über der Schulter und das Baliset in der Hand, sah ihn an. Er hatte lange Finger und große Daumen, die sich ungeheuer schnell bewegen konnten, wenn es darum ging, die neun Saiten des Instruments zum Schwingen zu bringen.

Der Herzog musterte Halleck. Er fühlte sich von der Häßlichkeit dieses Mannes, von seinem scharfen Blick, der Glas zum Zerspringen bringen konnte, angezogen: ein Mensch, der außerhalb der Faufreluches stand und doch jeder ihrer Vorschriften gehorchte. Wie hatte Paul ihn noch genannt? *Gurney, der Tapfere.*

Gurneys wuscheliges Haar zog sich über mehrere öde Flächen seines Kopfes dahin. Sein großer Mund hatte sich zu einem freundlichen Lächeln verzogen, und die Narbe, die eine Inkvinepeitsche hinterlassen hatte, schien mit eigenem Leben erfüllt. Er strahlte eine schulterklopfende Herzlichkeit aus, als er auf den Herzog zuschritt und sich verbeugte.

»Gurney«, sagte Leto.

»Mylord!« Gurney deutete mit dem Baliset auf die im Raum verstreut stehenden Männer. »Dies sind die letzten. Ich wollte eigentlich mit der ersten Welle kommen, aber...«

»Wir haben noch ein paar Vasallen der Harkonnens für dich übriggelassen«, sagte der Herzog. »Komm mit, wir haben etwas zu besprechen.«

»Wie Sie befehlen, Mylord.«

Sie traten in die Nische neben dem Münzwasserautomaten zurück, während die anderen Männer, sich unterhaltend, zurückblieben. Halleck warf seinen Raumsack in eine Ecke, behielt sein Baliset jedoch in der Hand.

»Wie viele Leute kannst du Hawat überlassen?« fragte der Herzog.

»Hat Thufir Schwierigkeiten, Sire?«

»Er hat nur zwei seiner Männer verloren bislang, aber sein Vorauskommando hat uns mit ausgezeichneten Informationen über die hier ansässigen Leute der Harkonnens versorgt. Wenn wir rasch gegen sie vorgehen, bekommen wir etwas Luft und können alles Weitere dann in Ruhe planen. Er möchte so viele Leute, wie du im Moment entbehren kannst, und zwar solche, die nicht zimperlich sind, wenn es darauf ankommt, die Messer zu wetzen.«

»Ich kann ihm dreihundert meiner besten Männer geben«, erwiderte Halleck. »Wann soll ich sie schicken? Und wohin?«

»Zum Haupttor. Hawat hat dort einen Mann postiert, der sie einweisen wird.«

»Soll ich es sofort machen, Sire?«

»Warte noch einen Moment, wir haben noch ein anderes Problem. Der Hafenkommandant wird die Fähre so lange hier unten aufhalten, bis eine zusätzliche technische Überprüfung stattgefunden hat. Das Gildenschiff, mit dem wir gekommen sind, wird inzwischen weiterfliegen, aber die Fähre soll mit einem Frachter zusammentreffen, der eine Ladung Gewürz aufnimmt.«

»Eine Ladung unseres Gewürzes, Mylord?«

»Ja. Aber sie wird ebenso eine Ladung Gewürzjäger des alten Regimes mit sich nehmen. Sie haben verlangt, Arrakis verlassen zu dürfen, was ihr gutes Recht ist. Der Kaiserliche Schiedsmann hat ihnen keine Schwierigkeiten deswegen bereitet. Es sind achthundert wichtige Leute, Gurney. Bevor die Fähre startet, mußt du einige davon überzeugen, daß es nicht ihr Nachteil sein wird, weiterhin für uns zu arbeiten.«

»Wie heftig soll meine Überzeugungsrede ausfallen, Mylord?«

»Ich möchte ihre freiwillige Mitarbeit, Gurney. Diese Männer verfügen über Fähigkeiten und Erfahrungen, die wir brauchen. Und die Tatsache, daß sie gehen wollen, deutet darauf hin, daß sie nicht zum Klüngel der Harkonnens gehören. Hawat nimmt an, daß man mit Sicherheit einige Verräter in ihre Reihen gebracht hat, aber er sieht momentan in jedem Schatten einen Mörder.«

»Er hat eine Menge recht gefährlicher Schatten entlarvt, Mylord.«

»Aber einige andere auch nicht. Ich kann mir nicht vorstellen, daß die Harkonnens genügend Phantasie besitzen, um einen solchen Plan auszuhecken.«

»Möglicherweise stimmt das, Sire. Wo sind diese Leute?«

»Unten, im Warteraum. Ich schlage vor, daß du nach unten gehst und ein paar Sachen spielst, damit sie etwas von ihrem verknöcherten Standpunkt abrücken. Und dann kommst du zur Sache. Meinetwegen kannst du denjenigen, die sich durch besondere Qualifikationen auszeichnen, Positionen anbieten, die ihnen einige Privilegien geben. Generell würde ich ihnen Löhne vorschlagen, die zwanzig Prozent über denen liegen, die die Harkonnens zahlten.«

»Nicht mehr, Sire? Ich weiß, welche Hungerlöhne die

Männer von den Harkonnens bekamen. Und Leute zu überreden, die dicke Ablösesummen in der Tasche haben und an denen die Wanderlust nagt... Ich weiß nicht, ob sie sich von zwanzig Prozent zum Bleiben werden bewegen lassen.«

Leto sagte ungeduldig: »In besonderen Fällen kannst du natürlich deine eigenen Entscheidungen treffen. Aber vergiß nicht, daß unsere Kasse nicht bodenlos ist. Versuche es mit zwanzig Prozent, soweit es geht. Wir brauchen hauptsächlich Gewürzfahrer, Wetterspäher und Dünenmänner - also praktisch jeden, der Wüstenerfahrung mitbringt.«

»Ich verstehe, Sire.«

»Einer deiner Leutnants kann inzwischen deine Leute übernehmen. Informiere ihn über die hier herrschende Wasserdisziplin, und dann soll er die Männer in den Quartieren am Hafenrand unterbringen. Das Hafenpersonal wird ihn dabei unterstützen. Und vergiß nicht die Leute für Hawat.«

»Dreihundert der Besten, Sire.« Halleck nahm seinen Raumsack. »Wo soll ich mich melden, wenn alles erledigt ist?«

»Im Konferenzraum, zweiter Stock. Dort werden wir eine Besprechung abhalten. Ich habe einen Plan, um den Planeten zu besetzen. Die gepanzerten Brigaden werden zuerst hinausgehen.«

Mitten im Gehen blieb Halleck stehen, drehte sich um und suchte Letos Blick. »Erwarten Sie *solche* Schwierigkeiten, Sire? Ich denke, es gibt einen Schiedsmann hier.«

»Ich erwarte offene Kämpfe genauso wie Überfälle aus dem Dunkeln«, erwiderte der Herzog. »Es wird eine Menge Blut vergossen werden, bevor wir hier aufgeräumt haben.«

»Und das Wasser, das du dem Fluß entnimmst«, rezitierte Halleck, »wird sich auf dem trockenen Land in Blut verwandeln.«

Der Herzog seufzte. »Beeil dich, Gurney.«

»Sofort, Mylord.« Die Narbe kräuselte sich, als er grinste. »Und siehe: Wie ein wilder Esel der Wüste gehe ich hin und tue mein Werk.« Er wandte sich ab, strebte dem Mittelpunkt des Raumes zu und mischte sich unter seine Leute.

Leto schüttelte den Kopf. Halleck überraschte ihn immer wieder: den Kopf voller Lieder, Zitate und blumiger Phrasen... und das Herz eines Assassinen, wenn es zum Kampf mit den Harkonnens kam.

Leto wandte sich nach links und ging zum Lift. Mehrere ihm begegnende Männer salutierten, und er grüßte zurück. Ein Mann von der Propagandaabteilung kam auf ihn zu und übergab ihm eine Botschaft, die für die Neuankömmlinge bestimmt war. Sie enthielt Informationen für jene, die ihre Frauen nach Arrakis mitgebracht hatten, und sagte ihnen, daß sie in Sicherheit waren und wo sie sich aufhielten. Die Ledigen würden es sicherlich mit Wohlgefühl aufnehmen, daß die planetare Bevölkerung mehr Frauen als Männer besaß.

Der Herzog drückte den Arm des Propagandamannes und gab ihm zu verstehen, daß er die Informationen sofort verbreiten könnte. Dann durchquerte er den Raum, nickte den Männern zu, lächelte und wechselte einige Worte mit einem Untergebenen.

Ich muß vor allen Dingen vertrauenerweckend wirken, dachte er. *Und zeigen, daß du dich stark fühlst, auch wenn du weißt, daß du einen Schleudersitz unter dir hast.*

Erleichtert stieß er den Atem aus, als die Lifttür sich hinter ihm schloß und sich sein Blick gegen die Unpersönlichkeit ihn umgebender Wände richtete.

Sie haben versucht, meinen Sohn zu ermorden!

12

Über dem Ausgang des Hafengeländes von Arrakeen befand sich eine mit einem primitiven Instrument eingekratzte Botschaft, die Muad'dib viele Male wiederholte. Er sah sie zum erstenmal in jener Nacht, als ihn die herzogliche Anweisung erreichte, an der ersten Stabskonferenz seines Vaters auf seinem neuen Lehen teilzunehmen. Die Inschrift war eine Bitte an diejenigen, die Arrakis verließen, aber in den Augen eines Jungen, der soeben einem Mordanschlag entgangen war, bekamen sie einen anderen, finsteren Inhalt. Die Inschrift sagte: ›Du, der Du weißt, was wir zu erdulden haben, vergiß uns nicht in Deinen Gebeten.‹

Aus ›Leitfäden des Muad'dib‹,
von Prinzessin Irulan

»Die gesamte Theorie der Kriegführung«, sagte der Herzog, »basiert auf kalkulierten Risiken. Aber wenn es dazu kommt, das Risiko auf die eigene Familie auszudehnen, muß das Element der *Kalkulation* hinter anderen Erwägungen zurücktreten.«

Es war ihm klar, daß er auf diese Weise seinen Ärger nicht so verbergen konnte, wie er es eigentlich vorhatte. Er wandte sich um und warf einen Blick über den langen Tisch.

Er befand sich mit Paul im Konferenzraum der Hafenanlage. Der Raum klang hohl und war lediglich mit einem langen Tisch und einer Reihe altmodischer, dreibeiniger Stühle ausgestattet. An einer Wand hing eine Kartentafel, davor stand ein Projektor, in dessen Nähe Paul Platz genommen hatte. Er hatte seinen Vater über das versuchte

Attentat informiert und ihm auch nicht verschwiegen, daß sich unter ihnen möglicherweise ein Verräter befand.

Der Herzog unterbrach seinen wütenden Gang, blieb vor Paul stehen und schlug mit der Faust auf den Tisch. »Hawat hat gesagt, das Haus sei sicher!«

Zögernd erwiderte Paul: »Ich war zuerst auch ziemlich wütend und habe ihn verflucht. Aber der Angriff erfolgte außerhalb des Hauses. Es war eine einfache Sache, aber clever ausgetüftelt. Und ich wäre dem Ding gewiß nicht entgangen, hätte ich nicht die Ausbildung, die du und viele andere mir gegeben habt – einschließlich Hawat.«

»Verteidigst du ihn auch noch?« entgegnete der Herzog.

»Ja.«

»Er wird allmählich alt. Das ist es. Man sollte ihn…«

»Er ist ein weiser Mann mit großen Erfahrungen«, warf Paul ein. »An wie viele Fehler Hawats kannst du dich erinnern?«

»Eigentlich sollte ich derjenige sein, der ihn verteidigt«, gab der Herzog nachdenklich zu. »Und nicht du.« Paul lächelte.

Leto ließ sich am Kopfende des Tisches nieder und legte eine Hand auf die seines Sohnes. »Du bist… so reif geworden, Sohn.« Er zog die Hand wieder zurück. »Das freut mich.« Er registrierte Pauls Lächeln. »Hawat wird durch das Wissen schon gestraft genug sein. Er wird sich selbst mehr Vorwürfe machen, als wir beide zusammen gegen ihn erheben können.«

Paul sah an der Kartentafel vorbei aus dem Fenster. Es war dunkel draußen. Die Lichter des Konferenzraums spiegelten sich in den Scheiben, aber er sah auch eine Bewegung in seinem Rücken und erkannte die Umrisse eines Mannes in der Uniform der Atreides. Er drehte den Kopf der weißen Wand hinter seinem Vater zu. Seine Hände ballten sich auf der Tischplatte zu Fäusten.

Die dem Herzog gegenüberliegende Tür flog auf. Es war Thufir Hawat, der eintrat. Er sah älter und lederhäutiger aus als jemals zuvor. An der Längsseite des Konferenztisches blieb er stehen und blickte Leto fest an.

»Mylord«, sagte er, als spreche er jemand völlig Fremden an, »mir ist zu Ohren gekommen, daß ich Ihnen gegenüber versagt habe. Ich bitte Sie, meinen Rück...«

»Setz dich hin und benimm dich nicht wie ein Narr«, fiel der Herzog ihm ins Wort. Er deutete auf den Stuhl, auf dem Paul saß. »Wenn du überhaupt einen Fehler gemacht hast, dann den, die Harkonnens zu überschätzen. So simpel ihre Gedankengänge sind, so einfach sind auch ihre Tricks. Und mein Sohn hat mir eben erklärt, daß er dem Anschlag nur entgangen ist, weil er deine Ausbildung genossen hat. Du hast nicht versagt!« Er legte eine Hand auf die Rückenlehne eines unbesetzten Stuhles. »Und jetzt setz dich hin!«

Hawat ließ sich auf den Stuhl sinken. »Aber...«

»Ich will nichts mehr davon hören«, sagte der Herzog. »Die Vergangenheit ist tot. Wir haben jetzt andere Probleme zu bewältigen. Wo sind die anderen?«

»Ich habe sie gebeten, draußen zu warten, bis ich...«

»Rufe sie herein.«

Hawat blickte in Letos Augen. »Sire, ich...«

»Ich weiß sehr gut, wer meine wirklichen Freunde sind, Thufir«, erklärte der Herzog. »Und nun ruf die Männer herein.«

Hawat schluckte. »Sofort, Mylord.« Er drehte seinen Stuhl und rief zur Tür hinüber: »Gurney, bring sie rein.«

Halleck führte die Gruppe an, die grimmig dreinblickte, aber auch ein gewisses Maß an Entschlossenheit zeigte. Es waren die Stabsoffiziere umgeben von ihren Adjutanten und jüngeren Spezialisten. Als sie ihre Plätze einnahmen, verstummte das übliche Geräusper recht schnell. Leichter Rachagduft erfüllte den Raum. Die Männer hatten also ein Stimulans zu sich genommen.

»Wer Kaffee haben will, soll sich melden«, sagte der Herzog. »Es ist genug da.« Er warf einen Blick über die Männer und dachte: *Es sind gute Leute. Ich hätte es viel schlechter treffen können.* Er wartete, bis jemand aus dem Nebenraum kam und den Kaffee serviert hatte. Die Männer sahen müde aus.

Dann erhob er sich, legte die Maske absoluter Ruhe an und lenkte die Aufmerksamkeit auf sich, indem er einmal leicht auf den Tisch klopfte.

»Nun, meine Herren«, begann er, »unsere Zivilisation scheint sich so an Invasionen gewöhnt zu haben, daß wir nicht einmal in der Lage sind, einem simplen Befehl des Imperators zu gehorchen, ohne dabei in die alten Unsitten zu verfallen.«

Das trockene Grinsen der Offiziere zeigte Paul, daß sein Vater genau den richtigen Ton zur rechten Zeit getroffen hatte. Die Stimmung war sehr wichtig, und sie hing zu einem Großteil davon ab, in welchem Tonfall der Herzog sich äußerte.

»Ich glaube, es ist momentan sicher am wichtigsten, zu erfahren, ob Thufir seinem Bericht über die Fremen etwas Neues hinzuzufügen hat.« Leto sah Hawat an. »Thufir?«

Hawat blickte auf. »Es gibt einige wirtschaftliche Schwierigkeiten, die aber zu weitschweifig sind, um sie jetzt zu erörtern, Sire. Was ich jedoch jetzt schon sagen kann, ist folgendes: Die Fremen scheinen für uns die idealen Verbündeten zu sein. Sie stehen zur Zeit noch in einer abwartenden, beobachtenden Position, weil sie noch nicht sicher sind, ob sie uns trauen können. Aber sie geben sich ehrliche Mühe, uns nicht als Gegner zu sehen. Sie haben uns eine Reihe von Geschenken übergeben... Destillanzüge ihrer eigenen Produktion, aber auch Karten bestimmter Wüstengebiete, in denen sich ehemalige Stützpunkte der Harkonnens befinden.« Er machte eine Pause. »Ihre Informationen waren bisher sehr zuverlässig und haben uns auch bei den Verhandlungen mit dem imperialen Schiedsmann sehr genützt. Sie haben außerdem noch einige Kleinigkeiten mitgebracht: Juwelen für Lady Jessica, Gewürzlikör, Süßigkeiten und Heilmittel. Meine Leute sind derzeit damit beschäftigt, all diese Dinge einer Prüfung zu unterziehen. Bis jetzt haben sich nicht die geringsten Hinweise irgendeiner Hinterlist dabei ergeben.«

»Du magst diese Leute, Thufir?« fragte einer der Offiziere.

Hawat wandte sich dem Mann zu. »Duncan Idaho meint sogar, sie seien nur zu bewundern.«

Paul sah zu seinem Vater, dann zu Hawat und fragte: »Gibt es neue Informationen darüber, wie viele Fremen hier leben?«

Hawat erwiderte: »Idaho schätzt den von ihm besuchten Höhlenkomplex auf rund zehntausend Bewohner. Der Führer erklärte ihm, er herrsche über zweitausend Feuerstellen, und wir haben guten Grund, anzunehmen, daß es noch viele solcher Sietch-Gemeinschaften gibt. Sie alle scheinen die Untertanen eines gewissen Liet zu sein.«

»Das ist mir wirklich neu«, sagte Leto.

»Möglicherweise liegt hier meinerseits aber auch ein Interpretationsfehler vor, Sire. Es ist nicht auszuschließen, daß es sich bei diesem Liet um eine Gottheit handelt.«

Ein weiterer Offizier fragte: »Kann man davon ausgehen, daß sie mit den Schmugglern unter einer Decke stecken?«

»Zur gleichen Zeit, als sich Idaho in diesem Sietch befand, brach von dort aus eine Schmugglerkarawane auf, die eine ziemliche Menge Gewürz mit sich führte. Sie verfügten über Lasttiere und rechneten mit einer achtzehntägigen Reise.«

»Es scheint«, warf Leto ein, »daß die Schmuggler während der hier herrschenden Unruhe der letzten Zeit ihre Anstrengungen verdoppelt haben. Das erfordert von unserer Seite ein vorsichtiges Handeln. Wir sollten uns nicht zu viele Sorgen wegen illegaler Fregatten machen, die auf Arrakis operieren. Das ist immer so gewesen. Aber wir können auf keinen Fall zulassen, daß sie völlig unserer Kontrolle entgleiten.«

»Haben Sie einen bestimmten Plan, Sire?« fragte Hawat.

Der Herzog sah Halleck an. »Ich möchte, daß du, Gurney, eine Delegation anführst, die versuchen soll, mit diesen romantischen Geschäftsleuten einen Kontakt herzustellen. Bringe ihnen bei, daß ich ihr Geschäft so lange ignorieren werde, wie sie den herzoglichen Zehnten abliefern. Hawat schätzt, daß die Leute, die sie zu ihrem eigenen Schutz einstellten, sie das Vierfache kosten.«

»Und was geschieht, wenn der Imperator Wind von der ganzen Sache bekommt?« fragte Halleck. »Er legt auf seinen Anteil am Profit der MAFEA großen Wert, Mylord.«

Leto lächelte. »Wir nehmen den Zehnten ganz offen im Namen Shaddams IV. entgegen und ziehen ihn dann völlig legal von dem Betrag ab, den er zur Aufrechterhaltung der Kampfkraft seiner Legionen zu erhalten pflegt. Die Harkonnens werden schäumen! Und wir werden eine ganze Reihe derjenigen, die in ihrem Sold stehen, damit ruinieren.«

Hallecks Gesicht verzog sich zu einem Grinsen. »Das ist ein ganz hübscher Schlag unter die Gürtellinie, Mylord. Ich würde gerne das Gesicht des Barons sehen, wenn er davon erfährt.«

An Hawat gewandt, sagte der Herzog: »Hast du die Bankauszüge, die man dir zum Kauf angeboten hat, bekommen?«

»Ja, Mylord. Sie werden noch geprüft, aber ich habe sie mir angesehen und kann eine Schätzung abgeben.«

»Bitte.«

»Die Harkonnens haben alle dreihundertdreißig Standardtage auf Arrakis zehn Milliarden Solaris Gewinn gemacht.«

Ein Raunen lief durch das Konferenzzimmer. Selbst die Adjutanten, die bislang in relativer Langeweile zugehört hatten, zeigten nun Interesse.

Halleck murmelte: »Und sie werden den Überfluß des Meeres genießen und den unter dem Sand vergrabenen Schatz.«

»Sie sehen also, meine Herren«, fuhr der Herzog fort,

»daß keiner von uns so naiv sein darf, zu glauben, daß die Harkonnens ohne zu murren ihre Sachen packen, nur weil ein kaiserlicher Befehl ihnen das vorschreibt.«

Allgemeines Kopfschütteln. Die Männer murmelten Zustimmung.

»Wir werden uns diesen Planeten erkämpfen müssen«, sagte Leto. Zu Hawat gewandt, sagte er: »Und damit kämen wir zu einem wichtigen Punkt: unsere Ausrüstung. Wie viele Sandkriecher, Gewürzfabriken und Hilfsgeräte haben wir?«

»Eine volle Grundausstattung, das behauptet wenigstens das Verzeichnis der Anlagegüter, bei dessen Aufstellung der Schiedsmann als Zeuge anwesend war, Mylord«, gab Hawat bekannt. Er verlangte nach einem Stück Papier, das er vor sich auf dem Tisch ausbreitete. »Natürlich vergaß man zu erwähnen, daß weniger als die Hälfte aller Kriecher benutzbar sind, daß nur ein Drittel über Caryalls verfügen, um sie in die Gewürzgebiete zu fliegen, und daß alles, was die Harkonnens uns zurückließen, sich im Zustand des Verfalls befindet. Wir können also von Glück reden, wenn es uns gelingen sollte, die Hälfte aller Maschinen zum Arbeiten zu kriegen, und ein Drittel davon länger funktioniert als sechs Monate, von heute an gerechnet.«

»Genau wie wir erwartet haben«, sagte Leto. »Wie viele Maschinen sind sofort betriebsbereit?«

Hawat schaute auf seine Liste. »Etwa neunhundertdreißig Erntefabriken, wenn wir noch ein paar Tage mit ihrer Inspektion verbringen. Etwa sechstausendzweihundert Ornithopter für die Erkundung, Beobachtung und Wetterbeobachtung... etwas weniger als tausend Carryalls.«

»Würde es nicht billiger sein, mit der Gilde Verhandlungen aufzunehmen, daß sie uns erlaubt, eine Fregatte als Wettersatellit einzusetzen?« warf Halleck ein.

Der Herzog musterte Hawat. »Auf diesem Gebiet nichts Neues, was, Thufir?«

»Wir müssen uns vorläufig mit anderen Möglichkeiten zufriedengeben«, erklärte Hawat. »Der Vertreter der Gilde erweckte in mir nicht gerade den Eindruck, als verhandele er wirklich mit uns. Er hat mir durch die Blume - sozusagen von einem Mentaten zum anderen - erklärt, daß uns dies eine Summe kosten würde, die wir uns nicht mal im Traum vorstellen könnten. Wir können nichts anderes tun, als etwas zu improvisieren, ehe wir uns der Gilde mit Haut und Haaren ausliefern.«

Einer von Hallecks Adjutanten fauchte: »Das ist eine verdammte Ungerechtigkeit!«

»Wer«, warf Leto ein, den Mann ansehend, »verlangt nach Gerechtigkeit? Wir haben unsere eigenen Gesetze zu machen. Für uns geht es hier auf Arrakis jetzt nur um eins: gewinnen oder sterben. Bedauern Sie es schon, daß Sie Ihr Schicksal mit dem unseren verknüpft haben, Sir?«

Der Mann starrte Leto an und erwiderte dann: »Nein, Sire. Es ist mir klar, daß Sie überhaupt keine andere Wahl hatten, als Arrakis zu übernehmen. Und ich konnte nichts anderes tun, als Ihnen zu folgen. Vergeben Sie mir bitte meinen Gefühlsausbruch, aber...« Er zuckte mit den Achseln. »...manchmal fühlen wir uns eben alle verbittert.«

»Dafür habe ich Verständnis«, erwiderte der Herzog. »Aber laßt uns nicht über Gerechtigkeit debattieren, solange wir noch über Waffen verfügen - und die Freiheit, sie einzusetzen. Fühlt sich noch jemand aus Ihren Reihen verbittert? Wenn dem so ist, sprechen Sie darüber. Dies hier ist eine Versammlung unter Freunden, bei der jeder sagen kann, was ihn bedrückt.«

Halleck hob den Kopf und meinte: »Was ich bedenklich finde, Sire, ist, daß uns die anderen Hohen Häuser nicht mit Freiwilligen unterstützen. Sie nennen Sie ›Leto, den Gerechten‹, versprechen Ihnen ewige Freundschaft - aber wenn es darauf ankommt, dafür etwas zu bezahlen, ziehen sie sich zurück.«

»Das tun sie, weil sie noch daran zweifeln, wer aus diesem Kampf als Sieger hervorgehen wird. Die meisten Häuser sind nur deshalb so groß geworden, weil sie zu keiner Zeit Risiken auf sich nahmen. Man kann sie deswegen nicht tadeln, sondern nur verachten.« Er wandte sich wieder Hawat zu. »Bleiben wir noch bei unserer Ausrüstung. Könntest du anhand einiger Beispiele verdeutlichen, wie die Maschinerie arbeitet? Die Leute hier sind darin noch völlig unerfahren.«

Hawat nickte und gab einem Adjutanten, der neben dem Projektor stand, einen Wink.

Eine Solido-3-D-Projektion erschien mitten über dem Tisch. Mehrere Männer, die an den äußeren Enden saßen, standen auf und kamen näher heran, um eine bessere Sicht zu haben.

Auch Paul beugte sich vor und starrte auf die Maschine.

Nahm man die winzigen, im Vordergrund der Maschine stehenden Menschlein als Maßstab, mußte die Maschine etwa einhundertzwanzig Meter lang und vierzig Meter breit sein. Sie erschien ihm wie eine riesige Raupe, die sich auf Ketten fortbewegte.

»Dies ist eine Erntefabrik«, erklärte Hawat. »Für diese Einweisung haben wir eine ausgewählt, die in relativ gutem Zustand ist. Es handelt sich um eine Maschine, die bereits mit dem ersten Team imperialer Ökologen ankam und immer noch arbeitet... auch wenn das kaum zu glauben ist.«

»Wenn es der Ernter ist, der den Namen *Alte Maria* trägt, gehört er ins Museum«, sagte einer der Männer. »Ich nehme an, die Harkonnens haben ihn als Strafe für aufmüpfige Arbeiter zurückbehalten. Benimm dich anständig oder du arbeitest auf der *Alten Maria.*«

Ein leises Lachen klang auf.

Paul, der in dieser Minute nicht den geringsten Humor zu empfinden in der Lage war, schenkte der Projektion seine ganze Aufmerksamkeit. Eine Frage beschäftigte ihn. Er deutete auf das Abbild der Projektion und fragte: »Gibt es wirklich Sandwürmer, die so groß sind, daß sie eine solche Maschine mit einem Bissen verschlucken können?«

Sofort herrschte Stille. Der Herzog hielt den Atem an und dachte: *Nein - sie müssen den Realitäten einfach ins Auge sehen.*

»Es gibt tief in der Wüste tatsächlich solche großen Würmer«, führte Hawat aus. »Und sogar hier, in der Nähe des Schildwalls, wo die meisten Abbauarbeiten stattfinden, gibt es Würmer, die groß genug sind, eine Maschine aus purem Vergnügen schwer zu beschädigen.«

»Warum schützen wir die Fabriken dann nicht mit Schilden?« fragte Paul interessiert.

»Idaho hat herausgefunden«, fuhr Hawat fort, »daß das Tragen von Schilden in der Wüste eine große Gefahr darstellt. Allein ein Körperschirm erweckt die Aufmerksamkeit eines jeden Wurms in einer Entfernung von mehreren hundert Metern. Offenbar ist es die Ausstrahlung, die sie verrückt macht und in mörderische Bestien verwandelt. Auch die Fremen sind dieser Meinung, und wir haben keinen Grund, ihnen das nicht zu glauben. Idaho hat keinen einzigen Schild in ihrem Sietch zu Gesicht bekommen.«

»Überhaupt keinen?« fragte Paul entsetzt.

»Natürlich dürfte es schwer sein, eine solche Behauptung abzugeben, wenn man sich unter mehr als zehntausend Menschen befindet«, schränkte Hawat ein. »Aber Idaho durfte sich ungehindert unter den Leuten im Sietch bewegen. Er hat weder Schilde noch irgendwelche dazugehörenden Instrumente ausmachen können.«

»Das ist kaum zu fassen«, sagte der Herzog.

»Die Harkonnens haben natürlich jede Menge Schilde benutzt«, fuhr Hawat fort. »Sie hatten Ersatzteillager in jeder Garnisonsstadt und ihre Unterlagen weisen aus, daß sie einen Haufen Geld für Ersatzschilde und -teile ausgaben.«

»Könnten die Fremen über eine Möglichkeit verfügen, die Schilde zu neutralisieren?« fragte Paul.

»Das halte ich für unwahrscheinlich. Natürlich ist das theoretisch nicht unmöglich. Eine scharf gebündelte Gegenladung könnte einen solchen Effekt hervorrufen, aber bisher hat noch niemand eine Probe aufs Exempel gemacht.«

»Außerdem hätten wir davon schon gehört«, mischte sich Halleck ein. »Da die Schmuggler über einen engen Kontakt mit den Fremen verfügen, hätten sie sich dieses Wissen sicher schnell angeeignet. Und ohne Frage hätten sie diese Erfindung auch anderen Planeten zum Verkauf angeboten.«

»Eine ungelöste Frage von solcher Wichtigkeit bereitet mir Kopfschmerzen«, sagte Leto. »Thufir, ich möchte, daß ihr mit aller Kraft der Lösung dieses Problems zu Leibe rückt.«

»Wir sind bereits dabei, Mylord.« Hawat räusperte sich. »Ah, da fällt mir noch etwas ein, das Idaho gesagt hat. Er meint, er sei sich ziemlich sicher, daß die Einstellung der Fremen in bezug auf unsere Schilde die eines ziemlich amüsierten Menschen zu sein scheint.«

Der Herzog runzelte die Stirn. »Zurück zum Thema. Wir sprachen über den Gewürzabbau.«

Hawat gab seinem Adjutanten am Projektor ein Zeichen.

Das Abbild der Erntefabrik wurde durch ein riesiges, geflügeltes Fluggerät ersetzt. Die danebenstehenden Menschen wirkten wie Zwerge. »Hierbei handelt es sich um einen Carryall, auch Tragschrauber genannt«, erklärte Hawat. »Es ist im Grunde nichts anderes als ein überdimensionaler Ornithopter. Seine Aufgabe besteht darin, die gesamte Fabrik durch die Luft zu einem Gewürzabbaugebiet zu transportieren und wieder aufzunehmen, sobald sich ein Sandwurm ihr nähert. Und die nähern sich nach einer gewissen Zeit immer. Die Abernte des Gewürzes besteht hauptsächlich darin, soviel wie nur möglich an Bord zu kriegen und dann schnellstens das Land zu verlassen.«

»Was eigentlich hundertprozentig dem Charakter der Harkonnens entspricht«, warf Leto ein.

Donnerndes Gelächter setzte ein; es war jedoch ein wenig zu abrupt und laut, um echte Freude zu beinhalten.

Nun wurde der Carryall gegen das Bild eines Ornithopters ausgetauscht.

»Diese Thopter wirken ziemlich konventionell, Triebwerk und Steuerung sind gegen den Sand abgekapselt. Natürlich werden sie frisiert und besitzen einen größeren Aktionsradius als vergleichbare andere Maschinen. Lediglich ein Drittel der Thopter verfügen über Möglichkeiten zur Abschirmung. Möglicherweise verhindert das Gewicht der Schildgeneratoren eine größere Reichweite.«

»Dieses Außerachtlassen von Schilden gefällt mir nicht«, murmelte der Herzog. Er dachte: *Ist dies das Geheimnis der Harkonnens? Bedeutet das, daß wir nicht einmal mit abgeschirmten Fregatten fliegen können, wenn sich alles gegen uns wendet?*

Er schüttelte heftig den Kopf, als könne er damit diese bösen Gedanken vertreiben. Laut sagte er: »Reden wir von unserer Arbeitseffektivität. Wie hoch werden unsere Profite sein?«

Hawat blätterte in seinem Notizbuch. »Um genügend Spielraum für Unvorhergesehenes zu haben, haben wir die zu erwartenden Betriebs- und Reparaturkosten einmal sehr hoch veranschlagt.« In der nur Mentaten eigenen Weise schloß er die Augen wie in Halbtrance und sagte dann: »Unter dem Regime der Harkonnens betrugen die betrieblichen Unkosten vierzehn Prozent. Wir können glücklich sein, wenn wir am Anfang mit dreißig auskommen. Dazu kommen aber noch die Ausgaben für Neuinvestitionen, Lizenzgebühren an die MAFEA und Militärausgaben. Unsere Gewinnspanne dürfte sechs bis sieben Prozent betragen, jedenfalls so lange, bis wir das fehlerhafte und schrottreife Gerät ausgewechselt haben. Später sollten dann zwölf bis vierzehn Prozent Gewinn erzielbar sein.« Er öffnete die Augen wieder. »Außer Mylord ringt sich dazu durch, die gleichen Methoden anzuwenden wie seine Vorgänger.«

»Unser Ziel ist eine ständige und sichere planetarische Basis«, erwiderte Leto. »Und das setzt voraus, daß sich durch unsere Ankunft das Leben einer ganzen Reihe von Menschen zum Guten hin verändert. Speziell das Leben der Fremen.«

»Hauptsächlich das der Fremen«, bekräftigte Hawat.

»Unsere Herrschaft über Caladan«, führte der Herzog aus, »basierte auf unseren See- und Luftstreitkräften. Auf Arrakis wird uns nichts anderes übrigbleiben, als eine Wüstenstreitmacht aufzubauen, die möglicherweise eine Luftstreitmacht beinhalten kann, aber nicht muß. Ich erinnere nur daran, daß die Thopter hier über so gut wie keine Abwehrschilde verfügen.« Er schüttelte den Kopf. »Unsere Vorgänger gingen nach dem Schema zu Werke, daß die Ausfälle in den Reihen ihrer Leute jederzeit durch neu zu engagierende Freiwillige von anderen Planeten aufgefüllt werden konnten. Das kommt für uns gar nicht in Frage, denn ich bin sicher, daß sich in jeder Gruppe von neuen Leuten ihre Agenten befinden würden.«

»Unter diesen Umständen müssen wir natürlich mit einer reduzierten Ernte und einem kleineren Gewinn rechnen«, meinte Hawat. »Unsere Ausbeute dürfte sowieso nur weniger als ein Drittel in den ersten beiden Ernteperioden betragen.«

»Das«, sagte der Herzog, »ist genau das, was wir erwartet haben. Was die Fremen angeht, so dürfen wir keine Minute verlieren. Bevor der erste Prüfer der MAFEA auf Arrakis erscheint, müssen wir fünf komplette Fremen-Bataillone aufgestellt haben.«

»Das wird ein wenig knapp, Sire«, meinte Hawat.

»Wir haben für nichts genug Zeit, das weißt du selbst. Sie werden so schnell, wie sie es schaffen, mit den Sardaukar in Harkonnen-Uniform hier hereinbrechen. Mit wie vielen sollten wir rechnen, Thufir?«

»Ich nehme an, vier oder fünf Bataillone, Sire, kaum mehr. Schließlich sind die Kosten für Truppentransporte auch nicht zu verachten.«

»Dann dürften fünf Bataillone Fremen zusammen mit

unseren eigenen Truppen wohl ausreichend sein. Wenn wir dem Landsraad ein paar gefangene Sardaukar vorführen können, wird das einiges in Bewegung setzen, Profit hin, Profit her.«

»Wir werden unser Bestes tun, Sire.«

Paul musterte seinen Vater, dann Hawat, und ihm fiel plötzlich ein, daß dieser große alte Mann drei Generationen von Atreides gedient hatte. Aber er war dabei gealtert. Es zeigte sich in dem rheumatischen Glanz seiner braunen Augen und im Knarren und Brennen seiner Knochen, die jedes Wetter im voraus spürten. Und in seinem gerundeten Rücken. Hawats Lippen wiesen die charakteristische Färbung des Saphosaftes auf.

Und wieviel hängt von diesem alten Mann ab, dachte er.

»Wir befinden uns zur Zeit in einem Assassinenkrieg«, fuhr der Herzog fort, »der allerdings sein volles Ausmaß noch nicht erreicht hat. Thufir, in welchem Zustand befindet sich das von den Harkonnens zurückgelassene Agentennetz?«

»Wir haben zweihundertneunundfünfzig Leute in Schlüsselpositionen ausgeschaltet, Mylord. Ich glaube nicht, daß es noch viel mehr als drei illegale Zellen auf Arrakis gibt. Alles in allem dürften das etwa hundert Leute sein.«

»Waren die Leute, die ihr festgesetzt habt, vermögend?«

»Die meisten waren gutsituiert, Mylord. Unternehmer.«

»Ich möchte, daß sie alle auf der Stelle enteignet werden«, sagte der Herzog. »Seht zu, daß der Kaiserliche Schiedsmann darüber informiert wird. Wir berufen uns darauf, daß sie alle unter falschen Voraussetzungen auf Arrakis geblieben sind. Beschlagnahme alles, was sie besitzen. Und sorge dafür, daß die Krone ihre üblichen zehn Prozent davon abbekommt. Die ganze Sache muß völlig legal über die Bühne gehen.«

Thufir grinste und zeigte dabei seine rotgefärbten Zähne unter schmalen Lippen. »Ein vorzüglicher Schachzug, Mylord. Schande über mich, daß ich nicht schon selbst darauf gekommen bin.« Halleck, am anderen Tischende, runzelte die Stirn. Er stellte fest, daß Pauls Gesicht einen unwilligen Ausdruck zeigte.

Das ist eine falsche Taktik, dachte Paul. *Es wird nur dazu führen, daß die noch nicht Entlarvten um so härter gegen uns kämpfen werden, weil sie nichts mehr zu verlieren haben.*

Er wußte, daß diese in einem Kanly angewendete Auseinandersetzung auf Leben und Tod alle Mittel rechtfertigte, aber dieser Schachzug konnte ebenso zu ihrem Sieg wie zu ihrer Niederlage führen.

»Ich war ein Fremder in einem fremden Land«, zitierte Halleck.

Paul warf einen Blick zu ihm hinüber. Er erkannte die Stelle, die aus der O.-K.-Bibel stammte, und fragte sich: *Ist Gurney ebenfalls die fortwährenden Intrigen satt?*

Der Herzog blickte kurz in die Dunkelheit hinaus und sagte dann, Halleck zugewandt: »Gurney, wie viele dieser Sandarbeiter hast du dazu bringen können, bei uns zu bleiben?«

»Alles in allem hundertsechsundachtzig, Sire. Ich glaube, wir sollten uns dennoch glücklich schätzen. Es sind alles tüchtige Leute.«

»Nicht mehr?« Der Herzog verzog die Lippen. Dann: »Nun, dann richte ihnen...«

Ein Geräusch an der Tür brachte ihn zum Verstummen. Duncan Idaho kam an den dort aufgestellten Wachtposten vorbei, eilte die Längsseite des Tisches entlang und beugte sich an das Ohr des Herzogs.

Leto winkte ihn zurück und sagte: »Rede laut, Duncan. Du siehst doch, daß wir hier eine Stabsversammlung abhalten.«

Paul gab sich die Mühe, Idaho eingehend zu studieren, und kam doch wieder zu dem gleichen Schluß. Die fast unbewegliche Miene dieses Mannes, die es ihm, wenn er als sein Kampflehrer fungierte, kaum ermöglichte, seine Reflexe zu lesen, hatte sich nicht verändert. Idahos dunkles, rundes Gesicht wandte sich Paul zu, obwohl seine Augen keinen Ausdruck des Erkennens zeigten.

Idaho sah die Leute längs des Tisches an und sagte dann: »Wir haben eine Gruppe von Harkonnen-Schlägern hochgenommen, die sich als Fremen verkleidet hatte. Die Fremen selbst schickten uns einen Kurier, um uns vor dieser dreisten Bande zu warnen. Während des Kampfes gelang es den Schlägern jedoch, den Kurier tödlich zu verwunden. Wir haben ihn mit hierhergebracht, damit sich unsere Ärzte um ihn kümmern sollten, aber es war bereits zu spät. Ich war bis zuletzt bei ihm und stellte fest, daß er sich alle Mühe gab, etwas wegzuwerfen, das er bei sich getragen hatte.« Idaho schaute Leto an. »Es war ein Messer, Mylord! Ein Messer, und ich wette, daß Sie so etwas noch nie gesehen haben.«

»Etwa ein Crysmesser?« fragte einer der Offiziere.

»Zweifellos«, nickte Idaho. »Es ist von milchigweißer Farbe und leuchtet in irgendeinem inneren Licht.« Er langte in seine Tunika und förderte eine Scheide zutage, aus der ein schwarzer Griff ragte.

»Die Klinge bleibt in der Scheide!«

Die Stimme, die von der offenen Tür herkam, vibrierte und war so durchdringend, daß alle Köpfe herumflogen.

Eine hochgewachsene, unter einer Robe verborgene Gestalt stand dort, die lediglich von den übereinandergekreuzten Schwertern der Wachtposten am Weitergehen gehindert wurde. Das sandfarbene Gewand und die tief in die Stirn gezogene Kapuze verhüllten den Mann so, daß nur seine Augen zu sehen waren. Sie leuchteten in einem dunklen Blau und enthielten nicht das geringste Weiß.

»Lassen Sie ihn eintreten«, flüsterte Idaho.

»Der Mann kann passieren«, sagte der Herzog.

Die Wachen zögerten etwas. Dann senkten sie ihre Klingen.

Der Mann kam herein und blieb genau vor Leto stehen.

»Dies ist Stilgar, der Herrscher des Sietch, den ich besuchte und von dem aus man uns vor den verkleideten Agenten warnte«, erklärte Idaho.

»Seien Sie mir willkommen, Sir«, begrüßte Leto den Fremen. »Aber warum untersagen Sie uns, die Klinge aus der Scheide zu ziehen?«

Stilgar warf Idaho einen kurzen Blick zu und erwiderte: »Sie haben Gelegenheit gehabt, zu beobachten, wie tief unsere Reinheitsriten in uns verwurzelt sind. Ich würde Ihnen gestatten, die Klinge des Mannes anzusehen, mit dem Sie befreundet waren.« Er wandte sich den anderen zu. »Aber ich kenne diese anderen Leute nicht. Würden Sie sie eine geweihte Waffe entehren lassen?«

»Ich bin Herzog Leto«, sagte der Herzog. »Würden Sie es mir gestatten, sie anzusehen?«

»Ich würde Ihnen gestatten, das Recht, sie aus der Scheide zu ziehen, zu erwerben«, gab Stilgar zurück. Als sich Protestgesumme in der Runde erhob, hob er eine dünne, mit dunklen Venen versehene Hand. »Ich erinnere daran, daß dies die Waffe eines Mannes ist, der mit euch befreundet war.«

In der nun ausbrechenden Stille besah sich Paul den Mann genauer und fühlte förmlich die ihn umgebende Aura. Er war ein Führer. Ein Fremen-Führer.

Ein Mann, der nicht weit von Paul entfernt saß, murmelte: »Wer ist er überhaupt, daß er es wagt, uns zu erzählen, über welche Rechte wir auf Arrakis verfügen?«

»Man sagt, daß Herzog Leto Atreides mit der Einwilligung der Beherrschten regiert«, führte der Fremen aus. »Lassen Sie mich erklären, wie das bei uns vor sich geht: Auf den, der ein Crysmesser gesehen hat, fällt eine besondere Verantwortung.« Er sah Idaho ganz kurz an. »Diejenigen, die es sehen, sind die unsrigen. Sie werden Arrakis ohne unsere Erlaubnis niemals wieder verlassen.«

Halleck und mehrere andere erhoben sich. Einige Gesichter zeigten offenen Ärger. Und Halleck war es, der schließlich hervorstieß: »Herzog Leto allein ist es, der entscheidet, wer...«

»Einen Augenblick«, unterbrach Leto ihn mit müder Stimme, die die aufgeregten Männer sofort wieder gefangennahm. *Dies sollten wir nicht übers Knie brechen,* dachte er. Zu dem Fremen gewandt, meinte er: »Sir, ich ehre und respektiere die Würde eines jeden Menschen, der auch die meinige respektiert. Ich bin Ihnen zu aufrichtigem Dank verpflichtet. Und ich pflege meine Schulden immer zu begleichen. Wenn es Ihr Wille ist, daß dieses Messer in seiner Umhüllung bleibt, dann ist das mir ein Befehl. Und wenn es noch eine andere Möglichkeit gibt, das Angedenken an diesen Mann zu ehren, der sein Leben dafür gab, uns zu warnen, so zögern Sie nicht, sie beim Namen zu nennen.«

Der Fremen starrte den Herzog an und zog dann langsam seinen Schleier beiseite. Ein hageres Gesicht, mit einer dünnen Nase und einem vollippigen Mund, umsäumt von einem schwarzen Bart, kam dahinter zum Vorschein. Dann beugte sich Stilgar über die Tischplatte und spuckte auf ihre polierte Oberfläche.

Ein Sturm der Entrüstung brach über den Versammlungsraum herein. Augenblicklich sprangen die Stabsoffiziere auf.

Idaho brüllte: »Halt!«

Und in die plötzliche Stille hinein sagte er: »Wir danken Ihnen, Stilgar, für diese Gabe Ihres Körpers und nehmen sie dankend an. Wir akzeptieren Sie in dem Geist, in dem sie uns gegeben wurde.«

Und dann spuckte er ebenfalls auf den Tisch.

Den Kopf dem Herzog zugeneigt, sagte er: »Vergessen Sie nie, wie kostbar das Wasser hier ist, Sire. Das, was Stilgar tat, war eine Geste tiefsten Respekts.«

Leto sank in seinen Stuhl zurück, fing Pauls Blick auf und ebenso das Grinsen um seine Lippen und spürte, wie die Erregung seiner Männer sich allmählich legte. Allmählich begannen auch sie zu verstehen, welche Werte auf Arrakis galten.

Der Fremen sagte zu Idaho: »Sie haben in meinem

Sietch einen guten Eindruck gemacht, Duncan Idaho. Sind Sie Ihrem Herzog untrennbar verbunden?«

»Er meint, ob ich mich nicht seinem Stamm anschließen will, Mylord«, erklärte Idaho.

»Würde er es akzeptieren, wenn du zwei Herren dienst?« fragte Leto.

»Wünschen Sie, daß ich mit ihm gehe, Sire?«

»Ich hätte es lieber, wenn du in diesem Fall deine eigene Entscheidung triffst«, erwiderte Leto, unfähig die Dringlichkeit zur Lösung dieses Problems aus seiner Stimme zu verbannen.

Idaho sagte zu dem Fremen: »Würden Sie mich unter diesen Umständen haben wollen, Stilgar? Es wird Zeiten geben, an denen ich meinem Herzog zu dienen habe.«

»Du bist ein guter Kämpfer«, entgegnete Stilgar, »und du tatest das Beste für deinen Freund.« Er sah Leto an. »Laßt uns folgendermaßen verfahren. Idaho behält das Crysmesser als Zeichen seiner Zugehörigkeit zu uns. Natürlich muß er sich der Reinheitsprüfung unterziehen und auch die Riten mitmachen, aber das ist kein Problem. Er wird gleichzeitig ein Fremen und Soldat der Atreides sein. Auch das ist nicht unmöglich: Liet dient zwei Herren.«

»Duncan?« fragte Leto.

»Ich verstehe, Sire«, erwiderte Idaho.

»Dann bin auch ich einverstanden«, sagte Leto.

»Dein Wasser ist das unsrige, Duncan Idaho«, sagte Stilgar. »Der Körper unseres Freundes bleibt bei deinem Herzog zurück. Sein Wasser ist das der Atreides. Das bekräftigt den Bund zwischen uns.«

Leto seufzte, sah zu Hawat hinüber und fing dessen Blick auf. Hawat nickte, er schien außerordentlich zufrieden zu sein.

»Ich werde unten warten«, erklärte Stilgar, »während Idaho sich von seinen Freunden verabschiedet. Der Name unseres toten Freundes war Turok. Vergeßt es nicht, wenn die Zeit kommt, sich an seinen Geist zu erinnern. Ihr seid Turoks Freunde.«

Stilgar wandte sich um und machte Anstalten, den Raum zu verlassen.

»Wollen Sie nicht noch etwas bleiben?« fragte Leto.

Der Fremen wandte sich um, legte sich den Schleier wieder vor das Gesicht und berührte dabei etwas, das dahinter lag. Paul glaubte einen kleinen Schlauch zu erkennen, den Stilgar hinter dem Schleier zurechtrückte.

»Gibt es einen Grund dafür?« fragte er.

»Wir würden Sie ehren«, sagte Leto.

»Meine Ehre erfordert, daß ich bald an einem anderen Ort erscheine«, erwiderte der Fremen. Er sah noch einmal auf Idaho, drehte sich um und ging an den beiden Wachen vorbei zur Tür hinaus.

»Wenn die anderen Fremen ihm ähnlich sind«, schloß Leto, »haben wir es nicht schlecht getroffen.«

Idaho sagte mit belegter Stimme: »Er ist ein gutes Beispiel, Sire.«

»Du verstehst, worin künftig deine Aufgabe besteht, Duncan?«

»Ich werde Ihr Botschafter bei den Fremen sein, Sire.«

»Es wird viel von dir abhängen, Duncan. Wir benötigen mindestens fünf Bataillone dieser Leute, bevor die Sardaukar hier auftauchen.«

»Das wird einige Arbeit erfordern, Sire. Die Fremen sind ein ziemlich unabhängiges Volk.« Idaho zögerte. Dann meinte er: »Und... da ist noch eine andere Sache. Einer der Schläger, dem unser Freund Turok zum Opfer fiel, versuchte wie ein Verrückter, das Crysmesser in die Finger zu bekommen und damit zu fliehen. Als wir ihn vernahmen, gestand er, daß die Harkonnens eine Belohnung von einer Million Solaris für eine dieser Klingen ausgesetzt haben.«

Letos Lächeln gefror. »Warum setzen sie alles daran, ein solches Messer in die Finger zu kriegen?«

»Es wird aus dem Zahn eines Sandwurms hergestellt, außerdem ist es das Kennzeichen der Fremen, Sire. Ein blauäugiger Mann könnte mit einem solchen Messer in jeden Sietch eindringen. Ich wurde überall verhört, weil man mich nicht kannte – und weil ich nicht wie ein Fremen aussehe. Aber...«

»Piter de Vries«, sagte der Herzog.

»Ein teuflischer und gerissener Bursche, Mylord«, warf Hawat ein.

Idaho steckte das Messer in seine Tunika zurück.

»Paß gut darauf auf«, bat der Herzog.

»Keine Sorge, Mylord.« Er klopfte auf den winzigen Sender in seinem Gürtel. »Ich melde mich so schnell wie möglich. Thufir hat mein Code-Rufzeichen, wir benutzen die Kriegssprache.« Er salutierte, drehte sich um und folgte eilig Stilgar.

Seine Stiefelschritte waren weit zu hören.

Leto und Hawat sahen einander verstehend an und lächelten.

»Vor uns liegt noch viel Arbeit, Sire«, meinte Halleck.

»Und ich halte dich davon ab«, erwiderte Leto.

»Ich habe einen Bericht der vorgeschobenen Stützpunkte bekommen«, mischte sich nun Hawat ein. »Soll ich ihn später vortragen, Sire?«

»Nimmt er viel Zeit in Anspruch?«

»Zuviel für eine Kurzbesprechung. Aber er sagt aus, daß die Fremen behaupten, es gäbe von diesen Stützpunkten mehr als zweihundert. Sie sind während der Zeit der Kaiserlichen Teststationen errichtet worden. Sie sind nicht mehr besetzt – angeblich, und es heißt, daß sie versiegelt wurden.«

»Mit der gesamten Ausrüstung?« wollte der Herzog wissen.

»Laut Duncans Berichten, ja.«

»Und wo befinden sich diese Stationen?« fragte Halleck.

»Die Antwort, die wir auf diese Frage bekamen«, seufzte Hawat, »lautete immer: ›Liet weiß es.‹«

»Gott weiß es«, murmelte der Herzog.

»Vielleicht nicht, Sire«, warf Hawat ein. »Es hört sich eher wie eine religiöse Bezeichnung in Anführungszeichen an.«

»Auch Stilgar hat diesen Namen benutzt. Könnte er damit vielleicht eine reale Person gemeint haben?«

»Zwei Herren dienen«, murmelte Halleck.

»Das fällt eigentlich in deinen Bereich«, sagte der Herzog.

Halleck grinste.

»Dieser Schiedsmann«, meinte Leto, »der kaiserliche Ökologe - Kynes... sollte er nicht darüber informiert sein, wo die Basen liegen?«

»Sire«, machte Hawat vorwurfsvoll, »immerhin ist dieser Kynes ein kaiserlicher Bediensteter!«

»Und er ist eine ganz schöne Strecke vom Hof des Imperators entfernt«, gab Leto zu bedenken. »Wir brauchen diese Basen. Sie müssen voll von Ersatzteilen und Materialien sein, die wir zur Reparatur unseres Maschinenparks gebrauchen können.«

»Sire!« gab Hawat zu bedenken. »Sie gehören immer noch zum Eigentum Ihrer Majestät!«

»Das Wetter«, sagte Leto träumerisch, »ist auf diesem Planeten so mörderisch, daß es beinahe alles zerstören kann. Wir können immer noch alles auf das Wetter schieben. Schnappt euch zuerst diesen Kynes und versucht herauszufinden, ob die Stützpunkte überhaupt existieren.«

»Es könnte gefährlich sein, sie für unsere Ziele einzusetzen«, sagte Hawat. »Duncan war zumindest eines klar: diese Basen - oder die Idee, der sie dienten - haben eine tiefe Bedeutung für die Fremen. Wir könnten sie vielleicht verärgern, wenn wir sie übernehmen.«

Paul las an den Gesichtern der Männer um sich herum die Intensität ab, mit der sie dem Gespräch folgten. Sie schienen irgendwie verwirrt vom Verhalten seines Vaters zu sein.

»Hör auf ihn«, sagte Paul. »Er sagt die Wahrheit, Vater.«

»Sire«, begann Hawat erneut, »diese Stützpunkte könnten uns wirklich dazu dienen, jede uns verbliebene Maschine zu reparieren. Aber aus strategischen Gründen sollten wir vorerst darauf verzichten. Es könnte ein Zeichen von Unbesonnenheit sein, uns ohne weiteres Wissen über ihre Bedeutung an sie heranzumachen. Dieser Kynes verfügt über die Autorität eines imperialen Schiedsmannes, das sollten wir keinesfalls vergessen. Und die Fremen gehorchen ihm.«

»Dann gehen wir eben mit etwas sanfteren Mitteln an das Problem heran«, entschied der Herzog. »Ich möchte auf jeden Fall wissen, ob diese Stützpunkte überhaupt existieren.«

»Wie Sie wollen, Sire.« Hawat setzte sich zurück und senkte den Blick.

»In Ordnung«, meinte der Herzog. »Wir sind uns nun im klaren darüber, was uns erwartet - nämlich harte Arbeit. Aber wir sind dazu ausgebildet und haben einige Erfahrungen vorzuweisen. Wir wissen ebenso, daß ein Lohn auf uns wartet - und auch über die Alternativen machen wir uns nichts vor. Jeder sollte jetzt genauestens im Bilde sein.« Er sah zu Gurney hinüber. »Am besten nimmst du dich der Schmuggler an.«

»Und so begebe ich mich denn hin zu den Rebellen, die in der Wüste hausen«, zitierte Halleck feierlich.

»Irgendwann werde ich dich schon noch ohne eine schlagfertige Antwort erwischen«, schmunzelte der Herzog. »Und dann stehst du nackt vor mir.« Die am Tisch versammelten Männer lachten, aber es war nicht zu überhören, daß sich die meisten dazu zwingen mußten.

Leto sagte zu Hawat: »Sorg dafür, daß der Nachrichtenmann auf diesem Stockwerk einen Mitarbeiter erhält. Wenn es soweit ist, möchte ich mit dir sprechen.«

Hawat stand auf und sah in die Runde, als erwarte er, daß ihn jemand unterstütze. Dann geleitete er als erster die übrigen Männer aus dem Raum. Die Offiziere folgten ihm hastig in kleinen Gruppen.

Allgemeine Verwirrung, dachte Paul, während sein Blick auf die Rücken der letzten Hinausgehenden fiel. Bisher hatten Besprechungen dieser Art meistens zu konkreten Ergebnissen geführt. Diesmal war ihm die ganze Sache ziemlich einseitig erschienen. Und sie hatte mit einer verhohlenen Auseinandersetzung geendet.

Zum erstenmal zwang Paul sich dazu, ernsthaft über mögliche Verteidigungsmaßnahmen nachzudenken. Es war nicht die Angst, die ihn dazu brachte - oder etwa die Warnung, die er von der Ehrwürdigen Mutter erhalten hatte. Nein, der Grund war, daß er sich selbst in den Strudel der Ereignisse hineingestürzt hatte.

Mein Vater ist verzweifelt, dachte er. *Es geht nicht so, wie er es sich vorgestellt hat.*

Und Hawat - er rief sich ins Gedächtnis zurück, wie der alte Mentat reagiert hatte - zeigte deutlich dieses Zögern und die Zeichen innerer Unruhe.

Hawat machte sich ernsthafte Sorgen.

»Es wird am besten sein«, sagte der Herzog, »wenn du den Rest der Nacht hier verbringst, mein Sohn. Es ist sowieso bald Morgen. Ich werde deiner Mutter deswegen Bescheid geben.« Müde stand er auf. »Warum stellst du nicht ein paar von den Stühlen zusammen und versuchst dich ein wenig hinzulegen?«

»Ich bin nicht sehr müde, Sire.«

»Wie du meinst.«

Der Herzog faltete hinter dem Rücken die Hände und begann unruhig an den Tischen entlang auf und ab zu gehen.

Wie ein Tier im Käfig, durchzuckte es Paul.

»Hast du vor, diese Verräter-Geschichte mit Hawat zu diskutieren?« fragte er.

Der Herzog blieb vor seinem Sohn stehen und erwiderte, den verdunkelten Fenstern zugewandt: »Wir haben diese Möglichkeit schon mehr als einmal in Erwägung gezogen.«

»Die alte Frau schien sich ziemlich sicher zu sein«, meinte Paul. »Und die Botschaft der Ehrwürdigen Mutter...«

»Wir haben alle Sicherheitsmaßnahmen ergriffen«, erwiderte der Herzog. Er warf einen Blick durch den Raum, und Paul bemerkte in seinem Blick die Anzeichen einer gejagten Kreatur. »Bleib hier. Ich habe noch einige Dinge mit Thufir zu besprechen.«

Als er hinausging, nickte er den Wachtposten kurz zu.

Paul starrte auf die Stelle, an der sein Vater zuletzt gestanden hatte. Schon bevor der Herzog hinausgegangen war, war sie ihm merkwürdig leer erschienen. Und er erinnerte sich an die Warnung der Ehrwürdigen Mutter: »... für deinen Vater gibt es keinen Ausweg.«

13

Am ersten Tag, als Muad'dib mit seiner Familie durch die Straßen von Arrakeen fuhr, erinnerten sich viele der am Wegesrand stehenden Menschen der Legenden und Prophezeiungen und riefen laut: »Mahdi!« Doch waren ihre Rufe mehr eine Frage als eine Feststellung, weil sie bis dahin nur damit rechneten, er sei der Lisan al-Gaib, die Stimme der Außenwelt. Aber sie lenkten ihre Aufmerksamkeit ebenso auf seine Mutter, weil bereits bekannt war, daß sie zu den Bene Gesserit gehörte, was sie für die Leute praktisch in den gleichen Rang erhob.

Aus ›Leitfäden des Muad'dib‹,
von Prinzessin Irulan

Der Herzog fand – geleitet von einer Wache – Thufir in einem Eckzimmer. Die Geräusche einer Gruppe von Männern, die im Nebenzimmer eine nachrichtentechnische Ausrüstung bedienten, waren nicht zu überhören, dennoch war dieser Raum einigermaßen ruhig.

Der Herzog sah sich um, und Hawat erhob sich hinter einem von Papieren überladenen Tisch. Es war ein grüngestrichenes Zimmer, zur Einrichtung gehörten außer dem Tisch noch drei Suspensorsessel, von deren Rückenlehnen man das Wappen der Harkonnens offenbar sehr eilig entfernt hatte. Der farbliche Unterschied war einwandfrei zu erkennen.

»Die Stühle sind sicher«, sagte Hawat. »Wo ist Paul, Sire?«

»Ich habe ihn im Konferenzzimmer zurückgelassen. Ich hoffe, daß er ein wenig Ruhe hat, solange ich nicht da bin.«

Hawat nickte und durchquerte eilig den Raum, um die Tür zum Nebenzimmer zu schließen. Der Lärm verstummte.

»Thufir«, begann der Herzog, »ich habe über die Gewürzlager des Imperators und der Harkonnens nachgedacht.«

»Ich verstehe nicht.«

Der Herzog schürzte die Lippen. »Lagerhäuser sind sehr anfällig.« Als Hawat etwas erwidern wollte, hob er die Hand. »Natürlich nicht die des Imperators. Normalerweise würde es ihm sicherlich gefallen, wenn die Harkonnens eine Schlappe erleiden. Und wie sollte der Baron in der Lage sein, sich darüber zu beschweren, wo er nicht einmal offen zugeben darf, daß er diese Lagerhäuser besitzt?«

Hawat schüttelte den Kopf. »Das kostet uns zu viele Leute.«

»Dann setzen wir Idahos Männer ein. Möglicherweise würde es sogar einer ganzen Reihe von Fremen gefallen, Arrakis mal von oben zu sehen. Ein Überfall auf Giedi Primus - solche Manöver können sich als gute Möglichkeiten der Ablenkung erweisen, Thufir.«

»Wie Sie wünschen, Mylord.« Als Hawat sich abwandte, erkannte der Herzog Nervosität in dem alten Mann. Er dachte: *Möglicherweise glaubt er, ich mißtraue ihm. Er sollte ahnen, daß ich vor Verrätern gewarnt wurde. Nun - am besten, ich beruhige ihn gleich.*

»Thufir«, begann er, »da du einer der wenigen bist, denen ich völlig vertrauen kann, will ich dir sagen, daß es auch noch ein anderes Problem gibt, über das wir reden müssen. Wir wissen beide, daß wir ständig auf der Lauer liegen müssen, um zu verhindern, daß unsere Streitkräfte von Verrätern unterwandert werden... Ich habe zwei neue Mitteilungen erhalten.«

Hawat drehte sich um und starrte ihn an.

Und Leto wiederholte die Geschichten, die Paul ihm erzählt hatte.

Anstatt zu einer intensiven Mentat-Konzentration zu führen, schienen die Neuigkeiten Hawat eher noch nervöser zu machen.

Leto beobachtete den alten Mann nachdenklich und sagte schließlich: »Du verbirgst etwas vor mir, alter Freund. Und das ist mir bereits während der Stabskonferenz aufgefallen. Was ist es, daß du vor der Versammlung nicht davon sprechen wolltest?«

Hawats saphogefärbte Lippen formten sich zu einem schmalen Strich, an dessen Rändern die Falten des Alters nur um so mehr hervorstachen. Sie bewegten sich kaum, als er erwiderte: »Mylord – ich weiß nicht, wie ich es ausdrücken soll.«

»Wir haben bereits so oft füreinander den Kopf hingehalten, Thufir«, entgegnete der Herzog, »daß es zwischen uns eigentlich keine verbalen Probleme mehr geben sollte.«

Hawat starrte ihn an und dachte dabei: *So mag ich ihn am liebsten. Dies ist der Mann von Ehre, der meine völlige Loyalität anerkennt. Aber – wie kann ich ihm Schmerzen zufügen?*

»Nun?« verlangte Leto.

Hawat zuckte mit den Achseln. »Es handelt sich um ein Bruchstück einer Nachricht, die wir einem Kurier der Harkonnens abnahmen. Die Botschaft war an einen Agenten namens Pardee gerichtet. Wir haben gute Gründe, anzunehmen, daß Pardee der Leiter aller subversiven Agenten der Harkonnens auf Arrakis war. Und die Botschaft selbst – entweder hat sie gar keine oder riesengroße Auswirkungen. Sie läßt sich auf verschiedene Weise interpretieren.«

»Und was ist ihr genauer Inhalt?«

»Es ist nur ein Bruchstück, Mylord. Nicht vollständig. Sie war auf einem minimischen Film, der sich in der üblichen Vernichtungskapsel befand. Es gelang uns, die bereits aktiv werdende Säure zu stoppen, aber was übrig blieb, war nur ein Fetzen. Doch er ist, nun ja, sehr unterschwellig.«

»Tatsächlich?«

Hawat biß sich auf die Lippen. »Der Text lautet: ›...eto wird niemals vermuten, daß der tödliche Schlag von einer geliebten Hand ausgeführt wird. Allein diese Erkenntnis wird ihn zerstören.‹ Die Botschaft trug das Siegel des Barons. Ich habe es selbst gesehen.«

»Diese Schlußfolgerung ergibt sich ganz automatisch«, erwiderte der Herzog. Seine Stimme war plötzlich von eisiger Kälte.

»Ich hätte mir lieber einen Arm abgeschnitten, als Ihnen weh zu tun«, sagte Hawat. »Mylord, was ist, wenn...«

»Lady Jessica«, sagte Leto und fühlte, wie die Wut ihn überspülte. »Konntet ihr nicht auch den Rest der Nachricht aus diesem Pardee herausprügeln?«

»Leider lebte Pardee schon nicht mehr, als wir diesen Kurier aufbrachten. Und der Kurier - das steht fest - wußte überhaupt nicht, welchen Text er transportierte.«

»Ich verstehe.«

Kopfschüttelnd dachte Leto: *Welch eine schmutzige Intrige! Natürlich ist kein Wort davon wahr. Ich kenne doch meine Frau!*

»Mylord, wenn...«

»Nein!« bellte der Herzog. »Das muß ganz einfach ein Mißverständnis sein!«

»Aber wir können es dennoch nicht ignorieren, Mylord.«

»Sie gehört seit sechzehn Jahren zu mir! In diesen Jahren hätte sie zahllose Möglichkeiten gehabt, um mich... Du selbst hast damals die Schule und Jessica überprüft!«

Hawat erwiderte bitter: »Manchmal entgeht auch mir etwas, Mylord.«

»Und ich sage dir, daß das unmöglich ist! Die Harkonnens haben vor, die *gesamte* Familie Atreides auszulöschen, und das bedeutet, daß sie es auch auf Paul abgesehen haben. Sie haben es bereits einmal versucht. Hältst du es für möglich, daß eine Frau gegen ihren eigenen Sohn konspiriert?«

»Vielleicht konspiriert sie gar nicht gegen ihren Sohn.

Und das, was gestern geschah, könnte eine geschickte Täuschung gewesen sein.«

»Ausgeschlossen.«

»Sire, es ist ihr untersagt, ihre Abstammung zu erfahren. – Aber was könnte geschehen, wenn sie es doch herausgefunden hat? Wenn sie zum Beispiel... eine Waise wäre, deren Eltern einem Atreides zum Opfer fielen?«

»Dann hätte sie schon viel früher gehandelt. Etwas Gift in ein Getränk... ein Stilett zwischen die Rippen. Wer hätte eine bessere Möglichkeit gehabt als sie?«

»Die Harkonnens wollen Sie *vernichten,* Mylord, nicht einfach nur töten. Bei einer Kanly gibt es große Variationsmöglichkeiten. Und man plant möglicherweise ein Kunstwerk in der Ausführung dieser Morde.«

Die Schultern des Herzogs sanken herab. Er schloß die Augen und sah plötzlich alt und müde aus. *Es kann nicht sein,* dachte er. *Diese Frau hat ihr Herz für mich geöffnet.*

»Welchen besseren Weg zu meiner Vernichtung könnte es geben, als mich auf die Frau zu hetzen, die ich liebe?« fragte er.

»Das ist auch eine von den Interpretationen, die ich bereits berücksichtigt habe«, erwiderte Hawat. »Und doch...«

Der Herzog öffnete die Augen, musterte Hawat und dachte: *Es ist nur richtig, wenn er mißtrauisch ist. Das Mißtrauen ist seine Aufgabe, nicht die meine. Wenn ich den Eindruck erwecke, dies zu glauben, macht ihn das vielleicht unvorsichtig.*

»Was schlägst du also vor?« flüsterte er.

»Für den Augenblick lediglich eine völlige Überwachung, Mylord. Ich werde dafür sorgen, daß die Beschattung unauffällig vor sich geht. Idaho wäre genau der richtige Mann für diese Aufgabe. Vielleicht können wir erreichen, daß er in einer Woche wieder zurück ist. In seiner Gruppe befindet sich ein junger Mann in Ausbildung, der geradezu ideal als Ersatzmann für ihn einspringen könnte – bei den Fremen. Er besitzt das nötige diplomatische Fingerspitzengefühl.«

»Unsere Stellung bei den Fremen darf nicht darunter leiden«, gab der Herzog zu.

»Das wird sie nicht, Sire.«

»Und was wird mit Paul?«

»Vielleicht könnte sich Dr. Yueh mit ihm beschäftigen.«

Leto wandte Hawat den Rücken zu. »Ich überlasse das dir.«

»Ich werde auf jeden Fall diskret zu Werke gehen, Mylord.«

Zumindest darauf kann ich zählen, dachte Leto. Laut sagte er: »Ich mache jetzt einen Spaziergang. Wenn du mich brauchst, ich bin nicht weit vom Tower entfernt. Die Wache kann...«

»Mylord, bevor Sie gehen, möchte ich Ihnen noch einen Filmclip zeigen, den Sie lesen sollten. Es handelt sich um eine erste Einschätzung der Fremen-Religion. Sie werden sich daran erinnern, daß Sie mir den Auftrag gaben, darüber einen Bericht zusammenzustellen.«

Der Herzog blieb stehen und sagte, ohne sich umzuwenden: »Hat das nicht etwas Zeit?«

»Natürlich hat es das, Mylord. Aber Sie fragten danach, was die Leute riefen, als wir nach Arrakeen kamen. Sie riefen ›Mahdi‹ und sie meinten damit den jungen Herrn. Als sie...«

»Paul?«

»Ja, Mylord. Es existiert eine Legende auf Arrakis, eine Prophezeiung, nach der eines Tages ein Führer zu ihnen kommen wird, das Kind einer Bene Gesserit. Er soll sie in die Freiheit führen. Die Prophezeiung ähnelt der bekannten Messiaslegende.«

»Sie glauben, Paul sei...«

»Sie hoffen es nur, Mylord.« Hawat reichte ihm den Clip.

Der Herzog nahm ihn und steckte ihn in die Tasche. »Ich werde es mir später ansehen.«

»Selbstverständlich, Mylord.«

»Jetzt brauche ich erst etwas Zeit zum – Nachdenken.«

»Ja, Mylord.«

Der Herzog tat einen tiefen Atemzug, der beinahe wie ein Seufzer klang, und ging hinaus. Er hielt sich nach rechts, legte die Hände hinter dem Rücken zusammen und schritt langsam den Korridor entlang und achtete kaum darauf, wohin er lief. Er ging vorbei an Korridoren, Treppen und Sälen und an Männern, die bei seinem Auftauchen salutierten.

Irgendwann kam er in den Konferenzsaal zurück, wo er Paul auf einigen zusammengestellten Stühlen schlafend fand, zugedeckt mit der Jacke eines Bewachers. Unter seinem Kopf lag ein Sturmgepäck. Der Herzog durchquerte den Raum und ging auf den Balkon hinaus, von dem aus er das gesamte Landefeld überblikken konnte. Ein auf dem Balkon stehender Wachtposten knallte, aufgeschreckt durch das Erscheinen Letos, die Hacken zusammen.

»Stehen Sie bequem«, murmelte Leto. Er beugte sich über das eiserne Geländer, lehnte sich dagegen.

Über der Wüste begann der Morgen zu grauen. Er sah auf. Genau über ihm wirkten die Sterne wie von einem Seidenschal verdeckt. Am südlichen Horizont leuchtete der zweite Mond dünn durch die Staubschleier. Leto hatte den Eindruck, als mustere der Mond ihn mit einem ungläubigen und sarkastischen Grinsen.

Noch während er ihm zusah, tauchte der Satellit hinter die Klippen des Schildwalls. In der Sekunde der sich verfinsternden Umgebung fühlte er plötzlich, wie es ihm kalt über den Rücken hinunterlief. Er schüttelte sich. Plötzliche Wut überkam ihn.

Die Harkonnens haben mir nun zum letztenmal ihre Knüppel zwischen die Beine geworfen, dachte er. *Sie sind gierige Raffhälse, und ihr Denken bewegt sich in hinterwäldlerischen Bahnen. Ich möchte sehen, wie sie mich von hier vertreiben wollen!* Und mit einem Anflug von Traurigkeit: *Ich werde mit dem Auge und der Klaue herrschen – wie der Habicht unter den Singvögeln.* Instinktiv tastete seine Hand nach dem auf seiner Brust befestigten Falken-Emblem.

Im Osten wandelte sich die Nacht zu einem dunstigen Grau. Das Licht näherte sich dem Horizont.

Es war eine Szene von solch beeindruckender Schönheit, daß er ihr alle Aufmerksamkeit zuwandte.

Manches hier ähnelt Caladan doch, dachte er.

Er hätte sich niemals vorzustellen vermocht, daß es auf Arrakis etwas so Schönes geben konnte wie diesen zersplitterten roten Horizont mit seinen purpurnen und ockerfarbenen Klippen. Jenseits des Landefeldes, wo der matte Tau der Nacht der Saat Leben eingehaucht hatte, sah er riesige rote Blütenfelder und dazwischen vereinzelte Felder von dunklem Violett, wie die Fußspuren eines Riesen.

»Ein herrlicher Morgen, Sire«, sagte der Wachtposten.

»Das ist es wirklich.«

Der Herzog nickte und dachte: *Vielleicht wird dieser Planet noch über sich hinauswachsen. Vielleicht wird er doch noch eine Heimat für meinen Sohn.*

Er sah menschliche Gestalten, die zu den Blumenfeldern hinübergingen. Sie schwangen seltsame Behälter, die sie als Tausammler auswiesen. Auf Arrakis war die Feuchtigkeit so kostbar, daß man sogar den Tau sammelte.

Aber er könnte sich auch als Ort des Schreckens erweisen.

14

Es gibt möglicherweise keine schrecklichere Entdeckung als die, daß auch dein Vater nur ein Mensch ist – und menschliche Empfindungen hat.

Aus ›Gesammelte Weisheiten des Muad'dib‹,
von Prinzessin Irulan

Der Herzog sagte: »Paul, ich bin im Begriff, etwas Abscheuliches zu tun, aber es muß sein.«

Er stand neben dem tragbaren Giftschnüffler, den man zum Frühstück in den Konferenzraum gebracht hatte. Die Sensorarme der Maschine hingen schlaff auf der Tischplatte und erinnerten Paul an ein verendetes Insekt.

Der Herzog sah aus dem Fenster, starrte hinaus auf das Landefeld und die trübe Staubwolke, die den Morgenhimmel verdeckte.

Vor Paul lag der Betrachter, in dem sich der Filmclip über die Religionspraktiken der Fremen befand. Einer von Hawats Leuten hatte das Material zusammengestellt, und Paul war nicht wenig überrascht, daß ein Großteil des Materials sich mit seiner Person auseinandersetzte.

»Mahdi!«

»Lisan al-Gaib!«

Wenn er die Augen schloß, kehrten die Rufe der Menge sofort zu ihm zurück. *Also darauf hoffen sie,* dachte er. Und ihm fiel ein, was die Ehrwürdige Mutter zu ihm gesagt hatte: Kwisatz Haderach. Die Erinnerungen, die in ihm hochkamen, stürzten ihn im Zusammenhang mit dieser seltsamen Welt in ein Dilemma, dem er sich nicht gewachsen glaubte.

»Eine verwerfliche Sache«, sagte der Herzog.

»Was meinen Sie, Sire?«

Leto wandte sich Paul zu und sah ihn an. »Die Harkonnens glauben mich dadurch konfus machen zu können, indem sie versuchen, in mir Mißtrauen gegenüber deiner Mutter zu erwecken. Sie können sich nicht vorstellen, daß ich eher bereit wäre, mir selbst nicht über den Weg zu trauen.«

»Ich verstehe nicht, Sire.«

Wieder sah Leto aus dem Fenster. Die weiße Sonne hatte ihre Morgenposition eingenommen. Sie beleuchtete den Schildwall und die vielen Schluchten und Klippen mit milchigem Licht.

Langsam und mit leiser Stimme, um seinen Ärger zu verbergen, klärte der Herzog Paul über die mysteriöse Botschaft auf.

»Genausogut könntest du mir mißtrauen«, sagte Paul, nachdem er fertig war.

»Sie müssen glauben, daß sie mit diesem Trick Erfolg bei mir haben«, erwiderte der Herzog. »Sie müssen mich für einen ausgemachten Narren halten. Es muß realistisch wirken. Selbst deine Mutter darf nicht erfahren, was hier gespielt wird.«

»Aber, Sire, weshalb?«

»Die Reaktion deiner Mutter darf nicht gespielt wirken. Oh, ich weiß, daß sie sich, würde ich sie einweihen, gut genug verstellen könnte... aber zuviel hängt davon ab. Ich glaube, daß wir auf diese Weise den wirklichen Verräter zu einem Fehler verleiten können. Deshalb muß es so aussehen, als sei ich wirklich auf dieses Komplott hereingefallen. Und sie wird diese Last ertragen müssen, damit es nicht noch zu einem größeren Schmerz kommt.«

»Warum erzählst du mir das, Vater? Befürchtest du nicht, ich könnte es ihr weitererzählen?«

»Du unterliegst keiner Beobachtung«, erwiderte der Herzog. »Und du wirst dieses Geheimnis bewahren. Du mußt es einfach.« Er ging zu den Fensterscheiben und redete, ohne sich umzudrehen, weiter. »Sollte mir etwas passieren, kannst du ihr die Wahrheit sagen. Und sage ihr, daß ich ihr niemals mißtraut habe, niemals, verstehst du? Ich möchte, daß sie das erfährt.«

Paul erkannte die Todessehnsucht in den Worten seines Vaters und sagte rasch: »Es wird Ihnen nichts geschehen, Sire. Die...«

»Sei still, Junge.«

Paul starrte auf den Rücken seines Vaters, sah die müde Haltung seines Kopfes, die herabhängenden Schultern, seine langsamen Bewegungen.

»Du bist nur müde, Vater.«

»Ich bin *wirklich* müde«, gab der Herzog zu. »Oder besser gesagt: Ich bin fertig. Möglicherweise hat nun die melancholische Degeneration der Hohen Häuser auch auf mich übergegriffen. Und dabei waren wir einst ein starkes Volk.«

In plötzlich aufwallender Wut sagte Paul: »Unser Haus ist nicht degeneriert!«

»Tatsächlich nicht?«

Der Herzog musterte seinen Sohn, und Paul sah die dunklen Schatten unter seinen Augen. Um seinen Mund lag ein zynischer Ausdruck. »Ich sollte deine Mutter heiraten, sie zu meiner Herzogin machen. Und doch... mein Junggesellenstatus läßt einige andere Häuser immer noch hoffen, sich mit mir zu verbünden, indem sie mich mit einer ihrer ledigen Töchter verbinden.« Er zuckte mit den Achseln. »Deshalb...«

»Mutter hat mir das erklärt.«

»Nichts bringt einem Führer mehr Loyalität ein als sein persönlicher Wagemut«, sagte der Herzog. »Deshalb bleibt mir nichts anderes übrig, als das mir anhaftende Draufgängertum so lange wie möglich zu erhalten.«

»Du führst gut«, protestierte Paul. »Und du regierst gut. Die Männer lieben dich und folgen deinen Anweisungen willig.«

»Eine meiner besten Einheiten ist die Propagandaabteilung«, erklärte der Herzog. Er wandte sich erneut der Ebene zu. »Es gibt auf Arrakis für uns mehr Möglichkeiten, als das gesamte Imperium jemals vermutet hat. Und doch denke ich manchmal darüber nach, ob wir nicht fliehen sollten – abtrünnig werden. Manchmal wünsche ich mir, ob es nicht besser gewesen wäre, zurückzusinken in die Anonymität des einfachen Volkes...«

»Vater!«

»Ja, ich bin *wirklich* müde«, wiederholte der Herzog. »Weißt du eigentlich, daß wir die Rückstände des Gewürzes dazu benutzen, um aus ihnen Filme herzustellen?«

»Bitte?«

»Wir müssen verhindern, daß uns das Filmmaterial ausgeht«, fuhr der Herzog fort. »Wie sollten wir sonst den Leuten in den Dörfern und Städten unsere Informationen zuleiten? Die Leute müssen darüber informiert werden, wie gut ich sie leite. Und wie sollten sie das erfahren, wenn wir es ihnen nicht erzählen?«

»Du solltest dich schlafen legen«, sagte Paul.

Wieder sah der Herzog seinen Sohn an. »Arrakis verfügt noch über einen weiteren Vorteil, den ich noch nicht erwähnte. Das Gewürz ist alles hier. Du atmest es ein und ißt es in nahezu jeder Speise. Ich bin sicher, daß jeder Körper dadurch gewisse Abwehrstoffe gegen die gebräuchlichen Gifte aus dem Handbuch der Assassinen erzeugt. Und die Notwendigkeit, auf jeden Tropfen Wasser sorgfältig zu achten, hat ebenfalls seine Auswirkungen auf die Nahrungsproduktion. Die Hefekulturen, die gesamte Hydroponik – alles unterliegt einer strengen Überwachung. Es dürfte unmöglich sein, größere Teile unserer Bevölkerung zu vergiften – und deshalb ist es auch kaum möglich, uns auf diese Weise anzugreifen. Arrakis sorgt dafür.«

Paul wollte etwas sagen, aber der Herzog unterbrach ihn, indem er fortfuhr: »Ich brauche einfach jemanden, mit dem ich über diese Dinge sprechen kann, mein

Junge.« Er seufzte und schaute über die Landschaft, aus der jetzt sogar die Blumen verschwunden waren, niedergetrampelt von den Tausammlern, dahingewelkt unter den Strahlen der Morgensonne.

»Auf Caladan beruhte unsere Vorherrschaft auf unserer See- und Luftstreitmacht«, sagte der Herzog. »Hier auf Arrakis müssen wir eine Wüstenstreitmacht auf die Beine stellen. Dies wird deine Aufgabe werden, Paul. Was wird aus dir werden, wenn mir etwas geschieht? Du wirst kein Haus von Renegaten regieren, sondern eines von Guerillakämpfern. Du wirst ständig auf der Flucht sein und dennoch andere jagen.«

Paul suchte nach Worten, fand aber nicht die, die er sagen wollte, die das ausdrückten, was er in diesem Moment fühlte. Die fatalistische Stimmung seines Vaters war ihm völlig fremd.

»Um Arrakis zu halten«, sagte der Herzog, »wird man manchmal Entscheidungen treffen müssen, die einen möglicherweise an der eigenen Ehre zweifeln lassen werden.« Er deutete aus dem Fenster, auf den Punkt, wo die grünschwarze Flagge der Atreides schlaff an einem Pfahl am Rande des Landefeldes hing. »Dieses glorreiche Banner könnte möglicherweise zu einem Symbol des Bösen werden.«

Paul schluckte. Seine Kehle war trocken. Die Schicksalsergebenheit seines Vaters erzeugte ein leeres Gefühl in seiner Brust.

Der Herzog nahm eine müdigkeitsverdrängende Pille aus der Tasche und schluckte sie trocken hinunter. »Die Macht und die Angst«, sagte er, »sind die Voraussetzungen und Werkzeuge der Staatskunst. Ich werde dich zum Guerillakämpfer ausbilden lassen. Und was diesen Filmclip anbetrifft, Paul: die Tatsache, daß die Leute dich ›Mahdi‹ und ›Lisan al-Gaib‹ nennen, kann dir vielleicht einmal ganz nützlich sein.«

Paul starrte seinen Vater an und registrierte, daß die Pille bereits ihre Wirkung tat. Seine Gestalt straffte sich.

Aber es war ihm unmöglich, die Worte des Zweifels und der Angst zu verdrängen, die er aus dem Munde seines Vaters gehört hatte.

»Wo bleibt nur dieser Ökologe?« murmelte der Herzog. »Ich habe Thufir doch angewiesen, ihn so schnell wie möglich herzuschaffen.«

15

Eines Tages nahm mein Vater, der Padischah-Imperator, mich beiseite, und anhand der Ausbildung, die mir durch meine Mutter zuteil geworden war, merkte ich, daß er verstört war. Er brachte mich in die Halle und führte mich zu der Galerie, in der auch das Porträt von Herzog Leto Atreides hing. Ich erkannte sofort die große Ähnlichkeit, die diese beiden Männer verband: beide hatten sie die gleichen schmalen, scharfgeschnittenen Gesichter, in denen kalte Augen dominierten. »Ich hätte es gerne gesehen, meine Tochter«, sagte der Imperator zu mir, »wenn du älter gewesen wärst, als für diesen Mann die Zeit kam, sich eine Frau zu nehmen.« Mein Vater war zu diesem Zeitpunkt einundsiebzig Jahre alt, und dennoch wirkte er keinesfalls älter als der Mann auf dem Porträt. Ich war vierzehn, aber ich wußte schon damals, daß er sich nichts sehnlicher wünschte, als Leto zum Sohn zu haben, anstatt zum Gegner.

Aus ›Mein Vaterhaus‹, von Prinzessin Irulan

Nach der ersten Begegnung mit den Leuten, die er auftragsgemäß zu betrügen hatte, blieb Dr. Kynes ziemlich erschüttert zurück. Bisher hatte er sich stets für einen Anhänger exakter Wissenschaften gehalten, für einen Mann, für den die Sagen und Legenden der Völker lediglich interessante Hinweise auf kulturelle Wurzeln waren. Aber dieser Junge erfüllte die alten Prophezeiungen *so* exakt! Er besaß die *fragenden Augen* und auch die Ausstrahlung einer *reservierten Freimütigkeit.*

Natürlich enthielt die Prophezeiung eine gewisse Bandbreite: so war es zum Beispiel nicht exakt festgeschrieben, ob die Gottesmutter ihn von einem anderen Ort nach Arrakis brachte oder ihm erst hier das Leben schenken würde. Und doch war da diese seltsame Übereinstimmung zwischen der Prophezeiung und den Personen.

Sie hatten sich kurz vor Mittag im Administrationsgebäude des Landefeldes außerhalb von Arrakeen getroffen. Ein Ornithopter ohne Hoheitszeichen summte in der Nähe wie ein schläfriges Insekt. Daneben stand ein Wachtposten der Atreides mit gezücktem Schwert. Der ihn umgebende Schild flimmerte leicht.

Kynes musterte den Schild mit einem höhnischen Lächeln und dachte: *Arrakis wird euch in dieser Beziehung noch einige Überraschungen bieten!*

Der Planetologe hob eine Hand. Es war das Zeichen für seinen Fremen-Leibwächter, zurückzubleiben. Er näherte sich dem Eingang des Gebäudes, ein finsteres Loch, das wie in einen Felsen hineingeschnitten wirkte. *Und dennoch ist dieses monolithische Ding verwundbar. Und weniger geeignet als eine richtige Höhle.*

Bewegungen innerhalb des Eingangs erweckten seine Aufmerksamkeit. Er blieb stehen und benutzte die Pause dazu, seine Robe zurechtzuziehen, die den Destillanzug verdeckte.

Die Eingangstür schwang auf. Die Wachen der Atreides erschienen vor ihm, alle schwer bewaffnet. Kynes sah Lähmer, Schwerter und Schilde. Hinter ihnen tauchte ein hochgewachsener Mann mit einem Raubvogelgesicht auf. Er war dunkelhäutig und schwarzhaarig. Die Art, wie er den Djubba-Umhang mit dem Signum der Atreides trug, wies deutlich darauf hin, daß er Kleidung dieser Machart nicht zu tragen gewohnt war. An einer Seite hatte der Umhang sich mit dem Destillanzug verfangen und verhinderte so, daß er frei schwingen konnte.

Neben dem Mann ging ein Junge mit der gleichen Haarfarbe, aber einem rundlicheren Gesicht. Für sein Alter sah er ziemlich klein aus. Trotzdem erweckte seine Haltung in Kynes den Eindruck, als höre und sehe der Junge mehr Dinge als all die anderen um ihn herum. Er trug die gleiche Kleidung wie sein Vater, allerdings mit einer lässigen Eleganz, als habe er sie seit Ewigkeiten getragen.

»Der Mahdi wird erkennen, was die anderen nicht sehen«, lautete die Prophezeiung.

Kynes schüttelte den Kopf und dachte: *Sie sind genauso gewöhnliche Menschen wie wir alle.*

Mit ihnen kam ein Mann, der ebenfalls darauf vorbereitet zu sein schien, in die Wüste zu gehen. Kynes erkannte in ihm Gurney Halleck. Er atmete tief ein und versuchte die Ressentiments gegen den Mann, der ihn angewiesen hatte, wie er sich in Gegenwart des Herzogs und seines Erben zu verhalten hatte, nicht offensichtlich werden zu lassen.

»Sie dürfen den Herzog mit ›Mylord‹ oder ›Sire‹ anreden. Es wäre ebenfalls richtig, wenn Sie mit ihm als einem ›Hochwohlgeborenen‹ sprechen, obwohl dies meist eine Anrede ist, die man nur bei hochoffiziellen Anlässen verwendet. Für seinen Sohn gelten die Anreden ›junger Herr‹ oder auch ›Mylord‹. Der Herzog legt an sich keinen sehr großen Wert auf diese Formalismen, aber ist ebenso gegen plumpe Vertraulichkeiten.«

Und als die Gruppe auf ihn zukam, dachte Kynes: *Sie werden noch früh genug herausbekommen, wer wirklich auf Arrakis herrscht. Dieser Mentat wird mich die halbe Nacht lang verhören. Und sie bilden sich ein, mich dazu zu kriegen, auf Arrakis ihren Führer zu spielen und ihnen die Kunst der Gewürzgewinnung zu veranschaulichen.*

Kynes hatte recht bald gemerkt, auf was Hawats Fragen abzielten. Sie wollten an die kaiserlichen Stützpunkte heran. Und es stand ganz außer Frage, daß sie durch Idaho von ihrer Existenz erfahren hatten.

Ich werde Stilgar veranlassen, diesem Herzog Idahos Kopf zu schicken, nahm er sich vor.

Der Herzog und seine Begleiter waren nun nur noch wenige Schritte von ihm entfernt. Kynes sah, daß sie schwere Wüstenstiefel trugen, unter denen der Sand knirschte.

Er verbeugte sich. »Mylord?«

Während sie sich dem wartenden Ornithopter genähert hatten, hatte Leto den Mann eingehend betrachtet: Kynes war groß, mager, trug wüstenfeste Kleidung unter der Robe – einen Destillanzug und hohe Stiefel. Er hatte die Kapuze zurückgezogen und zeigte das sandfarbene Haar und einen schütteren Bart. Seine Augen waren Blau in Blau, seine Brauen stark. Die Rückstände einer dunklen Schminke bedeckten noch sein Gesicht.

»Sie sind der Ökologe«, stellte der Herzog fest.

»Wir bevorzugen den alten Titel, Mylord«, erwiderte Kynes. »Planetologe.«

»Wie Sie wünschen«, sagte der Herzog und sah auf Paul hinunter. »Dies, mein Sohn, ist der Schiedsmann, der Streitschlichter, der Mann, dessen Aufgabe es ist, darüber zu wachen, daß die Formen gewahrt werden und wir auf unserem Lehen nicht die Bestimmungen verletzen.« Er schaute Kynes an. »Und dies ist mein Sohn.«

»Mylord«, nickte Kynes.

»Sie sind ein Fremen?« fragte Paul.

Kynes lächelte. »Ich bin im Dorf und im Sietch gleichermaßen zu Hause, junger Herr. Aber ich bin ein Bediensteter Seiner Majestät, der Kaiserliche Planetologe.«

Paul nickte. Die Ausstrahlung des Mannes beeindruckte ihn. Halleck hatte bereits, als sie noch am Fenster des Administrationsgebäudes gestanden hatten, auf Kynes hingewiesen: »Es ist der Mann in der Fremen-Kleidung neben dem Ornithopter.«

Paul hatte ihn eine kurze Weile mit einem Feldstecher beobachtet und schon dabei waren ihm die hohe Stirn und der Strenge ausdrückende Mund des Besuchers aufgefallen. Und Halleck hatte in Pauls Ohr geflüstert: »Ein seltsamer Kerl. Er hat eine ungewöhnliche Ausdrucksweise und spricht beinahe druckreif. Alles an ihm ist ohne Ecken und Kanten.«

Hinter ihnen hatte der Herzog gesagt: »Ein typischer Wissenschaftler.«

Jetzt, wo Paul Kynes nur wenige Schritte entfernt gegenüberstand, wurde er sich der Macht gewahr, die dieser Mann ausstrahlte. Er wirkte wie jemand von königlichem Blut, wie ein Mensch, der dazu geboren war, Befehle zu erteilen.

»Ich weiß, daß wir Ihnen dafür zu danken haben, daß Sie uns mit diesen Destillanzügen und Umhängen versorgten«, sagte der Herzog.

»Ich hoffe, sie erfüllen ihren Zweck, Mylord«, gab Kynes zurück. »Sie entstammen der Produktion der Fremen. Ich erhielt Ihre Körpermaße von Ihrem Mann Halleck.«

»Es hat mich ein wenig verwirrt, daß Sie uns nur unter der Bedingung, daß wir diese Kleidung tragen, in die Wüste hinaus begleiten wollten«, sagte der Herzog. »Es wäre kein Problem für uns gewesen, genügend Wasser mitzunehmen. Außerdem beabsichtigten wir sowieso nicht, länger draußen zu bleiben. Und einen Schutz aus der Luft haben wir auch. Sehen Sie die Eskorte dort hinten? Es ist ziemlich unwahrscheinlich, daß wir... daß uns etwas Unvorhergesehenes zur Landung zwingt.«

Kynes starrte ihn an. Sein ganz besonderes Augenmerk richtete er dabei auf die im Gegensatz zu allen anderen Bewohnern von Arrakis nicht vertrocknet wirkende Haut des Herzogs.

Kalt erwiderte er: »Auf Arrakis sprechen Sie besser nicht von Wahrscheinlichkeiten. Das einzige, was hier zählt, sind Möglichkeiten.«

Hallecks Gestalt versteifte sich. »Sie haben den Herzog mit ›Mylord‹ oder ›Sire‹ anzureden!«

Leto gab Halleck einen heimlichen Wink, um ihn zum Verstummen zu bringen und sagte: »Was uns anbetrifft, so sind wir ziemlich unerfahren, Gurney. Wir müssen unsere Erfahrungen schon selber machen.«

»Wie Sie meinen, Sire.«

»Wir stehen in Ihrer Schuld, Dr. Kynes«, wiederholte

Leto. »Und wir werden uns an Ihre Freundlichkeit zu erinnern wissen.«

Wie von selbst schien ein Zitat aus der O.-K.-Bibel in Pauls Gedächtnis auf. Er sagte: »Die Gabe ist ein Segen für den Gebenden.«

In der herrschenden Stille klangen seine Worte lauter, als er beabsichtigt hatte. Die Leibwächter, die Kynes mitgebracht hatte und die sich bisher im Schatten des Verwaltungsbaus aufgehalten hatten, sprangen plötzlich auf und begannen mit einer erregt wirkenden Diskussion. Einer der Männer rief laut: »Lisan al-Gaib!«

Kynes wirbelte herum, gab ihnen ein wütendes Handzeichen und scheuchte die Männer davon. Sie zogen sich wieder in den Gebäudeschatten zurück, murmelten unverständliche Worte und verschwanden hinter der nächsten Ecke.

»Sehr interessant«, stellte Leto fest.

Kynes starrte ihn und Paul mit einem kalten Blick an und erwiderte: »Die meisten dieser Wüstenleute sind ungeheuer abergläubisch. Sie sollten nicht darauf achten. Jedenfalls sind sie nicht gefährlich.« Und insgeheim fielen ihm wieder die Worte aus der Legende ein: *»Sie werden dich mit heiligen Worten begrüßen, und ihre Gaben werden ein Segen sein.«*

Letos Einschätzung von Kynes (die auf einem kurzen mündlichen Bericht Hawats basierte, der voll von Mißtrauen gewesen war) kristallisierte sich plötzlich zu einer Erkenntnis: dieser Mann war ein Fremen. Er war mit einer Fremen-Eskorte angekommen, was natürlich auch nur bedeuten konnte, daß die Fremen den Versuch unternehmen wollten, die neue Art von Freiheit dadurch einem Test zu unterziehen, daß sie ihren Fuß auf bisher verbotene Gebiete setzten. Aber die Eskorte hatte eher wie eine Ehrengarde gewirkt. Und auf seine Art war Kynes ein stolzer Mann, das freie Leben gewöhnt und kompromißlos das aussprechend, was er für richtig hielt.

Kynes war zu einem Eingeborenen geworden.

»Sollten wir nicht aufbrechen, Sire?« fragte Halleck.

Der Herzog nickte. »Ich werde meinen Thopter selbst fliegen. Kynes kann neben mir Platz nehmen, um mir die Richtung zu weisen. Du und Paul gehen nach hinten.«

»Einen Moment bitte«, warf Kynes ein. »Mit Ihrer Erlaubnis, Sire, werde ich zuvor die Funktion unserer Anzüge prüfen.«

Obwohl der Herzog etwas erwidern wollte, fiel Kynes ihm ins Wort: »Das soll nicht nur Ihrer, sondern auch meiner Sicherheit dienen, Mylord. Ich weiß sehr wohl, wer dafür verantwortlich gemacht würde, sollte Ihnen in meiner Begleitung etwas zustoßen.«

Der Herzog runzelte die Stirn und dachte: *Ausgerechnet in diesem Moment! Wenn ich mich weigere, beleidigt ihn das bestimmt. Und dieser Mann könnte zu wichtig für mich sein, als daß ich das in Kauf nehmen kann. Trotzdem... kann ich ihn durch meinen Schild greifen lassen? Soll ich mich von ihm berühren lassen, wo ich noch so wenig über ihn weiß?*

Die Gedanken zuckten durch sein Gehirn, aber schließlich gab er sich einen Ruck. »Wir übergeben uns Ihrer Hand«, sagte er, machte einen Schritt nach vorn und öffnete seine Robe. Aus den Augenwinkeln sah er, wie Halleck Kynes überwachte, scharfäugig und mißtrauisch, ohne sich von der Stelle zu rühren. »Wenn Sie so freundlich sein würden«, fuhr Leto fort, »ich wäre Ihnen sehr verbunden, wenn Sie mir die Funktionsweise dieser Anzüge erklären könnten.«

»Selbstverständlich«, erwiderte Kynes. Er tastete nach den Schulterverschlüssen und sprach, während er den Anzug untersuchte, weiter.

»Der Anzug gleicht im Prinzip einem Mikro-Sandwich – ein hochwirksames Filter- und Wärmeaustauschsystem.« Er justierte die Schulterverschlüsse. »Die erste Schicht, die unmittelbar auf der Haut liegt, ist porös. Der Schweiß durchdringt sie, nachdem er den Körper gekühlt hat... ein fast normaler Verdunstungsprozeß. Die beiden nächsten

Schichten…« – Kynes schnallte das Brustband enger – »…enthalten Wärmeaustauscher und Salzentzieher. Das Salz wird zurückgehalten und wieder verwendet.«

Der Herzog hob beide Arme und sagte: »Sehr interessant.«

»Tief einatmen«, sagte Kynes.

Der Herzog gehorchte.

Kynes überprüfte die Unterarmverschlüse und stellte einen davon neu ein. »Körperbewegungen, besonders die Atmung«, führte er aus, »und die dabei stattfindende Osmose sorgen für den nötigen Druck zur Wasserförderung.« Er löste das Brustband um eine Spur. »Das wiedergewonnene Wasser fließt in die Fangtaschen, aus dem man es durch einen Schlauch saugt, der über die Schulter an den Mund heranreicht.«

Der Herzog drehte den Kopf, um sich das Schlauchende genauer anzusehen. »Wirksam und bequem«, konstatierte er. »Eine gutausgetüftelte Konstruktion.«

Kynes kniete nieder und untersuchte die Beinverschlüsse. »Urin und Exkremente werden in den Wadenbehältern verarbeitet«, fuhr er fort und stand auf, um den Halsverschluß zu untersuchen. »In der offenen Wüste tragen Sie einen solchen Filter vor dem Gesicht und diesen Schlauch in der Nase, der durch Filterpatronen führt. Man atmet dabei durch den Mund ein und durch die Nase aus. Wenn Sie einen Destillanzug aus der Fremen-Produktion tragen und er völlig in Ordnung ist, verlieren Sie kaum mehr als einen Fingerhut voll Wasser täglich – selbst dann nicht, wenn Sie sich in einem Großen Erg befinden.«

»Ein Fingerhut nur«, murmelte der Herzog beeindruckt.

Kynes drückte einen Finger gegen das Stirnband des Anzuges und sagte: »Möglicherweise wird es etwas scheuern. Wenn es Ihnen unangenehm wird, sagen Sie mir Bescheid. Ich werde es dann eine Kleinigkeit enger schnallen.«

»Vielen Dank«, sagte der Herzog. Er reckte sich und stellte dabei fest, daß er sich jetzt viel besser fühlte. Der

Anzug lag seinem Körper an wie eine zweite Haut und störte ihn überhaupt nicht mehr.

Kynes wandte sich Paul zu. »Nun sind Sie an der Reihe, junger Mann.«

Er scheint ein guter Mann zu sein, dachte der Herzog. *Aber er wird zu lernen haben, wie man uns richtig anzusprechen hat.*

Paul ließ die Inspektion seines Destillanzuges bewegungslos über sich ergehen. Als er ihn angezogen hatte, war ihm das neue Gefühl des Tragens nicht im geringsten fremd vorgekommen. Im Gegenteil. Obwohl er sich hundertprozentig sicher war, noch nie ein Kleidungsstück dieser Art getragen zu haben, konnte er sich des Eindrucks nicht erwehren, jede Bewegung, die er in ihr machte, sei völlig natürlich. Als er das Brustband justiert hatte, war ihm jede Handbewegung völlig klar gewesen. Ebenso hatte er gewußt, wie eng er die Nackenbänder einstellen mußte, um zu verhindern, daß sie Blasen erzeugten.

Kynes richtete sich auf. Er trat einen Schritt zurück und sein Gesicht zeigte absolute Verblüffung.

»Haben Sie schon früher Erfahrungen mit Destillanzügen gemacht?« wollte er wissen.

»Ich trage ihn zum erstenmal.«

»Dann hat jemand anders ihn für Sie eingestellt?«

»Nein.«

»Ihre Wüstenstiefel sind an den Knöcheln dichter geschnürt als an den Waden. Wer hat Ihnen gesagt, daß das so sein muß?«

»Es schien mir... die einzig richtige Art zu sein, sie so zu schnüren.«

»Das ist allerdings richtig.«

Kynes strich mit der Hand über sein Kinn und dachte an die Legende: *»Er wird eure Sitten erkennen, als sei er mit ihnen geboren.«*

»Wir vergeuden unsere Zeit«, meldete sich nun der Herzog. Er winkte zu dem wartenden Thopter hinüber, wies ihm die Richtung und erwiderte das Salutieren des Wachtpostens mit einem Kopfnicken. Dann kletterte er in die Maschine hinein, legte die Sicherheitsgurte an und überprüfte die Instrumente und Kontrollanzeigen. Die Maschine federte, als die anderen ihm folgten.

Als Kynes seinen Platz einnahm und sich den Gurt umlegte, fiel ihm die luxuriöse Innenausstattung des Thopters ins Auge: die graugrüne Polsterung, die leuchtenden Instrumente und die beinahe unglaubliche Gegenwart gefilterter Luft, die sich durch seine Lungen wusch, sobald der Einstieg sich schloß und kühlende Ventilatoren zum Leben erwachten.

Wie weich! dachte er.

»Alles klar, Sire«, gab Halleck bekannt.

Leto führte den Schwingen Energie zu und fühlte, wie sie sich wölbten und Schwung holten. Einmal, zweimal. Sie hoben sich sofort um zehn Meter in die Luft, während die Schwingen des Thopters weich ausholten und die Rückendüsen sie stetig höher hinauftrieben.

»Richtung Südost, über den Schildwall«, erklärte Kynes. »Das ist der Platz, an dem ich Ihren Sandmeister angewiesen habe, eine Fabrik arbeiten zu lassen.«

»In Ordnung.«

Der Herzog steuerte die angegebene Richtung an, während die Begleitmaschinen sich formierten und ihnen nach Südosten folgten.

»Entwurf und Konstruktion dieser Destillanzüge«, sagte der Herzog plötzlich, »scheinen mir auf hohes technisches Wissen hinzudeuten.«

»Irgendwann kann ich Ihnen auch einen Sietch zeigen, wo sie hergestellt werden«, erwiderte Kynes.

»Das würde mir gefallen«, nickte der Herzog. »Ich habe gehört, daß diese Anzüge auch in einigen Garnisonsstädten hergestellt werden sollen.«

»Das sind minderwertige Imitationen«, sagte Kynes verächtlich. »Ein Dünenmann, der Wert auf seine Haut legt, trägt nur Fremen-Anzüge.«

»Und der Wasserverlust beträgt am Tag wirklich nur einen Fingerhut voll?«

»Wenn er richtig sitzt, die Stirnkappe gut anliegt und alle Verschlüsse in Ordnung sind, verliert man die meiste Flüssigkeit lediglich durch die Handflächen«, erklärte Kynes. »Hat man keine allzu komplizierte Arbeit zu verrichten, kann man noch Schutzhandschuhe zusätzlich tragen, die meisten in der Wüste lebenden Fremen beschränken sich jedoch darauf, die Hände mit dem Saft, der aus den Zweigen des Kreosotenbusches gewonnen wird, einzureiben. Es verhindert allzugroßes Schwitzen.«

Linkerhand erhob sich die zerbrochene Landschaft des Schildwalls, Massen zackiger Felsen in Gelbbraun, durchzogen von dunklen Linien, die den Herzog an verrottete Ketten erinnerten. Es war, als hätte jemand die Felsformation aus großer Höhe abgeworfen und liegengelassen, ohne noch einen Blick daraufzuwerfen.

Sie überquerten eine flache Senke, deren in südliche Richtung weisende Öffnung bereits von herannahendem Wüstensand überspült war. Die Wüste war im Begriff, in die Senke einzudringen, ein trockener Eroberer, der sich deutlich in seiner Farbe von den dunkleren Felsen abhob.

Kynes lehnte sich in seinen Sitz zurück. Er dachte über das gesunde, kraftstrotzende Fleisch nach, das er während der Anzugkontrollen gefühlt hatte. Die drei anderen trugen Schildgurte über ihren Roben, kleine Lähmer an den Hüften und münzengroße Notrufsender an Ketten um den Hals. Der Herzog und sein Sohn verfügten zudem noch über in Ärmelscheiden verborgene Messer. Die Scheiden machten einen abgetragenen Eindruck. Diese Leute erschienen Kynes wie eine Mischung aus Verweichlichung und bewaffneter Stärke. Es war keine Frage, daß sie sich total von den Harkonnens unterschieden.

»Wenn Sie dem Imperator über den erfolgten Regierungswechsel auf Arrakis berichten, werden Sie erwähnen, daß wir die Bestimmungen einhalten?« fragte Leto. Er schaute Kynes kurz an und richtete seine Aufmerksamkeit wieder auf die Route.

»Die Harkonnens sind gegangen, und Sie sind gekommen«, erwiderte Kynes achselzuckend.

»Demnach ist alles so, wie es sein sollte?« erkundigte sich Leto.

Ein verkrampfter Muskel an Kynes' Kinn deutete an, daß er unter einer plötzlichen Spannung stand.

»Als Planetologe und Schiedsrichter bin ich direkt dem Imperium verantwortlich... Mylord.«

Der Herzog lächelte grimmig. »Aber die Realitäten kennen wir ebenfalls alle beide.«

»Ich darf Sie daran erinnern, daß Seine Majestät meine Arbeit unterstützt.«

»Tatsächlich? Und worin besteht sie?«

In der kurzen Stille zwischen Frage und Antwort dachte Paul: *Er geht diesen Kynes zu hart an.* Dann warf er Halleck einen Blick zu, aber der musizierende Krieger starrte auf die öde Landschaft hinab.

Steif sagte Kynes: »Sie sollten eigentlich über meine Pflichten als Planetologe unterrichtet sein.«

»Natürlich.«

»Es dreht sich hauptsächlich um Wüstenbiologie und Botanik – aber auch geologische Arbeit. Bohrungen und so weiter. Die Möglichkeiten, einen Planeten zu erforschen, sind beinahe unendlich.«

»Beschäftigen sich Ihre Untersuchungen auch mit dem Gewürz?«

Als Kynes den Kopf wandte, erkannte Paul, daß er über diese Frage ungehalten war.

»Das ist eine ziemlich kuriose Frage, Mylord.«

»Gewöhnen Sie sich daran, daß Arrakis nun mein Lehen ist, Kynes. Die Methoden, die ich anwende, unterscheiden sich von denen der Harkonnens. Ich habe nichts dagegen, daß Sie das Gewürz untersuchen, solange sie mir die Ergebnisse nicht verschweigen.« Er sah Kynes kurz an. »Die Harkonnens haben diese Arbeit behindert, nicht wahr?«

Kynes sah ihn an, ohne eine Antwort zu geben.

»Sie können ruhig offen reden«, sagte der Herzog. »Sie brauchen nichts zu befürchten.«

»Der Kaiserliche Hof«, murmelte Kynes, »ist in der Tat sehr weit von hier entfernt.« Und er dachte: *Was erwartet dieser weichhäutige Eindringling von mir? Hält er mich für einen solchen Narren, daß ich mit ihm zusammenarbeite?*

Der Herzog grinste, achtete aber weiter auf den Kurs. »Ich entdecke einen Mißklang in Ihrer Stimme, Sir. Wir haben Arrakis mit einer ganzen Meute vordergründig gezähmter Mörder geradezu überflutet, nicht wahr? Und dennoch bilden wir uns ein, Sie müßten sofort erkennen, daß wir ganz anders sind als unsere Vorgänger, nicht wahr?«

»Ich habe zumindest die Propaganda gelesen, mit der Sie das Dorf und den Sietch überfluten lassen«, gab Kynes zurück. »Ihr müßt auf der Seite des guten Herzogs sein! – Ihre Propagandaabteilung...«

»Jetzt reicht es!« bellte Halleck. Er wandte sich von dem Fenster ab und beugte sich vor.

Paul legte eine Hand auf Hallecks Arm.

Der Herzog sagte: »Gurney!« Er warf Halleck von der Seite einen Blick zu. »Vergiß nicht, daß dieser Mann lange unter den Harkonnens gelebt hat.«

Halleck lehnte sich wieder zurück. »Ach ja.«

»Ihr Hawat ist recht geschickt«, meinte Kynes, »aber seine Absichten sind sehr leicht zu durchschauen.«

»Sie wollen uns also die Basen zugänglich machen?« fragte der Herzog.

Kynes sagte kühl: »Sie gehören Seiner Majestät.«

»Aber Seine Majestät braucht sie nicht.«

»Seine Majestät könnte sie brauchen.«

»Ist Seine Majestät einverstanden?«

Kynes schaute Leto mißmutig an. »Arrakis könnte der

reinste Garten Eden sein, wenn sich seine Herrscher darauf besännen, daß das Gewürz nicht das einzig Wichtige auf diesem Planeten ist!«

Er hat meine Frage nicht beantwortet, dachte der Herzog. Laut sagte er: »Wie kann man ohne Geld aus dieser Welt einen Garten Eden machen?«

»Was bedeutet schon Geld«, führte Kynes aus, »wenn man mit ihm doch nicht die Dienste erstehen kann, die man nötig braucht?«

Ah, jetzt! dachte der Herzog und sagte: »Darüber sollten wir ein anderes Mal diskutieren. Ich glaube, wir sind gleich über den Schildwall hinaus. Halte ich noch den richtigen Kurs?«

»Bleiben Sie drauf«, murmelte Kynes.

Paul sah aus dem Fenster. Unter ihnen blieben die zerklüfteten Felswände nun zurück und machten einer endlosen Dünenlandschaft Platz, deren Spitzen sich wie die Wogen eines Meeres über die Landschaft erstreckten. Hier und da ragten vereinzelte dunkle Punkte aus dem Sand, möglicherweise Felsen. In der hitzeflirrenden Luft war das nicht so genau zu erkennen.

»Gibt es Pflanzen dort unten?« fragte er.

»Ein paar«, gab Kynes zurück. »In dieser Zone existieren hauptsächlich kleine Gewächse, die wir Wasserstehler nennen, weil sie sich gegenseitig das Wasser entziehen und geringe Taumengen aufnehmen. Einige Teile der Wüste wimmeln beinahe vor Leben. Aber alles hat gelernt, sich den Lebensbedingungen hier anzupassen. Wenn Sie dort unten überleben müßten, würden Sie sich anpassen müssen oder sterben.«

»Sie meinen, ich müßte einem anderen Wasser stehlen?« fragte Paul schockiert. Man hörte deutlich das Entsetzen in seinen Worten.

»Obwohl es gelegentlich auch vorkommt«, sagte Kynes, »habe ich das eigentlich nicht gemeint. Sie müssen daran denken, daß mein Klima ein besonderes Verhältnis gegenüber dem Wasser erfordert. Man denkt ständig an

Wasser, immerzu. Man verschwendet nichts, das Flüssigkeit enthält.«

Und der Herzog murmelte: »*... mein Klima!*«

»Fliegen Sie zwei Grad südlicher, Mylord«, sagte Kynes. »Vom Westen her wird Wind aufkommen.«

Der Herzog nickte. Auch er hatte die kleine Staubwolke bereits ausgemacht und änderte den Kurs in der angegebenen Richtung. Die Art, in der die Schwingen der Begleiteskorte das Licht reflektierten, wirkte beruhigend auf ihn.

»Das müßte ausreichen, um an dem Sturm vorbeizukommen«, meinte Kynes.

»Es muß gefährlich sein, direkt in den Sand hineinzufliegen«, ließ sich nun Paul vernehmen. »Stimmt es wirklich, daß er das stärkste Metall zerfetzen kann?«

»Auf diesem Breitengrad ist es weniger Sand als Staub«, erklärte Kynes. »Und die Gefahr liegt mehr darin, daß es einem die Sicht nimmt und Turbulenzen aussetzt.«

»Sehen wir heute tatsächlich, wie das Gewürz abgebaut wird?« fragte Paul.

»Höchstwahrscheinlich«, erwiderte Kynes.

Paul lehnte sich zurück. Er hatte sein möglichstes getan und die Fragen genau auf die Art gestellt, die seine Mutter ›eine Person aufnehmen‹ nannte. Eine unnatürliche Wölbung des linken Ärmels von Kynes' Robe deutete darauf hin, daß er darunter eine Messerscheide verborgen hielt. Auch seine Hüften waren unnatürlich dick. Er hatte davon gehört, daß die Wüstenmänner besonders breite Schärpen trugen, in denen sie wichtige Kleinigkeiten aufbewahrten. Möglicherweise wurden die Wölbungen von solch einer Schärpe hervorgerufen. Daß Kynes einen Schildgurt trug, hielt Paul für unwahrscheinlich. Eine Kupfernadel, in die das Abbild eines Hasen graviert war, hielt Kynes' Robe am Nacken zusammen. Ein ebensolches Abbild befand sich auf seiner Kapuze, die Kynes zurückgeschlagen hatte und die nun auf seinen Schultern hing.

Halleck bewegte sich auf dem Sitz neben Paul, langte

mit dem Arm nach hinten und brachte sein Baliset zum Vorschein. Als er das Instrument zu stimmen begann, wandte sich Kynes kurz um, richtete aber seine Aufmerksamkeit gleich wieder auf die Flugroute.

»Was würden Sie gerne hören, junger Herr?« fragte Halleck.

»Du entscheidest diesmal, Gurney«, gab Paul zurück.

Halleck beugte sein Ohr nahe an den Klangkörper heran, schlug einen Akkord und sang mit weicher Stimme:

»Unsere Väter aßen Manna in der Wüste,
unter der brennenden Sonne, durch die Wirbel-
stürme zogen.
O Herr, errette uns aus diesem Schreckensland!
Errette uns... oh-h-h-h, errette uns,
aus diesem trockenen und durstigen Land.«

Kynes sah den Herzog an und sagte: »Sie verfügen wirklich über eine bemerkenswerte Garde, Mylord. Sind alle Ihre Männer derart talentiert?«

»Gurney?« Der Herzog grinste. »Gurney ist nur einer von vielen. Ich schätze ihn besonders wegen seiner Augen, denen so gut wie nichts entgeht.«

Der Planetologe runzelte die Stirn.

Ohne die geringste Unterbrechung sang Gurney Halleck weiter:

»Ich bin wie die Eule in der Wüste, oh!
Aiyah!
Bin wie die Eule in der Wüste!«

Der Herzog langte nach unten und förderte ein Mikrofon zutage, das er mit dem Daumen aktivierte. »Führer an Eskorte Gamma. Fliegendes Objekt in Sektor B. Können Sie es identifizieren?«

»Es ist nur ein Vogel«, sagte Kynes dazwischen. »Aber Sie haben scharfe Augen.«

Der Lautsprecher in der Armaturenbank knackte, dann

sagte eine Stimme: »Eskorte Gamma spricht. Das Objekt wurde als großer Vogel identifiziert.«

Paul schaute in die angegebene Richtung und sah einen entfernten Punkt. Ihm fiel auf, unter welcher Konzentration sein Vater stehen mußte. Alle seine Sinne mußten unter Hochspannung stehen.

»Ich habe gar nicht gewußt, daß es in der Wüste derart große Vögel gibt«, sagte der Herzog.

»Es könnte ein Adler sein«, vermutete Kynes. »Viele Geschöpfe haben sich diesem Planeten angepaßt.«

Der Ornithopter flog nun über eine reine Sandfläche dahin. Aus zweitausend Meter Höhe schaute Paul hinab und erkannte auf dem Boden nichts anderes als den Schatten ihrer Maschine und die der Eskorte. Von diesem Blickwinkel aus wirkte das Land flach, doch die verzerrten Schatten bewiesen das Gegenteil.

»Ist es schon einmal jemandem gelungen, zu Fuß aus der Wüste zu entkommen?« fragte der Herzog interessiert.

Hallecks Musik verstummte. Er lehnte sich vor, um die Antwort mitzubekommen.

»Nicht aus der tiefen Wüste«, gab Kynes zurück. »Aus der zweiten Zone schon eher. Aber sie überlebten nur, weil sie sich an die felsigen Landstriche hielten, in die die Würmer so gut wie nie gelangen.«

Das Timbre von Kynes' Stimme erweckte Pauls Interesse. Aufmerksam hörte er dem Mann zu. Er merkte, daß sich seine Sinne ganz auf ihn einstellten.

»Aha, die Würmer«, bemerkte der Herzog. »Das erinnert mich daran, daß ich mir vorgenommen habe, mir bald einen anzusehen.«

»Das werden Sie schon noch«, erwiderte Kynes. »Dort, wo Gewürz ist, sind auch Würmer.«

»Immer?« fragte Halleck.

»Immer.«

»Gibt es irgendwelche Beziehungen zwischen den Würmern und dem Gewürz?« fragte der Herzog.

Als Kynes sich zu ihm umwandte, nahm Paul ein

leichtes Zögern wahr. »Sie verteidigen den Gewürz*sand*. Jeder Wurm hat ein bestimmtes... Territorium. Und was das Gewürz betrifft... wer weiß? Einzelne Würmer, die wir untersucht haben, ließen den Schluß zu, daß in ihren Körpern komplizierte chemische Umsetzungen vor sich gingen. Wir haben Salzsäure im Verdauungstrakt und komplizierte Säureformen in ihnen entdeckt. Ich werde Ihnen ein Exemplar meiner Monographie, die ich zu diesem Thema geschrieben habe, überlassen.«

»Und ein Schild bietet keine Verteidigungsmöglichkeit?« Das Thema ließ den Herzog offenbar nicht los.

»Schilde!« stieß Kynes verächtlich hervor. »Wenn Sie einen Schild in einem Wurmgebiet aktivieren, können Sie mit dem Leben abschließen. Die Würmer ignorieren in solchen Fällen sogar ihre eigenen Territoriumsbegrenzungen und kommen von überallher, um den Schild anzugreifen. Niemand, der je einen Schild getragen hat, hat einen solchen Angriff überlebt.«

»Aber wie erlegt man sie denn?«

»Indem man jedes einzelne Ringsegment einem elektrischen Schock aussetzt«, erklärte Kynes. »Man kann sie mit Explosivstoffen lähmen, aber jedes einzelne ihrer Ringsegmente ist dennoch in der Lage, allein weiterzuleben. Mit der Ausnahme von nuklearen Sprengsätzen wüßte ich nichts, das einen Wurm völlig zerstören kann. Sie sind unglaublich zäh.«

»Warum hat noch niemand versucht, sie auszurotten?« fragte Paul.

»Weil es zu teuer ist«, sagte Kynes. »Und das Land einfach zu groß, um es ständig bewachen zu lassen.«

Paul schmiegte sich in eine Ecke. Sein Wahrheitssinn, der in der Lage war, feine Nuancierungen in bezug auf Sprache und Ausdruck wahrzunehmen, sagte ihm, daß Kynes log und ihnen Halbwahrheiten erzählte. Und er dachte: *Wenn es überhaupt einen Zusammenhang zwischen den Würmern und dem Gewürz gibt, dann diesen:*

Wenn man die Würmer tötet, vernichtet man auch das Gewürz.

»In Zukunft wird es niemand mehr nötig haben, sich zu Fuß durch die Wüste zu schlagen«, erklärte der Herzog und deutete auf den Notrufsender an seinem Hals. »Ein Knopfdruck genügt, und die Rettungsmannschaft ist bereits unterwegs. Es wird nicht mehr lange dauern, dann werden alle unsere Arbeiter diesen Sender tragen. Wir werden einen speziellen Rettungsdienst aufbauen.«

»Das ist sehr lobenswert«, sagte Kynes.

»Und doch sagt Ihr Tonfall, daß Sie nicht viel davon halten«, stellte der Herzog fest.

»Natürlich halte ich etwas davon«, sagte Kynes. »Aber ich frage mich, ob diese Einrichtung viel Sinn hat. Die statische Elektrizität der Sandstürme wird viele Signale verzerren. Die Sender werden Kurzschlüssen unterliegen. Sie sind nicht der erste, der das versucht, wissen Sie. Auf Arrakis hält sich das meiste Ausrüstungsmaterial nicht lange. Und wenn Ihnen ein Wurm einmal auf den Fersen ist, hat man nicht mehr sehr viel Zeit. Ich schätze, nicht mehr als fünfzehn oder zwanzig Minuten.«

»Was würden Sie vorschlagen?« fragte der Herzog.

»Sie bitten mich um einen Vorschlag?«

»Um Ihren Rat als Planetologe, ja.«

»Und Sie würden meinen Vorschlägen auch folgen?«

»Wenn ich in ihnen einen Sinn entdecke, sicher.«

»Das gefällt mir, Mylord. Reisen Sie nie allein!«

Der Herzog sah von den Kontrollen auf. »Ist das alles?«

»Das ist alles. Reisen Sie nie allein.«

»Was geschieht, wenn man durch einen Sturm vom Kurs abkommt und gezwungen ist, notzulanden?« fragte Halleck interessiert. »Kann man da nicht irgendwas machen?«

»*Irgendwas* ist ein reichlich weitschweifiger Begriff«, erwiderte Kynes.

»Aber was würden *Sie* tun?« fragte Paul.

Kynes warf Paul einen kalten Blick zu und schaute

dann wieder den Herzog an. »Als erstes würde ich nachkontrollieren, ob mein Destillanzug funktioniert. Wenn ich außerhalb der Wurmzone wäre oder im Felsengebiet, würde ich in meiner Maschine bleiben. In dem Fall, daß ich mich im offenen Sand befinde, würde ich von der Maschine so schnell weggehen, wie ich könnte. Tausend Meter würden da schon reichen. Dann würde ich mich unter meiner Robe verstecken. Ein Wurm würde zwar das Schiff finden, aber vielleicht nicht mich.«

»Und dann?« fragte Halleck.

Kynes zuckte mit den Achseln. »Würde ich warten, bis der Wurm wieder verschwindet.«

»Und das ist alles?« wollte Paul wissen.

»Wenn der Wurm wieder fort ist, macht man sich auf den Weg«, fuhr Kynes fort. »Man sollte sich dabei so verhalten, daß man keinen großen Lärm erzeugt, Ebenen meidet und alle Stellen umgeht, wo Trommelsand liegt, hinein in die nächste Felszone. Davon existieren eine ganze Menge. Man könnte es schaffen.«

»Trommelsand?« fragte Paul.

»Eine sehr kompakte Sandschicht«, erklärte Kynes. »Da hört sich der leiseste Schritt wie ein Trommeln an. Und Würmer wissen, daß sich darauf etwas bewegt.«

Halleck lehnte sich zurück und setzte die Stimmversuche an seinem Baliset fort. Plötzlich begann er zu singen:

»Die wilden Tiere der Wüste jagen
und warten auf den Narr'n,
Oh-h-h-, versuche nicht die Wüstengötter,
sonst ist dein Nachruf schnell gemacht. Gefahren
lauern...«

Er brach ab und beugte sich nach vorn. »Staubwolke voraus, Sire.«

»Ich sehe sie, Gurney.«

»Genau das suchen wir«, sagte Kynes.

Paul richtete sich aus seinem Sitz auf, um zu sehen,

weswegen sie gekommen waren. Dreißig Kilometer von ihnen entfernt bewegte sich eine riesige gelbe Wolke über dem Wüstenboden dahin.

»Das ist eine Ihrer Erntefabriken«, erklärte Kynes. »Sie bewegt sich über die Oberfläche dahin, weil dort das Gewürz ist. Die Wolke, die Sie sehen können, besteht aus dem Sand, den die Fabrik einsaugt und der nach oben ausgeblasen wird, nachdem man ihn vom Gewürz getrennt hat. Dies geht in großen Zentrifugen vor sich. Es gibt keine Wolke, die dieser ähnlich sieht auf Arrakis.«

»Flugzeuge schweben darüber«, stellte der Herzog fest.

»Ich sehe drei, vier Späher«, sagte Kynes. »Sie halten nach Wurmzeichen Ausschau.«

»Wurmzeichen?« fragte der Herzog.

»Eine Sandwelle, die sich auf den Kriecher zubewegt. Außerdem werden seismographische Tests vorgenommen. Manchmal kommt es nämlich vor, daß die Würmer sich so tief unter der Oberfläche fortbewegen, daß sie gar keine sichtbare Sandwelle erzeugen.« Kynes sah auf den Himmel hinaus. »An sich sollte sich hier ein Carryall aufhalten, aber ich sehe keinen.«

»Und der Wurm kommt immer, wie?« fragte Halleck.

»Immer.«

Paul beugte sich vor und berührte Kynes' Schulter. »Wie groß ist so ein Gebiet, das ein Wurm für sich beansprucht?«

Kynes runzelte die Stirn. Das Kind stellte ihm Fragen, die er von Kindern nicht erwartet hatte.

»Das hängt von der Größe des Wurmes ab.«

»Und das äußert sich wie?« fragte der Herzog.

»Große Würmer kontrollieren vielleicht drei- oder vierhundert Quadratkilometer. Kleinere...« Als der Herzog eine scharfe Rechtskurve einlegte, brach er ab. Die Maschine bockte, beruhigte sich jedoch gleich wieder. Die Schwingen blähten sich auf und füllten sich mit Luft. Sanft glitten sie dahin, während der Herzog nach Osten deutete.

»Ist das ein Wurmzeichen?«

Kynes sah in die angegebene Richtung.

Paul und Halleck prallten beinahe zusammen, als sie sich gleichzeitig vorbeugten, um sich das Schauspiel nicht entgehen zu lassen. Die Eskorte, die zunächst an ihnen vorbeigeflogen war, zog eine Schleife und kehrte zurück. Die Erntefabrik lag nun genau vor ihnen, etwa drei Kilometer entfernt.

In der Richtung des ausgestreckten Zeigefingers des Herzogs konnte man eine schnurgerade Linie erkennen, deren Spitze sich langsam durch die Dünenlandschaft bewegte. Die sich vorwärtsbewegende Sandwelle erinnerte Paul an aufkräuselndes Wasser, das entstand, wenn sich ein großer Fisch dicht unter der Oberfläche eines Gewässers bewegte.

»Ein Wurm«, bestätigte Kynes. »Und ein ziemlich großer.« Er lehnte sich zurück, nahm das Mikrofon vom Armaturenbrett und stellte es auf eine neue Frequenz ein. Während er auf die vor ihnen hängende Karte blickte, sagte er laut: »Fabrik bei Delta Ajax Neun. Wurmzeichenwarnung! Fabrik bei Delta Ajax Neun. Wurmzeichenwarnung! Bestätigen Sie bitte.« Er wartete.

Aus dem Lautsprecher erklang das Krachen statischer Entladungen, dann erwiderte eine Stimme: »Wer ruft Delta Ajax Neun? Bitte kommen.«

»Die Leute da unten scheinen mir ziemlich kaltblütig zu sein«, stellte Halleck fest.

Kynes sagte in das Mikrofon: »Außerplanmäßiger Flug. Drei Kilometer nordöstlich von Ihnen. Wurmzeichen auf Kollisionskurs, geschätztes Zusammentreffen fünfundzwanzig Minuten.« Eine andere Stimme aus dem Lautsprecher brummte: »Hier ist das Spähkommando. Wurmzeichen entdeckt. Bitte auf Zeitüberprüfung warten.« Nach einer kurzen Pause fuhr die Stimme fort: »Kollision in sechsundzwanzig Minuten. Das war eine verdammt gute Schätzung. Wer befindet sich an Bord des außerplanmäßigen Fluges? Bitte kommen.«

Halleck löste seinen Sicherheitsgurt und zwängte sich zwischen die Vordersitze, zwischen den Herzog und Kynes. »Ist dies die reguläre Arbeitsfrequenz, Kynes?«

»Ja. Warum fragen Sie?«

»Wer hört uns zu?«

»Nur die Arbeitsgruppe dieses Gebietes. Die Reichweite ist ziemlich begrenzt.«

Erneut erwachte der Lautsprecher zum Leben. Der Mann am anderen Ende der Verbindung meldete sich: »Hier spricht Ajax Delta Neun. Wer bekommt den Bonus für die Warnung? Bitte kommen.«

Halleck warf dem Herzog einen Blick zu.

Kynes sagte: »Es ist üblich, demjenigen, der zuerst eine Warnung abgibt, einen Bonus zu zahlen. Sie möchten wissen, wem...«

»Dann sagen Sie ihm, wer den Wurm zuerst gesehen hat«, meinte Halleck.

Der Herzog nickte.

Kynes zögerte zunächst, dann griff er doch wieder zum Mikrofon. »Der Bonus geht an Herzog Leto Atreides. Herzog Leto Atreides. Bitte kommen.«

Die Antwort klang dünn und war von zahlreichen Störgeräuschen überlagert. »Wir haben verstanden und danken Ihnen.«

»Sagen Sie den Leuten, sie sollen den Bonus unter sich selbst aufteilen«, ordnete Halleck an. »Der Herzog wünscht es so.«

Kynes nahm einen tiefen Atemzug und fügte hinzu: »Der Herzog möchte, daß der Bonus unter Ihrer Mannschaft verteilt wird. Haben Sie verstanden? Bitte kommen.«

»Verstanden und vielen Dank«, erwiderte der Sprecher der Erntefabrik.

Der Herzog meinte schmunzelnd: »Ich habe völlig vergessen zu erwähnen, daß Gurney ein ziemliches Talent auf dem Gebiet Public Relations ist.«

Kynes musterte Halleck mit einem verblüfften Augenaufschlag.

»Die Männer sollen erfahren, daß der Herzog sich ihretwegen Sorgen macht«, erklärte Halleck. »Das wird sich herumsprechen. Da wir es über eine Arbeitsfrequenz gemacht haben, besteht keine große Möglichkeit, daß irgendwelche Spitzel der Harkonnens zugehört haben!« Er deutete auf die Begleiteskorte. »Wir haben ein gutes Beispiel unserer Fähigkeiten abgegeben.«

Der Herzog steuerte nun die Sandwolke über der Erntefabrik an. »Und was geschieht jetzt?«

»Ein Carryall-Geschwader befindet sich in der Nähe«, erwiderte Kynes. »Es wird gleich kommen und die Fabrik vom Boden aufnehmen.«

»Was würde passieren, wenn der Carryall nicht richtig funktioniert?« warf Halleck ein.

Der Planetologe sagte trocken: »Das kommt hin und wieder vor. Aber gehen Sie doch noch ein wenig näher heran, Mylord. Es dürfte ziemlich interessant für Sie werden.«

Paul schaute nach unten und sah, wie der Sand in großen Wolken aus dem Bauch der monströsen Erntemaschine hinausgespien wurde. Die an den Auslegern befestigten Raupenketten erinnerten ihn an die Beine eines exotischen Käfers; große Trichter an der Stirnseite des Kriechers saugten den Wüstensand in sich hinein und führten ihn großen Zentrifugen zu.

»Die Farbe deutet auf ein gutes Abbaugebiet hin«, erklärte Kynes. »Die Männer werden bis zur letzten Minute weiterarbeiten.«

Der Herzog führte den Schwingen etwas mehr Energie zu und setzte zu einem Gleitflug über den Kriecher an. Die Reflexion der Schwingen zeigte, daß die Maschine auf einem ebenen Kurs lag.

Paul musterte die Sandfontäne, die aus dem schornsteinähnlichen Instrument auf der Oberseite der Fabrik flog. Dann wandte er sich wieder der langsam näherkommenden Sandwelle zu, unter der sich der Wurm näherte.

»Müßten wir nicht jetzt schon die Funksprüche der Leute in dem Carryall hören?« fragte Halleck besorgt.

»Sie unterhalten sich auf einer anderen Frequenz«, informierte Kynes ihn.

»Wäre es nicht besser, man hielte in der Nähe einer jeden Fabrik zwei Carryalls bereit?« fragte der Herzog. »Immerhin befinden sich auf der Maschine da unten sechsundzwanzig Männer. Von der Ausrüstung gar nicht zu reden.«

Kynes erwiderte: »Sie haben nicht genug Erfah...«

Er brach plötzlich ab, als eine nervöse Stimme aus dem Lautsprecher sagte: »Sieht jemand von euch den Carryall? Er antwortet nicht!«

Ein Stimmengewirr kam aus dem Lautsprecher, gefolgt von einer plötzlichen Stille. Dann sagte der Mann aus der Fabrik: »Späher der Reihe nach melden. Kommen!«

»Hier Spähkommando. Leitung. Wir haben den Carryall zuletzt in nordwestlicher Richtung ausgemacht. Er flog ziemlich hoch. Momentan ist er nicht mehr zu sehen. Kommen!«

»Späher eins meldet: negativ. Kommen.«

»Späher zwei meldet: negativ. Kommen.«

»Späher drei meldet: negativ. Ende.«

Stille.

Der Herzog schaute nach unten. Der Schatten seiner eigenen Maschine glitt soeben über der Oberfläche der Erntefabrik dahin. »Es sind also vier Spähflugzeuge, nicht wahr?«

»Genau«, erwiderte Kynes.

»*Wir* sind zu fünft«, fuhr der Herzog fort. »Und unsere Maschinen sind größer als die Spähflugzeuge. Wir könnten in jeder Maschine drei Mann zusätzlich aufnehmen. Die Späher könnten zwei Mann unterbringen.«

Paul, der im Kopf sofort mitrechnete, sagte: »Das bedeutet, daß drei Mann übrigbleiben.«

»Warum, zum Teufel, stattet man nicht jeden Kriecher mit zwei Carryalls aus?« fluchte der Herzog.

»Weil Ihre Ausrüstung begrenzt ist«, sagte Kynes.

»Gerade deshalb sollten wir noch stärker auf sie achtgeben.«

»Wo könnte die Maschine nur abgeblieben sein?« ließ sich Halleck vernehmen.

»Möglicherweise ist sie irgendwo notgelandet«, vermutete Kynes.

Der Herzog nahm erneut das Mikrofon an sich, zögerte jedoch, es einzuschalten. »Wie ist es nur möglich, daß die Späher sie aus der Sicht verloren haben?«

»Möglicherweise hat sie das Wurmzeichen zu stark in Anspruch genommen«, meinte Kynes.

Der Herzog betätigte den Aktivator und sprach in das Mikrofon: »Hier spricht der Herzog. Wir gehen hinunter und nehmen die Mannschaft von Delta Ajax Neun auf. Alle Späher werden angewiesen, das gleiche zu tun und auf der Ostseite der Fabrik zu landen. Die Eskorte geht westlich hinunter. Ende.« Er legte das Mikrofon beiseite. Kynes nahm es an sich und schaltete erneut die Arbeitsfrequenz ein, doch ehe er dazu kam, etwas zu sagen, brüllte eine Stimme aus dem Lautsprecher: »Aber wir haben eine volle Ladung! Eine volle Ladung, verstehen Sie? Wir können doch wegen eines einzigen verdammten Wurmes nicht den Ernter verlassen! Bitte kommen!«

»Scheiß auf das Gewürz!« brüllte der Herzog zurück. Er riß Kynes das Mikrofon aus der Hand und sagte: »Das Gewürz ist nicht unersetzlich! Wir haben Platz für alle, außer drei Personen. Lost unter euch aus, wer die Fabrik verläßt oder trefft eure eigene Entscheidung. Aber ihr werdet die Maschine verlassen, das ist ein Befehl!« Er gab Kynes das Mikrofon zurück und murmelte: »Verzeihen Sie.«

»Wieviel Zeit haben wir noch?« fragte Paul.

»Neun Minuten«, sagte Kynes.

Der Herzog meinte:

»Unsere Maschine ist stärker als die anderen. Wenn wir

vorsichtig zu Werke gehen, könnten wir sogar noch einen weiteren Mann aufnehmen.«

»Der Sand ist sehr weich hier«, bemerkte Kynes.

»Wenn wir noch zusätzlich vier Männer aufnehmen, könnten die Schwingen brechen, Sire«, warf Halleck ein.

»Ach was, nicht bei dieser Maschine.« Der Herzog konzentrierte sich voll auf die Kontrollen und setzte neben der Fabrik zur Landung an. Die Schwingen bewegten sich sanft. Der Thopter landete knapp zwanzig Meter von der Erntefabrik entfernt.

Der Kriecher lag nun völlig still, und es wurde auch kein Sand mehr aus ihm herausgeschleudert. Ein feines, kaum hörbares Summen ging von ihm aus, das sich verstärkte, als der Herzog die Kanzeltür öffnete.

Sofort registrierten ihre Nasen den Zimtgeruch, der sich schwer auf ihre Lungen legte.

Mit klatschenden Schwingen setzte auf der anderen Seite der erste Späher auf. Die Eskorte senkte sich in einer Linie hinter der Maschine des Herzogs dem Boden entgegen.

Paul, der die Fabrik jetzt zum erstenmal aus unmittelbarer Nähe sah, stellte fest, wie klein die Maschinen ihr gegenüber waren. Wie winzige Insekten neben einem urweltlichen Dinosaurier.

»Gurney, du wirfst zusammen mit Paul die Rücksitze hinaus«, ordnete der Herzog an. Er stellte die Schwingen des Thopters auf einen bestimmten Winkel ein und überprüfte die Kontrollen. »Warum, zum Henker, kommen die Leute nicht endlich aus der Maschine heraus?«

»Sie rechnen doch noch damit, daß der Carryall in letzter Minute eintrifft«, vermutete Kynes. »Und einige Minuten Zeit haben sie ja noch.« Er schaute nach Osten.

Sie sahen nun alle in die Richtung, aus der sich der Wurm auf sie zubewegte. Von der Stelle aus, an der sie sich befanden, war natürlich nichts zu sehen, aber das beruhigte freilich niemanden.

Der Herzog nahm das Mikrofon, stellte die Frequenz

seiner Eskorte ein und sagte: »Zwei von euch schalten sofort ihre Schildgeneratoren aus. Nacheinander. Ihr könnt dann jeweils einen weiteren Mann aufnehmen. Ich bin nicht bereit, wegen dieses Ungeheuers auch nur einen einzigen Menschen hier zurückzulassen.« Er ging auf die Arbeitsfrequenz zurück und schrie: »Hört zu, ihr Burschen von Delta Ajax Neun! Ihr kommt jetzt auf der Stelle raus! Das ist ein herzoglicher Befehl! Befolgt ihn sofort, oder ich lasse die ganze Fabrik mit einer Lasgun auseinanderschneiden!«

Eine Luke öffnete sich an der Spitze der Fabrik, dann eine weitere in der Heckgegend - schließlich sogar eine auf der Oberseite. Die Männer sprangen heraus, landeten im Sand. Ein großer Arbeiter erschien als letzter. Er sprang zuerst auf die Raupenkette, dann zum Boden hinunter.

Der Herzog plazierte das Mikrofon wieder auf dem Kontrollbord, streckte den Kopf aus der Maschine und donnerte: »Zwei von euch in jeweils einen Späher!«

Der große Arbeiter begann die Leute einzuweisen und schob sie in die Richtungen, in denen die kleineren Maschinen warteten.

»Vier Mann zu uns herüber!« brüllte der Herzog. »Aber ein bißchen plötzlich!« Er deutete mit dem Zeigefinger auf einen der direkt hinter seiner Maschine plazierten Eskortenthopter, deren Besatzung eben dabei war, den Schildgenerator über Bord zu werfen. »Vier Mann dort hinüber!« Auch die anderen waren nun soweit, um die Leute aufnehmen zu können. »In jede andere Maschine drei Männer! Lauft, ihr verdammten Sandflöhe, lauft!«

Der große Mann, der jetzt fertig mit der Abzählung seiner Leute zu sein schien, rannte auf die Maschine des Herzogs zu. Drei seiner Leute folgten ihm auf dem Fuße.

»Ich höre den Wurm, aber ich kann ihn nicht sehen«, sagte Kynes.

Auch die anderen hörten jetzt die Geräusche: ein unterirdisches Rumpeln, das die Erde erbeben ließ und von Sekunde zu Sekunde lauter wurde.

»Eine elende Schlamperei«, knurrte der Herzog.

Der Sand in ihrer unmittelbaren Umgebung begann sich leise zu bewegen. Die ganze Situation erinnerte den Herzog an ein Erlebnis, das er einst in den Dschungeln seines Heimatplaneten gehabt hatte: beim Auftauchen seiner Jagdgesellschaft hatte sich ein Geschwader von Aasfresservögeln verschreckt vom Kadaver eines toten Ochsen gelöst und war aufgeflattert.

Die Gewürzarbeiter kletterten nun in die Maschine. Halleck reichte ihnen nacheinander die Hände, zog sie herauf und schob sie in eine Ecke.

»Rein, Jungs, rein!« keuchte er. »Aber ein bißchen dalli!«

Paul, der sich plötzlich zwischen schwitzenden Männern eingeklemmt fand, roch ihren Angstschweiß und stellte fest, daß zwei der Männer falsch eingestellte Nakkenverschlüsse trugen. Automatisch speicherte er diese Information in seinem Gedächtnis. Er würde seinen Vater später darauf hinweisen müssen, daß es unerläßlich war, Anzugkontrollen durchzuführen. Es war kein Wunder, daß die Männer ihre Kleidung verkommen ließen, wenn niemand darauf achtete.

Der letzte, der einstieg, rief: »Der Wurm! Er ist schon da! Starten Sie!«

Der Herzog lehnte sich in seinen Sitz zurück und sagte: »Wir haben noch drei Minuten bis zur Kollision, richtig, Kynes?« Er schloß die Luke und prüfte nach, ob das Schloß eingeschnappt war.

»In der Tat, Mylord«, gab Kynes zurück und dachte: *Er behält einen kühlen Kopf, dieser Herzog.*

»Alles klar hier hinten, Sire«, meldete Halleck.

Der Herzog nickte und wartete, bis die letzte Begleitmaschine gestartet war. Dann stellte er die Zündung ein, warf einen kühlen Blick über die Schwingen und Instrumente und ließ die Motoren aufheulen. Die Startgeschwindigkeit führte dazu, daß der Herzog und Kynes tief in die Sitze gepreßt wurden. Die Leute im hinteren Teil des Thopters klammerten sich aneinander. Kynes musterte aus den Augenwinkeln, wie der Herzog die Kontrollen bediente. Er schien die Ruhe selber zu sein. Die Maschine zog hoch. Die Finger des Herzogs bedienten mechanisch die Instrumente.

»Wir sind zu schwer, Sire«, sagte Halleck besorgt.

»Aber gerade noch tolerabel für die Maschinen, Gurney. Wenn ich mir nicht sicher gewesen wäre… Glaubst du, ich hätte das Risiko dann auf mich genommen?«

Halleck grinste. »Nicht im geringsten, Sire.«

Der Herzog steuerte die Maschine in eine lange Kurve und überflog die Erntefabrik. Paul, der genau an einem Fenster stand, sah auf sie hinunter. Reglos lag die Maschine auf dem Sand. In einer Entfernung von etwa vierhundert Metern davor befand sich das Wurmzeichen. Dann schien der Sand vor der Maschine plötzlich in Bewegung zu geraten.

»Der Wurm ist jetzt genau unter ihr«, gab Kynes bekannt. »Sie werden nun Zeuge eines Geschehnisses werden, das vor Ihnen nur wenige Menschen gesehen haben.«

Dunkle Schatten schienen plötzlich auf der Sandfläche zu liegen. Die große Maschine senkte sich nach rechts, wo nun ein Wirbel entstand, der sich rasch ausbreitete, schneller und schneller. Der Sand ringsherum wirbelte auf, die Luft war stauberfüllt.

Und dann sahen sie es! Eine gigantische Öffnung bildete sich inmitten der Wüste. Das Sonnenlicht spiegelte sich auf etwas Weißem, das sich darin befand. Schließlich war das Loch zweimal so groß wie der Kriecher. Paul sah starr vor Schreck zu, wie die Maschine in das Loch hineinrutschte und darin verschwand. Dann begann die Öffnung sich wieder zu schließen.

»Ihr Götter, welch ein Biest!« murmelte ein Mann neben Paul.

»Und unsere ganze Ladung ist hin«, grollte ein anderer.

»Irgend jemand wird dafür zu bezahlen haben«, sagte der Herzog, »das verspreche ich euch.«

Die Stimme des Herzogs hatte Paul deutlich gezeigt, daß sein Vater wütend war. Er stellte fest, daß er selbst nicht anders empfand. Irgend jemand hatte in beinahe krimineller Weise Material und Ladung vergeudet.

In der folgenden Stille hörten sie Kynes sagen: »Gesegnet sei der Bringer und sein Wasser. Man segne seine Ankunft und sein Gehen. Sein Besuch möge die Welt reinigen und die Welt erhalten für sein Volk.«

»Was haben Sie gesagt?« fragte der Herzog.

Aber Kynes antwortete nicht.

Paul sah sich die ihn umgebenden Männer an, die furchtsam auf Kynes' Hinterkopf schauten. Dann flüsterte einer von ihnen »Liet.«

Kynes drehte sich um, er schien wütend zu sein. Der Mann zuckte zusammen.

Einer der anderen Geretteten begann mit rauher Stimme zu keuchen: »Verflucht sei das Höllenloch!«

Der große Dünenmann, der den Kriecher als letzter verlassen hatte, sagte: »Sei ruhig, Coss. Und überlege, ehe du fluchst.« Er blieb zwischen seinen Kollegen stehen, bis sich ihm eine Möglichkeit bot, den Herzog zu sehen. »Sie sind Herzog Leto, vermute ich«, sagte er dann. »Wir sind Ihnen zu großem Dank verpflichtet, daß Sie uns das Leben gerettet haben. Wir hatten bereits damit abgeschlossen.«

»Still, Mann«, sagte Halleck. »Lassen Sie den Herzog seine Maschine fliegen.«

Paul sah Halleck an. Er hatte ebenfalls gesehen, unter welch starker Anspannung sein Vater stand. In einer solchen Situation schwieg man besser.

Der Herzog beschrieb eine weite Kurve um den Sandkrater, weil er unter sich eine neue Bewegung gesichtet hatte. Der Wurm hatte sich in die Tiefe zurückgezogen, und dort, wo sich zuvor die Fabrik befunden hatte, konnte man zwei Gestalten erkennen, die sich in nördlicher Richtung entfernten. Sie schienen förmlich über den Sand zu gleiten, ohne ihn dabei aufzuwirbeln.

»Was ist das, da unten?« fragte der Herzog.

»Zwei Johnnies, die wir bei uns hatten, Sire«, erwiderte der große Dünenmann.

»Weshalb habe ich von ihnen nichts erfahren?«

»Es war ihr eigenes Risiko, Sire«, gab der Dünenmann zurück.

»Diese Männer, Mylord«, sagte Kynes plötzlich, »wissen genau, daß es wenig Zweck hat, sich den Kopf über Leute zu zerbrechen, die vorhaben, die Wüste zu Fuß zu durchqueren und die dabei in eine Wurmzone vorstoßen.«

»Wir schicken ihnen eine Maschine«, knirschte der Herzog.

»Wie Sie wünschen, Mylord«, sagte Kynes. »Aber wenn sie hier eintrifft, wird es nichts mehr zu retten geben.«

»Wir schicken sie trotzdem.«

»Sie müssen in unmittelbarer Nähe gewesen sein, als der Wurm zuschlug«, warf Paul ein. »Wie haben sie es geschafft, doch noch davonzukommen?«

»Wenn der Erdrutsch einsetzt, führt das leicht zu optischen Täuschungen«, beschwichtigte ihn Kynes.

»Sie verschwenden nur Brennstoff, wenn Sie noch länger hier kreisen, Sir«, meinte Halleck.

»Verstanden, Gurney.«

Der Herzog nahm Kurs auf den Schildwall. Die Eskorte schloß sich ihm an und nahm Position zu seiner Rechten und Linken.

Paul dachte darüber nach, was der Dünenmann und Kynes gesagt hatten. Irgendwie roch das alles nach Halbwahrheiten und Lügen. Die Männer dort unten im Sand hatten sich so zielstrebig über die Oberfläche bewegt, als fürchteten sie nichts, als seien sie völlig sicher, daß der Wurm ihnen nichts anhaben konnte.

Fremen! dachte er. *Wer sonst kann sich mit einer solchen Sicherheit in der offenen Wüste bewegen? Wer konnte sich, ohne sich darüber Gedanken zu machen, dazu be-*

reitfinden, sie einfach in der Wüste zurückzulassen? Doch nur jemand, der wußte, daß ihnen dort keine Gefahren drohten! Die Fremen wissen genau, wie man in der Wüste überlebt. Das bedeutet, daß sie auch wissen, wie man einem Wurm entwischt.

»Was haben diese Fremen auf dem Kriecher gemacht?« wollte er wissen.

Kynes fuhr herum.

Der große Dünenmann starrte Paul verblüfft an. Seine Augen waren von völligem Blau. »Wer ist dieser junge Mann?« fragte er.

Halleck schob sich zwischen den Mann und Paul und erwiderte: »Dies ist Paul Atreides, der herzogliche Erbe.«

»Wer hat denn gesagt, daß Fremen an Bord unseres Kriechers waren?« fragte der Mann.

»Ich habe es vermutet«, gab Paul zurück.

Kynes schnaufte. »Fremen kann man nicht daran erkennen, wenn man ihnen nur einen Blick zuwirft.« Er nickte dem Dünenmann zu. »Du! Wer waren diese Männer?«

»Freunde von irgend jemandem«, erwiderte der Arbeiter. »Bekannte aus einem Dorf, die sich mal im Gewürzabbaugebiet umsehen wollten.«

Kynes wandte sich ab. »Fremen!«

Und er erinnerte sich an die Worte der Legende: *»Und der Lisan al-Gaib wird jedwede Täuschung sofort durchschauen.«*

»Vielleicht sind sie jetzt schon tot«, sagte der Dünenmann zu Paul. »Wir wollen nicht schlecht über sie reden.«

Aber die Falschheit in diesen Worten blieb Paul keinesfalls verborgen, ebensowenig wie die unterschwellige Drohung, die in Halleck sofort den Beschützerinstinkt erweckt hatte.

Trocken sagte er: »Nicht gerade ein schöner Ort zum Sterben.«

Ohne sich umzuwenden, erwiderte Kynes: »Wenn Gott eine Kreatur dazu auserwählt hat, an einem bestimmten

Ort zu sterben, so sorgt er auch dafür, daß sie ihn dort vorfindet.«

Leto sah ihn scharf von der Seite an.

Und Kynes, der den Blick ohne Schwäche erwiderte, stellte fest, daß er eine Tatsache beunruhigend fand: *Dieser Herzog ist mehr um das Leben seiner Leute besorgt als um das Gewürz. Er hat sein Leben und das seines Sohnes aufs Spiel gesetzt, um sie zu retten. Und er hat den Verlust einer Fabrik und einer vollen Ladung mit einer Handbewegung abgetan. Daß seine Männer einer gefährlichen Situation ausgesetzt waren, hat ihn wirklich aufgebracht. Ein Führer wie er produziert fanatische Loyalität. Er würde nur schwer zu schlagen sein.*

Gegen seinen eigenen Willen und alle Vorurteile mußte Kynes sich eingestehen: *Ich mag diesen Mann.*

16

Die Darstellung menschlicher Größe ist niemals von Beständigkeit, sondern eher eine Erfahrung des Vergänglichen. In gewisser Weise ist sie abhängig von der mythenerzeugenden Vorstellungskraft des Menschen. Eine Person, die der Größe teilhaftig wird, muß gleichzeitig ein sicheres Gefühl für die sie umgebenden Mythen entwickeln, weil nur dies verhindern kann, daß sie sich mit ihrer eigenen Größe identifiziert. Ohne diese Fähigkeit wird selbst ungewollte Größe einen Menschen zerstören.

Aus ›Gesammelte Weisheiten des Muad'dib‹,
von Prinzessin Irulan

Am frühen Abend waren die Suspensorlampen im Speisesaal des Hohen Hauses bereits in Betrieb. Der Lichtschein ließ den an der Wand hängenden Stierkopf mit den blutbefleckten Hörnern und das Porträt des alten Herzogs weiche Schatten werfen.

Unter diesen beiden Talismanen glänzte weißes Leinen auf der blankpolierten Tischplatte der Tafel. Das Familiensilber der Atreides war in einem sorgfältigen Arrangement ausgebreitet. Das Porzellan, die Kristallgläser, die Bestecke – alles wirkte wie eine Reihe kleiner Inseln in einem weißen Ozean. Schwere, hölzerne Stühle standen vor der Tafel. Der uralte Kandelaber war noch nicht angeschaltet, und in der Mitte des Tisches stand der tragbare Giftschnüffler.

Der Herzog blieb auf der Schwelle stehen und hielt für einen Moment inne. Sorgfältig überprüfte sein Blick das Arrangement auf dem Tisch. Als er den Giftschnüffler wahrnahm, dachte er: *Alles geht nach einem bestimmten Ritual vor sich. Man kann uns schon aufgrund unserer Sprache sondieren. Daß wir solche Geräte überhaupt besitzen, zeigt an, daß wir von Geburt an von Mord und Intrigen umgeben sind. Wird heute abend jemand versuchen, uns mit Chaumurky zu vergiften? In einem Getränk? Oder mit Chaumas, in der Nahrung?*

Er schüttelte den Kopf. Neben jedem Teller entdeckte er ein kleines Fläschchen Wasser. Alles zusammengerechnet ergab es sicherlich genug, um eine arme Familie in Arrakeen ein Jahr lang am Leben zu halten.

Neben der Eingangstür standen breite Bassins, verziert mit zierlichen gelben und grünen Kacheln. Und neben jedem dieser Bassins hingen mehrere Handtücher. Es sei, so hatte die Haushälterin ihm erklärt, eine alte Sitte, daß jeder Gast, der das Speisezimmer betrat, sich zeremoniell die Fingerspitzen in einem der Bassins wusch und danach die Hände an den Handtüchern abtrocknete. Nach dem Essen versammelten sich regelmäßig die Bettler vor dem Haus, denen man die Handtücher überließ, damit sie sie auswringen und auskauen konnten.

Wie typisch das alles doch für die Harkonnens ist, dachte der Herzog. *Es gibt wirklich keine Erniedrigung, die ihnen nicht eingefallen wäre.* Als er fühlte, wie die aufkeimende Wut ihm Magenschmerzen verursachte, holte er tief Luft.

»Diese Sitte schaffen wir ab!« knirschte er.

Eine der Bediensteten, die die Haushälterin ihnen empfohlen hatte – eine der vertrocknet und alt aussehenden Frauen aus der Stadt –, erschien zögernd in der gegenüberliegenden Tür, die zur Küche führte. Mit einem Handzeichen winkte der Herzog sie heran. Sie kam aus dem Schatten heraus, umrundete den Tisch. Er musterte ihr lederiges Gesicht und die völlig blauen Augen.

»Mylord wünschen?« Sie hielt den Kopf gesenkt, sah ihn nicht an.

Er deutete nach hinten. »Die Bassins und Handtücher werden sofort entfernt.«

»Aber... Euer Hochwohlgeboren...« Sie schaute auf, mit offenem Mund.

»Ich kenne diese Sitte!« sagte der Herzog barsch. »Diese Bassins werden an der Eingangstür aufgestellt, und jeder Bettler, der während des Essens erscheint, bekommt einen vollen Becher Wasser. Ist das klar?«

Der Ausdruck ihres Gesichts war zwiespältig. Es zeigte Unwillen und Bestürzung zugleich.

Mit plötzlicher Klarheit wurde Leto bewußt, daß sie wohl geplant hatte, die beschmutzten Handtücher und die darin enthaltene Flüssigkeit zu verkaufen. Möglicherweise war das ebenfalls eine Sitte, daß diejenigen, die bittend an das Tor kamen, einige Kupferstücke dafür zu zahlen hatten.

Seine Züge verhärteten sich, und er knurrte: »Ich werde einen Wachtposten aufstellen, um sicherzugehen, daß meine Anweisungen buchstabengetreu ausgeführt werden.«

Damit machte er auf dem Absatz kehrt und ging den Weg zur Großen Halle zurück. Erinnerungen rasten durch sein Gehirn wie das Gemurmel zahlloser Klatschweiber. Er dachte an Seen und Wellen, an saftige Wiesen und an freundliche Sommer, die nun hinter ihm lagen und nie wieder zurückkehren würden.

All das war vorbei.

Ich werde alt, dachte er. Für *einen Moment habe ich die kalte Hand meiner Sterblichkeit gefühlt. Und worin? In der Habgier einer alten Frau.*

Jessica befand sich inmitten einer gemischten Gruppe in der Großen Halle vor dem Kamin. Ein offenes Feuer brannte, und sein Schein ließ Juwelen, Vorhänge und bestickte Kleider in einem unirdischen Licht erstrahlen. Er erkannte in der Gruppe einen Fabrikanten von Destillanzügen aus Carthag, einen Importeur für elektronische Geräte, einen Wassertransporteur, dessen Sommerhaus sich in der Nähe seiner Fabrik in der Polregion befand, einen Vertreter der Gildenbank, der hager und überlegen auf ihn wirkte, einen Händler, der Ersatzteile für Gewürzabbaugeräte herstellte, und eine dürre und hartgesichtige Frau, die offiziell einen Eskortendienst für Touristen unterhielt, sich in Wahrheit ihr Vermögen durch Schmuggel- und Spitzeldienste, gelegentlich auch durch Erpressungen zusammengerafft hatte.

Die meisten der in der Halle anwesenden Frauen wirkten kühl und dekorativ, als seien sie einfach nur da, um eine Staffage abzugeben.

Selbst wenn Jessica nicht in der Position der Gastgeberin gewesen wäre, hätte sie in dieser Runde dominiert. Sie trug keine Juwelen, aber dafür leuchtete ihre Kleidung in warmen Farben: ein langes Kleid, das wie der Schatten des offenen Feuers war, und ein erdbraunes Band schlang sich durch ihr bronzenes Haar.

Er wertete dies als hintergründigen Spott und als Reaktion auf sein unterkühltes Verhalten. Natürlich wußte sie, daß er sie am liebsten in Farben dieser Art mochte, wenngleich auch nicht in dieser Gesellschaft.

In der Nähe, etwas losgelöst von der Gruppe, stand Duncan Idaho in seiner glitzernden Paradeuniform, das widerspenstige Haar beinahe gezähmt. Sein Gesicht zeigte keine Emotion. Man hatte ihn von den Fremen zurückgeholt, mit dem von Hawat ausgegebenen Befehl, *»unter dem Vorwand sie beschützen zu sollen, Lady Jessica keine Sekunde aus den Augen zu lassen.«*

Der Herzog blickte sich um.

In einer Ecke gewahrte er Paul, umgeben von einer Gruppe jüngerer Arrakisbewohner, unter denen sich auch drei Angehörige der Hoftruppen befanden. Der Herzog nahm die jungen Damen in Augenschein und gelangte zu dem Schluß, daß die Chancen für einen herzoglichen Erben hier nicht schlecht standen. Paul behandelte eine wie die andere mit zurückhaltender Höflichkeit.

Er wird seinem Titel Ehre machen, dachte der Herzog

und registrierte im gleichen Moment, daß auch dieser Gedanke seinen Tod beinhaltete.

Paul erblickte seinen Vater, als er die Türschwelle überschritt, und schaute in eine andere Richtung, maß der Reihe nach die anwesenden Gästetrauben, die juwelenverzierten, gläserhebenden Hände (und die heimlichen Untersuchungen ihres Inhalts mit winzigen Giftschnüfflern). Das Geschwätz der Leute stieß ihn ab. Er registrierte ihre aufgesetzten Masken und die dahintersteckenden, bereits vorbereiteten Gedanken. Ihre Stimmen sorgten dafür, daß das Gefühl der Leere in seiner Brust sich nur noch vergrößerte.

Ich bin nicht in bester Stimmung, dachte er und fragte sich, was Gurney wohl von dieser Versammlung halten würde.

Aber er wußte auch, warum er sich so fühlte. An sich hatte er keine Lust dazu gehabt, diese Funktion auszuüben, aber gegen die Strenge seines Vaters war er nicht angekommen. »Du hast deinen Platz«, hatte er gesagt, »eine Position, die du wahrnehmen mußt. Du bist alt genug dafür, diese Pflicht zu erfüllen, denn du bist fast ein Mann.«

Paul sah, wie sein Vater den Raum durchquerte, einen abschätzenden Blick in die Runde warf und sich schließlich der Gruppe um Lady Jessica anschloß.

In dem Moment, als Leto Jessica erreichte, fragte der Wassertransporteur gerade: »Stimmt es, daß der Herzog eine Wetterkontrolle einrichten will?«

Im Rücken des Mannes stehend, erwiderte Leto: »So weit sind unsere Pläne noch nicht gediehen, Sir.«

Der Mann wandte sich um, zeigte ein fleischiges, rundes Gesicht. »Ah, der Herzog«, meinte er. »Wir haben Sie bereits vermißt.«

Leto sah Jessica an. »Ich hatte noch etwas zu erledigen.« Er schenkte dem Wassertransporteur seine Aufmerksamkeit, erklärte ihm, was er mit den Wasserbassins hatte tun lassen, und fügte hinzu: »Soweit es mich betrifft, ist diese alte Sitte gestorben.«

»Ist das ein herzoglicher Befehl, Mylord?« fragte der Mann.

»Ich überlasse das Ihrem eigenen... hm... Gewissen«, erwiderte der Herzog. Er wandte sich um und erblickte Kynes, der auf die Gruppe zukam.

Eine der Frauen sagte: »Das ist eine sehr großzügige Geste – das Wasser zu verschenken an diese...« Irgend jemand zischte sie an.

Kynes trug eine altmodische, dunkle Uniform, die darauf hinwies, daß er Kaiserlicher Zivilbediensteter war. Auf seinem Kragenaufschlag war eine kleine, goldene Träne befestigt, die seinen Rang bezeichnete.

In aggressivem Tonfall fragte der Wassertransporteur: »Beinhaltet Ihre Tat etwa Kritik an unseren Sitten?«

»Die Sitten haben sich geändert«, gab Leto zurück. Er nickte Kynes zu, registrierte Jessicas Stirnrunzeln und dachte: *Ohne daß sie es weiß, wird dieses Stirnrunzeln den Eindruck erwecken, zwischen uns stimme etwas nicht.*

»Mit der gütigen Erlaubnis des Herzogs«, warf der Wassertransporteur ein, »würde ich gerne einige weitere Fragen über Brauchtümer stellen.«

Der plötzlich ölig werdende Unterton in der Stimme des Mannes ließ Leto aufhorchen. Die anderen waren plötzlich merkwürdig still, und von den anderen in der Halle verteilten Gruppen warf man ihnen bereits Blicke zu.

»Wäre es nicht besser, wir begäben uns zum Dinner?« unterbrach Jessica die Sekunden der Peinlichkeit.

»Wenn unser Gast noch einige Fragen hat...«, antwortete Leto und blickte den Unternehmer an. Das runde Gesicht mit den großen Augen und den dicken Lippen erinnerte ihn an Hawats Mitteilung: *»...und dieser Wassertransporteur ist ein Mann, auf den wir achtgeben müssen. Vergessen Sie nicht seinen Namen, er heißt Lingar Bewt. Obwohl die Harkonnens ihn benutzten, hatten sie nie völlige Kontrolle über ihn.«*

»Wassersitten sind wirklich interessant«, sagte Bewt. Ein Lächeln umspielte seine Lippen. »Ich frage mich, was

Sie mit dem in diesem Hause installierten Treibhaus zu tun gedenken, Mylord. Werden Sie weiterhin auch den Leuten gegenüber damit protzen?«

Leto hielt seine Wut mühsam zurück. Er starrte den Mann an, während die Gedanken wie Blitze durch sein Gehirn zuckten. Es gehörte eine gewisse Portion Mut dazu, ihn in seinem eigenen Hause herauszufordern, speziell unter dem Gesichtspunkt, daß Bewts Unterschrift unter einer Ergebenheitsurkunde prangte. Sein Vorstoß konnte also nur unter dem Gesichtspunkt erfolgt sein, daß der Mann wußte, über wieviel Macht er verfügte. Und Wasser stellte in der Tat auf Arrakis eine gewaltige Machtfülle dar. Wenn diese Gefälligkeit beispielsweise damit bezahlt werden sollte, daß Leto sich Bewt unterwarf, war das wirklich eine Bedrohung ersten Ranges. Der Mann schien einer solchen Tat fähig zu sein, was wiederum bedeutete, daß ausbleibende Wasserlieferungen Arrakis in den Tod treiben konnten. Möglicherweise hatten die Harkonnens Bewt deshalb nie recht zu packen gekriegt.

»Der Herzog und ich haben, was das Treibhaus angeht, andere Pläne«, ließ sich nun Jessica vernehmen. Sie lächelte Leto an. »Wir beabsichtigen natürlich es zu erhalten, als Symbol für die Bevölkerung von Arrakis. Es ist unser Ziel, darauf hinzuarbeiten, das Klima von Arrakis dahingehend zu verändern, daß Pflanzen solcher Art eines Tages im Freien wachsen können.«

Gott segne sie! dachte Leto. *Und laß diesen Wasserhändler das erst einmal verdauen.*

»Ihr Interesse in bezug auf Wasser und die Wetterkontrollen ist offensichtlich«, sagte der Herzog. »Ich rate Ihnen, sich nicht nur auf Ihr Wasser zu verlassen. Eines Tages wird es keine Seltenheit auf Arrakis mehr sein.«

Und er dachte: *Hawat muß seine Anstrengungen, die Organisation dieses Bewt zu unterwandern, verdoppeln. Und als erstes müssen wir unsere Wasserrechte hundertprozentig sichern. Ich kann es nicht zulassen, daß diese Leute mir auf der Nase herumtanzen!*

Bewt nickte, ohne daß das Lächeln von seinem Gesicht verschwand. »Ein lobenswerter Traum, Mylord.« Er ging einen Schritt zurück.

Der Ausdruck auf Kynes' Gesicht nahm Leto gefangen. Der Mann starrte Jessica an. Er erschien ihm, als sei er völlig verzaubert – wie ein Verliebter... oder in religiöser Trance gefangen.

Kynes' Gedanken waren in diesem Moment völlig überlagert von den Worten der Prophezeiung: *»Und sie werden deinen meistgehegten Traum teilen.«* Jessica zugewandt, sagte er: »Sie bringen uns die Abkürzung des Weges?«

»Ah, Dr. Kynes«, fiel der Wassertransporteur ein. »Sie kommen wohl geradewegs von einem Sandlauf mit Ihrer Fremenbande. Wie gnädig von Ihnen!«

Kynes warf Bewt einen unklassifizierbaren Blick zu und erwiderte: »Es heißt in der Wüste, daß ein Mensch, der über zuviel Wasser verfügt, sich durch besondere Unvorsichtigkeit auszeichnet.«

»Die Leute in der Wüste haben viele seltsame Sprichwörter«, gab Bewt leicht verärgert zurück.

Jessica ging zu Leto, schob eine Hand unter seinen Arm, um für einen Moment Ruhe zu haben. Kynes hatte gesagt: »...die Abkürzung des Weges.« In der alten Sprache bedeuteten diese Worte nichts anderes als eine genaue Übersetzung des Begriffes »Kwisatz Haderach«. Möglicherweise hatten die anderen diese seltsame Frage überhaupt nicht zur Kenntnis genommen. Jetzt stand der alte Planetologe vor einer der Frauen und lauschte ihrer flüsternden Gefallsucht.

Kwisatz Haderach, dachte Jessica. *Hat unsere Missionaria Protectiva diese Legende auch hier verbreitet?* Der Gedanke erfüllte sie mit neuer Hoffnung für Paul. *Er könnte der Kwisatz Haderach sein. Er könnte es sein.*

Der Vertreter der Gildenbank hatte sich nun in ein Gespräch mit Bewt vertieft, dessen Stimme die der anderen Anwesenden deutlich überragte. »Viele Leute haben schon versucht, Arrakis zu verändern.«

Der Herzog merkte deutlich, daß der Mann diese Worte mit der Absicht gesagt hatte, Kynes zu treffen. Und das taten sie auch. Der Planetologe entfernte sich sofort aus Bewts Nähe.

In die plötzliche Stille hinein ertönte nach einem raschen Räuspern die Stimme eines uniformierten Adjutanten, der, hinter Leto stehend, sagte: »Es ist angerichtet, Mylord.«

Der Herzog warf Jessica einen fragenden Blick zu.

»Es ist Sitte auf Arrakis«, sagte sie, »daß Gastgeber und Gastgeberin ihren Gästen zu Tisch folgen, Mylord.« Sie lächelte und fügte hinzu: »Oder wollen wir diesen Brauch auch außer Kraft setzen?«

Kühl erwiderte Leto: »Das scheint mir eine gute Sitte zu sein. Für heute wollen wir uns ihr unterwerfen.«

Die Vorstellung, daß ich ihr mißtraue, dachte er, *muß noch weiter vertieft werden.* Er musterte die Gäste, die neben ihm herschritten. *Wer unter euch wird auf diese Lüge hereinfallen?*

Jessica, der seine Zerstreutheit nicht entging, wunderte sich nicht zum erstenmal in dieser Woche. *Er benimmt sich wie ein Mensch, der mit sich selbst im Widerstreit liegt,* dachte sie. *Ist es etwa deshalb, weil ich es so eilig hatte, dieses Abendessen zu organisieren? Er muß sich doch darüber im klaren sein, wie wichtig es für uns ist, unsere Leute mit den Einheimischen bekanntzumachen, um zu einem neuen Zusammengehörigkeitsgefühl zu kommen. Noch immer stellen wir für diese Leute so etwas wie Vater- und Muttergestalten dar, Personen, zu denen man ehrfürchtig aufblickt und von denen man Anweisungen annimmt. Nichts beweist dies besser als Gesellschaften wie diese.*

Während Leto die Gäste an sich vorbeigehen sah, dachte er daran, was Hawat gesagt hatte, als er ihn auf dieses Treffen hingewiesen hatte: *»Sire! Das gestatte ich nicht!«*

Ein grimmiges Lächeln zog sich um die Mundwinkel des Herzogs. Wie er sich nur aufgeführt hatte. Und als er ihn aufgefordert hatte, an diesem Gesellschaftsabend teilzunehmen, hatte Hawat den Kopf geschüttelt. »Ich habe ein schlechtes Gefühl dabei, Mylord«, waren seine Worte gewesen. »Das geht mir alles zu rasch.«

Paul ging an seinem Vater vorbei und führte dabei eine junge Frau, die einen halben Kopf größer war als er selbst. Er warf ihm einen säuerlichen Blick zu, nickte aber gleich darauf, als die junge Frau etwas zu ihm sagte.

»Ihr Vater ist Hersteller von Destillanzügen«, sagte Jessica. »Und außerdem habe ich erfahren, daß sich nur Narren mit von ihm hergestellten Anzügen in die Wüste hinauswagen.«

»Wer ist der Mann mit dem narbigen Gesicht, direkt vor Paul?« fragte der Herzog. »Ich kann ihn nirgendwo unterbringen.«

»Er wurde als Letzter unserer Gästeliste zugefügt«, erwiderte sie. »Es geschah auf Gurneys Wunsch. Ein Schmuggler.«

»Und Gurney hat das arrangiert?«

»Auf meinen Wunsch hin. Ich habe die Sache mit Hawat abgeklärt, obwohl er nicht sonderlich begeistert davon war. Der Schmuggler nennt sich Tuek, Esmar Tuek. Er ist kein Niemand unter den Leuten seines Schlages. Die Leute hier kennen ihn alle. Er hat für viele der Häuser gearbeitet.«

»Und warum ist er hier?«

»Das wird sich wohl jeder fragen«, erwiderte sie. »Tuek wird allein durch seine Anwesenheit schon Zweifel und Mißtrauen unter ihnen säen. Außerdem wird man vermuten, daß du darauf vorbereitet bist, der Korruption an den Kragen zu gehen. Unter diesem Gesichtspunkt war Hawat schließlich damit einverstanden, Tuek heute zu laden.«

»Ich bin nicht sicher, daß *ich* damit einverstanden bin.« Er nickte einem weiteren Paar zu und stellte fest, daß sich nur noch wenige der Gäste hinter ihnen befanden. »Warum hast du nicht dafür gesorgt, daß einige Fremen eingeladen wurden?«

»Kynes ist da«, erwiderte Jessica.

»Ja, Kynes«, meinte Leto. »Hast du vielleicht noch einige andere kleine Überraschungen für mich parat?« Er geleitete sie an das Ende der Prozession.

»Alles andere ist durchaus nicht ungewöhnlich«, sagte Jessica. Sie dachte: *Verstehst du denn nicht, daß diese Schmuggler über schnelle Schiffe verfügen, mein Liebling? Daß dieser Tuek käuflich ist? Wir müssen uns doch einen Weg offenhalten, einen Weg in die Freiheit, wenn Arrakis uns keine Rettung mehr bietet.*

Als sie den Speisesaal betraten, zog sie ihren Arm zurück und wartete, bis Leto sie zu ihrem Stuhl geleitete. Dann begab er sich an das andere Ende des Tisches. Einer seiner Leute rückte ihm den Stuhl zurecht. Auch die anderen nahmen nun Platz und erzeugten das Geräusch rückender Stühle und raschelnder Kleider, während der Herzog als letzter stehenblieb. Auf ein von ihm gegebenes Signal hin zogen sich die uniformierten Bediensteten einen Schritt zurück und nahmen Habachtstellung ein.

Eine unheilschwangere Stille legte sich über den Raum.

Jessica blickte zum anderen Ende der Tafel hinunter und bemerkte, daß Letos Mundwinkel verhalten zitterten. Die Art, in der er atmete, wies darauf hin, daß er stark erregt war. *Was ist der Grund seines Ärgers?* fragte sie sich. *Doch nicht etwa die Einladung dieses Schmugglers?*

»Einige unter Ihnen fragen sich, was ich mit der Entfernung der Waschbassins beabsichtige«, begann Leto. Und er fuhr fort: »Es ist das erste Anzeichen dafür, daß sich hier in nächster Zeit noch viel mehr ändern wird.«

Niemand sagte etwas.

Sie nehmen an, daß er betrunken ist, dachte Jessica.

Leto nahm die bauchige Wasserflasche, die vor ihm stand, hob sie hoch und sagte: »Als Kavalier des Imperiums erweise ich Ihnen meine Ehre.«

Sofort griffen alle Anwesenden zu den vor ihnen stehenden Flaschen und führten sie zum Mund. In der plötzlichen Bewegungslosigkeit leuchtete der Strahl einer

Suspensorlampe aus der Richtung des Kücheneingangs. Schatten spielten über die raubvogelhaften Züge des Herzogs.

»Hier bin ich, und hier bleibe ich!« brüllte Leto. »Und der Toast, den ich auf Sie ausbringe, symbolisiert eine Maxime, die unser Herz erfreut: Das Geschäft belebt den Fortschritt! Man muß das Geld nur von der Straße auflesen.«

Er trank das Wasser.

Die anderen taten es ihm gleich. Fragende Blicke trafen sich. »Gurney!« rief der Herzog.

Aus der Richtung des hinter Letos Rücken liegenden Alkovens erklang Hallecks Stimme. »Hier bin ich, Mylord.«

»Spiel uns etwas, Gurney.«

Ein sanfter Akkord erklang aus dem Alkoven. Bedienstete begannen damit, Platten aufzutragen – geröstete Wüstenhasen in Sauce Cepeda, sirianische Aplomage, Chukka unter Glas, Kaffee mit Melange (ein schwerer Zimtgeruch schwebte durch den Raum), und ein echtes Pot-a-oie, serviert mit sprudelndem caladanischem Wein.

Immer noch hatte der Herzog sich nicht gesetzt.

Während die Gäste, ihre Aufmerksamkeit gleichzeitig auf den Herzog und die reichhaltigen Speisen gerichtet, warteten, sagte Leto: »In alten Zeiten war es die Pflicht des Gastgebers, seine Gäste mit seinen eigenen Talenten zu unterhalten.« Er umschloß die Wasserflasche so fest mit der Hand, daß seine Knöchel weiß hervortraten. »Ich bin kein Sänger, aber ich lasse euch teilhaben an der Kunst Gurney Hallecks. Betrachten Sie es als eine weitere Ehrung; eine Ehrung für all diejenigen, die dafür gestorben sind, um uns hierherzubringen.«

Erregtes Gemurmel klang auf.

Jessica lockerte ihren Schleier und musterte die Leute in ihrer unmittelbaren Nähe. Da war der rundgesichtige Wassertransporteur mit seiner Frau, der bleiche und unnahbare Vertreter der Gildenbank (er kam ihr vor wie ein hungriger Aasgeier und schien seinen Blick von Leto nicht lösen zu können) – und der derbgesichtige und narbenbedeckte Tuek, der seine melangegebläuten Augen niedergeschlagen hielt.

»Seht zurück, Freunde, auf die Truppen, die längst vergangen sind«, intonierte der Herzog, »und deren Schicksal untertan war dem Geld. Zu ihrem Andenken tragen wir unsere silbernen Ketten, von denen jedes Glied einen Mann ohne die Maske der Arglist symbolisiert. Blickt zurück, Freunde, auf die Truppen, die längst vergangen sind. Mit ihnen ging der Köder des Glücks. Und wenn man uns das falsche Lächeln zeigt, endet auch unsere Zeit.«

Der letzte Satz kam lauter als die anderen. Dann nahm der Herzog einen tiefen Zug aus seiner Wasserflasche und stellte sie mit einem lauten Knall auf den Tisch zurück. Wassertropfen spritzten über den Rand und benetzten das Tischtuch.

Die anderen tranken in verlegenem Schweigen.

Der Herzog hob die Flasche erneut an, aber diesesmal leerte er den verbliebenen Rest auf den Fußboden. Er wußte, daß den anderen nichts anderes übrig bleiben würde, als es ihm gleich zu tun.

Jessica war die erste, die seinem Beispiel folgte.

Bevor die anderen diese Geste nachvollzogen, herrschte ein Augenblick frostiger Kälte. Jessica registrierte, daß Paul, der in der Nähe seines Vaters saß, die ihn umgebenden Reaktionen eingehend studierte. Und ihr erging es nicht anders. Es war irgendwie mit einer Faszination vergleichbar, zuzusehen, wie ihre Gäste sich offenbarten, speziell die Frauen. Immerhin handelte es sich um sauberes, trinkbares Wasser – und nicht um die Feuchtigkeit, die man in ein Handtuch wischte, wenn man die Hände trocknete. In den zitternden Händen der Gäste zeigten sich nahezu alle Gefühlsabstufungen, von resignierender Unterwerfung bis zum offenen Widerwillen. Die Situation wurde von verzögertem Handeln und nervösem Lachen beherrscht – aber auch von unterdrückter Wut und der gehorsamen Einsicht in die Notwendigkeit. Eine der anwesenden Damen verschloß ihre Flasche, bevor sie sie nach unten hielt. Sie sah verlegen weg, als ihr Tischnachbar es entdeckte und den Verschluß wieder löste.

Ihre Hauptaufmerksamkeit war allerdings auf Kynes gerichtet. Der Planetologe zögerte zunächst, es den anderen gleichzutun, dann jedoch leerte er seine Flasche in einen Hohlraum unter seinem Jackett. Als er bemerkte, daß Jessica ihn dabei ansah, lächelte er und hob die Flasche in ihre Richtung, als wolle er ihr stumm zuprosten. Er machte überhaupt nicht den Eindruck, als fühle er sich auf frischer Tat ertappt.

Noch immer beherrschte Hallecks Musik die Versammlung, allerdings hatte er jetzt eine andere Tonart angeschlagen. Die von ihm erzeugten Klänge waren heller und irgendwie fröhlicher geworden, so als beabsichtige er, dadurch die Stimmung zu heben.

»Das Dinner möge beginnen«, sagte der Herzog und setzte sich.

Er ist aufgebracht und verunsichert, dachte Jessica. *Der Verlust des Ernters hat ihn tiefer getroffen, als man annehmen konnte. Aber es scheint mehr dahinterzustekken als nur dieser Verlust. Er benimmt sich wie jemand, der verzweifelt ist.* Sie hob ihre Gabel, als könnte sie mit dieser Bewegung ihre eigene plötzliche Bitterkeit hinwegwischen. *Er ist wirklich verzweifelt.*

Zunächst zögernd, dann jedoch gelöster, begannen die Gäste mit dem Essen. Der Fabrikant, der Destillanzüge herstellte, beglückwünschte Jessica zu ihrem Koch und dem Wein.

»Wir haben beide von Caladan mit hierhergebracht«, erwiderte sie.

»Exquisit!« versicherte der Fabrikant. »Wirklich ganz exquisit!« Er kostete das Chukka. »Und es ist nicht das kleinste Melangekörnchen darin. Das Zeug kann einem wirklich über werden, wenn man es in allem und jedem serviert bekommt.«

Der Vertreter der Gildenbank schaute über den Tisch hinweg Kynes an. »Ich habe gehört, Dr. Kynes«, meinte er, »daß schon wieder ein Sandkriecher durch einen Wurm verlorenging.«

»Neuigkeiten gehen schnell herum«, warf der Herzog ein.

»Dann stimmt es also?« fragte der Bankmann, der seine Aufmerksamkeit nun Leto zuwandte.

»Natürlich stimmt es!« sagte der Herzog unwirsch. »Der verflixte Carryall tauchte nicht auf. Ich verstehe überhaupt nicht, wie eine solch große Maschine so einfach verschwinden kann!«

»Als der Wurm auftauchte«, sagte Kynes, »gab es nichts mehr, mit dem wir den Ernter hätten retten können.«

»Es dürfte einfach nicht möglich sein!« wiederholte der Herzog.

»Und niemand sah, wie der Carryall verschwand?« fragte der Bankvertreter.

»Die Späher sind allgemein dazu verpflichtet, die Augen auf den Boden zu richten«, sagte Kynes. »Ihr Hauptinteresse hat den Wurmzeichen zu gelten. Die Mannschaft eines Carryall besteht üblicherweise aus vier Männern – zwei Piloten und zwei Reisebegleitern. Wenn einer – oder sogar zwei – dieser Leute von den Gegnern des Herzogs bestochen wurden...«

»Oh, ich verstehe«, erwiderte der Bankvertreter. »Werden Sie, als Schiedsmann von Arrakis, Anklage erheben?«

»Ich werde meine Position mit aller Vorsicht abwägen müssen«, gab Kynes zurück. »Und natürlich bin ich keinesfalls bereit, das bei einem Dinner zu diskutieren.« Er dachte: *Du falscher Hund! Als wüßtest du nicht genau, daß es sich hier um eines der Ereignisse handelt, das zu ignorieren man mir aufgetragen hat.*

Der Bankmann beschäftigte sich lächelnd mit dem Essen.

Jessica fiel plötzlich eine Lektion ein, die sie während ihrer Zeit auf der Bene-Gesserit-Schule gelernt hatte. Das

Thema war damals das der Spionage und Gegenspionage gewesen, und die Unterrichtsstunde war von einer dicklichen, lächelnden Ehrwürdigen Mutter gehalten worden, deren freundliche Stimme so gar nicht zu diesem Thema passen wollte.

»Bei jeder Art von schulischer Auseinandersetzung im Bereich der Spionage und/oder Gegenspionage ist die reaktive Grundeinstellung aller Teilnehmer von besonderer Wichtigkeit. Jede Disziplin beeinflußt die Verhaltensmuster der Schüler. Und dieses Verhaltensmuster ist empfänglich für Analysen und Voraussagen. Diese Verhaltensmuster sind ähnlich den motivierenden Verhaltensmustern von Spionen. Man kann sagen, daß es sichere Ähnlichkeiten in der Motivation gibt, auch wenn die Schulen differieren oder sogar entgegengesetzte Ziele verfolgen. Zuerst werden Sie erfahren, wie man diese Elemente zwecks Analyse zu trennen hat. Anfangs dadurch, daß man Verhaltensmuster während eines Verhörs entwickelt, die die innere Orientierung des Fragers verwirren; dann, indem Sie mit Hilfe der Analyse das Sprech- und Denkverhalten ihres Gegners lokalisieren und daraus Nutzen ziehen. Es wird Ihnen schließlich nicht mehr schwerfallen, aus dem Sprachduktus und der Stimmlage Ihres Gegenübers einen Extrakt zu ziehen.«

Jetzt, wo sie mit ihrem Sohn, ihrem Herzog und den Gästen an einem Tisch saß, spürte Jessica die frostige Kälte der Wirklichkeit. Die Stimme des Bankvertreters sagte ihr klar: Der Mann war ein Harkonnen-Agent. Sein Sprachmuster entsprach dem von Giedi Primus. Auch wenn er sich alle Mühe gab, es zu verschleiern. Es war dem Spion unmöglich, sich vor Jessicas geistiger Wachsamkeit zu verbergen.

Bedeutet das, daß die Gilde sich nun auch gegen das Haus Atreides gestellt hat? fragte sie sich. Der Gedanke schockierte sie, so daß sie die plötzliche Gefühlsaufwallung dadurch zu unterbinden versuchte, indem sie einen neuen Gang verlangte. Keine Sekunde gestattete sie es sich, wegzuhören. Ihre ganze Konzentration gehörte diesem Mann, der sich alle Mühe gab, seine wirklichen Ziele hinter harmlosem Geplauder zu verbergen. *Er wird versuchen, die Konversation auf irgend etwas Unverfängliches zu bringen,* sagte sie sich. *Das entspricht genau seinem Verhaltensmuster.*

Der Bankmann schluckte, trank einen Schluck Wein und lächelte einer Dame zu, die etwas zu ihm gesagt hatte. Einen Moment lang schien er einem anderen Gast zu lauschen, der vom unteren Ende der Tafel aus dem Herzog gerade erklärte, daß die einheimischen Pflanzen von Arrakis in der Regel dornenlos seien.

»Es macht mir Spaß, die Flüge arrakisischer Vögel zu beobachten«, sagte er plötzlich Jessica zugewandt. »Sie sind ausnahmslos Aasfresser, und da sie weitgehend ohne Wasser existieren, trinken sie Blut.«

Die Tochter des Fabrikanten, die am anderen Ende des Tisches zwischen Paul und seinem Vater saß, verzog ihr hübsches Gesicht zu einer Grimasse und sagte: »Oh, *Soo-Soo,* Sie schießen mal wieder jeden Vogel ab.«

Der Bankmann lächelte. »Sie nennen mich hier *Soo-Soo,* weil ich die Funktion des Beraters der Gewerkschaft der Wasserverkäufer ausübe.« Als Jessica ihn ohne Erwiderung ansah, fügte er hinzu: »Wegen des Rufes, den sie ausstoßen, wenn sie Wasser zum Verkauf anbieten, wissen Sie? *Soo-Soo-Sook!*« Er imitierte diesen Ausruf mit einer solchen Echtheit, daß am gesamten Tisch lautes Gelächter ausbrach.

Jessica hörte nicht nur den prahlerisch klingenden Ausruf; ihr war in der gleichen Sekunde aufgefallen, daß die junge Dame dem Bankmann ein Stichwort geliefert hatte. Mit ihrer Bemerkung hatte sie die Möglichkeit provoziert, ihn das sagen zu lassen, was er sagen wollte und gesagt hatte. Sie warf einen Blick auf Lingar Bewt. Der Wassermagnat wirkte finster und konzentrierte sich ganz auf sein Essen. Und Jessica fiel ein, daß der Vertreter der Gildenbank irgendwann gesagt hatte: *»Und ich* *kontrolliere auch den wichtigsten Machtfaktor auf Arrakis: das Wasser.«*

Paul, dem es ebenfalls nicht verborgen geblieben war, daß seine Tischnachbarin sich mit falschen Untertönen artikulierte, stellte fest, daß seine Mutter der Konversation in einer Weise beiwohnte, die nur bedeuten konnte, daß sie die Bene-Gesserit-Kräfte eingesetzt hatte. Einem plötzlichen Impuls folgend, entschloß er sich, dem Spiel ein Ende zu machen. Er wandte sich an den Vertreter der Gildenbank und fragte: »Bedeutet das, daß diese Vögel Kannibalen sind, Sir?«

»Das ist eine überflüssige Frage, junger Herr«, erwiderte der Mann. »Ich sagte nur, daß die Vögel Blut trinken. Und das muß nicht unbedingt beinhalten, daß es das Blut ihrer eigenen Art ist, oder?«

»Es war *keine* überflüssige Frage«, sagte Paul, während Jessica in seinem Tonfall eine Intensität bemerkte, die sich nur auf sein Bene-Gesserit-Training zurückführen ließ. »Meistens wissen gebildete Menschen, daß die schlimmste potentielle Konkurrenz für jeden jungen Organismus aus ihren eigenen Reihen kommen kann.« Nachdenklich senkte er seine Gabel auf den Teller seiner Nachbarin, spießte etwas auf und aß es. »Sie essen aus der gleichen Schale. Sie haben die gleichen Grundbedürfnisse.«

Der Bankmann erstarrte und warf dem Herzog einen finsteren Blick zu.

»Sie sollten nicht den Fehler begehen, meinen Sohn für ein Kind zu halten«, sagte der Herzog und lächelte.

Jessica, die einen raschen Blick über die Tafel warf, sah, daß Bewts Miene sich aufhellte. Kynes und Tuek, der Schmuggler, grinsten sogar.

»Es ist ein Gesetz der Ökologie«, warf Kynes ein, »und der junge Herr scheint es sehr gut zu verstehen. Der Kampf zwischen den Lebenselementen ist der Kampf um die freie Energie eines Systems. Und Blut ist eine effiziente energetische Kraft.«

Der Bankmann legte seine Gabel nieder und erwiderte mit einem gereizten Unterton: »Nicht das Blut, Sir. Das Wasser eines Menschen gehört letztlich seinem Volk – seinem Stamm. Und wenn man am Rande der Großen Wüste leben will, ist das eine Notwendigkeit. Das Wasser ist kostbar dort, und der Körper eines Menschen ist nun einmal zu siebzig Prozent aus Wasser zusammengesetzt. Das ist eine Flüssigkeitsmenge, mit der ein toter Mensch nichts mehr anfangen kann.«

Der Bankmann umklammerte die Tischplatte mit einer solchen Intensität, daß Jessica sich fragte, ob er nun in Rage aufstehen und den Speisesaal verlassen würde.

Kynes musterte sie und sagte: »Verzeihen Sie mir, Mylady, bei Tisch über solch häßliche Dinge zu sprechen, aber ich wollte verhindern, daß man Sie falsch informierte. Nur deswegen erfolgte meine Klarstellung.«

»Sie stecken bereits so lange mit den Fremen zusammen, daß Ihnen alle Sinne für Sensibilität verlorengegangen sind«, knurrte der Vertreter der Gildenbank.

Kynes sah ihn kühl an, musterte sein blasses, zuckendes Gesicht. »Versuchen Sie mich zu provozieren, Sir?«

Der Bankmann zuckte zurück. Er schluckte und sagte dann ziemlich steif: »Natürlich nicht. Und ich hatte auch nicht die Absicht, unsere Gastgeber zu beleidigen.«

Jessica hörte die Angst in der Stimme des Mannes und sah sie in seinem Gesicht – in der Art, wie er atmete, und in den Bewegungen, die seine Halsschlagader machte. Er schien eine schreckliche Angst vor Kynes zu haben!

»Unsere Gastgeber sind sehr wohl allein in der Lage, zu entscheiden, wann sie sich beleidigt fühlen wollen und wann nicht«, führte Kynes aus. »Sie sind tapfere Leute, die wissen, wie man die eigene Ehre verteidigt. Wir alle hier sollten sie zu der Courage beglückwünschen, die sie aufbringen... hier auf Arrakis.«

Jessica merkte, daß Kynes' Worte Leto gefielen. Die meisten der anderen schienen diese Ansicht jedoch nicht zu teilen, sie saßen um den Tisch herum, als bereiteten sie sich insgeheim auf eine rasche Flucht vor, und hielten die Hände versteckt. Die beiden einzigen Ausnahmen waren Bewt, der offen über das, was der Bankmann einstecken mußte, grinste, und der Schmuggler Tuek, der den Eindruck machte, als beobachte er Kynes genau. Als sie Pauls Blick suchte, stellte sie fest, daß der Junge Kynes ziemlich bewundernd ansah.

»Nun?« meinte Kynes.

»Ich wollte nicht unhöflich sein«, murmelte der Bankmann. »Sollte dennoch der Eindruck entstanden sein, bitte ich um Entschuldigung.«

»Freundlichst akzeptiert«, erwiderte Kynes und lächelte Jessica zu. Dann beschäftigte er sich weiter mit seinem Mahl, als sei nicht das geringste geschehen.

Jessica sah, daß auch der Schmuggler sich entspannte. Ihr wurde klar, daß der Mann die ganze Zeit auf dem Sprung gewesen war, Kynes zu Hilfe zu eilen. Es mußte also irgendeine Art Vereinbarung zwischen den beiden geben.

Leto, der mit seiner Gabel spielte, schaute forschend auf den Planetologen. Die Art, in der er sich soeben gezeigt hatte, deutete einen Positionswechsel in bezug auf das Haus Atreides an. Während ihres Ausflugs über die Wüste war der Mann ihm kälter erschienen.

Jessica gab das Signal zum nächsten Gang. Bedienstete erschienen und servierten *langues de lapins de garenne* und Rotwein mit Pilzsauce.

Langsam wurde die Konversation an der Tafel wiederaufgenommen, wenngleich für Jessica die dumpfe Stimmung unübersehbar blieb. Der Bankvertreter aß in brütender Schweigsamkeit. *Kynes hätte ihn ohne Zögern umgebracht,* dachte sie. Aber dann wurde ihr klar, daß die ganze Erscheinung dieses Mannes so etwas nicht zuließ. Wenn er jemand tötete, dann nicht mit Vorbedacht, und dies schien auch auf die Fremen zuzutreffen.

Sie wandte sich dem Destillanzugfabrikanten zu ihrer

Linken zu und sagte: »Ich finde es immer wieder unglaublich, wie wichtig das Wasser auf Arrakis ist.«

»Sehr wichtig«, stimmte der Mann ihr zu. »Aber was habe ich hier auf diesem Teller? Es schmeckt vorzüglich!«

»Wildkaninchenzunge in Spezialsauce«, erklärte sie ihm. »Ein sehr altes Rezept.«

»Ich muß es haben«, meinte der Fabrikant.

Jessica nickte. »Ich werde dafür sorgen, daß Sie es bekommen.«

Kynes sah sie an und meinte: »Jeder Neuankömmling auf Arrakis unterschätzt im allgemeinen die Wichtigkeit des Wassers. Man geht in der Regel davon aus, daß man nur ein Minimum hat.«

Sie hörte die prüfende Absicht hinter seinen Worten und erwiderte: »Wachstum ist begrenzt von der Notwendigkeit, die gegenwärtig die Gesamtsumme ergibt. Und – natürlich kontrolliert letztlich die Umwelt die Wachstumsrate.«

»Es kommt selten vor, daß man Mitglieder eines Hohen Hauses kennenlernt, die sich derart Gedanken über planetologische Probleme machen«, sagte Kynes. »Das Wasser ist das lebenswichtigste Element auf diesem Planeten. Und man sollte nie außer acht lassen, daß das Wachstum selbst dazu führen kann, die Lebensqualität herabzusetzen, wenn es nicht in vernünftiger Weise gelenkt wird.«

Jessica vermutete eine geheime Botschaft hinter Kynes' Worten, aber sie wurde ihr noch nicht recht klar. »Wachstum«, entgegnete sie. »Meinen Sie damit, daß Arrakis fähig wäre, einen Zyklus zu finden, der dem Planeten und seinen Bewohnern ein Leben unter besseren Bedingungen garantiert?«

»Unmöglich!« brüllte der Wassermagnat.

Jessica sah Bewt an. »Unmöglich?«

»Jedenfalls auf Arrakis«, erwiderte der Mann. »Verschwenden Sie Ihre Aufmerksamkeit nicht an diesen Träumer. Alle bisherigen Laborergebnisse haben gegen ihn gesprochen.«

Kynes musterte Bewt, und im gleichen Moment wurde Jessica bewußt, daß die allgemeine Konversation durch diesen zweiten Zwischenfall erneut ins Stocken geraten war.

»Die Laborergebnisse«, sagte Kynes, »machen uns einer ganz simplen Tatsache gegenüber blind. Und diese Tatsache lautet: Wir unterhalten uns hier über Dinge, die sich draußen befinden, dort, wo die Pflanzen und Tiere in einer normalen Weise existieren.«

»Normal!« schnaubte Bewt. »Auf Arrakis ist überhaupt nichts normal!«

»Ganz im Gegenteil«, widersprach Kynes. »Man könnte ohne weiteres eine Harmonie mit der Natur eingehen, wenn man die Möglichkeiten zu einem sich selbst weiterentwickelnden ökologischen Programm hätte. Und alles, was man dazu braucht, ist die Erkenntnis der Grenzen, die uns der Planet setzt, und der Druck, der auf ihm lastet.«

»Dazu wird es niemals kommen«, erwiderte Bewt.

Der Herzog gelangte zu einer plötzlichen Erkenntnis, die er auf das veränderte Verhalten zurückführte, das Kynes an den Tag gelegt hatte, als Jessica über die Treibhauspflanzen sprach.

»Wie würde ein solches, sich selbst weiterentwickelndes Programm aussehen, Dr. Kynes?« fragte er.

»Wenn wir nur drei Prozent der Grünpflanzen von Arrakis zu Kohlenstoff verarbeiten könnten und als Nahrungsbeimischung verwenden, haben wir bereits angefangen, ein zyklisches System in Betrieb zu nehmen«, erwiderte Kynes.

»Und dabei ist Wasser das primäre Problem?« fragte der Herzog. Er spürte Kynes' Überraschung, im gleichen Moment aber auch seine eigene Spannung.

»Es ist in der Tat das Wasser, das unser Problem überschattet«, gab Kynes zu. »Die Atmosphäre dieses Planeten verfügt über einen reichen Sauerstoffanteil, allerdings nicht über die sonst üblichen Begleitumstände, die auf Sauerstoffwelten die Regel sind. Weitverbreitetes pflanzliches Leben und unerschöpfliche Vorräte an freien Kohlenstoffverbindungen, die im allgemeinen durch Vulkane freigesetzt werden. Es gibt ungewöhnlich viele chemische Unstimmigkeiten auf den Oberflächengebieten von Arrakis.«

»Aber Sie haben schon einige Versuchsprojekte in Angriff genommen?«

»Wir hatten ziemlich lange Zeit, um den Tansley-Effekt aufzubauen«, erwiderte Kynes. »Das waren kleine Experimente auf einer eher amateurhaften Basis, aus denen ich aber einige wesentliche Erkenntnisse gezogen habe.«

»Es gibt nicht genug Wasser«, fiel Bewt erneut ein. »Es ist einfach nicht genug da.«

»Herr Bewt ist ein Wasserexperte«, meinte Kynes lächelnd und wandte sich wieder seinem Essen zu.

Der Herzog gestikulierte wild mit der rechten Hand und rief: »Nein! Ich will eine Antwort von Ihnen! Gibt es hier genügend Wasser oder nicht, Dr. Kynes?«

Kynes starrte auf seinen Teller.

Jessica verfolgte die Emotionen des Mannes auf seinem Gesicht. *Er verstellt sich gut,* dachte sie und fühlte, wie er überlegte.

»Gibt es hier genügend Wasser?« wiederholte der Herzog.

»Es... könnte sein«, erwiderte Kynes.

Er ist sich unserer noch nicht sicher! dachte Jessica.

Pauls Unterbewußtsein registrierte, was mit Kynes los war. Es kostete ihn einiges, seine Überraschung zu verbergen. *Es gibt genug Wasser! Aber Kynes wünscht nicht, daß es allgemein bekannt wird.*

»Unser Planetologe«, sagte Bewt, »hat viele interessante Träume. Und das hat er mit den Fremen gemeinsam, auch sie träumen von Prophezeiungen und einem Messias.«

Kichern erklang am gesamten Tisch. Jessica merkte sich die Gesichter der Lachenden: der Schmuggler, die Tochter des Destillanzugfabrikanten, Duncan Idaho und die Frau, die jenen mysteriösen Bewachungsdienst unterhielt.

Es ist eine Menge gefühlsmäßiger Spannungen heute abend hier versammelt, dachte sie. *Und es geht zuviel vor, als daß ich mich auf alles konzentrieren könnte. Ich werde einige neue Informationsquellen auftun müssen.*

Der Blick des Herzogs wanderte von Kynes über Bewt zu Jessica. Er fühlte sich ausgelaugt, auch wenn ihn noch vor wenigen Minuten ein Gefühl der Vitalität gestreift hatte. »Es könnte sein«, murmelte er.

Schnell sagte Kynes: »Vielleicht sollten wir dieses Thema ein anderes Mal diskutieren, Mylord. Es gibt so viele...«

Er stockte, als ein Uniformierter durch die Bedienstetentür in den Speisesaal trat, von der Wache vorbeigelassen wurde und eilig auf Leto zuging. Er beugte sich zu seinem Herzog hinab und flüsterte ihm etwas ins Ohr.

Jessica, die an der Mütze des Mannes das Abzeichen von Hawats Truppen erkannte, bemühte sich, ein deprimiertes Gefühl niederzukämpfen, und wandte sich der Begleiterin des Destillanzugfabrikanten zu, einer zarten, dunkelhaarigen Frau mit einem Puppengesicht.

»Aber Sie haben ja kaum etwas gegessen, meine Liebe. Soll ich Ihnen etwas anderes bestellen?«

Bevor die Frau antwortete, sah sie zuerst den Fabrikanten an.

»Ich bin nicht besonders hungrig«, erwiderte sie dann.

Der Herzog stand mit ziemlicher Abruptheit auf, stellte sich neben den Soldaten und sagte in einem barschen Kommandoton: »Behalten Sie Platz. Sie werden mich entschuldigen müssen, aber es ist etwas geschehen, das meine persönliche Anwesenheit leider unabdingbar macht.« Er trat einen Schritt zur Seite. »Paul, würdest du bitte inzwischen meine Vertretung als Gastgeber übernehmen?«

Paul stand bereits. Er hatte eigentlich vorgehabt, seinen Vater nach dem Grund dieser ungewöhnlichen Unterbrechung zu fragen, sah jedoch ein, daß dies taktisch unklug war. Also ging er auf den Stuhl des Herzogs zu und nahm darauf Platz.

Leto wandte sich dem Alkoven zu, in dem Halleck noch immer saß und sagte: »Gurney, übernimm du bitte Pauls Platz an der Tafel. Wir sollten ungerade Zahlen vermeiden. Nach Beendigung des Dinners bringst du Paul zum Kontrollturm hinaus. Warte auf meinen Anruf.«

Halleck tauchte in seiner Paradeuniform aus dem Alkoven auf. In seiner ganzen Häßlichkeit erschien er in dieser glitzernden Gesellschaft wie der geborene Außenseiter. Er lehnte sein Baliset gegen die Wand, marschierte auf Pauls leeren Stuhl zu und setzte sich.

»Es gibt keinen Grund dafür, beunruhigt zu sein«, erklärte der Herzog den Gästen, »aber ich muß Sie alle bitten, das Haus nicht eher zu verlassen, bis die Wache ihr Einverständnis dazu gegeben hat. Solange Sie sich hier aufhalten, wird Ihnen nichts geschehen. Wir werden diese Sache ohne Zweifel in sehr kurzer Zeit aus der Welt geschafft haben.«

Paul registrierte die Codeworte, die sein Vater benutzt hatte: Wache – Einverständnis – Sache. Das Problem betraf also die Sicherheit, nicht unbedingt Gewalt. Er stellte fest, daß seine Mutter zum gleichen Ergebnis gekommen war. Beide entspannten sie sich.

Der Herzog nickte allen Anwesenden noch einmal kurz zu und ging dann durch die Personaltür hinaus, gefolgt von dem Mann, der ihn benachrichtigt hatte.

Paul sagte: »Bitte lassen Sie sich nicht in Ihrem Dinner unterbrechen. Ich glaube, Dr. Kynes war gerade dabei, einiges über das Wasser zu sagen.«

»Können wir das nicht ein andermal besprechen?« fragte Kynes.

»Na schön«, gab Paul zurück.

Es erfüllte Jessica mit Stolz, wie leger Paul die auch für ihn neue Situation zu meistern verstand.

Der Bankmann hob seine Wasserflasche und deutete mit ihr in die Richtung Bewts. »Niemand von uns ist in der Lage, die blumenreichen Phrasen des Herrn Lingar Bewt zu übertreffen. Man könnte beinahe vermuten, daß er beabsichtigt, den Status eines Hohen Hauses zu erringen. Kommen Sie, Herr Bewt, sprechen Sie einen Toast aus. Vielleicht sind Sie der Brunnen der Weisheit für den Jungen, den man wie einen Mann behandeln muß.«

Jessicas rechte Hand wurde unter dem Tisch zu einer Faust. Sie sah, wie Halleck Idaho ein Handzeichen gab und registrierte, wie die Wachen langsam ihre Positionen wechselten, um einen optimalen Schutz zu gewährleisten.

Bewt warf dem Bankvertreter einen giftigen Blick zu.

Paul sah zu Halleck, erkannte die abwehrbereite Haltung der Wachen und musterte den Gildenmann, bis er die Wasserflasche wieder senkte. Schließlich sagte er: »Auf Caladan sah ich einmal, wie man den Leichnam eines ertrunkenen Fischers barg. Er...«

»Ertrunken?« fragte die Tochter des Destillanzugfabrikanten verblüfft.

Paul zögerte. Dann sagte er: »Ja. Er war so lange unter Wasser gewesen, daß er daran starb. Er ertrank.«

»Eine ungewöhnliche Art zu sterben«, murmelte das Mädchen.

Paul lächelte spröde und wandte sich wieder dem Vertreter der Bank zu. »Das Interessante an diesem Mann waren die Wunden auf seinen Schultern. Sie waren von den Klammerstiefeln eines anderen Fischers hervorgerufen worden. Der tote Fischer war nur einer von mehreren gewesen, die sich anfangs auf diesem Boot befanden – einer Maschine, die sich auf dem Wasser fortbewegt –, das dann absoff... unter die Wasserlinie hinabsank. Einer der Männer, die dabei halfen, den Ertrunkenen zu bergen, sagte, er hätte derartige Wunden bereits mehrere Male gesehen. Und er meinte, sie seien ein Zeichen dafür, daß ein anderer vom Ertrinken bedrohter Fischer versucht habe, auf den Schultern des einen zu stehen, um mit dem Kopf noch eine Weile über dem Wasserspiegel bleiben zu können – um zu atmen.«

»Was soll daran so interessant sein?« fragte der Vertreter der Gildenbank.

»Weil mein Vater zu dieser Zeit noch eine andere Feststellung machte. Er sagte, daß es verständlich ist, wenn im Angesicht des Todes der eine Fischer versucht, auf den Schultern eines anderen zu stehen, um zu überleben – ausgenommen natürlich, wenn dies in einem Speisesaal geschieht.« Paul machte eine Pause, aber nur so lange, um dem Bankmann die Möglichkeit zum Luftholen zu geben. Und er fügte hinzu: »Und natürlich auch dann, wenn er das an einer Tafel versucht.«

Eine plötzliche Stille breitete sich im gesamten Raum aus.

Das war zu unbesonnen, durchzuckte es Jessica. *Dieser Mann da hat durch seine Stellung möglicherweise das Recht, meinen Sohn zu fordern.* Auch Idaho schien das zu denken, denn es war unübersehbar für sie, daß er jeden Moment eine Gegenaktion erwartete. Die Wachen schienen aufs höchste alarmiert, während Halleck keine Sekunde lang die ihm gegenübersitzenden Männer aus den Augen ließ.

»Ho-ho-ho-o-o-o!« Es war der Schmuggler, der, den Kopf zurückgeworfen, lauthals lachte.

Mehrere Leute produzierten ein nervöses Lächeln.

Bewt grinste.

Der Bankvertreter hatte seinen Stuhl nach hinten geschoben und starrte Paul an.

Kynes sagte: »Einen Atreides provoziert man stets auf eigenes Risiko.«

»Ist es denn die Sache eines Atreides, die eigenen Gäste zu beleidigen?« verlangte der Bankmann zu wissen.

Bevor Paul darauf antworten konnte, lehnte sich Jessica vor und sagte: »Sir!« Und sie dachte: *Wir müssen herausfinden, welches Spiel diese Harkonnen-Kreatur hier mit uns spielen will. Ist er extra deswegen gekommen, um Paul herauszufordern? Und – hat er von irgend jemandem Unterstützung zu erwarten?*

»Mein Sohn machte eine allgemeine Bemerkung, und Sie stecken sie sich an Ihren Hut?« fragte sie. »Welch eine faszinierende Enthüllung.« Ihre Hand glitt unter den Tisch und tastete entlang ihres Schenkels nach dem Crysmesser, das dort in seiner Scheide verborgen war.

Der Bankmann richtete seinen Blick auf Jessica, die ihren Sohn nun aus den Augen verlor und registrierte, wie der Mann sich langsam vom Tisch weg nach hinten schob, um für irgendwelche Aktionen frei zu sein.

Kynes gab Tuek ein unmerkliches Handsignal, woraufhin dieser taumelnd aufstand und seine Flasche hob. »Ich trinke auf Ihr Wohl«, sagte er, »auf das Wohl des Paul Atreides, der zwar dem Aussehen nach noch ein Junge, seinem Verhalten nach jedoch bereits ein Mann ist.«

Warum mischen die beiden sich ein? fragte sich Jessica.

Als der Vertreter der Gildenbank Kynes ansah, kehrte die Angst wieder in seine Augen zurück.

An der gesamten Tafel begannen die Leute sich wieder zu entspannen.

Wo Kynes führt, dachte Jessica, *folgen ihm die Leute. Und nun hat er uns zu verstehen gegeben, daß er auf Pauls Seite steht. Was ist das Geheimnis seiner Macht? Es kann nicht nur allein darauf zurückzuführen sein, daß er der Schiedsmann ist. Diese Position ist nicht von Dauer. Und es kann auch nicht daran liegen, daß er ein Zivilbediensteter ist.*

Ihre Hand löste sich von dem Messer. Sie nahm ihre Flasche und prostete Kynes damit zu. Er wiederholte diese Geste mit größter Freundlichkeit.

Lediglich Paul und der Bankmann (*Soo-Soo! Welch ein idiotischer Spitzname!* dachte Jessica) hielten die Hände frei. Noch immer war die Aufmerksamkeit des Gildenmannes auf Kynes konzentriert. Paul sah auf seinen Teller.

Ich habe mich korrekt verhalten, dachte Paul. *Welchen Grund hatten sie, mich zu unterbrechen?* Unmerklich schaute er den männlichen Gästen in seiner Umgebung zu. *Sollte ich mit einem Angriff rechnen? Von wem? Sicherlich nicht von diesem Bankfritzen.*

Halleck hob den Kopf und sagte, quer über die Tafel hinweg, ohne offensichtlich jemand bestimmtes zu meinen: »In unserer Gesellschaft sollten die Leute sich hüten, allzuschnell in die Offensive zu gehen. Es könnte sich als selbstmörderisch erweisen.« Er sah die Tochter des Destillanzugfabrikanten, die direkt neben ihm saß, an und fügte hinzu: »Oder glauben Sie nicht, Miß?«

»O ja. Ja. Das glaube ich in der Tat«, erwiderte sie. »Es gibt schon genug Gewalt in der Welt. Sie macht mich krank. Und es kommt sehr oft vor, daß jemand gar nicht die Absicht hat, Gewalt anzuwenden und trotzdem an ihr stirbt. All das hat doch gar keinen Sinn.«

»Da haben Sie recht«, gab Halleck zu.

Jessica, der die beinahe perfekte Verhaltensweise der jungen Frau auffiel, dachte: *So hohlköpfig wie ich sie eingeschätzt habe, ist sie überhaupt nicht.* Aber offenbar hatte sie diese Anzeichen drohender Gefahr nicht allein bemerkt: auch Halleck schien sich der Tatsache bewußt geworden zu sein, daß der Gegner vorhatte, Paul mit Sex zu ködern. Jessica entspannte sich. Möglicherweise war Paul sogar der erste gewesen, der dies herausgefunden hatte. Es war unmöglich, daß seine Bene-Gesserit-Ausbildung in dieser Hinsicht versagen konnte.

Dem Bankmann zugewandt, sagte Kynes: »Ist da nicht noch eine Entschuldigung fällig?«

Mit einem kränklichen Lächeln wandte sich der Zurechtgewiesene an Jessica. »Ich fürchte, Mylady, ich habe Ihren vorzüglichen Weinen etwas zu sehr zugesprochen. Sie haben einen guten Tropfen kredenzt, aber leider vertrage ich nicht allzuviel davon.«

Die unterschwellige Bosheit in den Worten des Mannes war für Jessicas Ohren unüberhörbar, aber dennoch sagte sie in einem zuckersüßen Tonfall: »Wenn Fremde einander treffen, sollte man die größten Rücksichten auf ihre Sitten und Gebräuche nehmen.«

»Ich danke Ihnen, Mylady«, sagte der Bankvertreter.

Die dunkelhaarige Begleiterin des Destillanzugfabrikanten beugte sich zu Jessica hinüber und sagte: »Der Herzog sprach davon, daß wir hier in Sicherheit seien. Ich hoffe, dies bedeutet nicht, daß noch mehr gekämpft wird.«

Man hat ihr aufgetragen, die Konversation in diese Richtung zu lenken, dachte Jessica.

»Es wird nichts Besonderes gewesen sein«, gab sie zurück. »Wissen Sie, in diesen Zeiten gibt es allerhand Dinge zu erledigen, bei denen die persönliche Anwesenheit des Herzogs leider nicht zu umgehen ist. Solange eine Feindschaft zwischen den Harkonnens und den Atreides besteht, können wir uns nicht sicher fühlen. Der Herzog hat einen Kanly ausgesprochen. Das bedeutet natürlich auch, daß er keinen einzigen Agenten der Harkonnens auf Arrakis am Leben lassen kann.« Sie sah den Bankvertreter an. »Und die Konvention ist dabei natürlich auf seiner Seite.« Ihr Blick wanderte zu Kynes. »Ist es nicht so, Dr. Kynes?«

»So ist es in der Tat«, erwiderte der Planetologe.

Der Fabrikant zog seine Begleiterin sanft zurück. Während sie ihn ansah, meinte sie: »Ich glaube, ich möchte jetzt doch noch etwas essen. Ich hätte gerne etwas von diesem Vogel, den Sie vorhin auftragen ließen.«

Jessica instruierte einen Bediensteten und sagte zu dem Bankmann: »Sie haben doch vorhin etwas von diesen Vögeln und ihrer Verhaltensweise erzählt, Sir. Meiner Meinung nach gibt es auf Arrakis wirklich viele interessante Dinge. Können Sie mir sagen, an welchen Orten das Gewürz gefunden wird? Gehen die Jäger weit in die Wüste hinaus?«

»O nein, Mylady«, erwiderte der Mann. »Über die Wüste ist nicht sehr viel bekannt. Und über die südlichen Regionen weiß man überhaupt nichts.«

»Es geht das Gerücht, daß einst eine riesige Ader des Gewürzes in den südlichen Zonen gefunden wurde«, warf

Kynes ein, »aber ich habe den Verdacht, daß diese ungeheuerliche Entdeckung lediglich von einem Komponisten gemacht wurde, um einen interessanten Stoff für ein Lied zu bekommen. Es gibt natürlich einige besonders wagemutige Gewürzjäger, die sich ab und an in die Randzonen des Zentralgürtels vorwagen, aber sie setzen sich dabei unzumutbaren Gefahren aus. Eine Navigation dort ist jedesmal unsicher, und Stürme gehören dort zur Regel. Je weiter man sich vom Schildwall entfernt, desto immenser werden die Schwierigkeiten, denen man ausgesetzt ist. Bisher hat es sich als nicht sonderlich profitabel erwiesen, zu weit in den Süden hinunterzugehen. Aber wenn wir einen Wettersatelliten hätten...«

Bewt schaute auf und sagte mit vollem Mund: »Man sagt, daß die Fremen sich auch dort herumtreiben, daß sie überallhin gehen können. Und daß sie sogar in den südlicheren Breitengraden Wassersenken und Schluckbrunnen zur Verfügung haben.«

»Wassersenken und Schluckbrunnen?« fragte Jessica.

Schnell sagte Kynes: »Das sind alles wilde Gerüchte, Mylady. Man kennt diese Dinge auf anderen Planeten, aber nicht auf Arrakis. Eine Wassersenke nennt man eine Höhlung, in der sich Wasser sammelt; man kann sie angeblich an der Art ihrer näheren Oberflächenumgebung erkennen und durch einfaches Graben an sie herankommen. Ein Schluckbrunnen ist ein winziges Wasserloch, dem man die Flüssigkeit mit Hilfe eines Strohhalms abzapft... so sagt man jedenfalls.«

Er ist nicht aufrichtig, dachte Jessica.

Warum lügt er? fragte sich Paul.

»Wie interessant«, meinte Jessica und dachte: *...so sagt man jedenfalls... Welch seltsamer Art von sprachlichem Manierismus man hier frönt. Wenn sie alle nur wüßten, was diese Art von Verschleierung über sie aussagt.*

»Ich habe gehört, wie Sie behaupteten, der Glanz käme von den Städten, die Weisheit jedoch aus der Wüste«, sagte Paul.

»Es gibt eine Menge Sprichwörter auf Arrakis«, erwiderte Kynes.

Bevor Jessica dazu kam, eine weitere Frage zu formulieren, beugte sich von hinten ein Bediensteter zu ihr hinunter und überreichte ihr eine Note. Sie öffnete sie, erkannte die Handschrift des Herzogs und entschlüsselte die Codezeichen.

»Es wird Sie sicherlich alle freuen zu hören«, sagte sie laut, »daß unser Herzog uns nochmals seiner Obhut versichert. Das Problem seiner momentanen Abwesenheit wurde gelöst. Der verschwundene Carryall wurde gefunden. Ein unter der Besatzung befindlicher Agent der Harkonnens überwältigte die anderen und flog die Maschine zu einer Schmugglerbasis, wo er hoffte, sie verkaufen zu können. Der Mann und die Maschine wurden dort unseren Streitkräften übergeben.« Sie nickte Tuek zu.

Der Schmuggler nickte zurück.

Jessica faltete die Botschaft zusammen und steckte sie in einen Ärmel.

»Ich bin entzückt, daß es zu keiner offenen Schlacht kam«, sagte der Vertreter der Gildenbank. »Wo die Leute doch eine solch große Hoffnung darauf setzen, daß die Anwesenheit der Atreides ihnen endlich den ersehnten Frieden und Wohlstand bringen wird.«

»Insbesondere Wohlstand«, warf Bewt ein.

»Wollen wir nun zum Dessert übergehen?« fragte Jessica. »Ich habe unseren Küchenchef eine besondere Delikatesse anrichten lassen: Pongireis in Dolsasauce.«

»Das hört sich wundervoll an«, meinte der Destillanzugfabrikant. »Könnte ich auch hiervon das Rezept bekommen?«

»Sie können jedes Rezept bekommen, das Sie wünschen, Sir«, erwiderte Jessica und nahm sich vor, den Mann Hawat gegenüber zu erwähnen. Der Bursche war ein ängstlicher Speichellecker und eventuell käuflich.

Das übliche Dinnergeschwätz setzte nun ein: »Welch vorzügliche Fabrikation...«

»…er hat jetzt eine Filiale aufgemacht…«

»…sollten versuchen, die Produktion im nächsten Quartal zu steigern…«

Jessica schaute auf ihren Teller und überdachte den codierten Teil von Letos Botschaft: *»Die Harkonnens haben den Versuch unternommen, eine Schiffsladung Lasguns auf Arrakis einzufliegen. Wir haben sie abgefangen. Das schließt natürlich nicht aus, daß sie mit anderen Versuchen nicht schon Erfolg gehabt haben. Wir wissen jedenfalls sicher, daß sie keinen großen Wert auf Schilde legen. Ergreife entsprechende Vorsichtsmaßnahmen.«*

Speziell die Lasguns gingen ihr nicht aus dem Sinn. Die heißen, hellen Strahlen dieses alles zerreißenden Lichtes waren in der Lage, jede bekannte Substanz zu zerschneiden, vorausgesetzt, sie war nicht durch einen Schild geschützt. Die Tatsache, daß die Rückkopplung eines Schildes sowohl ihn als auch eine Lasgun zur Explosion bringen konnte, schien die Harkonnens nicht zu stören. Wieso nicht? Die Explosion eines von einer Lasgun getroffenen Schildes konnte schlimmere Auswirkungen haben als die Zündung einer Kernwaffe: sie tötete in jedem Fall nicht nur das hinter dem Schild verborgene Ziel, sondern auch den Schützen.

Die vielen Unbekannten in dieser Rechnung erfüllten sie mit Besorgnis.

Paul sagte: »Ich habe niemals daran gezweifelt, daß wir den Carryall finden. Wenn mein Vater einmal ein Problem anpackt, löst er es auch. Das ist eine Tatsache, die die Harkonnens sich hinter die Ohren schreiben sollten.«

Er ist prahlerisch, dachte Jessica. *Das sollte er nicht sein. Niemand, der in dieser Nacht über keinen Schutz gegen eine Lasgun verfügt, hat das Recht, solche stolzen Worte auszusprechen.*

17

»Es gibt keine Rettung – wir haben für die Gewalttätigkeit unserer Vorfahren zu zahlen.«

Aus ›Gesammelte Weisheiten des Muad'dib‹,
von Prinzessin Irulan

Als Jessica den Tumult in der Großen Halle hörte, schaltete sie das Licht neben ihrem Bett an. Da die Uhr noch nicht auf die örtliche Zeit umgestellt war, mußte sie einundzwanzig Minuten abziehen, um zu wissen, daß es etwa zwei Uhr früh war.

Der Tumult war laut und unzusammenhängend.

Haben die Harkonnens angegriffen? fragte sie sich.

Sie schlüpfte aus dem Bett und schaltete die Wandmonitore ein, um Klarheit darüber zu erhalten, wo ihre Familie war. Der Bildschirm zeigte Paul schlafend in dem tiefen Kellerraum, den man in aller Eile als Schlafraum für ihn hergerichtet hatte. Möglicherweise drang der Lärm nicht bis zu ihm durch. Das Zimmer des Herzogs war leer, das Bett unberührt. War er immer noch am Landefeld draußen?

Da es keine Bildschirme gab, die das Haus von außen zeigten, blieb Jessica in der Mitte ihres Schlafraums stehen und horchte. Jemand schrie. Dann rief eine andere Stimme nach Dr. Yueh. Jessica tastete nach einer Robe, zog sie über die Schultern, schlüpfte in ein Paar Schuhe und befestigte das Crysmesser an ihrem Oberschenkel.

Wieder wurde nach Dr. Yueh gerufen.

Sie verschloß den Umhang mit einem Gürtel und trat auf den Gang hinaus. Plötzlich dachte sie: *Was ist, wenn der Verletzte Leto ist?*

Sie lief, und unter ihren Füßen schien der lange Korridor überhaupt kein Ende mehr nehmen zu wollen. Sie passierte die Tür an seinem Ende, ließ den Speisesaal hinter sich und rannte in die Große Halle hinunter, die in glänzendem Licht erstrahlte. Die Wandbeleuchtungen waren auf größte Intensität geschaltet.

Zu ihrer Rechten, in der Nähe des Haupteingangs, erblickte sie zwei Wachen, die Duncan Idaho zwischen sich hielten. Der Kopf des Mannes sank nach vorne, dann senkte sich eine abrupte, nur von hastigem Keuchen unterbrochene Stille über die Szenerie.

Einer der Wächter sagte in einem anklagenden Tonfall zu Idaho: »Sehen Sie nun, was Sie angerichtet haben? Lady Jessica ist aufgewacht.«

Die hinter den Männern sich bewegenden Gardinen deuteten an, daß der Haupteingang nicht verschlossen war. Von Dr. Yueh und dem Herzog keine Spur. Mapes stand in der Nähe und musterte Idaho kalt. Sie trug eine lange, braune Robe, von Streifen durchsetzt. Ihre Beine steckten in Wüstenstiefeln.

»Ich habe also Lady Jessica aufgeweckt«, murmelte Idaho. Er hob den Kopf, blickte an die Decke und bellte: »Das erste Blut leckte mein Schwert auf Grumman!«

Große Mutter! dachte Jessica. *Er ist betrunken!*

Idahos finsteres Gesicht erschien ihr wie eine verzerrte Maske. Sein Haar, das an den Pelz eines schwarzen Bären erinnerte, war voller Schmutz, ein gezackter Riß in seiner Tunika. Der Zustand seiner Kleidung war mit dem, den sie vor dem Dinner gehabt hatte, nicht mehr zu vergleichen.

Jessica ging auf ihn zu.

Eine der Wachen nickte ihr zu, ohne Idaho loszulassen. »Wir wußten nicht, was wir mit ihm tun sollten, Mylady. Er hat zuerst draußen angefangen, Krach zu schlagen, und lehnte es ab, hereinzukommen. Wir befürchteten, daß irgend jemand vorbeikommen und ihn sehen könnte. Das konnten wir nicht zulassen. Bitte nehmen Sie uns das nicht übel.«

»Wo ist er gewesen?« fragte Jessica.

»Er begleitete eine junge Dame nach Hause, Mylady. Auf Anweisung von Hawat.«

»Welche junge Dame war das?«

»Eine der Begleitdirnen. Verstehen Sie, Mylady?« Der Mann schaute auf Mapes und senkte seine Stimme. »Sie schreien immer nach Idaho, wenn es gilt, spezielle Bewachungsaufgaben gegenüber den Damen zu übernehmen.«

Jessica dachte: *Aber warum ist er betrunken?*

Zu Mapes gewandt, sagte sie: »Mapes, richte Idaho ein Stimulans her. Ich schlage Koffein vor. Möglicherweise ist noch etwas von dem Gewürzkaffee übriggeblieben.«

Mapes zuckte mit den Achseln und kehrte in die Küche zurück. Ihre Wüstenstiefel erzeugten auf dem Fußboden kratzende Geräusche.

Idaho hob seinen außer Kontrolle geratenen Kopf und sah in einem schiefen Winkel auf Jessica. »Hab mehr als dreihundert Mann für'n Herzog erschlagen«, murmelte er. »Un Sie wolln wissen, was mit mir los is? Kannich leben hier, nich unner der Erde un nich auffer Erde. Was für 'ne Welt ist das überhaupt hier, he?«

Ein Geräusch, das von einem der Nebeneingänge kam, zog Jessicas Aufmerksamkeit auf sich. Sie drehte sich um und sah, wie Dr. Yueh den Raum betrat, seinen Ärztekoffer in der Hand. Er war völlig bekleidet und wirkte bleich und verstört. Die diamantene Tätowierung leuchtete auf seiner Stirn.

»Der gute Dokter!« rief Idaho aus. »Was sind Sie, Doc? Ein Schpritzen-un-Pillen-Mann.« Er schaute erschöpft Jessica an. »Geb hier wohl 'ne verdammt lächerliche Figur ab, he?«

Jessica runzelte die Stirn, blieb aber ruhig. *Warum hat er sich nur betrunken? Oder steht er unter Drogen?*

»Zuviel Gewürzbier«, sagte Idaho und versuchte sich aufzurichten.

Mapes erschien mit einem dampfenden Becher in der Hand, blieb aber unsicher hinter Yueh stehen. Sie blickte Jessica an, die jetzt den Kopf schüttelte.

Yueh stellte seinen Arztkoffer ab, nickte Jessica grüßend zu und sagte: »Gewürzbier, wie?«

»Das verdammt beste Zeug, das ich je probierte«, lallte Idaho. Er versuchte die Aufmerksamkeit auf sich zurückzulenken. »Das erste Blut leckte mein Schwert auf Grumman! Legte einen Harkon'n um... 'n Harkon'n... hab ich umgelegt für'n Herzog.«

Yueh drehte sich zu Jessica um und schaute dann auf den Becher in Mapes' Hand. »Was ist das?«

»Koffein«, sagte Jessica.

Yueh nahm den Becher und hielt ihn Idaho hin. »Trink das, Bursche.«

»Will nix mehr zu trinken.«

»Trink es, habe ich gesagt.«

Idahos Kopf schwenkte Yueh entgegen. Er machte einen Schritt nach vorn und zog dabei die ihn haltenden Wachen mit sich. »Ich bin's verdammt noch mal satt, das ganze Imperiale Universum zu ehren, Doc. Jetzt spielen wir mal das Spiel, wie ich es will.«

»Nachdem Sie das hier getrunken haben«, sagte Yueh. »Es ist nur Koffein.«

»Hier ist gar nix mehr so wie's rechtens is, Doc. Die verfluchte Sonne... ist zu groß, zu heiß... Nix hat mehr die richtige Farbe. Alles ist falsch oder...«

»Nun, wir haben derzeit Nacht«, sagte Yueh gefaßt. »Seien Sie ein netter Junge und trinken Sie dies hier aus. Nachher sieht die Welt schon wieder anders aus.«

»Will nich, daß alles anners aussieht für mich.«

»Wir können nicht die ganze Nacht mit ihm hier herumstreiten«, warf Jessica ein. Und dachte: *Dies verlangt nach einer Schocktherapie.*

»Es gibt keinen Grund, weshalb Sie hierbleiben sollten, Mylady«, erwiderte Yueh. »Sie können sich ohne weiteres zurückziehen. Ich werde damit schon fertig.«

Jessica schüttelte den Kopf. Sie machte einige Schritte und versetzte Idaho mehrere Ohrfeigen.

Zusammen mit den Wachen taumelte er zurück und starrte sie an.

»Dies ist keine Art, sich im Hause Ihres Herzogs aufzuführen«, sagte sie. Sie riß den Becher aus Yuehs Hand und hielt ihn unter Idahos Nase. »Sie trinken das jetzt! Das ist ein Befehl!«

Idaho kam taumelnd hoch und maß sie mit einem finsteren Blick. Und dann sagte er langsam und jede Silbe besonders betonend: »Von einem verdammten Harkonnen-Spitzel nehme ich keine Befehle entgegen.«

Yueh erstarrte. Er wirbelte herum, um Jessicas Reaktion aufzufangen.

Schlagartig war ihr Gesicht blaß geworden. Aber sie nickte. Plötzlich wurde ihr alles klar. All die subtilen Symbole, die sie in Gesprächen und Aktionen während der letzten Tage mitbekommen hatte. Jetzt konnte sie sie zu einem Gesamtbild zusammenfügen. Der Zorn, der in ihr aufwallte, daß sie erst jetzt richtig verstand, was hier vor sich ging, war zu groß, als daß sie ihn ohne weiteres unterdrücken konnte. Sie mußte alle Kräfte ihrer Ausbildung als Bene Gesserit aufwenden, um ihren Pulsschlag wieder auf ein Normalmaß zu senken und ihren Atem unter Kontrolle zu halten. Und selbst dann noch spürte sie das Lodern einer Flamme in sich.

Sie schreien immer nach Idaho, wenn es gilt…

Sie warf Yueh einen Blick zu. Der Arzt senkte den Blick. »Sie wußten das?« fragte sie.

»Ich… habe einige Gerüchte gehört, Mylady. Aber ich habe ihnen natürlich keinerlei Glauben geschenkt.«

»Hawat!« fauchte Jessica. »Ich will, daß Thufir Hawat sofort hierhergebracht wird!«

»Aber Mylady…«

»Sofort!«

Es muß Hawat gewesen sein, dachte sie. *Ein Mißtrauen*

dieser Art kann von keiner anderen Quelle sprudeln, ohne nicht sofort zurückverfolgt zu werden.

Kopfschüttelnd murmelte Idaho: »Ach, scheiß auf die ganze verdammte Sache.«

Jessica sah auf das Gefäß, das sie noch immer in der Hand hielt und schüttete seinen Inhalt mit einem Ruck in Idahos Gesicht. »Schließt ihn in eines der Gästezimmer im Westflügel ein«, ordnete sie an. »Und lassen Sie ihn diesen Rausch ausschlafen.«

Die beiden Wachen musterten sie unentschlossen. Einer der Männer meinte zögernd: »Vielleicht sollten wir ihn woandershin bringen, Mylady. Wir könnten...«

»Er bleibt hier im Haus!« fauchte Jessica. »Er hat hier eine Arbeit zu erledigen.« Ihre Stimme war bitter. »Wo er doch so gut als Bewacher von Damen taugt.«

Der Wächter schluckte.

»Wissen Sie, wo sich der Herzog aufhält?« fragte Jessica den Mann.

»Er ist auf dem Kommandoposten, Mylady.«

»Bringen Sie mir Hawat«, befahl sie. »Ich werde ihn in meinem Besuchszimmer erwarten.«

»Aber Mylady...«

»Sollte es sich nicht anders regeln lassen, werde ich den Herzog anrufen«, fügte sie hinzu. »Und ich hoffe, daß dies nicht nötig sein wird. Ich möchte mit Angelegenheiten dieser Art nicht seine Unternehmungen stören.«

»Jawohl, Mylady.«

Jessica legte den leeren Becher in Mapes Hände zurück. Ihre Augen sahen im Gesicht Mapes' einen fragenden Ausdruck.

»Du kannst wieder zu Bett gehen, Mapes.«

»Sind Sie sicher, daß Sie mich nicht mehr brauchen?«

Mit einem grimmigen Lächeln erwiderte Jessica: »Ich bin sicher.«

»Vielleicht hätte die Sache doch noch bis morgen Zeit«, mischte Yueh sich nun ein. »Ich könnte Ihnen ein Beruhigungsmittel geben und...«

»Sie begeben sich in Ihr Quartier zurück und überlassen alles weitere mir«, entgegnete Jessica. Sie drückte seinen Arm, um dieser Anordnung mehr Gewicht zu verleihen. »Es gibt keinen anderen Weg.«

Dann drehte sie sich auf dem Absatz herum und verließ mit hocherhobenem Kopf die Halle. Der Rückweg zu ihren Privaträumen erschien ihr auf einmal ganz anders. Kalte Wände... Gänge... eine bekannte Tür. Sie öffnete sie, glitt in den Raum hinein und warf die Tür ins Schloß. Eine ganze Weile blieb sie dort stehen und starrte auf die blankgeputzten Fenster ihres Besuchszimmers. *Hawat! Könnte er derjenige sein, der im Sold der Harkonnens stand? Wir werden sehen.*

Sie ging zu einem tiefen, altmodischen Armsessel hinüber und rückte ihn in eine Position, die es ihr ermöglichte, die Tür im Auge zu behalten. Plötzlich wurde sie sich wieder des Crysmessers bewußt, das an ihrem Oberschenkel in seiner Scheide stak, löste es und befestigte es an ihrem Arm. Dann warf sie einen erneuten Blick durch den Raum und prägte sich für einen eventuellen Notfall die Einrichtung ein: das Sofa in der Ecke, die Stuhlreihe entlang der Wand, die beiden flachen Tische und die an der Wand abgestellte Zither neben der Tür zu ihrem Schlafraum.

Die Suspensorlampen spendeten blasses Licht. Jessica stellte sie noch weiter herunter und setzte sich in den Armsessel. Ihre Finger glitten über den weichen Bezug.

Jetzt soll er kommen, dachte sie. *Und wir werden erfahren, was wir erfahren sollen.* Sie bereitete sich auf das Zusammentreffen vor, wie es die Art der Bene Gesserit war, indem sie sich in völliger Ruhe sammelte und ihre Kräfte konzentrierte.

Schneller als sie zu erwarten gehofft hatte, hörte sie das Geräusch der sich öffnenden Tür. Hawat trat ein.

Ohne sich von ihrem Sessel zu erheben, beobachtete Jessica seine Bewegungen, die davon zeugten, daß seine Energie möglicherweise irgendwelchen Drogen zu verdanken war. Sie sollten seine Müdigkeit vertuschen. Hawats rheumatische Augen glitzerten, und unter der Beleuchtung erschien seine Haut ledrig und gelb. Auf dem Ärmel seines Messerarms befand sich ein feuchter Fleck.

Es roch nach Blut.

Sie deutete auf einen der übrigen Sessel und sagte: »Rücken Sie ihn her und nehmen Sie vor mir Platz.«

Hawat verbeugte sich und gehorchte. *Dieser versoffene Narr von Idaho!* dachte er. Er musterte Jessicas Züge und fragte sich, wie er aus dieser Situation wieder herauskommen konnte.

»Ich finde, daß es allmählich an der Zeit ist, die Lage zwischen uns zu klären«, begann Jessica.

»Was meinen Sie, Mylady?« fragte er, nahm Platz und legte beide Hände in den Schoß.

»Spielen Sie nicht Katz und Maus mit mir«, fauchte Jessica. »Wenn Yueh Ihnen nicht schon gesagt hat, weshalb ich Sie habe rufen lassen, wird es schon irgendein anderer Ihrer Spitzel unter meinem Personal getan haben. Sollten wir nicht zumindest so aufrichtig miteinander sein?«

»Wie Sie wünschen, Mylady.«

»Zuerst werden Sie mir folgende Frage beantworten«, fuhr Jessica fort. »Stehen Sie nun auf der Lohnliste der Harkonnens?«

Hawat erhob sich halb aus seinem Sessel. Mit vor Zorn rotem Gesicht keuchte er: »Sie wollen mich also beleidigen?«

»Setzen Sie sich«, entgegnete Jessica. »Sie haben mich beleidigt.«

Langsam sank Hawat zurück.

Jessica, die in seinem Gesicht genau das zu lesen verstand, was sie wollte, atmete erleichtert auf. *Es ist nicht Hawat.*

»Ich weiß jetzt, daß Sie meinem Herzog treu ergeben sind«, fuhr sie fort. »Und ich bin bereit, deswegen Ihren Affront mir gegenüber zu vergeben.«

»Ist hier überhaupt etwas zu vergeben?«

Jessica dachte finster: *Soll ich meinen Trumpf jetzt aus-*

spielen? Soll ich ihm von der Tochter des Herzogs erzählen, die ich seit Wochen in mir trage? Nein… Leto weiß selbst noch nichts davon. Wenn er es wüßte, würde dies sein Leben nur noch mehr komplizieren. Es würde ihn nur von wichtigeren Dingen, die uns das Überleben sichern, ablenken. Noch ist genügend Zeit.

»Eine Hellseherin wäre in der Lage, das zu klären«, erwiderte sie. »Aber über eine solche verfügen wir leider nicht.«

»Ganz recht. Wir haben keine Hellseherin.«

»Gibt es einen Verräter unter uns?« fragte sie. »Ich habe unsere Leute mit größter Sorgfalt studiert. Wer könnte es sein? Gurney? Nein. Sicher auch nicht Duncan. Und deren persönliche Adjutanten haben nicht genügend Befugnisse, um sie für die Gegenseite gewinnbringend zu verwenden. Und Sie sind es auch nicht, Thufir. Paul kann es nicht sein. Und ich weiß, daß *ich* es nicht bin. Vielleicht Dr. Yueh? Soll ich ihn rufen lassen und einem Test unterziehen?«

»Sie wissen, daß das nur leeres Gerede ist«, erwiderte Hawat. »Er ist konditioniert worden. Und das weiß *ich* ziemlich sicher.«

»Und nicht zu vergessen, daß seine Frau eine Bene Gesserit war, für deren Tod die Harkonnens verantwortlich sind.«

»Also das war es«, nickte Hawat.

»Ist Ihnen niemals aufgefallen, mit welcher Verachtung er den Namen Harkonnen ausspricht?«

»Sie wissen, daß ich nicht das Ohr habe, solche Untertöne zu hören«, entgegnete Hawat.

»Und wieso konzentrierte sich Ihr Mißtrauen gegen mich?« fragte Jessica.

Hawat zuckte mit den Achseln. »Mylady bringen Ihren Untertan in eine unmögliche Situation. Meine Loyalität gehört in erster Linie dem Herzog.«

»Gerade wegen dieser Loyalität bin ich bereit, eine Menge zu vergeben.«

»Und ich muß erneut fragen: Gibt es überhaupt etwas zu vergeben?«

»Also eine Sackgasse. Für uns beide.«

Hawat hob die Schultern.

»Dann lassen Sie uns für eine Weile über etwas anderes unterhalten«, schlug Jessica vor. »Sprechen wir über Duncan Idaho, den verehrenswerten Kämpfer, dessen Fähigkeiten so gerühmt werden. Heute abend hatte er einige Schwierigkeiten mit einem Getränk, das man Gewürzbier nennt. Ich habe gehört, daß bereits andere unserer Leute diesem Gebräu verfallen sind. Stimmt das?«

»Sie haben Ihre Informationen, Mylady.«

»Die habe ich. Und Sie sehen in diesem Trinken kein Symptom, Thufir?«

»Mylady sprechen in Rätseln.«

»Richten Sie Ihre Mentatkräfte darauf«, fauchte sie zurück. »Unter welchem Problem leiden Duncan und die anderen? Ich kann es in vier Worten ausdrücken: Sie haben kein Zuhause.«

Hawat deutete zu Boden. »Arrakis ist ihr Zuhause.«

»Arrakis ist eine Unbekannte! Caladan war ihre Heimat, aber wir haben die Männer entwurzelt. Sie haben kein Zuhause mehr. Und dazu fürchten sie noch, daß der Herzog versagen könnte.«

Hawat versteifte sich. »Solche Worte aus dem Mund eines der Männer wäre ein Grund zur...«

»Ach, hören Sie doch auf, Thufir! Ist es ein Zeichen von Defätismus oder Verrat, wenn ein Arzt eine korrekte Diagnose stellt? Die einzige Absicht, die ich damit hege, ist, diese Krankheit zu heilen.«

»Der Herzog gewährt mir jede nur denkbare Unterstützung in diesen Dingen.«

»Aber Sie werden verstehen, daß auch ich ein legitimes Interesse für das Fortschreiten dieser Krankheit habe«, fuhr Jessica fort. »Und Sie werden verstehen, daß ich über sichere Fähigkeiten verfüge, um das zu erkennen.«

Ist es meine Bestimmung, ihn jedesmal einem Schock

auszusetzen? fragte sie sich. *Dieser Mann muß aufgerüttelt werden. Er muß aus seiner Routine heraus!*

»Man könnte es auf vielerlei Arten interpretieren, wenn Sie das meinen«, sagte Hawat achselzuckend.

»Dann glauben Sie also, mich bereits überführt zu haben?«

»Natürlich nicht, Mylady. Es ist nur so, daß ich es mir nicht leisten kann, irgendwelche Möglichkeiten außer acht zu lassen, jedenfalls nicht in der momentan herrschenden Situation.«

»Nachdem Sie dieses Haus überprüft hatten, wurde ein Anschlag auf meinen Sohn verübt«, entgegnete Jessica. »Wer hat mit dieser Möglichkeit gerechnet?«

»Ich habe dem Herzog meinen Rücktritt angeboten«, erklärte Hawat finster.

»Haben Sie das auch mir angeboten? Oder Paul?«

Jetzt war Hawat offensichtlich wütend, obwohl er versuchte, sein hastiges Atmen zu verbergen. Seine Nasenflügel vibrierten, seine Halsschlagader pochte aufgeregt.

»Ich bin ein Mann des Herzogs«, sagte er aufgebracht.

»Es gibt keinen Verräter«, erwiderte Jessica. »Die Bedrohung kommt von ganz anderer Seite. Vielleicht hat es etwas mit den Lasguns zu tun. Vielleicht riskieren sie es doch, ein paar Lasguns einzuschmuggeln, die ferngesteuert oder sonstwie gegen den Hausschild eingesetzt werden sollen. Vielleicht...«

»Und wie wollten sie nach einem Angriff beweisen können, daß die Explosion nicht atomaren Ursprungs war?« fragte Hawat. »Nein, Mylady. Ein *solches* Risiko gehen sie niemals ein. Radioaktivität vergeht. Sie könnten nicht beweisen, nicht gegen die Konvention verstoßen zu haben. Allein schon deswegen müssen sie darauf achten, vordergründig die Form zu wahren. Es *gibt* einen Verräter.«

»Sie sind ein Mann des Herzogs«, zischte Jessica. »Würden Sie ihn zerstören, mit der Absicht, ihn zu retten?«

Hawat sog tief den Atem ein und meinte: »Wenn Sie unschuldig sein sollten, werde ich mich in aller Form entschuldigen.«

»Schauen Sie sich an, Thufir«, bohrte Jessica weiter. »Die Menschen leben am besten, wenn jeder von ihnen seinen Platz hat, wenn jeder weiß, wo er hingehört. Wenn Sie seinen Platz zerstören, zerstören Sie gleichzeitig die Person. Von allen, die den Herzog lieben, Thufir, sind Sie und ich die einzigen, die einander schaden könnten. Hätte ich nicht die Möglichkeit, beim Herzog gegen Sie zu intrigieren? Zu welchen Zeiten wäre er für solche Einflüsterungen am meisten empfänglich, Thufir? Muß ich Ihnen das wirklich noch näher erklären?«

»Sie drohen mir?« grollte Hawat.

»Natürlich nicht. Ich möchte Ihnen nur klarmachen, daß jemand dabei ist, uns anzugreifen, indem er die Grundvoraussetzung unseres Zusammenlebens zerstört. Der Plan ist teuflisch genial. Ich schlage vor, daß wir diesen Angriff so zur Kenntnis nehmen, wie er gemeint ist.«

»Sie beschuldigen mich also der grundlosen Verbreitung von Mißtrauen?«

»Grundlos, ja.«

»Schließen Sie gleichzeitig auch Ihre Einflüstereien damit ein?«

»Es ist Ihr Leben, das aus Flüstertätigkeiten besteht, Thufir, nicht das meine.«

»Dann bezweifeln Sie also meine Fähigkeiten?«

Jessica stieß einen Seufzer aus. »Thufir, ich möchte nur, daß Sie überprüfen, inwiefern Sie selbst gefühlsmäßig in diese Affäre verstrickt sind. Der *natürliche* Mensch ist ein Tier ohne Logik. Die Art, in der Sie auf alle Affären mit Logik herangehen, ist *un*natürlich, für Sie aber eine hergebrachte Nützlichkeit. Sie sind ein personifizierter Logiker – ein Mentat. Die Problemlösungen, die Sie anbieten, sind – in einem realistischen Sinne – aus Ihnen selbst herausprojiziert, nachdem Sie sie von allen Seiten betrachtet und eingehend studiert haben.«

»Glauben Sie, mir damit etwas Neues zu sagen?« fragte

Hawat, ohne sich dieses Mal die Mühe zu machen, zu verbergen, wie ärgerlich er war.

»Alles, was sich vor Ihren Augen abspielt, können Sie sehen und Ihrer Logik unterwerfen«, fuhr Jessica fort. »Aber es ist nun einmal eine menschliche Eigenart, daß wir die Probleme, die uns betreffen, so verschlüsselt von uns geben, daß es ungeheuer schwer ist für einen anderen, sie mit den Gesetzen reiner Logik zu erklären. Wir neigen dazu, herumzutaumeln, allem nachzugehen, außer dem Wichtigen, was uns wirklich bewegt.«

»Sie sind jetzt dabei«, knurrte Hawat, »mir einzureden, daß meine Fähigkeiten als Mentat nichts taugen. Wenn ich jemanden unter unseren Leuten entdecken würde, der dies täte - nämlich eine unserer Waffen zu sabotieren -, würde ich nicht zögern, ihn zu denunzieren und zu vernichten.«

»Selbst die fähigsten Mentaten rechnen in der Regel damit, hin und wieder einen Fehler zu machen«, sagte Jessica.

»Ich habe nie etwas anderes behauptet!«

»Dann richten Sie Ihre Aufmerksamkeit auf die Symptome, die uns beiden nicht verborgen geblieben sind: die Trunksucht unter den Männern; der Zank - das verrückte und grundlose Geschwätz über Arrakis; das Ignorieren der einfachsten...«

»Es wird keine Untätigkeit mehr für sie geben«, warf Hawat ein. »Versuchen Sie doch nicht, mich dadurch abzulenken, indem sie aus einer Mücke einen Elefanten machen.«

Jessica starrte ihn an und dachte dabei an die Männer des Herzogs, die bereits in ihren Unterkünften so laut jammerten, daß man ihren Unmut beinahe riechen konnte. *Sie entwickeln sich wie die Männer aus dieser Prä-Gilden-Legende*, dachte sie. *Wie jene Mannschaft des verlorenen Sternenschiffes ›Apoliros‹, die krank hinter ihren Geschützen hockt, ewig auf der Suche, ewig vorbereitet und dennoch niemals ein Ziel erreichend.*

»Warum haben Sie niemals während Ihrer Dienstzeit für den Herzog von meinen Fähigkeiten Gebrauch gemacht?« fragte sie Hawat. »Halten Sie mich etwa für Ihre Rivalin?«

Er blitzte sie an, in seinen alten Augen zuckten Flammen. »Ich kenne einiges von dem Training, das man bei den Bene Gesserit erhält…« Er sprach den Satz nicht zu Ende, sondern starrte finster geradeaus.

»Sprechen Sie ruhig weiter«, ermunterte Jessica ihn. »Sie wollten doch irgend etwas über *Hexen* sagen, nicht wahr?«

»Ich habe einiges von dem mitbekommen, was man Ihnen beigebracht hat«, erklärte Hawat. »Und zwar dadurch, indem ich Paul beobachtete. Mich können Sie nicht mit dem Unsinn abspeisen, den Ihre Schulen verbreiten: daß sie nur da sind, um zu dienen.«

Der Schock muß heftig sein, und er ist beinahe reif dafür, dachte Jessica.

»Wenn wir in Gesellschaft sind, pflegen Sie mir im allgemeinen respektvoll zuzuhören«, sagte sie, »und dennoch holen Sie sehr selten meinen Rat ein. Warum?«

»Ich traue Ihren Bene-Gesserit-Motiven nicht«, gab Hawat zurück. »Möglicherweise glauben Sie, einen Mann durchschauen zu können; vielleicht glauben Sie sogar, ihn soweit zu bringen, daß er das tut, was Sie…«

»Sie armer Narr, Thufir!« rief Jessica aus.

Überrascht trat er nach hinten und fiel in seinen Sessel zurück.

»Und wenn Sie noch so wilde Gerüchte über unsere Schulen vernommen haben«, fuhr sie fort, »die Wahrheit ist weitaus größer! Wenn ich wirklich vorhätte, das Leben des Herzogs zu vernichten – oder das Ihre, meinetwegen das Leben jedes anderen Menschen in meiner Reichweite, glauben Sie wirklich, daß jemand mich daran hindern könnte?«

Und sie dachte: *Warum lasse ich zu, daß der Stolz mir derartige Worte über die Lippen bringt? Dies ist nicht die*

Paul Atreides *(Alec Newman)* ist jung und hitzköpfig.
Noch weiß er nicht, daß das Schicksal
ihm eine ganz besondere Rolle zugedacht hat.

Herzog Leto Atreides *(William Hurt)* ist der Herrscher des Hauses Atreides. Ein weiser, geachteter Anführer, dessen große Zeit jedoch zu Ende geht.

Chani *(Barbara Kodetová)* ist ein Kind der Wüste, die Tochter von Liet. Sie wird Pauls Gefährtin und Mutter seines Sohnes.

Der eitle Feyd *(Matt Keeslar)* ist der Neffe von Vladimir Harkonnen und nicht weniger skrupellos und brutal als sein Onkel.

Lady Jessica *(Saskia Reeves)* ist die respektierte Gefährtin von Leto Atreides und Mutter seines Sohnes Paul.

Baron Vladimir Harkonnen *(Ian McNeice)* ist fett, hässlich, brutal und machtbesessen, aber auch intelligent und ein hinterlistiger Taktierer.

Die Gilde und ihre vermummten Agenten *(hier: Philip Lenkowsky)* stellen den dritten unberechenbaren Machtfaktor nach den Bene Gesserit und den Mentaten.

Gurney Halleck *(P.H. Moriarty)* ist der Waffenmeister von Leto Atreides und Trainer von Paul.

Irulan *(Julie Cox)*, die schöne Tochter des Imperators.

Art, die man mich gelehrt hat. Auf diese Art darf ich ihm keinen Schock versetzen.

Hawats Hand fuhr unter die Tunika, wo er einen Mini-Projektor verborgen hielt, der Giftnadeln verschoß. *Sie trägt keinen Schild,* zuckte es durch sein Gehirn. *Ist das nur Prahlerei, was sie sagt? Ich könnte sie jetzt töten... aber, ah-h-h, die Konsequenzen, wenn meine Vermutungen nicht zutreffen.*

Jessica sah, wie er in die verborgene Tasche griff und sagte: »Lassen wir einander versprechen, daß es zwischen uns niemals zu Gewalttätigkeiten kommen wird.«

»Ein treffliches Versprechen«, erwiderte Hawat und nickte.

»Inzwischen hat die Krankheit also auch vor uns nicht haltgemacht«, sinnierte Jessica. »Und ich muß noch einmal darauf zurückkommen: Ist es nicht möglich, daß die Harkonnens dieses Mißtrauen aus einem bestimmten Grund zwischen uns gesät haben?«

»Wir haben uns offenbar wieder in dieser Sackgasse getroffen«, meinte Hawat trocken.

Jessica seufzte. *Gleich ist es soweit,* dachte sie.

»Der Herzog und ich sind für unsere Leute so etwas wie Vater- und Muttergestalten. Wir...«

»Er hat Sie nicht geheiratet«, warf Hawat ein.

Gut gekontert, dachte sie und zwang sich zur Ruhe.

»Aber er wird auch keine andere Frau heiraten. Jedenfalls nicht, solange ich lebe. Und was ich eben über unsere Positionen sagte, wird davon nicht berührt. Um diese Position zu zerstören, unsere gemeinsame Ordnung zu unterminieren und uns zu verwirren – wem würde dies mehr entgegenkommen als den Harkonnens?«

Hawat folgte ihr mit seinem Blick, aber auch mit seinem Geist in die Richtung, die sie einschlug, das war unverkennbar, auch wenn er die Stirn runzelte.

»Der Herzog«, fuhr sie fort, »bietet ein attraktives Ziel, daran zweifelt niemand. Aber mit der Ausnahme von Paul ist niemand von besseren Leibwächtern umgeben.

Also zielt man auf mich, obwohl ich durch meine Fähigkeiten ebenfalls kein leichtes Ziel biete. Also verfällt man auf eine ganz andere Methode und sucht sich ein ungeschützteres Ziel, einen Menschen, für den das Mißtrauischsein so natürlich ist wie für andere das Atmen. Jemanden, dessen ganzes Leben daraus besteht, sich auf mysteriöse Dinge zu konzentrieren.« Sie zeigte mit der rechten Hand auf Hawat.

»Sie!«

Hawat machte Anstalten, aus dem Sessel zu springen.

»Ich habe Sie nicht zum Gehen aufgefordert, Thufir!« explodierte sie.

Die Muskeln des alten Mentaten versagten so plötzlich, daß er beinahe in seinen Sessel zurückfiel.

Jessica lächelte ohne Herzlichkeit.

»Jetzt wissen Sie zumindest *einiges* von dem, was man uns beigebracht hat«, meinte sie.

Hawat schien krampfhaft zu schlucken. Ihr Befehl sitzen zu bleiben hatte ihn so überrascht, daß er unfähig gewesen war, dagegen anzugehen: sein Körper hatte ihr gehorcht, bevor er überhaupt darüber nachgedacht hatte. Nichts hätte seine Reaktion verhindern können, weder Logik noch die aufgestaute Wut. Das, was sie mit ihm angestellt hatte, zeugte von einer geradezu ungeheuren Kenntnis des Körpers desjenigen, den sie unter ihre Kontrolle gezwungen hatte. Und die Kontrolle war so stark gewesen, daß sie für einen Mann wie ihn geradezu unvorstellbar war.

»Ich habe vorhin zu Ihnen gesagt, daß wir versuchen sollten, einander zu verstehen«, fuhr Jessica fort. »Ich meinte damit, daß Sie versuchen sollten, mich zu verstehen. Ich habe Sie bereits verstanden. Und ich sage Ihnen jetzt, daß einzig und allein Ihre Loyalität dem Herzog gegenüber Ihre Sicherheit vor mir garantiert.«

Hawat starrte sie an und befeuchtete die Lippen mit der Zunge. »Wenn ich Wert darauf legte, eine Marionette zu dirigieren: der Herzog würde mich heiraten«, erklärte sie ihm. »Und selbst dann würde er noch im Glauben sein, dies aus eigenem Willen zu tun.«

Hawat senkte den Kopf und schaute durch zusammengekniffene Augen auf. Es war lediglich die stärkste Selbstkontrolle, die ihn daran hinderte, die Wache zu alarmieren. Und die Ahnung, daß diese Frau ihn nicht so weit gehen lassen würde. Als er daran dachte, wie sie ihn erledigt hatte, bekam er eine Gänsehaut. Sie hätte ihn ohne weiteres töten können!

Hat jeder Mensch diese schwache Stelle? fragte er sich. *Kann jeder von uns zu einer Tat gezwungen werden, bevor er Widerstand leistet?* Dieser Gedanke lähmte ihn beinahe. *Wer war in der Lage, einen Menschen mit solchen Kräften aufzuhalten?*

»Sie haben nur einen sehr kleinen Teil der Kraft einer Bene Gesserit zu spüren bekommen«, sagte Jessica. »Die wenigsten überleben das. Und was ich mit Ihnen tat, war eine sehr leichte und einfache Sache. Glauben Sie nicht, daß Sie jetzt das volle Ausmaß meiner Kräfte kennengelernt haben. Denken Sie daran.«

»Warum gehen Sie nicht hinaus und vernichten die Feinde des Herzogs?« fragte er.

»Was wollen Sie denn, daß ich zerstöre?« gab sie zurück. »Wollen Sie, daß ich einen Schwächling aus ihm mache? Einen Mann, der sich auf ewig schutzsuchend an mich wendet?«

»Aber mit solch einer Macht...«

»Macht ist ein zweischneidiges Schwert, Thufir«, erwiderte Jessica. »Sie denken jetzt: ›Wie leicht wäre es doch für sie, die Handlungen auch der Gegner zu beeinflussen.‹ Sicher, Thufir, aber auch die Ihren. Wenn alle Bene Gesserit dies täten, würde uns das nicht verdächtig machen? Wir wollen das nicht tun, Thufir. Wir haben nicht vor, uns selbst zu vernichten.« Sie nickte. »Wir existieren wirklich nur, um anderen zu dienen.«

»Ich kann Ihnen darauf keine Antwort geben«, sagte Hawat. »Sie wissen, daß ich das nicht kann.«

»Sie werden auch nichts über das sagen, was heute nacht hier vorgefallen ist, Thufir. Dafür kenne ich Sie.«

»Mylady...« Wieder versuchte Hawat mit trockener Kehle zu schlucken. Er dachte: *Sie verfügt über eine ungeheure Macht, ja. Aber würde nicht gerade dies sie zu einem noch interessanteren Werkzeug für die Harkonnens machen?*

»Der Herzog könnte ebenso schnell von seinen Freunden vernichtet werden wie von seinen Gegnern«, meinte Jessica. »Ich nehme an, daß Sie den Grund Ihres Mißtrauens noch einmal genauestens überprüfen und dann vergessen werden.«

»Wenn es wirklich grundlos ist«, sagte Hawat.

»Wenn«, fauchte Jessica.

»Ja, wenn«, wiederholte Hawat.

»Sie sind zäh«, stellte sie fest.

»Vorsichtig«, verbesserte Hawat, »und eventuellen Fehlern immer wachsam gegenüberstehend.«

»Dann will ich Ihnen eine andere Frage stellen: Was bedeutet es für Sie, daß jemand vor Ihnen steht, der sie völlig in der Gewalt und entwaffnet hat; der Ihnen eine Klinge an die Kehle setzt und Sie dennoch nicht tötet, sondern Ihnen im Gegenteil die Fesseln wieder abnimmt und ein Messer reicht, das Sie benutzen können, wie es Ihnen beliebt?«

Sie stand auf und drehte ihm den Rücken zu. »Sie können nun gehen, Thufir.«

Der alte Mentat erhob sich, zögerte und tastete mit der Hand nach der unter seiner Tunika verborgenen tödlichen Waffe. Er erinnerte sich an die Arena und an Letos Vater (der ein tapferer Mann gewesen war, egal, was man sonst gegen ihn einwenden mochte) und den längst vergangenen Tag der *Corrida:* Das schreckliche schwarze Ungetüm hatte dagestanden, den Kopf gesenkt, unbeweglich und verwirrt. Der alte Herzog hatte den Hörnern seinen Rücken zugedreht, während die Capa über seinem Arm lag und die Zuschauer in lautes Beifallsgeschrei ausgebrochen waren.

Ich bin der Stier, dachte er, *und sie der Matador.* Als er die Hand von der Waffe nahm, sah er, daß sie naß vom Schweiß war. Und ihm wurde klar, daß, egal wie sich die Dinge entwickeln mochten, er niemals seinen Respekt vor Lady Jessica verlieren würde.

Leise wandte er sich ab und verließ den Raum.

Jessica löste sich vom Anblick der das Licht reflektierenden Fensterscheiben und starrte auf die geschlossene Tür.

»Jetzt wird es erst richtig losgehen«, flüsterte sie.

18

Du kämpfst mit den Träumen?
Du ringst mit den Schatten?
Du bewegst dich in einer Art Schlaf?
Die Zeit ist dir entwichen.
Dein Leben gestohlen.
Lappalien halten dich auf,
Opfer deiner Torheit.

Grabgesang für Jamis, aus ›Lieder des Muad'dib‹,
von Prinzessin Irulan

Leto stand im Foyer seines Hauses und studierte im Licht einer einzigen Suspensorlampe eine Botschaft. Der Morgen würde erst in einigen Stunden grauen, und er fühlte seine Müdigkeit. Ein Kurier der Fremen hatte die Nachricht einem der Außenposten gegeben, nachdem der Herzog von der Kommandozentrale zurückgekehrt war.

Die Botschaft lautete: »Am Tag eine Säule aus Wolken, in der Nacht eine aus Feuer.«

Sie trug keine Unterschrift.

Was hat das zu bedeuten? fragte er sich.

Der Kurier war verschwunden, bevor man ihn danach fragen konnte. Er hatte auch nicht auf Antwort gewartet, sondern war wie ein rauchiger Schatten in der Nacht untergetaucht.

Leto steckte die Nachricht in die Tasche seiner Tunika und nahm sich vor, sie später Hawat zu zeigen. Müde strich er sich das Haar aus der Stirn und holte tief Luft. Die Aufputschtabletten begannen jetzt ihre Nebenwirkung zu zeigen, er hatte jetzt seit mehr als zwei Tagen keine Stunde geschlafen.

Über allen militärischen Problemen stand jetzt die Sache mit Jessica, von der Hawat ihn unterrichtet hatte.

Soll ich sie wecken? fragte er sich. *Es gibt nun keinen Grund mehr, die Geheimniskrämerei weiterzuführen. Oder doch?*

Verflucht sei Duncan Idaho!

Er schüttelte den Kopf. *Nein, nicht Duncan. Es war mein Fehler, sie nicht von Anfang an ins Vertrauen gezogen zu haben. Aber ich werde es jetzt tun, sofort; bevor noch mehr Schaden angerichtet werden kann.*

Die getroffene Entscheidung führte dazu, daß er sich gleich besser fühlte. Sofort machte er sich auf den Weg durch die Vorhalle, passierte die Große Halle und ging dann zum Familienflügel.

An der Kreuzung, wo sich der Gang zum Personalflügel spaltete, hielt er kurz an. Ein seltsames Wimmern drang von dort her an seine Ohren. Leto legte die rechte Hand auf den Aktivator seines Körperschildes und zog den Kindjal aus der Scheide. Die Klinge verlieh ihm ein gewisses Gefühl der Sicherheit, denn das ungewöhnliche Geräusch beunruhigte ihn.

Leise schlich er durch den Personalkorridor und verfluchte dabei die unzulängliche Beleuchtung. Hier hing nur das kleinste Suspensormodell, acht Meter von ihm entfernt und auf die kleinste Einheit zurückgeschaltet. Die finsteren Steinwände schienen jegliches Licht zu verschlucken.

Ein schattenhafter Umriß schien dort auf dem Boden zu liegen. Leto zögerte, er war noch nicht bereit, den Körperschild zu aktivieren, weil er befürchtete, in seinen Bewegungen behindert zu werden. Auch sein Gehörsinn würde dann nicht mehr der gewohnte sein. Und die abgefangene Schiffsladung Lasguns trug nicht dazu bei, sein Vertrauen in den Schild zu stärken.

Lautlos bewegte er sich auf die Umrisse zu. Es war eine menschliche Gestalt, die dort mit dem Gesicht nach unten auf den Steinen lag. Mit dem Fuß drehte er die Gestalt herum und beugte sich zu ihr hinunter, um in dem schwachen Licht ihr Gesicht zu sehen. Es war Tuek, der Schmuggler, und ein feuchter Fleck verunzierte seinen Brustkorb. Tote Augen starrten ihn voll finsterer Leere an. Leto berührte den Fleck. Er war noch warm.

Wieso liegt dieser Mann hier? fragte Leto sich. *Wer kann ihn umgebracht haben?*

Das Wimmern wurde jetzt lauter. Es kam unzweifelhaft aus der Richtung, wo die Räumlichkeiten lagen, in denen die Anlagen des Hauptschildgenerators für das Haus untergebracht waren.

Die Hand auf dem Schildaktivator, die Klinge gezückt, umging der Herzog die Leiche und lugte um die Ecke, hinter der der Generatorenraum lag.

Dort lag eine weitere Gestalt, nur wenige Schritte von ihm entfernt. Und sie war auch der Grund für dieses unterdrückte Wimmern gewesen. Keuchend und stöhnend kroch die Gestalt auf ihn zu.

Leto unterdrückte seinen plötzlichen Schrecken, ging auf die Gestalt zu und beugte sich zu ihr hinunter. Es war Mapes, die fremenitische Haushälterin. Ihre Kleidung war zerfetzt, ihr Haar wirr. Eine große Wunde reichte von ihrem Rücken bis zur Hüfte. Als er ihre Schulter berührte, stützte sie sich auf die Ellbogen und hob den Kopf, um ihn anzusehen. Ihre Augen waren eine einzige leere Schwärze.

»Herr«, keuchte sie, ihn erkennend, »... Wache... umgebracht... schickten... bekamen... Tuek... fliehen... Mylady... Sie... Sie... hier... Nein...« Sie fiel vornüber und schlug mit dem Gesicht auf den Fußboden.

Leto fühlte sofort nach ihrem Puls. Nichts. Er schaute sich die Wunde an. Man hatte sie von hinten getroffen. Aber wer? Seine Gedanken rasten. Hatte sie sagen wollen, daß jemand eine Wache tötete? Und Tuek – hatte Jessica nach ihm geschickt? Warum?

Er stand wieder auf, und irgendein sechster Sinn warnte ihn. Seine Hand zuckte zum Aktivator des Körperschildes. Zu spät. Sein Arm wurde zurückgerissen, schmerzte plötzlich. Es war ein Bolzen, der ihn in Höhe des Ärmels getroffen hatte und der nun dafür sorgte, die ganze Körperhälfte zu lähmen. Es war eine ungeheure Anstrengung, den Kopf zu drehen und in die Richtung zu sehen, wo er seinen Gegner vermutete.

Yueh stand in der geöffneten Tür des Generatorenraumes. Im Licht der über der Tür angebrachten Suspensorlampe leuchtete sein Gesicht in einem gelblichen Schimmer. Aus dem hinter ihm liegenden Raum drang nicht das geringste Geräusch. Die Generatoren arbeiteten nicht mehr.

Yueh! durchzuckte es ihn. *Er hat den Schildgenerator abgestellt! Wir sind ungeschützt!*

Yueh kam nun auf ihn zu und steckte die Bolzenpistole ein.

Leto stellte überrascht fest, daß er noch sprechen konnte und keuchte: »Yueh!« Dann erwischte die Paralyse auch seine Beine und warf ihn um. An der Wand entlang rutschte er zu Boden.

Als Yueh sich über ihn beugte und Letos Stirn berührte, erschien ein trauriger Ausdruck in seinem Gesicht. Obwohl er die Berührung spüren konnte, war Leto unfähig, sich zu erheben.

»Die Droge, die ich Ihnen gerade verabreicht habe«, erklärte Yueh, »hat eine selektive Wirkung. Zwar können Sie unter ihrem Einfluß sprechen, aber ich würde Ihnen davon abraten.« Er warf einen Blick in Richtung auf die Große Halle, beugte sich erneut über sein Opfer, entfernte den Bolzen aus seinem Arm und warf ihn weg. Das Geräusch des fallenden Gegenstands klang in Letos Ohren wie ein durch Berge von Watte gedämpftes Klicken.

Es kann nicht Yueh sein, dachte Leto. *Er ist konditioniert.*

»Wie?« flüsterte er matt.

»Es tut mir leid, mein lieber Herzog«, sagte Yueh, »aber es gibt Dinge, die wichtiger sind als alle anderen.«

Er berührte die Tätowierung auf seiner Stirn. »Ich finde es selbst sehr seltsam, daß ich trotz meines Gewissens den Drang verspüre, einen Menschen töten zu müssen. Ja, ich will es wirklich. Und niemand kann mich davon abhalten.«

Er sah auf den Herzog hinab. »Oh, nicht Sie, mein lieber Herzog. Ich meine Baron Harkonnen. Den werde ich umbringen.«

»Bar... on Har...«, murmelte Leto.

»Bitte, schweigen Sie, mein armer Herzog. Sie haben nicht mehr viel Zeit. Der Stiftzahn, den ich Ihnen damals nach der Sache in Narcal einsetzen mußte – er muß wieder heraus. Ich werde ihn jedoch ersetzen.«

Er öffnete seine Hand und starrte etwas an. »Ich habe hier ein exaktes Duplikat, das äußerlich keinerlei Verdacht erregen wird. Es wird nicht einmal den üblichen Detektoren auffallen, daß Sie nicht mehr den alten Stiftzahn tragen. Wenn Sie allerdings auf diesen hier beißen, wird seine Schale brechen und ihr Atem einen Gifthauch erzeugen, der tödlich ist.«

Leto starrte nach oben, sah Yueh an – und den Wahnsinn in dessen Augen.

»Sie werden zwar ebenfalls sterben, mein armer Herzog«, fuhr Yueh fort, »aber man wird Sie auf jeden Fall in die Nähe des Barons bringen, bevor Sie sterben. Er wird annehmen, daß man Sie unter Drogen gesetzt hat, ohne daß Sie die Möglichkeit haben, ihn anzugreifen. Aber es existieren auch Angriffsformen, von denen er noch nichts gehört hat. Und dann, mein lieber Herzog, werden Sie sich an den Zahn erinnern. An den Zahn!«

Der alte Arzt beugte sich Leto jetzt soweit entgegen, daß nur noch der herabhängende Schnauzbart in seinem Gesicht dominierte.

»Der Zahn«, flüsterte er dabei.

»Warum?« flüsterte Leto.

Yueh kniete sich neben ihn auf den Boden. »Ich habe

einen Shaitanshandel mit dem Baron geschlossen. Und ich muß erfahren, ob er seine Hälfte eingehalten hat. Wenn ich ihn sehe, werde ich es wissen. Wenn ich den Baron ansehe, werde ich mir sicher sein. Aber ohne den Preis werde ich ihn niemals zu Gesicht bekommen. Der Preis sind Sie, mein armer Herzog. Und ich werde es herausbekommen, wenn ich ihn sehe. Meine arme Wanna hat mir eine Menge beigebracht, und sie sagte, daß man der Wahrheit am sichersten sein kann, wenn die Anspannung am größten ist. Ich bin nicht in der Lage, es immer herauszufinden, aber wenn ich dem Baron gegenüberstehe, werde ich mir *sicher* sein.«

Leto versuchte einen Blick auf den Zahn in Yuehs Hand zu werfen. Alles kam ihm wie ein Alptraum vor. Es durfte einfach nicht wahr sein.

Yuehs purpurne Lippen verzogen sich zu einer Grimasse. »Leider werde ich niemals nahe genug an den Baron herankommen, um dies selbst zu tun. Nein. Ich werde immer einen gewissen Sicherheitsabstand zu ihm einhalten müssen. Aber Sie... ah! Sie werden meine Waffe sein. Er wird Ihnen auf jeden Fall nahe kommen wollen. Er wird Ihnen Auge in Auge gegenübersitzen wollen, um seinen Sieg zu genießen.«

Ein sich rhythmisch bewegender Muskel in Yuehs linker Wange führte dazu, daß Leto sich beinahe hypnotisiert vorkam. Er verkrampfte sich jedesmal, wenn der Mann zu ihm sprach.

Yueh lehnte sich vor. »Und Sie, mein Herzog, werden sich an den Zahn erinnern.« Er hielt ihn jetzt zwischen Daumen und Zeigefinger. »Es wird die letzte Waffe sein, die Sie besitzen werden.«

Letos Lippen bewegten sich lautlos. Es dauerte eine ganze Weile, bis er sagen konnte: »... weigere mich...«

»Aber, aber! Sie dürfen sich nicht weigern, mein guter Herzog! Ich werde Sie nämlich als Gegenleistung ebenfalls nicht im Stich lassen: Ich werde Ihren Sohn und Ihre Frau retten. Niemand anders könnte das tun. Ich werde sie an einen Ort bringen, wo die Harkonnens sie niemals finden werden.«

»Wie... wollen Sie... das machen?« flüsterte Leto.

»Indem ich den Anschein erwecke, daß sie tot sind, und diese Meldung unter Leute bringe, die bereits zum Messer greifen, wenn sie nur den Namen Harkonnen hören; unter Leute, die sogar einen Stuhl verbrennen, wenn man ihnen sagt, daß darauf einst ein Harkonnen saß, die Salz auf jene Erde streuen, über die einer ihrer Familie ging.« Er berührte Letos Kinn. »Fühlen Sie etwas?«

Aber Leto war nicht mehr in der Lage, auf diese Frage eine Antwort zu geben. Wie aus weiter Ferne spürte er etwas an seinem Körper zerren, dann erschien Yuehs Hand vor seinem Gesicht und zeigte ihm den herzoglichen Siegelring.

»Für Paul«, sagte Yueh. »Sie können unbesorgt sein. Leben Sie wohl, mein armer Herzog. Wenn wir noch einmal einander treffen, haben wir keine Zeit mehr für eine Konversation.«

Eine plötzliche Leichtigkeit erfaßte den Herzog und schwemmte ihn weg. Der Korridor wurde zu einem schattenhaften Etwas, in dem Yuehs purpurne Lippen das Zentrum waren.

»Denken Sie an den Zahn!« zischte Yueh. »An den Zahn!«

19

Es sollte eine Wissenschaft der Inhaltslosigkeit geben. Das Volk benötigt harte Zeiten und Niedergeschlagenheit, um dagegen psychische Muskeln zu entwickeln.

Aus ›Gesammelte Weisheiten des Muad'dib‹,
von Prinzessin Irulan

Jessica erwachte in der Dunkelheit und fühlte die bedrückende Stille. Es war ihr zuerst unverständlich, warum sich Geist und Körper gleichermaßen schlapp fühlten. Eine Gänsehaut lief ihr über den Rücken. Sie wollte sich aufsetzen und das Licht einschalten, aber... da war etwas, das ihre Entscheidung als sinnlos einstufte.

Trapp-trapp-trapp-trapp!

Es war ein dumpfer Klang, der aus einer Richtung kam, die nicht auszumachen war. Er kam von irgendwo her.

Die Zeit schien endlos. Dann begann sie ihren Körper wieder zu fühlen, wurde der Stricke gewahr, die sie einschnürten und des Knebels in ihrem Mund. Sie lag auf der Seite, ihre Hände waren auf dem Rücken gefesselt. Vorsichtig zerrte sie daran und stellte fest, daß sie aus Krimskellfiber bestanden. Je mehr sie zerrte, desto mehr verengten sie sich.

Und dann fiel ihr plötzlich alles wieder ein. Da war eine Bewegung in ihrem Schlafraum gewesen, etwas Feuchtes war gegen ihr Gesicht geflogen, hatte ihren Mund gefüllt, während Hände nach ihr gegriffen hatten. Sie hatte nach Atem gerungen und gleichzeitig gespürt, daß der feuchte Lappen dazu diente, sie zu narkotisieren. Sie hatten es schließlich geschafft.

Es ist also wahr, dachte sie. *Und wie einfach es war,*

eine Bene Gesserit zu übertölpeln. Alles, was sie dazu einzusetzen brauchten, war ein Verräter. Hawat hat also doch recht behalten.

Sie mußte sich dazu zwingen, nicht an den Fesseln zu zerren.

Ich bin nicht in meinem Schlafraum, dachte sie. *Man hat mich woanders hingeschleppt.*

Langsam beruhigte sie sich wieder.

Wo ist Paul? fragte sie sich. *Was haben sie mit meinem Sohn gemacht?*

Ruhig bleiben.

Es war nicht einfach.

Und der Schrecken war immer noch so nah.

Leto? Leto, wo bist du?

Ihr schien, als nehme die Dunkelheit ab. Als bildeten sich Schatten vor ihr. Dimensionen teilten sich. Helligkeit? Eine helle Linie unter einer Tür.

Ich kann sie fühlen.

Leute bewegten sich vor der Tür. Jessicas Sinne begannen sie zu erfassen. Gleichzeitig drängte sie die Erinnerung an den Schrecken zurück. *Ich muß ruhig bleiben, wach, und auf alles vorbereitet. Ich liege auf dem Fußboden.* Sie sammelte ihre Sinne und konzentrierte sich, ihr unregelmäßiger Herzschlag beruhigte sich. *Ich war über eine Stunde lang bewußtlos.* Mit geschlossenen Augen richtete sie ihre Aufmerksamkeit auf die sich nähernden Schritte.

Vier Mann.

Sie registrierte es anhand der Unterschiedlichkeit der Bewegungen und Geräusche.

Ich darf mir nicht anmerken lassen, daß ich wieder bei Bewußtsein bin. Sie ließ ihren Körper erschlaffen, hörte, wie eine Tür geöffnet wurde, und fühlte, wie das Licht von draußen durch ihre Lider drang.

Füße tauchten auf. Irgend jemand blieb vor ihr stehen.

»Sie sind wach«, brummte eine tiefe Stimme. »Es hat keinen Sinn, sich zu verstellen.«

Jessica öffnete die Augen.

Vor ihr stand Baron Wladimir Harkonnen. Im Hintergrund erkannte sie den Kellerraum, in dem Paul geschlafen hatte. Seine Hängematte war ebenfalls da – leer. Die Wachen brachten Suspensorlampen herein und stellten sie neben der Tür ab. Das Licht, das aus der offenen Tür drang, ließ Jessicas Augen schmerzen.

Sie blickte auf. Der Baron trug einen gelben Umhang, unter dem sich seine Suspensoren wölbten. Die feisten Wangen unterhalb der spinnenhaften schwarzen Augen ließen ihn wie einen Posaunenengel erscheinen.

»Die Droge war genau abgestimmt«, erklärte er. »Und wir wußten auf die Minute genau, wann Sie aufwachen würden.«

Wie kann das sein? dachte Jessica. *Dazu hätten sie mein genaues Gewicht kennen müssen, meinen gesamten Metabolismus, mein... Yueh!*

»Es ist wirklich eine Schande, daß Sie weiterhin geknebelt bleiben müssen«, fuhr der Baron fort. »Und dabei könnten wir eine wirklich interessante Konversation führen.«

Yueh ist der einzige, der es gewesen sein kann, wurde ihr klar. *Aber wie?*

Der Baron wandte sich um und nickte in Richtung auf die Tür.

»Komm her, Piter.«

Obwohl sie den Mann, der sich jetzt neben den Baron stellte, noch nie getroffen hatte, war ihr sein Gesicht doch bekannt: *Piter de Vries, der Mentat-Assassine.* Jessica sah ihn sich genau an. Seine habichtähnlichen Züge und tiefblauen Augen deuteten darauf hin, daß er ein Bewohner von Arrakis war, aber seine Bewegungen sagten das Gegenteil. Zudem enthielt sein Körper für einen Fremen zuviel Wasser. Er war hochgewachsen und schlank und irgend etwas an ihm machte deutlich, daß er verweichlicht war.

»Es ist wirklich schade, meine liebe Lady Jessica, daß

wir keine Unterhaltung führen können«, wiederholte der Baron. »Aber Sie werden verstehen, daß ich mich vor Ihren Fähigkeiten schützen muß.« Er warf seinem Mentaten einen kurzen Blick zu. »Ist es nicht so, Piter?«

»Wie Sie sagen, Baron«, erwiderte der Mann.

Er hatte eine Tenorstimme, aber sie berührte ihren Geist mit einem Hauch von Kälte. *Eine solch klirrende Stimme,* sagte sie sich, *kann nur einem gehören: einem Killer!*

»Ich habe eine Überraschung für dich, Piter«, sagte der Baron nun. »Er denkt nämlich«, fuhr er zu Jessica gewandt fort, »daß er hierhergekommen ist, um seine Belohnung in Empfang zu nehmen – Sie, Lady Jessica. Aber ich habe vor, ihm zu demonstrieren, daß er Sie in Wirklichkeit gar nicht will.«

»Beabsichtigen Sie, mit mir zu spielen, Baron?« fragte Piter lächelnd.

Jessica, die dieses Lächeln sah, fragte sich, wieso der Baron nicht davor zurückschreckte. Doch wie sollte er das, wenn er das Lächeln nicht einmal verstand? Schließlich hatte er ihre Ausbildung nicht genossen.

»In gewisser Hinsicht«, sagte der Baron, »ist Piter wirklich naiv. Er ist sich zum Beispiel überhaupt nicht darüber klar, welch tödliche Kreatur Sie sind, Lady Jessica. Ich würde ihm das gerne zeigen, aber ich bin nicht Narr genug, um ein solches Risiko einzugehen.« Er lächelte Piter zu. Das Gesicht des Mannes war zu einer Maske erstarrt. »Ich weiß hingegen, was Piter wirklich will. Er will Macht.«

»Sie haben mir versprochen, daß ich *sie* haben kann«, warf Piter ein. Seine Stimme schien etwas von ihrer Kälte verloren zu haben.

Sich innerlich schüttelnd, dachte Jessica: *Wie hat der Baron es nur geschafft, aus einem Mentaten ein solches Tier zu machen?*

»Ich lasse dir die Wahl, Piter«, sagte der Baron.

»Welche Wahl?«

Der Baron schnippte mit seinen feisten Fingern. »Die Wahl zwischen dieser Frau und einem Leben im Exil – oder dem Herzogtum der Atreides auf Arrakis, wo du in meinem Namen herrschen kannst.«

Aufmerksam beobachtete Jessica, wie die Augen des Barons Piter ansahen. »Du könntest hier der Herzog sein«, wiederholte der Baron.

Dann ist Leto also tot? Irgend etwas in ihr begann zu weinen.

Der Baron ließ Piter nicht aus den Augen. »Du mußt das mit dir selbst ausmachen, Piter. Du willst sie doch nur, weil sie die Frau eines Herzogs war, ein Symbol der Macht, hübsch, nützlich und auf ihre Rolle wohlvorbereitet. Aber setze dagegen ein ganzes Herzogtum, Piter! Das ist mehr als ein Symbol; es ist die Realität. Wenn du ein Herzogtum hast, kannst du viele Frauen haben – und noch mehr.«

»Und Sie scherzen nicht mit Piter?«

Mit der Leichtigkeit, die seine Suspensoren ihm verliehen, drehte der Baron sich um. »Scherzen? Ich? Ich habe sogar den Jungen aufgegeben. Du hast doch gehört, was dieser Verräter über das Training gesagt hat, welchem er unterworfen war. Sie sind beide gleich, Mutter und Sohn: tödlich.« Er lächelte. »Ich muß jetzt gehen. Ich schicke die Wache herein, die ich habe bereitstellen lassen. Der Mann ist stocktaub. Ich habe ihm aufgetragen, dich auf der ersten Phase deiner Reise ins Exil zu begleiten. Er wird diese Frau in ihre Schranken verweisen, sobald er merkt, daß sie beginnt, dich unter ihre Kontrolle zu bringen. Er wird keinesfalls zulassen, daß du ihr den Knebel abnimmst, ehe ihr Arrakis nicht verlassen habt. Wenn du dich allerdings dazu entscheidest, nicht zu gehen… lauten seine Anweisungen anders.«

»Sie brauchen nicht hinauszugehen«, sagte Piter. »Ich habe mich entschieden.«

»Aha!« grunzte der Baron. »Eine solch schnelle Entscheidung kann nur eines bedeuten.«

»Ich nehme das Herzogtum«, sagte Piter.

Und Jessica dachte: *Merkt er denn nicht, daß der Baron ihn belügt? Aber wie sollte er? Er ist ein völlig verdrehter Geist.*

Der Baron schaute auf Jessica hinab und sagte: »Ist es nicht wundervoll, wie gut ich Piter kenne? Ich habe mit meinem Waffenmeister darum gewettet, daß er so entscheiden würde. Hah! Nun, ich werde jetzt gehen. Es ist viel besser so, viel besser. Verstehen Sie, Lady Jessica? Ich hege keinen Groll gegen Sie, meine Liebe, aber ich unterwerfe mich der Notwendigkeit. So ist es viel besser, ja. Und ich habe nicht *wirklich* befohlen, daß man Sie tötet. Wenn man mich fragen sollte, was mit Ihnen geschehen ist, kann ich es in aller Wahrheit abstreiten.«

»Sie überlassen es also mir?« fragte Piter.

»Die Wache, die ich dir schicke, wird deinen Befehlen gehorchen«, erwiderte der Baron. »Was immer auch getan werden soll, ich überlasse es dir.« Er sah Piter kurz an. »Ja. Meine Hände werden unbefleckt bleiben. Es ist deine Sache. Ja. Ich weiß nichts davon. Du wirst warten, bis ich gegangen bin, bevor du das tust, was du tun mußt. Ja. Nun... ah, ja. Ja. Gut.«

Er fürchtet die Fragen einer Wahrsagerin, dachte Jessica, *aber welcher? Ah, die der Ehrwürdigen Mutter Gaius Helen natürlich! Wenn er jetzt schon weiß, daß er ihre Fragen beantworten muß, steckt sicher auch der Imperator in diesem Geschäft. Ach, mein armer Leto.*

Mit einem letzten Blick auf Jessica wandte sich der Baron ab und ging hinaus. Jessicas Blick folgte ihm, während sie dachte: *Er ist, wie die Ehrwürdige Mutter sagte, ein gefährlicher Gegner.*

Zwei Soldaten betraten den Raum. Ein dritter, dessen Gesicht eine narbige Maske war, folgte ihnen, blieb jedoch mit gezogener Lasgun in der Tür stehen.

Der Taube, dachte sie, während ihr Blick das narbenbedeckte Gesicht erforschte. *Der Baron weiß, daß ich jeden anderen Mann mit meiner Stimme erledigen kann.*

Das Narbengesicht warf Piter einen fragenden Blick zu. »Wir haben draußen den Jungen auf einer Bahre liegen. Wie lauten Ihre Befehle?«

»Ich hatte vorgehabt, sie damit stillzuhalten, indem ich ihr zeigte, daß ihr Sohn in unserer Gewalt ist, aber mir wird immer klarer, daß das eine Fehlentscheidung gewesen ist. Pech für einen Mentaten.« Er musterte die beiden Soldaten und wandte sich dann dem Tauben zu, damit dieser von seinen Lippen ablesen konnte. »Bringt sie in die Wüste, wie der Verräter es für den Jungen vorgeschlagen hat. Sein Plan ist nicht übel. Die Würmer werden alle Spuren vernichten. Ihre Körper dürfen niemals gefunden werden.«

»Sie haben nicht vor, selbst mit ihnen Schluß zu machen?« fragte das Narbengesicht.

Er kann von den Lippen ablesen, dachte Jessica.

»Ich folge dem Beispiel meines Barons«, erwiderte Piter. »Der Vorschlag des Verräters ist gut.«

Der rauhe, abwehrende Ton in Piters Stimme machte Jessica eines klar: *Auch er fürchtet die Befragung durch eine Wahrsagerin.*

Piter zuckte mit den Achseln, wandte sich um und ging hinaus. Auf der Schwelle zögerte er. Jessica hatte damit gerechnet, daß er sich noch einmal umdrehen würde, aber sie irrte sich. Er ging, ohne den Kopf zu wenden.

»Ich würde den Gedanken, nach dieser Nacht einer Wahrsagerin gegenüberzustehen, auch nicht sonderlich mögen«, sagte das Narbengesicht.

»Du scheinst völlig kalt dabei zu bleiben, dieser alten Hexe gegenüberzustehen«, meinte einer der beiden Soldaten und beugte sich zu Jessica hinunter. »Los, kommt. Die Arbeit erledigt sich nicht dadurch, daß wir hier herumstehen und schwätzen. Nehmt ihre Füße, und...«

»Warum legen wir sie nicht gleich hier um?« fragte das Narbengesicht.

»Das wird Schmutz geben«, sagte der erste Soldat. »Es sei denn, du erdrosselst sie. Ich für mein Teil bevorzuge einen sauberen Job. Laßt uns sie in die Wüste hinauswerfen, nachdem wir ihnen einen oder zwei Stiche beigebracht haben, und den Rest überlassen wir den Würmern. Da brauchst du hinterher nicht mehr den Fußboden zu säubern…«

»Jaah… du hast wohl recht«, murmelte das Narbengesicht.

Jessica lauschte den Worten der Männer, registrierte jede Silbe, doch der Knebel hinderte sie daran, etwas zu sagen. Und da war immer noch der Taube, den sie berücksichtigen mußte.

Das Narbengesicht steckte die Waffe ein und packte ihre Füße. Gemeinsam hoben sie Jessica hoch und trugen sie wie einen Sandsack auf den mattbeleuchteten Korridor hinaus, wo auf einer Tragbahre eine andere, ebenfalls gefesselte Gestalt lag. Als die Männer sie drehten und neben ihr ablegten, erkannte sie sein Gesicht. Paul! Sie hatten ihn zwar gefesselt, aber nicht geknebelt. Sein Gesicht war nicht viel mehr als zehn Zentimeter von dem ihren entfernt. Seine Augen waren geschlossen, aber er atmete gleichmäßig.

Haben sie ihn unter Drogen gesetzt? fragte sie sich.

Als die Soldaten Pauls Tragbahre anhoben, öffneten sich seine Augen zu schmalen Schlitzen und sahen sie an.

Er darf jetzt nichts unternehmen, betete sie. *Gegen den Tauben sind wir machtlos!*

Pauls Augen schlossen sich wieder.

Er hatte die ganze Zeit über daran gearbeitet, seinen Atem einem gewissen Rhythmus zu unterwerfen, sein Bewußtsein sachlich arbeiten zu lassen und ihren Wächtern zuzuhören. Der Taube stellte ein Problem dar, das war ihm klar, aber er zwang sich, keinerlei Verzweiflung in sich aufkommen zu lassen. Die Ausbildung der Bene Gesserit, die ihm durch seine Mutter zuteil geworden war, befähigte ihn, geistig in jeder Beziehung kühl zu bleiben. Er war wachsam und auf alles vorbereitet. Er würde jede sich bietende Gelegenheit wahrnehmen.

Paul gestattete sich einen weiteren kurzen Blick auf seine Mutter. Auch wenn sie geknebelt war: sie schien unverletzt.

Er fragte sich, wem es gelungen war, sie zu überwältigen. Die Erklärung, wie man ihn geschnappt hatte, war einfach genug: Yueh hatte ihn mit einem Mittel versorgt, das ihn hatte tief einschlafen lassen. Als er aufgewacht war, hatten sie ihn bereits auf die Tragbahre gebunden. Vielleicht war es ihr ähnlich ergangen. Die reine Logik deutete darauf hin, daß Yueh der Verräter gewesen war, aber dennoch behielt Paul sich eine endgültige Entscheidung vor. Es war irgendwie unverständlich, daß ein Suk-Mediziner sich als Verräter entpuppen konnte.

Die Bahre wankte leicht, als die Soldaten sie anhoben und durch eine Tür in die sternenbeschienene Nacht hinausmanövrierten. Dann liefen sie über Sand, der unter ihren Füßen knirschte. Über ihnen wurde ein verschwommener Thopter sichtbar. Die Männer setzten die Bahre ab. Langsam gewöhnten Pauls Augen sich an das matte Licht. Es war der Taube, der die Tür des Thopters öffnete und in die Maschine hineinlugte, in deren Innerem in sanftem Grün das Instrumentenbord leuchtete.

»Ist das der Thopter, den wir nehmen sollen?« fragte er und drehte sich wieder um, um auf die Lippen seiner Begleiter zu sehen.

»Der Verräter hat gesagt, dies sei die Maschine, die für den Wüsteneinsatz vorbereitet ist«, erwiderte der andere.

Das Narbengesicht nickte. »Aber in dieser kleinen Kiste haben außer den beiden nur höchstens zwei von uns Platz.«

»Das reicht doch«, erwiderte einer der Bahrenträger, ging etwas näher an den Tauben heran und ließ ihn von seinen Lippen lesen. »Wir schaffen das schon, Kinet.«

»Aber der Baron hat mir befohlen, darauf zu achten, was mit ihnen geschieht«, meinte das Narbengesicht.

»Machst du dir etwa Sorgen deswegen?« fragte der zweite Soldat.

»Immerhin ist sie eine Bene-Gesserit-Hexe«, gab der Taube zu bedenken. »Sie verfügt über gewisse Kräfte.«

»Ah«, grunzte der erste Soldat geringschätzig und zeigte eine seiner Fäuste. »Das ist nur eine von meinen Kräften ... Du weißt, was ich damit alles anfangen kann.«

Der Mann hinter ihm knurrte. »Sie wird schon früh genug einem Wurm als Speise dienen. Ich glaube nicht, daß sie auch Macht über eines dieser Viecher ausüben kann. Was meinst du, Czigo?« Er zwinkerte seinem Kollegen zu.

»Natürlich nicht«, erwiderte der andere. Er kehrte zu der Bahre zurück und packte Jessica bei den Schultern. »Komm her, Kinet, wenn du dabeisein willst, fliegst du halt mit.«

»Nett von dir, mich einzuladen, Czigo«, erwiderte der Taube.

Jessica fühlte, wie sie hochgehoben wurde. Hinter der Tragfläche des Thopters leuchteten die Sterne. Man packte sie im Heck des Thopters in einen Sitz und schnallte sie an. Wenig später wurde Paul neben sie geworfen und ebenfalls angeschnallt, wobei sie bemerkte, daß seine Fesselung aus simplen Stricken bestand.

Das taube Narbengesicht, das auf den Namen Kinet hörte, nahm vor ihnen Platz. Der Bahrenträger namens Czigo übernahm den zweiten Sitz.

Kinet schloß die Tür, die Maschine startete und steuerte auf den Schildwall zu. Czigo klopfte seinem Nebenmann auf die Schulter und sagte: »Warum gehst du nicht nach hinten und behältst die beiden im Auge?«

»Weißt du genau, wo wir hinwollen?« fragte der Taube zurück.

»Ich habe die Worte des Verräters genauso gehört wie du.«

Kinet schwenkte seinen Sitz herum, so daß Jessica in einem Lichtstrahl der Sterne den Lauf seiner Lasgun sehen konnte. Obwohl das Licht des Armaturenbrettes den vorderen Teil des Thopters einigermaßen erleuchtete, blieb das Gesicht des Mannes im Halbdunkel verborgen. Sie versuchte, die Festigkeit ihres Anschnallgurtes zu testen und fand heraus, daß er lose war. Etwas Rauhes an ihrem linken Arm zeigte, daß der Gurt soweit durchtrennt worden war, daß er bei der geringsten Bewegung reißen mußte.

Ist irgend jemand in diesem Thopter gewesen und hat ihn für uns vorbereitet? fragte sie sich. *Und wer?* Langsam bewegte sie ihre gebundenen Füße.

»Ist es nicht eine Schande, eine solche Frau so einfach abzuservieren?« fragte das Narbengesicht. »Hast du's je mit einer Hochwohlgeborenen getrieben?« Er drehte den Kopf, um die Antwort des Piloten mitzubekommen.

»Bene Gesserit müssen nicht unbedingt Hochwohlgeborene sein«, erwiderte der Pilot.

»Aber sie sehen alle so aus.«

Er kann mich deutlich genug sehen, dachte Jessica, zog die Beine an und hievte sie auf den Sitz hinauf. Sie kuschelte sich zusammen, ließ den Mann jedoch nicht aus den Augen.

»Sie ist wirklich 'ne Schönheit«, fuhr Kinet fort und leckte sich die Lippen. »Es ist wirklich 'ne reine Verschwendung!« Erneut sah er Czigo an.

»Du denkst also, ich denke dasselbe wie du?« fragte der Pilot.

»Wer würde es schon erfahren?« meinte Kinet. »Und hinterher...« Er zuckte mit den Achseln. »Ich hatte noch nie eine von denen da. So 'ne Chance kriegen wir vielleicht nie wieder im Leben.«

»Wenn Sie auch nur eine Hand an meine Mutter legen...«, knurrte Paul. Er sah wütend zu Kinet hinüber.

»He!« lachte der Pilot. »Der kleine Kläffer regt sich. Auch wenn er nicht beißen kann.«

Jessica dachte: *Der Ton seiner Stimme ist zu hoch. Aber es könnte gehen.* Schweigend flogen sie weiter.

Diese armen Narren, dachte Jessica, während sie ihre Wächter musterte und an die Worte des Barons zurückdachte. *Sobald sie ihm den Vollzug ihres Auftrags gemeldet haben, werden sie selber sterben. Der Baron kann sich keine Zeugen leisten.*

Der Thopter schwebte über dem Südrand des Schildwalls, und Jessica erkannte unter sich weite mondbeschienene Dünen.

»Wir sind jetzt weit genug«, meinte der Pilot. »Der Verräter sagte, wir sollten sie einfach hier draußen irgendwo zurücklassen.« In einer langgezogenen Linie zog er über die Dünen dahin und setzte zur Landung an.

Jessica registrierte Pauls Konzentration und seinen rhythmischen Atem. Er schloß die Augen und öffnete sie wieder, während sie ihn hilflos ansah. Sie konnte nichts zu seiner Unterstützung tun. *Er beherrscht es noch nicht völlig,* durchzuckte es sie. *Wenn er versagt…*

Mit einem sanften Hüpfer berührte der Thopter die sandige Oberfläche. Jessica, die nach Norden in die Richtung des Schildwalls blickte, erkannte plötzlich den Schatten eines weiteren Fluggeräts.

Irgend jemand folgt uns! dachte sie. *Aber wer?* Dann: *Es können nur Leute sein, die diese beiden Wächter überwachen. Und auch sie werden überwacht.*

Czigo schaltete die Flügelrotoren aus. In der Maschine herrschte nun völlige Stille.

Jessica drehte den Kopf. Durch das hinter dem Narbengesicht liegende Fenster konnte sie das sanfte Leuchten eines aufgehenden Mondes erkennen, der die Felsen mit einem Lichtschein überwarf und deren gezackte Oberfläche um so deutlicher hervortreten ließ. Paul räusperte sich.

Der Pilot sagte: »Und jetzt, Kinet?«

»Weiß nicht, Czigo.«

Czigo drehte sich um und sagte: »Ah, schau nur!« Er tastete nach Jessicas Kleid.

»Nimm ihr den Knebel ab!« befahl Paul.

Jessica fühlte, wie seine Worte etwas in der Luft in Bewegung setzten. Tonfall und Timbre waren ausgezeichnet gewesen – knapp, scharf und befehlend. Hätte er etwas tiefer gesprochen, wäre es vielleicht noch besser gewesen, aber dieser Mann würde sich seiner Stimme auch so unterwerfen.

Czigo hob die Hände, griff nach dem Band um Jessicas Mund, griff nach dem Knoten.

»Hör damit auf!« befahl Kinet.

»Ach, halt die Klappe«, erwiderte Czigo. »Schließlich sind ihre Hände gebunden.« Er löste den Knoten und das Band fiel herab. Seine Augen glitzerten, als er Jessica anstarrte.

Kinet legte eine Hand auf seinen Arm. »Hör zu, Czigo, wir brauchen nicht...«

Jessica schüttelte den Kopf und spuckte den Knebel aus. Mit geradezu obszöner Stimme sagte sie: »Aber meine Herren, Sie brauchen doch nicht um mich zu kämpfen!« Gleichzeitig warf sie Kinet einen Blick zu, der ihn zu dem Schluß kommen lassen mußte, sie warte darauf, daß er die Initiative ergriff.

Sie registrierte, wie er darauf ansprach. Ihre Worte bewirkten das genaue Gegenteil: Kinet war davon überzeugt, sie wünsche, daß er sich wegen ihr schlug. In ihrem Innern kämpften sie bereits gegeneinander.

Jessica bewegte sich so, daß ihr Gesicht dem Lichtschimmer der Instrumentenbank ausgesetzt war. Sie mußte sicher sein, daß Kinet von ihren Lippen lesen konnte. »Sie sollten sich nicht streiten«, meinte sie. Und: »Ist eine Frau es überhaupt wert, daß man um sie kämpft?«

Die Art, wie sie diese Worte aussprach, konnte für die beiden Männer nur das Gegenteil bedeuten: daß sie, und nur sie, es wert war, es dennoch zu tun.

Paul preßte die Lippen aufeinander und zwang sich zu absoluter Ruhe. Er hatte noch einen weiteren Versuch unternehmen wollen, sie unter die Kraft seiner Stimme zu zwingen. Aber jetzt hing alles von seiner Mutter ab. Gegen die Erfahrung, die sie aufzuweisen hatte, konnte er nicht an.

»Ja«, flüsterte das Narbengesicht. »Es gibt keinen Grund, sich wegen einer Frau...« Seine Hand zuckte auf den Nakken des Piloten zu, ohne etwas zu bewirken. Im gleichen Moment krachte etwas gegen seine Brust.

Das Narbengesicht stöhnte, sackte zurück und fiel gegen die Tür.

»Er hat wohl gedacht, er hätte es mit einem Idioten zu tun, der seinen Trick nicht durchschaut«, sagte Czigo. Als er seine Hand zurückzog, sah Jessica das Messer. Es leuchtete im Mondlicht.

»Und jetzt das Bübchen«, sagte Czigo und beugte sich vor.

»Unnötig«, murmelte Jessica.

Czigo zögerte.

»Weißt du meine Bereitschaft nicht zu schätzen?« fragte Jessica. »Gib dem Jungen doch eine Chance. Auch wenn sie dort draußen im Sand nicht sonderlich hoch ist. Gib sie ihm, und...« Sie lächelte ihn an. »Du würdest es sicher nicht bereuen.«

Czigo blickte nach links und richtete seine Aufmerksamkeit auf sie. »Ich weiß, was es bedeuten kann, dort draußen allein zu sein. Vielleicht würde der Junge meine Klinge als besondere Gnade empfinden.«

»Ist meine Bitte denn so groß?« bat Jessica.

»Du versuchst, mich auszutricksen«, murmelte Czigo.

»Ich möchte nicht dabei sein, wenn mein Sohn stirbt«, erwiderte Jessica. »Ist das etwa ein Trick?«

Czigo trat zurück, öffnete die Tür mit dem Ellbogen. Dann griff er nach Paul, zog ihn aus seinem Sitz, und schob ihn, das Messer ständig bereithaltend, halb aus der Tür.

»Was würdest du tun, Bursche, wenn ich jetzt deine Fesseln zerschneide?«

»Er würde augenblicklich von hier verschwinden und auf die Felsen dort zurennen«, antwortete Jessica für Paul.

»Würdest du das wirklich tun, Bursche?« fragte Czigo.

Pauls Stimme hatte genau den richtigen Tonfall, als er sagte: »Ja.«

Das Messer zuckte nach unten, zerfetzte seine Beinfesseln. Paul fühlte eine Hand auf seinem Rücken, fühlte einen Stoß, warf sich gegen den Türrahmen, als habe er das Gleichgewicht verloren, und holte gleichzeitig mit dem rechten Bein aus. Der Tritt war genau berechnet, und die Tatsache, daß er so präzise saß, war nur seiner jahrelangen Ausbildung zu verdanken. Jeder Muskel seines Körpers war in diesem Augenblick im Einsatz. Die Fußspitze traf den Mann genau unterhalb des Rippenbogens, aber der Stoß pflanzte sich fort und erreichte die rechte Herzkammer. Mit einem gurgelnden Schrei taumelte Czigo nach hinten, auf die Sitzreihe zu. Paul, der noch immer unfähig war, seine Hände einzusetzen, wurde vom Schwung seiner eigenen Bewegung erfaßt, fiel hin und war im gleichen Moment wieder auf den Beinen. Wie eine Schlange tauchte er wieder in die Kabine hinein, fand das Messer Czigos, faßte es mit den Zähnen, während seine Mutter mit hastigen Bewegungen die Schnüre ihrer Fessel daran rieb. Dann nahm sie die Klinge und befreite ihn.

»Ich wäre allein mit ihm fertiggeworden«, meinte sie. »Ich hätte ihn nur noch dazu bringen müssen, meine Handfesseln zu zerschneiden. Das war ein unnötiges Risiko.«

»Ich habe nur die Gelegenheit genützt«, erwiderte Paul. Obwohl ihr der rauhe Klang seiner Stimme auffiel, sagte sie, mit einer Kopfbewegung gegen die Decke des Thopters: »Die Maschine trägt Yuehs Wappen.«

Paul schaute auf, bemerkte das gekräuselte Symbol.

»Laß uns hinausgehen und die Maschine näher in Augenschein nehmen«, sagte er. »Unter dem Pilotensitz liegt ein Bündel. Ich habe es beim Einsteigen gesehen.«

»Eine Bombe?«

»Ich glaube nicht. Es macht mir einen anderen Eindruck.« Er sprang in den Sand hinaus, während Jessica ihm folgte. Von draußen langte sie nach dem seltsamen

Objekt unter dem Pilotensitz, sah Czigos Füße, die in ihrem Gesichtskreis lagen, und spürte die Feuchtigkeit des Bündels, an dem sie zog. Sie bemerkte im gleichen Augenblick, daß das Blut des Piloten für die Feuchtigkeit zuständig war.

Flüssigkeitsverschwendung, dachte sie automatisch, sich dabei bewußt werdend, daß dies ein für Arrakis typischer Gedankengang war. Paul beobachtete die Umgebung. Er drehte sich im gleichen Augenblick zu seiner Mutter um, als sie das Bündel aus dem Thopter zog und in Richtung auf den Schildwall starrte, wo sich jetzt ein anderer Thopter auf sie zubewegte. Schlagartig wurde ihm klar, daß sie jetzt keine Zeit mehr hatten, die Leichen aus ihrer Maschine zu werfen und zu entkommen.

»Lauf weg, Paul!« schrie Jessica. »Es sind die Harkonnens!«

20

Arrakis lehrt einen die Bedeutung des Messers – indem es das Unvollständige von einem abtrennt und sagt: »Jetzt ist das Vollständige erreicht. Ab hier führt kein Weg mehr weiter.«

Aus ›Gesammelte Weisheiten des Muad'dib‹,
von Prinzessin Irulan

Ein Mann in der Uniform der Harkonnens schritt durch die Große Halle, blieb an ihrem Ende stehen, starrte Yueh an, warf einen kurzen Blick auf den Leichnam Mapes', musterte den hingestreckten Körper des Herzogs und dann erneut Yueh, der daneben stand. Der Mann hielt eine Lasgun in der rechten Hand, und der Gesamteindruck, den er in Yueh erzeugte, führte dazu, daß es ihm kalt über den Rücken lief.

Ein Sardaukar, dachte Yueh. *Seinem Aussehen nach ein Bashar. Möglicherweise sogar jemand aus der kaiserlichen Familie, mit dem Auftrag, die Augen offenzuhalten. Egal, wie sie sich auch verkleiden – man erkennt sie in jeder Uniform.*

»Sie sind Yueh«, sagte der Mann. Er warf einen nachdenklichen Blick auf das Signum der Suk-Schule auf Yuehs Stirn und suchte dann den Blick seines Gegenübers.

»Der bin ich«, bestätigte der Arzt.

»Entspannen Sie sich, Yueh«, sagte der Mann. »Als Sie den Hausschild abschalteten, kamen wir herein. Es befindet sich jetzt alles unter unserer Kontrolle. Ist das der Herzog?«

»Ja, das ist er.«

»Ist er tot?«

»Er ist bewußtlos. Ich schlage vor, daß Sie ihn binden lassen.«

»Haben Sie die andere da auch versorgt?« Der Uniformierte deutete mit dem Kopf in die Richtung, in der Mapes lag.

»Um sie ist es wirklich schade«, murmelte Yueh.

»Schade!« schnaufte der Sardaukar. Er kam näher und schaute auf Leto hinunter. »Also das ist der Große Rote Herzog.«

Hätte ich noch den geringsten Zweifel über die Identität dieses Mannes gehabt, dachte Yueh, *wären sie hiermit beseitigt. Nur der Imperator persönlich nennt die Atreides die Roten Herzöge.*

Der Sardaukar langte nach unten und schnitt das Zeichen des roten Falken von Letos Uniform. »Ein kleines Andenken«, sagte er. Und dann: »Wo ist der herzogliche Siegelring?«

»Er hat ihn nicht bei sich«, erwiderte Yueh.

»Das sehe ich selbst!« knurrte der Sardaukar.

Yuehs Körper versteifte sich. Er schluckte. *Wenn sie mich unter Druck setzen oder eine Wahrsagerin hereinbringen, werden sie nicht nur alles über den Ring, sondern auch alles über den Thopter in Erfahrung bringen, den ich präpariert habe - und mein ganzer Plan wird ins Wasser fallen.*

»Es kommt vor, daß der Herzog gelegentlich einen Kurier ausschickt, der seinen Ring bei sich trägt, um zu beweisen, daß irgendeine wichtige Order von ihm persönlich stammt«, sagte er.

»Er muß verdammt vertrauenswürdige Kuriere haben«, gab der Sardaukar zurück.

»Wollen Sie ihn nicht fesseln?« wandte Yueh ein.

»Wie lange wird er bewußtlos bleiben?«

»Etwa zwei Stunden. Ich konnte, was die Dosierung angeht, bei ihm nicht mit der Präzision vorgehen, die ich auf die Frau und den Jungen verwandte.«

Der Sardaukar berührte den Herzog mit einem Fuß. »Der Herzog stellt eben auch nicht die gleiche Gefahr dar wie die anderen. Wann werden die Frau und der Junge aufwachen?«

»In etwa zehn Minuten.«

»So bald?«

»Man hat mir mitgeteilt, daß der Baron sofort nach der Ankunft seiner Leute ebenfalls erscheinen würde.«

»Das wird er auch. Sie warten draußen, Yueh.« Der Sardaukar warf ihm einen harten Blick zu. »Verschwinden Sie!«

Yueh musterte Leto. »Und was ist mit…«

»Er wird dem Baron als verschnürtes Bündel übergeben werden, das er nur noch in den Ofen zu schieben braucht.« Wieder sah der Sardaukar auf Yuehs diamantförmige Tätowierung. »Sie sind allgemein bekannt. Man wird Ihnen in diesen Räumen nichts antun. Aber wir haben jetzt keine Zeit mehr für Geschwätz, Verräter. Ich höre schon die anderen kommen.«

Er hat mich einen Verräter genannt, dachte Yueh und taumelte zurück. Er drückte sich an dem Sardaukar vorbei und wußte in diesem Augenblick, wie die Geschichte ihn nennen würde: *Yueh, den Verräter.*

Auf dem Weg zum Vordereingang kam er an mehreren Leichen vorbei, die er ängstlich in Augenschein nahm, weil er befürchtete, Paul oder Jessica könnten darunter sein. Aufatmend nahm er zur Kenntnis, daß sie ausnahmslos die Uniform der Harkonnens oder die der Atreides trugen.

Als er aus dem Haupteingang trat, erschienen mehrere alarmiert aussehende Harkonnen-Soldaten. Es herrschte eine ungewöhnliche Helligkeit, die darauf zurückzuführen war, daß man die außerhalb des Hauses stehenden Palmen angezündet hatte. Schwarzer Rauch stieg von ihnen auf und orangerote Flammen.

»Es ist der Verräter«, sagte eine Stimme.

»Der Baron wünscht Sie zu sehen«, sagte jemand anders.

Ich muß zu dem Thopter hinaus, dachte Yueh, *und den Ring an einer Stelle verstecken, wo Paul ihn finden kann.* Plötzliche Angst packte ihn. *Wenn Idaho mir mißtraut oder ungeduldig wird – wenn er nicht wartet und an den Platz geht, den ich ihm genannt habe –, werden Paul und Jessica diesem Blutbad nicht entgehen. Und für mich bleibt nicht der geringste Rest einer Rechtfertigung.*

Einer der Soldaten zerrte an seinem Ärmel und sagte: »Warten Sie hier, aber gehen Sie aus dem Weg.«

Schlagartig wurde Yueh klar, daß ihm nichts erspart werden würde, daß man nicht die geringste Gnade für ihn übrig hatte. *Idaho darf nicht versagen!*

Ein anderer Soldat rempelte ihn an und bellte: »Gehen Sie aus dem Weg, Mensch!«

Selbst die, die von mir profitiert haben, verachten mich, dachte Yueh. Er versuchte, seinen Körper zu straffen, aber es wollte ihm nicht recht gelingen.

»Warten Sie auf den Baron!« schnarrte ein Gardeoffizier.

Yueh nickte, ging dann mit berechneter Gleichgültigkeit an der Vorderfront des Hauses entlang und verschwand in den schattigen Ecken, in die das Licht der brennenden Palmen nicht drang. Rasch, Schritt für Schritt, näherte er sich dem Hintergarten, der neben dem Platz lag, wo der Thopter stand, die Maschine, die dort abgesetzt worden war, um Paul und seine Mutter von hier fortzubringen.

Auf der Hausrückseite sah er eine Wache, aber ihre Aufmerksamkeit war dadurch abgelenkt, daß sie den sich von Raum zu Raum durchkämpfenden Soldaten zuschaute, die im Licht eingeschalteter Lampen operierten.

Wie selbstsicher sie waren!

Yueh nutzte die Schatten aus, lief um den Thopter herum und stellte fest, daß die geöffnete Tür nicht im Sichtbereich der Wache lag. Schnell tastete er nach den unter dem Vordersitz deponierten Überlebenssätzen, hob die Umhüllung an und ließ den Ring dazwischenfallen. Seine Finger berührten das versteckte Papier mit der von ihm geschriebenen Botschaft. Ihm kam eine Idee, und rasch wickelte er den Ring in das Papier ein. Dann zog er die Hand zurück und schob das Bündel wieder unter den Sitz.

Leise schloß er die Tür des Thopters und kehrte auf dem gleichen Weg zurück, den er gekommen war, bis die brennenden Palmen wieder vor ihm auftauchten.

Ich habe es geschafft, dachte er.

Erneut hüllte das Licht funkensprühender Bäume ihn ein. Yueh zog den Umhang enger um seine Schultern und starrte in die Flammen. *Bald werde ich es wissen. Bald werde ich den Baron treffen – und dann werde ich im Bilde sein. Und der Baron wird eine Begegnung mit einem kleinen Zahn haben.*

21

Es geht die Legende, daß in dem Augenblick, in dem Herzog Leto Atreides sein Leben verlor, am Himmel über dem Palast seiner Vorfahren auf Caladan ein Meteorit verglühte.

›Einführung in die Kindheitsgeschichte des Muad'dib‹, von Prinzessin Irulan

Baron Wladimir Harkonnen stand an einem Aussichtspunkt des gelandeten Leichters, den er als Flaggschiff benutzte. Sein Blick huschte über die von Flammen erhellte Nacht über Arrakeen, doch sein Hauptaugenmerk galt dem weit entfernten Schildwall, wo seine Geheimwaffe zum Einsatz kam.

Artillerie mit Sprenggeschossen.

Die Kanonen fraßen an den Höhlen, in denen die Männer des Herzogs sich zum letzten Gefecht gesammelt hatten. Orangerote Strahlen erzeugten einen wahren Felsenhagel, in dem die Staubwolken dafür sorgten, daß jede Helligkeit augenblicklich verschluckt wurde. Der Steinschlag sorgte dafür, daß Herzog Letos Männer in ihren Höhlen eingeschlossen wurden, in denen sie dem Hungertod preisgegeben waren, wie Tiere in abgeschlossenen Käfigen, um die sich niemand mehr kümmerte.

Der Baron konnte das dumpfe Rumpeln deutlich fühlen. Es war wie ein Trommelwirbel, der die metallene Hülle seines Schiffes zum Vibrieren brachte: *Rumms... Rumms!* Dann: *RUMMS-Rumms!*

Wer hätte je damit gerechnet, daß sich die Artillerie im Zeitalter der Schutzschilde noch einmal bestens auszahlen würde? Dieser Gedanke lief wie ein Kichern durch sein Bewußtsein. *Aber es war vorherzusehen, daß die Männer des*

Herzogs sich in diesen Höhlen verkriechen würden. Der Imperator wird mir dankbar sein, daß ich auf diese Art seine Truppen schone.

Er justierte einen der Suspensoren, der es ihm ermöglichte, sich trotz seines fetten Körpers ungezwungen zu bewegen. Ein Lächeln umspielte seine Lippen.

Es ist eine Schande, solche Kämpfer wie die Männer des Herzogs auf derartige Weise zu verschwenden, dachte er. Sein Grinsen wurde breiter. *Aber solches Mitleid sollte man unter Strafe stellen.* Schließlich hatte jeder selbst zu sehen, wo er blieb. Da lag das ganze Universum vor einem, offen, bereit, von jedem in Besitz genommen zu werden, der die richtigen Entscheidungen traf. Kein Wunder, daß es nicht den schüchternen Kaninchen gehörte, die unfähig waren, ihren Besitz zu verteidigen. Entweder war man in der Lage, sein Eigentum zu verteidigen oder man war es nicht. Er verglich seine Männer mit einem angriffslustigen Bienenschwarm und dachte: *Es ist ein herrliches Gefühl, wenn man genügend fleißige Leutchen hat, die einem die Kastanien aus dem Feuer holen.*

Hinter ihm öffnete sich eine Tür. Der sich auf der Wandung spiegelnde Lichtreflex zeigte dem Baron, auch ohne daß er sich umdrehen mußte, wer gekommen war. Hinter ihm erschien Piter de Vries, gefolgt von Umman Kudu, dem Führer seiner Leibgarde. Von draußen drangen die Geräusche anderer Leute an seine Ohren, und für einen Moment sah er die Schafsgesichter seiner Leibwächter, die ihn mit hündischer Ergebenheit anstarrten. Der Baron wandte sich um.

Piter salutierte, indem er einen Finger gegen die Stirn legte. »Gute Nachrichten, Mylord«, meldete er. »Die Sardaukar haben den Herzog gebracht.«

»Natürlich haben sie das«, brummte der Baron.

Er studierte das maskenhafte Gesicht seines Gegenübers. Und dessen Augen: schattenhafte Schlitze, in denen nichts als Blau zu sehen war.

Ich muß ihn beseitigen, dachte er. *Das, was ich von ihm*

erwarten konnte, hat er geliefert. Jetzt hat er eine Stellung erreicht, in der er mir nur noch gefährlich werden kann. Aber zuerst werde ich ihn noch dazu benutzen, die Bevölkerung von Arrakis Haß zu lehren. Anschließend werden sie um so lieber meinen Liebling Feyd-Rautha willkommen heißen.

Er wandte sich dem Führer seiner Leibwache zu: Captain Umman Kudu, ein Mann mit unbeweglichen Gesichtsmuskeln und einem viereckigen Kinn. Ihm konnte man trauen, denn seine Laster waren allgemein bekannt.

»Ich möchte zuerst wissen, wo der Verräter ist, der uns den Herzog ausgeliefert hat«, sagte der Baron. »Schließlich soll er seinen wohlverdienten Lohn bekommen.«

Piter drehte sich auf dem Absatz herum und gab dem Posten an der Tür einen Wink. Etwas Schwarzes bewegte sich hinter der Tür, und Yueh trat ein. Seine Bewegungen waren steif und marionettenhaft, sein Schnauzbart hing herab, in seinem Gesicht schienen nur die alten Augen zu leben. Er machte drei Schritte in den Raum hinein und blieb stehen, als erwartete er eine Anweisung von Piter, der ihm zunickte, woraufhin Yueh drei weitere Schritte machte und vor dem Baron stehenblieb.

»Ah, Dr. Yueh.«

»Zu Ihren Diensten, Mylord Harkonnen.«

»Sie haben uns den Herzog verschafft, hörte ich.«

»So lautete meine Hälfte der Abmachung, Mylord.«

Der Baron warf Piter einen Blick zu.

Piter nickte.

Der Baron wandte sich wieder Yueh zu. »Die Abmachung, wie? Und ich...« Er spuckte die Worte beinahe aus: »Was sollte doch gleich meine Gegenleistung sein?«

»Daran erinnern Sie sich sehr gut, Mylord.«

Irgendwo im Innern Yuehs begann laut eine Uhr zu ticken. Die Art, in der der Harkonnen sich ihm gegenüber gab, zeigte, daß er betrogen worden war. Wanna war wirklich tot. Sie konnten ihre Hälfte des Abkommens gar nicht mehr erfüllen. Sie hatten ihn nur in dem Glauben gelassen, um Druck auf ihn ausüben zu können. Keine Frage, sie hatten ihn hereingelegt.

»Schulde ich Ihnen wirklich etwas?« fragte der Baron.

»Sie haben versprochen, Wanna von ihren Qualen zu erlösen.«

Der Baron nickte. »Oh, ja, jetzt erinnere ich mich. Ich habe es wirklich versprochen, damit wir die imperiale Konditionierung durchbrechen konnten, der Sie unterworfen waren. Leider konnten Sie nicht miterleben, wie diese Bene-Gesserit-Hexe ihr Leben in Piters Schreckenskammern verlor. Nun, der Baron Harkonnen pflegt sein Versprechen immer zu halten. Und ich habe Ihnen versprochen, sie von ihren Qualen zu erlösen, und die Erlaubnis erteilt, daß Ihnen das gleiche widerfährt. So sei es.« Er gab Piter einen Wink.

Piters blaue Augen wurden glasig. Er bewegte sich mit der Geschmeidigkeit eines Raubtiers. Das Messer in seiner Hand blitzte wie eine Kralle, als es sich in Yuehs Rükken senkte. Der alte Mann richtete sich auf, ohne den Baron aus den Augen zu lassen.

»Sie werden Ihre Frau bald treffen«, zischte dieser.

Yueh blieb aufrecht stehen. Seine Lippen bewegten sich mit vorsichtiger Präzision, dann sagte er in leicht schwankendem Tonfall: »Sie glauben... mich... besiegt... zu... haben... Sie glauben, daß ich... nicht... damit... gerechnet... habe... was... meiner Wanna... bevorstand.« Er stürzte wie ein gefällter Baum zu Boden.

»Ich hoffe, Sie treffen sie«, wiederholte der Baron, aber seine Worte klangen nur noch wie ein schwaches Echo. Yuehs Tod hatte ihn mit Mißtrauen erfüllt. Langsam wandte er sich Piter zu und achtete darauf, wie der Mann seine Klinge aus dem Rücken des Toten zog. Piters Augen leuchteten in tiefer Befriedigung.

Auf diese Art mordet er also, dachte der Baron. *Es ist gut, daß ich das jetzt weiß.*

»Er hat uns *wirklich* den Herzog ausgeliefert?« fragte er.

»Aber natürlich, Mylord«, erwiderte Piter.

»Dann lassen wir ihn doch hereinbringen.«

Piters Blick ließ den Führer der Leibwache sofort gehorchen. Der Baron starrte den gefallenen Yueh an. »Ich habe niemals in meinem Leben einem Verräter Vertrauen geschenkt«, sagte er. »Nicht einmal dann, wenn er für mich arbeitete.«

Er schaute auf das nächtliche Panorama hinaus. Die Stille, die nun dort herrschte, war von ihm erzeugt worden. Man hatte das Feuer eingestellt und war jetzt bestimmt schon dabei, die vom Steinschlag verschütteten Höhlensysteme zu versiegeln. Die absolute Schwärze, die sich im Bewußtsein des Barons ausbreitete, erschien ihm plötzlich als die schönste Farbe überhaupt.

Aber immer noch nagten Zweifel an ihm.

Was hatte der närrische alte Arzt gesagt? Natürlich, vielleicht hatte er vorausgeahnt, was im Endeffekt mit ihm geschehen würde. Aber dieser merkwürdige Ausspruch: *»Sie glauben, mich besiegt zu haben.«*

Was hatte er damit gemeint?

Herzog Leto Atreides betrat den Raum. Man hatte seine Arme mit Ketten gefesselt. Sein adlerhaftes Gesicht war schmutzig. An der Stelle, wo jemand die Insignien abgerissen hatte, war seine Uniform zerfetzt. In den Augen des Herzogs stand ein glasiger, geistesabwesender Ausdruck.

»Nun«, sagte der Baron gedehnt. Er zögerte und holte tief Luft. Er wußte, daß er zu laut gesprochen hatte. Irgendwie hatte dieser Moment etwas von dem langerwarteten Triumph verloren.

Zum Teufel mit dem Geschwätz dieses Arztes!

»Ich nehme an, daß der gute Herzog unter Drogen steht«, erklärte Piter. »Dadurch hat Yueh ihn kampfunfähig gemacht.« Er wandte sich dem Herzog zu und fragte: »Sind Sie betäubt, mein guter Herzog?«

Die Stimme kam aus weiter Ferne. Leto fühlte nichts als die Ketten, schmerzende Muskeln, aufgesprungene Lippen, brennende Wangen und seinen ausgetrockneten Mund. Alle Geräusche um ihn herum klangen gedämpft, als würden sie durch ein Filter von ihm abgehalten. Die Personen vor ihm erschienen wie Schatten.

»Was ist mit der Frau und dem Jungen, Piter?« fragte der Baron. »Schon was gehört?«

Piters Zunge glitt über seine Lippen.

»Du weißt etwas!« sagte der Baron barsch. »Rede schon!«

Piter warf dem Führer der Leibwache einen kurzen Blick zu und schaute dann den Baron an. »Die Männer, die den Auftrag hatten, Mylord, sie... äh... man hat... sie gefunden.«

»Es ist also alles gelaufen?«

»Sie sind tot, Mylord.«

»Natürlich sind sie das! Aber was ich wissen will, ist...«

»Sie waren bereits tot, als man sie fand, Mylord.«

Der Baron wurde blaß. »Und die Frau und der Junge?«

»Keine Spur von ihnen, Mylord. Aber es trieb sich ein Wurm dort herum, Mylord. Er tauchte auf, während man die Landestelle untersuchte. Vielleicht ist es nun so gekommen, wie wir es von vornherein hätten planen sollen. Ein Unfall. Möglicherweise...«

»Auf Möglichkeiten können wir uns nicht verlassen, Piter. Und was ist mit dem verschwundenen Thopter? Kann mein Mentat wenigstens daraus einen konkreten Schluß ziehen?«

»Vermutlich ist einer der Männer des Herzogs darin entkommen, Mylord. Er hat unseren Piloten umgebracht und ist entwischt.«

»Welcher von des Herzogs Leuten könnte das gewesen sein?«

»Es war ein sauberer, lautloser Überfall, Mylord. Ich tippe auf Hawat, vielleicht auch auf Halleck. Möglicherweise aber auch Idaho. Oder jeder andere fähige Unterführer.«

»Möglichkeiten«, knirschte der Baron. Er musterte die leicht taumelnde Gestalt des Herzogs.

»Wir haben alles in der Hand, Mylord«, fügte Piter hinzu.

»Lächerlich! Wo steckt dieser verrückte Planetologe? Wo hat sich dieser Kynes verkrochen?«

»Es läuft alles auf Hochtouren, ihn ausfindig zu machen und herbeizuschaffen, Mylord.«

»Mir paßt es nicht, wie dieser kaiserliche Bedienstete uns aus dem Wege geht«, schnaubte der Baron.

Obwohl die Worte Letos Bewußtsein nur am Rande erreichten, drangen einige doch zu ihm durch. *Die Frau und der Junge - keine Spur.* Also waren Paul und Jessica entkommen! Und das Schicksal von Hawat, Halleck und Idaho war zumindest unbekannt. Es gab also noch eine Hoffnung.

»Wo steckt der herzogliche Siegelring?« verlangte der Baron zu wissen. »Er trägt ihn nicht.«

»Der Sardaukar sagte, er hätte ihn schon in dem Moment nicht mehr gehabt, als er uns ausgeliefert wurde, Mylord«, wandte der Führer der Leibwache ein.

»Du hast den Arzt zu früh umgebracht«, meinte der Baron zu Piter. »Das war ein Fehler. Du hättest mich vorher warnen sollen, Piter. Du warst ein bißchen zu voreilig, finde ich.« Er fluchte. »Möglichkeiten!«

Der Gedanke zog sich nun wie ein roter Faden durch Letos Bewußtsein. *Paul und Jessica sind entkommen!* Und noch etwas machte ihm unterbewußt zu schaffen. Richtig: die Abmachung. Aber welche war es gewesen?

Der Zahn!

Allmählich kam das Wissen zurück: *In meinem falschen Zahn befindet sich eine Giftkapsel.* Irgend jemand hatte ihn gebeten, sich an den Zahn zu erinnern. Er war in seinem Mund. Er konnte ihn mit der Zunge fühlen. Und alles, was er tun mußte, war, fest darauf zu beißen.

Noch nicht!

Jemand hatte ihm geraten, so lange zu warten, bis er dem Baron nahe genug war. Aber wer war das gewesen? Er konnte sich nicht erinnern.

»Wie lange wird er in diesem halbbetäubten Zustand verbleiben?« hörte er den Baron fragen.

»Vielleicht noch eine Stunde, Mylord.«

»Vielleicht«, murmelte der Baron. Er schaute aus dem Bullauge in die tiefschwarze Nacht hinaus. »Ich habe Hunger.«

Dieser graue, zerfließende Schatten da ist der Baron, dachte Leto. Die Umrisse tanzten vor seinen Augen hin und her und zeigten seine Bewegung innerhalb des Raumes an. Und dieser Raum wurde von Minute zu Minute größer und heller. Gegenstände begannen sich abzuzeichnen. *Ich muß noch warten.*

Dort war ein Tisch. Leto sah ihn beinahe völlig klar. Und ein dicker, fetter Mann auf der anderen Seite des Tisches, vor dem die Überreste einer Mahlzeit standen. Leto fühlte plötzlich, daß auch er in einem Sessel saß, mit Ketten gefesselt und an die Sitzgelegenheit angebunden. Ihm wurde klar, daß einige Zeit vergangen sein mußte, aber ihm wurde nicht bewußt, wieviel.

»Ich glaube, er kommt jetzt zu sich, Baron.«

Eine seidige Stimme. Das war Piter.

»Das sehe ich, Piter.«

Ein rumpelnder Baß: der Baron.

Immer deutlicher wurde jetzt die Umgebung. Der Sessel, auf dem Leto saß, war hart. Er fühlte die Enge seiner Fesseln.

Und dann sah er den Baron in aller Schärfe. Leto beobachtete die Handbewegungen des ihm gegenübersitzenden Mannes: wie er mit dem Besteck spielte, an den Tischrand griff. Er schaute der Hand mit einem faszinierten Gefühl zu.

»Sie hören mich jetzt, Herzog Leto«, sagte der Baron. »Ich weiß genau, daß Sie mich hören können. Wir wollen von Ihnen wissen, wo wir Ihre Konkubine und das Kind, das Sie ihr gemacht haben, finden werden.«

Obwohl er sich nicht das geringste anmerken ließ, rasten diese Worte durch Letos Kopf wie eine Flamme. *Es ist also wahr; sie sind ihnen entwischt.*

»Wir sind hier nicht im Kindergarten«, polterte der

Baron. »Sie sollten das am besten wissen.« Er beugte sich vor und studierte Letos Gesicht. Im Grunde genommen bedauerte er, daß sich diese Sache nicht unter vier Augen regeln ließ. Es war keine gute Sache, wenn das gemeine Volk einen Adeligen bei einer solchen Tätigkeit zu Gesicht bekam.

Leto fühlte, wie seine Kräfte zurückkehrten. Und mit der Kraft kam auch die Erinnerung an den falschen Zahn, die alle anderen Gedanken zu überschwemmen drohte. Das Nervengift, das in seinem Mund verborgen war, führte dazu, daß er sich an den Mann erinnerte, der ihn mit dieser tödlichen Waffe ausgestattet hatte.

Yueh.

Er wußte, es war Yueh gewesen.

»Hören Sie den Lärm, Herzog Leto?« fragte der Baron.

Von irgendwoher drang das Stöhnen eines Menschen an seine Ohren.

»Wir haben einen Ihrer Leute geschnappt, der sich als Fremen verkleidet hatte«, erklärte der Baron. »Wir durchschauten seine Verkleidung aber recht schnell, müssen Sie wissen. Anhand seiner Augen, verstehen Sie? Er behauptete, man hätte ihn zu den Fremen geschickt, um dort herumzuspionieren. Auch ich habe eine gewisse Zeit auf dieser Welt gelebt, mein werter Cousin, und ich weiß daher, daß es unmöglich ist, diese Leute in der Wüste zu unterwandern. Ich nehme an, Sie haben sich die Unterstützung der Fremen gekauft, nicht wahr? Haben Sie etwa auch Ihre Frau und Ihren Sohn dorthin geschickt?«

Leto spürte, wie sich sein Brustkorb verengte. *Wenn Yueh sie zu den Wüstenbewohnern geschickt hat... dann werden sie nicht eher aufgeben, bis sie sie gefunden haben.*

»Los, reden sie schon«, forderte der Baron ungeduldig. »Wir haben nicht viel Zeit, und Schmerzen kommen schnell. Lassen Sie es nicht darauf ankommen, werter Herzog.« Er sah zu Piter hinauf, der neben Leto stand.

»Piter hat zwar nicht all seine Folterinstrumente bei sich, aber ich bin sicher, daß er auch, was das Improvisieren angeht, seine Fähigkeiten hat.«

»Improvisationen bringen meistens die besten Ergebnisse, mein Baron.«

Diese schreckliche Stimme! Sie erklang genau neben Letos Ohr.

»Natürlich hatten Sie einen Plan für Notfälle«, sagte der Baron. »Wohin haben Sie Ihre Frau und den Jungen geschickt?« Er musterte Letos Hand. »Ihr Ring ist verlorengegangen. Oder hat ihn der Junge?«

Er stand auf, starrte in Letos Augen.

»Sie wollen nicht antworten«, fuhr er fort. »Wollen Sie mich zwingen, Dinge zu tun, die ich eigentlich nicht tun will? Piter benutzt einfache, aber wirkungsvolle Methoden. Ich bin zwar nicht unbedingt der Meinung, sie seien alle unmoralisch, möchte aber im Grunde doch vermeiden, Sie zu einem eigenen Urteil kommen zu lassen.«

»Heißer Talg auf dem Rücken kann Wunder wirken«, sagte Piter. »Auch auf den Augenlidern. Und schließlich gibt es ja noch eine Reihe anderer Körperteile. Diese Methode ist schon deswegen so vielversprechend, weil das Opfer niemals weiß, auf welchen Körperteil der nächste Tropfen fallen wird. Eine wirklich vortreffliche Methode, und auch die Brandblasen, die man nachher auf der nackten Haut bewundern kann, haben ihren Reiz. Nicht wahr, mein Baron?«

»Exquisit«, nickte der Baron, obwohl seine Stimme vor Abscheu vibrierte.

Diese tastenden Finger! Leto starrte auf die juwelenbesetzten, fetten Hände, die die ganze Zeit über in ständiger Bewegung blieben.

Die Geräusche aus dem Nebenraum, wo ein Mann in dumpfer Agenie stöhnte, zerrte an Letos Nerven. *Wen haben sie gefangen?* fragte er sich. *Vielleicht Idaho?*

»Glauben Sie mir, werter Cousin«, wiederholte der Baron, »daß ich es vermeiden möchte, soweit zu gehen.«

»Es ist eine Kunst, das richtig hinzukriegen«, fügte Piter hinzu.

»Ich weiß, daß du ein großer Künstler bist«, erwiderte der Baron. »Aber hab jetzt bitte die Freundlichkeit, den Mund zu halten.«

Plötzlich erinnerte Leto sich an etwas, das Gurney Halleck einst gesagt hatte. Und es traf auf den Baron genau zu. *»Und ich stand auf dem Sand des Strandes und sah, wie das Ungeheuer aus der See auftauchte... es war die reinste Blasphemie.«*

»Wir vergeuden nur Zeit, Baron«, meinte Piter.

»Vielleicht.«

Der Baron nickte. »Sie wissen, mein lieber Leto, daß Sie uns irgendwann doch die Wahrheit sagen werden. Auch für Sie gibt es eine Schmerzgrenze, über die Sie nicht hinauskönnen.«

Vermutlich hat er da sogar recht, dachte Leto. *Aber ich habe noch den Zahn... und immerhin weiß ich wirklich nicht, wo sie sich versteckt halten.*

Der Baron nahm ein Stück Fleisch von seinem Teller, stopfte es in den Mund, kaute darauf herum und schluckte. *Wir müssen eine neue Taktik versuchen,* dachte er.

»Schau dir diesen Kerl an, Piter, der von sich glaubt, er sei nicht herumzukriegen. Schau ihn dir nur an.« Und er dachte: *Jawohl! Schaut ihn euch an, diesen Mann, der glaubt, nicht käuflich zu sein. Wenn man daran denkt, wieviel von seiner Ehre bereits von anderen unter der Hand verhökert wurde... Wenn ich ihn aus seinem Sessel zerre und schüttele, wird es in seinem Inneren nicht mal mehr klingeln. Er ist leer. Nichts ist von ihm übriggeblieben. Welchen Unterschied macht es da für ihn noch, auf welche Weise er stirbt?*

Die Geräusche im Nebenraum verstummten.

Der Baron sah Umman Kudu, den Führer seiner Leibwache, in der Tür auf der anderen Seite auftauchen und den Kopf schütteln. Der Gefangene hatte also nichts gesagt. Noch ein Versager. Es wurde Zeit, ernsthaft auf diesen närrischen Herzog einzureden, damit er endlich begriff, wie nahe er der Hölle war. Ihn trennte praktisch nur noch ein Nervenstrang von ihr.

Der Gedanke führte dazu, daß der Baron sich wieder etwas beruhigter vorkam. Immerhin hatte er die Macht, mit einem Adeligen anzustellen, was ihm beliebte: er fühlte sich plötzlich wie ein Chirurg, der die unverständlichen Gedankengänge seiner Opfer bloßlegte, der diesen Narren die Masken wegschnitt, damit sie in die Lage versetzt wurden zu sehen, wie nahe sie der ewigen Verdammnis waren.

Diese Kaninchen!

Und wie sie kuschten, wenn sie den Käfig sahen!

Leto starrte über die Tischplatte und wunderte sich, daß man immer noch auf seine Antwort wartete. Der Zahn würde für ein rasches Ende sorgen. Und damit war sein Leben doch nicht völlig sinnlos gewesen. Die Erinnerungen an Caladan drangen plötzlich auf ihn ein. Er sah sich, wie er eine Antenne unter dem blauen Himmel errichtet hatte und Paul sich darüber freute. Aber auch der Sonnenaufgang hier auf Arrakis war nicht aus seinem Unterbewußtsein gewichen: in der Ferne der Schildwall im Nebel.

»Zu schade«, murmelte der Baron. Er stieß sich von seinem Tisch ab, fühlte sich von den Suspensoren emporgehoben. Er zögerte, als er im Gesicht des Herzogs eine Veränderung bemerkte. Ihm fiel auf, daß sein Gegenüber einen tiefen Atemzug machte und die Zähne zusammenbiß.

Wie er mich fürchtet! zuckte es durch sein Gehirn.

Leto hatte plötzlich Angst, daß der Baron ihm doch noch entkommen könnte und biß zu. Die Kapsel zerbrach. Er öffnete den Mund und spürte den beißenden Geschmack des Giftes auf der Zunge. Der Baron wurde plötzlich kleiner, wie eine Person, die in einem endlosen Tunnel zurückblieb. Neben Letos Ohr röchelte jemand. Es war der Mann mit der seidigen Stimme: Piter.

Ich habe ihn auch erwischt!

»Piter! Was ist los!«

Die tiefe Stimme entfernte sich immer mehr.

Die Umwelt versank in einem unidentifizierbaren Gewirr aus Farben, Geräuschen und Bewegungen. Die Kabine, der Tisch, der Baron, zwei in heller Panik aufgerissene Augen – alles versank um ihn herum in grauen Wolken des Vergessens.

Da war ein Mann mit einem viereckigen Kinn, der wie eine Marionette umfiel. Seine Nase war gebrochen und zeigte ein wenig nach links. Leto hörte sanftes Knirschen. Es war weit weg. Dann brüllte jemand in Höhe seiner Ohren auf. Sein Bewußtsein war ein Gewinde ohne Ende, sein Gehör nahm alles auf, was aufzunehmen war: jeden Schrei, jedes noch so leise Gewisper... und auch die Stille.

Der Baron stand mit dem Rücken gegen die Geheimtür gelehnt, die er für alle Fälle in die Kabine hatte einbauen lassen. Er hatte sie zugeschlagen, weil der hinter ihm liegende Raum voller toter Männer lag. Mit fahrigem Blick nahm er die Männer wahr, die sich um ihn drängten. *Habe ich es eingeatmet?* dachte er. *Was immer es auch gewesen ist, hat es mich auch erwischt?*

Er merkte schließlich, daß man um ihn herum nicht untätig geblieben war. Jemand brüllte Befehle... Gasmasken anlegen... die Schotten dicht... Ventilation einschalten.

Die anderen fielen sofort um, dachte er. *Und ich stehe immer noch. Gnadenlose Hölle! Das war knapp.*

Jetzt wurde ihm bewußt, was ihn gerettet hatte. Sein Schildgürtel war eingeschaltet, zwar nicht auf die Höchststufe, aber immerhin hoch genug, um zu verhindern, daß etwas zu ihm durchdringen konnte. Er hatte sich gerade noch rechtzeitig von der Tischplatte abgestoßen... und war von Piters entsetzlichem Röcheln gewarnt worden. Dem Führer seiner Leibwache hatte die späte Erkenntnis nichts mehr genützt. Und er selbst hatte sein Leben nur der versteckten Warnung im Todesröcheln eines anderen zu verdanken.

Dennoch fühlte der Baron Piter gegenüber nicht die geringste Dankbarkeit. Der Narr war an seinem Tod selber schuld. *Und dieser idiotische Trottel von einem Leibwächter! Er hatte behauptet, daß niemand zu mir durchgelassen wird, den er nicht auf Herz und Nieren untersucht. Wie hat der Herzog es nur geschafft… Es hat nicht die geringste Warnung gegeben. Nicht einmal der Giftschnüffler hat reagiert. Nun, egal, wie das passieren konnte, der nächste Führer meiner Leibgarde wird es herauszufinden haben.*

Laute Stimmen unterbrachen seine Gedankengänge und lenkten seine Aufmerksamkeit in eine andere Richtung. Er stieß sich von der Wand ab und musterte kurz die Schafsgesichter in seiner Nähe.

Die Männer standen da und stierten schweigend. Offenbar erwarteten sie nun von ihm weitere Verhaltensmaßregeln. Und ohne Zweifel fürchteten sie auch seine Reaktion.

Dem Baron wurde plötzlich klar, daß seit dem schrecklichen Attentat erst wenige Sekunden vergangen waren. Mehrere der Wachen nahmen nun ihre Waffen und richteten sie auf die Ecke zu ihrer Rechten, aus der plötzlicher Lärm drang.

Dann erschien ein Mann, dessen Gasmaske an einem Band von der Schulter baumelte, während seine Augen die an den Korridorwänden angebrachten Giftschnüffler beobachteten. Der Neuankömmling war blond, flachgesichtig und hatte grüne Augen. Um seine Lippen lagen Falten, und im ganzen wirkte er wie eine Wassserkreatur unter Wüstenbewohnern.

Der Baron starrte den auf ihn zukommenden Mann an und dachte an seinen Namen: Nefud. Iakin Nefud. Gardeunteroffizier. Nefud war semutasüchtig, abhängig von einer Droge, die im Zusammenhang mit einer bestimmten Musik selbst in tiefster Bewußtlosigkeit wirkte. Ein nützlicher Informationsfaktor, in der Tat.

Nefud blieb vor dem Baron stehen und salutierte. »Die Korridore sind jetzt sauber, Mylord. Ich habe von draußen gesehen, daß es sich um Giftgas gehandelt hat. Die Ventilatoren in Ihrem Zimmer saugen jetzt Frischluft von den Korridoren an.« Er warf einen Blick auf den Schnüffler über dem Kopf des Barons. »Es ist nichts übriggeblieben. Der Raum ist jetzt sauber. Wie lauten Ihre Befehle?«

Jetzt erinnerte sich der Baron an die Stimme des Mannes. Es war diejenige, die soeben die Befehle geschrien hatte.

Ein reaktionsschneller Mann ist dieser Unteroffizier, dachte er.

»Die Leute in diesem Raum sind alle tot?« fragte er.

»Jawohl, Mylord.«

Nun, wir müssen Ordnung schaffen, dachte der Baron. Laut sagte er:

»Lassen Sie mich Ihnen zuerst gratulieren, Nefud. Sie werden ab sofort der neue Hauptmann meiner Leibwache sein. Ich hoffe für Sie, daß Sie aus dem Schicksal Ihres Vorgängers einiges lernen werden.«

Er spürte, wie die Wachsamkeit in dem soeben beförderten Soldaten auf der Stelle wuchs. Nefud wußte, daß er von jetzt an nie mehr ohne seine Droge leben mußte.

Der neue Hauptmann nickte. »Mylord wissen, daß ich seiner Person mit meiner ganzen Kraft zur Verfügung stehe.«

»In Ordnung. Nun zum Geschäftlichen. Ich vermute, daß der Herzog irgend etwas in seinem Mund hat. Sie werden das herausfinden und feststellen, wie er es benutzen konnte und wer dafür verantwortlich war, daß er über diese Waffe verfügte. Sie werden jede Unterstützung...«

Er wurde durch erneuten Lärm mehrerer Stimmen in seiner Rede unterbrochen. Die Wachen am Liftausgang zu den unteren Decks der Fregatte versuchten dort einen hochgewachsenen Colonel-Bashar zurückzuhalten, der soeben aus der Kabine trat.

Das Gesicht des Mannes war dem Baron unbekannt: es war schlank und dünnlippig. Zwei funkelnde Augen schienen Blitze zu sprühen.

»Geht mir aus dem Weg, ihr dreckfressendes Gesindel!« brüllte der Mann und schob mit einer Hand gleich zwei Wachen auf einmal beiseite.

Ah, einer der Sardaukar, dachte der Baron.

Der Colonel-Bashar kam geradewegs auf ihn zu. Die Augen des Barons zogen sich zu schmalen Schlitzen zusammen. Die Anwesenheit dieser Leute erfüllte ihn mit beinahe körperlich spürbarem Unwohlsein. Irgendwie erinnerten sie ihn in ihrem Äußeren alle an Verwandte des Herzogs... des verstorbenen Herzogs. Und wie sie mit ihm umsprangen!

Einen halben Schritt vor dem Baron blieb der Colonel-Bashar stehen und stemmte die Hände in die Seiten. Die Wachen musterten ihn mit offensichtlicher Ängstlichkeit.

Die Tatsache, daß der Mann nicht salutierte, sondern im Gegenteil ein beträchtliches Selbstbewußtsein zur Schau stellte, trug nicht dazu bei, daß sich die Stimmung des Barons hob. Aber auch wenn sich nur eine Sardaukar-Legion derzeit auf Arrakis aufhielt – im Gegensatz zu zehn seiner eigenen –, brauchte er sich nichts vorzumachen. Gegen die Sardaukar-Legion konnte er nichts unternehmen. Sie würden seine eigenen Leute in Stücke reißen.

»Es wäre ratsam, Ihren Leuten zu erzählen, daß sie zukünftig ihre Pfoten von mir zu lassen haben, wenn ich Sie zu sehen wünsche, Baron«, knurrte der Sardaukar. »Meine Leute haben Ihnen Herzog Leto Atreides übergeben, bevor ich die Gelegenheit hatte, über sein zukünftiges Schicksal mit Ihnen zu diskutieren. Wir werden das jetzt nachholen.«

Ich darf mich nicht vor meinen Leuten bloßstellen lassen, dachte der Baron und sagte mit einer Stimme, die eine solche Kälte ausströmte, daß er beinahe selbst stolz darauf war: »So?«

»Mein Imperator hat mir befohlen, dafür Sorge zu tragen, daß sein Cousin einen raschen Tod ohne Folter stirbt«, fügte der Colonel-Bashar hinzu.

»Genauso lauteten die kaiserlichen Befehle, die ich erhielt«, log der Baron. »Glauben Sie etwa, ich würde mich ihnen widersetzen?«

»Ich habe den Befehl, dem Imperator zu berichten, was ich mit meinen eigenen Augen gesehen habe«, erwiderte der Sardaukar.

»Der Herzog ist bereits tot«, sagte der Baron und deutete mit einer wegwerfenden Handbewegung an, daß es besser sei, wenn der Mann jetzt gehe.

Der Colonel-Bashar rührte sich nicht von der Stelle. Er zeigte mit keinem Wimpernzucken, daß er die Bewegung überhaupt wahrgenommen hatte.

»Wie?« knurrte er.

Also wirklich! dachte der Baron. *Das ist zuviel.*

»Von seiner eigenen Hand, wenn Sie es unbedingt wissen wollen«, erklärte er. »Er hat Gift genommen.«

»Ich will seine Leiche sehen«, forderte der Sardaukar.

Mit gespielter Verzweiflung sah der Baron zur Decke des Korridors hinauf. Seine Gedanken rasten. *Verflucht! Dieser adleräugige Sardaukar wird den Raum zu sehen bekommen, bevor wir dort Ordnung geschafft haben!*

»Sofort«, fügte der Sardaukar hinzu. »Ich will ihn mit eigenen Augen sehen.«

Es gab keinen Grund, dies abzulehnen. Der Sardaukar würde alles sehen. Er würde sofort wissen, daß der Herzog eine ganze Reihe von seinen Soldaten getötet hatte... und daß der Baron nur wegen eines glücklichen Zufalls entkommen war. All dies würde keinen guten Eindruck machen.

»Ich lasse mich nun nicht länger hinhalten«, schnarrte der Colonel-Bashar.

»Niemand beabsichtigt das«, erwiderte der Baron und starrte in die Obsidianaugen seines Gegenübers. »Ich habe vor meinem Imperator nichts zu verbergen.« Er nickte

Nefud zu. »Der Colonel-Bashar hat das Recht, sich alles genau anzusehen. Führen Sie ihn durch die Tür, vor der Sie stehen, Nefud.«

»Hierher, Sir«, sagte Nefud.

Langsam ging der Sardaukar um den Baron herum und bahnte sich einen Weg durch die Leibwächter.

Peinlich, dachte der Baron. *Jetzt wird der Imperator erfahren, daß ich beinahe in eine Falle getappt wäre. Er wird es als ein Zeichen der Schwäche werten.*

Und es war jetzt schon klar, daß er in dieser Beziehung die Auffassung seiner Sardaukar teilte. Der Baron nagte an seiner Unterlippe und redete sich ein, daß der Imperator zumindest nichts von dem Überfall auf die Gewürzlager von Giedi Primus erfahren haben konnte, der mit der Zerstörung der Harkonnen'schen Gewürzlager geendet hatte.

Verflucht sei dieser Fuchs von einem Herzog!

Er ließ die beiden Männer nicht aus den Augen: den arroganten Sardaukar und den finsteren und undurchsichtigen Nefud.

Wir müssen Ordnung schaffen, dachte der Baron erneut. *Rabban wird wieder die Macht auf diesem verdammten Planeten übernehmen. Ohne Rücksicht auf Verluste! Er muß hart vorgehen, dann wird man später meinen geliebten Feyd-Rautha um so lieber akzeptieren. Der Teufel soll Piter holen. Das sieht ihm ähnlich, sich umbringen zu lassen, bevor ich mit ihm fertig bin.*

Der Baron seufzte.

Und ich muß mir von Tleilax einen neuen Mentaten kommen lassen. Hoffentlich haben sie jemanden, der bereits einsatzbereit ist.

Einer der ihn umgebenden Leibwächter hüstelte. Der Baron wandte sich dem Mann zu und sagte: »Ich bin hungrig.«

»Jawohl, Mylord.«

»Und während Sie diesen Raum dort säubern und kontrollieren, wünsche ich abgelenkt zu werden.«

Der Leibwächter senkte den Blick. »Welche Zerstreuung wäre dem Baron am liebsten?«

»Ich werde in meinen Schlafraum gehen«, erwiderte der Baron. »Bringen Sie mir diesen jungen Burschen, den wir auf Gamont kauften; den mit den hübschen Augen. Und setzen Sie ihn unter Drogen. Ich habe keine Lust, erst seinen Willen zu brechen.«

»Jawohl, Mylord.«

Der Baron wandte sich ab und bewegte sich mit den seltsamen, von den Suspensoren erzeugten Bewegungen auf seine Räume zu. *Ja,* dachte er, *ich will den mit den hübschen Augen; den Burschen, der dem jungen Paul Atreides so ähnlich sieht.*

22

O Meere von Caladan,
O Volk des Herzogs Leto –
Die Zitadelle ist gefallen…
Gefallen für immer.

Aus ›Lieder des Muad'dib‹,
von Prinzessin Irulan

Paul spürte, daß seine gesamte Vergangenheit, daß jede Erfahrung, die er gemacht hatte, bevor diese Nacht angebrochen war, nichts anderes mehr für ihn darstellte als der sich kräuselnde Sand in einem Stundenglas. Er saß neben seiner Mutter und bedeckte sein Knie mit einem kleinen Überwurf aus Plastikstoff. Es war ein Destillzelt, das, genau wie die Fremenkleidung, die sie jetzt trugen, dem Bündel entstammte, das sie im Inneren des Thopters gefunden hatten.

Paul zweifelte nicht daran, daß er wußte, wem er für diesen Überlebenssatz zu danken hatte: *Yueh.* Und er hatte auch den Kurs der Maschine, in der man sie als Gefangene befördert hatte, festgesetzt.

Der verräterische Arzt hatte sie geradewegs in die Hände von Duncan Idaho geführt.

Paul warf einen Blick aus dem durchsichtigen Wandteil des Zeltes und sah die mondüberschatteten Felsen, die den Platz beschützten, an dem Idaho sie versteckt hatte.

Versteckt wie ein Kind, dachte Paul. *Und dennoch bin jetzt ich der Herzog.* Der Gedanke betrübte ihn, vielleicht war es aber auch die Verpflichtung, die nun auf ihm lastete.

Irgend etwas war in dieser Nacht geschehen, was Einwirkung auf seine Wachsamkeit genommen hatte: mit einer nie zuvor gekannten Schärfe nahm er die Geschehnisse wahr, die sich um ihn herum abspielten. Unfähig, sich dagegen zur Wehr zu setzen, fühlte er, wie sich in seinem Innern kalte Berechnung breitmachte, mit welcher Präzision er die Lage einschätzte, wie er die Fakten gegeneinander abwog. Es war die Kraft eines Mentaten, und vielleicht auch noch etwas mehr.

Paul dachte an den Augenblick zurück, in dem der fremde Thopter über ihnen aufgetaucht war. Er war plötzlich dagewesen, wie ein gigantischer Falke, der über ihnen in seiner Bewegung verharrte, während der Wüstenwind an seinen Rotoren zerrte. Dann war etwas mit seinem Bewußtsein passiert. Der Thopter hatte auf dem offenen Sand zur Landung angesetzt, während er und seine Mutter anfingen zu rennen. Paul konnte sich noch gut erinnern, wie der von den Rotoren aufgewirbelte Sand in seine Nasenlöcher gedrungen war.

Seine Mutter hatte sich plötzlich herumgedreht. Zweifellos rechnete sie damit, jetzt in das Gesicht einer mit einer Lasgun bewaffneten Harkonnen-Kreatur zu sehen. Statt dessen hatte sich Duncan Idaho aus der Luke des Thopters gelehnt, der schrie: »Beeilung! Wurmzeichen – südlich von euch!«

Als er sich umgedreht hatte, war Paul klargeworden, wer den Thopter steuerte. Die minuziöse Art der Landung – Feinheiten, die so klein waren, daß nicht einmal seine Mutter sie entdecken konnte –, sie machten völlig klar, wer hinter diesen Kontrollen saß.

Gegenüber von ihm erhob sich Jessica und sagte: »Ich kann mir nur eine Erklärung vorstellen. Die Harkonnens müssen Gewalt über Yuehs Frau gehabt haben. Er haßte sie, diese Leute! Ich weiß genau, daß ich mich in dieser Sache nicht irre. Du hast seine Botschaft gelesen. Aber warum hat er uns vor dem Gemetzel bewahrt?«

Sie sieht es erst jetzt und noch immer nicht vollständig, dachte Paul. Dieser Gedanke schockierte ihn. Ihm war alles bereits klar geworden, noch während er den

Zettel las, in dem sich der herzogliche Ring befunden hatte.

»Versuchen Sie nicht, mir zu vergeben«, hatte Yueh geschrieben. »Ich möchte nicht, daß Sie mir verzeihen. Die Last, die ich zu tragen habe, ist bereits genug. Was ich tat, habe ich getan, ohne darauf zu hoffen, daß es mir jemand vergeben wird – oder zu verstehen versucht. Es war mein privater Tahaddi al-Burhan, ein ultimater Test. Ich übergebe Ihnen den herzoglichen Ring der Atreides zum Zeichen, daß ich es ehrlich meine. Wenn Sie dies lesen, wird Herzog Leto bereits tot sein. Lassen Sie mich Ihnen versichern, daß er nicht allein starb; daß einer, den wir alle hassen, sein Leben mit ihm verlor.«

Die Nachricht trug weder eine Adresse noch eine Unterschrift, aber dennoch gab es keinen Zweifel, daß das krakelige Zeichen unter der letzten Zeile von Yueh stammte.

Was den Brief an sich anbetraf – die Botschaft, die er enthielt –, so erschien er Paul wie etwas, das außerhalb seines Bewußtseins stattfand. Er hatte erfahren, daß sein Vater nicht mehr lebte; wußte, daß diese Worte stimmten – und dennoch war ihm, als sei dies für ihn nicht mehr als ein weiteres Datum, das er seinem Gedächtnis einprägte, um es bei Bedarf wieder abzurufen.

Ich habe meinen Vater geliebt, dachte er erschreckt. *Ich sollte um ihn weinen. Ich sollte zumindest irgend etwas fühlen.*

Aber in ihm war nichts als das Wissen: *Dies ist eine wichtige Tatsache.*

Ein Fakt unter Fakten.

Und während er weiterhin darüber nachzudenken bestrebt war, sammelte sein Gehirn nichts als weitere Informationen, Impressionen und verwertete sie extrapolativ, computerhaft.

Er erinnerte sich an etwas, das Halleck gesagt hatte: *»Stimmungen sind etwas für Rindviecher oder Liebende.*

Wenn sich die Notwendigkeit erweist, wirst du schon kämpfen lernen, egal, in welcher Stimmung du bist.«

Vielleicht ist es das, dachte Paul. *Ich werde später um meinen Vater weinen... Wenn ich die Zeit dazu habe.*

Dennoch fühlte er sich in der kalten Präzision seiner Gedankengänge nicht sonderlich wohl. Er fühlte, daß dies erst der Anfang war, daß er sich noch mehr verändern würde. Das Gefühl einer schrecklichen Vorbestimmung, eines unbekannten Zieles, das er zum erstenmal gespürt hatte, als er der Ehrwürdigen Mutter Gaius Helen Mohiam begegnet war, kehrte zu ihm zurück. Seine rechte Hand – er erinnerte sich daran, wie sie pulsiert und geschmerzt hatte – zitterte.

Ist dies das Gefühl eines Kwisatz Haderach? fragte er sich.

»Einen Moment lang«, sagte Jessica, »dachte ich wahrhaftig, daß Hawat versagt hätte. Ich stellte mir vor, daß Yueh vielleicht gar kein Suk-Schüler ist.«

»Er war alles, was wir von ihm vermuteten... und noch mehr«, erwiderte Paul und dachte: *Wieso dauert es so lange, bis sie auf diese Dinge kommt?* Laut sagte er: »Wenn Idaho es nicht schafft, zu Kynes durchzustoßen, werden wir...«

»Er ist nicht unsere einzige Hoffnung«, gab sie zurück.

»Das wollte ich damit auch nicht unterstellen«, meinte Paul.

Der metallene Klang seiner Stimme war Jessica keineswegs entgangen, auch nicht der befehlende Tonfall und die Art, wie er in die graue Finsternis des sie umgebenden Destillzeltes starrte. Im Licht der mondbeschienenen Felsen sah sie nur seine Silhouette.

»Es werden noch andere Männer deines Vaters entkommen sein«, meinte Jessica. »Vor allen Dingen müssen wir jetzt dafür sorgen, daß den Harkonnens unsere Atomwaffen nicht in die Hände fallen.«

»Man wird sie nicht so leicht aufspüren«, sagte Paul. »So, wie sie versteckt sind.«

Er denkt daran, die Harkonnens mit den Atomwaffen zu erpressen. Immerhin stellen sie eine starke Bedrohung für den Planeten dar. - Aber alles, womit wir rechnen können, ist die Möglichkeit, von hier zu verschwinden und unter den Renegaten in völliger Anonymität zu leben.

Die Worte seiner Mutter hatten in Paul noch einen anderen Gedanken zum Klingen gebracht: den der Verantwortlichkeit eines Herzogs für all die Leute, die sie in dieser Nacht verloren hatten. *Menschen symbolisieren die wirkliche Stärke eines Hohen Hauses,* sagte er sich. Und das paßte zu Hawats Worten: »*Von Leuten getrennt zu sein, ist eine traurige Sache, besonders wenn man mit ihnen am gleichen Ort lebt.*«

»Sie haben Sardaukar in ihren Reihen«, ließ sich Jessica nun vernehmen. »Wir sollten warten, bis sie sich wieder zurückgezogen haben.«

»Sie glauben, daß sie uns in der Falle haben«, sagte Paul. »Vor uns die Wüste, in unserem Nacken die Sardaukar. Sie rechnen nicht damit, daß es Überlebende der Atreides gibt. Und vielleicht haben sie damit sogar recht. Wir sollten nicht darauf hoffen, daß es einigen unserer Leute gelungen ist, zu entkommen.«

»Sie können kein Risiko eingehen, solange der Imperator noch die Finger in dieser Sache hat.«

»Tatsächlich nicht?«

»Einige unserer Leute sind durchaus fähig, zu entkommen.«

»Sind sie das?«

Jessica wandte sich ab. Sie fürchtete plötzlich die verbitterte, aber dennoch zielbewußte Stimme ihres Sohnes. Ihr war klar, daß sein Bewußtsein einen plötzlichen und großen Sprung nach vorn getan hatte, daß es plötzlich mehr sah als ihr eigenes. Und ihr wurde klar, daß sie selbst daran gearbeitet hatte, diesen Geist zu entwickeln, auch wenn ihr jetzt nicht ganz wohl dabei war. Ihre Gedanken begannen sich im Kreise zu drehen, konzentrierten sich wieder auf den Herzog. Tränen brannten in Jessicas Augen.

Es hat so kommen müssen, Leto, dachte sie. *Die Zeit der Liebe und die des Kummers.* Sie legte eine Hand auf ihren Bauch und konzentrierte sich auf den Embryo, der dort in ihr wuchs. *Die Atreides-Tochter, die man mir zu gebären aufgetragen hat, ist nun in mir, aber die Ehrwürdige Mutter hat trotzdem unrecht gehabt: auch eine Tochter hätte meinen Leto nicht retten können. Dieses Kind ist das einzige, das inmitten einer Welt des Todes nach der Zukunft greift. Ich empfing es aus Instinkt, nicht aus Gehorsamkeit.*

»Versuch noch mal das Gerät einzustellen«, sagte Paul.

Das Bewußtsein entwickelt sich weiter, dachte Jessica. *Und stört sich nicht daran, ob wir es aufzuhalten versuchen.*

Sie fand den winzigen Empfänger, den Idaho ihnen zurückgelassen hatte, und schaltete ihn ein. Auf der Vorderseite des Geräts leuchtete ein grünes Licht auf. Jessica reduzierte die Lautstärke und jagte über die Wellenlängen. Eine Stimme, die die Kampfsprache der Atreides benutzte, drang an ihre Ohren.

»...rückziehen und neu gruppieren. Fedor berichtet, daß in Carthag niemand überlebt hat. Die Gildenbank wurde geplündert.«

Carthag! dachte Jessica. Das war eine Hochburg der Harkonnens gewesen.

»Es sind Sardaukar«, sagte die Stimme jetzt. »Achtet auf Sardaukar, die unsere eigenen Uniformen tragen. Sie sind...«

Ein Aufbrüllen erfüllte den Lautsprecher, dann war Stille.

»Versuchen wir es auf anderen Wellen«, schlug Paul vor.

»Bist du dir im klaren, was das bedeutet?« fragte Jessica.

»Ich habe es erwartet. Sie beabsichtigen, die Plünderung der Bank ebenfalls uns in die Schuhe zu schieben und auch noch die Gilde auf uns zu hetzen. Damit sind wir erledigt, auf Arrakis gefangen. Versuch es auf einer anderen Welle.«

Jessica wägte seine Worte ab. *»Ich habe es erwartet.«* Was war mit ihm geschehen? Langsam wandte sie sich wieder dem kleinen Gerät zu.

Während der Sucher langsam über die unterschiedlichen Wellenlängen glitt, fingen sie vereinzelte Bruchstücke in der ihnen bekannten Kampfsprache auf.

»... ziehen uns zurück ...«

»... versuchen uns neu zu formieren ...«

»... sind eingeschlossen in ...«

Die euphorischen Siegesmeldungen, die die Nachrichtenoffiziere der Harkonnens auf den anderen Wellen abstrahlten, waren ebenfalls nicht falsch zu verstehen. Scharfe Kommandos drangen auf sie ein. Kampfberichte. Es war nicht genug, um Jessica in die Lage zu versetzen, den Sprachduktus einer genaueren Analyse zu unterziehen, aber sie wußte auch so, daß hier keine Scheingefechte ausgetragen wurden.

Die Harkonnens siegten.

Paul schüttelte das neben ihm liegende Paket und hörte das gurgelnde Geräusch, das zwei Literjons, gefüllt mit Wasser, erzeugten. Er sog tief den Atem ein und warf durch die transparente Stelle des Zeltes einen Blick auf die scharfkantigen Felsen, hinter denen die Sterne leuchteten. In der linken Hand fühlte er den Zeltverschluß.

»Die Sonne wird bald aufgehen«, murmelte er. »Wir können zwar den Tag über noch auf Idaho warten, aber nicht noch eine Nacht. In der Wüste muß man sich in der Nacht fortbewegen und am Tage rasten.«

Das wußte Jessica selbst: *Ohne Destillanzug verbraucht ein im Schatten sitzender Mensch auf Arrakis fünf Liter Wasser täglich, um sein Körpergewicht zu halten.* Sie fühlte die enganliegende Schicht des Anzugs auf ihrem Körper und dachte daran, wie sehr sie jetzt davon abhängig waren.

»Wenn wir von hier weggehen, wird Idaho uns nicht mehr finden«, gab sie zu bedenken.

»Es existieren eine Menge Möglichkeiten, einen Menschen zum Sprechen zu bringen«, entgegnete Paul. »Wenn Idaho bis zum Morgengrauen nicht zurück ist, müssen wir damit rechnen, daß man ihn geschnappt hat. Wie lange, glaubst du, könnte er das aushalten?«

Die Frage erwartete keine Antwort, und so verharrten sie in schweigender Stille.

Paul lüftete den Verschluß des Pakets und zog eine miniaturisierte Checklist heraus. Grüne und orangefarbene Buchstaben leuchteten ihm entgegen und informierten ihn darüber, was der Überlebenssatz enthielt: Literjons, Destillzelt, Energiekapseln, Sandschnorchel, Sonnenbrillen, Ersatzteile für das Destillzelt, eine Baradye-Pistole, eine Karte, Filterstopfen, Parakompaß, Macherhaken...

So viele Dinge, die man brauchte, um auf Arrakis zu überleben.

Paul ließ die Checklist zu Boden sinken.

»Wohin sollen wir gehen?« fragte Jessica.

»Mein Vater sprach von einer *Wüstenmacht*«, erwiderte Paul. »Und ohne sie können die Harkonnens diesen Planeten nicht beherrschen. Genaugenommen haben sie ihn nie beherrscht und sie werden das auch in Zukunft nicht tun. Nicht einmal dann, wenn sie zehntausend Sardaukar-Legionen hier einsetzen.«

»Paul, wie kommst du...«

»Das Schicksal liegt in unserer Hand«, fuhr Paul fort. »Und es manifestiert sich in diesem Zelt, in diesem Ausrüstungsbündel und den Destillanzügen, die wir tragen. Wir wissen auch, daß die Gilde unbezahlbare Preise für ihre Wettersatelliten verlangt. Wir wissen, daß...«

»Was haben Wettersatelliten damit zu tun?« fragte Jessica. »Sie wären nicht einmal in der Lage...« Sie brach ab.

Paul registrierte, daß sie mit größter Intensität versuchte, hinter seine vordergründig verwirrenden Gedankengänge zu kommen. Sie war aufs höchste alarmiert; möglicherweise rechnete sie sogar damit, daß er dabei war, überzuschnappen.

»Verstehst du nicht?« fragte er. »Satelliten dienen dazu, das unter ihnen liegende Terrain zu überwachen. Aber es gibt in dieser Wüste Dinge, von denen man verhindern will, daß sie von irgendwelchen Leuten gesehen werden.«

»Meinst du etwa, daß in Wirklichkeit die Gilde diesen Planeten kontrolliert?«

Wie langsam sie doch war.

»Nein!« erwiderte er. »Die Fremen! Sie bezahlen der Gilde einen Preis für die Aufrechterhaltung ihrer Privatsphäre. Und das können sie, denn sie verfügen über ein Zahlungsmittel, für das sie alles bekommen können – das Gewürz. Und das ist keine Vermutung von mir, sondern der Extrakt meiner Überlegungen. Es gibt keine andere Möglichkeit.«

»Paul«, sagte Jessica. »Du bist noch kein Mentat; du kannst dir einfach über solche Dinge nicht so sicher sein...«

»Ich werde niemals ein Mentat sein«, gab Paul zurück. »Ich bin etwas anderes... eine Abnormität.«

»Paul! Wie kannst du nur solche...«

»Laß mich allein!«

Er wandte sich von ihr ab und schaute in die Nacht hinaus. *Warum kann ich nicht weinen?* fragte er sich. Er fühlte, daß ihm in diesem Augenblick nach Weinen zumute war, aber es ging nicht. Vielleicht würde er es nie mehr können.

Jessica, die einen solchen Ton von ihrem Sohn noch nie vernommen hatte, streckte einen Arm nach ihm aus. Sie wollte ihn umarmen, streicheln, beruhigen – aber ihr wurde rasch klar, daß sie jetzt nichts mehr für ihn tun konnte. Dieses Problem war dazu bestimmt, von ihm allein gelöst zu werden.

Die zwischen ihnen auf dem Zeltboden liegende, selbstleuchtende Checkliste erweckte ihre Aufmerksamkeit. Jessica hob sie auf und las: »Handbuch der ›Freundlichen

Wüste‹, einem Ort voll des Lebens. Hier findest du den Ayat und Burhan des Lebens. Glaube, und al-Lat wird dich niemals verbrennen.«

Es liest sich wie ein Azhar-Buch, dachte sie, während sie sich an ihre Studien erinnerte, die sie einst über das Thema der Großen Geheimnisse gemacht hatte. *Ob je ein Religionsmanipulator auf Arrakis gewesen ist?*

Paul entnahm dem Bündel einen Parakompaß, wendete ihn, legte ihn zurück und sagte: »Denk nur an all diese speziell auf die Fremen zugeschnittenen Geräte. Sie alle zeigen eine nirgendwo anders erreichte Qualität. Schau sie dir genau an. Eine Kultur, die in der Lage ist, solche Werkzeuge herzustellen, besitzt eine Tiefe, die unvorstellbar ist.«

Immer noch zögernd und etwas verwirrt von dem rauhen Klang seiner Stimme, schaute Jessica wieder auf das Handbuch. Ihr Blick fiel auf eine Zeichnung, die den Himmel zeigte, wie er von Arrakeen aus zu sehen war. Am wichtigsten erschien ihr der Mond, neben dem ›Muad'dib‹: ›Die Maus‹ stand, deren Schwanz nach Norden wies.

Paul starrte in das Zeltinnere und beobachtete die leichten Bewegungen seiner Mutter, die in dem kaum sichtbaren Licht des Handbuches kaum auszumachen waren. *Es ist jetzt die Zeit, ihr zu sagen, was der letzte Wunsch meines Vaters war,* dachte er. *Ich muß ihr die Botschaft jetzt übermitteln, wo sie noch Zeit zum Weinen hat. Später würde uns das nur aufhalten.* Die Logik seiner Gedankengänge erschütterte ihn selbst.

»Mutter«, begann er.

»Ja?«

Sie hatte den wechselnden Tonfall in seiner Stimme sofort vernommen, und ein kalter Schauer lief ihren Rücken hinab. Noch nie hatte sie ihn so reden gehört.

»Mein Vater ist tot«, sagte Paul.

Jessica forschte in sich selbst nach, was dieser Satz zu bedeuten haben könnte, und kam zu dem einzigen

Schluß, daß er Pauls unendliche Verlorenheit dokumentierte.

Sie nickte, unfähig, etwas zu sagen.

»Mein Vater hat mich irgendwann einmal gebeten«, fuhr Paul fort, »dir eine Botschaft zu übermitteln, falls ihm etwas zustoßen sollte. Er glaubte, daß du vielleicht annehmen könntest, er habe dir jemals mißtraut.«

Dieses grundlose Mißtrauen, dachte sie.

»Seinem Wunsch gemäß solltest du erfahren, daß dies niemals der Fall war«, sagte Paul. Er machte eine Pause. »Er hat dir immer und ewig vertraut und dich immer geliebt und verehrt. Er sagte, daß er eher sich selbst mißtrauen würde als dir – und daß er nichts so sehr bedauere wie die Tatsache, daß er dich nicht zu seiner Herzogin machen könne.«

Jessica fühlte, wie die Tränen über ihre Wangen liefen und dachte: *Welch eine Verschwendung von Körperflüssigkeit!* Aber sie wußte genau, daß dieser Gedanke nur dazu diente, ihre Stimmung mit Gewalt zu verändern: aus der Trauer Zorn auf sich selbst zu machen. *Leto, mein Leto,* dachte sie, *welche schrecklichen Dinge tun wir immer denjenigen an, die wir lieben!* Mit einer festen Bewegung ließ sie das Handbuch auf den Boden fallen.

Ein Schluchzen schüttelte ihren Körper.

Paul, der das Weinen seiner Mutter hörte, fühlte sich unendlich leer. *Ich weine nicht,* dachte er. *Warum denn nicht, zum Teufel, warum nicht?* Es war, als hielte ihn jemand mit Gewalt davon ab.

Sein Bewußtsein hatte sich gewandelt, und zwar so stark, daß es ihm Mühe machte, seinen eigenen, mit kalter Präzision ablaufenden Gedankengängen zu folgen. Der feindselige Planet, auf dem er nun lebte, hielt Wege für ihn bereit, die so unterschiedlich waren, daß er sie erst geistig erkunden mußte. Und was ihn am meisten verwunderte: er konnte die differierenden Zukünfte lokalisieren, konnte sie vorausberechnen, einstufen, katalogisieren.

Abrupt, als hätte er den notwendigen Schlüssel der Geradlinigkeit gefunden, erklomm sein Geist eine noch höhere Stufe der Wachsamkeit. Es kam ihm vor, als stünde er inmitten einer Kreuzung, von der aus die Straßen in alle Richtungen führten. Je mehr er den Problemen auf den Grund ging, desto komplizierter wurden sie, desto vielgestaltiger die Wahrscheinlichkeiten, die er zu analysieren hatte. Es konnte nur einen Weg aus dieser Situation heraus geben, und den mußte er finden.

Vor seinem inneren Auge erschienen Menschen.

Unzählbare Wahrscheinlichkeiten.

Er erfuhr Namen, erfuhr zahllose Gefühle, sammelte Daten und Fakten von Dingen. Er konnte im Moment nur registrieren und bewahren, ohne all das, was auf ihn einströmte, in eine bestimmte Form zu bringen.

Ein Spektrum von Wahrscheinlichkeiten ergoß sich über ihn. Es erstreckte sich von der Vergangenheit bis in die Zukunft. Paul sah seinen eigenen Tod unter immer neuen Gesichtspunkten, in ewig neuen Variationen. Er sah Planeten, neue Kulturen.

Und Menschen.

Menschen.

Sie waren so zahlreich, daß er sie weder auflisten, noch grob katalogisieren konnte.

Wie die Gildenmänner.

Und er dachte: *Die Gilde – sie könnte uns eine Möglichkeit bieten, falls sie meine Andersartigkeit so akzeptiert wie eine profitable Ware.*

Aber auch diese Idee verlor sich im Wust der neuen Erkenntnisse, die sich in seinem Bewußtsein breitmachten wie eine ausschwärmende, nach neuen Wegen suchende Raumflotte. Die Gilde war für ihn nur ein Weg. Und die Projektion dieses Gedankens führte ihn zu der Gewißheit, daß ihn diese *mögliche Zukunft...*

Paul wurde sich plötzlich seiner Andersartigkeit bewußt.

Ich habe eine Kraft, die... Ich habe die Fähigkeit zu

sehen, was anderen verborgen bleibt: den Weg, der gegangen werden muß.

Die plötzliche Erkenntnis schmetterte ihn beinahe nieder, aber so schnell, wie das Gefühl ihn ergriffen hatte, verflüchtigte es sich wieder, und er stellte fest, daß all dies während der Zeitperiode eines einzigen Herzschlags geschehen war. Die persönliche Wachsamkeit hatte sich nicht geändert. Paul sah sich um.

Noch immer lag die Nacht über dem von Felsen umsäumten Versteck. Er hörte, wie seine Mutter leise weinte.

Und er spürte auch, daß er noch immer nicht das Bedürfnis hatte, sich irgendwelchen Gefühlen hinzugeben. Paul sah die Umgebung mit glasklaren Augen und messerscharfem Verstand. Antworten kamen wie von selbst zu ihm, als zöge er seine Rückschlüsse wie das computerhaft funktionierende Gehirn eines Mentaten.

Ihm wurde nun klar, daß er über eine Datenansammlung verfügte, von der jeder andere Mensch nicht einmal zu träumen wagte, auch wenn dies dazu führte, daß die ihn umgebende Leere nicht leichter zu ertragen war. Paul war, als müsse irgend etwas zerbrechen, als müsse etwas explodieren, als sei eine eingestellte Uhr in seinem Innern, die durch ein plötzliches lautes Rasseln ankündigen müsse, daß etwas mit ihm geschehen sei.

Die Leere war unerträglich, und auch die Gewißheit, daß die innere Uhr bis zur letzten Stufe aufgezogen war, änderte daran nichts. Er rief sich seine eigene Vergangenheit ins Gedächtnis zurück, sah, wie alles angefangen hatte: die Ausbildung in der Art der Bene Gesserit, die Verfeinerung seiner Talente... und schließlich sogar die Einnahme der Melange. Es war kein Problem mehr für ihn, zu erkennen, was all dies zu bedeuten hatte.

Ich bin ein Ungeheuer! durchzuckte es ihn. *Eine Abnormität.*

»Nein«, sagte er laut, sich selbst widersprechend. »Nein. Nein! NEIN!«

Als er wieder zu sich kam, stellte er fest, daß er auf dem

Boden lag und den Zeltboden mit den Fäusten bearbeitete. (Der rational denkende Teil seines Bewußtseins speicherte diese Erkenntnis als emotionale Tatsache und legte sie ab.)

»Paul!«

Seine Mutter war plötzlich neben ihm, hielt seine Hände. Ihre Augen blickten entsetzt. »Paul, was ist los mit dir?«

»Du!« sagte Paul.

»Ich bin bei dir, Paul«, erwiderte Jessica hastig. »Es ist alles in Ordnung.«

»Was hast du aus mir gemacht?« fragte Paul.

In einem Aufwallen von plötzlicher Klarheit erkannte Jessica den Sinn, der hinter dieser Frage steckte, und sagte: »Ich habe dich geboren, Paul.«

Vom Instinkt wie auch von der Rationalität her war dies die einzig richtige Antwort, um ihn zu beruhigen. Paul spürte, wie die Hände seiner Mutter ihn berührten, und suchte die schattenhaften Umrisse ihres Gesichts. (Bestimmte genetische Linien in ihrer Gesichtsstruktur wurden von seinem Geist erfaßt, aufgenommen und zusammen mit anderen Daten gespeichert.)

»Laß mich los«, sagte er.

Die eisige Kälte in seiner Stimme ließ sie gehorchen. »Und du willst mir nicht sagen, was mit dir los ist, Paul?«

»Hast du eigentlich gewußt, was du anrichtest, als du mich ausbildetest?« fragte er.

Es ist nichts Kindliches mehr in seiner Stimme, dachte Jessica und erwiderte:

»Ich hoffte das, was alle Eltern hoffen… daß aus dir einmal etwas Großes, etwas anderes werden würde.«

»Etwas anderes?«

Sie hörte die Bitterkeit in dieser Frage und begann: »Paul, ich…«

»Du wolltest überhaupt keinen Sohn haben!« schrie er. »Du wolltest einen Kwisatz Haderach! Du wolltest einen männlichen Bene Gesserit!«

Seine Verbitterung ließ sie zurückweichen. »Aber, Paul…«

»Hast du meinen Vater um seine Meinung in dieser Sache gebeten?«

Jessica erwiderte sanft: »Was immer du bist, Paul, du hast mehr von ihm als von mir.«

»Aber nicht diese Ausbildung«, sagte Paul. »Und nichts von dem... das den... Schläfer... in mir erweckte.«

»Den Schläfer?«

»Er ist hier.« Paul legte eine Hand gegen seine Stirn und dann auf die Brust. »In mir. Er denkt und denkt und denkt und...«

»Paul!«

Die Hysterie in seiner Stimme war unverkennbar.

»Hör mir zu«, fuhr er fort. »Du wolltest doch, daß ich der Ehrwürdigen Mutter von meinen Träumen erzählte? Ich werde sie jetzt dir erzählen. Ich hatte gerade einen *Wach*traum. Und weißt du auch, warum?«

»Du mußt dich beruhigen, Paul«, warf Jessica ein. »Falls...«

»Das Gewürz«, sagte Paul. »Es befindet sich in allem auf diesem Planeten: in der Luft, im Boden, in der Nahrung. Das *altershemmende* Gewürz. Es ist der Droge der Wahrsagerinnen ähnlich. Es ist ein *Gift!*«

Jessica erstarrte.

Pauls Stimme sank zu einem Flüstern herab.

»Ein Gift«, wiederholte er, »das so subtil arbeitet, so hinterlistig... und doch so unwiderruflich und endgültig. Es wird dich nicht einmal umbringen, außer du hörst auf, es zu nehmen. Wir können Arrakis nicht mehr verlassen, ohne einen Teil davon mitzunehmen.«

Die sie in seinen Bann ziehende Stimme erlaubte keinen Widerspruch.

»Du und das Gewürz«, sagte Paul. »Das Gewürz verändert jeden, der zuviel von ihm nimmt, und ich habe es dir zu verdanken, daß ich davon Kenntnis erhielt. Ich kann jetzt nicht mehr in der Unkenntnis leben, einfach auf es zu verzichten, ohne größte Schwierigkeiten heraufzubeschwören. Ich *sehe* das.«

»Paul, du...«

»Ich *sehe* es!« wiederholte er laut.

Erneut hörte sie die Wut in seiner Stimme. Es war wohl besser, nichts zu sagen.

Paul sagte, die Stimme unter eiserner Kontrolle haltend: »Wir sitzen in der Falle.«

Wir sitzen in der Falle, gab sie ihm innerlich recht. Und sie zweifelte nicht am Wahrheitsgehalt seiner Worte. Es gab keinen einzigen Trick der Bene Gesserit, der völlig von diesem Planeten freimachen konnte: das Gewürz war suchterzeugend. Und ihr Körper hatte dies bereits als Tatsache akzeptiert, ehe sich ihr Geist darüber klargeworden war.

Es wird uns nichts anderes übrigbleiben, dachte sie, *als unser Leben auf diesem Höllenplaneten zu beenden. Diese Welt ist uns vorherbestimmt, falls wir den Harkonnens entwischen können. Und auch was mich betrifft, gibt es nun keinen Zweifel mehr: Ich bin lediglich eine Zuchtstute, um eine wichtige Blutlinie innerhalb des Bene-Gesserit-Plans zu erhalten.*

»Ich werde dir meinen Wachtraum erzählen«, sagte Paul mit zorniger Stimme. »Und um dir zu zeigen, daß ich die Wahrheit spreche, möchte ich dir zuerst sagen, daß ich über deine Schwangerschaft informiert bin. Daß ich bald eine Schwester haben werde, die auf Arrakis zur Welt kommen wird.«

Jessica stützte sich mit den Händen auf dem Zeltboden ab. Sie war sicher, daß ihre Schwangerschaft jetzt noch nicht sichtbar war. Sie selbst wußte davon nur durch die Fähigkeiten, die einer Bene Gesserit zu eigen waren. Der Embryo war erst einige Wochen alt.

»Nur zum Dienen«, flüsterte Jessica und wiederholte damit das alte Motto der Bene Gesserit. »Wir existieren nur, um zu dienen.«

»Wir werden bei den Fremen Unterkunft finden«, sagte Paul, »weil eure Missionaria Protectiva dafür gesorgt hat, daß für uns ein Schlupfloch bereitsteht.«

Sie haben etwas für uns in der Wüste vorbereitet, dachte Jessica. *Aber wie kann er etwas von der Missionaria Protectiva erfahren haben?* Es fiel ihr unglaublich schwer, die Angst, die sie durch die plötzliche Änderung in Pauls Verhalten erfahren hatte, zu verbergen.

Auch Paul blieb dies nicht verborgen. Er sah sie an, musterte den Schatten und erkannte die Furcht, die sie peinigte, die sich in jeder Bewegung deutlich zeigte. Eine Welle von Mitleid überkam ihn.

»Von den Dingen, die sich hier abspielen werden, kann ich dir nichts sagen«, fuhr er fort. »Ich bin mir, obwohl ich sie gesehen habe, selbst noch nicht darüber klar geworden. Dieser Sinn, der mich in die Zukunft sehen läßt – es scheint, als hätte ich noch keine Kontrolle über ihn. Es passiert einfach. Was die allernächste Zukunft angeht – etwa den Zeitraum des nächsten Jahres – so sehe ich in ihr so etwas wie eine... Straße. Eine Straße, die so breit ist wie unsere Hauptstraße auf Caladan. Manche Orte kann ich nicht erkennen... sie liegen im Schatten... oder hinter einem Hügel... und es gibt Abzweigungen...«

Er schwieg, als die Erinnerungen an das, was er gesehen hatte, zurückkamen. Keiner seiner vergangenen Träume, nicht einmal die ganze Erfahrung seines bisherigen Lebens, hatte ihn auf das vorbereitet, was ihn nun bewegte. Das Nachdenken über diese neue Erfahrung führte ihn zu der Erkenntnis, daß er lebte, um einem Ziel zu dienen, das ihm jetzt noch nicht klar war, aber von dem er wußte, daß es einen Zweck erfüllte.

Jessica schaltete die Beleuchtung des Zeltes ein. Mattes, grünes Licht vertrieb die Schatten und ließ ihre Furcht gleichermaßen schwinden. Sie sah in Pauls Gesicht, auf seine Augen. Sein Blick schien nach innen gerichtet, und der Ausdruck seines Gesichts war ihr nicht unbekannt: sie kannte ihn von den Bildern von Kindern, die gerade dem Hungertode entronnen sind oder eine schreckliche Katastrophe überlebt haben. Ihre Blicke hatten sie an Höhlen erinnert, während ihre Lippen einen geraden, harten Strich bildeten und ihre Wangen eingefallen waren.

Es ist der Blick jener schrecklichen Ungewißheit, dachte sie, *den ein Mensch aufsetzt, der an der eigenen Sterblichkeit zweifelt.*

Er war wirklich kein Kind mehr.

Und die Worte, die er gesprochen hatte, begannen allmählich alle anderen Gedanken beiseitezuschieben. Paul hatte angedeutet, daß es eine Chance für sie gab.

»Es gibt also einen Weg, den Harkonnens zu entgehen«, vermutete Jessica.

»Die Harkonnens!« schnaubte Paul. »Es wäre besser, du würdest diese verdrehten Menschen schnell vergessen.« Er starrte sie an, als studiere er ihre Gesichtszüge im Schein der Beleuchtung.

Jessica erwiderte: »Du solltest das Menschsein von Leuten nicht in Abrede stellen, ohne...«

»Und du solltest dir nicht so sicher darüber sein, wo man die Grenzlinie ziehen kann«, fiel Paul ihr ins Wort. »Auch wir haben an unserer Vergangenheit zu tragen. Außerdem, Mutter, gibt es da eine Sache, von der du nichts weißt – von der du aber wissen solltest: *Wir sind auch Harkonnens!*«

Ihr Bewußtsein machte einen bemerkenswerten Sprung: es schaltete sich einfach aus. Paul redete weiter, ruhig und besonnen, und sie hörte ihm gebannt zu.

»Wenn du die Möglichkeit hast, demnächst in einen Spiegel zu sehen, schau dir genau dein Gesicht an. Meines siehst du schon jetzt vor dir. Die Züge sind da, es sei denn, du streitest es vor dir selbst ab. Schau auf meine Hände, sieh dir meinen Knochenbau an. Und wenn dich dann noch immer nichts überzeugt, so hast du immerhin mein Wort. Ich bin in der Zukunft gewesen und habe die Unterlagen gesehen. Ich weiß es, ich habe alle Daten. Wir sind ebenfalls Harkonnens.«

»Ein... abtrünniger Zweig der Familie«, sagte Jessica.

»So war es, nicht wahr? Irgendein Cousin der Harkonnens, der...«

»Du bist die Tochter des Barons«, sagte Paul und nahm zur Kenntnis, wie sie erschreckt eine Hand vor den Mund schlug. »Während seiner Jugendzeit hat der Baron eine Reihe von Erfahrungen gesammelt, und eine davon war... Es geschah alles für die genetischen Ziele der Bene Gesserit. Eine von *euch* war dafür verantwortlich.«

Die Art, wie er das Wort *euch* aussprach, traf sie wie ein Keulenschlag und führte dazu, daß ihr Bewußtsein sofort wieder klar arbeitete und ihr zeigte, wie sinnlos es war, seine Worte abzustreiten. Viele dunkle Punkte in ihrer Vergangenheit wurden mit einem Mal hell. Die Tochter, die die Bene Gesserit wollten – sie sollte nicht dazu dienen, den alten Streit zwischen Harkonnens und Atreides zu beenden, sondern einen bestimmten Faktor in den Linien beider Familien aufrechtzuerhalten. *Aber welchen?* Sie suchte nach einer Antwort.

Als würde er tief in sie hineingehen, sagte Paul: »Sie haben angenommen, ich sei der, den sie erwarteten. Aber ich bin ein anderer, nicht der, den sie sich erhofften. Ich bin zu früh für sie angekommen. Und das wissen sie nicht.«

Jessica schlug die Hände vors Gesicht.

Große Mutter! Er ist der Kwisatz Haderach!

Sie kam sich unter seinem Blick hilflos und nackt vor und wußte, daß er sie mit Augen ansah, vor denen man beinahe nichts verbergen konnte. Und *das,* wurde ihr plötzlich klar, war auch der Grund ihrer Angst.

»Du denkst, ich sei der Kwisatz Haderach«, sagte Paul. »Aber das kannst du vergessen. Ich bin etwas Unvorhergesehenes.«

Ich muß eine Verbindung zu einer der Schulen herstellen, durchzuckte es Jessica. *Vielleicht stimmte etwas mit dem Paarungsindex nicht.*

»Sie werden es erst erfahren, wenn es zu spät für sie ist«, sagte Paul.

Jessica fragte: »Wir werden also bei den Fremen Obdach finden?«

»Die Fremen«, erwiderte Paul, »haben ein altes Sprichwort, das sie dem Shai-Hulud, dem Ewigen Alten Vater, gewidmet haben. Es lautet: ›Sei vorbereitet auf die Ehrung dessen, das du triffst.‹« Und er dachte: *Ja, Mutter, bei den Fremen. Auch du wirst einst diese blauen Augen haben und den kleinen Schlauch neben der Nase tragen, der mit dem Destillanzug verbunden ist... und du wirst meiner Schwester das Leben schenken: St. Alia-von-den-Messern.*

»Aber wenn du nicht der Kwisatz Haderach bist«, sagte Jessica, »was...«

»Du würdest es möglicherweise nicht verstehen«, gab Paul zurück. »Du wirst es erst glauben, wenn du es siehst.« Und er dachte: *Ich bin die Saat.*

Er sah plötzlich, wie fruchtbar der Grund war, auf dem er sich niedergelassen hatte, aber mit dieser Erkenntnis kehrte auch der deprimierende Gedanke an jene schreckliche Bestimmung zurück, von der er nichts wußte, als daß sie zu erfüllen war. Er durchpulste sein Gehirn, jagte durch jede Faser seines Körpers.

Auf dem Weg, der sich ihm offenbart hatte, waren zwei Abzweigungen zu erkennen gewesen. Auf der einen war er dem bösen, alten Baron begegnet. Er hatte ihn mit »Hallo, Großvater!« begrüßt, aber der Gedanke, diesem Pfad weiter zu folgen und zu entdecken, in welche Richtung er führte, hatte Paul erschreckt.

Der andere war ihm zunächst grau und gewalttätig erschienen. Dort war er auf eine kriegerische Religion gestoßen, auf eine Flamme, die durch das ganze Universum zog, unter deren Licht das grünschwarze Banner fanatischer, von Gewürzlikör betrunkener Atreides-Legionäre wehte. Gurney Halleck und ein paar andere Männer seines Vaters – beklagenswert wenige – hatten sich dort befunden. Sie trugen das Falkensymbol noch immer, und es war in seines Vaters Schädelknochen geschnitzt.

»Diesen Weg kann ich nicht gehen«, murmelte er. »Das

wäre genau der, den ich nach dem Willen der alten Hexen gehen soll.«

»Ich verstehe dich nicht, Paul«, hörte er seine Mutter sagen.

Paul schwieg. Er dachte nach und fand heraus, daß er weder die Bene Gesserit noch den Imperator und nicht einmal mehr die Harkonnens hassen konnte. Sie alle waren mit nichts anderem beschäftigt, als ihre eigene Rasse einem Erneuerungsprozeß zu unterwerfen, Blutlinien zu kreuzen und aufeinander abzustimmen, um daraus eine neue, großartige genetische Verbindung herauszukristallisieren. Und um das zu erreichen, gab es für sie alle nur einen sicheren Weg, und der war alt, uralt. Eine Methode, die alles vernichtete, was sich ihr in den Weg stellte: der Djihad.

Der für mich natürlich nicht in Frage kommt, dachte Paul.

Erneut sah er vor seinem geistigen Auge den Schrein, der den Schädel seines Vaters enthielt, auf dem das gewaltige Banner in Grün und Schwarz wehte.

Jessica, die sich wegen seines Schweigens Sorgen zu machen begann, räusperte sich und sagte: »Wir... werden also bei den Fremen sicher sein?«

Paul schaute auf und sah durch das grüne, wabernde Innenlicht in ihr Gesicht. »Ja«, erwiderte er. »Das ist eine der Bestimmungen.« Er nickte. »Ja. Sie werden mich... Muad'dib nennen. Der Wegweisende. Ja, genauso werden sie mich nennen.«

Er schloß die Augen und dachte: *Jetzt, mein Vater, kann ich um dich weinen.* Und er fühlte, wie Tränen seine Wangen hinabliefen.

ZWEITES BUCH

MUAD'DIB

1

Als mein Vater, der Padischah-Imperator, vom Tode Herzog Letos - und von der Art, auf die er umkam - unterrichtet wurde, bekam er einen Wutanfall, wie wir ihn bis dahin nie gekannt hatten. Er beschuldigte meine Mutter und die Organisation, der sie angehörte, ihm eingeredet zu haben, er müsse eine Bene Gesserit auf den Thron setzen. Er verwünschte die Gilde ebenso wie den tückischen alten Baron. Er verfluchte jeden, der sich in seiner unmittelbaren Nähe aufhielt, nahm nicht einmal mich davon aus und sagte, ich sei eine Hexe wie alle anderen. Als ich versuchte, ihn mit den Worten zu beruhigen, daß dies auf der Basis eines alten Gesetzes der Selbstverteidigung geschehen sei, dem auch die meisten früheren Herrscher ihre Zustimmung nicht versagt hätten, knurrte er mich an und fragte, ob ich ihn für einen Schwächling hielte. Ich verstand schließlich, daß sein Zorn nicht der Tatsache galt, daß Herzog Leto aus dem Leben geschieden war, sondern was dies für den Adel an sich - und sein persönliches Ansehen - bedeutete. Aus heutiger Sicht glaube ich zu erkennen, daß er bereits damals schon von Vorahnungen über sein eigenes Schicksal gequält wurde, was darauf zurückzuführen ist, daß er und Muad'dib der gleichen Linie entstammten.

›Im Hause meines Vaters‹, von Prinzessin Irulan

»Jetzt töten die Harkonnens sich gegenseitig«, flüsterte Paul. Kurz vor Einbruch der Nacht war er erwacht und saß nun hochaufgerichtet in dem versiegelten und dunklen Destillzelt. Während er sprach, vernahm er die vagen Geräusche seiner Mutter, die ihm gegenüber lag.

Er warf einen Blick auf den am Boden liegenden Entfernungsmesser und studierte die in der Finsternis wie Phosphor aufleuchtende Skala.

»Es wird bald Nacht sein«, sagte seine Mutter. »Sollten wir nicht eine der Zeltklappen öffnen?«

Es war Paul schon vorher aufgefallen, daß ihr Atmen einem veränderten Rhythmus folgte, daß sie die ganze Zeit über ruhig dagelegen hatte, bis sie ganz sicher war, daß er nicht mehr schlief.

»Das würde uns auch nicht weiterhelfen«, antwortete er. »Es hat inzwischen einen Sturm gegeben. Das Zelt ist jetzt ganz mit Sand bedeckt. Ich werde es ausgraben müssen.«

»Immer noch kein Zeichen von Duncan?«

»Nichts.«

Paul strich mit dem Daumen geistesabwesend über den herzoglichen Siegelring. Eine plötzliche, irrationale Wut auf den Planeten, der am Tode seines Vaters mitschuldig war, ergriff ihn und ließ ihn erzittern.

»Ich habe gehört, wie der Sturm anfing zu heulen«, sagte Jessica.

Die Inhaltslosigkeit ihres unverlangten Kommentars trug dazu bei, ihn zu ernüchtern. Er konzentrierte sich auf den Sturm - wie er ihn zu Anfang noch durch den transparenten Teil des Zeltes hatte toben sehen. Die Sandkörner waren um sie herumgeweht, hatten auf dem Boden getanzt und waren schließlich emporgehoben worden. Der Himmel verschwand beinahe unter dem Ansturm des Wirbels und nahm die Farbe an, die sonst nur die Oberfläche des Planeten Arrakis bedeckte. Schließlich waren sogar die Lichter der Sterne erloschen. Das Zelt war völlig unter dem Sand begraben.

Mehrere Male hatten die Zeltstangen geknirscht, hielten aber das Gewicht aus.

»Versuch noch einmal den Empfänger«, schlug Jessica vor.

»Nutzlos«, erwiderte Paul.

Er tastete nach der Wasserleitung, die zu seinem Destillanzug gehörte und nahm einen warm schmeckenden Schluck. Ihm wurde klar, daß er bereits mehr und mehr dazu überging, die Sitten und Gebräuche des Planeten zu akzeptieren, daß er nichts Abstoßendes dabei empfand, sich von dem zu ernähren, was der eigene Atem und der eigene Körper produzierte. Der Geschmack des Wassers war nicht der Rede wert, aber es befeuchtete seine Kehle.

Jessica, die Paul trinken hörte, spürte plötzlich wieder die enge Umhüllung des Destillanzugs. Sie ignorierte den Durst, der sie plagte. Irgendwie war sie davon überzeugt, daß noch mehr auf sie einstürmen würde, wenn sie ihm nachgab. Allein der Gedanke, wie sorgsam sie nun mit dem umgehen mußten, was sie auf diesem Planeten hatten, erfüllte sie mit Sorge.

Es war einfacher, sich zurücksinken zu lassen und weiterzuschlafen.

Aber sie hatte während des Tagesschlafs einen Traum gehabt, der sie mit leisem Zittern erfüllte, wenn sie darüber nachdachte. Sie hatte im Traum ihre Hände gesehen, wie sie mit dem Sand gespielt hatten und einen Namen schrieben: *Leto Atreides.* Der Sand hatte die Buchstaben wieder zugeweht, und jedesmal, wenn sie den Versuch unternahm, sie neu zu schreiben, war sie zum gleichen Ergebnis gekommen. Stets, bevor der letzte Buchstabe stand, war der erste schon wieder verschwunden.

Der Sand war unbeständig.

Der Traum wurde zu einem Klagen, wurde lauter und lauter, und irgend etwas erinnerte sie an ihre eigene Stimme, an das Weinen eines kleinen Mädchens, das sie selbst einst gewesen war.

Meine unbekannte Mutter, dachte Jessica. *Da war eine Bene Gesserit, die mir das Leben schenkte und mich den Schwestern übergab, weil man es ihr aufgetragen hatte. Ob sie glücklich dabei war, daß es ein Kind der Harkonnens werden würde?*

»Die einzige Möglichkeit, sie zu schlagen, liegt in dem Gewürz«, sagte Paul.

Wie kann er in einem solchen Augenblick an einen Angriff denken? dachte Jessica.

»Ein ganzer Planet voller Gewürze«, erwiderte sie. »Und wie willst du sie damit schlagen?«

Sie hörte, wie er die Position wechselte.

»Auf Caladan«, entgegnete Paul, »bestand unsere Macht aus den See- und Luftstreitkräften.« Er machte eine Pause. »Hier, auf Arrakis, sind wir auf die *Macht der Wüste* angewiesen. Und die Fremen sind der Schlüssel dazu.«

Seine Stimme kam jetzt vom anderen Ende des Zelts, doch die Bitterkeit, die auf sie einströmte, war unverkennbar.

Das ganze Leben lang hat man ihn darauf trainiert, die Harkonnens zu hassen, dachte sie. *Und jetzt findet er heraus, daß er einer der ihren ist... durch mich. Wie wenig er mich kennt! Ich war die einzige Frau meines Herzogs. Und ich habe sein Leben und sein Schicksal ebenso akzeptiert, wie die Anweisungen, die ich als Bene Gesserit erfüllen muß.*

Die zum Zelt gehörende Glühbeleuchtung wurde unter Pauls Händen heller und erfüllte alles mit grünem Licht. Paul kroch auf die Verschlußluke zu. Er hatte den Destillanzug jetzt vorschriftsmäßig angelegt. Seine Stirn war bedeckt, die Mundfilter an ihrem Ort, die Nasenstopfen justiert. Momentan waren nur noch seine dunklen Augen sichtbar: ein schmaler Ausschnitt seines Gesichts, das sich ihr noch einmal zuwandte.

»Bereite dich darauf vor, daß ich öffne«, sagte er mit einer Stimme, die der Filter beinahe unkenntlich machte.

Jessica zog den Filter vor den Mund und begann den Anzug zu verschließen, während sie beobachten konnte, was Paul tat.

Paul öffnete das Zeltsiegel, Sand begann zu rieseln, als

die Öffnung rasch größer wurde, ehe er sich versah oder etwas dagegen unternehmen konnte. Innerhalb der sandigen Wand bildete sich ein Loch. Paul schlüpfte hindurch. Jessica achtete auf die Geräusche, die er erzeugte, während er an die Oberfläche tauchte.

Was wird dort draußen auf uns warten? durchzuckte es sie. *Die Harkonnen-Soldaten und Sardaukar sind Gefahren, mit denen wir rechnen müssen - Aber... wird es nicht auch Dinge geben, von denen wir keine Ahnung haben?*

Sie dachte an die seltsamen Überlebenswerkzeuge, die sich in dem Bündel befunden hatten. Jedes einzelne schien ihr auf eine fremde Gefahr hinzudeuten, gegen die man sie einsetzen mußte.

Ein Schwall noch heißen Oberflächensandes traf plötzlich ihr Gesicht, das glücklicherweise durch den Filter geschützt war.

»Reich mir das Bündel herauf«, sagte Paul von oben.

Sie beeilte sich, seinem Wunsch nachzukommen und hörte, wie die Literjons gurgelten und gluckerten, als sie das Bündel über den Zeltboden zog. Als sie nach oben sah, erkannte sie Paul. Hinter ihm leuchteten die Sterne.

»Hierher«, flüsterte er, griff nach der Ausrüstung und zog sie zu sich hinauf.

Jetzt füllten mehr Sterne ihr Blickfeld. Sie erschienen ihr wie die glänzenden Mündungen unheildrohender Waffen, die genau auf sie gerichtet waren. In diesem Moment tauchte ein Meteoritenschauer in die Atmosphäre des Planeten ein und verglühte. Das Aufleuchten verdampfenden Gesteins erschien Jessica wie eine Warnung, wie Streifen auf dem Rücken einer Wildkatze, wie glitzernde Krallen, die nach einem Gegner hieben.

»Schnell«, sagte Paul. »Ich will das Zelt abreißen.«

Eine Sandfontäne regnete auf sie herab, als ihre linke Hand die Oberfläche erreichte. *Wie viele Sandkörner kann eine Hand umfassen?*

»Soll ich dir helfen?« fragte Paul.

»Nein, es geht schon.«

Jessica schluckte, trotz ihrer ausgetrockneten Kehle, glitt in das Loch hinein und fühlte, wie der lose Sand unter ihren Händen nachgab. Paul langte zu ihr hinab, packte ihren Arm. Dann stand sie auch schon neben ihm auf der sternenbeschienenen Oberfläche einer Wüstenlandschaft und blickte sich um. Wo man auch hinsah: der Sand beherrschte alles. Er breitete sich vor ihnen aus, in jeder Richtung. Lediglich die wenigen Felsen, hinter denen sie Schutz gefunden hatten, veränderten diesen Eindruck. Jessicas überwache Sinne tasteten die nähere Umgebung ab.

Die Geräusche kleiner Tiere.

Vögel.

Irgendwo, weiter entfernt, wühlte irgendein Tier im Sand.

Paul brach das Zelt ab und zog es aus dem Loch heraus. Das Licht der Sterne war so kläglich, daß man in jedem Schatten einen Gegner zu sehen vermeinte. Jessica fröstelte. Gebannt faßte sie die Umgebung ins Auge.

Die Schwärze ist eine schlechte Erinnerung, dachte sie. *Man rechnet ständig damit, aus ihr das hervortreten zu sehen, was man fürchtet - was man immer schon gefürchtet hat. Man hört in ihr sogar die Schreie derjenigen, vor denen einst die Vorfahren die Flucht ergriffen. In der Dunkelheit erinnern sich sogar die Zellen des Körpers längst vergessener Gefahren.*

Plötzlich stand Paul neben ihr und sagte: »Duncan hat mir gesagt, daß er, falls man ihn finge, bis zu diesem Zeitpunkt aushalten könne. Wir müssen jetzt von hier verschwinden.« Er schulterte das Bündel, durchquerte die kleine Felsenlichtung und erklomm eine kleine Anhöhe, um einen Blick in die offene Wüste zu werfen.

Jessica folgte ihm wie eine Marionette. Ihr wurde bewußt, wie stark sie bereits von ihrem Sohn abhängig war. *Bis jetzt wog mein Kummer schwerer als all der Sand in diesem Ozean,* dachte sie, *aber nun hat diese Welt mir ein neues Ziel gegeben: Das Morgen ist wichtig für mich. Ich werde jetzt nur noch für meinen jungen Herzog leben - und die Tochter Letos, die bald unter uns sein wird.*

Sie spürte, wie der Sand an ihren Füßen zog, als sie sich neben Paul stellte.

Er schaute nach Norden, über die Felsen hinweg zu einem Abhang hinüber. Die weit entfernte Felsenlinie erinnerte an ein antikes Schlachtschiff, das im Sternenlicht auf Grund gelaufen war. Orangerotes Licht brach sich dahinter und wurde zu purpurnem Feuer.

Noch ein Strahl!

Und noch einer!

Es war wie eine frühzeitliche Seeschlacht, bei der Leuchtraketen abgefeuert wurden. Der Anblick schlug sie in seinen Bann.

»Feuersäulen«, flüsterte Paul.

Ein Ring roter Punkte erhob sich über den entfernt liegenden Felsformationen. Purpurstrahlen zerrissen die Nacht.

»Raketenstrahlen und Lasguns«, sagte Jessica.

Zu ihrer Linken erschien jetzt der staubigrote erste Mond Arrakis, und sie sahen in seinem Licht etwas, das sich über der Wüste bewegte.

»Das müssen die Harkonnen-Thopter sein, die nach uns suchen«, sagte Paul. »Die Art, in der sie die Wüste durchpflügen... das sieht mir ganz danach aus, als wüßten sie, daß sich etwas hier befindet... Sie gehen vor, als wollten sie alles vernichten... wie man einen Ameisenhaufen zertrampelt.«

»Oder ein Atreides-Nest«, sagte Jessica.

»Wir müssen uns ein Versteck suchen«, sagte Paul. »Wir gehen nach Süden und bleiben in den Felsen. Wenn sie uns in der offenen Wüste schnappen...« Er drehte sich um und überprüfte den Sitz seiner Traglast. »Sie werden alles umbringen, was sich dort bewegt.«

Er machte einen Schritt nach vorn, und im gleichen Moment hörte er auch schon das leise Zischen einer Flugmaschine, die über ihnen daherschoß, sah die schattenhaften Umrisse der Ornithopter, die sich rasch näherten.

2

Mein Vater sagte mir einst, daß der Respekt vor der Wahrheit der Basis aller Moralität ziemlich nahe kommt. »Aus dem Nichts kann sich nichts entwickeln«, sagte er. Mir scheint das ein tiefgründiger Gedanke zu sein, wenn man sich darüber im klaren ist, welche Instabilität ›die Wahrheit‹ beinhaltet.

Aus ›Gespräche mit Muad'dib‹,
von Prinzessin Irulan

»Ich bin immer stolz darauf gewesen, die Dinge so zu sehen, wie sie wirklich sind«, bemerkte Thufir Hawat. »Und das macht natürlich einen Mentaten aus. Man kann einfach nicht damit aufhören, ständig alle Daten wieder in Frage zu stellen.«

Sein lederartiges, altes Gesicht schien in der Beleuchtung der frühen Morgenstunde aus Millionen kleiner Stücke zusammengesetzt zu sein. Die saphogefärbten Lippen bildeten eine harte Linie in seinem Gesicht.

Der mit einer Robe bekleidete Mann, der neben ihm wortlos im Sand hockte, schien ziemlich unbeeindruckt zu sein.

Sie befanden sich unter einem felsigen Überhang, der ihnen einen recht guten Ausblick auf die weite Senke erlaubte, die sich vor ihnen ausbreitete. Über den Felsenklippen, die sie umgaben, dämmerte der Morgen und tauchte alles in eine hellrote Farbe. Es war kalt unter dem Überhang und trocken, trotz des Frostes, der von der Nacht her noch übriggeblieben war. Kurz vor Morgengrauen hatte es einen warmen Wind gegeben, aber jetzt herrschte wieder die Kälte. Hawat hörte, wie die Zähne des Mannes klapperten – ebenso wie die der letzten paar Männer, die von seiner Truppe übriggeblieben waren.

Der Mann, der ihm gegenübersaß, war ein Fremen. Er war, kaum daß die ersten Sonnenstrahlen sich hatten blicken lassen, aus der Wüste gekommen, über die Dünen hinweg. Und er hatte jede seiner Bewegungen unter vollster Kontrolle gehabt.

Der Fremen bohrte einen Finger in den Sand und zeichnete eine Figur, die aussah wie eine Schüssel, aus der ein Pfeil herausragte. »Dort sind viele Harkonnen-Kommandos«, erklärte er, hob die Hand und deutete über die Felsen hinweg, unter denen Hawat und seine Männer Zuflucht gefunden hatten.

Hawat nickte.

Viele Kommandos.

Aber er wußte noch immer nicht, was der Fremen von ihm wollte. Und das störte ihn, denn das Training, dem er als Mentat unterworfen gewesen war, sollte ihn eigentlich in die Lage versetzen, das herauszufinden.

Hawat hatte die schlimmste Nacht seines Lebens hinter sich. Er war in Tsimpo gewesen, einer kleinen Garnisonsstadt, die in der Nähe der ehemaligen Hauptstadt Carthag lag, als die ersten Angriffsberichte eingetroffen waren. Zuerst hatte er gedacht: *Es ist nur ein Scheinüberfall. Die Harkonnens starten lediglich einen Versuch.*

Aber dann war der eine Bericht dem anderen gefolgt – und sie kamen immer schneller.

Zwei Legionen waren in Carthag gelandet.

Fünf Legionen – fünfzig Brigaden! – griffen die Hauptbasis des Herzogs in Arrakeen an.

Eine Legion marschierte gegen Arsunt.

Zwei Kampfgruppen trafen auf die Ortschaft mit dem Namen Splitterfelsen.

Dann waren die Berichte detaillierter geworden. Unter den Angreifern befanden sich die Sardaukar des Imperators, möglicherweise zwei Legionen. Und mit der Zeit wurde ihnen immer klarer, daß die Invasoren genau wußten, wie sie ihre Streitkräfte aufzuteilen hatten. Sie wußten das genau! Und das erforderte eine hundertprozentig wirksame Spionagetätigkeit.

Hawats Wut hatte sich dermaßen gesteigert, daß er zu der Befürchtung gelangte, dies beeinträchtige seine Mentatfähigkeiten. Die Größenordnung des Angriffs hatte sein Bewußtsein wie eine Serie psychischer Kinnhaken getroffen.

Und nun saß er hier zwischen den Felsen, versteckte sich und zog den Umhang seiner zerfetzten Tunika enger um die Schultern, als könne er damit die kalten Schatten von sich fernhalten.

Die Größenordnung des Angriffs.

Er hatte vermutet, daß der Gegner sich einen der üblichen Leichter von der Gilde mieten würde, um einen Testüberfall zu veranstalten, denn dies war eine der bekannten Verhaltensweisen in einem Haus-zu-Haus-Kampf. Regelmäßig starteten und landeten Leichter von Arrakis, um die Gewürzladungen von hier fortzubringen. Und deswegen hatte Hawat alle Vorsichtsmaßnahmen für einen solchen Fall treffen lassen. Sie hatten nicht mehr als höchstens zehn Brigaden bei einem regulären Angriff erwartet.

Aber wenn die letzten Zählungen stimmten, waren auf Arrakis mehr als zweitausend Schiffe niedergegangen – und das waren keinesfalls nur Leichter gewesen, sondern auch Fregatten, Spioneinheiten, Aufklärer, Frachter, Truppentransporter und andere...

Mehr als hundert Brigaden – zehn Legionen!

Nicht einmal die Gesamtausbeute an Gewürz von fünfzig Jahren konnte diese Kosten decken.

Aber es wird sich dennoch auszahlen.

Ich habe einfach unterschätzt, was der Baron für einen solchen Angriff auszugeben bereit wäre, dachte Hawat. *Das hat meinem Herzog das Leben gekostet.*

Und dann war da noch die Sache mit dem Verräter.

Ich werde noch so lange leben, dachte Hawat, *um sie*

hängen zu sehen. Ich hätte diese Bene-Gesserit-Hexe umbringen sollen, als sich mir die Chance bot. Er zweifelte nicht eine Sekunde daran, daß er wußte, wer diesen Verrat begangen hatte: Lady Jessica. Nur sie konnte die Gegenseite mit den Informationen versorgt haben.

»Ihr Mann Gurney Halleck und ein Teil seiner Streitkräfte sind bei unseren Schmugglerfreunden untergekommen«, sagte der Fremen.

»Gut.«

Gurney will also auch diesen Höllenplaneten verlassen. Aber noch sind wir nicht alle gegangen.

Hawat warf einen Blick auf die Männer, die ihm noch verblieben waren. Am Abend vorher war er mit dreihundert von ihnen aufgebrochen. Jetzt waren sie nur noch zwanzig, die Hälfte davon verwundet. Einige schliefen, andere standen herum, hatten sich gegen den Fels gelehnt oder hockten im Sand. Ihr letzter Thopter, mit dem sie die Verwundeten ausgeflogen hatten, war ebenfalls nicht mehr. Kurz vor dem Morgengrauen hatte er seinen Geist aufgegeben. Sie hatten ihn, um keine verräterischen Spuren zu hinterlassen, mit den Lasguns zerschnitten und eingegraben. Erst dann hatten sie sich zu diesem Versteck am Rande der Ebene aufgemacht.

Hawat konnte nur grob abschätzen, wo sie sich derzeit befanden, irgendwo zweihundert Kilometer südöstlich von Arrakeen. Die Hauptwege zwischen dem Schildwall und den dort ansässigen Sietchgemeinschaften mußten irgendwo südlich von ihnen liegen.

Als der Fremen seine Kapuze etwas nach hinten schob, sah Hawat das sandfarbene Haupt- und Kinnhaar des Mannes. Er trug es glatt nach hinten gekämmt und besaß eine hohe Stirn. Seine Augen zeigten das undeutbare Blau eines Menschen, der an das Gewürz gewohnt ist. Der Fremen fingerte an den Filterstopfen herum und überprüfte ihren Sitz. Neben der Nase leuchtete eine Narbe.

»Wenn ihr die Ebene hier in der Nacht durchqueren wollt«, begann er erneut, »dürft ihr keine Schilde benutzen. Es gibt in dem Wall eine Lücke...« – er drehte sich auf den Fersen um und deutete nach Süden – »...und dort ist eine offene Fläche, die in das Erg hinausführt. Die Schilde ziehen die Aufmerksamkeit eines...« – er zögerte – »...eines Wurms auf sich. Sie kommen an sich nicht oft in diese Gegend, aber wenn ihr Schilde einsetzt, könnt ihr sicher sein, daß sie das spüren.«

Er hat ›Wurm‹ gesagt, dachte Hawat, *und dabei wollte er zuerst etwas ganz anderes sagen. Aber was? Und – was will er wirklich von uns?*

Hawat seufzte.

Er konnte sich nicht erinnern, jemals in seinem Leben so müde gewesen zu sein. Ihn plagte eine Muskelschlaffheit, gegen die sogar Energiepillen machtlos waren.

Diese verdammten Sardaukar!

Es war deprimierend, nur an diese Soldaten-Fanatiker und den kaiserlichen Verrat, den sie repräsentierten, zu denken. Und am schlimmsten für ihn war, durch seine Mentatfähigkeiten genau darüber im Bilde zu sein, daß es keine Chance gab, dies je vor einem Konzil des Landsraads zur Sprache zu bringen.

»Ihr wollt auch zu den Schmugglern gehen?« fragte der Fremen jetzt.

»Ist das denn möglich?«

»Der Weg ist weit.«

Fremen mögen es nicht, nein zu sagen, hatte ihm Idaho einmal erzählt.

Hawat erwiderte: »Du hast mir immer noch nicht gesagt, ob es euren Leuten möglich ist, meinen Verwundeten zu helfen.«

»Sie sind verwundet.«

Jedesmal die gleiche verdammte Antwort!

»Wir wissen, daß sie verwundet sind«, sagte Hawat gereizt. »Das ist überhaupt nicht die...«

»Friede, Freund«, unterbrach ihn der Fremen sanft. »Was sagen eure Verwundeten dazu? Sind welche unter ihnen, die einsehen, daß euer Stamm Wasser benötigt?«

»Wir haben nicht über Wassser gesprochen«, sagte Hawat, »sondern...«

»Ich kann euren Widerwillen verstehen«, unterbrach ihn der Fremen erneut. »Sie sind eure Freunde und gehören dem gleichen Stamm an. Aber – habt ihr Wasser?«

»Nicht viel.«

Der Fremen deutete auf Hawats Tunika und die Haut, die sich darunter abzeichnete. »In einem Sietch werdet ihr ein Blickfang sein, ohne eure Anzüge. Ihr müßt eine Entscheidung treffen, mein Freund.«

»Wir können mit eurer Hilfe rechnen?«

Der Fremen zuckte mit den Achseln.

»Ihr habt kein Wasser.« Er warf einen Blick auf die hinter Hawats Rücken liegende Gruppe. »Wie viele von euren Verwundeten würdet ihr hergeben?«

Hawat schwieg und starrte den Mann an. Als Mentat war es eine Kleinigkeit, zu erkennen, daß sie beide aneinander vorbeiredeten. Die Klänge der Worte wurden auf diesem Planeten in einer ganz anderen Art aufgefaßt.

»Ich bin Thufir Hawat«, sagte er dann, »und ich habe das Recht, für meinen Herzog zu sprechen. Ich will ein Abkommen mit euch treffen, das darauf hinausläuft, daß ihr meine Truppe so lange unterstützt, bis sie ihre letzte Aufgabe erledigt hat. Sie besteht daraus, daß wir einen Verräter fangen und hinrichten müssen.«

»Du verlangst, daß wir euch in einer Vendetta beistehen?«

»Die Vendetta werde ich selbst ausführen. Ich möchte von der Verpflichtung befreit werden, für meine Verwundeten zu sorgen.«

Der Fremen sah ihn ungläubig an. »Wie kannst du deinen Verwundeten gegenüber verpflichtet sein? Sie sind nur sich selbst verpflichtet. Das Wasser ist das Problem, Thufir Hawat. Und du verlangst von mir, daß ich dir diese Entscheidung abnehmen soll?«

Der Mann legte eine Hand auf die unter seiner Robe versteckte Waffe.

Hawat dachte erschreckt: *Könnte das eine Falle sein?*

»Was ist es, wovor du dich fürchtest?« fragte der Fremen.

Diese Leute mit ihrer schrecklichen Direktheit! Hawat sagte vorsichtig: »Auf meinen Kopf steht ein Preis.«

»Ah!« Der Fremen zog die Hand zurück. »Du dachtest, bei uns gäbe es so etwas wie Korruption? Du kennst uns wirklich nicht. Die Harkonnens haben nicht einmal genügend Wasser, um damit eines unserer kleinen Kinder zu kaufen.«

Aber sie hatten das Geld für einen Transport von mindestens zweitausend Kampfschiffen, dachte Hawat. Und diese Tatsache erschreckte ihn.

»Wir kämpfen beide gegen die Harkonnens«, sagte er. »Sollten wir deswegen nicht auch die Probleme teilen, die uns gemeinsam bedrücken?«

»Das tun wir«, erwiderte der Fremen. »Ich habe gesehen, wie ihr die Harkonnens bekämpft habt. Ihr wart gut. Ich habe mir mehr als einmal gewünscht, euch an meiner Seite zu sehen.«

»Sag mir, was ich für euch tun kann«, gab Hawat zurück.

»Wer kann das sagen?« seufzte der Fremen. »Die Streitkräfte der Harkonnens sind überall. Aber ihr habt noch immer keine Wasserentscheidung getroffen.«

Ich muß jetzt vorsichtig sein, sagte sich Hawat. *Wir reden hier über eine Sache, die mir unklar ist.*

Laut sagte er: »Bist du bereit, mir die Lage zu erklären?«

Der Fremen murmelte etwas Unverständliches und deutete dann mit ausgestrecktem Arm auf die nordwestlichen Felsklippen. »In der letzten Nacht haben wir euch über den Sand kommen sehen.« Sein Arm sank zurück. »Ihr seid zwischen den Dünen gelaufen. Ihr habt weder Destillanzüge noch Wasser. Ihr werdet es nicht lange machen.«

»Auf Arrakis muß man sich erst einstellen«, erwiderte Hawat.

»Richtig. Aber wir haben Harkonnen-Soldaten getötet.«

»Was macht ihr mit euren eigenen Verletzten?« fragte Hawat.

»Kann ein Mann nicht allein entscheiden, wann es für ihn noch eine Überlebenschance gibt?« stellte der Fremen die Gegenfrage. »Auch eure Verletzten wissen, daß ihr kein Wasser habt.« Er schüttelte den Kopf und schaute Hawat an. »Dies ist die Zeit, an der über das Wasser eine Entscheidung getroffen werden muß. Nicht nur die Unverletzten, auch die Verwundeten müssen sich Gedanken über die Zukunft des eigenen Stammes machen.«

Die Zukunft des Stammes, dachte Hawat. *Der Stamm der Atreides. Irgendwie steckt Wahrheit darin.* Er zwang sich zu der Frage, die ihn am meisten bewegte.

»Habt ihr eine Nachricht von meinem Herzog oder seinem Sohn?«

Der Fremen schaute mit einem undeutbaren Blick seiner blauen Augen zu Hawat auf. »Nachricht?«

»Über ihr Schicksal!« sagte Hawat ungeduldig.

»Das Schicksal trifft jeden«, erwiderte der Fremen. »Euer Herzog, so heißt es, ist seinem Schicksal begegnet. Das Schicksal des Lisan al-Gaib, der sein Sohn ist, liegt in Liets Hand.«

Um diese Antwort zu bekommen, hätte ich überhaupt keine Frage zu stellen brauchen, dachte Hawat.

Er schaute zu seinen Männern hinüber. Sie waren jetzt alle wach und hatten ihrem Gespräch zugehört. Schweigend starrten sie in die Sandwüste hinaus, begreifend, daß sie sich an diesen Anblick würden gewöhnen müssen: eine Rückkehr nach Caladan war ihnen verwehrt. Und Arrakis hatten sie verloren.

Zu dem Fremen gewandt, sagte Hawat: »Habt ihr etwas von Duncan Idaho gehört?«

»Er befand sich im Innern des Hohen Hauses, als der Schild zusammenbrach«, erklärte der Fremen. »Dies habe ich gehört... mehr nicht.«

Sie hat den Schildgenerator abgeschaltet und die Harkonnens hereingelassen, dachte Hawat. *Und ich war derje-*

nige, der mit dem Rücken zur Tür saß. Wie konnte sie das nur tun, wenn sie wußte, daß sie sich damit gegen den eigenen Sohn stellt? Aber... wer weiß schon, wie eine Bene-Gesserit-Hexe denkt... falls man das, was sie tun, überhaupt denken nennen kann.

Er versuchte zu schlucken, obwohl seine Kehle wie ausgedörrt war. »Wann könnt ihr etwas über den Jungen erfahren?«

»Wir wissen nur wenig von dem, was in Arrakeen passiert«, sagte der Fremen achselzuckend.

»Habt ihr eine Möglichkeit, das herauszufinden?«

»Vielleicht.« Der Fremen tastete mit dem Finger über die Narbe neben seiner Nase. »Sag mir, Thufir Hawat, wißt ihr etwas über die schweren Waffen, die die Harkonnens einsetzten?«

Die Artillerie, dachte Hawat bitter. *Wer hätte damit rechnen können im Zeitalter der Schilde?*

»Du meinst die Artillerie, die sie benutzten, um unsere Leute in den Höhlen zusammenzuschießen«, nickte er. »Ich habe einiges theoretisches Wissen, was diese Explosivwaffen angeht.«

»Jeder Mann, der sich in eine Höhle begibt, von der er weiß, daß sie nur einen Ausgang besitzt, muß damit rechnen zu sterben«, sagte der Fremen.

»Weshalb fragst du?«

»Liet wünscht es so.«

Ist es das, was er von uns will? überlegte Hawat. Dann fragte er: »Bist du gekommen, um etwas über diese Geschütze zu erfahren?«

»Liet wünschte, eine dieser Waffen zu sehen.«

»Dann solltet ihr eine besorgen«, schnaufte Hawat.

»Ja«, gab der Fremen zurück. »Das haben wir getan. Wir haben das Geschütz dort versteckt, wo Stilgar es untersuchen und Liet es sehen kann, wann immer er es wünscht. Aber ich zweifle daran, daß er es sich ansieht. Die Waffe ist keine besonders gute. Ihre Konstruktion taugt nichts für Arrakis.«

»Ihr... habt eine?« fragte Hawat erstaunt.

»Es war ein guter Kampf«, erwiderte der Fremen. »Wir haben nur zwei Männer verloren und erbeuteten das Wasser von mehr als hundert der anderen.«

Die Geschütze wurden von Sardaukar bedient, durchzuckte es Hawat. *Und dieser verrückte Wüstenmensch redet davon, daß er gegen sie nur zwei Männer verloren hat?*

»Wenn diese anderen Männer, die mit den Harkonnens zusammen kämpften, nicht gewesen wären«, sagte der Fremen, »hätten wir überhaupt keine Verluste gehabt. Manche von denen waren ziemlich gute Kämpfer.«

Einer von Hawats Männern kam humpelnd näher und starrte den immer noch auf den Fersen im Sand hockenden Fremen an. »Spricht er von den Sardaukar?«

»Ja«, sagte Hawat, »das tut er.«

»Sardaukar!« rief der Fremen aus, und ein Glanz trat in seine Augen. »Ah, das waren sie also! Es war wirklich eine gute Nacht. Sardaukar. Welcher Legion gehörten sie an? Wißt ihr das noch?«

»Wir... haben keine Ahnung«, gab Hawat zu.

»Sardaukar«, wiederholte der Fremen. »Aber sie trugen die Uniformen der Harkonnens. Ist das nicht seltsam?«

»Der Imperator wünscht nicht, daß ruchbar wird, er zöge gegen eines der Hohen Häuser zu Felde«, erklärte Hawat. – »Aber ihr wißt, daß hier Sardaukar sind.«

»Wer sind wir schon?« fragte Hawat verbittert.

»Du bist Thufir Hawat«, erwiderte der Fremen sachlich. »Nun, wir hätten es auch so irgendwann erfahren. Wir haben drei von ihnen gefangen und Liets Männern geschickt, damit sie verhört werden.«

Hawats Stellvertreter flüsterte mit ungläubigem Gesicht: »Ihr... habt Sardaukar *gefangengenommen?*«

»Nur drei«, erwiderte der Fremen. »Sie haben sich ziemlich heftig gewehrt.«

Hätten wir nur die nötige Zeit gehabt, mehr von diesen Fremen zu lernen! dachte Hawat. *Wenn wir sie doch nur trainiert und bewaffnet hätten! Große Mutter, welch ein Kampfpotential hätten wir besessen!*

»Vielleicht zögert ihr, weil ihr euch Sorgen wegen des Lisan al-Gaib macht«, fuhr der Fremen fort. »Wenn er wirklich der Lisan al-Gaib ist, kann ihm nichts passieren. Ihr solltet keine Gedanken an Dinge verschwenden, die außerhalb eures Einflusses liegen.«

»Ich bin ein Diener des... Lisan al-Gaib«, sagte Hawat. »Sein Wohlergehen ist meine Verpflichtung. Ich habe ihm mein Leben verpfändet.«

»Auch dein Wasser?«

Hawat warf seinem Stellvertreter einen raschen Blick zu. »Auch mein Wasser, ja.«

»Und du wünschst nach Arrakeen, dem Platz seines Wassers, zurückzukehren?«

»Zum... ja, zum Platz seines Wassers.«

»Warum hast du nicht gleich gesagt, daß es sich hier um eine Wasserschuld handelt?« Der Fremen stand auf.

Hawat gab seinem Stellvertreter mit einem Nicken zu verstehen, daß er zu den anderen zurückkehren solle. Mit einem müden Achselzucken gehorchte der Mann. Die anderen begannen mit leiser Stimme hinter seinem Rücken miteinander zu reden.

Der Fremen sagte: »Es gibt immer einen Weg zum Wasser.«

Hinter Hawat zuckte einer der Soldaten zusammen. Der Stellvertreter rief: »Thufir! Arkie ist gestorben!«

Der Fremen legte eine Faust gegen sein Ohr. »Der Wasserbund! Das ist ein Zeichen!« Er starrte Hawat an. »Wir haben in der Nähe eine Möglichkeit, das Wasser zu entnehmen. Soll ich meine Männer rufen?«

Hawats Stellvertreter kam plötzlich zurück und sagte: »Thufir, ein paar von den Männern haben ihre Frauen in Arrakeen zurückgelassen. Sie sind... nun, du wirst selbst wissen, wie sie sich in einer Lage wie dieser fühlen.«

Immer noch lag die Faust des Fremen an seinem Ohr. »Ist das der Wasserbund, Thufir Hawat?«

Hawats Sinne rasten. Er wußte jetzt genau, was die Worte des Wüstenbewohners bedeuteten, aber er fürchtete eine falsche Reaktion der hinter ihm liegenden, übermüdeten Männer. Wenn sie es erst verstanden...

»Der Wasserbund«, nickte Hawat.

»Unsere Stämme sollen einander treffen«, erwiderte der Fremen und lockerte seine Faust.

Als sei dies ein Signal gewesen, erschienen über ihnen in den Felsen vier Männer, die rutschend an den glatten Wänden herabglitten. Sie sprangen von dem Felsüberhang herunter, rollten den Gestorbenen in eine Robe, hoben ihn an und rannten mit ihm an der Felswand entlang, die zu ihrer Rechten lag. Ihre Füße erzeugten während des raschen Laufs kleine, staubige Sandwolken.

Die ganze Aktion ging so schnell vor sich, daß Hawats Männer sie überhaupt nicht richtig mitbekamen. Erst als die Gruppe zwischen den Klippen verschwunden war, kam Leben in die erschöpften Soldaten.

Einer von ihnen schrie: »Was haben sie mit Arkie vor? Er war...«

»Sie bringen ihn weg, weil sie ihn... begraben wollen«, erklärte Hawat mit lauter Stimme.

»Die Fremen begraben ihre Toten nicht!« rief der Mann. »Versuche uns nicht hereinzulegen, Thufir! Wir wissen genau, was sie tun. Arkie war einer von...«

»Das Paradies ist jedem Mann sicher, der in den Reihen des Lisan al-Gaib kämpft«, sagte der Fremen. »Und wenn ihr wirklich dem Lisan al-Gaib dient, wie ihr behauptet habt, was soll dann das Klagegeschrei? Das Andenken an einen Mann, der unter diesen Umständen sein Leben ließ, wird so lange bestehen bleiben wie die Menschheit existiert.«

Aber Hawats Männer erhoben sich. Ihre Gesichter zeigten deutlich, daß sie mit dieser Erklärung nicht einverstanden waren. Einer ergriff seine Lasgun.

»Bleibt stehen, wo ihr seid!« brüllte Hawat und vergaß in diesem Moment sogar die Schlaffheit seiner Muskeln.

»Diese Leute respektieren unseren Toten. Die Sitten unterscheiden sich von den unsrigen auf Arrakis, aber ihre Bedeutung ist die gleiche!«

»Sie werden Arkies Körper von jeglicher Flüssigkeit befreien«, knirschte der Mann mit der Lasgun.

»Wollen die Männer der Zeremonie beiwohnen?« fragte der Fremen.

Er sieht das Problem nicht einmal, wurde Hawat klar. Die Naivität der Fremen war erschreckend.

»Sie machen sich Sorgen um einen beliebten Kameraden«, erklärte er heiser.

»Wir werden euren Kameraden mit dem gleichen Respekt behandeln wie jeden der unseren«, entgegnete der Fremen, hob die Hand und ballte sie zur Faust. »Dies ist der Bund des Wassers. Wir kennen die Riten. Das Fleisch eines Mannes ist sein Eigentum; sein Wasser gehört dem Stamm.«

Als der Mann mit der Lasgun einen weiteren Schritt nach vorn machte, sagte Hawat schnell: »Ihr werdet unseren Verwundeten helfen?«

»Man stellt den Bund nicht in Frage«, erwiderte der Fremen. »Wir werden für euch tun, was ein Stamm für sich selbst tun kann. Zuerst müssen wir euch mit Anzügen versorgen, dann sehen wir weiter.«

Der Bewaffnete zögerte.

Hawats Stellvertreter sagte: »Helfen Sie uns wegen... Arkies Wasser?«

»Nein«, erwiderte Hawat rauh. »Sie helfen uns, weil wir jetzt zu ihnen gehören.«

»Andere Sitten«, murmelte einer der Männer.

Hawat begann sich zu entspannen.

»Und sie werden uns helfen, nach Arrakeen zu gelangen?«

»Wir werden Harkonnens töten«, erklärte der Fremen grinsend. »Und Sardaukar.« Er machte ein paar Schritte zurück, legte die Hände schalenförmig hinter die Ohren und warf lauschend den Kopf zurück. Dann sagte er: »Ein

Flugzeug nähert sich. Versteckt euch zwischen den Felsen und bewegt euch nicht.«

Auf einen Wink von Hawat gehorchten die Männer sofort.

Der Fremen packte Hawat am Arm und schob ihn in die Richtung der anderen. »Wir werden kämpfen, wenn die Zeit dazu gekommen ist«, murmelte der Mann, langte unter seine Robe und beförderte einen winzigen Käfig zutage, in der eine kleine Kreatur hockte.

Hawat erkannte eine Fledermaus, die ihm den Kopf zuwandte und ihn aus völlig blauen Augen ansah.

Der Fremen zog die Fledermaus aus dem Käfig heraus, streichelte sie und preßte sie zärtlich gegen seine Brust. Dann beugte er sich über den Kopf des Geschöpfs und ließ einen Tropfen Speichel in den aufgerissenen Rachen fallen. Die Fledermaus breitete ihre Schwingen aus, blieb jedoch auf der Handfläche ihres Herrn sitzen. Der Fremen hatte plötzlich eine dünne Röhre in der anderen Hand und richtete sie, unverständliche Geräusche von sich gebend, gegen den Schädel des Tieres. Dann hob er die Hand und warf die Fledermaus in die Luft.

Sofort schoß sie zwischen den Felsenklippen dahin und verschwand.

Der Fremen faltete den Käfig zusammen und ließ ihn wieder unter der Robe verschwinden. Erneut legte er den Kopf auf die Seite und horchte. »Sie durchsuchen das Hochland«, sagte er. »Die Frage ist nur, wen sie da suchen.«

»Es ist ihnen sicher nicht unbekannt geblieben, in welche Richtung wir geflohen sind«, meinte Hawat.

»Man soll niemals davon ausgehen, daß man selbst das einzige Ziel einer Jagd ist«, erwiderte der Fremen. »Paßt auf die andere Seite der Ebene auf. Gleich werdet ihr etwas erleben.«

Die Zeit verging.

Einer von Hawats Männern begann sich zu bewegen und flüsterte.

»Bleibt still«, zischte der Fremen, »und verhaltet euch wie Tiere auf der Jagd.«

Hawat erkannte auf den gegenüberliegenden Klippen eine Bewegung.

»Mein kleiner Freund hat die Botschaft überbracht«, erklärte der Fremen. »Er ist ein ausgezeichneter Kurier, egal ob am Tage oder in der Nacht. Es wäre schade, wenn ich ihn je verlöre.«

Die Bewegungen am anderen Ende der Ebene hörten auf. Jetzt war zwischen den Felsenhöhen nichts anderes mehr auszumachen als eine vier oder fünf Kilometer durchmessende Sandfläche, glitzernd unter heißen Sonnenstrahlen. Die Luft begann vor Hitze zu flimmern.

»Jetzt völlig still sein«, flüsterte der Fremen.

Eine Anzahl verschwommener Figuren erschien aus einer Spalte der gegenüberliegenden Wand. Sie bewegten sich direkt auf die Ebene zu. Hawat erschienen sie wie Fremen. Er zählte sechs Männer, die sich schwer dabei taten, die Dünen zu überqueren.

Hinter Hawats Gruppe erklang plötzlich das schlagende Geräusch schwerer Ornithopter-Rotoren. Die Maschine tauchte unerwartet auf dem über ihnen liegenden Bergrücken auf. Es war eine Maschine der Atreides, die man lediglich mit den Tarnfarben der Harkonnens versehen hatte, und sie flog genau auf die Männer zu, die gerade in der Ebene sichtbar wurden.

Die Gruppe blieb am Rand einer Düne stehen und winkte.

Der Thopter zog eine enge Schleife und kam schließlich in einer Staubwolke vor den Fremen zur Landung. Fünf Männer sprangen aus der Maschine. Hawat sah das verräterische Glitzern ihrer Körperschilde. Ihre harten, zielbewußten Bewegungen sagten ihm, daß es sich um Sardaukar handelte.

»Aiiih!« sagte der Fremen neben ihm laut. »Sie benutzen diese idiotischen Schilde!« Er zischte verächtlich.

»Es sind Sardaukar«, flüsterte Hawat.

»Schön.«

Die Sardaukar schlossen die wartenden Fremen in einem Halbkreis ein. Die Sonne reflektierte die gezückten Klingen. Die Fremen standen auf einem Haufen, ohne eine bestimmte Formation einzunehmen.

Plötzlich spuckte der beide Gruppen umgebende Sand ein Heer von Fremen aus. Sie waren sofort in der Nähe des Ornithopters und dann in seinem Inneren. An der Stelle, wo die beiden Gruppen aufeinandergetroffen waren, verhinderte eine mächtige Staubwolke jegliche Sicht.

Als der Staub sich senkte, waren die einzigen noch stehenden Personen Fremen.

»Ein Glück, daß sie nur drei Mann in der Maschine zurückließen«, ließ sich der neben Hawat hockende Fremen vernehmen. »Ich glaube nicht, daß wir den Thopter sonst in einem Stück erwischt hätten.«

Einer von Hawats Männern keuchte: »Aber das waren *Sardaukar!*«

»Habt ihr gesehen, wie gut sie kämpften?« fragte der Fremen.

Hawat schnappte nach Luft. Er schmeckte den Geruch versengten Sandes, fühlte Hitze und Trockenheit auf der Zunge. Er fühlte sich erleichtert, als er sagte: »Sie haben wirklich gut gekämpft.«

Der erbeutete Thopter startete jetzt mit zunächst zögerndem, dann immer schneller werdendem Flügelschlag. Er flog nach Süden und stieg immer höher.

Sie wissen also auch mit Thoptern umzugehen, dachte Hawat.

Aus der Ferne winkte einer der Fremen mit einem grünen Stofffetzen: einmal... zweimal.

»Es kommen noch mehr!« sagte der Fremen, der neben Hawat stand. »Macht euch fertig! Ich hatte eigentlich nicht damit gerechnet, daß es solche Schwierigkeiten gibt, hier wieder herauszukommen.«

Schwierigkeiten! dachte Hawat.

Zwei weitere Thopter erschienen jetzt, aus westlicher

Richtung kommend, über dem Gebiet, in dem sich die Fremen aufhielten. Plötzlich waren die Gestalten verschwunden. Nur die Körper der Sardaukar in den Harkonnen-Uniformen blieben zurück und zeigten an, was sich hier abgespielt hatte.

Ein dritter Thopter erschien über dem Bergrücken, an dem Hawat und seine Männer lagen. Zischend sog er den Atem ein, als er das wahre Format der Maschine sah: es war ein Truppentransporter, und er flog mit der schweren Bedächtigkeit einer Einheit, die vollbeladen war – wie ein Riesenvogel, der sein Nest ansteuert.

In der Ferne zuckte der Purpurfinger einer Lasgun über die sandige Oberfläche. Die zur Landung ansetzenden Maschinen schossen nun aus allen Rohren und wirbelten den Sand auf.

»Diese Feiglinge!« knirschte der Fremen neben Hawat.

Der Truppentransporter ging in der Nähe der acht blauuniformierten Sardaukar nieder. Die Schwingen arbeiteten unter größter Leistungsfähigkeit, dann kamen sie zu einem plötzlichen Halt.

Irgend etwas, das die Sonnenstrahlen reflektierte, erschien aus südlicher Richtung und bewegte sich auf den Truppentransporter zu. Es war ebenfalls ein Thopter, der sich silbern vom Himmel abhob. Er zischte wie ein Adler auf die gewaltige, am Boden stehende Maschine zu, die jetzt, wegen der verstärkten Beschußaktivitäten, ohne den Schutz eines Schildes war. Dann stürzte der Thopter hinab.

Ein Aufbrüllen ließ die Ebene erzittern. Überall von den Hügeln lösten sich kleinere Felsen und rollten zu Tal. Eine rote Feuersäule jagte zum Himmel empor und wirbelte den Sand an der Stelle auf, wo sich soeben noch der Transporter und die beiden ihn begleitenden Flugmaschinen befunden hatten.

Es war einer der Fremen, der mit dem erbeuteten Thopter startete, dachte Hawat. *Und er ist auch damit zurückgekehrt. Der Mann hat sich geopfert, um den Truppen-*

transporter auszuschalten. Große Mutter! Mit welchen Leuten haben wir es hier zu tun?

»Eine vernünftige Aktion«, sagte der Fremen. »Es müssen wenigstens hundert Mann in dem Transporter gewesen sein. Wir müssen uns jetzt um ihr Wasser kümmern. Und dann einen Plan machen, wie wir an eine andere Maschine herankommen.« Er stand auf und begann den Abstieg.

Ein Schwarm blauuniformierter Männer tauchte plötzlich aus der Wand vor ihnen auf. In dem kurzen Moment, der Hawat noch blieb, um sie sich anzusehen, erkannte er, daß es sich um Sardaukar handelte. Ihre Gesichter spiegelten eine ungeheure Härte wider. Sie trugen keine Schilde, und ihre Bewaffnung bestand aus Messern und Lähmern.

Eine Klinge durchbohrte den Hals des Fremen, warf ihn nach hinten, ließ ihn zu Boden fallen. Hawat hatte gerade noch die Zeit, sein eigenes Messer zu ziehen, dann schleuderte ihn der Bolzen eines Lähmers in die Dunkelheit.

3

Obwohl Muad'dib in die Zukunft schauen konnte, waren auch seiner Kraft Grenzen gesetzt. Man konnte seine übersinnlichen Kräfte in etwa mit denen des Sehens vergleichen. Ein Mensch kann nichts sehen ohne Licht, und wenn er sich in einer engen Schlucht befindet, so ist es für ihn unmöglich wahrzunehmen, was jenseits der ihn umgebenden Felswände liegt. Ähnlich waren die Probleme Muad'dibs, wenn er versuchte, das zukünftige Terrain zu überblikken. Er sagte uns, daß bereits eine einzige obskure Entscheidung oder die Bevorzugung eines Wortes anstelle eines anderen in der Lage sei, die gesamte Zukunft zu ändern. »Der Strom der Zeit ist breit, aber wenn man sich einmal in ihm befindet, wird er zu einem engen Korridor.« Er versuchte immer, der Versuchung zu widerstehen, und bevorzugte einen sicheren Kurs, »der nicht Gefahr läuft, in die Stagnation zu führen«.

Aus ›Arrakis erwacht‹, von Prinzessin Irulan

Als die Ornithopter über ihnen durch die Nacht glitten, ergriff Paul den Arm seiner Mutter und zischte: »Keine Bewegung!«

Im Sternenlicht konnte er erkennen, wie die erste Maschine die Schwingen einzog und Anstalten machte, zu landen.

»Es ist Idaho«, keuchte er.

Die Maschinen setzten in der Ebene auf, wie ein Vogelschwarm auf dem Rand eines Nestes. Idaho sprang zu Boden und rannte auf sie zu, noch ehe sich der aufgewirbelte Staub wieder senken konnte. Zwei Gestalten, die die charakteristische Kleidung der Fremen trugen, folgten ihm. Eine davon war Paul bekannt: der hochgewachsene, bärtige Kynes.

»Hierher!« rief Kynes und schwenkte nach links ab.

Eine Reihe anderer Fremen tauchte auf und fing an, die Maschinen mit einer Tarnung zu versehen. Sie warfen sandfarbene Decken über die Thopter, die rasch das Aussehen kleinerer Dünen annahmen.

Einige Schritte vor Paul blieb Idaho stehen und salutierte. »Mylord, die Fremen verfügen ganz in der Nähe über ein Versteck, in dem wir...«

»Was ist das da hinten?« fragte Paul und deutete auf die fernen Klippen, über denen sich der helle Lichtschein der Lasguns bewegte, die die Wüste bestrichen.

Ein kurzes Lächeln glitt über Idahos rundes Gesicht. »Mylord... Sir, ich habe ihnen eine kleine Überrasch...«

Leuchtendes weißes Licht erfüllte plötzlich die Wüste. Es war so hell wie die Sonne und warf Schatten, die bis in die Felsen hineinreichten. Mit einer raschen Bewegung ergriff Idaho Paul am Arm und seine Mutter an der Schulter. Ehe sie sich versahen, warf der Mann sie zu Boden. Hoch über ihnen erklang das Donnergrollen einer Explosion, deren Druckwelle Sand und kleinere Steine vor sich hertrieb.

Sofort saß Idaho wieder aufrecht und schüttelte den Sand von seinem Körper.

»Das waren doch nicht die Atomwaffen?« fragte Jessica. »Ich dachte...«

»Ihr habt da hinten einen Schild aufgestellt«, sagte Paul.

»Einen ziemlich großen. Und wir haben ihn unter volle Kraft gesetzt«, gab Idaho zu. »Ein Lasgunstrahl hat ihn getroffen und...« Er zuckte mit den Achseln.

»Subatomare Fusion«, sagte Jessica. »Das ist eine gefährliche Waffe.«

»Keine Waffe, Mylady, sondern Verteidigung. Diese Bande wird von nun an zweimal darüber nachdenken, ob sie eine Lasgun einsetzt oder nicht.«

Die Fremen näherten sich ihnen von den Ornithoptern her. Einer von ihnen sagte mit leiser Stimme: »Wir sollten uns einen Unterstand suchen, Freunde.«

Paul stand auf, während Idaho Jessica die Hand reichte.

»Diese Explosion wird einige Aufmerksamkeit erregen, Sire«, erklärte Idaho.

Sire, dachte Paul.

Es klang komisch, wenn er darüber nachdachte, daß diese Anrede jetzt ihm galt. Bisher war nur sein Vater damit angesprochen worden.

Er fühlte sich plötzlich von der Kraft seiner Vorsehung berührt, sah sich selbst infiziert von dem unkontrollierten Trieb, der das menschliche Universum dem Chaos entgegenjagte. Die Vision ließ ihn erzittern und er bat Idaho, ihn zu dem Felsvorsprung zu führen. Die Fremen waren bereits damit beschäftigt, mit ihren Spezialwerkzeugen einen Weg in den Sand hineinzuschaufeln.

»Soll ich Ihr Gepäck nehmen, Sire?« fragte Idaho.

»Es ist nicht schwer, Duncan«, erwiderte Paul.

»Sie verfügen über keinen Körperschild«, gab Idaho zu bedenken. »Wollen Sie meinen haben?« Er warf einen Blick auf die fernen Felsenklippen. »Ich glaube kaum, daß sie es jetzt noch wagen, hier in der Gegend Lasguns einzusetzen.«

»Behalte deinen Schild, Duncan«, sagte Paul. »Dein rechter Arm bietet mir genügend Schutz.«

Jessica beobachtete, daß Idaho unwillkürlich näher neben ihrem Sohn ging, und sie dachte: *Er weiß, wie man Männer für sich gewinnt.*

Die Fremen rollten nun einen Felsen zur Seite, hinter dem ein dunkler Gang schräg nach unten führte. Man hielt eine Abdeckung bereit, für alle Fälle.

»Hierher«, sagte einer der Fremen und führte sie über in den Felsen gehauene Treppenstufen in die Finsternis.

Hinter ihnen verschluckte die Abdeckung das Licht des Mondes und der Sterne. Irgendwo vor ihnen leuchtete sanftes, grünes Licht. Sie wandten sich nach links. Überall um sie herum waren nun mit Roben bekleidete Fremen, die sich wie ein Strom nach unten wälzten. Sie umrundeten eine Ecke und stießen auf eine weitere, sich steil neigende Passage. Schließlich erreichten sie eine große unterirdische Höhle.

Vor ihnen stand Kynes. Er hatte die Kapuze zurückgeschlagen, und der sichtbare Stoff seines Destillanzugs glänzte in dem grünen Licht. Haar und Bart wirkten zerzaust, die völlig blauen Augen erschienen wie dunkle Höhlen unter schweren Brauen.

Im gleichen Moment, als sie die Höhle betraten, fragte Kynes sich: *Warum helfe ich diesen Leuten? Ich habe mich auf das gefährlichste Unternehmen meines Lebens eingelassen. Es kann mir selbst das Genick brechen.*

Dann maß er Paul mit einem direkten Blick. Der Junge hatte den schützenden Mantel der Kindheit abgestreift, man sah in seinem Verhalten weder Angst noch die Auswirkungen von Depression. Offenbar hatte er erkannt, daß für ihn im Moment nichts anderes von Wichtigkeit war als die Position, die er jetzt einnehmen mußte: die eines Herzogs. Kynes wurde bewußt, daß das Herzogtum auf Arrakis noch immer existierte, und möglicherweise gerade deshalb, weil Paul noch so jung war. Er durfte diese Sache nicht zu leicht nehmen.

Jessica sah sich in der unterirdischen Kammer um und stellte fest, daß es sich um ein Laboratorium handeln mußte. Die ausgebildeten Sinne einer Bene Gesserit ließen einfach keinen anderen Schluß zu.

»Wir sind hier in einer der ökologischen Teststationen des Imperators, die mein Vater als vorgeschobene Stützpunkte ausbauen wollte«, stellte Paul fest.

...die sein Vater wollte! dachte Kynes.

Und er wunderte sich über sich selbst. *Bin ich verrückt, diesen Flüchtlingen zu helfen? Warum tue ich das? Es wäre leicht, sie jetzt festzunehmen und mir damit das Vertrauen der Harkonnens zu erkaufen.*

Paul folgte dem Beispiel seiner Mutter und begann, sich

den Raum näher anzusehen. An der Wand entlang waren Arbeitsplätze, überall standen Instrumente herum. Er sah Drahtgebilde und Röhren. Über allem lag ein ozonreicher Duft.

Einige der Fremen begannen nun, sich in einem bestimmten Winkel aufzustellen, während die Luft von Geräuschen erfüllt wurde: Maschinen liefen knirschend an, die Unterwelt erwachte zu einer neuen Art von Leben.

Am Ende der Höhle entdeckte Paul eine Reihe von Käfigen, die an der Felswand befestigt waren und in denen sich kleinere Tiere befanden.

»Sie haben richtig erkannt, wo wir uns befinden«, sagte Kynes. »Für welchen Zweck würden Sie einen solchen Ort benutzen, Paul Atreides?«

»Um diesen Planeten für Menschen bewohnbar zu machen«, erwiderte Paul.

Vielleicht helfe ich ihm aus diesem Grund, dachte Kynes.

Das Geräusch der Maschinen verstummte abrupt und machte einer Stille Platz. Aus den Käfigen kamen quäkende Laute. Aber auch sie verstummten, als hätte jemand sie abgeschaltet.

Paul richtete seine Aufmerksamkeit auf die Tiere. Es handelte sich um braunhäutige Fledermäuse, die von einer automatischen Fütterungsanlage, die sich quer über die Felswände bewegte, ernährt wurden.

Ein Fremen erschien aus einem im Dunkeln liegenden Teil der Höhle und sagte zu Kynes: »Liet, der Feldgenerator arbeitet nicht mehr. Das bedeutet, daß wir uns im Moment nicht vor Detektorstrahlen schützen können.«

»Läßt sich der Schaden beheben?« fragte Kynes.

»Es wird eine Weile dauern.« Der Mann zuckte mit den Achseln.

»Hmm«, brummte Kynes. »Dann müssen wir eben ohne die Maschine auskommen. Stellt eine Handpumpe auf, damit wir Luft von draußen bekommen.«

»Wird gemacht.« Der Mann verschwand.

Kynes wandte sich wieder Paul zu. »Sie haben eine gute Antwort gegeben.«

Jessica fiel ein gewisser Ton in Kynes' Stimme auf. Er war es gewohnt, Befehle zu erteilen und hatte wie ein Adeliger gesprochen. Und außerdem war ihr nicht entgangen, daß der Fremen ihn mit dem Namen Liet angesprochen hatte. Liet war also Kynes' *Alter Ego,* wenn er sich unter den Fremen aufhielt. Der Planetologe hatte also noch ein zweites Gesicht.

»Wir sind Ihnen für Ihre Hilfe sehr dankbar, Dr. Kynes«, sagte sie.

»Mmmm«, machte Kynes. »Wir werden sehen.« Er nickte einem seiner Leute zu und sagte: »Gewürzkaffee, Shamir. In mein Arbeitszimmer.«

»Sofort, Liet«, erwiderte der Angesprochene.

Kynes wies auf eine in den Felsen gehauene Tür in der Seitenwand.

»Darf ich bitten?«

Jessica nickte und sah, daß Paul Idaho mit der Hand ein Zeichen gab, das bedeutete, er solle hier Wache halten.

Der Gang, der nicht länger als zwei Schritte lang war, führte durch eine schwere Tür in ein quadratisches Büro, das von goldenen Glanzgloben erhellt wurde. Als sie die Schwelle überschritt, ließ Jessica eine Hand über die Türfüllung gleiten. Überrascht stellte sie fest, daß sie aus Plastahl bestand.

Nach drei Schritten blieb Paul in der Mitte des Zimmers stehen und legte sein Bündel auf dem Boden ab. Er sah sich forschend um. Hinter ihm schloß sich die Tür. Der Raum war etwa acht mal acht Meter groß, seine Wände bestanden aus natürlichem Fels von senfbrauner Farbe, von denen eine mit metallenen Regalen bedeckt war. Ein niedriger Tisch mit einer Milchglasplatte beherrschte den Mittelpunkt des Raums. Vier Suspensorstühle standen um ihn herum gruppiert.

Kynes umrundete Paul und rückte für Jessica einen Stuhl zurecht. Sie nahm Platz und beobachtete, wie ihr Sohn der neuen Umgebung seine Aufmerksamkeit schenkte.

Paul blieb noch stehen. Seine Sinne verrieten ihm, daß der leise Luftzug, den er verspürte, aus der Richtung der Regale kam. Offenbar war irgendwo dahinter ein geheimer Fluchtweg verborgen.

»Wollen Sie sich nicht setzen, Paul Atreides?« fragte Kynes.

Wie sorgfältig er es vermeidet, mich mit meinem Titel anzureden, dachte Paul. Er nahm den Stuhl und setzte sich schweigend. Auch Kynes nahm nun Platz.

»Sie spüren also auch, daß man aus Arrakis ein Paradies machen könnte«, begann er. »Aber andererseits sehen Sie selbst, daß der Imperator keine anderen Interessen verfolgt, als seine Schergen herzuschicken, damit sie diese Welt ihres Gewürzes berauben.«

Paul streckte die Hand aus, an deren Daumen der herzogliche Siegelring steckte. »Sehen Sie diesen Ring?«

»Natürlich.«

»Und Sie kennen seine Bedeutung?«

Jessica drehte sich nach ihrem Sohn um.

»Ihr Vater liegt tot in den Ruinen von Arrakeen«, entgegnete Kynes. »Technisch gesehen sind Sie sein Nachfolger.«

»Ich bin ein Soldat des Imperiums«, sagte Paul. »Das heißt, ich bin *technisch* gesehen ebenfalls ein Scherge.«

Kynes' Gesicht verdüsterte sich. »Obwohl die Sardaukar des Imperators noch über dem Leichnam Ihres Vaters stehen?«

»Die Sardaukar haben nichts mit dem legalen Ursprung meiner Autorität zu tun«, erwiderte Paul.

»Arrakis hat seine eigene Art, zu bestimmen, wem hier die Herrscherkrone gebührt«, versetzte Kynes.

Jessica, die sich dem Planetologen zuwandte, dachte: *Dieser Mann besteht aus Stahl... aus dem Stahl, den wir unbedingt brauchen. Paul begibt sich in Gefahr, wenn...*

Paul sagte: »Die Sardaukar, die sich jetzt auf Arrakis

aufhalten, beweisen, wie sehr der Imperator meinen Vater gefürchtet hat. Und jetzt werde *ich* dem Padischah-Imperator zeigen, daß er wirklich einen Grund hat, die...«

»Junge«, fiel ihm Kynes ins Wort, »es gibt Dinge, die du nicht...«

»Sie werden mich in Zukunft mit ›Sire‹ oder ›Mylord‹ ansprechen«, sagte Paul.

Vorsichtig, dachte Jessica.

Kynes starrte Paul an. Es blieb Jessica nicht verborgen, daß sein Blick eine Mischung aus Verehrung und Amüsiertheit gleichzeitig beinhaltete.

»Sire«, murmelte Kynes.

»In den Augen des Imperators«, fuhr Paul fort, »stelle ich einen Störfaktor dar. Ich störe alle, die beabsichtigen, diesen Planeten unter sich aufzuteilen. Und so wahr ich hier sitze: Ich habe die Absicht, auch weiterhin der Kloß in ihrer Kehle zu sein; der Kloß, an dem sie eines Tages ersticken!«

»Gerede«, sagte Kynes.

Paul starrte ihn an.

Plötzlich sagte er: »Es gibt hier auf Arrakis eine Legende. Nach ihr wird eines Tages der Lisan al-Gaib kommen, die Stimme aus der Außenwelt, und sie wird die Fremen in das Paradies führen. Ihre Leute haben...«

»Aberglauben!« entgegnete Kynes.

»Vielleicht«, gab Paul ihm recht. »Vielleicht aber auch nicht. Manchmal haben Aberglauben seltsame Wurzeln.«

»Sie haben einen Plan«, erwiderte Kynes. »Das merkt man... *Sire.*«

»Könnten die Fremen mir einen hundertprozentigen Beweis dafür liefern, daß sich hier tatsächlich Sardaukar in den Uniformen der Harkonnens herumtreiben?«

»Kleinigkeit.«

»Der Kaiser wird wieder einen Harkonnen auf Arrakis an die Schaltstellen der Macht bringen«, fuhr Paul fort. »Vielleicht sogar das Ungeheuer Rabban. Soll er. Sobald er sich dadurch selbst ans Messer geliefert hat, soll er mit der Möglichkeit rechnen, sich vor dem Landsraad zu rechtfertigen. Und dort soll er zu erklären versuchen, wie...«

»Paul!« sagte Jessica.

»Vorausgesetzt«, warf Kynes ein, »daß der Landsraad Ihre Beschwerde akzeptiert! Und auch dann kann die Sache nur einen Ausgang haben: einen allgemeinen Krieg zwischen dem Imperator und den Hohen Häusern.«

»Chaos«, bekräftigte Jessica.

»Ich wäre bereit«, sagte Paul, »mich mit dem Imperator in Verbindung zu setzen und ihm zu diesem Chaos eine Alternative aufzuzeigen.«

Jessica sagte trocken: »Du willst ihn erpressen?«

»Das ist eines der Werkzeuge der großen Politik«, gab Paul zurück. Seine Stimme klang bitter. »Er hat keinen Sohn, nur Töchter.«

»Du würdest nach dem Thron streben?« fragte Jessica.

»Der Imperator hätte keine andere Wahl, wenn er verhindern will, daß sein Reich in Schutt und Asche gelegt wird«, meinte Paul. »Er wird ein solches Risiko nicht eingehen.«

»Ein verzweifeltes Spiel, das Sie da projizieren«, sagte Kynes.

»Was fürchten die Hohen Häuser des Landsraads am meisten?« fragte Paul. »Sie fürchten genau das, was jetzt auf Arrakis geschehen ist: daß die Sardaukar über sie hereinstürmen und einen nach dem anderen erledigen. Das ist überhaupt der Grund, warum der Landsraad *existiert.* Nur *das* hält die Große Konvention zusammen. Nur in ihrer Gesamtheit haben sie die Chance, sich dem Imperator gegenüber zu behaupten.«

»Aber sie sind...«

»Genau davor haben sie Angst«, beharrte Paul. »Das Wort Arrakis könnte für sie zu einem Schlachtruf werden. Sie alle würden sich in meinem Vater wiedererkennen – den sie von der Herde trennten und ermordeten.«

Kynes fragte Jessica: »Geben Sie diesem Plan eine Chance?«

»Ich bin kein Mentat«, erwiderte sie.

»Aber Sie sind eine Bene Gesserit.«

Sie warf Kynes einen fragenden Blick zu und meinte schließlich: »Sein Plan hat einige gute und einige schlechte Punkte... wie sie jeder Plan in diesem ersten Entwicklungsstadium aufweisen würde. Ein Plan hängt immer von seinem Konzept und seiner Durchführung ab.«

»Das Gesetz«, rezitierte Paul, »ist die ultimate Wissenschaft. So steht es über der Tür des Imperators zu lesen. Und ich werde ihm zeigen, wie man Gesetze befolgt.«

»Und ich bin nicht sicher«, sagte Kynes, »daß wir der Person, die diesen Plan entwickelt hat, trauen können. Arrakis benötigt einen anderen Plan; einen, der uns...«

»Vom Thron aus«, sagte Paul, »wäre ich in der Lage, Arrakis mit einer einzigen Geste in ein Paradies zu verwandeln. Das wäre der Preis für Ihre Unterstützung.«

Kynes versteifte sich. »Meine Loyalität ist nicht zu verkaufen, *Sire.*«

Paul warf ihm über den Tisch hinweg einen nachdenklichen Blick zu und studierte das alte, bärtige Gesicht mit den blauen Augen, in dem plötzlicher Zorn aufgeflammt war. Ein rauhes Lächeln zog sich um seine Mundwinkel, als er sagte: »Was Sie gesagt haben, gefällt mir. Ich möchte mich entschuldigen.«

Kynes wich Pauls Blick nicht aus, sondern sagte plötzlich: »Ein Harkonnen würde niemals einen Fehler zugeben. Vielleicht sind Sie wirklich anders, Atreides.«

»Es könnte ein Fehler in Ihrer Erziehung sein«, meinte Paul. »Sie sagen, Sie seien nicht käuflich, aber ich glaube dennoch, daß ich im Besitz des Preises bin, den Sie akzeptieren können. Für Ihre Loyalität biete ich Ihnen die meinige... voll und ganz.«

Mein Sohn, dachte Jessica, *besitzt die Aufrichtigkeit der*

Atreides. Er hat diese großartige, beinahe naive Ehrenhaftigkeit, die ihnen allen zu eigen war. Welch kraftvolle Waffe sie damit doch besitzen…

Es war unübersehbar, daß Pauls Worte Kynes bewegt hatten. »Sie reden Unsinn«, sagte er trotzdem. »Sie sind doch nur ein Junge, der…«

»Ich bin der Herzog«, erwiderte Paul. »Ich bin ein Atreides. Kein Atreides hat jemals ein solches Versprechen gebrochen.«

Kynes schluckte.

»Wenn ich sage, daß meine Loyalität Ihnen voll und ganz gehört, dann meine ich das auch«, fuhr Paul fort. »Ich meine das ohne Einschränkung. Ich würde mein Leben für Sie hergeben.«

»Sire!« stieß Kynes hervor, und der Tonfall, in dem er dieses eine Wort hervorbrachte, zeigte Jessica, daß er ihren Sohn nicht mehr als fünfzehnjährigen Jungen, sondern als das betrachtete, was er war: ein Mann, ein Vorgesetzter. Alle Amüsiertheit war aus seiner Stimme gewichen.

In diesem Augenblick würde er ebenfalls sein Leben für Paul hingeben, dachte sie. *Wie gelingt es den Atreides nur, die Menschen so leicht und schnell für sich einzunehmen?*

»Ich weiß, daß das Ihr Ernst ist«, sagte Kynes jetzt. »Aber die Harkonn…«

Die Tür hinter Pauls Rücken flog auf. Er warf sich herum, sah Waffen blitzen, hörte aufgeregtes Geschrei und sah verzerrte Gesichter hinter der Schwelle.

Mit seiner Mutter neben sich eilte Paul zu der Tür, wo Idahos Körper als letztes Bollwerk den Zugang zu Kynes' Büro versperrte. Er hatte den Schildgürtel aktiviert und klammerte sich mit letzter Kraft an der Türfüllung fest, während klauenartige Hände dem Schild mit schweren Axthieben zusetzten. Der Strahl eines Lähmers leuchtete auf.

Dann war Kynes auch schon neben ihm, und mit einem letzten Blick auf Idahos blutiges Gesicht warfen sie sich gemeinsam mit ihrem ganzen Gewicht gegen die Tür. Draußen wimmelte es von Männern in den Uniformen der Harkonnens. Dann war die Tür zu. Kynes verriegelte sie rasch.

»Ich glaube, ich habe mich entschieden«, sagte er.

»Irgend jemand hat Ihre Maschinen geortet, bevor sie abgestellt wurden«, sagte Paul und zog seine Mutter von der Tür fort. Er sah die Verzweiflung in ihren Augen.

»Ich hätte mißtrauisch werden müssen, weil der Kaffee nicht kam«, meinte Kynes.

»Der Raum hat einen weiteren Ausgang«, stellte Paul fest. »Ist er benutzbar?«

»Die Eingangstüre«, schnaufte Kynes, »wird mindestens zwanzig Minuten halten. Es sei denn, sie setzen eine Lasgun ein.«

»Sie werden sie so lange nicht einsetzen, wie sie nicht wissen, ob wir hier drinnen einen Schild aufgestellt haben«, meinte Paul.

»Es waren Sardaukar in Harkonnen-Uniformen«, flüsterte Jessica.

Schwere Schläge donnerten von außen gegen die Tür. Sie kamen in rhythmischen Abständen.

Kynes deutete auf die Regale an der rechten Wand und sagte: »Hierher.« Er schob etwas beiseite, langte mit der Hand hinein und betätigte eine Schaltung. Das ganze Regal schwang plötzlich zur Seite und gab den Blick auf einen dunklen Tunnel frei, dessen Eingangstür ebenfalls aus Plastahl bestand.

»Sie waren gut vorbereitet«, meinte Jessica.

»Wir haben achtzig Jahre unter den Harkonnens gelebt«, erklärte Kynes. Er führte sie in die Dunkelheit hinein und schloß die Tür hinter sich.

In der Finsternis erkannte Jessica einen auf dem Boden liegenden, leuchtenden Pfeil.

Hinter ihr sagte Kynes: »Wir werden uns hier trennen. Diese Tür ist massiver, sie wird mindestens eine Stunde lang die Leute aufhalten. Folgen Sie den Pfeilen, die Sie auf dem Boden sehen. Sobald Sie sie passiert haben, werden sie wieder verlöschen. Sie werden durch ein Labyrinth zu einem anderen Ausgang geführt, wo ein Thopter steht. Heute nacht ist mit einem Sturm über der Wüste zu rechnen. Sie können nur darauf hoffen, ihn zu durchdringen und sich in ihm verborgen zu halten. Meine Leute haben das oft getan, wenn sie in gestohlenen Maschinen unterwegs waren. Wenn Sie es schaffen, in den obersten Luftschichten des Sturms zu bleiben, kann Ihnen nichts passieren.«

»Und was ist mit Ihnen?« fragte Paul.

»Ich versuche, auf einem anderen Weg zu entwischen. Wenn sie mich dennoch schnappen... nun, immerhin bin ich der Planetologe des Imperators. Ich kann immer noch behaupten, Ihr Gefangener gewesen zu sein.«

Wir rennen wie Feiglinge, dachte Paul. *Aber wie anders kann ich überleben, um meinen Vater zu rächen?*

Er wandte sich um, warf einen Blick auf die Tür.

Jessica, die seine Bewegung gesehen hatte, sagte: »Duncan ist tot, Paul. Du hast seine Wunden selbst gesehen. Wir können jetzt nichts mehr für ihn tun.«

»Dafür werden sie eines Tages bezahlen«, erwiderte Paul.

»Nicht, wenn Sie sich jetzt nicht beeilen«, drängte Kynes.

Paul fühlte seine Hand auf der Schulter.

»Wo werden wir uns wiedersehen, Kynes?« fragte er.

»Ich werde dafür sorgen, daß die Fremen Sie suchen. Die Richtung, in der sich der Sturm bewegt, ist bekannt. Beeilen Sie sich jetzt. Möge die Große Mutter sie mit Schnelligkeit und Glück ausstatten.«

Sie hörten, wie er verschwand, als leises Rascheln in der Finsternis.

Jessica tastete nach Pauls Hand und zog ihn sanft zurück. »Wir dürfen uns nicht verlieren«, meinte sie.

»Ja.«

Paul folgte ihr über den ersten Pfeil hinaus und sah, wie er, kaum daß sie ihn passiert hatten, seine Leuchtkraft verlor. Vor ihnen tauchte der nächste auf.

Auch er erlosch, kaum daß sie daran vorbei waren.

Der nächste.

Sie rannten jetzt.

Pläne innerhalb von Plänen innerhalb von Plänen innerhalb von Plänen, dachte Jessica. *Sind auch wir jetzt ein Teil eines Planes geworden, den irgend jemand gemacht hat?*

Die Pfeile führten sie um eine Reihe von Biegungen, vorbei an abzweigenden Gängen, die im matten Licht ihrer Leuchtkraft nur schattenhaft wahrgenommen werden konnten. Dann ging der Weg in die Tiefe, wurde nach einiger Zeit wieder eben, führte dann hinauf. Schließlich trafen sie auf Stufen, umrundeten eine Ecke und stießen auf eine leuchtende Wand, in deren Mittelpunkt sich ein Verschlußmechanismus befand.

Paul bediente ihn.

Die Wand glitt zur Seite. Licht flackerte auf, und sie erblickten eine felsenumsäumte Kaverne, in der ein Thopter stand. Hinter der Maschine befand sich eine weitere Wand, die offenbar beweglich war, wie das auf ihr angebrachte Zeichen andeutete.

»Wohin ist Kynes gegangen?« fragte Jessica.

»Er hat nur das getan, was jeder Führer einer Guerilla-Einheit tun würde«, erklärte Paul. »Er teilte uns in zwei Gruppen und sorgte dafür, daß wir keine Kenntnis davon erhielten, wohin er flüchtete. Ebenso weiß er nicht, wohin wir gehen. Das ist für den Fall wichtig, daß man ihn festnimmt, weil er dann nichts ausplaudern könnte.«

Paul zog Jessica in den Raum hinein. Ihre Füße wirbelten Staub auf.

»Hier ist lange Zeit niemand mehr gewesen«, meinte er.

»Er schien ziemlich sicher zu sein, daß die Fremen uns finden werden«, sagte Jessica.

»Ich teile seine Sicherheit.«

Paul ließ ihre Hand los, umkreiste den Ornithopter, berührte dann die Luke der Maschine und öffnete sie. Er deponierte sein Bündel im hinteren Teil. »Sie haben die

Maschine wirklich gut versteckt«, meinte er. »Von der Armaturenbank aus kann man die Tür fernbedienen, ebenso das Licht. Achtzig Jahre unter der Herrschaft der Harkonnens haben schon zu einigem Bemerkenswerten geführt«, fügte er sarkastisch hinzu.

Jessica lehnte sich gegen die Maschine und rang nach Atem. »Die Harkonnens werden das ganze Gebiet abgeriegelt haben«, erwiderte sie. »Schließlich sind sie nicht dumm.« Sie konzentrierte ihre Sinne und deutete nach rechts. »Der Sturm liegt in dieser Richtung.«

Paul nickte. Er mußte sich zu jeder weiteren Bewegung regelrecht zwingen. Und ihm war auch klar, woran das lag. Irgendwann in dieser Nacht waren ihm die Zusammenhänge klargeworden, die die Zukunft bestimmten. Aber das Hier und Jetzt erschien ihm wie ein nebelhafter, mysteriöser Ort. Es war, als hätte er sich selbst gesehen, aus großer Entfernung, wie er in ein Tal hinuntergestiegen und aus seinem eigenen Blickfeld entschwunden war. Von den zahllosen Pfaden, die wieder aus diesem Tal herausführten, war einer derjenige, der Paul Atreides wieder ins Licht brachte – aber die anderen nicht.

»Wenn wir noch länger warten, werden sie besser vorbereitet sein«, gab Jessica zu bedenken.

»Steig ein und schnall dich an«, sagte Paul.

Er setzte sich neben sie, immer noch mit dem Gedanken beschäftigt, daß er sich in genau dem nicht einsehbaren Gebiet befand, das er nicht hatte durchdringen können. Ihm wurde mit einem plötzlichen Schock klar, daß er sich zuviel mit diesen Dingen auseinandersetzte, daß diese Tatsache die Schuld an seinem Schwächegefühl trug.

»Wenn du nur deinen Augen vertraust, führt das dazu, daß die anderen Sinne verkümmern.« Ein Bene-Gesserit-Axiom. Paul akzeptierte es für sich und nahm sich vor, nie wieder in eine Falle dieser Art zu tappen... falls er noch lange genug leben würde.

Er überprüfte die Sicherheitssysteme. Die Schwingen

des Thopters standen in der vor dem Start üblichen Ruhestellung. Paul ließ sie noch enger an die Seitenwände ziehen und traf alle Vorbereitungen für einen jener Blitzstarts, die Gurney Halleck ihm beigebracht hatte. Der Startschalter bewegte sich leicht. Die Skalen der Frontarmatur erwachten zum Leben, als die Düsen sich mit Energie vollsogen. Turbinen begannen leise zu zischen.

»Fertig?« fragte er.

»Ja.«

Er schaltete die Fernsteuerung für das Licht aus.

Um sie herum wurde es dunkel.

Pauls Hand glitt wie ein Schatten unter der grünen Bordbeleuchtung über die Fernbedienung der Außentür. Knirschend schob sich die Wand zur Seite. Eine Sandfontäne wurde in die Kaverne gewirbelt. Paul schloß die Tür des Thopters. Es war, als fiele ein starker Druck von seinen Schultern.

Ein breiter Streifen des Sternenhimmels tauchte vor ihnen auf. Paul aktivierte einen anderen Schalter. Die Schwingen begannen auf und nieder zu gleiten und hoben den Thopter wie einen Vogel aus seinem Nest. Volle Energie erweckte die Düsen nun vollends zum Leben. Die Maschine vibrierte.

Jessicas Hände glitten leicht über die Kontrollen. Sie konnte die Sicherheit, die die Bewegungen ihres Sohnes ausstrahlten, beinahe fühlen. Und dennoch fürchtete sie sich. *Pauls Ausbildung ist jetzt unsere einzige Hoffnung,* dachte sie. *Seine Jugend und seine Gewitztheit.*

Paul führte den Düsen mehr Energie zu. Der Thopter bockte, und der plötzliche Andruck preßte sie tiefer in die Sitze. Dann erschien vor ihren Augen die breite Wand der Sterne. Noch mehr Energie in die Schwingen, die jetzt in vollem Einsatz arbeiteten und die Maschine in die Luft hoben. Ehe sie sich versahen, glitten sie über einem Felsenmeer dahin, über zackige Klippen im Schein nächtlicher Sterne. Der von einer fernen Staubwand in seiner Leuchtkraft behinderte rote Mond erschien am Horizont zu ihrer Rechten. Und dann sahen sie die Sturmwolke.

Pauls Hände glitten über die Kontrollen. Die Schwingen legten sich wie die Flügel eines Käfers an den Leib der Maschine. Mit aller Kraft zerrte die Beschleunigung an ihren Körpern, als der Thopter steil anstieg.

»Düsenstrahlen hinter uns«, meldete Jessica.

»Ich habe sie gesehen.«

Paul ging auf volle Geschwindigkeit.

Der Thopter winselte wie eine gequälte Kreatur, wendete nach Südwesten und hielt genau auf den Sturm zu, der sich über der Wüste abzeichnete. In unmittelbarer Nähe konnte Paul anhand der vibrierenden Schatten erkennen, wo die Felsenlandschaft endete, wo das Land der Dünen begann.

Und über dem Horizont erhob sich die Sturmwand wie eine Mauer, die nach den Sternen griff.

Irgend etwas ließ den Thopter erzittern.

»Geschützfeuer!« keuchte Jessica. »Sie benutzen irgendeine Art von Projektilwaffen!«

Paul grinste listig. »Offenbar scheuen sie sich, Lasguns einzusetzen«, meinte er.

»Aber wir haben doch gar keinen Schild!«

»Woher sollen sie das wissen?«

Erneut erzitterte die Maschine.

Paul sah nach hinten. »Sie scheinen nur eine Maschine zu haben, die bei unserer Geschwindigkeit mithalten kann.«

Er richtete seine Aufmerksamkeit wieder auf den Kurs. Die Sturmwand vor ihnen wuchs immer höher und begann vor ihren Augen zu verschwimmen.

»Granaten, Raketen – all diese altertümlichen Waffen werden wir den Fremen geben«, flüsterte Paul.

»Der Sturm«, sagte Jessica. »Sollten wir nicht besser umkehren?«

»Und das Schiff hinter uns?«

»Es holt auf.«

»Jetzt!«

Paul fuhr die Schwingen aus, bis sie die Größe von Stummelflügeln erreicht hatten, und ließ die Maschine nach links abtrudeln, wo die Sturmwand noch nachgiebig war. Der Beschleunigungsdruck zog an seinem Körper.

Sie schienen in eine Wolke hineinzugleiten, die sie aufnahm und dann dichter und dichter wurde, bis sie schließlich den Mond und die darunterliegende Wüste völlig verblassen ließ. Die Maschine wurde eins mit dem Sturm, war nur noch ein dahinschwebender winziger Raum in der Dunkelheit, dessen Inneres lediglich vom matten Glühen der Kontrollen erhellt wurde.

Alles, was sie über Stürme dieser Art je gehört hatte, raste in diesem Moment durch Jessicas Geist: daß sie Metall wie Butter zu zerschneiden in der Lage waren, Maschinen zur Unkenntlichkeit zerfrästen, daß sie einem Menschen das Fleisch von den Knochen bliesen und selbst diese Überreste seines Körpers noch zu feinem Staub zerrieben. Sie fühlte das Prasseln des Sandes auf der Außenhaut des Thopters und schaute zu, wie Paul die Kontrollen bediente. Er nahm die Energie zurück, und das Schiff bockte. Das sie umgebende Metall knirschte und vibrierte.

»Der Sand!« rief Jessica.

Paul schüttelte den Kopf. »In dieser Höhe gibt es nicht viel davon.«

Aber sie fühlte deutlich, wie sie noch tiefer in den Mahlstrom hinabglitten.

Paul fuhr die Schwingen wieder zu voller Größe aus und hörte, wie sie gegen die Behinderung ankämpften. Die Instrumente im Auge behaltend, ließ er den Thopter rein gefühlsmäßig dahinschweben.

Das Kratzen nahm ab.

Der Thopter bewegte sich nach links. Paul überprüfte im Schein der Kontrollbeleuchtung die Instrumente. Er schien befriedigt zu sein.

Jessica hatte das unwirkliche Gefühl, daß sie jetzt stillstanden, daß sich alle Bewegung als Illusion erwies. Erst als eine Sandbö krachend gegen die Außenscheibe prallte, wurde ihr klar, daß sie immer noch in großer Gefahr schwebten.

Der Wind legt sieben- bis achthundert Kilometer in der Stunde zurück, wurde ihr bewußt. Und sie sagte sich: *Ich darf keine Angst haben. Die Angst tötet das Bewußtsein.* Eine alte Weisheit der Bene Gesserit.

Langsam gewann die langjährige Ausbildung wieder die Oberhand.

Sie beruhigte sich.

»Wir haben jetzt den Tiger beim Schwanz gepackt«, ließ sich Paul vernehmen. »Wir können weder runter, noch können wir landen. Und ich glaube auch nicht, daß ich uns hier wieder herauskriegen kann. Wir werden warten müssen, bis der Sturm sich legt.«

Einen Moment lang war Jessica nahe daran, die Beherrschung erneut zu verlieren. Sie merkte, daß ihre Zähne zu klappern begannen, und preßte sie hart aufeinander. Dann hörte sie wieder Pauls Stimme, wie sie in aller Ruhe den alten Text rezitierte: »Die Angst tötet das Bewußtsein. Sie führt zu völliger Zerstörung. Ich werde ihr ins Gesicht sehen. Sie soll mich völlig durchdringen. Und wenn sie von mir gegangen ist, wird nichts zurückbleiben. Nichts außer mir.«

4

An dem, was du verabscheust, wird man dich erkennen.

Aus ›Leitfäden des Muad'dib‹,
von Prinzessin Irulan

»Sie sind tot, Baron«, sagte Iakin Nefud, der Hauptmann der Leibwache. »Die Frau und der Junge sind bestimmt tot.«

Baron Wladimir Harkonnen richtete sich langsam aus den Schlafsuspensoren seines Privatquartiers auf. Er befand sich in dem gewaltigen Schiff, mit dem er auf Arrakis gelandet war, dennoch würde man das, beträte man nur seine Räumlichkeiten und nicht die anderen Abteilungen der Raumfregatte, niemals vermutet haben: es herrschte der gleiche Luxus wie in seinem heimatlichen Palast.

»Es ist sicher«, wiederholte der Hauptmann der Leibwache. »Sie sind tot.«

Der Baron hob seinen feisten Körper etwas an und warf einen Blick in die Nische, in der die feingemeißelte Statue eines Jungen zu sehen war. Das machte ihn munter. Er langte nach den hinter seinem Nacken verborgenen Suspensoren und schaute über den einzigen eingeschalteten Glanzglobus seines Schlafraums zu der Prudenztür hinüber, hinter der Hauptmann Nefud stand.

»Sie sind zweifellos tot, Baron«, wiederholte der Mann.

Baron Harkonnen sah in Nefuds Augen, daß er unter Semutaeinwirkung stand. Es war offensichtlich, daß er sich in einem starken Rausch befunden und sich lediglich ein Gegenmittel gespritzt hatte, um dem Baron seine Meldung weiterzugeben.

»Ich habe gerade einen Bericht erhalten«, sagte Nefud.

Laß ihn ruhig noch eine Weile schwitzen, sagte sich der

Baron. *Man muß die Werkzeuge der Politik ständig scharf und bereit halten. Macht und Furcht – scharf und bereit.*

»Haben Sie ihre Leichen gesehen?« knurrte er.

Nefud zögerte.

»Nun?«

»Mylord... man hat gesehen, wie sie genau in einen Sandsturm hineinflogen... Windgeschwindigkeiten bis zu achthundert Kilometer. Niemand kann einem solchen Sturm entgehen, Mylord. Nichts! Bei der Verfolgung ging eine unserer eigenen Maschinen ebenfalls verloren.«

Der Baron starrte Nefud an. Er registrierte, daß die Gesichtsmuskeln des Mannes nervös zuckten und wie er aufgeregt schluckte.

»Haben Sie die Leichen gesehen?« wiederholte er.

»Mylord...«

»Warum kommen Sie denn überhaupt zu mir und rasseln mit dem Säbel?« brüllte der Baron. »Um mir eine Geschichte zu erzählen, an der vorne und hinten nichts stimmt? Bilden Sie sich jetzt etwa noch ein, ich würde Sie für einen solchen Schwachsinn noch loben oder Sie befördern?«

Nefud wurde totenbleich.

Man schaue sich diese Flasche an, dachte der Baron. *Bin ich denn wirklich nur von lauter Trotteln umgeben? Dieser Narr würde, wenn ich ihm sagen würde, er sei ein Huhn und der Sand vor seiner Nase Hühnerfutter, glatt anfangen, ihn aufzupicken.*

»Es war also dieser Idaho, der uns auf ihre Spur brachte?« fragte er.

»Jawohl, Mylord!«

Schau nur, wie ihm der Kamm schwillt, dachte der Baron. Er fragte: »Sie waren also im Begriff, zu den Fremen zu fliehen, was?«

»Jawohl, Mylord.«

»Haben Sie mir noch mehr zu... berichten?«

»Der Planetologe des Imperators, Kynes, ist in diesen Fall verwickelt, Mylord. Idaho traf diesen Kynes unter mysteriösen Umständen. Man könnte beinahe sagen – *verdächtigen Umständen.*«

»Und?«

»Sie... äh... flogen zusammen zu einem Ort in der Wüste, wo sich auch der Junge und seine Mutter aufgehalten haben müssen. In der Überraschung des Angriffs wurden mehrere unserer Kampfgruppen in eine Schildexplosion einbezogen.«

»Wie viele Männer haben wir verloren?«

»Darüber... äh... habe ich noch keine verläßlichen Informationen, Mylord.«

Er lügt, dachte der Baron. *Es müssen eine ganze Menge gewesen sein.*

»Dieser kaiserliche Lakai, dieser Kynes«, begann der Baron. »Er hat ein doppeltes Spiel gespielt, wie?«

»Darauf würde ich sogar meinen guten Ruf verwetten, Mylord.«

Seinen guten Ruf! Du meine Güte!

»Lassen Sie ihn umbringen«, befahl der Baron.

»Mylord! Kynes ist der Planetologe des Imperators! Ein Bediensteter Seiner Majestät!«

»Dann sorgen Sie eben dafür, daß es wie ein Unfall aussieht, verdammt noch mal!«

»Wir konnten das Versteck dieser Leute nur mit der Hilfe der Sardaukar ausheben. Kynes befindet sich derzeit in ihrem Gewahrsam.«

»Dann seht zu, daß ihr ihn in die Finger bekommt. Sagt, daß ich ihn verhören will.«

»Und wenn sie sich weigern?«

»Das werden sie nicht tun, wenn Sie mein Verlangen in einer korrekten Form vorbringen.«

Nefud schluckte. »Jawohl, Mylord.«

»Der Kerl muß sterben«, knurrte der Baron. »Er hat versucht, meinen Gegnern zu helfen.«

Nefud trat von einem Fuß auf den anderen.

»Ist noch was?« fragte der Baron.

»Mylord, die Sardaukar haben... haben zwei Leute festgenommen, die für Sie vielleicht von Interesse sind. Sie haben den Führer der Herzoglichen Assassinen in ihrer Gewalt.«

»Hawat? Thufir Hawat?«

»Ich habe den Gefangenen mit eigenen Augen gesehen, Mylord. Es ist Hawat.«

»Das hätte ich niemals für möglich gehalten!«

»Es heißt, jemand hätte ihn mit einem Stunner gelähmt, Mylord. Draußen, in der Wüste, wo er seinen Schild nicht einsetzen konnte. Er ist dennoch unverletzt. Wenn wir den Mann in die Hände bekommen könnten...«

»Er ist ein Mentat«, erwiderte der Baron. »Und solche Leute vergeudet man nicht. Hat er etwas dazu gesagt, daß wir ihn geschlagen haben? Weiß er etwas von der Existenz eines... ach, nein.«

»Er hat nur das Nötigste gesagt, Mylord, aber genug, um zu wissen, daß er Lady Jessica für die Verräterin hält.«

»Ach was!«

Der Baron ließ sich zurücksinken und dachte nach. Dann sagte er: »Sind Sie sicher? Ist es wirklich Lady Jessica, gegen die sich seine Wut richtet?«

»Er hat das in meiner Gegenwart verlauten lassen, Mylord.«

»Dann laßt ihn in dem Glauben, daß sie noch lebt.«

»Aber, Mylord...«

»Schweigen Sie. Ich wünsche, daß man Hawat gut behandelt. Er darf keinesfalls etwas vom Schicksal Dr. Yuehs, des wirklichen Verräters, erfahren. Lassen Sie ihm die Nachricht zukommen, daß Yueh starb, als er seinen Herzog verteidigte. In gewissem Sinn ist das ebenso wahr. Wir werden sein Mißtrauen gegen Lady Jessica wachhalten.«

»Mylord, ich verstehe nicht...«

»Die Kunst, einen Mentaten zu kontrollieren, Nefud, besteht darin, ihn zu informieren. Falsche Informationen führen zu falschen Lösungen.«

»Sicher, Mylord, aber...«

»Hat er Hunger? Durst?«

»Mylord - Hawat ist immer noch in den Händen der Sardaukar!«

»Ach ja, tatsächlich. Aber die Sardaukar werden ebenso scharf darauf sein, von ihm Informationen zu erhalten wie ich. Ich habe etwas über unsere Verbündeten herausgefunden, Nefud. Sie sind - politisch gesehen - nicht gerade die hellsten Köpfe. Und ich weiß, daß dahinter eine bestimmte Absicht steckt. Der Imperator kann denkende Soldaten einfach nicht gebrauchen. Ja, genauso ist es. Es wird Ihre Aufgabe sein, dem Legionskommandeur der Sardaukar die Information zu hinterbringen, daß ich mich besonders darauf verstehe, verstockte Schweiger zum Sprechen zu bringen.«

Nefud sah unglücklich aus. »Jawohl, Mylord.«

»Sie werden dem Kommandeur sagen, daß ich Hawat und Kynes zur gleichen Zeit verhören möchte, weil ich angeblich einen gegen den anderen ausspielen will. Soviel wird er gerade noch verstehen, nehme ich an.«

»Jawohl, Mylord.«

»Und wenn wir sie erst einmal in den Händen haben...« Der Baron nickte befriedigt.

»Mylord, der Kommandeur der Sardaukar wird darauf bestehen, daß einer seiner Leute an dem... Verhör teilnimmt.«

»Ich bin sicher, daß Sie ein Ablenkungsmanöver bei der Hand haben, um jeden etwaigen Beobachter auszuschalten, Nefud.«

»Ich verstehe, Mylord. Dann kann Kynes seinen Unfall... äh... erleben.«

»Kynes und Hawat werden zur gleichen Zeit einen Unfall haben, Nefud. Allerdings wird nur Kynes ihm zum Opfer fallen. Ich will nur Hawat haben. Ah, ja!« Der Baron grinste.

Nefud klapperte mit den Lidern und schluckte. Er machte den Eindruck, als wolle er noch eine Frage stellen, behielt sie aber für sich.

»Hawat wird bestens versorgt werden«, sagte der Baron. »Und er wird freundlichst behandelt werden. In das Wasser, das er bekommt, geben wir etwas von dem Residualgift, das der verstorbene Piter de Vries entwickelte. Außerdem sorgen wir dafür, daß seine Mahlzeiten regelmäßig das dazugehörige Gegengift enthalten; so lange, bis ich anderslautende Anweisungen erteile.«

»Das Gegengift, sicher.« Nefud schüttelte den Kopf. »Aber...«

»Seien Sie nicht so begriffsstutzig, Nefud. Der Herzog hätte mich beinahe mit diesem Gift aus seinem hohlen Zahn getötet. Das Gas, das er ausatmete, hat mich meines besten Mentaten beraubt. Ich brauche einen Ersatz.«

»Hawat?«

»Hawat!«

»Aber...«

»Sie wollen sagen, daß Hawat den Atreides ganz und gar ergeben ist? Das stimmt, aber die Atreides sind tot. Wir werden Hawat ein wenig Honig ums Maul schmieren, Nefud. Er muß zu der Schlußfolgerung gelangen, daß ihn keinerlei Schuld am Tod seines Herzogs trifft, daß alles nur der Verschlagenheit dieser Bene-Gesserit-Hexe zuzuschreiben war. Wir werden ihn zu der Überzeugung gelangen lassen, daß er keiner von denen ist, die sich von Emotionen leiten lassen. Mentaten sind stolz darauf, gefühllose Schlüsse zu ziehen, Nefud. Deshalb werden wir diesem famosen Thufir Hawat schmeicheln.«

»Ihm schmeicheln. Jawohl, Mylord.«

»Der Mentat, der Hawat ausgebildet hat, war ein Mann, der zu sehr von seinen Emotionen abhängig war. Hawat weiß das, und deswegen wird ihn nichts mehr freuen, als wenn wir ihm bestätigen, daß dieser Effekt nicht auch auf ihn übergegriffen hat.« Der Baron starrte Nefud an. »Wir wollen uns nicht selbst täuschen, Nefud. Die Wahrheit ist eine mächtige Waffe. Wir wissen, daß wir den Sieg über die Atreides nur unserem Wohlstand zu verdanken haben. Hawat weiß das auch. Wir können ihn mit mehr

Informationen versorgen, als es sich sein Herzog je hätte leisten können, weil wir die besser bezahlten Spione haben.«

»Jawohl, Mylord.«

»Wir werden ihn umschmeicheln«, wiederholte der Baron. »Und vor den Sardaukar verstecken. In der Hinterhand verbergen wir das Gegengift. Es gibt keine Möglichkeit, das Residualgift aus seinem Körper zu entfernen, und Hawat braucht auch nicht zu erfahren, in welcher Gefahr er schwebt. Das Gegengift ist nicht einmal von einem Giftschnüffler aufzuspüren. Hawat kann seine Nahrung überprüfen, wie er will. Er wird trotzdem nichts darin finden.«

Nefuds Augen öffneten sich in plötzlichem Verstehen.

»Das Nichtvorhandensein einer Sache«, fuhr der Baron fort, »kann ebenso gefährlich sein wie das *Vorhandensein.* Wie etwa das Nichtvorhandensein von Luft, klar? Oder von Wasser. Ja! Ebenso wie das Nichtvorhandensein von allem, von dem wir abhängig sind.« Er nickte. »Verstehen wir uns, Nefud?«

Nefud schluckte. »Jawohl, Mylord.«

»Dann machen Sie sich an die Arbeit. Stöbern Sie den Kommandeur der Sardaukar auf und sehen Sie zu, daß die Dinge in Bewegung kommen.«

»Sofort, Mylord.« Nefud verbeugte sich und verschwand.

Hawat auf meiner Seite! dachte der Baron. *Die Sardaukar werden ihn mir überlassen. Selbst wenn sie mißtrauisch werden, können sie nur annehmen, ich wollte ihn beseitigen lassen. Und diesen Verdacht werde ich fördern. Diese Narren! Einer der berühmtesten Mentaten aller Zeiten, und sie überlassen ihn mir wie ein zerbrochenes Spielzeug. Ich werde ihnen zeigen, was man aus einem solchen Spielzeug noch herausholen kann!*

Der Baron streckte die Hand aus und tastete nach einem verborgenen Knopf hinter dem Suspensorbett. Er drückte ihn und rief damit nach seinem älteren Neffen. Rabban. Dann lehnte er sich zurück und lächelte.

Und alle Atreides sind tot!

Er sah den Weg, der sich vor ihm auftat. Eines Tages würde ein Harkonnen Imperator werden. Nicht er selbst natürlich, aber ein Harkonnen. Und auch nicht Rabban, das war klar. Aber Rabbans jüngerer Bruder, der junge Feyd-Rautha. Etwas an dem Jungen gefiel ihm außerordentlich... seine Grausamkeit.

Ein herrlicher Junge, dachte der Baron. *In einem Jahr oder zwei, ungefähr dann, wenn er siebzehn ist. Ich weiß genau, daß die Harkonnens über kein besseres Werkzeug verfügen, das uns den Weg zum Thron ebnet.*

»Mylord?«

Der Mann, der vor der Prudenztür auf dem Gang stand, war von gedrungener Statur, hatte ein dickliches Gesicht und einen fetten Körper. Seine tief in den Fleischwülsten verborgenen Augen und die breiten Schultern kennzeichneten ihn als typischen Harkonnen. Die Schwerfälligkeit, mit der er sich bewegte, deutete schon jetzt an, daß auch er eines Tages würde Suspensoren tragen müssen, um seines Gewichts Herr zu werden.

Ein Muskelpaket ohne Gehirn, dachte der Baron. *Er ist nicht gerade ein Mann des Geistes, dieser Neffe. Kein Piter de Vries, wahrlich nicht, aber vielleicht genau das, was wir jetzt hier brauchen können. Wenn ich ihm freie Hand gebe, walzt er alles nieder, was sich in seinen Weg stellt. Oh, er wird dafür sorgen, daß wir wie niemand anderes auf Arrakis gehaßt werden!*

»Mein lieber Neffe«, begrüßte ihn der Baron. Er ließ den Pentaschild zusammenbrechen, der die Tür verschloß, und schaltete gleichzeitig den Schildgürtel auf höchste Intensität. Er wußte, daß der ihn umgebende Schimmer im Licht des über dem Bett angebrachten Glanzglobus jetzt deutlich zu sehen war.

»Du hast mich gerufen?« fragte Rabban. Er schritt in den Raum hinein, schaute kurz auf den leuchtenden Schild und suchte erfolglos nach einer Sitzgelegenheit.

»Komm näher, damit ich dich besser sehen kann«, forderte der Baron ihn auf.

Rabban kam näher. Innerlich verfluchte er die Gemeinheit dieses alten Mannes, der alle Sitzgelegenheiten hatte entfernen lassen, bloß um in den Genuß zu gelangen, alle Besucher vor sich stehen zu sehen.

»Die Atreides sind tot«, eröffnete ihm der Baron. »Es gibt nun keinen mehr. Deswegen habe ich dich nach Arrakis gerufen. Der Planet gehört jetzt wieder dir.«

Rabban blinzelte. »Aber ich dachte, du hättest Piter de Vries dazu ausersehen, deine Geschäfte...«

»Piter ist ebenfalls tot.«

»Piter?«

»Piter.«

Der Baron reaktivierte den Pentaschild in der Tür und versiegelte ihn damit gegen jeglichen Versuch, ihn mit Energie zu durchdringen.

»Du bist seiner schließlich doch müde geworden, wie?« fragte Rabban. Seine Stimme klang in dem völlig abgeschirmten Raum flach und leblos.

»Ich will dir mal etwas sagen«, erwiderte der Baron mit tiefer Stimme. »Du spielst darauf an, daß ich ihn mir vom Halse geschafft haben könnte, wie man sich etwas Unnützes vom Halse schafft.« Er schnippte mit den Fingern. »Ganz einfach so, nicht? Ich bin kein Idiot, Neffe. Und ich werde es dir sehr übel nehmen, wenn du so etwas noch einmal unterschwellig behauptest.«

Rabbans Blick wurde ängstlich. Er wußte, wieweit der alte Baron sogar innerhalb seiner Familie zu gehen bereit war. Das führte zwar selten zum Tode eines Mitglieds – außer daraus ließ sich ein ansehnlicher Profit erwirtschaften –, aber er hatte eine Reihe anderer Möglichkeiten, jeden kleinzukriegen.

»Verzeihung, Mylord«, sagte Rabban. Er senkte den Blick; weniger um seine Wut zu verbergen, als Untertänigkeit zu demonstrieren.

»Mich legst du nicht herein, Rabban«, sagte der Baron.

Die Augen niedergeschlagen, schluckte Rabban.

»Ich werde dir eine Maxime setzen«, sagte der Baron. »Serviere niemals einen Mann ohne Vorbedacht ab, außer vielleicht ein profitables Lehen macht das erforderlich. Wenn du so etwas tust, dann für ein handfestes Ziel – und *dein Ziel* kennst du ja wohl.«

Ärgerlich sagte Rabban: »Das sagst du, wo du diesen Verräter Yueh umbringen ließest? Als ich letzte Nacht ankam, sah ich, wie man seine Leiche von Bord schaffte.«

Rabban starrte seinen Onkel an, als sei er selbst über den Klang seiner Worte entsetzt.

Der Baron lächelte. »Mit gefährlichen Waffen pflege ich in der Regel vorsichtig umzugehen«, erwiderte er. »Dr. Yueh war ein Verräter. Wir verdankten es ihm, daß wir den Herzog in die Finger bekamen.« Seine Stimme troff vor Zynismus. »*Ich* habe einen Mediziner der Suk-Schule dazu angestiftet! Verstehst du das, mein Junge? Daß ich mir den vom Halse geschafft habe, war wirklich kein Zufall!«

»Weiß der Imperator davon, daß du Yueh dazu gekriegt hast, seinen Eid zu vergessen?«

Das ist eine Frage, die ich von ihm gar nicht erwartet hätte, dachte der Baron überrascht. *Habe ich diesen Neffen etwa unterschätzt?*

»Er weiß noch nichts davon«, gab er zurück. »Aber die Sardaukar werden es ihm mit ziemlicher Sicherheit berichten. Bevor das geschieht, wird er jedoch einen von mir aufgesetzten Report in den Händen halten, den ich ihm durch die Kanäle der MAFEA-Gesellschaft zuspiele. Ich werde ihm mitteilen, daß ich *glücklicherweise* einen Arzt fand, dessen Konditionierung zerbrechlich war. Ein falscher Arzt, verstehst du? Da jedermann weiß, daß die Konditionierung der Suk-Schule nicht durchbrechbar ist, wird man diese Erklärung schon akzeptieren müssen.«

»Ah, ich verstehe«, murmelte Rabban.

Der Baron dachte: *Ich hoffe für dich, daß du das verstehst. Und ich hoffe, du siehst ein, wie wichtig es ist, daß diese Geschichte nicht an die Öffentlichkeit dringt.* Plötzlich wunderte er sich über sich selbst. *Warum habe ich das getan? Warum lasse ich mich dazu hinreißen, vor diesem Narren von einem Neffen zu prahlen?* Wut stieg in ihm auf. Er wurde den Verdacht nicht los, damit einen Fehler gemacht zu haben.

»Das muß natürlich geheim bleiben«, sagte Rabban. »Ganz klare Sache.«

Der Baron seufzte. »Ich möchte dir noch eine Anweisung für Arrakis geben, Neffe. Während der letzten Zeit, die du auf dieser Welt verbrachtest, habe ich dich ziemlich in den Zügeln gehalten. Diesmal sieht die Sache anders aus. Du wirst nur für eine Sache sorgen.«

»Mylord?«

»Einkünfte.«

»Einkünfte?«

»Kannst du dir vorstellen, Rabban, wie teuer es gewesen ist, all die Schiffe und Leute hierherzubringen, um die Atreides zu verjagen? Hast du auch nur die kleinsten Informationen darüber, wieviel die Gilde für einen Transport wie diesen verlangt?«

»Ziemlich viel, wie?«

»Ziemlich viel!« Der Baron streckte einen seiner fetten Arme nach Rabban aus. »Wenn du Arrakis so ausquetschst, daß der Planet uns jeden Pfennig gibt, den er in sechzig Jahren erwirtschaftet, haben wir gerade unsere Schulden bezahlt und noch nicht das geringste verdient!«

Rabbans Mund öffnete sich, aber er sagte keinen Ton.

»Es war kostspielig«, schnaufte der Baron. »Dieses verdammte Gildemonopol auf die Raumfahrt hätte uns ruiniert, wenn ich für einen solchen Fall nicht langjährige Vorsorgemaßnahmen ergriffen hätte. Du solltest wissen, Rabban, daß wir Schwierigkeiten zu überwinden hatten, die unvorstellbar für jeden anderen gewesen wären. Wir mußten sogar den Transport der Sardaukar bezahlen.«

Nicht zum erstenmal in seinem Leben fragte sich der Baron, ob eines Tages der Zeitpunkt kommen würde, an dem jemand die Gilde hereinlegte. Das ganze Unternehmen war betrügerisch durch und durch. Hatten sie einen Kunden einmal in der Hand, preßten sie ihn aus wie eine Zitrone und ließen ihm gerade noch soviel, wie er brauchte, um mit seinem restlichen Geld ausstehende Gelder einzutreiben.

Und was militärische Aktionen anbetraf, so kosteten diese die Höchstbeträge. »Gefahrenzulage«, hatte der ölige Gildenvertreter erklärt. Und für jeden Agent, den man in die Gildenbank einschleuste, schickte die Gilde sofort zwei ihrer Leute in das Unternehmen ihres Kunden.

Unerträglich!

»Also Einkünfte«, nickte Rabban.

Der Baron ließ seinen Arm wieder sinken und ballte die Hand zur Faust. »Du mußt diesen Planeten *auswringen!*«

»Und ich kann vorgehen, wie ich will?«

»Du hast völlig freie Hand.«

»Die Geschütze, die du mitgebracht hast«, sagte Rabban. »Kann ich die...«

»Ich nehme sie wieder mit«, entgegnete der Baron.

»Aber du...«

»Du wirst Spielzeuge dieser Art nicht brauchen. Sie wurden speziell angefertigt und sind jetzt nutzlos. Wir brauchen das Metall. Du kannst sie nicht gegen einen Schild einsetzen, Rabban. Wir haben sie nur mitgebracht, weil wir sicher waren, daß niemand mit solchen Waffen rechnete. Es war vorhersehbar, daß die Männer des Herzogs sich in den Felsen verbarrikadieren würden. Also haben wir die Chance genutzt und sie dort einschließen lassen.«

»Aber die Fremen benutzen doch gar keine Schilde.«

»Von mir aus kannst du ein paar Lasguns haben, wenn du willst.«

»Jawohl, Mylord. Und ansonsten habe ich freie Hand.«

»Solange du sie dazu benutzt, diesen Planeten auszupressen, ja.«

Rabban lächelte erfreut. »Ich verstehe vollkommen, Mylord.«

»Du verstehst überhaupt nichts«, knurrte der Baron. »Laß uns darüber ganz im klaren sein. Was du *wirklich* verstehst, ist, wie du meine Befehle auszuführen hast. Ist dir überhaupt schon einmal zu Bewußtsein gekommen, Neffe, daß auf diesem Planeten fünf Millionen Menschen leben?«

»Haben Mylord vergessen«, erwiderte Rabban, »daß ich sein Regenten-Siridar auf diesem Planeten war? Mylord möge mir vergeben, aber ich behaupte, daß seine Schätzung zu niedrig liegt. Wie will man auch die Bevölkerung einer Welt schätzen, wenn man nur einen kleinen Teil von ihr kennt? Wenn man allein die Fremen aus dem...«

»Die Fremen sind nicht wert, daß man sie einbezieht!«

»Verzeihung, Mylord, aber die Sardaukar haben da inzwischen eine andere Ansicht.«

Der Baron zögerte und starrte seinen Neffen an. »Du weißt etwas?«

»Mylord hatten sich bereits zurückgezogen, als ich in der vergangenen Nacht hier ankam. Ich... äh... nahm mir die Freiheit, Kontakt mit zwei Leutnants aufzunehmen, die früher hier unter meinem Kommando standen und den Sardaukar jetzt als Führer dienen. Sie behaupteten, daß eine Bande von Fremen südöstlich von hier auf eine Einheit der Sardaukar stieß und sie völlig vernichtete.«

»Sie haben eine Sardaukar-Einheit *vernichtet?*«

»Ja, Mylord!«

»Das ist unmöglich!« Rabban zuckte mit den Achseln.

»Fremen schlugen Sardaukar?« Der Baron schnaufte.

»Ich wiederhole nur, was man mir gesagt hat«, erwiderte Rabban. »Und man behauptet ebenfalls, daß diese Fremen-Bande vor diesem Zwischenfall bereits Thufir Hawat und seine Leute in ihrer Gewalt hatte.«

»Ah!«

Der Baron nickte lächelnd.

»Ich glaube diesem Bericht«, fuhr Rabban fort. »Du machst dir keine Vorstellung davon, wie gefährlich die Fremen wirklich sind, Onkel.«

»Vielleicht. Aber die Leute, die diese Leutnants sahen, können keine Fremen gewesen sein. Es waren Atreides, die Hawat ausgebildet und als Fremen verkleidet hat. Das ist die einzige mögliche Antwort.«

Erneut zuckte Rabban mit den Achseln. »Nun, die Sardaukar nehmen jedenfalls an, daß es sich um Fremen handelte. Sie beabsichtigen, ein Pogrom zu veranstalten und alle Fremen auszurotten.«

»Gut!«

»Aber...«

»Das wird sie für eine Weile beschäftigt halten. Und bald haben wir Hawat. Ich weiß es! Ich kann es fühlen! Ah, das ist wirklich ein Tag gewesen! Die Sardaukar jagen ein paar nutzlosen Wüstenbanditen nach, während uns der Preis auf einem Silberteller serviert wird!«

»Mylord...«, sagte Rabban unentschlossen. Sein Blick war finster. »Ich habe immer schon das Gefühl gehabt, daß wir die Fremen unterschätzen. Das betrifft sowohl ihre Zahl als auch...«

»Vergiß sie, Junge! Sie sind Pöbel! Uns interessieren nur die bevölkerungsdichten Dörfer, Städte und Niederlassungen. Nur sie gehen uns etwas an. Dort leben eine Menge Leute, nicht wahr?«

»Sehr viele, Mylord.«

»Das besorgt mich, Rabban.«

»Das besorgt dich?«

»Oh... neunzig Prozent dieser Leute sind natürlich völlig unwichtig. Aber es gibt immer noch ein paar... Kleinere Häuser und so weiter, ambitionierte Leute, die vielleicht versuchen werden, das eine oder andere gefährliche Spiel zu starten. Wenn nun der eine oder andere Arrakis verläßt und draußen Geschichten über das verbreitet, was hier geschehen ist, würde mich das schon sehr ärgerlich machen. Kannst du dir vorstellen, wie ärgerlich ich werden kann, Rabban?«

Rabban schluckte.

»Du solltest sofort die notwendigen Schritte einleiten

und anordnen, daß jedes Kleine Haus einen Vertreter herschickt, dem wir klarmachen, daß dies ein gewöhnlicher Kampf zwischen zwei Häusern war«, fuhr der Baron fort. »Jeder auf Arrakis muß erfahren, daß keine Sardaukar im Spiel waren, verstehst du? Weiterhin muß verbreitet werden, daß man dem Herzog die übliche Chance, ins Exil zu gehen, gegeben hat, daß er jedoch leider einem Unfall zum Opfer fiel, bevor er dieses Angebot annehmen konnte. Natürlich sei er bereit gewesen, das Angebot zu akzeptieren. So wird die Geschichte lauten. Und falls Gerüchte auftauchen, die von einer Beteiligung der Sardaukar sprechen, soll darüber gelacht werden.«

»Wie der Imperator es wünscht«, sagte Rabban.

»Wie der Imperator es wünscht.«

»Und was ist mit den Schmugglern?«

»Niemand wird denen Glauben schenken, Rabban. Die Schmuggler werden zwar toleriert, aber glauben tut ihnen niemand. Zur Sicherheit solltest du einige Bestechungsgelder verteilen. Und wenn das nichts nützt, kannst du Maßnahmen ergreifen, die ich dir selbst überlasse.«

»Jawohl, Mylord.«

»Zwei Dinge hast du auf Arrakis zu tun, Rabban: für Einkünfte sorgen und gnadenlos die Faust zu schwingen. Du darfst nicht die geringste Gnade zeigen. Vergiß nicht, mit welcher Sorte von Mensch du es hier zu tun hast: mit Sklaven, die ihre Herren hassen und jede Gelegenheit nutzen werden, gegen sie zu rebellieren. Du darfst ihnen nicht den kleinsten Finger reichen.«

»Kann man denn einen ganzen Planeten ausrotten?« fragte Rabban.

»Ausrotten?« Der Baron hob überrascht die Augen. »Wer hat denn von Ausrottung gesprochen?«

»Nun, ich nehme an, du hast vor, eine ganz neue Mannschaft zur Arbeit einzu…«

»Ich sprach von aus*pressen,* Neffe, nicht von ausrotten. Du darfst die Bevölkerung natürlich nicht sinnlos verschwenden, sondern sollst sie zur höchstmöglichen

Produktion antreiben. Du sollst wie ein Bluthund hinter ihnen stehen, Junge.« Der Baron lächelte. Er sah wie ein zufriedenes, gesättigtes Baby aus. »Ein Bluthund gibt niemals auf. Sei gnadenlos. Bleibe am Ball. Gnade ist nichts als eine Chimäre. Man kann einen Bluthund nur damit abwehren, indem man ihm zu fressen und zu saufen gibt. Sorge dafür, daß du ewig hungrig und durstig bleibst.« Er deutete auf die Ausbuchtungen, die den Standort seiner Suspensoren andeuteten. »Wie ich.«

»Ich verstehe, Mylord.«

Rabbans Blick schweifte von rechts nach links. »Dann ist alles klar, Neffe?«

»Ausgenommen eines, Onkel: der Planetologe Kynes.«

»Ach ja, Kynes.«

»Er ist ein Mann des Imperators, Mylord. Er kann kommen und gehen, wann er will. Und er steht den Fremen sehr nahe. Er hat eine ihrer Frauen geheiratet.«

»Kynes wird die morgige Nacht nicht mehr erleben.«

»Es ist nicht ungefährlich, einen Bediensteten des Imperators zu töten, Onkel.«

»Was glaubst du eigentlich, auf welche Art ich so schnell so weit gekommen bin?« fragte der Baron. Seine Stimme wurde zu einem Flüstern. »Und außerdem hättest du dir wegen Kynes keine Sorgen zu machen brauchen. Er kann Arrakis gar nicht verlassen, weil er von dem Gewürz abhängig ist.«

»Tatsächlich!«

»Diejenigen, die etwas sagen könnten, werden sich hüten, es zu tun«, meinte der Baron. »Auch ein Mann wie Kynes.«

»Du hast recht«, gab Rabban zu.

Schweigend sahen sie einander an. Plötzlich sagte der Baron:

»Nebenbei bemerkt, besteht deine Hauptaufgabe natürlich darin, für die Vermehrung meines persönlichen Besitzes zu sorgen. Ich besitze noch einige Gewürzlager, auch wenn dieser selbstmörderische Überfall der Leute des Herzogs das meiste von dem, was wir zum Verkauf vorgesehen hatten, vernichtete.«

Rabban nickte. »Jawohl, Mylord.«

Der Baron strahlte. »Morgen wirst du das, was von der örtlichen Organisation übriggeblieben ist, um dich versammeln und sagen: ›Unser verehrter Padischah-Imperator hat mich dazu auserkoren, von diesem Planeten Besitz zu ergreifen und alle Fehden zu beenden.‹«

»Ich verstehe, Mylord.«

»Diesmal glaube ich es selbst. Was die Details angeht, so können wir die morgen noch diskutieren. Du kannst jetzt gehen. Ich brauche noch etwas Schlaf.«

Er wartete, bis sein Neffe gegangen war, und aktivierte wieder den Pentaschild.

Ein Muskelpaket ohne Gehirn, dachte er. *Sie werden angekrochen kommen, wenn er mit ihnen fertig ist. Und wenn ich dann Feyd-Rautha schicke, um ihn abzulösen, werden sie ihn wie einen Retter willkommen heißen. Geliebter Feyd-Rautha! Unser gnädiger Feyd-Rautha! Der Mann, der uns von einem Ungeheuer befreite! Der Mann, dem wir so dankbar sind, daß wir unser Leben für ihn hergeben. Und bis dahin wird der Junge gelernt haben, wie man das Volk unter die Knute zwingt, ohne daß man sich dabei verhaßt macht. Ich bin sicher, daß er derjenige ist, den wir brauchen. Er wird lernen. Und er ist wirklich ein Junge mit einem hübschen Körper. Wirklich, ein herrlicher Junge.*

5

Im Alter von fünfzehn Jahren hatte er bereits gelernt zu schweigen.

Aus ›Die Kindheitsgeschichte des Muad'dib‹,
Prinzessin Irulan

Während Paul die Kontrollen des Thopters bediente, wurde er sich bewußt, daß er mit einer Ruhe vorging, die selbst ein ausgebildeter Mentat nicht in einer solchen Situation zuwege bringen würde. Er registrierte kühl die Staubfronten und Abwinde, die Luftwirbel und Böen.

Die Inneneinrichtung der Kabine schien für ihn nur noch aus der Instrumentenbank zu bestehen, die in einem unwirklichen grünen Licht aufleuchtete. Obwohl die außerhalb seiner Reichweite liegende Wand formlos war, begann er mit der Kraft seines Bewußtseins allmählich durch den Vorhang hindurchzusehen.

Ich muß den richtigen Wirbel finden, dachte er.

Die Kraft des Sturms schien etwas nachgelassen zu haben, aber immer noch wurde die Maschine hin und her gewirbelt. Paul wartete eine günstige Gelegenheit ab. Immer noch waren starke Turbulenzen meßbar.

Der nächste Luftwirbel brachte den Thopter zum Erzittern, aber Paul machte keine Anstalten, ihm dadurch zu entgehen, daß er die Maschine nach links abgleiten ließ.

Jessica beobachtete das Manöver auf dem Höhenmesser.

»Paul!« schrie sie.

Der Luftwirbel wirbelte sie herum, warf sie von einer Seite auf die andere, hob den Thopter hoch, wie ein Blatt, und spuckte ihn wieder aus, wie einen Spatz, der vom Wind erfaßt worden ist und dessen die Naturgewalten überdrüssig geworden sind. Staub war um sie herum, irgendwo leuchtete der zweite Mond.

Paul schaute nach unten, sah die staubige Sandwolke in sich zusammenfallen und registrierte, daß der Sturm am Absterben war. Er ergoß sich wie ein Sturzbach in die Wüste hinein, und seine Kraft nahm von Sekunde zu Sekunde ab, als würden die Dünen seine Macht in sich aufsaugen.

»Wir sind draußen«, flüsterte Jessica.

Paul änderte den Kurs und suchte den nächtlichen Himmel ab.

»Wir haben sie abgehängt«, meinte er einfach.

Jessica fühlte das Klopfen ihres Herzens und zwang sich, ruhiger zu werden. Der Sturm, der unter ihnen weiterhin abnahm, entglitt ihren Gedanken, und ihr Zeitgefühl sagte ihr, daß sie sich mindestens vier Stunden in seinem Bereich aufgehalten haben mußten. Ihr waren diese Stunden wie ein ganzes Leben erschienen, und sie fühlte sich wie neugeboren.

Es war wirklich so wie in der Litanei, dachte sie. *Wir sahen der Furcht ins Gesicht, ohne uns zu widersetzen. Der Sturm war in uns und um uns. Jetzt ist er fort, und nur wir bleiben zurück.*

»Das Geräusch der Schwingen gefällt mir nicht«, sagte Paul plötzlich. »Möglicherweise hat irgend etwas sie beschädigt.«

Er fühlte durch seine Hände, daß die Schwingen auf seine Anweisungen irgendwie anders reagierten. Sie hatten jetzt zwar die Gefahr des Sturmes hinter sich, befanden sich aber noch nicht dort, wo sie sich laut seiner vorhergegangenen Vision hätten befinden müssen. Aber immerhin waren sie entkommen. Paul atmete erleichtert auf.

Ihn schauderte.

Die Tatsache war magnetisierend und erschreckend, und er fragte sich, woran das lag. Ein Teil seines Schrekkens, fand er, war sicherlich darauf zurückzuführen, daß er längere Zeit keine Nahrung mehr zu sich genommen hatte, die Gewürz enthielt. Andererseits... auch die Worte der Litanei hatten ihre Auswirkung auf ihn gehabt. Sie waren eine Kraft in sich selbst.

»Ich werde keine Furcht...«

Ursache und Wirkung: Er lebte trotz der bösartigen Kräfte, die nach seinem Leben trachteten, und hatte es nur der Tatsache zu verdanken, daß er sich im Moment eines drohenden Gleichgewichtsverlusts auf Worte gestützt hatte, die seine Ängste erst hervorgerufen hatten.

Ein Zitat aus der Orange-Katholischen-Bibel fiel ihm ein: *»Welcher Sinne entbehren wir, daß wir die Welt um uns herum nicht sehen können?«*

»Um uns herum sind überall Felsen«, meldete Jessica.

Paul blickte auf die Nase des Thopters hinaus und schüttelte den Kopf, um seinen Gedanken zu entgehen. Er schaute in die angegebene Richtung und erkannte die zackigen Felsen, die aus dem Sand aufragten. Ein leichter Luftzug streifte ihn, und er bemerkte, daß sich eine leichte Staubschicht im Inneren der Maschine breitgemacht hatte. Offenbar hatte der Sturm ihnen ein Leck zugefügt.

»Am besten landen wir auf dem Sand«, schlug Jessica vor. »Dann haben die Schwingen am wenigsten auszuhalten.«

Paul nickte in Richtung einiger sandbedeckter Felsen, die im Mondlicht unter ihnen sichtbar wurden. »Ich werde in der Nähe dieser Felsen landen. Du mußt unsere Gurte überprüfen.«

Jessica gehorchte und dachte: *Wir haben Wasser und Destillanzüge. Wenn wir Nahrung finden, können wir über längere Zeit in dieser Wüste überleben. Auch die Fremen leben hier. Und was sie ertragen, halten auch wir aus.*

»Sobald wir gelandet sind«, wies Paul sie an, »läufst du zu den Felsen hinüber. Ich nehme das Gepäck.«

»Zu den Felsen...« Jessica verstummte und nickte. »Würmer.«

»Die Würmer sind unsere Freunde«, korrigierte Paul

sie. »Sie werden diesen Thopter vernichten, und niemand wird je erfahren, wo wir gelandet sind.«

Er denkt an alles, dachte sie.

Sie glitten tiefer... und tiefer.

»Festhalten!« rief Paul warnend.

Er ließ die Schwingen zuerst sanft, dann immer schneller ausschlagen, fühlte, wie sie in die Luft griffen, wie der Wind sie packte und schüttelte.

Plötzlich brach die linke Tragfläche, die bereits vom Sturm angeknackst war, ab und knallte gegen die Seitenwand. Der Thopter fiel zur Seite, jagte über die Spitze einer Düne dahin und rutschte in die dahinterliegende Senke, um dort in einer Kaskade von Staub zum Stehen zu kommen. Sie lagen auf der linken Seite. Die rechte Tragfläche deutete auf den sternenübersäten Himmel.

Paul löste die ihn haltenden Gurte, richtete sich auf und half seiner Mutter. Dann öffnete er die Luke. Sand wirbelte in die Kabine herein, es roch nach versengtem Gestein. Er langte nach dem Gepäckbündel, sah, daß seine Mutter sich mittlerweile befreit hatte, und folgte ihr mit einem Sprung aus der Maschine in die Dunkelheit hinaus.

»Lauf!« befahl Paul.

Er deutete auf die vor ihnen liegende Düne und die sich dahinter abzeichnende Felsformation.

Jessica ließ den Thopter hinter sich zurück und rannte. Keuchend taumelte sie die Düne hinauf, während sie hinter sich Pauls keuchenden Atem hörte. Schließlich standen sie auf einem Sandrücken, der genau in die Richtung der Felsen führte.

»Wir folgen diesem Weg«, sagte Paul, »das bringt uns schneller vorwärts.«

Sie stapften durch den sie bei jedem Schritt behindernden Sand.

Plötzlich erklang ein neues Geräusch: ein seltsames Zischen, ein dumpfes Dröhnen, ein gleitendes Rascheln.

»Ein Wurm«, sagte Paul.

Das Geräusch wurde lauter.

»Schneller!« keuchte Paul.

Die ersten Felsenausläufer, die sich wie Festland aus einem Ozean erhoben, lagen nicht weiter als zehn Meter von ihnen entfernt, als hinter ihnen das gräßliche Geräusch knirschenden Metalls ertönte.

Paul wechselte das Gepäck vom linken zum rechten Arm und krallte seine Hand um die darumgewickelten Gurte. Es klatschte gegen seine Hüfte, während er rannte, aber dennoch packte er mit der freien Hand den Arm seiner Mutter. Durch einen schmalen Spalt kletterten sie aufwärts, wobei sie den Wind, der an ihnen zerrte, ignorierten. Kiesel fielen unter ihren Füßen, der Atem kam trocken und röchelnd aus ihren Kehlen.

»Ich kann nicht mehr«, sagte Jessica stöhnend.

Paul blieb stehen, drückte sie in eine Nische, wandte sich um und sah auf die Wüste hinaus. Ein kleiner Sandhügel bewegte sich parallel zwischen den Dünenkämmen und ihrem Standort auf die Felseninsel zu. Im Mondlicht sah er die Sandwellen in einem Kilometer Entfernung. Es war die Spur, die der Wurm in diesem erstarrten Sandmeer hinterließ, als er sich anschickte, die Felseninsel in einem weiten Bogen zu umrunden. Dort, wo sie den Ornithopter zurückgelassen hatten, befand sich nichts mehr.

Der Sandhügel steuerte nun wieder in die Wüste hinaus, kreuzte seinen eigenen Weg. Der Wurm schien immer noch nach etwas zu suchen. »Er ist größer als ein Gildenschiff«, flüsterte Paul. »Ich habe gehört, daß die Würmer in der offenen Wüste ziemlich lang werden sollen, aber ich habe nicht gewußt... daß sie auch so dick sind.«

»Ich auch nicht«, keuchte Jessica.

Der Wurm bewegte sich noch einmal auf die Felsen zu und drehte dann wieder ab. Sein Kurs richtete sich auf den Horizont. Paul und Jessica lauschten seinen Bewegungen, bis sie von den Geräuschen in ihrer unmittelbaren Umgebung verschluckt wurden.

Paul atmete auf, sah zu den mondbeschienenen Felsen

hinüber und zitierte aus dem Kitab al-Ibar: »Reise in der Nacht und raste in den Schatten des Tages.« Er sah seine Mutter an: »Die Nacht hat noch ein paar Stunden. Kannst du jetzt weitergehen?«

»Einen Moment noch.«

Paul schulterte sein Gepäck und blickte auf den Parakompaß. »Ruhe dich ruhig noch etwas aus«, meinte er.

Jessica drückte sich von den Felsen ab und fühlte, wie ihre Kräfte zurückkehrten. »In welche Richtung gehen wir?«

»In diese.« Er deutete auf den Verlauf des Felsrückens, auf dem sie sich befanden.

»Also in die Wüste hinein?«

»In die Wüste der Fremen«, flüsterte Paul.

Er fühlte sich plötzlich an eine Vision erinnert, die er auf Caladan gehabt hatte. Damals hatte er diese Wüste gesehen, aber irgend etwas war damals anders gewesen. Er hatte die Wüste mit anderen Augen gesehen, wie jemand, der sie durch einen Filter betrachtet, welcher die Erinnerung blockierte und es einem unmöglich machte, sich genau an sie zu erinnern. Ihm war, als hätte er sie von einem anderen Standpunkt aus gesehen, als hätte sie etwas beinhaltet, das jetzt nicht auszumachen war.

In dieser Vision war Idaho bei uns, erinnerte er sich. *Aber jetzt ist er tot.*

»Siehst du einen vielversprechenden Weg?« fragte Jessica, die sein Zögern mißverstand.

»Nein«, entgegnete Paul. »Aber wir gehen ihn trotzdem.«

Er richtete sich auf und sorgte dafür, daß das Gepäck in eine andere Lage kam. Dann schritt er aus. Vor ihnen war der von zahllosen Sandstürmen in den Fels gefressene Kanal, der in einen mondbeschienenen Kessel führte. Abstufungen ermöglichten es ihnen, die Felswand in südlicher Richtung zu erklettern.

Paul machte den Anfang, Jessica folgte ihm.

Ihr fiel plötzlich auf, wie sehr der Weg in ihr den Eindruck erweckte, vorbestimmt zu sein. Die Sandansammlungen zwischen den Steinen, die ihre Bewegungen verlangsamten, der eiskalte Wind, der über die Höhen pfiff und sie dazu brachte, sich zu überlegen, wohin sie gingen - all das führte zu der ständigen Frage: Überqueren oder einen Umweg machen? Die Landschaft entwickelte einen eigenen Rhythmus. Sie sprachen nur, wenn es notwendig war, und in diesen Fällen mit den heiseren Stimmen der Anstrengung.

»Vorsichtig - hier ist ein Sandloch.«

»Paß auf, daß du dir an dem Überhang da nicht den Kopf einrennst.«

»Bleib hier stehen. Der Mond ist jetzt genau in unserem Rücken. Wir gäben für jeden, der uns beobachtet, eine prächtige Zielscheibe ab.«

In einer Felsnische hielt Paul an und lehnte das Gepäck gegen die Wand. Jessica lehnte sich an ihn, sie war dankbar für diese Pause. Als sie Paul am Wasserschlauch seines Destillanzuges hantieren hörte, nahm sie ebenfalls einen Schluck Wasser. Es schmeckte brackig, und sie erinnerte sich an die Wasser von Caladan - an einen riesigen Springbrunnen, der einen Strahl in den Himmel schoß, und es erschien ihr, als hätte sie einst einen Reichtum besessen, gegen den alles auf Arrakis ein Nichts war. Und die Fontäne hatte keinen anderen Zweck gehabt, als sie anzuschauen und sich an den in ihr brechenden Lichtreflexen zu erfreuen.

Anhalten, dachte sie. *Ausruhen… wirklich ausruhen.*

Es schien ihr, als sei in Wahrheit das Selbstmitleid der Grund für diesen Gedanken. Aber das konnten sie sich nicht leisten, es gab nichts, was eine Rast rechtfertigte.

Paul reckte sich und machte sich auf, weiter über die rauhe Oberfläche der Felswand zu klettern. Jessica seufzte, dann folgte sie ihm.

Sie gelangten auf eine halbwegs ebene Fläche, umgingen einen hochaufragenden Felsen und befanden sich erneut in dem Bewegungsrhythmus, zu dem das zerbrochene Land zu ihren Füßen sie zwang.

Die Nacht, so erschien es Jessica, schien völlig beherrscht zu werden von den Millionen Steinen, über die sich ihre Füße tastend bewegten. Überall lagen Sandhaufen und Kiesel, Staubansammlungen oder Berge zu Staub zermahlener anderer Substanzen.

Der Staub verstopfte die Nasenfilter, so daß sie des öfteren ausgeblasen werden mußten; der allgegenwärtige Sand knirschte unter ihren Füßen.

Vor einer Felsansammlung blieb Paul plötzlich stehen. Er ergriff Jessicas Arm, als sie ihn erreichte, und deutete nach links. Sie sah, daß sie sich auf einem Hügel befanden, unter dem sich die Wüste ausbreitete wie ein wogender Ozean, in einer Höhe von mindestens zweihundert Metern. Im silbernen Glanz des Mondes warfen die Felsen ihre Schatten weit in das Land hinaus. In der Ferne erkannten sie – wie in einem grauen, verwaschenen Nebel – die Umrisse einer weiteren Erhebung.

»Die offene Wüste«, sagte sie tonlos.

»Eine ungeheure Weite, wenn man sie durchqueren will«, erwiderte Paul, dessen Stimme durch seine Vermummung dumpf klang.

Jessica schaute nach allen Seiten, unter ihr befand sich nichts als Sand.

Paul sah geradeaus, geradewegs auf die Dünen, über denen sich die Schatten der Felsen abzeichneten. »Sie sind vier oder fünf Kilometer von hier entfernt«, meinte er.

»Würmer«, nickte Jessica.

»Ziemlich sicher.«

Die Muskelschmerzen machten Jessica jetzt wieder zu schaffen.

»Sollen wir Rast machen und etwas essen?«

Paul legte das Bündel ab, setzte sich und lehnte mit dem Rücken dagegen. Als Jessica auf dem Boden neben ihm kauerte, stützte sie sich mit einer Hand auf seiner Schulter ab. Sie spürte, wie Paul sich umwandte und das Bündel durchsuchte.

»Hier«, sagte er.

Seine Hand fühlte sich wie ausgetrocknet an, als er ihr zwei Energiekapseln reichte.

Jessica schluckte sie unter Zuhilfenahme von einem Schluck Wasser.

»Trink all dein Wasser«, sagte Paul. »Das ist ein Grundsatz: Der beste Ort, dein Wasser zu bewahren, befindet sich in deinem Körper. Es sorgt dafür, daß du Energie sparst. Du bist stärker. Vertraue deinem Destillanzug.«

Jessica gehorchte, leerte ihre Fangtasche und fühlte, wie ihre Energie zurückkehrte. Sie dachte darüber nach, wie friedlich es in diesem Moment ihrer Müdigkeit war und erinnerte sich an einen Ausspruch Gurney Hallecks, der einmal gesagt hatte: »Besser ein trockener Bissen und Stille, als ein Haus voller Zank und Hader.«

Jessica erzählte den Ausspruch Paul.

»Das war typisch Gurney«, sagte er.

Der Tonfall, in dem er das sagte, klang, als spreche er von einem Toten. Und sie dachte: *Vielleicht ist es besser für ihn, tot zu sein.* Die übrigen Streitkräfte der Atreides waren entweder tot, gefangengenommen worden oder irrten – genau wie sie jetzt – durch diese wasserlose Welt.

»Gurney«, sagte Paul, »hatte immer die richtigen Sprüche bei der Hand. Ich kann ihn jetzt noch hören, wie er sagte: ›Und ich werde die Flüsse trockenlegen und das Land den Bösen verkaufen; und ich werde es verwüsten und alles, was sich darin befindet, durch die Hand von Fremden.‹«

Jessica schloß die Augen. Das Pathos in der Stimme ihres Sohnes rührte sie beinahe zu Tränen.

Plötzlich sagte Paul: »Wie... fühlst du dich?«

Jessica spürte, daß er sich um ihre Schwangerschaft sorgte und entgegnete: »Es dauert noch ein paar Monate, bis deine Schwester zur Welt kommt. Momentan fühle ich mich noch... physisch in Ordnung.«

Und sie dachte: *Wie steif und formal rede ich mit meinem eigenen Sohn!* Die Ausbildung der Bene Gesserit führte schließlich dazu, daß sie dieser Sache auf den Grund kam. *Ich habe Angst vor meinem eigenen Kind. Ich fürchte mich vor seiner Andersartigkeit. Ich habe Angst vor dem, was er für uns in der Zukunft sieht; was er mir sagen wird.*

Paul zog die Kapuze über die Augen und lauschte den Geräuschen der Nacht. Seine Nase juckte. Er kratzte an ihr, entfernte die Filter und wurde im selben Augenblick des ihn umgebenden Zimtgeruchs gewahr.

»Irgendwo in der Nähe befindet sich Melange«, stellte er fest.

Ein sanfter Wind umspielte sein Gesicht und ließ ihn schnuppern. Aber es befand sich keinerlei Bedrohung durch einen Sturm in ihm; also konnte er auch diesen Unterschied bereits erfassen.

»Es wird bald Morgen«, sagte er.

Jessica nickte.

»Es gibt einen Weg, um sicher durch den Sand zu kommen«, erklärte Paul. »Die Fremen kennen ihn.«

»Und die Würmer?«

»Wenn wir einen Klopfer aus unserem Überlebenssatz zwischen den Felsen plazierten«, erwiderte Paul, »würde das einen Wurm für eine Weile ablenken.«

Jessicas Blick wanderte über die Dünen hinweg zu der anderen Erhöhung hinüber.

»Und du glaubst, das würde sie lange genug beschäftigen, um vier Kilometer zurückzulegen?«

»Vielleicht. Wenn wir uns beeilen und dennoch keine unnatürlichen Geräusche produzieren, die uns ihm nicht als Fremdkörper hörbar machen...«

Paul starrte in die Wüste hinab und rief sich ins Gedächtnis zurück, was er über die Klopfer und Bringerhaken wußte, die sich ebenfalls unter den Ausrüstungsgegenständen ihres Überlebenssatzes befanden. Es schockierte ihn, als er sich dabei ertappte, wie seine Gedanken darum kreisten, daß die Würmer ihn mit unterbewußtem Entsetzen erfüllten. Er fragte sich, wie er dazu kam, solche Gefühle zu haben, wo ihm sein logischer Verstand sagte, daß es an ihnen nichts zu fürchten gab.

Er schüttelte den Kopf.

»Wir müßten rhythmuslose Geräusche erzeugen«, meinte Jessica.

»Wie? Oh, natürlich. Wenn wir unsere Schritte unregelmäßig machten... Würmer sind nicht in der Lage, ihre Aufmerksamkeit jedem einzelnen Geräusch zuzuwenden. Dennoch – wir sollten, bevor wir einen solchen Versuch machen, vollständig ausgeruht sein.«

Er schaute zu dem anderen Felswall hinüber und schätzte an der Bewegung der vom Mondlicht erzeugten Schatten die Zeit ab.

»In einer Stunde geht die Sonne auf.«

»Wo sollen wir den Tag verbringen?« fragte Jessica.

Paul wandte sich nach links und streckte den Arm aus. »An dem Abhang dort drüben. Er scheint mir einen optimalen Windschutz zu bieten. Wir können uns dort in irgendeiner Spalte verkriechen.«

»Du hast recht.«

Paul stand auf und reichte ihr die Hand. »Fühlst du dich ausgeruht genug für den Abstieg? Ich möchte so tief wie möglich über der Wüstenoberfläche sein, bevor wir lagern.«

»In Ordnung.« Jessica nickte ihm zu und bedeutete ihm damit, wieder die Führung zu übernehmen.

Paul zögerte zunächst, dann nahm er das Gepäck auf, schulterte es und tastete sich über den Grat voran.

Wenn wir nur Suspensoren hätten, dachte Jessica. *Es wäre dann nur eine Kleinigkeit, hier hinunterzukommen. Aber vielleicht sind auch sie den Dingen zugehörig, die man in der offenen Wüste besser vermeidet. Vielleicht ziehen sie genauso wie Schilde die Würmer an.*

Mehrere Male stießen sie auf stark abschüssige Geländeteile, die geradewegs in tiefe Spalten hineinführten, so daß sie gezwungen waren, sie zu umgehen.

Paul ging vorneweg. Seine Bewegungen waren vorsichtig, aber dennoch schnell. Er wußte, daß sie nicht mehr lange genügend Mondlicht haben würden, um diesen Weg relativ gefahrlos zu überstehen. Zudem führte die Tatsache, daß sie der allgemeinen Planetenoberfläche näher und näher kamen, dazu, daß auch die Sichtverhältnisse schlechter wurden. Die mächtigen Felsen um sie herum warfen lange Schatten. Vor ihnen öffnete sich eine Spalte, deren Ende von der Dunkelheit verschluckt wurde.

»Können wir hier hinunterklettern?« flüsterte Jessica.

»Ich glaube schon.«

Paul berührte den Rand mit dem Fuß.

»Wir können an der Wand hinunterrutschen«, meinte er dann. »Ich gehe zuerst. Warte so lange, bis du hörst, daß ich irgendwo einen Halt gefunden habe.«

»Vorsichtig«, mahnte Jessica.

Paul machte einen Schritt nach vorn, setzte sich auf den Spaltenrand und glitt dann in die Tiefe. Plötzlich landete er im Sand; der Ort, an dem er sich befand, lag tief inmitten felsiger Brocken. Hinter ihm ertönte das Geräusch herabrieselnden Sandes. Paul versuchte nach oben zu sehen, zum Spaltenrand hinauf, aber ein erneuter Schwall von Körnern traf ihn und ließ ihn den Kopf einziehen. Dann war Stille.

»Mutter?« fragte er.

Sie antwortete nicht.

»Mutter?«

Dann riß er sich das Bündel von den Schultern, stand auf und versuchte die Wand wieder hinaufzuklettern, wie ein Besessener. »Mutter!« keuchte er. »Mutter, wo bist du?«

Erneut rieselte eine Sandkaskade auf ihn nieder; er war fast bis zu den Hüften eingesunken, kämpfte sich aber unter Aufbietung aller Kräfte wieder frei.

Sie ist verschüttet worden, durchzuckte es ihn. *Sie ist unter dem Sand begraben. Ich muß jetzt ruhig bleiben und meine Sinne beisammenhalten. Sie wird auf keinen Fall sofort ersticken. Sie wird sich in den Zustand des Bindu versetzen und dadurch weniger Sauerstoff benötigen. Und sie weiß, daß ich sie ausgraben werde.*

In der Art der Bene Gesserit, die seine Mutter ihm beigebracht hatte, reduzierte Paul den hämmernden Schlag seines Herzens. Er fühlte, wie die Ruhe in ihm wieder die Oberhand gewann, wie seine Sinne sich auf Wesentliches konzentrierten und alle Nebensächlichkeiten aus ihm verbannten.

Dort mußte sie sein.

Er wandte sich nach rechts, suchte mit den Blicken eine Wölbung im Sand und begann zu graben, wobei sich seine Hände vorsichtig bewegten, um nicht einen weiteren Sandrutsch auszulösen. Ein Stück Stoff. Er grub weiter, stieß auf einen Arm. Vorsichtig hob er ihn an, zog daran. Der Kopf seiner Mutter tauchte auf.

»Kannst du mich verstehen?« flüsterte er.

Keine Antwort.

Paul zog jetzt fester und befreite ihre Schultern. Sie schien auf den ersten Blick völlig leblos zu sein, aber er fühlte trotzdem einen langsamen Herzschlag.

Bindu-Schlaf, dachte er.

Er schaufelte den Sand bis zu ihren Hüften beiseite, legte ihre Arme um seine Schultern und begann langsam zu ziehen. Es war schwer, und Paul verdoppelte seine Anstrengungen. Er fühlte, wie der Sand nachgab, keuchte und kämpfte ums Gleichgewicht. Schließlich hatte er sie und begann zu rennen. Hinter ihm geriet die Sandwelle wieder in Bewegung, rieselte von den aufgeschütteten Hängen herab und ergoß sich in das von ihm gegrabene Loch.

Am Ende der Spalte hielt Paul an. Er konnte jetzt die blanke Oberfläche der Wüste erkennen, die von hier aus sichtbar war, kaum dreißig Meter von ihm entfernt. Langsam ließ er seine Mutter zu Boden gleiten und sagte das Wort, das sie aus ihrem Dämmerzustand erwachen ließ.

Langsam kam sie wieder zu sich. Sie atmete schwer.

»Ich wußte, daß du mich finden würdest«, flüsterte sie.

»Es wäre vielleicht besser gewesen, wenn ich das nicht

getan hätte«, sagte er und schaute auf die Stelle zurück, wo sie eben noch gewesen waren.

»Paul!«

»Ich habe unser Gepäck verloren«, sagte er. »Und da, wo es liegt, türmen sich nun hundert Tonnen Sand auf. Mindestens.«

»Wir haben *alles* verloren?«

»Die Literjons, das Destillzelt, praktisch alles, was wichtig ist.« Er klopfte auf seine Tasche. »Aber ich habe noch den Parakompaß.« Er deutete auf die Schärpe, die sich um seine Hüften schlang. »Ein Messer und die Sonnenbrillen. Immerhin haben wir eine gute Aussicht hier, wenn wir sterben.«

In diesem Moment erhob sich die Sonne über den Horizont zu ihrer Linken und tauchte über den Felsen auf. Die Wüste begann in den unterschiedlichsten Farben zu leuchten. Zwischen den Felsen erwachte das Leben. Vögel begannen zu zwitschern, aber man konnte sie nicht sehen.

Jessica beachtete nichts davon. Sie hatte nur Augen für die Verzweiflung in Pauls Augen. Sie räusperte sich und sagte: »Sind das die Ergebnisse deiner Erziehung?«

»Verstehst du denn nicht?« fragte Paul. »Wir haben alles verloren, was wir zum Überleben brauchen! Es liegt alles unter dem Sand.«

»Du hast auch mich gefunden«, gab Jessica sanft, aber bestimmt zurück.

Paul kniete sich hin. Er musterte den Abhang, den sie heruntergekommen waren. Es war eine reine Wand aus Sand. Und sie war locker.

»Wenn wir einen kleinen Teil des Sandes dazu bringen könnten, sich nicht mehr zu bewegen und herabzustürzen, könnten wir vielleicht ein Loch graben und nach dem Bündel suchen. Das wäre möglich, wenn wir Wasser hätten und ihn befeuchteten. Aber wir haben nicht genug.«

Jessica schwieg. Es erschien ihr besser, Pauls auf allen

Touren arbeitendes Gehirn um keinen Preis zu unterbrechen.

Paul warf einen Blick auf die Dünen. Er suchte genauso mit dem Geruchssinn wie mit den Augen, fand schließlich die Richtung und richtete seine Sinne auf einen dunklen Fleck unter ihnen im Sand.

»Gewürz«, sagte er triumphierend. »Seine Essenz ist hochgradig alkalihaltig. Ich habe den Parakompaß. Seine Kraftquelle basiert auf einer Säure.«

Jessicas Gestalt straffte sich. Sie lehnte sich gegen einen Felsen.

Paul ignorierte sie jetzt völlig, er lief hin und her und begann schließlich, an der Felswand, die in die Wüste hinabführte, hinunterzuklettern.

Sie beobachtete den Weg, den er nahm, mit wachsamem Blick. Ein Schritt... Pause... zwei weitere... Pause. Es war kein bestimmter Rhythmus in seinen Bewegungen zu erkennen. Kein Wurm würde auf die Idee kommen, daß sich hier ein Lebewesen befand.

Paul erreichte die Gewürzstelle, schaufelte eine Handvoll in eine der Falten seiner Robe und kehrte zurück. Vor Jessicas Füßen legte er seine Beute ab, kniete sich hin und nahm den Parakompaß auseinander, indem er das Messer ansetzte. Die Hülle des Geräts löste sich. Paul nahm die Schärpe ab, legte sie vor sich auf den Boden und plazierte darauf die einzelnen Teile des Kompasses. Schließlich gelangte er an die Energiequelle.

»Du wirst Wasser brauchen«, sagte Jessica.

Paul zog den Wasserschlauch an den Mund, nahm einen Schluck und spuckte ihn in die leere Hülle des Parakompasses.

Wenn es nicht klappt, dachte Jessica, *ist das Wasser verschwendet. Aber das wäre dann auch nicht mehr wichtig.*

Paul öffnete die Kraftquelle mit dem Messer und schüttete die Kristalle in die Flüssigkeit. Sie begannen sofort leicht zu schäumen und sich zu zersetzen.

Über ihnen registrierte Jessica eine Bewegung. Als sie

aufschaute, sah sie eine Gruppe von Falken, die in den Spalt herunterschaute. Sie zweifelte nicht daran, wonach sie suchten.

Große Mutter! Sie spüren Wasser selbst auf diese Entfernung auf!

Paul hatte die Umhüllung des Kompasses inzwischen wieder zusammengesetzt und machte sich, das Instrument in der einen, das Gewürz in der anderen Hand, an den Aufstieg. Der Wind plusterte seine Robe auf, die jetzt nicht mehr von einer Schärpe zusammengehalten wurde. Dann hielt er an, träufelte etwas von dem Gewürz durch das Loch in der Kompaßumhüllung, in dem vorher der Aktivierungsknopf gewesen war, und schüttelte das Gerät.

Grüner Schaum spritzte aus dem Loch heraus. Paul legte den Kompaß auf den Spaltenrand und beobachtete, wie sich der Schaum immer weiter hügelabwärts ausbreitete.

Jessica stand auf, lief in die Richtung, in der er sich jetzt befand, und rief: »Brauchst du Hilfe?«

»Beim Graben«, erwiderte Paul. »Wir müssen mindestens drei Meter Sand abtragen.« Der Kompaß hörte plötzlich auf zu schäumen.

»Schnell«, sagte Paul. »Ich habe keine Ahnung, wie lange der Schaum den Sand zusammenhalten wird.« Er streute erneut einige Gewürzkörner durch das Loch, und augenblicklich schäumte es weiter.

Während Paul das Gerät hielt, begann Jessica zu graben. Sie schleuderte den Sand beiseite, tauchte mit den Händen in ihn hinein. »Wie tief?« fragte sie keuchend.

»Etwa drei Meter«, entgegnete Paul. »Und ich kann die genaue Position nur schätzen. Wahrscheinlich werden wir ein ziemlich breites Loch graben müssen.«

Jessica gehorchte.

Langsam wurde das Loch tiefer. Sie kam der allgemeinen Oberfläche immer näher, aber noch immer war von dem Bündel keine Spur zu erblicken.

Ob ich mich verrechnet habe? dachte Paul. *Schließlich*

bin ich derjenige, der in Panik verfiel und die Schuld an dieser Sache zu tragen hat. Hat mich das aus der Bahn geworfen?

Er schaute auf den Parakompaß. Es waren nur etwas weniger als zwei Unzen der Säureverbindung übriggeblieben.

Jessica richtete sich jetzt in dem Loch, das sie gegraben hatte, auf und wischte sich mit einer schaumbespritzten Hand über die Wange. Ihr Blick traf Paul.

»Du müßtest jetzt gleich auf ebener Erde sein«, sagte er. »Sei vorsichtig.« Er ließ erneut etwas Gewürz in den Behälter fallen. Ein breiter Schaumteppich wälzte sich den Hügel hinab und schien Jessica beinahe unter sich zu begraben, die jetzt etwas entdeckt zu haben schien. Langsam verstrich sie den Sand, unter dem sich etwas Hartes abzeichnete. Sie hatte plötzlich ein Stück des Umhüllungsgurtes in der Hand.

»Keine Bewegung jetzt«, sagte Paul mit einer Stimme, die kaum mehr als ein Flüstern war. »Wir haben keinen Schaum mehr.«

Jessica hielt das Gurtende in der Hand und sah zu ihm hinauf.

Paul warf den leeren Parakompaß zu ihr hinunter und sagte: »Reich mir die Hand. Und hör mir gut zu. Ich werde dich jetzt zur Seite hinüberreißen und herausziehen. Laß auf keinen Fall den Gurt los! Es wird nicht mehr viel herunterkommen, da der Schaum den Sandhügel weitgehend stabilisiert hat. Alles, was ich erwarte, ist, daß ich zumindest deinen Kopf aus dem Sand heraushalten kann. Wenn sich das Loch wieder mit Sand gefüllt hat, ist alles, was ich zu tun habe, dich wieder herauszugraben und zusammen mit dem Bündel herauszuziehen.«

»Ich verstehe«, sagte Jessica.

»Fertig?«

»Fertig.« Sie umschloß den Gurt mit festem Griff.

Mit einem Ruck riß Paul sie zur Hälfte aus dem Loch heraus. Dann gab auch schon die Sandwand nach und ergoß sich nach unten. Jessica hatte das Gefühl, bis zur Hälfte begraben zu werden. Ihre rechte Hand und die Schulter waren im Sand verschwunden, während sie ihr Gesicht in einer Falte von Pauls Robe verbarg. Das auf ihr lastende Gewicht war kaum zu ertragen.

»Ich halte den Gurt noch«, keuchte sie.

Langsam glitt Pauls Hand durch den Sand zu ihrem Arm. Er fand den Gurt und flüsterte: »Laß uns jetzt zusammen ziehen. Er darf auf keinen Fall reißen.«

Eine neue Sandwoge rutschte nach unten, als sie das Bündel nach oben zogen. Als der Gurt endlich sichtbar wurde, hörte Paul auf und begann, seine Mutter zu befreien. Zusammen gelang es ihnen schließlich, das Gepäckbündel an die Oberfläche zu ziehen.

Eine Minute lang standen sie stumm da, hielten das Paket zwischen sich.

Paul schaute seine Mutter an. Ihr Gesicht war mit Schaumflocken bedeckt, ebenso ihre Kleidung. Dort, wo er bereits getrocknet war, hatte der Sand dunkle Flecken hinterlassen. Sie sah aus, als hätte man sie mit Bällen aus feuchtem, grünem Sand beworfen.

»Du siehst vielleicht aus«, meinte Paul.

»Du wirkst auch nicht gerade elegant«, gab Jessica zurück.

Sie mußten beide lachen.

»Das hätte nicht passieren dürfen«, sagte Paul plötzlich. Er schien ernüchtert. »Ich war unvorsichtig.«

Jessica zuckte mit den Achseln und fühlte, wie der getrocknete Sand von ihrer Robe fiel.

»Ich baue das Zelt auf«, entschied Paul. »Du solltest die Robe inzwischen ausschütteln.« Er wandte sich ab und nahm das Bündel an sich.

Jessica nickte. Sie war plötzlich zu müde, um darauf eine Antwort zu geben.

»Es sind Ankerlöcher in den Felsen«, meldete Paul. »Offenbar hat hier schon einmal jemand gezeltet.«

Warum auch nicht? dachte Jessica, während sie die

Robe vom Sand befreite. Immerhin war dieser Platz hier einiges wert: umgeben von schützenden Felswänden und von der nächsten Insel dieses Sandmeeres nur vier Kilometer entfernt. Und er erhob sich hoch genug, um Würmer abzuhalten, wenn auch die dazwischenliegende Ebene leichte Opfer zu versprechen schien.

Als sie sich wieder umwandte, hatte Paul das Zelt bereits aufgestellt. Er griff nach seinem Feldstecher und kam zu ihr herüber.

Jessica beobachtete, wie er die vor ihnen liegende apokalyptische Landschaft betrachtete, wie seine Augen über Canyons und Schluchten blickten.

»Da drüben scheint etwas zu wachsen«, meinte er plötzlich.

Jessica lief zu dem Zelt hinüber und suchte nach ihrem eigenen Glas, mit dem sie zu ihrem Sohn zurückkehrte.

»Dort«, zeigte Paul, während er den Feldstecher mit der anderen Hand hielt. »Siehst du?«

Sie schaute in die angegebene Richtung.

»Saguaro«, murmelte Jessica. »Ziemlich mageres Zeug.«

»Das könnte bedeuten, daß hier irgendwo Menschen leben«, vermutete Paul.

»Es könnten genausogut die Überreste einer aufgegebenen Teststation sein«, gab Jessica zu bedenken.

»Wir scheinen hier ziemlich weit im Süden der Wüste zu sein«, meinte Paul. Er ließ das Fernglas sinken und kratzte sich die Nase. Als seine Finger die Lippen berührten, spürte er, wie rauh und ausgetrocknet sie waren. Er hatte Durst. »Mir kommt es eher so vor, als ob dies ein Platz ist, wo sich Fremen aufhalten.«

»Können wir uns darauf verlassen, daß sie uns freundlich gegenübertreten?« fragte Jessica.

»Kynes hat versprochen, daß sie uns helfen.«

Aber unter den Menschen der Wüste herrscht Verzweiflung, dachte Jessica. *Ich weiß es, denn ich habe sie heute selbst gespürt. Es ist nicht unmöglich, daß verzweifelte Menschen uns allein wegen unseres Wassers umbringen.*

Sie schloß die Augen und rief – trotz der sie umgebenden Dürrelandschaft – ein Bild in sich hervor, das von Caladan stammte. Einst hatte sie einen Ausflug unternommen, zusammen mit Herzog Leto. Das war vor Pauls Geburt gewesen. Sie waren über die südlichen Dschungelgebiete hinweggeflogen, während unter ihnen wildschäumende Gewässer flossen. Und sie hatten in diesem grünen Pflanzengewoge eine Reihe marschierender Menschen ausgemacht, die ameisengleich durch die Wildnis zogen, ihr Gepäck zwischen sich auf Tragen, die durch angeschlossene Suspensoren beinahe gewichtslos waren. Und dann das Meer: die herrlichen Wogen, in denen sich zahlloses Leben tummelte.

Das war jetzt alles vorbei.

Jessica öffnete die Augen und schaute in die schweigende Wüste hinaus. Die Hitze des Tages begann sich bereits anzumelden. Ruhelose Hitzeteufel würden sich bald überall ausbreiten über dem sandigen Land. Das gegenüberliegende Felsengebiet erschien ihr wie ein Gegenstand der Nutzlosigkeit.

Von oben her spritzten Sandkörner auf sie herab. Es waren die Falken, die sich jetzt in die Lüfte erhoben. Das raschelnde Geräusch fallenden Sandes verstummte jedoch nicht, sondern wurde lauter. Es wurde zu einem Zischen, das sie beide nur allzugut kannten und nie wieder vergessen würden.

»Ein Wurm«, flüsterte Paul.

Er bewegte sich von rechts her durch die Ebene, und zwar mit einer Eleganz, die man einfach nicht ignorieren konnte. Soweit sie sehen konnten, erhob sich der sandige Boden zu einer buckligen Formation, während unzählige Körner zur Seite wehten. Dann änderte der Wurm seinen Kurs und bewegte sich nach links.

Das Geräusch wurde schwächer und erstarb.

»Ich habe Raumfregatten gesehen, die kleiner waren«, flüsterte Paul.

Jessica nickte, löste ihren Blick jedoch nicht von der

Wüste. Dort, wo der Wurm gewesen war, blieb eine klaffende Bresche zurück. Es würde eine Weile dauern, bis der Sand wieder in die vorherige Position zurückgefallen war und seine Spur beseitigte.

»Nachdem wir uns ausgeruht haben«, sagte Jessica, »könnten wir vielleicht mit unseren Lektionen fortfahren.«

Paul unterdrückte plötzlich aufkeimenden Ärger. »Mutter, glaubst du, wir könnten nicht ohne...«

»Du hast heute einmal die Nerven verloren«, erwiderte sie. »Auch wenn du vielleicht den Zustand deines Bewußtseins besser beurteilen kannst als ich, hast du dennoch einiges über die Prana-Muskulatur deines Körpers zu lernen. Manchmal tut der Körper Dinge aus sich selbst heraus, Paul, und ich kann dir einiges darüber sagen. Du mußt lernen, jeden einzelnen Muskel, jede Fiber zu kontrollieren. Du mußt dir über deine Hände bewußt werden. Wir fangen mit ihnen an: mit der Fingermuskulatur und den Sehnen der Handflächen. Und dem Tastsinn.« Sie drehte sich um. »Komm jetzt ins Zelt.«

Paul streckte die rechte Hand aus und betrachtete sie, während er die Finger spreizte. Er schaute sich das Spiel ihrer Muskeln an und sah ein, daß sie recht hatte.

Was auch immer man mir angetan hat, dachte er. *Ich bin nun ein Teil davon.*

Überprüfung der Hand!

Er sah sie sich noch einmal an. Wie unwichtig erschien sie doch angesichts solch gewaltiger Kreaturen wie der Würmer.

6

Wir kamen von Caladan, einem Planeten, der für unsere Lebensform ein Paradies darstellte. Auf Caladan gab es kein Bedürfnis, aus dieser Welt etwas Besseres zu machen als das, was sie schon war. Das Paradies existierte bereits um uns herum. Und der Preis, den wir dafür zahlten, war identisch mit dem, den jeder zahlen muß, der bereits zu seinen Lebzeiten die Annehmlichkeiten des Paradieses erfährt. Wir wurden weich, verloren unsere Kanten.

Aus ›Gespräche mit Muad'dib‹,
von Prinzessin Irulan

»Sie sind also der große Gurney Halleck«, sagte der Mann.

Halleck blieb stehen und durchmaß den runden Höhlenraum, in dem der Schmuggler hinter einem metallenen Tisch saß, mit einem forschenden Blick. Der Mann trug Fremenkleidung, und die hellen Blauaugen deuteten an, daß er nicht nur die Nahrung Arrakis' zu sich nahm, sondern auch die Genüsse anderer Planeten zu schätzen wußte. Der Raum selbst, in dem er sich befand, hatte große Ähnlichkeit mit dem Kontrollraum einer Raumfregatte. Überall standen komplizierte Apparaturen und Kommunikationsgeräte herum.

»Ich bin Staban Tuek«, sagte der Schmuggler. »Esmar Tueks Sohn.«

»Dann sind Sie derjenige, dem ich für seine Hilfe zu danken habe«, erwiderte Halleck.

»Ah, Dankbarkeit«, meinte der Schmuggler. »Nehmen Sie doch Platz.«

Halleck ließ sich mit einem Seufzer auf ein Sitzkissen

nieder, das aus einer Ecke neben den Kommunikationsgeräten auf Rollen in den Raum steuerte. Er fühlte seine Erschöpfung und sah in einem neben dem Schmuggler hängenden Spiegel, wie scharf sich die Linien der Erschöpfung in sein Gesicht gegraben hatten.

Dann sah er Tuek an. Die Ähnlichkeit des Mannes mit seinem Vater war unverkennbar – auch er hatte die schweren, buschigen Augenbrauen und die gleichen ausgeprägten Gesichtszüge.

»Ihre Leute haben mir berichtet«, sagte Halleck, »daß Ihr Vater tot ist; daß die Harkonnens ihn umgebracht haben.«

»Entweder von einem Harkonnen«, nickte Tuek, »oder von einem Verräter in Ihren Reihen.«

Ärgerlich beugte Halleck sich vor. Dann fragte er: »Kennen Sie den Namen dieses Verräters?«

»Wir sind uns nicht sicher.«

»Thufir Hawat mißtraute Lady Jessica.«

»Ah, die Bene-Gesserit-Hexe... vielleicht. Aber Hawat ist jetzt ein Gefangener der Harkonnens.«

»Ich hörte davon.« Halleck sog tief die Luft ein. »Es sieht so aus, als würden wir nicht daran vorbeikommen, auch weiterhin zu töten.«

»Wir werden nichts unternehmen, was die allgemeine Aufmerksamkeit auf uns zieht«, erwiderte Tuek.

Halleck versteifte sich. »Aber...«

»Sie und die Leute, die zu Ihnen gehören, sind uns willkommen«, fuhr Tuek fort. »Sie sprachen soeben von Dankbarkeit, das hört sich gut an. Vergessen Sie also das, was Sie bisher über uns gedacht haben. Wir können immer gute Männer gebrauchen, aber wenn Sie auch nur den kleinsten Versuch unternehmen, den Harkonnens Ärger zu bereiten, sind Sie und Ihre Männer erledigt!«

»Aber diese Leute haben Ihren Vater umgebracht, Mann!«

»Vielleicht. Und wenn das so war, habe ich dennoch nichts anderes für Sie als die Worte meines Vaters, der einmal über Menschen, die ohne nachzudenken handeln, folgendes sagte: ›Ein Stein ist schwer, der Sand ist leicht; doch die Wut eines Narren ist schwerer als beide zusammen.‹«

»Sie wollen also nichts gegen sie unternehmen?« schnaufte Halleck.

»Das habe ich nicht gesagt. Ich sage nur, daß ich bedacht sein muß, unseren Kontrakt mit der Gilde nicht zu verletzen. Die Gilde verlangt, daß wir unser Spiel den Umständen angleichen. Es gibt auch noch andere Möglichkeiten, einen Gegner zu vernichten.«

»Aha.«

»Aha, in der Tat. Wenn Sie unbedingt nach der Hexe suchen wollen, kann ich Sie nicht davon abhalten. Aber ich möchte Sie nur warnen, daß Sie möglicherweise zu spät kommen werden. Und außerdem bezweifeln wir, daß sie diejenige ist, auf die sich Ihre Bemühungen konzentrieren sollten.«

»Hawat arbeitete ziemlich fehlerlos.«

»Er war selbst daran schuld, daß er in die Hände der Harkonnens fiel.«

»Glauben Sie etwa, daß *er* der Verräter war?«

Tuek zuckte mit den Achseln. »Wir glauben, daß die Hexe tot ist. Zumindest glauben das die Harkonnens.«

»Sie scheinen ziemlich viel über diese Leute zu wissen.«

»Anspielungen und Gerüchte.«

»Wir sind vierundsiebzig Leute«, sagte Halleck. »Wenn Sie uns ernsthaft auffordern, für Sie zu arbeiten, müssen Sie glauben, daß der Herzog nicht mehr lebt.«

»Man hat seinen Leichnam gesehen.«

»Auch den des Jungen – des jungen Herrn Paul?«

Halleck versuchte, einen Kloß in seiner Kehle hinunterzuschlucken.

»Nach den letzten Meldungen, die uns erreichten, soll er zusammen mit seiner Mutter in einem Wüstensturm verschollen sein. Das bedeutet, daß man nicht einmal mehr ihre Knochen finden wird.«

»Die Hexe ist also auch tot... alle sind tot.«

Tuek nickte. »Und das Ungeheuer Rabban, so heißt es, wird erneut die Schalthebel der Macht auf Arrakis an sich reißen.«

»Graf Rabban von Lankiveil?«

»Ja.«

Es dauerte eine ganze Weile, ehe Halleck es schaffte, den plötzlich in ihm hochrasenden Anfall von Wut zu unterdrücken. Keuchend sagte er: »Mit Rabban habe ich noch eine persönliche Sache auszufechten... ich schulde ihm noch etwas, was mit dem Schicksal meiner Familie zusammenhängt...« Er strich mit einem Finger über die Narbe an seinem Kinn. »...und dafür...«

»Man soll nicht alles auf eine Karte setzen, nur um voreilig eine Zeche zurückzuzahlen«, sagte Tuek. Er schaute einen Moment lang finster auf Halleck und studierte das Spiel seiner Gesichtsmuskeln.

»Ich weiß... ich weiß...« Halleck schnappte nach Luft.

»Sie und Ihre Leute können sich eine Passage verdienen, indem sie die Kosten abarbeiten. Es gibt eine Menge Orte, wo...«

»Ich habe meine Männer aus ihrem Eid entlassen«, sagte Halleck. »Sie können jetzt eigene Entscheidungen treffen. Jetzt, wo ich weiß, daß Rabban hier ist, bleibe ich auf Arrakis.«

»Ich bin nicht sicher, ob wir Sie, in der Stimmung, in der Sie sich jetzt befinden, überhaupt gebrauchen können.«

Halleck starrte den Schmuggler an. »Sie trauen mir nicht?«

»N-nein.«

»Sie haben mich vor den Harkonnens versteckt. Meine Loyalität gegenüber dem Herzog basierte auf ähnlichem Verhalten. Ich will auf Arrakis bleiben. Bei Ihnen – oder bei den Fremen.«

»Ob man einen Gedanken ausspricht oder nicht«, sagte Tuek, »er ist vorhanden. Sie werden noch schnell genug herausfinden, wie eng sich das Leben der Fremen zwischen Leben und Tod abspielt.«

Halleck schloß kurz die Augen. Die Müdigkeit warf ihn beinahe von seinem Sitz. »Wo ist der Herr, der uns führt durch das Land der Wüsten und Höhlen?« murmelte er schwach.

»Gehe langsam vor, und der Tag der Rache wird kommen«, rezitierte Tuek. »Schnelligkeit ist der Wahlspruch des Shaitans. Betrachte deine Sorgen mit kühlem Blick. Drei Dinge sind es, die das Herz sich behaglich fühlen lassen: Wasser, grünes Gras und die Schönheit der Frauen.«

Halleck öffnete die Augen. »Ich würde es bevorzugen, das Blut Rabban Harkonnens fließen zu sehen.« Er starrte Tuek an. »Und Sie glauben, daß dieser Tag kommen wird?«

»Ich habe wenig damit zu tun, wie Ihr Morgen aussehen wird, Gurney Halleck. Ich kann Ihnen nur helfen, den heutigen Tag zu treffen.«

»Dann werde ich bleiben und Ihnen helfen. Bis zu dem Tag, an dem Sie mir sagen, ich solle mich aufmachen und Ihren Vater und all die anderen rächen, die...«

»Hören Sie mir zu, Sie *Kämpfer*«, sagte Tuek. Er beugte sich über den Tisch nach vorn und zog den Kopf zwischen die Schultern. Das Gesicht des Schmugglers war plötzlich so dunkel wie ein regennasser Stein. »Das Wasser meines Vaters kaufe ich mir selbst zurück, mit meinem eigenen Messer.«

Halleck sah den Mann an und stellte fest, daß er in diesem Moment frappierend Herzog Leto glich: eine Führernatur, selbstsicher und sich dessen bewußt, was er wollte. Genau wie der Herzog – bevor er nach Arrakis kam.

»Wollen Sie, daß ich Ihnen dabei helfe?« fragte Halleck.

Tuek setzte sich zurück, entspannte sich und schaute ihn schweigend an.

»Sie halten mich für eine *Kämpfernatur?*« bohrte Halleck weiter.

»Sie sind der einzige von den Leutnants des Herzogs,

dem die Flucht gelang«, meinte Tuek. »Sie kämpften gegen einen übermächtigen Gegner und sind ihm doch entkommen... Sie besiegten ihn auf die gleiche Art, wie wir Arrakis besiegen.«

»Wie?«

»Wir leben hier in einem ständigen Kampf, Gurney Halleck«, erklärte Tuek. »Und unser Gegner heißt Arrakis.«

»Sie meinen, man sollte nicht gleichzeitig gegen verschiedene Feinde kämpfen?«

»Genau.«

»Ist es das, was die Fremen ausmacht?«

»Vielleicht.«

»Sie sagten eben, ich würde das Leben unter ihnen nicht mögen. Meinen Sie das, weil sie in der offenen Wüste leben?«

»Wer kann schon sagen, wo sie wirklich leben? Für uns ist das Zentralplateau ein Niemandsland. Aber ich würde lieber über...«

»Ich habe gehört, daß die Gilde selten Gewürz-Leichter über die offene Wüste fliegen läßt«, sagte Halleck. »Aber es gibt Gerüchte, daß man, wenn man weiß, wohin man zu schauen hat, da und dort Grünflächen sehen kann.«

»Gerüchte!« schnaufte Tuek. »Würden Sie sich jetzt endlich zwischen uns und den Fremen entscheiden? Wir leben hier nach den Gesetzen einer zivilisierten Gesellschaft, auch wenn wir unser Quartier in den Felsen kratzen mußten und unsere Tätigkeit verbergen. Die Fremen sind nichts anderes als ein paar herumstreunende Banden, die *wir* als Gewürzjäger einsetzen.«

»Aber sie sind in der Lage, den Harkonnens zu schaden.«

»Und mit welchem Resultat? Während wir uns hier unterhalten, werden sie überall gejagt wie Tiere – mit Lasguns, weil sie über keine Schilde verfügen. Man hat sie für vogelfrei erklärt. Und warum? Weil sie Harkonnen-Soldaten töteten.«

»Waren es wirklich Harkonnens, die sie töteten?« fragte Halleck.

»Wie meinen Sie das?«

»Haben Sie nichts davon gehört, daß sich unter den Harkonnen-Truppen verkleidete Sardaukar befunden haben sollen?«

»Gerüchte!«

»Aber ein Pogrom - das deutet nicht auf die Harkonnens hin. Das wäre in ihren Augen Verschwendung.«

»Ich glaube nur das, was ich mit meinen eigenen Augen sehe«, erklärte Tuek. »Treffen Sie Ihre Wahl, Kämpfer. Entscheiden Sie sich für mich oder die Fremen. Ich kann Ihnen Sicherheit bieten - und eines Tages vielleicht auch das Blut, auf das wir beide warten. Dessen können Sie sicher sein. Bei den Fremen erwartet Sie nur das Leben eines permanent Gejagten.«

Halleck zögerte. Er spürte Weisheit und Sympathie in den Worten des Schmugglers, aber irgend etwas Unerklärliches hielt ihn zurück.

»Vertrauen Sie Ihren eigenen Fähigkeiten«, meinte Tuek. »Welche Entscheidungen führten dazu, daß Ihre Truppe den Kampf überstand? Es waren Ihre eigenen. Entscheiden Sie sich.«

»Es muß sein«, sagte Halleck. »Der Herzog und sein Sohn sind tot?«

»Die Harkonnens gehen davon aus. Und wenn es um solche Dinge geht, tendiere ich dazu, ihnen zu glauben.« Er lachte grimmig. »Das ist das einzige Vertrauen, das ich ihnen entgegenbringe.«

»Dann muß es so sein«, sagte Halleck. Er streckte die rechte Hand aus, zeigte Tuek die innere Fläche und preßte den Daumen in der traditionellen Geste von innen dagegen. »Mein Schwert ist das Ihre.«

»Akzeptiert.«

»Wünschen Sie, daß ich mit meinen Leuten rede?«

»Würden Sie sie ihre eigenen Entscheidungen treffen lassen?«

»Sie sind mir auch bis hierher gefolgt. Viele von ihnen wurden auf Caladan geboren. Arrakis ist nicht das, was sie erwartet hatten. Sie haben auf diesem Planeten alles bis auf ihr Leben verloren. Ich würde sie selbst entscheiden lassen, nach dem, was sie durchgemacht haben.«

»Es ist jetzt nicht die Zeit, zu schwanken«, sagte Tuek. »Sie sind Ihnen auch bisher gefolgt.«

»Sie brauchen sie, ist es das?«

»Wir können immer erfahrene Kämpfer gebrauchen. In diesen Zeiten mehr als je zuvor.«

»Sie haben mein Schwert akzeptiert. Wünschen Sie, daß ich sie überrede, ebenfalls zu bleiben?«

»Ich glaube, Sie würden Ihnen folgen, Gurney Halleck.«

»Es ist anzunehmen.«

»Das ist es.«

»Ich soll also in dieser Angelegenheit meine eigene Entscheidung treffen?«

»Ja.«

Halleck erhob sich und fühlte, daß die kurze Ruhepause ihm gutgetan hatte. »Dann gehe ich jetzt in ihre Quartiere hinüber und sehe, was sich tun läßt.«

»Sprechen Sie mit meinem Quartiermeister«, sagte Tueck. »Er heißt Drisq. Sagen Sie ihm, daß es mein Wunsch sei, Ihnen jegliche Unterstützung zu gewähren. Ich werde dann später selbst hinüberkommen. Zuerst muß ich noch einige Gewürzkontrollen durchführen.«

»Das Glück kann einem an jeder Stelle begegnen«, sagte Gurney Halleck.

»An jeder Stelle«, wiederholte Tuek. »Leerlauf ist nicht gut für unser Geschäft.«

Halleck nickte, hörte ein feines Zischen und fühlte den Luftzug, als die Tür hinter ihm aufsprang. Er drehte sich um und ging hinaus.

Er befand sich nun in der Versammlungshalle, durch die man ihn und seine Männer durch Tueks Stellvertreter hatte hereinführen lassen. Es war ein langer, aus dem

Felsen herausgebrochener Raum, dessen Oberfläche mit irgendeinem unbekannten Material bearbeitet worden war. Die Decke war hoch und ließ ebenfalls kaum noch etwas davon ahnen, wie sie in ihrem Originalzustand ausgesehen hatte. An den Wänden befanden sich Waffenständer.

Mit einem Gefühl des Stolzes registrierte Halleck, daß jene Männer, die sich noch auf den Beinen halten konnten, keinesfalls umgefallen waren. Einige Mediziner der Schmuggler umschwärmten sie und behandelten die Verletzten. Man hatte in einer Ecke der Halle Tragbahren aufgestellt, auf denen diejenigen lagen, die bei den zurückliegenden Kämpfen etwas abbekommen hatten. Unverletzte Männer in den Uniformen der Atreides kümmerten sich um jeden einzelnen von ihnen.

Das Atreides-Training, das unter dem Motto ›Wir sorgen für uns selbst‹ stand, bewährte sich also immer noch.

Einer der Leutnants kam auf ihn zu. Er trug den Kasten, der Hallecks Baliset enthielt, salutierte und sagte: »Sir, die Mediziner hier meinen, daß Mattai es wohl nicht überleben wird. Leider verfügen sie nicht über Knochen- und Organbänke. Sie haben nur die üblichen Medikamente. Es gibt keine Hoffnung mehr für ihn, Sir, und Mattai weiß das auch. Er hat eine Bitte an Sie.«

»Welche?«

Der Leutnant reichte ihm das Instrument. »Er möchte, daß Sie ein Lied spielen, Sir, um die Sache für ihn zu erleichtern. Er sagt, Sie wüßten sicher, welches er meint... weil er Sie oft darum gebeten hat, es zu spielen.« Der Leutnant schluckte. »Es ist das Lied ›Meine Frau‹, Sir. Falls Sie...«

»Ich weiß.« Halleck nahm das Baliset an sich, entlockte ihm einen leisen Akkord und stellte fest, daß jemand es bereits für ihn gestimmt hatte. In seinen Augen war ein Brennen, aber er verbannte es aus seinen Gedanken, griff in die Saiten und zwang sich zu einem Lächeln.

Mehrere seiner Leute und ein Mediziner der Schmuggler beugten sich über eine der Bahren. Als Halleck zu spielen begann, sang ein anderer Mann die Worte, die ihnen allen so bekannt waren.

»Meine Frau stand am Fenster,
weiche Linien hinter eckigem Glas.
Die Arme erhoben,
die Augen voll Naß.

Komm zurück zu mir…
Komm zurück zu mir…
Zurück zu mir, Chass…«

Der Sänger verstummte. Er streckte einen bandagierten Arm aus und drückte dem Mann auf der Bahre die Augen zu.

Halleck hörte auf zu spielen und dachte: *Jetzt sind wir nur noch dreiundsiebzig.*

7

Das familiäre Zusammenleben eines Hohen Hauses wie dem unseren ist für viele Leute ein Buch mit sieben Siegeln, aber ich will dennoch versuchen, einen kleinen Einblick zu geben. Mein Vater besaß nur einen einzigen wirklichen Freund, das war Graf Hasimir Fenring, ein genetischer Eunuch und den gefährlichsten Kämpfern des Imperiums zugehörig. Der Graf, ein flinker und häßlicher kleiner Mann, brachte eines Tages eine neue Sklavin-Konkubine zu meinem Vater, woraufhin mich meine Mutter bat, zu überwachen, was sie mit ihr taten. Wir spionierten alle meinem Vater nach, es war für uns eine Art Selbstschutz. Natürlich war es unmöglich, daß eine Sklavin-Konkubine ein Kind zur Welt brachte, das später irgendwelche Ansprüche stellen könnte, aber die Intrigen waren konstant und beklemmend in ihrer Regelmäßigkeit. Meine Mutter, meine Schwestern und ich entwickelten, was subtile Formen von Attentaten anging, so etwas wie einen sechsten Sinn. Es mag sich schrecklich anhören, aber mir schien damals, daß mein Vater manchmal etwas leichtsinnig war, was Personen anging, die er nicht kannte. Eine kaiserliche Familie unterscheidet sich sehr stark von einer anderen. Und dann sah ich die neue Sklavin-Konkubine. Sie war rothaarig, wie mein Vater, grazil und anmutig. Sie verfügte über die Muskulatur einer Tänzerin, und sie war offensichtlich auch in der Kunst der Neuro-Verzückung unterwiesen worden. Während sie unbekleidet vor ihm posierte, schaute mein Vater sie lange Zeit an und sagte schließlich: »Sie ist einfach zu hübsch. Wir werden sie als Geschenk aufbewahren.« Man kann sich kaum vorstellen, welche Verblüffung diese Entscheidung in uns hervorrief.

›Im Hause meines Vaters‹,
von Prinzessin Irulan

Am späten Nachmittag stand Paul außerhalb des Zeltes. Der Spalt, in dem sie ihr Lager aufgeschlagen hatten, lag in tiefem Schatten. Er starrte hinaus auf das offene Wüstenland und auf die fernen Klippen und fragte sich, ob er seine Mutter wecken sollte, die schlafend hinter ihm im Zelt lag.

Dünen über Dünen breiteten sich vor ihm aus. Die Schatten, die sie warfen, erschienen ihm so finster wie die Nacht.

Und dann diese endlose Weite.

Erfolglos suchte er nach etwas, was aus der flachen Landschaft aufragte. Außer den Dünen gab es nichts. Vor dem Horizont flimmerte die Luft vor Hitze. Nicht der kleinste Wind durchbrach die bewegungslose Landschaft.

Und was ist, dachte er, *wenn sich dort drüben keine der ehemaligen Teststationen befindet? Wenn dort auch keine Fremen sind, und die Gewächse sich als reine Zufälligkeiten erweisen?*

Jessica erwachte plötzlich, wälzte sich herum und warf durch das transparente Ende des Zeltes einen Blick auf Paul, der ihr in diesem Moment den Rücken zuwandte. Irgend etwas in seiner Körperhaltung erinnerte sie an seinen Vater, und das führte dazu, daß erneut die Erinnerung in ihr hochstieg. Rasch drehte sie den Kopf.

Nach einer Weile ordnete sie ihre Kleidung, erfrischte sich mit einem Schluck Wasser aus dem Vorrat des Destillanzugs und kroch hinaus. Sie reckte sich, um die Schlaffheit des Schlafes aus ihren Muskeln zu vertreiben.

Ohne sich umzuwenden, sagte Paul: »Die Stille hier ist irgendwie schön.«

Wie das Bewußtsein sich der Umgebung anpaßt, dachte Jessica. Ein Axiom der Bene Gesserit fiel ihr ein: *»Unter Streßeinwirkung kann das Bewußtsein sich in zwei Richtungen hin entwickeln; in eine positive oder eine negative; an- oder ausschalten. Man kann es sich als Spektrum vorstellen, dessen Extreme die Bewußtlosigkeit am negativen, äußerste geistige Tätigkeit dagegen am positiven Ende präsentieren. Wie das Bewußtsein auf Streßsituationen anspricht, hängt von der geistigen Ausbildung des betreffenden Individuums ab.«*

»Man könnte hier wirklich gut leben«, meinte Paul.

Jessica versuchte, sich die Wüste mit seinen eigenen Augen einzuprägen, sie durch seine Augen zu sehen. Sie versuchte, die Möglichkeiten zu erkennen, die sie ihnen bot, und fragte sich, welche möglichen Zukünfte Paul in ihr erblickt hatte. *Man könnte hier draußen allein leben,* dachte sie, *ohne die Angst, ständig einen Blick hinter sich werfen zu müssen, ohne die Furcht, dort seinen Jäger zu entdecken.*

Sie stellte sich neben ihren Sohn und setzte das Fernglas an die Augen. Erneut sah sie in der gegenüberliegenden Formation das in den Arroyos wachsende Pflanzenleben. Es waren magere Gewächse, gewiß, von gelbgrüner Farbe, aber immerhin.

»Ich breche das Lager ab«, meinte Paul.

Jessica nickte und ging zum Ende der Schlucht hinunter, in der sie sich befanden. Die dortige Öffnung erlaubte ihr einen guten Ausblick auf die Wüste. Sie setzte den Feldstecher an die Augen und schaute nach links. Ein salziger, leuchtender Fleck schien ihr weiß entgegen, dessen Ränder ins Braune verliefen und der ihr etwas sagte: *Wasser.* Irgendwann war an dieser Stelle Wasser geflossen. Jessica ließ den Feldstecher sinken und lauschte für einen Moment auf Pauls Bewegungen. Die Sonne tauchte in die Tiefe hinab, Schatten legten sich über den salzigen Fleck.

Über dem Horizont bildete sich ein Wirbel sprühender Farben, vermischte sich mit den Schatten, die anfingen, die Ebene zu überfluten. Die Finsternis kam urplötzlich über die Wüste.

Sterne!

Jessica schaute zu ihnen auf und fühlte Pauls Bewegungen, als er von hinten an sie herantrat. Die Wüstennacht schien sie den Sternen entgegenzuheben. Warmer Wind berührte ihre Wangen.

»Der erste Mond wird bald aufgehen«, hörte sie Paul sagen. »Ich habe unsere Sachen zusammengepackt und den Klopfer installiert.«

Wir könnten in dieser Alptraumlandschaft verloren gehen, dachte Jessica, *und niemand würde je etwas davon erfahren.*

Der Nachtwind führte Sandkörner mit sich, die gegen ihre Gesichtshaut prasselten und Zimtgeruch verbreiteten. Es war wie eine aromatische Dusche im Dunkeln.

»Riechst du das?« fragte Paul.

»Ich rieche es sogar durch den Filter«, erwiderte sie. »Es sind wahre Reichtümer. Aber kann man dafür Wasser kaufen?« Sie deutete über die Ebene hinweg. »Es gibt kein einziges künstlich erzeugtes Licht dort drüben.«

»Die Fremen würden sich, wenn sie dort lebten, in einem Sietch hinter den Felsen verbergen.«

Eine silberne Scheibe tauchte rechterhand über dem Horizont auf: der erste Mond. Er kam jetzt immer deutlicher in Sicht, das Abbild der geballten Hand auf seiner Oberfläche war einwandfrei zu erkennen. In seinem Schein leuchtete der Wüstensand an einigen Stellen weißsilbern auf.

»Ich habe den Klopfer an der tiefstmöglichen Stelle in den Boden gerammt«, erklärte Paul. »Wenn er anfängt, seine Geräusche durch den Boden zu tragen, haben wir noch dreißig Minuten.«

»Dreißig Minuten?«

»Bevor er anfängt, einen Wurm auf sich aufmerksam zu machen.«

»Oh. Ich bin bereit.«

Paul ging zurück, und sie hörte, wie er das Gepäck aufnahm.

Diese Nacht ist wie ein Tunnel, dachte Jessica. *Ein Tunnel, der ins Morgen führt… falls es für uns überhaupt ein Morgen geben wird.* Sie schüttelte den Kopf. *Warum habe ich solche morbiden Gedanken? Sie stehen völlig im Widerspruch zu meiner Ausbildung!*

Paul kehrte zu ihr zurück. Er hatte das Bündel wieder auf dem Rücken und begann als erster mit dem Abstieg. Er blieb erst wieder stehen, als er kurz vor der ersten Düne stand, und wartete auf seine Mutter. Als sie ihn erreichte, sagte er: »Wir müssen uns bewegen, ohne dabei in einen bestimmten Rhythmus zu verfallen.« Er rief sich die Bewegungen der Sandgänger in die Erinnerung zurück und benutzte dabei sowohl erlerntes wie auch voraussehendes Wissen. »Paß genau auf, wie ich es mache«, fuhr er fort. »Wir müssen genauso gehen wie die Fremen, wenn sie den Sand überqueren.«

Er marschierte jetzt genau in den Windkanal hinein und folgte der Kurve, die die Düne nahm, ging mit unregelmäßigem Schritt.

Jessica schaute ihm nach, bis er zehn Schritte gemacht hatte, und ging ihm dann, seine Bewegungen sorgfältig imitierend, nach. Jetzt wurde ihr klar, was sie damit hervorriefen. Für einen Wurm würden die Geräusche nun nichts anderes bedeuten als die, die der Wind erzeugte, wenn er den Sand bewegte. Auch wenn die Muskulatur des menschlichen Körpers gegen diese Art der Fortbewegung protestierte: sie hatten keine andere Wahl. Und so ging es denn weiter: Schritt… den Fuß nachziehen… Schritt… den Fuß nachziehen… Abwarten… den Fuß nachziehen… Schritt…

Die Zeit schien endlos zu werden. Die vor ihnen liegende Felsformation schien nicht das geringste Stück näherzurücken, während diejenige, die sie gerade verlassen hatten, sich immer noch wie ein gigantischer Turm hinter ihnen in die Lüfte erhob.

Tapp! Tapp! Tapp! Tapp!

Die Geräusche, die plötzlich aus dem Hintergrund an ihre Ohren drangen, waren wie Trommelschläge.

»Der Klopfer«, zischte Paul leise.

Die plumpsenden Geräusche, die der Stab aussandte, waren so stark, daß sie sich zwingen mußten, ihren Rhythmus nicht daran anzupassen.

Tapp! Tapp! Tapp! Tapp!

Sie gerieten in eine vom Mondlicht übergossene Vertiefung, in der das pulsierende Geräusch noch deutlicher zu hören war. Aufwärts und abwärts. Dünen, Dünen, Dünen. Und immer die ungleichmäßigen Bewegungen: Schritt... den Fuß nachziehen... Schritt... Abwarten... Schritt...

Und die ganze Zeit über warteten ihre Ohren auf ein ganz bestimmtes Zischgeräusch.

Als es schließlich erklang, war es so leise, daß es von den Tönen ihrer Schritte beinahe verschluckt wurde. Aber es wuchs an... wurde lauter und lauter. Es kam von Westen her.

Tapp! Tapp! Tapp! Tapp! trommelte der Klopfer.

Dann erfüllte das Zischen die Nacht. Sie drehten die Köpfe und sahen den kleinen Sandhügel hinter sich, der den Ort markierte, an dem sich die Spitze des Wurmes befand.

»Nicht stehenbleiben«, flüsterte Paul. »Und schau nicht zurück.«

Aus dem Schattengebiet, das sie hinter sich gelassen hatten, ertönte das knirschende Geräusch eines Zusammenpralls in ohnmächtiger Wut.

»Nicht stehenbleiben«, wiederholte Paul.

Ihm war, als hätten sie nun einen Punkt erreicht, von dem aus ihr Ziel und ihr Aufbruchspunkt gleichermaßen groß erschienen.

Aber hinter ihnen schien jetzt die Hölle loszubrechen,

in der der Wurm, der gegen das pulsierende Geräusch, das aus den Felsen zu ihm herüberdrang, sich austobte.

Sie gingen weiter und weiter und weiter. Die Muskeln begannen von der ungewohnten Fortbewegungsart zu schmerzen. Es machte ihnen schwer zu schaffen, doch wurden die vor ihnen liegenden Felsenhügel jetzt schnell größer.

Jessica schritt in beinahe hypnotischer Konzentration aus und wußte, daß es nur ihr trainierter Wille war, der dies bewirkte. Ihr Mund war ausgetrocknet und brannte, aber der sich hinter ihrem Rücken abspielende Kampf des Wurms gegen die Felsen ließ sie jeden Gedanken an einen schnellen Schluck aus dem Wasservorrat ihres Anzugs unterdrücken.

Tapp... Tapp...

Erneut wurden die zurückliegenden Felsenklippen von einem rasenden Anfall erschüttert. Der Klopfer hauchte sein Leben aus.

Stille!

»Schneller«, flüsterte Paul jetzt.

Jessica nickte, auch wenn sie sich darüber im klaren war, daß er ihre Bewegungen überhaupt nicht wahrnehmen konnte. Aber die Kopfbewegung hatte auch einen anderen Sinn: sie wollte sich einfach davon überzeugen, ob sie noch in der Lage war, andere Bewegungen als die, die ihrer Muskulatur seit geraumer Zeit übel mitspielten, auszuführen.

Die Sicherheit verheißende Felsformation vor ihnen schien nach den Sternen zu greifen, und Paul sah, daß sie einen Sandhügel würden hinauflaufen müssen, um sie zu erreichen. Als er seinen Fuß auf die Ausläufer der Sandbank setzte, atmete er auf und wandte sich um.

Ein plötzliches Donnern brachte die sandige Umgebung zum Erbeben.

Paul machte zwei Schritte nach links.

Rumms! Rumms!

»Trommelsand!« zischte Jessica.

Paul kämpfte verzweifelt ums Gleichgewicht. Der Sand geriet in Bewegung, und hinter ihnen ertönte ein Zischen, das dem des Windes nicht unähnlich war.

»Lauf!« schrie Jessica. »Paul, lauf!«

Sie rannten beide.

Der Trommelsand donnerte bei jedem Schritt unter ihren Füßen, aber sie schafften es, ihn zu überqueren, und die Änderung ihrer Fortbewegungsart führte dazu, daß ihre Muskeln sich für einen Moment entspannen konnten, auch wenn sie damit Geräusche hervorriefen, die der Wurm vernehmen und lokalisieren konnte. Der Sand zog an ihren Füßen, und das sich nähernde Zischen ihres Verfolgers wurde lauter und lauter.

Jessica stolperte und fiel auf die Knie. Alles, an was sie jetzt noch denken konnte, war der Wurm und der Schrecken, der von ihm ausging.

Paul zerrte sie hoch.

Sie rannten weiter, Hand in Hand.

Vor ihnen tauchte ein in den Sand gerammter Pfahl auf. Sie rannten an ihm vorbei, sahen einen zweiten, einen dritten...

Jessica hörte auf, sie zu zählen.

Dann veränderte sich etwas in ihrer Umgebung. Ein Luftzug traf ihr Gesicht. Er kam aus einem Spalt in den Felsen.

Felsen!

Dann spürte sie ihn unter den Füßen und holte noch einmal alle verbliebenen Kräfte aus sich heraus.

Ein Riß in der Wand vor ihnen signalisierte einen Durchgang. Sie rannten darauf zu, warfen sich hinein und tauchten in einem Loch unter, das nicht größer als eine Nische war.

Hinter ihnen erstarben die Fortbewegungsgeräusche des Verfolgers. Jessica und Paul wandten sich um und spähten in die offene Wüste hinaus.

Dort, wo die Dünen begannen, etwa fünfzig Meter von ihnen entfernt, erhob sich ein silbergrauer Hügel aus dem

Sand, der sich immer weiter in die Höhe hob und schließlich zu einem riesigen, suchenden Mund wurde, der im Mondlicht deutlich zu erkennen war, und er deutete genau in die Richtung, in der Jessica und Paul sich versteckt hatten. Durchdringender Zimtgeruch erreichte ihre Nasen und betäubte sie beinahe. Mondlicht reflektierte sich auf den kristallenen Zähnen.

Der gigantische Mund bewegte sich vor und zurück.

Paul hielt den Atem an.

Jessica duckte sich und starrte den Wurm an. Es kostete sie die allergrößte Anstrengung und Konzentration, nicht in einem hysterischen Anfall aufzuschreien.

Paul fühlte in sich einen Anflug von Überlegenheit. Erst kürzlich hatte er eine Barriere überquert, die ihn in ein völlig unbekanntes Territorium verschlagen hatte. Er konnte die Finsternis, die sich vor ihm ausbreitete, deutlich fühlen, aber sie war mit seinem inneren Auge nicht zu durchschauen. Es war, als hätte ihn irgendein vollzogener Schritt in einen Brunnen geworfen... oder auf eine Ebene, von der aus die Zukunft nicht mehr deutlich war. Die Landschaft war einer tiefgreifenden Veränderung unterworfen worden.

Aber anstatt sich zu ängstigen, spürte er, wie die Sensation dieser relativen zeitlichen Dunkelheit seine anderen Sinne zu schärfen begann. Ihm wurde plötzlich bewußt, daß er alle Aspekte des Dings dort im Sand, das nach ihnen suchte, in sich aufnahm. Der Mund des Wurms hatte etwa acht Meter Durchmesser... die kristallinen Zähne, die die gebogene Form von Crysmessern besaßen, glitzerten... der nach Zimt riechende Atem des Geschöpfs...

Der Wurm schob sich vor den Mond und verdunkelte damit die Umgebung. Ein Wirbel kleiner Steine und eine Welle von Sand ergoß sich über die kleine Nische, in der sie hockten.

Paul drängte seine Mutter weiter zurück.

Zimt!

Der Geruch durchdrang ihn völlig.

Was hat der Wurm mit der Melange zu tun? fragte er sich und dachte darüber nach, daß Liet-Kynes alle Anstrengungen unternommen hatte, jeglichen Zusammenhang zwischen den Würmern und dem Gewürz zu bestreiten.

Barummmmmm!

Es klang wie ein ferner Donner und kam irgendwo von rechts.

Und wieder: *Barummmmm!*

Der Wurm glitt etwas zurück, legte sich still auf den Sand, wo seine Zähne im Mondschein glänzten.

Tapp! Tapp! Tapp!

Ein Klopfer! durchzuckte es Paul.

Das Geräusch ertönte erneut von rechts.

Ein Zittern ging durch den Wurm. Sofort begann er sich wieder in den Sand einzugraben. Er tauchte unter, und nur der aufgeworfene Krater, den er beim Auftauchen erzeugt hatte, blieb zurück.

Der Sand knirschte.

Die Kreatur der Wüste sank tiefer, drehte und wand sich. Erneut wurde sie zu einem aufgeworfenen Faden, zu einer sich bewegenden, aufgeworfenen Wölbung, die sich aufmachte, die Wüste zu durchqueren.

Paul stand auf und starrte den unterirdischen Bewegungen, die sich jetzt dem Geräusch des anderen Klopfers zuwandten, nach.

Jessica erhob sich ebenfalls und lauschte: *Tapp... Tapp... Tapp... Tapp... Tapp...*

Plötzlich verstummte der Ton.

Paul tastete nach dem Wasserschlauch seines Destillanzugs und trank einen Schluck.

Jessica sah ihm zu, aber auch jetzt noch beherrschte sie der Gedanke an den Schrecken, dem sie soeben entgangen waren.

»Ist er wirklich weg?« flüsterte sie.

»Jemand hat ihn gerufen«, erwiderte Paul. »Und zwar die Fremen.«

Sie beruhigte sich wieder. »Er war so ungeheuer groß!«

»Nicht so groß wie der, der unseren Thopter vernichtete.«

»Bist du sicher, daß die Fremen hier die Hand im Spiel hatten?«

»Sie setzten einen Klopfer ein.«

»Aber warum sollten sie uns beistehen?«

»Vielleicht haben sie uns gar nicht helfen wollen. Vielleicht wollten sie nur einen Wurm herbeirufen.«

»Aber aus welchem Grund?«

Die Antwort lag ihm auf der Zunge, aber etwas hielt ihn zurück, sie auszusprechen. Er hatte eine Vorstellung, die sich mit den Stäben beschäftigte, die sie für gewöhnlich bei sich trugen, den sogenannten Bringerhaken.

»Warum sollten sie einen Wurm anlocken?« fragte Jessica erneut.

Eine vage Furcht zwang Paul dazu, sich von ihr abzuwenden und einen Blick auf die vor ihnen liegenden Klippen zu werfen. »Wir sollten uns lieber darum kümmern, einen Aufstieg zu finden, ehe der Tag anbricht.« Er streckte den Arm aus. »Diese Pfähle, an denen wir vorbeikamen - dort sind noch mehr davon.«

Sie folgte der angegebenen Richtung und sah sie nun auch: sie steckten in unregelmäßigen Abständen im Boden und führten weit in die Felsen hinein.

»Sie markieren einen Weg über die Klippen«, erklärte Paul, nahm das Gepäck wieder auf die Schultern und begann mit dem Aufstieg.

Jessica wartete einen Moment, sie brauchte noch etwas Ruhe. Schließlich folgte sie ihm. Sie gingen den Berg hinauf, immer den Pfählen nach, die sie führten, und gelangten schließlich an eine Stelle, wo die Umgebung wieder leicht abschüssig wurde und an einer Felsspalte endete, die in ungeahnte Höhen hinaufführte.

Paul warf einen Blick in den finsteren Korridor hinein. Es war dunkel darin, doch am Ende des langen, engen Weges leuchteten die Sterne. Er konzentrierte sich auf die

Umgebung, aber seine Ohren konnten keine anderen Geräusche ausmachen als die, die er erwartet hatte: das leise Rieseln sich bewegenden Sandes, das Brummen eines unsichtbaren Insekts, das Trippeln einer kleinen, fliehenden Kreatur. Paul steckte einen Fuß in den Felsengang hinein und tastete den Boden ab. Er war fest und felsig. Langsam bewegte er sich vorwärts und gab seiner Mutter das Signal, ihm zu folgen.

Gemeinsam starrten sie auf das sich am Ende des Korridors zeigende Sternenlicht. Jessica erschien Paul in der herrschenden Finsternis wie ein formloser, grauer Nebel. »Wenn wir nur riskieren könnten, Licht zu machen.«

»Wir haben auch noch andere Sinne als nur den unserer Augen«, erwiderte Jessica.

Paul machte einen Schritt nach vorn und tastete dabei sorgfältig den Boden nach etwaigen Hindernissen ab. Dann ging er weiter, langsam und mit Bedacht. Sie konnten nicht riskieren, in dieser Umgebung sich ein Bein oder einen Arm zu brechen. Ein weiterer Schritt.

»Ich glaube«, sagte er, »es geht geradeaus weiter bis zur Spitze.«

Es ist glatt und fugenlos, dachte Jessica. *Dies ist unzweifelhaft Menschenwerk.*

Sie trafen schließlich auf Stufen und folgten ihnen, ohne daß sie auf das kleinste Hindernis stießen. Sie endeten auf einer freien, glatten Plattform, die zwanzig Meter lang war. Und diese wiederum öffnete sich in ein flaches, mondbeschienenes Tal.

Paul sagte überrascht: »Welch ein herrlicher Ort.«

Jessica, die einen Schritt hinter ihm stand, nickte in stummer Übereinkunft.

Angesichts der Schwäche, die sich in ihren Körpern ausbreitete, und der Muskelschmerzen, die ihnen zu schaffen machten, erfüllte das Tal sie mit einem tiefen Gefühl der Ruhe und Rast.

»Es ist wie ein Märchenland«, flüsterte Paul.

Jessica nickte.

Direkt vor ihnen breitete sich eine große Ansammlung von Wüstengewächsen aus: Büsche, Kakteen und Gewächse, die kleine Äste in den Himmel reckten. Der Wall, der all dies umgab, war dunkel zu ihrer Linken, während seine rechte Seite vom Mondlicht überschüttet wurde.

»Es muß sich um einen Platz der Fremen handeln«, vermutete Paul.

»Es erfordert eine Menge Leute, diese Pflanzen am Leben zu erhalten«, nickte Jessica. Sie griff nach dem Wasserschlauch und gestattete sich einen tiefen Schluck. Warme Feuchtigkeit glitt ihre Kehle hinab, und sie stellte fest, daß es sie wirklich erfrischte.

Eine Bewegung zu ihrer Rechten zog Pauls Aufmerksamkeit an. Irgend etwas huschte dort über den Boden, eilte zwischen den Büschen dahin und erzeugte dabei leise Geräusche.

»Springmäuse«, flüsterte er.

Hopp, hopp, hopp, ging es. Hin und her.

Vor ihren Augen glitt etwas Dunkles aus der Luft heran und stürzte sich nieder. Ein feines Fiepen erklang, dann war das Rascheln schlagender Schwingen zu hören. Ein geisterhaft aussehender, grauer Vogel erhob sich in die Luft und schoß über das Tal hinweg. In seinen Klauen trug er einen unkenntlichen kleinen Körper.

Gut, daß er uns daran erinnert, dachte Jessica, *daß wir nicht in einem Paradies leben.*

Paul, der immer noch die sie umgebende Landschaft anstarrte, nahm einen tiefen Atemzug und sagte: »Wir sollten uns einen Platz suchen, an dem wir unser Zelt aufschlagen können. Morgen können wir dann versuchen, mit den Fremen Kontakt aufzunehmen, die...«

»Die meisten Eindringlinge vermeiden es allerdings, den Fremen zu begegnen!«

Es war eine tiefe Männerstimme, die die Nacht durchdrang und diese Worte sprach. Sie kam von rechts aus den Felsen.

»Lauft bitte nicht weg, Eindringlinge«, fuhr die Stimme

fort, als Paul einen Schritt rückwärts tat. »Damit vergeudet ihr nur eure Körperflüssigkeit.«

Sie wollen uns wegen des Wassers in unseren Körpern! durchfuhr es Jessica entsetzt. Ihre Muskelschwäche war sofort vergessen, als sich ihre Kräfte konzentrierten. Sie versuchte den Standort des Mannes auszumachen und dachte: *Wie leise er sich genähert hat! Ich habe überhaupt nichts gehört!* Und sie erkannte, daß der Fremen alle auffälligen Geräusche vermieden hatte, so daß seine Annäherung in den natürlichen der nächtlichen Umgebung untergegangen war.

Eine andere, diesmal von links kommende Stimme sagte: »Mach es schnell, Stil. Nimm ihr Wasser und dann gehen wir weiter. Bis zum Tagesanbruch haben wir nicht mehr viel Zeit.«

Paul, der weniger konditioniert war als seine Mutter, registrierte, daß er drauf und dran war zu fliehen; daß er wie gelähmt dastand und gegen eine plötzliche Panik anzukämpfen hatte. Er zwang sich dazu, die Verhaltensweisen auszuführen, die sie ihn einst gelehrt hatte: die Muskulatur zu entkrampfen, die Situation zu entwirren, in der er sich befand, und schließlich alle Kräfte auf den Gegner zu konzentrieren.

Aber immer noch war Furcht in ihm. Und er wußte auch, worauf sie zurückzuführen war. Hier war jene dunkle Stelle der Zukunft, die er noch nie gesehen hatte... und sie waren umgeben von wilden Fremen, für die nichts anderes an ihnen von Interesse war als das Wasser ihrer ungeschützten Körper.

8

Die religiöse Adaption der Fremen ist der Ursprung dessen, was wir jetzt als ›die Säulen des Universums‹ erkennen, deren Qizara Tafwid mit all ihren Zeichen, Prüfungen und Prophezeiungen unter uns sind. Und sie sind es, die uns die mystische, arrakisische Verbindung nahebringen, deren profunde Schönheit sich mit der ergreifenden Musik, die aus einer Synthese aus alten Formen und dem Neuen Erwachen besteht, ausdrückt. Wer hat des ›Alten Mannes Lied‹ noch nicht gehört, ohne davon tief bewegt zu werden?

Meine Füße bewegten den Wüstensand,
Am Horizont verheißendes Spiegeln.
Begierig nach Ruhm, der Gefahr wohl bewußt,
Durchstreifte ich das Land al-Kulab.
Behielt im Auge die unendlichen Berge,
Die suchten nach mir und hungerten.
Die Sperlinge kamen ganz plötzlich heran,
Mutiger als der heranstürmende Wolf.
Sie besetzten den Baum meiner Jugend,
Und schrien in den Zweigen.
Ihren Schnäbeln und Klauen
Konnte ich nicht entgehn.

Aus ›Arrakis erwacht‹, von Prinzessin Irulan

Der Mann kroch über den Dünenkamm. Unter den Strahlen der Mittagssonne war er nicht mehr als ein Insekt in der zerfetzten Kleidung eines ehemaligen Djubba-Umhanges, dessen zahlreiche Löcher seinen Körper erbarmungslos der Hitze aussetzten. Der Mann besaß keine Kapuze mehr und hatte sich aus einem abgerissenen Fetzen seines Umhangs einen notdürftigen Turban um den Kopf gewunden. Die Haare waren von Sand durchsetzt und standen wirr – wie auch sein Bart und die buschigen Augenbrauen – vom Kopf ab. Unterhalb der völlig blauen Augen deuteten verwischte Spuren darauf hin, daß Tränen seine Wangen hinabgelaufen waren. Eine eingedrückte Stelle seines Schnauzbartes ließ erkennen, wo der Schlauch verlaufen war, der von der Fangtasche seines Destillanzuges bis zu seinem Nacken und von dort zu seinem Mund geführt hatte.

Der Mann taumelte über den Dünenkamm hinweg. Auf seinen Händen und Füßen war eingetrocknetes Blut, das sich mit Sand vermischt hatte. Er fiel wieder hin, stützte sich auf die Arme, rappelte sich auf und blieb unsicher stehen. Man konnte anhand seiner Bewegungen erkennen, daß er noch nicht völlig gebrochen war.

»Ich bin Liet-Kynes«, sagte er zu sich selbst und dem weit entfernten Horizont mit einer Stimme, die nur noch eine Karikatur einstiger Stärke vermittelte. »Ich bin der planetare Ökologe Seiner Majestät.« Seine Stimme wurde zu einem Flüstern. »Der planetare Ökologe von Arrakis. Der Verwalter dieses Landes.«

Er strauchelte, fiel seitwärts, und seine Hände krallten sich hilflos in den rieselnden Sand.

Ich bin der Verwalter dieses Landes, dachte er.

Er machte sich klar, daß er sich in einem Halbdelirium befand. Es würde das beste sein, wenn er sich in den Sand eingrub und sich in der relativen Kühle verbarg. Aber er konnte immer noch den vagen, halbsüßen Geruch einer Vorgewürzmasse unter dem Sand riechen. Er hatte in dieser Beziehung sogar eine bessere Nase als die Fremen. Wenn er die Vorgewürzmasse riechen konnte, bedeutete das, daß die Gase unter der sandigen Oberfläche unter einem geradezu explosiven Druck standen. Er mußte weg von hier.

Erneut machten seine Hände schwache Bewegungen. Ihm fiel etwas ein, und der Gedanke war klar und deutlich: *Der wirkliche Reichtum eines Planeten liegt in seiner Landschaft verborgen, und in der Art, in der wir die Basis jeder Zivilisation - die Agrikultur - einsetzen.*

Und er dachte, wie einfach das doch war, und fragte sich, warum das niemand begreifen wollte. Die Soldaten der Harkonnens hatten ihn hier ohne Wasser und ohne Destillanzug zurückgelassen. Sie rechneten damit, daß er einem Wurm zum Opfer fiel, wenn ihn schon nicht die Wüste fertigmachte. Möglicherweise hatten sie sich darüber lustig gemacht, daß er, eng an den Planeten gepreßt, aus dem er etwas hatte machen wollen, sterben würde.

Es war für die Harkonnens schon immer schwer, einen Fremen zu töten, dachte er. *Wir sind nicht leicht umzubringen. Ich sollte eigentlich schon tot sein. Aber auch wenn ich bald sterben werde - ich kann nicht aufhören, als Ökologe zu denken.*

»Die höchste Funktion der Ökologie ist es, die Konsequenzen zu verstehen.«

Die Stimme, die er jetzt hörte, schockierte ihn deswegen, weil er wußte, daß ihr Besitzer nicht mehr lebte. Es war die Stimme seines Vaters, jenes Mannes, der vor ihm der planetare Ökologe auf Arrakis gewesen war.

»Du hättest dir bewußtmachen sollen, mein Sohn«, fuhr die Stimme fort, »welche Konsequenzen es nach sich zieht, dem Sohn des Herzogs zu helfen.«

Ich befinde mich im Delirium, dachte Kynes.

»Je mehr Leben es innerhalb eines Systems gibt«, fuhr die Stimme seines Vaters fort, »desto mehr Nischen existieren auch für das Leben.« Die Stimme kam jetzt von links, aber so sehr Kynes sich auch bemühte: er sah nichts als den großen hellen Ball der Sonne.

Warum wechselt er jedesmal die Position? dachte er. *Will er nicht, daß ich ihn sehe?*

»Das Leben veredelt die Kapazität der Umgebung, um es auch weiterhin zu erhalten«, sagte sein Vater. »Es ruft immer weitere Nährstoffe hervor und führt dem System dadurch immer weitere chemische Stoffe zu.«

Warum beißt er sich an diesem Thema fest? fragte Kynes sich. *All das habe ich schon gewußt, bevor ich zehn Jahre alt war.*

Wüstenfalken, die – wie die meisten Geschöpfe des Planeten – Aasfresser waren, begannen über ihm ihre Kreise zu ziehen. Kynes sah, wie ein Schatten über seine Hand fiel, und versuchte den Kopf zu heben.

Die Vögel waren wie dunkle Flecken vor einem blausilbernen Himmel; kleine Punkte, die über ihm schwebten.

»Wir sind Generalisten«, fuhr die Stimme seines Vaters fort. »Du kannst nicht an Symptomen kurieren.«

Was versucht er mir beizubringen? fragte sich Kynes. *Habe ich irgendeine Konsequenz übersehen?*

Sein Kopf fiel in den Sand zurück, und er schmeckte unter der Vorgewürzmasse das Aroma heißen Gesteins. In irgendeiner Ecke seines Gehirns formte sich der Gedanke: *Es sind Aasfresser, die über mir dahinfliegen. Vielleicht ziehen sie die Aufmerksamkeit meiner Fremen auf sich.*

»Die wichtigsten Werkzeuge eines Planetologen«, sagte die Stimme jetzt, »sind menschliche Wesen. Es ist wichtig, daß du den jungen Menschen beibringst, was Kultivierung bedeutet. Nur aus diesem Grunde habe ich diese völlig neue Form einer ökologischen Methode entwickelt.«

Er wiederholt nur Dinge, die ich schon seit meiner Kindheit weiß, dachte Kynes.

Ihm wurde plötzlich kalt, aber der Rest von Logik, der in seinem Innern zurückgeblieben war, sagte: *Die Sonne steht genau über dir. Du hast keinen Destillanzug, also ist dir heiß. Die Sonne zehrt an deiner Körperflüssigkeit.*

Kynes' Finger griffen in den Sand.

Sie haben mir nicht einmal einen Destillanzug gelassen!

»Die Luftfeuchtigkeit verhindert das allzu schnelle Austrocknen lebender Organismen«, sagte sein Vater.

Warum wiederholt er das Offensichtliche? fragte sich Kynes.

Er versuchte sich die Luftfeuchtigkeit vorzustellen… und Gras, das die Düne überwucherte… offenes Wasser irgendwo unter ihm... und einen langen Qanat, der durch die Wüste zog, mit Wasser gefüllt, während Bäume zu seinen Seiten standen. Er hatte in seinem Leben noch niemals offenes Wasser zu Gesicht bekommen, ausgenommen auf Bildern. Offenes, sich bewegendes Wasser... man benötigte fünftausend Kubikmeter Wasser für einen Hektar Land, allein um eine Jahreszeit zu überstehen, erinnerte er sich.

»Unser erstes Ziel auf Arrakis«, fuhr die Stimme fort, »sind Graslandgebiete. Wir werden mit mutierten Steppengräsern beginnen. Wenn wir in diesen Gebieten Luftfeuchtigkeit eingefangen haben, werden wir mit dem Anbau von Waldgebieten fortfahren. Schließlich beginnen wir mit kleinen Gewässern...«

Was soll dieser Vortrag? dachte Kynes. *Warum hört er nicht damit auf? Sieht er denn nicht, daß ich im Sterben liege?*

»Und wenn du nicht bald von dieser Blase verschwindest«, sagte sein Vater, »bedeutet das deinen sicheren Tod. Du weißt genau, daß sie sich unter dir befindet, weil du die Vorgewürzgase riechen kannst. Und du weißt ebenfalls, daß die kleinen Bringer jetzt dabei sind, etwas von ihrem Wasser in die Masse einzubringen.«

Der Gedanke, daß sich Wasser unter ihm befand, trieb ihn fast in den Wahnsinn. Kynes konnte sich jetzt recht deutlich vorstellen: die Entwicklungsform des arrakisischen Sandwurms in seiner allerersten Stufe, wo er noch eine halbpflanzliche/halbtierische Erscheinungsform darstellte. Ihre Exkremente und das Wasser, das...

Eine Vorgewürzmasse!

Kynes inhalierte, schmeckte die vage Süße. Das Aroma wurde jetzt immer stärker.

Er zwang sich, eine kniende Stellung einzunehmen, hörte einen der Vögel kreischen und das Geräusch klatschender Schwingen.

Ich bin hier in einem Gewürzgebiet, dachte er. *Es müssen Fremen in der Nähe sein, auch wenn es Tag ist. Sicher können sie die Vögel sehen und werden sich fragen, was hier los ist.*

»Bewegungen in der Wüste sind für tierisches Leben eine Notwendigkeit«, fuhr die Stimme fort. »Und die Nomaden folgen den gleichen Prinzipien. Aber Bewegungen ziehen auch einen Verschleiß der Wasser-, Nahrungs- und Energievorräte nach sich. Deshalb ist es unerläßlich, die Bewegungen einer strikten Kontrolle zu unterwerfen und sie für konkrete Ziele aufzusparen.«

»Halt den Mund, Alter«, sagte Kynes.

»Wir werden auf Arrakis etwas tun, was bisher auf keinem anderen Planeten getan wurde. Statt des Weges der Terraformung benutzen wir den Menschen als konstruktive, ökologische Kraft auf dieser Welt. Hier eine Pflanze, dort ein Tier - und dort einen Menschen. Das führt zu einem Wasserzyklus, der die ganze Landschaft verändern wird.«

»Halts Maul!« krächzte Kynes.

»Bewegungen waren auch die Grundlage dafür, daß wir die Zusammenhänge zwischen dem Gewürz und den Würmern erkannten.«

Ein Wurm, dachte Kynes mit einem Anflug von Hoffnung. *Wenn die Blase platzt, kommt bestimmt einer hierher. Aber ich habe keine Haken. Wie kann ich einen Großen Bringer ohne Haken erklettern?*

Kaum hatte er eine Idee entwickelt, folgte ihr die Frustration.

Das Wasser war so nah, höchstens hundert Meter unter ihm; ohne Zweifel würde ein Wurm kommen, aber er hatte keine Chance, ihn an die Oberfläche zu locken und zu benutzen.

Kynes ließ den Kopf wieder auf den Sand fallen. Seine linke Wange war heiß, aber er spürte es kaum.

»Arrakis ist in der Lage, die Grundvoraussetzungen für eine glückliche Evolution selbst zu schaffen«, sagte die Stimme. »Es ist an sich kaum zu glauben, weshalb sich bisher so wenig Leute Gedanken darüber gemacht haben, wieso der Planet trotz seiner nahezu idealen Stickstoff-Sauerstoff-Atmosphäre so wenig pflanzliches Leben entwickelt hat. Und das, obwohl die energetische Sphäre des Planeten deutlich einem unerbittlichen Prozeß unterworfen ist. Gibt es also eine Bresche, in die man schlagen kann? Wenn ja, wird sie von irgend jemand besetzt gehalten. Die Wissenschaft ist aus so vielen kleinen Dingen zusammengesetzt, aber dennoch wird sie, wenn man sie erklärt, jedem völlig offensichtlich erscheinen. Ich wußte, daß die Kleinen Bringer hier lebten, bevor ich den ersten von ihnen sah.«

»Hör bitte auf, mich zu schulmeistern, Vater«, flüsterte Kynes schwach.

In der Nähe seiner auf dem Sand ausgestreckt liegenden Hand landete ein Falke. Kynes schaute zu, wie der Vogel die Schwingen an den Körper legte und ihn anstarrte. Er biß die Zähne zusammen und kroch auf ihn zu. Der Vogel hüpfte zwei Schritte zurück, floh aber nicht. Er blieb stehen und ließ sein potentielles Opfer nicht aus den Augen.

»Bis jetzt haben die Menschen, wenn sie die Oberfläche ihrer Planeten veränderten, diesen Welten nichts als Krankheiten zugefügt«, fuhr sein Vater fort. »Glücklicherweise tendiert die Natur dazu, den ihr zugefügten Schaden zu absorbieren oder sie dem eigenen System geschickt anzupassen.«

Der Falke senkte den Kopf, streckte die Schwingen aus und zog sie wieder ein. Er richtete seine Aufmerksamkeit jetzt auf Kynes Hand.

Kynes fühlte sich zu geschwächt, um noch weiter auf den Vogel zuzukriechen.

»Das auf gegenseitiger Übereinkunft basierende System der Ausbeutung und Erpressung findet hier auf Arrakis sein Ende«, fuhr die Stimme fort. »Man kann nicht bis in die Ewigkeit hinein stehlen, ohne an die zu denken, die später einmal hier leben müssen. Die physikalischen Qualitäten eines Planeten haben mit seiner ökonomischen und politischen Lage zu tun. Die Lage offenbart sich uns nun, und der Weg, den wir zu gehen haben, ist offensichtlich.«

Er hat nie damit aufhören können, mich zu schulmeistern, dachte Kynes. *Nie. Nie. Nie.*

Der Falke hüpfte einen Schritt näher auf ihn zu, sah ihn an und richtete seinen Kopf dann Kynes' ausgestreckt auf dem Sand liegender Hand zu.

»Arrakis ist ein Ernteplanet«, sagte die Stimme jetzt. »Er dient einer herrschenden Klasse, die auf ihm lebt, und ihren Bedürfnissen, wie herrschende Klassen immer gelebt haben, während sie eine große Masse von Halbsklaven unterdrückt. Und wir müssen unser Hauptaugenmerk auf die Massen richten. Sie sind für uns wichtiger, als wir je angenommen haben.«

»Ich höre einfach nicht mehr zu, Vater«, flüsterte Kynes. »Geh weg!«

Und er dachte: *Bestimmt sind einige Fremen in der Nähe. Sie werden die Vögel sehen und nachforschen, ob es hier Wasser zu holen gibt.*

»Die Massen, die auf Arrakis leben, werden erfahren, daß es unser Ziel ist, das Land zu bewässern«, sagte sein Vater. »Auch wenn die meisten von ihnen unsere Absichten nur für eine halbmystische Aufgabe halten. Viele werden auch annehmen, daß wir die Flüssigkeit von einem wasserreichen Planeten einführen wollen. Laß sie denken, was sie wollen. Die Hauptsache ist, daß sie uns Glauben schenken.«

Noch eine Minute, dachte Kynes. *Dann werde ich aufstehen und ihm sagen, was ich von ihm halte. Wie kann er nur da rumstehen und mich schulmeistern, anstatt mir zu helfen.*

Der Vogel machte einen weiteren Hüpfer auf seine ausgestreckte Hand zu. Hinter ihm tauchten zwei weitere Falken auf und ließen sich auf dem Sand nieder.

»Religion und Gesetz sollten für die Massen miteinander verschmolzen werden«, sagte sein Vater. »Ein Akt des

Ungehorsams sollte als Sünde deklariert werden und eine religiöse Buße nach sich ziehen. Dies wird nicht nur zu größerem Gehorsam, sondern auch zu gesteigerter Tapferkeit führen. Wir dürfen zudem nicht zu großen Wert auf die Tapferkeit des einzelnen legen. Was uns interessiert, ist die Tapferkeit der Masse, verstehst du?«

Wo sind meine Leute, jetzt, wo ich sie brauche? dachte Kynes. Er konzentrierte sich auf die ausgestreckte Hand und bewegte einen Finger. Der ihm am nächsten stehende Vogel machte einen Satz rückwärts und flatterte mit den Schwingen, als sei er bereit, sofort die Flucht zu ergreifen.

»Unser Zeitplan wird zu einem Naturphänomen heranwachsen«, sagte sein Vater. »Das Leben eines Planeten besteht aus einer Unzahl kleiner, miteinander verwobener Faktoren. Aufgrund von Manipulationen an pflanzlichem und tierischem Leben werden sich die ersten Veränderungen ergeben. Sobald sie sich der Natur angepaßt haben, wird es unsere Aufgabe sein, die von ihnen hervorgerufenen Einflüsse auf die Umwelt zu kontrollieren. Wir werden damit fertigwerden. Und vergiß niemals, daß wir lediglich drei Prozent der Oberflächenenergie - nur drei Prozent! - unter Kontrolle zu haben brauchen, um die gesamte Struktur einer Welt dahingehend zu beeinflussen, daß sie aus eigenen Kräften ein System schafft, das sich selbst weiterentwickelt.«

Warum hilfst du mir nicht? fragte sich Kynes. *Es ist immer dasselbe: Wenn ich dich am meisten brauche, verläßt du mich.* Er wollte den Kopf drehen, wollte in die Richtung sehen, aus der die Stimme zuletzt gekommen war, aber die Muskeln gehorchten seinen Anweisungen nicht mehr.

Kynes sah, wie sich der erste Falke bewegte. Er ging auf die Hand zu, während die anderen beiden in sicherer Entfernung zurückblieben. Einen Schritt davor blieb der Vogel stehen.

Eine plötzliche Klarheit machte sich in Kynes' Kopf breit. Er sah zum erstenmal ein Potential für Arrakis, das seinem Vater entgangen war. Die Wahrscheinlichkeiten, die sich längs dieses Pfades ergaben, durchfluteten ihn.

»Es könnte deinem Volk nichts Schlimmeres geschehen, als in die Hände eines Helden zu fallen«, sagte sein Vater.

Meine Gedanken lesen! durchzuckte es Kynes. *Nun... laß ihn. Die Botschaften sind bereits zu meinen Sietch-Dörfern unterwegs,* dachte er. *Nichts kann sie jetzt mehr aufhalten. Wenn der Sohn des Herzogs noch am Leben ist, werden sie ihn finden und beschützen, so, wie ich es ihnen aufgetragen habe. Sie werden vielleicht nichts für seine Mutter tun, aber alles für den Jungen.*

Mit einem letzten Hüpfer erreichte der Vogel Kynes' ausgestreckten Arm und streckte den Kopf vor, um das Fleisch zu untersuchen. Plötzlich streckte sich seine gefiederte Gestalt, riß den kleinen Schädel hoch und warf sich mit einem warnenden, schrillen Schrei in die Lüfte. Mit einem erschreckten Flattern folgten ihm die anderen.

Sie sind da! dachte Kynes. *Meine Fremen haben mich gefunden!* Dann hörte er das Geräusch, das jeder Fremen kannte, und das sich von den Geräuschen, die ein sich nähernder Wurm oder jegliches andere Wüstenleben erzeugte, unterschied. Irgendwo unter ihm hatte die Vorgewürzmasse genügend Wasser in sich aufgenommen. Sie hatte das kritische Stadium wilden Wachsens erreicht. Eine gigantische Blase aus Kohlendioxid formte sich unter dem Sand und zielte nach oben. Das, was sich tief unter Kynes im Sand entwickelt hatte, würde nach oben kommen, die Oberfläche aufwirbeln und ihn in die Tiefe ziehen.

Über seinem Kopf zogen die Falken schreiend ihre Kreise. Sie wußten, was jetzt geschehen würde, und die empörten Ausrufe aus ihren Kehlen gaben überdeutlich ihrer Frustration über die entgangene Beute Ausdruck. Sie wußten genau Bescheid, wie jede andere Kreatur der Wüste ebenfalls.

Ich bin ein Geschöpf der Wüste, dachte Kynes. *Hörst du mich, Vater? Ich bin ein Geschöpf der Wüste.*

Er fühlte, wie die Blase platzte, wie sie nach oben griff, ihn umfaßte und in die kühle Dunkelheit hinabzog. Einen Moment lang empfand er die Kühle und Feuchtigkeit als Segen. Dann, als der Wüstenplanet ihn tötete, erschien es Kynes, daß sein Vater und all die anderen Wissenschaftler im Unrecht gewesen waren, daß die Grundprinzipien des Universums auf Zufällen und Irrtümern beruhten.

Selbst die Falken konnten sich dieser Tatsache nicht verschließen.

9

Prophezeiung und Vorhersehung - wie kann man sie angesichts unbeantworteter Fragen deuten? Zu wieviel Teilen bestehen sie aus Vorherbestimmung, und zu wie vielen Teilen ist der Prophet selbst an der Formung der Zukunft beteiligt? Welche Harmonien müssen im Einklang mit der Vorhersage stehen? Sieht der Prophet die Zukunft klar vor sich, oder vielmehr eine Reihe sich schwach abzeichnender Linien, die er mit Worten verbindet?

›Private Reflexion über Muad'dib‹,
von Prinzessin Irulan

»Nimm ihr Wasser«, hatte der Mann aus der Dunkelheit der Nacht gerufen. Paul kämpfte seine Angst nieder, sah zu seiner Mutter hinüber und stellte fest, daß sie ebenfalls kampfbereit dastand.

»Es wäre bedauerlich, müßten wir euch gleich auf der Stelle umbringen«, sagte die Stimme über ihnen.

Das ist der Mann, der zuerst zu uns sprach, dachte Jessica. *Sie sind also mindestens zu zweit - einer rechts und einer links von uns.*

»Cignoro hrobosa sukares hin mange la pchagavas doi me kamavas na beslas lele pal hrobas!«

Der Mann zu ihrer Rechten rief etwas über das Tal hinweg. Während Paul nichts davon verstand, waren die Worte für Jessica klar. Die Sprache war Chakobsa, eine der frühen Jagdsprachen, und der Mann über ihnen hatte damit ausgedrückt, daß sie wahrscheinlich die beiden Personen seien, die sie suchten.

In der plötzlichen Stille, die diesem Ausruf folgte, glitt

der zweite Mond, matt leuchtend in seiner blauen Farbe, über die Felsen. Das Tal wurde in einen hellen Schein getaucht, und aus allen Ecken erklangen leise, raschelnde Geräusche, wie von Männern, die aus der Finsternis der Felsschründe heraus offenes Gelände betraten. Paul sah eine Reihe von Schatten und dachte: *ein ganzer Trupp!*

Ein hochgewachsener Mann, der in einen Burnus gekleidet war, kam auf sie zu und blieb vor Jessica stehen. Er hatte das Tuch, das sein Gesicht vor dem Sand schützte, zur Seite geschoben, so daß sein dichter, schwarzer Bart zu sehen war. Augen und Nase blieben weiterhin unter dem Schatten der Kapuze verborgen.

»Was haben wir hier?« fragte er. »Djinn oder Mensch?«

Als Jessica die Beruhigung ausstrahlende Stimme des Fremden hörte, schöpfte sie wieder schwache Hoffnung. Doch die Stimme klang auch befehlsgewohnt. Dies war der Mann, der sie als erster aus dem Dunkel heraus angerufen hatte.

»Mensch, nehme ich an«, beantwortete der Mann seine eigene Frage.

Jessica fühlte das unter seiner Robe verborgene Messer mehr, als daß sie es sah. Es war ein bitteres Gefühl für sie, zu wissen, daß weder Paul noch sie über Körperschilde verfügten.

»Könnt ihr auch sprechen?« fragte der Mann.

Jessica konzentrierte alle verfügbare Arroganz in Stimme und Gebaren. Obwohl sie der Meinung war, daß es die Lage dringend erforderte, eine Antwort zu geben, war sie sich noch nicht klar darüber, wie sie den Mann zu packen hatte und wo seine Schwächen lagen.

»Wer macht sich hier wie eine Bande von Verbrechern in der Nacht an uns heran?« verlangte sie zu wissen.

Der von seiner Kapuze verborgene Kopf ihres Gegenübers zuckte zurück, fing sich aber rasch wieder. Der Mann hatte sich gut unter Kontrolle.

Um ein schwierigeres Ziel zu bieten, entfernte sich Paul unauffällig etwas von seiner Mutter, wissend, daß es ihnen, falls es zu einem Kampf kommen sollte, bessere Chancen einräumen würde.

Der Kopf des Mannes drehte sich und wandte sich Paul zu. Das Mondlicht zeigte jetzt einen Teil des Gesichts. Jessica sah eine scharfgeschnittene Nase und ein glitzerndes Auge – *es ist dunkel, völlig dunkel und ohne das geringste Weiß* –, schwere Augenbrauen und einen gesträubten Schnauzbart.

»Anfänger«, sagte der Mann Paul zugewandt, und dann: »Wenn ihr vor den Harkonnens geflüchtet seid, seid ihr uns vielleicht willkommen. Wie sieht es aus, Junge?«

Mehrere Möglichkeiten zuckten durch Pauls Gehirn: *Ist es nur ein Trick? Oder spricht er die Wahrheit?* Auf jeden Fall mußten sie zu einer schnellen Entscheidung gelangen.

»Aus welchem Grund sollten euch Flüchtlinge willkommen sein?« fragte er.

»Ein Kind, das wie ein Mann denkt und redet«, erwiderte der Hochgewachsene. »Nun, um diese Frage zu beantworten, mein junger Wali, brauche ich nicht weit auszuholen. Ich bin einer von denen, die sich weigern, den Harkonnens den Fai – den Wassertribut – zu zahlen. Aus diesem Grund heiße ich Leute, die vor ihnen flüchten, willkommen.«

Er weiß, wer wir sind, dachte Paul, *auch wenn er sich bemüht, uns das nicht merken zu lassen.*

»Ich bin Stilgar, der Fremen«, sagte der große Mann jetzt. »Löst das vielleicht deine Zunge, junger Mann?«

Es ist die gleiche Stimme, dachte Paul. Und er erinnerte sich an das Zusammentreffen im Kontrollraum von Arrakeen; der Mann war dort aufgetaucht und hatte sich nach der Leiche eines von Harkonnen-Agenten erschlagenen Freundes erkundigt, der auf dem Weg gewesen war, seinem Vater eine Botschaft zu überbringen.

»Ich kenne dich, Stilgar«, erwiderte Paul. »Ich war zusammen mit meinem Vater bei einer Lagebesprechung, als du nach dem Wasser deines Freundes fragtest. Du hast einen der Männer meines Vaters mit dir genommen – Duncan Idaho. Es war ein Austausch von Freunden.«

»Idaho verließ uns, um zu seinem Herzog zurückzukehren«, entgegnete Stilgar.

Der Ärger in Stilgars Stimme war unüberhörbar. Jessica bereitete sich innerlich auf einen Angriff vor.

Die Stimme aus den Felsen über ihnen sagte plötzlich: »Wir vergeuden hier nur unsere Zeit, Stil.«

»Es ist der Sohn des Herzogs!« gab Stilgar zurück. »Ich zweifle nicht daran, daß er derjenige ist, den Liet uns zu suchen auftrug!«

»Aber... ein Kind, Stil.«

»Der Herzog war ein Mann, und dieser Bursche hat es geschafft, einen Klopfer einzustellen«, erwiderte Stilgar. »Es war eine tapfere Sache, dies in der Nähe eines Shai-Hulud zu tun.«

Jessica wurde klar, daß der Mann sie aus seinen Gedanken ausschloß. Bedeutete das, daß man bereits ein Urteil über sie gefällt hatte?

»Wir haben keine Zeit für den Test«, protestierte die Stimme von oben jetzt.

»Und er könnte dennoch der Lisan al-Gaib sein«, erwiderte Stilgar.

Er wartet auf ein Omen! dachte Jessica.

»Aber die Frau...«, sagte die Stimme des unsichtbaren Mannes.

Jessica spannte alle Muskeln an. Die Stimme erklang ihr wie eine tödliche Bedrohung.

»Ja, die Frau«, nickte Stilgar. »Und ihr Wasser.«

»Du kennst das Gesetz«, sagte der Mann aus den Felsen. »Diejenigen, die nicht in der Wüste leben können...«

»Sei still«, gab Stilgar zurück. »Die Zeiten sind nicht mehr die gleichen.«

»Hat Liet das *befohlen?*« fragte der andere Mann.

»Du hast die Stimme des Cielago gehört, Jamis«, erwiderte Stilgar. »Aus welchem Grund drängst du mich also?«

Und Jessica dachte: *Cielago!* Jetzt wurde ihr so manches klar: dies war die Sprache von Ilm und Fiqh, und Cielago war das Wort für *Fledermaus,* ein kleines, fliegendes Säugetier. *Die Stimme des Cielago.* Sie hatten also eine Distrans-Botschaft erhalten, aufgrund derer sie nach Paul und ihr suchten.

»Ich wollte dich nur an deine Pflichten erinnern, Freund Stilgar«, sagte die Stimme aus der Dunkelheit der Felsen.

»Meine Pflicht besteht darin, den Stamm bei Kräften zu halten«, erwiderte Stilgar. »Das ist die einzige Pflicht, der ich zu dienen habe. Und niemand braucht mich daran zu erinnern. Dieser Kindmann interessiert mich. Er ist wohlgenährt und hat bisher von vielem Wasser gelebt. Er hat weit von der Vatersonne entfernt gelebt. Und er hat nicht die Augen des Ibad. Und dennoch spricht und bewegt er sich nicht wie einer von diesen Weichlingen aus der Ebene. Auch sein Vater tat das nicht. Wie kann das sein?«

»Wir können nicht die ganze Nacht über hier verharren und uns darüber streiten«, sagte der andere Mann von den Felsen herab. »Falls eine Patrouille...«

»Ich möchte dir nicht noch einmal sagen müssen, daß du still sein sollst, Jamis«, meinte Stilgar.

Der andere Mann schwieg jetzt, aber Jessica hörte, daß er über die Steine hinweg nach unten kletterte und den Grund links von ihnen erreichte.

»Die Stimme des Cielago hat uns mitgeteilt, es sei unter Umständen wichtig, euch zu retten«, fuhr Stilgar fort. »Und ich sehe eine Möglichkeit für diesen jungen Mann: er ist jung und kann lernen. Aber wie steht es mit dir, Frau?« Er sah Jessica an.

Seine Stimme und seine Denkweise habe ich nun analysiert, dachte Jessica. *Ich könnte ihn mit einem Wort unter Kontrolle bekommen - aber er ist ein starker Mann... Er ist wichtiger für uns, solange er freie Entscheidungen treffen kann. Warten wir also ab.*

»Ich bin die Mutter dieses Jungen«, sagte sie laut. »Die Kraft, die du an ihm bewunderst, ist zum Teil Ergebnis meiner Ausbildung.«

»Auch die Kraft einer Frau kann unbegrenzt sein«, nickte Stilgar. »Jedenfalls dann, wenn sie eine Ehrwürdige Mutter ist. Bist du eine Ehrwürdige Mutter?«

Jessica zögerte einen Moment und dachte über die Auswirkungen ihrer Antwort nach. Schließlich sagte sie: »Nein.«

»Bist du für das Leben in der Wüste ausgebildet?«

»Nein, aber viele erachten meine Ausbildung als nicht weniger wertvoll.«

»Darüber entscheiden wir selbst«, meinte Stilgar.

»Es ist das Recht eines jeden Mannes, sich darüber sein Urteil selbst zu bilden«, versetzte Jessica.

»Es ist gut, daß du das einsiehst«, erwiderte Stilgar. »Aber wir können uns hier nicht länger aufhalten, um dich auf eine Probe zu stellen, Frau, verstehst du? Wir möchten nicht von deinem Schatten verfolgt werden. Ich werde den Kindmann, deinen Sohn, mit mir nehmen zu meinem Stamm, wo man ihm Schutz und Zuflucht gewähren wird. Aber was dich angeht, Frau... du verstehst doch, daß ich nichts persönlich gegen dich habe? Ich halte mich an das Gesetz des Allgemeinwohls. Ist das nicht genug?«

Paul machte einen halben Schritt nach vorn. »Was soll das bedeuten?«

Stilgar sah kurz zu ihm hinüber, behielt aber dann wieder seine Mutter im Auge. »Da du nicht von Kindheit an für das Leben in der Wüste ausgebildet wurdest, könntest du eine Gefahr für den ganzen Stamm bedeuten. Wir können es uns nicht leisten, nutzlose...«

Jessicas Knie gaben nach. Scheinbar besinnungslos sank sie zu Boden, als habe sie vor Schreck jegliche Körperbeherrschung verloren. Sie ließ jedoch Stilgar, der sie in diesem Moment für eine verweichlichte Außenweltlerin halten mußte und möglicherweise sein Urteil über sie bestätigt sah, keine Sekunde aus den Augen. Als sie sah, wie sich sein rechter Arm hob und in seiner Hand stoßbereit eine Klinge blitzte, riß sie sich zusammen, veränderte unmerklich ihre Position, sprang auf, riß seinen rechten Arm nach hinten und stand plötzlich mit dem Rücken gegen die Felswand, Stilgar wie einen Schild vor sich haltend.

Bereits bei der ersten Bewegung seiner Mutter war Paul zwei Schritte zurückgewichen. Als sie zum Angriff überging, tauchte er im Schatten unter. Vor ihm wuchs plötzlich ein bärtiger Mann aus dem Dunkel empor und bedrohte ihn mit einer Waffe. Paul versetzte ihm einen Faustschlag in den Magen, sprang zur Seite und verpaßte dem Fallenden einen Handkantenschlag in den Nacken. Dann nahm er ihm die Waffe ab.

Die Waffe im Gürtel, kletterte er in der Finsternis über die Felsen nach oben. Anhand der ungewöhnlichen Form klassifizierte er die Waffe als Projektilgeschoß. Also verwendete man auch hier keine Schilde.

Sie werden sich auf meine Mutter und diesen Stilgar konzentrieren, wurde ihm bewußt. *Sie wird schon allein mit ihm fertig. Ich muß einen sicheren Platz finden, von dem aus ich sie bedrohen und ihr eine Möglichkeit zum Entwischen verschaffen kann.*

Eine Reihe scharfer, klickender Geräusche drang von unten her an seine Ohren. Geschosse prallten von den Felsen ab. Paul zwängte sich um eine Ecke, entdeckte eine Spalte und kletterte in ihr weiter hinauf – den Rücken gegen die eine, die Füße gegen die andere Wand gepreßt –, so schnell und leise, wie er nur konnte.

Stilgars brüllende Stimme erklang nun in vollster Lautstärke: »Bleibt, wo ihr seid, ihr Narren! Wenn ihr auch nur einen Schritt näher kommt, wird sie mir das Genick brechen!«

Eine Stimme aus der Tiefe rief: »Der Junge ist verschwunden, Stil. Was sollen wir...«

»Natürlich ist er verschwunden, du sandhirniger... Ach! Vorsicht, Frau!«

»Sag ihnen, sie sollen meinen Sohn nicht verfolgen«, verlangte Jessica.

»Sie haben bereits damit aufgehört, Frau. Er ist entkommen, wie es deine Absicht war. Große Götter der Tiefe! Warum hast du mir nicht gesagt, daß du zaubern und kämpfen kannst?«

»Sag deinen Leuten, sie sollen sich zurückziehen«, sagte Jessica. »Sie sollen dorthin gehen, wo ich sie im Mondlicht sehen kann... Und du kannst mir glauben, daß ich genau weiß, wieviele von ihnen da draußen sind.«

Und sie dachte: *Das ist der entscheidende Augenblick, aber falls Stilgar so intelligent ist, wie ich annehme, haben wir eine Chance.*

Paul verfolgte seinen Weg nach oben weiter und fand einen schmalen Felsvorsprung, an dem er sich ausruhen und die Szene unter sich genauestens verfolgen konnte. Wieder drang Stilgars Stimme zu ihm herauf.

»Und wenn ich mich weigere? Wie willst du... Ah! Laß das, Frau! Wir wollen dir nichts tun. Große Götter! Wenn du das dem stärksten unserer Männer antun kannst, bist du zehnmal dein Gewicht in Wasser wert!«

Und jetzt noch die grundsätzliche Probe, dachte Jessica. Sie sagte: »Du hast nach dem Lisan al-Gaib gefragt.«

»Ihr könntet die Gestalten der Legende sein«, erwiderte Stilgar, »aber ich kann es erst glauben, wenn ihr die Probe bestanden habt. Alles, was ich bisher weiß, ist, daß ihr zusammen mit diesem dummen Herzog hergekommen seid, der... Ahhhh! Du bringst mich um, Frau! Er war ein ehrenwerter und tapferer Mann, aber die Art, in der er sich den Harkonnens ausgeliefert hat, war dumm!«

Stille. Dann sagte Jessica: »Er hatte keine andere Wahl. Aber wir sollten uns darüber nicht streiten. Und du sagst jetzt dem Mann dort hinter dem Busch, daß er aufhören soll, sich an uns heranzuschleichen, um seine Waffe besser auf mich anlegen zu können. Wenn er das nicht tut, hast du das Universum zum letztenmal gesehen. Und er wird der nächste sein, der sich von ihm verabschiedet.«

»Du da!« donnerte Stilgar. »Tu, was sie sagt!«

»Aber, Stil...«

»Du sollst tun, was sie sagt, du sandhirniger, kriechender Nachkomme eines Salamanders! Wenn du nicht sofort verschwindest, werde ich ihr noch helfen, dich in Stücke zu reißen! Bist du nicht fähig, zu erkennen, zu was diese Frau in der Lage ist?«

Der hinter dem Busch versteckte Mann richtete sich auf und senkte den Lauf seiner Waffe.

»Er hat gehorcht«, meldete Stilgar.

»Und jetzt«, begann Jessica, »erzählst du deinen Leuten genau, in welcher Beziehung ich für euch von Wichtigkeit sein kann. Ich möchte verhindern, daß irgendein junger Heißsporn auf falsche Gedanken kommt, wenn er mich sieht.«

»Wenn wir in die Städte und Dörfer gehen«, sagte Stilgar, »müssen wir uns, um unerkannt zu bleiben, entweder maskieren oder uns den Bewohnern der Ebenen und Senken anpassen. Wir tragen dann keine Waffen, denn das Crysmesser ist heilig. Aber du, Frau, kämpfst auch ohne Waffen, weil du Fähigkeiten hast, die keine Waffen benötigen. Viele von uns zweifelten daran, daß diese Ausbildung einen Wert hätte, weil die meisten Menschen nur das glauben, was sie mit eigenen Augen sehen. Und du hast einen bewaffneten Fremen bezwungen. Du verfügst über eine Waffe, die bei keiner Durchsuchung entdeckt werden kann.«

Erregtes Gemurmel breitete sich unter den Fremen aus, als sie Stilgars Worte begriffen hatten.

»Und wenn ich mich bereit erkläre, euch diese... Zauberwaffe ebenfalls zu geben?«

»Dann steht ihr beide unter meinem persönlichen Schutz.«

»Wie können wir deinen Worten trauen?«

Stilgars Stimme verlor einiges von ihrem grimmigen Unterton. Seine weiteren Worte klangen irgendwie bitter. »Leider haben wir hier draußen kein Papier, um einen Vertrag aufzusetzen, Frau. Es ist keine Sache der Fremen, am Abend Versprechungen zu machen und sie am nächsten Morgen zu brechen. Wenn ein Mann etwas verspricht, ist das ein Vertrag. Mein Stamm ist mir mit seinem Wort verpflichtet, und ich ihm mit dem meinen. Erkläre uns, wie diese Zauberkampftechnik funktioniert, und ihr werdet unseres Schutzes sicher sein. Unser Wasser wird auch euer Wasser sein.«

»Kannst du für alle Fremen sprechen?« fragte Jessica.

»Vielleicht später einmal. Nur mein Bruder Liet kann für alle Fremen sprechen. Aber vorerst brauchen die anderen nichts davon zu erfahren. Meine Männer werden schweigen, wenn sie einen anderen Sietch besuchen. Die Harkonnens sind mit einer Streitmacht nach Arrakis zurückgekehrt. Und der Herzog ist tot. Man sagt, auch ihr zwei seid in einem Muttersturm umgekommen. Der Jäger sucht nicht nach totem Wild.«

Er hat nicht unrecht, dachte Jessica. *Aber diese Leute verfügen über ein ausgezeichnetes Kommunikationsnetz und könnten eine Nachricht absenden.*

»Ich nehme an, man hat eine Belohnung auf unsere Köpfe ausgesetzt«, sagte sie.

Stilgar schwieg zunächst, und Jessica erschien es, als könne sie die sich drehenden Gedanken des Mannes auf seiner Stirn ablesen. Ihre Fingerspitzen fühlten die Bewegungen seiner Muskeln. Schließlich erwiderte er: »Ich sage es noch einmal. Ich habe euch das Wort meines Stammes gegeben. Meine Leute wissen jetzt, welchen Wert ihr für unseren Stamm darstellt. Was können die Harkonnens uns schon geben? Unsere Freiheit? Ha! Nein, du bist die Taqwa, die uns viel mehr wert ist als alle Gewürzvorräte der Harkonnens zusammen.«

»Dann werde ich euch meine Kampftechnik lehren«, entgegnete Jessica mit einem erkennbar rituellen Tonfall.

»Du wirst mich jetzt freilassen?«

»So sei es.« Jessica löste ihren Griff, schritt zur Seite und lieferte sich damit völlig dem Mondlicht aus. *Dies ist der Test-Mashad,* dachte sie. *Aber selbst wenn ich jetzt sterbe, hat das einen Sinn. Paul wird zumindest etwas über die Ehrlichkeit dieser Leute erfahren.*

Paul benutzte die sich jetzt ausbreitende Stille dazu, sich über den Vorsprung zu beugen, um bessere Sicht auf seine Mutter zu haben. Gleichzeitig hörte er über sich das schwere Atmen eines Menschen, das sofort verstummte. Über ihm, am Ende der Felsspalte, erkannte er die schattenhaften Umrisse einer Gestalt, die sich gegen den nächtlichen Himmel abhob.

Von unten erscholl Stilgars Stimme: »Du da oben! Du brauchst nicht mehr nach dem Jungen zu suchen. Er kommt sowieso gleich herunter.«

Die Stimme eines Jungen oder eines Mädchens erwiderte aus der Finsternis: »Aber Stil, er kann nicht weit von mir...«

»Laß ihn in Ruhe, Chani, du Echsenbrut!«

Ein geflüsterter Fluch drang an Pauls Ohren, verbunden mit dem empörten Satz: »*Mich* als Echsenbrut zu bezeichnen!« Aber der Schatten verschwand.

Paul richtete seine Aufmerksamkeit wieder auf die Tiefe und konzentrierte sich auf die graue Gestalt Stilgars, die neben seiner Mutter stand.

»Kommt alle her«, rief Stilgar aus, und mit einem Blick auf Jessica: »Und jetzt möchte ich dir eine Frage stellen. Wie sollen wir sicher sein, daß du dein Versprechen hältst? Du gehörst zu jenen, deren Versprechungen ständig mit papierenen Verträgen und zahllosen Unterschriften besiegelt werden, und...«

»Wir Bene Gesserit halten genausoviel von der Einhaltung unserer Abmachungen wie ihr Fremen«, erwiderte Jessica.

Eine Weile herrschte allgemein verblüfftes Schweigen. Dann zischten mehrere Stimmen: »Eine Bene-Gesserit-Hexe!«

Paul zog die erbeutete Waffe aus der Schärpe und richtete sie auf Stilgar, aber der Mann und seine Begleiter blieben unbeweglich stehen und starrten seine Mutter an.

»Es *ist* eine Legende«, sagte jemand.

»Man sagt, daß die Shadout Mapes dich bereits unterrichtet hat«, fuhr Stilgar fort. »Aber eine Sache von solcher Wichtigkeit muß geprüft werden. Bist du die Bene Gesserit, deren Sohn uns den Weg zum Paradies zeigen wird, dann...« Er zuckte mit den Achseln.

Seufzend dachte Jessica: *Also hat unsere Missionaria Protectiva sogar in dieser Sandhölle für religiöse Sicherheitsventile gesorgt. Nun... es wird uns helfen. Und mehr war auch von ihr nicht beabsichtigt.*

Sie sagte: »Die Seherin, die euch diese Legende brachte, war durch die Bande von Karama und Ijaz verpflichtet – dies weiß ich sicher. Ihr wollt also ein Zeichen?«

Stilgars Nasenflügel vibrierten im Schein des Mondlichts. »Wir haben keine Zeit mehr für die Riten«, flüsterte er.

Jessica erinnerte sich an die Landkarte, die Kynes ihr gezeigt hatte, während ihrer Flucht. Wie lange das nun schon zurückzuliegen schien! Auf ihr war ein Ort eingezeichnet gewesen, der den Namen ›Sietch Tabr‹ getragen hatte. Daneben hatte nur ein Wort gestanden: ›Stilgar‹.

»Vielleicht, wenn wir im Sietch Tabr angekommen sind«, lautete ihre Antwort.

Die Worte beeindruckten Stilgar sichtlich, und Jessica dachte:

Wenn er nur wüßte, welche Tricks wir benutzen! Die Bene Gesserit, die die Missionaria Protectiva nach Arrakis schickte, muß ausgezeichnete Arbeit geleistet haben. Die Fremen sind sehr gut darauf vorbereitet worden, an uns zu glauben.

Stilgar bewegte sich unruhig. »Wir sollten jetzt gehen.«

Jessica nickte und gab ihm damit zu verstehen, daß sie mit ihrer Zustimmung aufbrachen.

Er hob den Kopf und schaute zu der Klippe hinauf, wo Paul auf dem Vorsprung hockte. »Du da, Junge, du kannst jetzt herunterkommen.« Zu Jessica gewandt, meinte er: »Dein Sohn hat beim Klettern ungeheuren Lärm gemacht. Er wird, wenn er einer der unseren werden will, noch viel zu lernen haben. Aber er ist ja noch jung.«

»Zweifellos werden wir viel voneinander lernen können«, entgegnete Jessica. »Inzwischen sollte sich jemand um den Mann kümmern, den mein Sohn entwaffnete. Ich glaube, er ist nicht nur laut, sondern auch ziemlich rauh mit ihm umgegangen, als er ihn niederschlug.«

Stilgar wirbelte herum. Seine Kapuze flatterte.

»Wo?«

»Hinter diesen Büschen«, deutete Jessica an.

Stilgar stieß zwei seiner Leute an. »Schaut nach ihm.« Er warf einen raschen Blick auf die anderen und sagte dann, erkennend, wen Paul erledigt hatte: »Jamis fehlt.« Zu Jessica gewandt, meinte er: »Also beherrscht auch dein Sohn diese Technik.«

»Und außerdem wirst du feststellen, daß er sich trotz deiner Anweisung bisher nicht von der Stelle gerührt hat«, stellte Jessica fest.

Die beiden von Stilgar ausgeschickten Männer kehrten nun zurück. Sie hielten einen dritten Mann zwischen sich, der keuchend atmete. Stilgar warf ihm einen finsteren Blick zu und sagte dann zu Jessica: »Er befolgt also nur deine Befehle, wie? Das ist nicht schlecht. Immerhin zeugt es von Disziplin.«

»Du kannst jetzt runterkommen, Paul«, rief Jessica.

Paul stand auf, schob die erbeutete Waffe wieder hinter die Schärpe und trat ins Mondlicht hinaus. Im gleichen Moment tauchte vor ihm eine weitere Gestalt auf.

Im Schein des Satelliten musterte Paul die kleine Figur in Fremenkleidung. Ein im Schatten der Kapuze liegendes Gesicht sah ihn an, aber er konnte es nicht erkennen. Deutlicher war da schon die Projektilpistole, die auf seinen Körper zeigte.

»Ich bin Chani, Liets Tochter.«

Die Stimme klang spöttisch und ähnelte einem Lachen.

»Ich hätte es nicht zugelassen, falls du meinen Genossen etwas angetan hättest«, sagte sie.

Paul schluckte. Das Mondlicht fiel nun auf ein elfenhaftes Antlitz mit schwarzen Augen. Der Anblick dieses Gesichts, das Paul in unzähligen Träumen auf Caladan gesehen hatte, traf ihn wie ein Schock. Er erinnerte sich, der Ehrwürdigen Mutter Gaius Helen Mohiam gesagt zu haben: »Ich werde ihr begegnen.«

Und jetzt stand sie vor ihm, obwohl er diese Art des Zusammentreffens nicht vorausgesehen hatte.

»Du hast einen Lärm gemacht, wie ihn sonst nur ein wütender Shai-Hulud erzeugen kann«, fuhr das Mädchen fort. »Und außerdem hast du dir den schwierigsten Weg nach oben ausgesucht. Wenn du hinter mir hergehst, zeige ich dir einen leichteren nach unten.«

Paul kletterte aus dem Spalt heraus und folgte ihrer wehenden Robe über die Oberfläche des schroffen Felsstocks. Das Mädchen bewegte sich mit der Anmut einer Gazelle. Jeder ihrer Schritte war wie ein Tanz. Paul spürte plötzlich, wie ihm das Blut ins Gesicht schoß, und war der Dunkelheit dankbar, daß sie seinen Zustand verbarg.

Dieses Mädchen! Ihm war, als hätte das Schicksal ihn jetzt berührt. Er fühlte sich von einer Welle emporgehoben, im Einklang mit dem Universum, in einem Zustand höchster geistiger Aktivität.

Dann standen sie auch schon zwischen den Fremen.

Jessica warf Paul ein müdes Lächeln zu und sagte dann zu Stilgar: »Ich verspreche mir einiges vom Austausch unserer Kenntnisse und hoffe, daß du und deine Leute mir nicht böse seid, daß ich sie zuerst gegen euch anwenden mußte. Wir hatten wirklich keine andere Wahl, denn ihr wart im Begriff, einen Fehler zu machen.«

»Man kann dem, der einem vor einem Fehler bewahrt, immer nur dankbar sein«, erwiderte Stilgar. Er berührte mit der linken Hand seine Lippen und zog mit der rechten Paul die erbeutete Waffe aus der Schärpe, die er einem seiner Leute zuwarf. »Du wirst deine eigene Maula-Pistole bekommen, Junge, wenn du sie dir verdient hast.«

Paul wollte etwas sagen, zögerte und ließ es dann doch bleiben. *Jede Art von Anfang,* hatte seine Mutter ihn gelehrt, *ist schwer.* »Die Waffen, die mein Sohn benötigt, besitzt er bereits«, erklärte Jessica und gab Stilgar mit einem Blick zu verstehen, sich daran zu erinnern, wie Paul an die Pistole gelangt war.

Der Fremen schaute zu dem Mann hinüber, der Paul unterlegen gewesen war - Jamis. Er stand etwas abseits, hielt den Kopf gesenkt und atmete immer noch schwer. »Du bist eine schwierige Frau«, entgegnete er dann, streckte einem seiner Männer den Arm entgegen und schnappte mit den Fingern. »Kushti Bakka te.«

Chakobsa, registrierte Jessica.

Der andere Fremen legte zwei Rechtecke aus Gaze in Stilgars Hand, der eines davon an Jessicas Kapuze befestigte und mit dem anderen Paul kennzeichnete.

»Ihr tragt jetzt das Tuch der Bakka«, erläuterte er. »Falls wir getrennt werden sollten, kennzeichnet euch das als Mitglieder von Stilgars Sietch. Was die Bewaffnung angeht, so werden wir darüber ein andermal reden.«

Er durchquerte die Reihen seiner Leute, zählte sie ab und gab einem seiner Männer Pauls Bündel zu tragen.

Bakka, dachte Jessica und erinnerte sich der Bedeutung dieses religiösen Wortes: *Bakka - die Klagenden.* Sie fühlte, daß der Symbolismus dieser Bezeichnung eine enge Verbindung zwischen den Angehörigen dieses Volkes darstellte. *Aber wieso fühlen sie sich durch Tränen miteinander verbunden?*

Stilgar erreichte das Mädchen, das mit Paul zusammen aus den Felsen gekommen war, und sagte: »Chani, du nimmst den Kindmann unter deine Fittiche. Und sorg dafür, daß ihm nichts passiert.«

Chani berührte Pauls Arm. »Komm mit, Kindmann.«

Seine Wut kaum verbergend, fuhr Paul auf: »Ich heiße Paul. Und du stündest besser da, wenn...«

»Wir werden dir einen Namen geben, Männlein«, sagte Stilgar gelassen, »wenn die Zeit der Mihna gekommen ist und du der Probe des Aql unterworfen wirst.«

Die Probe der Vernunft, übersetzte Jessica. Das konnte eine Gefahr für Paul bedeuten, der er sich nicht aussetzen durfte. Mit lauter Stimme sagte sie: »Mein Sohn ist bereits durch das Gom Jabbar geprüft worden!«

Die nun folgende Stille machte ihr klar, daß sie mit dieser Bemerkung voll ins Schwarze getroffen hatte.

»Es gibt sehr viele Dinge, die wir voneinander noch nicht wissen«, ließ sich Stilgar schließlich vernehmen. »Aber wir müssen jetzt wirklich gehen. Es ist besser, wenn wir nicht in der offenen Wüste von der Sonne überrascht werden.« Er ging zu dem Mann hinüber, den Paul niedergeschlagen hatte, und fragte: »Jamis, kannst du weitere Strecken gehen?«

Grunzend erwiderte der Angesprochene: »Er hat mich völlig überrascht. Ein Zufall. Sicher, ich kann gehen.«

»Es war kein Zufall«, entgegnete Stilgar besonnen. »Ich mache dich zusammen mit Chani für die Sicherheit dieses Jungen verantwortlich, Jamis. Diese Leute stehen unter meinem persönlichen Schutz.«

Beim Klang von Jamis' Stimme horchte Jessica auf. Es gab keinen Zweifel: dies war der Mann gewesen, der von den Felsen herunter mit Stilgar gestritten hatte. Es war seine Stimme gewesen, die sie als tödliche Bedrohung empfunden hatte. Stilgar hatte es sogar für nötig halten müssen, einen Befehl gegenüber diesem Mann zu unterstreichen.

Stilgar wandte sich um und winkte zwei Männer seiner Gruppe zu sich heran. »Larus und Farrukh, ihr beide werdet unsere Spuren verwischen. Paßt auf, daß nichts hier zurückbleibt. Seid besonders vorsichtig, denn unter uns sind zwei Leute, die keinerlei Ausbildung haben.« Er wandte sich um, hob den Arm und sagte: »In Doppelreihen - vorwärts, marsch! Wir müssen unser Ziel noch vor Tagesanbruch erreichen!«

Jessica, die neben Stilgar ging, zählte jetzt die Köpfe des Trupps: es waren vierzig, zusammen mit Paul und ihr zweiundvierzig. Und sie dachte: *Sie bewegen sich vorwärts wie eine militärische Einheit - sogar das Mädchen Chani.*

Paul marschierte eine Reihe hinter Chani. Er hatte das

frustrierende Gefühl, von ihr hereingelegt worden zu sein, bereits überwunden. Statt dessen dachte er über das nach, was seine Mutter gesagt hatte: »Mein Sohn ist bereits durch das Gom Jabbar geprüft worden!« Seltsamerweise begann seine Hand bei der Erinnerung an diese Prozedur erneut zu schmerzen.

»Paß auf, wo du hingehst«, zischte Chani ihm zu. »Wenn du so deutliche Spuren hinterläßt, sieht jeder, welchen Weg du genommen hast.«

Paul schluckte. Dann nickte er.

Jessica lauschte den Geräuschen der Truppe, hörte ihre eigenen Schritte wie die Pauls und bewunderte die Art, in der sich die Fremen vorwärtsbewegten. Vierzig Mann, und keines der von ihnen erzeugten Geräusche unterschied sich von den sonst üblichen der Nacht. Sie waren wie eine geisterhafte Armee, die mit flatternden Roben eine Ebene durchquerte. Und ihr Ziel war der Sietch Tabr - Stilgars Sietch.

Dann dachte sie über das Wort Sietch nach. Es stammte aus der Chakobsasprache und hatte sich seit Jahrhunderten nicht verändert. Ein Sietch war ein Zufluchtsort in Zeiten der Gefahr. Die tiefere Bedeutung dieses Wortes begann ihr erst jetzt einigermaßen klar zu werden.

»Wir kommen gut voran«, ließ sich Stilgar vernehmen. »Mit der Unterstützung Shai-Huluds werden wir unser Ziel noch vor dem Morgengrauen erreichen.«

Jessica nickte. Jetzt fühlte sie wieder, wie die Müdigkeit in ihr emporkroch. Alle Kräfte konzentrieren und ausschreiten. Sie überlegte, was sie beim Anblick des Trupps empfand und zog daraus ihre Schlüsse über die Kultur der Fremen.

Ein jeder von ihnen, dachte sie, *ist nach militärischen Grundsätzen ausgebildet worden. Welch eine unbezahlbare Kraft für einen verfemten Herzog!*

10

In ihrer Beharrlichkeit, ein bestimmtes Ziel zu erreichen, konnte niemand die Fremen übertreffen.

Aus ›Weisheit des Muad'dib‹, von Prinzessin Irulan

Gegen Morgengrauen erreichten sie die Grathöhlen. Um sie zu betreten, mußte man sich durch einen sich zwischen aufragenden Felswänden ziehenden Spalt zwängen. Jessica stellte fest, daß Stilgar einige seiner Leute als Wachen einteilte, die rasch an den Felsen emporkletterten.

Paul schaute während des Gehens nach oben, beobachtete den Himmel, der sich graublau von dem ihn umgebenden Gestein abhob. Plötzlich zerrte Chani an seiner Robe. »Beeil dich. Es ist schon fast Tag.«

»Die Männer, die da oben herumklettern«, fragte Paul, »wo gehen sie hin?«

»Sie übernehmen die erste Tageswache«, erwiderte sie. »Nun komm schon!«

Sie lassen eine Wache draußen, dachte Paul. *Das zeugt von Weisheit. Aber es wäre noch besser gewesen, unseren Trupp vor der Ankunft in mehrere kleine Gruppen aufzuteilen. Damit würde sich die Möglichkeit, bei einem Überraschungsangriff alle Männer zu verlieren, verringern.* Überrascht stellte er fest, daß er wie ein Guerillakämpfer dachte. Sein Vater hatte immer befürchtet, daß sich das Haus Atreides einst in diese Richtung entwikkeln würde.

»Schneller«, wisperte Chani.

Paul beschleunigte seine Schritte, hörte hinter sich das leise Geraschel der Roben. Er dachte an die Worte der O.-K.-Bibel, die Yueh ihm geschenkt hatte: *»Das Paradies* *zu meiner Rechten, die Hölle zu meiner Linken - und die Todesengel hinter mir.«* Der Satz ließ ihn nicht los.

Sie bogen um eine Ecke, wo der Gang breiter wurde. Stilgar wartete an einer Stelle auf sie, an der eine niedrige Öffnung rechtwinklig in den Fels hineinführte.

»Schneller«, zischte er. »Wenn uns hier eine Patrouille auflauert, sitzen wir wie die Ratten in der Falle!«

Paul beugte den Rücken und folgte Chani in den Gang. Vor ihnen leuchtete irgendwo eine graue Schatten werfende Lampe.

»Du kannst hier aufrecht gehen«, flüsterte Chani.

Paul streckte sich und schaute sich um. Vor ihnen lag ein riesiger Raum mit gewölbter Decke. Die Männer verteilten sich wie huschende Schatten. Seine Mutter tauchte neben ihm aus einer Gruppe von Fremen auf. Obwohl sich ihre Kleidung kaum von der ihrer Begleiter unterschied, konnte man sie an ihrer trotz aller Erschöpfung stolzen und beinahe unnahbaren Haltung deutlich erkennen.

»Such dir einen Platz zum Ausruhen und sieh zu, daß du niemandem im Weg stehst, Kindmann«, sagte Chani zu Paul. »Hier hast du etwas zu essen.« Sie drückte ihm zwei mit Blättern umwickelte Bissen in die Hand, die nach Gewürz dufteten.

Hinter Jessica tauchte Stilgar auf und erteilte einer Gruppe zu seiner Linken einige Befehle. »Bringt das Türsiegel an und seht zu, daß die Feuchtigkeit erhalten bleibt.« Er wandte sich an einen anderen Fremen. »Lemil, sorge für Beleuchtung.« Er nahm Jessicas Arm. »Ich möchte dir etwas zeigen, Zauberfrau.« Zusammen bogen sie um eine Ecke, auf die Lichtquelle zu.

Wenig später stand Jessica an einer zweiten Öffnung in der felsigen Wand und schaute auf ein Becken hinab, das mehr als zehn Kilometer breit zu sein schien; es wurde ringsum von hohen Felswänden abgeschirmt. Auf dem Boden erstreckte sich karger Pflanzenbewuchs.

Dann tauchte über den Felswänden die Sonne auf und

beleuchtete die noch im Morgennebel liegende Landschaft aus Gras und Sand.

Stilgar griff nach ihrem Arm und deutete in das Tal hinab. »Da! Dort drüben siehst du echte Drusen.«

Sie folgte der angegebenen Richtung. Bewegungen waren zu erkennen: Menschen, die vor den Strahlen der Sonne in die gegenüberliegenden Felswände flüchteten; angesichts der Entfernung waren sie in der klaren Luft dennoch gut auszumachen. Jessica nahm ihren Feldstecher und richtete ihn auf die kleinen Punkte, nachdem sie die Öllinsen justiert hatte. Die Kleidung der Leute flatterte wie ein Schwarm bunter Schmetterlinge.

»Dort ist unser Zuhause«, sagte Stilgar. »Dorthin müssen wir diese Nacht.« Er schaute über das Land und strich dabei über seinen Schnauzbart. »Meine Leute dort draußen haben länger gearbeitet als üblich. Das bedeutet, daß keine Patrouillen in der Nähe sind. Ich werde ihnen später das Zeichen geben, daß wir auf dem Weg zu ihnen sind.«

»Deine Leute zeigen eine sehr gute Disziplin«, lobte Jessica, senkte das Fernglas und bemerkte, daß Stilgar es ansah.

»Sie gehorchen den Gesetzen des Stammes«, sagte der Fremen einfach. »Auf diese Art wählen wir auch unsere Führer. Der Führer ist der Stärkste, derjenige, der am ehesten für Wasser und Sicherheit garantieren kann.« Sein Blick löste sich von dem Fernglas und suchte Jessicas Augen.

Sie erwiderte seinen Blick, musterte die blauen Augen, seinen staubigen Bart und die Linie des Schlauches, der von seinem Nasenflügel hinab in der Robe verschwand.

»Habe ich deine Stellung als Führer in Zweifel gezogen, als ich dich besiegte, Stilgar?« fragte sie.

»Du hast mich nicht zu einem Kampf herausgefordert«, erwiderte er.

»Es ist sehr wichtig, daß ein Führer den Respekt seiner Leute genießt«, meinte Jessica.

»Es gibt keinen unter diesen Sandläusen, den ich nicht

mit einer Hand zu Boden werfen kann«, schnaubte Stilgar. »Indem du mich besiegtest, besiegtest du uns alle. Sie hoffen jetzt, von dir etwas lernen zu können... diese Zaubertricks... Einige werden sich bestimmt auch fragen, ob du mich eines Tages herausfordern wirst.«

Jessica überdachte die damit verbundenen Implikationen. »Du meinst, ich soll dich auch in einem Zweikampf besiegen, auf den du vorbereitet bist?«

Er nickte. »Ich würde dir allerdings davon abraten, weil die Leute dir dennoch nicht folgen würden. Du bist keine Frau der Wüste, das haben sie während unseres nächtlichen Marsches erkannt.«

»Praktische Leute«, murmelte Jessica.

»Selbstverständlich.« Stilgar warf einen Blick auf das Tal hinab. »Wir kennen unsere Bedürfnisse, aber in der Nähe der Heimat haben die meisten jetzt sicherlich andere Gedanken. Wir sind lange unterwegs gewesen, um den Freihändlern eine Gewürzladung für die verfluchte Gilde zu bringen. Mögen ihre Gesichter für immer schwarz werden!«

Jessica, die eben im Begriff war, sich von Stilgar abzuwenden, zuckte zusammen und hielt mitten in der Bewegung inne. »Die Gilde? Was hat die Gilde mit unserem Gewürz zu tun?«

»Liet hat es so angeordnet«, entgegnete der Fremen. »Wir kennen den Grund, aber das Wissen sorgt auch nicht dafür, daß wir dabei ein besseres Gefühl haben. Wir bestechen die Gilde mit einem Wucherpreis dafür, daß sie davon absieht, den Himmel von Arrakis mit einem Netz von Satelliten zu überziehen, die in der Lage wären, hier herumzuspionieren.«

Nachdenklich blieb sie stehen. Ihr fiel ein, daß Paul diese Vermutung ebenfalls geäußert hatte: es gab keinen anderen Grund für die Tatsache, daß Arrakis satellitenfrei war, als den, den Stilgar soeben ausgeplaudert hatte. »Und was gibt es auf Arrakis so Besonderes, daß ihr verhindern wollt, es anderen zu zeigen?«

»Wir verändern die planetare Oberfläche - langsam, aber sicher, um sie für menschliches Leben nutzbar zu machen, auch wenn unsere Generation das nicht mehr erleben wird. Unsere Ur-Ur-Urenkel werden ebenfalls davon nichts haben... aber eines Tages wird es soweit sein.« Er starrte mit glänzenden Augen auf das Becken hinaus. »Offenes Wasser werden wir haben. Und große, grüne Pflanzen. Und die Menschen werden sich ohne Destillanzüge in ihren Schatten bewegen.«

Also das ist Liet-Kynes' Traum, dachte sie und sagte: »Bestechungsgelder stellen eine große Gefahr dar. Sie haben die Angewohnheit, immer höher und höher zu werden.«,

»Sie werden höher«, stimmte Stilgar ihr zu. »Aber im Moment ist der langsamste Weg immer noch der sicherste.«

Jessica schaute hinaus und versuchte sich vorzustellen, was Stilgar soeben mit seinen Worten ausgedrückt hatte. Aber sie sah nur Sand und Felsen und eine plötzliche Bewegung am Himmel über den Klippen.

»Ah«, sagte Stilgar.

Im ersten Moment nahm Jessica an, die Erscheinung sei ein Patrouillenfahrzeug, doch dann wurde ihr bewußt, daß sie Zeugin eines Naturschauspiels wurde: die Landschaft war von plötzlichem, grünem Pflanzenwuchs bedeckt, während im Vordergrund der Luftspiegelung ein Sandwurm über den Boden kroch, auf dessen Rücken mehrere mit Roben bekleidete Fremen balancierten.

Die Szene löste sich auf.

»Wenn wir reiten würden, kämen wir schneller voran«, erklärte Stilgar. »Aber wir können es nicht erlauben, einen Bringer in das Becken zu lassen. Deshalb müssen wir in der Nacht wieder marschieren.«

Bringer - das Fremen-Wort für den Wurm, dachte sie und überlegte, was Stilgar damit ausgesagt hatte. Sie durften keinen Wurm in das Becken hinein *lassen.* Gleichzeitig wurde ihr bewußt, was sie gesehen hatte: Die Fremen waren auf dem Rücken des Wurms geritten. Sie mußte sich beherrschen, um ihrem Gegenüber nicht anmerken zu lassen, wie stark sie diese Erkenntnis erschreckte.

»Wir sollten zu den anderen zurückkehren«, schlug Stilgar vor. »Ehe die Leute anfangen zu glauben, ich hätte mich hier in ein Abenteuer gestürzt. Einige scheinen mir bereits jetzt schon eifersüchtig zu sein, weil meine Hände deiner Lieblichkeit bereits im Tuono-Becken ziemlich nahe waren.«

»Genug davon!« sagte Jessica schroff.

»Keine Sorge«, erwiderte Stilgar beruhigend. »Es ist bei uns nicht üblich, Frauen gegen ihren Willen zu nehmen. Und was dich angeht...« – er zuckte mit den Achseln – »...so wirst du dir den gebührenden Respekt schon verschaffen.«

»Ich hoffe, du vergißt nicht, daß ich die Lady eines Herzogs war«, erwiderte Jessica gelassen.

»Wie du wünschst«, nickte Stilgar. »Aber es ist jetzt an der Zeit, diese Öffnung zu verschließen, damit meine Männer die Destillanzüge ablegen können. Sie müssen sich während des Tages ausruhen, und wenn sie es dabei etwas bequemer haben, bedeutet das viel für sie. Wenn sie erst mal bei ihren Familien sind, werden sie kaum zum Ruhen kommen.«

Sie schwiegen beide.

Jessica sah in den Sonnenschein hinaus. Es war ihr nicht entgangen, was Stilgar mit seinen Worten unterschwellig hatte ausdrücken wollen. Er hatte ihr das Angebot gemacht, mehr als nur ein Beschützer zu sein. Brauchte er eine Frau? Es war ihr klar, daß sie einen Platz an seiner Seite einnehmen konnte. Damit wäre auch jeder eventuelle Streit um den Führungsanspruch innerhalb seines Stammes von vornherein beigelegt. Mit ihren vereinten Kräften brauchten sie keine Herausforderung zu fürchten.

Aber was würde dann aus Paul werden? Wer konnte schon absehen, welche Rechte bei den Fremen die Eltern über die Kinder hatten? Und was wurde aus der noch ungeborenen Tochter, die sie seit einigen Wochen in sich trug? Was wurde aus der Tochter des toten Herzogs? Sie machte sich die Bedeutung klar, die dazu geführt hatte, diesem Kind das Leben zu schenken. Sie wußte, welchen Grund die Empfängnis gehabt hatte. Er unterschied sich nicht von dem, den alle Kreaturen, die dem Tod ins Angesicht schauen mußten, besaßen. Der Nachwuchs verschaffte einem in gewisser Beziehung die Unsterblichkeit. Wenn sie starb, lebte etwas von ihr weiter.

Jessica sah Stilgar an und merkte, daß er die Linien ihres Gesichts studierte. *Eine Tochter, die von einer Frau geboren wird, deren Mann ein Fremen ist - welches wird ihr Schicksal sein?* fragte sie sich. *Würde er die Notwendigkeiten überhaupt anerkennen, die das Leben einer Bene Gesserit ausmachten?*

Stilgar räusperte sich und bewies damit, daß er Verständnis für die Lage aufbrachte, in der Jessica sich befand. »Wichtig für einen Führer sind die Eigenschaften, die ihn zu einem Führer machen«, sagte er. »Er muß die Bedürfnisse seines Volkes kennen. Wenn du mir deine Kräfte zeigst, kommt einmal vielleicht der Tag, an dem wir sie messen werden müssen. Ich persönlich würde eine Alternative vorziehen.«

»Gibt es denn Alternativen?« fragte Jessica.

»Die Sayyadina«, erwiderte Stilgar. »Unsere Ehrwürdige Mutter. Sie ist schon alt.«

Ihre Ehrwürdige Mutter!

Bevor sie näher darauf eingehen konnte, fuhr Stilgar fort: »Ich habe keinesfalls die Absicht, mich als dein Partner aufzudrängen. Das ist keineswegs abwertend gemeint, denn du bist eine sehr schöne und begehrenswerte Frau. Aber wenn du einen Platz unter meinen Frauen einnähmest, kämen vielleicht einige junge Männer auf den Gedanken, die Gelüste des Fleisches seien mir plötzlich wichtiger geworden als die Bedürfnisse meines Stammes. Ich bin mir sicher, daß sie sogar in diesem Moment versuchen, uns zu beobachten und aufzuschnappen, über welche Dinge wir gerade reden.«

Ein Mann, der sorgfältige Entscheidungen trifft und deren Konsequenzen im voraus berechnet, dachte Jessica.

»Unter unseren jungen Leuten gibt es einige, die sich gerade in den wilden Jahren befinden«, fuhr Stilgar fort. »Sie durchqueren eine Lebensphase, in der sie sorgsamer Anleitung bedürfen. Ich darf ihnen deswegen keine Motive liefern, die sie dazu verleiten könnten, mich herauszufordern. Die Wildheit der Jugend ist ähnlich wie die Blindheit. Ich könnte jeden in diesem Zustand lebenden jungen Mann töten, aber das will ich nicht. Es wäre ein Weg, den ein guter Führer vermeiden sollte. Ich habe eine ausgleichende Funktion wahrzunehmen und muß gleichzeitig darauf achten, daß die individuelle Entwicklung des einzelnen einen positiven Verlauf nimmt. Wenn ein Volk nicht aus individuellen Charakteren besteht, ist es kein Volk, sondern ein Mob.«

Die Behutsamkeit seiner Ausdrucksweise und die Tatsache, daß er seine Gedanken vor den Ohren derjenigen, die ihm jetzt vielleicht aus dem Verborgenen zuhörten, aussprach, brachten Jessica dazu, den Mann mit ganz anderen Augen zu sehen.

Er hat Charakter, dachte sie. *Woher hat er dieses starke innere Gleichgewicht?*

»Die Gesetze, nach denen wir unseren Führer wählen, sind gerecht«, sagte Stilgar. »Aber daraus folgt nicht, daß Gerechtigkeit das einzige ist, was ein Volk braucht. Was wir im Moment wirklich benötigen, ist Zeit, damit wir uns über Arrakis ausbreiten können.«

Wer waren seine Vorfahren? dachte sie. *Wie gelangen Einstellungen wie diese in seinen Kopf?* Sie sagte: »Stilgar, ich habe dich unterschätzt.«

»Das habe ich vermutet.«

»Wir haben uns gegenseitig unterschätzt«, meinte Jessica.

»Ich möchte diesen Zustand der gegenseitigen Unterschätzung beenden«, nickte Stilgar. »Ich möchte deine

Freundschaft erringen... und dein Vertrauen. Ich möchte, daß in uns gegenseitiger Respekt heranwächst.«

»Ich verstehe«, sagte Jessica.

»Vertraust du mir?«

»Ich weiß, daß du es ehrlich meinst.«

»Die Sayyadina unseres Stammes«, sagte Stilgar, »hat, auch wenn sie keinen Einfluß auf die Geschicke des Volkes nimmt, eine ehrenhafte Aufgabe: Sie übt die Funktion einer Lehrerin aus, indem sie dafür sorgt, daß die Anwesenheit Gottes uns ständig bewußt bleibt.« Er legte eine Handfläche auf die Brust.

Ich muß etwas über diese mysteriöse Ehrwürdige Mutter herausbekommen, dachte Jessica. Sie sagte: »Du hast von eurer Ehrwürdigen Mutter gesprochen. Ich habe von Legenden und Prophezeiungen gehört.«

»Es heißt, daß eine Bene Gesserit und ihr Kind für uns den Schlüssel zum Paradies bereithalten«, stellte Stilgar fest.

»Und ihr glaubt, daß ich eine Bene Gesserit bin?«

Sie sah ihn an und dachte: *Das junge Schilf bricht leicht im Wind. Die Anfänge sind die Zeiten gefährlicher Proben.*

»Wir wissen es nicht«, gab Stilgar zu.

Jessica nickte. *Er ist ein ehrenwerter Mann. Er wartet auf ein Zeichen von mir, aber er hütet sich, das Schicksal zu beeinflussen, indem er preisgibt, welches.*

Jessica drehte den Kopf und warf einen Blick in das Becken hinab. Sie sah goldene und purpurne Schatten, fühlte die Vibration des Staubes, der die Luft durchzog. Plötzlich erschien sie sich wie ein Wesen von katzenartiger Vorsicht. Sie kannte die Scheinheiligkeit der Missionaria Protectiva, wußte, in welcher Art und Weise man Legenden verbreitete, die nur das Ziel hatten, die Ängste und Hoffnungen der Menschen auf ein bestimmtes Ziel zu richten. Dennoch hatte sich auf Arrakis irgend etwas verändert... als hätte sich jemand unter den Fremen nach besten Kräften bemüht, den Plänen der Missionaria Protectiva ein anderes Ziel zu geben.

Stilgar räusperte sich erneut.

Sie spürte seine Ungeduld und wußte, daß der Tag draußen an ihnen vorbeischritt und die Männer darauf warteten, daß man die Öffnung verschloß, um endlich die Destillanzüge ablegen zu können. Sie konnte jetzt nicht anders vorgehen als mit Dreistigkeit, auch wenn ihr klar war, was sie jetzt am dringendsten brauchte: etwas Dar al-Hikman, etwas Ausbildung von einer Übersetzerschule, die sie in die Lage versetzen konnte...

»Adab«, flüsterte sie.

Sie hatte den Eindruck, als rolle dieses Wort mit voller Kraft durch ihr Bewußtsein. Innerhalb eines Pulsschlags erkannte sie die Wichtigkeit dieses Schlüsselwortes, das Erinnerungen weckte, die tief in ihrem Unterbewußtsein vergraben waren. Sofort begann das Wissen über ihre Lippen zu fließen.

»Ibn qirtaiba«, sagte sie. »Von hier bis an die Stelle, wo der Sand endet.« Sie streckte einen Arm aus und sah, wie Stilgar die Augen aufriß. »Ich sehe einen... Fremen. Er hat das Buch der Beispiele. Er liest daraus für al-Lat, die Sonne, die er besiegt und sich untertan gemacht hat. Er liest für den Sadus der Versuchten – und dies ist, was er liest:

> Meine Gegner sind wie abgeriss'ne Halme,
> Die im Weg des Unwetters standen.
> Sahst du nicht, was der Herr vollbracht?
> Er hat die Pest auf sie hinabgeschickt,
> So daß alle Hinterlist in Nichts zerfiel.
> Sie sind wie Vögel, die den Jäger fliehen.
> Und ihre Anschläge wie bittere Pillen,
> Die jeder Mund ausspuckt.«

Ein Zittern ging durch ihren Körper, als sie den Arm sinken ließ. Aus dem Hintergrund kam die geflüsterte Antwort vieler Stimmen: »Und ihre Taten sind zu Nichts geworden.«

»Die Feuer Gottes mögen dein Herz erleuchten«, erwiderte Jessica. Und sie dachte: *Jetzt geht alles seinen richtigen Weg.*

»Die Feuer Gottes mögen leuchten«, kam die Antwort.

Sie nickte. »Und möge es deine Feinde zerschmettern.«

»Bi-la kaifa«, antworteten die Männer.

In der plötzlich eintretenden Stille verbeugte Stilgar sich vor ihr. »Sayyadina«, sagte er. »Falls der Shai-Hulud nichts dagegen einwendet, könntest du eine Ehrwürdige Mutter werden.«

Es hat geklappt, dachte sie, *auch wenn mir der Weg nicht gefällt, den ich gehen mußte. Aber er hat seinen Zweck erfüllt.* Sie fühlte eine zynische Bitterkeit in sich, als sie darüber nachdachte, was sie getan hatte. *Unsere Missionaria Protectiva versagt selten. Auch hier hat sie hervorragende Vorbereitungsarbeit geleistet. Inmitten dieser Wildnis existiert ein Zufluchtsort für uns. Jetzt... muß ich hier die Rolle der Auliya spielen, der Vertrauten Gottes. Die Sayyadina der Wüstenbewohner, die von den Prophezeiungen der Bene Gesserit so sehr beeinflußt sind, daß sie ihre Hohepriesterin ›Ehrwürdige Mutter‹ nennen.*

Paul stand neben Chani in den Schatten der inneren Höhle. Er hatte immer noch den Geschmack der Nahrung auf der Zunge, die sie ihm gegeben hatte. Vogelfleisch mit Gewürzhonig. Während des Essens war ihm aufgefallen, daß er noch nie zuvor eine solch starke Konzentration von Melange auf einmal im Mund gehabt hatte. Beinahe hatte er so etwas wie leise Furcht verspürt, denn er wußte, was das Gewürz mit ihm anstellen konnte, wenn er nicht aufpaßte. Allzu starker Genuß der Droge konnte dazu führen, daß sich sein Bewußtsein primär auf die vor ihm liegenden Kreuzwege der Zeit konzentrierte.

»Bi-la kaifa«, flüsterte Chani.

Paul schaute sie an und registrierte die Aufmerksamkeit, mit der die Fremen den Worten seiner Mutter lauschten. Nur der Mann mit dem Namen Jamis hatte sich etwas abgesondert. Er schien von Jessica nicht sonderlich beeindruckt zu sein, denn er hielt die Arme vor der Brust verschränkt und lächelte spöttisch.

»Duy yakha hin mange«, flüsterte Chani. »Duy punra hin mange. Ich habe zwei Augen. Ich habe zwei Füße.«

Sie starrte Paul an wie ein Weltwunder.

Paul tat einen tiefen Atemzug und versuchte den in ihm brodelnden Vulkan unter Kontrolle zu halten. Die Worte seiner Mutter hatten dazu geführt, daß die Essenz der Melange in ihm nicht zum Wirken kam, und er hatte gefühlt, wie ihre Stimme auf und nieder gegangen war, wie die Schatten über einem offenen Feuer. Dennoch hatte er deutlich den Zynismus gespürt, der in ihrer Stimme gelegen hatte – wie gut er sie doch kannte! –, aber er war nicht in der Lage gewesen, den in seinem Innern aufwallenden Ärger, der mit zwei Bissen Fleisch seinen Anfang genommen hatte, an seinem Ansteigen zu hindern.

Das schreckliche Ziel!

Er fühlte deutlich, daß er seinem weiterarbeitenden Bewußtsein nicht entfliehen konnte. In seinem Geist herrschte ungeheure Klarheit, Daten flossen auf ihn ein, mit eiskalter Präzision. Er rutschte an der Höhlenwand herab, lehnte sich sitzend mit dem Rücken gegen den Fels und ließ sich einfach treiben. Wachsam folgte er den unterschiedlichen Zeitströmen, spähte in kleine Seitenpfade und witterte die Winde der Zukunft... und auch die der Vergangenheit. Es war, als sähe er Vergangenheit, Gegenwart und Zukunft mit nur einem einzigen Auge, als sei alles miteinander verbunden, als hänge das eine vom anderen ab.

Es existierte eine Gefahr, das spürte er mit aller Deutlichkeit. Und sie ging von der Gegenwart aus. Während er nach ihr tastete, fühlte er zum erstenmal die massive Beständigkeit des Zeitflusses, wie er drängte und zerrte, wie er sich wellenförmig dahinbewegte und mit Seiten- und Gegenströmungen rang. Wie Brecher aus einem wildbewegten Ozean, der gegen eine Felsenküste brandete und sich in den Klippen verlor. Er verstand nun einiges mehr von seiner Fähigkeit und sah jetzt auch den Ursprung undurchdringlicher Zeitphasen, die Fehlerquellen, die sich in ihnen verbargen, und das erfüllte ihn mit Angst.

Das Hellsehen, stellte er fest, war eine Erleuchtung, die die Grenzen ihrer Enthüllungen selbst setzte. Sie war gleichzeitig eine Quelle der Genauigkeit und verständlicher Fehler. Und dazwischen eine Art Heisenbergscher Unbestimmtheit: der Energieverbrauch, den er aufwandte, um etwas zu sehen, veränderte das Gesehene.

Und was er sah, war der Zeitzusammenhang innerhalb dieser Grotte, eine Reihe von Möglichkeiten, die bereits von einem Augenzwinkern oder einem von einem Fuß achtlos beiseitegeschobenen Sandkorn verändert werden konnte. Er sah Gewalt in so vielen Varianten, daß die kleinste Bewegung bereits genügte, um ihre Muster auszuweiten und ins Unendliche abgleiten zu lassen.

Die Vision führte dazu, daß er sich wünschte, völlig bewegungslos zu bleiben, aber auch das würde Konsequenzen haben.

Zahllose Konsequenzen – sie wehten aus dieser Grotte hinaus wie flatternde Bänder, und auf den meisten von ihnen sah er seinen eigenen gemordeten Körper. Er war voller Blut, das aus einer klaffenden Wunde floß.

11

In dem Jahr, in dem mein Vater, der Padischah-Imperator, Arrakis den Harkonnens zurückgab, war er zweiundsiebzig Jahre alt und sah doch keinen Tag älter aus als fünfunddreißig. Er erschien selten in der Öffentlichkeit, ohne die Uniform eines Sardaukar mit dem schwarzen Helm und dem goldenen Löwen eines Burseg zu tragen. Diese Uniform sollte jeden daran erinnern, worauf sich seine Macht gründete. Dennoch war er kein Säbelrassler. Wenn er es darauf anlegte, strahlte er Charme und Freundlichkeit aus, obwohl ich mich bereits in diesen Tagen fragte, ob es überhaupt etwas an ihm gab, was echt war. Heute glaube ich, daß er ein Mann war, der einen konstanten Kampf gegen die Gitterstäbe eines unsichtbaren Käfigs focht. Dazu muß man sich vergegenwärtigen, daß er ein Imperator war, das Familienoberhaupt einer Dynastie, deren Spuren man bis in die fernste Vergangenheit zurückverfolgen kann. Und wir verweigerten ihm einen legalen Sohn. War dies nicht die schwerste Erniedrigung, die ein Herrscher hinnehmen mußte? Meine Mutter hatte, im Gegensatz zu Lady Jessica, ihren Schwestern gehorcht. Welche dieser beiden Frauen erwies sich trotzdem schließlich als die Stärkere? Aber diese Frage hat bereits die Geschichte beantwortet.

›Im Hause meines Vaters‹,
von Prinzessin Irulan

Jessica erwachte in der Finsternis der Grotte, hörte die leisen Bewegungen der sie umgebenden Fremen und roch die Ausdünstungen ihrer von Destillanzügen umgebenen Körper. Ihr inneres Zeitgefühl sagte, daß es beinahe Nacht sein mußte, aber im sicheren Schutz der sie umgebenden Felsen blieb es auch tagsüber dunkel, dafür sorgten schon die Plastikverschlüsse, die hauptsächlich dazu dienten, den Insassen die Körperflüssigkeit zu erhalten.

Sie stellte fest, daß sie tief und traumlos geschlafen hatte, und diese Tatsache machte deutlich, daß sie sich unterbewußt bei Stilgar und seinen Leuten sicher fühlte. Sie bewegte sich in der Hängematte, die aus ihrem Umhang bestand, glitt auf den felsigen Boden und schlüpfte in die Wüstenstiefel.

Ich darf nicht vergessen, die Stiefel richtig zu verschließen, damit sie den Wasseraustausch meines Destillanzuges nicht behindern, dachte sie. *Es gibt hier so viele Dinge, an die man selbst denken muß.*

Immer noch hatte sie den Geschmack des Frühstücks auf der Zunge: Vogelfleisch mit Gewürzhonig, und es schien ihr, als ob alles, was die Zeit anging, hier umgekehrt verliefe. Die Nacht war der Aktivität des Tages gewidmet, während der Tag die Periode absoluter Ruhe war.

Die Nacht verbirgt uns; sie ist sicher.

Sie hakte ihre Robe von der Wand los, suchte in der Dunkelheit nach der Öffnung und schlüpfte dann hinein.

Sie fragte sich, auf welche Art es möglich war, den Bene Gesserit eine Nachricht zukommen zu lassen. Sicherlich hatten sie in der Zwischenzeit schon erfahren, was auf Arrakis vorgefallen war.

Im Hintergrund der Höhle glühten jetzt verschiedene Leuchtgloben auf. Menschen bewegten sich hin und her, und auch Paul befand sich unter ihnen, fertig angezogen und die Kapuze zurückgeschlagen, so daß man das unverkennbare Profil der Atreides erkennen konnte.

Er hatte sich seltsam benommen, bevor sie sich alle zur Ruhe begeben hatten, rief sich Jessica ins Gedächtnis. *Rückzug.* Jetzt wirkte er wie jemand, der von den Toten auferstanden ist und es selbst noch nicht recht zur

Kenntnis genommen hat. Seine Augen waren halb geschlossen und glasig, als würden sie nach innen sehen. Jessica dachte darüber nach, was er ihr über das Gewürz erzählt hatte. Es war *suchterzeugend.*

Ob es noch Nebenwirkungen gibt? fragte sie sich. *Er sagte, es hätte etwas mit seinen Fähigkeiten zu tun, auch wenn er sich beharrlich über das, was er sieht, ausschweigt.*

Stilgar tauchte aus der Richtung der Leuchtgloben zu ihrer Rechten auf. Jessica stellte fest, daß er nachdenklich an seinem Barthaar zupfte und die ihn umgebenden Männer nicht aus den Augen ließ.

Sie bekam plötzlich Angst, als ihr auffiel, daß zwischen den Paul umgebenden Männern irgendeine Art von Spannung aufgekommen war. Die Bewegungen der Fremen wirkten steif, beinahe rituell.

»Sie stehen unter meinem Schutz!« hörte sie Stilgar poltern.

Erst jetzt erkannte sie, wen der Führer der Gruppe angesprochen hatte: Jamis. Und gleichzeitig sah sie, daß Jamis wütend war. Angriffslustig hob er die Schultern.

Jamis, der Mann, der von Paul besiegt wurde! dachte sie.

»Du kennst das Gesetz, Stilgar«, sagte Jamis.

»Und ob ich es kenne«, erwiderte Stilgar mit einer Stimme, der man anhören konnte, daß er trotz allem bereit war, eine offene Konfrontation zu vermeiden.

»Ich habe den Kampf gewählt«, knurrte Jamis.

Jessica machte einige hastige Schritte nach vorn und ergriff Stilgars Arm. »Was hat das zu bedeuten?« fragte sie.

»Es geht um die Amtal-Regel«, erklärte Stilgar. »Jamis fordert das Recht, deine Rolle in der Legende auf die Probe zu stellen.«

»Ich verlange, daß jemand für sie kämpft«, forderte Jamis. »Wenn ihr Kämpfer siegt, so ist das Recht auf ihrer Seite. Aber es heißt...« – er warf einen Blick auf die anderen Männer – »...daß sie keinen Kämpfer aus den Reihen der Fremen braucht. Und das kann nur bedeuten, daß sie ihren Kämpfer selbst mitbringt.«

Er spricht von einem Zweikampf mit Paul! wurde Jessica in diesem Augenblick klar.

Sie ließ Stilgars Arm fahren und ging einen halben Schritt vor. »Ich bin immer mein eigener Kämpfer gewesen«, stieß sie hervor. »Und deshalb werde ich, der Legende gemäß...«

»Du brauchst uns nicht unsere eigenen Legenden auszulegen«, unterbrach Jamis sie barsch. »Ich glaube jetzt gar nichts mehr. Ich will Beweise sehen. Wer sagt mir, ob Stilgar dir nicht erzählt hat, was du sagen sollst? Es wäre ein leichtes für ihn gewesen, dich mit allem vollzustopfen, was du benötigst, um uns hinters Licht zu führen.«

Ich bin ihm gewachsen, dachte Jessica, *aber das könnte ihrer Auslegung der Legende widersprechen.* Erneut fragte sie sich, wie die Missionaria Protectiva auf diesem Planeten vorgegangen war.

Stilgar schaute Jessica an und sagte dann mit leiser Stimme: »Jamis ist einer von denen, die manchen Leuten immer etwas nachtragen müssen, Sayyadina. Da dein Sohn ihn besiegt hat...«

»Das war ein Zufall!« protestierte Jamis lauthals. »Er hat mich im Tuono-Becken nur mit einem Zaubertrick außer Gefecht gesetzt! Aber jetzt werde ich es ihm zeigen!«

»...auch ich habe ihn besiegt«, fuhr Stilgar fort. »Er hat nichts anderes vor, als durch diese Tahaddi-Herausforderung auch mich zu treffen. Jamis ist einfach viel zu gewalttätig, um jemals einen guten Führer abzugeben. Immer unterliegt er der Ghafla, der Ablenkung. Obwohl er ständig das Gerede von Regeln und Gesetzen im Munde führt, gehört sein Herz doch nur dem Sarfa, der Abwendung von ihnen. Nein, aus ihm kann niemals ein guter Führer werden. Ich habe ihn bisher nur deswegen am Leben gelassen, weil er ein guter Kämpfer ist, wenn wir einer Gefahr ins Auge sehen. Wenn er seinem Zorn erliegt, bildet er auch für uns, seine eigenen Leute, eine Gefahr.«

»Stilgarrrrr!« fauchte Jamis.

Und Jessica wurde klar, daß Stilgar sich bemühte, Jamis gegen sich selbst aufzubringen, damit er nicht Paul, sondern ihn herausforderte. Er sah Jamis an, und dann hörte Jessica, wie er in einem beschwichtigenden Tonfall sagte: »Jamis, es handelt sich hier nur um einen Jungen. Er ist...«

»Du selbst hast ihn einen Mann genannt«, erwiderte Jamis. »Und seine Mutter behauptete, er habe die Prüfung durch das Gom Jabbar *bestanden.* Er ist kräftig gebaut und besitzt eine Menge überschüssigen Wassers. Diejenigen, die sein Gepäck getragen haben, sagten, es befänden sich Literjons voll Wasser darin. Literjons! Und wir saugen an unseren Wasserbehältern, sobald sich auch nur ein feuchter Niederschlag gebildet hat.«

Stilgar sah Jessica an. »Ist das wahr? Ihr habt Wasser in eurem Gepäck?«

»Ja.«

»Literjons voll?«

»Zwei Literjons.«

»Was habt ihr mit diesem Reichtum anfangen wollen?«

Reichtum? dachte Jessica. Sie schüttelte den Kopf, als sie der Kälte in Stilgars Stimme gewahr wurde.

»Dort, wo ich geboren wurde«, erklärte sie, »fällt das Wasser vom Himmel und strömt in breiten Flüssen über das Land. Es gibt dort Ozeane, die so groß sind, daß man ihr Ende nicht erkennen kann. Ich bin nicht – wie ihr – an eine Art von Wasserdisziplin gewöhnt. Ich habe es bisher nicht einmal nötig gehabt, darüber nachzudenken.«

Ein Seufzen ging durch die Reihen der Fremen: »Wasser, das vom Himmel fällt... es strömt in breiten Flüssen über das Land.«

»Wußtest du, daß einige von uns durch einen Unfall Wasser aus ihren Fangtaschen verloren, so daß sie große

Schwierigkeiten haben werden, Tabr in dieser Nacht zu erreichen?«

»Woher sollte ich das wissen?« fragte Jessica kopfschüttelnd. »Wenn sie Wasser benötigen, sollen sie es sich aus unserem Gepäck nehmen.«

»Hattest du *das* mit deinem Reichtum vor?« fragte Stilgar.

»Ich hatte vor, damit Leben zu retten«, erwiderte Jessica.

»Dann nehmen wir deinen Segen dankend an, Sayyadina.«

»Wir lassen uns mit diesem Wasser nicht kaufen«, knurrte Jamis. »Und ich werde mich auch nicht gegen dich aufbringen lassen, Stilgar. Ich weiß sehr gut, daß du beabsichtigst, meinen Zorn auf dich zu lenken, bevor ich meine Worte bewiesen habe.«

Stilgar warf ihm einen Blick zu und meinte: »Du zögerst also nicht, einen Kampf gegen ein Kind zu führen, Jamis?«

»Jemand muß für sie kämpfen.«

»Auch da sie unter meinem Schutz steht?«

»Ich bestehe auf der Amtal-Regel«, erwiderte Jamis. »Und ich verlange mein Recht.«

Stilgar nickte. »Gut. Falls der Junge es nicht schaffen sollte, dich zu besiegen, wirst du anschließend im Angesicht meines Messers deine Antworten geben müssen. Und diesmal werde ich nicht wie beim erstenmal zögern, dich zu töten.«

»Du kannst das nicht zulassen«, protestierte Jessica. »Paul ist doch erst...«

»Mische dich nicht ein, Sayyadina«, gab Stilgar zurück. »Ich weiß, daß du mich bezwingen kannst – und deswegen jeden aus unseren Reihen. Aber du kannst nicht gegen alle von uns auf einmal kämpfen. Dies hier muß sein; es ist die Amtal-Regel.«

Jessica schwieg und starrte ihn im Schein der grünen Leuchtgloben an. Ein dämonischer Zug hatte sich auf Stilgars Gesicht gelegt, während Jamis die Mundwinkel mürrisch verzog.

Ich hätte das voraussehen sollen, dachte sie. *Er brütet vor sich hin. Er zählt zu jenen Leuten, deren innere Spannung sich in Gewalttätigkeiten äußert. Ich hätte darauf vorbereitet sein sollen.*

»Wenn du meinen Sohn verletzt«, sagte sie zu Jamis, »bekommst du es mit mir zu tun. Dann fordere ich dich heraus. Und dann werde ich dir zeigen, wie...«

»Mutter!« Paul kam auf sie zu und berührte ihren Arm. »Vielleicht sollte ich Jamis erklären, wie...«

»Erklären«, schnaubte Jamis verächtlich.

Paul verfiel in Schweigen und sah sich den Mann genauer an. Er hatte keinerlei Angst vor ihm. Der Mann hatte sich so tolpatschig bewegt und war beinahe von allein umgefallen, als sie sich in der Nacht zwischen den Felsen begegnet waren. Und trotzdem... Ihm fiel die Vision wieder ein, die ihm seinen eigenen Körper gezeigt hatte: getötet von den Stichen eines Messers. Und es gab nicht viele Wege, der Realität dieser Vision zu entgehen...

Stilgar sagte: »Sayyadina, du solltest dich besser hier heraushalten...«

»Hör endlich auf, sie ständig Sayyadina zu nennen«, fauchte Jamis. »Das muß sie erst beweisen. Auch wenn sie unsere Gebete kennt: das besagt noch gar nichts. Gebete kennen sogar unsere Kinder!«

Er hat jetzt genug geredet, dachte Jessica. *Ich könnte ihn jetzt mit einem Wort lähmen.* Sie zögerte. *Aber ich kann sie nicht alle festnageln.*

»Du wirst also gegen mich bestehen müssen«, sagte sie in einem seltsamen Tonfall, der den Mann verunsichern mußte.

Jamis starrte sie an. Die plötzliche Furcht in seinem Gesicht war unübersehbar.

»Ich werde dir Schmerz zufügen«, fuhr Jessica fort, »gegen den das Gom Jabbar ein Kinderspielzeug ist, verstehst du? Ich werde dafür sorgen, daß dein ganzer Körper sich anfühlt, als seien tausend glühende Nadeln am Werk, ihn...«

»Sie versucht mich mit einem Bann zu belegen«, keuchte Jamis und preßte die rechte Hand gegen sein Ohr. »Ich verlange, daß sie auf der Stelle schweigt!«

»So sei es«, fiel Stilgar ein. Er warf Jessica einen warnenden Blick zu. »Wenn du noch einmal sprichst, Sayyadina, werden wir alle wissen, daß du eine Zauberkraft benutzt, um Jamis kampfunfähig zu machen.« Er nickte ihr zu und gab ihr damit das Zeichen, zurückzutreten.

Jessica spürte, daß mehrere Hände sie zurückzogen, aber sie spürte auch, daß diese Geste keinesfalls unfreundlich gemeint war. Paul wurde von der Gruppe abgetrennt, und Chani flüsterte, während sie in die Richtung Jamis' nickte, ihm etwas ins Ohr.

Die Fremen traten zurück, bis ein großer Kreis entstand; einige rasch herangebrachte Leuchtgloben beleuchteten die Szenerie. Jamis trat in den Ring, stieg aus seiner Robe und warf sie einem anderen Fremen zu. Einige Sekunden lang stand er in seiner grauen Montur da, dann beugte er den Kopf und trank einen Schluck Wasser aus dem Schlauch, der zu einer der Fangtaschen des Destillanzuges führte. Schließlich straffte sich seine schlanke Gestalt, und er zog den Anzug ebenfalls aus. Sorgfältig legte er ihn zusammen und warf ihn einem anderen Mann in der Menge zu. Er trug jetzt nur noch eine Art Lendenschurz und hielt sein Crysmesser in der rechten Hand.

Jessica beobachtete, wie das Kindmädchen Chani Paul behilflich war. Sie drückte ihm ein Crysmesser in die Hand. Paul umklammerte es und wog die Waffe sorgfältig in der Hand. Jessica wurde in diesem Moment klar, daß ihr Sohn in Prana und Bindu ausgebildet worden war, daß er seine Nerven und Fibern unter Kontrolle hatte. Er war durch eine tödliche Schule gegangen, indem er Kämpfern wie Duncan Idaho und Gurney Halleck begegnet war; Männer, die bereits während ihrer Lebzeiten zu Legenden herangewachsen waren. Zudem kannte der Junge die

Tricks der Bene Gesserit, auch wenn er jetzt einen unbekümmerten und zuversichtlichen Eindruck hinterließ.

Aber er ist erst fünfzehn, dachte sie. *Und er trägt keinen Schild. Ich muß diesen Kampf verhindern. Es muß doch irgendeine Möglichkeit geben, um...* Sie schaute auf und bemerkte, daß Stilgar sie beobachtete.

»Du kannst nichts dagegen machen«, sagte er. »Und du darfst auch jetzt nichts sagen.«

Jessica legte eine Hand über ihre Lippen und dachte: *Immerhin habe ich Jamis mit Furcht erfüllt... Vielleicht verlangsamt das schon seine Reaktionen. Wenn ich nur einige Dinge wüßte, die sie nicht anzweifeln können...*

Paul stieg, nachdem er sich seines Anzugs entledigt hatte, ebenfalls in den Ring. Er hielt das Crysmesser in der Rechten, während seine nackten Füße den sandigen Felsen abtasteten. Idaho hatte ihn immer wieder ermahnt: *»Auf unsicherem Boden kämpft man am besten mit nackten Füßen.«* Und Chani hatte ihm zugeflüstert: *»Jamis dreht sich nach jeder Abwehrbewegung nach rechts ab. Das ist eine Angewohnheit von ihm, und ich habe sie bisher jedesmal an ihm beobachtet. Und er wird versuchen, an deinen Augen abzulesen, welche Bewegung du planst. Er ist in der Lage, die Waffe mit beiden Händen zu führen. Achte also darauf, wenn er sie wechselt.«*

Hauptsächlich vertraute Paul der Tatsache, eine hervorragende Ausbildung genossen zu haben. Die instinktiven Reaktionen, die seine Trainer ihm in monatelanger Arbeit eingehämmert hatten, als sie noch auf Caladan lebten, würden sich auszahlen.

Er erinnerte sich an Gurney Hallecks Worte: *»Ein guter Messerkämpfer denkt an Spitze, Schneide und Handschutz seiner Waffe gleichzeitig. Mit der Spitze kann man auch schneiden; mit der Schneide kann man stechen; der Handschutz ist auch dazu geeignet, die Klinge des Gegners festzuhalten.«*

Paul sah auf das Crysmesser. Es hatte keinen Handschutz, sondern nur einen schmalen Ring um den Griff, der kaum die Finger bedeckte. Des weiteren fiel ihm ein, daß er nicht die geringste Ahnung hatte, wo der Bruchpunkt des Messers lag. Er wußte nicht einmal, ob das Crysmesser *überhaupt* zerbrechlich war.

Jamis tänzelte nach rechts und näherte sich ihm.

Paul kauerte sich zusammen und erinnerte sich, daß er keinen Schild besaß. Und der Hauptteil seiner Ausbildung hatte sich auf Kämpfe bezogen, bei denen sowohl er als auch seine Trainer einen solchen getragen hatten. Seine größte Stärke war es, auf Angriffe einer bestimmten Geschwindigkeit zu reagieren und zu kontern. Obwohl seine Ausbilder ständig darauf hingewiesen hatten, daß er sich nicht auf die Schutzwirkung seines Schildes verlassen dürfe, wußte er genau, daß es für ihn nicht leicht sein würde, diesen im Unterbewußtsein wirksamen Faktor zu vergessen.

Jamis rief die rituelle Herausforderung: »Möge deine Klinge zersplittern und brechen!«

Das Messer ist also zerbrechlich, registrierte Paul.

Er machte sich klar, daß Jamis ebenfalls keinen Schild trug, aber der Mann war daran gewöhnt und wurde dadurch nicht in seinen Reaktionen behindert.

Paul starrte seinen Gegner an. Der Wüstenbewohner ähnelte einem dürren, nur mit Hautfetzen überzogenen Skelett. Die Klinge seines Crysmessers glitzerte gelblich im Schein der Leuchtgloben.

Furcht machte sich plötzlich in Paul breit, er fühlte sich nackt und allein, umgeben von einem Ring von Leuten, die er nicht kannte. Die Vorhersehung hatte sein Bewußtsein an Orte geführt, die er mit eigenen Augen noch nicht gesehen hatte. Er wußte viel von dem, was auf ihn zukam, aber das, was er jetzt erlebte, war das *reale Jetzt.* Sein Tod hing von Millionen Möglichkeiten ab, die er im Moment nicht zu übersehen vermochte.

Was nun geschieht, machte er sich klar, *kann die Zukunft verändern.* Es brauchte nur einer der Zuschauer seine Reaktion damit zu beeinflussen, indem er hustete. Jemand konnte einen unbedachten Schritt nach vorne machen, die Balance verlieren. Es brauchte sich nur die Intensität des Lichts zu verändern.

Ich habe Angst, dachte Paul.

Er umkreiste vorsichtig den gleitenden Jamis und dachte an die Litanei gegen die Furcht. *»Die Furcht tötet das Bewußtsein...«* Es war wie eine kalte, erfrischende Dusche, als die Worte durch sein Gedächtnis zogen. Er spürte, wie seine Muskeln sich entkrampften, wie sie sich spannten und sich bereit machten zum Zuschlagen.

»Ich werde mein Messer in deinem Blut baden«, knurrte Jamis. In der Mitte des letzten Wortes griff er an.

Jessica, die seine Bewegung vorhersah, unterdrückte einen Aufschrei.

Dort, wo der Mann hingesprungen war, befand sich lediglich Luft, während Paul plötzlich hinter ihm auftauchte. Er brauchte Jamis die Klinge nur noch in den ungeschützten Rücken zu bohren.

Jetzt, Paul! Jetzt! schrie es in ihrem Geist.

Pauls Bewegungen waren gut aufeinander abgestimmt. Er stieß mit einer geschmeidigen Bewegung zu, aber so langsam, daß es für Jamis ein leichtes war, zur Seite zu springen und ihm auszuweichen.

Paul zog sich ebenfalls zurück. »Zuerst mußt du mein Blut finden«, sagte er.

Jessica erkannte deutlich, daß Pauls Bewegungen auf einen Menschen abgestimmt waren, der normalerweise einen Schild trug. Ihr wurde klar, daß das für ihn ein zweischneidiges Schwert war. Sein Vorgehen beruhte darauf, daß Schilde rasche Stöße abwiesen und langsam geführte Angriffe die Barriere durchdrangen. Auch wenn er in Höchstform war, würde sich dies für Paul als Nachteil erweisen.

Hat Paul das auch erkannt? fragte sie sich. *Er muß es einfach einsehen!*

Erneut griff Jamis an. Seine Augen blitzten, seine Gestalt wirkte wie eine im Schein der Leuchtgloben hin- und herzuckende Flamme.

Wieder entwischte Paul ihm und griff zu langsam an.

Und wieder.

Und wieder.

Jedesmal kam sein Konterschlag einen Augenblick zu spät.

Dann sah Jessica etwas, und sie hoffte inständig, daß es Jamis nicht auffiel: Paul parierte zwar jeden Angriff blitzschnell, aber sein Messer befand sich immer an genau der Stelle, die die richtige gewesen wäre, hätte ein Schild den Angriff abgelenkt.

»Spielt dein Sohn mit diesem Narren?« fragte Stilgar leise. Bevor sie ihm eine Antwort geben konnte, gab er ihr mit einer Handbewegung zu verstehen, dies nicht zu tun. »Tut mit leid, aber du mußt noch immer schweigen.«

Paul und Jamis begannen einander nun zu umkreisen. Jamis hielt das Messer ausgestreckt von sich, während Paul gebeugt dahinschlich, die Waffe gesenkt.

Jamis griff wieder an, und diesmal warf er sich nach rechts; in die Richtung, in die Paul beim letztenmal ausgewichen war.

Anstatt auszuweichen und sich zurückzuziehen, stieß Paul zu und traf die Hand des Angreifers mit der Spitze seiner Klinge. Dann war er plötzlich verschwunden und bewegte sich, der Warnung Chanis gemäß, nach links.

Jamis sprang in die Mitte des Ringes zurück und rieb seine Hand. Blut tropfte aus seiner Wunde. Mit weit aufgerissenen Augen starrte er Paul an. Er war unverkennbar wütend.

»Ah, das hat er gemerkt«, murmelte Stilgar.

Paul bewegte sich wie jemand, der einen Angriff plant, und rief seinem Kontrahenten, so wie man es ihm beigebracht hatte, zu: »Gibst du auf?«

»Hah!« schrie Jamis.

Die Männer begannen erregt zu murmeln.

»Ruhe!« schrie Stilgar. »Der Junge kennt nicht die Gesetze unseres Volkes.« Zu Paul gewandt, sagte er: »In einer Tahaddi-Herausforderung kann sich niemand ergeben. Dieser Kampf endet mit dem Tod eines Beteiligten.«

Jessica fiel auf, daß Paul schluckte. Und sie dachte: *Er hat noch nie einen Menschen in einem Zweikampf getötet. Ist er überhaupt dazu in der Lage?*

Paul wich langsam nach rechts aus, während Jamis ihm folgte. Erneut drangen die ihn umgebenden Wahrscheinlichkeitsfaktoren auf ihn ein. Sein neues Bewußtsein sagte ihm klar, daß er zu vielen Faktoren ausgesetzt war, um irgendeiner vorausberechneten Linie zu folgen.

Die Varianten waren unendlich - deswegen erschien ihm diese Grotte wie ein tiefschwarzes Loch auf dem Pfad, den er zu gehen hatte. Er fühlte sich wie ein Fels in einem reißenden Strom, und je mehr er sich bewegte, desto stärker und zahlreicher wurden die Strudel, denen er ausweichen mußte.

»Mach ein Ende, Junge«, murmelte Stilgar. »Spiel nicht mit ihm.«

Paul drang tiefer in den Ring vor.

Jamis griff nun langsamer an. Offenbar war er sich der Tatsache bewußt geworden, daß dieser Fremdweltler nicht das leichte Opfer war, das er sich vorgestellt hatte.

Jessica sah den Schatten der Ernüchterung auf dem Gesicht des Wüstenbewohners. *Jetzt ist er am gefährlichsten,* dachte sie. *Er ist verzweifelt und zu allem fähig. Er hat herausgefunden, daß Paul nichts mit den Kindern seines eigenen Volkes gemein hat, sondern daß er eine Kampfmaschine ist, die von klein auf hart trainiert wurde. Die Angst, die ich in sein Herz gepflanzt habe, wird nun Früchte tragen.*

Sie stellte fest, daß sie für Jamis so etwas wie Mitleid empfand. Das Gefühl war fast so stark wie die Angst um den eigenen Sohn.

Jamis ist zu allem fähig… und deswegen kann man sein Handeln so schwer berechnen. Sie fragte sich, ob Paul auch diese Begegnung in seinen Visionen vorausgesehen hatte und über ihren Ausgang informiert war. Aber als sie sah, wie sich ihr Sohn bewegte, wie er sich anstrengte, nicht der Unterlegene zu sein, wurde ihr klar, wie begrenzt seine Gabe sein mußte.

Paul verschärfte den Kampf nun, ohne jedoch ernsthaft anzugreifen. Er umkreiste Jamis schnell und sah die Furcht im Gesicht des anderen. Er erinnerte sich plötzlich an etwas, das Duncan Idaho einst zu ihm gesagt hatte: *»Sobald du feststellst, daß dein Gegner Angst vor dir hat, gib ihm die Möglichkeit, mit dieser Angst eine Weile allein zu sein. Laß aus der einfachen Angst pures Entsetzen werden. Ein entsetzter Mensch hat seinen größten Gegner in sich selbst. Möglicherweise wird er dazu übergehen, aus reiner Verzweiflung anzugreifen. Das ist für ihn der gefährlichste Augenblick, denn ein Verzweifelter begeht in einem solchen Moment einen nicht zu unterschätzenden Fehler. Deine Ausbildung wird dir dabei helfen, diesen Fehler früh genug zu erkennen und für dich zu nutzen.«*

Die Fremen begannen zu murren.

Sie glauben, daß Paul tatsächlich mit Jamis spielt, dachte Jessica. *Sie halten ihn für unnötig grausam.*

Aber sie spürte ebenfalls, daß die sie umringenden Männer aufgeregt waren und das Schauspiel sichtlich genossen. Auch sah sie, daß der Druck, unter dem Jamis stand, sich von Minute zu Minute vergrößerte. Der Moment, an dem er explodieren würde, war bereits abzusehen. Auch Jamis mußte das wissen... oder Paul. Jamis sprang vor und stieß mit der rechten Hand zu. Aber sie war leer. Er hatte blitzschnell die Kampfhand gewechselt und Paul auf diese Art zu täuschen versucht.

Jessica stöhnte auf.

Aber Paul war von Chani gewarnt worden: *»Jamis kann mit beiden Händen kämpfen.«* Und er hatte es seiner Ausbildung zu verdanken, daß er diesen Trick sofort durchschaute. *»Behalte das Messer im Auge – und nicht die Hand, die es führt«*, hatte Gurney Halleck ihm einst erzählt. *»Das Messer ist gefährlicher als die Hand, und es kann in jeder Hand auftauchen.«*

Und Paul hatte Jamis' Fehler erkannt: die schlechte Fußstellung, die der Mann zu korrigieren hatte, um den falschen Stoß zu vertuschen und zu einem richtigen Angriff anzusetzen, hatte eine zusätzliche Sekunde gekostet.

Trotz des gelblichen Lichts und der leuchtenden Augen der erregten Zuschauer hatte Paul plötzlich wieder das Gefühl, sich im Trainingsraum zu befinden. Schilde nützten nichts in einer Umgebung, wo man die Bewegungen des gegnerischen Körpers ausnutzen konnte. Paul hob das Messer, warf sich zur Seite und zog die Klinge wieder hoch, die genau in die Brust des Mannes traf. Dann trat er zurück und sah Jamis fallen.

Der Fremen fiel auf das Gesicht, krümmte sich noch einmal zusammen, stieß einen dumpfen Seufzer aus und hob ein letztesmal den Kopf, um Paul anzusehen. Dann blieb er liegen. Seine toten Augen sahen aus wie Glasperlen.

»Jemanden mit der Spitze zu töten«, hatte Idaho Paul einst gesagt, *»ist keine große Kunst. Aber das soll dich nicht davon abhalten, den Augenblick zu nutzen, wenn er sich dir präsentiert.«*

Die Gruppe der Fremen löste sich auf, füllte die Stelle, an der soeben noch der Ring gewesen war, und drückte Paul zur Seite. Rasch hoben die Männer Jamis auf. Eine Gruppe verschwand mit seinem Leichnam in den Tiefen der Grotte, nachdem sie den Körper in eine Robe gewickelt hatten.

Jamis war nicht mehr zu sehen.

Jessica drängte sich nach vorn zu ihrem Sohn. Ihr schien, als schwämme sie in einem Meer aus schwitzenden Körpern, die keinen Laut von sich gaben.

Jetzt ist der schreckliche Augenblick gekommen, dachte sie. *Er hat in klarem Bewußtsein seiner eigenen Kraft einen Menschen getötet. Es darf auf keinen Fall soweit kommen, daß er einen solchen Sieg wie einen Triumph genießt.*

Sie zwängte sich durch die Umstehenden bis in die schmale Nische, wo gerade zwei Fremen dabei waren, Paul in seinen Destillanzug zu helfen.

Jessica starrte ihn an. Pauls Augen glänzten. Er atmete schwer und machte keine Anstalten, den beiden Männern, die ihn unterstützten, durch einige leichte Bewegungen zu helfen.

»Jamis hat ihm nicht einmal einen Kratzer beigebracht«, murmelte einer der Fremen. Chani erschien. Auch sie sah Paul an. Es erschien Jessica, als läge in ihrem Blick mehr als nur Überraschung. Ihre Züge zeigten offene Verehrung.

Es muß schnell und sofort geschehen, dachte Jessica. Sie legte allen Zynismus, zu dem sie fähig war, in ihre Stimme und sagte mit sichtlicher Verachtung: »Nun, mein Junge – wie fühlt man sich als Killer?«

Paul zuckte zusammen, als hätte man ihm in den Leib getreten. Sein Blick traf die kalten Augen seiner Mutter, und im gleichen Augenblick wurde er rot. Unwillkürlich schaute er zu der Stelle hinüber, an der eben noch Jamis gelegen hatte.

Stilgar quetschte sich durch die Umstehenden an Jessicas Seite. Er kam aus der Richtung, in die man Jamis' Leiche gebracht hatte, und sagte, Paul zugewandt, in einem bitteren, wenngleich kontrollierten Tonfall:

»Wenn eines Tages die Zeit kommen sollte, an der du mich zum Kampf um meine Burda herausforderst – glaube nicht, daß du mit mir so spielen kannst wie mit Jamis.«

Es blieb Jessica nicht verborgen, wie ihre und Stilgars Worte auf Paul einwirkten. Man irrte sich in Paul, wenn man ihn für einen Sadisten hielt – aber dieser Irrtum erfüllte einen guten Zweck. Sie blickte auf die sie umgebenden Gesichter und sah in ihnen das gleiche wie Paul: Verehrung, aber auch Furcht. Vielleicht sogar auch Haß. Sie musterte Stilgar und erkannte an seinem Fatalismus, wie der Kampf auf ihn gewirkt haben mußte.

Paul sah seine Mutter an. »Du weißt, was es war«, sagte er.

Er kam also wieder auf den Boden zurück. Jessica warf einen Blick auf die Umstehenden und sagte dann: »Paul hat niemals zuvor einen Menschen mit einem Messer getötet.«

Stilgar starrte sie ungläubig an.

»Ich habe nicht mit ihm gespielt«, fügte Paul jetzt hinzu. Er drängte sich zu seiner Mutter durch, glättete seine Robe und warf einen Blick auf den Blutfleck, der auf dem felsigen Boden zurückgeblieben war. »Ich wollte ihn auch gar nicht umbringen.«

Stilgar schien ihm allmählich zu glauben. Der Führer der Fremen spielte unentschlossen mit seinem Bart. Die anderen murmelten überrascht.

»Deswegen hast du ihn also aufgefordert, sich zu ergeben«, meinte Stilgar. »Ich verstehe jetzt. Wir gehen nach anderen Regeln vor, aber du wirst auch darin bald einen Sinn erkennen. Ich hatte an sich schon angenommen, wir hätten einen Skorpion in unseren Stamm aufgenommen.« Er zögerte und meinte schließlich: »Ich sollte dich von nun an nicht mehr einen Jungen nennen.«

Eine Stimme aus dem Hintergrund rief: »Er braucht jetzt einen Namen, Stil.«

An seinen Barthaaren zerrend, nickte Stilgar. »Ich sehe Stärke in dir... ähnlich der Stärke einer Säule.« Er machte eine Pause und fuhr fort: »Wir wollen dich auf den Namen Usul taufen; nach der Basis, ohne die keine Säule bestehen kann. Usul wird dein geheimer Name sein, der, unter dem du in der Truppe bekannt sein wirst. Die Leute unseres Sietch Tabr dürfen ihn benutzen, niemand anders... Usul.«

Ein Murmeln ging durch die Truppe. »Ein guter Name... voller Kraft... er wird uns Glück bringen!« Und Jessica spürte, daß man damit nicht nur Paul akzeptierte, sondern auch sie. Erst jetzt galt sie wirklich als Sayyadina.

»Und welchen Mannesnamen, mit dem du in der Öffentlichkeit angesprochen werden willst, *wählst du?*« fragte Stilgar.

Paul sah seine Mutter an und schaute dann wieder auf Stilgar. Sein anderes Bewußtsein begann plötzlich wieder zu arbeiten und wies ihn auf etwas Bestimmtes hin. Es war wie ein Druck; ein Druck, der auf ihm lastete und ihn zwang, eine Tür in die Gegenwart aufzustoßen.

»Wie nennt ihr die kleine Maus, die hüpft?« fragte er und erinnerte sich gleichzeitig an das *hopp-hopp,* das ihn im Tuono-Becken so fasziniert hatte. Er verdeutlichte mit einer Hand, was er meinte.

Ein Grinsen ging durch die Reihen der Männer.

»Wir nennen sie Muad'dib«, sagte Stilgar.

Jessica schnappte nach Luft. Es war genau der Name, von dem Paul ihr erzählt hatte; von dem er behauptet hatte, daß die Fremen ihn unter diesem Namen anerkennen und bei sich aufnehmen würden. Sie hatte plötzlich Angst *um* und *vor* ihrem Sohn.

Paul schluckte. Ihm wurde schlagartig bewußt, daß er hier eine Rolle spielte, die er in seinem Bewußtsein bereits zahllose Male gespielt hatte... und doch... es gab einige Unterschiede. Er fühlte sich wie ein Mann auf einem hohen Berggipfel, der von finsteren, nebelverhangenen Abgründen umgeben ist.

Und erneut erinnerte er sich an die Vision fanatischer Legionen, die dem grünen Banner der Atreides folgten, die mordend und brennend durch das Universum rasten. Im Namen ihres Propheten Muad'dib.

Dies darf auf keinen Fall geschehen, sagte er sich.

»Ist das der Name, den du zu tragen wünschst – Muad'dib?« fragte Stilgar.

»Ich bin ein Atreides«, flüsterte Paul. Und dann, lauter: »Es ist nicht recht, daß ich völlig den Namen aufgebe, den mein Vater mir gab. Wäre es möglich, daß ich unter euch den Namen Paul Muad'dib trage?«

»Du bist Paul Muad'dib«, erwiderte Stilgar.

Und Paul dachte: *Dies hat es in keiner meiner Visionen gegeben. Ich habe etwas verändert.*

Aber er hatte weiterhin das Gefühl, daß er von Abgründen umgeben war.

Erneut begannen die Fremen zu murmeln: »Weisheit, gepaart mit Stärke... Mehr kann man nicht verlangen... Genau wie es in der Legende heißt... Lisan al-Gaib... Lisan al-Gaib...«

»Ich werde dir etwas über deinen neuen Namen sagen«, erklärte Stilgar. »Die Wahl, die du getroffen hast, ehrt uns, denn Muad'dib beherrscht die Kunst, in der Wüste zu existieren. Muad'dib erzeugt sein eigenes Wasser. Muad'dib versteckt sich vor der Sonne und bewegt sich in der kühlen Nacht. Muad'dib ist fruchtbar und bevölkert das Land. Wir nennen Muad'dib den Lehrer der Jungen. Du hast eine gute Grundlage für das Leben in unserer Mitte geschaffen, Paul Muad'dib, der in unseren eigenen Reihen als Usul bekannt werden wird. Wir heißen dich willkommen.«

Stilgar berührte Pauls Stirn mit der Handfläche, zog sie zurück, umarmte ihn und sagte: »Usul.«

Kaum hatte Stilgar ihn aus seiner Umarmung entlassen, als der nächste Mann bereits heran war und dasselbe mit ihm tat. Auch er wiederholte Pauls neuen Truppennamen. Umarmung auf Umarmung folgte, und jeder der Fremen murmelte: »Usul... Usul... Usul.« Einige der Wüstenmänner kannte er bereits beim Namen. Und dann kam auch Chani, preßte sich an ihn und drückte ihre Wange gegen die seine.

Schließlich stand Paul wieder vor Stilgar, der sagte: »Du bist nun einer der Ichwanbeduinen – unser Bruder.« Seine Züge verhärteten sich plötzlich, und er fuhr fort, in einem Tonfall, der einem knappen Kommando glich: »Und jetzt, Paul Muad'dib, schließt du auf der Stelle deinen Destillanzug!« Er schaute zu Chani hinüber. »Chani! Paul-Muad'dibs Nasenfilter sitzen so erbärmlich schlecht, wie ich es noch bei keinem Mann bisher gesehen habe! Sagte ich dir nicht, du solltest auf ihn achtgeben?«

»Ich hatte keine Möglichkeit, ihm bessere zu besorgen, Stil«, verteidigte sich das Mädchen. »Wir haben noch die von Jamis, aber...«

»Genug davon!«

»Dann gebe ich ihm einen von meinen«, erwiderte Chani. »Ich kann mit einem Filter auskommen, bis wir...«

»Das wirst du nicht«, sagte Stilgar. »Ich weiß doch, daß wir ein paar Ersatzfilter bei uns haben. Wo stecken sie? Her damit. Sind wir eine Truppe oder ein lausiger Räuberhaufen?«

Sofort streckten die Männer die Hände aus und reichten ihm das Gewünschte. Stilgar wählte vier Filter aus und gab sie Chani.

»Die sind für Usul und die Sayyadina.«

Einer der Männer fragte: »Was ist mit dem Wasser, Stil? Ich meine die Literjons in ihrem Gepäck?«

»Ich weiß, daß du etwas brauchst, Farok«, erwiderte Stilgar. Er warf Jessica einen Blick zu. Sie nickte zurück.

»Breche einen davon an, für diejenigen, die Wasser brauchen«, entschied Stilgar. »Wassermeister... haben wir einen Wassermeister? Ah, Shirnoom, sorg du dafür, daß die Leute das Nötigste erhalten. Verschwende keinen Tropfen. Dieses Wasser ist die Mitgift der Sayyadina und wird ihr nach Abzug der Tragekosten im Sietch zurückerstattet.«

»Nach welchem Prinzip?« fragte Jessica.

»Zehn zu eins«, erwiderte Stilgar.

»Aber...«

»Es ist ein weises Gesetz, und du wirst seinen Nutzen noch erkennen«, meinte Stilgar.

Ein leises Robenrascheln deutete an, daß die Männer sich aufmachten, Wasser zu speichern.

Stilgar hob eine Hand, und sofort herrschte Ruhe. »Was

Jamis anbetrifft«, sagte er, »so befehle ich, daß er mit allen Ehren verabschiedet wird. Jamis war unser Genosse und ein Bruder der Ichwanbeduinen. Niemand darf vergessen, daß erst seine Tahaddi-Herausforderung zu unserem Glück geführt hat. Der Ritus findet bei Sonnenuntergang statt, wenn die Dunkelheit ihn verhüllt.«

Paul, der diese Worte in sich aufnahm, stellte fest, daß er sich einmal mehr am Rande eines Abgrunds befand... Vor ihm lag eine blinde Zeit, die sein inneres Auge bisher nicht zu durchdringen vermocht hatte... ausgenommen... ausgenommen... er hatte immer noch das grüne Banner des Atreides vor sich... irgendwo in der Zukunft... blutige Schwerter... fanatische Legionen, die in Djihad voranstürmten...

Es wird nicht so kommen, sagte er sich. *Ich kann das nicht zulassen.*

12

Gott schuf Arrakis, um die Gläubigen zu prüfen.

Aus ›Die Weisheit des Muad'dib‹,
von Prinzessin Irulan

In der absoluten Stille, die innerhalb der Grotte herrschte, konnte Jessica deutlich die leisen Schritte auf dem Sand hören, über den sich die Fremen lautlos bewegten. Von draußen drangen entfernte Vogelschreie zu ihr herein, die die Wächter ausstießen, um sich miteinander zu verständigen.

Man hatte die großen Plastikhauben, die die Höhleneingänge verschlossen, weggeräumt. Die Dämmerung breitete sich rasch über das Becken aus, und Jessica fühlte, wie das Tageslicht abnahm. Die Schatten wurden länger, die Hitze ließ nach. Sie wußte, daß auch ihre Ausbildung sie bald zu dem befähigen würde, was den Fremen jetzt schon zu eigen war: die Fähigkeit, kleinste Veränderungen bereits am Wechsel der Luftfeuchtigkeit zu erkennen.

Wie sie sich beeilt hatten, die Destillanzüge zu schließen, als die Verschlüsse geöffnet wurden!

Tief im Inneren der Grotte begann jemand zu rezitieren:

»Ima trava okolo!
I korenja okolo!«

Schweigend übersetzte Jessica: *»Dies ist die Asche! Und dies sind die Wurzeln!«*

Die Zeremonie für Jamis nahm ihren Anfang.

Jessica sah in den arrakisischen Sonnenuntergang hinaus und stellte fest, daß der Himmel in allen möglichen

Farben leuchtete. Die Nacht begann, lange Schatten über Felsen und Dünen zu werfen.

Dennoch blieb die Hitze.

Sie führte dazu, daß Jessica über Wasser nachzudenken begann. Sie fragte sich, wie es möglich war, ein ganzes Volk so zu erziehen, daß es nur zu festgelegten Zeiten Durst empfand.

Durst.

Sie erinnerte sich, wie der Mondschein auf Caladan das felsige Land mit weißem Licht überzogen hatte. Der Wind war voller feuchtem Dunst gewesen. Jetzt hatte sie nichts anderes als ihren Atem, der Feuchtigkeit erzeugte auf Wangen und Stirn. Die neuen Nasenfilter irritierten sie, und sie stellte fest, daß sie sich die ganze Zeit über des kleinen Schlauches gewärtig war, der von ihrem Hals in die Tiefen des Anzugs hinabführte, wo er die Flüssigkeit ihres Atems hinleitete und speicherte.

Und der Destillanzug selbst erschien ihr wie ein Schwitzkasten.

»Sobald du deinen Körper auf einen niedrigen Wassergehalt umgestellt hast«, hatte Stilgar ihr erklärt, *»sitzt der Anzug wesentlich besser.«*

Es war ihr klar, daß er damit recht hatte, doch nützte ihr dieses Wissen im Moment nicht viel. Die unbewußte Auseinandersetzung mit dem Gedanken an Wasser überschattete ihr ganzes Denken. *Nein,* korrigierte sie sich selbst, *es ist die ständige Beschäftigung mit jeder Art von Flüssigkeit.*

Und das umfaßte sehr viel mehr als nur Wasser.

Jessica hörte sich nähernde Schritte, wandte den Kopf und sah Paul, der aus den Tiefen der Grotte kam. Neben ihm ging die elfenhafte Chani.

Da ist noch etwas anderes, dachte Jessica. *Ich muß Paul vor ihren Frauen warnen. Keine dieser Wüstenfrauen würde sich als Frau eines Herzogs eignen. Als Konkubine – ja; aber nicht als Ehefrau.*

Sie wunderte sich plötzlich über sich selbst und überlegte: *Bin ich schon so von seinen Plänen infiziert?* Ihr wurde klar, wie gut man sie konditioniert hatte. *Ich bin in der Lage, die geistige Einstellung des Adels zu übernehmen, obwohl ich selbst eine Konkubine war. Aber... ich war mehr als das.*

»Mutter.«

Paul blieb vor Jessica stehen. Auch Chani.

»Mutter, weißt du, was die Männer dort hinten machen?«

Jessica warf einen kurzen Blick auf Pauls Augen, die im Schatten der Kapuze kaum zu erkennen waren.

»Ich glaube schon.«

»Chani hat es mir gezeigt... weil ich darauf vorbereitet sein muß, einmal selbst in die Lage zu geraten, wo ich den anderen mein Wasser geben muß.«

Jessica sah Chani an.

»Sie nehmen Jamis' Wasser«, erklärte Chani. Ihre Stimme klang sonderbar dünn durch die Nasenfilter. »Es ist Gesetz. Das Fleisch gehört ihm selbst - sein Wasser jedoch dem Stamm... außer bei einem Zweikampf.«

»Sie sagen, Jamis' Wasser gehört jetzt mir«, sagte Paul.

Jessica fragte sich, wieso diese Eröffnung sie plötzlich vorsichtig machte.

»Das Wasser des Besiegten im Zweikampf gehört dem Gewinner«, führte Chani aus. »Und das ist deswegen so, weil man bei einem Zweikampf ohne Destillanzug kämpft. Auf diese Weise erhält der Sieger das Wasser zurück, das er während des Kampfes verliert.«

»Ich will sein Wasser nicht«, murmelte Paul. Er fühlte sich in diesem Moment wie der Teil eines Körpers, der sich auflöste und in viele Richtungen auseinanderstrebte. Er hatte keine Ahnung, welche Verwicklungen er mit seinem Verhalten heraufbeschwören mochte - aber er war sich darüber im klaren, daß er das Wasser Jamis' nicht wollte.

»Es ist nur... Wasser«, meinte Chani.

Jessica bewunderte die Art, in der sie das Wort aussprach. *Wasser.* Soviel Bedeutung in einem einzigen Wort. Ein Lehrsatz der Bene Gesserit fiel ihr ein: *»Überleben ist die Fähigkeit, in unbekannten Gewässern nicht zu ertrinken.«* Und sie dachte: *Paul und ich haben die Aufgabe, alle Ströme und Wirbel in diesen unbekannten Gewässern zu erforschen... wenn wir überleben wollen.*

»Du wirst das Wasser annehmen«, sagte sie.

Sie erkannte den Tonfall ihrer Worte wieder. In gleicher Weise hatte sie einst zu Leto gesprochen, als sie ihm erklärte, daß er eine hohe Summe für ein zweifelhaftes Unternehmen akzeptieren solle - weil Geld die Basis der Macht der Atreides darstellte.

Auf Arrakis symbolisierte Wasser das Geld. Das war klar.

Paul schwieg; er wußte plötzlich, daß er tun würde, was sie angeordnet hatte. Nicht, weil sie es so wollte, sondern weil der Tonfall ihrer Stimme ihn dazu drängte. Wenn er das Wasser ablehnte, würde er ein Gesetz der Fremen brechen.

Er erinnerte sich plötzlich an die Worte der 467. Kalima aus Yuehs O.-K.-Bibel und sagte: »Aus dem Wasser kommt alles Leben.«

Jessica starrte ihn an und fragte sich: *Woher kennt er dieses Zitat? Er hat die Mysterien doch noch gar nicht studiert.*

»So ist es gesagt«, bestätigte Chani. »Giudichar Mantene: Es steht geschrieben in der Schah-Nama, daß das Wasser zuerst erschaffen wurde.«

Ohne jeden Grund (und dies verwirrte sie mehr als die Tatsache an sich), begann Jessica plötzlich zu zittern. Um ihre Konfusion zu verbergen, wandte sie sich ab und sah, daß die Sonne eben im Begriff war, hinter dem Horizont zu verschwinden. Eine gewaltige Farborgie überschüttete die Felsen.

»Es ist Zeit!«

Die Stimme, die sie wieder zu sich brachte, kam aus der Tiefe der Höhle und gehörte Stilgar. »Jamis' Waffe ist umgekommen. Der Shai-Hulud hat Jamis zu sich gerufen, so wie er die Mondphasen bestimmt und Zweige verdorren und brechen läßt.« Seine Stimme wurde leiser. »Genauso ist es auch mit Jamis.«

Die Stille senkte sich wie ein weißes Tuch über die Höhle.

Jessica sah die an einen grauen Schatten erinnernde Gestalt des Führers der Wüstensöhne im Innern der Höhle. Er wirkte wie ein Geist. Aus dem Becken kam eine erfrischende Kühle.

»Jamis' Freunde sollen nun erscheinen«, verlangte Stilgar.

Hinter Jessica bewegten sich einige Männer und bedeckten den Ausgang mit einem Vorhang. Nur noch ein einziger Leuchtglobus beleuchtete die Szene aus der Ferne. In seinem gelben Schein versammelten sich die Fremen. Das leise Rascheln ihrer Roben war nicht zu überhören.

Als würde sie durch das Licht angezogen, machte Chani einen Schritt nach vorn.

Jessica beugte sich vor und flüsterte Paul im Familiencode zu: »Vertraue dich ihrer Führung an und tu dasselbe, was sie auch tun. Es ist nur ein einfacher Ritus, der Jamis' Schatten befrieden soll.«

Es wird mehr sein als das, dachte Paul. Er fühlte sich angespannt wie jemand, der nach einem sich bewegenden Ding greift, ohne sich dabei selbst bewegen zu dürfen.

Chani glitt zurück, tauchte neben Jessica auf und ergriff ihre Hand: »Komm, Sayyadina. Wir müssen jetzt woanders hingehen.«

Paul sah, wie sie in der schattigen Finsternis untertauchten, und fühlte sich allein.

Die beiden Männer, die den Vorhang angebracht hatten, kehrten zurück und sagten: »Komm jetzt, Usul.«

Paul ließ sich zu den anderen führen und sich in dem Stilgar umgebenden Kreis einen Platz zuweisen. Er setzte sich und beobachtete Stilgar, der unter dem einzelnen Leuchtglobus stand. Das Licht ließ seine Augen wie kleine

Höhlen erscheinen und veränderte die Farbe seiner Robe. Zu Stilgars Füßen lag etwas, das von einer Robe bedeckt blieb. Dennoch erkannte Paul an einem Griff, daß er ein Baliset vor sich hatte.

»Der Geist verläßt die Wasser des Körpers, sobald der erste Mond sich erhebt«, intonierte Stilgar. »So wird es gesagt. Und wenn wir den ersten Mond sich erheben sehen in dieser Nacht, wen ruft er dann zu sich?«

»Jamis«, antworteten die Männer im Chor.

Stilgar drehte sich auf einem Bein und sah die Männer der Reihe nach an. »Ich war einer von Jamis' Freunden«, sagte er. »Als das Habicht-Flugzeug bei Loch-im-Felsen auf uns herabstieß, war es Jamis, der mich rechtzeitig in Deckung riß.«

Er beugte sich über das links neben ihm liegende Bündel und zerrte die Robe beiseite. »Ich nehme seine Robe an mich, weil ich sein Freund war - mit dem Recht des Führers.« Er warf sie sich mit einem Ruck über die Schulter und reckte sich.

Erst jetzt sah Paul, was vor Stilgar aufgestapelt lag: ein mattgrauer Destillanzug, ein eingebeulter Literjon, ein Tuch, in das ein kleines Buch gewickelt war, der klingenlose Griff eines Crysmessers, eine leere Messerscheide, ein gefalteter Beutel, ein Parakompaß, ein Distrans, ein Klopfer, ein Häufchen faustgroßer metallener Haken, eine Ansammlung von Kieselsteinen in einem Tuch, ein Federbündel... und das Baliset, das daneben lag.

Jamis konnte also auch Baliset spielen, dachte Paul. Das Instrument erinnerte ihn plötzlich an Gurney Halleck und alles, was ihm verlorengegangen war. Sein Bewußtsein sagte ihm, daß es einige Chancen gab, den Mann eines Tages wiederzutreffen, obwohl die Zeitlinien in dieser Beziehung unscharf und überschattet waren. Sie verwirrten ihn. Der Unsicherheitsfaktor, daß sie sich irgendwann wieder vereinigen würden, erfüllte ihn mit einer beinahe ängstlichen Vorausahnung. *Bedeutet das, daß ich eines Tages etwas gegen Gurney tun werde? Daß ich ihn... vernichten könnte... oder zum Leben erwecke... oder...*

Paul schluckte und schüttelte den Kopf.

Erneut beugte sich Stilgar über Jamis' Habseligkeiten.

»Für Jamis' Frau und die Wachen«, sagte er. Das Buch und die Steine verschwanden in den Falten seiner Robe.

»Mit dem Recht des Führers«, intonierten die Männer.

»Das Kennzeichen für Jamis' Kaffeegeschirr«, sagte Stilgar nun und hob eine kleine grüne Metallscheibe hoch. »Es wird Usul mit entsprechendem Zeremoniell übergeben werden, wenn wir in unseren Sietch zurückgekehrt sind.«

»Mit dem Recht des Führers«, wiederholten die Fremen.

Schließlich nahm er den Griff des Crysmessers auf und hielt ihn fest. »Für das Begräbnis.«

»Für das Begräbnis«, erwiderten die Fremen.

Jessica, die die Zeremonie aus einiger Entfernung beobachtete, nickte und fragte sich in dem Moment, indem sie den Ursprung dieses antiken Ritus erkannte: *Das Treffen zwischen Ignoranz und Wissen, zwischen Brutalität und Kultur - es beginnt mit der Würde, mit der wir unserem Tod begegnen.* Sie sah Paul an und fragte sich: *Wird er es verstehen? Wird er wissen, was er zu tun hat?*

»Wir sind Jamis' Freunde«, sagte Stilgar. »Aber wir werden nicht wie eine Bande Garvags zu wehklagen anfangen.«

Neben Paul erhob sich ein graubärtiger Mann. »Ich war ein Freund von Jamis«, sprach er. Er trat in den Kreis und nahm das Distrans an sich. »Als unser Wasser unter das Minimum ging, als wir damals in der Gegend von Zwei Vögel waren, teilte er mit mir.« Der Mann nahm seinen Platz wieder ein.

Fordern sie mich etwa auf, zu sagen, Jamis sei auch ein Freund von mir gewesen? fragte sich Paul. *Erwarten sie, daß ich mir etwas von seinen Habseligkeiten nehme?* Er sah, daß viele Blicke auf ihm lasteten und schaute weg. *Sie warten wirklich darauf!*

Jetzt erhob sich ein Mann, der Paul genau gegenüber saß. Er ging auf das Bündel zu und nahm sich den Parakompaß. »Ich war ein Freund von Jamis«, sagte er dabei. »Als uns eine Patrouille im Klippengebiet überraschte, verwundeten sie mich, doch Jamis lenkte sie ab, bis man mich retten konnte.« Auch er setzte sich wieder.

Erneut wandten sich die Gesichter der Fremen Paul zu. Er sah ihre erwartungsvollen Blicke und konnte doch nichts anderes tun, als den Kopf zu senken. Plötzlich spürte er die Berührung durch einen Ellbogen und den leise geflüsterten Satz: »Willst du uns der Vernichtung preisgeben?«

Wie kann ich nur Jamis als meinen Freund bezeichnen? raste es durch Pauls Bewußtsein.

Eine weitere Gestalt erhob sich plötzlich aus Pauls Gegenrichtung, und als das kapuzenbedeckte Gesicht vom Lichtschein getroffen wurde, erkannte Paul seine Mutter. Sie nahm das Tuch an sich und sagte: »Ich war ein Freund von Jamis. Als der Geist der Geister in ihm erkannte, was die Wahrheit war, zog er sich zurück und rettete meinen Sohn.«

Sie kehrte zu ihrem Platz zurück.

Und Paul erinnerte sich an den Zynismus, der in ihrer Stimme gelegen hatte, nachdem der Kampf beendet war. *»Wie fühlt man sich als Killer?«*

Wieder sah er, wie sich die Gesichter der Fremen ihm zuwandten. Daß die Männer furchtsam und ärgerlich waren, konnte er beinahe riechen. Irgendeine Passage, die seine Mutter für ihn einst aus einem Filmbuch kopiert hatte, fiel ihm ein und er wußte plötzlich, was er zu tun hatte.

Langsam stand er auf.

Ein Seufzer der Erleichterung ging durch den Kreis.

Er fühlte sich plötzlich viel jünger, als er auf das Zentrum des Kreises zuging, als sei er auf der Suche nach einem verlorenen Fragment seiner selbst, das er hier zu finden hoffte. Er beugte sich über die Reste von Jamis' Eigentum und griff nach dem Baliset. Eine Saite schepperte leise, als er sie mit den Fingern berührte.

»Ich war ein Freund von Jamis«, erklärte er flüsternd.

Er fühlte heiße Tränen in seinen Augen und zwang sich zum Weitersprechen. »Jamis... brachte mir bei..., daß, wenn man einen Menschen tötet... man dafür bezahlen muß. Ich wünschte, ich hätte ihn besser gekannt.«

Tränenblind stolperte er zu seinem Platz zurück und sank auf den Felsen.

Eine Stimme zischte: »Er vergießt Tränen!«

Sofort wisperten die anderen: »Usul gibt den Toten Wasser!«

Paul fühlte tastende Hände auf seinen Wangen und hörte erschrecktes Geflüster.

Jessica, die die Stimmen ebenfalls hörte, spürte die tiefe Erschütterung der Fremen und wurde sich erst jetzt darüber klar, welche tiefe Bedeutung sie demjenigen zumaßen, der für einen anderen Tränen vergoß. Welche Bedeutung diese Verschwendung von Flüssigkeit unter ihnen hatte. Jemand hatte gesagt: *»Usul gibt den Toten Wasser.«* Es war ein Geschenk an die Schattenwelt: Tränen. Es bedeutete, daß er den Toten segnete.

Nichts auf diesem Planeten hätte ihr die Wichtigkeit des Wassers besser einhämmern können. Weder die Wasserverkäufer noch die ausgetrocknet wirkenden Körper der Eingeborenen, weder die Destillanzüge noch die Gesetze der Wasserdisziplin: das Vergießen von Tränen war das Vergießen von Leben selbst.

Wasser.

»Ich habe seine Wange berührt«, flüsterte jemand. »Ich habe das Geschenk gespürt.«

Zuerst hatten die tastenden Finger Paul einen Schrekken eingejagt, und seine Hände hielten den Hals des Balisets so fest umklammert, daß die Saiten in seine Finger bissen. Dann sah er die Augen der Männer, die die Arme nach ihm ausstreckten. Sie waren weitgeöffnet und blickten erstaunt.

Alsbald zogen die Hände sich wieder zurück. Die Zeremonie nahm ihren weiteren Verlauf, aber Paul saß nun von den anderen, die ihm dadurch respektvoll ihre Ehre erwiesen, etwas getrennt. Der Ritus endete mit einem leisen Gesang.

»Der Vollmond ruft dich –
Du wirst den Shai-hulud schauen;
Rote Nacht, staubiger Himmel,
Einen blutigen Tod starbst du.
Wir beten zu einem Mond –
Das Glück wird mit uns sein,
Wonach wir suchen, wird gefunden
Im Land mit festem Boden.«

Nachdem Jamis' Eigentum verteilt worden war, blieb vor Stilgars Füßen nur noch ein bauchiger Sack zurück. Stilgar kniete sich hin und tastete ihn mit den Handflächen ab. Neben ihm tauchte eine weitere Gestalt auf, die ihn mit dem Ellbogen berührte. Unter der Kapuze erkannte Paul die Gesichtszüge Chanis.

»Jamis hat dreiunddreißig Liter vom Wasser unseres Stammes getragen«, sagte sie. »Ich segne es in der Gegenwart einer Sayyadina. Ekkeri-akkairi, dies ist das Wasser, fillissin-follasy, des Paul Muad'dib! Kivi a-kavi, nakalas! Nakelas! Es sei gesegnet und gemessen, ukair-an, an den Herzschlägen, jan-jan-jan, unseres Freundes... Jamis.«

In einer abrupten und völligen Stille wandte sich Chani um und sah Paul an. Dann sagte sie: »Wo ich die Flamme bin, sollst du die Kohle sein. Wo ich der Tau bin, sollst du das Wasser sein.«

»Bi-lal kaifa«, murmelten die Fremen.

»Dieses Wasser geht an Paul Muad'dib«, fuhr Chani fort. »Möge er es bewachen für den Stamm und es beschützen gegen die Unvorsichtigkeit. Möge er freigebig damit in Zeiten der Not umgehen. Möge er es zum Nutzen des Stammes bewahren.«

»Bi-lal kaifa«, wiederholten die Umstehenden.

Ich muß das Wasser annehmen, dachte Paul. Langsam stand er auf und bahnte sich einen Weg an Chanis Seite. Stilgar wich zurück, um ihm Platz zu machen, und nahm ihm sanft das Baliset aus der Hand.

»Knie dich hin«, verlangte Chani.

Paul tat es.

Sie führte seine Hände über den Wassersack und hielt sie dort fest. »Der Stamm vertraut dir dieses Wasser an«, sagte sie. »Jamis benötigt es nicht mehr. Nimm es in Frieden.« Sie richtete sich wieder auf und zog Paul gleich mit sich.

Stilgar gab ihm das Baliset zurück und zeigte dabei eine Reihe metallener Ringe in der Handfläche. Paul schaute sie sich an. Sie hatten verschiedene Größen und im Licht des Leuchtglobus' glitzerten sie auf.

Chani nahm den größten der Ringe und zog ihn sich über einen Finger.

»Dreißig Liter«, sagte sie. Sie nahm die übrigen einen nach dem anderen, zeigte sie Paul und zählte sie dabei. »Zwei Liter; ein Liter; fünf Zehntelliter - insgesamt bedeuten diese Ringe dreiunddreißigsechzehntel Liter.«

Sie hielt die Hand hoch, damit er sie sehen konnte.

»Du nimmst sie an?« fragte Stilgar.

Paul schluckte. Schließlich nickte er. »Ja.«

»Später«, sagte Chani, »werde ich dir zeigen, wie man es in ein Tuch wickelt, ohne daß es klimpern kann und dich verraten, wenn du in einer Situation bist, in der es still sein muß.« Sie schloß die Hand wieder.

»Willst du es... solange für mich tragen?« fragte Paul.

Chani sah kurz Stilgar an.

Stilgar lächelte und sagte zu Chani: »Paul Muad'dib, der Usul ist, kennt unsere Regeln noch nicht so genau. So trage denn seine Wasserringe ohne weitere Verpflichtung, bis es Zeit ist, ihm die Regel zu erklären.«

Chani nickte, nahm einen Tuchstreifen aus ihrer Robe, zog die Metallringe wie Perlen darüber, zögerte und ließ sie schließlich wieder verschwinden.

Ich habe irgend etwas verpaßt, dachte Paul. Er spürte die leichte Amüsiertheit der ihn umgebenden Menschen, sah in ihrem Lächeln eine Art gutmütigen Spott und wußte plötzlich, was er getan hatte: Wasserringe an eine Frau abgeben – das konnte nur eine Art Liebeswerbung darstellen.

»Wassermeister«, sagte Stilgar.

Der Trupp erhob sich mit raschelnden Roben. Zwei Männer kamen aus der Menge zum Vorschein und hoben den Wassersack. Stilgar nahm den Leuchtglobus und führte sie aus der Höhle hinaus.

Paul, der hinter Chani ging, sah, wie das Licht über gezackte Felsvorsprünge fiel, sah das Tanzen der Schatten und fühlte, daß die Truppe in beinahe euphorischer Stimmung marschierte. Jessica, eingekeilt zwischen einer Reihe von Männern, wurde beinahe von Panik ergriffen. Sie hatte eine Anzahl von Fragmenten des Ritus erkannt und eine Reihe von Bedeutungen der Chakobsa und Bhotani-Jib aus den Worten herausgelesen, und ihr wurde plötzlich bewußt, welche Gewalt daraus erwachsen konnte.

Jan-jan-jan, dachte sie. *Vorwärts, vorwärts, vorwärts!*

Es war wie ein Kinderspiel, das in den Händen Erwachsener seine ursprüngliche Bedeutung verloren hatte.

An einer gelben Felswand hielt Stilgar an, drückte auf einen Vorsprung. Die Wand glitt lautlos zurück und öffnete sich zu einer gewöhnlichen Spalte. Er führte sie an einem Gestell entlang, das wabenförmig war und aus dem ein kühler Luftzug blies.

Paul warf Chani einen fragenden Blick zu und berührte ihren Arm. »Die Luft schien mir feucht zu sein«, meinte er.

»Pscht«, flüsterte Chani.

Hinter ihnen sagte ein Mann: »Ganz schön viel Feuchtigkeit heute abend in der Falle. Jamis zeigt uns damit an, daß er mit uns zufrieden ist.«

Als Jessica die geheime Tür passierte, hörte sie, wie sie

sich hinter ihr schloß. Die Fremen verlangsamten ihren Schritt, als sie in die Nähe des Gestells kamen; unweigerlich konnte auch sie sich der Kühle nicht entziehen.

Eine Windfalle, dachte sie. *Irgendwo an der Oberfläche haben sie eine Windfalle versteckt aufgebaut und leiten die Luft in kühlere Bereiche hinunter, wo sie ihr die Feuchtigkeit entnehmen.*

Erneut passierten sie einen Eingang, der sich hinter ihnen schloß. Der Luftzug, der ihnen entgegenwehte, war herrlich. An der Spitze des Zuges begann Stilgar, der den Leuchtglobus noch immer trug, bergab zu gehen. Paul spürte plötzlich Stufen unter den Füßen, die sich nach links unten wandten. Das Licht beschien jetzt die Kapuzen zahlreicher Menschen, die über eine spiralförmige Treppe nach unten kletterten.

Jessica spürte die anwachsende Spannung der Fremen in ihrer Nähe. Die beinahe bedrückende Stille zerrte an ihren Nerven.

Die Stufen endeten, und der Trupp passierte eine weitere Tür. Der große Raum, in den sie jetzt kamen, verschluckte das Licht in Stilgars Hand fast völlig. Hoch über ihnen wölbte sich ein stark gekrümmter Felsendom.

Paul fühlte Chanis Hand auf seinem Arm, hörte ein mattes Tröpfeln in der kühlen Luft und nahm das ehrfürchtige Schweigen der Männer wahr, die sich in einer Kathedrale befanden, in der es Wasser gab.

Ich habe diesen Ort in einem Traum gesehen, dachte er.

Der Gedanke war erhebend und frustrierend zugleich. Irgendwo, irgendwann in der Zukunft, würden sich fanatische Kämpferhorden ihren Weg durch das Universum brennen – in seinem Namen. Das grüne Banner der Atreides würde zu einem Symbol des Terrors werden. Wilde Legionen würden in Schlachten ziehen und dabei würde ihr Kriegsruf sein: »Muad'dib!«

Das darf nicht sein, dachte Paul. *Ich werde das verhindern müssen.*

Aber dennoch konnte er fühlen, wie es in ihm zog und

zerrte, daß etwas ihn einem schrecklichen Ziel entgegensteuerte, und gleichzeitig sah er mit aller Schärfe, daß nichts in der Lage war, sich diesem Moloch zu widersetzen. Wucht und Triebkraft. Selbst wenn er in diesem Moment starb, war damit das Schicksal seiner Mutter und seiner ungeborenen Schwester nicht besiegelt. Wenn er etwas aufhalten wollte, erforderte es nicht weniger als den Tod aller, die jetzt um ihn herum versammelt waren; ihn, seine Mutter und deren ungeborene Tochter eingeschlossen.

Paul sah sich um und registrierte, daß die Fremen nach rechts und links weitergingen, bis sie in einer Linie vor einer Felsbarriere standen. Paul beugte sich vor. Im Schein von Stilgars Lampe erkannte er eine dunkle Wasserfläche, die sich so weit in die Schatten hineinerstreckte, daß ihr anderes Ende mindestens einhundert Meter entfernt sein mußte.

Jessica fühlte angesichts dieser Wassermenge ein trokkenes Ziehen auf Wangen und Stirn. Der Wasserspiegel lag tief unter ihr, und obwohl sie die Tiefe spüren konnte, mußte sie sich zurückhalten, um nicht die Hand auszustrecken.

Links von ihr plätscherte etwas. Als sie an der schattenhaften Linie der Fremen entlangsah, erkannte sie Stilgar und Paul neben den Wassermeistern, die gerade den Inhalt des Wassersacks durch einen Trichter schütteten. Bevor das Wasser ins Becken lief, betätigte es den Zeiger eines Meßgerätes, der genau bei der vorher angegebenen Menge stehenblieb.

Was Wasser angeht, dachte Jessica, *so messen sie es genau.* Ihr fiel auf, daß auf der Innenseite des Trichters nicht der geringste Tropfen zurückblieb. Die Flüssigkeit lief an der glatten Fläche hinab, ohne den kleinsten Widerstand zu treffen. Nun wurde ihr bewußt, auf welcher Prämisse die Technologie der Fremen basierte: sie waren ganz einfach Perfektionisten.

Sie bahnte sich einen Weg zu Stilgar; die Männer

machten ihr ehrerbietig Platz. Pauls Blick sah etwas gedankenverloren aus, aber das Geheimnis dieser Wasseransammlung beschäftigte sie in diesem Augenblick weitaus mehr.

Stilgar maß sie mit einem bedeutungsvollen Blick. »Es waren einige unter uns, die dringend Wasser brauchten«, erklärte er. »Aber dennoch wären sie nicht hierhergekommen, um welches aus diesem Becken zu schöpfen. Kannst du dir das vorstellen?«

»Ich glaube es«, erwiderte sie

Stilgar schaute auf das Becken. »Wir haben hier mehr als achtunddreißig Millionen Dekaliter«, fuhr er fort. »Es ist hier vor den kleinen Bringern geschützt. Es ist versteckt und bewacht.«

»Eine Schatzkammer«, nickte Jessica.

Stilgar hob die Lampe, um ihr besser in die Augen blicken zu können. »Es ist weit mehr als ein Schatz. Wir besitzen Tausende solcher Höhlen, aber nur ein paar von uns kennen alle.« Er deutete mit dem Kopf zur Seite, und das Licht warf einen leuchtend roten Schatten über sein bärtiges Gesicht. »Hörst du das?«

Sie lauschten.

Wasser tröpfelte aus der Windfalle und plätscherte in das Bassin. Das Geräusch schien den ganzen Raum auszufüllen. Es fiel Jessica auf, daß der ganze Trupp diesem Geräusch zuhörte. Nur Paul schien noch immer völlig versunken zu sein.

Für ihn hörte sich das Tröpfeln an wie das Ticken einer Uhr, die anzeigte, wie die Zeit verstrich. Er fühlte, wie die Zeit ihn durchfloß, wie die Momente vergingen, ohne jemals wieder zurückzukehren. Es drängte ihn danach, etwas zu tun, aber er war zu keiner Bewegung fähig.

»Wir haben alles genauestens ausgerechnet«, erklärte Stilgar mit lauter werdender Stimme. »Wir wissen bis auf eine Million Dekaliter genau, wieviel wir brauchen werden. Und wenn wir es haben, wird es das Angesicht des Planeten verändern.«

Die Fremen flüsterten zustimmend: »Bi-lal kaifa.«

»Wir werden die Dünen bepflanzen, damit sie nicht mehr fortlaufen können«, fuhr Stilgar fort. »Und wir bewahren das Wasser mit Hilfe von Bäumen und Büschen im Boden.«

»Bi-lal kaifa«, erwiderten die Fremen.

»Von Jahr zu Jahr zieht sich das Polareis zurück«, sagte Stilgar.

»Bi-lal kaifa«, sangen die Männer.

»Wir werden eine Heimat aus Arrakis machen, mit Schmelzlinsen an den Polen, mit Seen in den gemäßigten Zonen. Die Wüsten werden nur noch weit draußen existieren, für den Bringer und das Gewürz.«

»Bi-lal kaifa.«

»Und kein Mensch wird jemals wieder nach Wasser dürsten. Jeder soll das aus Brunnen, Teichen, Seen oder Kanälen schöpfen können, was er will. Das Wasser wird durch die Qanats fließen und unsere Pflanzen bewässern. Es wird da sein, für jeden, der es braucht. Und es wird ihm gehören, wenn er nur die Hand ausstreckt.«

»Bi-lal-kaifa.«

Jessica spürte das religiöse Ritual in seinen Worten und stellte fest, daß sie, gleich den anderen, jedesmal mit den gleichen Worten der Bestätigung geantwortet hatte. *Sie haben mit der Zukunft einen Pakt geschlossen,* dachte sie. *Sie haben sich einen Berg dahingestellt, den sie zu erklimmen bereit sind. Dies ist der Wunschtraum eines jeden Wissenschaftlers… und diese einfachen Leute, dieses Wüstenvolk ist davon erfüllt.*

Sie dachte an Liet-Kynes, den planetaren Ökologen des Imperators, zurück, den Mann, der sich den Eingeborenen angepaßt hatte. Und sie wunderte sich über ihn. Dies alles war ein Traum, der die Seelen der Menschen für sich gefangennahm, und sie glaubte, die Hand des Ökologen dahinter zu verspüren. Es war ein Traum, für den Menschen gerne bereit waren zu sterben. Und das gehörte zu den wichtigsten Voraussetzungen, derer ihr Sohn dringend benötigte: ein Volk mit einem Ziel. Es würde nicht schwer sein, ein solches Volk zu begeistern und mitzureißen; sie würden sich leicht in das Schwert verwandeln lassen, das Paul benötigte, wollte er den ihm zustehenden Platz zurückerobern.

»Wir werden jetzt gehen«, sagte Stilgar, »und darauf warten, daß der erste Mond aufgeht. Wenn Jamis sicher auf seinem Weg ist, gehen auch wir nach Hause.«

Zustimmend murmelnd warfen die Männer noch einen sehnsüchtigen Blick auf das Bassin und machten sich dann wieder an den Aufstieg.

Paul, der hinter Chani ging, spürte jetzt, daß ein bestimmter Moment an ihm vorübergezogen war, ohne daß er eine grundsätzliche Entscheidung getroffen hätte. Er war ganz in seinem eigenen Mythos gefangen. Ihm war sicher, daß er diesen Ort bereits vorher gesehen und in einem Fragment eines Voraustraums auf Caladan erforscht hatte. Jetzt mußte er jedoch feststellen, daß der Platz ihm Details gezeigt hatte, die ihm unbekannt gewesen waren. Irgendwie berührten ihn die Grenzen seiner Kraft mit einem unverständlichen Schauder. Er kam sich vor, als ritte er auf einem Zeitstrom, manchmal in seiner Mitte, manchmal an seinem Rand, während links und rechts, oben und unten weitere Ströme dahinjagten, die ihm die Sicht versperrten.

Egal, wie er sich auch auf ihm bewegte: Überall vor ihm war der Djihad, die Gewalt, das Gefecht.

Durch die letzte Tür schlüpfte die Truppe zurück in die Haupthöhle; der Eingang wurde wieder versiegelt. Man löschte das Licht, entfernte die Vorhänge vom Ausgang und sah hinaus auf das Land, wo nun die Sterne sichtbar wurden.

Jessica näherte sich dem Loch und starrte hinauf zum Himmel. Die Sterne leuchteten klar und schienen nahe. Die Unruhe, die die Männer nun befiel, blieb ihr nicht verborgen. Irgendwo hinter ihr wurde das Baliset gestimmt, dann summte Pauls Stimme einen bestimmten Ton. In ihm lag eine Melancholie, die sie nicht gerne hörte.

Aus dem Hintergrund der Höhle sagte Chanis Stimme: »Erzähle mir von den Wassern deiner Heimatwelt, Paul Muad'dib.«

Und Paul erwiderte: »Ein anderes Mal, Chani. Das verspreche ich dir.«

Welche Trauer.

»Es ist ein gutes Instrument«, sagte Chani.

»Sehr gut«, gab Paul zu. »Glaubst du, Jamis hätte etwas dagegen, wenn ich auf ihm spielte?«

Er spricht von dem Mann, als sei er noch am Leben, dachte Jessica. Irgendwie störte sie das.

Ein anderer Mann sagte: »Er hat Musik immer gern gehört.«

»Dann sing mir eines eurer Lieder«, bat Chani.

Soviel weibliches Verhalten in der Stimme eines Kindes, dachte Jessica. *Ich muß Paul vor ihren Frauen warnen… und das bald.*

»Es gibt da ein Lied, das ein Freund von mir geschrieben hat«, sagte Paul. »Ich nehme an, daß er nicht mehr lebt. Sein Name war Gurney. Und er nannte dieses Stück sein Abendlied.«

Die Fremen wurden still und hörten zu, wie Pauls Jungenstimme anhub und seine Finger über die Saiten des Instruments strichen.

»Der Augenblick, in dem die Funken stieben.
Goldglänzender Verlust der Sonne
im ersten Dämmer.
Wo helle Sinne Düfte riechen.
Ist er wert der Erinnerung?«

Jessica fühlte, wie die Worte und die Musik ihre Brust zusammenschnürten. Die Klänge brachten sie zum Zittern, und unerwartet wurde sie sich ihrer eigenen körperlichen Bedürfnisse bewußt. Schweigsam und gespannt hörte sie zu.

»Das Glitzern der Nacht
ist für uns!
Welchen Freuden sehen wir entgegen.
Der Glanz in deinen Augen...
Welch blumensüße Liebe
bewegt unsere Herzen.
Welch blumensüße Liebe
erweckt in uns die Sehnsucht.«

Als er geendet hatte, dachte Jessica: *Warum singt mein Sohn ein Liebeslied für dieses Mädchenkind?* Plötzliche Furcht machte sich in ihr breit. Sie hatte Angst, daß das Leben an ihr vorbeifloß, ohne daß sie etwas davon abbekam. *Warum hat er sich ausgerechnet dieses Lied ausgesucht?* fragte sie sich. *Manchmal soll man seinen Instinkten Glauben schenken. Warum hat er das getan?*

Auch Paul saß schweigend in der Dunkelheit und dachte nach. Es war nur ein einziger Gedanke, der ihn in seiner Gewalt hatte. *Meine Mutter ist meine Feindin. Sie weiß nichts davon, aber sie ist es trotzdem. Sie ist diejenige, die den Djihad bringen wird. Sie hat mich geboren und ausgebildet. Sie ist meine Feindin geworden.*

13

Das Konzept des Fortschritts handelt wie ein Schutzmechanismus, um uns vor den Schrecken der Zukunft zu bewahren.

Aus ›Gesammelte Weisheiten des Muad'dib‹,
von Prinzessin Irulan

An seinem siebzehnten Geburtstag tötete Feyd-Rautha Harkonnen während der Familienspiele seinen einhundertsten Sklaven-Gladiator. Zu diesem Anlaß waren einige Besucher vom Hof des Imperators zur Heimatwelt der Harkonnens nach Giedi Primus gekommen: ein Graf und eine Lady Fenring. Man lud sie ein, den Nachmittag mit der Familie in der goldenen Loge oberhalb der Arena zu verbringen.

Zu Ehren des Wiegenfestes des na-Barons und zum Zweck, die anderen Harkonnens daran zu erinnern, daß Feyd-Rautha in der Erbfolge der nächste war, hatte man außerdem einen allgemeinen Feiertag ausgerufen. Der alte Baron hatte ein Dekret erlassen, daß jedermann der Arbeit fernzubleiben hatte, und konnte auf diese Weise ein angebliches Zeugnis seiner Beliebtheit vorweisen: auf allen Straßen, Plätzen und Häusern wehten die Flaggen. Zur Feier des Tages hatte man zudem keine Ausgaben gescheut, um die Fronten der Allee, die zu seinem Palast führten, neu anzustreichen.

Dennoch blieben dem Grafen und seiner Lady abseits der Hauptstraßen nicht die elenden und windschiefen Hütten verborgen, in denen die gemeine Bevölkerung dahinvegetierte. Die Viertel der Massen waren heruntergekommen und überbevölkert.

In der blauen Kuppel herrschte eine beinahe beängstigende Perfektion, aber auch hier sah der Graf, welchen Preis der Baron dafür zahlte. Überall standen Wächter herum, deren Waffen keinesfalls den Eindruck machten, als seien sie nur für Paradezwecke entworfen worden. Es gab unzählige Hindernisse zu überwinden, bis man ihre Reihen durchquert hatte, aber auch dann noch, wenn man die hartgesichtigen Männer hinter sich hatte, war man aus ihrem Machtbereich nicht heraus. Auch die einfachen Bediensteten waren trainierte Soldaten. Ihre Bewegungen und die Art, in der sie ihre Augen wachsam in Bewegung hielten, verrieten sie.

»Es fängt erst an«, flüsterte der Graf seiner Lady in einer Codesprache zu. »Offenbar fängt der Baron jetzt erst an zu sehen, was er sich mit Herzog Leto wirklich auf den Hals geladen hat.«

»Irgendwann«, erwiderte seine Frau, »werde ich noch einmal die Legende des Phoenix hervorholen müssen.«

Sie befanden sich jetzt in der Empfangshalle der Kuppel, die den Familienspielen diente. Die Halle war nicht groß, vielleicht vierzig Meter lang und zwanzig Meter breit, wirkte aber durch geschickt angebrachte falsche Säulen und ein Spiegeldach viel weiträumiger.

»Ah, da kommt der Baron ja«, sagte der Graf.

Mit den unverkennbaren Bewegungen, zu denen ihn seine Sensoren zwangen, näherte sich der Baron seinen Gästen. Er konnte nicht verhindern, daß sich seine Schultern hoben und senkten, während die Geräte, die sein Gewicht verringerten, unter seiner orangefarbenen Robe hüpften. An seinen Fingern glitzerte ein ganzes Arsenal von Ringen. Opalfeuersteine waren zusätzlich in seinen Umhang eingewoben.

Neben dem Baron tänzelte Feyd-Rautha. Man hatte sein Haar zu kurzen Löckchen frisiert, was bei seinem schmachtenden Schlafzimmerblick einen beinahe grotesken Eindruck erweckte. Er trug eine enge Robe, ebensolche Hosen mit weiten Schlägen und ein Paar Schnabelschuhe, an deren Spitzen kleine Glöckchen bimmelten.

Lady Fenring, die ihn eingehend musterte, fiel das Spiel seiner Muskeln auf und sie dachte: *Ein Mann, der streng darauf achtet, daß er nicht eines Tages fett wird.*

Der Baron blieb vor ihnen stehen, grabschte besitzergreifend nach dem Arm seines Begleiters und stellte ihn vor: »Mein Neffe, der na-Baron; Feyd-Rautha Harkonnen.« Er wandte Feyd-Rautha sein feistes Babygesicht zu und erklärte: »Das sind Graf und Lady Fenring. Ich habe dir bereits von Ihnen erzählt.«

Mit der gebührenden Ehrerbietung senkte Feyd-Rautha den Blick. Dann starrte er Lady Fenring an, eine aschblonde gertenschlanke Dame, deren Körper ihre Kleider mit einer nahezu unglaublichen Perfektion ausfüllte. Graugrüne Augen erwiderten seinen Blick. Das sirenenhafte Äußere der Gräfin schien den jungen Mann ziemlich zu verwirren.

»Ähmmmm«, meinte der Graf und musterte Feyd-Rautha. »Dieser... hmmm, spezielle junge Mann, äh, mein... lieber...« Er warf dem Baron einen Blick zu. »Mein lieber Baron, Sie sagten, daß Sie diesem speziellen jungen Mann von uns erzählt haben? Darf man fragen, was?«

»Ich berichtete meinem Neffen, wie stark Sie in der Gunst unseres Imperators stehen, Graf Fenring«, erwiderte der Baron und dachte: *Präge ihn dir gut ein, Feyd! Ein Killer mit dem Gebaren eines Kaninchens ist der gefährlichste seiner Art.*

»Natürlich«, lächelte der Graf und wechselte einen Blick mit seiner Frau.

Feyd-Rautha fand die Bewegungen und die Art, in der der Graf sprach, in erster Linie beleidigend. Er hielt sich zu lange bei Dingen auf, die keines öffentlichen Interesses bedurften, und das führte dazu, daß der junge Mann sich auf ihn konzentrierte. Der Graf war ein kleiner Mann und er machte einen schwächlichen Eindruck. Sein Gesicht erinnerte an das eines Wiesels mit übergroßen, dunklen Augen. Er hatte graue Schläfen. Und dann seine Bewegungen – er sprach mit den Händen, und es war keine Einheit in dem, wie er den Kopf beim Sprechen bewegte. Es war nicht einfach, ihm zu folgen.

»Ähmmm... diese Genauigkeit, hm, des Ausdrucks...«, meinte der Graf, »ist... hm... wirklich selten. Ich gratuliere Ihnen jedenfalls zu Ihrem... äh... glänzenden, hm, Erben.« Er schaute dem Baron dabei nicht ins Gesicht, sondern schien dessen Schulter anzusprechen. »Er... äh... steht ganz im, hm, Licht seines älteren Bruders, könnte man fast sagen.«

»Sie sind zu freundlich«, erwiderte der Baron und verbeugte sich. Feyd-Rautha sah deutlich, daß die Augen seines Onkels der Freundlichkeit seiner Worte nicht im geringsten entsprachen.

»Wenn Sie, hm, ironisch sind«, erwiderte der Graf, »kann das... äh... nur bedeuten, daß Sie von tiefgreifenden Gedanken, hm, bewegt sind.«

Da ist es schon wieder, dachte Feyd-Rautha. *Es klingt wirklich, als wolle er uns beleidigen. Aber man kann ihn nicht packen. Er liefert keinen Grund zu einer Herausforderung.*

Wenn er diesem Mann noch weiter zuhörte, würde er möglicherweise verblöden. *Ähmmmmmmmmm!* Feyd-Rautha wandte sich von ihm ab und schenkte seine ganze Aufmerksamkeit Lady Fenring.

»Wir... äh... nehmen zuviel Zeit dieses jungen Mannes in Anspruch«, sagte sie jetzt. »Ich habe vollstes Verständnis dafür, daß er heute noch in der Arena auftreten muß.«

Bei allen Huren des Kaiserlichen Harems, sie ist lieblich! dachte Feyd-Rautha. Er sagte: »Heute werde ich für Sie töten, Mylady. Mit Ihrer Erlaubnis werde ich diese Widmung von der Arena aus bekanntgeben.«

Lady Fenring erwiderte seinen Blick, aber ihre Stimme klang spröde, als sie entgegnete: »Meine Erlaubnis haben Sie *nicht.*«

»Feyd!« sagte der Baron und dachte: *Diese Mißgeburt! Will er etwa darauf hinaus, daß der Graf ihn fordert?*

Aber Fenring lächelte nur und sagte: »Hmmm. Hmmm.«

»Du mußt dich jetzt aber *wirklich* für die Arena vorbereiten, Feyd«, fuhr der Baron fort. »Du mußt ausgeruht sein, damit du keine sinnlosen Risiken eingehst.«

Feyd-Rautha verbeugte sich, blaß vor Wut. »Ich zweifle nicht daran, daß alles so abläuft, wie du es dir wünschst, Onkel.« Er nickte Graf Fenring zu. »Sir.« Und zu seiner Gemahlin: »Mylady.« Abrupt wandte er sich ab und durchquerte die Halle, wobei er den Kleinen Familien, die in der Nähe des Eingangs saßen, keinen Blick zuwarf.

»Er ist noch so jung«, seufzte der Baron.

»Ähmmm, in der Tat, hmmm«, meinte der Graf.

Und Lady Fenring dachte: *Kann das der junge Mann sein, den die Ehrwürdige Mutter meinte? Ist das die Blutlinie, die wir erhalten sollen?*

»Uns bleibt noch mehr als eine Stunde, bevor wir uns in die Arena begeben können«, erklärte der Baron. »Vielleicht sollten wir die Gelegenheit nutzen und unser kleines Gespräch jetzt führen, Graf Fenring.« Er deutete mit seinem fetten Schädel nach rechts. »Es gibt eine Menge Dinge, die wir zu diskutieren hätten.«

Und er dachte: *Ich bin gespannt, welche Nachrichten mir dieser kaiserliche Laufbursche bringt, und vor allem interessiert mich, in welchem Tonfall er versuchen wird, mit mir zu reden.*

Seiner Frau zugewandt, meinte Fenring: »Du... äh... entschuldigst uns solange, meine Liebe?«

»Jeder Tag, manchmal sogar jede Stunde, bringt einen Wechsel«, entgegnete sie. »Hmmm.«

Sie lächelte dem Baron zu, bevor sie ging. Ihre langen Kleider raschelten, als sie sich in Richtung auf die Doppeltür am Ende der Halle in Bewegung setzte.

Der Baron registrierte, wie die Gespräche der Gäste aus den Kleinen Häusern verstummten und wie die Menschen ihr mit den Blicken folgten. *Eine Bene Gesserit!* dachte er. *Das Universum sollte sich dieser ganzen Inzucht am besten entledigen.*

»Zwischen den beiden Säulen da hinten befindet sich

ein Gesprächsfeld«, sagte er zu Graf Fenring. »Dort können wir uns ohne Gefahr unterhalten.«

Er ging in seinem unnachahmlichen Watschelgang voraus. Mit jedem Schritt, dem sie dem Feld näherkamen, wurden die Geräusche innerhalb der Kuppel leiser.

Der Graf nahm neben dem Baron Aufstellung. Beide drehten sich mit dem Gesicht zur Wand, damit niemand von ihren Lippen ablesen konnte.

»Wir sind überhaupt nicht zufrieden mit der Art, in der sie den Sardaukar befohlen haben, Arrakis zu verlassen«, begann der Graf.

Er nimmt kein Blatt vor den Mund! dachte der Baron.

»Ich konnte sie einfach nicht länger auf Arrakis lassen, wenn ich verhindern wollte, daß andere herausfinden, inwiefern der Imperator mir beigestanden hat«, erwiderte er.

»Aber Ihr Neffe Rabban scheint uns nicht der rechte Mann zu sein, um mit dem Problem der Fremen fertig zu werden.«

»Was wünscht der Imperator?« fragte der Baron. »Die Fremen sind nicht mehr als eine Handvoll Leute. Die südliche Wüste ist völlig unbewohnbar und die nördliche wird regelmäßig von unseren Patrouillen durchkämmt.«

»Wer sagt, daß die südliche Wüste unbewohnbar ist?«

»Ihr eigener Planetologe sagt das, mein lieber Graf.«

»Aber Dr. Kynes ist tot.«

»Ah, ja... das stimmt leider.«

»Wir haben von jemandem, der die südlichen Bezirke überflogen hat, die Nachricht erhalten, daß es dort eine Menge pflanzliches Leben geben soll«, sagte der Graf.

»Hat die Gilde endlich eingewilligt, den Planeten vom Weltraum aus zu beobachten?«

»Sie sollten besser informiert sein, Baron. Auf legale Weise ist es dem Imperator unmöglich, einen Posten auf Arrakis zu stationieren, um den Planeten zu beobachten.«

»Und *ich* kann es mir nicht leisten«, meinte der Baron. »Wer hat diesen Flug unternommen?«

»Ein... Schmuggler.«

»Irgend jemand hat Sie angelogen, Graf«, entgegnete der Baron. »Auch die Schmuggler können über den südlichen Gebieten nicht besser navigieren als Rabbans Leute. Statische Stürme und ähnliche Dinge hindern sie daran. Navigationsgeräte fallen in diesen Zonen schneller aus, als man sie ersetzen kann.«

»Lassen Sie uns die Phänomene der Statik ein anderesmal diskutieren«, meinte der Graf.

Ahhh, dachte der Baron. »Haben Sie irgendwelche Fehler in meinen Abrechnungen gefunden?«

»Wenn *Sie* an Fehler denken, kann es keine Selbstverteidigung geben«, gab der Graf zurück.

Er legt es darauf an, meinen Ärger herauszufordern, wurde dem Baron klar. Er atmete zweimal tief durch, um die Ruhe zu bewahren. Plötzlich konnte er seinen eigenen Schweiß riechen, und die Suspensoren unter seiner Robe klebten an ihm wie Steine.

»Der Imperator dürfte an sich nicht unglücklich über den Tod des Jungen und Letos Konkubine gewesen sein«, begann er. »Sie flohen in die Wüste. Genau in einen Sturm hinein.«

»Es hat wirklich eine Reihe seltsamer Unfälle gegeben«, gab der Graf zu.

»Ihr Tonfall gefällt mir nicht, Graf«, knirschte der Baron.

»Zorn ist eine Sache - und Gewalt eine andere«, erwiderte der Graf. »Ich warne Sie: Sollte mir zufälligerweise ein Unfall zustoßen, solange ich mich auf Giedi Primus aufhalte, wird alle Welt erfahren, was sich auf Arrakis abgespielt hat. Es interessiert die Leute schon lange, auf welche Art Sie Ihre Geschäfte abwickeln.«

»Das letzte Geschäft, an das ich mich erinnern kann«, sagte der Baron, »war der Transport einer Reihe von Sardaukar-Legionen nach Arrakis.«

»Und Sie glauben, damit könnten Sie dem Imperator drohen?«

»Ich würde nicht einmal im Traum daran denken!«

Der Graf lächelte. »Es wäre kein Problem, einige Kommandeure der Sardaukar ausfindig zu machen, die beeiden, ohne Befehl gehandelt zu haben, ganz einfach, weil sie darauf brannten, eine Schlacht gegen die Fremen zu schlagen.«

»Einige werden das anzweifeln«, erwiderte der Baron, aber die Antwort Fenrings hatte ihn dennoch gehörig verunsichert. *Ob die Sardaukar wirklich einer solchen Disziplin unterworfen sind?* fragte er sich.

»Der Imperator wünscht, daß Ihre Bücher überprüft werden«, erklärte der Graf.

»Jederzeit.«

»Sie... äh... haben keine Einwände?«

»Keine. Meine Stellung als Mitglied des Direktoriums der MAFEA verlangt von mir, selbst die akribischsten Nachforschungen zu erdulden.«

Und er dachte: *Ich werde schon dafür sorgen, daß man ihm Material unterschiebt, das für eine Anklage reicht und das ich dennoch leicht entkräften kann. Und dann werde ich mich wie Prometheus hinstellen und sagen: »Schaut mich an; man hat mir ein Unrecht getan.« Danach kann er aufs Tapet bringen, was er will. Und auch wenn es stimmt - welches der Hohen Häuser wird einem Ankläger Glauben schenken, der bereits beim ersten Anklagepunkt versagte?*

»Fraglos werden Ihre Bücher dann allen Überprüfungen standhalten«, murmelte Fenring.

»Welches Interesse hat der Imperator an der Vernichtung der Fremen?« fragte der Baron plötzlich.

»Sie möchten gerne das Thema wechseln, wie?« gab der Graf zurück. Er zuckte mit den Achseln. »Es sind die Sardaukar, die daran interessiert sind, nicht der Imperator. Sie benötigen eine gewisse Tötungspraxis. Und sie hassen es, eine Chance ungenutzt verstreichen zu lassen.«

Glaubt er, mich damit erschrecken zu können, indem er mich daran erinnert, daß diese blutdürstigen Killer ihn unterstützen? fragte sich der Baron.

»Natürlich kann es ganz gut sein, wenn die Sardaukar eine Trainingsmöglichkeit wahrnehmen«, sagte er, »aber irgendwo muß man schließlich eine Grenze ziehen. Irgend jemand muß schließlich die Gewürzarbeit tun.«

Der Graf lachte kurz und bellend. »Sie glauben in der Lage zu sein, die Fremen zu bändigen?«

»Sie waren niemals genug, um ein solches Vorhaben zu rechtfertigen«, gab der Baron zurück. »Aber die Kämpfe haben dazu geführt, daß sich der Rest der Bevölkerung auf Arrakis sehr unsicher fühlt. Es ist jetzt soweit, daß ich versuchen muß, das Arrakis-Problem auf andere Weise zu lösen, mein lieber Fenring. Und ich kann Ihnen sagen, daß ich diese Inspiration unserem geliebten Imperator verdanke.«

»Bitte?«

»Es war Salusa Secundus, der kaiserliche Gefängnisplanet, der mich dazu inspirierte, Graf.«

Fenrig starrte ihn mit glitzernden Augen an. »Würden Sie mir bitte verraten, wo Sie einen Zusammenhang zwischen Salusa Secundus und Arrakis sehen?«

Der Baron spürte die Alarmiertheit in Fenrings Augen und erwiderte: »Bis jetzt gibt es noch keinen.«

»Bis jetzt?«

»Stellen Sie sich nur einmal vor, man würde auf Arrakis spezielle Arbeitsbedingungen schaffen – indem man den Planeten als Gefängniswelt benutzt.«

»Sie erwarten einen Anstieg an Häftlingen?«

»Es hat Unruhen gegeben«, erklärte der Baron. »Ich habe die Leute hier ganz schön ausquetschen müssen, Fenring. Und außerdem wissen Sie, was ich der verdammten Gilde für den Transport unserer gemeinsamen Streitkräfte nach Arrakis zahlen mußte. *Irgendwoher* muß ich das Geld ja nehmen.«

»Ich nehme an, daß Sie nicht beabsichtigen, Arrakis ohne die Genehmigung des Imperators als Gefängnisplanet zu benutzen, Baron.«

»Natürlich nicht«, gab der Baron zurück. Die plötzliche Kälte in Fenrings Stimme entging ihm nicht.

»Kommen wir zu einer anderen Sache«, fuhr Fenring fort. »Wir haben herausgefunden, daß der Mentat von Herzog Leto, Thufir Hawat, nicht tot ist, sondern sich in Ihrem Gewahrsam befindet.«

»Ich brachte es einfach nicht über mich, einen Mann wie ihn zu verschwenden«, sagte der Baron.

»Sie haben, indem Sie behaupteten, Hawat sei tot, einen Kommandeur der Sardaukar angelogen.«

»Eine Notlüge, Graf. Ich hatte einfach nicht das Durchhaltevermögen, mich länger mit diesem Mann auseinanderzusetzen.«

»War Hawat der wirkliche Verräter?«

»Oh, um Himmels willen, nein! Es war dieser falsche Arzt.« Der Schweiß lief dem Baron jetzt in den Nacken, seine Haut juckte. »Sie müssen wissen, Fenring, daß ich ohne Mentat war. Aber das wissen Sie ja. Ich bin niemals ohne Mentat. Und damals war ich stark im Druck.«

»Wie haben Sie es geschafft, Hawat zur Zusammenarbeit zu bewegen?«

»Sein Herzog lebte nicht mehr.« Der Baron versuchte ein Lächeln. »Es gibt keinen Grund mehr, sich vor Hawat zu fürchten, mein Bester. Man hat seinen Körper mit einem latenten Gift durchsetzt. Seine Mahlzeiten enthalten regelmäßig ein Gegenmittel. Wenn er das nicht mehr erhält, ist er erledigt. Er würde nach ein paar Tagen sterben.«

»Entziehen Sie ihm das Gegengift«, sagte der Graf.

»Aber der Mann ist nützlich!«

»Mag sein, doch er weiß zu viele Dinge, die ein lebender Mann nicht wissen dürfte.«

»Sie haben selbst gesagt, daß der Imperator keinerlei Bloßstellungen zu fürchten braucht.«

»Halten Sie mich nicht für einen Narren, Baron!«

»Ich werde einem solchen Befehl erst dann gehorchen, wenn ich ihn schriftlich erhalte«, erwiderte der Baron störrisch. »Und zwar mit dem kaiserlichen Siegel. Ich bin nicht gewillt, Ihren Launen zu gehorchen.«

»Sie halten das für eine Laune?«

»Was sollte es sonst sein? Der Imperator, mein guter Fenring, hat auch mir gegenüber Verpflichtungen. Immerhin habe ich ihm diesen rebellischen Herzog vom Halse geschafft.«

»Mit Unterstützung einiger Sardaukar.«

»Wo hätte der Imperator ein Haus gefunden, das bereit gewesen wäre, seine Männer in andere Uniformen zu kleiden, damit es im dunkeln bleibt, wie weit seine Hand in dieser Sache steckt?«

»Er hat sich diese Frage schon selbst gestellt, Baron. Allerdings von einem anderen Standpunkt aus.«

Der Baron musterte Fenring eingehend. Ihm fiel auf, daß die Gesichtsmuskeln seines Gesprächspartners sich versteift hatten. Der Graf hielt sich unter vorsichtiger Kontrolle. »Ah«, knurrte der Baron. »Ich nehme an, der Imperator weiß genau, daß er gegen *mich* nicht so vorgehen kann wie gegen Leto.«

»Er hofft, daß es niemals dazu kommen muß.«

»Der Imperator kann doch nicht im Ernst glauben, daß ich ihn hintergehe!« Die Wut, die der Baron in seine Stimme legte, war nur gespielt, und innerlich dachte er: *Das soll er mir nur in die Schuhe schieben! Ich wäre sogar in der Lage, mich auf den Thron zu werfen, mir auf die Brust zu trommeln und ihnen zu sagen, daß sie mich verkennen.*

Die Stimme des Grafen klang trocken und beherrscht, als er sagte: »Der Imperator glaubt dem, was seine Sinne ihm sagen.«

»Und er würde es wagen, mich vor dem Konzil des Landsraads des Verrats zu bezichtigen?« Der Baron hielt den Atem an.

»Er wird es nicht nötig haben, irgend etwas zu *wagen*.«

Der Baron wirbelte im Schwerefeld seiner Suspensoren zur Seite, um seine Überraschung zu verbergen. *Es könnte noch zu meinen Lebzeiten geschehen!* dachte er. *Imperator! Soll er es doch nur wagen! Mir könnte gar nichts Besseres passieren! Sie würden mir das Haus einrennen, denn nichts fürchten die anderen Familien mehr, als wenn der Imperator dazu übergeht, mit seinen Sardaukar gegen ein einzelnes Haus vorzugehen!*

»Der Imperator hegt die Hoffnung, daß er niemals so weit zu gehen braucht«, sagte der Graf.

Es war einigermaßen schwierig, aus diesen Worten Ironie herauszulesen. Fenrings Worte klangen eher schmerzlich. Aber irgendwie konnte er es schon hinkriegen. »Ich bin immer einer seiner loyalsten Untertanen gewesen«, sagte der Baron. »Ihre Worte schmerzen mich mehr, als ich in einfachen Worten ausdrücken kann.«

»Hmmmm«, machte der Graf. »Hmmm.«

Der Baron drehte Fenring auch weiterhin den Rücken zu und nickte. Plötzlich sagte er: »Es ist Zeit, in die Arena hinüberzugehen.«

»Tatsächlich«, erwiderte Fenring.

Sie verließen den abgeschirmten Bezirk der Halle und gingen nebeneinander auf die Gruppe der Angehörigen der Kleinen Häuser zu, die sich am Ende des Raumes versammelt hatte. Irgendwo im Innern der Kuppel wurde eine Glocke angeschlagen. Noch zwanzig Minuten bis zum Beginn.

»Die Kleinen Häuser erwarten, daß Sie sie anführen«, sagte Fenring und nickte den Leuten zu.

Wie doppelsinnig, dachte der Baron. *Wie verflucht doppelsinnig.*

Er schaute auf die neuen Talismane, die den Hallenausgang flankierten: der Stierschädel und das Ölgemälde des alten Herzog Atreides, Letos Vater. Sie erfüllten ihn mit einer dunklen Ahnung, und er fragte sich, welches Motiv Herzog Leto dazu inspiriert hatte, diese Dinge zuerst in seiner Halle auf Caladan und später auf Arrakis aufzuhängen: ein Gemälde seines Vaters und den Kopf des Stiers, der ihn getötet hatte.

»Die Menschheit verfügt, hm, nur über eine... äh... Wissenschaft«, sagte der Graf, nachdem die Gäste sich ihnen angeschlossen hatten und sie gemeinsam vor der Halle in den Warteraum gingen. Es war enger hier, die Fenster waren hoch und der Boden bestand aus gemusterten Platten von weißer und purpurner Farbe.

»Und welche Wissenschaft ist das?« fragte der Baron.

»Es ist die... äh... Wissenschaft der, hm, Unzufriedenheit«, erwiderte Fenring.

Die schafsnasigen Angehörigen der Kleinen Häuser hinter ihnen stießen ein erheitertes Gelächter aus, das gerade noch an der Grenze dessen lag, was der Baron tolerieren mußte. Glücklicherweise öffneten in diesem Moment die Pagen die Tür. Das Gelächter ging unter im Lärm anspringender Motoren. Die Wagen standen bereit. Bunte Wimpel flatterten im Wind.

Um die plötzliche Stille zu überbrücken, hob der Baron die Stimme und sagte: »Ich hoffe, daß Sie nicht mit der Vorstellung unzufrieden sind, die mein Neffe Ihnen heute bietet, Graf Fenring.«

»Ich bin, hm, lediglich von einer... äh... gewissen Vorahnung erfüllt«, gab der Graf zurück. »Wie bei einer, hm, Proces Verbal, bei der man noch nicht weiß, gegen wen sie, hm, gerichtet ist.«

Es war nur den vor ihnen liegenden Treppenstufen, die der Baron mit festen Schritten nahm, zu verdanken, daß niemand etwas von seiner völligen Verblüffung wahrnahm. *Eine Proces Verbal!* dachte er. *Das ist ein Bericht über ein Verbrechen gegen das Imperium!*

Der Graf grinste in einer Form, als habe er einen guten Witz gemacht und klopfte dem Baron beruhigend auf den Arm.

Während der Fahrt zur Arena saß der Baron die ganze Zeit über zwischen seinen bewaffneten Wagenbegleitern, warf mißtrauische Blicke auf Graf Fenring und fragte sich, was dieser *Laufbursche* des Imperators sich dabei gedacht haben mochte, einen solchen Witz ausgerechnet in Anwesenheit von Angehörigen Kleiner Häuser zu machen. Hinter seinen Worten mußte etwas anderes stecken, denn Fenring war dafür bekannt, daß er niemals etwas tat, für das er kein Motiv besaß. Er benutzte nicht einmal zwei Worte, wo eines ausreichte.

Gemeinsam nahmen sie in der goldenen Loge über der Arena Platz. Fanfaren schmetterten. Die Ränge neben und unter ihnen waren mit Menschen gefüllt, die Fähnchen schwenkten. Und schließlich glaubte der Baron, die Antwort auf seine Frage gefunden zu haben.

»Mein lieber Baron«, sagte Fenring und näherte sich mit den Lippen dem Ohr des Barons, »Sie sind sich doch darüber im klaren, daß der Imperator die Wahl Ihres Erben noch nicht sanktioniert hat, nicht wahr?«

Am meisten überrascht war der Baron über die Tatsache, daß ihm Fenrings Worte auf der Stelle die Sprache verschlugen. Er starrte den Mann an und sah dabei aus den Augenwinkeln, wie sich Lady Fenring durch die Wachen zu ihrer Loge zwängte.

»Das ist der Hauptgrund, der mich hierhergeführt hat«, fuhr der Graf fort. »Der Imperator hat mich gebeten, ihm einen Bericht darüber zu geben, ob Sie sich für einen würdigen Nachfolger entschieden haben. Und bekannterweise sagt ja nichts mehr über die Würdigkeit eines Mannes aus als sein Verhalten in der Arena, wie?«

»Der Imperator hat mir zugesichert, daß ich meinen Erben selbst bestimmen kann!« knirschte der Baron.

»Wir werden sehen«, meinte Fenring und wandte sich ab, um seine Frau zu begrüßen. Sie nahm Platz, lächelte dem Baron zu und richtete ihre Aufmerksamkeit dann auf die mit Sand bestreute Arena, in der jetzt Feyd-Rautha erschien. Er trug einen enganliegenden Anzug und verschiedenfarbige Handschuhe: rechts einen schwarzen, in dem ein langes Messer blitzte, links einen weißen, in dem er eine kurze Klinge trug.

»Weiß symbolisiert das Gift und Schwarz die Unschuld«,

sagte Lady Fenring. »Ein seltsamer Brauch, meinst du nicht auch, mein Lieber?«

»Hmm, hmm«, machte der Graf. Von der Familiengalerie her erwies man Feyd-Rautha die Ehre mit lautem Jubel. Er blieb stehen und hob dann den Kopf, um zu sehen, wer dort alles saß. Er erkannte Vettern und Basen, Demibrüder und Konkubinen, sowie eine Reihe von Out-Freyn-Personen; Leute, die ihm auf den ersten Blick nicht bekannt erschienen. Die Fanfarenbläser gaben sich alle Mühe, seinem Einzug mit dem gebührenden Klang Unterstützung zu verleihen, während die übrigen Gäste, in bunte Farben gekleidet, unzählbare Fähnchen schwenkten.

Es wurde Feyd-Rautha in diesem Augenblick klar, daß all die Leute da oben viel lieber sein Blut als das des Sklaven-Gladiators auf diesem Grund würden fließen sehen. Natürlich gab es für ihn nicht den geringsten Zweifel am Ausgang des Kampfes. Aber dennoch...

Er hob die beiden Klingen der Sonne entgegen und salutierte dann – ganz wie es die alten Bestimmungen verlangten – einmal in jede der drei Ecken der Arena. Dann schob er das vergiftete Messer in die Scheide zurück. Prüfend wog er die andere Klinge in der Hand. Sie war seine Geheimwaffe und würde dafür sorgen, daß aus diesem Sieg ein ganz besonderer werden würde: auch an ihr klebte Gift.

Einen Augenblick später war sein Schild justiert, und er verhielt sich still, bis er sicher war, daß alles stimmte.

Obwohl dieser Moment seine eigene Spannung besaß, entledigte sich Feyd-Rautha ihr mit einer lässigen Handbewegung. Er nickte seinen Helfern und Ablenkern zu und überprüfte ihre Ausrüstung mit einem abschätzenden Blick. Die Fesseln mit den glänzenden, scharfen Metallspitzen waren an ihrem Platz und ebenso die Widerhaken.

Feyd-Rautha gab den Musikern ein Signal.

Ein langsamer Marsch begann, wohlklingend in altertümlichem Glanz, und Feyd-Rautha führte sein Gefolge quer durch die Arena auf die Loge seines Onkels zu, an deren Fuß er anhielt, um ihm seine Ehrerbietung zu erweisen. Dann fing er den zeremoniellen Schlüssel auf.

Die Musik verstummte.

In der plötzlichen Stille machte Feyd-Rautha zwei Schritte zurück, hob den Schlüssel hoch und rief: »Ich widme diese Wahrheit...« In einer kurzen Pause wurde ihm gewahr, daß sein Onkel jetzt sicher dachte: *Der junge Narr wird eine Widmung für Lady Fenring aussprechen und damit einen Skandal heraufbeschwören!*

»...meinem Onkel und Lehrmeister: Baron Wladimir Harkonnen!«

Und er war erfreut, seinen Onkel schluchzen zu sehen.

Die Musik setzte wieder ein. Sie spielte jetzt schneller, und Feyd-Rautha führte seine Männer zurück bis an die Prudenztür, die niemand durchqueren konnte, der nicht im Besitz des Identifikationsbandes war. Er war stolz darauf, die Tür noch nie benutzt zu haben. Ebensowenig setzte er äußerst selten Ablenker ein. Aber es war gut zu wissen, daß sie an einem Tag wie diesem für ihn bereitstanden. Manchmal erwuchsen aus speziellen Plänen spezielle Gefahren.

In der Arena wurde es jetzt wieder still.

Feyd-Rautha wandte sich um und musterte die große rote Tür ihm gegenüber. Aus ihr würde der Gladiator kommen.

Der Spezial-Gladiator.

Der Plan, den Thufir Hawat vorgeschlagen hatte, war simpel und direkt, erinnerte er sich. Der Sklave würde nicht unter Drogen stehen – und das war die Gefahr. Statt dessen hatte man ein Schlüsselwort in das Unterbewußtsein des Mannes hineingehämmert, das dazu führen würde, seine Muskeln zu einem gewissen Zeitpunkt zu lähmen. »Abschaum«, sagten die Lippen Feyd-Rauthas, ohne den geringsten Ton von sich zu geben. Für das Publikum würde alles so aussehen, als hätte man einen Sklaven deswegen nicht mit Drogen vollgepumpt, weil er den na-Baron töten sollte. Und die ganze vorsichtig arrangierte Offensichtlichkeit würde auf den Sklavenmeister zurückfallen.

Ein leises Summen zeigte an, daß die Servomotoren, die die rote Tür bewegten, angelaufen waren.

Feyd-Rauthas Aufmerksamkeit war voll auf die Tür gerichtet. Der erste Moment würde der kritischste sein. Sobald der Gladiator erschien, war ein trainiertes Auge in der Lage, seine Chancen abzuschätzen. Da alle Gladiatoren durch die Einnahme der Elacca-Droge aufgeputscht und bereit zum Töten waren, war es wichtig, herauszufinden, in welcher Weise sie das Messer hielten oder sich in eine Verteidigungsstellung zurückzogen oder ob sie sich durch die Anwesenheit des Publikums auf den Rängen ablenken ließen. Schon allein die Art, in der ein Sklave den Kopf drehte, konnte aufschlußreich sein.

Die rote Tür flog auf.

Auf der Schwelle erschien ein hochgewachsener, muskulöser Mann mit kahlrasiertem Schädel und dunklen, tief in den Höhlen liegenden Augen. Seine Haut hatte – wie es die Elacca-Droge hervorrufen würde – eine rötliche Färbung angenommen. Allerdings wußte Feyd-Rautha, daß dies auf Farbe zurückzuführen war. Der Sklave trug grüne Hosen und den roten Gürtel eines Semischilds. Der auf seinem Gurt befestigte Zeiger deutete an, daß der Mann nur auf der linken Seite geschützt war. Das Messer hielt er wie ein Schwert, während seine Beine leicht gespreizt waren, wie bei einem erfahrenen Kämpfer. Langsam betrat er die Arena. Er wandte die schildgeschützte Seite Feyd-Rautha und den Leuten an der Prudenztür zu.

»Der Blick dieses Kerls gefällt mir nicht«, sagte einer von Feyd-Rauthas Helfern. »Sind Sie sicher, daß er unter Drogen steht, Mylord?«

»Das sieht man an der Färbung«, erwiderte Feyd-Rautha.

»Aber er steht da wie ein Kämpfer«, gab ein anderer der Männer zu bedenken.

Feyd-Rautha machte zwei Schritte nach vorn und sah sich den Sklaven näher an.

»Was ist mit seinem Arm passiert?« fragte einer der Ablenker.

Feyd-Rautha folgte dem Blick des Mannes und erkannte einen langen, verkrusteten Kratzer auf dem Unterarm des Gladiators. Er führte bis zum Handgelenk hinab und endete in einem eingeritzten Symbol, das er nur zu gut kannte.

Ein Falke!

Feyd-Rautha schaute auf. Die Blicke der beiden Männer trafen sich. Der Sklave wirkte äußerst gefaßt.

Er ist einer der Kämpfer des Herzogs. Einer der Männer, die wir auf Arrakis gefangennahmen, dachte Feyd-Rautha. *Kein einfacher Gladiator!* Ein kalter Schauer lief ihm über den Rücken, und er fragte sich, ob Hawat seinen Plan im allerletzten Moment geändert hatte. Eine Finte in einer Finte in einer Finte. Und nur der Sklavenmeister war präpariert worden, die Schuld dafür auf sich zu nehmen.

Feyd-Rauthas Erster Helfer flüsterte: »Der Blick, den dieser Mann hat, gefällt mir nicht, Mylord. Lassen Sie mich ihn wenigstens eine Hand fesseln.«

»Ich werde meine eigenen Fesseln nehmen«, erwiderte Feyd-Rautha. Er nahm von einem der Helfer ein paar lange, mit Haken versehene Pfeile, hob sie hoch und prüfte ihre Balance. Auch sie waren in der Regel mit einer Droge versehen. Diesmal jedoch nicht, und möglicherweise bedeutete das den Tod seines Ersten Gehilfen, der dafür verantwortlich war. Aber all dies war ein Teil des Plans.

»Sie werden die Arena als Held verlassen«, hatte Hawat ihm erklärt. *»Und zwar deswegen, weil Sie - ungeachtet dieses Verrats - Ihren Gegner dennoch töteten. Man wird den Sklavenmeister exekutieren - und Ihr Mann kann dann seine Stelle einnehmen.«*

Feyd-Rautha riskierte weitere fünf Schritte auf den Mittelpunkt der Arena zu und tat dabei so, als sähe er sich seinen Gegner immer noch mit Interesse an. Bereits jetzt, nahm er an, mußten die Experten auf den Rängen zu der Ansicht gelangt sein, daß hier etwas nicht stimmte. Zwar besaß der Gladiator die richtige Farbe für einen Mann, der unter Drogen stand – aber sein Schritt war fest. Und er zitterte nicht. Die Liebhaber von Kämpfen würden bereits jetzt flüstern: »Seht euch nur an, wie er dasteht. Man sollte ihn aufhetzen, damit er angreift oder sich zurückzieht. Schaut doch nur, wie er seine Kräfte bewahrt, wie er wartet. Er sollte das nicht tun.«

Feyd-Rautha spürte, wie ihn die eigene Überraschung nur noch mehr aufwiegelte. *Von mir aus soll Hawat möglicherweise einen Verrat versuchen,* dachte er hämisch. *Diesen Sklaven werde ich fertigmachen; allein schon deswegen, weil er nicht damit rechnet, daß das lange Messer vergiftet ist. Und das wußte nicht einmal Hawat selbst.*

»Hai, Harkonnen!« rief der Sklave. »Bist du darauf vorbereitet, zu sterben?«

Tödliche Stille senkte sich über die Arena herab. *Es war unmöglich, daß ein Sklave eine derartige Herausforderung aussprach!*

Jetzt hatte Feyd-Rautha zum erstenmal Gelegenheit, seinem Gegner tiefer in die Augen zu blicken. Er sah kalte Grausamkeit, der Mann fürchtete sich nicht im geringsten. Und er bemerkte an der Art, wie der Mann dastand, daß er darauf vorbereitet war, den Sieg davonzutragen. Sicher hatte ihm die Flüsterpropaganda zugetragen, daß er eine reelle Chance hätte, den na-Baron zu töten. Nun gut, er würde damit fertigwerden müssen.

Ein leichtes Lächeln legte sich über Feyd-Rauthas Züge. Er hob die Pfeile. So wie der Sklave stand, konnte nichts schiefgehen.

»Hai! Hai!« forderte ihn der andere heraus und kam lauernd zwei Schritte näher.

Niemand auf der Galerie kann dies jetzt noch mißverstehen, dachte Feyd-Rautha.

Der Sklave hätte durch die Drogen teilweise kampfunfähig gemacht werden müssen, und jede seiner Bewegungen hätte ihm klarmachen sollen, daß es keine Hoffnung mehr für ihn gab, daß er nicht gewinnen konnte. Er hätte all die Geschichten kennen müssen, die besagten, daß der na-Baron bekannt für seinen Sadismus war und die Spitze des kleinen Messers zu vergiften pflegte. Der Mann hätte all dies wissen sollen, und das hätte ihn unsicher und ängstlich gemacht, aber er wußte offenbar nichts davon. Keine seiner Bewegungen deutete darauf hin, daß er sich wie ein chancenloses Opfer fühlte.

Feyd-Rautha hob die Pfeile und nickte.

Der Gladiator stürzte vor.

Seine Finten und Abwehrbewegungen waren so gut, wie Feyd-Rautha das noch nie gesehen hatte. Nur eine rasche Bewegung des Angegriffenen verhinderte, daß sich das Messer des Gladiators in sein Bein bohrte.

Feyd-Rautha tänzelte zur Seite, warf einen der Pfeile in den rechten Unterarm des Sklaven. Die Widerhaken würden dafür sorgen, daß er ihn nicht entfernen konnte, ohne wichtige Muskeln zu zerfetzen.

Ein einstimmiger Aufschrei brandete von den Rängen auf die Kämpfer nieder.

Der Klang versetzte Feyd-Rautha in gehobene Stimmung.

Er wußte jetzt genau, was sein Onkel, der da oben in seiner Loge zusammen mit den Fenrings, den Beobachtern des Kaiserlichen Hofes, saß, erlitt. Jetzt konnte der Kampf nicht mehr unterbrochen werden. Während der Anwesenheit von Zeugen mußten die Formen gewahrt werden. Und der Baron würde die Geschehnisse in der Arena nur als eine Verschwörung gegen sich selbst interpretieren.

Der Sklave zog sich zurück, klemmte das Messer zwischen die Zähne, berührte das Pfeilende mit dem Zeigefinger und bog ihn zurück, um ihn sofort wieder vorschnellen zu lassen. »Ich spüre deine Nadel nicht einmal!« rief er, drang erneut vor und schwang stoßbereit das Messer, wobei er sorgfältig darauf achtete, daß niemand der ungeschützten Körperseite zu nahe kam.

Natürlich entging diese Bewegung den Zuschauern nicht. Von den Rängen kamen besorgte Schreie. Feyd-Rauthas Helfer erkundigten sich nervös, ob er sie benötige.

Er gab ihnen mit einer Handbewegung zu verstehen, daß sie sich in Richtung auf die Prudenztür zurückziehen sollten.

Ich werde ihnen eine Show liefern, dachte Feyd-Rautha, *an die sie ihr Leben lang denken werden. Ich habe nicht vor, einen jener zahmen Kämpfe zu absolvieren, bei dem sie sich zurücklehnen und von Stil faseln können. Ich werde dafür sorgen, daß sie das Zittern lernen. Wenn ich erst der neue Baron bin, werden sie sich an diesen Tag erinnern. Und dann wird ihnen klar werden, wie zwecklos es ist, den Versuch zu wagen, mir zu entgehen.*

Vorsichtig gab er ein wenig Boden preis. Wie eine Krabbe kam der Sklave auf ihn zu. Der Sand der Arena knirschte unter ihren Füßen. Feyd-Rautha hörte seinen Gegner keuchen. Schweißgeruch drang zu ihm herüber. Er witterte den schweren Geruch von Blut in der Luft.

Kampfbereit bog sich der na-Baron zurück, drehte den Körper nach rechts und bereitete seinen zweiten Pfeil vor. Der Sklave tänzelte zur Seite. Feyd-Rautha schien plötzlich zu stolpern, und die Zuschauer brüllten entsetzt auf.

Erneut sprang der Sklave vor.

Jetzt bejubeln sie mich, dachte Feyd-Rautha. Genau wie Hawat es gesagt hatte. Sie feierten ihn wie noch keinen Familienkämpfer zuvor. Und mit grimmiger Gewißheit erinnerte er sich an den Satz, den Hawat gesagt hatte: *»Vor einem Mann, den man zum Gegner hat, kann man leichter Entsetzen empfinden, wenn man seine Stärke kennt.«*

Rasch zog sich Feyd-Rautha in das Zentrum der Arena

zurück. Er legte Wert darauf, daß man ihn von allen Seiten gut sehen konnte. Dann zog er das lange Messer aus der Scheide, duckte sich und wartete auf den Angriff.

Der Sklave ließ sich Zeit und spielte mit dem zweiten in seinem Arm steckenden Pfeil. Dann kam er näher.

Die Familie, dachte Feyd-Rautha, *muß alles sehen können, was ich hier tue. Sie soll wissen, daß ich ihr Gegner bin. Und sie muß in Zukunft darauf gefaßt sein, daß ich mit ihr nicht anders umspringen werde als mit diesem Sklaven.*

Er zog das kurze Messer.

»Ich fürchte dich nicht, Harkonnenschwein«, sagte der Gladiator. »Eure Folter kann einen toten Mann nicht schrecken. Bevor auch nur der erste deiner Helfer Hand an mich legt, kann ich schon von eigener Hand gefallen sein. Aber bevor es soweit kommt, wirst du bereits tot zu meinen Füßen liegen.«

Feyd-Rautha grinste und zeigte dem Mann die lange, vergiftete Klinge.

»Dann versuche es«, erwiderte er und machte mit dem kurzen Messer eine schnelle Finte.

Der Sklave hob seine Waffenhand, wehrte gleichzeitig Finte und Angriff ab, ohne sich sonderlich anzustrengen. Seine freie Hand flog auf das Messer zu, das nach alter Tradition allein vergiftet zu sein hatte.

»Du wirst sterben, Harkonnen«, keuchte der Gladiator.

Beide Männer bewegten sich während des Kampfes nach links über den Sand. Dort, wo Feyd-Rauthas Schild den Semischild des Sklaven berührte, stoben knisternd blaue Funken auf. Die Luft füllte sich um sie herum mit dem von beiden Schilden erzeugten Ozongeruch.

»Stirb an deinem eigenen Gift!« knurrte der Sklave.

Er drückte die weißbehandschuhte Hand Feyd-Rauthas nach innen und versuchte ihn so mit der eigenen Waffe zu treffen.

Das sollen sie sich einprägen, dachte Feyd-Rautha. Er ließ die lange Klinge durch die Luft zischen. Es klirrte, als sie von den im Arm seines Gegners steckenden Metallpfeilen abprallte.

Feyd-Rautha fühlte sich einen Moment lang verunsichert. Die Tatsache, daß die beiden Pfeile dem Mann eine zusätzliche Art Deckung verschafften, kam ihm erst jetzt in den Sinn. Und dann noch die unerwartete Stärke. Das Messer kam seinem Körper jetzt immer näher. Der Gedanke, daß ein Mann auch von einer unvergifteten Klinge getötet werden konnte, trug nicht zur Hebung von Feyd-Rauthas Stimmung bei.

»Abschaum!« röchelte er in Panik.

Er hatte das Schlüsselwort kaum ausgesprochen, als sich die Muskeln des Angreifers prompt versteiften. Es war genug für Feyd-Rautha. Er sprang zurück, gerade so weit, wie es nötig war, um genügend Spielraum für das lange Messer zu erhalten, und stieß zu. Die vergiftete Spitze ratschte über die Brust des Mannes und brachte ihm eine blutige Wunde bei. Das Gift mußte sofort wirken. Der Sklave verlor die Kontrolle über seinen Körper und taumelte zurück.

Und jetzt, dachte Feyd-Rautha, *soll meine geliebte Familie zusehen. Sie soll darüber nachdenken, wieso der Sklave überhaupt die Möglichkeit hatte, meine eigene Waffe gegen mich zu wenden. Sie soll sich fragen, unter welchen Umständen es möglich war, daß ein Sklave in die Arena kam, ohne von vornherein dem Tod ausgeliefert zu sein. Und außerdem sollen sie sich bewußt werden, daß es unmöglich ist, vorauszusagen, in welcher Hand ich jeweils das Gift bereithalte.*

Schweigend blieb Feyd-Rautha stehen. Aufmerksam beobachtete er die schwachen Bewegungen des Sklaven. Der Mann bewegte sich mit einer Mischung aus Verzögerung und Vorsicht. Und dennoch stand in seinem Gesicht ein Satz geschrieben, den jedermann verstehen mußte.

Er war dem Tod ausgeliefert. Der Sklave wußte das auch und offensichtlich war er sich auch darüber im klaren, wie es geschehen war und daß er seine Aufmerksamkeit der falschen Klinge geschenkt hatte.

»Du feiges Schwein!« stöhnte der Sterbende.

Feyd-Rautha trat zurück, um seinem Todeskampf mehr Raum zu lassen. Die lähmende Droge hätte eigentlich schon zur vollen Entfaltung kommen müssen, und die Bewegungen seines Gegners sagten ihm, daß es gleich soweit sein mußte.

Der Sklave taumelte nach vorn, als ziehe man ihn mit einem Seil voran. Jeder Schritt eine Ziehbewegung. Und jeder Schritt war ein Schritt bei der Durchquerung seines eigenen Universums. Der Mann hielt immer noch sein Messer umklammert, aber dessen Spitze zuckte haltlos hin und her.

»Eines Tages… wird einer von uns… dich zu fassen kriegen«, keuchte er. Ein trauriges Lächeln legte sich auf seine Züge, dann sank er zu Boden, blieb einen Moment auf den Knien liegen, starrte Feyd-Rautha an und fiel vornüber, mit dem Gesicht in den Sand.

Feyd-Rautha verharrte eine Weile in der stillen Arena. Dann schob er einen Fuß unter den Körper des Gefallenen und drehte ihn mit einer schwungvollen Bewegung auf den Rücken, so daß die Zuschauer auf den Rängen das Gesicht sehen konnten. Das Gift fing nun an, die Muskeln des Sklaven zum letzten Zucken zu bringen.

Frustriert nahm Feyd-Rautha zur Kenntnis, daß sein Gegner sich beim Sturz unbemerkt das eigene Messer in die Brust gestoßen hatte. Gleichzeitig empfand er so etwas wie Bewunderung für einen Menschen, der in voller Erkenntnis der Sachlage seinem eigenen Leben ein Ende setzte. Und Feyd-Rautha kam zu der Erkenntnis, daß es *wirklich* eine Sache gab, die man fürchten mußte.

Der Gedanke an das, was aus einem Menschen einen Übermenschen macht, war erschreckend.

Noch während er diesem Gedanken folgte, wurde er der begeisterten Rufe der Zuschauer gewahr. Der Jubel war grenzenlos.

Feyd-Rautha wandte sich um und sah die Leute an.

Alle – außer dem Baron, der mit gesenktem Kopf in seinem Sessel saß – applaudierten heftig. Auch der Graf und seine Lady zeigten keinerlei Begeisterung. Beide starrten ihn an und produzierten ein unechtes Lächeln.

Graf Fenring wandte sich plötzlich seiner Frau zu und sagte: »Äh... ein findiger junger Mann, äh, nicht wahr, meine Liebe?«

»Seine... äh, geschickten Attacken suchen ihresgleichen«, gab Lady Fenring zurück.

Der Baron schaute sie an, dann den Grafen. Schließlich fiel sein Blick auf die Arena und er dachte: *Wie konnte jemand nur so nahe an einen der meinigen herankommen?* Die Wut überstieg nun sogar seine Furcht. *Der Sklavenmeister wird noch heute abend auf einer kleinen Flamme geröstet... und falls dieser Graf und seine Dame ihre Hand in diesem Spiel hatten...*

Die Konversation, die in der Loge des Barons geführt wurde, ging für Feyd-Rautha nun in einem anschwellenden Stimmenchor von den Rängen unter. Die Gäste wiederholten immer und immer wieder ein Wort und stampften zur Bekräftigung im Takt mit den Füßen.

»Kopf! Kopf! Kopf! Kopf!«

Mit einem finsteren Blick stellte der Baron fest, daß Feyd-Rautha sich ihm erneut zuwandte. Mit einer schwachen Bewegung, die seine Wut nur mäßig bedeckte, hob der Baron die Hand und winkte dem jungen Mann in der Arena zu.

Der Junge soll seinen Kopf haben. Und er wird ihn bekommen. Den des Sklavenmeisters.

Feyd-Rautha, der das Signal des Einverständnisses sah, dachte: *Sie glauben, mich zu ehren. Aber ich werde ihnen zeigen, was ich davon halte.*

Als seine Helfer mit dem Sägemesser herbeieilten, um ihm ihre Ehren zu erweisen, winkte er sie zurück. Die Männer zögerten, und Feyd-Rautha wiederholte seine Geste, diesmal heftiger. *Sie glauben, sie würden mich mit einem einzigen Kopf ehren können,* dachte er, beugte sich über den Körper des toten Sklaven und schloß dessen Hände um das Kampfmesser.

Er brauchte nur einen Augenblick, um das zu tun. Anschließend erhob er sich wieder, winkte seine Helfer näher und sagte: »Begrabt diesen Sklaven in einem Stück und mit seiner Waffe in den Händen. Er hat es verdient.«

In der goldenen Loge beugte sich Graf Fenring zu dem Baron hinüber und sagte: »Eine wirklich noble Geste. Ihr Neffe verfügt über genauso viel Stil wie Courage.«

»Aber er beleidigt die Zuschauer, indem er den Kopf verschmäht«, murmelte der Baron.

»Das ist nicht wahr«, warf Lady Fenring ein, die sich umwandte und auf die Zuschauer wies.

Der Baron musterte ihre Nackenlinie und stellte fest, daß das Spiel ihrer Muskeln ihn an den Körper eines Jungen erinnerten.

»Sie scheinen mit dem, was Ihr Neffe tat, durchaus einverstanden zu sein«, fügte sie hinzu.

Tatsächlich schien man nun auch auf den hinteren Reihen verstanden zu haben, was Feyd-Rautha getan hatte. Als die Zuschauer erkannten, daß die Helfer den Getöteten in einem Stück wegtransportierten, begannen sie zu klatschen und zu jubeln. Die Begeisterung wuchs von Sekunde zu Sekunde an. Die Menschen stampften mit den Füßen und klopften einander auf die Schultern.

Müde sagte der Baron: »Ich werde eine Fete anberaumen. Man kann die Leute nicht so wegschicken, wenn sie noch voller Energien stecken. Sie sollen sehen, daß ich die Ehre, die sie uns schenken, voll annehme.« Er gab einem seiner Wächter mit der Hand ein Zeichen, und sofort stürzte einer der Bediensteten heran und schwenkte die orangefarbene Flagge der Harkonnens über der Loge. Dreimal. Die Ankündigung einer Fete.

Feyd-Rautha durchquerte die Arena und blieb, beide

Waffen in den Scheiden, an ihrem Fuße stehen. Er hielt beide Arme gesenkt und fragte, das begeisterte Geschrei der Zuschauer durchdringend: »Eine Fete, Onkel?«

Der Lärm wurde geringer, sobald die Leute sahen, daß Feyd-Rautha mit dem Baron sprach.

»Zu deinen Ehren, Feyd!« rief der Baron zu ihm hinunter und gab dem Diener erneut ein Handzeichen.

Auf der anderen Seite der Arena wurden nun die Prudenzbarrieren geöffnet. Junge Männer rannten auf den Platz und strömten auf Feyd-Rautha zu.

»Haben Sie den Befehl dazu gegeben, daß man die Prudenztüren öffnet, Baron?« fragte Graf Fenring.

»Niemand wird dem Jungen etwas tun«, erwiderte der Angesprochene. »Immerhin ist er ein Held.«

Der erste der heranstürmenden Menge hatte Feyd-Rautha nun erreicht. Dann der zweite. Gemeinsam nahmen die Männer den na-Baron auf die Schultern und führten ihn an der Spitze eines Triumphzuges durch die Arena.

»Er könnte in dieser Nacht ohne weiteres waffen- und schildlos durch die ärmsten Viertel von Harko spazieren«, fügte der Baron sarkastisch hinzu. »Man würde ihm sogar den letzten Bissen geben, nur um seine Gesellschaft zu genießen.«

Der Baron zog sich hoch und wartete, bis die Suspensoren sein Gewicht ausbalanciert hatten.

»Bitte entschuldigen Sie mich«, meinte er. »Aber es gibt noch einige Dinge zu erledigen, die meine persönliche Anwesenheit erforderlich machen. Die Wache wird Sie in der Kuppel nicht aus den Augen lassen.«

Graf Fenring erhob sich und deutete eine Verbeugung an. »Sehr aufmerksam, Baron. Warten wir also auf die Fete. Ich habe... äh... noch nie an einer Harkonnen-Festivität... hm... teilgenommen.«

»Ja«, erwiderte der Baron. »Die Fete.« Er hatte sich kaum dem Ausgang der Loge zugewandt, als ihn auch schon seine Leibwächter umringten.

Ein Gardehauptmann verbeugte sich vor Fenring. »Ihre Befehle, Mylord?«

»Wir werden... äh... warten, bis sich die Menge verlaufen hat«, erwiderte Fenring.

»Jawohl, Mylord.« Der Mann verbeugte sich noch einmal und trat drei Schritte zurück.

Graf Fenring sah seine Frau an und sagte in ihrem privaten Geheimcode: »Du hast es natürlich auch bemerkt?«

In der gleichen Sprache erwiderte sie: »Der Bursche hat gewußt, daß der Sklave nicht unter Drogen stehen würde. Er hat sich zwar einen Augenblick gefürchtet, aber er war keinesfalls überrascht.«

»Es war alles geplant«, sagte der Graf. »Die ganze Vorstellung.«

»Ohne Zweifel.«

»Das riecht nach Hawat.«

»In der Tat«, gab Lady Fenring zurück.

»Ich habe vorher bereits gefordert, daß der Baron Hawat erledigen soll.«

»Das war ein Fehler, mein Lieber.«

»Das sehe ich jetzt auch ein.«

»Die Harkonnens könnten sehr bald einen neuen Baron haben.«

»Falls das Hawats Plan ist.«

»Was untersucht werden muß.«

»Der Junge sollte besser zu kontrollieren sein.«

»Für uns... nach dieser Nacht«, erwiderte Lady Fenring.

»Und du erwartest keinerlei Schwierigkeiten bei dem Versuch, ihn zu verführen, meine kleine Brüterin?«

»Nein, mein Schatz. Du hast doch selbst gesehen, wie er mich angestarrt hat.«

»Ja, und ich sehe jetzt auch, weshalb wir diese Blutlinie haben müssen.«

»Genau. Und es ist offensichtlich, daß wir uns seiner versichern müssen. Ich werde die besten Prana-Bindu-Phrasen in sein Bewußtsein pflanzen, um ihn zu fesseln.«

»Wir werden so schnell wie möglich wieder abreisen«, entgegnete der Graf. »Das heißt, sobald du sicher bist.«

Lady Fenring fröstelte. »Wie du meinst. Ich hätte auch keine Lust, an diesem schrecklichen Ort einem Kind das Leben zu schenken.«

»Das sind Dinge, die wir im Namen der Humanität auf uns nehmen müßten.«

»Aber du spielst dabei die leichtere Rolle, mein Lieber.«

»Es gibt einige alte Vorurteile, die ich noch überwinden muß«, meinte Graf Fenring. »Aber du weißt, daß ich das schaffen werde.«

»Mein armer Liebling«, sagte sie und tätschelte seine Wange. »Du weißt doch, daß dies die einzige Möglichkeit ist, die Blutlinie zu bewahren.«

Mit trockener Stimme erwiderte Fenring: »Ich verstehe mittlerweile, was wir tun.«

»Es wird schon nicht schiefgehen«, sagte seine Frau.

»Die Vorahnung des Versagens produziert bereits die ersten Schuldgefühle«, gab er zu bedenken.

»Niemand wird sich schuldig machen. Alles, was wir zu tun haben, ist Feyd-Rautha hypnotisch zu behandeln und ihn dazu zu bekommen, mir ein Kind zu machen. Anschließend verschwinden wir von hier.«

»Dieser Onkel«, sagte Fenring. »Ist dir je eine solche Deformation eines Menschen begegnet?«

»Er ist ein ziemlich ungestümer Charakter«, meinte sie, »aber aus dem Neffen könnte man einiges machen.«

»Ich würde mich jedenfalls für einen solchen Onkel bedanken. Aus dem Jungen hätte – unter anderen Umständen und einer anderen Erziehung – wirklich etwas werden können. Ich frage mich, wie er sich unter dem Code der Atreides entwickelt hätte.«

»Es ist traurig«, erwiderte Lady Fenring.

»Ich wünschte, wir hätten sowohl den Atreides-Jungen retten können als auch diesen hier«, fuhr der Graf fort. »Nach dem, was ich über Paul gehört habe, soll er ein vielversprechender Bursche gewesen sein. Das Produkt einer guten Zucht und einer hervorragenden Ausbildung.« Er schüttelte den Kopf. »Aber wir sollten unsere Zeit nicht damit verschwenden, daß wir uns den Kopf über die Aristokratie des Unglücks zerbrechen.«

»Bei den Bene Gesserit gibt es ein altes Sprichwort«, sagte seine Frau.

»Gibt es eigentlich Situationen, in denen du kein Sprichwort parat hast?«

»Dieses hier wird dir gefallen«, lächelte sie. »Es heißt: Halte niemals einen Menschen für tot, ehe du nicht seine Leiche gesehen hast. Und selbst dann kannst du dich irren.«

14

In ›Zeiten der Reflexion‹ berichtet Muad'dib, daß seine wirkliche Erziehung und Bildung erst zu dem Zeitpunkt einsetzte, als er gezwungen war, sich mit den auf Arrakis herrschenden Realitäten auseinanderzusetzen. Er lernte an der Beschaffenheit des Wüstensandes das Wetter zu erkennen; erfuhr, wie man aus der Schärfe wehender Sandkörner die Sprache des Windes herausliest, und wie man es vermeidet, die Sandkrätze in der Nase zu bekommen. Er fand heraus, wie man die Flüssigkeiten beieinanderhielt, die den eigenen Körper schützen und bewahren. Als seine Augen die Bläue des Ibad annahmen, erfuhr er die Wege der Chakobsa.

Stilgars Vorwort zu ›Muad'dib, der Mensch‹,
von Prinzessin Irulan

Stilgars Trupp kehrte, als sich der erste Mond leuchtend über die Felsen erhob, mit den beiden Flüchtlingen aus der Wüste in den Sietch zurück. Die in wallende Roben gekleideten Männer wurden schneller, je näher sie der Heimat kamen, so, als könnten sie die zurückgelassene Gemeinschaft förmlich riechen. Hinter ihnen färbte sich der Himmel grau. Bald würde die Sonne aufgehen und das Land überstrahlen. Man konnte am Glanz des Lichtes erkennen, daß der Herbst die erste Hälfte überschritten hatte.

Vor den steilen Felswänden, die das Talbecken abschirmten, lagen verdorrte Blätter, die die Sietch-Kinder gesammelt und deponiert hatten, aber der Trupp stieg darüber hinweg – wenn man von einigen Fehltritten Pauls und Jessicas absah –, ohne andere Geräusche, als die in einer solchen Nacht üblichen, hervorzurufen.

Paul wischte sich den von seinem Schweiß festgetrockneten Sand von der Stirn, fühlte, daß jemand seinen Arm berührte und hörte Chanis Stimme flüstern: »Mache es so, wie ich dir gesagt habe. Zieh die Kapuze bis über die Stirn! Du darfst nur die Augen freilassen, sonst verschwendest du zuviel Flüssigkeit.«

Ein geflüsterter Befehl von hinten verlangte nach Ruhe: »Die Wüste hört euch!«

Aus den Felsen über ihnen ertönte Vogelgezwitscher.

Der Trupp verharrte. Paul konnte die Spannung förmlich fühlen.

Aus den Felsen kam ein leises Klopfen, das nicht lauter war als das Geräusch, das eine springende Maus erzeugte.

Erneut zwitscherte der Vogel.

Eine Bewegung ging durch die Reihen. Und wieder schien die Springmaus über den Sand zu hüpfen.

Der Vogel zwitscherte nun zum drittenmal.

Die Fremen kletterten weiter durch einen Felsspalt, aber ihr Schweigen schien Paul jetzt noch bedrückender als zuvor zu sein. Manche Männer warfen Chani einen Blick zu, woraufhin sie den Kopf senkte und in eine andere Richtung schaute.

Sie hatten jetzt wieder Felsen unter den Füßen. Die Roben, die ihn umgaben, raschelten. Paul stellte fest, daß die Disziplin ein wenig nachzulassen schien, wenngleich immer noch niemand den geringsten Ton von sich gab. Er folgte den schattenhaften Umrissen des Mannes vor ihm – einige Stufen hinauf, eine Biegung, wieder Stufen. Dann ein Tunnel. Sie gingen an zwei versiegelten Türen vorbei, bogen in einen Weg ein, der von Leuchtgloben beschienen wurde. Die Felswände waren ebenso wie die Decke in diesem Licht von gelber Farbe.

Paul sah, daß die Fremen um ihn herum die Kapuzen zurückzogen, die Nasenfilter entfernten und tief einatmeten. Jemand seufzte. Paul suchte Chani und fand sie links von sich. Er fühlte sich eingeengt von robenbekleideten Körpern, wurde angerempelt und hörte, wie jemand sagte: »Tut mir leid, Usul. Dieses Gedränge! Aber so ist es immer.«

Zu seiner Linken tauchte jetzt der Mann mit dem Namen Farok auf. Die geschwärzten Augenhöhlen und die tiefblauen Augen wirkten im Schein dieses Lichts noch unergründlicher. »Nimm die Kapuze ab, Usul«, sagte Farok. »Du bist jetzt zu Hause.« Er half Paul, indem er dafür sorgte, daß die anderen ein wenig Platz machten.

Paul schob den Gesichtsschleier beiseite und entfernte die Filterstopfen aus der Nase. Der Gestank, der hier herrschte, warf ihn beinahe um: ungewaschene Körper, wiederverwertete Fäkalien und Urin; überall herrschte der Geruch konzentrierter menschlicher Ausdünstung vor und der charakteristische Duft, der auf dem Verzehr von Gewürz und gewürzähnlichen Substanzen basierte.

»Worauf warten wir, Farok?« fragte Paul.

»Auf die Ehrwürdige Mutter, glaube ich. Du hast die Nachricht gehört. Arme Chani.«

Arme Chani? fragte Paul sich. Er schaute sich um und suchte sie mit seinen Blicken. Aber nicht nur Chani, sondern auch seine Mutter war nirgendwo in diesem Gedränge zu erkennen.

Farok atmete tief ein. »Hier riecht es endlich wieder nach Zuhause«, sagte er.

Paul registrierte, daß in den Worten des Mannes nicht die kleinste Ironie mitschwang. Er meinte es ehrlich. Dann hörte er seine Mutter husten und sagen: »Wie reich die Düfte eures Sietchs sind, Stilgar. Ich stelle fest, daß ihr sehr viel mit Gewürz arbeitet... ihr stellt Papier her... Plastikerzeugnisse... und sind das nicht auch chemische Sprengstoffe?«

»Erkennst du das alles anhand der Gerüche?« fragte einer der Männer erstaunt.

Und Paul verstand, daß sie nur deshalb so laut sprach, damit er sich so rasch wie möglich an diesen Gestank gewöhnte.

Die Fremen an der Spitze der Truppe begannen sich nervös zu bewegen. Paul hörte, wie die Männer aufgeregt die Luft ausstießen. Flüsternde Stimmen sorgten dafür, daß sich eine bestimmte Meldung rasch weiterverbreitete: »Es ist also wahr – Liet ist tot.«

Liet, dachte Paul. Und dann: *Chani, die Tochter Liets.* Er konnte jetzt zwei und zwei zusammenzählen. Liet war der fremenitische Name des Planetologen gewesen.

Er schaute Farok an und fragte: »Ist es der Liet, der auch als Kynes bekannt war?«

»Es gibt nur einen Liet«, erwiderte Farok.

Paul drehte sich um und starrte die Rücken der Fremen an, die vor ihm standen. *Dann ist Liet-Kynes tot,* dachte er.

»Es geschah durch einen Verrat der Harkonnens«, zischte eine Stimme. »Sie haben so getan, als sei er bei einem Unfall umgekommen... verlorengegangen in der Wüste... bei einem Thopter-Absturz...«

Paul spürte, wie die Wut in ihm hochstieg. Der Mann, der ihm in Freundschaft zugetan gewesen war, der geholfen hatte, sie vor den Schergen der Harkonnens zu bewahren, der seine Leute ausgeschickt hatte, um nach zwei einsamen Flüchtlingen in der Wüste Ausschau zu halten. Nun war auch er zu einem Harkonnen-Opfer geworden.

»Dürstet Usul nach Rache?« fragte Farok.

Bevor Paul ihm eine Antwort geben konnte, ertönte ein leiser Ruf, die Truppe bewegte sich voran in eine größere Kammer und zog ihn mit sich. Er sah sich plötzlich Stilgar gegenüber, neben dem eine fremde Frau stand. Sie war mit einem bunten Wickelkleid bekleidet, und ihre Arme waren unbedeckt. Sie trug keinen Destillanzug. Die Hautfarbe der Frau erinnerte an Oliven. Dunkles Haar fiel ihr in die Stirn. Sie hatte hervorstehende Backenknochen und tiefblaue Augen.

Die Frau drehte sich herum. Goldene Ohrringe, an denen Wasserringe baumelten, bewegten sich. Sie schaute Paul an und sagte:

»*Der da* soll meinen Jamis bezwungen haben?«

»Schweig still, Harah«, gab Stilgar zurück. »Es war Jamis' eigene Schuld. Er hat die Tahaddi-al-Burhan ausgesprochen.«

»Aber er ist nicht mehr als ein Junge!« erwiderte die Frau. Sie schüttelte ungläubig den Kopf und brachte die Wasserringe zum Klingeln. »Soll das heißen, daß meine Kinder vaterlos wurden durch ein anderes Kind? Es kann nur ein Zufall gewesen sein!«

»Usul, wie alt bist du?« fragte Stilgar.

»Fünfzehn Standardjahre«, sagte Paul.

Stilgar ließ seinen Blick über die Männer seiner Truppe schweifen. »Ist jemand unter euch, der mich herausfordern will?«

Stille.

Jetzt sah Stilgar wieder die Frau an. »Bevor ich seine Zauberkräfte nicht ebenfalls erlernt habe, werde ich mich hüten, ihn zu fordern.«

Die Frau starrte ihn an. »Aber...«

»Hast du die fremde Frau gesehen, die zusammen mit Chani zur Ehrwürdigen Mutter gegangen ist?« fragte Stilgar sie. »Sie ist eine Out-Freyn-Sayyadina und die Mutter dieses Knaben. Beide – Mutter und Sohn – sind wahre Meister des Kampfes.«

»Lisan al-Gaib«, flüsterte die Frau plötzlich. Als sie Paul erneut musterte, war Ehrfurcht in ihrem Blick.

Wieder die Legende, dachte Paul.

»Vielleicht«, erwiderte Stilgar. »Aber es ist bis jetzt noch nicht erwiesen.« Er wandte sich Paul zu und meinte: »Usul, es ist so Sitte bei uns, daß du jetzt die Verantwortung für Jamis' Frau und ihre beiden Söhne übernehmen mußt. Sein Yali... seine Unterkunft gehört nun dir. Ebenso sein Kaffeegeschirr... und diese seine Frau.«

Paul musterte die Frau und fragte sich: *Warum weint sie nicht um ihren Mann? Warum zeigt sie keinerlei Haß für mich?* Er stellte plötzlich fest, daß die Fremen ihn anstarrten, als erwarteten sie etwas von ihm.

Irgend jemand flüsterte: »Es wartet Arbeit auf uns. Sag ihr jetzt, als was du sie annehmen willst.«

Stilgar warf ein: »Willst du Harah zur Frau oder als Dienerin?«

Harah hob beide Arme und drehte sich langsam auf einem Bein, damit er sie von allen Seiten sehen konnte. »Ich bin noch jung, Usul. Man sagt, ich sähe immer noch so jung aus wie damals, als ich noch bei Geoff war... bevor Jamis ihn besiegte.«

Jamis hat also einen anderen umgebracht, um sie zu gewinnen, dachte Paul.

Laut sagte er: »Wenn ich sie jetzt als Dienerin akzeptiere, habe ich dann die Möglichkeit, meine Meinung nach einer gewissen Zeit zu ändern?«

»Du hast ein Jahr, um deine Entscheidung zu überprüfen«, erklärte Stilgar. »Danach ist sie eine freie Frau und kann wählen, wie es ihr beliebt. Du kannst ihr aber auch vorher schon die freie Wahl lassen. Aber egal, wie du dich entscheidest - für ein Jahr hast du die Pflicht, für sie zu sorgen. Das gilt ebenso für Jamis' Söhne.«

»Ich akzeptiere sie als meine Dienerin«, sagte Paul.

Harah stampfte mit dem Fuß auf und zog ärgerlich die Schultern hoch. »Aber ich bin noch jung!«

Stilgar musterte Paul und sagte: »Vorsicht ist eine gute Eigenschaft für einen Mann, der später eine Führungsrolle übernehmen wird.«

»Aber ich bin noch jung!« wiederholte Harah.

»Sei still«, befahl ihr Stilgar. »Wenn eine Entscheidung gefallen ist, hat man sich daran zu halten. Nun zeige Usul sein Quartier und sorge dafür, daß er frische Kleider und einen Platz zum Ausruhen bekommt.«

»Oh-h-h!« keuchte Harah.

Paul hatte die Frau jetzt genügend studiert, um einen Versuch mit ihr zu machen. Er spürte, daß die anderen Männer ungeduldig wurden, wegen des großen Zeitverlustes. Er fragte sich, ob es richtig wäre, jetzt nach dem

Verbleib von Chani und seiner Mutter zu fragen, aber ein Blick in Stilgars Gesicht machte ihm klar, daß jetzt nicht der richtige Zeitpunkt für derlei Fragen war.

Er sah Harah an, gab seiner Stimme den nötigen Klang, um ihr ein wenig Furcht und Ehrerbietigkeit einzuflößen, und sagte: »Zeige mir nun mein Quartier, Harah. Was deine Jugend angeht, so werden wir darüber ein anderes Mal sprechen.«

Die Frau machte zwei Schritte zur Seite und warf Stilgar einen ängstlichen Blick zu. »Er hat die Zauberstimme«, keuchte sie erschreckt.

»Stilgar«, sagte Paul, »ich stehe tief in der Schuld von Chanis Vater. Wenn ich irgend etwas...«

»Das Konzil wird darüber entscheiden«, erwiderte Stilgar. »Und du wirst dabei auch sprechen können.« Er nickte Paul noch einmal zu und zog sich dann zurück. Der Trupp folgte ihm.

Paul nahm Harahs Arm, registrierte, wie kühl ihr Fleisch war, und spürte, daß sie zitterte. »Du brauchst keine Angst vor mir zu haben, Harah«, erklärte er ihr. »Zeige mir nur mein Quartier.« Er gab seiner Stimme einen beruhigend wirkenden Tonfall.

»Du wirst mich nicht verstoßen, wenn das Jahr zu Ende ist?« fragte sie. »Ich weiß natürlich, daß ich nicht mehr so jung bin, wie ich es vor einigen Jahren war.«

»Solange ich lebe, wirst du einen Platz bei mir finden«, erwiderte Paul und ließ ihren Arm los. »Komm jetzt und zeige mir, wo ich hingehen muß.«

Sie ging voraus und führte ihn einen Gang entlang, der bald darauf in einen breiten, erleuchteten Tunnel mündete. Der Boden, auf dem sie sich bewegten, war weich, sauber und mit Sand bedeckt.

Während Paul neben Harah ging, musterte er ihr Profil.

»Du haßt mich nicht, Harah?«

»Warum sollte ich dich hassen?«

Sie nickte einer Gruppe von Kindern zu, die sie aus einem Nebengang heraus anstarrten. Hinter den Kindern sah er die Umrisse von Erwachsenen, die sich hinter einem halbdurchsichtigen Vorhang bewegten.

»Ich... besiegte Jamis.«

»Stilgar hat mir gesagt, daß ihr die Zeremonie abgehalten habt und daß du ein Freund von Jamis warst.« Sie sah ihn von der Seite an. »Stilgar hat gesagt, daß du den Toten etwas von deiner Flüssigkeit gabst. Ist das wahr?«

»Ja.«

»Das ist mehr, als ich tue... als ich tun kann.«

»Du beklagst seinen Tod nicht?«

»Wenn die Zeit der Klage kommt, werde ich ihn beklagen.«

Sie gingen an einem offenen Gewölbe vorbei. Paul warf einen Blick hinein und sah, daß dort Männer und Frauen an Maschinen arbeiteten. Die Grotte war hell beleuchtet, und die Menschen machten den Eindruck hektischer Betriebsamkeit.

»Was tun die Leute da?« fragte Paul.

Harah warf, nachdem sie die Grotte hinter sich gelassen hatten, einen Blick zurück und erwiderte: »Sie beeilen sich, damit die Plastikwerkstatt ihr Soll erfüllt hat, wenn wir fliehen müssen. Wir brauchen viele Tausammler für die Niederlassung.«

»Fliehen?«

»Bis die Schlächter damit aufhören, uns zu verfolgen, oder sie aus unserem Land vertrieben sind.«

Paul erinnerte sich an eine der Visionen, die er einst gehabt hatte. Es war nur ein Fragment, eine visuelle Projektion, und er wurde nicht schlau aus ihr. Im nachhinein schienen die Fakten nicht mehr zueinander zu passen.

»Die Sardaukar jagen uns«, sagte er.

»Bis auf einen oder zwei leere Sietchs werden sie nichts finden«, meinte Harah. »Aber viele von ihnen werden eines auf jeden Fall finden: den Tod im Sand.«

»Werden sie diesen Ort ausfindig machen?« fragte Paul.

»Wahrscheinlich.«

»Und dennoch haben wir die Zeit, um...« – er deutete mit dem Kopf auf die bereits hinter ihnen liegende Grotte – »... Tausammler herzustellen?«

Der Blick, den sie ihm zuwarf, als sie sich umdrehte, war voller Überraschung. »Hat man dir dort, wo du herkommst, denn gar nichts beigebracht?«

»Jedenfalls nichts über Tausammler.«

»Hai!« machte Harah. Aber dieses Wort sagte alles.

»Was also sind Tausammler?« fragte Paul hartnäckig.

»Wie glaubst du, sind die Büsche und Pflanzen, die wir draußen im Erg pflanzen, überlebensfähig?« fragte Harah. »Jede einzelne wird vorsichtig in eine kleine Vertiefung gesetzt, die wir vorher mit Chromoplastik ausfüllen. Das Licht färbt sie weiß. Man kann sie glitzern sehen, wenn man im Morgengrauen nach ihnen schaut und auf einem erhöhten Platz steht. Weiß reflektiert. Aber sobald der alte Vater Sonne von der Wüste weggeht, wird das Material in der Finsternis schwarz. Es kühlt sich rapide ab, und seine Oberfläche beschlägt sich mit Feuchtigkeit der Luft. Und diese Feuchtigkeit tropft nach unten und hält so die Pflanzen am Leben.«

»Tausammler«, murmelte Paul. Die simple Schönheit dieses Verfahrens faszinierte ihn.

»Ich werde um Jamis weinen, wenn die Zeit der Trauer gekommen ist«, fuhr Harah fort, als bewege sie seine Frage noch immer. »Er war ein guter Mann, aber auch hitzköpfig. Jamis war ein guter Versorger und hatte ein gutes Verhältnis zu den Kindern. Er hat nie einen Unterschied zwischen Geoffs Sohn, meinem Erstgeborenen, und seinem eigenen Jungen gemacht. In seinen Augen waren beide stets gleich.« Sie sah Paul an und maß ihn mit einem fragenden Blick. »Wirst du dich ebenso verhalten, Usul?«

»Das Problem betrifft uns nicht.«

»Aber falls...«

»Harah!«

Der harte Klang seiner Stimme ließ sie zusammenzucken.

Sie kamen an einem anderen hellerleuchteten Raum vorbei, und Paul fragte: »Was wird hier hergestellt?«

»Sie reparieren die Webstühle«, erklärte Harah. »Aber sie müssen noch heute nacht abgebaut werden.« Sie deutete auf einen zu ihrer Linken auftauchenden Tunnel. »Hier werden Lebensmittel verarbeitet und Destillanzüge repariert.« Sie schaute ihn an. »Dein Anzug sieht neu aus. Falls du einmal etwas daran zu reparieren haben solltest: ich kenne mich damit aus. In der Saison arbeite ich auch in der Fabrik.«

Sie begegneten nun öfters vereinzelten Menschengruppen, die sich in den Eingängen aller möglichen Abzweigungstunnels aufhielten. Einige Leute kamen an ihnen vorbei. Sie trugen große Beutel, in denen es gluckerte, und strömten eine Wolke von Gewürzduft aus.

»Unser Wasser und das Gewürz darf niemandem in die Hände fallen«, sagte Harah. »Aber wir sorgen schon dafür, daß alles rechtzeitig in Sicherheit gebracht wird.«

Paul warf einen Blick in die Öffnungen der Tunnelwand und sah eine Reihe von Fremen, die auf schweren Teppichen lagen. Auch die Wände waren mit Textilien verkleidet. Die Leute wandten sich, kaum daß sie Pauls Anwesenheit bemerkten, sofort um und starrten ihn ungeniert an.

»Die Leute finden es alle unverständlich, daß du Jamis besiegt hast«, meinte Harah. »Es könnte sein, daß du, sobald wir einen anderen Sietch erreicht haben, dem einen oder anderen deine Kraft beweisen mußt.«

»Ich töte nicht gern«, erwiderte Paul.

»Das sagt auch Stilgar«, gab sie zurück. Ihre Stimme zeigte deutlichen Unglauben.

Vor ihnen erklang plötzlich ein schriller Singsang, der ständig lauter wurde. Sie kamen zu einer Felsöffnung, die größer war als alle, die Paul bisher gesehen hatte. Er verlangsamte seinen Schritt und starrte in einen Raum hinein, in dem viele Kinder mit gekreuzten Beinen auf dem Boden saßen.

An der gegenüberliegenden Wand, vor einer Tafel, stand eine Frau in einer gelben Robe. Sie hielt einen Zeigestock in der Hand. Auf der Tafel waren eine Menge Abbildungen zu sehen: Kreise, Winkel, Kurven, Schlangenlinien und Vierecke; Halbkreise, die von Parallelen geschnitten wurden. Die Frau deutete nacheinander mit raschen Bewegungen auf ein Zeichen nach dem anderen, während die Kinder im Rhythmus ihrer Hand sangen.

Paul horchte. Ihm fiel auf, daß die Stimmen, mit jedem Schritt, den er mit Harah tiefer in das Höhlensystem hinein machte, leiser wurden.

»Baum«, sangen sie. »Baum, Gras, Düne, Wind, Berg, Hügel, Feuer, Blitz, Fels, Felsen, Staub, Sand, Hitze, Obdach, Hitze, Winter, Kälte, Leere, Erosion, Sommer, Höhle, Tag, Spannung, Mond, Nacht, Caprock, Sandflut, Abhang, Pflanzung, Binder...«

»Ihr unterrichtet die Kinder noch in solchen Zeiten?« fragte Paul.

Harahs Gesicht war ernst, und ihre Stimme ebenfalls, als sie sagte: »Was Liet uns gelehrt hat, darf nicht einen Moment unterbrochen werden. Auch wenn er jetzt tot ist: wir werden ihn nie vergessen. So ist die Art der Chakobsa.«

Sie kreuzten einen Weg und bogen nach links ab, traten auf einen erhöhten Absatz, schoben einen orangefarbenen Gazevorhang beiseite und blieben stehen. Harah sagte: »Dein Yali ist bereit für dich, Usul.«

Paul zögerte, bevor er ihr in den dahinterliegenden Raum folgte. Er fühlte sich plötzlich unwohl dabei, mit dieser Frau allein zu sein, und ihm wurde bewußt, daß er hier eine Welt betrat, die man nur verstehen konnte, wenn man sich dazu durchrang, ökologisch zu denken. Die Welt der Fremen, empfand er, begann mit allen verfügbaren Händen nach ihm zu greifen und ihn zu vereinnahmen. Und er wußte, was dies bedeutete – den wilden Djihad, den religiösen Krieg, den er, wie ihm seine Gefühle sagten, um jeden Preis zu verhindern hatte.

»Dies ist dein Yali«, hörte er Harah sagen. »Warum zögerst du?«

Paul nickte und trat ein. Er schob den linken Teil des Vorhangs zur Seite und spürte dabei, daß Metallfäden darin eingewoben waren. Er folgte Harah in einen kleinen Vorraum und dann in ein größeres, quadratisches Zimmer, das mehr als dreißig Meter im Quadrat maß. Auf dem Boden lagen dicke blaue Teppiche, während blaugrüne Wandbehänge die Felswände verbargen. Rote Gewebe hingen unter der Decke, ebenso vier Leuchtgloben.

Es kam ihm vor wie das Innere eines Zeltes.

Harah stand vor ihm, legte die Linke auf ihre Hüfte und sah ihn eindringlich an. »Die Kinder sind bei einem Freund«, erklärte sie dann. »Sie werden sich dir später vorstellen.«

Paul verbarg sein Unbehagen dadurch, indem er den Raum einer eingehenden visuellen Untersuchung unterzog. Hinter einem Vorhang zu seiner Rechten lag ein weiterer Raum, an dessen Wänden Kissen aufgestapelt lagen. Er spürte einen leichten Luftzug und sah nach oben, ohne jedoch die Öffnung, aus der er kommen mußte, zu erkennen.

»Wünschst du, daß ich dir helfe, den Destillanzug abzulegen?« fragte Harah.

»Nein... vielen Dank.«

»Möchtest du etwas essen?«

»Ja.«

»Hinter dem nächsten Raum findest du eine Rückgewinnungskammer.« Sie deutete nach rechts. »Falls du dich ohne Destillanzug entspannen möchtest.«

»Du sagtest, daß wir diesen Sietch verlassen müssen«, begann Paul. »Sollten wir nicht mit dem Packen anfangen oder so etwas?«

»Alles zu seiner Zeit«, erwiderte Harah. »Die Schlächter haben unsere Region bisher noch nicht durchdrungen.« Sie zögerte noch immer und starrte ihn an.

»Was hast du?« fragte Paul.

»Du hast nicht die Augen des Ibad«, sagte Harah. »Es sieht sehr seltsam aus, dieses Weiß um deine Augen, aber nicht unattraktiv.«

»Hol jetzt das Essen«, sagte Paul. »Ich bin hungrig.«

Harah lächelte ihn an. Es war das wissende Lächeln einer Frau, aber eben deshalb wirkte es beunruhigend auf ihn. »Ich bin deine Dienerin«, murmelte Harah, lächelte, wandte sich mit einer schnellen Bewegung von ihm ab und verschwand hinter einem beiseitegeschobenen Vorhang in einem engen Tunnel.

Wütend auf sich selbst, stürmte Paul durch den dünnen Vorhang in den Nebenraum zu seiner Rechten. Einen Augenblick lang blieb er dort stehen und sah unsicher zu Boden. Er fragte sich, wo Chani jetzt war... Chani, die gerade ihren Vater verloren hatte.

In dieser Beziehung haben wir das gleiche Schicksal, dachte er.

Ein klagender Schrei hallte durch die äußeren Korridore, wurde jedoch von den wallenden Vorhängen gedämpft. Er wiederholte sich in größerer Entfernung. Und noch einmal. Schließlich verstand er, daß jemand die Zeit ausrief. Ihm fiel auf, daß er bisher keinerlei Uhren zu Gesicht bekommen hatte.

Der Geruch eines brennenden Creosotebusches drang in seine Nase und überlagerte auf der Stelle alle Gerüche, die dem Sietch zu eigen waren, wenngleich Paul sie auch vorher schon nicht mehr wahrgenommen hatte.

Erneut fragte er sich, welche Rolle seine Mutter in seiner Zukunft spielen würde. Er nahm sie bisher nur wie einen Schemen wahr. Und seine noch ungeborene Schwester. Das, was vor ihnen lag, erschien ihm plötzlich ungewisser als jemals zuvor. Energisch schüttelte er den Kopf und konzentrierte sich auf die erstaunliche Tatsache, daß die Kultur der Fremen mehr Tiefe besaß, als man angenommen hatte. Und er war jetzt einer von ihnen.

Mit allen Gefahren, die die Vereinnahme mit sich brachte.

Etwas, das ihm mehr Schwierigkeiten als alles andere

einbringen konnte, war ihm bereits aufgefallen: es gab keinen Giftschnüffler in dieser Höhle, und auch die anderen Räume waren damit nicht ausgerüstet. Und dennoch konnte er bereits mit seiner Nase eine ganze Anzahl von gefährlichen und nicht seltenen Giften wahrnehmen, hier, inmitten des Sietchs.

Als er das leise Rascheln der Vorhänge vernahm, drehte er sich um und erwartete Harah zu sehen, die mit dem angekündigten Essen zurückkehrte. Statt dessen sah er zwei Jungen im Alter von etwa neun und zehn Jahren, die ihn mit mißtrauischen Blicken musterten. Beide trugen kleine Crysmesser und hielten die Hände an den Griffen.

Und Paul erinnerte sich an das, was man sich über die Kinder der Fremen erzählte – daß sie ebenso zu kämpfen verstanden wie die Erwachsenen.

15

Hände und Lippen
Bewegen sich –
Ideen
Gebären seine Worte,
Seine Augen
Nehmen alles Neue auf.
Er ist die Insel
Der Selbstsicherheit.

Auszug aus ›Leitfäden des Muad'dib‹,
von Prinzessin Irulan

Phosphorröhren an der weitläufigen, hohen Decke der Höhle warfen ein düsteres Licht auf die versammelte Menge und ließen erkennen, wie groß dieser von Felsen umschlossene Raum in Wahrheit sein mußte – sogar größer, wie Jessica sah, als selbst die Versammlungshalle ihrer Bene-Gesserit-Schule. Sie vermutete, daß sich im Augenblick mehr als fünftausend Menschen hier aufhielten. Und es wurden immer noch mehr.

Flüstern erfüllte die Luft.

»Man hat deinen Sohn bereits benachrichtigt, nachdem er sich ausgeruht hat, Sayyadina«, sagte Stilgar. »Du willst also deinen Entschluß mit ihm diskutieren?«

»Könnte er meine Ansicht ändern?«

»Die Luft, mit der du jetzt sprichst, kommt zwar aus deinen eigenen Lungen, aber dennoch…«

»Mein Entschluß steht fest«, sagte Jessica.

Doch das Gefühl, daß sie dabei hatte, war kein hundertprozentig gutes. Ob sie vielleicht Paul als Entschuldigung heranziehen sollte, um die Entscheidung rückgängig zu machen? Ebenso hatte sie an ihre ungeborene Tochter zu denken. Was die Mutter in Gefahr brachte, schadete auch ihr.

Männer näherten sich mit aufgerollten Teppichen und keuchten unter deren Gewicht. Staubwolken bildeten sich, als sie die schwere Last vor dem Podium fallen ließen.

Stilgar nahm Jessicas Arm und führte sie zu einem Schalltrichter, der die rückwärtige Wand der Bühne bildete, auf der sie standen. Er deutete auf eine aus dem Fels herausgehauene Sitzbank. »Hier wird die Ehrwürdige Mutter sitzen. Aber bis sie kommt, kannst du ihren Platz haben, um dich auszuruhen.«

»Ich bevorzuge es, zu stehen«, erwiderte Jessica.

Dann sah sie den Männern zu, wie sie die Teppiche aufrollten, das Podium damit bedeckten, und musterte die Menge. Es mochten nun zehntausend Menschen sein, die sich auf dem felsigen Grund versammelt hatten.

Und immer noch kamen welche.

Draußen in der Wüste, wußte sie, mußte die Sonne jetzt blutrot untergehen. Hier unten in der Grotte dagegen herrschte das dämmerige Halblicht, eine graue Leere, die sich mit Menschen füllte, die gekommen waren, um mitzuerleben, wie sie ihr Leben aufs Spiel setzte.

Durch die Menschen zu ihrer Rechten bahnte sich jemand eine Gasse. Jessica blickte auf und erkannte Paul, flankiert von zwei Jungen, die sehr selbstsicher wirkten und den Leuten zu beiden Seiten der Gasse finstere Blicke zuwarfen.

»Die Söhne Jamis', die nun die Söhne Usuls sind«, sagte Stilgar. »Sie scheinen ihre Pflicht als Eskorte sehr ernst zu nehmen.« Er warf Jessica ein Lächeln zu.

Sie war ihm dankbar für den Versuch, sie etwas aufzuheitern, aber nicht einmal er würde es schaffen, ihre Gedanken von der bevorstehenden Gefahr abzulenken.

Mir blieb keine andere Wahl, dachte Jessica. *Wir müssen rasch handeln, wenn wir uns unseren Platz bei den Fremen sichern wollen.*

Paul erklomm die Bühne und ließ die Kinder hinter sich

zurück. Vor seiner Mutter blieb er stehen, sah Stilgar an und dann sie. »Was hat das zu bedeuten? Ich dachte, Stilgar hätte mich zu einer Konzilsversammlung rufen lassen.«

Stilgar hob eine Hand und bat um Ruhe. Dann deutete er nach links, wo sich erneut eine Gasse bildete. Es war Chani, die nun erschien. Ihr elfenhaftes Gesicht drückte Trauer aus, und sie hatte den Destillanzug mit einem grünen Wickelkleid vertauscht, das ihre dünnen Arme frei ließ. Auf der Höhe ihrer Schulter trug ihr linker Arm ein grünes Band.

Grün, für die Farbe der Trauer, dachte Paul.

Er hatte von diesem Brauch nur indirekt von Jamis' Söhnen erfahren, als diese ihm erklärt hatten, daß sie aus dem Grund kein Grün tragen wollten, weil sie ihn als Pflegevater akzeptierten.

»Bist du der Lisan al-Gaib?« hatten sie ihn gefragt. Paul hatte deutlich den Djihad in ihren Worten gespürt und war rasch zu einer Gegenfrage übergegangen, die ihm die Information geliefert hatte, daß Kaleff, der ältere der beiden, zehn Jahre alt und der Sohn Geoffs war. Orlop, der jüngere, war acht und Jamis' Kind.

Paul hatte einen seltsamen Tag hinter sich. Die beiden Jungen hatten sich in seinem Auftrag vor dem Eingang der Unterkunft postiert, um die Neugierigen fernzuhalten, während er selbst sich die Zeit gegönnt hatte, seine Gedanken zu sammeln und Pläne zu schmieden, die einen Djihad verhindern sollten.

Jetzt, wo er neben seiner Mutter auf der Höhlenbühne stand und sich die Menge ansah, fragte er sich, ob es überhaupt einen Plan geben konnte, der das Ausbrechen fanatischer Legionen zurückhalten würde.

Chani kam der Bühne jetzt immer näher. Hinter ihr tauchten vier Frauen auf, die eine fünfte in einer Sänfte trugen.

Jessica, die Chanis Erscheinen ignorierte, richtete ihre ganze Aufmerksamkeit auf die Frau in der Sänfte. Es war eine Greisin, ein hageres, vertrocknet aussehendes Wesen mit dunkler Haut und einem dunklen Umhang. Sie trug keine Kapuze, und ihr Haar war zu einem Knoten zusammengebunden.

Die vier Frauen setzten ihre Last vorsichtig am Rande der Bühne ab. Chani half der alten Frau auf die Füße.

Das ist also ihre Ehrwürdige Mutter, dachte Jessica.

Sie stützte sich schwer auf Chani, als sie auf Jessica zuhumpelte, und wirkte dabei wie ein Haufen dürrer Knochen, die man in eine Robe gewickelt hatte. Vor Jessica blieb sie stehen. Sie starrte sie an, bevor sie leise und heiser zu sprechen anfing.

»Du bist es also.« Ihr alter Kopf nickte bedenklich schwach auf ihrem dünnen Hals. »Die Shadout Mapes hatte recht gehabt, als sie dich bemitleidete.«

Rasch und ablehnend erwiderte Jessica: »Ich brauche anderer Leute Mitleid nicht.«

»Das werden wir noch sehen«, keuchte die alte Frau. Mit überraschender Behendigkeit wandte sie sich um und warf einen Blick auf die Menge. »Sag es ihnen jetzt, Stilgar.«

»Muß ich?« fragte er.

»Wir sind das Volk von Misr«, krächzte die Alte. »Seit unsere Sunni-Vorfahren von Nilotic al-Ourouba geflohen sind, kennen wir Flucht und Tod. Aber die Jungen machen weiter, damit das Volk erhalten bleibt.«

Stilgar atmete tief ein und machte zwei Schritte nach vorn.

Jessica fühlte plötzlich, wie sich die Stille über die in der riesigen Höhle versammelten Menschen herabsenkte. Zwanzigtausend Leute standen nun unbeweglich und schweigsam da. Sie fühlte sich auf einmal winzig klein und von Vorsicht erfüllt.

»In dieser Nacht werden wir den Sietch verlassen, der uns lange Zeit Obdach gewährt hat, und uns nach Süden in die Wüste hinausbegeben«, begann Stilgar. Seine Stimme wurde von dem hinter ihm liegenden Schalltrichter mehrfach verstärkt.

Immer noch schwieg die Menge.

»Die Ehrwürdige Mutter hat mir erklärt, daß sie nicht in der Lage ist, einen weiteren Hajr zu überstehen«, fuhr er fort. »Auch wenn wir schon vorher ohne eine Ehrwürdige Mutter gewesen sind... ist es nicht gut, ohne eine zu sein, wenn ein Volk sich eine neue Heimat suchen muß.«

Jetzt begann die Menge zu verstehen. Gemurmel breitete sich in der Höhle aus.

»Damit dieser Zustand nicht eintritt«, führte Stilgar weiter aus, »hat unsere neue Sayyadina Jessica von den Zauberkräften ihr Einverständnis erklärt, sich heute dem Ritus zu unterziehen. Sie wird das tun, damit wir die Kraft unserer Ehrwürdigen Mutter nicht verlieren.«

Jessica von den Zauberkräften, dachte Jessica. Sie bemerkte, daß Paul sie anstarrte. Seine Augen waren voller Fragen, aber seine Lippen blieben stumm in all der Seltsamkeit, die sich um ihn herum zur Schau stellte.

Was wird aus ihm werden, wenn ich dabei den Tod finde? fragte sich Jessica.

Erneut fühlte sie dieses Unwohlsein.

Chani führte die Ehrwürdige Mutter zu der Felsenbank innerhalb des Schalltrichters und kehrte zurück, wo sie neben Stilgar Aufstellung nahm.

»Damit wir nicht alles verlieren, wenn Jessica von den Zauberkünsten versagt«, erklärte Stilgar der Menge, »wird nun Chani, die Tochter Liets, zur Sayyadina geweiht.« Er trat einen Schritt zur Seite.

Aus der Tiefe des Schalltrichters drang die Stimme der alten Frau zu ihnen herüber. Obwohl sie nur flüsterte, klangen ihre Worte laut und deutlich an jedermanns Ohren: »Chani ist von ihrem Hajr zurückgekehrt – sie hat die Wasser gesehen.«

Beeindruckt murmelte die Menge: »Sie hat die Wasser gesehen.«

»Ich weihe hiermit die Tochter Liets zur Sayyadina«, sagte die alte Frau heiser.

»Sie ist akzeptiert«, flüsterte die Menge.

Paul hörte lediglich die Worte. Alle Aufmerksamkeit war auf seine Mutter konzentriert.

Und wenn sie es nicht schafft?

Er schaute zur Seite und musterte die Frau, die hier unter dem Namen Ehrwürdige Mutter auftrat, sah Haut und Knochen und die blasse Bläue ihrer alten Augen. Sie machte den Eindruck, als könne bereits der kleinste Lufthauch sie umwerfen, und gleichzeitig wurde er den Verdacht nicht los, daß sie sogar in der Lage war, einem Coriolis-Sturm zu trotzen. Irgendwie umhüllte sie die gleiche Aura der Kraft, die er an der Ehrwürdigen Mutter Gaius Helen Mohiam bemerkt hatte, als sie ihn der Agonie des Gom Jabbar aussetzte.

»Ich, die Ehrwürdige Mutter Ramallo, aus deren Stimme eine Vielzahl von anderen spricht, sage dies zu euch«, fuhr die Greisin fort: »Es ist angebracht, daß Chani eine Sayyadina wird.«

»Es ist angebracht«, wisperte die Menge.

Nickend flüsterte die Alte: »Ich gebe ihr den silbernen Himmel, die goldene Wüste und die leuchtenden Felsen – und die grünen Felder, die einst um uns sein werden. All das gebe ich der Sayyadina Chani. Und damit sie nicht vergißt, daß sie eine Dienerin von uns allen ist, wird sie die Pflichten einer Helferin bei der bevorstehenden Zeremonie übernehmen. Es soll so sein, wie Shai-Hulud es wünscht.« Sie hob einen ihrer knochigen braunen Arme und ließ ihn wieder sinken.

Jessica, die feststellte, daß die Zeremonie an Geschwindigkeit zunahm, warf Paul einen Blick zu. Noch immer waren seine Augen von stummen Fragen erfüllt.

»Die Wassermeister sollen vortreten«, sagte Chani. Ihre kindliche Stimme bebte leise und verriet damit ihre Nervosität.

Jessica wurde klar, daß sich nun der Mittelpunkt aller Gefahren rasch näherte. An den Augen und dem Verhalten der Zuschauer konnte sie ablesen, daß man sie mit Erwartung musterte.

Eine Reihe von Männern bahnte sich einen Weg durch die Menge. Sie kamen von weit hinten und gingen in Paaren nebeneinander. Jeweils zwei von ihnen trugen einen kleinen Hautsack zwischen sich, der vielleicht doppelt so groß war wie ein menschlicher Schädel. Ihr Inhalt gluckerte.

Die ersten beiden legten ihre Last am Rand der Bühne, genau vor Chanis Füßen, ab und traten ein paar Schritte zurück.

Jessica sah sich zuerst den Sack und dann die Männer an. Sie hatten die Kapuzen zurückgeschlagen und zeigten langes Haar, das im Nacken zusammengerollt war. Dunkle Augenhöhlen erwiderten ihren Blick bewegungslos.

Aus dem Sack stieg ein starker Zimtgeruch auf, den Jessica sofort wahrnahm. *Gewürz?* fragte sie sich.

»Ist dort Wasser?« fragte Chani.

Der Wassermeister, der links vor ihr stand, ein Mann mit einer purpurnleuchtenden Narbe auf der Stirn, nickte einmal. »Dort ist Wasser, Sayyadina«, sagte er. »Aber wir können nicht davon trinken.«

»Ist dort Samen?« fragte Chani.

»Dort ist Samen«, bestätigte der Wassermeister.

Chani kniete nieder und legte beide Hände um den leise gurgelnden Sack. »Gesegnet sei das Wasser und der Samen.«

Irgend etwas an diesem Ritus kam Jessica bekannt vor. Sie sah auf die Ehrwürdige Mutter Ramallo. Ihre Augen waren geschlossen und erweckten den Eindruck, als sei die alte Frau bereits eingeschlafen.

»Sayyadina Jessica«, sagte Chani plötzlich.

Jessica wandte den Kopf und sah, daß das Mädchen bereits vor ihr stand.

»Hast du das gesegnete Wasser probiert?« fragte sie.

Bevor Jessica antworten konnte, sagte Chani: »Es ist unmöglich, daß du es schon einmal getrunken hast. Du bist eine Fremdweltlerin und hast diese Möglichkeit niemals gehabt.«

Ein Seufzen ging durch die Menge. Jessicas Haare sträubten sich, als sie die ablehnende Haltung der Fremen wahrnahm.

»Die Ernte war groß, und der Bringer wurde vernichtet«, fuhr das Mädchen fort. Sie begann einen Schlauch abzuwickeln, der sich am Ende des Sackes befand.

Die Gefahr um sie herum wurde immer größer, das erfaßte Jessica instinktiv. Sie sah zu Paul hinüber und stellte fest, daß er von der Zeremonie so stark gefangen war, daß er nur Augen für Chani hatte.

Hat er diesen Augenblick irgendwann vorausgesehen? fragte sie sich. Sie legte eine Hand auf ihren Bauch, dachte an die ungeborene Tochter, die sich darunter befand und dachte: *Habe ich überhaupt das Recht, unser beider Leben aufs Spiel zu setzen?*

Chani hob den Schlauch an, reichte ihn Jessica und sagte: »Hier ist das Wasser des Lebens, das Wasser, das mehr als Wasser ist. Kan – das Wasser, das die Seele befreit. Wenn du eine Ehrwürdige Mutter bist, öffnet es das Universum für dich. Laßt nun Shai-Hulud das Urteil fällen.«

Jessica fühlte sich in diesem Moment zwischen ihrem noch ungeborenen Kind und Paul hin- und hergerissen. Was Paul anging, das war ihr klar, konnte sie den Schlauch annehmen und die Flüssigkeit des Sackes zu sich nehmen. Als sie sich vornüberbeugte und den Schlauch an die Lippen setzte, erkannte sie deutlich, daß von ihm eine Gefahr ausging.

Die Flüssigkeit hatte einen bitteren Geruch. Es erinnerte sie an eine Reihe bekannter Gifte, obwohl es nicht genau dasselbe war.

»Du mußt jetzt trinken«, sagte Chani.

Es gibt keinen Weg zurück, dachte Jessica. Nicht einmal die Tricks der Bene-Gesserit-Ausbildung konnten ihr jetzt noch dienlich sein.

Was ist es? fragte sie sich. *Likör? Eine Droge?*

Sie beugte sich über den Schlauch, nahm den Duft von

Zimt wahr und erinnerte sich an die Trunkenheit Duncan Idahos. *Gewürzlikör?* fragte sie sich. Dann stopfte sie die Öffnung in den Mund und begann langsam zu saugen. Es schmeckte nach Gewürz. Eine Art Säure biß ihr in die Zunge.

Chani begann den Hautsack nun zu pressen. Ein großer Schluck spritzte in Jessicas Mund, und bevor sie etwas dagegen unternehmen konnte, hatte sie es auch schon hinuntergeschluckt. Verzweifelt versuchte sie, ihre Kühle zu bewahren.

»Ein kleiner Tod ist schlimmer als der Tod selbst«, sagte Chani. Sie starrte Jessica abwartend an.

Und Jessica erwiderte ihren Blick. Noch immer hielt sie den Schlauch zwischen den Zähnen. Sie spürte die Flüssigkeit nun auf dem Gaumen, in ihrer Kehle und konnte sie riechen. Sogar ihre Augen nahmen sie wahr – eine bittere Süße.

Kühl.

Erneut drückte Chani auf den Sack. Die Flüssigkeit füllte Jessicas Mund.

Zart.

Jessica musterte Chanis Gesicht und ihre an eine Elfe erinnernde Figur. Sie erinnerte sie entfernt an Liet-Kynes. Er mußte ihr ähnlich gesehen haben, als er noch jung gewesen war.

Es ist eine Droge, die sie mir verabreicht, dachte Jessica.

Aber es war eine Droge, die sie selbst mit dem Gespür ihrer Bene-Gesserit-Ausbildung nicht analysieren konnte.

Chanis Gesichtszüge wurden nun immer deutlicher erkennbar, als falle ein Licht auf sie.

Eine Droge.

Jessica spürte, daß ein lautloser Wirbel sie erfaßte. Jede Faser ihres Körpers akzeptierte nun die Tatsache, daß sie von etwas Unerklärlichem einbezogen worden war. Sie kam sich vor wie ein winziges Teilchen, kleiner als ein subatomares Partikel, und war sich dennoch bewußt, daß sie ihre Umgebung wahrnehmen konnte. Ihr wurde plötzlich klar - Vorhänge öffneten sich vor ihr -, daß sie sich einer psychokinetischen Behandlung unterworfen hatte. Sie war ein Partikel - und gleichzeitig auch nicht.

Die Höhle kehrte zurück - und die Menschen. Sie fühlte sie: Paul, Chani, Stilgar, die Ehrwürdige Mutter Ramallo.

Ehrwürdige Mutter!

Auf der Schule hatte man einander Gerüchte zugeflüstert: daß manche die Prüfung der Ehrwürdigen Mutter nicht überlebten; daß die Droge sie vereinnahmte.

Jessica konzentrierte sich auf die Ehrwürdige Mutter Ramallo und erkannte, daß all das im Bruchteil einer Sekunde um sie herum geschah. Es schien, als sei die Zeit nur für die anderen stehengeblieben, als schreite sie nur für sie, Jessica, allein voran.

Weshalb ist sie zum Stillstand gekommen? fragte sie sich. Sie starrte auf die starren Gesichter, sah ein Staubpartikel über Chanis Kopf dahinschweben und verhielt ihren Blick dort.

Warten.

In diesem Augenblick drang die Antwort wie eine Explosion in ihr Bewußtsein: der Lauf der Zeit war angehalten worden, um ihr das Leben zu retten.

Sie konzentrierte sich auf die psychokinetische Extension ihrer selbst, schaute nach innen und wich entsetzt vor einem drohenden, dunklen Kern zurück, der sie erschreckte.

Das ist der Ort, den wir nicht blicken dürfen, dachte sie. *Die Stelle, die Ehrwürdige Mütter nur widerwillig erwähnen - der Ort, den nur der Kwisatz Haderach schauen darf.*

Diese Erkenntnis trug dazu bei, daß ihr Selbstvertrauen zurückkehrte und sie es wagte, sich erneut auf die psychokinetische Extension zu konzentrieren. Wieder wurde sie zu einem Partikel, das sich anschickte, das eigene Ich zu erforschen und in ihm eine Gefahr aufzuspüren.

Sie fand die Gefahr in der Droge, die sie schluckte.

Ihre Zusammensetzung bestand aus wirbelnden Partikeln, deren Bewegungen so schnell waren, daß nicht einmal die verlangsamte Zeit in der Lage war, sie zu bremsen. Wirbelnde Partikel. Jessica begann sie allmählich zu erkennen und zu analysieren: hier ein Kohlenstoffatom, Spiralbahnen… ein Glukosemolekül. Eine ganze Molekülkette erkannte sie und ein Protein… eine Methyl-Proteinverbindung.

Ahhh!

Sie gab einen unhörbaren Seufzer von sich, als sie das Gift analysiert hatte.

Mit Hilfe der psychokinetischen Extension ging sie näher heran, verschob ein Sauerstoffatom, fügte dort ein Wasserstoffatom hinzu… suchte nach einem zweiten… Wasser.

Die Veränderung wirkte sich aus… schneller und schneller, als die katalytische Reaktion über wachsende Flächen einsetzte.

Die Zeit schien jetzt wieder in Bewegung zu geraten. Neben sich nahm Jessica einen Schatten wahr. Das Mundstück des Schlauches berührte vorsichtig ihre Lippen und sammelte einen Tropfen auf.

Chani will das Gift in dem Sack durch den Katalysator in meinem Körper verändern, dachte sie. *Warum tut sie das?*

Irgend jemand half ihr in eine sitzende Stellung. Sie sah, daß man der alten Ehrwürdigen Mutter Ramallo von ihrer Bank aufhalf und auf sie zuführte, damit sie sich neben sie auf die mit Teppichen ausgelegte Bühne setzte. Eine dürre Hand betastete ihren Hals.

Und plötzlich drang ein anderes psychokinetisches Partikel in Jessicas Bewußtsein ein! Sie versuchte es abzuwehren, aber die Ehrwürdige Mutter kam näher und näher.

Sie berührten sich!

Es war wie ein absolutes *Einssein.* Zwei Menschen in einem Körper. Es war keine Telepathie, und dennoch waren die Inhalte ihrer Geister miteinander verschmolzen.

Ich bin gleichzeitig sie!

Und Jessica erkannte, daß die Ehrwürdige Mutter von sich selbst nicht als alte Frau dachte. Eine Gestalt tauchte vor Jessicas innerem Auge auf: die einer jungen Frau, die gerne tanzte und einen herzhaften Humor besaß.

Und das junge Mädchen sagte zu ihr: »Ja, so bin ich wirklich.«

Jessica war unfähig, darauf etwas zu erwidern.

»Du wirst es bald überstanden haben«, sagte die Stimme in ihrem Innern.

Es ist eine Halluzination, sagte sich Jessica. *Die Droge…*

»Du weißt selbst, daß es mehr ist als das«, sagte die Stimme. »Verhalte dich jetzt ganz still und wehre dich nicht. Wir haben nicht mehr viel Zeit… Wir…« Es entstand eine lange Pause. Dann: »Du hättest uns sagen müssen, daß du schwanger bist!«

Endlich fand sie die innere Stimme, die eine Antwort geben konnte.

»Warum?«

»Dies wird euch alle beide verändern! Heilige Mutter, was haben wir nur getan?«

Jessica spürte, daß sich ihnen ein drittes Partikel näherte. Erschreckt wich sie zurück. Das Partikel ruderte ziellos umher und strahlte in panischem Entsetzen.

»Du wirst jetzt stark sein müssen«, sagte das Bild der Ehrwürdigen Mutter in ihr. »Und sei dankbar, daß es eine Tochter ist, die du in dir trägst. Ein männlicher Fötus wäre bei dieser Veränderung zerstört worden. Jetzt… vorsichtig… langsam… berühre das Bewußtsein deiner Tochter. Absorbiere ihre Angst… beruhige sie… gib ihr deine Kraft und deinen Mut… vorsichtig und sanft…«

Das dritte wirbelnde Partikel kam näher. Es kostete Jessica einige Überwindung, es zu berühren.

Das Entsetzen drohte sie zu überwältigen.

Sie kämpfte es nieder und benutzte dazu die einzige Methode, die sie kannte: *»Ich werde mich nicht fürchten. Die Furcht tötet das Bewußtsein…«*

Die Litanei gab ihr wieder Selbstvertrauen. Das andere Partikel lag zitternd in ihrer Nähe.

Worte allein genügen nicht, wurde Jessica klar.

Sie reduzierte ihre Gedanken auf einfachste Gefühlsbewegungen, strahlte Liebe und Geborgenheit aus und mütterliche Besorgtheit.

Das Entsetzen schwand.

Erneut nahm sie die Anwesenheit der Ehrwürdigen Mutter in sich wahr. Sie bildeten nun eine dreifache Person, in der zwei aktiv waren, während die dritte lediglich schweigend dahintrieb und aufnahm.

»Die Zeit wird knapp«, begann die Ehrwürdige Mutter. »Ich habe dir viel mitzugeben, doch ich weiß nicht, ob deine Tochter das alles wird ertragen können. Aber es muß sein. Der Stamm hat absoluten Vorrang.«

»Was...?«

»Sei still und nehme auf!«

Erfahrungen liefen vor Jessica ab. Sie fühlte sich an einen der Lernprojektoren in der Bene-Gesserit-Schule erinnert. Aber es war schneller... unglaublich viel schneller.

Und dennoch deutlich.

Jedes der Erlebnisse, die sich vor ihrem inneren Auge abspielten, war ihr bekannt: der Geliebte, ein schlanker und bärtiger Fremen mit dunklen Augen. Jessica erkannte seine Kraft und Zärtlichkeit durch die Erfahrungen der Ehrwürdigen Mutter.

Es gab keine Zeit, um darüber nachzudenken, was der weibliche Fötus dabei empfand. Jessica konnte lediglich aufnehmen, registrieren und speichern. Die Erfahrungen füllten sich an: Geburt, Leben, Tod - wichtige und unwichtige Dinge, nebensächliche Kleinigkeiten aus dem Leben der Ehrwürdigen Mutter.

Weshalb erinnert sie sich an den Sandrutsch von dieser Klippe? fragte sich Jessica. Zu spät erkannte sie, was geschah: die alte Frau lag im Sterben und schüttete in diesem Moment alle Erinnerungen in einem Guß in ihr Bewußtsein wie Wasser in eine Tasse. Während Jessica sie beobachtete, kehrte das andere Partikel in ein Stadium zurück, den es vor der Geburt innegehabt hatte. Und als die Ehrwürdige Mutter starb, hatte sie Jessica alle Erfahrungen und Erinnerungen hinterlassen.

»Ich habe lange auf dich gewartet«, sagte sie. »Hier hast du mein Leben.«

Und dann war es da, eingekapselt, alles, was sie hatte.

Und dann: der Moment des Todes.

Jetzt, dachte Jessica, *bin ich die Ehrwürdige Mutter.*

Im gleichen Augenblick wurde ihr klar, daß sie es wirklich war; daß die Droge sie verändert hatte. Sie war eine Ehrwürdige Mutter der Bene Gesserit.

Ebenfalls wußte sie, daß dies nicht der Weg war, auf dem man an der Schule vorgegangen war. Obwohl ihr niemand je gesagt hatte, wie die Zeremonie vor sich ging, wußte sie mit Bestimmtheit, daß dieser Weg ein anderer war als der beabsichtigte.

Aber das Endergebnis war das gleiche.

Jessica spürte das Tochterpartikel allmählich verblassen, und ein entsetzliches Einsamkeitsgefühl blieb in ihr zurück, als sie darüber nachdachte, was mit ihr geschehen war. Ihr eigenes Leben erschien wie ein verlangsamtes Muster, während um sie herum das Leben wieder schneller zu pulsieren begann.

Das Gefühl der eigenen Spannung schwand jetzt, und obwohl das Tochter-Partikel kaum noch zu spüren war, wußte Jessica, daß es in ihr steckte und fühlbar war. Vorsichtig tastete sie danach. Sie spürte ein Schuldgefühl, weil sie etwas zugelassen hatte, was sie eigentlich hätte verhindern sollen.

Ich habe es getan, meine arme, ungeformte, liebe kleine Tochter. Ich habe dich diesem Universum ausgesetzt und all seinen Zufällen, ohne daß du eine Möglichkeit besaßest, dich dagegen zu wehren.

Das winzige Partikel schien jetzt einen kleinen Teil der von ihr ausgestrahlten Zuneigung zurückzugeben.

Bevor Jessica darauf reagieren konnte, drängte sich ihr

eine Erinnerung auf. Da war etwas, das getan werden mußte. Sie versuchte danach zu greifen und stellte fest, daß es die Droge war, die ihre weiteren Überlegungen behinderte.

Ich könnte sie verändern, dachte sie. *Ich könnte die Wirkung der Droge wirkungslos machen.* Aber gleichzeitig verstand sie, daß dies falsch war. *Die Veränderung ist noch nicht abgeschlossen.*

Dann wußte sie, was sie zu tun hatte.

Sie öffnete die Augen und deutete auf den Wassersack, den Chani hoch in den Händen hielt.

»Es ist gesegnet«, sprach Jessica. »Vermischt das Wasser und laßt die Veränderung zu allen kommen, damit das Volk schaut und der Segnung teilhaftig wird.«

Der Katalysator soll nun seine Arbeit beginnen, dachte sie. *Die Leute sollen davon trinken und sich für eine Weile besser erkennen. Die Droge ist jetzt ungefährlich... nachdem die Ehrwürdige Mutter sie neutralisiert hat.*

Immer noch wirkte die fordernde Erinnerung auf sie ein. Es gab noch eine andere Sache, die sie erledigen mußte, wurde ihr klar, aber es war schwierig, unter den Nachwirkungen der Droge zu handeln.

Ah... die alte Ehrwürdige Mutter.

»Ich habe die alte Ehrwürdige Mutter Ramallo getroffen«, sagte sie. »Sie hat uns verlassen, aber ihr Geist wird immer unter uns sein. Laßt uns die Erinnerung an sie in den Riten ehren.« *Woher habe ich die Kenntnis dieser Worte?* fragte sich Jessica.

Sie erkannte, daß diese Worte aus einem anderen *Leben* stammten; aus einem Leben, das ihr geschenkt worden war, mit all seinen Erfahrungen, seinem Glück und seinem Leid. Und jetzt war es ein Teil von ihr, auch wenn es noch irgendwie unvollständig schien.

»Laß sie eine Orgie feiern«, sagte das andere Gedächtnis in ihr. »Ihr Leben ist hart, und sie haben nicht viel von ihm. Ja, und wir beide - du und ich - brauchen etwas Zeit, um miteinander bessere Kontakte zu knüpfen, bevor ich mich

in deine Gedankenwelt begebe und mit ihr verschmelze. Bereits jetzt bin ich ein Teil von dir. Ah, dein Bewußtsein enthält viele interessante Dinge. Dinge, die ich mir bislang nicht einmal annähernd vorstellen konnte.«

Und das andere Gedächtnis öffnete sich vor Jessica und erlaubte ihr einen Blick in einen langen Korridor, der zu einer anderen Ehrwürdigen Mutter führte, und dann zu einer weiteren und zu einer weiteren und zu einer weiteren. Es schien kein Ende zu geben.

Jessica zog sich zunächst zurück. Sie hatte die unbestimmte Vorahnung, sich in diesem absoluten Einssein zu verlieren, doch blieb der Korridor weiterhin für sie geöffnet. Er symbolisierte die Tatsache, daß die Kultur der Fremen weitaus älter war, als sie bisher angenommen hatte.

Es hatte Fremen auf Poritrin gegeben, stellte sie fest; Leute, die auf diesem herrlichen Planeten verweichlicht worden waren und den Imperialen Truppen keinerlei nennenswerten Widerstand bieten konnten, als diese über sie herfielen und sie nach Bela Tegeuse und Salusa Secundus verschleppten, auf denen die ersten menschlichen Kolonien gegründet wurden.

Oh, das Wehklagen, das sie in *diesem Zerreißen* eines Volkes wahrnahm.

Von irgendwoher aus der Tiefe des Korridors rief eine körperlose Stimme: »Sie haben uns die Hadj verweigert!«

Jessica sah die Sklavenbergwerke von Bela Tegeuse am Ende des inneren Korridors und die brutalen Auswahlmethoden, mit denen man die Männer nach Rossak und Harmonthep verschleppte. Es öffnete sich vor ihr die Blende eines Objektivs, und sie sah, daß die Szenen der Vergangenheit von Sayyadina zu Sayyadina weitergegeben worden waren, zunächst nur durch mündliche Überlieferungen und in den geheimen Texten der Sandlieder, dann durch die Erinnerungen der Ehrwürdigen Mutter, nachdem man die giftige Droge auf Rossak entdeckt hatte, deren Wirkung auf Arrakis durch das Wasser des Lebens verstärkt wurde.

Eine andere Stimme schrie aus dem Korridor der Vergangenheit ihr zu: »Niemals werden wir vergessen! Und niemals je vergeben!«

Ihre Aufmerksamkeit konzentrierte sich nun auf das Wasser des Lebens und seinen Ursprung: es handelte sich um die flüssige Ausdünstung eines sterbenden Sandwurms, eines Bringers. Und als ihr bewußt wurde, wie man ihn getötet hatte, mußte sie einen Aufschrei unterdrücken.

Man hatte das Geschöpf *ertränkt!*

»Mutter, bist du in Ordnung?«

Pauls Stimme drang zu ihr hindurch, und Jessica zwang sich dazu, widerstrebend zu ihm aufzuschauen. Sie war sich dessen bewußt, daß sie ihm gegenüber eine Pflicht zu erfüllen hatte, doch im Moment empfand sie seine Anwesenheit eher als störend.

Ich bin wie ein Mensch, dessen Tastsinn man das ganze Leben über unterdrückt hat und dem man jetzt aufzwingt, Dinge zu berühren.

Der Gedanke zog sie in seinen Bann.

Und ich sage: »Schaut her zu mir! Ich habe Hände!« Und die um mich herum fragen: »Hände? Was sind Hände?«

»Bist du in Ordnung?« fragte Paul wieder.

»Ja.«

»Kann ich das ohne weiteres trinken?« fragte er und deutete auf Chani, die immer noch mit dem Wassersack in den Händen dastand. »Die anderen möchten, daß ich es trinke.«

Sie verstand die versteckte Frage hinter seinen Worten und wußte, daß er das Gift in der Flüssigkeit gespürt hatte und sich nun ihretwegen Sorgen machte. Ihr fiel auf, daß seine Fähigkeit, in die Zukunft zu sehen, sehr beschränkt sein mußte. Allein seine Frage deutete darauf hin, daß er sich unsicher fühlte.

»Du kannst es trinken«, erwiderte sie. »Es ist nicht mehr dasselbe.« Sie sah ihm nach und entdeckte in seiner Nähe Stilgar, dessen dunkle Augen sie nachdenklich musterten.

»Jetzt wissen wir, daß du uns nicht getäuscht hast«, sagte er.

Auch aus seinen Worten hörte sie eine versteckte Bedeutung heraus, die eine Analyse der Nachwirkungen der Droge jedoch nicht zuließ. Wie warm und angenehm das alles war. Wie herrlich, daß die Fremen ihr diese einmalige Erfahrung hatten zuteil werden lassen.

Paul sah, daß seine Mutter im Augenblick nicht mehr ansprechbar war; die Droge hatte sie noch im Griff. Er überprüfte seine Erinnerungen: die gerade abgeschlossene Vergangenheit und die fließenden Linien möglicher Zukünfte. Er schien durch verschlossene Zeitkorridore zu sehen, die der Linse seines inneren Auges Widerstand boten. Die einzelnen Fragmente, die er sah, waren schwer interpretierbar. Er schüttelte den Kopf und zog sich aus dem Strom zurück.

Diese Droge – er wußte etwas über sie und begann zu verstehen, was sie mit seiner Mutter angestellt hatte. Dennoch ließ sein Wissen einen natürlichen Rhythmus vermissen.

Er stellte plötzlich fest, daß es ein Unterschied war, wenn man von der Vergangenheit aus die Gegenwart sah – oder man von dem aus, was man über die Vergangenheit wußte, den Versuch unternahm, Schlüsse über die Zukunft zu ziehen.

Die Dinge beharrten scheinbar darauf, nicht das zu sein, was sie vordergründig zu sein schienen.

»Trink das«, sagte Chani und hielt ihm das Mundstück des Schlauches unter die Nase.

Paul richtete sich auf und sah sie an. Irgendwie schien eine Karnevalsatmosphäre in der Luft zu liegen. Er wußte, was passieren würde, wenn er von dieser Gewürzdroge trank, die eine seltsame Substanz enthielt. Sie würde auch ihn verändern. Es würden neue Zukunftsvisionen auf ihn einstürmen, die ihn in einen anderen Raum abdrängen und gefangennehmen würden, ohne daß er sich gegen sie zur Wehr setzen konnte.

Hinter Chanis Rücken sagte Stilgar: »Trink es ruhig, mein Junge. Sonst hältst du das Ritual auf.«

Paul horchte auf die Geräusche der Menge. Wildheit war in den Stimmen der Menschen. Sie riefen »Lisan al-Gaib« und »Muad'dib«. Seine Mutter hatte eine sitzende Position eingenommen und schien in einen friedlichen Schlaf gesunken zu sein, sie atmete gleichmäßig und tief. Er erinnerte sich an einen Ausdruck, den er in der Vergangenheit gehört hatte, der aber gleichzeitig seiner Zukunft angehörte: *»Sie schläft in den Wassern des Lebens.«* Chani zupfte ihn am Ärmel.

Paul nahm das Mundstück zwischen die Lippen und hörte die Leute jubeln. Als Chani auf den Wassersack drückte, schwappte ihm die Flüssigkeit in den Mund. Er spürte einen bitteren Geschmack. Dann zog Chani das Mundstück zurück und reichte den Sack zwei ausgestreckten Armen entgegen, die jemand von unterhalb der Bühne zu ihr heraufhielt. Pauls Blick haftete an Chanis Arm und sah das grüne Band der Trauer.

Chani richtete sich wieder auf, erwiderte seinen Blick und sagte: »Auch unter dem Glücksgefühl des Wassers kann ich um ihn trauern.« Sie legte ihre Hand in die seine und zog ihn am Bühnenrand entlang fort. »Es gibt eine Sache, die uns beide betrifft, Usul. Wir haben beide unseren Vater durch die Hand der Harkonnens verloren.«

Paul folgte ihr mit einem Gefühl, als sei sein Bewußtsein von seinem Körper plötzlich losgelöst. Seine Beine wurden gefühllos und erschienen ihm wie Gummi.

Sie folgten einem engen Seitengang, der nur von wenigen Leuchtgloben erhellt wurde, und er fühlte, wie die Droge ihn in den Griff bekam. Die Zeit schien sich wie eine Blüte vor ihm zu öffnen. Als sie in einen anderen Gang abbogen, mußte er sich gegen Chani lehnen. Die Mischung aus Nachgiebigkeit und Stärke, die er unter ihrer Robe zu fühlen bekam, brachte sein Blut in Wallung. Diese Entdeckung unter dem Einfluß der Droge führte zu dem einzigartigen Gefühl, daß sich hier Vergangenheit und Zukunft in der Gegenwart trafen und miteinander verschmolzen.

»Ich kenne dich, Chani«, flüsterte er. »Wir haben gemeinsam auf einem Felsen über dem Sand gesessen. Ich tröstete dich in deiner Angst. Wir haben uns in der Dunkelheit des Sietch umarmt und liebkost. Wir haben...« Er kam plötzlich völlig aus dem Konzept und brach kopfschüttelnd ab.

Chani stützte ihn, führte ihn durch einen schweren Vorhang in die gelblich beleuchtete Wärme eines Privatraums. Paul nahm niedrige Tische wahr, Kissen und eine Liege unter einem orangefarbenen Deckengehänge.

Paul stellte fest, daß sie stehengeblieben waren, daß Chani vor ihm stand und sein Gesicht ansah. In ihrem Blick lag sanftes Erschrecken.

»Davon mußt du mir erzählen«, flüsterte sie.

»Du bist Sihaya«, sagte Paul. »Der Wüstenfrühling.«

»Wenn der Stamm sich das Wasser teilt«, erwiderte sie, »sind wir alle eins. Wir... teilen. Ich fühle die anderen, aber ich fürchte mich, mit dir zu sein.«

»Warum?«

Er versuchte seine Gedanken auf das Mädchen zu konzentrieren, aber Vergangenheit und Zukunft begannen sie zu überschatten und brachten ihn in Verwirrung. Sie verschwamm vor seinen Augen, und er fand sie wieder – in zahllosen Variationen innerhalb verschiedener Zeitströme.

»Irgend etwas ist beängstigend an dir«, sagte Chani. »Als ich dich von den anderen wegführte... tat ich es, weil ich fühlte, was die anderen wünschten. Du... übst einen Druck auf die Leute aus. Du bringst uns dazu, *Dinge* zu sehen.«

Er bemühte sich, deutlich zu sprechen. »Was siehst du?«

Sie schaute auf ihre Hände. »Ich sehe ein Kind... in meinen Armen. Es ist unser Kind, deines und meines.« Erschreckt legte sie eine Hand auf ihren Mund. »Wie kann ich dich nur so genau kennen?«

Auch sie besitzen diese Fähigkeit bis zu einem gewissen

Grad, dachte Paul. *Aber sie unterdrücken sie, weil sie sich davor fürchten.*

In einem Moment der Klarheit sah er, daß Chani zitterte.

»Was ist es, das du mir sagen willst?« fragte er.

»Usul«, flüsterte sie und zitterte immer noch.

»In die Zukunft kann man nicht zurückkehren«, sagte Paul.

Er wurde plötzlich von einem starken Mitleid ergriffen, zog sie an sich und streichelte ihr Haar. »Du brauchst dich nicht zu fürchten, Chani.«

»Usul«, schluchzte sie. »Hilf mir!«

Während er sprach, spürte er, wie die Wirkung der Droge in ihm den Höhepunkt erreichte. Sie riß einen grauen Schleier zur Seite – und jetzt sah er, was dahinter verborgen gewesen war.

»Du bist so still«, sagte Chani.

Das, was er sah, hielt ihn völlig in seinem Bann gefangen. Er sah die Zeit, die sich vor ihm erstreckte, verzerrt zu einer unglaublichen Dimension, sah die Wirbel, die sich vor seinen Augen dahinbewegten, wie sie Kräfte ansammelten, die er nicht verhindern konnte. Welten und Mächte, dazwischen ein klaffender Abgrund, über den er auf einem schmalen Balken gehen mußte.

Auf der einen Seite sah er das Imperium und einen Harkonnen mit dem Namen Feyd-Rautha, der ihm entgegenstob wie eine tödliche Schwertklinge. Und die Sardaukar, die sich in Scharen von ihrem Planeten lösten, um Tod und Verderben über Arrakis zu bringen; die Gilde, die darin verwickelt war und schließlich auch die Bene Gesserit mit ihrem geheimnisvollen Plan der selektiven Aufzucht.

Sie alle lagen wie ein drohendes Gewitter über dem Horizont, und alles, was sie noch zurückhielt, waren die Fremen unter ihrem Muad'dib. Ein schlafender Gigant, der sich auf einen wilden Kreuzzug gegen das Universum vorbereitete.

Paul sah sich selbst im Mittelpunkt jener Bewegung, wo

es noch verhältnismäßig ruhig war, und Chani war an seiner Seite. Er sah, wie sich eine Zeit vor ihm erstreckte, die relative Ruhe in einem versteckten Sietch versprach. Ein Moment des Friedens zwischen Perioden blutiger Gewalt.

»Es gibt keinen anderen Platz, an dem wir Frieden finden können«, sagte er.

»Usul, du weinst ja«, murmelte Chani. »Usul, meine Stärke, weinst du um die Toten? Um welche Toten?«

»Für diejenigen, die jetzt noch leben können«, erwiderte er.

»Dann laß sie ihr Leben zu Ende leben«, sagte Chani.

Durch den Drogennebel hindurch fühlte er, daß sie recht hatte, und zog sie mit sanftem Druck an sich. »Sihaya!«

Chani legte eine Hand auf seine Wange. »Ich habe jetzt keine Angst mehr, Usul. Sieh mich an. Ich sehe, was du siehst, wenn du mich in den Armen hältst.«

»Und was siehst du?« fragte Paul.

»Ich sehe, wie wir einander lieben, bevor die Zeit der Stille vorbei ist und der Sturm losbricht. Dafür hat uns das Schicksal ausersehen.«

Erneut bekam die Droge ihn in ihren Griff, und er dachte: *Du hast mir schon so oft Liebe und Vergessen geschenkt.* Wieder erfüllte ihn das glänzende Licht der Erleuchtung. Die Zukunft wurde zur Erinnerung... Die zärtliche Liebe, die Vereinigung ihrer Körper... Sanftheit und Gewalt.

»Du bist meine Stärke, Chani«, murmelte er. »Bleibe bei mir.«

»Das werde ich«, erwiderte sie. »Für immer.« Und küßte seine Wange.

Drittes Buch

DER PROPHET

1

Keine Frau, kein Mann, nicht einmal eines seiner Kinder konnte sich je rühmen, die wirkliche Freundschaft meines Vaters errungen zu haben. Das einzige Verhältnis, das einer solchen Beziehung am nächsten kam, hatte der Padischah-Imperator zu Graf Hasimir Fenring, einem Spielkameraden aus Kindheitstagen. Zunächst sollte man den Grund für diese Beziehung aus der Sicht meines Vaters sehen: Graf Fenring gelang es, das Mißtrauen des Landsraads nach der Arrakis-Affäre dadurch zu zerstreuen, indem er Unmengen von Gewürz verteilte. Wie meine Mutter berichtete, war dies jedoch nicht alles: eine Reihe weiblicher Sklaven wechselte zusätzlich den Besitzer und eine Anzahl von Personen erhielt fürstliche Würden. Das Ganze ging Hand in Hand mit einer wahren allgemeinen Beförderungswelle. Was Fenring jedoch in ein negatives Licht rückte, war seine Weigerung, einen bestimmten Menschen zu töten, obwohl das nicht außerhalb seiner Fähigkeiten lag und mein Vater zudem darauf bestanden hatte. Darüber werde ich im weiteren Verlauf berichten.

›Graf Fenring: ein Profil‹, von Prinzessin Irulan

Baron Wladimir Harkonnen hetzte von seinen Privaträumen durch einen Korridor, vorbei an hohen Fenstern, durch die die Sonnenstrahlen des Spätnachmittags fielen.

Die Suspensoren, die unter seinem Umhang verborgen waren, hinderten ihn nicht im geringsten daran, weitausholende Sprünge zu machen.

Er stürmte an der Privatküche und der Bibliothek vorbei, passierte den kleinen Rezeptionsraum und brach wie ein wütender Bulle in die Räume seiner Bediensteten ein, wo man sich bereits den üblichen Feierabendtätigkeiten hingab.

Der Gardehauptmann Iakin Nefud saß auf einem Diwan am anderen Ende des Raums, machte ein geistesabwesendes Gesicht und lauschte den Klängen der Semuta-Musik, die aus den Lautsprechern dröhnte. Einige Leute saßen in seiner Nähe, als spielten sie den Hofstaat eines Adeligen.

»Nefud!« brüllte der Baron.

Die Männer spritzten auseinander.

Nefud stand auf. Seine Züge spiegelten erheblichen Drogengenuß wider, aber dennoch überschattete die Blässe der Angst ihn auf der Stelle. Die Semuta-Musik setzte aus.

»Jawohl, Mylord«, erwiderte Nefud, und es war nur der Droge zu verdanken, daß seine Stimme nicht zitterte.

Der Baron musterte die Gesichter der Umstehenden. Die Männer schwiegen ängstlich. Er wandte seine Aufmerksamkeit wieder Nefud zu und sagte mit zuckersüßer Stimme: »Wie lange sind Sie jetzt der Hauptmann meiner Leibwache, Nefud?«

Nefud schluckte. »Seit Arrakis, Mylord. Fast zwei Jahre.«

»Und Sie haben während der ganzen Zeit alle Gefahren von meiner Person ferngehalten?«

»Das war mein einziges Bestreben, Mylord.«

»Und was ist mit Feyd-Rautha?« donnerte der Baron.

Nefud zuckte zurück. »Mylord?«

»Sie erkennen also nicht, daß eine Gefahr, die Feyd-Rautha droht, auch eine Gefahr für mich darstellt?« Er kehrte wieder zu seinem seidenweichen Tonfall zurück.

Nefud leckte sich die Lippen. Die Wirkung der Semuta-Droge schien jetzt ein wenig von ihm abzufallen. »Feyd-Rautha hält sich im Sklavenquartier auf, Mylord.«

»Also wieder bei Weibern, wie?« Der Baron zitterte vor Wut.

»Sire, es könnte sein, daß er...«

»Ruhe!«

Der Baron machte einen weiteren Schritt in den Raum hinein und registrierte, wie die Männer zurückwichen und um Nefud herum einen offenen Raum ließen, als wollten sie einen großen Abstand zwischen sich und das Objekt des Zorns bringen.

»Habe ich Ihnen nicht ausdrücklich befohlen, ständig darüber informiert zu sein, wo sich der na-Baron aufhält?« fragte der Baron. Er kam einen Schritt näher. »Und habe ich nicht weiterhin befohlen, daß Sie *genauestens* darüber informiert sind, was er spricht – und zu wem?« Noch ein Schritt. »Habe ich Ihnen nicht befohlen, mir sofort davon Mitteilung zu machen, wenn er die Räume der weiblichen Sklaven betritt?«

Wieder schluckte Nefud. Auf seiner Stirn bildeten sich die ersten Schweißtropfen.

Mit flacher Stimme, die dennoch keinerlei Nachdruck verloren hatte, fragte der Baron: »Habe ich Ihnen das nicht befohlen?«

Nefud nickte.

»Und habe ich Ihnen nicht außerdem befohlen, alle Sklavenjungen, die Sie zu mir bringen, zu überprüfen, und zwar *persönlich?*«

Wieder nickte Nefud.

»Und haben Sie möglicherweise übersehen, daß der, den Sie mir heute abend brachten, einen Leberfleck auf der Hüfte hatte?« fuhr der Baron fort. »Ist es möglich, daß Sie...«

»Onkel.«

Der Baron wirbelte herum und sah seinen Neffen Feyd-Rautha auf der Schwelle stehen. Seine plötzliche Anwesenheit sowie die nicht zu verbergende Tatsache, daß er sich in offensichtlicher Eile befand, bewiesen, daß er sein eigenes Spitzelsystem aufgebaut hatte, um den Baron im Auge zu behalten.

»In meinen Räumen befindet sich ein Junge, den ich nicht haben will«, sagte der Baron zornig und legte eine

Hand auf die unter seiner Robe versteckte Projektilwaffe. Zum Glück war sein Schild einer der besten.

Feyd-Rautha warf den beiden Wachen, die an der rechten Wand standen, einen Blick zu und nickte. Die beiden setzten sich sofort in Bewegung, eilten aus der Tür und machten sich auf den Weg zu den Räumen des Barons.

Diese beiden also, wie? dachte der Baron. *Oh, dieses kleine Ungeheuer hat noch viel zu lernen, bevor es die Konspiration perfekt beherrscht!*

»Ich nehme an, du hast das Sklavenquartier nicht in Aufregung versetzt, Feyd«, sagte der Baron.

»Ich habe mit dem Sklavenmeister Cheops gespielt«, erwiderte Feyd-Rautha und dachte: *Was ist schiefgegangen? Der Junge, den wir ihm geschickt haben, ist offensichtlich umgebracht worden. Und das, obwohl er wie kein anderer für diese Aufgabe prädestiniert war. Selbst Hawat hätte keine bessere Wahl treffen können. Der Junge war perfekt!*

»Du hast also Pyramidenschach gespielt«, sagte der Baron. »Wie hübsch. Hast du gewonnen?«

»Ich... äh, ja, Onkel.« Er bemühte sich, ruhig zu bleiben.

Der Baron schnappte mit den Fingern. »Nefud, sind Sie daran interessiert, meine Gunst zurückzugewinnen?«

»Sire«, stammelte Nefud, »was habe ich getan?«

»Das ist jetzt unwichtig«, entgegnete der Baron. »Feyd hat den Sklavenmeister beim Cheops-Spiel geschlagen. Haben Sie das mitbekommen?«

»Jawohl... Sire.«

»Ich wünsche, daß Sie sich drei Männer nehmen und mit ihnen zum Sklavenmeister gehen. Sie stecken ihn in die Garotte und bringen mir seine Leiche, damit ich sehen kann, ob Sie es auch richtig gemacht haben. Wir können solche unfähigen Schachspieler an unserem Hof nicht dulden.«

Feyd-Rautha, plötzlich erblassend, tat einen Schritt nach vorn. »Aber, Onkel... ich...«

»Später, Feyd«, erwiderte der Baron und winkte ab. »Später.«

Die beiden Wächter, die die Räume des Barons aufgesucht hatten, um den Leichnam des Sklavenjungen zu entfernen, kehrten nun zurück. Sie gingen am Freizeitraum vorbei und trugen den toten Jungen zwischen sich. Seine Arme baumelten herab. Der Baron schaute den Wächtern nach, bis sie sich außer Sichtweite befanden.

Nefud stellte sich neben seinen Herrn und fragte: »Sie wünschen, daß ich den Sklavenmeister auf der Stelle umbringe, Mylord?«

»Genau das«, bekräftigte der Baron. »Und wenn Sie damit fertig sind, geschieht das gleiche mit den beiden Männern, die gerade an uns vorbeigegangen sind. Ich mag die Art nicht, in der sie eine Leiche transportieren. Man sollte bei solchen Dingen etwas pietätvoller zu Werke gehen. Auch ihre Kadaver möchte ich mit meinen eigenen Augen sehen.«

Nefud sagte: »Mylord, ist es etwas, das ich...«

»Tun Sie, was Ihr Herr Ihnen befohlen hat«, warf Feyd-Rautha ein. Und er dachte: *Ich muß jetzt zuallererst daran denken, meine eigene Haut zu retten.*

Gut! dachte der Baron. *Zumindest weiß er jetzt, wie man alle Brücken hinter sich abbricht.* Er lächelte, ohne daß es jemand zu Gesicht bekam. *Der Bursche weiß genau, was mich freut und wie er es verhindern kann, daß meine Wut auf ihn fällt. Und er weiß, daß ich ihn vor etwas bewahren muß. Wer sollte sonst all das übernehmen, wenn ich einmal nicht mehr bin? Ich habe niemanden, der ihm gleichwertig ist. Aber er muß lernen! Und ich muß mich während dieser Zeit auch ein wenig mehr zurückhalten.*

Nefud gab einigen Männern ein Zeichen und verließ an ihrer Spitze den Raum.

»Würdest du mich in meine Räume zurückbegleiten, Feyd?« fragte der Baron.

»Ganz zu deinen Diensten«, erwiderte Feyd-Rautha. Er verbeugte sich und dachte: *Er hat mich ertappt.*

»Nach dir«, sagte der Baron und deutete auf die Tür.

Lediglich ein kurzes Zögern zeigte Feyd-Rauthas Angst. *Habe ich völlig versagt?* fragte er sich. *Wird er mir jetzt ein vergiftetes Messer in den Rücken stoßen... langsam, durch den Schild? Gibt es für ihn doch noch einen alternativen Favoriten?*

Er muß diesen Moment schrecklicher Ungewißheit durchstehen, dachte der Baron, als er sich anschickte, hinter seinem Neffen herzugeben. *Eines Tages wird er mich überflügeln - aber erst dann, wenn ich es will. Ich werde nicht zulassen, daß er das wegwirft, was ich aufgebaut habe.*

Feyd-Rautha gab sich die größte Mühe, nicht zu schnell zu gehen. Er fühlte, wie sich auf seinem Rücken eine Gänsehaut bildete, und fragte sich, wann der tödliche Stoß erfolgen würde. Er spürte, wie sich seine Muskeln abwechselnd spannten und erschlafften.

»Hast du das Neueste von Arrakis schon gehört?« fragte der Baron.

»Nein, Onkel.«

Feyd-Rautha zwang sich dazu, nach vorne zu blicken, verließ den Bedienstetenflügel und bog in die Halle ein.

»Unter den Fremen soll es einen neuen Propheten geben, der irgendeine Führungsrolle übernommen hat«, erklärte der Baron. »Sie nennen ihn Muad'dib. Und das ist wirklich lustig, denn es bedeutet ›die Maus‹. Ich habe Rabban gesagt, er soll sie in der Ausübung ihrer Religion nicht behindern. Das wird sie beschäftigt halten.«

»Wirklich interessant, Onkel«, sagte Feyd-Rautha. Er bog in den Korridor ein, der zu den Privatquartieren seines Onkels führte, und fragte sich: *Warum redet er nur über Religion? Soll das ein versteckter Fingerzeig für mich sein?*

»Ja, nicht wahr?« meinte der Baron.

Durch den Empfangssalon betraten sie das Apartment des Barons und gingen in den Schlafraum. Es waren verschiedene kleine Anzeichen eines Kampfes zu sehen: eine verschobene Suspensorlampe, ein auf dem Boden liegendes Bettuch, eine Tablettenhülse, die offen auf dem Bett lag und deren Inhalt verstreut war.

»Es war ein intelligenter Plan«, sagte der Baron. Er hatte seinen Körperschild noch immer auf Maximalleistung geschaltet, als er stehenblieb und seinen Neffen fixierte. »Aber leider nicht intelligent genug. Sag mir, Feyd, warum hast du mich nicht selbst niedergestreckt? Gelegenheiten dazu hattest du doch genug.«

Feyd-Rautha fand einen Suspensorensessel und unterdrückte ein Schaudern, als ihm bewußt wurde, daß er sich hingesetzt hatte, ohne danach zu fragen.

Am besten ist es, wenn ich mich ihm frech zeige, dachte er.

»Du hast mir selbst beigebracht, daß meine Hände auf jeden Fall sauber bleiben müssen«, erwiderte er.

»Ach ja«, meinte der Baron. »Wenn du dem Imperator gegenüberstehst, mußt du die Kraft haben, jede Beschuldigung zu bestreiten. Die Hexe, die neben ihm sitzt, wird jedes deiner Worte genau analysieren. Und sie ist in der Lage, die Wahrheit von der Lüge genauestens zu unterscheiden. Tatsächlich, ich war es selbst, der dir das beigebracht hat.«

»Warum hast du dir nie eine Bene Gesserit gekauft, Onkel?« fragte Feyd-Rautha. »Mit einer Wahrsagerin an der Seite...«

»Du weißt, wie ich darüber denke!« schnappte der Baron.

Feyd-Rautha musterte ihn und sagte: »Und dennoch, eine wäre vielleicht...«

»Ich traue ihnen nicht!« schnaufte der Baron. »Und hör jetzt damit auf, das Thema zu wechseln!«

Sanft erwiderte Feyd-Rautha: »Ganz wie du wünschst, Onkel.«

»Ich erinnere mich an einen Tag«, fuhr der Baron fort, »als es so aussah, als beabsichtigte jemand, dich durch einen Sklaven umbringen zu lassen. In der Arena. Es ist mehrere Jahre her. Ist es wirklich so gewesen damals?«

»Es ist wirklich ziemlich lange her, Onkel. Nach allem, was in der Zwischenzeit...«

»Keine Ausreden, wenn ich bitten darf!« Die Schärfe, mit der er diese Worte hervorstieß, zeigte deutlich, wie verärgert er war.

Feyd-Rautha schaute ihn an und dachte: *Er weiß es, sonst würde er nicht danach fragen.*

»Es war eine Täuschung, Onkel. Ich arrangierte die Sache, um deinen Sklavenmeister zu diskreditieren.«

»Wirklich clever«, meinte der Baron. »Und mutig. Dieser Sklavenmeister hat dich hart rangenommen, nicht wahr?«

»Ja.«

»Wenn du schon damals eine solche Schlauheit besessen hast, kann noch etwas aus dir werden.« Der Baron bewegte abwägend den Kopf. Und wie schon unzählige Male seit jenem schrecklichen Tag auf Arrakis beklagte er den Verlust seines Mentaten Piter. Was subtile Pläne und Verschlagenheit anging, war er nicht zu übertreffen gewesen. Auch wenn ihn das letztendlich nicht gerettet hatte. Erneut schüttelte er den Kopf. Das Schicksal war manchmal unergründlich.

Feyd-Rautha ließ seinen Blick durch den Schlafraum schweifen, studierte die Zeichen des Kampfes und fragte sich, wie es seinem Onkel gelungen war, den Sklaven, den sie so sorgfältig vorbereitet hatten, zu überwinden.

»Wie ich ihn besiegte?« fragte der Baron. »Ah, Feyd, laß mir noch das Geheimnis einiger Waffen, die mich auf meine alten Tage beschützen. Wir sollten die Zeit besser dazu nutzen, eine Übereinkunft zu treffen.«

Feyd-Rautha starrte ihn an. *Eine Übereinkunft! Er will mich also auch weiterhin als seinen Erben ansehen. Eine Übereinkunft schloß man nur unter Gleichberechtigten ab – oder beinahe Gleichberechtigten!*

»Was für eine Übereinkunft, Onkel?« Und er fühlte sich stolz, daß seine Stimme bei diesen Worten kühl und gelassen geblieben war und nichts von der Ehre verbarg, der er sich ausgesetzt fühlte.

Der Baron nickte. Auch er spürte, daß sein Neffe sich unter Kontrolle hatte. »Du bist aus gutem Material, Feyd. Ich habe keine Lust, das sinnlos zu vergeuden. Du weigerst dich anzuerkennen, daß ich viel von dir halte. Du bist starrsinnig. Du siehst nicht ein, daß mir nichts mehr am Herzen liegt als deine Zukunft. Dies...« – er deutete mit der Hand auf die Spuren des Kampfes – »...war närrisch. Und ich denke nicht daran, eine Narrheit zu belohnen.«

Komm zur Sache, du alter Narr! dachte Feyd-Rautha.

»Du hältst mich für einen alten Narren«, fuhr der Baron fort. »Und davon kann ich dir nur abraten.«

»Du sagtest etwas von einer Übereinkunft.«

»Ah, diese jugendliche Ungeduld«, stöhnte der Baron. »Nun, kommen wir zum Grundsätzlichen: Du wirst in Zukunft auf diese närrischen Anschläge auf mein Leben verzichten. Ich werde, wenn die Zeit für dich gekommen ist, meinen Platz räumen. Ich werde mich dann in eine beratende Funktion zurückziehen und dir die Schalthebel der Macht überlassen.«

»Du willst dich zurückziehen, Onkel?«

»Du hältst mich immer noch für einen Narren«, fügte der Baron hinzu. »Und dies bestärkt dich noch darin, wie? Du glaubst, der alte Narr bittet dich um sein Leben? Sei vorsichtig, Feyd! Immerhin hat dieser alte Narr sehr deutlich die präparierte Nadel gesehen, die in dem Körper des Sklaven steckte. Du hast damit gerechnet, daß ich ihn umarmen würde, wie? Dann – unter dem kleinsten Druck – hätte es *Klick* gemacht, und der alte Narr hätte die Giftnadel in der Handfläche stecken gehabt! Oh, mein lieber Feyd...«

Der Baron schüttelte den Kopf und dachte: *Und es hätte auch geklappt, wenn Hawat mich nicht gewarnt hätte. Egal, soll der Junge eben glauben, ich hätte das Komplott von allein gerochen. In gewisser Weise habe ich das auch. Immerhin war ich derjenige, der Hawats Leben rettete. Aber ich muß diesen Burschen davon überzeugen, daß ich mich vor nichts fürchte.*

»Du sprachst von einer Übereinkunft«, wiederholte Feyd-Rautha. »Woran können wir ersehen, daß sie auch eingehalten wird?«

»Du meinst, wie wir einander trauen können, nicht wahr?« fragte der Baron lächelnd. »Nun, Feyd, was dich angeht, so werde ich Thufir Hawat auf dich ansetzen. Er soll dich im Auge behalten. In diesem Falle vertraue ich voll auf die Fähigkeit eines Mentaten. Verstehst du? Und was mich angeht, so hast du keine andere Wahl, als mir zu vertrauen. Aber ich kann nicht ewig leben, nicht wahr, Feyd? Und vielleicht solltest du anfangen darüber nachzudenken, daß ich Dinge weiß, die du wissen *solltest.*«

»Ich gebe dir mein Wort – und was gibst du mir dafür?« fragte Feyd-Rautha brüskiert.

»Ich lasse dich weiterleben«, erwiderte der Baron ungerührt.

Wieder musterte Feyd-Rautha seinen Onkel. *Er setzt Hawat auf mich an! Was würde er tun, wenn ich ihm sagen würde, daß es Hawats Plan gewesen ist, der ihn seinen Sklavenmeister kostete? Bestimmt würde er sagen, daß ich nur lüge, um Hawat in Mißkredit zu bringen. Nein, der gute Thufir ist ein Mentat und muß diesen Augenblick vorausberechnet haben.*

»Nun, was sagst du dazu?« fragte der Baron.

»Was soll ich dazu sagen? Natürlich bin ich damit einverstanden.«

Und Feyd-Rautha dachte: *Hawat! Er spielt beide Enden gegen die Mitte aus... ist es nicht so? Hat er sich auf die Seite meines Onkels geschlagen, weil ich ihn bei der Sache mit dem Jungen nicht um Rat gebeten habe?*

»Du hast gar nichts über meine Absicht gesagt, daß ich Hawat einsetzen will, um auf dich aufzupassen«, sagte der Baron.

Feyd-Rauthas verbarg seinen Ärger, indem er die Nasenflügel aufblies. Der Name Hawat war für die Familie Harkonnen lange Jahre ein Gefahrensignal gewesen... und jetzt schien es, als hätte sich nichts geändert: der Mann war noch immer eine Bedrohung.

»Hawat ist ein gefährliches Spielzeug«, erwiderte er.

»Ein Spielzeug! Stell dich doch nicht dumm. Ich weiß genau, was ich an ihm habe, und ich weiß auch, wie ich ihn unter meiner Kontrolle halte. Hawat verfügt über tiefe Gefühle, Feyd. Wirklich gefährlich ist nur der Mann, der über keine Gefühle verfügt. Aber tiefe Emotionen... ah, die kann man für seine Zwecke ausgezeichnet zurechtbiegen.«

»Onkel, ich verstehe dich nicht.«

»Das ist offensichtlich genug.«

Nur das Flackern eines Augenlides deutete an, daß der Baron seinen Neffen empfindlich getroffen hatte.

»Und auch Hawat verstehst du nicht«, fügte der Baron hinzu.

Genausowenig wie du selbst! dachte Feyd-Rautha.

»Wen wollte Hawat für die gegenwärtigen Umstände verantwortlich machen? Mich? Sicher. Aber er war lange Jahre ein Werkzeug der Atreides und hat mich während dieser Zeit laufend besiegt – bis schließlich das Imperium eingriff. So jedenfalls sieht er die Lage. Der Haß, den er für mich empfindet, ist für ihn jetzt nur noch zufälliger Natur. Er glaubt, mich jederzeit wieder besiegen zu können. Und weil er das glaubt, merkt er nicht, daß ich ihn schon lange besiegt habe. Denn ich bin es, der seine Wut auf das richtet, was er zu hassen glaubt: das Imperium.«

Auf Feyd-Rauthas Stirn zeigten sich plötzlich Falten. Er begann zu verstehen. »Gegen den Imperator?«

Das sollte meinen lieben Neffen auf den Geschmack bringen, dachte der Baron. *Er muß zu sich selbst sagen: Imperator Feyd-Rautha Harkonnen! Er soll sich fragen, was ihm das wert ist. Auf jeden Fall das Leben eines alten Onkels, der diesen Traum vielleicht wahr werden lassen kann!*

Langsam glitt Feyd-Rauthas Zunge über seine Lippen. Konnte es wirklich wahr sein, was der alte Narr da erzählte? Hinter der ganzen Sache schien mehr zu stecken, als er bisher vermutet hatte.

»Und was hat Hawat damit zu tun?« fragte er.

»Er glaubt, uns dazu zu benutzen, seine Rache an unserem Imperator zu vollstrecken.«

»Und wenn das erfüllt ist?«

»Er denkt nicht über das nach, was nach der Erfüllung seiner Rache kommen wird. Hawat ist ein Mann, dessen Bestimmung darin liegt, anderen zu dienen. Schon allein aus diesem Grund weiß er nichts über sich selbst.«

»Ich habe viel von Hawat gelernt«, gab Feyd-Rautha zu und fühlte gleichzeitig den Klang der Wahrheit, der in seinen Worten lag. »Aber je mehr ich von ihm lerne, desto mehr komme ich auch zu der Überzeugung, daß wir ihn uns vom Halse schaffen müssen... und zwar sehr bald.«

»Du hältst also nicht viel davon, wenn ich ihn an deine Fersen hefte?«

»Hawat heftet sich an die Fersen von allen.«

»Und vielleicht bringt er dich sogar auf den Thron. Hawat denkt auf verschlungenen Pfaden. Er ist gefährlich und keinesfalls zu unterschätzen. Aber dennoch habe ich ihm bisher das Gegenmittel nicht entzogen. Auch Schwerter können uns gefährlich werden, Feyd. Für dieses Schwert haben wir jedoch eine passende Scheide, und zwar das Gift in seinem Körper. Wenn wir ihm das Gegenmittel nicht mehr geben, wird der Tod Hawats Scheide sein.«

»Irgendwie«, sagte Feyd-Rautha, »ist das alles wie in der Arena. Man macht eine Finte, um eine zweite Finte, die eine dritte vernebeln soll, unerkannt zu lassen. Man beobachtet, wie sich der Gladiator bewegt, wie er dich ansieht, wie er das Messer hält.«

Als er bemerkte, wie sein Onkel nickte, weil ihm diese Worte offenbar gefielen, dachte er: *Ja! Genau wie in der Arena! Nur daß die scharfen Klingen aus Verstand bestehen!*

»Du siehst jetzt, wie sehr du mich benötigst«, sagte der

Baron. »Ich bin immer noch für etwas zu gebrauchen, Feyd.«

Wie ein Schwert, das man so lange schwingt, bis es zu stumpf zum Zuschlagen geworden ist, dachte Feyd-Rautha.

Laut sagte er: »Ja, Onkel.«

»Und jetzt«, fügte der Baron hinzu, »gehen wir beide in die Sklavenquartiere hinunter. Und ich werde zusehen, wie du mit deinen eigenen Händen alle Frauen des Lustflügels erwürgst.«

»Onkel!«

»Es gibt doch noch andere Frauen, Feyd. Aber ich habe dir gesagt, daß du einen solchen Fehler, wie du ihn mit mir begangen hast, nicht mehr wiederholen darfst.«

Feyd-Rauthas Gesicht verdüsterte sich. »Onkel, du...«

»Du wirst diese Strafe hinnehmen und hoffentlich etwas aus ihr lernen«, sagte der Baron.

Feyd-Rautha sah das glühende Starren in den Augen seines Onkels. *Ich darf diesen Abend nicht vergessen,* dachte er, *genausowenig wie all diese anderen.*

»Du wirst dich nicht widersetzen«, sagte der Baron sanft.

Was könntest du schon dagegen tun, wenn ich mich weigerte, du alter schwuler Sack? fragte sich Feyd-Rautha. Aber er wußte ebensogut, daß es noch andere Arten der Strafe für ihn gab; vielleicht subtilere, aber ganz sicher auch brutalere, die ihn zerbrechen konnten.

»Ich kenne dich, Feyd«, sagte der Baron. »Du wirst dich schon nicht widersetzen.«

In Ordnung, dachte Feyd-Rautha. *Jetzt brauche ich dich noch. Das weiß ich. Die Übereinkunft ist getroffen. Aber ich werde dich nicht immer brauchen. Und... eines Tages...*

2

Tief im menschlichen Unterbewußtsein versteckt, existiert ein durchdringendes Bedürfnis, das Universum in logischer Konsequenz in seiner Gänze zu erfassen. Aber das Universum befindet sich immer einen Schritt jenseits der logischen Erfaßbarkeit.

Aus ›Leitfäden des Muad'dib‹,
von Prinzessin Irulan

Ich habe, dachte Thufir Hawat, *bisher einer ganzen Reihe mächtiger Herrscher gegenübergesessen, aber keiner von ihnen verfügte auch nur annähernd über die Dimensionen dieses fetten, gefährlichen Schweins.*

»Sie können ruhig offen zu mir sein, Hawat«, brummte der Baron. Er lehnte sich in seinen Suspensorensessel zurück und richtete den Blick seiner von Fettwülsten halb geschlossenen Augen auf Hawat.

Der alte Mentat schaute auf den Tisch, der ihn von dem Baron Wladimir Harkonnen trennte, und registrierte das reichhaltige Ornament seiner Oberfläche. Auch dies war ein Faktor, der in der Beurteilung des Barons eine Rolle spielte – genauso wie die roten Wände seines privaten Besprechungszimmers und der matte, etwas herbe Duft, der in der Luft hing und offenbar dazu diente, andere Gerüche zu überdecken.

»Es ist bestimmt nicht einer einfachen Laune zu verdanken, daß Sie mich baten, Rabban diese Warnung zukommen zu lassen«, fügte er hinzu.

Hawats ledriges altes Gesicht blieb völlig ungerührt und zeigte nicht im geringsten an, was er fühlte. »Ich vermute vieles, Mylord«, erwiderte Hawat.

»Ja. Ich frage mich aber, welche Rolle Arrakis in Ihren

Vermutungen Salusa Secundus betreffend spielt. Es genügt mir einfach nicht, daß Sie mir erzählen, der Imperator sei über gewisse Parallelen zwischen Arrakis und seinem geheimnisvollen Gefängnisplaneten besorgt. Ich habe Rabban also diese Botschaft sofort gesandt, weil der Kurier mit dem nächsten Schiff starten mußte. Sie sagten, die Sache dulde keinen Aufschub. In Ordnung und gut. Aber jetzt verlange ich eine Erklärung.«

Er quatscht zuviel, dachte Hawat. *Er hat überhaupt nichts mit Leto gemein, der mir eine ganze Geschichte allein durch das Anheben einer Augenbraue oder einen Wink mit der Hand erzählen konnte. Oder wie der alte Herzog, der ganze Romane in einem Wort unterbrachte. Dieser hier ist ein Tölpel. Ihn zu vernichten, wäre ein Segen für die Menschheit.*

»Sie werden diesen Raum nicht verlassen, bevor ich nicht eine detaillierte und komplette Auskunft erhalten habe«, sagte der Baron.

»Sie sprechen zu leichtfertig über Salusa Secundus«, erwiderte Hawat.

»Der Planet ist eine Strafkolonie. Man schickt die abgefeimtesten Halsabschneider dorthin. Was gibt es über diesen Planeten, was wir wissen sollten?«

»Die Bedingungen dieses Gefängnisplaneten sind schlimmer als auf allen anderen Welten«, sagte Hawat. »Sie wissen, daß die Sterblichkeitsrate neu dorthin verbannter Personen höher liegt als sechzig Prozent. Und Sie wissen auch, daß der Imperator jedes Druckmittel zuerst auf Salusa Secundus zur Anwendung bringt. All das wissen Sie – und stellen dennoch keine Fragen?«

»Der Imperator pflegt die Mitglieder der Hohen Häuser nicht einzuladen, um seinem Gefängnisplaneten einen Besuch abzustatten«, grollte der Baron. »Und ebensowenig lasse ich ihn in meine Karten gucken.«

»Und Neugierde über Salusa Secundus ist... äh...« – Hawat legte einen dünnen Finger an seine Lippen – »... wohl nicht standesgemäß.«

»Weil er bestimmt nicht stolz auf manche Dinge ist, die es dort zu sehen gibt!«

Hawat erlaubte sich ein mattes Lächeln. Als er den Baron ansah, leuchteten seine Augen im Schein der Leuchtröhren. »Und Sie haben sich niemals die Frage gestellt, woher der Imperator seine Sardaukar holt?«

Der Baron schürzte die fetten Lippen. In diesem Moment sah er aus wie ein schmollendes Baby.

Seine Stimme hatte allerdings kaum etwas Kindliches an sich, als er sagte: »Wieso... er rekrutiert sie... er fordert bestimmte Kontingente an...«

»Pah!« schnappte Hawat. »Und die Geschichten, die man über die Raubzüge der Sardaukar hört, sind keine Märchen, nicht wahr? Es sind Augenzeugenberichte der wenigen Überlebenden, die ihnen je im Kampf gegenübergestanden haben, wie?«

»Niemand zweifelt daran, daß die Sardaukar ganz ausgezeichnete Kämpfernaturen sind«, erwiderte der Baron. »Aber ich glaube, daß meine eigenen Legionen...«

»Eine Bande von Sonntagsausflüglern sind sie im Vergleich zu den Sardaukar!« schnaubte Hawat. »Glauben Sie etwa, ich wüßte nicht, warum sich der Imperator gegen das Haus Atreides gestellt hat?«

»Das ist eine Sache, über die Sie nicht zu spekulieren haben«, warnte der Baron.

Ist es möglich, daß nicht einmal er weiß, was den Imperator motivierte, in diesen Kampf einzugreifen? fragte sich Hawat.

»Alles steht meinen Spekulationen offen, wenn es damit zusammenhängt, die Funktion zu erfüllen, für die Sie mich engagiert haben«, sagte Hawat. »Ich bin ein Mentat. Und einem Mentaten dürfen Sie weder Informationen verweigern, noch ihm Grenzen setzen.«

Der Baron starrte ihn eine ganze Weile lang wortlos an. Schließlich erwiderte er: »Sagen Sie, was Ihnen auf der Zunge brennt, Mentat.«

»Der Padischah-Imperator wandte sich gegen das Haus

Atreides, weil die Kampfmeister des Herzogs, Gurney Halleck und Duncan Idaho, eine kleine Kampfeinheit – eine *kleine* Kampfeinheit – dazu ausbildeten, gegen die Sardaukar bestehen zu können; einige dieser Leute mögen vielleicht sogar besser gewesen sein. Und da der Herzog in der Position war, diese Kampfeinheit zu vergrößern, genauer gesagt, sie genauso groß zu machen wie die Sardaukar-Armee des Imperators, mußte er sterben.«

Der Baron wägte Hawats enthüllende Worte nachdenklich ab und sagte dann: »Und was hat Arrakis damit zu tun?«

»Der Planet verfügt über ein unerschöpfliches Reservoir von auf den brutalsten Überlebenskampf trainierten Menschen.«

Der Baron schüttelte den Kopf.

»Sie meinen doch nicht etwa die Fremen?«

»Genau die meine ich.«

»Hah! Warum haben wir Rabban dann gewarnt? Von den Fremen kann es seit dem von den Sardaukar durchgeführten Pogrom und Rabbans Aktionen kaum mehr als eine Handvoll geben!«

Hawat starrte ihn ausdruckslos an.

»Nicht mehr als eine Handvoll!« wiederholte der Baron. »Allein im letzten Jahr hat Rabban sechstausend Fremen massakrieren lassen!«

Hawat wandte den Blick noch immer nicht von ihm.

»Und im Jahr davor«, sagte der Baron, »waren es neuntausend. Und allein die Sardaukar brachten zwanzigtausend um, ehe sie Arrakis verließen.«

»Und wie viele Männer hat Rabban in den letzten beiden Jahren verloren?« fragte Hawat.

Der Baron rieb die Handflächen gegeneinander. »Nun, er hat ziemlich viele neue Legionäre rekrutieren lassen, das stimmt. Seine Anwerber haben die Fähigkeit, ziemlich gute Versprechungen zu machen und...«

»Einigen wir uns auf dreißigtausend Männer?« fragte Hawat zynisch.

»Das wäre sicherlich ein wenig zu hoch«, meinte der Baron.

»Glaube ich nicht«, erwiderte Hawat. »Es waren eher noch mehr. Vergessen Sie nicht, Baron, daß ich ebensogut zwischen den Zeilen lesen kann wie Sie. Und Sie sollten ebenso in der Lage sein, die Berichte, die ich Ihnen lieferte, zu verstehen.«

»Arrakis ist ein ungastlicher Planet«, entgegnete der Baron. »Allein die Stürme dort...«

»Wir wissen beide genau, wie viele Männer ihr Leben unter dem Einfluß von Stürmen verloren«, sagte Hawat hartnäckig.

»Was bedeutet es schon, wenn er wirklich dreißigtausend Männer verloren hat?« fauchte der Baron mit zornrotem Gesicht.

»Nach Ihren eigenen Angaben«, erklärte Hawat, »hat er in zwei Jahren fünfzehntausend Fremen töten lassen und in der gleichen Zeit die doppelte Zahl an Legionären verloren. Weiterhin sagten Sie, die Sardaukar allein hätten zwanzigtausend Fremen - wenn nicht sogar mehr - umgebracht, bevor sie Arrakis verließen. Zufälligerweise habe ich die Transportlisten der Sardaukar gesehen, bevor sie nach Salusa Secundus zurückkehrten. Wenn sie wirklich zwanzigtausend Fremen getötet haben, Baron, dann haben sie dabei in jedem Fall fünfmal soviel ihrer eigenen Leute verloren. Und das sollte Ihnen zu denken geben. Verstehen Sie, was ich meine?«

Mit kalter Stimme erwiderte der Baron: »Das ist Ihre Aufgabe, Mentat. Was wollen Sie damit sagen?«

»Ich habe Ihnen gesagt, wie viele Köpfe Duncan Idaho bei seinem Besuch in einem Sietch gezählt hat«, erklärte Hawat. »Es paßt alles gut zusammen. Selbst wenn die Fremen nur über zweihundertfünfzig solcher Sietch-Gemeinschaften verfügten, betrüge ihre Bevölkerung mindestens fünf Millionen. Ich vermute aber, daß sie wenigstens doppelt so viele Gemeinschaften haben. Rechnen Sie sich die Bevölkerung dieses Planeten selbst aus.«

»Zehn Millionen?«

Der Baron runzelte die Stirn.

»Mindestens.«

Der Baron schürzte die Lippen. Seine unter Fettwülsten beinahe verborgenen Augen starrten Hawat an. *Könnte das wirklich stimmen?* dachte er. *Und wenn ja - wieso haben wir davon nie etwas gemerkt?*

»Es ist uns bisher nicht einmal gelungen, den Bevölkerungsnachwuchs zu eliminieren«, führte Hawat aus. »Wenn wir irgendwelche Exemplare erwischen, sind es immer nur die Schwächeren. Das bedeutet, daß uns die Starken entgehen und sie immer noch stärker werden - genau wie die Leute, die nach Salusa Secundus deportiert werden.«

»Salusa Secundus!« bellte der Baron. »Was hat Arrakis mit dem Gefängnisplaneten des Imperators zu tun?«

»Ein Mensch, dem es gelingt, auf Salusa Secundus zu überleben«, sagte Hawat, »geht aus dieser Hölle gestärkt hervor. Und wenn Sie ihn dazu noch der härtesten militärischen Ausbildung unterziehen...«

»Unsinn! Sie behaupten damit doch wohl nicht, ich könnte die Fremen in meine Dienste nehmen, nachdem mein Neffe sie blutig unterdrückt hat?«

In einem milden Tonfall erwiderte Hawat: »Werden Ihre eigenen Truppen nicht ebenfalls ständig unterdrückt?«

»Nun... ich... aber...«

»Unterdrückung ist eine relative Sache«, fuhr Hawat fort. »Ihre Kämpfer wissen genau, daß es den Legionären anderer Adeliger ebenfalls nicht besser geht, nicht wahr? Und daß es für sie keine Alternative gibt, ist ihnen auch klar.«

Der Baron schwieg. Seine Augen wirkten leer. Diese Möglichkeiten - hatte Rabban dem Hause Harkonnen etwa unwissentlich die ultimate Waffe in die Hände gespielt?

Plötzlich sagte er: »Wie könnte man sich der Loyalität solcher Rekrutierten sicher sein?«

»Ich würde aus ihnen kleine Gruppen bilden, die nicht größer sein dürfen als ein Zug«, gab Hawat zurück. »Dann würde ich sie aus ihrer mißlichen Lage befreien und Männern unterstellen, die hart sind und etwas Verständnis für die Lage der Gefangenen aufbringen; Männer, die möglicherweise vorher die gleiche Situation zu meistern hatten. Und ich würde sie mit der Information behämmern, daß ihr Gefängnisplanet in Wirklichkeit ein geheimes Trainingslager für Elitekämpfer ist und man sie dazu auserwählt hat, dieser Elite anzugehören. Auch würde ich ihnen zeigen, was einen Angehörigen dieser Truppen in der Zukunft erwartet: ein Leben im Wohlstand, schöne Frauen, luxuriöse Unterkünfte... alles, was das Herz begehrt.«

Der Baron nickte zögernd. »Und genauso leben die Sardaukar auch.«

»Nach einer Weile werden die Rekrutierten zu glauben beginnen, daß Salusa Secundus heilig ist, weil er sie hervorgerufen hat – die Elite. Und verstärkt wird das dadurch, daß sich noch der gemeinste Sardaukar bewußt ist, ein Leben zu leben, wie es sonst nur einem Angehörigen eines Hohen Hauses zusteht.«

»Es ist unglaublich«, stieß der Baron hervor.

»Sie fangen also an, mein Mißtrauen zu teilen?« fragte Hawat.

»Aber womit hat das alles angefangen?« fragte der Baron.

»Ah, ja. Von welchem Planeten stammt eigentlich das Haus Corrino? Gab es schon Menschen auf Salusa Secundus, bevor der Imperator das erste Häftlingskontingent dort absetzen ließ? Selbst Herzog Leto, der mit ihm verwandt war, konnte darüber nie etwas herausbekommen. Man stellt solche Fragen einfach nicht.«

Die Augen des Baron glitzerten nachdenklich.

»Ja, es handelt sich wirklich um ein sorgfältig gehütetes Geheimnis. Sie haben alle Mittel eingesetzt, um...«

»Aber was gibt es dort zu verbergen?« fragte Hawat.

»Daß der Padischah-Imperator über einen Gefängnisplaneten verfügt? Das weiß jeder. Daß er...«

»Graf Fenring!« stieß der Baron plötzlich hervor.

Hawat brach ab und blickte den Baron mit gerunzelter Stirn an. »Was ist mit Graf Fenring?«

»Vor einigen Jahren, an einem Geburtstag meines Neffen«, erwiderte der Baron, »kam dieser imperiale Hampelmann als offizieller Besucher zu den Feiern... und um ein Geschäft zwischen dem Imperator und mir abzuschließen.«

»Tatsächlich?«

»Ich... ah, während einer unserer Konversationen sagte ich etwas darüber, daß ich vorhätte, so etwas wie einen Gefängnisplaneten aus Arrakis zu machen. Fenring...«

»Was genau haben Sie gesagt?« fragte Hawat.

»Genau? Nun, das ist schon eine Weile her und...«

»Mylord, wenn Sie Wert darauf legen, daß ich Ihnen in bester Weise diene, müssen Sie auch alles tun, um mir die bestmögliche Information zuzuleiten. Wurde diese Konversation nicht aufgezeichnet?«

Das Gesicht des Barons verdunkelte sich vor Zorn. »Sie sind genauso schlimm wie Piter! Ich mag es nicht, in dieser Form...«

»Piter ist aus Ihrem Leben verschwunden, Mylord«, sagte Hawat trocken. »Aber wenn wir schon einmal über ihn sprechen: *Woran* ist er eigentlich gestorben?«

»Er lernte mich zu gut kennen und stellte deswegen zu viele herausfordernde Fragen«, knirschte der Baron.

»Sie haben mir versichert, es nicht zu mögen, wenn man nützliche Menschen sinnlos vergeudet«, sagte Hawat. »Vergeuden Sie also auch nicht meine Kräfte. Kehren wir zu unserem Thema zurück. Wir sprachen gerade darüber, was Sie mit Graf Fenring diskutierten.«

Langsam entspannte sich der Baron wieder. *Wenn der richtige Zeitpunkt kommt,* dachte er, *werde ich mich daran erinnern, wie er mit mir umgesprungen ist. O ja, daran werde ich mich erinnern.*

»Einen Moment«, sagte er und versuchte sich daran zu erinnern, wie er mit Fenring in der großen Halle gestanden hatte. Er stellte sich den abgeschirmten Schallkegel vor, in dem er gestanden hatte, und es half. »Ich sagte so etwas wie: ›Der Imperator weiß, daß es unerläßlich ist, daß bei gewissen Arbeiten eine bestimmte Reihe von Leuten das Leben verliert.‹ Ich wollte damit etwas über unsere Verluste an Arbeitskräften erklären. Dann sagte ich etwas über einen anderen Weg, das Arrakis-Problem zu lösen, und deutete an, daß es der imperiale Gefängnisplanet gewesen sei, der mich dazu inspiriert hätte.«

»Hexenblut!« fluchte Hawat. »Und was hat Fenring darauf geantwortet?«

»Er fing an, mich über Sie auszufragen.«

Hawat setzte sich zurück und schloß nachdenklich die Augen. »Also deshalb haben sie angefangen, Arrakis im Auge zu behalten«, sagte er. »Nun, jetzt ist es zu spät.« Er öffnete die Augen wieder. »Sie müssen jetzt schon ein Heer von Spionen über Arrakis verstreut haben. Nach zwei Jahren!«

»Aber meine unschuldige Bemerkung kann doch nicht...«

»In den Augen des Imperators gibt es keine Unschuld! Welche Instruktionen haben Sie Rabban erteilt?«

»Hauptsächlich die, daß er Arrakis beibringen soll, uns zu fürchten.«

Hawat schüttelte den Kopf. »Sie haben jetzt zwei Alternativen, Baron. Sie können die Eingeborenen ausrotten oder...«

»Ich soll das gesamte Arbeiterpotential vernichten?«

»Oder würden Sie es bevorzugen, wenn der Imperator und all die Hohen Häuser, die er unter seine Knute zwingen kann, sich aufmachen und über Giedi Primus herfallen?«

Der Baron musterte den Mentaten und sagte schließlich: »Das würde er nicht wagen!«

»Glauben Sie das wirklich?«

Die Lippen des Barons zitterten. »Was ist die Alternative dazu?«

»Sagen Sie sich von Ihrem lieben Neffen Rabban los.«

»Ich soll mich...« Der Baron brach ab und stierte Hawat an.

»Hören Sie auf damit, ihm Truppen zu senden oder irgendwelchen Nachschub. Hören Sie auf, seine Botschaften zu beantworten, und lassen Sie ihm statt dessen mitteilen, daß Sie über sein Vorgehen auf Arrakis entsetzt sind und bei nächster Gelegenheit Gegenmaßnahmen ergreifen werden. Daß die Spitzel des Imperators diese Botschaften in die Hände bekommen, ist von vornherein eine klare Sache.«

»Aber was ist mit dem Gewürz, mit den Abgaben, den...«

»Verlangen Sie die Ihnen zustehenden Profite, aber gehen Sie dabei vorsichtig zu Werke. Teilen Sie ihm nur mit, wieviel er abzuführen hat. Wir können...«

Der Baron legte die Hände mit den Handflächen nach oben auf den Tisch, blickte sie an und sagte: »Aber wie kann ich denn sicher sein, daß dieser gerissene Hund nicht...«

»Immerhin haben wir auch noch unsere Spione auf Arrakis. Sagen Sie Rabban, daß er entweder die Gewürzquoten erzielt, die sie ihm gesetzt haben, oder sich an den Gedanken gewöhnen muß, ersetzt zu werden.«

»Ich kenne meinen Neffen«, sagte der Baron. »Das würde ihn nur dazu verleiten, die Bevölkerung noch mehr anzutreiben.«

»Natürlich wird er das!« sagte Hawat. »Sie sollen auch gar nicht im Ernst beabsichtigen, ihn daran zu hindern! Alles, auf was Sie zu achten haben, ist, daß Ihre eigenen Hände bei der ganzen Geschichte sauber bleiben! Lassen Sie Rabban aus Arrakis ein zweites Salusa Secundus machen. Wir brauchen ihm nicht einmal Häftlinge zu schikken. Die ganze Bevölkerung steht ihm zur Verfügung. Wenn er es darauf anlegt, die angeforderten Quoten zu erreichen, wird ihm nichts anderes übrig bleiben, als die Leute zu unterdrücken. Und der Imperator wird hinter seiner Drangsaliererei kein anderes Motiv erkennen. Folglich wird er sich auch nicht sonderlich um Arrakis kümmern. Und Sie, Baron, werden mit keinem Wort und keiner Bewegung erwähnen, daß es noch einen anderen Grund für Rabbans Vorgehensweise gibt.«

Die Stimme des Barons klang widerwillig bewundernd. »Ah, Hawat, Sie sind ja ein ganz gerissener Hund. Aber wie bringen wir Arrakis wieder an uns, nachdem Rabban diese nützliche Vorarbeit geleistet hat?«

»Nichts ist einfacher als das, Baron. Wenn Sie die Quoten jedes Jahr ein wenig höher ansetzen, wird es bald zu einer Eskalation kommen. Die Leute werden es nicht mehr schaffen, und Sie können Rabban absetzen – wegen Unfähigkeit. Und dann übernehmen Sie den Planeten selbst... um die Lage vordergründig wieder zu normalisieren.«

»Das könnte klappen«, erwiderte der Baron. »Aber ich fühle, daß ich allmählich zu müde werde, um all das noch auf mich zu nehmen. Ich bin bereits dabei, einen anderen darauf vorzubereiten, das für mich zu tun.«

Hawat musterte das fette Gesicht seines Gegenübers. Langsam begann der alte Soldatenspitzel zu nicken. »Feyd-Rautha«, meinte er. »Das ist also der Grund für die gegenwärtige Unterdrückung der Bevölkerung. Sie sind selbst ein gerissener Hund, Baron. Vielleicht können wir diese Pläne irgendwie in Einklang bringen. Bestimmt können wir das. Ihr Feyd-Rautha kann nach Arrakis gehen und sich dort als Retter präsentieren. Damit kann er die Bevölkerung für sich gewinnen. Ja.«

Der Baron lächelte. Und hinter seinem Lächeln stellte er sich die Frage: *Und wie paßt das alles zu Hawats persönlichen Plänen?*

Hawat, der erkannte, daß er nicht mehr gebraucht wurde, erhob sich und verließ den rotwandigen Raum. Und während er ging, dachte er an die störenden Unbekannten, die jede Vorausberechnung auf Arrakis so unsicher machten. Dieser neue religiöse Führer, den Gurney Halleck in seinen Berichten von seinem Versteck bei den Schmugglern erwähnte, dieser Muad'dib.

Vielleicht hätte ich dem Baron doch nicht raten sollen, diese neue Religion unbeachtet fortbestehen zu lassen, dachte er. *Aber andererseits ist es eine Binsenweisheit, daß gerade Unterdrückungssysteme ständig Sektiererbewegungen ins Leben rufen.*

Und er dachte an die Berichte, die Halleck ihm über die Kampftaktiken der Fremen übermittelt hatte. Sie erinnerten an Halleck selbst... und Idaho... und sogar an ihn, Hawat. *Ob Idaho überlebt hat?* fragte er sich.

Eine müßige Frage. Er wagte es noch nicht einmal, sich die Frage zu stellen, ob Paul noch lebte. Ihm war klar, daß der Baron von der Voraussetzung ausging, daß alle Atreides ihr Leben verloren hatten. Und er gab offen zu, daß die Bene-Gesserit-Hexe seine Geheimwaffe gewesen war. Und das konnte nur bedeuten, daß es keine Überlebenden der Familie gegeben hatte – nicht einmal ihr eigener Sohn.

Welch einen schrecklichen Haß muß sie auf die Atreides gehabt haben, daß sie zu einer solchen Tat fähig war, dachte er. *Er muß genauso stark gewesen sein wie der, den ich für diesen Baron empfinde. Wird mein letzter Schlag ebenso vernichtend wie der ihre sein?*

3

In jedem Ding befindet sich ein Muster, das ein Teil unseres Universums widerspiegelt. Es hat Symmetrie, Eleganz und Anmut – die gleichen Qualitäten, die man auch in dem findet, was wahre Künstler fesselt. Man findet es im Wechsel der Jahreszeiten, in der Art, in der Sand über die Ebene wandert, in den Trauben des Kreosotebuschs oder den Formen seiner Blätter. Wir versuchen, dieses Muster auch für unser Leben zu nutzen, indem wir einen bestimmten Rhythmus des Tanzes suchen oder Formen wahren, die uns Bequemlichkeit schenken. Dennoch ist es möglich, auf der Suche nach der höchsten Perfektion auch Gefahren zu sehen. Es ist sicher, daß das ultimate Muster auf sich selbst fixiert ist. Unter dem Einfluß einer solchen Perfektion bewegen sich alle Dinge dem Tode entgegen.

Aus ›Leitfäden des Muad'dib‹,
von Prinzessin Irulan

Paul Muad'dib erinnerte sich an eine Mahlzeit, die stark mit Gewürzessenz durchsetzt gewesen war. Er klammerte sich an diese Erinnerung, die ihm die Gewißheit gab, daß alles andere, was er jetzt sah, ein Traum sein mußte.

Ich bin die Bühne, auf der sich alles abspielt, dachte er. *Ich bin ein Opfer unvollständiger Visionen, des rassischen Unterbewußtseins und dessen schrecklichem Ziel.*

Dennoch konnte er der Furcht, daß etwas dabei war, ihn zu überrennen, nicht entkommen; er schien seinen festen Stand im Fluß der Zeit verloren zu haben. Vergangenheit, Gegenwart und Zukunft gingen nahtlos ineinander über.

Chani hat das Essen für mich zubereitet, dachte er.

Und jetzt befand sie sich tief im Süden, in jenem alten Land, in dem die Sonne heiß vom Himmel strahlte, versteckt in einer der neuen Sietch-Festungen, zusammen mit ihrem Sohn, Leto dem Zweiten.

Oder war das etwas, das erst noch passieren würde?

Nein, machte er sich klar, denn Alia-die-Fremde, seine Schwester, war zusammen mit ihrer Mutter und Chani denselben Weg gegangen - einen Zwanzig-Klopfer-Trip nach Süden, in der Sänfte der Ehrwürdigen Mutter, auf dem Rücken eines wilden Bringers.

Er schob den Gedanken an einen Ritt auf dem Rücken eines Wurms beiseite und dachte: *Oder muß auch Alia erst noch geboren werden?*

Ich war auf einer Razzia, erinnerte Paul sich. *Wir wollten das Wasser unserer Toten bei Arrakeen zurückgewinnen. Und ich fand dabei die Überreste meines Vaters auf einem Scheiterhaufen. Ich habe seinen Schädel auf einem Felsen über dem Harg-Paß* zur *letzten Ruhe gebettet.*

War auch dies ein Erlebnis, das er erst noch haben würde?

Meine Wunden sind keine Einbildung, sagte Paul sich. *Und auch nicht die Narben. Also ist auch der Schrein meines Vaters Wirklichkeit.*

Immer noch in dieser seltsamen Traumwelt gefangen, erinnerte sich Paul, daß Harah, Jamis' Frau, in seinen Ruheraum eingedrungen war und ihm berichtet hatte, daß sich auf dem davorliegenden Korridor ein Kampf abspielte. Es war in dem Sietch gewesen, den sie zwischendurch bewohnt hatten - bevor man die Frauen und Kinder nach Süden schickte. Harah hatte im Eingang zur inneren Kammer gestanden. Wasserringe hatten ihr Haar geteilt. Sie hatte dagestanden, den Vorhang beiseitegeschoben und ihm erzählt, daß Chani soeben dabei war, jemanden umzubringen.

Das ist geschehen, dachte Paul. *Es war Wirklichkeit und ist auch in der Zukunft nicht zu ändern.*

Er erinnerte sich, hinausgeeilt zu sein und Chani keuchend neben einem gelbes Licht verbreitenden Leuchtglobus gefunden zu haben. Sie trug ein hellblaues Wickelkleid mit Kapuze. Die Kapuze war zurückgeschoben, und ihr Gesicht zeigte einen Ausdruck, den er nicht deuten konnte. Sie war gerade dabeigewesen, das Messer in die Scheide zurückzuschieben, während eine ziemlich eilige Gruppe von Menschen – eine Leiche zwischen sich – den Korridor hinabrannte.

Und Paul erinnerte sich, daß er damals zu sich selbst gesagt hatte: *Du weißt, was es bedeutet, wenn sie einen Leichnam zwischen sich tragen.*

Chanis Wasserringe, die im Innern des Sietchs offen getragen wurden, hatten leicht geklingelt, als sie ihm das Gesicht zuwandte.

»Chani, was hat das zu bedeuten?« hatte er gefragt.

»Ich habe einen erledigt, der vorhatte, dich zu einem Zweikampf herauszufordern, Usul.«

»Du hast ihn *umgebracht?*«

»Ja, aber vielleicht hätte ich ihn für Harah übriglassen sollen.«

Und Paul erinnerte sich an die Zustimmung in den Blicken der Umstehenden. Sogar Harah hatte gelacht.

»Aber er kam her, um *mich* zu fordern!«

»Du hast mir selbst die Zauberkräfte beigebracht, Usul.«

»Richtig, aber du solltest sie nicht dazu...«

»Ich bin in der Wüste geboren worden, Usul. Ich weiß, wie man ein Crysmesser führt.«

Er unterdrückte seinen Ärger und versuchte sachlich zu bleiben. »All das mag ja stimmen, Chani, aber...«

»Ich bin nicht mehr das Kind, das im Schein der Leuchtgloben den Sietch nach Skorpionen absucht, Usul. Ich spiele jetzt nicht mehr.«

Paul starrte sie an und registrierte den ungehaltenen Ton ihrer Worte.

»Er war deiner nicht würdig, Usul«, fuhr Chani fort. »Leute seines Schlages dürfen deine Meditationen nicht stören.« Sie kam näher, sah ihn aus den Augenwinkeln an und senkte ihre Stimme zu einem solchen Flüstern herab, damit nur er sie verstehen konnte. »Außerdem, Geliebter, wenn sich herumspricht, daß die Herausforderer in der Regel zuerst mir gegenüberstehen müssen, wird es weniger von ihnen geben.«

Ja, sagte sich Paul, *das ist wirklich geschehen. Es war in der realen Vergangenheit. Und die Anzahl der Raufflustigen, die es einfach ausprobieren wollten, ob sie der Klinge Muad'dibs gewachsen waren, senkte sich daraufhin enorm.*

Irgendwo, außerhalb der Traumwelt, in der er jetzt schwebte, bewegte sich etwas und gab den Schrei eines Nachtvogels von sich.

Ich träume, dachte Paul. *Und es liegt an der Gewürzmahlzeit.* Immer noch war das Gefühl des Alleinseins in ihm. Er fragte sich, ob es möglich war, daß sein Geist jene Ebene erreicht hatte, von der die Fremen glaubten, daß in ihr seine wahre Existenz lag – im Alam al-Mithal, der Welt, in der es keine Grenzen gab. Und er empfand Furcht bei dem Gedanken an einen solchen Ort, weil ein Ort ohne Grenzen auch bedeutete, daß es in ihm keinerlei Bezugspunkte gab. Man konnte sich in einer mythischen Landschaft nicht orientieren und sagen: »Ich bin ich, weil ich mich hier befinde.«

Seine Mutter hatte einmal gesagt: »Das Volk ist sich nicht einig, was es von dir halten soll.«

Ich muß aus diesem Traum erwachen, sagte Paul sich. Und auch dies war Wirklichkeit gewesen – diese Worte aus dem Mund seiner Mutter; der Lady Jessica, die nun die Ehrwürdige Mutter der Fremen darstellte.

Paul wußte, daß Jessica sich Sorgen über die religiöse Beziehung zwischen ihm und den Fremen machte. Sie konnte sich mit der Tatsache, daß die Leute – egal, ob sie in einem Sietch oder im Grabenland lebten – von ihrem Sohn als Ihm sprachen, nicht abfinden. Immer noch befragte sie alle Stämme, schickte ihre Spione aus, sammelte deren Antworten und versuchte, daraus ihre Erkenntnisse zu ziehen.

Sie hatte ihm ein Sprichwort der Bene Gesserit vorgehalten: »Wenn Religion und Politik unter der gleichen Fahne segeln, glauben die Menschen schnell, daß sich ihnen nichts mehr entgegenzustellen vermag. Sie ignorieren alle Hindernisse und streben immer schneller und schneller vorwärts – ohne dabei zu bedenken, daß jemand, der nur geradeaus schaut, alle Gefahren nicht sieht, die sich ihm von der Seite nähern.«

Paul erinnerte sich daran, im Quartier seiner Mutter gesessen zu haben, in der inneren Kammer, deren Wände mit Teppichen behangen waren, deren Oberfläche Szenen aus der fremenitischen Mythologie gezeigt hatten. Er hatte dagesessen und ihr zugehört und gleichzeitig die Art registriert, in der sie ihn beobachtete. Und das tat sie sogar mit gesenktem Blick. Ihr ovales Gesicht hatte einige Falten bekommen, um die Mundwinkel herum, aber ihr Haar erinnerte noch immer an polierte Bronze. Hinter der tiefblauen Färbung ihrer Augen hatte er noch immer einen grünen Glanz zu erkennen vermocht.

»Die Religion der Fremen ist einfach und doch praktikabel«, sagte er.

»Keine Religion ist simpel«, warnte sie ihn.

Aber Paul, der die hinter einem dichten Nebel verborgene Zukunft, die auf sie zukam, ahnte, reagierte mit offensichtlichem Ärger. Alles, was er sagen konnte, war: »Die Religion einigt unsere Kräfte. Das ist unser Mysterium.«

»Du treibst diese Entwicklung bewußt voran«, hatte sie ihm entgegengehalten. »Du indoktrinierst sie absichtlich.«

»So, wie du es mir beigebracht hast.«

Aber sie war an diesem Tag keinen Argumenten zugänglich gewesen, und das lag wohl daran, daß es ausgerechnet der erste Geburtstag seines Sohnes Leto gewesen war. Jessica hatte seine Verbindung mit Chani, diese »Kinderhochzeit«, wie sie sie zu nennen pflegte, noch immer nicht gebilligt. Aber immerhin hatte Chani einem Atreides das Leben geschenkt, was es ihr unmöglich machte, sie vollständig abzulehnen.

Schließlich hatte sie festgestellt: »Du hältst mich für eine unnatürliche Mutter.«

»Unsinn.«

»Ich sehe es daran, wie du mich beobachtest, wenn ich mit deiner Schwester zusammen bin. Du verstehst auch sie nicht.«

»Ich weiß, weshalb Alia anders ist«, sagte Paul. »Sie war noch nicht geboren, sondern ein Teil von dir, als du das Wasser des Lebens trankst. Sie...«

»Du weißt überhaupt nichts!«

Und Paul, unfähig seine Gedanken in dieser Beziehung auszudrücken, konnte nur erwidern: »Ich halte dich keinesfalls für unnatürlich.«

Jessica, die seine Verzweiflung erkannte, sagte plötzlich: »Da ist eine Sache, mein Sohn.«

»Ja?«

»Ich liebe deine Chani. Ich akzeptiere sie.«

Auch das war geschehen, wurde Paul jetzt klar. Es konnte keine der Visionen sein, von denen er nicht wußte, ob sie schon passiert waren.

Diese Gewißheit gab ihm neuen Halt. Die Realitätseinheiten begannen sich anzusammeln und seine Traumwelt zu durchdringen. Er wußte plötzlich wieder, daß er sich in einem Hiereg, einem Wüstenlager befand. Chani hatte ihr Zelt auf Mehlsand gestellt, damit sie eine weiche Unterlage hatten. Und das konnte nur bedeuten, daß sie in der Nähe war - Chani, seine Seele, Chani, seine Sihaya, die so süß war wie der Wüstenfrühling, Chani aus den südlichen Palmengärten.

Und er erinnerte sich daran, daß sie in der Zeit der Schlafperiode ein Lied für ihn gesungen hatte:

»O meine Seele,
Du hast keinen Sinn für das Paradies dieser Nacht,
Du wirst weiterziehen,
Gehorchend meiner Liebe.«

Und sie hatte das Lied gesungen, das die Liebenden sangen im Sand, und der Rhythmus war ihm erschienen wie das Gefühl der Dünen unter seinen Füßen, wenn er über sie schritt:

»Erzähle mir von deinen Augen,
Und ich erzähle dir von deinem Herz.
Erzähle mir von deinen Füßen,
Und ich erzähle dir von deinen Händen.
Erzähle mir von deinem Schlaf,
Und ich erzähle dir von deinem Erwachen.
Erzähle mir von deiner Sehnsucht,
Und ich erzähle dir von deinen Bedürfnissen.«

Er hatte in einem der Nebenzelte jemanden ein Baliset anschlagen gehört, und sofort waren seine Gedanken zu Gurney Halleck zurückgekehrt. Der bekannte Klang des Instruments hatte ihn an ein Zusammentreffen mit Gurney erinnert, während dem er sich selbst verborgen halten mußte. Gurney war jetzt das Mitglied einer Schmugglerbande, und Paul durfte sich ihm deswegen nicht zeigen, weil es zu verhindern galt, daß der Mann ihm unwissentlich jene Leute auf die Spur hetzte, die schon seinen Vater auf dem Gewissen hatten.

Aber der völlig andere Stil des Balisetspielers brachte Paul schnell wieder in die Realität zurück. Es war nicht Gurney, der dort in die Saiten griff, sondern Chatt, der Führer der Fedaykin, jenes Todeskommandos, das seine Leibwache bildete.

Wir sind in der Wüste, erinnerte sich Paul, *in der Zentral-Erg, weit entfernt von den Patrouillen der Harkonnens. Ich bin hier, um einem Bringer aufzulauern, ihn zu besteigen und damit zu dokumentieren, daß ich ein vollwertiger Fremen bin.*

Er fühlte jetzt die Maula-Pistole, die an seinem Gürtel hing – und das Crysmesser. Und die Stille, die ihn umgab.

Es war ein typischer Vormorgen in der Wüste. Die Nachtvögel hatten sich zwar schon zurückgezogen, aber die Kreaturen des Tages waren noch nicht hervorgekrochen, um mit ihren Geräuschen die Ankunft ihres ewigen Feindes, der Sonne, anzukündigen.

»Du mußt bei Tageslicht durch die Wüste gehen und dem Shai-Hulud zeigen, daß du keine Angst hast«, hatte Stilgar ihm erklärt. »Deswegen werden wir unsere gewohnte Zeiteinteilung ändern und in der Nacht schlafen.«

Schweigend setzte Paul sich auf und spürte, daß der Destillanzug lose an seinem Körper hing. Er lag dicht an der Wand des Zeltes. Obwohl er sich leise bewegte, nahm Chani ihn wahr.

Von der Spitze des Zeltes, wo sie nur als sanfter Schatten sichtbar wurde, sagte sie: »Es herrschen noch keine normalen Lichtverhältnisse, Geliebter.«

»Sihaya«, erwiderte Paul lächelnd.

»Du nennst mich den Wüstenfrühling«, sagte Chani. »Aber am heutigen Tag bin ich deine Wächterin. Ich bin die Sayyadina, die darauf achtet, daß die Regeln befolgt werden.«

Paul begann seinen Destillanzug zu justieren. »Du hast mir einst die Worte des Kitab al-Ibar gesagt«, bemerkte er. »Und zwar: ›Die Frau ist dein Acker. Gehe hin und befruchte ihn.‹«

»Ich bin die Mutter deines Erstgeborenen«, bestätigte sie.

Er sah, wie sie ihn im Grau des Morgens beobachtete, seine Bewegungen registrierte und ihren eigenen Destillanzug darauf einstellte, bald selbst in ihm hinauszugehen. »Du solltest dir alle Ruhe gönnen, die du bekommen kannst«, sagte sie.

Paul erkannte die Liebe zu ihm, die aus diesen Worten sprach, und erwiderte sanft: »Die Sayyadina der Wache darf den Kandidaten weder mit guten Ratschlägen versorgen noch ihn vor etwas warnen.«

Sie schlüpfte an seine Seite und berührte mit der Hand

seine Wange. »Heute bin ich beides: Frau und Wächterin zugleich.«

»Du hättest diese Pflicht jemand anderem überlassen sollen«, meinte Paul.

»Das würde die Wartezeit noch unerträglicher machen«, gab sie zurück. »So bin ich wenigstens an deiner Seite.«

Bevor er seinen Gesichtsschleier zurechtlegte, küßte Paul ihre Hand. Dann wandte er sich um und brach das Zeltsiegel. Die Luft drang zu ihnen herein, sie enthielt jene gewisse Art der Kälte, die darauf hindeutete, daß sich in den Tausammlern einiges an Feuchtigkeit gefangen haben mußte. Mit ihr kam der Geruch der Vorgewürzmasse, die sie im Nordosten entdeckt hatten und die darauf schließen ließ, daß sich ein Bringer in der Nähe aufhielt.

Paul kroch durch die doppelte Öffnung, richtete sich im Sand auf und reckte sich. Ein matter, grüner Perlenglanz erleuchtete den östlichen Horizont. Die Zelte seiner Leute erschienen wie winzige Dünen um ihn herum. Linkerhand registrierte er eine Bewegung – die Wache. Sie hatte ihn bereits gesehen.

Sie wußten von der Gefahr, der er heute in die Augen schauen mußte. Jeder Fremen hatte dies hinter sich gebracht. Und daß sie ihn in diesen Minuten allein ließen, bedeutete, daß sie ihm alle Unterstützung gaben, sich vor diesem entscheidenden Ereignis noch einmal zu sammeln.

Heute wird es geschehen, dachte Paul.

Er dachte über das Anwachsen der Macht nach, die ihm während der ständigen Pogrome zugefallen war, an die alten Männer, die ihre Söhne zu ihm schickten, damit er sie in der Kunst des Zauberkampfes unterrichtete, die er beherrschte, an die alten Männer bei den Versammlungen, die ihm zuhörten und versuchten, seinen Plänen zu folgen, an die Männer, die aus einer Schlacht zurückkehrten und ihm das höchste Kompliment spendeten, was ein Fremen abgeben konnte: »Dein Plan war erfolgreich, Muad'dib.«

Und dennoch war ihm selbst der kleinste und gemeinste Fremen in einer Beziehung weit voraus. Paul wußte, daß sein Führungsanspruch unter dieser allgemein bekannten Tatsache litt.

Er hatte noch keinen Bringer geritten.

Oh, natürlich hatte er schon zusammen mit anderen auf dem Rücken eines Sandwurms gestanden, auf kurzen Reisen oder vereinzelten Überfällen - aber er hatte noch keine *eigene* Reise gemacht. Und solange er das nicht vollbracht hatte, war er von den Fähigkeiten der anderen abhängig. Kein wirklicher Wüstenbewohner konnte das auf sich sitzen lassen. Wenn er diese Prüfung nicht ablegte, blieb ihm sogar das Land im Süden verschlossen - es sei denn, er legte den Weg dorthin zurück, indem er sich eine Sänfte kommen - wie es die Ehrwürdige Mutter tat - oder sich wie ein Kranker oder Verwundeter transportieren ließ.

Paul dachte an den Kampf, den er in der Nacht mit seinem Unterbewußtsein geführt hatte. Irgendwie glaubte er darin eine seltsame Parallele zu erkennen. Wenn er den Bringer besiegte, war sein Gesetz erfüllt; genauso wie er sein eigenes Unterbewußtsein besiegt hatte und in die Wirklichkeit zurückgekehrt war. Und trotzdem lag jenseits beider Fixpunkte ein nebelhaftes Gebiet. Es repräsentierte die Große Unruhe, die das ganze Universum in einen Wirbel zog.

Die unterschiedlichen Gesichtspunkte, in denen er das Universum begriff, jagten ihm Angst ein. Genauigkeit maß sich mit Ungenauigkeit. Er sah es *in situ*. Das *Jetzt* begann, kaum daß es geboren und dem Druck der Realität ausgesetzt war, sein eigenes Leben zu entwickeln, und wuchs unter dem Einfluß seiner eigenen subtilen Differenzen. Zurück blieb das schreckliche Ziel, das rassische Unterbewußtsein. Und über alldem loderte der Djihad in seiner blutigsten und wildesten Form.

Chani verließ das Zelt ebenfalls, reckte sich und sah ihn

aus den Augenwinkeln an, wie sie es immer tat, wenn sie herauszufinden versuchte, in welcher geistigen Verfassung Paul sich befand.

»Erzähle mir noch einmal von den Wassern deines Heimatplaneten, Usul«, sagte sie plötzlich.

Natürlich wollte sie ihn ablenken. Sie versuchte, sein Bewußtsein vor dem großen Test aus seiner inneren Spannung zu befreien. Es wurde jetzt immer heller, und Paul bemerkte, daß einige seiner Fedaykin bereits begannen, ihre Zelte abzubrechen.

»Ich würde lieber etwas über den Sietch und unseren Sohn erfahren«, erwiderte Paul. »Wickelt er meine Mutter schon um den Finger?«

»Nicht nur sie, sondern auch Alia«, sagte Chani. »Er wächst sehr rasch. Es wird einmal ein großer Mann aus ihm werden.«

»Wie ist es dort unten im Süden?« fragte Paul.

»Wenn du den Bringer reitest, wirst du es selbst sehen.«

»Aber ich möchte das Land vorher durch deine Augen sehen.«

»Es ist unglaublich einsam«, sagte Chani.

Paul berührte den Nezhoni-Schal, der, um ihren Kopf gewickelt, unter der Kapuze hervorragte. »Warum willst du mir nichts über den Sietch erzählen?«

»Ich habe dir bereits davon erzählt. Der Sietch ist ein Ort der Einsamkeit ohne unsere Männer. Er ist ein Arbeitsplatz. Wir gehen in den Fabriken unserer Arbeit nach und in den Töpfereien. Wir haben Waffen zu fertigen, Pfähle zu stecken, damit wir das Wetter voraussagen können, und Gewürz zu sammeln, das wir zur Bestechung brauchen. Wir haben Dünen zu befestigen, damit sie größer werden und verankert werden können. Wir stellen Stoffe und Decken her und trainieren die Kinder, damit der Stamm seine Stärke niemals verliert.«

»Gibt es denn überhaupt nichts, was euch im Sietch erfreut?«

»Die Kinder erfreuen uns. Wir gehorchen den Riten.

Imperator Shaddam IV *(Giancarlo Giannini)*,
der Herrscher über die Häuser des Landsraad.

Die kleine Alia *(Laura Burton)* ist Pauls Schwester und Tochter des verstorbenen Leto Atreides. Sie hat hellseherische Fähigkeiten.

Mutter Mohiam *(links: Zuzana Geislerová)* ist die Anführerin der Bene Gesserit, einer uralten Sekte, die auf die Erscheinung des Kwisatz Haderach wartet.

Thufir Hawat *(Jan Vlasák)* ist ein Mentat im Dienste Herzog Letos. Diese Gruppe von Gelehrten berät die großen Häuser in Fragen der Wissenschaft und Logik.

Dr. Yueh *(Robert Russell)* ist Pauls Lehrer. Er versucht dem Heißsporn die delikate Machtbalance im Universum zu erklären.

Die Attacke des Wurms auf die Erntemaschine.

Jessica und Paul bei ihrer Flucht aus der Wüste.

Stilgar *(Uwe Ochsenknecht)*,
der schweigsame und stoische Führer der Fremen,
hofft auf eine bessere Zukunft für sein Volk.

Wir haben genügend Nahrung. Manchmal geht eine von uns nach Norden, um bei ihrem Mann zu sein. Das Leben muß weitergehen.«

»Meine Schwester Alia - wird sie schon von den Leuten akzeptiert?«

Im anwachsenden Morgenlicht wandte sich Chani ihm zu. Sie maß ihn mit einem durchdringenden Blick. »Das ist eine Sache, die wir ein anderesmal diskutieren sollten, Geliebter.«

»Laß uns jetzt darüber sprechen.«

»Du solltest deine Energie für die Prüfung sparen«, erwiderte sie.

Paul sah ein, daß er etwas berührt hatte, was er nicht hätte berühren sollen. Aus Chanis Stimme klang der Rückzug. »Das Unbekannte«, sagte er, »bringt seine eigenen Sorgen mit sich.«

Chani nickte plötzlich und sagte: »Es gibt... hier und da Mißverständnisse wegen Alias... Andersartigkeit. Die Frauen fürchten sich, weil sie nicht wie ein... Kind redet... daß sie über Sachen spricht, die normalerweise nur Erwachsene wissen können. Sie verstehen nicht, daß Alia verändert wurde, als sie noch im Mutterleib war.«

»Gibt es Schwierigkeiten?« fragte Paul. Und er dachte: *Ich habe Visionen gehabt, die davon kündeten, daß es Schwierigkeiten mit Alia geben wird.*

Chani warf einen Blick auf den langsam wachsenden Strahl des Sonnenlichts über dem Horizont. »Einige der Frauen schlossen sich zusammen und schickten eine Abordnung zur Ehrwürdigen Mutter. Sie verlangten von ihr, den Dämon aus ihrer Tochter zu vertreiben. Sie zitierten dabei aus der Schrift: ›Erlaubt es keiner Hexe, unter uns zu leben.‹«

»Und was hat meine Mutter darauf erwidert?«

»Sie rezitierte das Gesetz und schickte die Frauen beschämt zurück. Sie sagte: ›Wenn Alia Schwierigkeiten provoziert, ist das die Schuld der Autorität, die nicht vorhergesehen hat, was auf uns zukommt, und keine Gegenmaßnahmen ergriff.‹ Und sie versuchte ihnen zu erklären, wie die Veränderung Alias im Mutterleib zustande gekommen ist. Aber die Frauen waren wütend, weil sie sie beschämt hatte, und verließen sie unter Unmutsäußerungen.«

Es wird noch mehr Ärger wegen Alia geben, dachte Paul.

Ein Windstoß warf ihm Sandkörner ins Gesicht, die den Duft der Vorgewürzmasse mit sich brachten. »El Sayal, der Sandregen, der den Morgen ankündigt«, murmelte er.

Paul schaute über die im Morgengrauen daliegende Landschaft hinweg. Es war eine Landschaft ohne Gefühle, der Sand eine Form, die sich selbst absorbierte. Ein trokkener Blitz leuchtete im Süden auf – ein Zeichen, daß sich dort ein statischer Sturm entwickelte. Der Donner kam erst viel, viel später.

»Die Stimme, die dem Land seine Schönheit verleiht«, sagte Chani.

Immer mehr seiner Leute kamen jetzt aus den Zelten. Die Wachen, die weiter draußen ihre Posten bezogen hatten, kehrten zurück ins Lager. Alles um sie herum bewegte sich mit einer Geschäftigkeit, die nach uralten Regeln vorging und keinerlei Anweisungen erforderte.

»Gib so wenig Befehle wie nur möglich«, hatte sein Vater ihm einst erzählt. Es war lange her. »Wenn du einmal damit anfängst, Befehle zu erteilen, wirst du sie immer wieder geben müssen.«

Die Fremen kannten diese Regel rein instinktiv.

Der Wassermeister der Truppe stimmte sein Morgenlied an und fügte diesmal den rituellen Ruf hinzu, der einen zukünftigen Sandreiter ankündigte.

»Die Welt ist ein Körper«, sang der Mann, und seine Stimme wehte klagend über die Dünen. »Wer kann die Todesengel zur Umkehr bewegen? Was Shai-Hulud verfügt hat, soll geschehen.«

Paul hörte ihm zu und stellte fest, daß die gleichen Worte auch den Anfang des Todesliedes seiner Fedaykin bildeten; Worte, die die Todeskommandos rezitierten, ehe sie sich in die Schlacht stürzten.

Wird man eines Tages an dieser Stelle einen Schrein aufstellen, um anzuzeigen, daß man eine weitere Seele verlor? fragte sich Paul. *Werden vorbeiziehende Fremen in der Zukunft an dieser Stelle anhalten, dem Schrein einen weiteren Stein hinzufügen und Muad'dibs gedenken, der hier starb?*

Er wußte, daß diese Alternative nicht unmöglich war. Sein Tod war *eine* der Raum-Zeit-Linien, die er von seiner momentanen Position aus sehen konnte. Und diese zweifelhafte Vision, die nichts Konkretes aussagte, machte ihn krank. Je mehr er sich weigerte, sich dem schrecklichen Ziel hinzugeben, je mehr er gegen die Vision des Djihads ankämpfte, desto größer wurden die Schwierigkeiten, ein exaktes Abbild der Zukunft vor seinem inneren Auge zu erzeugen. Alles, was er sah, glich einem schäumenden Strom, der sich einen Weg durch eine Alptraumlandschaft bahnte und sich in einem Gewirr aus Felsen, Wolken und Nebelbänken in der Unendlichkeit verlor.

»Da kommt Stilgar«, sagte Chani. »Ich muß mich jetzt von dir fernhalten, Geliebter. Von jetzt an werde ich die Sayyadina sein, deren Aufgabe es ist, die Einhaltung der Regeln zu überwachen und sie zu einem Teil der Chronik zu machen.« Sie schaute einen Moment lang zu Paul auf und erweckte den Eindruck, als sei sie dabei, die Kontrolle über sich selbst zu verlieren und ihm um den Hals zu fallen. Es geschah jedoch nichts dergleichen. »Wenn dieser Tag Vergangenheit geworden ist«, fügte sie hinzu, »bereite ich dir dein Frühstück mit den eigenen Händen.« Dann ging sie fort.

Mit den Schritten seiner Stiefel kleine Sandwölkchen aufwirbelnd, kam Stilgar auf Paul zu. Die dunklen Augenhöhlen des Mannes waren auf ihn gerichtet. Ein Stück seines dunklen Bartes war zu erkennen, sonst sah man von seinem Gesicht nicht viel. Stilgar trug das Banner Pauls - das grüne und schwarze Banner, in dessen Stab sich ein Wasserschlauch befand -, das sich bereits einen legendären Ruf im ganzen Land erworben hatte.

Mit ein wenig Stolz dachte Paul: *Ich kann nicht einmal die einfachste Sache tun, ohne daß nicht jemand eine Legende daraus macht. Sie werden sich merken, wie Chani eben fortging und wie ich jetzt Stilgar begrüßen werde - jede Bewegung, die ich heute mache, werden sie aufzeichnen. Leben oder sterben - es wird eine Legende daraus werden. Aber ich darf nicht sterben. In einem solchen Fall würde alles zur Legende werden. Und niemand würde den Djihad aufhalten.*

Stilgar rammte das Banner neben Paul in den Sand und ließ die Arme sinken. Seine tiefblauen Augen blieben ausdrucksIos und brachten Paul auf den Gedanken, wie er wohl selbst in diesem Augenblick aussehen mochte. Denn der ständige Gewürzkonsum war auch bei ihm nicht ohne Folgen geblieben. Auch er versteckte sich hinter einer Maske undurchdringlicher Bläue.

»Sie haben uns die Hadj verweigert«, sagte Stilgar mit rituellem Ernst.

Und genau wie Chani es ihn gelehrt hatte, erwiderte Paul: »Wer kann einem Fremen das Recht verweigern, zu gehen oder zu reiten, wohin er will?«

»Ich bin ein Naib«, fuhr Stilgar fort, »der niemals lebend in die Hände seiner Feinde fällt. Ich bin ein Drittel des tödlichen Dreibeins, das unsere Gegner vernichten wird.«

Es wurde still um sie herum.

Paul warf einen Blick auf die anderen Fremen, die sich hinter Stilgars Rücken auf dem Sand versammelt hatten; er sah, daß die Art, in der sie dastanden, ausdrückte, welche Empfindungen sie beim Anhören der Worte bewegten. Und er fragte sich, wie sie den Lebenskampf überstanden hatten, bevor ihnen ein Mann wie Liet-Kynes begegnet war.

»Wo ist der Herr, der uns durch das Land der Wüsten und Höhlen geführt hat?« fragte Stilgar.

»Er ist stets bei uns«, erwiderten die Fremen.

Stilgar hob die Schultern, ging näher an Paul heran und senkte seine Stimme. »Erinnere dich jetzt an das, was ich dir gesagt habe. Gehe einfach und direkt vor und unternehme keine waghalsigen Experimente. Es ist bei unserem Volk Sitte, den Bringer im Alter von zwölf Jahren zu reiten. Du bist mehr als sechs Jahre über dieses Alter hinaus und für dieses Leben nicht geboren. Es gibt keinen Grund, die anderen beeindrucken zu müssen. Wir wissen, daß du ein tapferer Mann bist. Alles, was du tun mußt, ist, den Bringer zu rufen und ihn zu besteigen.«

»Ich werde daran denken«, versprach Paul.

»Ich hoffe, daß du das wirst. Ich hoffe ebenso, daß du deinen Lehrer nicht blamierst.«

Stilgar zog einen meterlangen Plastikstab unter seiner Robe hervor. Das Ding besaß an einem Ende eine Spitze und am anderen einen federbetriebenen Klopfer. »Ich habe diesen Klopfer selbst eingestellt. Es ist ein guter. Nimm ihn.«

Paul nahm ihn. Der Plastikgriff fühlte sich warm und weich an.

»Shishakli hat deine Haken«, sagte Stilgar. »Er wird sie dir geben, sobald du zu dieser Düne da hinten gehst.« Er deutete nach rechts. »Rufe deinen großen Bringer, Usul, und zeige uns, was du gelernt hast.«

Stilgars Tonfall glich nun einer exakten Mischung aus Ritual und freundschaftlicher Besorgtheit.

In diesem Moment schob sich die Sonne über den Horizont. Der Himmel war von jenem silbrigen Blaugrau, das darauf hinwies, daß es ein Tag extremer Hitze - selbst für die Verhältnisse auf Arrakis - werden würde.

»Es wird ein Tag der Trockenheit«, sagte Stilgar in einem Tonfall, der jetzt nur noch das Ritual beinhaltete. »Geh nun, Usul, und reite den Bringer, gleite über den Sand, wie es eines Führers der Menschen würdig ist.«

Paul salutierte vor seinem Banner und stellte fest, wie schlaff die Flagge, jetzt, wo der Wind gestorben war, herabhing. Dann wandte er sich der Düne zu, auf die Stilgar gezeigt hatte, ein S-förmiges Gebilde von schmutzigbrauner Farbe. Der Rest der Truppe war bereits dabei, in die entgegengesetzte Richtung davonzugehen; auf die andere Düne zu, in deren Schutz sie ihr Lager aufgeschlagen hatten.

Nur ein Mann blieb in Pauls Nähe zurück: Shishakli, ein Brigadeführer der Fedaykin. Die Kapuze verbarg sein Gesicht so, daß lediglich die Augen erkennbar waren.

Als Paul auf ihn zuging, hielt Shishakli ihm zwei dünne Haken entgegen, die an etwa anderthalb Meter langen, peitschenähnlichen Stäben hingen. Die Haken selbst waren aus Plastahl, während die Stabgriffe aus einem aufgerauhten Stoff bestanden, an denen die Hände nicht so leicht abgleiten konnten.

Wie es das Ritual erforderte, nahm Paul die Gegenstände mit der linken Hand entgegen.

»Es sind meine eigenen Haken«, sagte Shishakli mit heiserer Stimme. »Sie haben noch niemals versagt.«

Paul nickte, behielt das rituelle Schweigen bei und ging an dem Mann vorbei auf die Düne zu. Auf ihrer Spitze machte er eine Drehung und blickte auf die anderen zurück, die sich mit flatternden Roben wie ein aufgeregter Heuschreckenschwarm auf die andere Düne zurückzogen. Er stand jetzt allein auf dem Dünenkamm, und vor ihm befand sich nichts als ein endloser Horizont, der flach war und auf dem sich nicht die kleinste Bewegung zeigte. Stilgar hatte eine gute Düne für ihn ausgesucht; sie war höher als alle anderen in der näheren Umgebung.

Paul bückte sich und versenkte die Spitze des Klopfers tief in die dem Wind zugewandte Seite der Düne, wo der Sand so kompakt war, daß er das Geräusch des Lockmittels weithin tragen würde. Dann wartete er ab und dachte an die Lektionen Stilgars und der beiden Alternativen, denen er jetzt ins Angesicht sehen mußte: Erfolg oder Tod.

Sobald er die Sperre ausklinkte, würde der Klopfer zu arbeiten anfangen. Irgendwo dort draußen im Sand würde ein gigantischer Wurm – ein Bringer – die Klopfgeräusche hören und sich ihnen nähern. Mit den peitschenähnlichen Hakenstäben - das war Paul klar - konnte er den geschwungenen und hohen Rücken des Bringers erklimmen. Und solange der Vorderrand eines Ringsegments durch die Haken offengehalten wurde, so daß die Möglichkeit bestand, daß der Sand in das Körperinnere des Wurms gelangte, würde der Bringer sich nicht wieder eingraben. Er würde - das war vorauszusehen - sich drehen, um die geöffnete Körperseite so weit wie nur möglich von der sandigen Oberfläche des Planeten zu entfernen.

Ich bin ein Sandreiter, sagte sich Paul.

Er blickte auf die beiden Haken in seiner Linken und dachte darüber nach, daß er sie bloß an irgendeiner Stelle auf dem Rücken des Wurms zu befestigen hatte, um ihn nach Belieben in die Richtung zu lenken, in die er wollte. Er hatte gesehen, wie die anderen es machten, und er hatte den anderen bei einem kurzen Ritt geholfen. Man konnte einen gefangenen Wurm reiten, bis er erschöpft und leblos auf der sandigen Oberfläche der Wüste liegenblieb und es erforderlich wurde, einen anderen herbeizurufen.

Und wenn er diesen Test bestanden hatte, wußte Paul, war er qualifiziert genug, auch die Zwanzig-Klopfer-Reise in den Süden zu machen, um sich dort auszuruhen und neue Kräfte zu sammeln. Im Süden befanden sich die Frauen und Kinder - und die Familien, die sich vor den Pogromen hatten in Sicherheit bringen können.

Paul hob den Kopf, blickte nach Süden und erinnerte sich daran, daß jeder Bringer, der aus dem Süden kam, eine unbekannte Größe darstellte. Aber er war fest entschlossen, Sieger über die unbekannte Größe zu werden.

»Am wichtigsten ist es, daß du einen auftauchenden Bringer gut beobachtest«, hatte Stilgar ihm dargelegt. »Du mußt nahe genug bei ihm stehen, so daß du, sobald er an dir vorbeizieht, aufspringen kannst, aber dennoch nicht so nah, daß er dich zermalmen kann.«

Mit einem plötzlichen Entschluß löste Paul die Sperre.

Das Gerät begann sofort zu arbeiten und schickte das Geräusch aus, das den Wurm anlocken würde.

Rumms! Rumms! Rumms!

Paul reckte sich, suchte den Horizont ab und erinnerte sich an Stilgars Worte: »Achte darauf, aus welcher Richtung der Wurm sich nähert. Denke daran, daß er nur selten tief unter der Oberfläche herankommt. Und höre! Meistens hört man ihn schon, bevor man ihn gesehen hat.«

Und dann drangen die ängstlichen Worte Chanis in sein Gedächtnis, die sie ihm in einer Nacht, als ihre Angst um ihn sie überkommen hatte, zuflüsterte: »Wenn du dich auf dem Pfad eines Bringers aufhältst, mußt du völlig bewegungslos dastehen. Du mußt sogar denken wie ein Sandhügel. Verstecke dich hinter deinem Umhang und werde mit jeder Faser deines Körpers zu einer kleinen Düne.«

Aufmerksam suchte Paul den Horizont ab. Er lauschte und achtete auf die Zeichen, die man ihn zu erkennen gelehrt hatte.

Es kam von Südosten, ein fernes Zischen, als begänne der Sand zu flüstern. Paul erkannte die Spur des Wurmes und stellte anhand ihrer Größe fest, daß er noch nie zuvor in seinem Leben einem Exemplar solchen Formats begegnet war. Das Geschöpf schien fast anderthalb Kilometer lang zu sein, und die Sandwelle, die es mit seinem Kopf erzeugte, hatte Ähnlichkeit mit einem kleinen Berg.

Ich habe dies weder in meinem Leben noch in einer meiner Visionen vorhergesehen, sagte er sich. Und schon rannte er auf den Pfad zu, den der Wurm erzeugte, und bereitete sich darauf vor, seinen Platz einzunehmen. Danach hatte er keine Zeit mehr, an etwas anderes zu denken.

4

»Kontrolliert die Währung und die Produktionsmittel - und überlaßt den Rest dem Pöbel.« Das ist die Anweisung des Padischah-Imperators an euch. Und außerdem sagte er: »Wenn ihr Profite wollt, müßt ihr herrschen.« Obwohl eine gewisse Wahrheit in diesen Worten steckt, frage ich: »Wer ist der Pöbel - und wer sind die Beherrschten?«

Muad'dibs Geheimbotschaft an den Landsraad aus ›Arrakis erwacht‹, von Prinzessin Irulan

Ein Gedanke, der sich nicht verdrängen ließ, kehrte in Jessicas Bewußtsein immer wieder zurück: *Paul wird sich in diesem Moment seiner Sandreiter-Prüfung unterziehen. Sie versuchen, diese Tatsache vor mir zu verbergen, aber sie ist offensichtlich.*

Und Chani hat sich auf eine undurchschaubare Weise entfernt.

Jessica saß in ihrem Ruheraum, um sich vor Beginn der abendlichen Unterweisungen zu entspannen. Der Raum war hübsch eingerichtet, obwohl er nicht die Dimensionen dessen aufweisen konnte, der ihr vor der Flucht vor dem Pogrom im Sietch Tabr zur Verfügung gestanden hatte. Immerhin war er mit dicken Teppichen, weichen Vorhängen, einem niedrigen Kaffeetisch und vielfarbigen Wandbehängen ausgestattet. Leuchtgloben beschienen die Szenerie mit gelbem Licht. Und auch hier spürte sie all die Gerüche, die die Unterkünfte der Fremen kennzeichneten; sie signalisierten beinahe Geborgenheit.

Trotzdem wußte sie, daß das Gefühl, sich an einem fremden Ort aufzuhalten, sie nicht loslassen würde. Und daran war hauptsächlich die Herbheit schuld, die die Vorhänge und Teppiche ausstrahlten.

Ein leises Klingelgeräusch, von Trommeln untermalt, drang zu ihr herein. Jessica brachte es mit einer Geburtszeremonie in Zusammenhang, möglicherweise der, die Subiay erwartete, denn ihre Zeit war gekommen. Und Jessica wußte, daß sie bald das Baby sehen würde – einen blauäugigen Engel, den man der Ehrwürdigen Mutter präsentierte, damit sie ihn segnete. Und sie wußte auch, daß ihre Tochter Alia der Zeremonie beiwohnen und später einen Bericht liefern würde.

Aber noch war nicht die Zeit für das nächtliche Gebet der Teilung. Es war undenkbar, daß man eine Geburtszeremonie zum gleichen Zeitpunkt ansetzte wie das allgemeine Gedenken an die Sklavenabschlachtungen von Poritrin, Bele Tegeuse, Rossak oder Harmonthep.

Jessica seufzte. Ihr wurde klar, daß sie mit diesen Gedanken lediglich die Sorgen um ihren Sohn zu verdrängen versuchte, der in diesem Augenblick möglicherweise einer tödlichen Gefahr ins Auge blickte – den Fallgruben, in denen vergiftete Pfeile auf einen Unvorsichtigen warteten, oder plötzlichen Harkonnen-Überfällen, obwohl die letzteren seltener wurden, seit die Fremen sich besser im Luftverkehr auskannten und Pauls neue Kampfmethoden einsetzten. Aber es gab außerdem noch die natürlichen Gefahren der Wüste – die Bringer, den Durst und die Sandklüfte.

Sie überlegte sich, ob sie nach Kaffee rufen sollte, und mit diesem Gedanken kam sie zu dem immerwährenden Paradox der Wachsamkeit, unter dem die Fremen lebten: es ging ihnen, verglichen mit jenen, die den Graben bevölkerten, gut; trotz allem, was sie unter der ständigen Präsenz der Harkonnen-Söldner zu ertragen hatten.

Eine dunkelhäutige Hand schob sich durch einen Vorhang neben Jessica, setzte eine Tasse auf dem Tisch ab und zog sich zurück. Das Aroma des Gewürzgetränks war stark.

Eine Aufmerksamkeit der Teilnehmer der Geburtszeremonie, dachte Jessica.

Sie nahm die Tasse an sich, trank einen Schluck und lächelte. *In welcher anderen Gesellschaft unseres Universums,* dachte sie, *könnte eine Person meines Status' ein anonymes Geschenk so einfach annehmen und trinken, ohne dabei Angst zu haben? Natürlich wäre es leicht für mich, jedes Gift wirkungslos zu machen, aber davon weiß der anonyme Schenker nichts.*

Sie trank jetzt mit großen Schlucken und fühlte heiß und schmackhaft die Energie und Erhebungskraft des Tasseninhalts in sich hineinströmen.

Und sie fragte sich weiterhin, welche andere Gesellschaft Individuen hervorbringen konnte, die zwar ein Geschenk brachten, aber dennoch darauf verzichteten, den Beschenkten in seinen Meditationen zu stören. Respekt und Liebe waren für das Geschenk verantwortlich – und nur ganz am Rande ein klein wenig Ehrfurcht.

Ein weiteres Element der Gegenwart drängte sich in Jessicas Bewußtsein: Sie hatte an Kaffee gedacht, und er war plötzlich dagewesen. Natürlich hatte das nichts mit Telepathie zu tun, sondern war auf das Tau zurückzuführen, das Einssein einer Sietch-Gemeinschaft, einer Verhaltensweise, die durch die ihnen allen eigene Gewürzdiät hervorgerufen wurde. Die große Masse der Leute konnte nicht verstehen, welche Art der Erleuchtung das Gewürz gerade Jessica brachte; sie waren weder dazu ausgebildet, noch darauf vorbereitet worden. Ihr Bewußtsein lehnte unverständliche Dinge in der Regel ab. Und dennoch fühlten und reagierten sie manchmal wie ein einziger Organismus.

Ohne es zu bemerken.

Ob Paul die Prüfung des Sandes schon überstanden hat? fragte sich Jessica. *Er ist fähig, aber der Zufall kann auch den Fähigsten zum Straucheln bringen.*

Das Warten.

Es ist die Einsamkeit, dachte sie. *Man kann lange aushalten und warten. Bis die Einsamkeit einen überkommt.*

Das ganze Leben schien nur aus Warten zu bestehen.

Wir sind jetzt schon seit über zwei Jahren hier, dachte sie, *und es wird mindestens noch doppelt so lange dauern, bis wir daran denken können, Arrakis von diesem Gouverneur von Harkonnens Gnaden zu befreien. Mudir Nahya. Rabban, das Ungeheuer.*

»Ehrwürdige Mutter?«

Die Stimme, die von außen durch den Vorhang drang, gehörte Harah, der zweiten Frau aus Pauls Familie.

»Ja, Harah.«

Der Vorhang teilte sich, und Harah glitt zu ihr herein. Sie trug Sietch-Sandalen, ein rotgelbes Wickelkleid, das ihre Arme bis zu den Schultern freiließ; ihr Haar war in der Mitte gescheitelt und fiel in weichen Wellen nach hinten über ihren Nacken. Über ihren Zügen lag ein besorgter Ausdruck.

Hinter ihr erschien Alia, das Mädchen von zwei Jahren.

Jessica fühlte sich ganz plötzlich an Paul erinnert, der in diesem Alter ganz ähnlich ausgesehen hatte. Auch Alia hatte diesen schweifenden, ernsten Blick, der ständig zu fragen schien, das dunkle Haar und einen festen Mund. Aber es gab auch einige Unterschiede zwischen Alia und Paul - und sie waren es, die die anderen Erwachsenen beunruhigten. Das Mädchen - kaum dem Krabbelalter entwachsen - bewegte sich mit einer Selbstsicherheit und Kühle, die ungewöhnlich war. Und am meisten schockierte es die Leute, daß die Kleine in der Lage war, sexuelle Anspielungen und Witze zu verstehen und darüber zu lachen. Und sie machte selbst Bemerkungen in ihrer halb lispelnden Sprache, die ihnen deutlich zeigte, daß sie nicht die Phase, in der sich Kinder ihrer Altersgruppe zu befinden pflegten, durchlief, sondern geistig längst alle Gleichaltrigen hinter sich gelassen hatte.

Harah ließ sich seufzend auf ein Sitzkissen fallen und sah das Kind mit gerunzelter Stirn an.

»Alia.« Jessica winkte ihre Tochter heran.

Das Kind durchquerte den Raum, kletterte auf ein neben Jessica stehendes Sitzkissen, schwang sich hinauf und grabschte nach ihrer Hand. Der körperliche Kontakt führte zu der geistigen Wachsamkeit, die sie beide bereits geteilt hatten, bevor Alia das Licht der Welt erblickt hatte. Es hatte nichts mit gemeinsam gedachten Gedanken zu tun, wie es während der Zeremonie, bei der Jessica das Gewürzgift einer anderen Bestimmung zugeführt hatte, passiert war. Es war etwas Größeres, das sie jetzt verband, die Gewißheit der Anwesenheit eines anderen Lebewesens, mit dem man total eins war.

In der formalen Weise, die einer Angehörigen des Haushalts ihres Sohnes zukam, sagte Jessica: »Subakh al kuhar, Harah. Dieser Abend findet dich wohl?«

Mit dem gleichen traditionellen Formalismus erwiderte Harah: »Subakh un nar. Mir geht es gut.«

Ihre Worte waren ohne Betonung. Und wieder stieß Jessica einen Seufzer aus.

Alia schien amüsiert zu sein.

»Die Ghanima meines Bruders ärgert sich über mich«, sagte sie in ihrem Halblispeln.

Jessica registrierte das Wort, mit dem Alia Harah belegt hatte: Ghanima. In der Umgangssprache der Fremen bezeichnete man damit einen »in einer Schlacht erbeuteten Gegenstand«, allerdings mit dem Gesichtspunkt, daß dieser nicht mehr seiner ursprünglichen Bedeutung gemäß verwendet wurde. Etwa wie eine Speerspitze, die man dazu benutzte, einen Vorhang zu beschweren.

Harah warf Alia einen finsteren Blick zu. »Versuche nicht, mich zu beleidigen, Kind. Ich weiß, wo ich hingehöre.«

»Was hast du diesmal wieder angestellt, Alia?« fragte Jessica.

Harah erwiderte: »Sie hat sich nicht nur geweigert, heute mit den anderen Kindern zu spielen, sondern sie versuchte auch noch in den Raum einzudringen, in dem...«

»Ich habe mich hinter einem Vorhang verborgen und zugesehen, wie Subiays Kind geboren wurde«, erklärte Alia. »Es ist ein Junge, und er schrie und schrie immerzu. Muß der große Lungen haben! Und als er eine ganze Weile geschrien hatte...«

»...kam sie heraus und berührte ihn«, schloß Harah. »Und da hörte er auf zu schreien. Obwohl jeder weiß, daß ein Fremen-Kind nach der Geburt so lange schreien soll, wie es kann, denn es erhält im späteren Leben niemals wieder Gelegenheit dazu, weil es sonst unseren Hajr verhindert.«

»Er hatte genug geschrien«, entschied Alia. »Ich wollte nur sein Zipfelchen berühren und sein Leben fühlen, das ist alles. Und als er mich fühlte, wollte er einfach nicht mehr schreien.«

»Es wird nur dazu herhalten, daß die Leute noch mehr über dich reden werden«, sagte Harah.

»Ist Subiays Junge gesund?« fragte Jessica. Sie glaubte zu erkennen, daß irgend etwas Harah Sorgen bereitete und sie verwirrte.

»So gesund, wie es sich eine Mutter nur wünschen kann«, erwiderte Harah. »Sie wissen, daß Alia ihm nicht weh getan hat. Sie schienen nicht einmal etwas dagegen zu haben, daß sie ihn berührt hat. Er war sofort ruhig und schien glücklich zu sein. Es war...« Harah zuckte mit den Achseln.

»Es ist die Fremdartigkeit des Verhaltens meiner Tochter, nicht wahr?« warf Jessica ein. »Es liegt daran, daß sie über Dinge spricht, die Kinder ihres Alters gemeinhin noch nicht wissen. Dinge aus der Vergangenheit.«

»Woher kann sie wissen, wie die Kinder auf Bela Tegeuse ausgesehen haben?« wollte Harah wissen.

»Es stimmt aber!« rief Alia aus. »Subiays Junge sieht aus wie der Junge, den Mitha bekam – vor der Teilung.«

»Alia!« sagte Jessica. »Ich habe dich gewarnt.«

»Aber, Mutter, ich sah es, und es stimmt, und...«

Jessica schüttelte den Kopf und sah die Anzeichen der

Verwirrung in Harahs Gesicht. *Was habe ich da geboren?* fragte sie sich. *Eine Tochter, die bereits bei der Geburt das gleiche Wissen besaß wie ich… und noch mehr: sie weiß auch alles, was die Ehrwürdigen Mütter, deren Wissen in mir ist, gewußt haben.*

»Es geht nicht nur um die Dinge, die sie sagt«, wandte Harah ein. »Auch die Übungen, die sie macht: die Art, in der sie dasitzt und einen Felsen anstarrt und nur einen einzigen Nasenmuskel bewegt. Oder einen Fingermuskel oder…«

»Dabei handelt es sich um das Bene-Gesserit-Training«, erklärte Jessica. »Das weißt du, Harah. Würdest du meiner Tochter dieses Erbe verweigern?«

»Ehrwürdige Mutter, du weißt, daß diese Dinge mich persönlich nicht stören«, verteidigte sich Harah. »Aber es geht hier um die Leute und die Art, in der sie sich das Maul zerreißen. Ich sehe darin eine Gefahr. Sie sagen, deine Tochter sei ein Dämon, weil andere Kinder sich weigern, mit ihr zu spielen. Sie sei ein…«

»Sie hat eben keine Gemeinsamkeiten mit den anderen Kindern«, sagte Jessica. »Und sie ist kein Dämon. Es ist nur ein…«

»Natürlich ist sie das nicht!«

Jessica fühlte sich von der Stärke in Harahs Tonfall ziemlich überrascht und schaute kurz Alia an. Das Kind erschien ihr im Moment gedankenverloren und strahlte etwas aus, das nach… Abwarten aussah. Dann sah sie wieder Harah an.

»Ich respektiere die Tatsache, daß du ein Mitglied des Haushalts meines Sohnes bist«, erklärte sie (Alia drückte gegen ihre Hand). »Und du kannst offen über alles sprechen, was dir Sorgen bereitet.«

»Ich werde bald kein Mitglied des Haushalts deines Sohnes mehr sein«, erwiderte Harah. »Ich habe nur deswegen so lange bei ihm gelebt, weil er für meine Söhne sorgte und ihnen eine Ausbildung ermöglichte, die eben nur die Kinder eines Usul erhalten. Mehr konnte ich ihnen leider nicht geben, denn jedermann weiß, daß ich nicht das Bett deines Sohnes teile.«

Erneut regte sich Alia neben ihr, halb schlafend und warm.

»Du wärest dennoch eine gute Gefährtin für meinen Sohn geworden«, sagte Jessica. Und tief in ihrem Innern fügte sie für sich selbst hinzu: *Gefährtin... aber keine Gemahlin.* Ein Schicksal, das sie selbst geteilt hatte. Und das führte sie zum Hauptproblem, zu dem, was man bereits seit längerem im Sietch erzählte: daß Paul mit Chani zusammen war und ob sie seine Frau werden würde.

Ich liebe Chani, dachte Jessica, aber sie dachte im gleichen Atemzug daran, daß auch die Liebe im Leben eines Adeligen eine Nebenrolle zu spielen hatte. Hochzeiten zwischen Adeligen hatten andere Gründe, Liebe kam dabei nicht vor.

»Glaubst du, ich wüßte nicht, welche Pläne du mit deinem Sohn hast?« fragte Harah.

»Was meinst du damit?« wollte Jessica wissen.

»Du planst, die Stämme unter seiner Führung zu vereinigen«, erwiderte Harah.

»Und was ist schlecht daran?«

»Ich sehe Gefahren für ihn... Und Alia ist ein Teil dieser Gefahr.«

Alia schmiegte sich enger an ihre Mutter, öffnete die Augen und sah Harah aufmerksam an.

»Ich habe euch beide beobachtet«, fuhr Harah fort. »Die Art, in der ihr euch berührt. Und Alia steht mir sehr nahe, weil sie die Schwester eines Mannes ist, der zu mir ist wie ein Bruder. Ich habe auf sie achtgegeben und sie beschützt, seit sie ein Säugling war, seit jener Razzia, nach der wir hierher fliehen mußten. Und ich habe viel über sie herausgefunden.«

Jessica nickte und fühlte, wie das Unbehagen in der neben ihr sitzenden Alia wuchs.

»Du weißt, was ich meine«, fuhr Harah fort. »Sie hat von Anfang an jedes Wort verstanden, das man ihr sagte.

Hat es jemals ein anderes Baby gegeben, das in so jungen Jahren schon die Regeln der Wasserdisziplin einhalten konnte? Und was sind in der Regel die ersten Worte, die ein Kind derjenigen, die es aufzieht, entgegenbringt? Etwa ›Ich liebe dich, Harah‹?«

Harah starrte Alia an. »Weswegen, glaubst du, nehme ich all ihre Beleidigungen hin? Weil ich weiß, daß dahinter keine Bösartigkeit steckt.«

Alia schaute zu ihrer Mutter auf.

»Ja, ich bin durchaus fähig, aus meinen Beobachtungen die richtigen Schlüsse zu ziehen, Ehrwürdige Mutter«, sagte Harah. »Aus mir hätte eine Sayyadina werden können. Für mich steht fest, daß ich das, was ich gesehen habe, gesehen habe.«

»Harah…« Jessica hob die Schultern. »Ich weiß nicht, was ich darauf sagen soll.« Und sie stellte überrascht fest, daß das der Wahrheit entsprach. Es war überraschend.

Alia reckte sich, offensichtlich war das, worauf sie gewartet hatte, eingetreten.

»Wir haben einen Fehler gemacht«, sagte das Kind. »Wir brauchen Harah jetzt.«

»Es ist bei der Zeremonie geschehen«, sagte Harah, »während du das Wasser des Lebens verändertest, Ehrwürdige Mutter – und Alia noch nicht geboren war.«

Wir brauchen Harah? fragte sich Jessica.

»Wer sonst kann zu den Leuten reden und ihnen beibringen, mich zu verstehen?« fragte Alia.

»Was willst du, daß sie tut?« fragte Jessica zurück.

»Sie weiß bereits, was sie tun muß«, erwiderte Alia.

»Ich werde ihnen die Wahrheit sagen«, sagte Harah. Ihr Gesicht erschien plötzlich älter und trauriger als je zuvor. »Ich werde ihnen sagen, daß Alia nur vorgibt, ein kleines Mädchen zu sein, obwohl sie es in Wirklichkeit niemals gewesen ist.«

Alia senkte den Kopf. Tränen liefen über ihre Wangen, und Jessica fühlte eine Welle der Traurigkeit in ihrer Tochter.

»Ich weiß, daß ich eine Mißgeburt bin«, flüsterte das Kind. Die erwachsene Schlußfolgerung hörte sich aus ihrem Mund an wie eine bittere Bestätigung.

»Du bist keine Mißgeburt!« sagte Harah schroff. »Wer wagt es, so etwas zu behaupten?«

Erneut wunderte sich Jessica, wieso sich Harah derart beschützend vor ihre Tochter stellte. Und ihr wurde klar, daß Alia sie richtig beurteilt hatte. Sie brauchten Harah ebenso wie ihre Worte und Gefühle. Es war offensichtlich, daß sie Alia liebte, als sei sie ihr eigenes Kind.

»Wer sagt das?« wiederholte Harah.

»Niemand.«

Alia ergriff den Saum von Jessicas Aba, und sie wischte sich damit die Tränen aus dem Gesicht. Darauf glättete sie den Stoff wieder.

»Dann sage du es auch nicht«, befahl Harah.

»Ja, Harah.«

»Und jetzt«, fuhr Harah fort, »erzähle mir alles, damit ich weiß, wie ich bei den anderen vorzugehen habe. Erzähle mir, was mit dir geschehen ist.«

Alia schluckte und sah ihre Mutter an.

Jessica nickte zustimmend.

»Eines Tages wachte ich auf«, sagte Alia. »Es war, als erwachte ich von einem Schlaf, aber ich konnte mich nicht erinnern, schlafen gegangen zu sein. Ich befand mich an einem warmen, dunklen Platz. Und ich fürchtete mich.«

Während sie dem halb lispelnden Tonfall ihrer kleinen Tochter horchte, erinnerte sich Jessica an jenen Tag in der großen Höhle.

»Und als ich mich fürchtete«, berichtete Alia weiter, »versuchte ich irgendwohin zu entkommen. Aber es gab keinen Ausweg. Dann sah ich einen Funken... das heißt, ich sah ihn nicht; es war eine andere Form des Sehens. Er war bei mir, und ich fühlte seine Emotionen... er streichelte mich und sagte mir, daß alles in Ordnung gehen würde. Es war meine Mutter.«

Harah rieb sich die Augen und lächelte Alia zu, doch blieb ein Ausdruck in ihren Augen, der zeigte, daß die Fremen-Frau nicht nur mit ihren Ohren, sondern auch mit dem Blick die Worte des Mädchens zu verstehen suchte.

Und Jessica dachte: *Was wissen wir wirklich darüber, wie solche Frauen denken? Nach allem, was sie uns voraushaben?*

»Und kaum fühlte ich mich sicher und beschützt«, fuhr Alia fort, »stellte ich fest, daß sich bei uns ein dritter Funke befand... und dann geschah alles auf einmal. Der andere Funke war die alte Ehrwürdige Mutter. Sie war dabei... ihr Leben mit meiner Mutter zu teilen... ihr alles zu geben. Und ich war dabei, mit ihnen zusammen, und sah und hörte alles. Und als es vorüber war, war ich sie. Und sie waren ich. Es hat lange gedauert, bis ich mich selbst wiederfand.«

»Es war eine schreckliche Erfahrung«, sagte Jessica. »Kein Wesen sollte auf diese Weise ein Bewußtsein erlangen. Es ist ein Wunder, daß du all dies aufnehmen konntest.«

»Ich konnte nichts dagegen tun!« sagte Alia heftig. »Ich wußte einfach nicht, wie ich mein Bewußtsein gegen die Informationsflut schützen oder abblocken konnte. Es passierte einfach... es geschah.«

»Das wußten wir nicht«, murmelte Harah. »Als wir deiner Mutter das Wasser gaben, wußten wir nicht, daß du bereits in ihr existiertest.«

»Mache dir deswegen keine Vorwürfe, Harah«, erwiderte Alia. »Ich habe ja auch keinen Grund, deswegen ein schlechtes Gewissen zu haben. Und außerdem gibt es mindestens einen Grund, sich glücklich zu fühlen: Auch ich bin eine Ehrwürdige Mutter. Der Stamm hat also jetzt zwei...«

Sie brach ab und lauschte.

Harah stieß sich mit den Füßen ab und rutschte auf ihrem Sitzkissen etwas zurück. Sie starrte zuerst Alia an, dann ihre Mutter.

»Hast du das nicht schon vermutet?« fragte Jessica.

»Pschscht«, machte Alia.

Aus der Ferne hörten sie einen rhythmischen Singsang, der lauter und lauter wurde, durch die Vorhänge in die Räume der Sietch-Gemeinschaft drang und den Menschen Aufmerksamkeit abverlangte: »Ya! Ya! Yawm! Ya! Ya! Yawm! Mu zein, Wallah! Ya! Ya! Yawm! Mu zein, Wallah!«

Die Singenden schritten nun am äußeren Eingang von Jessicas Räumlichkeiten vorbei, und für einen Moment waren ihre Stimmen in aller Deutlichkeit zu hören. Aber sie gingen weiter, und ihre Worte verschwammen in der Ferne.

Als der Gesang nur noch ein leises Summen war, begann Jessica das Ritual mit trauriger Stimme: »Es war Ramadhan und April auf Bela Tegeuse.«

»Meine Familie saß in ihrem Garten«, sagte Harah. »Und sie badete in der Flüssigkeit, die ein Springbrunnen in die Luft warf. In ihrer Nähe war ein Portygulbaum, rund und dunkel in der Farbe. Und ein Korb mit Mishmish und Baklawa – alle Arten guter Dinge, die man essen kann. In unserem Garten herrschte Frieden, wie auch in den anderen Ländern.«

»Das Leben war voller Glück, bis die Fremden kamen«, sagte Alia.

»Unser Blut erstarrte, als wir die Schreie unserer Freunde hörten«, sagte Jessica. Und sie fühlte, wie sie die Erinnerungen aller Bewußtseine durchdrangen, die sich jetzt in ihr befanden.

»La, la, la, weinten die Frauen«, sagte Harah.

»Sie kamen durch das Mushtamal und fielen über uns her. Und das Blut unserer Männer färbte ihre Schwerter rot«, sagte Jessica.

Die Stille, die sich über sie herabsenkte, war jetzt auch in allen anderen Räumen des Sietch. Es war die Stille der Erinnerung, die geweihte Minute, die dazu diente, all diese Erinnerungen wachzuhalten.

Und es war Harah, die das Ritual ganz plötzlich abbrach. Sie gab ihren Worten eine Härte, die Jessica fremd war.

»Wir werden niemals vergeben und niemals vergessen.«

In der nachdenklichen Stille, die nun folgte, ertönte das Gemurmel von Menschen und das Rascheln mehrerer Roben. Jessica spürte, daß jemand vor dem Eingang ihres Ruheraums stand und darauf wartete, eingelassen zu werden.

»Ehrwürdige Mutter?«

Eine Frauenstimme. Jessica erkannte sie sofort. Es war Tharthar, eine der Frauen Stilgars.

»Was gibt es, Tharthar?«

»Ärger, Ehrwürdige Mutter.«

Jessica fühlte am Schlage ihres Herzens, daß sie sich plötzlich Sorgen um ihren Sohn machte. »Paul...«, keuchte sie.

Tharthar teilte den Vorhang und kam herein, dann fiel der Vorhang wieder. Sie schaute Tharthar an, eine kleine, dunkle Frau in einem rötlichen Sackgewand mit schwarzer Ornamentik. Sie sah in völlig blaue Augen, die sie nicht aus dem Blick ließen.

»Was gibt es?« wollte Jessica wissen.

»Es gibt eine Botschaft aus der Wüste«, sagte Tharthar. »Usul wird einen Bringer treffen... heute. Die jungen Männer sagen, es ist unmöglich, daß er versagt. Daß er ein Sandreiter sein wird, bevor es Nacht wird. Und sie verlangen nach einer Razzia. Sie wollen nach Norden eilen und Usul dort treffen. Und sie wollen den Kriegsruf ausstoßen. Sie sagen, sie wollen ihn auffordern, Stilgar in einem Zweikampf zu besiegen und anschließend die Macht über alle Stämme zu übernehmen.«

Das Wasseransammeln, das Dünenbefestigen, die langsame, aber ständige Veränderung ihrer Welt genügt ihnen nicht mehr, dachte Jessica. *Die kleinen, ungefährlichen Aktionen bisher - sie genügen ihnen, nach dem, was Paul und ich ihnen alles beigebracht haben, nicht mehr. Sie spüren jetzt, wie stark sie sind, und wollen kämpfen.*

Tharthar verlagerte ihr Gewicht von einem Fuß auf den anderen. Sie räusperte sich.

Wir wissen, daß wir noch warten müßten, dachte Jessica, *aber uns ist ebenfalls klar, daß die lange Wartezeit der Kern unserer Frustrationen ist. Und wir wissen außerdem, daß allzulanges Warten unseren Kräften schadet. Je länger wir warten, desto energieloser werden wir.*

»Die jungen Männer sagen, daß Usul Stilgar herausfordern muß, wenn er nicht als Feigling gelten will«, sagte Tharthar.

Sie ließ ihren Schleier sinken.

»Also so ist es«, murmelte Jessica und dachte: *Nun, ich habe es kommen sehen. Und Stilgar auch.*

Wieder räusperte Tharthar sich. »Selbst mein Bruder Shoab vertritt diese Ansicht«, fügte sie hinzu. »Sie werden Usul gar keine andere Wahl lassen.«

Dann muß es also so sein, dachte Jessica. *Und Paul wird damit allein fertigwerden müssen. Die Ehrwürdige Mutter darf nicht in eine solche Angelegenheit verwickelt werden.*

Alia löste ihre Hand aus der ihrer Mutter und sagte: »Ich werde mit Tharthar gehen und mir anhören, was die jungen Männer sagen. Vielleicht gibt es einen Ausweg.«

Jessicas Blick richtete sich auf Tharthar, als sie ihrer Tochter erwiderte: »Dann geh. Und berichte mir so schnell du kannst.«

»Wir wollen nicht, daß es dazu kommt, Ehrwürdige Mutter«, sagt Tharthar.

»Wir wollen es nicht«, stimmte Jessica ihr zu. »Der Stamm braucht *all* seine Kraft.« Sie sah Harah an. »Willst du mit ihnen gehen?«

Harah beantwortete den unhörbaren Teil ihrer Frage. »Tharthar wird dafür sorgen, daß Alia nichts zustößt. Sie weiß, daß wir bald Frauen sein werden, die zusammengehören, die sich den selben Mann teilen. Wir haben darüber gesprochen, Tharthar und ich.« Sie schaute erst

Tharthar an, dann Jessica. »Wir sind uns in jeder Beziehung einig.«

Tharthar streckte eine Hand nach Alia aus und sagte: »Wir müssen uns beeilen. Die jungen Männer werden sehr bald aufbrechen.«

Sie zwängten sich durch die Vorhänge und die dort wartenden Frauen. Obwohl die erwachsene Frau das Kind an der Hand hielt, sah es so aus, als würde Alia sie führen.

»Wenn Paul Muad'dib Stilgar tötet, wird dies dem Stamm keinen Dienst erweisen«, sagte Harah. »Früher hat man auf diese Art die Nachfolge geregelt, aber die Zeiten haben sich geändert.«

»Sie haben sich genauso geändert für dich«, sagte Jessica.

»Glaube nicht, daß ich am Ausgang eines solchen Kampfes zweifle«, erwiderte Harah. »Usul würde den Kampf in jedem Falle gewinnen.«

»Das ist auch meine Meinung«, sagte Jessica.

»Und dennoch glaubst du, daß meine persönlichen Gefühle meine Urteilskraft beeinflussen«, meinte Harah. Sie schüttelte den Kopf, und die Wasserringe klingelten. »Das ist falsch. Und du bist der Meinung, ich könnte es nicht überwinden, daß Usul mich nicht vorgezogen hat, daß ich eifersüchtig auf Chani bin.«

»Du wirst deine eigene Wahl treffen, sobald du dazu reif bist«, sagte Jessica.

»Chani tut mir leid«, stellte Harah fest.

Jessica zuckte zusammen. »Wie meinst du das?«

»Ich weiß, was du von Chani hältst«, sagte Harah. »Du bist der Ansicht, sie sei nicht die richtige Frau für deinen Sohn.«

Jessica sank zurück und entspannte sich auf ihrem Sitzkissen. Achselzuckend gab sie zu: »Vielleicht.«

»Du könntest recht haben«, sagte Harah. »Und wenn du das wirklich hast, wirst du über einen ungewöhnlichen Verbündeten verfügen: Chani selbst. Sie will nur das, was für *ihn* gut ist.«

Jessica schluckte. Ihre Kehle schien sich auf einmal zu verengen. »Chani ist sehr lieb zu mir«, sagte sie. »Sie könnte keinen solchen...«

»Deine Teppiche«, wechselte Harah das Gesprächsthema, »sind ziemlich schmutzig.« Sie warf einen Blick auf den Fußboden, um so Jessicas Augen zu entgehen. »Es laufen zu viele Leute hier herum, die zu viel Schmutz mit hereintragen. Du solltest sie öfter ausklopfen lassen.«

5

Selbst als Mitglied einer orthodoxen Religion kann man dem Ränkespiel der Politik nicht entgehen. Ein Machtkampf dieser Art erfordert die Ausbildung, Bildung und Diszipliniertheit der orthodoxen Gemeinschaft. Und gerade wegen dieses Drucks müssen die Führer solcher orthodoxen Gemeinschaften sich den ultimaten inneren Fragen stellen: entweder dem völligen Opportunismus als dem Preis der Selbstbehauptung zu unterliegen – oder das eigene Leben für die Sache der orthodoxen Ethik einzusetzen.

Aus ›Muad'dib: Die religiöse Konsequenz‹,
von Prinzessin Irulan

Paul stand im Sand und wartete auf den gigantischen Wurm, der sich schnell näherte. *Ich darf nicht hier stehen wie ein Schmuggler,* dachte er, *ungeduldig und nervös. Ich muß ein Teil der Wüste werden.*

Das Ding war jetzt nur noch Minuten entfernt und erfüllte den Morgen mit dem Zischen seiner Bewegung. Die großen Zähne innerhalb des heranrasenden Sandhügels erschienen ihm wie eine riesige, sich aufblätternde Blume. Gewürzduft beherrschte die gesamte Umgebung.

Der Destillanzug, den er trug, war leicht, und Paul war sich der Nasenfilter kaum bewußt, ebensowenig der Atemmaske. Stilgars Worte, die Erinnerung an die harten Ausbildungsstunden in der Wüste, überschatteten sein gesamtes Denken.

»Wie weit außerhalb des Aktionsradius' eines Bringers mußt du im Sand stehen?« hatte Stilgar ihn gefragt.

Und er hatte richtig geantwortet: »Einen halben Meter für jeden Meter vom Durchmesser des Bringers.«

»Und warum?«

»Um dem Wirbel zu entgehen, den er aufwirft, und um genügend Zeit zu haben, auf ihn zuzurennen und ihn zu besteigen.«

»Du hast bereits die Kleinen geritten«, hatte Stilgar gesagt. »Aber bei der Prüfung wird ein wilder Bringer auf dich zukommen, ein alter Mann der Wüste. Du solltest ihm den nötigen Respekt erweisen.«

Das Geräusch des Klopfers schien nun vom Zischen des Wurmes verschluckt zu werden. Paul atmete tief ein und schmeckte die Bitterkeit des Sandes sogar durch die Nasenfilter. Der wilde Bringer, der alte Mann der Wüste, näherte sich seinem Standort immer weiter. Seine Frontsegmente schoben eine Sandwelle vor sich her, die Paul fast bis zu den Füßen reichte.

Komm heran, du herrliches Ungeheuer, dachte er. *Näher. Du hörst meinen Ruf. Komm näher. Näher!*

Und schon hatte die Welle seine Füße erreicht. Oberflächenstaub hüllte ihn ein; Paul machte sich bereit, starrte auf die sich heranschiebende Wand, die die Welt zu beherrschen schien.

Er hob die Haken, beugte sich vor und stieß zu, fühlte, wie sie zugriffen und zog daran. Dann schwangen sich seine Beine gegen den Körper des Wurms. Dies war der Augenblick, der am gefährlichsten war: Würden die Haken halten? Hatte er sie richtig plaziert? Wenn sie richtig saßen und er mit ihnen ein Segment öffnen konnte, würde der Wurm darauf verzichten, sich zur Seite zu rollen und ihn zu erdrücken.

Der Wurm verlangsamte seine Bewegungen, wälzte sich über den Klopfer und brachte ihn zum Schweigen. Dann drehte er sich langsam nach links, um die geöffneten Segmente so weit wie möglich aus der Nähe des Sandes zu bringen. Paul fand sich plötzlich auf dem Rücken des gewaltigen Geschöpfes wieder und fühlte sich wie der

Herr der Welt. Er mußte einen Freudenschrei unterdrükken und ließ davon ab, den Wurm zu einer Drehung zu bewegen, um den anderen seinen Erfolg weithin sichtbar zu machen.

Plötzlich verstand er, warum Stilgar ihn davor gewarnt hatte, sich so zu verhalten wie einige sorglose junge Männer, die auf dem Rücken dieser Ungetüme gelacht und getanzt hatten, herumgetobt waren und vor Freude einen Handstand gemacht hatten. Manche hatten dabei übersehen, daß währenddessen die Haken aus den Segmenten glitten, und bevor es ihnen möglich gewesen war, erneut zuzustoßen, war ihre Chance vertan.

Während er einen Haken an seinem Platz ließ, zog Paul den anderen zurück und setzte ihn etwas tiefer an. Er prüfte nach, ob er an seinem richtigen Platz saß, und veränderte dann die Position des ersten. Der Bringer rollte sich zur Seite, und während er dies tat, drehte er sich und näherte sich der Stelle, an der die anderen warteten.

Paul sah, wie sich die Männer ihm näherten. Sie benutzten ihre Haken, um zu ihm hinaufzuklettern, vermieden es jedoch wohlweislich, die sensitiven Ringsegmente zu berühren. Sanft glitten sie über den Sand dahin.

Stilgar bahnte sich einen Weg durch seine Leute, überprüfte den exakten Sitz von Pauls Haken und warf schließlich einen kurzen Blick in dessen lächelndes Gesicht.

»Du hast es geschafft, was?« fragte er mit lauter Stimme, um sich durch das Zischen hindurch verständlich zu machen. »Das glaubst du doch, oder? – Und ich sage dir, daß du ziemlich schlampige Arbeit geleistet hast. In unserem Stamm sind einige Zwölfjährige, die das besser machen. Zu deiner Linken, wo du gewartet hast, lag Trommelsand. Wenn der Wurm in die Richtung abgebogen wäre, hättest du keine Möglichkeit zu einem Rückzug gehabt.«

Das Lächeln wich aus Pauls Gesicht. »Ich habe den Trommelsand gesehen.«

»Und warum hast du dann nicht einem von uns etwas signalisiert, damit er eine Gegenposition einnehmen konnte?«

Paul schluckte und blickte in die Richtung, in der sie sich bewegten.

»Vielleicht findest du es schlecht von mir, wenn ich das jetzt sage«, fügte Stilgar hinzu, »aber es ist meine Pflicht. Ich mußte abwägen zwischen dir und dem Trupp. Wenn du in diesen Trommelsand geraten wärst, hätte sich der Bringer dir zugewandt.«

Unter einem leichten Schleier der Verärgerung erkannte Paul, daß Stilgar die Wahrheit sprach. Es dauerte dennoch beinahe eine ganze Minute, bis er sich wieder so weit in der Gewalt hatte, daß er sagen konnte: »Es tut mir leid. Ich entschuldige mich. Es soll nicht wieder vorkommen.«

»In einer gefährlichen Situation solltest du dich immer auf einen anderen verlassen können. Jemand sollte immer zur Stelle sein, der den Wurm übernehmen kann, wenn du es selbst nicht schaffst«, sagte Stilgar. »Denke stets daran, daß wir zusammenarbeiten. Nur so sind wir sicher. Wir arbeiten zusammen, eh?«

Er klopfte Paul auf die Schulter.

»Wir arbeiten zusammen«, bestätigte Paul.

»Und jetzt«, sagte Stilgar rasselnd, »zeige mir, wie du einen Bringer steuerst. Auf welcher Seite sind wir?«

Paul blickte auf die rauhe Oberfläche hinunter und registrierte den Charakter und das Format der Schuppen, die Art, in der sie zu seiner Rechten größer wurden und kleiner zu seiner Linken. Jeder Wurm, wußte er, pflegte sich mit einer Seite öfter nach oben zu drehen als mit den anderen. Wenn er älter wurde, konnte man seine Oberseite anhand einiger charakteristischer Merkmale erkennen. Die Schuppen der Unterseite wurden größer, schwerer und weicher. Die der Oberseite konnte man schon allein an der Größe erkennen.

Paul bewegte sich nach links und gab den Seitensteuerleuten die Anweisung, hinter ihm ihre Plätze einzunehmen und den Wurm auf einem geraden Kurs zu halten.

»Ach, haiiiii-yoh!« Paul stieß den traditionellen Schrei aus. Die linkerhand bereitstehenden Steuerleute öffneten auf ihrer Seite ein Ringsegment.

Der Wurm beschrieb einen majestätischen Kreis, um das Innere seines Körpers vor dem Sand zu bewahren. Als der Kreis beinahe geschlossen war und das Tier sich nach Süden zubewegte, schrie Paul: »Geyrat!«

Die Steuerleute zogen ihre Haken zurück, und der Wurm glitt geradeaus weiter.

Stilgar sagte: »Sehr gut, Paul Muad'dib. Wenn du fleißig übst, kann aus dir eines Tages noch mal ein Sandreiter werden.«

Paul runzelte die Stirn und dachte: *Habe ich denn immer noch nicht bestanden?*

Von hinten erklang lautes Gelächter. Die Männer begannen zu singen und riefen laut seinen Namen dem Himmel entgegen.

»Muad'dib! Muad'dib! Muad'dib! Muad'dib!«

Und fern am Ende des Wurmes hörte Paul die Schläge der Antreiber, die sich mit den Segmenten der Schwanzspitze beschäftigten. Der Wurm begann schneller zu werden, die Roben der Männer flatterten im Wind. Das schabende Geräusch, das sein Fortbewegungsmittel auf dem Boden erzeugte, steigerte sich.

Paul schaute auf die Männer des Trupps zurück und stellte fest, daß sich auch Chani unter ihnen befand. Während er Stilgar ansprach, blieb sein Blick auf ihr haften. »Dann bin ich also doch ein Sandreiter, Stil?«

»Hal Yawm! Seit dem heutigen Tage bist du ein Sandreiter.«

»Und ich kann damit unser Ziel bestimmen?«

»Das ist der Brauch.«

»Und ich bin jetzt ein Fremen. Geboren am heutigen Tage in der Habbanya-Erg. Vor diesem Tage habe ich nicht gelebt. Ich war ein Kind, bis zum heutigen Tage.«

»Also ein Kind nun gerade nicht«, sagte Stilgar und fummelte an der Kapuze herum, mit der der Wind spielte.

»Ich befand mich in einer Flasche und wurde durch einen Korken von der Außenwelt ferngehalten. Und jetzt hat man diesen Korken herausgezogen.«

»Es gibt keinen Korken.«

»Ich möchte nach Süden gehen, Stilgar. Zwanzig Klopfer. Ich möchte das Land sehen, das wir machen; das Land, das ich bisher nur durch die Augen anderer sehen konnte.«

Und ich will meinen Sohn und meine Familie sehen, fügte er in Gedanken hinzu. *Ich brauche Zeit, um die Zukunft zu erkennen, die in meinem Bewußtsein bereits Vergangenheit ist. Die Unruhen werden auf uns zukommen, und wenn ich nicht dort bin, wo ich ihnen begegnen kann, wird die Lage meiner Kontrolle entgleiten.*

Stilgar sah ihn mit einem undurchdringlichen Blick an. Paul lenkte seine eigene Aufmerksamkeit auf Chani und sah, daß seine Worte nicht nur die Männer, sondern auch sie ergriffen hatten.

»Die Männer sind wild darauf, mit dir einen Überfall auf die Harkonnen-Senken zu machen«, sagte Stilgar plötzlich. »Und das ist nur eine Klopfer-Länge entfernt.«

»Die Fedaykin haben mit mir zusammen gekämpft«, sagte Paul. »Und sie werden auch weiterhin mit mir kämpfen, so lange, bis auch der letzte Harkonnen aufgehört hat, die Luft von Arrakis zu atmen.«

Während sich der Wurm weiterbewegte, musterte Stilgar Paul. Und Paul erkannte, daß der Mann diesen Augenblick bereits vorausgesehen hatte.

Er hatte die Berichte, daß die jungen Frauen ungeduldig werden, ebenfalls gehört, dachte Paul.

»Bestehst du auf einer Versammlung der Führer?« fragte Stilgar.

Die Augen der jungen Männer des Trupps wandten sich ihnen zu. Sie schwiegen, während sie sich fortbewegten, aber sie hörten ihren Worten zu. Paul sah die Anzeichen der Unruhe in Chanis Blick. Sie schaute auf Stilgar, der ihr Onkel war, zu Paul Muad'dib, ihrem Gefährten.

»Du kannst nicht erraten, was ich möchte«, sagte Paul.

Und er dachte: *Ich kann jetzt nicht mehr zurück. Ich muß die Kontrolle über diese Leute behalten.*

»Am heutigen Tage«, sagte Stilgar mit kalter Formalität in der Stimme, »bist du der Mudir. Wie wirst du diese Macht einsetzen?«

Wir brauchen Zeit, um uns zu entspannen, und Zeit zu kühler Reflexion, dachte Paul.

»Wir werden nach Süden gehen«, sagte er.

»Selbst dann, wenn ich, sobald der Tag zu Ende geht, sage, daß wir nach Norden zurückkehren?«

»Wir werden nach Süden gehen«, wiederholte Paul.

Ein Zeichen unendlicher Würde schien Stilgar zu umgeben, als er seine Robe enger um die Schultern zog. »Dort wird eine Versammlung stattfinden«, sagte er. »Ich werde die anderen benachrichtigen lassen.«

Er denkt, daß ich ihn herausfordern will, dachte Paul. *Und er weiß, daß er sich nicht gegen mich behaupten kann.*

Er blickte nach Süden, fühlte, wie der Wind über seine Wangen strich, und dachte über die Notwendigkeiten nach, die seine Entscheidungen beeinflußten.

Niemand kann sich das vorstellen, dachte er.

Nichts würde ihn von seinem Weg abbringen können. Er mußte auf der Zentrallinie des Zeitsturms bleiben, der sich in der Zukunft vor ihm ausbreitete. Irgendwo dort in der Ferne würde es eine Möglichkeit geben, den Knoten zu durchschlagen. Aber er mußte auf der Linie bleiben, bis der günstige Augenblick sich ankündigte.

Ich werde ihn nicht herausfordern, wenn es einen anderen Weg gibt, dachte er. *Wenn es eine andere Möglichkeit gibt, den Djihad zu vermeiden...*

»Wir werden heute abend unser Lager in den Vogelhöhlen am Fuß des Habbanya-Rückens aufschlagen«, sagte Stilgar und hielt sich mit einem Haken an der Oberfläche des Bringers fest. Mit der freien Hand deutete er auf eine niedrige Felswand, die sich vor ihnen aus der Wüste erhob.

Paul besah sich die Klippen, große Erhebungen, die die Wüste wellenförmig durchzogen. Kein Grün, kein Farbtupfer durchbrach die Starre des Horizonts. Jenseits der Felsen erstreckte sich der Weg in die südliche Wüste hinein - ein Weg von mindestens zehn Tagen und Nächten, auch wenn sie den Bringer noch so schnell antrieben.

Zwanzig Klopfer.

Der Weg lag weitab aller Harkonnen-Patrouillen. Und er wußte, wie das Land dort unten sein würde, er hatte es oft in seinen Träumen gesehen. Eines Tages, als sie gegangen waren, hatte sich die Farbe des Horizonts verändert. Aber die Veränderung war so geringfügig gewesen, ihm bewußt zu machen, daß sie nicht wirklich war, sondern eine Projektion seiner Hoffnungen. Dahinter vermutete er den neuen Sietch.

»Ist Muad'dib mit meiner Entscheidung einverstanden?« fragte Stilgar. Obwohl der Sarkasmus, der in seiner Stimme lag, kaum hörbar war, hatten die Ohren der Fremen ihn aufgeschnappt, und sie sahen nun Paul an, warteten auf seine Reaktion.

»Als wir die Kommandos der Fedaykin aufstellten«, erwiderte Paul gelassen, »hat Stilgar meinen Treueschwur gehört. Meine Todeskommandos wissen, daß ich das ehrlich meinte. Und jetzt zweifelt Stilgar daran?«

Der Schmerz in Pauls Stimme war unüberhörbar. Stilgar hörte ihn ebenfalls und löste seinen Schleier.

»Usuls Worten würde ich niemals mißtrauen, denn er gehört zu meinem Sietch«, erwiderte er. »Aber du bist Paul Muad'dib, der Herzog Atreides - und der Lisan al-Gaib, die Stimme der Außenwelt. Diese Männer kenne ich noch nicht.«

Paul wandte sich ab, um zuzusehen, wie sich vor ihnen der Habbanya-Rücken aus der Wüste erhob. Der Bringer, auf dem sie saßen, schien immer noch stark und willig zu sein. Paul zweifelte nicht daran, daß er sie zweimal so weit würde tragen können wie jeder andere Wurm, den die Fremen je geritten hatten. Er wußte es. Ein gewaltiges Tier wie dieses hatte es in den Geschichten, die man den Kindern erzählte, noch nie gegeben. Es war der Stoff für eine neue Legende.

Eine Hand berührte seine Schulter.

Paul drehte den Kopf, folgte dem Arm bis zu Stilgars Gesicht mit den dunklen Augen, die beinahe unter der Kapuze verborgen lagen.

»Mein Vorgänger im Sietch Tabr«, sagte Stilgar, »war mein Freund. Wir haben gemeinsam die Gefahren überstanden. Er schuldete mir sein Leben mehrere Male. Und ich schuldete ihm das meine.«

»Ich bin ebenfalls dein Freund, Stilgar«, sagte Paul.

»Niemand bezweifelt das«, erwiderte Stilgar. Er zog seinen Arm zurück und zuckte mit den Achseln. »So ist es eben.«

Paul wurde klar, daß Stilgar zu sehr den Lebensgewohnheiten der Fremen unterworfen war, um sich andere Alternativen auch nur vorstellen zu können. Es war unter diesen Leuten üblich, die Führergewalt aus den Händen des Vorgängers zu empfangen, nachdem man ihn besiegt hatte. Starb ein Führer in der Wüste, kämpften die stärksten Männer des Stammes um seine Nachfolge. Auf diese Art war Stilgar zu einem Naib herangewachsen.

»Wir sollten diesen Bringer im tiefen Sand zurücklassen«, sagte Paul.

»Ja«, stimmte ihm Stilgar zu. »Von hier aus können wir zu der Höhle gehen.«

»Wir haben ihn jetzt so lange benutzt, daß er sich einen oder zwei Tage eingraben und verschnaufen wird.«

»Du bist der Mudir heute«, sagte Stilgar. »Du brauchst uns nur zu sagen, wann wir...«

Er brach abrupt ab und starrte auf den östlichen Himmel.

Paul wirbelte herum. Die blaue Färbung seiner Augen,

die das Gewürz hervorgerufen hatte, ließ den Himmel im ersten Moment dunkler erscheinen, als er war.

Ornithopter!

»Ein kleiner Thopter«, sagte Stilgar.

»Könnte ein Scout sein«, meinte Paul. »Glaubst du, daß er uns gesehen hat?«

»Auf diese Entfernung sieht er höchstens den Wurm«, gab Stilgar zurück. Er winkte den anderen mit der Linken zu. »Alles runter. Runter in den Sand!«

Die Männer glitten an den Seiten des Wurms hinab, sprangen in den Sand. Chani folgte ihnen. Plötzlich war er mit Stilgar allein auf dem Rücken.

»Ich war als erster oben und gehe als letzter hinunter«, sagte Paul.

Stilgar nickte und ließ sich mit den Haken an der Seite in die Wüste hinab. Paul wartete, bis er sicher sein konnte, daß die anderen sich genügend entfernt hatten; erst dann löste er seine Haken. Das war der gefährlichste Augenblick.

Von den ihn steuernden Haken befreit, begann der Wurm sich augenblicklich einzugraben. Paul rannte leichtfüßig über seinen langen Rücken dahin, wartete einen günstigen Moment ab und sprang.

Er landete glücklich, war sofort wieder auf den Beinen und rannte auf den Kamm der nächsten Düne zu, so wie man es ihm beigebracht hatte. Er warf sich über den Hügelrücken und verbarg sich unter einer Kaskade von Sand.

Und jetzt hieß es abwarten.

Vorsichtig wandte er sich um, lüftete die Robe und sah einen Ausschnitt des Himmels. Auch die anderen starrten nach oben.

Bevor er den Thopter sah, hörte er den Flügelschlag des Gefährts. Die Düsen gaben ein Geräusch von sich, das einem entfernten Flüstern ähnelte. Er überquerte den Abschnitt, in dem sie sich befanden, und drehte dann in einem weiten Kreis auf den Bergrücken zu.

Paul stellte fest, daß die Maschine keinerlei Insignien trug.

Sie verschwand über den Bergen des Habbanya-Rükkens und gelangte außer Sichtweite.

Ein Vogelschrei erklang, dann ein weiterer.

Paul schüttelte den Sand von seinem Körper und erklomm den Dünenkamm. Er sah die Gestalten der anderen, die sich in einer langen Linie auf die Felsen zubewegten, und erkannte Chani und Stilgar.

Stilgar winkte ihm zu.

Kurz darauf hatte er die anderen erreicht, und sie glitten gemeinsam über den Sand, wobei sie sorgfältig darauf achteten, keinen bestimmten Rhythmus hervorzurufen. Stilgar näherte sich Paul und marschierte neben ihm.

»Es war eine Schmugglermaschine«, sagte er.

»Das erschien mir auch so«, bestätigte Paul. »Allerdings kann ich mir kaum vorstellen, daß sie sich so tief in die Wüste hineinwagen.«

»Sie haben auch ihre Schwierigkeiten mit den Patrouillen«, gab Stilgar zu bedenken.

»Das stimmt. – Es wäre nicht gut für sie, wenn sie allzuweit in die Wüste hinausgingen und dort Dinge sähen, die sie nicht sehen sollten. Die Schmuggler verkaufen auch Informationen.«

»Du glaubst nicht daran, daß sie hinter Gewürz her waren?« fragte Stilgar.

»Wenn das so ist, dann müssen sie auch irgendwo in der Nähe einen Sandkrabbler versteckt haben«, sagte Paul. »Wir haben doch Gewürz bei uns. Vielleicht sollten wir etwas davon auslegen und die Schmuggler anlocken. Wenn sie dann kommen, bringen wir ihnen bei, daß dies unser Land ist. Und die Männer könnten ein bißchen Kampfpraxis mit den neuen Waffen gebrauchen.«

»Nun spricht wieder Usul aus dir«, stellte Stilgar fest. »Und Usul spricht wie ein Fremen.«

Usul hat keine andere Wahl, dachte Paul, *denn er muß zu Entscheidungen gelangen, die seiner schrecklichen Bestimmung zuwiderlaufen.*

6

Wenn das Gesetz und die Pflicht eins sind und vereinigt durch eine Religion, wirst Du niemals mißtrauisch werden und Dich selbst erkennen. Du wirst stets etwas weniger als ein Individuum sein.

Aus ›Muad'dib: Die neunundneunzig Wunder des Universums‹, von Prinzessin Irulan

Die Erntefabrik der Schmuggler, die sich zwischen den Dünen bewegte, wirkte, im Zusammenhang mit dem über ihr kreisenden Tragflügler und den drohnenähnlichen Scoutbooten, wie ein Bienenschwarm, der seiner Königin folgt. Vor dem Schwarm breitete sich ein kleines Felsengebiet aus, das sich aus dem Wüstensand erhob wie eine Imitation des gigantischen Schildwalls. Ein Sturm der vergangenen Tage hatte die Felsenausläufer, in denen sich sonst große Mengen von Flugsand anzusammeln pflegten, leergefegt.

Innerhalb der Plastikkuppel der Erntefabrik beugte sich Gurney Halleck nach vorn, justierte die Öllinsen seines Feldstechers und suchte die Landschaft ab. Jenseits der Felsformation erkannte er einen dunklen Fleck in der Wüste, den er für ein Gewürzgebiet hielt. Sofort gab er einem der schwebenden Ornithopter das Signal, sich das Gebiet näher anzusehen.

Der Thopterpilot klapperte mit den Schwingen, um ihm zu zeigen, daß er das Signal verstanden hatte, trennte sich von dem Schwarm und bewegte sich auf den dunklen Fleck zu, den er mehrmals umkreiste, während seine Detektoren die Oberfläche abtasteten.

Augenblicklich gab die Maschine der Erntefabrik mit einem erneuten Flügelschlagen zu verstehen, daß Gurneys Vermutung richtig gewesen war.

Gurney setzte das Fernglas ab. Auch die anderen hatten das Signal gesehen. Die Gegend gefiel ihm, denn der Höhenrücken bot ihnen Schutz. Sie befanden sich tief in der Wüste, und obwohl die Möglichkeit, hier überfallen zu werden, gering war, konnte er sich eines unguten Gefühls nicht erwehren. Gurney gab der Mannschaft eines anderen Thopters das Signal, den Höhenrücken zu überfliegen und nach verdächtigen Bewegungen Ausschau zu halten. Natürlich durften sie auch nicht zu hoch fliegen, weil sie sonst von irgendwelchen Beobachtungsposten der Harkonnens aus der Ferne wahrgenommen werden konnten.

Aber es war zweifelhaft, daß die Harkonnen-Leute sich so weit nach Süden wagten. Immerhin galt dies immer noch als Fremengebiet. Während Gurney seine Waffen überprüfte, verfluchte er die Tatsache, daß man auf Arrakis keine Schilde einsetzen konnte. Alles, was einen Wurm anlockte, war um jeden Preis zu vermeiden. Nachdenklich rieb er seine Gesichtsnarbe, schaute hinaus und entschied, daß es am sichersten war, zu Fuß eine Gruppe durch die Felsen zu führen. Das war wirklich am sichersten. Man konnte gar nicht vorsichtig genug sein, wenn man überall damit rechnen mußte, in eine Schlacht zwischen den Harkonnens und den Fremen verwickelt zu werden.

Hauptsächlich die Fremen bereiteten ihm Sorgen. Normalerweise hatten sie ja nichts dagegen, wenn man sich das Gewürz da aufsammelte, wo man es fand; aber sie konnten fuchsteufelswild werden, wenn sie einen dabei erwischten, ein Gebiet zu betreten, in dem sie keinen Fremden sehen wollten. Und dann konnten sie unberechenbar sein.

Es war die Zähigkeit und Unberechenbarkeit der Fremen, die ihn am meisten erschreckte. Und das wollte bei einem Mann wie ihm, der von den besten Kämpfern des Universums ausgebildet worden war und die schrecklichsten Schlachten geschlagen und überlebt hatte, etwas heißen.

Gurney musterte erneut die Landschaft. Er fragte sich, aus welchem Grund er sich nicht wohl fühlte. Vielleicht lag es an dem Wurm, den sie gesehen hatten? Ach was. Das war auf der anderen Seite des Hügelrückens gewesen.

Jemand streckte den Kopf in die Plastikkuppel herein. Es war der Fabrikkommandant, ein einäugiger, bärtiger alter Pirat mit den blauen Augen und milchweißen Zähnen, die anzeigten, daß er hauptsächlich von Gewürzdiät lebte.

»Es sieht wie eine ziemlich große Fundstelle aus, Sir«, meldete er. »Sollen wir sie uns unter den Nagel reißen?«

»Lassen Sie die Fabrik am Rand der Felsen stehen«, ordnete Gurney an. »Ich werde mit meinen Männern aussteigen und die Felsen im Auge behalten. Sie können das Gewürz dann von Ihrem Standort aus abbauen.«

»Aye.«

»Und falls es Schwierigkeiten gibt«, fuhr Gurney fort, »bringen Sie die Fabrik in Sicherheit. Wir werden dann in die Thopter klettern.«

Der Fabrikkommandant salutierte. »Aye, Sir.« Sein Kopf verschwand wieder.

Erneut suchte Gurney den Horizont ab. Er durfte die Möglichkeit, daß sich hier Fremen aufhielten, nicht ausschließen. Hauptsächlich machte er sich Sorgen über ihre Unberechenbarkeit. Natürlich gab es noch andere Dinge, die ihn nicht zur Ruhe kommen ließen, aber wenn er das hier heil überstand, winkte ihm zumindest eine anständige Belohnung. Wenn er doch nur die Möglichkeit hätte, die Scouts hoch genug hinaufzuschicken! Auch die fehlende Funkmöglichkeit trug nicht dazu bei, ihn zu beruhigen.

Die Maschine, die die Fabrik trug, glitt nun tiefer und machte Anstalten, ihre Fracht auf dem Boden abzusetzen. Die Fabrik setzte sanft auf. Gurney öffnete die Kuppel und die Verschlüsse der Sicherheitsgurte. Kaum hatte die Erntefabrik aufgesetzt, da war er auch schon draußen, warf die Kuppel hinter sich zu und stieg auf die Kettenabdeckung. Von dort aus schwang er sich auf den Boden hinab. Augenblicklich tauchten die fünf Männer seiner Leibgarde hinter ihm auf. Einige andere Männer lösten die Verbindungen zur Flugmaschine, die sofort etwas höher stieg und die Fabrik langsam zu umkreisen begann. Der Ernter glitt sofort auf seinen Raupenketten voran und näherte sich dem dunklen Fleck im Sand.

Ein Thopter senkte sich zu ihnen herab, dann zwei weitere. Offenbar wollten die Piloten nur sehen, ob alles ordnungsgemäß verlaufen war, denn gleich darauf begannen die Maschinen wieder aufzusteigen.

Gurney reckte und streckte sich in seinem Destillanzug und schob den Gesichtsschleier zur Seite. Auch wenn er dabei nur unnötig Körperflüssigkeit verlor – es war notwendig für den Fall, daß er einige Befehle schreien mußte. Er kletterte in die Felsen hinein und begann das Terrain zu sondieren. Unter seinen Füßen knirschten Steine, und über allem lag der Duft des Gewürzes.

Ein guter Platz für den Verteidigungsfall, dachte er. *Ich sollte noch ein paar Leute hier zusammenziehen.*

Er warf einen Blick zurück und stellte fest, daß seine Leute ihm in ausgeschwärmter Formation folgten. Es waren gute Männer, auch diejenigen, die noch nicht lange genug bei ihm waren, um sie einem Test zu unterziehen. Wirklich gute Männer, es war unnötig, ihnen ständig zu sagen, wie sie sich verhalten sollten. Und keiner von ihnen trug einen Schild. Auch war es beruhigend zu wissen, daß unter seinen Männern kein Feigling war; jemand, der heimlich einen Schild trug und damit das Risiko einging, daß ein Wurm davon angezogen wurde und plötzlich auftauchte, während sie sich über das Gewürzlager hermachten.

Von seinem jetzigen Standpunkt aus konnte Gurney das dunkle Feld in einer Entfernung von einem halben Kilometer ausmachen. Die Erntefabrik bewegte sich im Schatten der Felsen genau darauf zu. Er sah nach oben.

Die Maschinen flogen richtig, keine von ihnen war zu hoch. Während er weiterkletterte, nickte er befriedigt.

In diesem Augenblick schienen die Felsen vor ihm zu explodieren. Zwölf donnernde Feuerstrahlen schossen schräg von unten auf die Thopter und den Carryall zu. Von der Erntefabrik her kam das Geräusch zerreißenden Metalls, und dann waren die Felsen um Gurney herum voller vermummter Kämpfer.

Er hatte gerade noch die Zeit zu denken: *Bei den Hörnern der Großen Mutter! Raketen! Sie wagen es, Raketen einzusetzen!*

Dann stand er auch schon einem vermummten Krieger gegenüber, der sich ihm, ein Crysmesser in der Hand, langsam näherte. Rechts und links von ihm, etwas erhöht auf den Felsen, standen abwartend zwei weitere Männer. Obwohl Gurney lediglich die Augen seines Gegners zu sehen bekam, erweckte die Art und Weise der Bewegungen dieses Mannes in ihm den Eindruck, daß er einem trainierten Kämpfer gegenüberstand. Blaue Augen musterten ihn.

Gurney griff nach dem eigenen Messer und ließ dabei die Kampfhand des Fremen keine Sekunde aus den Augen. Wenn die Fremen in der Lage waren, Raketen einzusetzen, mochten sie auch über Projektilwaffen verfügen. Der Moment erforderte größte Vorsicht. Allein anhand der ihn umgebenden Geräusche konnte er erkennen, daß der größte Teil seiner Luftwaffe ausgeschaltet worden war. Überall um ihn herum vernahm er die Anzeichen vereinzelter Kämpfe.

Der Mann, der vor Gurney stand, folgte jeder seiner Bewegungen. Schließlich sah er ihm in die Augen.

»Laß die Waffe stecken, Gurney Halleck«, sagte er plötzlich.

Gurney zögerte. Auch durch den verfremdeten Klang der Nasenfilter glaubte er etwas gehört zu haben, das ihm bekannt vorkam.

»Du kennst meinen Namen?« fragte er.

»Du brauchst keine Waffe gegen den, der vor dir steht, Gurney Halleck«, sagte der Mann. Er straffte seinen Körper und ließ sein Crysmesser in der Scheide unter der Robe verschwinden. »Sage deinen Leuten, daß sie mit dem sinnlosen Widerstand aufhören sollen.«

Der Mann schwang die Kapuze nach hinten und schob den Gesichtsschleier zur Seite.

Der Schock, der Gurney traf, führte dazu, daß er wie gelähmt dastand. Zuerst hatte er den Eindruck, dem Geist des verstorbenen Leto Atreides gegenüberzustehen. Und langsam kam die volle Erkenntnis.

»Paul«, flüsterte er. Und dann lauter: »Bist du es wirklich, Paul?«

»Du traust deinen eigenen Augen nicht?« fragte Paul.

»Es hieß, du seist tot«, röchelte Gurney. Er machte einen halben Schritt vorwärts.

»Sag deinen Leuten, daß sie sich ergeben sollen«, befahl Paul und winkte zu jemandem in die Tiefe hinunter.

Gurney wandte sich zögernd ab, es war ihm beinahe unmöglich, den Blick von Paul abzuwenden. Nur wenige seiner Männer kämpften noch, während die vermummten Wüstenbewohner überall zu sein schienen. Die Erntefabrik lag jetzt still. Auf ihrer Oberfläche turnten ein paar Fremen herum, während von seiner Luftwaffe nichts mehr zu sehen war.

»Hört auf!« brüllte Halleck. Er sog tief die Luft ein und legte die Handflächen trichterförmig an den Mund. »Hier spricht Gurney Halleck! Hört auf zu kämpfen!«

Langsam begannen die Männer sich zurückzuziehen. Sie warfen ihm fragende Blicke zu.

»Wir sind unter Freunden«, rief Gurney ihnen zu.

»Das sind feine Freunde!« schrie jemand wütend zurück. »Sie haben die Hälfte unserer Leute umgebracht.«

»Es war ein Versehen«, erwiderte Gurney matt. »Macht es nicht noch schlimmer.«

Er wandte sich wieder Paul zu und starrte in dessen fremenblaue Augen. Paul lächelte, aber in seinem Lächeln lag eine Härte, die Halleck an seinen Großvater, den alten Herzog, erinnerte. Aber er sah auch etwas anderes in Paul: eine Gewandtheit, die Hand in Hand ging mit den katzenhaften Bewegungen seines Körpers und der gebräunten, ledrigen Haut, die kein Atreides vor ihm besessen hatte.

»Sie sagten, du seist tot«, wiederholte Gurney.

»Es schien mir richtig, sie in diesem Glauben zu belassen«, erwiderte Paul.

Gurney fragte sich, wie er je hatte glauben können, daß der junge Herzog, der in gewissem Sinne auch sein Freund war, nicht mehr lebte. Gleichzeitig wurde er sich bewußt, daß nicht mehr viel von dem kleinen Jungen, den er trainiert und ausgebildet hatte, übriggeblieben sein konnte.

Paul machte einen Schritt auf Gurney zu und stellte fest, daß er Tränen in den Augen hatte.

»Gurney…«

Es war, als geschähe alles von selbst. Plötzlich lagen sie einander in den Armen, klopften sich auf die Schultern und drückten sich.

»Du junger Hüpfer! Du junger Hüpfer!« schluchzte Gurney. Und Paul murmelte: »Mensch, Gurney! Mensch, Gurney!« Dann trennten sie sich und sahen einander an. Gurney holte tief Luft. »Also an dir liegt es, daß die Fremen so viel gelernt haben, was das Kämpfen angeht. Ich hätte es eigentlich wissen sollen. Die Fremen tun in letzter Zeit Dinge, die ich selbst geplant haben könnte. Hätte ich nur gewußt…« Er schüttelte den Kopf. »Hättest du mir nur eine Nachricht zukommen lassen, Bursche. Nichts hätte mich zurückgehalten. Ich hätte die Beine unter den Arm genommen und wäre geradewegs…«

Ein Blick in Pauls Augen brachte ihn zum Verstummen. Er sah ihn abwägend und prüfend an.

Gurney seufzte. »Aber sicher… und dann wären da ein paar Leute gewesen, die sich gefragt hätten, wohin der alte Gurney so schnurstracks gelaufen wäre, ich verstehe.

Und ein paar andere hätten mehr getan, als sich nur diese Frage zu stellen.«

Paul nickte und sah auf die abwartend herumstehenden Fremen. Die Männer schauten in unglaublicher Überraschung. Paul wandte sich von seinem Todeskommando ab und Gurney zu. Die Tatsache, daß er seinen alten Schwertmeister endlich wiedergefunden hatte, kam ihm wie eine Erlösung vor. Es war für ihn ein gutes Omen, ein Zeichen, daß er sich auf einem Weg in die Zukunft befand, in der alles gut werden würde.

Mit Gurney an meiner Seite...

Über den Höhenrücken hinweg fiel sein Blick auf die Schmugglermannschaft, die mit Halleck gekommen war.

»Was sind das für Leute, Gurney?« fragte er.

»Es sind alles Schmuggler«, erwiderte Halleck. »Und sie stehen auf der Seite, die den Profit macht.«

»Das Unternehmen, das wir betreiben«, sagte Paul, »wirft leider so gut wie keinen ab.« Er bemerkte ein kurzes Fingersignal, das Gurney ihm gab, ein Zeichen aus alten Zeiten, das bedeutete, daß es unter den Schmugglern einige gab, denen man nicht über den Weg trauen konnte. Andere mochten sogar gefährlich sein.

Paul zog zum Zeichen, daß er verstanden hatte, die Oberlippe hoch und warf dann einen Blick auf die über ihnen in den Felsen stehenden Fremen. Stilgar war unter ihnen. Die Erinnerung an das ungelöste Problem mit ihm kühlte Pauls Hochgefühl etwas ab.

»Stilgar«, sagte er, »dies ist Gurney Halleck, von dem ich dir erzählt habe. Er war der Oberkommandierende der Truppen meines Vaters und einer der Schwertmeister, die mich unterrichteten. Er ist ein alter Freund von mir, und man kann ihm in jeder Beziehung trauen.«

»Ich höre«, sagte Stilgar. »Du bist sein Herzog.«

Paul starrte nach oben, vergrub seinen Blick in die Falten von Stilgars Gesicht und fragte sich, warum er ausgerechnet das gesagt hatte. *Sein Herzog.* Die Worte Stilgars hatten einen ganz seltsamen Tonfall gehabt, als wollte er damit etwas anderes ausdrücken. Und das klang gar nicht nach Stilgar, dem Führer der Fremen, der es gewohnt war, so zu sprechen, wie er dachte.

Mein Herzog! dachte Gurney und sah Paul an. *Ja, mit dem Tode Letos trägt Paul diesen Titel.* Irgend etwas, das er schon längst totgeglaubt hatte, erwachte in ihm wieder zum Leben. Er nahm kaum zur Kenntnis, daß Paul die Schmuggler erneut aufforderte, die Waffen niederzulegen.

Gurney kam erst wieder zu sich, als er hörte, wie einer seiner Männer laut protestierte. Er wirbelte herum und schüttelte den Kopf. »Seid ihr denn taub?« brüllte er. »Ihr steht hier dem rechtmäßigen Herzog von Arrakis gegenüber! Tut gefälligst, was er euch befiehlt!«

Maulend senkten die Schmuggler die Waffen.

Paul stellte sich neben Gurney und sagte in leisem Tonfall: »Ich hatte nicht erwartet, ausgerechnet dich in unserer Falle zu finden, Gurney.«

»Ich schäme mich dafür«, sagte Gurney, »aber ich erkenne erst jetzt, daß die Gewürzschicht auf dem Sand kaum mehr als einen Millimeter dick ist.«

»Hättest du darauf gewettet, hättest du gewonnen«, gab Paul zu. Er achtete darauf, daß die Schmuggler entwaffnet wurden. »Befinden sich unter diesen Leuten Männer meines Vaters?«

»Keine. Wir sind nur noch wenige. Es gibt noch einige unter den Freihändlern, doch haben die meisten ihren Gewinn dazu benutzt, diesen Planeten zu verlassen.«

»Aber du bist geblieben.«

»Ja.«

»Weil Rabban hier ist«, stellte Paul fest.

»Ich glaubte, für nichts als meine Rache hier leben zu müssen«, erwiderte Gurney.

Ein krächzender Schrei drang von irgendwoher an ihre Ohren. Halleck sah auf und erblickte einen Fremen, der auf dem Hügelrücken stand und mit einem Stoffetzen winkte.

»Ein Bringer nähert sich«, erklärte Paul. Er bewegte

sich vorwärts nach Südwesten und achtete darauf, daß Halleck ihm folgte. In mittlerer Entfernung bewegte sich unter einer mächtigen Sandwelle etwas heran. Eine Staubwolke hob sich in den Himmel. Der Wurm jagte geradewegs unter den Dünen her und bewegte sich auf die Felsenlinie zu.

»Er ist groß genug«, bemerkte Paul.

Ein schepperndes Geräusch zeigte ihnen, daß der Wurm sich jetzt unter der Erntefabrik befand und sie gegen die Felsen schmetterte.

»Es ist zu schade, daß wir den Carryall nicht unvernichtet lassen konnten«, sagte Paul.

Gurney musterte ihn kurz und blickte dann auf die weit draußen in der Wüste abgestürzten Flugmaschinen, die die Raketen der Fremen abgeschossen hatten. Leiser Rauch kräuselte über den Schrotthaufen. Gurney fühlte ein plötzliches Mitleid für die Männer, die in dieser unverhofften Schlacht ihr Leben gelassen hatten, und sagte: »Ihr Vater hätte sich mehr Gedanken wegen der Menschen gemacht, die dabei draufgegangen sind.«

Paul funkelte ihn an und lockerte seinen Schleier. Plötzlich sagte er: »Sie waren deine Freunde, Gurney, das verstehe ich. Für uns hingegen waren sie Eindringlinge, die sich in ein Gebiet vorwagten, wo sie möglicherweise Dinge sehen konnten, die wir ihnen nicht zeigen wollten. Und das solltest du auch verstehen.«

»Ich verstehe es gut genug«, meinte Halleck. »Aber ich bin jetzt wirklich neugierig, was Ihr damit meint.«

Paul blickte auf und stellte fest, daß Gurney grinste. Es war das alte Wolfsgrinsen, das er kannte, und seine Narbe leuchtete dabei.

Gurney deutete mit einem Nicken auf die unter ihnen liegende Wüste. Die gesamte Felslandschaft war jetzt mit beschäftigt aussehenden Fremen durchsetzt. Was ihn jedoch am meisten erschreckte, war die Tatsache, daß sie sich offensichtlich um den Wurm nicht die geringsten Gedanken machten.

Ein klopfendes Geräusch drang bis zu ihnen hinauf. Es war wie ein tiefes Trommeln, das den Boden unter ihren Füßen zum Vibrieren brachte. Gurney sah, wie die Fremen über die Wüste ausschwärmten und sich alle Mühe gaben, den Pfad, den der Wurm mit seinem Körper schuf, zu erreichen.

Er kam wie ein riesiger Sandfisch plötzlich an die Oberfläche. Seine Ringsegmente wackelten. Alles geschah in Sekundenschnelle: der erste Mann setzte seine Haken an, der Wurm blieb liegen und drehte sich, und ehe er sich's versah, hatte die ganze Bande seinen Rücken erklommen.

»Das ist zum Beispiel eines der Dinge, das du nicht hättest sehen sollen«, erklärte Paul.

»Ich habe schon eine ganze Menge solcher Gerüchte gehört«, erwiderte Gurney kopfschüttelnd. »Aber bevor man es nicht mit eigenen Augen gesehen hat, ist es schwer zu glauben. Das Geschöpf, das auf Arrakis am meisten gefürchtet wird – und sie benutzen es als Reittier.«

»Du hast selbst gehört, wie mein Vater von dieser Macht der Wüste sprach«, sagte Paul. »Jetzt siehst du sie. Die Oberfläche dieses Planeten gehört uns. Kein Sturm, kein Geschöpf, keine Macht ist in der Lage, uns aufzuhalten.«

Er sagt ›uns‹, dachte Gurney, *und meint damit nicht nur die Fremen, sondern auch sich selbst. Er spricht, als sei er einer von ihnen.* Wieder sah er in Pauls gewürzblaue Augen. Seine eigenen, wußte Gurney, sahen noch nicht ganz so aus, weil die Schmuggler in der Lage waren, sich auch mit Nahrung von anderen Planeten zu versorgen. Jemand, der dazu keine Gelegenheit hatte – wie die Fremen –, wurde so früher oder später zu einem Eingeborenen.

»Es hat Zeiten gegeben«, sagte Paul, »da wagten wir es nicht, in diesen Breitengraden einen Wurm am hellichten Tag zu reiten. Aber Rabban verfügt jetzt nicht mehr über soviel Luftunterstützung. Er kann es sich nicht erlauben, die Maschinen zur Beobachtung einiger dunkler Punkte auf dem Wüstensand einzusetzen.« Er sah Gurney an. »Die Maschinen, mit denen ihr gekommen seid, haben uns einen ganz schönen Schock versetzt.«

Uns... uns...

Um derlei Gedanken zu vertreiben, schüttelte Gurney den Kopf. »Sie haben uns viel mehr erschreckt«, gab er zu.

»Weißt du, was derzeit über Rabban gesagt wird?« fragte Paul.

»Angeblich sollen seine Leute die Dörfer so befestigt haben, daß man ihnen nichts mehr anhaben kann. Man sagt, sie seien nun stark genug, daß sie sich nur noch zu verbarrikadieren brauchten, während ihr euch bei neuen Angriffen so lange blutige Köpfe holen werdet, bis ihr von selbst aufgebt.«

»Mit einem Wort«, schloß Paul, »sie sind unbeweglich geworden.«

»Während Sie dahin gehen können, wohin Sie wollen«, nickte Gurney.

»Es gibt da etwas, das ich von dir gelernt habe«, sagte Paul. »Wer die Initiative verliert, verliert auch den Krieg.«

Gurney lächelte.

»Unser Gegner ist nun absolut da, wo ich ihn haben wollte«, fuhr Paul fort. Er warf Gurney einen kurzen Blick zu. »Nun, Gurney, bist du bereit, auf meiner Seite bis zum Ende dieses Krieges mitzukämpfen?«

»Bereit?« fragte Gurney verdutzt. »Mylord, ich habe Ihre Dienste niemals verlassen! Sie waren derjenige, der mich verließ... als ich Sie für tot hielt. In der Zwischenzeit habe ich nur auf die Gelegenheit gewartet, mich an Rabban rächen zu können. Und ich bin auch jetzt noch bereit, für dieses Ziel mein Leben hinzugeben.«

Paul schwieg verlegen.

Zwischen den Felsen erschien nun eine vermummte Frau und kam auf sie zu. Gurney konnte lediglich ihre Augen sehen, als sie vor Paul stehenblieb und beide Männer rasch musterte. Es blieb ihm nicht verborgen, daß sie, was Paul anbetraf, Besitzrechte anzumelden schien. Sie drängte sich nahe an Paul heran.

»Chani«, sagte Paul, »das ist Gurney Halleck. Ich habe dir von ihm erzählt.«

Sie sah zuerst Halleck, dann Paul an. »Ich erinnere mich daran.«

»Wohin gehen die Männer mit dem Bringer?« fragte Paul sie.

»Nur etwas in die Wüste hinaus, damit wir Zeit haben, etwas von der Ausrüstung zu bergen.«

»Nun, dann...« Paul brach ab und schnupperte.

»Es kommt Wind auf«, sagte Chani.

Aus den Felsen über ihnen rief eine Stimme: »He, ihr da - der Wind!«

Gurney stellte plötzlich fest, daß die Fremen fieberhaft zu arbeiten anfingen, während sie zuvor beim Auftauchen des Wurms ganz ruhig geblieben waren. Die Überreste der Fabrik rumpelten auf den Raupenketten zwischen die Felsen - und verschwanden in einer Öffnung, die sich wieder schloß, ohne daß der geringste Spalt zurückblieb.

»Haben Sie viele solcher Verstecke?« fragte Gurney verdattert.

»Sehr viele«, antwortete Paul. Er sah Chani an. »Suche Korba und sage ihm, Gurney habe mich darauf hingewiesen, daß sich unter den Schmugglern einige Leute befinden, denen man nicht trauen kann.«

Chani sah noch einmal zu Gurney, dann zu Paul. Schließlich nickte sie, drehte sich um und verschwand mit gazellenhafter Behendigkeit zwischen den Felsen.

»Sie ist Ihre Frau?« fragte Gurney.

»Die Mutter meines Erstgeborenen«, erklärte Paul. »Es gibt inzwischen wieder einen Leto Atreides.«

Gurney nahm diese Neuigkeit mit einem erstaunten Blick zur Kenntnis.

Mit kritischen Augen überwachte Paul die weiteren Arbeiten. Am südlichen Horizont begann sich der Himmel zu verfärben. Alles deutete auf Sturm hin, die ersten Ausläufer des herannahenden Windes brachten bereits den Sand zum Tanzen.

»Verschließe deinen Anzug«, sagte Paul. Er zog die Kapuze wieder in die Stirn.

Gurney gehorchte.

Mit der durch den Schleier hervorgerufenen dumpfen Stimme, die allen Robenträgern zueigen war, fragte Paul: »Welchen Leuten aus deiner Mannschaft traust du nicht, Gurney?«

»Es sind einige neue Rekruten dabei«, erwiderte Gurney. »Fremdweltler...« Er zögerte. War das nicht verrückt, was er da sagte? *Fremdweltler.* Und wie leicht das Wort über seine Zunge gekommen war.

»Ja?« fragte Paul.

»Sie sind nicht so wie die üblichen Glücksritter, die ich kenne«, fuhr Halleck fort. »Sie scheinen mir... zäher.«

»Harkonnen-Spitzel?« fragte Paul.

»Ich glaube, Mylord, daß sie nicht zu den Harkonnen gehören. Ich würde eher annehmen, daß es sich um Angehörige irgendwelcher imperialer Stellen handelt. Sie könnten ihre Ausbildung auf Salusa Secundus erhalten haben.«

Pauls Augen leuchteten auf.

»Sardaukar?«

Gurney zuckte mit den Achseln. »Wenn es welche sind, haben sie sich gut maskiert.«

Paul nickte. Er stellte im gleichen Augenblick fest, wie schnell Halleck sich wieder in seine alte Rolle hineingefunden hatte. Auch wenn er jetzt reservierter wirkte, aber das war nicht weiter verwunderlich: auch ihn hatte das Leben auf Arrakis verändert.

Aus einer Felsspalte unter ihnen tauchten zwei in Roben gekleidete Fremen auf, einer von ihnen trug ein schwarzes Bündel über der Schulter.

»Wo stecken meine Leute jetzt?« fragte Gurney.

»Versteckt in den Felsen unter uns«, sagte Paul. »Es gibt hier eine Höhle, die wir die Vogelhöhle nennen. Wenn der

Sturm vorüber ist, werden wir entscheiden, was wir mit ihnen tun.«

Von oben rief eine Stimme: »Muad'dib!«

Paul wandte sich dem Rufer zu und sah einen Fremen, der auf den Höhleneingang deutete. Paul winkte zurück, daß er verstanden hatte, während Gurney verblüfft fragte: »Sie sind Muad'dib? Der Mann, von dem...«

»Das ist mein Fremenname«, erwiderte Paul.

Gurney wandte sich ab. Er hatte plötzlich ein Gefühl, das er nicht beschreiben konnte. Die Hälfte seiner Mannschaft war getötet worden, die andere Hälfte gefangen. Er machte sich keine Gedanken über die neuen Leute, denen er selbst nicht über den Weg traute – aber unter den anderen waren Freunde, gute Männer; Leute, für die er sich verantwortlich fühlte. *»Wenn der Sturm vorüber ist, werden wir entscheiden, was wir mit ihnen tun.«* Das war es, was Paul – was Muad'dib gesagt hatte. Und Gurney erinnerte sich an die Geschichten, die man über Muad'dib, den Lisan al-Gaib erzählte – wie er sich aus der Haut eines Sardaukar-Offiziers ein Trommelfell gemacht hatte und daß er ständig von seinen Todeskommandos, den Fedaykin, umgeben war, die singend in die Schlachten zogen.

Er ist es also.

Die beiden Fremen, die auf sie zugekrochen waren, verharrten vor Paul, und einer der dunkelgesichtigen Männer sagte: »Es ist alles versteckt, Muad'dib. Wir gehen wohl jetzt besser nach unten.«

»Richtig.«

Gurney stellte fest, daß der Tonfall des anderen Fremen eine Mischung aus Befehl und Bitte war. Dies war Stilgar, eine andere legendäre Gestalt der Fremen.

Paul warf einen Blick auf das Bündel, das der andere Mann schleppte, und sagte:

»Was ist das, Korba?«

Stilgar entgegnete an Korbas Stelle: »Es wurde in der Fabrik gefunden und trägt die Insignien deines Freundes hier. Es ist ein Baliset. Du hast mir sehr oft erzählt, welch ein Künstler Gurney Halleck auf diesem Instrument ist.«

Gurney musterte Stilgar und erkannte zwischen der Kapuze und dem Gesichtsschleier zwei dunkle Augen, eine gebogene Nase und den oberen Rand eines schwarzen Bartes. »Sie verfügen über einen gut mitdenkenden Genossen, Mylord«, sagte er. Und zu Stilgar gewandt: »Vielen Dank.«

Stilgar gab seinem Begleiter das Zeichen, Halleck das Bündel zu übergeben, und erwiderte: »Danken Sie Ihrem Herzog. Seiner Gunst verdanken Sie übrigens auch Ihr Hiersein.«

Gurney nahm das Bündel an sich und wunderte sich über die harten Untertöne dieser Konversation. Irgend etwas an diesem Mann kam ihm herausfordernd vor, und er fragte sich, ob es unter den Fremen auch so etwas wie Eifersucht gab. War Stilgar etwa wütend darüber, daß in diesem Neuankömmling namens Gurney Halleck jemand verborgen war, der Paul bereits vor seiner Ankunft auf Arrakis gekannt hatte?

»Ich würde es begrüßen, wenn ihr beide Freunde würdet«, sagte Paul.

»Stilgar der Fremen, das ist ein Name, den man kennt«, sagte Gurney. »Und jeder Mann, der der Feind meiner Feinde ist, ist mithin mein Freund.«

»Willst du meinem Freund Gurney Halleck die Hände schütteln, Stilgar?« fragte Paul.

Zögernd streckte Stilgar eine Hand aus. »Es gibt nur wenige, die noch nicht von Gurney Halleck gehört haben«, sagte er. Er ergriff Hallecks Hand und schüttelte sie. Dann wandte er sich wieder Paul zu. »Der Sturm ist nicht mehr weit.«

»Er wird bald da sein«, stimmte Paul ihm zu.

Stilgar ging voraus und führte sie durch die Felsen einen schmalen, kurvenreichen Pfad entlang, der vor einem niedrigen Eingang unter einem Überhang endete. Mehrere Fremen beeilten sich, das Türsiegel wieder hinter ihnen anzubringen; Leuchtgloben beschienen einen Gang.

Von hier an übernahm Paul die Führung. Gurney war direkt hinter ihm, während die anderen abbogen und einen anderen Weg nahmen. Im Eingang einer behaglich eingerichteten Kammer, an deren Wänden weinrote Teppiche hingen, blieben sie stehen.

»Wir haben ein bißchen Zeit, um uns zu unterhalten«, sagte Paul. »Die anderen werden inzwischen...«

Ein Alarmgong ertönte plötzlich aus einem anderen Teil des Höhlensystems, gefolgt vom heftigen Klirren aufeinanderscheppernder Klingen. Paul wirbelte herum, rannte augenblicklich den Weg zurück, während Gurney ihm mit gezogenem Messer folgte.

Sie traten auf einen Felsvorsprung inmitten einer großen Höhle hinaus, auf derem Boden inzwischen ein heftiger Kampf entbrannt war. Einen winzigen Moment lang stand Paul wie gelähmt da und versuchte anhand der Kleidung die Kämpfenden voneinander zu unterscheiden. Sinne, die seine Mutter ausgebildet hatte, sagten ihm, daß die Schmuggler gegen die Fremen kämpften. Und noch eines fiel ihm auf: die Schmuggler kämpften jeweils zu dritt. Sie standen in Triangeln Rücken an Rücken und verteidigten sich. Und das war die Gewißheit, daß sie es hier mit Sardaukar des Imperators zu tun hatten.

Einer der kämpfenden Fedaykin sah Paul. Er stieß einen Kampfschrei aus, der sich in der großen Höhle sofort wie ein Echo fortpflanzte: »Muad'dib! Muad'dib! Muad'dib!«

Die anderen hatten ihn ebenfalls gesehen. Ein schwarzes Messer flog auf Paul zu. Es gelang ihm, der Waffe im letzten Moment auszuweichen. Sie prallte hinter ihm gegen das Gestein. Blitzschnell wandte er sich um und sah, wie Gurney sie aufhob.

Die kämpfenden Dreiergruppen wurden nun weiter und weiter zurückgetrieben.

Gurney hielt das Messer vor Pauls Gesicht, deutete auf die imperialen Farben und nickte.

Es waren Sardaukar, ohne Frage.

Paul machte einen Schritt auf den Rand des Vorsprungs zu. Nur drei Sardaukar kämpften jetzt noch mit verbissener Wut. Der Blutgeruch der bereits Gefallenen legte sich schwer auf seine Lungen.

»Aufhören!« schrie Paul. »Herzog Paul Atreides befiehlt euch, mit dem Kämpfen aufzuhören!«

Die Kämpfenden hielten inne, zögerten.

»Ihr Sardaukar!« rief Paul zu den Überlebenden hinüber. »Aufgrund welcher Befehle trachtet ihr nach dem Leben eines rechtmäßigen Herzogs?« Und rasch, ehe seine Männer den Ring um die drei Männer enger schließen konnten, fügte er hinzu: »Aufhören, habe ich gesagt!«

Einer der Angesprochenen trat vor. »Wer behauptet, daß wir Sardaukar sind?« verlangte er zu wissen.

Paul nahm Gurney das Messer aus der Hand und hielt es hoch. »Dieses Messer hier behauptet es.«

»Und wer behauptet, daß Sie ein rechtmäßiger Herzog sind?«

Paul deutete auf die Fedaykin. »Diese Männer hier sagen, daß ich der rechtmäßige Herzog bin. Euer eigener Imperator setzte das Haus Atreides ein, um den Planeten Arrakis zu übernehmen. Und ich *bin* das Haus Atreides.«

Die Sardaukar blieben bewegungslos stehen und starrten sich an.

Paul behielt den Sprecher der drei Männer im Auge. Er war hochgewachsen und schlank. Eine helle Narbe zog sich über seine linke Wange. In den Augen des Mannes zeigte sich gleichzeitig Wut und Verwirrung, aber dennoch machte er einen so stolzen Eindruck, daß Paul den Verdacht nicht loswurde, daß er sich auch noch nackt im Dienst wähnen würde.

Er winkte einem seiner Unterführer und fragte: »Korba, wie konnte es geschehen, daß ihnen nicht alle Waffen weggenommen wurden?«

»Die Männer haben die Waffen in versteckten Taschen ihrer Destillanzüge verborgen«, erklärte der Unterführer.

Paul sah betroffen auf die Toten und Verwundeten. Es hatte jetzt keinen Zweck mehr, darüber zu lamentieren. Korba schien das auch zu spüren, denn er senkte seinen Blick.

»Wo ist Chani?« fragte Paul entsetzt und wagte, während er auf die Antwort wartete, nicht zu atmen.

»Stilgar hat sie weggebracht.« Korbas Blick wanderte über die Opfer des Kampfes. »Ich übernehme die Verantwortung für dieses Unglück, Muad'dib.«

»Wie viele Sardaukar waren dabei, Gurney?« fragte Paul.

»Zehn.«

Paul ließ sich von dem Vorsprung in die Höhle hinab und ging auf den Sprecher der Sardaukar zu.

Unter den Fedaykin breitete sich Unruhe aus. Offenbar hatten sie etwas dagegen, wenn er sich so nahe an die Gefahrenquelle heranbegab.

Ohne sich umzudrehen, fragte Paul: »Wie viele Ausfälle haben wir zu verzeichnen, Korba?«

»Vier Verwundete und zwei Tote, Muad'dib.«

Hinter den Sardaukar, am anderen Ende der Höhle, geriet plötzlich etwas in Bewegung. Aus dem zweiten Ausgang tauchten Chani und Stilgar auf. Paul richtete seine Aufmerksamkeit wieder auf die Sardaukar. Die Augen der Männer allein zeigten schon, daß sie sich noch nicht lange auf Arrakis aufhielten. »Sie«, sagte er und deutete auf den Sprecher. »Wie heißen Sie?«

Der Mann versteifte sich und warf seinen Kollegen einen raschen Blick zu.

»Versuchen Sie das ja nicht«, warnte Paul ihn. »Es ist mir völlig klar, daß man Ihnen aufgetragen hat, Muad'dib zu suchen und zu töten. Ich sollte annehmen, daß ihr einfache Gewürzjäger seid, die in der Wüste herumkriechen, nicht wahr?«

Ein plötzliches Ächzen Gurneys aus dem Hintergrund führte dazu, daß Paul lächelte.

Blut lief über das Gesicht des Sardaukar.

»Aber was Sie hier sehen«, fuhr Paul fort, »ist weit mehr

als nur der Muad'dib. Sieben von euch sind gestorben – und von uns nur zwei. Drei für einen. Nicht schlecht, wenn man bedenkt, gegen wen wir gekämpft haben, nicht wahr?«

Der Sardaukar setzte einen Fuß vor, wich jedoch sofort zurück, als die Fedaykin Anstalten machten, ihn anzugreifen.

»Ich habe Sie nach Ihrem Namen gefragt«, wiederholte Paul und setzte alle seine Kräfte ein, um den Mann unter den Druck seiner Stimme zu zwingen. »Ihren Namen!«

»Captain Aramsham von den imperialen Sardaukar«, knurrte der Mann. Seine Kinnlade fiel herab. Er starrte Paul verblüfft an und schien völlig zu vergessen, daß er ihn noch vor wenigen Minuten für einen Barbaren gehalten hatte.

»Schön, Captain Aramsham«, versetzte Paul gelassen. »Die Harkonnens würden eine schöne Stange Geld dafür ausgeben, wenn sie wüßten, was Sie jetzt erfahren haben. Und erst der Imperator – ich frage mich, was er dafür geben würde, wenn er erführe, daß doch ein Atreides seinen schmutzigen Verrat überlebt hat.«

Erneut warf der Captain seinen beiden Begleitern einen raschen Blick zu. Es war für Paul offensichtlich, was der Mann dachte. Sardaukar ergaben sich nicht – aber irgendwie mußte der Imperator von dieser Bedrohung erfahren.

Immer noch die Kraft seiner Stimme einsetzend, sagte Paul: »Ergeben Sie sich, Captain.«

Der Mann zur Linken des Offiziers sprang plötzlich vor, aber bevor er etwas erreichen konnte, traf ihn das Messer seines eigenen Vorgesetzten in die Brust. Der Angreifer taumelte zurück und fiel zu Boden. Captain Aramsham sah seinen letzten verbliebenen Kollegen von der Seite an und sagte: »Was Seiner Majestät nützt, entscheide ich ganz allein, verstanden?«

Die Schultern des anderen Sardaukar sanken herab.

»Legen Sie die Waffe nieder«, sagte der Captain.

Der Sardaukar gehorchte.

Der Captain sah Paul an. »Ich habe einen Freund für Sie getötet«, sagte er. »Ich hoffe, Sie werden das nicht vergessen.«

»Ihr seid meine Gefangenen«, erwiderte Paul, »denn ihr habt euch ergeben. Ob ihr lebt oder sterbt, ist für uns unwichtig.« Er gab seinen Leuten ein Zeichen, die beiden Eindringlinge zu übernehmen, und winkte dem Unterführer, der den Auftrag gehabt hatte, die Schmuggler eingehend zu untersuchen, heran.

Die Fremen nahmen Aramsham und seinen Gefährten zwischen sich und führten sie hinaus.

Paul verbeugte sich vor seinem Unterführer.

»Muad'dib«, sagte der Mann. »Ich habe einen Fehler gemacht und...«

»Das hast du nicht«, entgegnete Paul. »Den Fehler habe ich begangen, indem ich dich nicht warnte, welchen Leuten du gegenüberstandest. Denke in Zukunft, wenn du einen Sardaukar durchsuchst, immer daran, daß jeder einzelne von ihnen über einen falschen Zehennagel verfügt, mit dem er – unter Zuhilfenahme eines zweiten – in der Lage ist, einen effektiven Transmitter zu konstruieren. Sardaukar haben in der Regel auch mehr als einen falschen Zahn, und sie verstecken in ihrem Haar ganze Rollen von Shigadraht, der so dünn ist, daß man ihn mit bloßem Augen kaum erkennen kann. Aber er ist stark genug, um den Kopf eines Gegners säuberlich vom Hals zu trennen. Wenn man einem Sardaukar gegenübersteht, ist höchste Vorsicht geboten. Selbst wenn man sie von allen Seiten durchleuchtet hat und ihre Gliedmaßen einzeln abklopft: man kann nie ganz sicher sein, daß sie nicht doch noch irgendwo etwas versteckt haben.«

Paul blickte auf und sah Gurney, der sich ihnen langsam näherte und zuhörte.

»Dann wäre es das Beste, wenn wir sie sofort töteten«, meinte der Unterführer.

Kopfschüttelnd maß Paul Gurneys Gesicht und sagte: »Nein. Ich möchte, daß die beiden Männer fliehen.«

Gurney zuckte zusammen. »Aber, Sire!« keuchte er entsetzt.

»Ja?«

»Ihr Mann hier hat recht. Lassen Sie die Gefangenen sofort umbringen. Und zerstören Sie alle Spuren ihrer Anwesenheit. Sie haben die Sardaukar des Imperators besiegt! Wenn der Imperator davon Wind bekommt, wird er nicht eher ruhen, bis er Sie auf kleiner Flamme geröstet hat.«

»Auf dieses kleine Vergnügen wird er leider verzichten müssen«, erwiderte Paul. Er sprach langsam und kalt. Irgend etwas war in ihm vorgegangen, während er die Sardaukar in seinem Blickfeld gehabt hatte. Eine Anzahl von Entscheidungen waren durch sein Bewußtsein geflossen. »Gurney«, fragte er plötzlich, »gibt es in der näheren Umgebung Rabbans viele Mitglieder der Gilde?«

Gurney richtete sich auf und runzelte die Stirn. »Ihre Frage hat keinen…«

»Gibt es sie?« herrschte Paul ihn an.

»Arrakis wimmelt nur so von Agenten der Gilde. Sie kaufen Gewürz, als handele es sich dabei um das kostbarste Mineral des Universums. Was, glauben Sie, war der Grund, weshalb wir uns so weit in die Wüste hinaus…«

»Das Gewürz *ist* das kostbarste Mineral des Universums«, gab Paul zurück. »Für sie jedenfalls.« Er sah Stilgar und Chani an, die gerade die Höhle durchquerten und auf sie zukamen. »Und wir kontrollieren es, Gurney.«

»Es sind die Harkonnens, die das Gewürz kontrollieren!« protestierte Halleck.

»Die Leute, die ein Ding zerstören können«, entgegnete Paul, »kontrollieren es auch und haben es in der Hand.« Er brachte Gurney, der darauf etwas erwidern wollte, mit einer schnellen Handbewegung zum Schweigen und nickte Stilgar zu, der, Chani neben sich, vor Paul stehenblieb.

Paul nahm das erbeutete Sardaukarmesser in die rechte Hand und zeigte es Stilgar. »Du lebst nur, um das Beste für unseren Stamm zu erreichen«, sagte er. »Wärest du in der Lage, mir mit diesem Messer das Leben zu nehmen?«

»Wenn es zum Besten des Stammes wäre, ja«, nickte Stilgar.

»Dann tue es«, sagte Paul.

»Bedeutet das, daß du mich herausforderst?« wollte Stilgar wissen.

»Falls ich es täte«, sagte Paul, »würde ich dabei unbewaffnet vor dir stehenbleiben und ließe mich umbringen.«

Stilgar schnappte erschreckt nach Luft.

Chani sagte: »Usul!« Sie warf Gurney und Paul einen verwirrten Blick zu.

Während Stilgar noch nach Worten suchte, sagte Paul: »Du bist Stilgar, ein Krieger. Als die Sardaukar zu kämpfen anfingen, bist du nicht an der Front geblieben. Dein erster Gedanke war, Chani zu beschützen.«

»Sie ist meine Nichte«, erwiderte Stilgar. »Und hätte ich nur den geringsten Zweifel gehabt, daß die Fedaykin mit diesem Abschaum nicht fertiggeworden wären...«

»Warum galt dein erster Gedanke Chani?« verlangte Paul zu wissen.

»Er galt ihr gar nicht«, räumte Stilgar ein.

»Wie?«

»Mein erster Gedanke galt dir«, sagte Stilgar.

»Glaubst du, du könntest die Hand gegen mich erheben?« fragte Paul.

Stilgar fing an zu zittern. »Es ist so Brauch«, murmelte er schließlich.

»Es ist Brauch, daß man, wenn man unbekannte Fremdweltler in der Wüste trifft, diese tötet, um ihr Wasser als ein Geschenk des Shai-Hulud entgegenzunehmen«, sagte Paul. »Und doch hast du einmal zwei Leben gerettet: das meiner Mutter und das von mir.«

Als Stilgar schwieg und den Blick gesenkt hielt, fügte Paul hinzu.

»Du siehst, wie schnell sich Bräuche ändern, Stilgar.

Und mindestens zu einem hast du selbst den Anstoß gegeben.«

Stilgar starrte das gelbe Wappen am Griff des Messers an.

»Glaubst du«, fragte Paul ihn, »daß ich, wenn ich erst wieder als Herzog in Arrakeen sitze, noch die Zeit dazu hätte, mich um alle Dinge zu kümmern, um die sich ein Führer des Sietch Tabr kümmern muß? – Befaßt du dich denn mit den internen Problemen einer jeden einzelnen Familie?«

Stilgars Blick löste sich nicht von der Klinge.

»Glaubst du, ich könnte ein Interesse daran haben, mir den eigenen rechten Arm abzuschneiden?« fragte Paul weiter.

Langsam hob Stilgar den Kopf.

»Du!« sagte Paul laut. »Glaubst du, ich würde zulassen, daß der Stamm und ich in der Zukunft auf deinen weisen Rat verzichten müssen?«

Mit leiser Stimme erwiderte Stilgar: »Es gibt einen jungen Mann in meinem Stamm, den ich ohne Schwierigkeiten herausfordern und töten könnte zu Shai-Huluds Ehren. Aber dem Lisan al-Gaib kann ich nichts tun. Du hast dies gewußt, als du mir dieses Messer gabst.«

»Ich wußte es«, stimmte Paul zu.

Stilgar öffnete die Hand. Das Messer landete klirrend auf dem steinernen Boden. »Die Bräuche ändern sich«, sagte er.

»Chani«, sagte Paul, »gehe zu meiner Mutter und überbringe ihr die Nachricht, daß ihr Rat hier...«

»Aber du sagtest, wir würden gemeinsam nach Süden gehen!« protestierte das Mädchen.

»Ich habe mich geirrt«, warf Paul ein. »Die Harkonnens sind nicht hier, also auch kein Krieg.«

Chani schnappte nach Luft, aber schließlich blieb ihr doch nichts anderes übrig, als die Gegebenheiten zu akzeptieren.

»Du wirst meiner Mutter eine Botschaft überbringen«,

fuhr Paul fort, »die allein für ihre Ohren bestimmt ist. Sage ihr, daß Stilgar mich als Herzog von Arrakis anerkennt, daß wir aber noch einen Weg finden müssen, dies den jungen Männern beizubringen, ohne daß sie rebellieren.«

Chani sah Stilgar an.

»Tu, was er sagt«, brummte Stilgar. »Wir wissen beide, daß er in der Lage wäre, mich zu besiegen, ohne daß ich eine Hand gegen ihn erheben könnte.«

»Ich werde mit deiner Mutter zurückkehren«, sagte Chani zu Paul.

»Sie soll allein kommen«, befahl Paul. »Stilgar hat schon immer recht gehabt: Ich bin stärker, wenn ich dich in Sicherheit weiß. Du wirst im Sietch zurückbleiben.«

Obwohl sie zunächst protestieren wollte, unterließ sie es.

»Sihaya«, sagte Paul und sprach sie mit dem Namen an, den er sonst nur benutzte, wenn sie allein waren. Abrupt wandte er sich von Chani ab. Sein Blick traf den Gurneys. Halleck schien das vorangegangene Gespräch nur bis dahin mitbekommen zu haben, wo Paul seine Mutter erwähnt hatte.

»Ihre Mutter«, sagte Halleck plötzlich.

»Es war Idaho, der uns in der Nacht, als der Überfall passierte, retten konnte«, sagte Paul und sah der hinausgehenden Chani nach. »Jetzt sind wir...«

»Was ist aus Duncan Idaho geworden, Mylord?« fragte Gurney.

»Er ist tot. Er hat die Angreifer mit seinem bloßen Körper aufgehalten, um uns eine Chance zur Flucht zu geben.«

Die Hexe lebt also noch! durchzuckte es Gurney. *Und ich habe ihr Rache geschworen! Aber offensichtlich weiß Paul überhaupt nicht, welch ein Ungeheuer diese Kreatur ist, die ihm das Leben schenkte. Diese Dämonin! Seinen Vater hat sie an die Harkonnens verkauft.*

Paul durchquerte die Höhle und stellte fest, daß man

mittlerweile die Verwundeten und Toten hinausgetragen hatte. Dabei fiel ihm ein, daß auch dieser Tag wieder in eine Legende aus dem Leben des Paul Muad'dib umgemünzt werden würde. *Ich habe nicht einmal mein Messer gezogen,* dachte er, *aber trotzdem wird es eines Tages heißen, ich hätte zwanzig Sardaukar mit eigener Hand erschlagen.*

Gurney folgte Stilgar, ohne den Grund unter seinen Füßen zu fühlen. Er achtete weder auf den Weg, noch auf die Beleuchtung. Alles in ihm schrie nach Rache. *Die Hexe lebt, während die Männer, die sie verraten hat, in ihren Gräbern vermodern. Ich muß dafür sorgen, daß Paul die Wahrheit erfährt, ehe ich sie töte.*

7

Ein haßerfüllter Mensch verschließt sich selbst vor den Argumenten der inneren Vernunft.

Aus ›Die Weisheit des Muad'dib‹,
von Prinzessin Irulan

Die Menge, die sich in der Versammlungshöhle zusammendrängte, strahlte für Jessica das gleiche Zusammengehörigkeitsgefühl aus, das sie zum erstenmal an dem Tag gespürt hatte, an dem Paul und Jamis aneinandergeraten waren. Die Leute murmelten nervös miteinander. Kleine Gruppen hatten sich bereits in der Menge gebildet.

Als sie durch den schmalen Gang von Pauls Privatquartier die Höhle betrat, verbarg sie schnell den Nachrichtenzylinder unter ihrer Robe. Nach der langen Reise vom Süden hierher fühlte sie sich endlich wieder ausgeruht, auch wenn sie nicht verstehen konnte, weshalb Paul die Erlaubnis, die erbeuteten Ornithopter zu benutzen, verweigerte.

»Noch besitzen wir nicht die Kontrolle über den Luftraum«, hatte er gesagt. »Und wir müssen mit dem Brennstoff sparen, den wir von außerhalb beziehen. Wir müssen dafür sorgen, daß die Maschinen und der Treibstoff so lange aufgespart werden, bis wir es uns leisten können, einen Maximaleinsatz zu fliegen.«

Paul stand mit einer Gruppe von Männern in der Nähe des Felsvorsprungs, der eine Art Bühne bildete. Im bleichen Licht der Leuchtgloben erschien ihr die Szenerie irgendwie unwirklich, die ganze Höhle kam ihr vor wie ein Präsentierteller, auf dem sich eine aufgeregte Menge drängte, die mit den Füßen scharrte und flüsterte.

Sie musterte ihren Sohn und fragte sich, warum er ihr noch nicht die Überraschung, die er in der Hinterhand hatte, präsentierte: Gurney Halleck. Der Gedanke an Gurney weckte Erinnerungen an eine lange nicht mehr existierende Vergangenheit, an die Zeit der Liebe mit Pauls Vater.

Am anderen Ende der Bühne wartete Stilgar, umgeben von einer Gruppe seiner Freunde. Die Art, in der er ohne ein Wort zu sagen dastand, verlieh ihm eine Aura der Würde.

Wir dürfen diesen Mann nicht verlieren, dachte Jessica. *Pauls Plan darf nicht schiefgehen. Alles andere würde eine entsetzliche Tragödie hervorrufen.*

Sie betrat die Bühne, überquerte sie und ging an Stilgar vorbei, ohne ihn anzusehen. Von der Bühne aus betrat sie die Höhle, den Versammlungsraum, in dem die Menge bereitwillig Platz für sie machte. Stille umfing sie.

Jessica wußte, was dieses Schweigen bedeutete: unausgesprochene Fragen, aber auch der Respekt vor der Ehrwürdigen Mutter.

Als sie sich Paul näherte, zogen sich die ihn umstehenden jungen Männer zurück. Jessica war einen Moment bestürzt angesichts der Ehrerbietung, die sie ihm erwiesen. *›Alle Menschen, die unter dir stehen, sind begierig, deine Position einzunehmen‹*, lautete eines der Axiome der Bene Gesserit, aber in den Gesichtern der Umstehenden konnte sie von dieser Begierde nichts entdecken. Irgend etwas an der religiösen Aura, die Pauls Führerschaft umgab, hielt sie zurück. Und ihr fiel ein weiteres Sprichwort der Bene Gesserit ein: *›Es ist Brauch, daß Propheten unter Gewalteinwirkung sterben.‹*

Paul schaute sie an.

»Es ist soweit«, sagte Jessica und reichte ihm den Nachrichtenzylinder.

Einer von Pauls Männern – er fiel durch seine Dicklichkeit auf – warf Stilgar einen Blick zu und sagte: »Wirst du ihn jetzt herausfordern, Muad'dib? Jetzt ist die richtige Zeit. Die Leute werden dich für einen Feigling halten, wenn du...«

»Wer wagt es, mich einen Feigling zu nennen?« verlangte Paul zu wissen. Seine Hand zuckte zum Griff des Crysmessers.

Die Fremen in seiner Nähe schwiegen betroffen und wichen zurück. Das Schweigen griff sofort auf die gesamte Menge über.

»Eine Menge Arbeit wartet auf uns«, sagte Paul, drehte sich um und bahnte sich mit der Schulter eine Gasse. Er erreichte die steinerne Bühne, schwang sich hinauf und wandte sich der Versammlung zu.

»Tu es!« schrie jemand.

Gemurmel kam auf.

Paul wartete, bis die Leute sich wieder beruhigt hatten und das allgemeine Gemurmel in vereinzeltem Hüsteln endete. Dann hob er den Kopf, streckte das Kinn vor und sagte so laut, daß man es noch in der entferntesten Ecke hören konnte: »Ihr seid des Wartens müde.«

Erneut wartete er, bis die Erwiderungsrufe verstummt waren.

Und das sind sie wirklich, dachte er. Er hob den Nachrichtenzylinder, schüttelte ihn und dachte an das, was in ihm verborgen war. Man hatte ihn einem Kurier der Harkonnens abgenommen.

Und die Nachricht war klar: sie besagte, daß Rabban von nun an mit keiner Unterstützung von Giedi Primus mehr rechnen konnte. Von nun an mußte er mit seinen Problemen auf Arrakis allein fertigwerden.

Paul hob erneut seine Stimme: »Ihr seid der Meinung, daß es an der Zeit sei, Stilgar herauszufordern und einen Wechsel in der Führung der Truppen hervorzurufen!« Bevor die Menge darauf antworten konnte, schrie er wütend: »Haltet ihr den Lisan al-Gaib denn wirklich für so dumm?«

Die Menge schwieg. Sie wirkte wie gelähmt.

Er übernimmt jetzt den religiösen Mantel, dachte Jessica. *Aber das darf er nicht tun!*

»Es ist so Brauch!« schrie jemand.

Trocken erwiderte Paul: »Auch Bräuche ändern sich.«

Aus irgendeiner Ecke der Höhle brüllte jemand mit unverhohlenem Zorn: »Aber nicht ohne unsere Zustimmung!«

Mehrere begeisterte Zurufe zeigten Paul, daß noch mehrere Leute so dachten.

»Wie ihr wollt«, erwiderte er.

Und plötzlich stellte Jessica fest, daß er die Kraft der Stimme so einsetzte, wie sie es ihn gelehrt hatte.

»Ihr werdet es bestimmen«, sagte Paul. »Aber zuerst werdet ihr mir zuhören.«

Stilgar ging am Bühnenrand entlang. Sein bärtiges Gesicht wirkte ausdruckslos. »Auch das ist einer unserer Bräuche«, sagte er in die Menge hinein. »Es ist das Recht eines jeden Fremen, in der Versammlung seine Stimme zu erheben. Und Paul-Muad'dib ist einer der unseren.«

»Das Wichtigste ist der Nutzen des Stammes, nicht wahr?« fragte Paul, und Stilgar erwiderte mit flacher, aber dennoch würdiger Stimme:

»Das ist unser höchstes Ziel.«

»In Ordnung«, sagte Paul. »Dann laßt mich euch die Frage stellen, wer derjenige ist, der die Truppen unseres Stammes führt – und mithin auch die der anderen Stämme, da diese ihre Kampfkraft durch unsere Lehrer um ein beträchtliches steigern konnten?«

Er wartete ab und ließ seinen Blick über die Köpfe der Anwesenden schweifen. Niemand antwortete ihm.

Und er fuhr fort: »Ist es Stilgar, der all dies beherrscht? Er selbst streitet dies ab. Bin ich es also? Aber auch Stilgar befolgt meine Vorschläge nur gelegentlich, wenngleich die Weisesten der Weisen mir ihr Ohr leihen und auf den Versammlungen meinen Worten lauschen.«

Immer noch herrschte Stille.

»Ist es also meine Mutter, die herrscht?« fragte Paul. Er

deutete auf Jessica, die, gekleidet in eine schwarze Robe, noch immer zwischen den Menschen stand. »Stilgar und die anderen Truppenführer fragen sie vor jeder wichtigen Entscheidung um ihren Rat, das weiß ein jeder von euch. Aber geht eine Ehrwürdige Mutter über den Sand oder führt sie eine Razzia gegen die Harkonnens an?«

Diejenigen Leute, die Paul von seinem Standort aus sehen konnte, runzelten nachdenklich die Stirn. Einige murmelten aufgeregt.

Er läßt sich auf eine gefährliche Sache ein, dachte Jessica, aber gleichzeitig erinnerte sie sich an den Nachrichtenzylinder und die darin enthaltene Botschaft. Jetzt wurde ihr auch Pauls Absicht klar: er zielte darauf ab, die Fremen zu verunsichern und ihre bisherigen Maßstäbe ins Wanken zu bringen. Alles weitere würde sich dann von selbst ergeben.

»Ein Mann kann also keine Führungsrolle übernehmen, ehe er nicht einen anderen im Zweikampf besiegt hat, wie?« fragte Paul herausfordernd.

»Es ist so Brauch!« rief jemand aus der Menge.

»Und was ist unser Ziel?« fragte Paul. »Unser Ziel ist es, das Ungeheuer Rabban von seinem Thron zu stoßen und aus unserer Welt etwas zu machen, auf dem unsere Familien in Ruhe und Frieden leben können. Ist das unser Ziel oder nicht?«

»Harte Aufgaben erzwingen harte Methoden«, rief ihm ein anderer Fremen zu.

»Zerbrecht ihr eure Messer vor der Schlacht?« verlangte Paul zu wissen. »Ich sehe es als Tatsache an – nicht etwa als Prahlerei oder Herausforderung –, daß unter uns kein Mann ist, auch nicht Stilgar, der in der Lage wäre, mich in einem Zweikampf zu besiegen. Selbst Stilgar weiß das, und da er es weiß, wißt auch ihr es.«

Erneut erhoben sich einige unzufriedene Stimmen.

»Viele von euch haben mit mir auf dem Trainingsboden gekämpft«, stellte Paul fest. »Ihr wißt, daß ich keiner von denen bin, die mit ihren Kräften protzen. Ich sage das nur, weil wir es alle wissen und weil ich närrisch wäre, würde ich es nicht selbst sehen. Ich habe mit diesem Training viel früher begonnen als jeder von euch, und meine Lehrer waren die härtesten Kämpfer, denen ich begegnet bin. Wie sonst sollte ich in der Lage gewesen sein, Jamis zu besiegen? Und noch dazu in einem Alter, wo andere Kinder mit Holzschwertern spielen?«

Er setzt seine Stimme sehr gut ein, dachte Jessica, *aber ich weiß nicht, ob seine innere Kraft gegenüber diesen Leuten ausreicht. Sie sind größtenteils gegen eine stimmliche Beeinflussung gefeit. Ohne Logik kann er sie nicht in die Knie zwingen.*

»Also«, sagte Paul, »gehen wir weiter zu diesem hier.« Er hob den Nachrichtenzylinder. »Wir haben diesen Zylinder einem Kurier der Harkonnens abgenommen, seine Echtheit steht außerhalb jeden Zweifels. Die Botschaft ist an Rabban adressiert und teilt ihm mit, daß man seine erneute Truppenanforderung ablehnt, daß seine Erntezahlen weit unter dem festgesetzten Soll liegen und daß er mit den Leuten, über die er verfügt, noch mehr an Gewürz aus Arrakis herausholen soll.«

Stilgar stellte sich neben Paul auf.

»Wie viele unter euch verstehen den wirklichen Sinn dieser Botschaft?« fragte Paul. »Stilgar hat ihn sofort begriffen.«

»Sie sind von der Außenwelt abgeschnitten!« schrie jemand.

Paul steckte sowohl den Zylinder als auch die Botschaft unter seine Schärpe. Er zog einen dünnen Shigadraht unter der Robe hervor, an dem ein Ring baumelte.

»Dieser Ring ist das herzogliche Siegel meines Vaters«, erklärte er. »Ich habe geschworen, ihn erst dann zu tragen, wenn ich reif genug bin, meine Truppen über die Oberfläche Arrakis' zu führen und mein rechtmäßiges Lehen wieder in Besitz zu nehmen.« Er löste den Ring und steckte ihn auf einen Finger. Dann ballte er die Hand zur Faust.

Absolute Stille herrschte jetzt in der Höhle.

»Wer herrscht auf diesem Planeten?« fragte Paul. Er hob die Faust. »Ich beherrsche ihn. Ich herrsche auf jedem Quadratmeter von Arrakis! Arrakis ist mein herzogliches Lehen, ob der Imperator dazu nun ja oder nein sagt. Er gab diese Welt meinem Vater – und durch meinen Vater gehört sie mir!«

Paul stellte sich auf die Zehenspitzen, musterte die Menge und versuchte ihre Stimmung zu ergründen.

Fast, dachte er.

»Wenn diese Welt erst wieder mir gehört, wird es eine Anzahl von Männern geben, die mich dabei unterstützen werden, die Rechte, die mir zustehen, zu erhalten«, fuhr er fort. »Und einer dieser Männer wird Stilgar sein. Nicht etwa, weil ich ihn bestechen will – und auch nicht, weil ich mich ihm gegenüber generös verhalten muß, weil er mir – wie sicher vielen anderen dieses Stammes – einmal das Leben rettete. Ich will ihn in eine wichtige Position bringen, weil er ein weiser Mann ist *und* ein tapferer Kämpfer. Weil er seine Truppen intelligent führt und nicht nach irgendwelchen verstaubten Regeln. Könntet ihr mich für so dumm halten, daß ich mich meines rechten Armes freiwillig beraube, indem ich ihn herausfordere, nur um euch ein blutiges Spektakel zu liefern?«

Paul warf einen strengen Blick über die Anwesenden. »Ist hier irgend jemand, der daran zweifelt, daß ich der rechtmäßige Herrscher von Arrakis bin? Verlangt ihr wirklich von mir, daß ich zuerst jeden Führer herausfordern muß und alle Stämme führerlos hinter mir zurücklasse?«

Neben Paul richtete sich Stilgar auf und sah ihn fragend an.

»Darf ich überhaupt unsere Kräfte in dem Moment schwächen, wo wir sie am nötigsten brauchen?« fragte Paul. »Ich bin euer Herrscher – und als solcher sage ich euch, daß es Zeit ist, damit Schluß zu machen, uns gegenseitig unserer besten Kräfte zu berauben, und daß wir uns statt dessen unseren wirklichen Feinden zuwenden: den Harkonnens!«

Mit einer plötzlichen Bewegung riß Stilgar sein Crysmesser aus der Scheide und hielt es über die Köpfe der Anwesenden ausgestreckt. »Lang lebe Herzog Paul Muad'dib!« rief er.

Ein ohrenbetäubender Jubel erfüllte das Innere der Höhle, und er schien kein Ende zu nehmen. Die Leute schrien und sangen. »Ya hya chouhada! Muad'dib! Muad'dib! Muad'dib! Ya hya chouhada!«

Und Jessica übersetzte automatisch: *»Lang leben die Kämpfer des Muad'dib!«* Es war alles genau so eingetroffen, wie sie, Paul und Stilgar es geplant hatten.

Der Lärm ebbte nur langsam ab.

Nachdem die Stille wieder eingekehrt war, sah Paul Stilgar an und sagte: »Knie nieder, Stilgar.«

Stilgar ging am Rand der Bühne nieder. »Gib mir dein Crysmesser«, verlangte Paul. Stilgar gehorchte.

Aber das haben wir nicht geplant, dachte Jessica.

»Sprich mir nach, Stilgar«, sagte Paul und rief sich die Worte ins Gedächtnis zurück, die er aus dem Mund seines Vaters vernommen hatte. »Ich, Stilgar, empfange dieses Messer aus den Händen meines Herzogs.«

»Ich, Stilgar, empfange dieses Messer aus den Händen meines Herzogs«, wiederholte Stilgar und nahm die milchigweiße Klinge, die Paul ihm reichte, wieder in Empfang.

»Dorthin, wo mein Herzog es befiehlt, werde ich dieses Messer stoßen«, sagte Paul, und Stilgar wiederholte auch dies ohne zu zögern.

Jessica, die den Ursprung der Worte erkannte, mußte ihre Tränen zurückhalten. Sie schüttelte den Kopf. *Ich kenne die Gründe,* dachte sie. *Ich sollte mich davon nicht erschüttern lassen.*

»Ich widme diese Klinge meinem Herzog und werde nicht eher ruhen, bis seine Feinde vernichtet sind und solange noch Blut in meinen Adern fließt«, sagte Paul.

Stilgar sprach es ihm nach.

»Und nun küsse die Klinge«, forderte Paul ihn auf.

Stilgar gehorchte und küßte dann, nach alter Fremensitte, Pauls Messerhand. Auf ein Nicken von Paul hin steckte er das Messer in die Scheide zurück und stand auf.

Ein seufzendes, ehrerbietiges Flüstern ging durch die Anwesenden, und Jessica hörte jemanden sagen: »Die Prophezeiung - eine Bene Gesserit wird uns den Weg zeigen und eine Ehrwürdige Mutter wird ihn erkennen.« Und aus weiterer Entfernung: »Sie zeigt ihn uns durch ihren Sohn!«

»Stilgar führt diesen Stamm an«, gab Paul bekannt. »Darüber kann es keine Unklarheiten geben. Er befiehlt mit meiner Stimme. Und was er euch sagt, ist genau das, was ich euch sagen würde.«

Ein weiser Entschluß, dachte Jessica. *Ein Häuptling darf auf keinen Fall das Gesicht vor denen verlieren, die ihm untertan sind.*

Mit leiserer Stimme sagte Paul: »Stilgar, ich möchte, daß noch heute nacht Sandläufer ausgeschickt werden, um eine Gemeinschaftsversammlung einzuberufen. Wenn du diesen Auftrag erledigt hast, hole Chatt, Korba, Otheym und zwei andere Unterführer deiner Wahl zu mir in mein Quartier, damit wir einen Schlachtplan ausarbeiten können. Wir müssen der Ratsversammlung, wenn sie zusammentritt, bereits einen Sieg vorzeigen können.«

Er gab seiner Mutter mit einem Nicken zu verstehen, daß sie ihm folgen solle, und setzte sich durch die Menge, die ehrfürchtig vor ihm Platz machte, in Richtung auf sein Quartier in Bewegung. Während er an den Leuten vorbeiging, streckten vereinzelt Anwesende die Hände nach ihm aus. Stimmen riefen seinen Namen.

»Ich werde dorthin gehen, wohin Stilgar mich schickt, Paul Muad'dib!«

»Laß uns bald in den Kampf ziehen, Paul Muad'dib!«

»Das Blut der Harkonnens wird den Sand unserer Welt befeuchten!«

Jessica spürte die Kampfbereitschaft der Männer: sie konnte kaum noch größer werden. *Jetzt sind sie bereit, ihr Leben für Paul hinzugeben,* dachte sie.

Im inneren Zimmer seiner Räume wies Paul seine Mutter an, sich zu setzen, und sagte: »Warte hier.« Er duckte sich und verschwand durch einen Vorhang in einem Nebenraum.

Es war still in diesem Zimmer, nachdem Paul gegangen war, so still hinter den Vorhängen, daß nicht einmal das leise Geräusch der Luftumwälzungsanlage zu Jessica durchdrang.

Er ist gegangen, um Gurney Halleck zu holen, dachte sie und fragte sich, welche seltsamen Gefühle sie dabei durchströmten. Gurney und seine Musik erinnerten sie an die schöne Zeit auf Caladan, bevor sie nach Arrakis übersiedelt waren. Irgendwie kam ihr das alles unwirklich vor, als hätte es Caladan in ihrem Leben gar nicht wirklich gegeben. Sie hatte sich in den beinahe drei Jahren auf Arrakis zu einer völlig anderen Person entwickelt, bisher war ihr das allerdings gar nicht bewußt gewesen. Es war die Anwesenheit Gurneys, die sie darauf hinwies.

Das Kaffeeservice aus Silber und Jasmium, das aus Jamis' Besitz in den Pauls übergegangen war, stand neben ihr auf einem niedrigen Tisch. Jessica schaute es an und überlegte, wieviele Hände dieses Metall schon berührt hatten. Dabei dachte sie auch an Chani.

Was kann dieses Wüstenmädchen schon für einen Herzog tun, außer ihm Kaffee zu servieren? fragte sie sich. *Sie bringt ihm weder Macht noch eine Familie. Paul hat nur eine einzige Chance - er muß sich mit einem Hohen Haus verbünden, möglicherweise sogar mit der kaiserlichen Familie. Es gibt dort eine ganze Reihe von Prinzessinnen im heiratsfähigen Alter - trotz allem anderen -, und jede einzelne von ihnen wurde von den Bene Gesserit ausgebildet.*

Jessica versuchte sich vorzustellen, wie es ihr ergehen würde, wenn sie all die Entbehrungen, die sie auf Arrakis hinnehmen mußte, mit den Annehmlichkeiten als Mutter eines Mannes von königlichem Geblüt vertauschte. Sie sah auf die dicken Wandbehänge des Höhlenraums, und ihr fiel ein, auf welche Art sie hierhergereist war: auf dem Rücken eines Wurmes, den man zusätzlich mit allem beladen hatte, was sie hier brauchte.

Solange Chani lebt, wird Paul seine Pflicht nicht erkennen, dachte Jessica. *Sie hat ihm einen Sohn geboren, und das genügt ihm.*

Das plötzliche Verlangen, ihr Enkelkind, das seinem Großvater in jeder Beziehung ähnlich war, zu sehen, überkam sie. Jessica legte beide Handflächen gegen ihre Wangen und begann in der rituellen Weise zu atmen, die ihre Gefühle abkühlte und den Verstand besänftigte. Schließlich beugte sie sich vor und paßte ihren Körper an die Anforderungen des Geistes an.

Die Richtigkeit der Tatsache, daß Paul die Höhle der Vögel zu seinem neuen Kommandoposten gemacht hatte, konnte man nicht in Zweifel ziehen, wußte Jessica. Der Platz war nahezu ideal. In nördlicher Richtung lag die Windpaßöffnung, die sich auf ein geschützt liegendes Dorf inmitten einer Felsansammlung ausrichtete. Dieses Dorf hatte eine Schlüsselstellung inne, denn in ihm lagen die Unterkünfte der Techniker und Handwerker sowie das Nachschubzentrum der gesamten Harkonnen-Abwehr.

Ein Hüsteln drang an Jessicas Ohren. Sie setzte sich wieder aufrecht hin, tat einen tiefen Atemzug und sagte: »Herein.« Vorhänge wurden beiseitegerissen, und Gurney Halleck stürmte in den Raum. Jessica hatte gerade noch Gelegenheit, einen kurzen Blick auf sein verzerrtes Gesicht zu werfen, dann war er auch schon hinter ihr, legte einen Arm um ihren Hals und riß sie hoch.

»Gurney, Sie Narr, was haben Sie vor?« keuchte Jessica.

Dann fühlte sie den harten Druck einer Messerspitze an ihrem Rücken. Sofort wurde ihr klar, daß Halleck vorhatte, sie umzubringen. *Warum?* Sie hatte nicht die geringste Ahnung. Zudem war Halleck nicht der Typ des Verräters. Aber dennoch war seine Absicht unverkennbar – und er besaß genügend Erfahrung, um jeden Trick, sich aus dieser Umklammerung zu befreien, sofort zu unterbinden.

»Du hast geglaubt, du wärst jetzt in Sicherheit, du Hexe, was?« knurrte Gurney.

Bevor Jessica auch nur einen klaren Gedanken fassen konnte, öffnete sich der Vorhang erneut und Paul trat ein.

»Hier ist er also, Mutt…« Er verstummte abrupt und blieb wie erstarrt stehen.

»Sie werden da bleiben, wo Sie jetzt sind, Mylord«, sagte Gurney.

»Was…«, stieß Paul ungläubig hervor.

Jessica wollte etwas sagen und spürte plötzlich, wie der Griff um ihren Hals sich verstärkte.

»Du wirst nur dann sprechen, wenn ich es dir erlaube, du Hexe«, sagte Gurney. »Ich möchte nur, daß dein Sohn etwas ganz Bestimmtes aus deinem Mund hört – und ich werde nicht zögern, beim geringsten Anzeichen eines Reflexes zuzustoßen. Deine Stimme wird ganz normal klingen, wenn du etwas sagst, und du wirst keinen einzigen Muskel bewegen. Du wirst dich nun mit der größten Vorsicht verhalten, auch wenn du nicht mehr lange zu leben hast. Du hast nur noch ein paar Sekunden, und ich rate dir, sie nicht sinnlos zu vergeuden.«

Paul machte einen Schritt vorwärts und sagte entsetzt: »Gurney, Mensch, was ist…?«

»Bleiben Sie, wo Sie sind!« schrie Gurney. »Noch einen Schritt, und sie ist tot!«

Paul griff nach seinem Messer und sagte mit tödlicher Ruhe: »Das wirst du mir erklären müssen, Gurney.«

»Ich habe geschworen, denjenigen, der deinen Vater verraten hat, zu töten«, erwiderte Gurney. »Glauben Sie, ich könnte vergessen, was ich einem Menschen verdanke, der mich aus den Sklavenhöhlen der Harkonnens befreit hat? Der mir die Freiheit, das Leben und meine Ehre wiedergab? Der mich zu seinem Freund machte, was ich über alles andere stelle? Ich habe den Verräter jetzt vor meiner

Klinge. Und niemand wird mich davon abhalten können, ihn zu...«

»Einen größeren Irrtum könntest du gar nicht begehen, Gurney«, entgegnete Paul.

Und Jessica dachte: *Also so ist das! Welche Ironie!*

»Ich soll mich irren?« fragte Gurney. »Ich schlage vor, daß wir jetzt diese Frau sprechen lassen. Und sie soll auch wissen, daß ich Unsummen an Bestechungsgeldern und für Spitzel ausgegeben habe, um darüber, was ich jetzt weiß, Informationen zu sammeln. Ich habe sogar einen Harkonnen-Captain unter Semuta gesetzt, um die Geschichte aus ihm herauszubekommen.«

Jessica fühlte, wie der Arm sich um eine Winzigkeit lockerte, aber bevor sie etwas sagen konnte, warf Paul ein: »Der Verräter war Yueh. Ich sage dir das nur einmal, Gurney. Ich habe unwiderlegbare Beweise dafür. Es war Yueh, niemand anderes. Ich habe keine Ahnung, wie du auf den Gedanken gekommen bist, es könnte meine Mutter gewesen sein. Es gibt nicht die geringsten Verdachtsmomente gegen sie. Und wenn du wirklich versuchst, ihr etwas anzutun...« – Paul zog sein Messer aus der Scheide und hielt es mit ausgestreckter Hand Gurney entgegen – »...wirst du das nicht überleben.«

»Yueh war ein konditionierter Mediziner«, entgegnete Gurney. »Er war gar nicht fähig, so etwas zu tun.«

»Ich kenne einen Weg, die Konditionierung zu durchbrechen«, erwiderte Paul einfach.

»Beweise!« knurrte Gurney.

»Der Beweis ist nicht hier«, sagte Paul. »Er ist im Sietch Tabr, tief im Süden, aber wenn...«

»Das ist nichts anderes als ein Trick«, schnaubte Gurney Halleck. Erneut festigte er seinen Griff um Jessicas Hals.

»Es ist kein Trick, Gurney«, sagte Paul, und der Tonfall, in dem er diese Worte sagte, klang so traurig, daß Jessica ihn in ihrem Herzen spürte.

»Ich habe die Botschaft gelesen, die man einem Agenten der Harkonnens abnahm«, sagte Gurney. »Und sie wies genau darauf hin, daß…«

»Ich habe sie ebenfalls gelesen«, erwiderte Paul. »Mein Vater zeigte sie mir in jener Nacht, in der er mir auch erklärte, was die Harkonnens damit erreichen wollten, indem sie die Frau beschuldigten, die er liebte.«

»Ayah!« stieß Gurney hervor. »Sie haben nicht…«

»Sei still«, sagte Paul, und seine Stimme enthielt jetzt einen solch harten Kommandoton, wie Jessica ihn noch bei keinem anderen Menschen gehört hatte.

Er verfügt über die Große Kontrolle, dachte sie.

Gurneys Arm begann zu zittern. Sie spürte deutlich, daß die Messerspitze sich unruhig hin und her bewegte.

»Du hast meine Mutter in der Nacht, als sie meinen Vater umbrachten, nicht weinen gehört, Gurney«, fuhr Paul jetzt entschlossen fort. »Und du weißt auch nichts davon, welchen Ausdruck ihre Augen zeigen, wenn wir von unserer Rache sprechen.«

Er hat es nicht vergessen, dachte Jessica. Tränen traten in ihre Augen.

»Und offenbar hast du aus dem, was du in den Sklavenhöhlen der Harkonnens gelernt hast, keine Lehre gezogen, Gurney. Du erzählst mir, wie stolz du darauf bist, daß mein Vater dir seine Freundschaft schenkte! Warst du die ganzen Jahre denn nicht in der Lage, die Harkonnens und Atreides auseinanderzuhalten und zu erkennen, daß man die Tricks der ersteren schon allein an dem Gestank erkennt, den sie bei allem, was sie tun, zurücklassen? Bist du dir nicht dessen bewußt, daß die Atreides sich die Loyalität ihrer Untertanen mit Güte erkaufen, während die Harkonnens sich die der ihren mit Brutalität erzwingen? Hast du wirklich nicht gemerkt, daß du nur einem weiteren ihrer schmutzigen Tricks aufgesessen bist?«

»Aber Yueh?« murmelte Gurney.

»Der Beweis, von dem ich eben sprach«, sagte Paul, »ist das handgeschriebene Geständnis Yuehs. Ich schwöre unter dem Siegel der Zuneigung, die ich für dich empfinde, daß ich die Wahrheit sage. Und ich werde diese Zuneigung auch dann noch in mir bewahren, wenn du hier tot zu meinen Füßen liegen wirst.«

Paul schien wirklich zu allem entschlossen zu sein.

»Mein Vater erfaßte stets instinktiv, wer seine Freunde waren«, fügte er hinzu. »Es gab nur wenige Leute, die er mochte, aber er hat sich in ihnen niemals geirrt. Seine Schwäche lag darin, daß er zu sehr auf den Haß fixiert war. Es war ihm einfach unmöglich, zu glauben, daß jemand, der die Harkonnens haßte, in der Lage sei, ihn zu verraten.« Er sah seine Mutter an. »Bevor mein Vater starb, gab er mir den Auftrag, meiner Mutter zu sagen, daß er ihr niemals mißtraut habe.«

Jessica, die spürte, daß sie die Kontrolle über sich verlor, biß sich auf die Lippe. Die steife Formalität, mit der Paul nun sprach, zeigte ihr, was es ihn kostete, diese Worte überhaupt hervorzubringen. Am liebsten hätte sie sich ihm zugewandt und seinen Kopf an ihre Brust gedrückt, aber der Arm, der ihren Hals umklammert hielt, hatte seine Unsicherheit offenbar wieder verloren; die Messerspitze an ihrem Rücken war weiterhin da.

»Einer der schrecklichsten Augenblicke im Leben eines Jungen«, sagte Paul gepreßt, »ist, wenn er entdeckt, daß auch sein Vater und seine Mutter völlig menschliche Wesen sind, einander in einer Form zugetan, die man als Kind nicht verstehen kann. Man nimmt es hin wie einen Verlust, wie ein Erwachen gegenüber der Tatsache, daß die Welt um einen herum existiert und man doch allein in ihr ist. Dieser Moment bringt seine eigene Form von Wahrheit mit sich, und man kann ihr nicht entkommen. Ich habe *wirklich* gehört, was mein Vater über meine Mutter sagte. Sie ist keine Verräterin, Gurney.«

Endlich fand Jessica ihre Stimme wieder. »Laß mich los, Gurney«, sagte sie. Ihre Stimme klang ruhig und keineswegs befehlend, aber trotzdem ließ Halleck den Arm sinken. Jessica stand auf und ging auf Paul zu, berührte ihn jedoch nicht.

»Paul«, sagte sie, »in diesem Universum existieren noch andere Formen des Erwachens. Ich habe gerade festgestellt, wie ich dich benutzt und manipuliert habe, damit du einen Weg einschlägst, den ich bestimmen wollte… einen Weg, den ich einschlagen mußte. Wenn es dafür überhaupt eine Entschuldigung gibt… dann denke bitte an meine Ausbildung.« Mühsam schluckte sie den Klumpen, der sich in ihrer Kehle bildete, hinunter und sah ihrem Sohn in die Augen. »Paul… ich möchte, daß du etwas für mich tust: Gehe den Weg, den du gehen mußt, wenn du dadurch glücklich wirst. Wenn du es wünschst, heirate dein Wüstenmädchen. Widersetze dich jedem und allem, der dich daran hindern will. Gehe deinen eigenen Weg. Ich…«

Abrupt verstummte sie. Das entsetzliche Stöhnen hinter ihrem Rücken ließ sie herumfahren.

Gurney!

Pauls Augen wandten sich von ihr ab und blickten an ihr vorbei.

Gurney stand immer noch an der gleichen Stelle, er hatte das Messer wieder in die Scheide gesteckt und war dabei, über der Brust die Robe auseinanderzureißen, unter der nun die graue Hülle des Destillanzuges sichtbar wurde. Es war einer jener Anzüge, wie ihn die Schmuggler trugen.

»Stoßen Sie mir das Messer in die Brust«, knirschte Gurney verzweifelt. »Töten Sie mich und vergessen Sie alles, was ich hier und heute gesagt habe. Ich habe meinen eigenen Namen beschmutzt und meinen Herzog verraten. Das Beste wäre…«

»Schweig!« versetzte Paul.

Gurney starrte ihn an.

»Schließe deine Robe und hör auf, dich wie ein Idiot zu benehmen«, sagte Paul. »Der Unsinn, den ich allein heute gehört habe, wird für ein paar Monate reichen.«

»Töten Sie mich«, fauchte Gurney, »ich bestehe darauf!«

»Du solltest mich besser kennen«, erwiderte Paul. »Für

welchen Trottel hältst du mich? Muß ich denn mit jedem Mann, den ich brauche, das gleiche Drama durchexerzieren?«

Gurney schaute Jessica an und sagte in einem müden, resignierten Tonfall, der gar nicht zu ihm paßte: »Dann Sie, Mylady. Bitte... töten Sie mich.«

Jessica ging auf ihn zu und legte beide Arme auf seine Schultern. »Gurney, warum bestehst du darauf, daß die Atreides diejenigen töten sollen, die sie lieben?« Mit sanftem Griff brachte sie seine Robe wieder in Ordnung und verschloß sie über seiner breiten Brust.

Gebrochen sagte Gurney: »Aber... ich...«

»Du glaubtest, etwas Gutes für Leto zu tun«, fuhr Jessica fort. »Und dafür danke ich dir.«

»Mylady«, sagte Gurney. Sein Kinn fiel auf die Brust. Um niemanden seine Tränen sehen zu lassen, schloß er die Augen.

»Laßt uns über die Sache in Zukunft nur noch wie über ein gewöhnliches Mißverständnis unter alten Freunden denken«, sagte Jessica, und Paul hörte den beruhigenden Tonfall in ihrer Stimme. »Nun ist es vorüber, und wir alle wissen, daß es ein solches Mißverständnis nie wieder geben wird.«

Gurney öffnete seine feuchten Augen und schaute auf sie herab.

»Der Gurney Halleck, den ich einst kannte«, sagte Jessica, »war ein Mann, der ebensogut mit dem Messer wie mit dem Baliset umgehen konnte. Und den Spieler Gurney Halleck habe ich stets am meisten verehrt. Erinnert sich dieser Gurney Halleck nicht mehr daran, wie schön es für mich war, den Klängen seines Instruments zu lauschen? Hast du dein Baliset noch immer, Gurney?«

»Ich habe ein neues«, erwiderte Gurney. »Es stammt von Chusuk, ein schönes Instrument. Es könnte beinahe von Varota kommen, obwohl es unsigniert ist. Ich denke, es wurde von einem Studenten von Varota gebaut, der dann später nach...« Er brach ab. »Wie kann ich nur hier herumstehen und schwätzen, wo...«

»Was du sagst, ist kein Geschwätz, Gurney«, warf Paul ein, stellte sich neben seine Mutter und sah Gurney in die Augen. »Es ist ein Gespräch zwischen Freunden. Ich würde es begrüßen, wenn du so freundlich wärst und uns eines deiner Lieder vorspieltest. Der Entwurf des Schlachtplans kann noch ein bißchen warten, denn der Kampf beginnt frühestens morgen.«

»Ich... werde mein Baliset holen«, sagte Gurney. »Es ist draußen im Gang.« Er ging an ihnen vorbei und schlüpfte durch den Vorhang hinaus.

Als Paul seine Hand auf den Arm seiner Mutter legte, stellte er fest, daß sie zitterte.

»Es ist vorüber, Mutter«, sagte er.

Sie hob den Kopf nicht, sondern musterte ihn lediglich aus den Augenwinkeln. »Vorüber?«

»Natürlich. Gurney ist...«

»Gurney? Oh... ja.« Sie senkte den Blick.

Die Vorhänge raschelten, als Gurney, sein Baliset unter dem Arm, wieder eintrat. Er fing an, das Instrument zu stimmen, ohne dabei ihren Blicken zu begegnen. Die Wandteppiche und Vorhänge dämpften die Echos, und Gurney stellte plötzlich betroffen fest, wie stark Jessica in den Jahren ihrer Trennung gealtert war. Die Entbehrungen und die Wasserknappheit, denen sie in der Wüste unter den Fremen ausgesetzt war, hatten tiefe Falten in ihre Gesichtszüge gemeißelt.

Sie wirkt müde, dachte er. *Wir müssen einen Weg finden, um sie wieder aufzurichten.*

Er schlug einen Akkord an.

Paul sah Gurney an und sagte: »Ich habe... einige Dinge zu erledigen, die meine Anwesenheit erfordern. Wartet hier auf mich.«

Gurney nickte.

Er erweckte den Eindruck, als sei er nicht ganz bei der Sache, als reise sein Bewußtsein in diesem Moment nach Caladan zurück und zu seinen blauen Himmeln, an denen die Wolken vorbeizogen und auf baldigen Regen hindeuteten.

Paul mußte sich regelrecht zwingen, den Raum zu verlassen. Er bahnte sich einen Weg durch die schweren Außenvorhänge und trat in den Gang hinaus. Hinter ihm schlug Gurney erneut das Instrument an. Paul blieb stehen und lauschte einen Moment der Musik.

»Obstgärten und Weinberge,
Vollbusige Houris,
Ein schäumender Becher
Auf dem Tisch.
Was schwätze ich von Schlachten
Und Bergen, zerrieben zu Staub?
Warum fühle ich die Tränen?

Offen sind die Himmel
Und bieten ihren Reichtum an.
Meine Hände sind zufrieden,
solange sie gesund und kräftig sind.
Warum denke ich an Aufmärsche
Und Gift in geschmiedetem Kelch?
Warum fühle ich die Tränen?
Die Arme der Geliebten locken
Und versprechen mir so viel
Wie das Paradies.
Warum erinnere ich mich der Narben,
Und träume von alten Schlachten…
Warum überschattet die Furcht meinen Schlaf?«

Aus einem der vor Paul liegenden Nebengänge tauchte ein mit einer Robe bekleideter Kurier auf. Die Kapuze des Mannes war zurückgezogen, und die Bänder, die von seinem Nacken herabbaumelten und zur Befestigung des Destillanzuges dienten, deuteten darauf hin, daß er gerade aus der offenen Wüste gekommen war.

Paul gab ihm mit einem Wink zu verstehen, daß er auf ihn warten sollte, und beeilte sich, ihm entgegenzugehen.

Der Mann verbeugte sich und machte das Handzeichen, das an sich nur einer Ehrwürdigen Mutter oder einer Sayyadina zukam. Er sagte: »Die Führer der einzelnen Stämme beginnen sich bereits zu versammeln, Muad'dib.«

»Jetzt schon?«

»Diejenigen, die jetzt schon eingetroffen sind, kamen auf Stilgars Einladung, die er gab, bevor...« Der Kurier hob die Schultern.

»Verstehe.« Paul warf einen kurzen Blick zurück und erinnerte sich daran, daß das Stück, das Gurney jetzt spielte, zu denen gehörte, die seine Mutter am meisten mochte. »Stilgar und die anderen werden bald hier sein. Zeige ihnen, wo meine Mutter sie erwartet.«

»Ich werde hier warten, Muad'dib«, bestätigte der Kurier nickend.

»Ja... ja, tue das.«

Paul zwängte sich an dem Mann vorbei und strebte den Tiefen des Höhlensystems zu, um an einen Ort zu gelangen, den es in jeder Höhle gab und der in der Nähe des jeweiligen Wasserbeckens lag. Dort wurde ein kleinerer Wurm gefangengehalten, der nicht mehr als neun Meter lang war, weil die Wassergräben, die man um ihn herum gezogen hatte, sein Wachstum behinderten und außerdem dafür sorgten, daß er nicht ausbrach. Sobald der Wurm das Stadium des Kleinen Bringers überwunden hatte, mied er jegliche Ansammlungen von Wasser, weil sie für ihn das reinste Gift darstellten. Das Ertränken eines Bringers war das größte Geheimnis der Fremen, weil dadurch die Erzeugung des Wassers des Lebens zustande kam. Und dieses neue Gift konnte nur von einer Ehrwürdigen Mutter verändert werden.

Paul hatte die Entscheidung getroffen, als er des Ausdrucks höchster Gefahr im Gesicht seiner Mutter teilhaftig geworden war. Nicht eine der Zukunftslinien hatte jemals eine Gefahr beinhaltet, die von Gurney Halleck ausgegangen wäre. Jene hinter einem grauen Nebel verborgene Zukunft hatte in ihm das Gefühl einer schattenhaften Bedrohung geweckt, über die er sich jetzt klar werden mußte.

Ich muß es herausfinden, dachte er.

Sein Körper hatte sich im Laufe der Zeit an immer größere Melangekonzentrationen gewöhnt – und dadurch waren seine Visionen seltsamerweise weniger geworden. Und undurchschaubarer. Erst jetzt war ihm klargeworden, was er zu tun hatte.

Ich werde den Bringer ertränken, dachte er. *Dann werden wir sehen, ob der Kwisatz Haderach derjenige ist, der die ultimate Prüfung der Ehrwürdigen Mütter bestehen kann.*

8

Und man hörte im dritten Jahr des Wüstenkrieges, daß Paul Muad'dib allein unter den Kiswa-Schleiern in der Höhle der Vögel lag. Er lag da wie tot, im Banne der Flüssigkeit, die wir ›das Wasser des Lebens‹ nennen, während sein Geist die Grenzen sprengte, die das Universum uns auferlegt. Und also erfüllte sich die Prophezeiung, daß der Lisan al-Gaib fähig ist, gleichzeitig lebend und tot zu sein.

›Gesammelte Arrakis-Legenden‹,
von Prinzessin Irulan

Chani ging im Morgengrauen aus der Habbanya-Senke auf die Höhle der Vögel zu und vernahm das sich entfernende Rotorengesumme des Thopters, der sie hergebracht hatte und nun einem sicheren Versteck zustrebte, nur noch aus weiter Ferne. Die Männer der sie begleitenden Garde hielten einen gewissen Abstand zu ihr und beobachteten die Umgebung mit wachen Blicken. Damit erfüllten sie der Gefährtin Muad'dibs, der Mutter seines erstgeborenen Sohnes, eine Bitte: sie wollte einen Moment mit ihren Gedanken allein sein.

Warum hat er mich zu sich rufen lassen? fragte sie sich. *Zuvor hieß es doch, ich solle mit Leto und Alia im Süden bleiben.*

Sie zog die Robe enger um die Schultern und setzte ihren Fuß auf die ersten Ausläufer eines Pfades, den nur ein ausgebildeter Wüstenbewohner als solchen zu erkennen vermochte. Kleinere Steine knirschten unter ihren Füßen, doch Chani überschritt sie, ohne dadurch beim Gehen behindert zu werden.

Irgendwie fühlte sie sich plötzlich erheitert angesichts der Tatsache, daß sie nun hier zwischen den Felsen herumkletterte, während zu allem entschlossene Männer sie umgaben und man sogar einen Thopter eingesetzt hatte, um sie aus dem Süden herbeizuholen. Es war eine nicht wiederzugebende Freude in ihr, wenn sie daran dachte, bald wieder mit Paul Muad'dib beisammen zu sein, ihrem Usul. Auch wenn sein Name inzwischen zu einem Kampfruf der Fremen geworden war, blieb er für sie doch ihr Gefährte, der Vater ihres Kindes, ihr zärtlicher Liebhaber.

Aus den Felsen über ihr erschien eine Gestalt und gab mit einem Handzeichen zu verstehen, daß sie sich beeilen sollte. Chani beschleunigte den Rhythmus ihrer Schritte. Die ersten Vögel waren bereits erwacht und erhoben sich singend in den Morgenhimmel; am östlichen Horizont zeigte sich ein schmaler Lichtstreifen.

Die Gestalt vor ihr gehörte nicht der Eskorte an. *Ist es Otheym?* fragte sie sich anhand einiger Bewegungen, die für ihn charakteristisch waren. Als sie ihn erreichte, erkannte sie, daß er es wirklich war. Der stämmige Unterführer der Fedaykin trug die Kapuze nach hinten geschlagen; seine Nasenfilter waren nur nachlässig befestigt, wie er es immer tat, wenn er sich für einen kurzen Moment in der Wüste aufhielt.

»Beeil dich«, zischte er und führte sie durch einen versteckten Spalt in die Höhle. »Es wird bald hell sein«, fügte er hinzu, während er das Türsiegel offenhielt. »Die Harkonnens unternehmen jetzt regelmäßig Erkundungsvorstöße in dieses Gebiet, und wir können es uns nicht leisten, entdeckt zu werden.«

Sie gelangten in die Vorhöhle. Otheym drückte sich an ihr vorbei und sagte: »Folge mir. Und beeil dich.«

Schließlich betraten sie einen Raum, der zu jener Zeit, als man die Höhle der Vögel noch für eine Zwischenstation gehalten hatte, den Zwecken einer Sayyadina gedient hatte. Jetzt bedeckten Teppiche und Sitzkissen den Boden. Die Wände waren mit Behängen bedeckt, die einen Falken zeigten. Ein niedriger Tisch, auf dem mehrere Papiere ausgebreitet lagen, deutete darauf hin, daß man hier vor kurzem offenbar eine Besprechung abgehalten hatte.

Die Ehrwürdige Mutter saß dem Eingang genau gegenüber. Als Chani eintrat, maß sie sie mit einem Blick, der so stark nach innen gerichtet war, daß er das Mädchen zum Zittern brachte.

Otheym legte die Handflächen gegeneinander und sagte: »Ich habe Chani gebracht.« Dann verbeugte er sich und zog sich zurück.

Jessica dachte: *Wie bringe ich es ihr bei?*

»Wie geht es meinem Enkel?« fragte sie.

So erfordert es das Ritual, dachte Chani. Ihre Ängste kehrten zurück. *Wo ist Muad'dib? Warum erscheint er nicht persönlich, um mich zu begrüßen?*

»Er ist gesund und glücklich, meine Mutter«, erwiderte sie. »Ich habe ihn bei Alia und Harah zurückgelassen.«

Meine Mutter, dachte Jessica. *Ja, sie hat das Recht, mich so zu nennen. Schließlich hat sie mir einen Enkel geschenkt.*

»Ich hörte, daß man euch vom Coanua-Sietch einige Stoffe geschickt hat«, sagte Jessica.

»Es sind herrliche Stoffe«, bestätigte Chani.

»Hat dir Alia eine Botschaft mitgegeben?«

»Nein. Aber es geht jetzt besser im Sietch, nachdem die Leute ihren Status akzeptiert haben.«

Warum redet sie so um den heißen Brei herum? fragte sich Chani. *Wenn sie sogar einen Thopter eingesetzt haben, um mich herzubringen, muß etwas Dringendes vorliegen. Aber egal - wenn es nicht anders geht, werde ich die Formalitäten hinzunehmen haben.*

»Aus den Stoffen, die die Leute geschickt haben, könnte man einige Kleider für Leto machen«, sagte Jessica.

»Wie du meinst, meine Mutter«, erwiderte Chani. Sie löste ihren Schleier. »Gibt es neue Nachrichten vom Schlachtfeld?« Sie versuchte, möglichst unbeteiligt dreinzuschauen, damit Jessica nicht bemerkte, was sie wirklich interessierte: wie es Paul ging.

»Neue Siege wurden errungen«, erklärte Jessica. »Rabban hat sogar schon um einen Waffenstillstand bitten lassen. Man schickte seine Parlamentäre zurück, nachdem man ihnen ihr Wasser genommen hatte. Er bemüht sich jetzt, den Bewohnern der Dörfer das Leben etwas zu erleichtern, aber die Leute wissen genau, daß er das nur tut, weil er Angst vor uns hat.«

»Also geht es genauso, wie Muad'dib es voraussagte«, erwiderte Chani. Sie starrte Jessica an und versuchte weiterhin, ihre Ängste um Paul vor ihr zu verbergen. *Ich habe seinen Namen ausgesprochen,* dachte sie, *aber sie reagiert nicht darauf. Es ist unmöglich, hinter dieser Maske, die sie ihr Gesicht nennt, die kleinste Emotion zu erkennen. Sie ist wie ein Eisblock. Hat das einen Grund? Ist meinem Usul etwas zugestoßen?*

»Ich wünschte, wir wären im Süden«, sagte Jessica. »Die Oasen waren so herrlich, als wir sie verließen. Kannst du es nicht auch kaum noch erwarten, bis das ganze Land so aussieht?«

»Das Land ist schön, das stimmt«, entgegnete Chani, »aber es steckt auch viel Mühe und Kummer in ihm.«

»Das ist der Preis der Freiheit«, versetzte Jessica.

Soll das bedeuten, daß sie dabei ist, mich auf ein neues Leid vorzubereiten? fragte Chani sich. »Es sind sehr viele Frauen ohne ihren Mann«, sagte sie, »daß es schon zu Eifersüchteleien kam, als man mich holte.«

»Ich habe dich rufen lassen«, eröffnete ihr Jessica.

Chani bemerkte, daß ihr Herz zu hämmern begann. Sie unterdrückte das Verlangen, sich beide Ohren zuzustopfen. Irgend etwas würde jetzt kommen, etwas Schreckliches. Ohne sich etwas anmerken zu lassen, sagte sie: »Die Nachricht, die ich erhielt, war von Muad'dib unterzeichnet.«

»Ich unterzeichnete sie im Beisein von zweien seiner Unterführer«, gab Jessica zu. »Es war eine notwendige

Sache.« Und sie dachte: *Chani ist eine tapfere Frau. Sie ist sogar in der Lage, ihre Angst auch dann zu überspielen, wenn sie sie innerlich zerreißt. Ja, sie könnte genau die Frau sein, die wir jetzt brauchen.*

Es war kaum das kleinste Anzeichen von Resignation in Chanis Stimme, als sie sagte: »Sage mir jetzt, was du sagen mußt.«

»Du sollst mir helfen, Paul wieder zum Leben zu erwecken«, sagte Jessica und dachte im gleichen Augenblick: *Das war genau das richtige Wort. Ihn zum Leben zu erwecken. Jetzt weiß sie, daß er lebt und sich gleichzeitig in einer großen Gefahr befindet.*

Chani brauchte nur eine Sekunde, um zu fragen: »Was soll ich tun?« Gleichzeitig hatte sie das Gefühl, sich auf Jessica zu stürzen und sie schütteln zu müssen. Es kostete sie einiges, nicht laut loszuschreien: *»Bring mich zu ihm!«* Gefaßt wartete sie auf eine Antwort.

»Ich vermute«, sagte Jessica, »daß die Harkonnens einen Agenten in unsere Reihen eingeschmuggelt haben, um Paul zu vergiften. Es scheint mir die einzig logische Erklärung zu sein. Ein äußerst ungewöhnliches Gift haben sie eingesetzt. Ich habe sein Blut untersucht, ohne es jedoch entdecken zu können.«

Chani fiel auf die Knie. »Vergiftet? Hat er Schmerzen? Was könnte ich...«

»Er ist ohne Bewußtsein«, erklärte Jessica. »All seine Lebensprozesse laufen so langsam ab, daß man sie nur noch mit den kompliziertesten Geräten messen kann. Zum Glück war ich es, die ihn in diesem Zustand fand. Jeder Laie müßte ihn unweigerlich für tot halten.«

»Du hast mich nicht aus reinen Höflichkeitsgründen rufen lassen«, erwiderte Chani. »Ich kenne dich, Ehrwürdige Mutter. Was, glaubst du, kann ich für Paul tun, das du nicht tun kannst?«

Sie ist tapfer, liebreizend und hat eine schnelle Auffassungsgabe, dachte Jessica. *Aus ihr wäre eine ungewöhnlich gute Bene Gesserit geworden.*

»Chani«, begann sie, »du wirst es sicherlich kaum glauben, aber ich weiß wirklich nicht, warum ich nach dir geschickt habe. Es war ein Instinkt... eine grundsätzliche Intuition. Es durchdrang mich ganz plötzlich: Schicke nach Chani.«

Zum erstenmal konnte Chani jetzt so etwas wie Trauer in Jessicas Gesicht erkennen.

»Ich habe alles getan, was in meiner Macht stand«, fuhr Jessica fort. »Und das ist *alles*... wenngleich auch weit mehr als das, was man sich gemeinhin unter *allem* vorstellt. Dennoch habe ich versagt.«

»Dieser alte Freund von Paul«, sagte Chani, »dieser Halleck. Ist es möglich, daß er diesmal der Verräter war?«

»Nicht Gurney«, sagte Jessica. Die beiden Worte enthielten soviel, daß Chani keinen Augenblick daran zweifelte, daß die Ehrwürdige Mutter diese Möglichkeit bereits überprüft und verworfen hatte.

Sie stand auf und glättete ihre Robe. »Ich möchte ihn sehen«, sagte sie.

Jessica erhob sich und zerteilte die Vorhänge zu ihrer Linken.

Chani folgte ihr und fand sich in einem Zimmer wieder, das einst ein Lagerraum gewesen zu sein schien. Jetzt waren die steinernen Wände mit schweren Teppichen bedeckt. An der gegenüberliegenden Wand lag Paul auf einem Feldbett. Ein einzelner Leuchtglobus beschien von der Decke her sein Gesicht; bis zur Brust bedeckte eine schwarze Robe seinen Körper.

Chani unterdrückte das Gefühl, auf ihn zuzueilen und sich über ihn werfen zu müssen. Sie dachte plötzlich an Leto, ihren Sohn, und in diesem Moment wurde ihr klar, daß Jessica vor nicht allzu langer Zeit vor einer ähnlichen Situation gestanden hatte: man hatte ihren Mann umgebracht, und all ihre Gedanken galten von da an ihrem Sohn und der Chance, ihn am Leben zu erhalten. Diese plötzliche Erkenntnis traf Chani so stark, daß sie instinktiv nach der Hand der neben ihr stehenden Frau griff und sie drückte. Jessica erwiderte diesen Druck. Er war in seiner Intensität beinahe schmerzhaft.

»Er lebt«, sagte Jessica. »Ich versichere dir, daß er lebt. Aber der Faden, an dem sein Leben hängt, ist so fein, daß man ihn wirklich übersehen kann. Es sind unter den Führern der einzelnen Stämme bereits Stimmen laut geworden, die behaupten, aus mir würde die Mutter, nicht jedoch die Ehrwürdige Mutter, sprechen, die verhindern will, daß man ihren Sohn als tot ansieht, und die dem Stamm sein Wasser vorenthält.«

»Wie lange befindet er sich schon in diesem Zustand?« fragte Chani und befreite sich sanft aus Jessicas Griff.

»Seit drei Wochen«, erwiderte Jessica. »Und ich habe eine ganze Woche lang versucht, ihn zu wecken. Es hat inzwischen Versammlungen gegeben, Ratschläge und Untersuchungen. Dann habe ich nach dir geschickt. Die Fedaykin gehorchen meinen Befehlen, sonst wäre es mir nicht gelungen, ihn so lange...« Sie befeuchtete mit der Zunge ihre Lippen und beobachtete Chani, wie sie sich ihrem Sohn näherte.

Chani, die nun neben seinem Lager stand, sah auf Paul hinab. Ein weicher Bart umrahmte sein Gesicht. Sie musterte die Linien seiner Augenbrauen, seine starke Nase, die geschlossenen Augen. An jede Einzelheit konnte sie sich erinnern.

»Auf welche Art wird er ernährt?« fragte sie.

»Sein Körper verbraucht so wenig Energie, daß er kein Bedürfnis nach Nahrung hat«, erklärte Jessica.

»Wer weiß davon, was ihm passiert ist?«

»Nur seine engsten Vertrauten, einige der Führer, die Fedaykin – und natürlich derjenige, der ihm das Gift verabreichte.«

»Man hat also nicht die geringste Ahnung, wer für das Attentat in Betracht käme?«

»Wir haben alle Möglichkeiten erwogen, jedoch keine Spur gefunden.«

»Was sagen die Fedaykin dazu?« wollte Chani wissen.

»Sie glauben, daß Paul sich in einem gesegneten Trancezustand befindet, in dem er alle Kräfte für die letzte Schlacht sammelt. Ich habe dazu beigetragen, diese Theorie weiterzuverbreiten.«

Chani kniete sich neben das Lager und beugte sich über Pauls Gesicht. Irgendwie schien sie einen Unterschied in der Luft über seinem Kopf zu spüren, aber es war nur das Gewürz, der alles durchdringende Gewürzduft, der das gesamte Leben der Fremen beherrschte. Und doch...

»Ihr seid beide nicht mit dem Gewürz aufgewachsen, so wie wir es sind«, sagte Chani. »Hast du je an die Möglichkeit gedacht, daß sich sein Körper eventuell gegen eine zu starke Gewürzdiät zur Wehr setzen könnte?«

»Alle Untersuchungen auf eine allergische Reaktion sind negativ verlaufen«, sagte Jessica.

Sie schloß die Augen. *Wie lange habe ich jetzt nicht mehr geschlafen?* fragte sie sich. *Ich kann mich kaum noch daran erinnern.*

»Wenn du das Wasser des Lebens umfunktionierst«, sagte Chani, »werden dir Dinge bekannt, die anderen auf ewig verborgen bleiben. Hast du diese Fähigkeit dazu benutzt, sein Blut zu untersuchen?«

»Es ist normales Fremenblut«, sagte Jessica. »Wie das aller Menschen, die sich an das Leben und die Nahrung hier angepaßt haben.«

Chani, auf den Fersen hockend, gab sich den Anschein, als denke sie konzentriert nach, obwohl sie in Wahrheit nur ihre Angst überspielte. Es war ein Trick, den sie der alten Ehrwürdigen Mutter abgelauscht hatte. Die Zeit, in der man dahockte und an nichts dachte, konnte dazu dienen, das Bewußtsein zu klären.

Plötzlich sagte sie: »Ist ein Bringer in der Nähe?«

»Mehrere«, erwiderte Jessica. »In diesen Tagen ist es besser, ständig mehrere bei sich zu haben. Jeder Sieg erfordert seinen Segen. Jede Zeremonie vor einem Angriff...«

»Aber Paul Muad'dib hat sich von diesen Zeremonien stets ferngehalten«, warf Chani ein.

Jessica nickte. Sie erinnerte sich an die Abneigung, die ihr Sohn der Droge, die angeblich seine seherischen Fähigkeiten negativ beeinflußte, entgegenbrachte.

»Woher weißt du das?« fragte sie.

»Man redet darüber.«

»Man redet über soviel«, sagte Jessica bitter.

»Besorge mir das natürliche Wasser eines Bringers«, verlangte Chani.

Der Tonfall, in dem sie diese Worte sagte, führte dazu, daß Jessica sich ungewollt versteifte. Dann bemerkte sie die Konzentration Chanis und erwiderte: »Sofort.« Augenblicklich verschwand sie hinter den Vorhängen, um einen Wassermann loszuschicken.

Chani saß da und starrte Paul an. *Wenn er es versucht hat,* dachte sie, *wäre es genau das, was ich von ihm erwarten würde.*

Jessica kehrte zurück und kniete sich neben sie. Sie hielt ein kleines Gefäß in den Händen, aus dem ein scharfer Geruch aufstieg. Sie tauchte einen Finger in die Flüssigkeit und hielt ihn unter Pauls Nasenlöcher.

Die Haut unter Pauls Nase verzog sich leicht und schien zu vibrieren. Langsam begannen seine Nasenflügel zu zittern.

Jessica schnappte überrascht nach Luft.

Chani berührte Pauls Oberlippe mit dem angefeuchteten Finger.

Er atmete tief und seufzend ein.

»Was ist das?« fragte Jessica erstaunt.

»Sei still«, flüsterte Chani. »Du mußt einen kleinen Teil des Wassers verwenden. Schnell!«

Ohne eine weitere Frage zu stellen, tat Jessica, wie Chani sie geheißen hatte. Sie hob das Gefäß und schüttete einen kleinen Schluck in Pauls Mund.

Augenblicklich öffnete er die Augen. Er starrte direkt in Chanis Gesicht.

»Es ist nicht nötig, das Wasser zu verwandeln«, sagte er mit schwacher Stimme.

Jessica, die bereits dabei war, einen Tropfen umzuwandeln, erstarrte mitten in der Bewegung, schluckte ihn hinunter und erkannte in demselben Augenblick, der dieser Prozedur automatisch folgte, was Paul getan hatte.

»Du hast das heilige Wasser getrunken!« rief sie erschreckt aus.

»Einen Tropfen«, bestätigte Paul. »Ganz wenig... nur einen Tropfen.«

»Wie konntest du nur eine solche Torheit begehen?« fragte Jessica.

»Er ist dein Sohn«, erklärte Chani.

Jessica sah sie überrascht an.

Ein warmes, verständnisvolles Lächeln zeigte sich auf Pauls Gesicht. »Hör auf meine Geliebte, Mutter«, sagte er. »Hör ihr zu. Sie weiß, was sie sagt.«

»Was andere konnten, mußte er ebenfalls tun«, sagte Chani.

»Als der Tropfen auf meiner Zunge lag, als ich ihn fühlte und schmeckte«, fügte Paul hinzu, »als ich erkannte, was mit mir geschah, wußte ich, daß ich in der Lage bin, das gleiche zu tun wie du. Die Bene Gesserit sprachen davon, daß dem Kwisatz Haderach Erkenntnisse zuteil werden würden, die ihnen selbst verborgen geblieben sind. Aber sie können sich nicht einmal vorstellen, wie weit ich darüber hinausgegangen bin. In den wenigen Minuten, in denen ich...«

Er verstummte, als er sah, daß Chani ihn stirnrunzelnd ansah. »Chani? Was tust du denn hier? Du solltest doch an sich... Warum bist du hier?«

Er versuchte sich auf den Ellbogen zu stützen, aber Chani drückte ihn sanft wieder auf das Lager. »Bitte, Usul«, sagte sie dabei.

»Ich fühle mich so schwach«, bekannte Paul und blickte sich um. »Wie lange habe ich hier gelegen?«

»Du hast dich drei Wochen lang in einem Koma befunden, das so stark war, daß man dich kaum noch zu den Lebenden zählen konnte«, erklärte Jessica.

»Aber es war... für mich hat das alles nur einen Moment...«

»Für dich war es nur ein Moment, aber für mich waren es drei lange Wochen«, sagte Jessica.

»Nur ein Tropfen, aber ich verwandelte ihn«, murmelte Paul. »Ich veränderte das Wasser des Lebens.« Und bevor Jessica und Chani ihn daran hindern konnten, tauchte er seine Hand in das Gefäß, das neben ihm auf dem Boden stand, und steckte die befeuchteten Finger in den Mund.

»Paul!« schrie Jessica in Panik.

Er griff nach ihrer Hand, bedachte sie mit einem Lächeln, das Jessica zutiefst erschreckte und verwirrte, und sagte: »Ihr sprecht von einem Ort, an den euer Bewußtsein nicht vordringen kann? Ein Ort, den selbst die Ehrwürdige Mutter mit ihren Geisteskräften nicht erreichen kann? Zeig ihn mir!«

Jessica schüttelte den Kopf. Allein der Gedanke erfüllte sie mit Entsetzen.

»Zeig ihn mir!« befahl Paul.

»Nein!«

Aber dennoch gelang es ihr nicht, sich ihm zu entziehen. Gefangen von der schrecklichen Macht, die er jetzt besaß, blieb ihr nichts anderes übrig, als die Augen zu schließen und den Blick nach innen zu richten – in das Dunkel absoluter Finsternis.

Pauls Bewußtsein umgab sie plötzlich, schien ihr zu folgen und gleichsam in die Schwärze einzutreten. Vor ihr befand sich etwas – ein im Nebel liegender Ort, vor dem sie zurückschreckte. Ohne zu wissen warum, begann sie zu zittern. Da war etwas, eine Region, in der es windig war, in der sich in mattem Licht sanfte Schatten formten, die an ihr vorbeizogen, ohne daß sie auch nur die Gelegenheit erhielt, sich eingehender mit ihnen zu befassen. Dunkelheit und Lichtsphären umgaben sie gleichzeitig – und über allem wehte der Wind aus dem Nichts.

Als sie plötzlich die Augen öffnete, stellte sie fest, daß Paul sie anstarrte. Er hielt noch immer ihre Hand gepackt, doch war der dämonische Ausdruck von seinem Gesicht verschwunden; es schien, als hätte er eine Maske abgenommen. Jessica taumelte zurück und wäre hingefallen, hätte Chani sie nicht im letzten Moment aufgefangen.

»Ehrwürdige Mutter«, hörte sie das Mädchen sagen. »Was ist geschehen?«

»Ich bin... müde«, flüsterte Jessica. »So... müde.«

»Hier«, sagte Chani und führte sie zu einem an der Wand bereitstehenden Sitzkissen. »Nimm Platz.«

Es war ein gutes Gefühl, von ihren kräftigen Armen gehalten zu werden. Willenlos ließ Jessica sich leiten.

»Er hat also wirklich durch das Wasser des Lebens gesehen?« fragte Chani und befreite sich von Jessicas Armen, die sie noch immer umschlungen hielten.

»Er hat gesehen«, wisperte Jessica. Noch immer machte ihr der Gedanke daran stark zu schaffen. Sie fühlte sich so unsicher wie jemand, der nach langen Wochen auf See zum erstenmal wieder Festland betritt. Erneut fühlte sie das Bewußtsein der alten Ehrwürdigen Mutter in sich. Auch deren Vorgängerinnen schienen nun zu erwachen und fragten: *»Was war das? Was hast du gesehen?«*

Dennoch wurden all diese wirbelnden Gedanken von der Tatsache verdrängt, daß sich mit ihrem Sohn der alte Traum der Bene Gesserit endlich erfüllt hatte: er war der Kwisatz Haderach, der Mann, der an vielen Orten zugleich sein konnte. Es war seltsam, daß sie sich darüber nicht freute.

»Was ist geschehen?« wollte Chani wissen.

Jessica schüttelte nur apathisch den Kopf.

Paul sagte: »In jedem von uns existieren Kräfte der Vergangenheit. Sie können sowohl geben als auch nehmen. Es ist nicht schwierig für einen Menschen, sich jenen Kräften zu stellen, die nehmen. Aber es ist fast unmöglich, sich den gebenden Kräften zu stellen, ohne sich dabei in etwas zu verwandeln, das nichts Menschliches mehr an sich hat. Für eine Frau ist die Situation genau umgekehrt.«

Jessica schaute auf und sah, daß Chani sie anstarrte und Paul dabei zuhörte.

»Verstehst du, was ich damit sagen will, Mutter?« fragte er.

Jessica konnte nichts als nicken.

»Diese Kräfte sind so tief in uns«, fuhr Paul fort, »daß sie beinahe jede Zelle unserer Körper beherrschen. Wir sind von diesen Kräften umgeben. Man kann sich sagen ›Ja, ich kann mir vorstellen, wie eine solche Sache funktioniert‹, aber wenn man in sein Innerstes hineinsieht und der ungezügelten Kraft seines Selbst ungewappnet gegenübersteht, kann man dem dunklen Punkt nicht mehr entkommen. Man versteht, daß es einen überwältigen könnte. Für den Geber ist die nehmende Kraft die größte Gefahr. Und umgekehrt.«

»Und du, mein Sohn«, fragte Jessica erschöpft, »bist du nun derjenige, der gibt, oder der, der nimmt?«

»Ich befinde mich auf einem Drehpunkt«, erwiderte Paul. »Ich kann nicht geben, ohne zu nehmen – und nicht nehmen, ohne…«

Er verstummte und schaute die Wand zu seiner Rechten an.

Chani spürte einen leichten Luftzug an der Wange und wandte sich um. Die Vorhänge zum Nebenraum bewegten sich leise.

»Es war Otheym«, sagte Paul. »Er hat uns zugehört.«

Seine Worte machten Chani klar, daß er unter seinen hellseherischen Fähigkeiten litt. Otheym würde über das, was er gesehen und gehört hatte, mit den anderen reden, und diese würden eine neue Legende weben, die sich mit der Schnelligkeit eines Steppenbrandes über das Land verbreitete. Paul Muad'dib ist anders als andere Menschen, würden sie sagen. Jetzt gibt es keinen Grund mehr, daran zu zweifeln. Er ist ein Mensch, aber trotzdem sieht er durch das Wasser des Lebens. Wie eine Ehrwürdige Mutter es kann. Er ist wirklich der Lisan al-Gaib.

»Du hast die Zukunft gesehen, Paul«, bemerkte Jessica. »Willst du uns sagen, was du zu Gesicht bekamst?«

»Es war nicht die Zukunft«, sagte Paul, »sondern die Gegenwart.« Er versuchte, sich gegen die Liege abzustützen, um eine sitzende Stellung einzunehmen, und wies Chani zurück, als sie Anstalten machte, ihm dabei zu helfen. »Der Raum über Arrakis ist voller Gildenschiffe.«

Die Absolutheit, mit der er dies sagte, brachte Jessica zum Frösteln.

»Und der Padischah-Imperator ist ebenfalls dort«, fuhr Paul fort. Er warf einen Blick an die Decke. »Bei ihm ist seine alte Wahrsagerin und fünf Legionen seiner Sardaukar, der alte Baron Harkonnen und Thufir Hawat. Harkonnen hat sieben Schiffsladungen seiner Leute mitgebracht. Jedes der Hohen Häuser hat ein Truppenkontingent geschickt. Sie umkreisen den Planeten und warten.«

Chani schüttelte, unfähig, den Blick von Paul zu wenden, den Kopf. Die Art, in der er sprach, sein ganzes Benehmen erfüllte sie jetzt mit Schrecken.

Jessica schluckte, ihre Kehle war wie ausgedörrt. »Auf was warten sie?«

Paul sah sie an. »Auf die Landeerlaubnis der Gilde. Sie hat angedroht, jedes Schiff auf Arrakis zu vernichten, das vorzeitig zur Landung ansetzt.«

»Bedeutet das, die Gilde beschützt uns?« fragte Jessica erstaunt.

»Beschützt uns? Die Gilde ist selbst schuld am derzeitigen Zustand. Weil sie die unglaublichsten Geschichten über uns mitverbreitet hat, blieb ihr nichts anderes übrig, als die Charterkosten für Truppentransporte soweit zu senken, daß nun sogar die ärmsten Häuser an diesem Feldzug teilnehmen können. Sie alle warten darauf, uns auszunehmen.«

Jessica wunderte sich darüber, daß Pauls Worte nicht

die geringste Bitterkeit enthielten. Er sprach sachlich, genauso wie in jener Nacht, als sie über den Pfad geschritten waren, der sie zu den Fremen gebracht hatte.

Paul atmete tief ein und sagte: »Du mußt eine größere Menge Wasser für uns verändern, Mutter. Wir brauchen einen Katalysator. Chani, du sorgst dafür, daß gleich eine Expedition aufbricht, die nach Vorgewürzmasse sucht. Was geschieht eurer Meinung nach, wenn wir das Wasser des Lebens mit der Vorgewürzmasse mischen?«

Jessica wägte nachdenklich seine Worte ab. Plötzlich wurde ihr klar, was er vorhatte.

Entsetzt keuchte sie: *»Paul!«*

»Wir haben dann das Wasser des Todes«, beantwortete Paul die eigene Frage. »Es wird zu einer Kettenreaktion kommen.« Er zeigte auf den Boden. »Die Kleinen Bringer würden sterben, was ein Glied in der Kette zwischen den Würmern und dem Gewürz zerstört. Und damit würde aus Arrakis eine echte Wüste werden – eine Wüste, in der es ohne Bringer auch kein Gewürz mehr gibt.«

Chani legte erschreckt eine Hand über den Mund. Es war ein unaussprechlicher Plan, den Paul da vorgetragen hatte.

»Wer in der Lage ist, eine Sache zu kontrollieren«, sagte Paul, »kann sie auch zerstören und zeigt damit, daß er völlig Herr der Situation ist. Wir sind in der Lage, das Gewürz zu vernichten.«

»Was läßt die Gilde bis jetzt noch zögern?« flüsterte Jessica.

»Sie suchen nach mir«, erwiderte Paul. »Vergiß das nicht! Die besten Navigatoren der Gilde, hervorragend ausgebildete Männer, die es verstehen, die Zukunft in ihren Visionen zu erforschen, und in der Lage sind, die schnellsten Kurse für die besten Heighliner zu finden, suchen nach mir. Aber sie sind unfähig, mich zu finden. Sie werden nervös! Weil sie genau wissen, daß ich ihr Geheimnis kenne.« Paul legte eine Handfläche vor seine Augen. »Ohne das Gewürz sind sie nämlich blind!«

Endlich fand Chani ihre Stimme wieder. »Du sagtest, du hättest die *Gegenwart* gesehen!«

Paul legte sich zurück und suchte nach der vollendeten Vergangenheit, folgte ihr in die Zukunft und stellte fest, daß die Visionen schwanden.

»Tut, was ich euch befohlen habe«, sagte er. »Die Zukunft wird sich für mich ebenso ungewiß erweisen wie für die Gilde. Das Gesichtsfeld meiner Vision verengt sich schnell. Alles konzentriert sich auf den Ort, wo das Gewürz gefunden wird... wo sie bisher noch nicht einzugreifen gewagt haben... weil jeder Eingriff den Verlust dessen nach sich gezogen hätte, hinter dem sie her sind. Aber jetzt sind sie zu allem entschlossen. Alle Wege führen in die Dunkelheit hinein.«

9

Und nachdem Arrakis zum Brennpunkt des Universums geworden war, begann der Morgen grau heraufzudämmern.

Aus ›Arrakis erwacht‹, von Prinzessin Irulan

»Schau dir das nur an!« flüsterte Stilgar.

Paul, der neben ihm in einer Felsspalte hoch oben auf dem Schildwall lag, schaute durch das Fernglas. Die Öllinse war auf ein Sternenschiff gerichtet, das unter ihnen auf der Ebene allmählich sichtbar wurde. Die morgendliche Sonne warf einen rötlichen Schimmer über die Ostseite des Leichters. Hinter den Bullaugen erkannte man noch immer das Licht der letzten Nacht. Jenseits des Schiffskörpers lag die Stadt Arrakeen kaltglänzend unter den Strahlen der nördlichen Sonne.

Es war nicht nur die Anwesenheit des Leichters, die Stilgar zu diesem erstaunten Ausruf verleitet hatte, das wurde Paul klar, sondern die gesamte Konstruktion, zu deren Mittelpunkt das Schiff geworden war. Ein drei Stockwerke hoher, metallener Bau erstreckte sich mit einem Radius von zweitausend Metern kreisförmig über das Land. Es war wie ein gigantisches Zelt, dessen Mittelpunkt der Leichter bildete. Hier hatten der Padischah-Imperator Shaddam IV. und fünf Legionen seiner Sardaukar Quartier bezogen.

Gurney Halleck, der neben Paul auf dem felsigen Boden kniete, meinte: »Ich zähle neun Ebenen. Offenbar hat er eine Menge Sardaukar mitgebracht.«

»Fünf Legionen«, sagte Paul.

»Es wird hell«, zischte Stilgar. »Sie dürfen dich nicht zu Gesicht bekommen, Muad'dib. Laß uns hinter die Felsen zurückgehen.«

»Ich bin hier völlig sicher«, erwiderte Paul.

»Das Schiff ist mit Projektilwaffen ausgerüstet«, sagte Gurney. »Sie glauben also, daß wir Schilde tragen«, meinte Paul. »Ich kann mir nicht vorstellen, daß sie auch nur einen einzigen Schuß für drei Leute verschwenden würden – selbst wenn sie uns sähen.«

Paul schaute mit dem Fernglas in eine andere Richtung des Beckens und ließ seinen Blick über die riesigen Felsklippen schweifen, unter denen die Gräber der Männer seines Vaters lagen. Er hatte das unbestimmte Gefühl, daß all diese getöteten Männer ihnen jetzt zusahen. Die von den Harkonnens beherrschten Forts und Dörfer, die jenseits des Schildwalls lagen, befanden sich bereits in den Händen der Fremen oder waren von der Außenwelt abgeschnitten. Es war nur noch eine Frage der Zeit, bis auch das letzte von ihnen fallen würde. Der Gegner beherrschte nur noch die Stadt Arrakeen und dieses vor ihnen liegende Becken.

»Vielleicht riskieren sie mit ihren Thoptern einen Ausfall«, meinte Stilgar. »Falls sie uns entdecken.«

»Das sollen sie nur probieren«, nickte Paul. »Es würde ihnen nicht gut bekommen. Außerdem kommt ein Sturm auf.«

Er schwenkte das Fernglas nun auf das Landefeld der Stadt Arrakeen, wo die Fregatten der Harkonnens in einer Linie unter dem Banner der MAFEA-Gesellschaft standen. Er dachte daran, daß die Gilde nur diesen beiden Kampfgruppen eine Landeerlaubnis erteilt hatte, während die anderen Schiffe als Reserveeinheiten noch immer in einer Kreisbahn warteten. Dieses Verhalten erinnerte ihn an einen Mann, der die Temperatur des Sandes mit dem Zeh prüft, ehe er sich dazu entschließt, sein Zelt aufzubauen.

»Es gibt hier doch nichts mehr zu sehen außer dem, was wir schon wissen«, bemerkte Gurney. »Wir sollten uns jetzt wieder zurückziehen. Der Sturm kommt näher.«

Paul schenkte seine Aufmerksamkeit jetzt wieder der seltsamen Konstruktion, die das Sternenschiff umgab.

»Sie haben sogar ihre Frauen mitgebracht«, meinte er. »Und Lakaien und Bedienstete. Seine Majestät scheint wirklich recht zuversichtlich zu sein.«

»Es kommen Männer über den geheimen Weg«, meldete Stilgar plötzlich. »Ich glaube, es sind Otheym und Korba.«

»In Ordnung, Stil«, nickte Paul. »Gehen wir also zurück.«

Er blickte noch einmal auf das, was vor ihnen lag, studierte die Ebene mit all ihren Schiffen, die glitzernden Metallverstrebungen, die schweigend daliegende Stadt und die Fregatten der Harkonnen-Söldner. Dann kroch er rückwärts zurück zwischen die schützenden Felswände, und einer der Fedaykin übernahm Pauls Platz als Beobachter.

Er erreichte eine leichte Vertiefung in der Oberfläche des Schildwalls, die etwa dreißig Meter durchmaß und mehr als drei Meter tief war. Man hatte diesen Ort so gut getarnt, daß er von oben her nicht einzusehen war: ein in der Farbe den Felsen angepaßtes Kunststoffzelt überdachte das Lager völlig und verbarg es vor neugierigen Blicken. In einer kleineren Nische hatte man die Kommunikationsausrüstung untergebracht. Überall standen Fedaykin herum, die nur darauf warteten, daß Paul den Befehl zum Angriff gab.

Zwei Männer erschienen aus der Kommunikationsnische und sprachen mit den Wachen.

Paul nickte Stilgar zu und deutete mit dem Kopf auf die beiden Ankömmlinge. »Sie sollen dir berichten, Stil.«

Stilgar setzte sich gehorsam in Bewegung.

Paul setzte sich mit dem Rücken gegen eine Felswand, reckte und streckte sich. Er sah zu, wie Stilgar die beiden Männer in ein dunkles Felsenloch schickte, und dachte an den dahinterliegenden Gang, der gerade groß genug war, um einen Mann hindurchzulassen, der in die Ebene hinabwollte.

Stilgar kehrte zurück.

»Was war an ihrem Bericht so wichtig, daß sie es nicht

wagten, einen Cielago mit der Botschaft zu betrauen?« wollte Paul wissen.

»Sie sparen sich ihre Vögel für die Schlacht auf«, erwiderte Stilgar. Er warf einen Blick auf die Funkgeräte, dann auf Paul. »Selbst ein gebündelter Strahl ist nicht so zuverlässig wie eine persönliche Nachrichtenübergabe. Es ist nicht gut, solche Geräte zu benutzen, Muad'dib. Wenn man sie zu lange einsetzt, kann man auch sie aufspüren.«

»Sie werden sehr bald zu beschäftigt sein, um überhaupt noch an mich zu denken«, entgegnete Paul. »Was hatten die Männer zu berichten?«

»Die beiden gefangenen Sardaukar sind am Fuße des Hügels freigelassen worden und befinden sich jetzt auf dem Weg zu ihrem Herrn. Die Raketenabschußbasen wurden verteilt. Die Männer warten nur noch auf ihren Einsatzbefehl. Alles ist in bester Ordnung.«

Paul warf einen Blick auf seine Männer, die sich im Halbdunkel der Zeltbespannung wie leise Schatten bewegten. Die Zeit verging zu langsam.

»Unsere beiden Sardaukar werden eine ganze Weile marschieren müssen, ehe sie sich bemerkbar machen können«, meinte Paul. »Sie werden doch beobachtet?«

»Sie werden beobachtet«, nickte Stilgar.

Gurney Halleck, der neben Paul auftauchte, räusperte sich. »Sollten wir uns nicht an einen sichereren Platz zurückziehen?«

»Einen solchen gibt es nicht«, entgegnete Paul. »Was sagt der Wetterbericht?«

»Der Sturm wird einer der schlimmsten sein, den wir je zu verzeichnen hatten«, sagte Stilgar. »Fühlst du es nicht, Muad'dib?«

»Die Anzeichen sind deutlich genug«, erwiderte Paul. »Aber ich verlasse mich dennoch lieber auf die Augen geschulter Beobachter.«

»In einer Stunde wird es losgehen«, meinte Stilgar. Er deutete durch einen Spalt des Zeltdaches auf das Landefeld hinunter. »Und die da unten wissen es auch. Sie haben ihre Thopter zurückgezogen und in Sicherheit gebracht. Zweifellos haben sie einen Wetterbericht von denen erhalten, die Arrakis noch umkreisen.«

»Keine weiteren Ausfälle mehr?« fragte Paul.

»Seit der Landung in der letzten Nacht nicht mehr«, schüttelte Stilgar den Kopf. »Sie wissen, daß wir hier sind. Ich nehme an, daß sie auf einen günstigen Zeitpunkt warten.«

»Diesen Zeitpunkt bestimmen wir«, meinte Paul.

Gurney wandte den Blick nach oben und brummte: »Falls *sie* uns lassen.«

»Die Flotte wird im Raum bleiben«, versicherte ihm Paul.

Gurney wiegte nachdenklich den Kopf.

»Sie haben keine andere Wahl«, führte Paul aus. »Immerhin sind wir in der Lage, das Gewürz zu vernichten. Die Gilde kann ein solches Risiko nicht eingehen.«

»Verzweifelte Menschen sind in der Regel am gefährlichsten«, warf Gurney ein.

»Sind wir denn nicht verzweifelt?« fragte Stilgar.

Gurney schaute ihn finster an.

»Du hast keine Ahnung vom Traum der Fremen«, sagte Paul zu Gurney. »Stil denkt an all die Wassermengen, die wir gesammelt haben. Und an die Zeit, die bisher aufgewendet wurde, um Arrakis zum Blühen zu bringen. Er ist nicht…«

»Arrrgh«, brummte Gurney.

»Warum ist er denn so geladen?« fragte Stilgar.

»Das ist er immer vor einer Schlacht«, lächelte Paul. »Die einzige Art von Humor, die Gurney sich gestattet.«

Ein langsames, beinahe wölfisches Grinsen schlich sich in Gurney Hallecks Züge; er fletschte grinsend die Zähne. »Es tut mir so leid um all die armen Harkonnens, die heute sterben werden, ohne ihre Heimat noch einmal zu sehen«, meinte er.

Stilgar grinste ebenfalls. »Er redet jetzt wie ein Fedaykin.«

»Gurney ist das *geborene* Todeskommando«, erklärte

Paul und dachte: *Ja, es ist besser, wenn sie noch einige Minuten in guter Stimmung verbringen, ehe wir gegen die Harkonnens zu Felde ziehen.* Er schaute zu dem Loch, das als Ausgang aus der Mulde diente, hinüber und warf dann Gurney einen Blick zu. Der alte Kämpe schien dumpf vor sich hinzubrüten.

»Überflüssige Besorgnis mindert die Kampfkraft«, murmelte er. »Das hast du mir einst gesagt, Gurney.«

»Das Hauptproblem, über das ich mir Sorgen mache, mein Herzog«, gab Gurney zu, »sind die Atomwaffen. Wenn Sie sie einsetzen wollen, um den gesamten Schildwall in die Luft zu jagen...«

»Die Flotte, die Arrakis umkreist, wird auf jeden Fall auf Atomwaffen verzichten«, erklärte Paul. »Sie werden es nicht wagen... weil sie auf jeden Fall verhindern wollen, daß wir das Gewürz vernichten.«

»Aber die Bestimmungen verbieten...«

»Die Bestimmungen!« brüllte Paul. »Es ist die Furcht und nicht irgendeine Bestimmung, die die Hohen Häuser davon abhält, Atomwaffen einzusetzen. Die Regeln der Großen Konvention sind eindeutig: ›Wer es wagt, Atomwaffen gegen Menschen einzusetzen, hat mit der Vernichtung seines Planeten zu rechnen.‹ Wir aber werden den Schildwall sprengen, sonst nichts.«

»Das ist in meinen Augen kein Unterschied«, sagte Gurney. »Die Haarspalter dort oben werden das aber als Unterschied anerkennen«, erwiderte Paul. »Und jetzt laßt uns von etwas anderem reden.«

Er wünschte sich in diesem Augenblick, er könne seinen eigenen Worten Glauben schenken. Stilgar zugewandt, meinte er plötzlich: »Was ist mit den Leuten in der Stadt? Sind sie bereit?«

»Ja«, murmelte Stilgar.

Paul sah ihn an. »Was behagt dir daran nicht?«

»Ich habe noch keinen Städter getroffen, dem man hundertprozentig trauen konnte«, gab Stilgar zu.

»Ich war einst selbst ein Städter«, erwiderte Paul.

Stilgars Gestalt straffte sich. Er war verlegen. »Muad'dib weiß, daß ich nicht...«

»Ich weiß, was du meintest, Stil. Aber jetzt entscheiden keine Vermutungen mehr, sondern handfeste Taten. Die Stadtleute haben das Blut der Fremen in sich. Alles, was sie von uns unterscheidet, ist, daß sie nicht in der Lage sind, sich selbst zu befreien. Aber wir werden ihnen das noch beibringen.«

Stilgar nickte und sagte in reuevollem Tonfall: »Das Sein bestimmt das Bewußtsein, Muad'dib. Draußen in der Wüste haben wir die Städter immer für verweichlicht gehalten.«

Paul sah, daß Gurney Stilgar eingehend musterte. »Erzähle uns, warum die Sardaukar die Städter aus ihren Häusern vertrieben haben, Gurney.«

»Ein alter Trick, mein Herzog. Sie beabsichtigten, uns mit Flüchtlingen zu überschwemmen.«

»Der letzte Guerillakrieg liegt bereits so lange zurück, daß sie nicht einmal mehr wissen, wem ein solches Unterfangen nützt«, sagte Paul. »Die Sardaukar haben uns dadurch sogar noch in die Hände gespielt. Sie sind über die Frauen der Städter hergefallen, haben sie mißhandelt und vergewaltigt und diejenigen Männer, die sich dagegen zur Wehr setzten, umgebracht. Und damit haben sie sogar die Leute gegen sich aufgebracht, die sich bei einer normalen Auseinandersetzung abwartend verhalten hätten. Die Sardaukar sind wirklich die besten Werber für unsere Sache, Gurney.«

»Die Städter scheinen wirklich ziemlich bei der Sache zu sein«, gab Stilgar kleinlaut zu.

»Der Haß, den sie gegen die Harkonnens empfinden, ist eben erst erweckt worden«, sagte Paul. »Deswegen werden wir sie auch als Stoßtruppen einsetzen.«

»Eine Menge von ihnen werden dabei sterben«, gab Gurney zu bedenken.

Stilgar nickte zustimmend.

»Wir haben sie über nichts im unklaren gelassen«,

führte Paul aus. »Sie wissen genau, daß jeder Sardaukar, den sie niedermachen, ein Gegner weniger für uns ist. Ihr seht, meine Herren, daß es etwas gibt, wofür sie bereit sind zu sterben. Sie haben herausgefunden, daß sie ein Volk sind. Sie sind endlich aufgewacht.«

Der Posten mit dem Fernglas stieß einen leisen Warnruf aus. Paul ging zu seinem Standort an der Felsspalte hinüber und fragte: »Ist etwas?«

»Es gibt eine ziemlich große Aufregung dort unten beim Metallzelt«, zischte der Posten. »Ein Wagen traf soeben vom westlichen Randwall ein. Er hat ziemliches Aufsehen erregt.«

»Unsere Gefangenen sind also jetzt angekommen«, stellte Paul befriedigt fest.

»Sie haben einen Schild um das gesamte Landefeld gelegt«, sagte der Posten. »Man kann es am Tanzen der Luft erkennen, dort drüben, bei den Gewürzlagerschuppen.«

»Jetzt wissen sie, gegen wen sie kämpfen«, bemerkte Gurney. »Ich hoffe, sie werden das zitternd zu würdigen wissen.«

Paul sagte zu dem Posten:

»Achte auf den Flaggenmast auf dem Schiff des Imperators. Wenn meine Flagge dort weht...«

»Dazu wird es nicht kommen«, warf Gurney ein.

Paul sah Stilgars gerunzelte Stirn und fuhr fort. »Wenn der Imperator meinen Anspruch anerkennt, wird er das dadurch zu erkennen geben, daß er die Flagge der Atreides hissen läßt. In diesem Fall gehen wir zu unserem zweiten Plan über und richten uns ausschließlich gegen die Harkonnens. Dann werden sich auch die Sardaukar heraushalten.«

»Ich habe, was diese Außenweltgeschäfte angeht, keinerlei Erfahrung«, gab Stilgar zu. »Zwar habe ich von ihnen gehört, aber es scheint mir unwahrscheinlich, daß...«

»Um sich auszurechnen, was sie tun, braucht man keine Erfahrung«, warf Gurney ein.

»Sie ziehen jetzt eine neue Flagge an dem großen Schiff

auf«, meldete der Posten. »Sie ist gelb, mit schwarzen und roten Kreisen in der Mitte.«

»Das ist ja etwas völlig Neues«, gab Paul zu. »Die Flagge der MAFEA-Gesellschaft.«

»Es ist die gleiche wie auf allen anderen Schiffen«, sagte der Posten.

»Ich verstehe das nicht«, sagte Stilgar.

»Das ist in der Tat ungewöhnlich«, gab auch Gurney zu. »Hätte der Imperator das Banner der Atreides hissen lassen, hätte er sich auch danach richten müssen. Aber es sind zu viele Beobachter in der Gegend. Er hätte auch die Harkonnen-Flagge aufziehen lassen können. Aber nein – er nimmt die der MAFEA. Und er sagt den Leuten dort oben damit...« – Gurney zeigte auf den Himmel –, »...wo der Profit zu machen ist. Er deutet damit an, daß es ihm egal ist, ob sich hier ein Atreides befindet oder nicht.«

»Wie lange dauert es noch, bis der Sturm den Schildwall erreicht?« fragte Paul.

Stilgar wandte sich ab, stellte dem Fedaykin an den Geräten eine Frage und kehrte zurück. »Es dauert nicht mehr lange, Muad'dib. Er nähert sich schneller, als wir zuerst angenommen haben, er wird schreckliche Ausmaße haben, vielleicht größere, als wir uns wünschten.«

»Es ist mein Sturm«, sagte Paul und sah die Spannung auf den Gesichtern der ihn umgebenden Kämpfer. »Und selbst wenn er die ganze Welt zum Erzittern bringt, kann er nicht so stark sein, wie ich ihn mir wünsche. Wird er den Schildwall mit voller Kraft treffen?«

»Er wird nahe genug herankommen, um einen Unterschied nicht merkbar werden zu lassen«, erwiderte Stilgar.

Aus dem Loch, das in das Becken hinausführte, kroch ein Kurier und sagte: »Die Patrouillen der Sardaukar und Harkonnens ziehen sich zurück, Muad'dib.«

»Sie rechnen vermutlich damit, daß der Sturm die Sicht für uns erheblich verschlechtern wird«, vermutete Paul. »Ihr müßt, sobald der Sturm ihren Schild zerstört hat, sofort jeden einzelnen Schiffsbug treffen.« Er schob das Zeltdach beiseite und schaute zum Himmel hinauf, wo die ersten Anzeichen des Sturms bereits deutlich zu erkennen waren. Schließlich verschloß er das Dach wieder und meinte: »Fange jetzt damit an, unsere Leute hinunterzuschicken, Stil.«

»Wirst du nicht mit uns gehen?« fragte Stilgar.

»Ich werde mit den Fedaykin noch ein wenig warten«, gab Paul zurück.

Stilgar zuckte mit den Achseln und begab sich in die Felsenöffnung hinein, deren Dunkelheit ihn augenblicklich verschluckte.

»Den Zünder, der den Schildwall in die Luft sprengt, überlasse ich dir, Gurney«, sagte Paul. »Ich weiß, daß er bei dir in guten Händen ist.«

»In Ordnung«, sagte Halleck.

Paul winkte einem seiner Unterführer und sagte: »Otheym, sorge dafür, daß unsere Leute sich aus den gefährlichen Gebieten zurückziehen, bevor der Sturm sie erreicht.«

Der Mann verbeugte sich und folgte Stilgar.

Gurney, der sich in der Felsspalte gegen die Wand lehnte, befahl dem Beobachtungsposten: »Halte deinen Blick hauptsächlich nach Süden gerichtet. Die Felswand dort wird bis zu ihrer Sprengung völlig unverteidigt sein.«

»Verseht einen Cielago mit einem Zeitsignal«, ordnete Paul an.

»Einige Fahrzeuge bewegen sich auf den südlichen Wall zu«, meldete der Beobachter. »Sie setzen Projektilwaffen ein, möglicherweise testen sie sie. Unsere Leute tragen Körperschilde, wie befohlen. Die Fahrzeuge stoppen jetzt.«

In der plötzlichen Stille konnte Paul jetzt den sich nähernden Sturm hören. Sand drang durch undichte Stellen in der Zeltdecke. Ein unerwartet starker Windstoß riß mit einem Ruck die ganze Überdachung weg.

Paul gab seinen Fedaykin mit einer Handbewegung den

Befehl, Deckung zu suchen, und lief zu den Leuten, die immer noch an den Kommunikationsgeräten saßen. Gurney war sofort neben ihm.

Einer der Kommunikanten sagte: »Einen *solchen* Sturm habe ich noch nie erlebt, Muad'dib!«

Paul warf einen schnellen Blick auf den sich verdunkelnden Himmel. »Gurney, sorg dafür, daß die Beobachter vom Südwall zurückgezogen werden.«

Er mußte seinen Befehl mit größter Lautstärke wiederholen, damit man ihn im Tosen der Naturgewalten überhaupt noch verstand.

Gurney gehorchte und verschwand.

Paul vermummte sein Gesicht und befestigte die Kapuze des Destillanzuges.

Gurney kehrte zurück.

Paul berührte seine Schulter und gab ihm zu verstehen, daß er dafür sorgen solle, den Zünder ebenfalls, genauso wie die Kommunikanten, in dem Tunnel unterzubringen, durch den Stilgar und Otheym verschwunden waren. Gurney tat, wie ihm geheißen. Am Eingang verharrte er, behielt die Hand am Auslöser und sah Paul fragend an.

»Es kommt nichts mehr durch«, sagte einer der Kommunikanten. »Die Luft ist statisch zu sehr aufgeladen.«

Paul nickte und sah auf die Standarduhr. Dann hob er die Hand. Gurney verstand. Der Zeiger begann sich langsam in Bewegung zu setzen.

»Jetzt!« schrie Paul.

Gurney drückte den Zündknopf.

Es war, als benötige die Detonation eine ganze Sekunde, ehe sie den Boden unter ihnen zum Vibrieren brachte. In das Aufheulen des Sturms hinein entlud sich ein grollender Donner.

Der Beobachtungsposten stand plötzlich neben Paul und hielt das Fernglas in der Hand. »Der Schildwall ist zusammengebrochen, Muad'dib!« schrie er aufgeregt. »Jetzt hat der Sturm sie erreicht! Und unsere Kanoniere haben ihnen eine volle Breitseite gegeben!«

Paul stellte sich die Sturmwellen vor, wie sie den Sand vor sich hertrieben, der jeden Schild zum Zusammenbrechen brachte.

»Der Sturm!« schrie jemand. »Wir müssen in Deckung gehen, Muad'dib!«

Paul kam erst wieder zu klaren Gedanken, als die feinen Sandkörner seine Wangen wie heiße Nadelstiche trafen. *Wir haben erst angefangen,* dachte er, legte einen Arm um die Schultern des Kommunikanten und rief: »Laßt die Ausrüstung hier liegen. Wir haben genügend Reserven im Tunnel!« Dann fühlte er sich wie auf einer Woge hinweggetragen, war von Fedaykin umdrängt, die ihn abschirmten und beschützten. Sie zwängten sich durch die Tunnelöffnung, erreichten stillere Bezirke und kamen in eine größere Kammer, in der Leuchtgloben schienen und von der aus ein weiterer Gang abzweigte.

Hier saß auch ein weiterer Kommunikant an den Geräten.

»Nicht viel zu machen«, sagte der Mann.

Eine Sandwolke überschüttete sie.

»Versiegelt den Tunneleingang, schnell!« rief Paul. Die darauffolgende Windstille zeigte ihm, daß man seiner Anweisung augenblicklich Folge leistete. »Ist der Weg nach unten noch offen?« fragte er.

Einer der Fedaykin machte sich sofort auf den Weg, um nachzusehen. Zurückgekehrt, sagte er: »Die Explosion hat einige Stellen zum Einsturz gebracht, aber die Techniker meinen, man könne ihn durchaus noch als offen bezeichnen. Sie sind im Moment dabei, den Weg mit Laserstrahlen freizumachen.«

»Sage ihnen, sie sollen gefälligst ihre Hände dazu benutzen«, rief Paul zurück. »Es gibt hier einige aktivierte Schilde!«

»Sie passen schon auf«, sagte der Fedaykin und machte sich erneut auf den Weg.

Jetzt tauchten auch die Kommunikanten von draußen auf, die ihre Ausrüstung zwischen sich trugen.

»Ich habe diesen Männern gesagt, daß sie die Ausrüstung draußen lassen sollen!« sagte Paul aufgebracht.

»Fremen sind nicht dazu zu bewegen, Ausrüstungsgegenstände liegenzulassen, Muad'dib«, erwiderte einer der Männer.

»Menschenleben sind jetzt wichtiger als Ausrüstungsgegenstände«, sagte Paul. »Wir werden bald über mehr Ausrüstung verfügen, als wir überhaupt je einsetzen können.«

Gurney Halleck näherte sich ihm und sagte: »Ich hörte, daß der Weg nach unten offen sein soll. Wir befinden uns hier sehr nahe an der Oberfläche, Mylord, falls es den Harkonnens einfallen sollte, einen Vergeltungsschlag zu führen.«

»Sie sind nicht in der Lage, so etwas zu tun«, erwiderte Paul. »Im Moment werden sie damit beschäftigt sein, festzustellen, daß sie über keine Schilde mehr verfügen und Arrakis nicht mehr verlassen können.«

»Der neue Befehlsstand ist vorbereitet worden«, fuhr Gurney halsstarrig fort.

»Dafür haben wir im Moment noch keine Verwendung«, sagte Paul. »Auch ohne meine Mitwirkung geht jetzt alles seinen programmierten Gang. Wir werden warten, bis...«

»Ich habe eine Nachricht aufgefangen, Muad'dib«, rief der Kommunikant von seinen Geräten herüber. Der Mann schüttelte den Kopf und drückte den Kopfhörer gegen die Ohren. »Verdammte Störungen!«

Er begann auf ein Stück Papier zu schreiben, schüttelte erneut den Kopf, schrieb, wartete, schrieb...

Paul stellte sich neben den Mann und sah ihm über die Schulter. Der Fedaykin rückte etwas zur Seite und machte ihm Platz. Paul starrte auf den Zettel und die Worte, die der Mann geschrieben hatte.

»Überfall auf Sietch Tabr... Gefangene... Alia (unverständlich) Familie der (unverständlich)... sind tot (unverständlich) Muad'dibs Sohn...«

Erneut schüttelte der Kommunikant den Kopf.

Paul blickte auf und bemerkte, daß Gurney ihn anstarrte.

»Die Nachricht ist verstümmelt«, wandte Gurney ein. »Die Störungen. Du weißt nicht, ob...«

»Mein Sohn ist tot«, sagte Paul und wußte, daß das, was er sagte, der Wahrheit entsprach. »Mein Kind ist tot... und Alia ist gefangengenommen worden... als Geisel.« Er fühlte sich leer, wie eine Muschel, ohne Emotionen. Alles, was er anfaßte, zog Tod und Trauer nach sich, wie eine Krankheit, die sich über das Universum ausbreitete.

Er war plötzlich in der Lage, die Gedanken eines Greises zu verstehen, die Ansammlung von Erfahrungen aus zahllosen verschiedenen Leben. Irgend etwas schien in ihm zu sein, das ihn mit knöcherner Hand belastete.

Und er dachte: *Wie wenig weiß das Universum doch über die wahre Natur der Grausamkeit!*

10

Und als Muad'dib vor ihnen stand, sagte er: »Auch wenn wir die Gefangene für tot halten, so lebt sie doch, weil sie von meinem Fleische ist und meiner Stimme. Und sie schaut zu den fernsten Grenzen der Möglichkeiten. Ja, selbst das Unmögliche schaut sie durch mich.«

Aus ›Arrakis erwacht‹, von Prinzessin Irulan

Baron Wladimir Harkonnen stand mit demütig gesenkten Augen im kaiserlichen Audienzzimmer, dem ovalen Selamlik, in den der Padischah-Imperator ihn hatte rufen lassen. Mit verstohlenen Blicken musterte er den von Metallwänden umgebenen Raum und die Leute, die sich in ihm befanden – die Noukker, die Pagen, die Wächter und den Sardaukartrupp, der sich an den Wänden entlang verteilt hatte. Über ihnen hingen die zerfetzten, angesengten und teilweise blutigen Flaggen, die man erbeutet hatte. Sie stellten die einzige Dekoration des Audienzraumes dar.

Von rechts aus einem Nebenraum erklangen plötzlich Stimmen: »Macht Platz! Macht Platz für den Herrscher!«

Der Padischah-Imperator betrat das Audienzzimmer durch einen Nebeneingang. Ein ganzes Rudel seiner Höflinge folgte ihm. Er wartete, bis man seinen Thron aufgestellt hatte, und ignorierte währenddessen nicht nur den Baron, sondern praktisch jeden, der sich in seiner Umgebung aufhielt.

Der Baron – unfähig den Herrscher seinerseits ebenfalls zu ignorieren – musterte den Mann und versuchte an seinem Habitus den Grund für seine Vorladung zu erkennen. Der Imperator sagte jedoch nichts. Er stand nur da, ein schlanker, eleganter Mann in einer grauen Sardaukar-Uniform mit silbernen und goldenen Litzen. Sein schmales Gesicht und die grauen Augen erinnerten den Baron mit ihrem kalten Blick an den verstorbenen Herzog Leto. Es war der Blick eines prähistorischen Raubvogels. Aber das Haar des Imperators war rot, nicht schwarz, auch wenn das meiste davon unter dem Helm eines Burseg verborgen lag, auf dem sich das kaiserliche Wappen befand.

Die Pagen brachten jetzt den Thron. Es war ein schwerer Sessel, den man aus einem einzigen Stück Hagalquarz herausgeschnitten hatte. Er leuchtete blaugrün und gelb. Sie stellten ihn dort auf, wo der Imperator ihn haben wollte, und er setzte sich hinein.

Eine alte Frau in einer schwarzen Aba-Robe löste sich aus dem Gefolge und nahm Aufstellung hinter dem Thron. Sie legte eine faltige, dürre Hand auf die Rückenlehne und musterte mit einem fast karikaturenhaften Hexengesicht die Anwesenden. Sie besaß eine lange Nase, tief in den Höhlen liegende Augen und eine blasse Haut, darunter bläulich leuchtende Adern.

Die Anwesenheit der alten Hexe trug nicht dazu bei, das Selbstvertrauen des Barons zu steigern. Im Gegenteil: wenn es jemanden zu fürchten gab, war es die Ehrwürdige Mutter Gaius Helen Mohiam, die Wahrsagerin des Imperators. Allein an ihrer Anwesenheit konnte man die Wichtigkeit dieser Audienz erkennen. Den Rest des Gefolges musterte der Baron lediglich aus den Augenwinkeln: zwei Agenten der Gilde, von denen der eine groß und fett und der andere klein und fett war. Beide glotzten mit nichtssagenden, grauen Augen. Zwischen den Lakaien stand eine der Töchter des Imperators: Prinzessin Irulan, eine Frau, der man nachsagte, daß auch sie die Ausbildung der Bene Gesserit erhalten hatte und angeblich einmal eine Ehrwürdige Mutter sein würde. Sie war von hochgewachsener Gestalt, blond und hatte ein hübsches Gesicht, das überheblich über den Baron hinwegsah.

»Mein lieber Baron.«

Der Imperator hatte sich also entschlossen, ihn zur Kenntnis zu nehmen. Seine Stimme war ein sanfter Bariton, und er hatte sie offensichtlich sehr gut unter Kontrolle.

Baron Harkonnen verbeugte sich tief und achtete sorgfältig darauf, daß er die vorgeschriebenen zehn Schritte Abstand hielt. »Ich bin Ihrem Ruf gefolgt, Majestät.«

»Ruf!« gackerte die alte Hexe.

»Ich bitte Euch, Ehrwürdige Mutter«, erwiderte der Imperator, und über das offensichtliche Unbehagen des Barons hinweglächelnd, sagte er: »Erzählen Sie uns doch zuerst, wohin Sie Ihren wertvollen Thufir Hawat geschickt haben.«

Der Baron schickte verzweifelte Blicke nach rechts und links und wünschte sich, seine Leibwächter mitgebracht zu haben, auch wenn sie nicht viel gegen die aufmarschierten Sardaukar hätten ausrichten können.

»Ich höre«, sagte der Imperator.

»Er ist jetzt seit fünf Tagen fort, Majestät«, erwiderte der Baron schnell und musterte rasch die Agenten der Gilde. »Er hatte den Auftrag, bei den Schmugglern zu landen und von dort aus den Versuch zu unternehmen, in das Lager dieses fanatischen Predigers Muad'dib einzudringen.«

»Unglaublich!« stieß der Imperator hervor.

Die klauenartige Hand der alten Hexe legte sich auf die Schulter des Imperators. Sie beugte sich vor und flüsterte ihm etwas ins Ohr.

Der Imperator nickte und sagte: »Fünf Tage ist er also bereits verschwunden. Sagen Sie, machen Sie sich denn überhaupt keine Sorgen über sein Ausbleiben?«

»Aber ich *mache* mir Sorgen, Majestät!«

Der Imperator starrte ihn weiterhin an, während die alte Hexe glucksende Laute der Erheiterung von sich gab.

»Ich wollte damit andeuten, Majestät«, fuhr der Baron fort, »daß Hawat ohnehin innerhalb der nächsten Stunden stirbt.« Er beschrieb das latente Gift, von dem Hawat abhängig war, und dessen Wirkung.

»Wie gerissen von Ihnen, Baron«, erwiderte der Imperator und fügte hinzu:

»Und wo befinden sich Ihre Neffen Rabban und Feyd-Rautha?«

»Der Sturm wird bald losbrechen, Majestät. Ich habe beide mit der Inspektion unserer Vorposten beauftragt, damit die Fremen nicht im Schutz des Unwetters angreifen können.«

»Ach was«, sagte der Imperator verächtlich. »Wir werden von diesem Sturm kaum etwas mitbekommen, solange wir uns hier aufhalten. Diese Fremenbrut wird es sowieso nicht wagen, anzugreifen, solange ich mich mit fünf Legionen Sardaukar hier aufhalte.«

»Natürlich nicht, Majestät«, beeilte sich der Baron zu versichern, »aber gutgemeinte Vorsichtsmaßnahmen kann man schlecht tadeln.«

»Aha«, sagte der Herrscher. »Tadeln. Dann soll ich also vermeiden, darüber zu sprechen, wieviel Zeit und Geld mich dieser ganze Arrakis-Unsinn bereits gekostet hat? Oder wie wenig die MAFEA in letzter Zeit aus diesem Planeten herausgepreßt hat? Und auch nicht von den Veranstaltungen bei Hof, die ich verschieben oder gar absagen mußte, bloß weil dieser Unsinn meine Zeit auffrißt?«

Der Baron senkte erneut den Blick. Die Wut des Kaisers flößte ihm Furcht ein. Seine Position war im Moment mehr als unsicher, das sah er ein. Er konnte nur auf die Große Konvention und die Dictum Familia vertrauen.

Hat er vor, mich umbringen zu lassen? fragte er sich. *Das kann er nicht tun! Jedenfalls nicht, solange die Flotte der anderen Häuser um Arrakis kreist und darauf wartet, aus diesem angeblichen Unsinn Gewinn zu ziehen.*

»Haben Sie Geiseln genommen?« fragte der Imperator.

»Das ist zwecklos, Majestät«, erwiderte der Baron. »Sobald wir jemanden gefangennehmen, halten diese Fremen sofort eine Trauerfeier ab. Gefangene sind für sie bereits gestorben.«

»Tatsächlich?« fragte der Imperator.

Der Baron wartete, schaute nach rechts und links, musterte die metallenen Wände des Selamliks, die einen solchen Reichtum repräsentierten, daß sogar er davon eingeschüchtert wurde. *Er hat alles mitgebracht,* dachte er, *vom Pagen bis zur Konkubine. Unter seinen Leuten sind Diener und Friseure, Schneider und deren Anhang und Frauen. Die ganzen höfischen Parasiten und Speichellecker. Alle sind sie hier, intrigieren und schmarotzen, weil sie darauf warten, daß er dieser Affäre ein Ende bereitet, damit sie anschließend darüber auf ihren idiotischen Partys schwätzen können.*

»Möglicherweise haben Sie nie die richtigen Geiseln genommen«, sagte der Imperator plötzlich.

Er weiß etwas, vermutete der Baron. Die Angst saß plötzlich wie ein Stein in seinem Magen, und er konnte den Gedanken an etwas zu essen kaum noch unterdrükken. Ja, das Gefühl erinnerte ihn an den Hunger, der ständig in ihm brannte. Er hätte alles für eine Mahlzeit gegeben, aber zur Zeit befand sich niemand in der Nähe, der seinen Anweisungen gefolgt wäre.

»Haben Sie irgendeine Vermutung, wer dieser Muad'dib sein könnte?« fragte der Imperator.

»Bestimmt ein Angehöriger der Umma«, erwiderte der Baron. »Ein fremenitischer Fanatiker, ein religiöser Abenteurer. Man hat regelmäßig mit solchen Spinnern zu tun, wenn man sich am Rande der Zivilisation aufhält. Aber das brauche ich Eurer Majestät nicht zu erklären.«

Der Imperator tauschte einen Blick mit der Wahrsagerin und sah den Baron dann finster an. »Und sonst wissen Sie wirklich nichts über diesen Muad'dib?«

»Es ist ein Verrückter«, versicherte der Baron. »Alle diese Nomaden sind nicht ganz normal.«

»Ein Verrückter?«

»Die Fremen rufen seinen Namen, wenn sie sich in eine Schlacht stürzen. Sogar ihre Frauen... sie werfen uns ihre Babys entgegen und rennen in unsere Messer, bloß um eine Bresche in unsere Reihen zu schlagen, damit ihre Männer um so besser nachsetzen können. Sie haben überhaupt keinen – Selbsterhaltungstrieb.«

»Das ist ja wirklich schrecklich«, erwiderte der Imperator zynisch. »Sagen Sie mal, mein lieber Baron, haben Sie je den Versuch unternommen, die südlichen Polarregionen von Arrakis zu erforschen?«

Die Tatsache, daß der Imperator so plötzlich das Thema wechselte, verwirrte den Baron zutiefst. Verlegen stotterte er: »Äh, nun, Majestät... Sie müssen wissen, daß die gesamte Südregion unbewohnbar ist... und daß es dort von Würmern nur so wimmelt. Man hat dort keinerlei... äh... Schutz vor den Stürmen und... es gibt dort auch kein Gewürz.«

»Sie haben also noch nichts davon gehört, daß es dort unten grüne Zonen geben soll?«

»Es hat schon immer solche Berichte gegeben, Majestät. Vor langer Zeit hat man Vorstöße in diese Gebiete unternommen. Man hat ein paar Grünpflanzen gesehen, aber die vielen Thopter, die man bei diesen Erkundungsreisen verloren hat, haben uns zu der Ansicht gelangen lassen, daß derartige Unternehmungen zu kostspielig sind, um sie fortzusetzen. Es ist einfach so, daß die Südregion von Arrakis zu unwirtlich ist, um dort Menschen anzusiedeln.«

»Soso«, meinte der Imperator. Er schnappte mit den Fingern, und links von seinem Thron öffnete sich eine Tür. Zwei Sardaukar, die ein etwa vier Jahre altes Mädchen zwischen sich führten, traten ein. Das Kind trug eine schwarze Aba und hatte die Kapuze seiner Robe zurückgeschlagen. Seine Augen besaßen die typische volle Bläue der Fremen und starrten die Anwesenden aus einem runden, weichen Gesicht an. Dem Baron fiel sofort auf, daß das Mädchen keinerlei Angst verspürte – und dies erzeugte in ihm ein seltsames Gefühl, für das er keine Worte fand.

Selbst die alte Wahrsagerin zuckte zurück, als das Mädchen an ihr vorbeigeführt wurde. Sofort machte sie das abwehrende Zeichen gegen den bösen Blick. Es war offensichtlich, daß die alte Hexe ebenfalls Angst hatte.

Der Imperator räusperte sich, doch bevor er etwas sagen konnte, öffnete das kleine Mädchen den Mund und sagte in einem klaren, wenn auch einem kindhaften Lispeln ähnlichen Tonfall: »Das ist er also.« Sie ging bis an den Rand des Throns heran, musterte den Baron und meinte: »Er ist wirklich nicht mehr als ein fetter alter Mann, der seine Körpermasse nur mit Hilfe von Suspensoren in Bewegung bringen kann.«

Der Baron war über diese Feststellung aus dem Mund eines Kindes derart beeindruckt, daß er sich nicht in der Lage fühlte zu antworten. Sprachlos starrte er sie an, während die Wut in ihm aufstieg. *Ist es eine Zwergin?* fragte er sich.

»Mein lieber Baron«, sagte der Imperator, »ich möchte Sie mit der Schwester des Muad'dib bekannt machen.«

»Der Schwes...« Der Baron verstummte und starrte seinen Herrscher an. »Ich verstehe nicht.«

»Ich gehöre ebenfalls zu jenen Menschen, die anständig getroffene Vorsichtsmaßnahmen zu schätzen wissen«, eröffnete ihm der Imperator. »Mir wurde berichtet, daß Ihre angeblich unbewohnten Südregionen eine ganze Menge Anzeichen menschlicher Besiedlung zeigen.«

»Aber... das ist unmöglich!« protestierte der Baron heftig. »Die Würmer... es ist doch klar, daß dort...«

»Die Fremen scheinen da anderer Meinung zu sein«, sagte der Imperator.

Das kleine Mädchen hatte sich auf den Rand des Podiums gesetzt, auf dem der kaiserliche Thron stand, und ließ die Beine herunterbaumeln. Offenbar war sie von ihrer Umgebung nicht im geringsten beeindruckt.

Der Baron starrte verwirrt auf die baumelnden Beine. Das Kind trug Sandalen.

»Unglücklicherweise«, fuhr der Imperator unbeeindruckt fort, »habe ich nur fünf Truppentransporter ausgeschickt, um einige Gefangene zu machen. Zurückgekehrt ist nur ein einziger Transporter. Und mit ihm drei Gefangene. Können Sie sich vorstellen, Baron, daß meine Sardaukar von einer Gruppe von Frauen, Kindern und Greisen überwältigt wurden? Dieses Kind hier kommandierte eine Truppe!«

»Da sehen Sie es«, keuchte der Baron entsetzt. »Jetzt wissen Sie es selbst, wie diese Leute sind!«

»Ich habe mich freiwillig in Gefangenschaft begeben«, sagte das Kind plötzlich. »Ich wußte nicht, wie ich vor meinen Bruder treten und ihm sagen sollte, daß sein Sohn nicht mehr lebt.«

»Nur eine Handvoll meiner Männer konnte entkommen«, sagte der Imperator. »*Entkommen!* Sagt Ihnen das etwas?«

»Wir hätten sie auch noch erwischt«, sagte das Mädchen. »Nur die Flammen haben uns zu schaffen gemacht.«

»Meine Männer setzten die Triebwerke ihrer Maschinen als Flammenwerfer ein«, erklärte der Imperator. »Es war die letzte, verzweifelte Anstrengung, die sie unternehmen konnten. Stellen Sie sich das vor, Baron: Meine Sardaukar waren gezwungen, sich vor einer Horde Frauen, Kinder und Greise zurückzuziehen!«

»Wir müssen unsere Kräfte sammeln«, keuchte der Baron. »Wir müssen sie ausrotten und jeden einzelnen...«

»Schweigen Sie!« brüllte der Imperator und stand auf. »Beleidigen Sie meine Intelligenz nicht noch mehr! Sie wagen es, sich in kindlicher Naivität hinzustellen und...«

»Majestät«, sagte die alte Wahrsagerin.

Der Imperator gab ihr mit einem Wink zu verstehen, daß sie schweigen solle. »Sie behaupten also, nichts davon zu wissen, wie stark die Fremen sind und wie meisterhaft sie kämpfen? Für wie dumm halten Sie mich eigentlich, Baron?«

Harkonnen tat zwei angsterfüllte Schritte zurück, während die Gedanken durch seinen Kopf rasten. *Es war Rab-*

ban. Nur Rabban kann mir das angetan haben. Rabban hat...

»Und Ihre angebliche Fehde mit Herzog Leto«, fuhr der Imperator, sich wieder hinsetzend, fort. »Das war wahrlich Ihr Meisterstück!«

»Majestät«, flehte der Baron. »Was glauben Sie...«

»Schweigen Sie!«

Die alte Bene Gesserit legte erneut eine Hand auf die Schulter des Herrschers und flüsterte ihm etwas ins Ohr.

Das kleine Mädchen hörte jetzt auf, die Beine baumeln zu lassen und sagte statt dessen: »Jag ihm noch mehr Angst ein, Shaddam. Ich weiß zwar, daß man sich über so etwas nicht freuen sollte, aber ich kann diesen Genuß einfach nicht unterdrücken.«

»Sei still, Kind«, sagte der Imperator. Er beugte sich vor, legte eine Hand auf den Kopf des Mädchens und starrte erneut den Baron an. »Halten Sie das für möglich, Baron? Sind Sie wirklich ein solcher Dummkopf, wie meine Wahrsagerin behauptet? Erkennen Sie in diesem Kind wirklich nicht die Tochter Ihres ehemaligen Verbündeten Herzog Leto?«

»Mein Vater war niemals sein Verbündeter«, sagte das Kind. »Mein Vater ist tot, und was dieses alte Harkonnen-Ungeheuer angeht, so hat es mich nie zuvor gesehen.«

Der Baron starrte das Mädchen wie gelähmt an. Als er seine Stimme endlich wiederfand, keuchte er:

»Wer?«

»Ich bin Alia, die Tochter von Herzog Leto und Lady Jessica, die Schwester von Paul Muad'dib«, erwiderte das Mädchen. Sie zog sich auf das Podium hinauf und sprang dann auf den tieferliegenden Boden des Audienzzimmers. »Mein Bruder hat sich geschworen, Ihren Kopf eines Tages auf der Spitze seiner Flagge aufgespießt vor sich herzutragen – und ich glaube, er wird das auch schaffen.«

»Sei still, Kind«, wiederholte der Imperator. Er lehnte sich in seinen Thron zurück, stützte mit einem Arm seinen Kopf und schaute abwartend den Baron an.

»Die Anweisungen des Imperators betreffen mich nicht«, sagte das Kind. Es wandte sich um, zeigte mit ausgestreckter Hand auf die Wahrsagerin und fügte hinzu: »Sie weiß, warum.«

»Was meint sie damit?« fragte der Imperator und sah die Wahrsagerin neugierig an.

»Dieses Kind ist mir ein Greuel!« stieß die alte Frau keuchend hervor. »Seine Mutter verfügt über eine Kraft, die größer ist als jede zuvor in der Geschichte der Menschheit! Tod! Er kann gar nicht schnell genug zu diesem Kind oder zu der, die sie mit diesen Kräften ausgestattet hat, kommen!« Die Alte deutete mit einem Finger auf Alia und krächzte: »Hinaus! Verschwinde aus meinem Bewußtsein!«

»T-P?« flüsterte der Imperator erschreckt. Er starrte Alia an. »Bei der Großen Mutter!«

»Sie verstehen nicht, Majestät«, sagte die alte Frau. »Es handelt sich nicht um Telepathie. Sie ist in meinem Bewußtsein. Sie ist wie die, die vor mir waren; wie jene, die mir ihre Erinnerungen gaben. Sie ist in meinem Bewußtsein! Sie kann normalerweise gar nicht dort sein – aber sie ist es trotzdem!«

»Welche anderen?« fragte der Imperator verständnislos. »Was soll dieser Unfug?«

Die alte Frau straffte ihre Gestalt und senkte die ausgestreckte Hand. »Ich habe schon zuviel geredet, aber Tatsache ist, daß dieses Kind kein *Kind* ist und vernichtet werden muß. Wir sind lange darauf vorbereitet worden und haben eine solche Geburt erwartet – aber wir hätten niemals erwartet, daß es eine der unsrigen ist, die uns betrügen wird.«

»Du schwätzt zuviel, alte Frau«, sagte Alia. »Obwohl du keine Ahnung hast, wie es geschehen ist, führst du dich hier auf wie eine in die Ecke getriebene Klapperschlange. Das beweist deine Blindheit.« Alia schloß die Augen und hielt den Atem an.

Die alte Ehrwürdige Mutter stöhnte und keuchte.

Alia öffnete die Augen wieder. »So war es«, erklärte sie. »Ein Vorfall kosmischen Ausmaßes, und auch du hast deine Rolle darin gespielt.«

Die Ehrwürdige Mutter hielt jetzt beide Hände weit von sich gestreckt. Ihre Handflächen tasteten hilflos in der Luft herum.

»Was wird hier gespielt?« verlangte der Imperator zu wissen. »Bist du wirklich in der Lage, deine Gedanken in die Köpfe anderer Menschen zu übertragen, Kind?«

»Das hat damit gar nichts zu tun«, erwiderte Alia. »Da ich nicht als du geboren bin, kann ich auch nicht wie du denken.«

»Bringt sie um«, murmelte die alte Frau und hielt sich an der Rückenlehne des Throns fest, um nicht umzusinken. »Bringt sie um!« Ihre eingefallenen alten Augen starrten Alia in offensichtlicher Furcht an.

»Still«, verlangte der Imperator. Er schaute Alia näher an und sagte dann: »Bist du in der Lage, mit deinem Bruder Verbindung aufzunehmen?«

»Mein Bruder weiß, daß ich hier bin«, erwiderte Alia.

»Kannst du ihm mitteilen, daß ich dich nur dann leben lasse, wenn er sich ergibt?«

Alia lächelte unschuldig. »Das werde ich nicht tun«, sagte sie einfach.

Der Baron machte ein paar Schritte vorwärts und blieb neben Alia stehen. »Majestät«, flehte er, »ich weiß nichts von...«

»Wenn Sie mich noch einmal unterbrechen, Baron«, sagte der Imperator sanft, »wird es das letztemal sein, das verspreche ich Ihnen.« Er wandte seine Aufmerksamkeit wieder Alia zu und musterte sie mit zusammengekniffenen Augen. »Du willst also nicht, wie? Kannst du vielleicht in meinen Gedanken lesen, was mit dir geschieht, wenn du dich meinen Befehlen widersetzt?«

»Ich habe bereits gesagt, daß ich keine Gedanken lesen kann«, entgegnete Alia. »Aber um deine Absichten zu erkennen, braucht man auch keine lesen zu können.«

Der Imperator sah sie finster an. »Du scheinst mir ein hoffnungsloser Fall zu sein, mein Kind. Ich brauche nur meine Truppen zu sammeln, und dann kann ich aus diesem Planeten ein...«

»So einfach ist das nun auch wieder nicht«, unterbrach ihn Alia. Sie warf den beiden Vertretern der Gilde einen Blick zu. »Vorher solltest du diese Männer befragen.«

»Es zeugt nicht gerade von Weisheit, sich meinen Anordnungen zu widersetzen«, sagte der Imperator.

»Mein Bruder wird bald hier sein«, sagte Alia. »Und selbst ein Imperator wird, sobald er auftaucht, anfangen zu zittern.«

Der Imperator sprang auf. »Das reicht mir jetzt. Wenn ich deinen Bruder zwischen die Finger bekomme, werde ich ihn mitsamt seinem Planeten zu Staub zermah...«

Der Boden unter ihren Füßen begann plötzlich heftig zu schwanken. Hinter dem Thron, wo die glatte Außenhülle des Sternenschiffes begann, rieselte plötzlich Sand ein. Das unerwartet einsetzende Knistern deutete an, daß der Abwehrschirm zusammenzubrechen begann.

»Ich habe es ja gesagt«, meinte Alia keck. »Mein Bruder ist schon auf dem Weg.«

Der Imperator stand jetzt vor seinem Thron, drückte die rechte Hand gegen sein Ohr und empfing durch den in seiner Hand verborgenen Minisender einen Lagebericht. Der Baron stellte sich zwei Schritte hinter Alia auf. Die Sardaukar verteilten sich blitzschnell und bewachten alle Türen.

»Wir werden starten und uns im Raum neu formieren«, sagte der Imperator. »Baron, verzeihen Sie mir. Diese Verrückten greifen *wirklich* unter dem Schutz des Sandsturms an. Aber wir werden ihnen zeigen, was der Zorn des Imperators vermag.« Er deutete auf Alia. »Werfen Sie sie in den Sturm hinaus.«

Alia wich zurück, als sei sie von größter Panik erfaßt. »Gebt dem Sturm, nach dem er verlangt!« kreischte sie und rannte genau in die Arme des Barons.

»Ich habe sie, Majestät!« schrie Harkonnen triumphierend. »Soll ich sie sofort – aaaahh!« Er ließ Alia plötzlich fallen und griff nach seinem linken Arm.

»Tut mir leid, Großvater«, sagte Alia. »Du hast jetzt mit dem Gom Jabbar der Atreides Bekanntschaft geschlossen.« Sie stand leichtfüßig wieder auf und ließ eine schwarze Nadel zu Boden fallen.

Der Baron taumelte zurück und fiel hin. Seine Augen schienen fast aus den Höhlen zu quellen, als er auf die blutige Wunde auf der linken Handfläche starrte. »Du... du...«, stammelte er. Die Suspensoren ließen ihn nach rechts rollen, bis sie seine fleischigen Massen zum Halten brachten. Er röchelte mit offenem Mund.

»Diese Leute sind wirklich verrückt«, schnaufte der Imperator wütend. »Schnell, ins Schiff zurück! Wir werden diesen Planeten sofort...«

Links von ihm erschien plötzlich ein Riß in der Wand. Der Geruch verschmorter Leitungen breitete sich aus.

»Der Schild!« schrie einer der Sardaukar-Offiziere. »Der äußere Schild ist zusammengebrochen! Sie...«

Seine Worte gingen im Aufkreischen geborstenen Metalls völlig unter. Die Schiffswand, in deren Nähe sie sich befanden, begann zu schaukeln und dann zu knittern.

»Sie haben den Bug getroffen!« schrie jemand.

Staubwolken breiteten sich im Audienzzimmer aus. Alia nutzte sie geschickt aus und rannte in ihrem Schutz auf die Außentür zu.

Der Imperator wirbelte herum und bedeutete seinen Leuten, durch einen Notausgang zu entfliehen, der sich hinter seinem Thron befand. Er gab einem Sardaukar-Offizier, der nur undeutlich in der Sandwolke zu erkennen war, ein Handzeichen. »Wir werden...«

Ein erneuter Stoß erschütterte die Konstruktion. Die Doppeltüren sprangen auf, Sand wirbelte herein und legte sich auf die Lungen der entsetzt aufschreienden Anwesenden. Eine kleine, mit einer Robe bekleidete Gestalt tauchte für eine Sekunde im Lichtschein auf. Es war Alia auf der Suche nach einem Messer, mit dem sie sich verteidigen konnte. Die Sardaukar schwärmten aus, zückten ihre Waffen und versuchten einen Ring um ihren Herrn zu bilden.

»Retten Sie sich, Sire!« brüllte ein Offizier. »Gehen Sie in das Schiff zurück!«

Der Imperator schien nicht zu hören. Er stand immer noch allein auf dem Podest seines Throns und deutete mit ausgestreckten Händen auf die Szenen, die nur unwirklich durch die Wandrisse zu erkennen waren. Ein Großteil der Unterkunftskonstruktion, die das Schiff umgab, war einfach weggeblasen worden. Eine riesige Sandwolke hatte sich über die Ebene gelegt. Alles wirkte wie ein Kampf im Nebel. Da und dort zuckten statische Entladungen auf. Die gesamte Ebene wimmelte von Kämpfenden, so daß es schwer war, die Sardaukar von den vermummten Angreifern zu unterscheiden. Die Fremen schienen von überallher zu kommen, und sie schienen es meisterhaft zu verstehen, den Sturm für ihre Zwecke einzusetzen.

Und dann schoben sich die gigantischen Körper der Sandwürmer durch das Getöse der Schlacht an das Schiff heran. Der Imperator sah klaffende Mäuler und riesige Zähne. Die schrecklichen Kreaturen, auf deren Rücken Dutzende von kampfbereiten Fremen saßen, erhoben sich wie dunkle Mauern, türmten sich höher und höher und griffen an. Es zischte, als der Wind die Geräusche ihrer Bewegungen zu ihm herübertrug. Der Imperator sah die flatternden Roben der Angreifer, die entschlossen ihre Waffen schwangen.

Die Sardaukar wichen entsetzt zurück. Hier standen sie einem Gegner gegenüber, der in ihnen zum erstenmal den Eindruck erweckte, auf verlorenem Posten zu stehen.

Aber dennoch waren die Gestalten auf den Rücken der Würmer Menschen, und das Aufblitzen der Säbel und

Messer in ihren Händen Erscheinungen, denen ins Gesicht zu sehen man sie ausgebildet hatte. Die Sardaukar warfen sich erneut in die Schlacht. Und während das große Mann-zu-Mann-Gefecht auf der äußeren Ebene seinem Höhepunkt zustrebte, ergriff einer der Leibwächter den Herrscher und zerrte ihn zurück in das Schiff, verschloß die Tür hinter ihm und bereitete sich darauf vor, zu sterben.

Noch unter dem Schock der plötzlichen Stille, die ihn in der sicheren Umhüllung des Schiffes umfing, starrte der Imperator in die erschreckt aufgerissenen Augen seiner Tochter. Die alte Wahrsagerin stand wie ein bleicher Schatten neben ihr, die Kapuze tief ins Gesicht gezogen. Auch die Vertreter der Gilde waren anwesend. Sie wirkten in der traditionellen grauen Kleidung der Organisation, die sie vertraten, wie zwei nichtssagende Kaufleute, die emotionslos einem Spiel zusahen, dessen Ausgang ihnen völlig gleichgültig war.

Der größere der beiden berührte sein linkes Auge mit der Hand. Als der Imperator ihn genauer ansah, stellte er fest, daß etwas mit den Augen des Mannes nicht stimmte. Er hatte eine Kontaktlinse verloren, und das Auge, in das er starrte, zeigte ein so tiefes Blau, daß es beinahe schon schwarz war.

Der kleinere der beiden bahnte sich mit dem Ellbogen einen Weg auf den Imperator zu und sagte: »Der Ausgang dieses Kampfes ist völlig ungewiß.« Und der Größere fügte hinzu: »Und das gilt auch für diesen Muad'dib.«

Die Worte rissen den Imperator aus seinen Gedanken. Er fühlte den Spott, der aus diesen Worten sprach, und fragte sich, ob sie sich wirklich Sorgen um den Ausgang dieser Schlacht machten.

»Ehrwürdige Mutter«, sagte er. »Wir müssen einen neuen Plan ausdenken.«

Die alte Frau schob die Kapuze zurück und erwiderte seinen Blick mit ausdruckslosen Augen. Dennoch verstanden sie sich. Es gab für sie nur noch eine Möglichkeit, und beide dachten im gleichen Augenblick daran: Verrat.

»Schicken Sie nach Graf Fenring«, sagte die Ehrwürdige Mutter.

Der Padischah-Imperator nickte und gab einem seiner Untergebenen mit einem Wink zu verstehen, diesem Befehl auf der Stelle Folge zu leisten.

11

Er war Krieger und Mystiker, Sünder und Heiliger, Fuchs und Hase, ritterlich, unbarmherzig, weniger als ein Gott, aber mehr als ein Mensch. Die Motive, die Muad'dib antrieben, kann man anhand gewöhnlicher Kriterien nicht messen. Im Moment seines Triumphs sah er, daß man den Tod für ihn vorbereitet hatte, und nahm den Verrat dennoch hin. Tat er dies, weil er es als gerecht empfand? Wessen Gerechtigkeit war es denn, der er sich unterwarf? Man soll sich daran erinnern, daß wir von Muad'dib sprechen, von jenem Mann, der aus den Häuten seiner Gegner Trommelfelle machen ließ und der die Verpflichtungen seiner herzoglichen Abstammung mit einer Handbewegung beiseite wischte und alles auf den folgenden Satz reduzierte: »Ich bin der Kwisatz Haderach; das ist Legitimation genug.«

Aus ›Arrakis erwacht‹, von Prinzessin Irulan

Am Abend nach seinem Sieg kehrte Paul Muad'dib, eskortiert von seinen Leuten, nach Arrakeen, in die alte Residenzstadt der Atreides zurück. Das Gebäude, das sie kurz nach ihrer Ankunft auf dem Wüstenplaneten bezogen hatten, stand noch. Es war unversehrt und befand sich noch im gleichen Zustand, in das Rabban es nach dem Anschlag auf Herzog Leto hatte bringen lassen. Es hatte einige Plünderungsversuche durch die Stadtbevölkerung gegeben, aber bis auf einige Bilder aus der Haupthalle schien nichts beschädigt worden zu sein.

Paul durchquerte die Halle, während Stilgar und Gurney Halleck neben ihm hergingen. Überall wimmelte es von seinen Leuten, und ein Kommandotrupp war bereits damit beschäftigt, die einzelnen Räume nach versteckten Fallen abzusuchen.

»Ich erinnere mich an den Tag, an dem ich mit deinem Vater zum erstenmal hier war«, sagte Gurney und musterte die Umgebung. »Schon damals hat es mir nicht gefallen. Jede einzelne unserer Höhlen würde sicherer sein.«

»Das ist ein wahres Fremenwort«, stimmte Stilgar ihm zu und bemerkte das kalte Lächeln auf den Lippen Muad'dibs. »Du bist wirklich entschlossen, hier wieder zu leben, Muad'dib?«

»Dieser Ort ist zu einem Symbol geworden«, erwiderte Paul. »Rabban hat hier gelebt. Dadurch, daß ich sein Haus übernehme, erfahren die Leute, daß ich auch seine Macht in meine Hände genommen habe. Schickt Männer durch das Haus, aber sie sollen nichts berühren. Ich will nur wissen, ob alle Harkonnen-Spitzel verschwunden sind und ob man keine Spielzeuge hier zurückgelassen hat.«

»Wie du meinst«, sagte Stilgar leicht unwillig und ging hinaus, um die Durchsuchung zu überwachen.

Kommunikanten strebten an ihnen vorbei. Sie trugen Ausrüstungsgegenstände, die sie neben dem gigantischen Kamin aufstellten. Überall machten sich die Fedaykin breit. Die Männer murmelten und warfen mißtrauische Blicke um sich. Dieses Haus war zu lange ein Symbol der Unterdrückung für die Leute gewesen, als daß sie sich jetzt so ohne weiteres in ihm wohl fühlen konnten.

»Eine Eskorte soll meine Mutter und Chani holen«, wies Paul Gurney an. »Weiß sie überhaupt schon, was mit unserem Kind geschehen ist?«

»Man hat ihr die Nachricht überbracht, Mylord.«

»Sind die Bringer wieder aus dem Becken verschwunden?«

»Ja, Mylord. Der Sturm ist fast vorbei.«

»Hat er viel Schaden angerichtet?« fragte Paul.

»Nichts, was man mit Geld nicht wiederherstellen könnte, Mylord«, sagte Gurney.

»Ausgenommen der Menschenleben.«

Paul war nicht bei der Sache. Seine ganze Aufmerksamkeit galt plötzlich wieder seinem inneren Auge und den Abgründen, die sich auf dem Zeitpfad vor ihm auftaten. Welchen Weg er auch beschreiten würde – ein jeder führte unausweichlich in den Djihad, den er zu vermeiden wünschte.

Er seufzte, durchquerte die Halle und sah einen Stuhl, der gegen die Wand gelehnt stand. Sein Vater hatte auf ihm gesessen, aber das erschien ihm jetzt nicht mehr wichtig. Es war ein Gebrauchsgegenstand. Paul setzte sich, zog die Robe über die Beine und löste die Riemen seines Destillanzuges im Nacken.

»Der Imperator hält sich noch immer im Wrack seines Sternenschiffs verschanzt«, bemerkte Gurney.

»Vorläufig soll er da auch nicht heraus«, erwiderte Paul. »Habt ihr die Harkonnens schon gefunden?«

»Man ist immer noch dabei, die Gefallenen zu untersuchen.«

»Haben die Schiffe, die Arrakis umkreisen, schon geantwortet?« Paul deutete an die Decke.

»Bisher noch nicht, Mylord.«

Paul stieß einen Seufzer aus und lehnte sich in den Stuhl zurück. Plötzlich sagte er: »Bringe mir einen gefangenen Sardaukar. Wir werden unserem Imperator eine Nachricht zukommen lassen. Es wird Zeit zum Verhandeln.«

»Jawohl, Mylord.«

Gurney ging und gab einem Fedaykin zu verstehen, solange seine Position neben Paul einzunehmen.

»Gurney«, sagte Paul, bevor er verschwand, »seit wir wieder zusammen sind, habe ich mich gefragt, ob du nicht für einen Tag wie den heutigen ein Sprichwort vorbereitet hast.«

Gurney blieb stehen, räusperte sich und schluckte. Plötzlich grinste er.

»Wie Sie wünschen, Mylord.« Er machte eine Pause und

sagte dann: »Und der Tag des Sieges wurde zu einem Tag des Klagens für die Menschen, denn sie erfuhren, daß der Sohn des Königs nicht mehr unter den Lebenden war.«

Paul schloß die Augen und versuchte die Traurigkeit aus seinem Herzen zu vertreiben, so wie er es einst beim Tod seines Vaters getan hatte. Es war jetzt wichtiger, über die Entdeckungen des heutigen Tages nachzudenken - die Zukünfte, die sich ihm aufdrängten, und die unerwartete Gegenwart Alias, die er spürte.

Innerhalb aller seiner Wahrnehmungen war dies die seltsamste. »Ich habe in der Zukunft einige Worte für dich hinterlassen«, hatte sie zu ihm gesagt. »Auch wenn du dazu nicht in der Lage bist, Bruder, halte ich es für ein interessantes Spiel. Und... o ja, ich habe unseren Großvater umgebracht, den alten Baron. Er hat keine großen Schmerzen zu erleiden gehabt.«

Stille. Pauls Zeitsinn spürte, wie sie sich wieder zurückzog.

»Muad'dib.«

Paul öffnete die Augen und sah über sich Stilgars schwarzbärtiges Gesicht. Seine dunklen Augen leuchteten kämpferisch.

»Ihr habt den Leichnam des alten Barons gefunden«, sagte Paul.

Stilgar starrte ihn überrascht an. »Woher weißt du das?« flüsterte er erschreckt. »Wir haben die Leiche gerade erst unter dem großen Metallzelt gefunden.«

Paul ignorierte die Frage. Gurney kehrte zurück. Zwei Fremen begleiteten ihn. Zwischen sich führten sie einen gefangenen Sardaukar.

»Hier ist einer von ihnen, Mylord«, sagte Gurney und gab den Wachen mit einem Handzeichen zu verstehen, daß sie den Gefangenen fünf Schritte von Paul entfernt halten sollten.

Der Blick des Sardaukar, merkte Paul, wirkte schockiert. Eine Wunde zog sich von der Nase des Mannes quer über die Wange. Er gehörte der hellblonden, knochigen Kaste an, die auf einen Offizier hinwies, obwohl er keinerlei Rangabzeichen mehr trug. Die Uniform des Sardaukar war zerfetzt, lediglich die goldenen Knöpfe mit dem imperialen Wappen wiesen ihn aus.

»Ich nehme an, daß dieser Mann ein Offizier ist, Mylord«, sagte Gurney.

Paul nickte. Er sagte zu dem Gefangenen: »Ich bin Herzog Paul Atreides. Verstehen Sie, was das bedeutet, Mann?«

Der Sardaukar starrte ihn unbeweglich an.

»Machen Sie die Zähne auseinander«, verlangte Paul, »oder Ihr Herrscher wird sterben.«

Der Gefangene schloß die Augen und schluckte. »Wer bin ich?« verlangte Paul zu wissen.

»Sie sind Herzog Paul Atreides«, wiederholte der Mann rauh.

Er war Paul etwas zu bereitwillig, aber immerhin hatte man einen Sardaukar auf derartige Situationen vorbereitet. Diese Leute waren an Siege gewöhnt, rief Paul sich in Erinnerung zurück.

»Ich habe eine Botschaft an den Imperator, die Sie ihm überbringen werden«, fuhr Paul fort und gebrauchte die überlieferte Form: »Ich, Herzog eines Hohen Hauses, Blutsverwandter des Imperators, gebe hiermit Nachricht, wie es die Große Konvention in ihren Regeln vorschreibt. Wenn der Imperator und seine Männer die Waffen niederlegen und zu mir kommen, werde ich ihr Leben mit meinem eigenen beschützen.« Er hob die linke Hand und zeigte dem Gefangenen den herzoglichen Siegelring. »Ich schwöre es bei diesem Ring.«

Der Sardaukar leckte sich die Lippen und warf Gurney einen fragenden Blick zu.

»Richtig«, sagte Paul. »Ein Gurney Halleck würde niemals einem anderen als seinem rechtmäßigen Herrscher dienen.«

»Ich werde die Botschaft übermitteln«, sagte der Sardaukar.

»Bringt ihn zu unserem Vorposten und laßt ihn frei«, ordnete Paul an.

»Jawohl, Mylord.« Gurney gab den Wachen ein Zeichen und führte sie hinaus.

Paul wandte sich an Stilgar.

»Chani und deine Mutter sind eingetroffen«, sagte der Fremen. »Chani hat darum gebeten, einige Zeit mit ihrem Kummer allein bleiben zu dürfen. Die Ehrwürdige Mutter ist im Zauberraum verschwunden; warum, weiß ich nicht.«

»Sie verzehrt sich vor Heimweh nach einem Planeten, den sie niemals wiedersehen wird«, erklärte Paul. »Auf ihm fällt das Wasser vom Himmel, und die Pflanzen wachsen dort so dicht, daß man sich manchmal zwischen ihnen nicht bewegen kann.«

»Wasser, das vom Himmel fällt«, murmelte Stilgar ergriffen.

In diesem Augenblick spürte Paul, daß mit Stilgar eine Verwandlung vorgegangen war: er hatte sich von einem Fremen in eine Kreatur des Lisan al-Gaib verwandelt, die ihn fürchtete und respektierte. Der geisterhafte Wind eines sich ankündigenden Djihads schien ihn zu umwehen.

Aus einem Freund ist ein Untertan geworden, dachte Paul. Er kam sich plötzlich sehr einsam vor und musterte die Männer, die den gleichen Aufenthaltsraum mit ihm teilten. Aus ihren Augen sprach tiefste Verehrung, und es war offensichtlich, daß jeder der einzelnen hoffte, mit der Aufmerksamkeit Muad'dibs belohnt zu werden.

Muad'dib, der uns allen seinen Segen erteilt, dachte er bitter. *Sie warten darauf, daß ich den Thron an mich reiße, und wissen doch nicht, daß ich dies nur deshalb tue, um einen Djihad zu verhindern.*

Stilgar räusperte sich und sagte: »Rabban ist ebenfalls tot.«

Paul nickte.

Die Wachtposten an der Tür traten zur Seite und machten Platz für Jessica. Sie trug eine schwarze Aba und ging mit Schritten, die deutlich zeigten, daß sie es lange gewohnt gewesen war, über den Sand zu laufen. Dessenungeachtet schien ihr die altvertraute Umgebung einiges Selbstvertrauen zurückzugeben. Jetzt war sie wieder das, was sie vorher gewesen war - die Konkubine eines regierenden Herzogs.

Sie blieb vor ihrem Sohn stehen und sah ihn an. Pauls Ermüdung blieb ihr nicht verborgen, dennoch sagte sie nichts. Es schien, als sei sie unfähig, irgendeine Emotion für ihren Sohn zu fühlen.

Jessica hatte die Halle betreten und sich im ersten Moment gefragt, wieso der Ort ihr so fremd erschien. Als sei sie nie hier gewesen, als hätte sie nie einen Fuß in dieses Haus gesetzt, in dem sie mit Leto gelebt hatte. Es war kaum zu glauben, daß sie in diesem Raum einst einem völlig betrunkenen Duncan Idaho gegenübergestanden hatte.

Es sollte eine Wortverbindung geben, dachte sie, *die dem genauen Gegenteil von ›Adab‹, der intuitiven Erinnerung, entspricht.*

»Wo ist Alia?« fragte sie.

»Sie ist draußen«, sagte Paul, »und sie tut das, was jedes echte Fremenkind in solchen Zeiten tun sollte. Sie tötet verwundete Gegner und markiert ihre Körper für die Teams, die deren Wasser einsammeln.«

»Paul!«

»Du verstehst hoffentlich, daß sie dies lediglich aus Mitleid tut«, fuhr Paul fort. »Ist es nicht seltsam, wie oft wir vergessen, daß Mitleid und Grausamkeit einander so ähnlich sind?«

Jessica starrte ihren Sohn an. Die unerwartete Veränderung schockierte sie. *Ist der Tod seines Kindes daran schuld?* fragte sie sich. Dann sagte sie: »Die Menschen erzählen sich seltsame Geschichten über dich, Paul. Sie behaupten, du hättest alle Kräfte der Legende, daß man nichts vor dir verbergen könne, daß du alles siehst, was anderen verborgen bleibt.«

»Sollte eine Bene Gesserit solche Fragen stellen?« erwiderte Paul.

»An allem, was du bist, bin ich nicht unschuldig«, sagte Jessica. »Du solltest also nicht...«

»Wie würde es dir gefallen, Milliarden und Abermilliarden von Leben zu leben?« entgegnete Paul. »Sie würden eine ungeheure Sammlung von Legenden für dich mitbringen. Denk nur an die unschätzbaren Erfahrungen und die Weisheit, die sie mit sich bringen würden! Aber Weisheit kühlt die Liebe ab, nicht wahr? Und umgibt jedweden Haß mit einem neuen Kleid. Wie kann man sagen, was Unbarmherzigkeit ist, ehe man nicht alle Tiefen der Grausamkeit und des Mitleids ausgelotet hat? Du solltest mich fürchten, Mutter, denn ich bin der Kwisatz Haderach.«

Jessica schluckte. Ihre Kehle war wie ausgedörrt. Plötzlich sagte sie: »Es gab einmal eine Zeit, da hast du mich wegen dieser Tatsache abgelehnt.«

Paul erwiderte kopfschüttelnd: »Ich bin jetzt nicht mehr in der Lage, irgend etwas abzulehnen.« Er sah ihr in die Augen. »Der Imperator und seine Leute werden bald kommen, man wird sie jeden Moment ankündigen. Bleib bei mir. Ich möchte sie im klarsten Licht sehen, denn meine zukünftige Braut wird ebenfalls unter ihnen sein.«

»Paul!« keuchte Jessica. »Begehe nicht den gleichen Fehler wie dein Vater!«

»Sie ist eine Prinzessin«, erwiderte Paul. »Sie ist der Schlüssel zu meinem Thron, und das ist alles, was sie jemals sein wird. Ein Fehler? Glaubst du, weil ich das bin, was du aus mir gemacht hast, hätte ich keinerlei Rachegefühle?«

»Auch den Unschuldigen gegenüber?« fragte Jessica und dachte: *Er darf nicht die gleichen Fehler begehen wie ich.*

»Es gibt keine Unschuldigen mehr«, sagte Paul.

»Dann erzähle das Chani«, meinte Jessica und deutete auf den Gang, der hinter ihnen lag.

Chani betrat von dort aus die Große Halle. Sie bewegte sich zwischen den Wächtern, als sei sie sich ihrer gar nicht bewußt, hatte die Kapuze zurückgeschlagen und ging mit gläsernen, zerbrechlich wirkenden Schritten durch den Raum, wo sie neben Jessica stehenblieb.

Paul sah, daß sie geweint hatte. *Sie gibt Wasser für die Gefallenen.* Traurigkeit übermannte ihn, aber er war unfähig, ein Wort des Trostes zu sagen.

»Er ist tot, Geliebter«, sagte sie. »Unser Sohn ist tot.«

Sich selbst nur mühsam unter Kontrolle haltend, stand Paul auf. Er berührte ihre Wangen mit der Hand und fühlte die Feuchtigkeit der noch nicht getrockneten Tränen. »Wir haben ihn verloren«, sagte er leise, »aber du wirst anderen Söhnen das Leben schenken. Es ist Usul, der dir dies verspricht.« Er schob sie behutsam fort und winkte Stilgar.

»Muad'dib?«

»Der Imperator und seine Leute werden das Schiff verlassen«, erklärte Paul. »Ich werde hierbleiben. Die Gefangenen werden in der Mitte des Raums versammelt und dort bewacht. Jeder einzelne wird sich mindestens zehn Meter von mir entfernt halten, es sei denn, ich entscheide anders.«

»Wie du befiehlst, Muad'dib.«

Als Stilgar ging, um seinen Befehl auszuführen, hörte er die anderen Fremen murmeln: »Hast du das gesehen? Er wußte es! Obwohl ihm niemand davon erzählt hat, weiß er es!«

Jetzt konnte man die Ankunft des Imperators und seines Gefolges bereits hören. Die Sardaukar, die ihn umgaben, marschierten mit kräftigen Schritten, um sich selbst Mut zu machen. Am Eingang des Hauses wurden Stimmen laut. Gurney Halleck trat ein und ging auf Stilgar zu, um einige Worte mit ihm zu wechseln. Dann ging er auf Paul zu und maß ihn mit einem seltsamen Blick.

Werde ich auch Gurney verlieren? fragte sich Paul. *Wird auch er sich wie Stilgar entwickeln? Werde ich einen Freund verlieren und statt dessen einen Untertan gewinnen?*

»Sie haben keinerlei Waffen bei sich«, sagte Gurney. »Ich habe mich selbst davon überzeugt.« Er schaute sich um und traf Pauls Blick. »Feyd-Rautha Harkonnen befindet sich unter ihnen. Soll ich ihn von den anderen trennen?«

»Nein.«

»Es sind auch einige Vertreter der Gilde dabei, die alle möglichen Privilegien fordern und sogar mit einem Embargo gegen Arrakis drohen. Ich habe ihnen versprechen müssen, ihre Botschaft zu übermitteln.«

»Laß sie nur drohen.«

»Paul«, zischte Jessica, die jetzt hinter ihm stand. »Er spricht von der Gilde!«

»Ich werde der Gilde bald alle Zähne ziehen«, erwiderte Paul.

Er dachte kurz über die Organisation nach, die bereits seit so langer Zeit existierte, daß sie nur noch ein Parasitendasein führte. Sie war unfähig zu erkennen, wie sehr sie das Leben benötigte, das sie am Leben erhielt. Die Gilde hatte es niemals nötig gehabt, zur Waffe zu greifen... und jetzt, wo es keinen anderen Ausweg mehr für sie gab, mußte sie feststellen, daß sie unfähig war, sich zur Wehr zu setzen. Allein die Tatsache, daß sie Arrakis nicht von Anfang an allein ausgebeutet hatte, zeigte ihre Blindheit. Die Gilde dachte nicht an die Zukunft und das von ihren Navigatoren so dringend gebrauchte Gewürz. Die Quelle war da, und sie hatte lange davon profitiert. Offenbar hatte sie angenommen, daß, wenn sie einmal versiegte, anderswo eine neue aufgetan werden konnte.

Es war die Schuld der Navigatoren, die die Gilde in diese mißliche Lage gebracht hatte. Die kurzweiligen hellseherischen Fähigkeiten dieser Männer, die dazu dienten, ein Raumschiff gut und schnell durch den Weltraum zu führen, reichten nicht aus, um die Gefahren der Zukunft zu erkennen. Und so hatten die Navigatoren ihre eigene Organisation unbewußt in die Stagnation gesteuert.

Sie sollen sich ihren neuen Gastgeber nur gut ansehen, dachte Paul.

»Unter den Leuten befindet sich noch eine Bene Gesserit, die behauptet, mit Ihrer Mutter befreundet zu sein«, sagte Gurney.

»Meine Mutter hat keine Freunde unter den Bene Gesserit«, erwiderte Paul.

Gurney warf erneut einen mißtrauischen Blick um sich und beugte sich dann zu Paul hinüber.

»Thufir ist ebenfalls bei ihnen, Mylord. Ich hatte bisher keine Möglichkeit, ihn allein zu sprechen. Aber er gab mir mit einem Handsignal zu verstehen, daß er mit den Harkonnens zusammenarbeitet, weil er dachte, Sie seien tot. Er will auch jetzt bei ihnen bleiben.«

»Thufir ist bei diesen...«

»Er wollte bei ihnen bleiben... und auch ich hielt es für besser. Falls... irgend etwas nicht in Ordnung ist, haben wir ihn jedenfalls unter Kontrolle. Und wenn er zu uns steht... haben wir immerhin ein Ohr am Puls der anderen Seite.«

Paul erinnerte sich an eine seiner Zukunftsvisionen. In einer davon hatte Thufir Hawat eine vergiftete Nadel bei sich getragen, die dazu diente, wie der Imperator es ausgedrückt hatte, »diesen aufsässigen Herzog« zu beseitigen.

Erneut machten die Posten am Haupteingang Platz und senkten die Lanzen. Von draußen wurden Stimmen laut. Das Rascheln kostbarer Gewänder drang an Pauls Ohr. Mit weitausholenden Schritten, unter denen noch der Wüstensand knirschte, betrat der Padischah-Imperator Shaddam IV. die Halle. Hinter ihm schritt sein Gefolge.

Der Imperator hatte seinen Burseg-Helm verloren und sein Haar war zerzaust. Die Sardaukar-Uniform, die er trug, war an mehreren Stellen zerrissen. Obwohl er weder einen Gurt noch Waffen trug, schien er von einem Schild seiner starken Persönlichkeit umgeben zu sein.

Eine Fremen-Lanze schoß plötzlich vor und versperrte dem Mann genau an der Stelle den Weg, die niemand überschreiten durfte. Das Gefolge kam aus dem Tritt und prallte aufeinander. Paul sah erstaunte Gesichter und hörte raschelnde Gewänder. Einige der Gesichter kamen ihm bekannt vor, obwohl ein Großteil der Versammelten lediglich aus Höflingen und Lakaien bestand, die offensichtlich ein kurzweiliges Vergnügen auf Arrakis gesucht hatten und jetzt erstaunt zur Kenntnis nahmen, daß die Bevölkerung dieser Welt den Spieß umgedreht hatte.

Paul sah die vogelähnlich leuchtenden Augen der Ehrwürdigen Mutter Gaius Helen Mohiam, während Feyd-Rautha Harkonnen sich etwas im Hintergrund hielt.

Das ist eines der Gesichter, vor denen mich die Visionen gewarnt haben, dachte er.

Er schaute an Feyd-Rautha vorbei und wurde angezogen von einer Bewegung, die ein Mann machte, dessen spitzes, wieselähnliches Gesicht ihm unbekannt war. Und dennoch wurde er das Gefühl nicht los, diesen Mann fürchten zu müssen.

Warum muß ich mich vor ihm in acht nehmen? fragte sich Paul. Er beugte sich zu seiner Mutter hinüber und flüsterte: »Der Mann, der links neben der Ehrwürdigen Mutter steht, wer ist das?«

Jessica blickte auf und erkannte das Gesicht, das sie bereits in den Dossiers von Pauls Vater gesehen hatte. »Graf Fenring«, erwiderte sie. »Der Mann, der vor uns hier war. Er ist ein genetischer Eunuch. Und ein Killer.«

Der Laufbursche des Imperators, dachte Paul, und es traf sein Bewußtsein wie ein Schlag, daß er in allen möglichen Visionen zwar auf den Imperator selbst, aber nie auf Graf Fenring gestoßen war.

Ihm kam zu Bewußtsein, daß er zwar mehrmals seinen eigenen Leichnam in den Strömen zukünftiger Möglichkeiten, nie aber seinen Tod selbst gesehen hatte. *Habe ich ihn deswegen nie zu Gesicht bekommen, weil er derjenige ist, der mich töten wird?*

Der Gedanke machte ihn vorsichtiger. Paul wandte seine Aufmerksamkeit von Fenring ab und musterte die Höflinge und die Sardaukar, die ihn mit bitteren und abschätzenden Blicken ansahen. Manche der Gesichter wirkten, als überlegten ihre Träger ernsthaft, ob sich die unerwartete Niederlage durch einen Überraschungsangriff nicht doch noch in einen nachträglichen Sieg verwandeln ließe.

Schließlich wandte sich Paul einer hochgewachsenen, blonden Frau zu. Ein hübsches Gesicht mit grünen Augen und reiner Haut starrte ihn an. Sie wirkte gelassen, unbeteiligt und schien nicht einmal eine Träne vergossen zu haben. Ohne daß man es ihm zu sagen brauchte, wußte Paul, daß es Prinzessin Irulan war, die dort vor ihm stand. Auch sie hatte die Ausbildung der Bene Gesserit genossen. Er kannte ihr Gesicht aus mehreren Visionen.

Sie ist der Schlüssel, dachte er.

Die in der Mitte der Großen Halle zusammengetriebenen Leute begannen sich plötzlich zu bewegen. Zwischen ihnen tauchte Thufir Hawat auf. Auch er war älter geworden mit den Jahren, seine Schultern hingen tiefer.

»Da ist Thufir Hawat«, sagte Paul. »Laß ihn heraus, Gurney.«

»Mylord!« sagte Gurney unsicher.

»Laß ihn heraus«, wiederholte Paul.

Gurney nickte.

Sobald die Lanze, die die Gruppe in ihrer Bewegung einengte, sich hob, taumelte Hawat nach vorn. Hinter ihm wurde der Kreis wieder geschlossen. Rheumatische Augen sahen Paul an, spürten die herrschende Spannung, die sich unter den Leuten des Imperators breitmachte.

Hawat machte einige Schritte auf Jessica zu und sagte: »Mylady, erst heute habe ich erfahren, wie sehr ich Ihnen in meinen Gedanken Unrecht tat. Es steht mir wohl nicht mehr zu, Sie um Vergebung zu bitten.«

Paul wartete ab, aber seine Mutter schwieg.

»Thufir, alter Freund«, sagte er schließlich, »ich hoffe, es fällt dir auf, daß ich den Rücken mal wieder der Tür zuwende.«

»Das Universum ist voll von Türen«, sagte Hawat.

»Bin ich der Sohn meines Vaters?« fragte Paul.

»Eher der Ihres Großvaters«, brummte Hawat. »Nicht nur Ihre Blicke, auch Ihre Bewegungen gleichen den seinen.«

»Und dennoch bin ich der Sohn meines Vaters«, sagte Paul. »Ich sage dir, Thufir, daß du als Lohn für all die Jahre im Dienst meiner Familie alles von mir verlangen darfst. Wirklich alles. Soll ich dir mein Leben schenken, Thufir? Es gehört dir.« Paul machte einen Schritt nach vorn, legte die Hände an die Seiten und sah den Ausdruck höchster Wachsamkeit in Thufirs Augen.

Er hat gemerkt, daß ich über diesen Verrat Bescheid weiß, dachte er.

Paul senkte die Stimme zu einem Flüstern herab, so daß nur Hawat allein ihn hören konnte. »Es ist mein Ernst, Thufir. Wenn du mich umbringen willst, dann tu es jetzt.«

»Ich wollte nur noch einmal vor Ihnen stehen, Mylord«, sagte Hawat. Erst jetzt fiel Paul auf, mit welch unsäglicher Anstrengung der Mann sich auf den Beinen hielt. Paul streckte die Arme aus, packte Hawat an den Schultern und fühlte, wie dessen Muskeln unter seinem Griff zitterten.

»Hast du Schmerzen, alter Freund?« fragte Paul.

»Ich habe Schmerzen, Mylord«, gab Hawat zu, »aber das Vergnügen überdeckt sie.« Er drehte sich halb in Pauls Armen, hob die linke Hand, deutete auf den Imperator und zeigte allen Anwesenden die winzige Nadel, die zwischen seinen Fingern verborgen gewesen war. »Sehen Sie das, Majestät?« rief er. »Sehen Sie die Nadel des Verräters? Haben Sie wirklich geglaubt, daß ein Mann wie ich, der sein Leben für die Atreides geben würde, zu einer solchen Schandtat bereit sei?«

Paul stolperte beinahe, als der alte Mann in seinen Armen zusammensackte. Hawat starb schnell. Sanft legte Paul seinen Leichnam auf den Boden, erhob sich wieder und winkte zweien seiner Leute, die ihn wegtrugen.

In der Großen Halle herrschte völlige Stille.

Der Imperator hielt seinen Blick gesenkt. Das Gesicht, das niemals zuvor Angst gezeigt hatte, begann sich zu verändern.

»Majestät«, sagte Paul und registrierte den überraschten Blick, den die Prinzessin ihm zuwarf. Sie hatte gemerkt, daß er die Kraft seiner Stimme einsetzte – jene Kraft, die eine jede ausgebildete Schülerin der Bene Gesserit kannte – und daß in ihr alle Verachtung lag, die er in sich spürte. *Also ist sie wirklich eine Bene Gesserit,* dachte er.

Der Imperator räusperte sich und sagte: »Möglicherweise ist mein verehrter Verwandter jetzt der Meinung, er könne die Lage ganz nach seinem Belieben bestimmen. Nichts könnte der Wahrheit allerdings weniger entsprechen. Sie haben die Große Konvention verhöhnt, indem Sie Atomwaffen einsetzten gegen…«

»Ich setzte Atomwaffen gegen ein ganz gewöhnliches Hindernis der Wüste ein«, erwiderte Paul. »Leider versperrte mir dieses Hindernis den Weg, Majestät. Und da ich in ziemlicher Eile war, Sie festzusetzen, weil ich herausfinden wollte, welche seltsamen Geschäfte Sie auf Arrakis betreiben, blieb mir leider nichts anderes übrig, als es wegzuräumen.«

»Über Arrakis befindet sich derzeit eine ziemlich große Armada der Hohen Häuser«, sagte der Imperator. »Ich brauche nur ein einziges Wort von mir zu geben und sie wird…«

»Oh, natürlich«, meinte Paul. »Das hätte ich beinahe vergessen.« Er schien im Gefolge des Herrschers etwas zu suchen, und als er es entdeckt hatte, sagte er zu Gurney: »Sind die beiden fetten, graugekleideten Kerle dort drüben die Vertreter der Gilde, Gurney?«

»Jawohl, Mylord.«

Paul zeigte auf die beiden Männer. »Ihr beiden werdet jetzt hinausgehen und dafür sorgen, daß die Flotte die Nachricht erhält, wieder Kurs auf die Heimat zu nehmen. Nachher werdet ihr mich darum bitten...«

»Die Gilde nimmt Ihre Befehle nicht entgegen!« brüllte der größere der beiden Männer. Zusammen mit seinem Kollegen drängte er sich gegen die seinen Weg versperrenden Lanzen, die auf einen Wink von Paul hin angehoben wurden. Die Männer verließen den Kreis der Gefangenen, und der Kleinere sagte, Paul zugewandt: »Sie können sich darauf verlassen, daß wir diesen Planeten unter ein Embargo stellen, das...«

»Wenn ich noch mehr von diesem Unsinn aus Ihrem Mund höre«, sagte Paul, »werde ich dafür Sorge tragen, daß man die gesamte Gewürzproduktion von Arrakis vernichtet. Für immer.«

»Sind Sie verrückt?« fragte der Größere entsetzt und taumelte einen Schritt zurück.

»Sie wissen also, daß ich die Macht dazu habe?« fragte Paul zynisch.

Der Gildenmann schien eine Sekunde lang in die Leere zu starren. Schließlich erwiderte er: »Ja, ich weiß, daß Sie das könnten, aber ich weiß auch, daß Sie das nicht dürfen.«

»Aha«, machte Paul und nickte. »Sie sind beide Navigatoren, vermute ich.«

»Ja.«

Der Kleinere sagte: »Wenn Sie das Gewürz vernichten, blenden Sie sich damit selbst und sprechen damit für alle von uns das Todesurteil aus. Haben Sie irgendeine Vorstellung davon, welche Auswirkungen eine solche Tat für diejenigen nach sich ziehen würde, die von diesem Stoff abhängig sind?«

»Die Navigatoren können dann nicht mehr die Schiffe der Gilde steuern«, sagte Paul. »Und damit erledigt sich die Gilde von selbst. Die Menschheit wird sich wieder in isolierte Grüppchen auf isolierten Planeten zurückentwickeln. Vielleicht werde ich es trotzdem tun, aus irgendeiner Laune heraus. Oder aus Langeweile.«

»Lassen Sie uns privat darüber sprechen«, sagte der größere Gildenmann nervös. »Ich zweifle nicht daran, daß wir einen Kompromiß finden können, der…«

»Schicken Sie eine Nachricht an jene Leute, die sich im Orbit um Arrakis befinden«, verlangte Paul. »Ich habe diese Diskussion allmählich satt. Wenn die Flotte sich nicht bald zurückzieht, wird es sowieso keinen Grund mehr für uns geben, noch über irgend etwas zu reden.« Er nickte den Kommunikationsleuten zu, die in einer Ecke der Halle ihre Instrumente angeschlossen hatten. »Sie können unsere Geräte benutzen.«

»Zuerst sollten wir die Sache ausdiskutieren«, sagte der größere Gildenmann. »Wir können doch nicht so einfach…«

»Fangen Sie an!« donnerte Paul ihn an. »Wer die Kraft hat, ein Ding zu zerstören, kontrolliert es auch. Sie wissen jetzt, daß ich über diese Macht verfüge. Wir sind nicht hier, um zu verhandeln, Kompromisse zu schließen oder etwas auszudiskutieren. Entweder tun Sie jetzt, was ich Ihnen gesagt habe, oder Sie werden für die Folgen allein einzustehen haben!«

»Er meint es wirklich ernst«, sagte der kleinere Gildenvertreter leise zu seinem Kollegen. Es war offensichtlich, daß er sich jetzt fürchtete.

Zögernd durchquerten die beiden Männer den Raum und gingen zu den Kommunikanten hinüber.

»Werden sie gehorchen?« fragte Gurney leise.

»Sie sind in der Lage, für einen begrenzten Zeitraum in die Zukunft zu sehen«, erwiderte Paul. »Also wissen Sie genau, was auf sie zukommt, wenn sie meine Anweisung nicht erfüllen. Jeder Gildennavigator wäre dazu in der Lage, die Konsequenzen zu erkennen. Schon allein deswegen werden sie gehorchen.«

Paul wandte sich dem Imperator zu und sagte: »Als man Ihnen erlaubte, den Thron Ihres Vaters zu besteigen, mußten Sie versprechen, den Gewürzfluß niemals versiegen zu lassen. Sie haben dieses Versprechen nicht erfüllen können, Majestät. Sind Ihnen die Konsequenzen klar?«

»Niemand hat mir *erlaubt,* den...«

»Hören Sie auf, den Idioten zu spielen«, unterbrach Paul den Mann. »Die Gilde ist vergleichbar mit einer Stadt, die an einem Fluß liegt, dessen Wasser sie benötigt. Da sie das aber nicht zugeben kann, läßt sie sich ihren Anteil durch Sie sicherstellen. Doch jetzt habe ich in diesem Fluß einen Damm eingebaut, und sie kommt an das Wasser – nämlich das Gewürz – nicht mehr heran. Und auch Sie sind nicht mehr in der Lage, ihr ihren Anteil zu geben.«

Der Imperator strich nervös durch sein wirres, rotes Haar und warf den beiden Gildenvertretern, die ihm die Rücken zuwandten, einen mißtrauischen Blick zu.

»Selbst Ihre Wahrsagerin zittert jetzt«, fuhr Paul fort. »Es gibt eine Reihe anderer Gifte, derer sie sich bedienen könnte, aber wer einmal das Gewürz gekostet hat, ist darauf angewiesen.«

Die alte Frau zog ihre formlose schwarze Robe enger um die Schultern und drückte sich durch die Menge, bis sie an der Lanzenbarriere aufgehalten wurde.

»Ehrwürdige Mutter Gaius Helen Mohiam«, sagte Paul, »es ist lange her, seit wir uns auf Caladan sahen, nicht wahr?«

Die Greisin sah an ihm vorbei auf seine Mutter und sagte: »Jessica, ich sehe jetzt ein, daß er derjenige ist, von dem wir sprachen. Dafür kann ich dir die Geburt deiner schrecklichen Tochter vergeben.«

Paul erwiderte mit kalter Stimme: »Sie hatten niemals das Recht oder die Macht, meiner Mutter auch nur das geringste zu vergeben!«

Die alte Frau schloß die Augen, als sein Blick den ihren traf.

»Versuche doch, mich mit deinen Tricks hereinzulegen, alte Hexe«, sagte Paul. »Wo hast du dein Gom Jabbar?

Versuch nur, an jenen Ort zu schauen, an den du nicht schauen darfst! Dort wirst du mich finden und erkennen, daß ich dich genau im Auge behalte.«

Die alte Frau senkte den Kopf.

»Du hast nichts dazu zu sagen?« verlangte Paul.

»Ich habe dich unter den Menschen willkommen geheißen«, murmelte die Ehrwürdige Mutter. »Beschmutze nicht dieses Angedenken.«

Lauter sagte Paul: »Schaut sie an, Kameraden! Vor euch steht eine Ehrwürdige Mutter der Bene Gesserit. Sie hat zusammen mit ihren Schwestern neunzig Generationen lang auf eine Kombination aus Fleisch und Geist gewartet, deren Erscheinen sie selbst mit vorbereitet hat. Schaut sie euch an. Sie weiß jetzt genau, daß die Arbeit von neunzig Generationen nicht umsonst gewesen ist! Hier bin ich – das Produkt. Und ich werde dennoch nicht den Plan erfüllen, den ich erfüllen sollte!«

»Jessica!« kreischte die alte Frau. »Bring ihn zum Schweigen!«

»Schweigen *Sie!*«

Paul sah die Alte an. »Für all das, was Sie in dieser Affäre angerichtet haben, könnte ich Sie lachend erwürgen. Und Sie könnten es nicht einmal verhindern!« Er schnappte nach Luft, als er sah, wie die Greisin sich wütend versteifte. »Aber ich halte es für besser, Sie am Leben zu lassen, ohne daß Sie jemals die Gelegenheit haben werden, mich zu berühren oder auch nur den kleinsten Einfluß auf mein Leben zu nehmen.«

»Jessica, was hast du nur angerichtet«, jammerte die alte Frau.

»Ich kann Ihnen nur eines zugute halten«, fuhr Paul fort. »Und zwar, daß Sie erkannten, was die Menschheit braucht. Aber mit welch dilettantischen Mitteln seid ihr vorgegangen! Ihr Bene Gesserit habt angenommen, es würde genügen, gewisse Abstammungslinien zu kontrollieren und voranzutreiben, damit sich euer Meisterplan erfüllt. Wie wenig versteht ihr doch von...«

»Du darfst davon nicht in der Öffentlichkeit sprechen«, zischte die alte Frau entsetzt.

»Ruhe!« donnerte Paul. Das eine Wort verlor seine Wirkung nicht. Die Alte taumelte zurück und wäre, hätte man sie nicht von hinten festgehalten, umgestürzt. »Jessica«, keuchte sie. »Jessica!«

»Ich erinnere mich an Ihr Gom Jabbar«, sagte Paul. »Denken Sie in Zukunft an das meine. Ich kann Sie mit einem einzigen Wort töten.«

Die Fremen, die in der Halle versammelt waren, sahen einander vielsagend an. Behauptete die Legende nicht: *»Und sein Wort wird den Tod in die Reihen jener tragen, die sich der Rechtschaffenheit verschließen?«*

Paul wandte seine Aufmerksamkeit jetzt der hochgewachsenen Prinzessin zu, die neben ihrem Vater stand. Sie im Auge behaltend, sagte er: »Majestät, wir beide kennen den einzigen Weg, der aus unseren Schwierigkeiten hinausführt.«

Der Imperator schaute überrascht auf seine Tochter und erwiderte: »Sie wagen es? Ein Abenteurer ohne Familie, ein Niemand von...«

»Sie haben bereits zugegeben, daß ich jemand bin«, fiel ihm Paul ins Wort. »Ein Blutsverwandter, das haben Sie selbst gesagt. Lassen Sie uns also mit diesem Unfug aufhören.«

»Ich bin ein Herrscher«, sagte der Imperator.

Paul warf einen Blick auf die beiden Gildenvertreter, die noch immer neben der Funkanlage standen. Beide Männer nickten ihm zu.

»Ich könnte Sie zwingen«, sagte Paul.

»Das werden Sie nicht wagen!« krächzte der Imperator. Paul sah ihn nur an.

Die Prinzessin legte plötzlich eine Hand auf den Arm ihres Vaters und sagte: »Vater.« Der Klang ihrer Stimme war weich und sanft.

»Versuchen Sie nicht, mich hereinzulegen«, erwiderte der Imperator. Er blickte seine Tochter erneut an. »Du brauchst das nicht auf dich zu nehmen, Tochter. Wir haben noch andere Möglichkeiten...«

»Aber er ist ein Mann, der würdig wäre, dein Sohn zu sein«, sagte die Prinzessin.

Die Ehrwürdige Mutter bahnte sich einen Weg zu ihrem Herrscher, beugte sich zu ihm und flüsterte ihm etwas ins Ohr.

»Sie plädiert für dich«, sagte Jessica zu Paul.

Paul behielt weiterhin die blonde Prinzessin im Auge und fragte: »Es ist Irulan, die Älteste, nicht wahr?«

»Ja.«

Chani trat jetzt neben Paul und sagte: »Wünschst du, daß ich gehe, Muad'dib?«

Paul sah sie kurz an und erwiderte: »Daß du gehst? Du wirst nie wieder von meiner Seite weichen.«

»Aber es gibt keine Bindung zwischen uns«, sagte Chani.

Paul schaute sie einen Augenblick lang stumm an und sagte schließlich: »Belüg mich nicht, meine Sihaya.« Chani schien darauf etwas erwidern zu wollen, aber Paul gab ihr, indem er einen Finger auf seine Lippen legte, zu verstehen, sie solle schweigen. »Was uns aneinanderbindet, ist untrennbar«, sagte er. »Ich möchte, daß du hierbleibst und alles aufmerksam beobachtest, damit ich dich später um Rat fragen kann.«

Der Imperator und seine Wahrsagerin schienen noch immer in einer erregten, wenn auch unhörbaren Diskussion vertieft zu sein.

Paul sagte zu seiner Mutter: »Sie erinnert ihn an die Abmachung, eine Bene Gesserit auf den Thron zu bringen. Und Irulan ist diejenige, die man dazu ausersehen hat.«

»War das ihr Plan?« fragte Jessica.

»Ist das nicht offensichtlich?« fragte Paul zurück.

»Die Anzeichen sind kaum zu übersehen«, sagte Jessica schroff. Und fügte hinzu:

»Aber meine Frage war ironisch gemeint. Ich sehe keinen Sinn darin, daß du versuchst, mir Dinge beizubringen, die ich einst dich gelehrt habe!«

Paul sah sie kalt lächelnd an.

Gurney Halleck trat neben ihn und sagte: »Ich möchte Sie noch einmal darauf hinweisen, daß sich in dieser Bande da ein Harkonnen versteckt hält, Mylord.« Er nickte in Richtung auf den dunkelhaarigen Feyd-Rautha, der sich gegen die Lanzenbarriere zu seiner Linken drückte. »Es ist der Bursche mit dem heimtückischen Gesichtsausdruck. Sie haben mir einst versprochen, daß ich…«

»Vielen Dank, Gurney«, erwiderte Paul.

»Es ist der na-Baron… das heißt, jetzt, wo der alte Baron tot ist, hat er seine Stelle eingenommen. Ich wäre schon zufrieden, wenn Sie mir gestatteten, ihn…«

»Bist du ihm gewachsen, Gurney?«

»Mylord scherzen!«

»Die Rederei zwischen der alten Hexe und ihrem Herrn hat jetzt lange genug gedauert«, sagte Paul. »Meinst du nicht auch, Mutter?«

Jessica nickte. »In der Tat.«

Paul rief laut: »Majestät, befindet sich in Ihren Reihen ein Harkonnen?«

Der Imperator runzelte verächtlich die Stirn und gab Pauls Blick zurück.

»Ich dachte, mein Gefolge stünde unter Ihrem persönlichen Schutz.«

»Ich fragte nur aus Gründen der Information«, sagte Paul. »Ich möchte an sich nur wissen, ob dieser Harkonnen wirklich zu Ihrem Gefolge gehört – oder ob er sich dort nur aus Feigheit versteckt.«

Der Imperator lächelte berechnend. »Wer sich in meiner Gegenwart aufhält, gehört ganz automatisch zu meinem Gefolge.«

»Natürlich haben Sie das Wort des Herzogs Atreides«, erwiderte Paul. »Aber Muad'dib ist eine ganz andere Person. Er hat gänzlich andere Vorstellungen von dem, was ein Gefolge ist. Mein Freund Gurney Halleck wünscht diesen Harkonnen zu töten. Wenn er…«

»Kanly!« schrie Feyd-Rautha und drückte sich gegen die Lanzenbarriere. »Dein Vater nannte dies eine Vendetta, Atreides! Und du hast die Stirn, mich einen Feigling zu nennen, wo du dich hinter deinen Männern versteckst und einen Lakaien ausschickst, um mich niederzustrecken?«

Die Wahrsagerin versuchte hastig, etwas in das Ohr des Imperators zu flüstern, aber er stieß sie zur Seite und fragte: »Eine Kanly, wie? Meinetwegen, aber auch dafür gelten bestimmte Regeln.«

»Paul, sorg dafür, daß sie damit aufhören«, sagte Jessica.

»Mylord«, warf Gurney ein. »Sie haben mir einst versprochen, daß ich...«

»Du hast bereits genügend Gelegenheit gehabt, dich an ihnen zu rächen«, wehrte Paul ab und kam sich vor, als sei er eine an Drähten hin- und hergerissene Puppe. Er legte seine Robe ab und reichte sie mitsamt Gürtel seiner Mutter. Dann streifte er den Destillanzug ab. Er wurde das Gefühl nicht los, als hätte das gesamte Universum auf diesen Moment gewartet.

»Es gibt keinen Grund, das zu tun«, gab Jessica zu bedenken. »Es gibt noch andere Möglichkeiten, Paul.«

Paul schlüpfte aus dem Destillanzug und zog das Crysmesser aus der Scheide, die Jessica in den Händen hielt. »Ich weiß«, sagte er verächtlich. »Gift. Oder einen Meuchelmörder. Die altbekannten heimtückischen Methoden.«

»Sie haben mir einen Harkonnen versprochen!« zischte Gurney außer sich vor Zorn. Die Narbe in seinem Gesicht zuckte. »Sie sind ihn mir schuldig, Mylord!«

»Hast du mehr unter ihnen zu erleiden gehabt als ich?« fragte Paul.

»Meine Schwester«, keuchte Gurney. »Die ganzen Jahre in den Sklavenhöhlen...«

»Mein Vater«, erwiderte Paul. »All die guten Freunde und Kameraden. Thufir Hawat und Duncan Idaho, die ganzen Jahre im Untergrund... und noch eins: es handelt sich jetzt um eine Kanly, und da gibt es für mich kein Zurück mehr.«

Hallecks Schultern sanken nach unten. »Mylord, falls das elende Schwein... Er ist nicht mehr wert als ein Tier, das man mit dem Stiefelabsatz zerquetscht. Rufen Sie einen Henker oder lassen Sie es mich tun, aber stellen Sie sich nicht selbst vor so einen widerwärtigen...«

»Muad'dib hat es nicht nötig, dies zu tun«, sagte Chani.

Paul sah sie an und erkannte an ihren Augen, daß sie um sein Leben fürchtete. »Aber Herzog Paul muß es tun.«

»Dieser Harkonnen ist nicht mehr als ein Tier!« wiederholte Gurney krächzend.

Paul zögerte einen Moment. Er rief sich in Erinnerung zurück, daß er selbst von den Harkonnens abstammte. Als ihn ein scharfer Blick seiner Mutter traf, erwiderte er: »Er hat menschliche Gestalt, Gurney, also ist er zweifellos ein Mensch.«

Gurney sagte. »Wenn er so viel von einem...«

»Geh bitte zur Seite«, unterbrach Paul ihn. Er umklammerte das Crysmesser und schob Gurney aus dem Weg.

»Gurney!« sagte Jessica. Sie berührte Hallecks Arm. »Er ist genau wie sein Großvater. Versuche nicht, ihn zurückzuhalten. Das ist alles, was du jetzt für ihn tun kannst.« Und sie dachte: *Große Mutter! Welche Ironie des Schicksals!*

Der Imperator musterte Feyd-Rautha, sah dessen breite Schultern und kräftige Muskeln. Paul hingegen war schlank und sehnig, zwar nicht so mager wie die übrigen Eingeborenen von Arrakis, aber man konnte trotzdem seine Rippen zählen.

Jessica beugte sich zur Seite und flüsterte so leise, daß nur Paul sie hören konnte: »Vergiß eines nicht, mein Sohn. Es gibt Personen, die von den Bene Gesserit auf eine bestimmte Weise konditioniert wurden. Sie reagieren auf ein Schlüsselwort, das meist Uroshnor lautet. Wenn sie diesen Feyd-Rautha präpariert haben – was ich vermute – und jemand dieses Wort ausspricht...«

»Ich wünsche keinen speziellen Rat für diesen Kampf«, sagte Paul. »Laßt mich vorbei.«

Gurney sagte zu Jessica: »Warum tut er das? Glaubt er, er würde im Falle seines Todes zu einem Märtyrer werden? Hat dieser religiöse Schnickschnack ihm völlig den Kopf verdreht?«

Jessica verbarg das Gesicht zwischen den Händen und stellte für sich allein fest, daß auch sie nicht wußte, welche Motive Paul leiteten. Alles, was sie fühlte, war der Tod in diesem Raum und die Tatsache, daß Paul sich so verändert hatte. Und das machte es immer schwerer, ihn zu begreifen. Obwohl jede Faser ihres Körpers darauf beharrte, ihren Sohn zu beschützen, gab es nichts, was sie tun konnte.

»Ist es der religiöse Schnickschnack?« wiederholte Gurney.

»Sei still«, erwiderte Jessica. »Und bete.«

Der Imperator lächelte plötzlich. »Falls Feyd-Rautha Harkonnen... aus meinem Gefolge... es so wünscht«, sagte er, »...entlasse ich ihn aus meinen Diensten und gebe ihm die Freiheit, über sich selbst zu entscheiden.« Er gab den Fedaykin einen Wink. »Jemand von eurer Bande besitzt meinen Gurt und das dazugehörige Schwert. Falls Feyd-Rautha es wünscht, möge er sich dieser Waffe bedienen.«

»Ich wünsche es«, sagte Feyd-Rautha arrogant.

Er ist viel zu zuversichtlich, dachte Paul. *Das ist ein Vorteil, der mir zugute kommt.*

»Holt die Klinge des Imperators«, befahl Paul und achtete darauf, daß man seine Anweisung ausführte. »Legt sie dort auf den Boden.« Er deutete mit dem Fuß an, welche Stelle er meinte. »Und jetzt drückt die ganze kaiserliche Bande gegen die Wand und laßt nur den Harkonnen heraus.«

Kleider raschelten und Füße scharrten, als die Fremen das Gefolge des Imperators zurückdrängten. Hier und da wurde ein Wort des Protests laut. Nur die Gildenvertreter befanden sich noch außerhalb der Lanzenbarriere. Sie maßen Paul mit unentschlossenen Blicken.

Sie versuchen den Ausgang des Kampfes zu bestimmen, dachte Paul. *Aber das gelingt ihnen nicht. An diesem Ort sind sie genauso blind wie ich.* Und er wurde sich der Zeitströme bewußt, die ihn umtosten, und der anderen Ebenen, in die er hinübergleiten konnte, wenn er nur einen falschen Schritt machte. An diesem Ort, zu dieser Zeit würde die endgültige Entscheidung über den noch ungeborenen Djihad fallen. Das Rassenbewußtsein, das ihn seiner schrecklichen Bestimmung zuführen würde, drängte zu einer Entscheidung. Das war die Ursache, die ihn den Kwisatz Haderach, den Lisan al-Gaib sein ließ. Die Menschheit hatte ihren eigenen Niedergang vorausgesehen und auf der Basis eines jahrhundertealten Planes sein Erscheinen vorausgeplant, um überleben zu können. Es war, als würden alle vergangenen Generationen in diesem Moment eins sein, in ihm, bereit, alle Barrieren zu überspringen.

Und Paul wurde klar, wie wenig es an ihm lag, seiner Bestimmung zu entgehen. Er hatte angenommen, den Djihad verhindern zu können, doch nun wußte er, daß das unmöglich war, daß er sich bereits in ihm befand. Seine Legionen würden durch das Universum stürmen, notfalls auch ohne ihn. Alles, was sie brauchten, war die Legende, zu der er bereits geworden war. Und er hatte sie dazu gebracht, indem er ihnen gezeigt hatte, wie man selbst die Gilde besiegte, die ohne das Gewürz nicht existenzfähig war.

Im gleichen Moment, in dem er spürte, daß er versagt hatte, sah er, daß Feyd-Rautha Harkonnen aus seiner zerfetzten Uniform schlüpfte. Er trug lediglich eine kurze Fechthose und einen Kampfgürtel.

Wir sind am Höhepunkt angelangt, dachte Paul. *Von hier aus wird sich uns die Zukunft öffnen. Die Wolken werden weichen und die Sonne unsere Glorie bescheinen. Und selbst wenn ich hier sterbe, wird man später sagen, ich hätte mein Leben geopfert, um meinen Truppen als Geistwesen voranzuschweben. Wenn ich siege, bedeutet das, daß niemand gegen Muad'dib bestehen kann.*

»Ist der Atreides fertig?« rief Feyd-Rautha, die traditionellen Worte des Kanly-Rituals benutzend.

Paul entschloß sich, ihm in der Art der Fremen zu antworten. »Möge deine Klinge zerbrechen!«

Er deutete auf das Kurzschwert des Imperators, das immer noch auf dem Boden lag, um seinem Gegner zu zeigen, daß er es aufheben und benutzen solle.

Feyd-Rautha nahm die Klinge an sich, ohne Paul aus den Augen zu lassen. Eine Sekunde lang balancierte er sie in der Hand und spürte eine völlig neue Art der Erregung. Dies würde ein Kampf werden, von dem er lange geträumt hatte: eine Schlacht Mann gegen Mann und Klinge gegen Klinge – ohne daß Schilde dazwischen waren. Vor ihm lag die Möglichkeit, einen Preis zu erringen, der selten einem Menschen geboten worden war, denn natürlich würde der Imperator denjenigen, der diesen Mann tötete, hoch belohnen. Es war nicht unmöglich, daß die Belohnung aus der Hand seiner Tochter bestand – und mithin aus der Hälfte seines Throns. Und dieser bäurische, hinterwäldlerische Herzog von Arrakis war natürlich kein Gegner für einen ausgebildeten, in allen Kampftechniken und Tricks erfahrenen Harkonnen. Dieser Tölpel würde nicht einmal ahnen, daß Feyd-Rautha über mehr als nur eine Waffe verfügte.

Laß uns sehen, wie gut du auf Gift vorbereitet bist! dachte Feyd-Rautha. Er winkte Paul mit dem Kurzschwert des Imperators zu und sagte: »Bereite dich auf deinen Tod vor, du Narr.«

»Sollen wir kämpfen, Cousin?« fragte Paul, bewegte sich wie eine Katze vorwärts und achtete dabei sorgfältig auf das gegen ihn gerichtete Blatt. Er ging in die Knie, während das milchweiße Crysmesser in seiner Hand leuchtete.

Sie umkreisten einander, beide barfüßig, und warteten mit zusammengekniffenen Augen auf die kleinste Öffnung in der Abwehr.

»Wie hübsch du tanzen kannst«, spottete Feyd-Rautha.

Er ist ein Schwätzer, dachte Paul. *Also hat er noch eine Schwäche. Wenn es zu still wird, verliert er die Ruhe.*

»Hast du schon gebeichtet?« fragte Feyd-Rautha.

Paul umkreiste ihn lautlos.

Die Ehrwürdige Mutter im Gefolge des Imperators spürte plötzlich, wie sie zitterte. Der junge Atreides hatte den Harkonnen mit Cousin angesprochen. Das konnte nur bedeuten, daß er darüber informiert war, von wem er abstammte. Und das war verständlich, wenn er der Kwisatz Haderach war. Aber dennoch hielt das Entsetzen sie in seinen Krallen.

Für die Zuchtpläne der Bene Gesserit konnte sich dieses Wissen wie eine Katastrophe auswirken.

Ihr wurde bewußt, daß sie etwas von dem, was Paul gesehen hatte, auch wußte: daß Feyd-Rautha ihn möglicherweise tötete, aber trotzdem keinen Sieg davontrug. Ein weiterer Gedanke machte ihr zu schaffen: hier waren zwei Endprodukte einer langen genetischen Linie aufeinandergestoßen, die sich in einen Kampf auf Leben und Tod einließen. Kamen sie dabei beide ums Leben, würde nur Feyd-Rauthas Bastardtocher übrigbleiben, ein unbekanntes Baby, über das man noch nicht viel wußte, und Alia.

»Vielleicht besitzt ihr hier nur Heidenpriester«, sagte Feyd-Rautha zynisch. »Sollte ich vielleicht die Ehrwürdige Mutter bitten, deine Seele auf die lange Reise vorzubereiten?«

Lächelnd ging Paul nach rechts. Er war vorsichtig und hielt sich zurück. Es war besser, den richtigen Augenblick abzupassen, als sich in sinnlosem Geschwätz zu verlieren.

Feyd-Rautha sprang vor, täuschte mit der Rechten und hielt die Waffe plötzlich in der linken Hand.

Paul ließ sich nicht einschüchtern, sondern stellte fest, daß sein Cousin sich immer noch so bewegte, als trüge er einen Schild. Obwohl sich Feyd-Rauthas Reaktion nur um Sekundenbruchteile verzögerte, konnte man an seinen Bewegungen erkennen, daß er auch schon gegen ungeschützte Gegner vorgegangen war.

»Ist es bei den Atreides üblich, einem Kampf auszuweichen?« fragte Feyd-Rautha hämisch.

Paul ging unbeirrt seinen Weg weiter. Er erinnerte sich an Idahos Worte auf dem Kampfboden von Caladan: *»Studiere während der ersten Minuten deinen Gegner. Natürlich verschenkst du dadurch einen Überraschungssieg, aber du findest so viel mehr über ihn heraus. Laß dir Zeit und warte auf eine sichere Chance.«*

»Vielleicht denkst du, dieser Tanz verlängert dein Leben um einige Minuten«, kommentierte Feyd-Rautha Pauls Bewegungen. »Na, wie du meinst.« Er blieb plötzlich stehen und reckte sich.

Fürs erste hatte Paul nun genug gesehen. Feyd-Rautha bewegte sich nach links und wandte ihm die rechte Hüfte zu, als vertraue er darauf, daß der Kampfgürtel ihn beschützen werde – eine typische Reaktion für einen Mann, der es gewohnt war, unter dem Schutz eines Schildes mit zwei Messern zu kämpfen.

Oder... Paul zögerte. *Der Gürtel ist mehr als er scheint.*

Für einen Mann, dessen Truppen an diesem Tag geschlagen worden waren, wirkte er sehr zuversichtlich.

Feyd-Rautha bemerkte Pauls Zögern und sagte: »Warum willst du dich dem Unausweichlichen noch länger entziehen?«

Wenn in diesem Gürtel ein Pfeil verborgen ist, dachte Paul, *muß er sehr winzig sein. Es ist nicht zu erkennen, daß man den Gürtel präpariert hat.*

»Warum sagst du denn nichts?« fragte Feyd-Rautha ungeduldig.

Paul schwieg weiterhin. Er lächelte kalt, denn jetzt hatte er gemerkt, daß sein Gegner auf dem besten Wege war, das Selbstvertrauen zu verlieren.

»Du lachst, wie?« fragte Feyd-Rautha und ging einen halben Schritt zurück. Sofort sprang er wieder vor.

Da Paul eine erneute Verzögerung seiner Bewegungen erwartet hatte, konnte er jetzt kaum ausweichen. Etwas fetzte über seinen linken Arm. Er fühlte einen winzigen Schmerz, und auf der Stelle wurde ihm klar, daß die vorhergegangenen Täuschungen Feyd-Rauthas lediglich Tricks gewesen waren. Täuschungen, um andere Täuschungen zu überdecken. Er war gerissener, als Paul erwartet hatte.

»Euer Thufir Hawat hat mir einige seiner Finten gezeigt«, stieß Feyd-Rautha hervor. »Allerdings war ich es meist, der dabei Blut ließ. Zu schade, daß der alte Narr jetzt nicht mehr sehen kann, was er mir beigebracht hat.«

Paul erinnerte sich an etwas, das Duncan Idaho gesagt hatte: *»Achte nur auf das, was während des Kampfes geschieht. Auf diese Weise wirst du die wenigsten unliebsamen Überraschungen erleben.«*

Erneut umkreisten sie sich, geduckt und vorsichtig.

Paul stellte fest, daß Feyd-Rautha wieder selbstsicherer wurde und wunderte sich. Bedeutete der kleine Kratzer für seinen Gegner so viel? Höchstens dann, wenn die Spitze vergiftet gewesen war! Aber wie war das möglich? Immerhin hatten seine eigenen Leute die Waffe auf Gifte untersucht, bevor sie sie Feyd-Rautha ausgehändigt hatten. Um irgend etwas zu übersehen, waren sie zu gut ausgebildet.

»Die Frau, mit der du da eben gesprochen hast«, begann Feyd-Rautha einen erneuten Monolog. »Ich meine diese Kleine. Bedeutet sie etwas für dich? Ist sie vielleicht dein Liebchen? Ich bin sicher, daß sie auch meine speziellen Wünsche erfüllen wird.«

Paul sagte nichts. Statt dessen konzentrierten sich seine Sinne auf die kleine Wunde, die sein Gegner ihm versetzt hatte. Er stellte fest, daß es sich um eine betäubende Substanz handelte, die sein Körper sofort entgiftete. Dennoch blieben die Zweifel in ihm, denn es war ihnen gelungen, die Klinge mit irgendeinem Mittel zu benetzen. Ein Betäubungsmittel. Es war zu schwach, um von einem Giftschnüffler aufgespürt zu werden, aber stark genug, die Muskulatur eines Menschen zu beeinflussen. Seine Gegner verfolgten also immer noch irgendwelche obskuren Pläne, um ihre Niederlage durch Verrat nachträglich in einen Sieg umzumünzen.

Wieder sprang Feyd-Rautha vor.

Paul, der das Lächeln auf seinem Gesicht gefrieren ließ, um den Eindruck zu erwecken, das Betäubungsmittel habe seine Wirkung bereits getan, sprang im letzten Moment zur Seite und stieß dann unerwartet zu.

Feyd-Rautha duckte sich, sprang entsetzt zurück, wechselte die Klinge in die andere Hand und starrte mit bleichem Gesicht auf die Wunde, die Paul ihm mit einem blitzschnellen Hieb beigebracht hatte.

Jetzt soll er anfangen zu zweifeln, dachte Paul. *Er soll ruhig glauben, mein Messer sei vergiftet gewesen.*

»Verrat!« schrie Feyd-Rautha. »Er hat mich vergiftet! Ich fühle Gift in meinem Arm!«

Paul brach sein Schweigen und fügte hinzu: »Nur ein bißchen Säure als Dank für das Betäubungsmittel auf der Klinge des Imperators.«

Feyd-Rautha sah Pauls Lächeln und hob erneut das Kurzschwert. Seine Augen leuchteten voller Haß.

Paul hob das Crysmesser und begann wieder mit der langsamen Umkreisung seines Gegenspielers.

Feyd-Rautha griff nun wieder an, riß das Kurzschwert hoch und wurde zurückgeworfen. Paul drang gegen ihn vor. Sie täuschten einander mehrfach und mußten sich schließlich wieder trennen.

Paul, der damit rechnete, daß der vergiftete Pfeil aus Feyd-Rauthas rechter Hüfte hervorschnellen würde, zwang seinen Gegner dazu, ihm die rechte Seite zuzuwenden. Jede Sekunde erwartete er ein Ende des Kampfes, und beinahe wäre ihm fast die winzige Spitze entgangen, hätte Feyd-Rautha sich nicht durch ein plötzliches Vernachlässigen seiner Anstrengung selbst verraten. Die Nadel verfehlte ihn nur um Haaresbreite.

Aus der linken Hüfte!

Sie begehen einen Verrat nach dem anderen, dachte Paul und setzte seine unter der Bene-Gesserit-Ausbildung geschulten Muskeln ein, bevor Feyd-Rautha seinen Trick wiederholen konnte. Da er gleichzeitig der Nadel ausweichen mußte, verlor er den Boden unter den Füßen und stürzte. Feyd-Rautha lag plötzlich auf ihm.

»Du hast also das kleine Ding an meiner Hüfte gesehen«, flüsterte Feyd-Rautha. »Du weißt, daß damit dein Schicksal besiegelt ist, Narr.« Er bewegte sich leicht, um die Nadel näher an ihn heranzubringen. »Deine Muskeln werden erschlaffen, und den Rest besorge ich mit dem Messer. Und niemand wird es je erfahren!«

Paul hörte die lautlosen Schreie, die seinem Bewußtsein zusetzten. Es schien, als hätten sich alle seine Vorfahren in ihm versammelt, um ihn dazu zu bewegen, das geheime Wort auszusprechen, das Feyd-Rautha Einhalt gebieten würde und ihn selbst retten.

»Ich werde es nicht sagen«, keuchte er.

Feyd-Rautha starrte ihn überrascht an. Es war genug für Paul, um herauszufinden, wie er sich seines Gegners entledigen konnte. Mit einem gewaltigen Schwung warf er sich zur Seite, rollte Feyd-Rautha von sich und stürzte sich auf ihn, sorgfältig darauf achtend, daß die Nadel nicht in seine Richtung zeigte.

Paul befreite seinen rechten Arm, riß das Crysmesser hoch und stieß zu. Feyd-Rautha ächzte und fiel in sich zusammen. Die Seite, die die versteckte Nadel verbarg, deutete zu Boden.

Schweratmend stieß Paul sich vom Boden ab und kam wieder auf die Füße. Über die Leiche Feyd-Rauthas gebeugt, die Klinge in der Hand, richtete er seinen Blick langsam auf den Imperator.

»Majestät«, sagte er, »Ihre Truppe hat erneut einen Mann verloren. Wollen wir jetzt nicht zu einer vernünftigeren Verhandlungsweise übergehen? Sollten wir jetzt nicht über das Unerläßliche zu sprechen beginnen? Ihre

Tochter wird mit mir verheiratet werden, und damit öffnet sich der Thron für die Atreides.«

Der Imperator wandte sich um und schaute Graf Fenring an. Der Graf wich seinem Blick nicht aus. Er verstand auch ohne Worte, was der Imperator von ihm verlangte.

Erledige diesen Aufrührer für mich, sagte der Blick des Imperators. *Ich weiß zwar, daß er jung und erfolgversprechend ist - aber er ist gleichzeitig ermüdet von seinem Kampf und stellt nun für niemanden mehr einen Gegner dar. Fordere ihn jetzt heraus... Du weißt schon, wie du es machen mußt. Und bringe ihn um.*

Langsam bewegte Fenring den Kopf und sah Paul an.

»Tu es!« zischte der Imperator.

Mit dem Blick der Bene Gesserit, den seine Frau ihn gelehrt hatte, beobachtete Graf Fenring Paul. Die Geheimnisse und die verborgene Größe, die diesen jungen Mann umgaben, blieben ihm nicht verborgen.

Ich könnte ihn umbringen, dachte er und zweifelte nicht daran, daß er dazu körperlich in der Lage war.

Aber irgend etwas in ihm hinderte ihn daran, den Befehl des Herrschers auszuführen.

Und Paul, der die augenblicklich herrschende Spannung zwischen den beiden Männern fühlte, verstand plötzlich, warum der Graf bisher nie in einer seiner Visionen aufgetaucht war. Fenring war einer jener Leute, die *beinahe* alle Anforderungen der Bene Gesserit erfüllten; ein Fast-Kwisatz-Haderach, der an einem Fehler seiner manipulierten Erbmasse litt, ein genetischer Eunuch. Er empfand so etwas wie Mitleid für diesen Mann, eine tiefe Verbundenheit, wie zu einem Bruder, den das Schicksal daran hinderte, seine Stelle einzunehmen.

Fenring, der Pauls Gefühle aufnahm, sagte plötzlich: »Majestät, ich muß diesen Auftrag ablehnen.«

Heiße Wut überkam Shaddam IV. Er machte durch die Menge zwei Schritte auf Fenring zu und versetzte ihm einen Faustschlag.

Der Graf lief dunkelrot an, musterte seinen Herrscher

emotionslos und erwiderte: »Wir sind bisher Freunde gewesen, Majestät. Was ich jetzt tue, steht jenseits dessen, was man unter einer Freundschaft versteht. Ich will vergessen, daß Sie mich geschlagen haben.«

Paul räusperte sich und sagte: »Lassen sie uns nun vom Thron reden, Majestät.«

Der Imperator wirbelte herum und starrte ihn an. »Der Thron gehört mir!« brüllte er.

»Ihr Thron wird in Zukunft auf Salusa Secundus stehen«, entgegnete Paul.

»Ich habe die Waffen niedergelegt und Ihrem Wort vertraut«, schrie der Herrscher. »Und Sie wagen es, mich...«

»Ihre Person ist in meiner Gegenwart sicher«, sagte Paul. »Das hat ein Atreides Ihnen versprochen. Muad'dib hingegen wird Sie auf Ihren Gefängnisplaneten schicken. Sie haben dennoch keinen Grund zur Furcht, Majestät. Ich werde dafür Sorge tragen, daß aus dieser unwirtlichen Welt ein Paradies gemacht wird.«

Der Imperator schien jetzt zu verstehen. Er starrte Paul funkelnd an und schnarrte: »Jetzt sehen wir, was Sie wirklich beabsichtigen.«

»Gut beobachtet«, sagte Paul.

»Und was wird aus Arrakis?« fragte der Imperator. »Wollen Sie auch aus dieser Wüste einen blühenden Garten machen?«

»Die Fremen haben das Wort des Muad'dib«, erklärte Paul. »Es wird auf dieser Welt Wasser fließen. Es wird grüne Oasen geben und alles, was der Bevölkerung Nutzen bringen kann. Aber wir müssen auch an das Gewürz denken. Deswegen wird es auch weiterhin Wüsten auf dieser Welt geben... und heftige Stürme und alles, was man braucht, um kräftige Männer heranzuziehen. Wir Fremen haben ein Sprichwort: ›Gott erschuf Arrakis, um die Menschen auf die Probe zu stellen.‹ Und gegen das Wort Gottes darf man sich nicht versündigen.«

Die alte Wahrsagerin, die in Pauls Worten den heraufziehenden Djihad erkannte, murmelte erschreckt: »Sie können dieses Volk nicht auf das Universum loslassen!«

»Ich hoffe, Sie erinnern sich noch an die zärtliche Art der Sardaukar!« zischte Paul wütend.

»Das dürfen Sie nicht«, flüsterte die Alte erneut.

»Sie sind eine Wahrsagerin«, meinte Paul. »Achten Sie also auf das, was Sie sagen.« Er schaute die Prinzessin an und wandte sich dem Imperator zu. »Uns verbleibt nicht mehr viel Zeit, Majestät.«

Der Herrscher musterte unentschlossen seine Tochter. Prinzessin Irulan legte eine Hand auf seinen Arm und sagte mit weicher Stimme: »Ich wurde darauf vorbereitet, Vater.«

Der Imperator holte tief Luft.

»Sie können sich nicht dagegen wehren«, redete ihm die alte Wahrsagerin zu.

»Wer wird für Sie verhandeln, Verwandter?« fragte der Herrscher schließlich und reckte seine hochgewachsene Gestalt.

Paul drehte sich um und sah seine Mutter, die mit schwermütigem Blick neben Chani hinter einer Reihe Fedaykin bereitstand. Er ging zu ihnen hinüber, blieb stehen und schaute Chani an.

»Ich kenne die Gründe«, flüsterte Chani. »Wenn es denn sein muß… Usul.«

Ihr Kummer, der sich deutlich in ihrer Stimme manifestierte, blieb Paul nicht verborgen. Sanft streichelte er ihre Wange. »Meine Sihaya braucht sich niemals zu fürchten«, sagte er. Und seiner Mutter zugewandt: »Du wirst für mich verhandeln, Mutter, und Chani wird dir dabei zur Seite stehen. Sie ist klug und hat einen scharfen Blick. Und es ist eine bekannte Tatsache, daß niemand besser handeln kann als ein Fremen. Chani sieht durch meine Augen. Sie weiß, was ich will und was ihre Söhne eines Tages brauchen werden. Höre auf sie.«

Jessica, die die Berechnung in der Stimme ihres Sohnes wohl verstand, unterdrückte ein Frösteln.

»Wie lauten deine Anweisungen?« fragte sie.

»Ich will sämtliche Anteile des Imperators an der MAFEA-Gesellschaft als Mitgift.«

»Sämtliche?« fragte Jessica schockiert.

»Er darf nichts davon behalten. Ich verlange eine Grafschaft und einen Aufsichtsratsposten der MAFEA-Gesellschaft für Gurney Halleck und außerdem Caladan als Lehen für ihn. Für jeden überlebenden Kämpfer der Atreides wird es zusätzliche Ehren und Würden geben – selbst für den kleinsten Soldaten.«

»Und was ist mit den Fremen?« fragte Jessica.

»Die Fremen gehören mir«, sagte Paul. »Was sie erhalten, erhalten sie aus der Hand Muad'dibs. Stilgar wird Gouverneur von Arrakis werden, aber das kann noch warten.«

»Und ich?« fragte Jessica.

»Gibt es etwas, das du dir wünschst?«

»Vielleicht Caladan«, meinte sie und warf Gurney einen Blick zu. »Ich bin mir nicht sicher. Ich bin schon zu sehr eine Fremen geworden... und eine Ehrwürdige Mutter. Ich glaube, ich werde einige Zeit Ruhe und Einsamkeit brauchen, um mir darüber klarzuwerden, was ich will.«

»*Die* wirst du bekommen«, versprach Paul. »Und außerdem alles, was Gurney und ich dir geben können.«

Jessica nickte. Sie fühlte sich plötzlich alt und schrecklich müde. Den Blick auf Chani gerichtet, fragte sie: »Und was ist mit der kaiserlichen Konkubine?«

»Keine Titel für mich«, flüsterte Chani erschreckt. »Nichts. Ich bitte dich.«

Paul schaute in ihre Augen und erinnerte sich daran, daß sie schon einmal so vor ihm gestanden hatte; nur trug sie damals den kleinen Leto in den Armen, ihr Kind, das jetzt nicht mehr lebte. »Ich schwöre dir«, flüsterte er, »daß du es niemals nötig haben wirst, einen Titel zu tragen. Die Prinzessin dort hinten wird meine Frau werden und du meine Konkubine, weil dies aus politischen Gründen notwendig ist. Der Friede, den wir erhalten wollen, kann nur weiterbestehen, wenn die Hohen Häuser sehen, daß die Formen gewahrt bleiben. Trotzdem wird diese Prinzessin nicht mehr als meinen Namen tragen. Ich werde sie weder berühren noch zulassen, daß sie mir Kinder gebiert.«

»Das sagst du jetzt«, sagte Chani und warf einen Blick auf die große Prinzessin am anderen Ende des Raumes.

»Kennst du meinen Sohn denn so wenig?« flüsterte Jessica. »Sieh dir die Prinzessin an, wie hochmütig und überheblich sie dasteht. Man sagt ihr schriftstellerische Ambitionen nach. Hoffen wir, daß ihr dieser Zeitvertreib genügt; einen anderen wird sie in Zukunft schwerlich haben.« Jessica lachte bitter. »Und vergiß nicht, Chani: sie wird zwar seinen Namen führen, aber dennoch weniger als eine Konkubine sein. Sie wird niemals in die Lage versetzt werden, die Zärtlichkeit des Mannes, dem sie verbunden ist, kennenzulernen. Aber uns, Chani – die wir jetzt noch als Konkubinen bezeichnet werden –, wird die Geschichte später Gattinnen nennen.«

ANHANG

Appendix I:

Die Ökologie des Wüstenplaneten

Über den kritischen Punkt eines endlichen Raums hinaus vermindert sich die Bewegungsfreiheit ebenso, wie sich die Lebensbedingungen ändern. Dies gilt nicht nur für Menschen im endlichen Raum eines planetarisch-ökologischen Systems, sondern ebenso für Gasmoleküle innerhalb einer versiegelten Flasche. Die interessierende Frage ist deshalb nicht, wie viele Lebensformen in diesem System möglicherweise überleben können, sondern welcher Art der Existenz jene ausgesetzt sein werden, die überleben.

Pardot Kynes, Erster Planetologe von Arrakis

Die erste Erkenntnis, die sich auf das Bewußtsein eines jeden Neuankömmlings auf Arrakis niederschlägt, ist die eines völlig unfruchtbaren Planeten. Jeder Fremde muß auf den ersten Blick zu dem Schluß gelangen, es sei unmöglich, daß hier – in der offenen Wüste – etwas wachsen oder leben könne. Und sein nächster Schluß wird sein, daß es unmöglich ist, diese totale Einöde zu verändern.

Für Pardot Kynes stellte Arrakis in erster Linie eine energetische Maschine dar, die von ihrer Sonne angetrieben und in Gang gehalten wurde. Was Arrakis brauchte, war eine Umformung, die den Bedürfnissen der auf ihm lebenden Menschen entgegenkam: den Fremen. Für Kynes war Arrakis die große Herausforderung, und die Fremen stellten für ihn den Veränderungsfaktor Nummer eins dar. Sie waren für ihn eine ökologische und geologische Kraft unbegrenzten Potentials.

In vielen Dingen war Kynes ein einfach und direkt vorgehender Mann. Wie konnte er am besten den Grenzen, die die Harkonnens ihm setzten, entfliehen? Ganz einfach. Man brauchte nur eine Frau der Fremen zu ehelichen. Schenkte sie ihm einen Sohn, konnte er diesem – und den anderen Kindern dieser Verbindung – die ökologischen Tatsachen nahebringen. Dazu war es erforderlich, eine neue Symbolsprache zu schaffen, die das Bewußtsein der neuen Generation befähigte, nach und nach die gesamte Landschaft und die jahreszeitlich bedingten Begrenzungen des Systems zu manipulieren. Im Endeffekt würde das dazu führen, richtungsweisende Ideen sowie das neue Wissen in der Bevölkerung von Arrakis zu verankern und ihm so zum Durchbruch zu verhelfen.

»Auf jeder für Menschen geeigneten Welt«, pflegte Kynes zu sagen, »existiert eine Ausgewogenheit von Schönheit und Bewegung. Ein dynamischer Stabilisierungseffekt, der jedem Leben an sich zugrunde liegt und dessen Funktion darin besteht, die Aufrechterhaltung und Neukonstituierung weiterer Lebensformen zu gewährleisten. Die neuen Lebensformen veredeln die in sich geschlossene Kapazität des bisherigen Systems und erweitern es. Leben – in jeglicher Form – finden wir überall. Die Zuführung notwendiger Nährstoffe ruft eine Erweiterung dieser Stoffe von innen hervor, was wiederum die Anzahl der Lebensformen erhöht. Die gesamte Landschaft wird nach und nach zum Leben erwachen und angefüllt von aufeinander aufbauenden und sich ergänzenden Lebenssystemen.«

So lautete Pardot Kynes erste Vorlesung vor interessierten Zuhörern eines überbevölkerten Sietch.

Allerdings hatte er bereits vorher die Fremen von der Ernsthaftigkeit seiner Ansichten überzeugen müssen. Um zu verstehen, wie es dazu kam, sollte man anhand eines Beispiels die Einfachheit seiner Anschauungen verdeutlichen und den Beweis der geistigen Unschuld, mit der er zu Werke ging.

Eines Tages, an einem heißen Nachmittag, befand Kynes

sich auf einer Erkundungsreise durch die Wüste. Er fuhr einen Ein-Mann-Wagen. Dabei wurde er zum Zeugen einer gemeinen und menschenunwürdigen Tat: sechs Schläger, die im Solde der Harkonnens standen – ausgerüstet mit Schildgurten und bis an die Zähne bewaffnet –, hatten in der offenen Wüste, gleich hinter dem Schildwall und in der Nähe des Dorfes Windsack, drei jugendliche Fremen überrascht. Kynes nahm zuerst an, es handele sich um ein harmloses Geplänkel, eine gewöhnliche Rauferei, wie sie gelegentlich vorkam, aber dann stellte er fest, daß die Söldner es darauf anlegten, die Fremen zu töten. Einer der jungen Männer lag bereits blutend am Boden, aber auch zwei der Harkonnens hatte es erwischt. Noch immer standen vier bewaffnete, erwachsene Männer zwei Frischlingen gegenüber.

Kynes war keinesfalls ein Draufgänger, im Gegenteil: er galt als beherrscht und vorsichtig. Was er jedoch sah, war, daß die Harkonnen-Schläger beabsichtigten, die Fremen, jene Werkzeuge, mit denen er vorhatte, das Angesicht des Planeten zu verändern, umzubringen.

Also aktivierte er seinen eigenen Schild, warf sich zwischen die Kämpfenden und erledigte zwei der Angreifer, ehe sie überhaupt bemerkt hatten, daß er herangekommen war. Er wich dem Schwerthieb des dritten aus, tötete auch ihn und überließ den letzten Mann den beiden Jugendlichen, während seine Aufmerksamkeit schon wieder den Gestrauchelten galt. Es gelang ihm, einen der Angreifer zu retten, während sich die Fremen den sechsten Mann vornahmen.

Die Jugendlichen waren so verdattert, daß sie kaum wußten, wie sie sich verhalten sollten. Erwachsene Fremen hätten – zwar mit einem Achselzucken, aber immerhin – Kynes zweifellos an Ort und Stelle gleich mit umgebracht. Doch die Fremen, die ihm jetzt gegenüberstanden, waren unerfahrene Kinder, und alles, was sie aus der Situation zu erkennen vermochten, war, daß sie von nun an einem Bediensteten des Imperators verpflichtet waren.

Zwei Tage später betrat Kynes einen Sietch, der auf einen Windpaß hinausführte. Für ihn war das, was er getan hatte, nichts Besonderes. Er unterhielt sich mit den Fremen über Wasserprobleme, über die Dünen, die sich mit etwas Bewuchs verankern ließen, über Oasen und Dattelpalmen und offene Qanats, die einmal durch die Wüste fließen sollten. Er redete und redete und redete.

Währenddessen fand um ihn herum eine heimliche Debatte statt, von der Kynes nicht das geringste bemerkte. Was sollte man mit diesem Verrückten anfangen? Und jetzt kannte er auch schon den Standort des Sietch. Was war zu tun?

Und was sollte sein hanebüchenes Geschwätz über ein zukünftiges Paradies auf Arrakis?

»Laßt ihn doch reden.«

»Aber er weiß zuviel.«

»Er hat immerhin einige Leute der Harkonnens getötet.«

»Und was ist mit unserer Wasserschuld?«

»Haben wir etwa dem Imperium je etwas geschuldet?«

»Er hat einige Harkonnens umgebracht.«

»Pah! Als ob das nicht jeder von uns könnte.«

»Was soll das Gerede von der Bewässerung von Arrakis?«

»Woher will er das ganze Wasser denn nehmen?«

»Er hat behauptet, es sei genügend hier.«

»Immerhin hat er drei unserer Leute gerettet!«

»Ja, drei Dummköpfe, die sich selbst in die Hände der Harkonnens begaben!«

»Er hat ein Crysmesser gesehen!«

Natürlich war der Ausgang der Debatte bereits vier Stunden vor ihrem Ende festgelegt. Ein erfahrener Kämpfer wurde ausgewählt, erhielt ein geweihtes Messer und ging auf Kynes zu, während zwei Wassermänner ihm folgten. Ihre Aufgabe war es, Kynes' Körper das Wasser zu entnehmen. Eine brutale Notwendigkeit.

Es ist zweifelhaft, ob Kynes seinen designierten Henker je bewußt bemerkte. Er sprach gerade zu einer ihn umlagernden Gruppe von Männern, die einen gewissen Sicherheitsabstand einhielten, und bewegte sich dabei so, wie er redete: unstet, gestikulierend, hin und her gehend. »Offenes Wasser«, erklärte er. »Und wir brauchen dann keine Destillanzüge mehr. Stellt euch Seen vor, in denen man schwimmen kann! Und Portyguls!«

Der Henker baute sich vor ihm auf.

»Aus dem Weg«, sagte Kynes kurz und geistesabwesend und redete weiter über seine mysteriösen Windfallen. Er überging seinen Henker einfach, ignorierte ihn und drehte ihm statt dessen für den zeremoniellen Stoß den Rücken zu.

Was in diesem Augenblick im Kopf des Henkers vorging, konnte niemand erraten. Hatte er Kynes zugehört und seinen Worten schließlich doch Glauben geschenkt? Wer weiß? Aber seine Reaktion und sein Schicksal sind überliefert. Der Name des Mannes war Uliet, was ›der ältere Liet‹ bedeutet. Uliet ging drei Schritte zurück, stolperte und stürzte in sein eigenes Messer.

Hatte er sich Kynes' Anweisung gemäß damit »aus dem Weg« geschafft? War es Selbstmord? Viele glaubten, Shai-Hulud habe ihn gelenkt. Für die anderen war sein Schicksal ein Omen.

Von diesem Tag an brauchte Kynes nur noch die Hand auszustrecken und zu sagen: »Geht dorthin.« Und ganze Fremenstämme gingen. Auch wenn die Männer, Frauen und Kinder unterwegs starben – sie gingen.

Kynes kehrte an seine Arbeit zurück und baute die biologischen Teststationen auf. Bald darauf befanden sich die ersten Fremen unter seinem Stationspersonal. Sie lernten rasch, sahen einander bei der Arbeit zu und unterwanderten auf diese Weise das ›System‹. Sie nutzten damit eine Möglichkeit zum Lernen aus – und das war etwas, was ihnen vorher niemals in den Sinn gekommen wäre. Nach und nach verschwanden auch verschiedene Stationswerkzeuge in ihren Sietchs: spezielle Schneidstrahler hauptsächlich, die sie dazu benutzten, unterirdische Auffangbecken und versteckte Windfallen anzulegen. Und in den Becken begann sich das Wasser allmählich anzusammeln.

Den Fremen war klargeworden, daß Kynes keinesfalls ein Irrer war, sondern in seinem Wahn eher den Heiligen zugerechnet werden mußte. Er war für sie ein Umma, ein Angehöriger der Bruderschaft der Heiligen Propheten. Mithin war der Schatten Uliets ebenfalls in die Reihen der Heiligen Richter aufgenommen worden.

Kynes, der - direkt und versessen, wie er war - wußte, daß konzentriertes Recherchieren aller die Garantie dafür war, nichts elementar Neues zu produzieren, organisierte aus dem Reservoir seiner neuen Mitarbeiter kleine Experimentalteams und ließ jede dieser Einheiten nach einem eigenen Weg suchen. Es gab Millionen und Abermillionen kleiner und kleinster Fakten zu sammeln, die man anschließend den härtesten Prüfungsverfahren unterwarf. Zuerst mußten die größten Schwierigkeiten herausgefunden und katalogisiert werden.

Der Bled wurden Sandproben entnommen. Man legte Wettertabellen an. Und aus diesen erfuhr Kynes, daß die Temperaturen zwischen dem nördlichen und südlichen siebzigsten Grad - ein ziemlich weitläufiges Gebiet - sich seit Jahrtausenden in dem Temperaturbereich zwischen 254 und 332 Grad Kelvin eingependelt hatten. Außerdem wies dieser Geländegürtel lange jahreszeitliche Perioden auf, während denen die Temperaturen zwischen 284 und 302 Grad Kelvin lagen. Er stellte somit eine wahre Goldgrube für terraformendes Leben dar, beziehungsweise konnte es darstellen, wenn es ihnen gelang, das Bewässerungsproblem zu lösen.

»Wann wird das sein?« fragten die Fremen. »Wie lange wird es dauern, bis Arrakis anfängt, sich zu einem Paradies zu entwickeln?«

Wie ein Lehrer, der Kindern das kleine Einmaleins beibringt, erwiderte Kynes: »Es wird zwischen dreihundert und fünfhundert Jahre erfordern.«

Ein anderes Volk hätte sicher vor Enttäuschung aufgeheult. Nicht so die Fremen, denen man die Geduld mit Peitschen eingebleut hatte. Es war ein wenig länger, als sie erwartet hatten, aber sie waren davon überzeugt, daß der gesegnete Tag irgendwann kommen würde. Also schnallten sie ihre Gürtel enger und machten sich wieder an die Arbeit. Irgendwie erschien ihnen das Unternehmen durch die lange Wartezeit sogar realistischer geworden zu sein.

Was ihnen Mühe machte, war weniger das fehlende Wasser als vielmehr das Problem ungenügender Luftfeuchtigkeit. Haustiere waren damals noch unbekannt, der Viehbestand nicht der Rede wert. Die Schmuggler verfügten zwar über domestizierte Wüstenesel (die sogenannten Kulonen), aber der Wasserpreis, den man für sie ausgeben mußte, erwies sich sogar dann noch als viel zu hoch, als man sie in eigens für sie angefertigte Destillanzüge steckte. Kynes erwog die Möglichkeit, Geräte einzusetzen, um dem einheimischen Fels Wasserstoff und Sauerstoff zu entziehen und die darin enthaltene Feuchtigkeit zu nutzen, aber die Energiekosten eines solchen Verfahrens waren für ihn unerschwinglich. Die Polkappen (die den Pyonen eine trügerische Sicherheit vermittelten, mit Wasser genügend versorgt zu sein) enthielten zu wenig für sein geheimes Projekt. Aber dann kam er auf die richtige Spur.

Man entdeckte größere Mengen Feuchtigkeit in den mittleren Höhen der Atmosphäre und bestimmten Winden. Da waren die primären Anhaltspunkte in der Lufthülle des Planeten, die zu 23 Prozent aus Sauerstoff, zu 75,4 Prozent aus Stickstoff und zu 0,23 Prozent aus Kohlendioxyd bestand, während der Rest Spuren anderer Gase darstellte. Und es gab eine seltene einheimische Wurzelpflanze, die oberhalb der 2500-Meter-Grenze in der nördlichen gemäßigten Zone wuchs. Ihre zwei Meter lange Wurzel enthielt in der Regel einen halben Liter Wasser. Und die Merkmale der terranischen Wüstengewächse: die zäheren zeigten Anzeichen von Gedeihen, sobald man sie in Mulden setzte, in denen sich Tauniederschläge sammeln konnten. Und dann fand Kynes die Salzpfanne.

Sein Thopter, der sich zwischen einigen Stationen weit draußen in der Bled aufhielt, weil er durch einen Sturm vom Kurs abgekommen war, überflog plötzlich eine riesige ovale Vertiefung mit einer Längsachse von dreihundert Kilometern. Es war eine weithin leuchtende, weiße Überraschung. Kynes landete und untersuchte die Oberfläche.

Salz!

Jetzt war er sicher.

Es hatte also einst offenes Wasser auf Arrakis gegeben. Kynes begann die Evidenz der ausgetrockneten Brunnen, die stets nur ein paar Tropfen Wasser abgaben und dann für immer versiegten, in einem völlig anderen Licht zu sehen. Nach seiner Rückkehr setzte er seine gesamten Fremen-Limnologen auf sie an: ihr Hauptfund bestand aus einigen lederartigen Fetzen, wie man sie manchmal nach einer Gewürzeruption vorfand. Diese Fetzen wurden in den Volksweisheiten der Fremen einer mythischen ›Sandforelle‹ zugeschrieben. Als die Tatsachen und ihre Zusammenhänge immer offensichtlicher wurden, entdeckte man eine Kreatur, die die Existenz der lederartigen Fetzen erklärte: ein Sandschwimmer, der bei Temperaturen unterhalb von 280 Grad Kelvin dafür sorgte, daß das Wasser sich in Taschen porösen Gesteins unter der Oberfläche sammelte.

Diese ›Wasserdiebe‹ starben bei jeder Gewürzeruption zu Millionen, und schon ein Temperaturumschwung von 5 Grad konnte sie töten. Die wenigen Überlebenden fielen in einen scheintodähnlichen Tiefschlaf, um sechs Jahre später daraus als drei Meter lange Sandwürmer hervorzugehen. Von diesen entgingen nur wenige ihren größeren Brüdern, um selbst zur Größe eines Shai-Hulud heranzuwachsen. (Daß Wasser für die Shai-Huluds giftig ist, wußten die Fremen bereits, seit sie die seltenen, im Wachstum zurückgebliebenen und selten größer als neun

Meter langen Würmer ertränkten, um aus ihnen das zu produzieren, was sie ›das Wasser des Lebens‹ nannten.)

Nun hatte sich der Kreis geschlossen: aus dem kleinen Bringer wurde sowohl die Vorgewürzmasse als auch der Shai-Hulud; der Shai-Hulud wiederum verstreute das Gewürz, von dem sich die mikroskopisch kleinen Kreaturen, die man als Sandplankton bezeichnete, ernährten; das Sandplankton, die Nahrung des Shai-Hulud, wiederum wuchs zum kleinen Bringer heran.

Kynes und seine Leute wandten sich fortan einer neuen Aufgabe zu: der Mikro-Ökologie. Zuerst das Klima: Die sandige Oberfläche von Arrakis erreichte oft Temperaturen von 344 bis 350 Grad Kelvin. Dreißig Zentimeter unter dem Boden mochte es 55 Grad, dreißig Zentimeter darüber 25 Grad kühler sein. Zweige oder dichte Schatten waren in der Lage, den Boden um weitere 18 Grad abzukühlen. Dann die Nährstoffe: der Sand von Arrakis ist hauptsächlich ein Produkt der Ausscheidungen der Würmer; der Staub (das wirklich allgegenwärtige Problem auf dieser Welt) wird von der beständigen Oberflächenerosion hervorgerufen. Auf den Abwindseiten der Dünen findet man grobe Körner, während die dem Wind zugeneigten glatt und weich sind. Ältere Dünen sind gelb (aufgrund von Oxidation), während junge in der Regel die Farbe der Felsen besitzen, aus denen sie hervorgegangen sind – grau.

Abwindseiten älterer Dünen wurden zu ersten Anpflanzfeldern. Die Fremen versuchten zunächst, Flächen durch Mangelgräser mit feinen Wimpernhärchen zu verbinden, aus denen Matten entstanden. Des weiteren beraubten sie den Wind seiner Hauptwaffe: der weitertreibenden großen Körner.

Fern von den Beobachtern der Harkonnens, im fernen Süden, legte man anpassungsfähige Zonen an. Die ersten mutierten Mangelgräser wurden entlang der abwindigen Dünenseiten, die auf dem Pfad der vorherrschend von Westen kommenden Dünen lagen, angepflanzt. Nachdem die Abwindseite verankert war, wuchs die Aufwindseite höher und höher und zwang so das Gras, mit ihr Schritt zu halten. Gewaltige Sifs (lange Dünen mit gewundenen Kämmen) kamen auf diese Art zustande; manche davon wurden bis zu 1500 Meter hoch.

Erreichten diese Barrieredünen eine bestimmte Breite, wurden ihre Windseiten mit zäherem Schwertgras bepflanzt. Jede Düne, die etwa sechsmal so dick war wie ihre bepflanzte Fläche, galt als verankert. ›Festgemacht.‹

Dann setzte man die längerwurzeligen und vergänglicheren Gewächse ein (Gänsefuß, Fuchsschwanz und Steppenhexe), dann Besenginster, Lupine, Eukalypthus (aus den nördlichen Regionen von Caladan) und Zwergentamariske, Uferpinien. Und auch die Wüste begann zu blühen: Candelilla, Saguaro und Bis-Naga, der Faßkaktus.

Dort, wo es wuchs, führte man Kamelbeifuß, Zwiebelgras, Gobi-Federgras, wilde Alfalfa, Eselsbusch, Sandeisenkraut, Primeln, Zornkraut, Rauchbäume und den Kreosotebusch ein.

Und anschließend ging man zum tierischen Leben über. Man setzte unterirdisch lebende Geschöpfe aus, die den Boden öffneten und ihm Sauerstoff zuführten, Wüstenfüchse, Känguruhmäuse, Wüstenhasen, Sandschildkröten... und die nötigen Raubtiere, um zu verhindern, daß sie sich zu stark ausbreiteten: Wüstenfalken, Zwergeulen, Adler und Wüsteneulen. Dazu kamen die Insekten, um die Nischen zu füllen, in die die anderen Tiere nicht einsickern konnten: Skorpione, Tausendfüßler, Spinnen, Wespen, Würmerfliegen – und die Wüstenfledermaus, die ihrerseits auf die Insekten angesetzt war.

Danach kam der alles entscheidende Versuch: Dattelpalmen, Baumwollpflanzen, Melonen, Kaffee und Kräuter – insgesamt mehr als zweihundert ausgewählte Gewächstypen, die man vorher getestet und angepaßt hatte.

»Was der ökologische Laie nicht weiß«, sagte Kynes, »ist, daß ein ökologisches System ein System ist. Ein

System, das durch ständigen Stabilitätsfluß aufrechterhalten wird und nicht funktionieren kann, wenn man auch nur die kleinsten Fakten unberücksichtigt läßt. Ein System beinhaltet eine Ordnung, die in eine bestimmte Richtung fließt. Unterbricht man diesen Fluß, bricht es zusammen. Der Laie wird diesen Zusammenbruch erst dann wahrnehmen, wenn es bereits zu spät ist. Darum ist die höchste Funktion der Ökologie das Verstehen von Konsequenzen.«

Und hatte man jetzt ein System eingeführt?

Kynes und seine Leute beobachteten und warteten ab. Die Fremen verstanden jetzt, was seine unbestimmte Voraussage von fünfhundert Jahren bedeutete.

Dann kam ein Bericht aus den Palmengärten:

Am Rande der Pflanzungen war das Sandplankton durch das Zusammentreffen mit den neuen Lebensformen vergiftet worden. Der Grund: die Unverträglichkeit der Proteine. Es war giftiges Wasser entstanden, das vom arrakisischen Leben nicht angerührt wurde. Mithin wurden die Pflanzungen von einer unfruchtbaren Zone umrundet, durch die nicht einmal mehr der Shai-Hulud sich wagte.

Kynes ging selbst zu den Palmengärten hinunter. Er machte die Zwanzig-Klopfer-Reise in einem Palanquin – wie ein Verwundeter oder eine Ehrwürdige Mutter, da er niemals zu einem Sandreiter wurde. Er untersuchte die unfruchtbare Zone, in der es zum Himmel stank, und kehrte mit einem arrakisischen Geschenk nach Hause zurück.

Zusätze von Schwefel und gehärtetem Stickstoff hatten die unfruchtbare Zone zu einem reichhaltigen Pflanzenbett für terraformendes Leben erweitert. Nun konnten die Pflanzungen nach Belieben weitergeführt werden.

»Hat das einen Einfluß auf die Zeit?« fragten die Fremen.

Kynes stürzte sich auf seine gesammelten Unterlagen und begann zu rechnen. Die Anzahl der Windfallen war schon damals völlig sichergestellt. Er rechnete großzügig, weil er wußte, daß man gegen ökologische Probleme nicht bürokratisch vorgehen kann. Er benötigte ein bestimmtes Potential an Pflanzenteppichen, um die Dünen an Ort und Stelle zu halten, ein gewisses Kontingent an bestimmten Nahrungsmitteln für Mensch und Tier und einen sicheren Bestand an Feuchtigkeit, um diese in Wurzelsysteme einzuschließen und Wasser in die umliegenden Gebiete ausfließen zu lassen. Sie hatten die umherstreifenden Flekken in der Großen Bled kartographiert. All das bezog er in seine Berechnungen ein. Und selbst der Shai-Hulud hatte seinen Platz in den Tabellen. Man durfte ihn nicht vernichten, weil mit ihm auch das Gewürz zu existieren aufhören würde, und seine innerliche Umwälzungsfabrik mit den enormen Ansammlungen von Aldehyden und Säuren war zudem eine gewichtige Sauerstoffquelle. Ein mittelgroßer Wurm mit einer Länge von zweihundert Metern ließ soviel Sauerstoff in die Atmosphäre ab wie zehn Quadratkilometer Pflanzenwuchs auf der Oberfläche des Planeten.

Aber er hatte auch auf die Gilde zu achten. Die Bestechungssumme, die das Unternehmen verpflichtete, den Himmel von Arrakis von Wetter- und Beobachtungssatelliten freizuhalten, stieg in ungeahnte Höhen. Am wenigsten durfte er die Fremen ignorieren, speziell jene, die die Windfallen bauten und Pflanzungen anlegten; die Leute, die das neue ökologische Bewußtsein bereits besaßen und sich ihren Traum, aus Arrakis ein Paradies zu machen, nicht mehr nehmen lassen würden.

Die Tabellen reduzierten sich schließlich auf eine Zahl. Kynes sprach sie aus: drei Prozent. Wenn es ihnen gelang, drei Prozent von dem anzupflanzen, was sie im Endeffekt erleben wollten, hatten sie einen Grundstock für den sich automatisch weiterentwickelnden Lebenszyklus geschaffen.

»Aber wie lange wird das dauern?« fragten die Fremen.

»Dreihundertfünfzig Jahre«, erwiderte Kynes.

Also stimmte das, was der Umma bereits am Anfang gesagt hatte: keiner von ihnen würde noch zu seinen Lebzeiten damit rechnen können, und auch nicht ihre Kinder, Enkel und Urenkel. Aber einmal würde der Große Tag kommen.

Die Arbeit wurde fortgesetzt: man baute an, pflanzte, grub und bildete die Kinder aus.

Dann wurde Kynes-der-Umma in der Höhle am Gipsbecken getötet.

Sein Sohn, Liet-Kynes, war zu dieser Zeit neunzehn Jahre alt, galt als vollausgebildeter Fremen und hatte mehr als einhundert Harkonnens getötet. Die Tatsache, daß die Aufgabe seines Vaters auf ihn überging, war eine von vornherein beschlossene Sache: dafür sorgte schon die Faufreluches, die rigide Klassenstruktur, die jedem Sohn auferlegte, in die Fußstapfen seines Erzeugers zu treten.

Da der Kurs für die neue Entwicklung auf Arrakis zu dieser Periode bereits festgesetzt war, hatte Liet-Kynes lediglich noch die Ausführung der Arbeit zu überwachen. Die Fremen hatten ihren Weg beschritten. Liet-Kynes sorgte dafür, daß man die Agenten der Harkonnens im Auge behielt und sie nach Möglichkeit ausspionierte – bis zu jenem Tag, an dem der Planet einen Helden benötigen würde.

Appendix II:

Die Religion des Wüstenplaneten

Vor der Ankunft Muad'dibs auf Arrakis praktizierten die Fremen eine Religion, deren Wurzeln – wie jeder Interessierte sicher weiß – auf Maometh Saari zurückgehen. Zudem hat man viele Anleihen bei anderen Religionen festgestellt, wobei die Hymne an das Wasser das offensichtlichste Beispiel bietet. Es ist eine direkte Übernahme des Orange-Katholisch-Liturgischen Manuals: der Anruf der Regenwolken, die es auf Arrakis niemals gab. Aber es existieren auch einige tiefergehende Übereinstimmungen zwischen dem Kitab al-Ibar der Fremen und den Lehren aus Bibel, Ilm und Fiqh.

Jeder Vergleich der religiösen Bewegungen, die im Imperium bis zur Zeit Muad'dibs dominierten, sollte mit den Hauptströmungen, den Verursachern der unterschiedlichen Glaubensbekenntnisse, begonnen werden:

1. *Die Jünger der Vierzehn Weisen.* Ihr Heiliges Buch war die Orange-Katholische-Bibel, und ihre Ansichten sind in den dazugehörigen Kommentaren sowie einigen weiteren literarischen Werken ausgedrückt, die von Angehörigen der Kommission Ökumenischer Interpreten (KÖI) niedergeschrieben wurden.

2. *Die Bene Gesserit,* die von sich behauptete, keine religiöse Ordensgemeinschaft zu sein, gleichzeitig jedoch hinter einem undurchdringlichen Vorhang aus rituellen Mystizismen operierte. Ihre Ausbildungsordnung stellte zudem im Zusammenhang mit ihrem Symbolismus, den internen Lehrmethoden und ihrer Organisationsform einen ausgeprägten religiösen Hintergrund dar.

3. *Die agnostische Herrscherklasse* (einschließlich der Gilde), für die jede religiöse Betätigung lediglich ein Marionettentheater darstellte, das man benutzte, um die Be-

völkerung zu verdummen und zu manipulieren. Sie war der Ansicht, daß alle Phänomene – selbst die religiösen – rational erklärbar seien.

4. Die sogenannten *Frühzeitlichen Lehren,* zu denen auch die von den Zensunni-Wanderern aus der ersten, zweiten und dritten islamischen Bewegung mitgebrachte zählte; des weiteren die Navachristenheit von Chusuk, die buddhislamischen Varianten, die auf Lankiveil und Sikun vorherrschten; die Gemischten Bücher der Mahayana Lankavatara; der Zen-Hekiganshu von Ill Delta Panovis, die Tawrah und der Talmudische Zabur, die sich auf Salusa Secundus erhalten hatten; das Obeah-Ritual; der Muadh-Koran einschließlich des Ilm und Fiqh, das unter den Pundi-Reisbauern von Caladan verbreitet war, sowie die versprengten Reste der einstigen Hindu-Religion, die man kreuz und quer durch die Galaxis verstreut unter isoliert lebenden Pyonen fand – und letztendlich auch Butlers Djihad mit all seinen Auswirkungen.

Aber es gab noch eine fünfte Kraft, die religiösen Glauben entstehen ließ, auch wenn ihre Bedeutung so universal und grundsätzlich ist, daß man geneigt ist, sie zu übersehen.

Es handelt sich um die Raumfahrt, die in allen Religionen als

RAUMFAHRT!

besonders hervorgehoben wird.

Während der einhundertzehn Jahrhunderte, die Butlers Djihad vorausgingen, drückte die Wanderung der Menschheit zu den Sternen allen Bewegungen ihren Stempel auf. Am Anfang war die Weltraumfahrt, obwohl sie sich rasch ausbreitete, ein ungesteuertes, langsames und gefährliches Unternehmen. Bevor die Gilde in dieses Geschäft Einzug hielt, herrschte ein unüberschaubares Chaos an Methoden vor. Die ersten Raumerfahrungen früher Astronauten, die unglaublich schlechten Kommunikationsverbindungen unterlagen und teilweise zu Subjekten extremer Deformationen wurden, gaben schnell Anlaß zu den wildesten und mystischsten Spekulationen.

Der Raum erlaubte plötzlich einen völlig neuen Blick auf die unterschiedlichsten Schöpfungstheorien, und das Neue wurde bald darauf in den höchsten religiösen Unternehmungen dieser Ära sichtbar: man hatte unerwartet das Gefühl, das Dasein von Gesegneten zu führen, spürte aber gleichzeitig in der Anarchie der allesumgebenden Weltraumfinsternis eine drohende Gefahr.

Es war, als hätte sich Jupiter in all seinen Erscheinungsformen des Mutter-Raumes bemächtigt und lege es nun darauf an, das Dunkel mit den Gesichtern des Schreckens zu beleben. Die frühgeschichtlichen Rezepte der Abwehr dieser Schrecken kamen rasch wieder auf, verflochten sich und wurden aufeinander abgestimmt, als seien sie zur Eroberung neuer Welten unerläßlich. Eine Zeit des Kampfes zwischen ungeheuerlichen Dämonen auf der einen und alten Kulten und Exorzisten auf der anderen Seite begann.

Und dennoch gelangte man nie zu einer klaren Entscheidung.

Es war die Zeit, in der man dazu überging, die Genesis zurückzuinterpretieren als: »Seid fruchtbar und mehret euch und füllet das *Universum* und macht es euch untertan. Herrscht über alle Arten von Getier und Lebewesen in den unendlichen Himmeln, auf den unendlichen Erden und dem, was sich in und auf ihnen befindet.« Es war die Zeit der neuen Hexen, die über wirklich magische Kräfte verfügten und so später stolz darauf hinweisen konnten, daß keine von ihnen auf dem Scheiterhaufen gelandet war.

Und dann brach Butlers Djihad aus – zwei schreckliche Generationen lang. Man überwand den Gott der Maschinologik und verkündete den Massen einen neuen Erlaß: »Nichts darf den Menschen ersetzen.« Für die Menschheit wurde dieser zwei Generationen andauernde Feldzug der Gewalt zu einer thalamischen Pause. Sie blickte zu ihren

Göttern auf, besah sich die ihnen zu Ehren praktizierten Rituale und stellte fest, daß beide der schrecklichsten aller Gleichungen nahekamen: in jedem Fall beherrschte die Angst vor ihnen jeglichen Ehrgeiz.

Zögernd begannen sich die Führer jener Religionen, deren Anhänger das Blut von Milliarden vergeudet hatten, zu treffen, um ihre Ansichten auszutauschen. Die Raumgilde, die damals gerade damit begann, ihr Monopol auf die interstellare Raumfahrt auszudehnen, gewährte ihnen, wie die Bene Gesserit, die begann, ihre Zauberinnen aus dem Verkehr zu ziehen, großzügige Unterstützung.

Das Ergebnis dieses ersten ökumenischen Konzils waren zwei Hauptverlautbarungen:

1. Die Feststellung, daß alle Religionen zumindest eine gemeinsame Ansicht teilten: »Du sollst die Seele nicht entstellen.«

2. Die Gründung der Kommission Ökumenischer Interpreten.

Die KÖI ließ sich auf einer neutralen Insel der alten Erde nieder, der Keimzelle aller Mutterreligionen, und traf sich dort im ›gemeinsamen Glauben, daß eine Göttliche Kraft im Universum existiert‹. Jede Kirche mit mehr als einer Million Anhänger war bei dieser Konferenz vertreten, die eine überraschend schnelle Einigung in bezug auf ihr gemeinsames Ziel sofort publizierte: »Wir haben uns hier versammelt, um die älteste Waffe den Händen aller religiösen Streiter zu entwinden: die Behauptung, einzig und allein im Besitz der reinen Wahrheit zu sein.«

Die Bekanntgabe dieser ›grundsätzlichen Übereinstimmung‹ war voreilig, denn sie war das einzige Statement, das man im Laufe eines ganzen Jahres von der KÖI erhielt. Die Gläubigen begannen bald über taktische Verzögerungen zu klagen, und die Troubadoure komponierten scharfzüngige und ätzende Lieder über die 121 ›alten Säcke‹, wie man die KÖI-Delegierten nannte. Eines dieser

Spottlieder hat sich über Jahrhunderte gehalten und ist sogar heute noch populär:

»Angeblich zu unserm Wohl
Schwatzen Sie den alten Kohl.
Entscheiden aber tun Sie nix,
Die alten Säcke, voll im Wichs.
Was sie uns präsentiern, o Jack,
Ist alter Kack im neuen Frack.«

Gelegentlich drangen Gerüchte darüber an die Öffentlichkeit, daß die Kommission damit beschäftigt sei, die Texte aller Heiligen Bücher zu vergleichen. Man nannte auch unverantwortlicherweise bestimmte Textstellen, was zu spontanen antiökumenischen Zusammenrottungen führte. Auch dies inspirierte natürlich die Dichter zu Spottversen.

Zwei, drei Jahre vergingen.

Die Kommission – neun ihrer ersten Mitglieder waren zwischenzeitlich gestorben und ersetzt worden – gab bekannt, daß sie an einem neuen Heiligen Buch arbeitete, in dem alle pathologischen Symptome der Vergangenheit nicht mehr enthalten sein sollten. »Wir schreiben an einem Instrument der Liebe«, gaben sie zu, »die man auf alle Arten praktizieren kann.«

Viele von ihnen verstanden nicht, weshalb die Veröffentlichung dieses Planes die schlimmsten Gewaltakte gegen die Ökumene provozierte. Zwanzig Delegierte wurden auf der Stelle von ihren Pflichten in der KÖI entbunden, einer beging Selbstmord, indem er eine Raumfregatte entführte und sich damit in die Sonne stürzte.

Historiker schätzen, daß die Aufstände achtzig Millionen Opfer forderten, was für jede dem Landsraad angeschlossene Welt 6000 Tote bedeutete. Berücksichtigt man die unruhigen Zeiten dieser Periode, kann die Schätzung sogar noch untertrieben sein. Die Kommunikation zwischen den Welten erreichte den Nullpunkt.

Die Troubadoure hatten hingegen, wie vorherzusehen war, wieder mal einen guten Tag. Eine populäre musikalische Komödie jener Tage zeigte einen an einem weißen Sandstrand sitzenden KÖI-Delegierten, der im Schatten einer Palme sang:

»Bei Gott und Ehr' und Einigkeit –
Erbarmt euch unser,
Teilt das Leid.
Wo wir so arbeitsam hier wirken,
Da können Troubadoure nichts
Als unsre Mühen abzuwürgen.«

Grundsätzlich stellen Kabaretts und Unruhen jene Symptome dar, in denen sich eine Zeit widerspiegelt, die von tiefer Unsicherheit geprägt ist, und sorgen für einen psychologischen Einblick in die Verhältnisse: sie offenbaren das Streben nach etwas Besserem und zeigen gleichzeitig, daß dennoch alles umsonst ist.

Die Hauptbollwerke gegen die Anarchie dieser Epoche stellten die damals noch im Embryonalstadium befindliche Gilde, die Bene Gesserit und der Landsraad dar, die auch unter größten Hindernissen weiterhin zusammenarbeiteten.

Die Rolle der Gilde ist klar: Sie garantierte allen KÖI-Delegierten und Landsraad-Unternehmungen freien Transport. Obskurer dagegen die Rolle der Bene Gesserit: sie beschäftigte sich bereits wieder (obwohl sie offiziell damit begonnen hatte, ihre Zauberinnen aus dem Verkehr zu ziehen) damit, subtile Narkotika zu erforschen, die Prana-Bindu-Ausbildung voranzutreiben und die Missionaria Protectiva ins Leben zu rufen, die den schwarzen Arm des Aberglaubens darstellte. Gleichzeitig brachte sie jedoch auch die Litanei gegen die Furcht heraus und stellte das Azhar-Buch zusammen, jenes bibliographische Wunderwerk, das die großen Geheimnisse frühzeitlicher religiöser Bewegungen der Nachwelt erhielt. Möglicherweise ist die Erklärung Ingsleys die einzig richtige: »Es waren nun einmal Zeiten tiefster Verwirrung.«

Fast sieben Jahre lang arbeitete die KÖI hinter verschlossenen Türen. Dann, vor dem siebten Jahrestag ihrer Gründung, bereitete sie den von Menschen beherrschten Teil des Universums auf eine wichtige Bekanntmachung vor, die sie, nachdem das Jahr abgelaufen war, präsentierte. Es war die Orange-Katholische-Bibel.

»Dieses Buch«, so ließ man verlauten, »stellt eine Arbeit von hohem Rang und größter Bedeutung dar. Es wird uns den Weg zeigen, allen Menschen bewußt zu machen, daß sie ausschließlich eine Schöpfung Gottes sind.«

Man verglich die KÖI-Delegierten mit von Gott inspirierten Geistern und schob sie, so vorbereitet, glanzvoll in die Öffentlichkeit. Sie waren ›Wiederentdecker‹. Es hieß, daß sie ›allein die großen Ideen der Vergangenheit, die die Jahrhunderte der Vergessenheit hätten anheim fallen lassen‹, ans Licht gezerrt und ›die moralischen Imperative, die das religiöse Bewußtsein erzeugt‹, zu neuem Leben erweckt hätten.

Zusammen mit der Orange-Katholischen-Bibel präsentierte die KÖI den Gläubigen das Liturgische Manual und die Kommentare (ein in vielen Aspekten bemerkenswertes Buch: es nahm weniger als die Hälfte des Umfangs der O.-K.-Bibel in Anspruch), die nicht nur durch ihre Prägnanz bestachen, sondern durch ihre Aufrichtigkeit sowie das Fehlen aller unnötigen Selbstgerechtigkeit auffielen.

Ihr Anfang bestand aus einem offensichtlichen Appell an die agnostische Herrscherklasse:

»Die Menschen, die in der Sunnah (die 10 000 religiösen Fragen aus dem Shari-ah) keine Antworten fanden, glauben nun, dem eigenen Urteilsvermögen mehr abgewinnen zu können, doch suchen auch sie nach der Erleuchtung. Die Religion ist nichts anderes als die älteste und ehrenhafteste Form jener menschlichen Bestrebung, die nach dem Sinn von Gottes Universum fragt. Wissenschaftler forschen nach der Gesetzmäßigkeit von Ereignissen. Es ist die Aufgabe der Religion, den Menschen in die Gesetzmäßigkeit mit einzubeziehen.«

Auch was ihre Schlüsse anbetraf, schlug die Kommission einen Ton an, der ihr späteres Schicksal im voraus ahnen ließ:

»Vieles von dem, was sich bisher Religion nannte, transportierte eine unbewußte feindselige Haltung gegenüber dem Leben. Wirkliche Religion muß die Lehre verbreiten, daß das Leben ein Born der Freude ist, der Gottes Auge erfreut, daß Wissen ohne Aktion Leere bedeutet. Alle Menschen müssen erkennen, daß eine Religion, die nach festen Regeln und starren Ritualen verfährt, hauptsächlich Verblendung hervorruft. Die eigentliche Religion erkennt man gerade an ihrer Zwanglosigkeit, und man kann sie betreiben, ohne sich minderwertig zu fühlen, weil sie in einem Gefühle erweckt, die einem sagen, daß dies etwas ist, was man schon immer gewußt hat.«

Als die Pressen anliefen und die Orange-Katholischen Bibeln über die Welten verbreitet wurden, gab es zunächst ein Gefühl tiefster Entspannung. Manche interpretierten dies als ein Zeichen Gottes, als Omen der Einheit.

Aber das Schicksal der KÖI-Delegierten, die zu ihren Organisationen zurückkehrten, strafte den heuchlerischen Frieden Lügen. Achtzehn Kommissionsmitglieder wurden innerhalb von zwei Monaten gelyncht. Dreiundfünfzig widerriefen ihre Anschauungen innerhalb eines Jahres.

Man denunzierte die O.-K.-Bibel als Arbeit einer ›hochmütigen Clique, deren Stolz über das Getane völlig ungerechtfertigt‹ sei. Es hieß, ihre Seiten seien voller unterschwelliger Anbiederungen an die Logik. Revisionen, die altertümlicher Frömmelei Tür und Tor öffneten, erschienen. Diese Ausgaben lehnten sich wieder an althergebrachte Symbole an (das Kreuz, den Halbmond, die Federklapper, die zwölf Apostel u. ä.), und so stellte sich recht bald heraus, daß es dem neuen Ökumenismus nicht gelungen war, die Religion vom alten Aberglauben zu befreien.

Halloways Bezeichnung für die sieben Jahre währende Mühe der KÖI – ›Galaktophasischer Determinismus‹ – wurde von Milliarden von Glaubensfanatikern aufgeschnappt und aufgrund ihrer Initialen in ›Gottverdammte Dauerquengler‹ umgetextet.

Der KÖI-Vorsitzende Toure Bomoko, ein Ulema der Zensunni, der übrigens zu den vierzehn Delegierten (›Die Vierzehn Weisen‹) gehörte, die niemals widerriefen, gab schließlich zu, daß die KÖI einige Fehler begangen hatte.

»Wir hätten nicht versuchen sollen, neue Symbole zu schaffen«, erklärte er. »Statt dessen hätten wir uns klarmachen sollen, daß der von uns getragene Versuch, Freiheiten der Selbstentscheidung in die Religionen hineinzubringen, Zündstoff enthielt. Obwohl wir tagtäglich mit der schrecklichen Instabilität konfrontiert werden, die allem Menschlichen anhaftet, erlauben wir unseren Religionen, weiter anzuwachsen und Beklemmung zu verbreiten. Was repräsentiert dieser schwarze Schatten auf dem Pfad göttlicher Bestimmung? Eine Warnung vor der Tatsache, daß Institutionen und Symbole auch dann noch bestehenbleiben, wenn ihre Bedeutung längst verlorengegangen ist, weil es keine Summe allen erreichbaren Wissens gibt.«

Die verbitterte Zweideutigkeit in diesem ›Zugeständnis‹ entging Bomokos Kritikern natürlich nicht. Bald darauf sah er sich gezwungen, ins Exil zu gehen, wobei die Gilde sein Leben schützte. Berichten zufolge starb er auf Tupile, wo man ihn ehrte und liebte, und seine letzten Worte waren: »Die Religion soll für die Leute einen Ausweg bieten, die sich selbst sagen, daß sie nicht die Person sind, die sie gerne wären. Sie darf niemals zu einer Vereinigung von Selbstgerechten werden.«

Es ist anzunehmen, daß Bomoko die Prophezeiung, die in seinen Worten über die weiterbestehenden Institutionen lag, selbst erkannte. Neunzig Generationen später durchdrang die Kraft der O.-K.-Bibeln zusammen mit den Kommentaren das religiöse Universum.

Als Paul Muad'dib mit der rechten Hand den Schrein, der den Schädel seines Vaters enthielt, umspannte, zitierte er einige Worte aus ›Bomokos Vermächtnis‹: »Du, der du uns besiegt hast, sage den Deinen, daß Babylon fiel und seine Schandtaten überwunden sind. Und laß dir sagen, daß die Menschheit sich noch immer des Gerichts erinnert, das über sie kam.«

Die Fremen verglichen Muad'dib mit Abu Zide, dessen Fregatte der Gilde trotzte und an einem Tag *dorthin* und zurück flog. Das *Dorthin*, in diesem Sinne gebraucht, ist eine Übersetzung aus der Fremen-Mythologie und beschreibt das Land des Ruh-Geistes, das Alam al-Mithal, den Ort, an dem alle Begrenzungen aufgehoben sind.

Die Parallele zwischen dem Alam al-Mithal und dem Kwisatz Haderach, den die Schwesternschaft durch ihr Zuchtprogramm zu produzieren erhoffte (›Der Abkürzer des Weges‹ oder ›der, der an zwei Orten gleichzeitig sein kann‹), ist unübersehbar. Aber beide Interpretationen kann man auch aus den Kommentaren herauslesen:

»Wenn Gesetz und Religion eins sind, schließt dein Selbst auch das Universum mit ein.«

Muad'dib sagte über sich selbst: »Ich bin ein Netz im Meer der Zeit, in der Lage, gleichzeitig in die Vergangenheit und in die Zukunft hinüberzugleiten. Ich bin eine bewegliche Membran, der kein Zeitstrom entgehen kann.«

Diese Aussage ist zurückführbar auf die 22. Kalima der O.-K.-Bibel, in der es heißt: »Ob ein Gedanke ausgesprochen wird oder nicht, ist unerheblich. Schon wenn man ihn denkt, wird er zu einem realen Geschehnis und verfügt über die Kraft der Wirklichkeit.«

Wenn wir uns Muad'dibs eigene Aussagen in den ›Säulen des Universums‹ ansehen, die seine Priester, die Qizara Tafwid, interpretierten, erkennen wir in vollem

Umfang, wie stark er von der O.-K.-Bibel und den Zensunni-Fremen profitierte. Einige Beispiele:

Muad'dib sagt: »Gesetz und Pflicht sind eins; so sei es. Aber siehe auch die Grenzen, die sie dir setzen. Wenn du sie siehst, wirst du niemals selbstgerecht werden, sondern eindringen in das gemeinschaftliche Tau. Und du wirst immer etwas weniger sein als ein einzelnes Individuum.«

Die O.-K.-Bibel: lautet hier wortgetreu ebenso (Offenbarungen, 61).

Muad'dib: »Die Religion nimmt Anteil am Fortschrittsmythos, der uns vor den Schrecknissen einer ungewissen Zukunft abschirmt.«

Die KÖI-Kommentare: lauten hier ebenso (und das Azhar-Buch schreibt diese Bemerkung einem religiösen Schriftsteller des ersten Jahrhunderts, einem gewissen Neshou, zu).

Muad'dib: »Wenn ein Kind, eine nichtausgebildete Person, ein Unwissender oder ein Geistesschwacher Probleme heraufbeschwört, liegt das an einem Fehlverhalten der Autorität, die diese Schwierigkeiten nicht vorhergesehen und verhindert hat.«

Die O.-K.-Bibel: »Jedes Versagen kann zumindest teilweise einer Nachlässigkeit zugeschrieben werden, für die Gott keine mildernden Umstände wird gelten lassen.« (Das Azhar-Buch führt diesen Satz – in geringfügig anderer Form – der alten semitischen Tawra zu.)

Muad'dib: »Strecke die Hände aus und iß, was Gott dir geben wird. Füllt er deinen Teller auf, preise den Herrn.«

Die O.-K.-Bibel: verzeichnet hier eine Paraphrase grundsätzlich gleicher Bedeutung (die das Azhar-Buch der ersten islamischen Bewegung zuschreibt).

Muad'dib: »Güte ist der Beginn der Grausamkeit.«

Der Kitab al-Ibar der Fremen: »Ein gütiger Gott ist schwer zu ertragen. Gab Gott uns nicht die sengende Sonne (Al-Lat)? Gab er uns nicht die Mutter der Feuchtigkeit (Ehrwürdige Mutter)? Gab er uns nicht den Shaitan (Satan, Iblis)? Und war es nicht Shaitan, der uns die Schmerzhaftigkeit der Schnelligkeit gab?«

(Der Ursprung der letzten Frage geht auf ein altes Fremen-Sprichwort zurück, das da lautet: »Die Schnelligkeit ist eine Verführung Shaitans.« Dabei muß man berücksichtigen, daß der menschliche Körper auf Arrakis für jedes Hundert an Kalorien, die er während zu schneller Bewegungen verbraucht, sechs Unzen Schweiß verdampft. Das Fremenwort für Schweiß ist Bakka bzw. Tränen und wird aus einem ihrer Dialekte übersetzt als ›die Lebensessenz, die Shaitan deiner Seele entreißt‹.)

Koneywell bezeichnete das Erscheinen Muad'dibs als ›auf die religiösen Bedürfnisse abgestimmt‹, was eine fatale Fehlinterpretation darstellt, da sein Auftauchen zu dieser Zeit nicht geplant war. Muad'dib sagte darüber nichts anderes als: »Ich bin da; also...«

Auf jeden Fall ist es, wenn man Muad'dibs religiösen Einfluß verstehen will, wichtig, sich einen bestimmten Faktor vor Augen zu halten: Die Fremen waren ein Wüstenvolk, dessen gesamte Lebensweise auf das Verhältnis zu der Umgebung zurückzuführen war, in der sie existierten. Es ist keine Schwierigkeit, einen bestimmten Mystizismus zu pflegen, wenn man sich in jeder Sekunde einer neuen Art von Überlebenskampf ausgesetzt sieht. ›Du bist da; also...‹

Vor dem Hintergrund einer solchen Tradition wird das allgemeine Leiden akzeptierbar, wenn auch mit Schmerzen. Es ist wichtig zu wissen, daß die Rituale der Fremen das Aufkommen von Schuldgefühlen gar nicht erst zuließen. Das lag nicht etwa daran, daß Religion und Gesetz bei ihnen eine Einheit darstellten, sondern weil ihr Dasein oft schnelle Entscheidungen und brutale (oft tödliche) Urteile erforderte, die in einem weniger harten Land die Menschen mit schweren Komplexen belastet hätten.

Kein Wunder also, daß die Fremen sehr abergläubisch waren (sogar ohne die von der Missionaria Protectiva ausgestreuten Legenden). Was macht es aus, daß der flüsternde Sand ein Omen darstellt? Was macht es, wenn sie die Faust erhoben, wenn am Himmel der erste Mond erschien? Das Fleisch eines Mannes ist sein Eigentum, doch sein Wasser gehört dem Stamm – und das Geheimnis des Lebens ist kein lösbares Problem, sondern eine Wirklichkeit, die man erfahren muß. Und Omen sind dazu da, einen daran zu erinnern. Und weil man *da* war und *die* Religion besaß, war der Sieg unausweichlich.

Die Bene Gesserit hatten seit Jahrhunderten, bevor sie auf die Fremen stießen, gelehrt: »Wenn Religion und Politik eins sind und von einem lebenden Heiligen Mann (Baraka) geführt werden, kann sich ihnen nichts mehr entgegenstellen.«

Appendix III:

Bericht über die Motive und Ziele der Bene Gesserit

Das Folgende stellt einen Auszug aus dem Report dar, den Lady Jessica kurz nach der Beendigung der Arrakis-Affäre durch eigene Agenten verfassen ließ. Die Aufrichtigkeit dieses Berichts steigert seinen inhaltlichen Wert um ein beträchtliches.

Da die Bene Gesserit unter der Tarnkappe einer halbmystischen Schule operierte, während sie ihr selektives Zuchtprogramm innerhalb der Menschheit steuerte, tendieren wir dazu, ihr einen größeren Status einzuräumen, als sie überhaupt besaß. Die Analyse ihres Abschlußprotokolls, die Arrakis-Affäre betreffend, verrät die grundsätzliche Ignoranz darüber, was ihre eigene Rolle anbetrifft.

Man mag einwenden, daß die Bene Gesserit nur solche Fakten untersuchen konnte, die ihr zugänglich waren, und daß sie keinen direkten Kontakt zur Person Muad'dibs besaß. Aber sie hatte in Wahrheit sehr große Hindernisse zu überwinden und beging deswegen tiefgreifende Irrtümer.

Das Programm der Bene Gesserit bestand aus dem Ziel, eine Person hervorzubringen, die sie als ›Kwisatz Haderach‹ bezeichnete. Dieser Terminus bedeutet ›der, der an vielen Orten zugleich sein kann‹.

Anders ausgedrückt: sie suchte nach einem Menschen mit solch geistigen Kräften, die es ihm gestatteten, die übergeordneten Dimensionen zu begreifen und zu nutzen.

Die Bene Gesserit wollte also einen Supermutanten,

einen menschlichen Computer, der die gleichen seherischen Fähigkeiten besaß wie die Navigatoren der Gilde. Die folgenden Fakten sollte man mit Sorgfalt lesen:

Muad'dib, geboren als Paul Atreides, war der Sohn des Herzogs Leto, eines Mannes, dessen Blutlinie man seit 1000 Jahren überwachte. Die Mutter des Propheten, Lady Jessica, war eine natürliche Tochter des Barons Wladimir Harkonnen und stand im Besitz jener Genmarkierungen, deren größte Wichtigkeit für das Zuchtprogramm der Bene Gesserit seit beinahe 2000 Jahren bekannt war. Sie entstammte also ebenfalls dem Zuchtprogramm, war ausgebildet und *hätte ein williges Werkzeug für das weitere Projekt abgeben sollen.*

Man forderte sie auf, einer Atreides-Tochter das Leben zu schenken, die man mit Feyd-Rautha Harkonnen, einem Neffen des Barons Wladimir Harkonnen, verheiraten wollte. Die Wahrscheinlichkeit, daß aus dieser Verbindung der Kwisatz Haderach hervorgehen würde, war sehr hoch. Aus Gründen, die ihr selbst niemals hundertprozentig klar waren, ignorierte Lady Jessica jedoch diesen Befehl und schenkte einem Jungen das Leben.

Allein dieses Ereignis hätte die Bene Gesserit alarmieren sollen: eine unerwartete Größe war dabei, ihren Plan zu zerstören. Aber es gab noch eine Reihe von wichtigen Tatsachen, die sie im wesentlichen ebenfalls nicht bemerkte:

1. Bereits als Jugendlicher zeigte Paul Atreides die Fähigkeit, die Zukunft vorherzusehen. Es war bekannt, daß er klare, prägnante und eindringliche Visionen hatte, die nur einem vierdimensionalen Bewußtsein erklärbar waren.

2. Die Ehrwürdige Mutter Gaius Helen Mohiam, die Sachwalterin der Bene Gesserit, die Pauls Menschlichkeit einer Prüfung unterzog, als der Junge fünfzehn Jahre alt war, sagte aus, daß sie ihn einem Schmerz ausgesetzt hätte wie keinem anderen Prüfling zuvor. Dennoch unter-

ließ sie es, diesen wichtigen Punkt in ihrem Bericht ausführlich hervorzuheben!

3. Als die Familie Atreides nach Arrakis auswanderte, pries die Fremen-Bevölkerung den jungen Paul als einen Propheten, als ›die Stimme der Außenwelt‹. Obwohl es der Bene Gesserit bewußt sein mußte, daß ein Volk auf einem Planeten ohne Wasser in einer feindlichen Umgebung, die zum ständigen Überlebenskampf herausfordert, eine große Zahl sensitiver Menschen hervorbringen muß, schrieben ihre Beobachter die Reaktion der Fremen den Auswirkungen der gewürzreichen Nahrung zu.

4. Als die Harkonnens im Einvernehmen mit den Soldaten-Fanatikern des Padischah-Imperators Arrakis zurückeroberten, Pauls Vater töteten und eine Vielzahl seiner Männer umbrachten, verschwanden Paul und seine Mutter in der Wüste. Schon bald darauf verbreitete sich die Kunde eines neuen, religiös motivierten Fremen-Führers, eines Mannes namens Muad'dib, der wiederum mit dem Namen ›die Stimme der Außenwelt‹ gepriesen wurde. Die Berichte über ihn sagten klar aus, daß er von einer Ehrwürdigen Mutter des Sayyadina-Ritus begleitet wurde, ›die die Frau war, die ihn geboren hatte‹. Unterlagen, die die Bene Gesserit selbst besaßen, sagten in unmißverständlichen Worten aus, daß die Fremen-Legenden, soweit sie den Propheten betrafen, folgende Worte enthielten: »Er wird von einer Bene-Gesserit-Hexe geboren werden.«

(Einzuwenden wäre hier, daß die Bene Gesserit Jahrhunderte zuvor auf Arrakis die Missionaria Protectiva zu dem Zweck hatte verbreiten lassen, um für spätere Zeiten, in denen irgendwelche Absolventen ihrer Schule dort in Not geraten sollten und Obdach benötigten, Verbündete zu gewinnen, daß es sich bei ›der Stimme der Außenwelt‹ um eine oft benutzte, von ihr selbst installierte Phrase handelte, die gerade deswegen ignoriert wurde. Dies wäre jedoch nur dann zutreffend gewesen, wenn man sich über alle anderen Anhaltspunkte, die man über Muad'dib besaß, sicher hätte sein können.)

5. Als die Arrakis-Affäre ihrem Höhepunkt zustrebte, unterbreitete die Gilde der Bene Gesserit eindeutige Vorschläge. Sie deutete an, daß ihre Navigatoren, die die Gewürzdroge von Arrakis einsetzten, um eine begrenzte Aussicht auf die Zukunft zu erhalten (die nötig war, um Raumschiffe sicher durch das Nichts zu steuern), über eben diese ›Zukunft besorgt seien‹ und ›am Horizont Probleme auftauchen‹ sähen. Dies konnte nur bedeuten, daß sie eine Verbindung sahen, das Zusammentreffen zahlloser wichtiger Entscheidungen, die außerhalb ihres Einflußbereichs lagen. Zudem stellte es eine Aufforderung an die Bene Gesserit dar, sich eines unbekannten Gegners anzunehmen, der im Begriff war, die Möglichkeiten der vierten Dimension für sich zu nutzen.

(Einige Bene Gesserit hatten bereits seit längerem vermutet, warum die Gilde nicht offen in den Kampf um das Gewürz eintreten konnte: die Gildenavigatoren hatten sich in großem Umfang persönlich so stark in das einträgliche Geschäft verstrickt, daß der kleinste Fehltritt ihrerseits sich zu einer Katastrophe auswirken konnte. Es war eine bekannte Tatsache, daß die Navigatoren nicht in der Lage waren, vorherzusagen, wie man die Kontrolle über das Gewürz zu erringen vermochte, ohne ebendieses Desaster hervorzurufen. Die Schlußfolgerung war, daß jemand unter Ausnutzung weiterreichender Kräfte *bereits dabei war,* die Kontrolle über das Gewürz an sich zu reißen. Dennoch verstanden die Bene Gesserit diesen Hinweis nicht!)

Angesichts dieser Tatsachen ist man geneigt anzunehmen, daß das ineffiziente Verhalten der Bene Gesserit in dieser Affäre auf einem noch höheren Plan basierte und sie allein schon aus diesen Gründen nicht in der Lage war, die Lage zu durchschauen.

Appendix IV:

Der Almanak En-Ashraf

(Ausgewählte Auszüge aus der Geschichte der Hohen Häuser)

Shaddam IV. (10134–10202)

Der Padischah-Imperator; 81. seiner Linie (Haus Corrino), der den Goldenen Löwenthron bestieg, herrschte von 10156 (dem Tag, an dem sein Vater, Elrood IX., einem Attentat mit Chaumurky zum Opfer fiel) bis 10196, wo er von der Regentschaft durch seine Tochter Irulan entbunden wurde. Die Periode seiner Herrschaft ist hauptsächlich durch die Arrakis-Revolte bekanntgeworden, deren Ursachen viele Historiker auf seine Einflußnahme auf die Gerichtsbarkeit sowie seinen pompösen Lebensstil zurückführen. Bereits in den ersten sechzehn Jahren von Shaddams IV. Herrschaft verdoppelte er die Anzahl seiner Bursegs. Bereits dreißig Jahre vor der Arrakis-Revolte begann er die Ausbildung seiner Sardaukar zu vernachlässigen. Shaddam IV. hatte fünf Töchter (Irulan, Chalice, Wensicia, Josifa und Rugi), jedoch keine legalen Söhne. Vier seiner Töchter folgten ihm ins Exil. Seine Frau Anirul, eine Bene Gesserit unbekannten Ranges, starb im Jahre 10176.

Leto Atreides (10140–10191)

Ein angeheirateter Cousin der Corrinos; er wurde gelegentlich auch ›der Rote Herzog‹ genannt. Das Haus Atreides herrschte über das Lehen Caladan zwanzig Generationen, bevor es dazu gezwungen wurde, Arrakis zu übernehmen. Leto Atreides war der Vater Paul Muad'dibs, des Umma-Regenten. Seine sterblichen Überreste ruhen im ›Schädelgrab‹ auf Arrakis. Sein Tod geht auf den Verrat eines Absolventen der Suk-Schule zurück, der wiederum unter dem Druck des Barons Wladimir Harkonnen handelte.

Lady Jessica (ehrenhalber Atreides) (10154-10256)
Laut Aussagen der Bene Gesserit eine natürliche Tochter des Barons Wladimir Harkonnen. Mutter des Herzogs Paul Muad'dib. Sie graduierte auf der Gene-Gesserit-Schule auf Wallach IX.

Lady Alia Atreides (10191-xxxxx)
Legale Tochter des Herzogs Leto Atreides und seiner formellen Konkubine Lady Jessica. Lady Alia wurde acht Monate nach dem Tod des Herzogs auf Arrakis geboren. Aufgrund der Tatsache, daß sie durch ein Drogenexperiment noch vor ihrer Geburt zur Bewußtheit allen Wissens gelangte, wird sie von der Bene Gesserit ›die Verfluchte‹ genannt. Dem Volk ist sie als St. Alia, St.-Alia-vom-Messer oder St.-Alia-von-den-Messern bekanntgeworden. (Detaillierte Informationen: siehe *St. Alia, Jägerin der Milliarden Welten,* von Pander Oulson.)

Wladimir Harkonnen (10110-10193)
Obwohl er allgemein nur unter dem Namen Baron Harkonnen bekannt war, lautete sein offizieller Titel Siridar(was dem Rang eines planetarischen Gouverneurs entspricht)-Baron. Wladimir Harkonnen war der direkte Nachfahre des Bashar Abulurd Harkonnen, der nach der Schlacht von Corrin als Feigling bezeichnet wurde. Die Rückkehr der Harkonnens an die Schalthebel der Macht führte über die geschickte Manipulation des Walpelzmarktes und später die Ausbeutung des Planeten Arrakis. Der Siridar-Baron starb während der Revolte auf Arrakis. Sein Titel ging auf seinen Neffen Feyd-Rautha Harkonnen über.

Graf Hasimir Fenring (10133-10225)

Ein angeheirateter Cousin des Hauses Corrino und in seiner Kindheit Spielkamerad von Shaddam IV. (Die kürzlich erschienene Geschichte des Piratentums der Corrino bezeichnet es als nicht unwahrscheinlich, daß Fenring für die Ermordung Elroods IX. mit Chaumurky verantwortlich war.) Alle Anzeichen besagen, daß Fenring einer der engsten Freunde von Shaddam IV. war. Die unangenehmen Aufgaben, mit denen Graf Fenring sich herumzuschlagen hatte, schlossen die Bespitzelung des Harkonnen-Regimes auf Arrakis ein. Später verwaltete er als Stellvertretender Siridar Caladan. Er folgte Shaddam IV. ebenfalls ins Exil nach Salusa Secundus.

Graf Glossu Rabban (10132-10193)

Glossu Rabban, der Graf von Lankiveil, war der älteste Neffe Wladimir Harkonnens. Glossu Rabban und Feyd-Rautha Rabban (der den Namen Harkonnen erst annahm, nachdem der Siridar-Baron ihn in seine Familie aufgenommen hatte) waren legale Söhne des Siridar-Barons jüngsten Demibruders Abulurd. Abulurd verzichtete auf den Namen der Harkonnens, ebenso auf alle Rechte seines Titels, als er die Herrschaft über einen Subdistrikt von Rabban-Lankiveil übernahm.

Appendix V:

Terminologie des Imperiums

Wenn man sich mit dem Imperium, Arrakis und der Kultur, die den Muad'dib hervorbrachte, befaßt, stößt man auf zahlreiche wenig bekannte Ausdrücke. Zum besseren Verständnis sind einige Erklärungen sicherlich angebracht.

A

Aba: loses Frauengewand der Fremen, meist von schwarzer Farbe.

Ach: links; Anweisung des Steuermanns eines Sandwurms.

Adab: eine intuitive Erinnerung, die sich von selbst aufdrängt.

Akarso: Pflanze von Sikun (70 Ophiuchi A), charakterisiert durch längliche Blätter, deren grüne und weiße Streifen aktive und inaktive Chlorophyllregionen bezeichnen.

Alam al-Mithal: die mystische Welt der Gleichheiten, wo keine physischen Beschränkungen existieren.

Al-Lat: die Originalsonne der Menschheit; später auch Bezeichnung für jede andere Sonne.

Ampoliros: der legendäre ›Fliegende Holländer‹ des Weltraums.

Amtal oder *Amtal-Regel:* allgemeine Regel auf primitiven Planeten, nach der etwas auf seine Grenzen überprüft wird. Umgangssprachlich: Zerstörungstest.

AQL: Probe der Vernunft. Ursprünglich bekannt als die ›sieben mystischen Fragen‹, deren erste lautet: »Wer oder was denkt?«

Arrakeen: Erste Niederlassung auf Arrakis; lange Zeit Residenz der planetarischen Regierung.

Arrakis: bekannt unter der Bezeichnung ›Wüstenplanet‹; dritter Planet der Sonne Canopus.

Auliya: in der Religion der Zensunni-Wanderer die Frau zur Linken Gottes.

Aumas: Gifte, die Speisen beigemischt werden (speziell fester Nahrung). In einigen Dialekten auch: Chaumas.

Ausbildung: auf die Bene Gesserit bezogen, hat dieser üblicherweise bekannte Terminus eine andere Bedeutung und bezieht sich auf die Konditionierung der Nerven und Muskeln (siehe auch: *Bindu* und *Prana*) bis an die Grenzen der Belastbarkeit.

Ayat: Zeichen des Lebens (siehe auch: *Burhan*).

B

Bakka: in den Legenden der Fremen der Weinende, der die gesamte Menschheit betrauert.

Baklawa: schwere Paste aus Dattelsirup.

Baliset: ein neunsaitiges Musikinstrument, ähnlich einer Zither, das nach der Chusuk-Skala gestimmt und mit der linken Hand gespielt wird. Bevorzugtes Instrument kaiserlicher Troubadoure.

Baradye-Pistole: eine statisch funktionierende Staubpistole, die auf Arrakis dazu benutzt wird, auf dem Sand Abgrenzungen vorzunehmen.

Baraka: ein lebender Heiliger mit magischen Kräften.

Bashar (oft auch: Colonel Bashar): Offizier der Sardaukar, dessen Dienstgrad etwas über dem eines Colonels steht. Der Rang wurde extra für die militärischen Befehlshaber planetarer Subdistrikte geschaffen.

Beduine: siehe: *Ischwanbeduine.*

Bela Tegeuse: Fünfter Planet von Kuentsing; der dritte Aufenthaltsort der Zensunni (Fremen) während ihrer erzwungenen Emigration.

Bene Gesserit: Alte Schule für die Ausbildung ausschließlich weiblicher Studenten; gegründet nach Butlers Djihad, bei dem alle sogenannten ›Denkmaschinen‹ und Roboter der Zerstörung zum Opfer fielen.

B. G.: idiomatische Bezeichnung für die Bene Gesserit.

Bene Tleilax: Medizinerschule, die sich auf die Züchtung von Menschen spezialisiert hat, die gewünschten Anforderungen entsprechen oder für Spezialaufgaben gebraucht werden. Sie stellen auch Ghola her (siehe dort). Sie konstruieren durch kontrollierte Mutation ebenso Philosophen wie willenlose Sexualobjekte oder kaltblütige Assassinen.

Bhotani Jib: siehe *Chakobsa.*

Bi-lal kaifa: Amen. (Wörtlich: ›Mehr braucht nicht gesagt zu werden.‹)

Bindu: auf das menschliche Nervensystem bezüglich.

Bindu-Suspension: eine spezielle Form selbst verursachter Nervenerstarrung.

Bled: die flache, offene Wüste.

Bourka: isolierter Umhang, den die Fremen in der offenen Wüste tragen.

Bringer: siehe: *Shai-Hulud.*

Bringer, Kleiner: Entwicklungsstadium des arrakisischen Sandwurms, in dem er einer halb tierischen, halb pflanzlichen Lebensform unterliegt. Die Exkremente des Kleinen Bringers stellen eine Vorstufe der Melange dar.

Brecher: militärische Raumschiffe, die aus der Zusammensetzung kleinerer Schiffe bestehen, die, sobald sie auf einen Gegner treffen, sich auf ihn stürzen und zerschmettern.

Burhan: die Prüfungen des Lebens (meistens: Ayat und Burhan des Lebens. Siehe auch: *Ayat*).

Burseg: Kommandierender General der Sardaukar.

Butlers Djihad: siehe *Djihad, Butlers* (auch: *Große Revolte.*)

C

Caid: militärischer Rang eines Sardaukar, dessen Aufgabenbereich hauptsächlich darin besteht, sich mit Zivilproblemen zu beschäftigen; Militärgouverneur über einen planetarischen Distrikt. Ein Caid steht über einem Bashar, aber noch unter einem Burseg.

Caladan: der dritte Planet von Delta Pavonis; die Welt, auf der Muad'dib geboren wurde.

Canto und Respondu: Anrufungsritual, Teil der Panoplia Prophetica der Missionaria Protectiva.

Carryall: eine fliegende Scheibe, Arbeitsgerät auf Arrakis, das dazu benutzt wird, große Mengen an Ausrüstung zu befördern.

Chakobsa: die sogenannte ›magnetische Sprache‹, die hauptsächlich auf einen alten Bhotani Jib (= Dialekt) zurückzuführen ist. Eine Sammlung mehrerer Dialekte, die eine geheime Unterhaltung ermöglichen, hauptsächlich benutzt als Jagdsprache der Bhotani, der Söldner-Assassinen im Ersten Assassinenkrieg.

Chaumas (in einigen Dialekten: Aumas): Gift in fester Nahrung, das sich besonders von anderen Giften unterscheidet.

Chaumurky (in einigen Dialekten: Musky oder Murky): Gift, das in einem Getränk verabreicht wird.

Cheops: Pyramidenschach, das auf neun Spielbrettern gleichzeitig gespielt wird.

Cherem: eine Bruderschaft des Hasses; eine Verbindung zu gemeinsamer Rache.

Chusuk: Vierter Planet von Theta Shalish; der sogenannte Musikplanet, der durch die Perfektion der auf ihm hergestellten Instrumente Berühmtheit erlangte (siehe: *Varota*).

Cielago: jede modifizierte Chiroptera auf Arrakis, die Distrans-Nachrichten befördert.

Coriolissturm: jeder Sandsturm auf Arrakis, bei dem der Wind auf dem offenen Flachland eine Geschwindigkeit von mindestens 700 Kilometern erreicht.

Corrin, Schlacht von: die Raumschlacht, die dem Haus Corrino seinen Namen gab. Die gleichzeitig stattfindende Schlacht in der Nähe von Sigma Draconis im Jahre 88 B. G. bewirkte seinen Aufstieg, nachdem es zuvor lediglich Salusa Secundus besessen hatte.

Cousina: Großcousins.

Crysmesser: das heilige Messer der arrakasischen Fremen wird aus dem Zahn eines Sandwurms hergestellt und existiert in zwei unterschiedlichen Formen: es gibt ›fixierte‹ und ›unfixierte‹ Crysmesser. Die unfixierten lösen sich auf, sobald sie länger als eine Woche dem menschlichen Körperfeld entzogen werden. Fixierte Messer unterliegen diesem Prozeß nicht. Die Länge der Crysmesser beträgt etwa zwanzig Zentimeter.

D

Dar al-Hikman: theologische Richtung religiöser Interpretationen.

Derch: rechts. Anweisung des Steuermanns eines Sandwurms.

Demibrüder: die Söhne verschiedener Konkubinen mit dem gleichen Vater.

Destillanzug: Schutzbekleidung der Fremen, deren besondere Konstruktion eine Wiederverwendung der Körperflüssigkeiten erlaubt sowie den Flüssigkeitsverlust auf ein Minimum reduziert.

Destillzelt: zeltähnliche Schutzvorrichtung gleicher Herstellungsart zur Erzeugung von Trinkwasser aus der Atemfeuchtigkeit seiner Insassen.

Dictum Familia: die Regel der Großen Konvention, die besagt, daß es verboten ist, eine Person königlichen Geblüts oder einen Angehörigen der Hohen Häuser auf heimtückische Art umzubringen. Die Regel schreibt genauestens vor, unter welchen Umständen persönliche Angriffe zugelassen sind.

Distrans: eine Apparatur zur Erzeugung vorübergehender Eindrücke im Nervensystem von Chiroptera oder Vögeln. Der gewöhnliche Schrei eines so beeinflußten Tieres enthält unter einem Distrans-Einfluß eine Nachricht, die mit Hilfe eines zweiten Distrans entschlüsselbar ist.

Djihad: ein fanatischer, religiöser Kreuzzug.

Djihad, Butlers (siehe auch: *Große Revolte*): der Kreuzzug gegen Computer, Denkmaschinen und Roboter begann im Jahre 201 B. G. und endete 108 B. G. Sein Hauptprinzip basierte auf einer Überzeugung, die in die Orange-Katholische-Bibel aufgenommen wurde: »Du sollst keine Maschine nach deinem geistigen Ebenbilde machen.«

Djhubba-Umhang: der Allzweckumhang, der Strahlungswärme aufnimmt oder sie abweist und sich in eine Hängematte oder Windschutz verwandeln läßt. Auf Arrakis wird er über dem Destillanzug getragen.

Dreibeiner, Tödlicher: ursprünglich das Dreibein, an den die Henker der Wüste ihre Opfer aufhängten; später die drei zu gemeinsamer Rache verschworenen Cherem.

Dünenmänner: idiomatische Redewendung für Sandarbeiter, Gewürzjäger und ähnliche in der Wüste arbeitende Berufe auf Arrakis.

Dunklen Dinge, Die: idiomatisch für den Aberglauben, den die Missionaria Protectiva auf unterentwickelten Planeten ausstreut.

E

Ecaz: Vierter Planet von Alpha Centauri B; allgemein bekannt als das Paradies der Bildhauer. Auf Ecaz wächst das legendäre Nebelholz, dessen Struktur sich durch geistige Konzentration formen läßt.

Ego-Gleichheit: eine Art des Porträtierens unter Zuhilfenahme eines Shigadraht-Projektors, der in der Lage ist, die unterbewußten Gefühlsregungen des Porträtierten aufzunehmen und so seinem Abbild eine besondere ›Echtheit‹ zu geben.

Ehrwürdige Mutter: ursprünglich eine Sachwalterin der Bene Gesserit, die ein ›erleuchtendes‹ Gift in ihrem Körper zu neutralisieren verstand und sich dabei in einen Zustand tiefen Wissens versetzte. Der Titel wurde von den Fremen für die eigenen religiösen Führer adaptiert, die ähnliche Experimente machten (siehe auch: *Bene Gesserit/Wasser des Lebens*).

Elacca-Droge: ein aus Elaccaholz hergestelltes Narkotikum, das auf Ecaz wächst. Die Wirkung der Droge besteht in einer Herabsetzung des menschlichen Selbsterhaltungstriebes. Angewendet wird sie in der Regel dazu, Arenakämpfern die Furcht vor besonders aussichtslosen Kämpfen zu nehmen.

El-Sayal: ›Sandregen‹. Er entsteht dadurch, daß ein Coriolissturm Unmengen von Sand bis zu einer Höhe von 2000 Metern hinaufwirbelt und wieder fallen läßt. Gelegentlich tragen El-Sayals dazu bei, das Aussehen ganzer Landstriche zu verändern.

Erg: Sandmeer.

F

Fai: der Wassertribut; er stellt die wichtigste Steuereinheit auf Arrakis dar.

Fangtasche: jede Tasche eines Destillanzuges, die in der Lage ist, Wasser zu filtern und zu bewahren.

Faufreluches: das strenge Klassensystem des Imperiums. ›Einen Platz für jeden Menschen – und jeder Mensch an seinen Platz.‹

Fedaykin: Todeskommando der Fremen; historisch: eine Gruppe von Menschen, die sich mit dem Ziel zusammengeschlossen hat, ihr Leben dafür einzusetzen, um aus einer Ungerechtigkeit eine Gerechtigkeit zu machen.

Feuerpfeil: simple Signalrakete zur Verständigung in der Wüste.

Filmbuch: jede Shigadrahtspule, die zur Ausbildung benutzt wird oder mnemonische Impulse speichert.

Filterstopfen: Nasenfilter, der beim Destillanzug die Atemfeuchtigkeit zurückhält.

Fiqh: Weisheit; religiöses Gesetz. Eine der legendären Grundlagen in der Religion der Zensunni-Wanderer.

Fregatte: Bezeichnung für das größte Raumschiff, das fähig ist, auf einem Planeten zu landen, und starten kann, ohne daß es zuvor zerlegt werden muß.

Freihändler: idiomatisch für Schmuggler.

Fremen: selbstgewählter Name der freien Volksstämme des Planeten Arrakis. Die Fremen sind Bewohner der Wüste und Nachkommen der Zensunni-Wanderer (siehe: *Zensunni*). In der imperialen Enzyklopädie werden sie als ›Sandpiraten‹ bezeichnet.

G

Galach: offizielle Sprache des Imperiums. Das Galach enthält zahlreiche Inglo-slawische Elemente und kulturell oder technisch bedingte Spezialausdrücke, die während der Ausbreitung der Menschheit über die Galaxis darin Aufnahme fanden.

Gamont: Dritter Planet von Niushe; bekannt wegen seiner hedonistischen Kultur und exotischen Sexualpraktiken.

Gare: einzelstehender Berg oder Hügel.

Gewürz: siehe: *Melange.*

Gewürzfabrik: siehe: *Sandkriecher.*

Gewürzfahrer: jeder Dünenmann, der die Kontrolle über die Steuerung eines Fahrzeugs in der Wüste von Arrakis ausübt.

Geyrat: geradeaus; Anweisung des Steuermanns eines Sandwurms.

Ghafla: sich selbst harmlosen Zerstreuungen hingeben; im übertragenen Sinne auch: leichtsinnige Person, der nicht recht zu trauen ist.

Ghanima: Trophäe, die bei einem Feldzug oder durch einen Zweikampf erbeutet wurde.

Ghola: ein von den Bene Tleilax reparierter und wieder zum Leben erweckter Leichnam oder aus den Genen von Leichenteilen gezüchteter Kunstmensch, eine Marionette in der Hand seines Herrn.

Giedi Primus: Planet von Ophiuchi B (36), Heimatplanet des Hauses Harkonnen. Eine nur beschränkt lebensfähige Welt minderwertiger photosynthetischer Reichweite.

Giftschnüffler: Strahlungsdetektor zur Analyse giftiger organischer sowie anorganischer Substanzen.

Gilde: siehe: *Raumgilde.*

Ginaz, das Haus: ehemalige Alliierte von Herzog Leto Atreides. Es wurde im Krieg der Assassinen gegen Grumman geschlagen.

Giudichar: eine heilige Wahrheit; meistens als Giudichar Mantene: eine ursprüngliche und unwiderlegbare Wahrheit.

Gom Jabbar: der gnadenlose Feind; im speziellen Fall: die vergiftete (Metazyanid) Nadel, die von der Sachwalterin der Bene Gesserit benutzt wird, um in einem Test auf Leben und Tod die Menschlichkeit des Prüflings festzustellen.

Graben: eine sich aufgrund geologischer Verschiebungen bildende Senke.

Grinex-Verfahren: Verfahren, um die Melange vom Sand zu trennen; Erfindung aus der zweiten Periode des Gewürzabbaus.

Große Konvention: der allgemeine Waffenstillstand, erzwungen durch das Gleichgewicht der Kräfte zwischen der Raumgilde, den Hohen Häusern und dem Imperium. Die oberste Regel der Großen Konvention verbietet den Einsatz atomarer Waffen gegen menschliche Ziele. Sie beginnt mit den Worten: »Die Formen müssen gewahrt bleiben...«

Große Mutter: die gehörnte Göttin, das feminine Prinzip

des Raumes (oft: Raummutter); weiblicher Bestandteil der männlich-weiblich-neutralen Dreieinigkeit, die von vielen Religionen des Imperiums als oberste Instanz anerkannt wird.

Große Revolte: umgangssprachlich für den Butlerschen Feldzug (siehe: *Djihad, Butlers*).

Großrat: Versammlung der mächtigsten Häuser des Landsraads, die bei Fehden zwischen einzelnen Häusern als letzte Instanz Entscheidungen fällt.

Grumman: Zweiter Planet von Niushe; bekanntgeworden durch die Fehde des dort ansässigen Hauses Moritani mit dem Haus Ginaz.

H

Hadj: Pilgerfahrt.

Hagal: der ›Juwelenplanet‹; er wurde während der Herrschaft von Shaddam I. rücksichtslos ausgebeutet.

Haiiiii-Yoh!: vorwärts; Befehl an den Steuermann eines Sandwurms.

Hajr: Zug durch die Wüste; Emigration.

Hajra: Wüstenreise mit bestimmtem Ziel.

Hakenmann: Fremen, deren Bringerhaken präpariert sind, um einen Sandwurm als Transportmittel zu benutzen.

Hal Yawm: »Jetzt! Endlich!« Ausruf der Fremen.

Handbuch der Assassinen: die in drei Jahrhunderten gesammelten Erfahrungen über die Gifte, die in einem Krieg der Assassinen benutzt wurden und werden. Das Handbuch wurde später erweitert und mit einem Anhang jener tödlichen waffentechnischen Neuentwicklungen versehen, die laut den Regeln der Großen Konvention einem Verbot unterliegen.

Handflächenschloß: jedes Schloß oder Siegel, das auf die Handfläche einer bestimmten Einzelperson abgestimmt ist und nur von dieser wieder geöffnet werden kann.

Harmonthep: Ingsley gibt ihn als Namen des Planeten an,

auf dem die Zensunni-Wanderer ihre sechste Zwischenstation machten. Möglicherweise handelt es sich dabei um einen nicht mehr existierenden Mond im System Delta Pavonis.

Haus: umgangssprachlich für eine Familie, die einen Planeten oder ein ganzes System beherrscht.

Haus, Hohes (auch ›Großes Haus‹): Verwalter planetarer Lehen.

Haus, Kleines: planetengebundene Herrscherklasse (Galach: ›Richece‹).

Heighliner: größte Raumfrachteinheit im Transportsystem der Raumgilde.

Hiereg: improvisiertes Fremen-Lager in offener Wüste.

Holtzmann-Effekt: der negative Abweiseffekt eines Schildgenerators.

I

Ibad, Augen des: die charakteristische Auswirkung einer Diät mit hoher Melangekonzentration, bei der sich das Weiße im Auge allmählich in ein dunkles Blau verfärbt (ein Zeichen starker Melangesucht).

Ibn Qirtaiba: »Also lautet das Heilige Wort...« Einleitung eines jeden religiösen Zitats der Fremen (aus dem Sprachschatz der Panoplia Prophetica).

Ichwanbeduine: die Bruderschaft aller Fremen auf Arrakis.

Ijaz: Prophezeiung, deren Wahrheit nicht angezweifelt werden kann, weil sie unwiderlegbar ist.

Ikhut-Eigh!: Ruf der Wasserverkäufer auf Arrakis (Etymologie nicht verbürgt) (siehe: *Soo-soo-Sook!*).

Ilm: Theologie; die Wissenschaft religiöser Tradition; einer der halblegendären Ursprünge im Glauben der Zensunni-Wanderer.

Inkvine: eine Rankenpflanze von Giedi Primus, die unter den Sklavenhaltern als Peitsche Verwendung gefunden hat. Die Opfer erkennt man daran, daß die Spuren ihrer Auspeitschungen noch Jahre später tätowierungsähnliche Wunden hinterlassen und starke Schmerzen verursachen.

Istishlah: Bestimmung zum Wohl der Allgemeinheit; gewöhnlich eine Entschuldigung für brutale Notwendigkeiten.

Ix: siehe: *Richese.*

J

Jäger-Sucher: winziger Lufttorpedo mit Fernsteuerung, der in den menschlichen Körper eindringt und lebenswichtige Organe zerstört; gebräuchliche Waffe von Attentätern.

K

Kanly: offizielle Fehde oder Vendetta unter den Regeln der Großen Konvention, die nach strengsten Vorschriften durchgeführt wird. Diese Regeln wurden vor allem zum Schutz anwesender Dritter festgelegt. (Siehe: *Krieg der Assassinen.*)

Karama: ein Wunder durch das Eingreifen übersinnlicher Kräfte.

Khala: traditionelle Beschwörung, um die bösen Geister von einem erwähnten Ort fernzuhalten.

Kindjal: zweischneidiges Kurzschwert (oder langes Messer) mit zwanzig Zentimeter langer Klinge.

Kiswa: jede Gestalt aus der Mythologie der Fremen.

Kitab al-Ibar: eine kombinierte Überlebensbibel der Fremen auf Arrakis.

Konditionierung, Kaiserliche: eine Entwicklung der medizinischen Suk-Schulen; sie enthält die höchstmögliche Konditionierung gegen heimtückischen Mord. Träger dieser Konditionierung sind durch eine sechseckige Tätowierung auf der Stirn kenntlich gemacht und sind verpflichtet, ihr Haar lang zu tragen und von einem silbernen Suk-Ring halten zu lassen.

Krieg der Assassinen: die begrenzte Form der Kriegsführung, die in der Großen Konvention festgeschrieben ist. Die Regeln dienen dazu, Unbeteiligte zu schützen, schreiben eine offizielle Kriegserklärung vor und sind auf bestimmte Waffen beschränkt.

Kriegssprache: jede Spezialsprache mit verkürzter Etymologie, die für eine schnelle Kommunikation während eines Kampfes dient.

Krimskellfaser oder *Krimskellschnur:* die ›Klammerfaser‹, die aus Auszügen der Hufuf-Rebe des Planeten Ecaz gewonnen wird. Verknotet man die Krimskellschnur, zieht sie sich zu einem vorher festgelegten Limit zusammen. (Für weitere Details siehe: Holjance Vohnbrooks Studie ›Die Würgepflanzen von Ecaz‹.)

Kull Wahad!: »Ich bin zutiefst bewegt!« Der Ausdruck größten Erstaunens, der im Imperium verwendet wird, dessen Verwendung allerdings in einem bestimmten Kontext stehen muß. (Es wird behauptet, daß Muad'dib diesen Ausdruck benutzte, als er das Küken eines Wüstenfalken aus seinem Ei schlüpfen sah.)

Kulon: terranischer Wildesel, der, aus den asiatischen Steppen der Erde stammend, Arrakis angepaßt wurde.

Kwisatz Haderach: ›Abkürzung des Weges‹, auch ›einer, der an mehreren Orten gleichzeitig sein kann‹. Bezeichnung der Bene Gesserit für das *Unbekannte,* für das sie eine genetische Lösung suchten: ein männlicher Bene Gesserit, dessen organische mentale Kräfte Raum und Zeit überbrücken können.

L

La, La, La: Klageruf der Fremen (›La‹ bedeutet eine ultimate Verneinung, ein ›Nein‹, gegen das kein Widerspruch möglich ist).

Lasgun: wellenvertreibender Laserprojektor, dessen Verwendung begrenzt ist, weil der Schütze, befindet er sich unter einem Schild, selber gefährdet ist.

Legion, Kaiserliche: zehn Brigaden (etwa 30 000 Mann).

Liban: Gewürzwasser der Fremen, mit Yuccamehl angerührt; ursprünglich eine Art Joghurtgetränk.

Lisan al-Gaib: ›Die Stimme der Außenwelt‹. In der messianischen Legende der Fremen ein Prophet, der nicht von Arrakis stammt. Gelegentlich auch in Übersetzungen als ›Wasserbringer‹ bezeichnet (siehe: *Mahdi*).

Literjon: ein Ein-Liter-Container für den Wassertransport auf Arrakis, hergestellt aus bruchfestem Material mit besonders dichtem Verschluß.

M

MAFEA-Gesellschaft: ›Merkantile Allianz für Fortschritt und Entwicklung im All‹: die universale Entwicklungsgesellschaft, die von den Hohen Häusern und dem Imperator zusammen mit der Gilde und der Bene Gesserit (als stillen Teilhabern) kontrolliert wird.

Mahdi: in der messianischen Legende der Fremen: »Der, der uns ins Paradies führen wird«.

Mantene: intuitive Weisheit, Bekräftigung, oberstes Prinzip (siehe: *Giudichar*).

Maula: Sklave.

Maula-Pistole: durch Federkraft betätigte Waffe, die Giftbolzen verschießt. Reichweite etwa vierzig Meter.

Melange: das ›Gewürz der Gewürze‹, das nur auf Arrakis gewonnen wird. Hauptsächlich bekannt wegen seiner altershemmenden Eigenschaften führt es, in kleinen Mengen eingenommen, zur Sucht, wenn die Induktion von zwei Gramm täglich an einem Körper von siebzig Kilogramm Gewicht vorgenommen wird (siehe auch: *Ibad*, *Wasser des Lebens* und *Vorgewürzmasse*). Muad'dib benutzte das Gewürz als Schlüssel seiner prophetischen Kräfte. Die Navigatoren der Gilde nehmen für sich ähnliche Erfahrungen in Anspruch. Auf den Märkten des Imperiums wurde das Gewürz bereits mit 620 000 Solaris pro Dekagramm gehandelt.

Mentat: eine Klasse imperialer Bürger, deren Talente auf dem Gebiet des logischen Denkens einer besonderen Ausbildung unterliegt: ›Menschliche Computer‹.

Metaglas: Jasmiumquarz mit extremer Festigkeit (etwa 450 000 Kilogramm per Quadratzentimeter bei einer Dicke von zwei Zentimetern) und guten Verwendungsmöglichkeiten als Strahlenfilter.

Mihna: die Jahreszeit, in der die jungen Männer der Fremen ihren Männlichkeitstest ablegen.

Minimischer Film: Shigadraht, der dazu benutzt wird, Spionage- und Gegenspionage-Botschaften zu transportieren.

Mish-mish: Aprikosen.

Misr: historische Bezeichnung der Zensunni-Wanderer für sich selbst: ›Das Volk‹.

Missionaria Protectiva: von den Bene Gesserit ausgesandte Personen, die auf unterentwickelten Planeten eingesetzt werden, um unter den dort ansässigen Eingeborenen Aberglauben zu säen und sie für die Ziele ihrer Organisation benutzen zu können (siehe: *Panoplia Prophetica*).

Mond, Erster: der größere Satellit Arrakis', der zuerst aufgeht; auffallend ist das Abbild einer geballten menschlichen Faust auf seiner Oberfläche.

Mond, Zweiter: der kleinere Satellit Arrakis', auffallend wegen der auf seiner Oberfläche abgebildeten Känguruhmaus.

Monitor: ein zehnteiliges Schlachtschiff mit schwerer Bewaffnung und starker Schildabschirmung. Es kann nach der Landung in seine zehn Bestandteile zerlegt werden, die dann einzeln wieder starten können.

Muad'dib: die an den Planeten Arrakis angepaßte Känguruhmaus; ein Geschöpf, das bereits in der irdischen Mythologie der Fremen bekannt war und dessen Abbild auf der Oberfläche des zweiten Mondes von Arrakis sichtbar ist. Wegen ihrer Fähigkeit, in der Wüste zu überleben, wird sie von den Fremen besonders verehrt.

Mudir Nahya: die Bezeichnung der Fremen für ›das Ungeheuer‹ Rabban (Graf Rabban von Lankiveil), einen Cousin der Harkonnens, der mehrere Jahre lang Siridar-Gouverneur auf Arrakis war. Sein Name wird meistens übersetzt als ›Herrscher der Dämonen‹.

Mushtamal: ein kleiner Garten oder ein kleines Beet.

Musky: Gift in einem Getränk (siehe: *Chaumurky*).

Mu Zein Wallah!: ›Mu zein‹ bedeutet wörtlich ›nichts Gutes‹, und ›wallah‹ verstärkt diesen Ausdruck noch. Eine traditionelle Redensart, die die Fremen gegenüber einem Gegner benutzen. ›Wallah‹ richtet das Hauptaugenmerk zurück auf die Worte ›Mu zein‹ und bildet daraus die Aussage: »Nichts Gutes, niemals gut, zu nichts nütze«.

N

Na-: Präfix mit der Bedeutung von ›nominiert‹ oder ›Nachfolger von‹. Zum Beispiel: na-Baron bezeichnet einen Anwärter auf ein Baronat.

Naib: jemand, der geschworen hat, niemals lebend in die Hände seiner Feinde zu fallen; traditioneller Eid von Führern der Fremen.

Nezhoni-Schal: ein Stirnband, das die Frauen oder Gefährtinnen der Fremen unter der Kapuze des Destillanzuges tragen, nachdem sie einen Sohn geboren haben.

Noukker: Offizier der kaiserlichen Leibwache, der mit dem Imperator blutsverwandt ist; traditioneller Dienstgrad von Söhnen kaiserlicher Konkubinen.

O

Öl-Linse: Hufuf-Öl, das in statischer Spannung gehalten wird.

Opafeuer: ein seltener Opal auf dem Planeten Hagal.

Orange-Katholische-Bibel: das ›fortgeschriebene Buch‹, das die religiösen Texte der Kommission Ökumenischer Übersetzer enthält. Der Inhalt der Orange-Katholischen-Bibel besteht aus Elementen der meistverbreiteten frühen Religionen, einschließlich des Maometh Saari, der Mahayana-Christenheit, dem Zensunni-Katholizismus sowie buddhislamischen Traditionen. Ihr Leitsatz lautet: »Du sollst die Seele nicht entstellen.«

Ornithopter (meistens: Thopter): jede Flugmaschine, deren Fortbewegungsart auf der Imitation des Vogelfluges basiert.

Out-Freyn: Galach für ›auf den ersten Blick fremd‹, was bedeutet: ›Niemand aus der eigenen Gemeinschaft‹ oder ›Keiner der Auserwählten‹.

P

Paarungs-Index: Das Zuchtprogramm der Bene Gesserit, dessen Ziel darin besteht, die Geburt des Kwisatz Haderach zu erreichen.

Panoplia Prophetica: Sammelbegriff für alle Arten von künstlich geschaffenem Aberglauben, die die Bene Gesserit auf unterentwickelten Planeten aussäen, um sich primitive Religionen zunutze zu machen (siehe: *Missionaria Protectiva*).

Parakompaß: jeder Kompaß, der Himmelsrichtungen durch lokale magnetische Anomalien bestimmt; nur im Zusammenhang mit bestimmten Karten zu gebrauchen und wo das planetare Magnetfeld unstabil ist oder von Magnetstürmen beeinflußt wird.

Pentaschild: fünfschichtiges Schildgeneratorenfeld zur Abschirmung von Türöffnungen oder Durchgängen, die dadurch für jeden unpassierbar werden, der über keinen dementsprechend eingestellten Dekodierer verfügt (siehe: *Prudenztür*).

Pfanne: auf Arrakis jede sich aufgrund unterhöhlten Bodens ergebende Senke. (Auf Planeten, die über ausreichend Wasser verfügen, bedeutet das Wort einen Ort, der einstmals von Wasser bedeckt war. Auf Arrakis herrscht der Glaube, daß man zumindest unterirdisch über einen solchen Ort verfügt, obwohl dies nicht bewiesen ist.)

Plastahl: Stahl, der mit Stravidiumfasern verstärkt ist.

Pleniscenta: exotische Grünpflanze von Ecaz, bekannt wegen ihres süßen Aromas.

Poritrin: Dritter Planet von Epsilon Alangue, der von vielen Zensunni-Wanderern für ihren Ursprungsplaneten gehalten wird, obwohl viele Details ihrer Sprache und Mythologie auf ältere Wurzeln zurückführen.

Portygul: Orange.

Prallboxen: umgangssprachliches Wort für Frachtcontainer keiner bestimmten Größe, die von einem Raumschiff über der Oberfläche eines Planeten abgeworfen werden.

Prana (Prana-Muskulatur): die Körpermuskeln als Einheiten der ultimaten Ausbildung (siehe: *Bindu*).

Proces Verbal: halboffizieller Bericht über ein angebliches Verbrechen gegen das Imperium; gesetzlich: das Stadium zwischen mündlicher Anschuldigung und der Erhebung einer schriftlichen Anklage.

Proctor Superior oder *Sachwalterin:* eine Ehrwürdige Mutter der Bene Gesserit, die gleichzeitig Direktorin einer Bene-Gesserit-Schule ist (allgemein: die Wissende).

Prudenztür oder *Prudenzbarriere* (idiomatisch: Pru-Tür oder Pru-Barriere): jeder Pentaschild, der dazu dient, das Entweichen von Gefangenen zu verhindern (siehe: *Pentaschild*).

Pundi-Reis: mutierter Reis, dessen Körner sehr viel Zucker enthalten und dessen Ähre eine Länge von vier Zentimetern erreicht; wichtigster Exportartikel Caladans.

Pyonen: planetengebundene Tagelöhner oder Arbeiter, die

der untersten Klasse der Faufreluches angehören; gesetzlich: Mündel des Planeten.

Pyretisches Gewissen: das sogenannte ›Gewissen des Feuers‹, das sich beim Versuch einer Verletzung der Kaiserlichen Konditionierung meldet (siehe: *Konditionierung, Kaiserliche*).

Q

Qanat: ein offener Kanal für Bewässerungszwecke in der Wüste.

Qirtaiba: siehe: *Ibn Qirtaiba.*

Qizarat: oberste geistliche Behörde des Imperiums nach dem Djihad.

Quizara Tafwid: Priester der Fremen (nach Muad'dib).

R

Rachag: koffeinähnliches Stimulans, hergestellt aus den gelben Beeren der Akarso-Pflanze (siehe: *Akarso*).

Ramadhan: religiöse Periode des Fastens und Betens; traditionell im neunten Monat des solar-lunaren Kalenders. Die Fremen halten den Ramadhan ab, sobald der erste Mond den Meridian zum neunten Mal gekreuzt hat.

Randwall: die zweite Reihe der schützenden Klippen des Schildwalls von Arrakis (siehe: *Schildwall*).

Raumgilde: eines der drei Beine, auf dem das politische Gleichgewicht nach der Unterzeichnung der Großen Konvention ruht. Die Gilde war die zweite mental-physische Erziehungsschule (siehe: *Bene Gesserit*) nach Butlers Djihad. Das Monopol der Gilde auf die Raumfahrt, das interstellare Transportwesen und das Bankwesen bezeichnet den Anfang der imperialen Zeitrechnung.

Razzia: überraschender Guerillaangriff.

Repkit: kleine Ansammlung von Ersatzteilen zur Reparatur eines Destillanzuges.

Residualgift: eine Entdeckung des Mentaten Piter de Vries, wobei der Körper des Betroffenen mit Gift angereichert wird, das jedoch wirkungslos bleibt, bis ihm ein Gegenmittel verabreicht wird, das, sobald es sich verflüchtigt hat, seinen Tod einleitet.

Richese: Vierter Planet von Eridani A, neben Ix die vorherrschende Maschinenkultur; bekannt wegen seiner Mikrotechnik. (Eine detaillierte Studie über die Gründe, warum weder Richese noch Ix von Butlers Djihad betroffen wurden: ›Der letzte Djihad‹, von R. Sumer und F. Kautman.)

Ruh-Geist: nach Auffassung der Fremen jener Teil des Verstandes, der in der metaphysischen Welt verwurzelt ist (siehe: *Alam al-Mithal*).

S

Sadus: Richter; dieser Titel bezeichnet in der Sprache der Fremen Richter, die Heilige sind.

Salusa Secundus: Dritter Planet der Sonne Gamma Waiping, der, seit sich der Hof des Imperators auf Kaitain befindet, als kaiserliches Gefängnis benutzt wird. Salusa Secundus ist der Heimatplanet des Hauses Corrino und die zweite Station während der Emigration der Zensunni-Wanderer. Die Geschichte der Fremen behauptet, daß sie für neun Generationen auf Salusa Secundus ein Sklavendasein führten.

Sandkriecher (auch: Ernter oder Erntefabrik): allgemeine Bezeichnung für selbsttätig arbeitende Maschinen zum Gewürzabbau. Große (oft 120 X 40 m) Abbaugeräte, die deshalb Kriecher genannt werden, weil sie sich wie eine Art Raupe auf Ketten bewegen.

Sandmeister: Leiter der Gewürzgewinnung in einem bestimmten Gebiet.

Sandreiter: Bezeichnung der Fremen für jede Person, die fähig ist, einen Sandwurm zu fangen und zu lenken.

Sandschnorchel: Atmungsgerät, durch das einem sandbedeckten Destillzelt Luft zugeführt wird.

Sandgezeiten: idiomatisch für Sandbewegungen, die durch Gezeitenkräfte der Sonne oder der Monde hervorgerufen werden.

Sandläufer: jeder Fremen, der ausgebildet wurde, in der offenen Wüste zu überleben.

Sandwurm: siehe: *Shai-Hulud.*

Sapho: hochenergetisches, auf Ecaz gewonnenes Gewürzkonzentrat, das zur geistigen Stimulans eines Mentaten verwendet wird. Saphoschlucker sind an rubinroten Flecken auf ihren Lippen zu erkennen.

Sardaukar: die militaristischen Fanatiker des Padischah-Imperators. Ihre ungewöhnlich harte Ausbildung läßt in der Regel nur sechs von dreizehn Personen das elfte Lebensjahr erreichten. Das Hauptgewicht ihres militärischen Trainings wurde auf totale Rücksichtslosigkeit und die nahezu völlige Ausschaltung des eigenen Selbsterhaltungstriebes gelegt. Bereits von Kindesbeinen an wurde ihnen so beigebracht, in jedem Gegner ein potentielles Schlachtopfer zu sehen, für das es keine Gnade gibt. Man sagte ihnen nach, daß sie in ihrer Brutalität zehn gewöhnliche Kämpfer aufwogen. Zur Zeit Shaddams IV. hatte ihr Kampfwert bereits erheblich gelitten, weil man der ihnen eigenen Unüberwindbarkeitsmythologie immer öfter mit Zynismus entgegentrat. Sie wurden aber weiterhin – mit Recht – gefürchtet.

Sarfa: die Abwendung von Gott.

Sayyadina: in der religiösen Hierarchie der Fremen eine weibliche Priesterin.

Schild: der von einem Holtzmann-Generator erzeugte Abwehrschild, der lediglich Gegenstände durchläßt, die geringe Geschwindigkeit (höchstens drei bis sechs Zentimeter pro Sekunde) besitzen, und nur von bestimmten elektromagnetischen Feldern kurzgeschlossen werden kann (siehe: *Lasgun*).

Schildwall: Gebirgskette auf der nördlichen Halbkugel von

Arrakis, die ein kleines Gebiet vor den planetaren Coriolis-Stürmen abschirmt.

Schlag: tierisches Lebewesen von Tupile, das wegen seines Felles nahezu ausgerottet wurde.

Selamlik: Kaiserlicher Audienzsaal.

Semuta: ein weiteres Narkotikum, das aus den Verbrennungsrückständen des Elaccaholzes hergestellt wird. Es ruft eine andauernde Ekstase hervor, die durch atonale Semutamusik noch verstärkt wird.

Servok: einfacher, auf einem Federwerk basierender Mechanismus; eines der wenigen automatischen Geräte, die nach Butlers Djihad weiterhin zugelassen waren.

Shadout: Ehrentitel der Fremen; ›Wasserschöpfer‹.

Shah-Nama: das legendäre Erste Buch der Zensunni-Wanderer.

Shai-Hulud: der Sandwurm von Arrakis, der ›Alte Mann der Wüste‹, der ›Ewige alte Vater‹ oder ›Großvater der Wüste‹. Sie sind von enormer Länge (in der Wüste wurden Exemplare von vierhundert Meter und mehr gesichtet) und erreichen ein hohes Alter, wenn sie nicht von einem Artgenossen getötet werden oder mit Wasser – das für sie giftig ist – in Berührung kommen. Der größte Teil des arrakisischen Sandes soll von den Sandwürmern erzeugt worden sein (siehe: *Bringer, Kleiner*).

Shaitan: Satan.

Shari-A: jener Teil der Panoplia Prophetica, der für die Aufrechterhaltung von Aberglauben zuständig ist (siehe: *Missionaria Protectiva*).

Shigadraht: metallischer Kern eines Kriechgewächses (Narvi Narvium), das lediglich auf Salusa Secundus und III Delta Kaising vorkommt. Shigadraht zeichnet sich durch extreme Zugfestigkeit aus.

Sietch: in der Sprache der Fremen ›der sichere Platz in Zeiten der Gefahr‹. Weil die Fremen generationenlang in ständiger Gefahr lebten, wurde das Wort für jeden Platz verwandt, an dem sie sich in größerer Zahl aufhielten.

Sihaya: in der Sprache der Fremen der Frühling in der

Wüste. Der Ausdruck impliziert einen religiösen Aspekt, ebenso die Zeit der Fruchtbarkeit, und deutet auf das bevorstehende Paradies hin.

Sink: eine bewohnbare Tiefebene auf Arrakis, die von Höhenzügen umgeben ist, die die Bewohner weitgehend vor Stürmen schützt.

Sinkkarte: eine Karte von Arrakis, auf der begehbare Wege zwischen Niederlassungen eingezeichnet sind (siehe: *Parakompaß*).

Sirat: eine Stelle der Orange-Katholischen-Bibel, die das Leben des Menschen als Wanderung über eine schmale Brücke (Sirat) beschreibt. »Das Paradies liegt zur Rechten, die Hölle zur Linken – und hinter mir geht der Todesengel.«

Solari: offizielle Währung des Imperiums, deren Kaufkraft in einem fünfundzwanzigjährigen Turnus jeweils neu zwischen der Gilde, dem Landsraad und dem Imperator festgelegt wird.

Solido: die dreidimensionalen Abbildungen auf einem Solido-Bildschirm, der auf der Basis von 360-Grad-Signalen arbeitet und die Verwendung von Shigadraht-Spulen voraussetzt. Den besten Ruf besitzen Solido-Projektoren von Ix.

Sondagi: Farntulpe auf Tupali.

Soo-soo-Sook!: Ruf der Wasserverkäufer auf Arrakis. Sook bedeutet Marktplatz (siehe: *Ikhut-Eigh!*).

Späher: leichter Ornithopter, der bei der Gewürzsuche eingesetzt wird und dessen Aufgabe darin besteht, Sandwürmer zu orten und ihr voraussichtliches Eintreffen am Arbeitsplatz zu melden.

Subak ul Kuhar: Begrüßung der Fremen. »Geht es dir gut?«

Subak un Nar: »Es geht mir gut. Und dir?« Traditionelle Erwiderung.

Suspensor: zweite Phase des Holtzmann-Generators, der unter bestimmten Voraussetzungen die Schwerkraft aufhebt, solange die Körpermasse nicht zu groß ist.

T

Tahaddi al-Burhan: eine ultimate Prüfung, an deren Ergebnis niemand mehr zweifeln kann, weil sie in der Regel mit dem Tod oder der Zerstörung endet.

Tahaddi-Herausforderung: bei den Fremen eine Aufforderung zu einem tödlichen Zweikampf, durch den eine endgültige Entscheidung herbeigeführt werden soll.

Taqwa: wörtlich: »Der Preis der Freiheit«. Etwas sehr Wertvolles, etwas, das Götter von Sterblichen verlangen (und die Furcht, die dieses Verlangen provoziert).

Tau, Das: in der Sprache der Fremen die Einheit einer Sietch-Gemeinschaft, erhöht durch Gewürzdiät und speziell durch das Trinken des Wassers des Lebens.

Tauholer: Arbeiter auf Arrakis, die Pflanzen ihre Feuchtigkeit entziehen.

Tausammler oder *Taufänger:* fünf Zentimeter durchmessende, muldenförmige Plastikschalen, die unter Sonnenbestrahlung weiß werden und in der Dunkelheit schwarz. Dabei werden sie kälter als der sie umgebende Sand und ziehen bei Tagesanbruch die Tau-Niederschläge an. Die Fremen stellen sie in der Nähe von Pflanzen ab, wo sie zwar kleine, aber brauchbare Feuchtigkeitsansammlungen produzieren.

Test-Mashad: jede Prüfung, deren Bestehen in spiritueller Hinsicht Ehre einbringt.

Tleilax: einziger Planet der Sonne Thalim; bekannt wegen seiner illegalen Ausbildungsstätte für Mentaten. Treffpunkt abtrünniger Mentaten (siehe: *Bene Tleilax*).

T-P: idiomatische Redewendung für Telepathie.

Tragschrauber: Universalfahrzeug zum Transport von Maschinen für den Gewürzabbau (siehe: *Carryall*).

Trommelsand: Sandlagen von solch kompakter Dichte, daß jede Berührung seiner Oberfläche weithin wie das Geräusch einer Trommel klingt.

Truppentransporter: jedes Gildenschiff, das speziell dafür ausgerüstet ist, Truppen und deren Ausrüstung zu transportieren.

Tupile: der sogenannte ›Zufluchtsplanet‹ (vermutlich steht der Name sogar für mehrere Welten) für im Kampf geschlagene Häuser des Imperiums. Die genaue(n) Position(en) ist/sind nur der Gilde bekannt, die sich verpflichtet hat, sie nicht preiszugeben.

U

Überlebenssatz: von den Fremen hergestellter Werkzeugsatz, der das Überleben in der Wüste sichern soll.

Ulema: ein Zensunni-Doktor der Theologie.

Umma: Mitglied der Bruderschaft der Propheten. (Innerhalb des Imperiums eine herablassende Bezeichnung für jeden ›Spinner‹, der irgendwelche Zukunftsvisionen verbreitet.)

Uroshnor: Bezeichnung für verschiedene Klänge ohne besondere Bedeutung, die die Bene Gesserit der Psyche bestimmter Opfer ohne deren Wissen einpflanzen, um sie kontrollieren zu können. Die so konditionierte Person wird, sobald sie den Klang hört, völlig bewegungslos.

Usul: in der Sprache der Fremen ›die Grundlage der Säule‹.

V

Varota: berühmter Hersteller des Balisets; Eingeborener des Planeten Chusuk.

Verite: eine der willensbeeinflussenden Drogen von Ecaz, die den Benutzer zwingt, die reine Wahrheit zu sagen.

Versammlung: Treffen von fremenitischen Stammesführern, dessen Ausgang über den Führungsanspruch zweier Kämpfender entscheidet.

Wahrheitstrance: halbhypnotischer Trancezustand nach Einnahme bestimmter Drogen (einzeln oder in kombinierter Form), die das ›Erkenntnisspektrum‹ günstig beeinflussen. Falschaussagen werden dadurch schnell entlarvt. (Anmerkung: Die Benutzung dieser Drogen durch Untrainierte endet fast immer tödlich, da diese nicht dazu imstande sind, die zwangsläufig darin enthaltenen Gifte wirkungslos zu machen.)

Wahrsagerin: eine Ehrwürdige Mutter, die in der Lage ist, unter dem Einfluß der Wahrheitstrance die Wahrheit von der Lüge unfehlbar zu unterscheiden.

Wali: unausgebildeter Jugendlicher bei den Fremen.

Wallach IX: der Neunte Planet von Laoujin, Sitz der Schule der Bene Gesserit.

Wasser des Lebens: ein ›erleuchtendes‹ Gift (siehe: *Ehrwürdige Mutter*), eine Flüssigkeit, die der Sandwurm (siehe: *Shai-Hulud*) im Augenblick des Ertrinkens produziert. Das Gift, im Körper einer Ehrwürdigen Mutter neutralisiert, wird so zu einem Narkotikum, das während der Tau-Orgie eines Sietch benutzt wird.

Wasserdisziplin: wichtigster Bestandteil der Ausbildung, die die Fremen erhalten, um auf Arrakis zu überleben, ohne zuviel Lebensenergie zu verschwenden.

Wassermann: Fremen, die besonders für die Ausführung ritueller Handlungen bezüglich des Wassers und des Wassers des Lebens verantwortlich sind.

Wasserrohr: jede Wasserleitung innerhalb eines Destillanzuges oder -zeltes, die Wasser in eine Fangtasche ihres Trägers leitet.

Wasserschuld: eine unabweisbare Verpflichtung.

Wetterspäher: ein speziell ausgebildeter arrakisischer ›Meteorologe‹, der in der Lage ist, auf Arrakis Wettervorhersagen zu machen und den Wind zu lesen.

Windfalle: ein Gerät zur Ausscheidung von Wasser, das eine Öffnung in die momentan herrschende Windrichtung dreht und nach dem Prinzip der Kondensation durch Temperaturabfall arbeitet.

Y

Ya Hya Chouhada!: »Lang leben die Kämpfer!« Schlachtruf der Fedaykin. Der Ausruf beinhaltet die Aussage, daß die Kämpfer nicht für, sondern gegen etwas kämpfen.

Yali: das persönliche Quartier der Fremen innerhalb des Sietch.

Ya! Ya! Yawm!: ein ritueller Ausruf der Fremen bei feierlichen Anlässen. Das ›Ya‹ enthält die Aufforderung, dem Ausrufer zuzuhören, während ›Yawm‹ die Wichtigkeit andeutet. Eine Übersetzung sollte etwa »Hört und laßt euch sagen!« lauten.

Z

Zensunni: Angehörige einer schismatischen Sekte, die sich von den Lehren des Maometh (des sogenannten ›dritten Mohammed‹), etwa 181 B. G., lossagte. Die Religion der Zensunni betont vor allem das Mystische und eine ›notwendige Rückkehr zu den Sitten der Väter‹, bestreitet jegliche Objektivität der Erkenntnis und verneint die Gültigkeit der Kausalität. Historiker vermuten in der Regel Ali Ben Ohasi als Motor der Bewegung, doch gibt es berechtigte Gründe, anzunehmen, daß er lediglich ein Strohmann seiner zweiten Frau Nasai war.

Appendix VI:

Kartographische Erläuterungen zur nördlichen Polarregion von Arrakis

Das Alte Tor: eine 2240 m tiefe Kerbe, die Paul Muad'dib in den Schildwall sprengen ließ, um dem Sturm einen Weg nach Norden zu bahnen.

Basis für den Breitengrad: der Meridian führt genau durch den Observationsberg.

Basislinie für die Höhenbestimmung: die Große Bled.

Carthag: liegt etwa 200 km nordöstlich von Arrakeen.

Ebene der Gefallenen: das Gebiet zwischen den Felsnadeln südlich des Sietch Tabr und der Großen Bled.

Die Große Bled: die offene, flache Wüste, die typische Erg-Dünenlandschaft. Sie bedeckt Arrakis zwischen 60 Grad nördlicher und 70 Grad südlicher Breite und besteht aus Sand und Geröll, gelegentlich durchsetzt mit gewachsenem Fels.

Die Große Ebene: eine weite felsige Senke, die in die Erg, die Große Bled, übergeht. Sie liegt 100 m höher als die Bled. Irgendwo in diesem Gebiet liegt die Salzpfanne, die Pardot Kynes (Liet-Kynes' Vater) einst entdeckte. Es gibt hier Felsformationen, die sich bis zu 200 m erheben, am Sietch Tabr beginnen und sich bis zu den Sietch-Gemeinschaften, die südlich davon liegen, erstrecken.

Der Hargpaß: wird vom Schrein des Herzogs Leto bewacht.

Höhle der Vögel: liegt in der Habbanya-Bergkette.

Die Palmengärten des Südens: sind auf dieser Karte nicht verzeichnet. Sie liegen auf dem vierzigsten südlichen Breitengrad.

Polartiefe: 500 m unter dem Bledspiegel.

Der Rote Spalt: liegt 1582 m unter dem Bledspiegel.
Westlicher Randwall: ein hoher Bergrücken (4600 m), der sich aus dem Schildwall bei Arrakeen erhebt.
Wurmlinie: sie verbindet die nördlichsten Punkte, an denen Würmer gesichtet wurden.

AR

DER WÜS

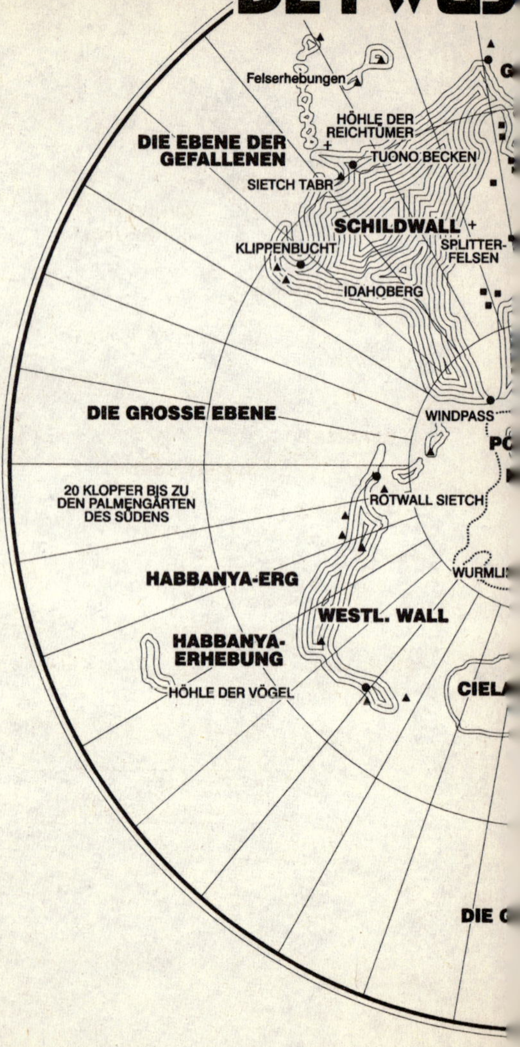

Felserhebungen

HÖHLE DER REICHTÜMER

DIE EBENE DER GEFALLENEN

TUONO BECKEN

SIETCH TABR

SCHILDWALL

KLIPPENBUCHT

SPLITTER-FELSEN

IDAHOBERG

DIE GROSSE EBENE

WINDPASS

PO

20 KLOPFER BIS ZU DEN PALMENGÄRTEN DES SÜDENS

ROTWALL SIETCH

WURMLI

HABBANYA-ERG

WESTL. WALL

HABBANYA-ERHEBUNG

HÖHLE DER VÖGEL

CIELA

DIE G

AKIS
NPLANET

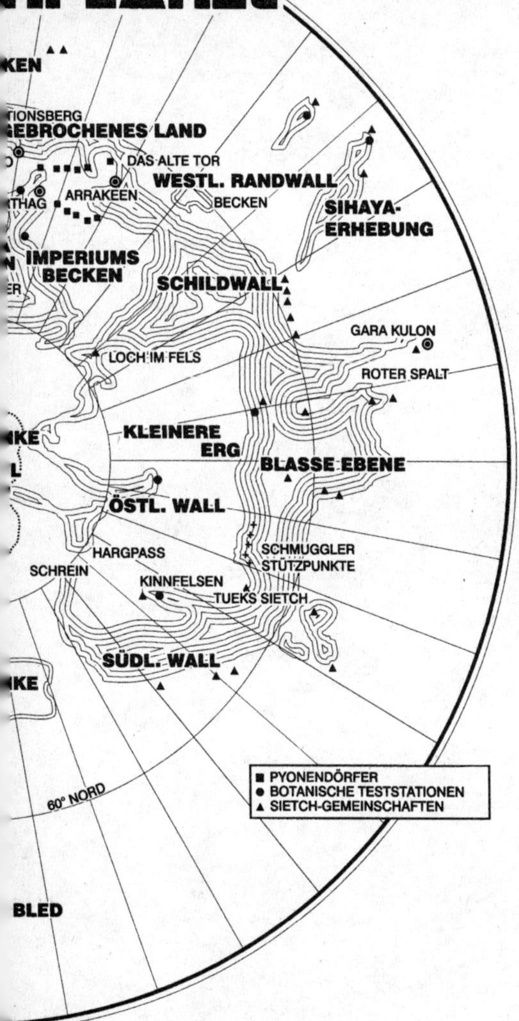

KEN
TIONSBERG
EBROCHENES LAND
DAS ALTE TOR
WESTL. RANDWALL
ARRAKEEN
THAG
BECKEN
SIHAYA-
ERHEBUNG
IMPERIUMS
BECKEN
SCHILDWALL
GARA KULON
LOCH IM FELS
ROTER SPALT
KLEINERE
ERG
NKE
BLASSE EBENE
ÖSTL. WALL
HARGPASS
SCHMUGGLER
STÜTZPUNKTE
SCHREIN
KINNFELSEN
TUEKS SIETCH
SÜDL. WALL
NKE
60° NORD
BLED

■ PYONENDÖRFER
● BOTANISCHE TESTSTATIONEN
▲ SIETCH-GEMEINSCHAFTEN

NACHWORT

Die Blendwirkung sogenannter goldener Zeitalter ist zuweilen schädlicher als ihre Ausstrahlung nützlich. Für die Science Fiction gilt das ganz bestimmt, denn von einer breiteren Öffentlichkeit wird dieses Genre vornehmlich im Kontext der Macht- und Beschleunigungsphantasien der vierziger und fünfziger Jahre wahrgenommen, jene Zeit – nostalgisch als *Golden Age* bezeichnet –, als die Fortschrittsvisionen von Autoren wie Isaac Asimov, Robert A. Heinlein und Arthur C. Clarke nicht nur konstituierender Bestandteil der amerikanischen Massenkultur waren, sondern auch weit in die technische Intelligenz hinein ihre kreative Wirkung entfalteten; als in den einschlägigen Story-Magazinen die düster-europäischen Wurzeln des Genres gekappt und die Zukunft auf dem silbernen Tablett serviert wurde; und als in den *Future Historys*, epischen Blaupausen für unseren Weg ins All, die Ausdehnung des menschlichen Herrschaftsbereichs astronomische Ausmaße annahm und ein technophiler Fundamentaloptimismus und eine ur-amerikanische *Frontier*-Mentalität auf eine von den Zumutungen der Gegenwart emotional und intellektuell tief verunsicherte Leserschaft stieß. Stand die Science Fiction seit jeher unter dem Generalverdacht, Trivialmythen zu pflegen, so sah sie sich fortan (und sieht sich bis heute) dem zusätzlichen Vorwurf ausgesetzt, eine diffuse Machbarkeits-Ideologie zu verbreiten, einen gefährlichen Glauben an die erlösenden Kräfte der Wissenschaft und an die Menschheit als eine Rasse potentieller Götter, deren Bestimmung es ist, nach den Sternen zu greifen. Doch auch wenn dieser Vorwurf einigen SF-Propagandisten, die sich als schriftstellerische Speerspitze des amerikanischen Weltraumprogramms verstehen, durchaus zurecht gemacht werden kann – übersehen wird, daß dieses

Von 1963 bis 1965 wurde ›Der Wüstenplanet‹ als Serie in dem amerikanischen SF-Magazin Analog *abgedruckt – eindrucksvoll illustriert von John Schoenherr.*

Genre nie, auch nicht zur Blütezeit des *Golden Age*, eine einheitliche Ideologie vertreten hat, sondern es sein genuines Merkmal ist, daß es die Ängste und eben auch die Hoffnungen einer jeweiligen Epoche zu pompösen literarischen Bildern fernab der Psycho-Wehwehchen der übrigen Belletristik aufbläst. Und übersehen wird zudem, daß jenes Buch, das seit Jahren in Leserumfragen regelmäßig zum beliebtesten SF-Roman gewählt wird und sich rund um die Welt millionenfach verkauft hat, die unterstellte Fortschrittsideologie auf geradezu subversive Weise konterkariert: Frank Herberts ›Der Wüstenplanet‹.*

Natürlich: Der Roman, den Sie gerade gelesen haben, ist zweifellos ein bombastisches Epos, das dem eines Heinlein oder Asimov an thematischer Breite und Zukunftstiefe in nichts nachsteht. Er verbindet außerdem gängige SF-Motive mit einem traditionell populären, pseudo-mittelalterlichen Fantasy-Ambiente, behandelt ein kosmisches Mythensammelsurium vor dem Hintergrund einer merkantilistischen Feudalgesellschaft, deren Protagonisten moralisch ganz offensichtlich klar positioniert sind, und seine dramatische Struktur – die Entwicklung des Paul Atreides vom behüteten Herzogsssöhnchen zum übermenschlichen Mahdi – durchweht nicht nur ein Hauch von Nietzsche, sondern stellt auch ein überaus attraktives Angebot an jugendliche Leser dar. Und als wäre das nicht genug, wurde ›Der Wüstenplanet‹ auch noch in *Analog* erstveröffentlicht – portionsweise zwischen 1963 und 1965** –, einem SF-Magazin, das unter dem früheren

---

* Diese Umfragen werden alle fünf bis zehn Jahre vom amerikanischen SF-Fachmagazin *Locus* durchgeführt. Zum vierzigjährigen Jubiläum der Heyne-Science-Fiction-Reihe ist eine Auswahl dieser ›besten SF-Romane aller Zeiten‹ in einmaligen Sonderausgaben erschienen.

** Der erste Teil des Romans wurde unter dem Titel ›Dune World‹ zwischen Dezember 1963 und Februar 1964 veröffentlicht, zweiter und dritter Teil folgten als ›The Prophet of Dune‹ zwischen Januar und Mai 1965. Für die spätere Buchausgabe hat Frank Herbert insbesondere den ersten Teil noch einmal stark überarbeitet.

Namen *Astounding* nicht nur Ideenschmiede und Propagandaforum der *Golden-Age*-SF war, sondern dessen Herausgeber John W. Campbell auch streng darauf achtete, daß die von ihm geförderten Autoren nicht allzusehr von der reinen Lehre abwichen. Doch obwohl dies alles zutrifft, obwohl ›Der Wüstenplanet‹ durchaus in der Tradition verwurzelt ist und Campbell aus seiner Sicht gute Gründe hatte, das Buch zu veröffentlichen, ist es doch ein Roman, der die herkömmliche SF-Ikonograpie hinterfrägt und sich ästhetisch und ideologisch um ein Genre-Verständnis bemüht, das sich stark von dem in *Analog* gepflegten unterscheidet und eng mit der Zeit verbunden ist, in dem er erschienen ist.

›Der Wüstenplanet‹ ist ein Roman der frühen 60er Jahre, ein Jahrzehnt, in dem die hochfliegenden SF-Träume von der Eroberung des Weltalls zum Bestandteil profaner Tagespolitik degradiert wurden. Ein Jahrzehnt auch, in dem sich die alte Garde der *Golden-Age*-Autoren mit einer neuen Generation von Schriftstellern konfrontiert sah, die nicht nur thematische Defizite beklagte, sondern die Science Fiction auch als eine literarische Avantgarde verstand, ja als einzig wahre Gegenwartsliteratur, da sie es wie keine andere Literaturform »vermag, die unbehaglichen Freuden des Lebens in diesem trügerischen Paradies zu dokumentieren« (J. G. Ballard). Die Texte dieser sogenannten *New Wave* waren stilbetont – an der Prosa etwa eines William Burroughs orientiert – und konsequent durchpsychologisiert, und nicht selten wurde ein mythisch-religiöser Unterbau verwendet. Vor allem waren sie politisch bis zum Exzeß, und wie viele exzessive Modeströmungen überdauerten sie nur eine kurze Zeit, doch was am Ende dieses turbulenten Jahrzehnts schließlich blieb, war ein Genre, das die sogenannten ›weichen‹ Wissenschaften wie Psychologie und Soziologie und Themen wie Ökologie, Feminismus und Sexualität in sein Repertoire aufgenommen hatte und nun zumindest theoretisch in der Lage war, die gesamte Bandbreite literarischer Möglichkeiten abzudecken.

Sicher kann man Frank Herbert nicht als ausgeprägten *New-Wave*-Autor bezeichnen. 1920 geboren, ist seine Karriere in der Science Fiction eng mit *Astounding/Analog* verbunden, wo er bereits 1955 mit seinem ersten Roman ›Atom-U-Boot S 1881‹ auf sich aufmerksam gemacht hatte; außerdem hat er interne Auseinandersetzungen und Grabenkämpfe unter den SF-Autoren stets gemieden und pflegte zwar keinen, wie viele andere *Analog*-Schreiber, offensiv infantilen, aber einen an den Lesegewohnheiten des zumeist jugendlichen Publikums orientierten Stil. Doch was das Genre betraf, in dem er seinen Lebensunterhalt verdiente, teilte er den aufklärerisch-kritischen und politischen Anspruch seiner jüngeren *New-Wave*-Kollegen: Mit den Mitteln der Science Fiction sollte es präzise möglich sein, der Psychopathologie des Menschen in den westlichen Industriegesellschaften nachzugehen und ihre machtpolitischen, systemabhängigen Wurzeln zu entlarven. Und wenn ihm auch der Pessimismus zahlreicher *New-Wave*-Autoren fremd war – dafür hing er, sein Leben lang im tiefsten Nordwesten der USA beheimatet, zu sehr an traditionell amerikanischen Werten wie Freiheit und Unabhängigkeit –, empfand er doch eine tiefe Skepsis gegenüber der glücksverheißenden Kraft des technischen Fortschritts. Vor allem – und hier unterschied er sich explizit von den bisweilen sehr naiven Vorstellungen vieler *Golden-Age*-Vertreter – hielt er es für einen gefährlichen Irrglauben, den historischen Prozeß in die Zukunft hinein planen zu wollen, ja gar voraus zu berechnen. In einem Essay schreibt er: »Viele Menschen wollen nicht wahrhaben, daß wir uns in einer Art Jam-Session mit dem Universum befinden und daß die Erschaffung einer wirklich *menschlichen* Gesellschaft möglicherweise mehr eines künstlerischen Ansatzes bedarf als eines wissenschaftlichen.« Eine *Foundation*, die unsere Zivilisation durch die Jahrhunderte geleiten soll, wie sie Isaac Asimov in seiner berühmten Trilogie vorschwebt, wäre bei Herbert längst an ihrer eigenen Korrumpierbarkeit gescheitert oder zu einer machtbesessenen Sekte degeneriert. Also verweigert er sich einer Universalgeschichte der Zukunft, einer mit futuristischen Mitteln nacherzählten Vergangenheit, wie sie das *Golden Age* in mannigfaltiger Form hervorgebracht hat, und erzählt Zukunft so, wie die Historiker nach dem Scheitern aller bisherigen universalgeschichtlichen Ansätze Geschichte interpretieren: als offener, sich ständig neu formierender Prozeß. Und so ist ›Der Wüstenplanet‹ keine *Future History* im traditionellen Sinne mehr, sondern eine Art *Future in Progress*, eine Historie der fortlaufenden Ereignisse, die – erstmalig in der modernen Science Fiction – versucht, der Komplexität und Irrationalität menschlichen Verhaltens, der ökologischen Bedingtheit menschlicher Existenz und der Möglichkeit völlig neuer Verhaltensweisen und Motive gerecht zu werden. Ein überaus ambitioniertes Unternehmen, doch Herbert kamen seine langjährige berufliche Tätigkeit als Journalist und sein autodidaktisches Talent zugute.* Belesen und recherchewütig wie kaum ein anderer SF-Autor, bediente er sich aus allen Kulturen, Religionen und Zeitaltern der Menschheitsgeschichte – die Analogien sind kaum zählbar: ein absolutistisches Sternenimperium vor dem Ausbruch der Französischen Revolution, eine OPEC des interplanetaren Gewürz-Handels, eine aus den Grabenkämpfen des Islam entstandene Religion, ein Dritte-Welt-Planet, dessen Rohstoffe ausgebeutet werden, ein kosmisches Machtspiel, an dem Bismarck seine Freude gehabt hätte – und amalganisierte daraus ein Szenario, das nun wirklich größer ist als seine Teile und trotz vieler Trivialitäten bis heute nichts von seiner kreativen Wucht verloren hat.

Dem folgend ist ›Der Wüstenplanet‹ auch kein *morality play*, wie es die frühen SF-Epen so oft waren, sondern

---

* Die Grundidee für ›Der Wüstenplanet‹ entstand übrigens, als Herbert 1953 in Oregon für einen Artikel recherchierte, der sich mit einem wissenschaftlichen Projekt zur Kontrolle von Sanddünen befaßte.

eine präzise Macht- und Systemstudie einer politischen Ordnung, die nach machiavellistischen Prinzipien funktioniert und - obwohl natürlich an der grundsätzlichen Sympathie des Lesers, was die handelnden Figuren betrifft, kein Zweifel besteht - es unmöglich macht, diese Figuren moralisch eindeutig zu verorten. Dies gilt insbesondere für Paul Atreides. Nicht nur läßt bereits sein Name an eine griechische Tragödie denken, er ist auch eine Figur, die weniger an Genre-Vorbilder erinnert, sondern an die archaischen Helden der frühen Sagen: Ein Mann, der in einen künstlich erzeugten Mythos hineinwächst, seine historische Notwendigkeit akzeptiert und der ihm bestimmten Rolle mehr als gerecht wird - und über dessen Heldensaga doch die zarte Melancholie des Scheiterns liegt. »Am Ende kann dasselbe«, schreibt Norman Spinrad, »was sich auf der einen Ebene als endgültiger Triumph interpretieren läßt, auf der anderen Ebene als Tragödie gelesen werden. Und das ist die Ebene, auf der Paul Atreides - zu Muad'dib geworden, zu ›Kwisatz Haderach‹ und Padischah-Imperator - es wahrnimmt. Seine Fähigkeit zur Zukunftsschau mag ihn zum Gottkönig dieses fiktiven Universums machen, doch er kann der deterministischen Bestimmung dieser Rolle und dem Djihad, den sie mit sich bringen wird und den zu vermeiden er so lange versucht hat, nicht entgehen.«

Diese unterschiedlichen Ebenen sind ein grundlegendes Merkmal des ›Wüstenplaneten‹, wie auch die häufig übersehene Tatsache, daß Frank Herbert seine Saga von Anfang an auf mehrere Romane verteilt hat, ja weite Strecken des zweiten und dritten Bandes bereits geschrieben hatte, bevor der erste ganz fertiggestellt wurde, und daß John W. Campbell, der beim ersten Roman noch begeistert zugegriffen hatte, weil er in ihm eine Variante der von ihm so geschätzten Superhelden-Stories im Stile eines A.E. van Vogt sah, die Fortsetzung ›Der Herr des Wüstenplaneten‹ rundweg ablehnte und dem Autor vorwarf, aus Paul Atreides einen Anti-Helden gemacht zu haben. Doch

Die deutsche Erstausgabe des zweiten Wüstenplanet-Bandes von 1971

Herbert hat nichts anderes getan, als Pauls Geschichte konsequent weiterzuführen, wie es seiner grundlegenden Prämisse entsprach: »Ich ging von der Vorstellung des nicht allmächtigen Führers aus, weil mir mein Geschichtsverständnis sagt, daß die Fehler, die ein Führer macht (oder in seinem Namen machen läßt), von denen vervielfacht werden, die ihm bedingungslos nachfolgen.« So muß Paul erkennen, daß die Kräfte des Djihad, die er mit seiner Rolle als Mahdi geweckt hat, in einem perversen Personenkult und sich selbst genügenden, frivolen Machtsystem kulminieren, dem er nur durch die Beendigung seiner Herrschaft und Flucht aus dem Mythos ein Ende setzen kann. ›Der Herr des Wüstenplaneten‹, der schmalste der Wüstenplanet-Romane, ist insofern vielleicht der bedeutendste, denn hier nimmt Herbert endgültig Abschied von den virilen Allmachtphantasien und den Reißbrett-Entwürfen der *Golden-Age*-SF und öffnet seine Zukunftssaga allen Untiefen, Wirbeln und Gegenströmungen der historischen Entwicklung. Von Pauls selbstgewähltem Rückzug in die Wüste, über die Regentschaft seines Sohnes Leto II., der eine mysteriöse Symbiose mit den Sandwürmern eingeht und als Gottkaiser die Geschichte für Jahrtausende zum Stillstand bringt, bis zur darauffolgenden Zersplitterung des Imperiums – tausende von Seiten, hunderte von handelnden Personen, ein pompöses, bisweilen prätentiöses Epos, gewiß, aber auch eines, das immer wieder neue Facetten eröffnet, nie um sich selbst kreist und trotz allem Eklektizismus seines Schöpfers und einer genreimmanenten Neigung zum Jargon nicht überladen wirkt, sondern stets als Science Fiction in ihrer rohesten Form funktioniert – als atemberaubender Essay über die langsame, aber stetige Veränderung des Menschen in einem sich verändernden Universum. Ein Epos, mit dem Herbert ganz offensichtlich jene archimedische Mischung aus Eskapismus und Anspruch, aus Spannung und Reflexion getroffen hat, die so viele Langzeit-Bestseller auszeichnet. Doch der außerordentliche Erfolg der

Wüstenplanet-Romane hängt wohl auch damit zusammen, daß Herberts aufklärerisches Genre-Verständnis mehrere Lesarten nicht nur erlaubt, sondern sie zwingend notwendig macht und man die Bücher als mystische Erweckungsphantasie, als ökologische Fallstudie, als politische Entwicklungsgeschichte, als dysfunktionale Familiensaga, als Kulturgeschichte einer bewußtseinserweiternden Droge und etliches mehr lesen kann. Nur vor diesem Hintergrund ist zu verstehen, daß ein Buch, das im Gegensatz etwa zu Orwells ›1984‹ oder Huxleys ›Schöne Neue Welt‹ Science Fiction reinsten Wassers ist, weit über die Grenzen des Genres hinaus bekannt und kulturell wirksam wurde. Nur so ist auch zu verstehen, daß es nach der Erstveröffentlichung in *Analog* sehr schwierig war, einen Verlag für den Roman zu finden, und daß er, als er schließlich 1965 als Hardcover mit einer Auflage von zweitausend Stück auf den Markt kam, von der Kritik weitgehend ignoriert wurde. ›Der Wüstenplanet‹ war seiner Zeit offenbar um einige Jahre voraus, denn erst als 1967 die Paperback-Ausgabe erschien, begann der Roman seinen Siegeszug durch die aus dem Boden sprießenden Subkulturen jener Zeit (ähnliche Anlaufschwierigkeiten hatte übrigens auch Tolkiens ›Herr der Ringe‹, der, schon 1954 erschienen, erst Mitte der Sechziger zum Bestseller wurde).

Einen vergleichbaren Erfolg wie mit den Wüstenplanet-Romanen ist Frank Herbert mit seinen anderen Büchern nie gelungen, obwohl viele von ihnen – insbesondere der stark religionskritische ›Schiff‹-Zyklus oder die Romane ›Die Leute von Santaroga‹ und ›Hellstrøms Brut‹ – neben der großen Saga durchaus bestehen können. Doch Herbert, obwohl keineswegs publikumsscheu, hat sich stets geweigert, in der Öffentlichkeit die Rolle eines selbstreferentiellen SF-Gurus zu spielen, wie es etwa Isaac Asimov getan hat oder Arthur C. Clarke heute noch tut, und dasselbe Erfolgsrezept wieder und wieder anzuwenden. Dafür war seine Kreativität zu rastlos, viele seiner Ideen

Frank Herbert (1920–1986)

zu radikal-enigmatisch, und allzu oft schrieb er gegen die Leseerwartungen an, stellte er sich, wie es ein Kritiker ausgedrückt hat, »wie ein erzkonservativer Priester vor seine Gemeinde, aber anstatt zu predigen, verkündigte er eine Häresie nach der anderen.«

Wie um diese Einschätzung zu bestätigen, hatte sich Herbert in den späten Wüstenplanet-Romanen ›Die Ketzer des Wüstenplaneten‹ und ›Die Ordensburg des Wüstenplaneten‹ weit von seiner ursprünglichen Anlage einer zentralen Figur als Brennpunkt der Geschichte, wie sie Paul und dann Leto II. darstellten, entfernt, Arrakis der Vernichtung anheimgegeben und sich tief in die Machenschaften der Bene Gesserit verstrickt – als er 1986 an den Folgen einer Krebsoperation überraschend starb und die Weiterführung und Interpretation seines Universums anderen überließ. Und tatsächlich ist dieses Universum bis heute noch eine Quelle der Faszination: So wurde der erste Teil inzwischen zweimal mit großem Aufwand verfilmt – 1984 in der opulent-pathetischen Kinofassung von David Lynch, die allerdings nur in einer stark gekürzten Version zu sehen war, und nun als relativ eng an die Geschichte angelehnte TV-Miniserie; und schließlich fanden auch die als *Prequels* konzipierten Fortsetzungsbände, die jene Ereignisse schildern, die direkt zu denen des ersten Romans führen, von Sohn Brian Herbert und Kevin J. Anderson ihren Weg auf die Bestsellerlisten.*

Frank Herbert hätten diese Interpretationen und Weiterführungen vielleicht nicht alle gefallen – zu Lynchs Film hat er, obwohl er ihn öffentlich lobte, auch kritische Anmerkungen gemacht –, aber es hätte ihn sicherlich begeistert, daß sein Werk, eng verbunden mit den geistigen Strömungen der späten 50er und frühen 60er Jahre, Jahrzehnte später immer noch die Kreativität der Menschen

---

* Parallel zur Neuausgabe des Wüstenplanet-Zyklus erscheint mit ›Das Haus Atreides‹ (06/8304) im Heyne-Verlag der erste Band dieser sogenannten ›Frühen Wüstenplanet-Chroniken‹.

anregt. Er hat es einmal als sein Ziel bezeichnet, so zu schreiben, daß »die Phantasie des Lesers Funken schlägt«. Und wenn man Gründe für die einzigartige Erfolgsgeschichte des ›Wüstenplaneten‹ sucht – auf einige wurde hier ja hingewiesen –, so liegt der tiefste Grund vermutlich in einem in der Literaturgeschichte wohl einzigartigem Leseerlebnis: So detailreich und mit megalomanischer Akribie diese Zukunftswelt auch beschrieben wird, so erzählerisch sorgfältig und zuweilen pedantisch auch versucht wird, alle Aspekte unserer Existenz zu thematisieren, so dicht die inneren Bezüge über den ganzen Zyklus hinweg erscheinen – es verwundert doch, wie wenig in diesen Romanen eigentlich erklärt wird, wie lediglich versteckte Andeutungen ein zartes, vielfältig deutbares Handlungsnetz knüpfen, und dies im Kopf des Lesers weiterlebt und arbeitet, noch lange nachdem man die Lektüre beendet hat. Wenn Sie den ›Wüstenplaneten‹ gelesen haben – das heißt, wenn Sie ihn wirklich *gelesen* und sich damit nicht nur einen verregneten Nachmittag vertrieben haben, an dem gerade nichts im Fernsehen lief –, dann waren Sie tatsächlich dort, auf dem Wüstenplaneten, einer fremden und doch seltsam vertrauten Welt, und Ihre Phantasie hat Funken geschlagen. Es ist wohl das größte Geschenk, das ein Autor seinen Lesern machen kann.

Sascha Mamczak

Von

FRANK HERBERT

sind im

WILHELM HEYNE VERLAG

erschienen:

Atom-U-Boot S 1881 · 06/3091
Die Leute von Santaroga · 06/3156
Gefangen in der Ewigkeit · 06/3298
auch als Sonderausgabe im Sammelband · 06/3930
Die Riten der Götter · 06/3460
Hellstrøms Brut · 06/3536
auch als WARP7-Sonderausgabe · 06/7025
in der BIBLIOTHEK
DER SCIENCE FICTION LITERATUR · 06/14
Revolte gegen die Unsterblichen · 06/3125
auch als Sonderausgabe unter dem Titel:
Die Augen Heisenbergs · 06/3926
Die weiße Pest · 06/4120
Auge · 06/4441
Mann zweier Welten (mit Brian Herbert) · 06/4571
Der Tod einer Stadt · 06/5185

WÜSTENPLANET-ZYKLUS:

Der Wüstenplanet · 06/3108
als illustrierte Filmausgabe · 01/6356
als Jubiläums-Sonderausgabe · 06/8212
Der Herr des Wüstenplaneten · 06/3266
Die Kinder des Wüstenplaneten · 06/3615
Der Gottkaiser des Wüstenplaneten · 06/3916
Die Ketzer des Wüstenplaneten · 06/4141
Die Ordensburg des Wüstenplaneten · 06/4234

Die Enzyklopädie des Wüstenplaneten:
Band 1 · 06/4142
Band 2 · 06/4143

Bearbeitete Neuausgabe:

Der Wüstenplanet · 06/6400
als illustrierte Ausgabe zur TV-Verfilmung · 01/20068
Der Herr des Wüstenplaneten · 06/6401
Die Kinder des Wüstenplaneten · 06/6402
Der Gottkaiser des Wüstenplaneten · 06/6403
Die Ketzer des Wüstenplaneten · 06/6404
Die Ordensburg des Wüstenplaneten · 06/6405

Brian Herbert & Kevin J. Anderson
DER WÜSTENPLANET – DIE FRÜHEN CHRONIKEN:

Das Haus Atreides · 06/8304
Das Haus Harkonnen · 06/8305 (in Vorb.)
Das Haus Corrino · 06/8306 (in Vorb.)

SCHIFF-ZYKLUS (mit Bill Ransom):

Ein Cyborg fällt aus · 06/3384
auch als Sonderausgabe im Sammelband · 06/4403
Der Jesus-Zwischenfall · 06/3834
Der Lazarus-Effekt · 06/4320
Der Himmelfahrts-Faktor · 06/4577

CALEBAN-ZYKLUS:

Der letzte Caleban · 06/3317
Das Dosadi-Experiment · 06/3699